爱在绿水青山

张世光　著（上册）

新　华　出　版　社

图书在版编目（CIP）数据

爱在绿水青山. 上下册 / 张世光著.
北京 : 新华出版社, 2021.12（2022.09重印）
ISBN 978-7-5166-6135-2

Ⅰ.①爱…　Ⅱ.①张…　Ⅲ.①长篇小说－中国－当代
Ⅳ.①I247.5

中国版本图书馆CIP数据核字（2021）第241425号

爱在绿水青山. 上下册

　作　　者：张世光

责任编辑：陈君君　　　　　　　　　　封面设计：陈吉祥　　刘宝龙

出版发行：新华出版社
地　　址：北京石景山区京原路8号　　　邮　　编：100040
网　　址：http://www.xinhuapub.com
经　　销：新华书店、新华出版社天猫旗舰店、京东旗舰店及各大网店
购书热线：010－63077122　　　　　　中国新闻书店购书热线：010－63072012

照　　排：六合方圆
印　　刷：三河市君旺印务有限公司

成品尺寸：170mm×240mm
印　　张：58.75　　　　　　　　　　　字　　数：700千字
版　　次：2021年12月第一版　　　　　印　　次：2022年9月第二次印刷

书　　号：ISBN 978-7-5166-6135-2
定　　价：98.00元（上下册）

来自生态战场的报告

生态安全是国家安全的重要基石，事关国泰民安，关乎民族未来。良好的生态和优美的环境是最普惠、最直接的民生福祉，也是人人最需要、最依赖、最渴望的美好向往。我作为长期研究国家安全的工作者，始终高度关注各个领域的安全建设与发展。近年来特别是党的十八大以来，我国生态建设决心之大、力度之大、成效之大前所未有。每每行走在祖国的大好河山，处处都能感受到日新月异的变化，也常常被来自生态战场的一些事情感动着。一个青山常在、绿水长流、空气常新的美丽中国，正在向我们走来。

站在新的起点上，回望百年征程，青史可鉴。新中国成立初期，山河破碎，百废待兴，森林覆盖率仅为11.4%。环境史学家马立博在《中国环境史》中写道："新中国所继承的，是一个严重退化的自然环境。"面对风沙侵袭、水土流失的"生存焦虑"，勤劳勇敢的中国人民不畏艰难、不怕困苦，从发出"绿化祖国"号召到全民"生态觉醒"、从"可持续发展"到"再造秀美山川"、从"生态文明战略"到"打好蓝天碧水净土三大攻坚战"，森林覆盖率提高到23.04，草原综合植被盖度达到56.1%，一幅大地增绿、山川秀美、人民安居乐业的美丽画卷在神州大地徐徐铺开。

百年重塑大好河山，中国不仅改变了自己，也影响了世界。美国航天局卫星数据证实："地球比20年前更绿了，全球绿化面积新增了5%，相当于多出一个亚马孙热带雨林。"令人欣喜的是，全球植被增量中有四分之一来自

中国，位居世界首位，植树造林和生态保护贡献巨大。联合国环境规划署前执行主任埃里克·索尔海姆赞誉："在全球环境治理中，世界需要中国样本。""中国绿"赢得了国际社会的广泛认可和高度赞誉。

一切伟大成就都是接续奋斗的结果，一切伟大事业都需要在继往开来中推进。这一显著成就和突出贡献，源于我们党加强生态建设一系列方针政策和战略布局，源于我国集中力量办大事的制度优势和亿万人民群众团结统一、爱好和平、勤劳勇敢、自强不息的民族精神，源于一代代植树造林、防沙治沙、护林防火和生态保护者的执着坚守和不懈努力，让几乎不可能实现的事情在中国变为了现实。

在保护森林资源和生态安全的茫茫大军中，有成千上万的林草人、治沙人、生态人、应急人，几十年如一日，守护青山，无私奉献，许多新闻媒体都做了广泛而深入的报道，他们的事迹感人肺腑，催人奋进。但我在这里想要告诉大家的是，有这样一支队伍，因林而建，护林而兴，诞生于新中国前夜，传承着红色基因，走过了七十多年风风雨雨，改革转制后积极投身应急救援事业，始终初心不改、矢志不渝、忠诚使命——他们就是光荣的森林消防队伍。

其实，我对这支队伍早有耳闻，过去通过新闻媒体也了解不少，但还是在看完小说《爱在绿水青山》后，才真正走近这支队伍，深入了解到森林消防队伍的发展历程和广大指战员保护生态的责任担当。此作品坚持大事不虚、小事不拘，在尊重队伍发展脉络、重大事件和代表性人物等历史真实的基础上，对一些人物、场景和情节做了必要的文学加工。这样做既是尽可能还原当时发生的事件和情节，让人们对逆向而行、赴汤蹈火的队伍和英模人物的真情拥抱与尊崇，也是对破坏生态行为的无情抨击与唾弃，更是强烈呼吁全社会尊重自然、爱护生态、保护环境，以达到史实有据可查、情节生动感人、矛盾高潮迭起的目的。

或许您心里有些疑问，森林消防不就是护几片林、打几场火、救几次灾吗？有什么值得写、值得看的？这可不是想象的那么简单！他们常年扎根大山深处，天当被、地当床，吃不上蔬菜，喝不到净水，远离现代通信和繁华都市，忍受常人难以忍受的孤独和寂寞，您不觉得他们苦吗？当然苦！他们常年视灾情为命令，穿密林、过险滩，攀悬崖、爬陡坡，上一线、打头阵、攻险段，近距离与山火交手，面对面与灾害抗争，年均灾情数千起，出去了还不知道何时能回来，您不觉得他们险吗？当然险！他们常年驻守林海腹地、大漠深处、边疆地带和高原高寒山地，春秋两季防火、夏季防汛抗洪、冬季防雨雪冰冻、全年防地质灾害，大应急使命在肩，多灾种抢险救援，常态化备战应战，一个任务接一个任务，您不觉得他们累吗？当然累！从他们身上，我们强烈地感受到和平年代"逆行者"一种久违的生活真实。

森林消防队伍是一支鲜为人知却又誉满神州的"生态野战军"。作者是从这支队伍成长起来的一名优秀指挥员，始终战斗在护林防火第一线，有着对生态事业的无比热爱和强烈的森林消防情怀。开卷品读《爱在绿水青山》，纯朴细腻的故事情节、鲜活生动的人物对话和惊心动魄的战斗场景，不由让您感受到扑面而来浓浓的泥土气息。徜徉在字里行间，犹如走进了森林消防队伍的博物馆，多维度再现了这支队伍艰苦创业、赴汤蹈火、不辱使命的辉煌历程；犹如浏览一本防火灭火常识书，进一步了解到森林防火、灭火技战术、火场避险和野生动植物保护等科普知识；犹如走进一条深邃的生态长廊，站在高山之巅，静看森林锐减、土地荒漠、雾霾肆虐，令人警醒与深思，禁不住大声疾呼爱护生态、保护家园、共建人与自然生命共同体。

这部小说，作者利用业余时间，多年精心构思，反复酝酿创作，又在广泛征求广大指战员和专家意见的基础上，数易其稿，从较大范围作了深度创作与挖掘。但生态题材非常丰富、广泛和深刻，环境污染治理任重道远，这种挖掘还不可能穷尽生态建设与保护的广博内涵，尚需更多的文学爱好者、影视艺术家对这一"富矿"进行深度开发，以创作出更多更好、震撼人心的传世精品力作。

国家安全学创始人、国际关系学院公共管理系教授

二〇二一年十一月二十八日

引　言

呼　唤

天灾，呼唤风调雨顺；

人祸，呼唤天下太平。

沙尘暴雾霾天，呼唤蓝天白云；

火灾水灾震灾，呼唤绿水青山。

这是人们从心底发出的呼唤，是大自然向人类发出的呐喊。

为什么我的眼里常含泪水？因为我对这土地爱得深沉。《爱在绿水青山》呼唤全民爱护生态，呼唤共建人与自然生命共同体！

法国作家雨果曾说："大自然是善良的慈母，同时也是冷酷的屠夫。"人类如果一味地疯狂糟蹋、贪婪索取和无休止地征服，必将遭受大自然的疯狂报复。曾几何时，在我们美丽的地球家园，人与自然和谐共生。但随着新技术革命的突飞猛进，人类在开发利用和征服自然的同时，也经历着生态破坏带来的痛苦和灾难磨砺。有的科学家敏锐地作出判断，人类生存的地球出现了比任何问题都要难以对付的严重生态危机，很有可能取代核战争成为人类面临的最大威胁。英国著名生态学家戈德·史密斯称当前应对生态危机是"第三次世界大战"，如此下去，自然界将很快失去供养人类生存的能力。还有些科学家多次发出警告，如果人类再不悬崖勒马，再过 20 年，全球将有15 亿人口沦为生态难民。这是生态灾难、环境恶化给人类敲响的长鸣警钟。

　　人类社会发展史，既是人与自然和谐共生的文明史，也是人类与各类灾害矛盾抗衡的斗争史。英雄的中国人民经历了无数次战斗，特别是名震中外的"三大战役"，才建立了新中国。在与自然灾害的伟大抗争中，我们经历过森林大火、抗洪抢险、抗震救灾等重大战役，正在全力迎战蓝天、碧水、净土"三大保卫战"，同时还将直面一些突如其来灾害事故的挑战。要让绿水青山造福于民、泽被子孙，我们必须筑牢群防群治的人民防线，坚决打赢污染防治攻坚战，如期实现"碳达峰、碳中和"的目标，努力建成人与自然和谐共生的美丽中国。

　　这是心的呼唤，这是爱的奉献。长篇小说《爱在绿水青山》，以国家改革开放和实施生态安全战略为时代背景，以人与灾害事故的伟大抗争为矛盾体，以郝江山、贺松涛、秦朗和邱胡杨等的人生经历为主线，紧紧围绕初心梦想、信仰信念和绿水青山、金山银山以及生态文明、政治生态等新思想新战略，通过东北、西南等林区森林消防总队所属单位点与面的贯穿与辐射，纵贯大兴安岭"5·6"大火、"98"松花江洪水、"5·12"汶川大地震和新冠肺炎疫情等重大事件，真实展现了改革开放特别是党的十八大以来我国林业和森林防火灭火工作的发展变化，立体宏阔地反映了森林消防队伍70多年来建设发展和转制后换羽新生的辉煌历程，全景再现了新时代广大指战员在血与火、生与死、苦与乐考验面前的成长心路和精神风貌。

　　生态兴则文明兴，生态衰则文明衰。保护绿水青山，建设美丽中国，功在当代，利在千秋。森林是地球的"肺"，森林火灾就是地球的"肺炎"，森林消防队伍是治疗肺炎的"主治医生"，始终战斗在生态战场第一线，治愈森林创伤，让林海无痕。小说大篇幅再现了火龙门、盘古、奇乾、红海子、中M边境、木里和毕拉河等多地灭火作战，直观展示了森林消防队伍70多年来保护国家森林资源作出的突出贡献，侧面反映了新中国成立以来"林大头"为国家建设发挥的重要作用，揭示了"唯GDP时代"只管项目"上马"搞活经济，不顾生态"赤字"滥砍滥伐、乱挖乱垦等破坏生态的现象。小说用"保护好一只野生东北虎，就等于保护450平方公里的森林""每公顷森林可以涵蓄降水约1000立方米""一颗50年的树生态价值高于20万元"等科学论据，客观印证了保护生态的极端重要性。还用居延属国和楼兰古城消亡等史实，以及沙尘暴弥漫、非典暴发、雾霾肆虐等灾害警示人们："如果世界上连一口清新的空气都没有，连一滴干净的水都没有，有再多的财富也毫无意义。如果世界上连一片绿色的森林都没有，连一粒洁净的土壤都没有，再发达的科技，也抵挡不了终将到来的灾难。"

美国前国务卿基辛格曾说："中国人一直都是幸运的，他们总是被最勇敢的人保护得很好。"我国是世界上自然灾害最为严重的国家之一，灾害种类多、分布地域广、发生频率高、造成损失重。森林消防队伍作为综合性应急救援的主力军和国家队，在70多年艰苦卓绝的岁月里，因林而生、为林而建、兴林而盛，大灾大难面前逆向而行、向死而生，急难险重之时赴汤蹈火、敢打硬拼，打赢了数万场战斗。小说多角度、大纵深地反映了森林消防队伍在战斗中成长，在传承中创新，在建设中发展，由过去"一人一马一杆枪"发展成为"直升机＋消防员"不可替代的防火灭火专业力量，实现了从保卫森林资源安全到投身生态文明建设主战场的历史性跨越。通过时间轴线和重大事件，集中展现了"四队"职能定位、"五个发展阶段"和队伍全面建设的丰硕成果，凸显了广大指战员扎根深山，不忘初心、不言苦累，忠实履行神圣使命的革命英雄主义和乐观主义精神。通过复盘松花江流域抗洪、抗击非典、雨雪冰冻救援、汶川抗震救灾、迎战新冠疫情等突发事件，诠释了森林消防队伍面对一场场猝不及防的大灾难，一次次感天动地的大救援，和时间赛跑，与死神抗争，上演"生死突击"，彰显救民于水火、助民于危难、给人民以力量的大爱情怀和使命担当。初心呼唤使命，使命引领未来。森林消防队伍转入应急管理体制后，承担起防范化解重大安全风险、应对处置各种灾害事故的重要职责，肩负着民族复兴、大国崛起生态安全的历史使命，只有加快队伍职业化、专业化、正规化、现代化建设，大力提高应急管理体系和能力现代化，才能夺取各类自然灾害和突发事件防范救援的全面胜利。

当今世界，一切思想觉醒之价值莫过于生态觉醒。森林是人类的"摇篮"，森林火灾就是最危险的"敌人"。没有森林、没有绿色，我们生活的世界就没有生机、没有生命力。人不负青山，青山定不负人。森林火灾警示人们：保护森林资源、爱护生态环境人人有责，不要让红色的警告、黑色的咏叹、绿色的悲哀，成为人类永远的痛。绿水青山就是金山银山，要像保护眼睛一样保护生态环境，像对待生命一样对待生态环境。小说接近尾声时，主人公郝江山在国际生态安全战略峰会上大声疾呼："人类只有一个地球，生态系统不可再造！拯救地球刻不容缓！保护环境迫在眉睫！我们呼唤更多的环保志愿者、生态文明建设者、生态资源守护者以及'地球村'全体'生态人'携手，把爱播洒在绿水青山，共建人与自然生命共同体，齐心呵护全人类共同的地球家园，让我们生活的世界天更蓝、山更绿、水更清、人更美！"

由于本人水平有限，加之时间仓促，小说中难免有一些疏漏，敬请提出宝贵意见。在创作和修改过程中，不少老首长、领导、战友和同事给予大力支持与帮助，在此表示真诚的感谢！

二〇二一年十一月九日

目 录

第一章　初心萌发

1

2018年初冬的北京，天高云淡，暖阳普照。森林消防局机关大礼堂，华灯璀璨，气氛庄严热烈。主席台正上方悬挂着醒目的"森林消防队伍授旗授衔仪式"会标，大幕正中烫金闪烁的国家综合性消防救援队伍队徽分外夺目，十面鲜艳的红旗分列两侧。

森林消防队伍500名指战员身着"火焰蓝"制服和灭火救援服，精神抖擞，整齐列队。

上午9时整，在雄壮的国歌声中，森林消防队伍授旗授衔仪式正式开始。

森林消防局党委书记、副总监祝国安政委宣布授衔命令，主席台领导向部分指战员代表颁发授衔命令状。

"请森林消防局局长、党委副书记、副总监郝江山给各直管单位授旗！"主持人话音刚落，全场响起了雷鸣般的掌声。

郝江山走到主席台前方正中站定，三名仪仗队员英姿飒爽、目光坚毅，护卫着消防救援队队旗，正步行进到主席台前。

郝江山从掌旗员手中接过队旗，各直管总队主官精神抖擞，依次出列向郝江山敬礼，再正步行进到郝江山面前。郝江山双手持握旗杆，将队旗授予秦朗。

秦朗向郝江山敬礼，双手接过队旗，持旗面向队伍肃立。

"向消防救援队队旗敬礼！"一声洪亮的口令使全体指战员精神一振，他们神情坚毅，整齐地向队旗庄严敬礼。在场所有指战员都眼含热泪，心潮澎湃。

消防救援队队旗由红蓝两色组成，鲜艳亮丽、熠熠夺目。森林消防队伍方队指战员们精神饱满，气宇轩昂。闪光灯闪烁，快门声频频，定格下这个难忘而珍贵的历史瞬间。

会场再一次响起热烈的掌声，郝江山环视着会场，激情演讲："这次授旗训词，标志着我们这支队伍的全面建设站上了新起点、踏上了新征程、开启了新纪元。我们作为应急救援的主力军和国家队，承担着防范化解重大安全风险、应对处置各类灾害事故的重要职责，必将担负起民族复兴、大国崛起生态安全的历史使命。灾情就是命令，救援就是战斗，我们时刻准备着；刀山敢上、火海敢闯，我们逆向而行，砥砺奋进；救民于水火，助民于危难，给人民以力量，永远做党和人民的忠诚卫士。替山河装点锦绣，把国土绘成丹青，为建设美丽中国、实现人民对美好生活的向往而努力奋斗。回望 70 多年来，峥嵘岁月，我们这支队伍从一人一马一杆枪，到今天的消防员＋直升机＋坦克装甲，一路栉风沐雨，披荆斩棘，我们都是向火而行，浴火奋战……"

会场屏幕上播放着森林消防队伍 70 年辉煌历程的影像：一轮红日喷薄而出，威武雄壮的森林消防救援方阵迎着朝阳阔步向前。巡护清山、高山瞭望、设卡检查；车轮滚滚，"铁甲"纵横，"蛟龙"出水，"战鹰"飞翔；冰雪灾害大应急、抗击疫情大行动、抗震救灾大救援，一场场战斗、一组组镜头，从"橄榄绿"到"火焰蓝"，广大森林消防指战员维护生态安全、上演赴汤蹈火的"生死突击"，与时间赛跑、与死神抗争的无私无畏，一下子把思绪拉回到了 30 多年前，那个激情燃烧的岁月……

2

1986 年夏天，一个平平常常的日子。

在黑龙江省漠河县富克山茫茫的林海里，郝胜茂像往常一样带着防火巡逻小分队骑着马在林间小道巡护。他们已经记不清在这条"冻板道"上走了多少次，闭上眼睛都能清楚地知道巡护路上的那些沟沟坎坎，"喊山"一样的歌声在这条路上唱了一代又一代。

> 高高的兴安岭一片大森林
>
> 森林里住着勇敢的森警兵
>
> 一呀一匹骏马一呀一杆枪
>
> 翻山越岭跋山涉水护呀护森林
>
> 高高的兴安岭一片大森林
>
> 森林里住着勇敢的森警兵

一呀一匹骏马一呀一杆枪

翻山越岭跋山涉水护呀护森林

……

走过一片原始林，大家刚才欢快而豪放的神情，突然被满目疮痍的景象怔住了。放眼望去，到处都是随意堆放的沙石、坑坑洼洼的荒地和污浊的水坑，大森林原有的生机和满眼的绿色已被人为破坏得千疮百孔。

每到这里，郝胜茂都要一遍又一遍地讲述这里的"前世今生"："听老人们讲，这里原来有'黄金故乡'的美称，从清朝光绪年间开始，就有不少淘金客跑到这儿挖金采矿。更是有沙俄吃人肉的罗刹波雅科夫、哈巴洛夫、斯捷潘诺夫等强盗偷渡过黑龙江来淘金夺宝，一路毁林开荒、烧杀掳掠，对漠河的生态环境造成了极大的破坏，都过了一百多年了，你们看，被淘金者破坏过的地方，至今仍是林地裸露，寸草不生。"

这时，远处传来一阵机器轰鸣声引起了郝胜茂的警惕，他循声用望远镜望见，几台采金机器正冒着黑烟、挥舞着机械臂膀毁林开矿。一群衣衫破旧、满身泥沙的采金人，站在河里紧张地忙碌着。

郝胜茂时任漠河森警大队长，可能是经常进山入林，烟里来火里滚的缘故，他的身体很结实，像棵挺拔的大树巍然矗立，黝黑的脸庞轮廓清晰，帽檐下露出了丝丝白鬓，高高的鼻梁透出一股军人素有的威严，眼睛里始终闪烁着坚毅的目光，像燃烧的火焰，身着上黄下蓝、洗得有些泛白的军装，骑在马上展现出职业军人特有的风度。

"滥砍盗伐、非法采矿屡禁不止啊！"郝胜茂心痛地自言自语。随即向巡逻官兵发出警示："前方有情况，大家做好应对准备。"

巡逻官兵成战术队形迅速占领有利位置。接近现场后，郝胜茂快速扫视了一眼，碰到管事的人质问道："这片林子被你们搞得乌烟瘴气！有开采证吗？"

"当然有啊，在经理手里。"留有小胡子的工头显然早就习惯了森警官兵对他们的检查和盘问。

"你们经理呢？"

"经理去县里汇报工作了。"

"你们不能滥采乱挖！好好瞅瞅，这片林子都被你们败坏完了，哪有你们这样糟蹋的？"郝胜茂瞪大眼睛，愤愤不平："你们是历史的罪人，也是子孙后代的罪人！"

说完，郝胜茂环望了一下采金场，转身看见不远处一个窝棚的烟囱正冒着黑烟。他眼睛一亮，用手指着窝棚厉声道："防火期，严禁野外用火，你们不知道吗？"

工头没接郝胜茂的话茬，继续强词夺理："我们很守规矩，只在这块空地淘金，压根儿就和那片林子不沾边。"

郝胜茂非常气愤地喊道："你们自己好好瞧瞧，这林子都破坏成什么样了？光要金子，不要林子，我看你们是掉到钱眼儿里了！"

"我们忙着呢，没工夫奉陪！"工头扔下一句话，想抽身离开。

郝胜茂厉声呵斥："不出示开采证，你们必须立即停止开采。防火期擅自违规用火，必须立即拆除所有窝棚！"现场氛围越发紧张起来。

突然，人群中钻出一个高个儿，这人又黑又瘦，挤上前笑嘻嘻地对郝胜茂说："森警同志，你们辛苦了，这呢，是弟兄们的一点小意思，还望笑纳。"

瘦高个儿边说边给郝胜茂塞了两条烟和一沓钱，凑过来小声说："请高抬贵手，日后必当登门重谢。"

郝胜茂推开瘦高个儿的手，正色道："在我这里，送啥也不好使，抓紧拆设备！"

一看软的不行，瘦高个儿马上变了脸色，满不在乎地对郝胜茂说："兄弟，我说你是不是当兵当傻了。在这深山老林的，你收了也没人知道，你得财、我淘金，大家都得实惠，有什么不好？人家都说，有钱能使鬼推磨，告诉你，我就是一把'金钥匙'。你想想，干我们这行的，上面能没有人吗？说实话，只要我把这钱往上一递，还真没有我过不去的坎儿。"说着又使劲把钱往郝胜茂的兜里塞。

郝胜茂微微一笑，把钱和烟扔给他："你说对了，我们还真有点傻，钱在我们这儿，还真不好使！"

工头见郝胜茂软硬不吃，抄起手中的工具，带着几个年轻人就围了过来，郝胜茂立即命令战士们做好战斗准备，现场气氛顿时剑拔弩张。

瘦高个儿红着眼睛喊道："谁敢阻拦咱们采金，我们就和他拼命！不信，你们试试！"

郝胜茂果断拔出手枪，对着天空"啪……啪……"两枪，大声呵斥道："你们想干什么？全部双手抱头，蹲下！快点！"

采金的人们被枪声震住了，围上来的几个人不自觉地后退了几步，其他工人有的抱头蹲下，有的吓得到处乱窜。

"没收所有采金设备，拆除全部窝棚！"

一声令下，官兵们迅速展开行动，关闭机器、收缴钥匙、捣毁窝棚、拆除炉灶、熄灭炉火。

那年头，乱采滥伐大多来自非林区的盲目入山者，他们随身带火，食宿不定，随地生火，这些流动的火源，成了林区安全的最大隐患，致使春秋两季森林火警火灾频发，加强武装巡护，是防范森林火灾最有效的手段。

然而，一波未平，一波又起。郝胜茂带着巡逻官兵刚刚捣毁非法采矿点，电台传来检查站报话员急促的呼叫声。"01、01，019呼叫，木材检查站有人盗运木材，请火速增援！"

接到消息后，郝胜茂带人纵马扬鞭，一刻也不敢耽误。赶到检查站时，那里早已围了许多人，现场人声嘈杂，根本听不清在说啥，几个人与执勤官兵正在相互推搡，拉木材的汽车马达轰轰作响，看样子是要强行冲卡。

郝胜茂拽住缰绳翻身下马，稳稳地站在盗运木材的大汽车前面，眼神扫了一圈，大声喊道："偷运的木材扣下，人交给林业局，有想法到森警大队找我！"

那时候的老森警一般都是大嗓门儿，没有大嗓门，不仅火场指挥打火官兵们听不见，也根本镇不住这剑拔弩张的场面。

闹哄哄的人群，立刻没了声音。人群里有人嘀咕："这个人就是森警队的'火疯子'——郝胜茂，不好惹，这次就算了吧。"一个留着小胡子的男子嘟囔着："哎，真算我倒霉！"

大队文书程宏远悄悄地向郝胜茂竖起了大拇指，小声说道："大队长，您可真牛，一句话就把问题解决了。"

"哪有那么简单，好戏还在后头呢。"郝胜茂扔下话，翻身上马头也不回地走了。

3

回到大队部已经是下午了，大队教导员张京华递给郝胜茂几封信，笑呵呵地说道："老郝，你家里来信了。"

郝胜茂接过信，顺手拆开："我看看家里又有啥变化？"

"你家山子今年该考大学了吧？"

"高三了。"

"考大学没问题吧？"

郝胜茂一听张京华的问话，诧异地反问道："考啥大学？我郝胜茂的儿子，只能当森警。"

张京华叹了口气，笑道："你呀！年轻人有年轻人的想法，你应该尊重孩子的意愿。"

"他就是当森警的命，谁让他摊上了当森警的爹。"

一阵电话铃声打断了两人的谈话，郝胜茂接起电话说道："刘副局长，有什么指示？"

"胜茂啊，晚上来我这儿喝点啊？"刘副局长的声音从电话里传出来。

"不行啊局长，我们有规定，不让喝酒。"

"防火期都过了，喝点怕啥？我找你有点事，再说你们队里干部子女上学的事，我可都安排了，你还没请我喝酒呢。"刘副局长的语气软中带硬。

郝胜茂与张京华用眼神交流了一下，随即回复："刘局长，队里干部子女上学的事情，非常感谢您的大力支持，改天我和京华教导员当面向您致谢，今天这酒就别喝了。"

刘副局长打着官腔，话里有话："酒得喝，森警队的事也得办，我的事更得办。"

郝胜茂心里清楚，刘副局长肯定是为今天拦截盗运木材一事来说情的。林区采伐木材是有一整套规章制度的，哪个林带可以采、什么时间采、采多少，都有明确的计划和批文，但这些"官老爷"与乱砍盗伐者沆瀣一气，内外勾结，往往多于采伐计划几倍的数量盗伐。一旦有人拦阻，地方官员或主管部门为了某些利益，总会有人出面说情，这种情况最让郝胜茂头疼。

郝胜茂笑着说道："刘局长，您不会是要摆'鸿门宴'吧？"

刘副局长打着哈哈："咋了，'火疯子'也认怂了？认怂你就别来了！"

郝胜茂敲着桌子："不要激我，我可谁也不怕。"

刘副局长扔下一句话："老地方，下班后见，不见不散。"

郝胜茂放下电话，低头摸着手表出神，良久才抬头，大喊一声："通信员，备马！"

张京华有些担心："老郝，用不用我跟你一起去？"

郝胜茂宽慰道："不用了，对付'刘老虎'，我一个人就能搞定。"

郝胜茂如约赴宴，刚进饭店门，刘副局长就殷勤地拉着郝胜茂坐在他的身旁，旁边坐着的是今天试图闯卡的小胡子等几个熟悉的面孔。

服务员是一位典型的东北女人，粗嗓门，大身板，她将几大盆热气腾腾的大炖菜放在桌上，随后把白酒也倒进每个人的大碗里，格外热情地大声道："几位领导喝好，这可是嘎嘎纯的高粱白酒。"

郝胜茂看着碗里的酒，眉头一皱问道："今天怎么直接上大碗了，这酒怎么个喝法？"

刘副局长伸出三个手指夹起碗，笑眯眯地说："你只要把今天被扣的木材放了，文喝武喝都依你。"

郝胜茂依旧没端起跟前的酒，插话道："不是说好喝酒办事的吗，没喝咋办事？"

刘副局长把酒碗往桌子上一蹾，本来就很小的眼睛笑起来只能看见缝了："郝队长，真爽快。干森警的都是擀面杖捅炉子——直来直去不拐弯。我就喜欢跟你们打交道，你说怎么喝都成。"

"我先喝，我喝一碗，你们喝一碗，谁要是耍赖，谁就是熊包蛋！"郝胜茂一仰脖，一大碗酒就进了肚，随后碗口朝下又翻过来，大声说道："满上！"

刘副局长随即端起碗一口气干了。众人鼓掌叫好，也跟着赶紧把碗里的酒干了，"局长，海量啊！"巴结的话语不绝于耳。

几个回合下来，郝胜茂已喝了五六碗，虽然面色还很镇定，但脸上已经冒出了汗珠，见小胡子还剩了半碗，拍着桌子："你养鱼呢？都喝了！"

小胡子满脸涨红，歪着脑袋摆手告饶，还没等把话说出来，人已从凳子上出溜到桌子底下了。

一名陪酒的白脸干部见郝胜茂丝毫不示弱，貌似随意地说道："都说森警打火厉害，可咱这林业局也不着火，要你们森警有啥用啊？我听说上面已经开会研究撤你们了。"

郝胜茂的黑脸一下子僵住了，异常严肃地盯着那个干部，大碗往桌子上一扔："你再说一遍？没有森警，你瞧瞧着不着火，有没有人盗伐你们林场的木头？从今往后，谁要再跟我提森警没用，我郝胜茂要骂娘！"

见惹恼了郝胜茂，白脸干部连连摆手，赔着笑脸："我开个玩笑，开个玩笑，郝大队长不必当真，不必当真！"

郝胜茂生气道："开玩笑也不行，罚！"

白脸干部见到郝胜茂这么较真儿，只好硬着头皮喝了两大碗："我认罚，我认罚。"

刘副局长打了一个酒嗝，脸色也开始泛红了。

郝胜茂继续盯着白脸干部，话语有所缓和："其实咱们林区的火险隐患很大。居民区的房子都是用木头搭建的，每家每户都有柈子垛，一家挨着一家，万一山火进城、家火上山，那就会家火山火连成片，很危险啊！"

刘副局长喝得满脸绯红，不屑地说道："这么多年了，哪儿出过什么事？老郝，你这担心实属多余了！来来，我再敬你一碗！给你压压惊。"说完，他有些吃力地端起酒碗，咕咚几声酒下了肚："怎么样，啊？这酒喝得够不够意思，是不是兄弟？那几车木头还得麻烦你……"

不等刘副局长把话说完，郝胜茂也端起碗，一仰脖把酒喝完，边用袖子擦嘴边说道："刘局长，我给你背一下《森林法》啊！"

刘副局长赶紧双手作揖，大着舌头："停，停，郝疯子，你……别……背了，我……分管……这个，我……还不……知道《森林法》？你……这不是……让我……犯……错误……么？犯错……的事，我不办，行了，这事，不办了！"

郝胜茂说话也不利索了："还是局……局长有水平，那我就……公事……公办，把木头上交！"

听到这话，小胡子赶紧从桌子底下钻出来，拉了拉刘副局长的袖子，着急地说道："姐夫，怎么喝了酒还不办事了？"

刘副局长哪还能听得进去，早已打起了呼噜。

4

南国嘉陵江畔的风景，像一幅瑰丽的油画。朝霞如火、绚丽夺目，给山城的田野、树林、道路镀上了一层柔和的金黄色。

川北建兴中学校园内，一排排高大挺拔的苍天古树直冲云霄，矗立着充盈着知识气息的教学楼，默默地诉说着老校悠久的历史和今日的辉煌。

上午9时，校园操场上千余名师生聚集在一起，主席台正上方悬挂着"自卫反击战一等功臣贺卫国'祖国在我心中'英模事迹报告会"的横幅。

贺卫国迈着铿锵的步伐，与学校领导一同走上主席台。台上的贺卫国身着戎装，胸前挂满了军功章，国字形脸，眉毛又粗又浓，眼睛虽然不大，却是藏锋敛锐，不怒自威，笑起来微微露出温和，端坐时却又透着历经血与火洗礼的犀利，让人敬畏。

陈永祥校长熟悉而庄重的声音通过大喇叭在校园里回荡："老师、同学们，今天，是我们学校广大师生最自豪、最荣耀、最高兴的日子，我们非常荣幸地请来了我们的校友——自卫反击战一级战斗英雄贺卫国，回到母校给我们作英模事迹报告，大家热烈欢迎！"说完带头鼓起掌来。

贺卫国挺直身板，向台下广大师生敬了一个标准的军礼，台下爆发出雷鸣般的掌声。

贺卫国激情饱满，举手投足之间透露出一名老兵的成熟与稳重，句句掷地有声："尊敬的各位老师、同学们，大家好！今天，我带着老山前线官兵的嘱托，带着长眠在南疆烈士的夙愿，回到阔别多年的母校，向老师和同学们汇报，我们在老山前线战斗和生活的情况……"

人群中张家贵羡慕道："松涛，你爸真厉害，立了个大功！"

郝江山也一脸崇拜的表情，迎合道："贺叔叔是在枪林弹雨中蹚出来的战斗英雄，真了不起！这回可给咱村增光了！"

贺松涛谦和地小声道："将军百战死，壮士十年归，我爸能活着回来，就是我们全家人最大的福气啦！"

贺卫国满怀深情地回顾着："在争夺一无名高地时，尖刀班班长带领突击队在四次进攻受阻、右脚中弹的情况下，仍率领三名战士逼近敌阵，趁敌换弹匣之机，突然冲进敌战壕，短兵相接，展开殊死搏斗，将十九名守敌全部击毙，我们营尖刀班四人无一阵亡。"

贺卫国突然哽噎了一下，继续回忆道："在攻打老山主峰的战斗中，敌人以数倍的兵力多次向阵地发起进攻，主攻连一排长所带的排只剩下他一个人，激烈的战斗中，他的一条腿不幸被敌人的炮弹炸飞，最后当敌人冲上来时，他毅然拉响了'光荣弹'，与敌人同归于尽……"

在场的师生们无不为之动容，许多人禁不住流下了泪水。

听到动情之处，郝江山入了神，腾地一下站了起来："走，上战场杀敌人！"贺松涛望着郝江山，又看了看四周，拉了拉他的衣袖，示意这是报告会，郝江山这才反应过来，红着脸坐了下来。

"我们从战争中走来，是战争的烽火硝烟、枪林弹雨把我们历练成为钢铁战士。前线将士们宁愿牺牲自己宝贵的生命，也决不让祖国丢失一寸土地，他们满腔热血、心甘情愿地守卫着国土，用青春、智慧和热血报效我们伟大的党、亲爱的祖国……"贺卫国洪亮的声音在校园回荡着，传得很远很远……

整个会场，时而静得像沉寂的森林，时而又像潮涌的江河响起热烈的掌声。郝江山、贺松涛和同学们个个都听得心潮澎湃，热血沸腾。

报告会结束后，一名同学感叹道："这是我们最难忘的一课，前线英雄们的感人事迹震撼人心、催人奋进！"

一名老师插话道："当祖国需要的时候，这些热血青年、战斗英雄，不惜赴汤蹈火，甚至献出生命，他们的事迹真让人感动、敬佩！"

曹老师感叹道："一个没有英雄的民族是没有希望的，一个没有英雄的国家更是没有前途的。我们这个国家和民族需要贺卫国这样的功臣和英雄，他们不愧是新一代最可爱的人。"

在升钟湖的山路上，郝江山、贺松涛和张家贵你追我赶地骑着自行车，这三个年龄相仿的好兄弟，开心地畅谈着心中的感想和愿景。

郝江山和父亲郝胜茂很像，脸形刚毅硬朗，眉毛浓密，鼻梁挺直峭拔，一双明亮的眼睛，笑起来让人感觉暖暖的，犹如清晨林间散落的霞光，透露着青春年少的朝气与活力。

贺松涛中等身材，长得很壮实，鼻直口阔，粗发浓眉，整齐的小平头、炯炯有神的眼睛和厚厚的嘴唇透着自信和倔强，举手投足间流露出青松般的气质，小时候人们都管他叫"铁蛋"。

郝江山和贺松涛平时总习惯穿着父亲的旧军装，洗得发白也舍不得换下来，即使打了补丁也总穿在身上，他俩一个上黄下蓝、一个浑身绿军装，活跃在校园里非常显眼。

张家贵相对来说显得要瘦小很多，总是留着长长的头发显得脸更瘦了，两只不大不小的眼睛总是滴溜溜转，从小心眼儿就多，松涛妈不止一次说过，贺松涛和郝江山两个人的心眼儿加起来，也不如张家贵一半多。

他们将自行车停放在山坡上，望着远方连绵起伏的群山和油画般的田园风光。郝江山依然沉浸在报告会的热烈氛围里，如果说以前父辈们的影响只是在心中埋下投笔从戎的种子，那么这次报告会使心灵受到的震撼，则犹如一场春雨，让那颗种子发了芽。他一把搂住贺松涛和张家贵："告诉你俩一个事，高中毕业后我想去当兵！"

贺松涛疑惑道："怎么，你不打算上大学了？"

"上大学这条独木桥，挤破了脑袋也不一定过得去。而且上了大学又能怎样呢？就为了分配一个工作，平平淡淡在办公室里舞文弄墨一辈子，我觉得一点意思也没有，那不是我想要的人生。"

"其实我还挺羡慕我爸的！"贺松涛不容置疑地说。

"今天你爸的报告对我触动很大，我一直想过他那样的生活，当他那样的兵。"

"你知道为啥咱俩关系最好吗？"贺松涛盯着郝江山："因为我们总能玩在一起、想到一块儿，其实我也想去当兵，可是我不敢给家里说，我爸在前线打仗就够危险了，我要是再去当兵有个三长两短，我妈一天不得愁死啊！"

"铁蛋，你考虑的也有道理，可以征求下你爸的意见。要是能去，在学校里，我们是同穿一条裤子的同学。在部队里，说不定我们还是生死相依的战友。"郝江山已经满眼都是自己当兵的样子，不断地怂恿贺松涛，越说越劲，居然在山坡上踢起不太标准的正步来。

张家贵冷静地看着他俩，有点泄气地说道："当兵有什么好？不光吃苦受累，还有生命危险，现在可能还在打仗，万一被报销了，那就不划算。我家就我这么根独苗，当兵可能会死人的，我可不当兵！"

郝江山动情地说："每个人都有自己的想法，你不去我们也不勉强。但是如果大家都不去当兵，谁来守护咱们的家？谁来保卫我们的国？"

张家贵有些不屑："俗话说，一分钱难倒英雄汉。依我看，这世道还得有钱才行，我可不想去当兵吃那个苦。"

贺松涛见两人意见出入很大，赶忙打圆场："去当兵这事，我先回去和我爸商量商量，如果他同意，我就和他一起做我妈的工作。家贵既然不想去，肯定有他自己的打算，人各有志嘛。"

三个小伙伴"规划人生"后，虽然目标不太一致，但还是按照惯例一起来到张家贵家。放学后总是先去张家贵家一起打一会儿拳，是他们多年来养成的习惯。

家贵的父亲张民富和郝江山的妹妹郝明月在一旁观看他们仨练武。

郝江山和贺松涛一套拳路打得虎虎生风，张民富由衷地点了点头，郝明月不禁鼓起掌来。

张民富看着打了一半就不打的儿子，有些生气："家贵，你来一遍！"

张家贵不耐烦地回道："爹，练这个有啥用啊？你武功这么好，不还只是一个村支书吗？我可不练。"

张民富生气道："朽木不可雕！你让我说你什么好，书不好好念，拳也不好好练，以后怎么在社会上立足啊？"

张家贵反驳道："现在谁还靠这个？您功夫好，当上县长了？我就不信，靠我自个儿这脑壳，还闯不出个世界来！"

张民富气急败坏，抢起身边的棍子就朝张家贵打去，郝明月急忙大喊："家贵哥，快跑！"

5

贺卫国荣获战斗英雄回乡的消息，像长了翅膀似的迅速传遍了升钟湖的大街小巷，不少亲朋好友和邻居前来看望，七嘴八舌地问这问那。送走了一拨又一拨客人，屋里顿时恢复了平静。转瞬间，松涛妈的脸由晴转阴："卫国，你说说，你让松涛去当兵，你安的什么心？"

贺卫国还沉浸在刚才闲聊的情景中，忽然感觉气氛不对劲，便收敛起笑容："刚才，你还高高兴兴的，怎么一下子就变天了？儿子想去当兵，这是他的梦想，咱们当家长的应该支持才是。"

松涛妈感觉很委屈，眼泪夺眶而出："你们当兵的，一人吃饱，全家不饿。你在前线打仗，炮声一响，啥也不顾，可家里人成天为你提心吊胆，你知不知道，这么些年我一个安稳觉都没睡过。"

贺松涛见此情景不知所措，他想劝劝妈妈，又不知道说些什么。贺卫国立即取来一条毛巾递了过去："别这样，我知道你在家很不容易，上有老下有小，家里家外全靠你一人忙活。可有国才有家呀，没有我们当兵的守国门，哪有安稳的家呀！"

"再说了，我们打了胜仗，这不完完整整回来了，你还担心个啥？"贺卫国给贺松涛使了一下眼色："儿子，你说是不是？"

贺松涛连忙上前哄妈妈："妈，你就别担心了，我爸不仅平安回来，还成了大英雄，咱们家多光荣啊！"

松涛妈瞅了一眼贺卫国，而后转向贺松涛问道："你爸一个人就够让人操心了，难道你也不让妈妈省点心吗？"

贺松涛不知如何回话，贺卫国上前安慰："孩子当兵是他自个儿的选择，也是他的理想和追求，咱们当父母的最好别去干涉，还是遂了他的心愿吧，不然以后会落埋怨的。"

松涛妈突然较起真儿来，哭诉着："咱们家就这一个独苗，要是有个三长两短，我非跟你拼命不可！"

贺卫国见状，竭力控制自己的情绪："照你这么说，如果人人都贪生怕死，那谁来保卫咱们的国家？话说回来，参军入伍是每个公民应尽的义务，谁也不能例外呀。"

松涛妈反问道："我们家有你尽义务不就行了吗？全国那么多人，为啥我们家就得去俩？"

贺卫国据理力争："有的人想去还去不了呢！想当兵是件好事，既尽义务保卫国家，又锻炼了自己，两全其美，何乐而不为呢？这事我全力支持！"

松涛妈嗔怪道："我不知道上辈子欠你们啥！自从嫁到你们家，就没有过一天安稳日子，反正儿子是咱俩的，你爷俩的事，我也懒得管了……"

贺松涛说服不了妈妈，索性就早早去睡了。松涛妈看了看熟睡中的儿子，轻轻关上房门，回到床上压低声音对贺卫国说道："他爹，儿子当兵我不反对，但是儿子如果要去当打仗的兵，我死活也不会同意。"

"当兵就是为了打仗，不打仗，当兵干什么？"

"我看你是昏了头啦！你们贺家四代单传，儿子有个三长两短，我看你怎么跟祖宗交代！"

贺卫国沉默了一下："这，你说怎么办吧？"

"依我看，可以去郝大哥他们部队，他们不动枪不动炮，就是防火打火，应该没有什么危险。"

"你可拉倒吧，水火无情，我们也打过火，那可不是一般人能干的。"

松涛妈嘤嘤哭了起来："你在前线打仗，我就够操心的了，我还是觉得打火要稍好一些。"

贺卫国安慰道："你看你这个人，定兵的事，我说了也不算。"

"你不是功臣吗？你去找县里武装部的领导说说。"

"你可不要难为我，我可张不开这个嘴。"

松涛妈的哭声越来越大，贺卫国看了看贺松涛的房门方向，一把捂住了松涛妈的嘴，凑到她耳边："行，行，行，有机会我找郝大哥商量商量。"

6

傍晚，太阳收敛起刺眼的光芒，变成一个金灿灿的光盘。升钟湖远处山村、小树林和古香古色的农家小院，披上晚霞的彩衣，变成像火带一般鲜红。山村渐渐平静了，牧归的牛群披着晚霞的余晖从远处的山路走来，那些迟迟不肯回圈的鸭群，还在那小树林附近的湖面上游荡着……

郝胜茂经过七天六夜的长途颠簸，拎着沉甸甸的包裹，回到阔别已久的家乡。他刚要踏进家门，郝江山正端着一盆洗菜水往外走，两人差点撞个满怀。郝江山猛地抬头，借着光亮定睛一看愣住了："爸！你咋回来了？怎么也没事先拍个电报？"

郝胜茂摸了摸郝江山的头，径直往屋里走："部队夏训刚结束，还没进入秋防，趁这段时间有空，回家来看看。"

江山妈正在厨房忙碌着做晚饭，郝胜茂突然出现在屋里，郝明月惊喜地大叫起来："妈，我爸回来了。"

江山妈看着面前黑黝黝的丈夫愣住了，等缓过神来开口就责怪起来："也不给家里来个信儿，你一下子从哪儿冒出来的？"

郝胜茂放下军用帆布提包解释道："今年林区干旱火灾多，工作特别忙。"

江山妈泪水在眼圈里直打转，转过身哽咽起来："老头子，你可把家里人担心坏了，大半年了，你……是死……是活？总该来个信嘛！"

郝胜茂安慰道："老婆子，我这不好好地回来了嘛，都这把年纪了，还担心什么呀？"

郝明月劝说道："妈，别……别这样，我爸这不平安回来了吗。今天是一家人团聚的日子，大家都高兴点哈。"

郝江山见状，也急忙上前劝说："妈，爸刚回家，你就别埋怨他了。"

江山妈挽起袖子，擦了擦眼泪："好，好，好，我不该……这样。"说着从腊肉缸里拿出一块肉，准备再加些菜。"我这就给你们做饭去，走了那么远的路，饿了吧？"

简单而麻利地烹煮后，江山妈就端上来炒大头菜、煮腊肉、回锅肉和炒莴笋四个菜，一家四口围坐在一起，享受着久别重逢的温馨与幸福。郝明月眼光掠过饭桌仔细打量着郝胜茂的脸庞，微微皱了一下眉："爸，你怎么变得这么黑了？"

"光打火，就忙活了大半年，天天风吹日晒、烟熏火燎能不黑吗？"郝胜茂夹了一筷子菜放在碗里，看了看她娘仨，歉疚地说道："工作离不开呀，防火期那么紧张，哪有心思考虑回家的事，再说都想着回家，着了火谁去打呢？"

郝明月给郝胜茂夹了一筷子菜放在碗里，半开玩笑半当真地说道："爸，您老人家……思想境界就是高！"

郝江山瞅着他爸问道："爸，您今年是不是又立功啦？"

郝胜茂感叹道："你怎么知道？我呀，宁愿不立功，也不愿林子着火。"

江山妈打断了说话："快吃饭吧，你爸坐那么长时间的车，又走了那么远的路，肯定很累了，吃完早点休息，明天再聊。"

第二天，郝家刚吃过早饭，贺卫国带着贺松涛兴高采烈地拎着糖果、饼干过来看望。爷俩人还没到，声音就已经传进了屋子。"胜茂大哥，我们好多年没见面了，听说你回来，就赶紧过来看看。"

郝胜茂赶紧迎上去亲切地说："我昨晚刚到，还没来得及去拜访我们的大英雄呢，却让你'捷足先登'了。"说着搬过一把椅子："英雄营长，快请坐！"

"郝大哥，你就别寒碜老弟了。"贺卫国笑着坐下，见郝明月忙着给他倒茶，对郝胜茂说道："哟，几年不见，明月都长成大姑娘了。"

郝明月偷偷地看了一眼站在不远处的贺松涛，笑着说道："贺叔叔，您这一走好几年都没有回来过，我都快上高中了。"

一时间，听说郝胜茂探亲回来了，乡亲们都来郝家看望，人越聚越多，郝家拿出好烟好茶、糖果和瓜子招待客人。大伙儿围坐在院内四方桌前拉家常、摆"龙门阵"。

村主任郝致礼看上去年纪偏大，点燃一支香烟，冲着贺卫国说道："卫国，你们自卫反击战打得漂亮！听说你立了一等功，这可是咱们村的骄傲。我出个门都觉得脸上有光，去镇上开会腰板都格外直啊！"

"打胜仗才是军人最大的奖章，当兵的本分就是保家卫国，个人立不立功倒没什么。"

郝胜茂一怔："理是这个理，可话不能这么说！你是国家的功臣，乡里乡亲面前，你就不用谦虚了！这一仗你们打出了军威、打出了国威。全国都该好好宣传你们的事迹，崇尚英雄，凝聚人心啊！"

贺松涛在一旁与郝江山、郝明月有说有笑，三个人聊得非常开心。

张家贵平时说话本来就吊儿郎当，心不在焉地问道："郝叔，你穿的军装与贺叔咋不一样啊？"

郝胜茂回答道："你贺叔是解放军，我是森警，当然不一样啊。"

"深井，是不是你们的代号，那就是侦察兵了？"张家贵这一问，弄得几个人都笑了起来。

有人接话："深井，应该是打深水井的吧？"

郝胜茂给大伙一边点烟、发糖，一边笑着回话："森警，是森林的森，警察的警，任务是护林防火，保护森林安全。你可别说，还真有人找到我们队，要打深水井呢。"

贺卫国抢过话题："胜茂哥，您跟我们聊聊森警的事呗，听说你们挺辛苦，也很危险。"

张民富吸了一口烟："对，对，卫国都跟我们聊了一些前线打仗的事，你也跟大家伙说说森警部队上的事。"

郝胜茂正色道："森警是一支鲜为人知的部队，新中国成立前就成立了，人少任务重，大半年都在深山老林，每年在东北林区得扑救上千起森林火灾，经常风里来、雨里去、火里滚。我们漠河森警大队就驻扎在大兴安岭，那儿是咱们祖国的最北端，是咱们祖国北面窗户的大阳台。"

张民富插话问道："咋没听说呢，怎么有那么多的火，是人放的吗？"

郝胜茂给大家续了点茶水："这方面报道很少。我们打了很多火，外界都不知道。至于火灾原因就多了，大多都是人为引起的，也有雷击火。"

村主任郝致礼有些吃惊："林子着火，那损失老大了吧？"

郝胜茂点燃一支烟："全国每年火灾，烧毁的森林面积上百万公顷，怎么说也得有五六个咱们县那么大，烧死烧伤近百人，损失可不小哩。"

张民富身子往前探了探："这么大的火，还烧死那么多人，那打火一定很危险吧？"

郝胜茂继续说道："水火无情啊，稍不注意，就会群死群伤，所以我们森警打火，也跟打仗一样。"

贺卫国沉思片刻感慨道："这么看来，我们是与敌人作战，你们是与林火作战，都是在打仗嘛！"

郝致礼深深地叹了一口气："哎呀，好端端的林子烧了，真让人心疼！"

张民富抖了抖烟灰，越说越气愤："是啊，该好好保护林子了，前些年搞建设砍了多少树啊！你看看这些年，年年闹旱灾，不都是那些年给折腾的。现在可好，连喜鹊、麻雀这些小鸟都看不到了。"

贺松涛接过话说："我记得很小的时候，这儿的林子多好喔，到处都能看见野鸡、野兔。我和江山还经常下河抓鱼、捉黄鳝、找螃蟹，后来村里的树被砍光了，到处光山秃岭，死气沉沉的，一点生气都没有。"

村主任郝致礼边抽烟边吐着烟圈说："可不是呗，我们园子里的果树，还是郝大哥前几年探亲回来，带着我们栽的呢！这些年县上、乡上还给我们送些树苗，每年组织大伙儿上山栽树，有几座光秃秃的山又快成林了。"

贺卫国："新中国成立后，林业为支援国家经济建设做出了很大贡献，那时为提高木材产量，有计划地采伐了不少树木，特别是盖楼建房和毁林开荒，砍了不少树，也毁了不少林，现在该还账了，政府不是提倡'要致富，多栽树'吗？"

郝胜茂动情地说道："从发出'绿化祖国'的号召，到各地植树造林活动的兴起，我想在不久的将来，我们的山水会越来越好。老话讲，治水即治国，然而水从哪儿来，水靠什么养？水从山上来，只有林子才能养住水。前些年，毁了不少林子开荒种地，粮食收了两三年，可是各种灾害却没完没了。依我看，护林就是护国，大家看咱们头顶这棵大树，为我们遮风挡雨蔽日，咱们在此聚会、喝茶乃至婚丧嫁娶，孩童嬉戏，无不在这大树的庇荫下……"

7

升钟湖镇车水马龙，人流不息。街道两旁商铺林立，有卖肉的、卖菜的，锅碗瓢勺，五花八门，应有尽有。不时响起的吆喝声、讨价还价声、鸡鸭鹅喧叫声此起彼伏，整个小街一派繁荣景象。

郝胜茂和郝江山、贺松涛走在赶集的路上，郝江山瞅了瞅贺松涛问道："不知道咱们这儿今年都招什么兵？"

贺松涛愉悦的心情浮在脸庞："只要能走上，当啥兵都行，我爸临走好不容易做通了我妈的工作，不然我哪敢去报名？"

郝胜茂爽朗地说道："对，什么兵种都行，到部队好好干，在哪儿都一样！"

街上醒目处拉着"一人参军、全家光荣"的横幅，到处贴着"踊跃报名参军、接受祖国挑选"等标语。

武装部门口聚集了很多人，都在围观征兵公告，郝胜茂等也凑上前去。

人武部张政委在门口宣传征兵的政策，介绍应征的条件、兵种和服役地点等情况。

"空军5人、陆军10人、武警15人、森警10人……"

郝胜茂非常高兴："太好了，终于在咱们家乡征森警兵了。"

贺松涛好奇地问："郝叔叔，在我们这征森警，您为什么这么高兴啊？"

郝胜茂毫不掩饰心里的激动："咱们家乡真正懂打林火的人太少，征森警兵就可以给咱们家乡培养防火灭火人才，以后我们就可以有自己的灭火力量了。"

贺松涛听完后有些担心地说道："不知咱们能不能验上？"

郝江山信心满满："就凭咱俩这个体格，肯定没问题。"

俩人在报名处登记后，来到县人民医院征兵体检站，这里聚集了数百人，每名应征青年手握着体检表，排着长长的队伍等待着……

体检过后，他们两人又一同去了武装部，把介绍信、团员证、体检表和学校开具的证明交到政工科。

自从报名体检后，郝江山总是心神不定，时常到村口那棵老树下，静静望着远方，看着摇摆不定的树叶，感觉有些迷茫。

村里一位老人扛着犁头、牵着牛走过来，见郝江山独自一人发愣，问道："江山，你站在树下想啥子呢？听说你要去当兵，好好的书咋不念了？"

郝江山兴奋地表达着自己的心愿："我想出去锻炼锻炼，看一看外面的世界。"

老人摇着头："你们老郝家的人都是一根筋，上个大学，分配个正儿八经的工作多好啊。"

贺松涛笑着走了过来，拍了拍郝江山："发财爹刚才跟你说的话，我都听见了，你怎么不实话实说呢？"

郝江山笑着摇了摇头："我懒得跟他说，是个男人就得去当兵扛枪打仗，保家卫国当英雄，我怕发财爹会拿锄头抢我。"

贺松涛看着大树："嗯，江山，你看，其实人和这树一样，要想长得更高，要想有自己的天空，必须经历一番风雨，才能枝繁叶茂。"

俩孩子盼望的消息终于等来了。这天，村主任郝致礼有说有笑地领着接兵干部王雅杰来到郝江山家，郝胜茂一家热情地出门迎接。

郝致礼上前介绍道："胜茂，森警部队接兵的王参谋来家访了。"

"幸会，幸会，一家人！"郝胜茂笑呵呵地上前与王参谋互敬军礼，赶紧示意郝江山给王参谋拿凳子。"请坐，请坐，王参谋是哪个支队的？"

王雅杰笑着说道："我是小兴安岭支队作训参谋王雅杰。"

郝胜茂边说边招手示意郝江山过来："我是大兴安岭支队漠河大队大队长郝胜茂，欢迎你到我们家乡来接兵，这是我儿子郝江山，你看看咋样？"

江山妈连忙把沏好的茶水放在桌子上，笑着说道："您别见怪，他嗓门大。"

"火场上风力灭火机声太响，嗓门不大还指挥不了呢，森警都这样。郝大队长的大名如雷贯耳啊。"王雅杰笑着回了江山妈的话，接着打量了一下郝江山，会心地点点头："好啊，一看就是当兵的料，欢迎，欢迎！"

郝致礼笑着向王雅杰介绍情况："江山当兵错不了，跟他师父练了十几年武功了，功夫很好。这孩子从小学到高中都是班干部，学习成绩好，有股机灵劲，大家都很喜欢这孩子。他爷爷是个老红军，参加过长征，他爸爸还是你们森警部队的，家里根正苗红。"

郝胜茂发着大前门香烟："主任太夸奖了，江山没有你说得那么好。"

王雅杰感慨地说："有其父必有其子，看这股子劲错不了，不用细瞅就知道，这就是我们森警部队需要的人。我保证进去前是块铁，出来就是块好钢！"

"我们家江山，要是能当森警，子承父业，倒是一件好事。"郝胜茂满怀期望地说道："今年大兴安岭地区降水少，防火任务肯定很重，防期前还要提前做些准备，过几天我就归队了，不知武装部啥时候定兵？"

"应该快了，等县里定了兵，我们就开始发服装。"

江山妈笑着说："我们家江山，要是能到咱们部队，还得请领导多多关照啊。"

一晃郝胜茂的假期结束了，虽然舍不得江山、明月他们娘仨，但部队更需要他回去。郝江山送父亲归队，走到村口一棵大树下，不舍地对郝胜茂说："爸，您这次回家待的时间太短了，我还有很多话想给你说呢。"

郝胜茂拍了拍儿子的肩膀："马上秋防了，时间紧、任务重，能回来一趟看看你们就不错了，有什么事也可以给我写信。"

郝江山问道："前几天王参谋来家访，是不是我只能去森警了？"

郝胜茂："那倒不一定，难道你还有别的想法？"

郝江山面露喜色："我和松涛都想去解放军，像贺叔叔那样上前线打仗当英雄，你能不能找找人帮帮我们？"

郝胜茂面色严肃起来："江山，当兵去哪儿，那是武装部定的事，我从来不求人，也不会给你找任何关系，如果连当兵都想着走后门，那你也不会有太大的出息，换成你贺叔，也会这么做的。"

郝江山越说越来劲："可我们还是想去一个好的兵种，能扛枪打仗，风风火火当英雄，当森警既辛苦又没名，长年钻山沟、打山火，我觉得没啥意思。"

郝胜茂嗔怪起来："你们年轻人懂啥？只要你把喜欢的职业当事业来干，就不仅仅是上瘾。如果你的梦想选择的是一个职业，那你尽心干好就够了；如果你选择的是一种事业，那你就要用一生的努力去追求！既然你选择了走当兵这条路，不管去哪个部队、以后在哪个岗位，只要你坚持不懈地努力奋斗，终有一天会实现自己的人生价值！"

郝江山不解地反问："爸，您说句心里话，您当森警实现了自己的人生价值吗？"

郝胜茂坚定而自豪："当然！虽然我们的部队不是在枪林弹雨中打仗，但守望一座青山，就是一份责任；守护一片绿色，就是一份荣光；被烈火浓烟炙烤的青春和人生最美丽，这就是森警的价值。"

郝江山心境豁然开朗，眺望着远处光秃秃的山岭，似乎明白了爸爸的心思，他点了点头信心满满："放心吧，爸，如果能去森警，我一定好好干，争取超过您。"

郝胜茂笑了笑又鼓励道："呵，你这小子，口气还不小！不过，遵从自己内心的梦想和激情，选择有意义又能让自己快乐的事去做，一定能实现你的人生价值和社会价值。你跟林子有缘，大胆去闯吧！"

送走郝胜茂，郝江山内心敞亮了许多。终于盼到了好消息，县武装部通知他去领新兵服装。郝江山和其他新兵身着崭新的橄榄绿军装，个个心花怒放、喜笑颜开。

在武装部召开的新兵座谈会上，新兵代表满怀激情表达从军梦想、报国情怀。

贺松涛踊跃发言："我能穿上这身军装，感谢村、镇干部和武装部各位领导的关心帮助，到部队后我一定不给家乡人丢脸。"

郝江山激动地说："当兵，是我人生一次重大转折，我会把青春和热血献给森警部队，融进那神奇的茫茫林海。"

武装部张政委勉励大家："祝贺大家光荣入伍，希望你们珍惜机遇，努力学习、刻苦训练，以优异的成绩早日向家乡父老报喜！"

两个年轻人身着崭新的军装，全身的血液在沸腾，感受着从没有过的荣光和自豪感，眼前仿佛看到了自己头顶庄严的警徽、手握闪亮钢枪为祖国站岗的飒爽英姿。

回到家，郝江山和贺松涛被两位妈妈领到家后面的山坡上。

"江山、松涛，明天你俩就要去当兵了，这里有些树苗，你们选一棵栽上。"松涛妈说。

郝江山不解道："为啥要栽树？"

"这是你爸和你叔临走时特意交代的，想你们的时候，我们可以来这里看看树。"

贺松涛若有所思，蹲下来看着一堆树苗："我最敬仰松树的品格，那我就选这棵松树了。"

郝江山也蹲下来挑着："中国的国树是银杏，我要种一棵银杏树。"

郝明月也凑了过来："妈，我也要种一棵，种一棵桃树！"

江山妈："好，你们一起种。"

郝明月开心地将桃树种在了离贺松涛的松树很近的地方。

种树，"种"的是希望，"树"的是精神，"播"的是幸福。

8

漠河县林政检查站，森警官兵像往常一样检查着过往车辆和出入林区的人员。一辆吉普车急速向检查站驶来，正在执勤的官兵拦下车，上前盘问："同志，请出示您的入山证。"

吉普车副驾驶位置上坐着一位戴着墨镜的中年男子，傲慢而愤怒地甩过来一句话："你眼瞎了，谁的车都敢拦？要什么证？找碴儿咋的？"

执勤哨兵义正词严："请说话文明点！不管谁的车，都必须自觉接受检查！请出示入山证！"

戴墨镜男子开始破口大骂："文明，你们还知道文明？我看是把你们这帮小兔崽子惯的，对你们这就够客气了！我是黄金公司陈经理，连我的车都敢拦？！哼，笑话，我进山还要证吗？"

"我们正在执行公务，请您配合！"

陈经理新仇旧恨涌上心头："你们森警现在简直是无法无天，不觉得管得也太宽了？是不是给闲的，非要整点事？"

执勤官兵有礼有节，继续耐心地说道："根据省森林防火指挥部公告，防火期内，所有进入重点林区作业的人员和车辆，必须持有入山证！"

"你们森警算个啥？告诉你，这个地方我说了算，还轮不到你们张牙舞爪！"陈经理越说越激动："我的证件，你们根本就没资格检查！"

执勤哨兵掷地有声地回答："不出示证件，就不能进山！"

陈经理见执勤官兵义正词严的样子，气急败坏地扔下狠话："我就不信整不了你们，咱们走着瞧！"

陈经理倒是行动迅速，当天下午就跑到了县政府领导办公室："我的县太爷呀，您就任由他们这么乱整？森警那帮人成天这么查，谁还来咱们这里采金，您再不出面管管，我们真的没法干啦！"

高县长抽着烟："不就这点破事吗，还能动摇咱们政府的决心？别的我不管，我只要一个结果，那就是坚定不移地把全县经济搞上去，不然财政收入从哪儿来呀？今年黄金产量必须超过两万两，木材生产也要超过 20 万立方米，争取创造历史纪录！"

陈经理见火候已到："我的青天大老爷，只要您替我们做主，把森警整治住，黄金产量肯定没问题。森警队把林子看得死死的，县里既不能靠那些死木头吃饭，您也不能靠那些呆木头升官，能靠得住的只有黄灿灿的金子，这才能给您带来政绩和声望呀。"

高县长背着手来回踱着步："咱们这都好几年没着过火了，他们这帮人成天闲得没事到处瞎转悠，设个卡查这查那，骑个马背个枪巡这巡那，啥事儿没有，我瞅他们也不顺眼！"

陈经理煽风点火道："就是，就是，老虎不发威，拿我们当病猫呀！不教训教训他们，不知道马王爷长三只眼？！"

高县长当即表示："你只管好好采金，这事我来处理。我让公安局、审计局、物价局去一趟，我就不信森警大队就那么干净！"

随后高县长给有关局下达指示，要他们好好查一下森警大队几个检查站有没有多收罚款，经费使用是否存在违规行为。

大队长郝胜茂、教导员张京华正在组织官兵进行灭火专业训练，县公安局、审计局、物价局等单位人员突然出现在大队营院，他们一头雾水，不知道什么情况，他们做梦也没想到这次联合检查，背后藏着一些不可告人的阴谋。

带队的领导严肃地说："郝队、张教，根据县里的安排部署，我们今天要对你们大队近年来的财务账目进行联合检查。"

审计局、物价局的工作人员冲进财务室和装备库室查账本、看凭证、点物资，好像要把大队资产翻个底朝天似的。直到太阳落山，他们才检查完，最终也没有查出什么问题。

临走时，这位带队的领导在门口紧握着郝胜茂的手，提醒道："郝队，我们今天只是例行公事，但我得提醒你们俩，做事别太'死性'，工作别那么认真，差不多就行了，不要闹得大家都不愉快，你好，我好，大家都好过嘛！"

郝胜茂爽朗地回道："谢谢领导提醒！我也是为咱们县好啊，有些事我们再不管，可能山上的林子很快就会'剃光头'了，甚至会酿成灾难性的恶果啊！"

这位领导也感觉无奈，摆了摆手："你们好自为之吧，听人劝，吃饱饭，千万别让人盯上了！"

联合工作组在森警大队未能查出任何问题。高县长在办公室里走来走去，显得很气愤，用严厉的语气质问带队领导："你们是干啥吃的，一点问题都查不到？"

公安局局长回答道："县长，我们三家查了好几遍，确实找不出什么问题。"

高县长很生气："不是我说你们，这点事还用我教你们吗？查不出来，就不会找点问题？"

公安局局长有些不解："县长，我们……"

高县长不耐烦地打断了公安局局长的话："行了，你们都回去吧。"

高县长坐下点燃一支烟，忽然灵光一闪，拨通了座机："给我接行署……专员，您什么时候到我们县来检查指导工作啊？……向您汇报个工作。"

高县长狠狠地抽了一口烟，难掩心中不满的火气，继续汇报着："经我们县委集体研究，决定撤了森警大队。我们县有自己的专业扑火队，他们大都是接班的干部子弟，百分之百靠得住，完全能胜任护林防火任务！"

高县长边抽烟边说道："再说，我县最近几年就没有着过什么火，森警大队在这里没有存在的价值！花钱养他们干吗？"

高县长越说越气愤："现在各地都在搞改革开放，都在抓经济建设，森警在我们县里，净给我们添乱，影响我们的正常工作。金矿是我们县的龙头产业，森警不仅没有起到保驾护航的作用，关键时刻还扯后腿呀，已经严重阻碍县里的经济发展！撤了也没啥。"

高县长狠狠地把烟头掐灭在烟灰缸里："撤了森警，护林防火工作由我们县统一负责，保证管好。"

高县长拍着胸脯说道："如果森林防火工作有什么问题，您撤我的职，我心甘情愿！"

行署领导回复："好，你们打个报告上来，我们再研究一下！"

高县长高兴地回道："好的好的，我们就等您拍板定案啦！"

检查组走后，一连好几天郝胜茂都莫名地感到不安，总感觉会出现难以预料的事情。这天，他心神不宁地整理着上级下发的文件，突然急促的电话铃声吓了他一大跳。

郝胜茂拿起电话："你好，漠河大队郝胜茂。"

电话那头，鲁支队长用从未有过的口气传达着命令："根据上级命令，漠河森警大队从漠河县撤到二大队，暂驻加格达奇。"

郝胜茂愣了一下，半天才回过神："撤走！我没听错吧？支队长！现在是防火期，有了火情怎么办？"

鲁支队长无奈地回复道："服从命令吧！我也没有办法。"随即挂断了电话。

郝胜茂站在那里一声不吭，他慢慢放下电话，神情落寞。张京华见状，也站了起来，郝胜茂眼圈泛红，一句话也说不出来。一下午，他和张京华默默地坐在办公室里，烟头插满了烟灰缸。

森警大队一路走来，官兵们天当被、地做床，战风雨、斗火魔，朝夕相伴，饱含深情，谁都不愿意听到这个难以接受的消息。但军人以服从命令为天职，大家都别无选择。官兵们含着眼泪将装备器材全部装车待运，漠河森警大队的牌子也在官兵的注视下被摘了下来，心酸而委屈的泪水再也忍不住了。

围观群众议论纷纷："漠河森警大队可是森林火灾的'吹哨人'，他们被'请'出境了，这要是着了火可怎么办？"

"是啊，在咱们林区，防火灭火可是头等大事呀！"

"那些当官的眼里只有金子，哪还有林子？"

"那些滥砍盗伐、乱挖乱采的人，又可以为所欲为了。"

"真是乱弹琴。"

9

府都火车站人流如潮，浸润着淡淡的离愁。长长的列车平卧在月台上，像一支拉满弦的绿色长箭指向远方……

新兵们戴着大红花，不少亲友、邻居、同学都来车站送别。有的拎着橘子、广柑，有的拿着煮熟的腊肉、香肠……

张家贵与郝江山、贺松涛围在一起，一会儿拉着贺松涛的手，一会儿抱抱郝江山，小伙伴们难舍难分。

"这次机会难得，你们到部队好好干，争取弄个一官半职的，衣锦还乡，到时候我也好沾沾光。"张家贵三句话不离老本行，调侃道："大学咱肯定考不上，也不是当兵的料，你们走后，我准备去深圳打工挣钱啦，听说那里遍地都是黄金。"

老支书、村主任和郝江山的家人也都来送行。老支书抚摸了一下郝江山的头，拍了拍肩膀："啧，穿上军装就是精神，相信你小子能行，到部队后可要好好干，争取能学一门手艺。"

张民富上前插话："学手艺没多大意思，我看这年头还是要提干，像胜茂和卫国那样，当个军官那才带劲，一代要比一代强嘛，在部队好好干，争取当个将军回来！"

"师傅，我保证完成任务，你们放心吧，到部队我一定好好干，一定混出个名堂回来见你们。"郝江山此时信心百倍，暗自下定了决心。

江山妈泪水在眼圈里直打转，恋恋不舍拉着儿子的手："江山，这回你走得远了。东北天气冷，要注意添加衣服，照顾好自己，常给家里来信，别让妈妈惦记。"

郝明月两眼噙满泪水，默默地站在他们面前。她下意识地替郝江山正了正军帽，而后上前拉着贺松涛的手："松涛哥，你们去的地方一定很远吧？"

贺松涛不动声色地看了一眼郝明月，望望远处的天空，答非所问："嗯，今天，天真好！"

兄妹间早已没有儿时离别的哭喊和连拉带扯，有的只是几只攥紧的手。

眼看儿子就要走了，松涛妈心里特别难过，眼泪禁不住地往下流，大家都在劝她："别伤心了，免得孩子走了还惦记。"

汽笛长鸣，催促着南来北往的游客。

张家贵特意看了看正在与贺松涛话别的郝明月，塞给了郝江山50元钱，并在郝江山耳边偷偷耳语，郝江山装作很生气打了他一拳。

火车拉响了汽笛，缓缓地开动了。新兵们强忍着泪水，有的隔着车窗玻璃，有的把头伸出窗外，有的使劲地挥舞着手臂与家人告别。因为从这时起，他们将不再只是父母眼中的孩子，而是维护国家生态安全、保护绿水青山的绿色卫士，一身戎装更赋予了他们神圣职责与光荣使命。

松涛妈在不远处强作笑脸，郝明月走过去拉着她的手安慰道："松涛哥刚才让我给您说，不要担心他，还叫我经常去你们家看看。"

挥一挥手，化作前行的路标，这是一次初心梦想的启航，虽然谁也无法预言能否凯旋，但前方的路注定充满希望和无限光明。

第二章　逐梦启航

1

列车在美丽的山川原野上疾驰着，灿烂的阳光射进了车厢里。新兵们有的在车厢内寻找着相识的同学、老乡，有的三三两两在聊天，有的围坐在一起打扑克，有的在吃着家里带的煮鸡蛋、辣香肠和肉馍。

郝江山在一旁静静地坐着，踌躇地望着窗外飞逝的景色，他不知道此行面临的将是怎样的境地，更不知道自己能否在部队实现人生的价值。看着眼前快速掠过的景象，内心思绪万千，儿时的经历如电影般一幕幕地在脑海中浮现。

童年无忧无虑的生活在山清水秀、宛若隔世的村庄，在稻花摇曳的田埂里纵情玩耍，直到傍晚炊烟袅袅的村头传来母亲的呼喊，才不舍地分别玩伴回到家里；那时蓝天碧水，庄稼成片、绿树成林、山花烂漫、瓜果飘香；那时他与伙伴们常常偷着下河抓鱼，上树掏鸟蛋……这一切都成为美好的回忆，珍藏在心底。而如今，家乡的一切都变了，到处是枯黄的主色调，鸟儿飞走了，动物也少了，小溪断流了，梯田不见了，到处荒山秃岭，没有一点儿生机……思绪的野马在郝江山大脑中放纵奔腾，遥想着即将奔赴的茫茫林海、崇山峻岭，心中几多感慨，几多期盼。

大客车在白雪皑皑的东北平原上奔驰，车内坐着30多名森警新兵，他们在车里唱着、憧憬着。车两侧的白桦林向后急速闪过，目不暇接。长途跋涉了数小时后，终于到达了目的地——小兴安岭支队训练队。

训练队坐落在市郊，由几栋平房整齐组合成一个小院落，营院美观大方，庄重简洁，场地宽阔。

大客车刚行驶到大门口，鞭炮齐鸣，锣鼓喧天，彩旗飘扬，训练队领导和新训干部骨干排成两列，热烈欢迎新兵入营。

新兵们好奇地刮着车窗玻璃上的冰花，欣喜地往外瞅。

贺松涛搓着手，颤抖着说："江山，这里可真冷啊。"

郝江山也搓着手，还没回话，孟虎威就回过头说道："南方人，这你就不懂了吧，在东北，天气冷，人才显得年轻。"

钱朝鑫凑过去冒出一句广普："为什么显得年轻？"

孟虎威神秘地说道："张大爷今年都70多岁了，一出门就冻得跟孙子似的。"

新兵们哈哈大笑。

王雅杰组织新兵下车、列队。

当新兵陆续走下车时，呼出的热气瞬间成霜，大家缩着脖子，身子直打哆嗦，感觉像掉进冰窖里一样。

王雅杰清点完人数，将新兵带到会议室。新训大队长郭宇辉按照新兵人员名册点名分班，新训干部、班长跑步带回分配的新兵。

"一中队一排一班：郝江山、孟虎威、钱朝鑫。"

"一中队一排二班：贺松涛……"

"一中队三排七班：黄土豆……"

宣布完命令，班长严智勇一把拎过郝江山手里的帆布包，领着三名新兵走回宿舍："同志们，咱们班又来新战友了。"

先到的几名新兵分别接过三人的行李，严智勇开始分配床铺。新兵们洗漱后，相互介绍情况。

钱朝鑫大方地从包里拿出巧克力分给大家："我叫钱朝鑫，家是深圳的。"

孟虎威从兜里掏出一盒"大前门"香烟发给大家："我叫孟虎威，哈尔滨的。来，大家抽烟，以后大家多关照！"

严智勇立刻制止："新训期间禁止吸烟，请你收好。"

郝江山站起来："大家好，我叫郝江山，我做梦都想来当兵，很高兴能和大家在一起。"

玖拾捌有些拘谨地介绍道："我叫玖拾捌，是草原上的一只雄鹰。"话音未落，引起了新兵们哄堂大笑。

阿什库身材粗壮，站着像棵树，坐下就是一座山，黑里透红的脸庞棱角分明，大眼浓眉，笑起来带一对酒窝，话中带着一股"大楂子"味儿："我叫阿什库，鄂伦春族的神枪手，那啥玩意，大家伙啥时候上俺家去，大火炕、'猪头又'、酸菜炖粉条子伺候着！"

晚上，各班长正在组织新兵整理内务。

"进门看内务，出门看队列，被子就是我们的脸面，要叠成'豆腐块'一样，才算是功夫到家了。"一班长严智勇边讲边叠，不厌其烦地传授技巧，三下五除二就把一床又大又厚的被子，叠得有棱有角、方方正正。

新兵们个个看得目瞪口呆，观摩完后各自分头去练习叠被子。

这是每名新兵来到部队这所大学校的第一堂课，也是他们必须掌握的基本技能，这也意味着"直线加方块"的新训生活开始了。

每天他们都迎着朝阳，伴着嘹亮的军号声起床，穿衣、戴帽子、扎武装带、出操……在震天的呼号声中开始新的一天。

这天，新兵们听说老总队长刘先河要到新训队看望新战友，给官兵们讲讲森警部队发展史，大家都很兴奋，因为大家都想看看这个班长口中的"传奇人物"究竟长啥样，更期待听一听老首长口中森警部队的辉煌历史。

八点整，操课号音准时响起。训练队全体官兵静坐在学习室，老总队长刘先河穿着老式森警制服和支队田政委坐在主席台上。

田政委面带笑容、声音洪亮："同志们！今天是新兵教育训练开训的第一堂课，我们非常荣幸，咱们的第一任总队长刘先河同志特地来看望大家，老首长参加过红军长征、抗日战争和解放战争，是从枪林弹雨中走出来的传奇人物。下面，请老首长给我们讲讲森警部队的发展历程和光荣传统。"

在雷鸣般的掌声中，刘先河起身向大家敬礼致意，然后用激昂的语气讲起森警部队的历史："森警部队因林而生、为林而建，是一支保护国家森林资源安全、维护林区社会稳定的专业武装力量。1948年8月25日，东北行政委员会颁发通令，决定从军区抽调部队，在合江、松花江、龙江、吉林四省组建一支武装护林队，其主要任务是清山剿匪，维护林区社会治安，与一些潜伏在深山老林中的日伪残余，长期匿居森林腹地的土匪、烟匪进行殊死斗争。大家比较熟悉的电影《林海雪原》，很多战斗和生活的场景，就是我们森警部队前身的缩影……1978年，森林警察实行职业制与义务兵役制相结合的'一队两制'，当前我们正处在这个特殊时期。"

郝江山聚精会神地听着，钱朝鑫用手捅了一下郝江山，小声嘀咕道："咱们部队这么厉害呀！"班长严智勇瞪了他俩一眼，示意不要讲话。钱朝鑫吐了一下舌头，立刻继续专心听讲。

刘总队长洪亮的声音在学习室回荡："组建之初，咱们老一代森警官兵在'一人一马一杆枪''桦树条子小镰刀'等简陋的装备条件下，培养了一批又一批'山里通''活地图'和'铁脚板'，寒来暑往，守护着祖国绿色宝库的安宁。38年来，部队从小到大，由弱到强，伴随着共和国的脚步，不断发展壮大……"

刘先河是黑龙江森林警察总队第一任总队长，也是这支队伍的传奇人物。1934年参加红军，1945年4月在延安参加了党的七次全国代表大会。先后参加了北上抗日和东北解放战争。打了大半辈子仗的他，浑身上下都渗透着职业军人的那股冲劲和豪放，总是操心不老、停不下来。东北行政委员会组建武装护林队时，已是副师长的刘先河主动请缨，自降军衔申请加入护林队，就因这支队伍清山剿匪有仗可打。

猛然间看见，刘先河就是个慈眉善目、和蔼可亲的小老头，可他的名字曾让林区土匪闻风丧胆。当年他常骑一匹大白马，跋山涉水，钻山入林，清山剿匪，因长时间不打理，胡子很长，眼露精光，看上去比土匪还土匪。林区土匪常常在易守难攻的深山密林，他却对土匪的行踪有着惊人的判断力，遇到土匪猛追猛打，奇袭、合击，战马都跑死四匹。从枪林弹雨、死人堆里滚出来的刘先河，再狡猾、厉害的土匪也不是他的对手。武装护林队成立一年后，三江地区也无匪可剿。1949年武装护林队复建，中心任务转为防火灭火，他又将打仗的爱好转到打火，总结了一整套防灭火战法，打了数不清的恶仗险仗，人送外号"火将军"。

授课结束后，新兵们在头脑中一遍一遍地想象着自己心中的森警部队。看到老总队长刘先河走过来，大家立刻围上去。

郝江山好奇地问道："首长，您能不能给我们讲一讲长征路上的故事啊？"

刘先河笑呵呵地说道："长征路上的故事太多了，这回就讲一讲最令我难忘的一件吧，那时我在红一方面军当警卫排长，部队进入四川若尔盖草原，那里气候变化无常，部队缺衣少粮，只能靠挖野菜充饥度日，越往草地中心走，困难越大，有时漫天大雪，有时冰雹骤下，夜晚的严寒，更使人难以忍受……"

郝江山等听得格外入神，部队的红色历史和赫赫战功让新兵们热血沸腾。下课后，大家陆续回到自己宿舍。

玖拾捌放下笔记本激动地说："今天老首长讲得太好了，咱们部队历史这么悠久，出了那么多的英雄人物，我要是有大英雄杨子荣和咱们老前辈董凤久那样的本事就好了，看来俺当森警真是对了！"

严智勇刚进屋，钱朝鑫急急忙忙跑过去："班长，一人一马一杆枪，我们什么时候能骑马、能发枪？"其他的几个新兵听到后也一起围了上来。

严智勇缓缓坐下，很得意地说："我们现在有几个偏僻落后、交通不便的执勤点，巡护时还需要骑马，其他执勤点大多都有摩托车和运兵车了。至于枪嘛，过几天就发给你们了，大家到时候好好练一练射击！"

钱朝鑫伸着脖子，皱了皱眉："班长，那个什么'山里通''活地图'，还有什么'铁脚板'？怎样才能练成？是不是特别苦、特别累？"

郝江山瞅了瞅钱朝鑫痛苦忧虑的样子，调侃道："小广东，怕了吧？怕苦就不要来当兵。"

钱朝鑫有点委屈，埋怨地说道："班长，你看他幸灾乐祸的样子。"

严智勇不急不忙地解释说："当森警兵肯定苦，有时遂行清山、巡护等任务，需要翻山越岭、穿林涉水、风餐露宿、连续作战是常事。大家思想上要有吃苦的准备，但也没有你们想象的那么恐怖，大家都不要害怕，更不用紧张，苦中作乐、苦尽甘来嘛！"

第一堂队列训练课在新兵的期盼中正式开始了。训练场上"严格训练、严格要求"八个砖红色大字格外醒目。新兵们成连横队集合，大队长郭宇辉走到队前："同志们，今天担任队列科目训练的教员，是司令部作训股王雅杰参谋。"

王雅杰迈着标准的齐步走到队列前，行了一个标准的军礼，新兵们热烈鼓掌。

王雅杰神情威严，铿锵有力地说道："同志们，从今天开始，我们进行队列训练。加强队列训练，有利于培养同志们良好的军姿、严整的军容、过硬的作风、严格的纪律和协调一致的动作，这也是迈入军旅生涯的必修课。在为期三个月的新训中，要实现从一个普通青年到合格军人的转变，需要我们有坚强的意志、顽强的作风，苦练三九，战胜困难，迎接各种挑战。"

王雅杰以其洪亮的声音、规范的动作，讲完新兵入营后的第一节队列课。之后新兵们以班为单位开展队列训练。

王雅杰在队列前来回走动着，时而环视整个训练场，时而纠正个别新兵的动作。

郝江山和钱朝鑫各有所想，在队列中心不在焉。

严智勇下达"向左——转"的口令，郝江山和钱朝鑫都转错了方向，直到自己和身边的战友面对面时才发觉。

严智勇走过来严厉训斥道："你们两个转过来，连左右都不分？"郝江山吐了一下舌头，小声地问道："是你错了，还是我错了？"

随着"齐步——走"的口令，他们两人向前走了几步，发现周围有笑声，忙停了下来。回过神瞅向四周，原来是旁边班的班长在下达口令，结果他们两人因为思想溜号，依"令"而动了。

严智勇非常生气地在郝江山胸前怼了一拳，疼得郝江山眼泪在眼睛里直打转。还不解气，又骂了一句："妈拉个巴子的，连错两次，寻思啥呢？"

紧张忙碌了一周的训练结束了。晚饭后，大家在谈论着一周来教育训练中的逸闻趣事。

"嘟、嘟、嘟"哨声响起。"各班组织召开班务会！"值班班长在走廊里喊着。

一班全体端坐在马扎上，严智勇非常严肃地讲评着新兵们一周的训练情况。

"这周来大家都能克服天气寒冷带来的不利影响，积极参加队列训练值得表扬，但个别同志在训练中不够认真，思想开小差，精力不够集中，导致这次会操没有取得好的成绩，大家都要认真总结、深刻反思。"

郝江山猛地站了起来，打断了班长的小结。"班长，我们在队列训练中表现不好，你可以批评我们，但你骂人不对，应该当着全班向我们道歉。"

孟虎威冲着郝江山微微一笑，一副打抱不平的样子："郝江山，你个'南蛮子'，跟班长装啥呀？还不赶快认错。"

玖拾捌也拽了拽郝江山的衣角，示意他不要再说了，但郝江山一动不动地站在原地。严智勇见此情景，气哄哄地摔门而出。全班新兵都呆住了，面面相觑。

钱朝鑫埋怨道："郝江山你要干吗？你自己做错了，还要班长跟你道歉？惹班长生气，这下好了，看你怎么收场？"

没过几分钟，宿舍门被踹开了，进来了五六个班长，其中一个班长怒气冲冲地质问道："谁叫郝江山？小崽子才来了几天？胆肥了吧，敢让严班长给你道歉，活腻歪了？"

钱朝鑫见大事不好，连忙起身相劝："各位班长，都是误会！都是误会！消消气！消消气！他刚来不懂事，你们大人不记小人过。"

听到一班嘈杂的声响，中队长杜伟升走了进来："不组织开班务会，你们在这里干吗？"

各班长感觉不妙都乖乖地溜了："我们来看看，学习学习……"

2

严智勇正在教新兵练习正步分解动作，他手里拿着一根小棍，嘴里喊着："一、二、一……"

望着那排高高低低的脚面，严智勇一边用小棍轻轻敲打着新兵脚尖，一边用口令规范新兵的动作："脚面绷直，脚尖离地面约 25 公分。"

孟虎威身子微微晃了晃，班长走过去把他扶了一下。

郝江山的身子也开始晃，一阵酸劲从脚尖顺着大腿冲了上来，悬在空中的脚一下子着了地。

严智勇轻蔑地看着郝江山，训诫道："郝江山，把脚抬起来，你不挺牛的吗？怎么才这么一会儿，就挺不住了？"

郝江山不情愿地把脚抬了起来，稍停片刻身子再次晃动，脚又着了地。孟虎威也趁班长不注意，偷起懒来，换了另一只脚。

严智勇转身走了几步，下达命令："郝江山、孟虎威，出列。"他俩很不情愿地走出队列。

严智勇把手里的小木棍扔在地上："其他人跨立，你俩听我口令，正步分解动作，一……"

郝江山抬起脚，无意中一扭头，发现七班黄土豆正在不远处笑他俩。

严智勇："郝江山，目光正视前方，到处乱瞅啥？"

郝江山望了一眼黑着脸的班长，蓦然感觉班长在报复他，索性将抬着的脚放在了地上，来了个立正姿势。

严智勇表情肃然，质问道："怎么？不想练？"

郝江山不屑一顾："我腿疼！"

严智勇反问道："腿疼？"

郝江山："我脚崴了。"

严智勇："什么时候崴的，我怎么不知道？"

郝江山："我的脚崴了，你怎么能知道？刚崴的。"

严智勇："是吗？那好，我给你治治。"

郝江山直挺挺地站着，严智勇面向全班："一班，解散。"而后转身面对郝江山："郝江山，绕此操场跑步 20 圈，直到你腿不疼为止。听口令，跑步——走！"

天空阴沉沉的，鹅毛般的大雪越下越大，郝江山一瘸一拐不知跑了多少圈，汗水混着雪水从脸上往下淌，毡绒帽上挂满了雪花，后背冒着腾腾的热气，活像个"圣诞老人"。

钱朝鑫看得直心疼，替郝江山求饶道："班长，不能再跑了，外面雪太大，天又这么冷，容易跑出人命的。"

严智勇像是没听见似的，冷冷地站着，看着郝江山一个人在操场上跑着，一班其他战士都在焦急地等待着。

郝江山已经上气不接下气，但他仍然坚持继续跑着。

"不就是20圈吗？能吓倒谁呀？"郝江山给自己打气，执意要跑完，谁拿他也没办法。

严智勇终于吹响了停止哨子，可是他的嘴皮却被冰冷的铁哨子粘住了，急忙捂住嘴回到了宿舍。孟虎威一看便明白了，跟严智勇一起回到了宿舍。

郝江山早已跑麻木了，尽管他已经听到了哨音，可就是停不下来脚步，机械地向前又跑了一段，终于精疲力竭地瘫倒在地上。一群新兵跑过去，把他架了起来。

贺松涛劝他："江山，你不要耍性子，这是何苦呢？"

玖拾捌也劝道："回去跟班长认个错，可千万别再逞能了，不要再顶撞班长了。"

郝江山眼里含着泪水，倔强地说："他这是报复，小家子气，我不服！"

深夜，郝江山从洗漱间接了一大桶凉水，气冲冲地走进宿舍，全都浇在了熟睡的严智勇身上。严智勇从睡梦中惊醒，一看是郝江山，抬手就打，场面顿时乱成一团。阿什库慌忙打开灯，其他新兵都睡迷糊了，不知发生了什么事，等看清了都傻了，这时郝江山已被掀翻在地上，阿什库急忙上前拉开，玖拾捌和孟虎威都不敢靠前。

严智勇啥也没说，出门了。

郝江山爬起来，阿什库和玖拾捌关心地问道："江山，这是怎么一回事？"

郝江山揉着瘀青的嘴："没事。"

孟虎威蹲在床上："你胆肥了吧，班长肯定找中队领导去了，你就等着关禁闭吧。"

严智勇开门进来了，他又找来一床被子，脱掉湿冷的内衣，就跟什么事没发生一样，继续躺下睡了。

郝江山拎起桶出去了，过了一会儿，他又提了满满一桶水，浇在了严智勇的头上。

严智勇跳了起来，没穿鞋就下了地，气冲冲地出了宿舍门，不大一会儿，进来四名班长。

"战斗"的动静很大，等中队长杜伟升赶来时，郝江山才停手，只见严智勇满脸是血，眼眶肿得很高。

新兵们目瞪口呆地看着这一切。

"有什么好看的，都睡觉。"杜伟升冲着新兵喊道，然后对严智勇说："你先去卫生室包扎一下。"说完，拽起郝江山和四名班长出了门。

郝江山被杜伟升锁在了干部宿舍，他听见隔壁传来杜伟升的声音。"汪大伟，你们几个说说怎么回事？"

郝江山朝窗外看了看，转身又从床上抽出床单，在杜伟升的战备包内取出背包绳拴在了暖气管子上，打开窗户，跳了下去。

在训练队卫生室内，严智勇嘴唇发紫，打着哆嗦，卫生员正在给他消毒。孟虎威倒了一杯开水，又给他裹紧被子："班长，我看见那小子让中队长关起来了。"

话音刚落，郝江山一脚踢开门，又杀气腾腾地拎着一大桶凉水出现在严智勇面前。

严智勇明显一愣，继而抱住郝江山："江山，你这是要干啥啊，咱俩有话好好说呗。"

郝江山倔强地说："道歉！"

严智勇终于服软了，带着哭腔道歉道："对不起，我不该骂你，也不该打你，这样行了吧？"

"好，那我也跟你说一声，对不起！人都是相互尊重的。"郝江山拎起桶出门了。

郝江山被叫到了中队部，杜伟升看了郝江山足足有三分钟："行啊，你小子有种，真有种，你这种性格的，别说见，听都没听说过。"

杜伟升直问道："你说，怎么处分你吧？"

"我一人做事一人当，按纪律条令来吧。"

杜伟升用手指点了点："哟，还挺懂呢。这件事，我们了解清楚了，严智勇带兵方法上有问题，但是你的做法也很偏激。"

郝江山委屈地说："不是说文明带兵吗，为什么有的班长还动手动脚，张口就骂人？哪里有压迫，哪里就有反抗，忍气吞声怎么能行？打得一拳开，免得百拳来，我只是不想让战友们以后挨欺负。"

杜伟升苦口婆心："我们真是小看你了，但是你要记住，当兵了，我们就是兄弟，更何况在火场上战友之间都是有过命的交情。这次就不处分你俩了，我让炊事班煮了一碗热姜汤面，你一会儿给你班长端过去。"

郝江山爽快地答道："是！"

3

东北的"三九"是最冷的，天空飘着鹅毛般的大雪，粗犷的北风在呼啸。新兵们顶着严寒进行擒敌术、灭火机具操作、瞄准射击、刺杀训练和小比武竞赛；新兵方队行进中伴以雄壮的队列歌声……

训练场上龙腾虎跃，口号激昂，三百多名新兵精神振奋，步伐铿锵，一列列士兵在指挥员的口令下，挥甩着撩云拨雾的臂，踢弹着撼山叱海的腿，变换着方向，变换着步伐，个个吞云吐雾，肥厚的棉衣呼呼地"跑"着热气，浸出汗水在背部凝结成了一层厚厚的"硬铠甲"。

整个训练场上热气升腾，士气高涨，好似走出了一排排身强力壮的"小老虎"。

训练队学习室内，冯文鑫教导员正在讲解林火原理：森林草原燃烧必须具备三个要素，即可燃物、助燃物（氧气）和一定温度，构成了燃烧三角，只要破坏其中任何一方，燃烧就会停止。

林火的种类，按燃烧部位划分通常为：地表火、树冠火、地下火三种类型。地表火也叫地面火，是指沿着地面扩展的森林火灾，燃烧温度可达 400℃。

郝江山等新兵们都在专心听讲，认真记录。

通信员抱着一堆报纸、信件和包裹，从外面走进大厅，新兵蜂拥而至，不停地问："有我的信吗？""有我的包裹吗？"通信员被拉扯得没有办法，只好在大厅里一边念着新兵的姓名，一边分发信件和包裹。

郝江山和贺松涛各自拿着信件，朝走廊的一个角落走去。

贺松涛拿着郝明月写给他的信，塞进兜里后问道："江山，你家里都说啥了？"

"我爸鼓励我在部队好好干，和战友搞好关系，把军事科目练好。"郝江山回道。

郝江山看完信，径直走向大厅，开始办板报，将自己写的一首小诗《迎接明天》

写在黑板报上。

晚霞告别黄昏，

为了早晨那枚鲜嫩的日轮；

隆冬告别严寒，

为了迎接生机盎然的春天！

在寻梦的岁月里，

总需执着、勤奋和勇敢。

如果在这冬的季节里，

你胸域里装有颓废和惰气，

就潇洒地告别昨天！

为了下一个金色的日子，

不再惊破追求者的梦幻，

将热情与执着倾注未来，

待到瑞雪澄清天空的时候，

和大地一起迎接春天！

"这诗写得真不错，寓意深刻，有股豪气。"不少战友们围着黑板报观看和评论："郝江山是哪个班的？"

钱朝鑫得意地把郝江山拉到跟前，对新兵们说道："这就是我们班的大才子郝江山。"

孟虎威挤上前看了看，不屑地撇了撇嘴："南蛮子，真能显摆，装什么文化人啊？"

郝江山回头瞪了他一眼："你说啥呢？以后再叫一声'南蛮子'，我就对你不客气了！"

孟虎威狡辩道："我叫'南蛮子'，关你什么事？"

郝江山压住怒火："请你自重点！别以为你有个当官的爸，就可以无法无天！"

孟虎威若无其事："南蛮子，南蛮子，就叫你了，你能咋的？"

郝江山忍无可忍，握紧拳头冲向孟虎威，周围的战友们见状，慌忙劝解着将把他俩拉开。

郝江山扔下一句话："孟虎威，我郑重警告你，别把我的忍耐，当成你嚣张的资本！不然，老子对你不客气！"

孟虎威淡然一笑："小样儿，我等着！"

时间过得真快，一晃临近春节。训练队的官兵们开始堆雪人、做冰雕、挂灯笼、贴对联装扮警营，营造节日氛围。

晚饭后，会议室里张灯结彩，官兵们的欢声笑语此起彼伏，训练队正在组织迎新年联欢晚会。

二中队三班一曲《年轻的朋友来相会》结束后，阿什库走到台前："我来自大森林，给大家唱一首《北国之春》，希望大家能喜欢。"

钱朝鑫戴着墨镜，穿着西服，围着一条白围巾，唱着《上海滩》的主题歌："浪奔，浪流，万里涛涛江水永不休，淘尽了世间事，混作滔滔一片潮流……"

一班的几个战友都在催着孟虎威上台表演节目，孟虎威也不推辞，一个箭步走上台，演唱《热血颂》，同班的几个新兵给他伴舞："当你离开生长的地方，梦中回望，可曾梦见，河边那棵婷婷的白杨，每一棵寸草，都忘不了你日夜守望……"

迪士高音乐响起，七八个战士上台狂舞，逗得大家捧腹大笑，把晚会推向了高潮。大家开心地玩，尽情地跳，新训的疲劳全抛在脑后。

新兵入营已经一个多月了，按计划训练队周末即将组织会操。为取得好成绩，班长严智勇加大了新兵灭火机具的训练力度，反复讲解动作要领，一遍一遍地做示范动作。训练间隙，全班新兵围坐成一圈儿，班长严智勇站在正中间，大声地进行着鼓动："同志们，我们开训到现在流动红旗才拿了两次，大家该上上火了，对军人来说，荣誉就是生命，我们必须要有'见红旗就扛，见第一就争'的气魄和胆量，谁练不好，操课结束后我带他单独吃小灶。"

听了班长的话，大家都憋着一股劲，小声商量着如何才能在周末的会操中夺取第一名。

一班正在进行灭火机提机、端机、肩机、背机等操机法和启动机具训练。严智勇边纠正动作边讲解："作为一名森警兵，最大的光荣就是拿着灭火机上火场，所以我们一定要像爱护枪一样爱护她……"

晚上，大家都在洗漱，准备就寝，一中队七班却围坐在一起商量如何争得第一。班长汪大伟对新兵们说："我们的竞争对手主要是一班，我们既要苦练，也要学会智取。"

新兵黄土豆凑到班长汪大伟跟前，嘀咕了几句，大家会心地笑了。就寝后，他和另一个新兵蹑手蹑脚地向灭火机具库走去。

紧张的会操开始了，新兵们整齐列队，精神振奋。严智勇信心十足跑步带领全班进入指定场地，下达口令："提机、端机、肩机、背机。"整个课目行如流水，整齐划一。

七班长汪大伟在队列中很得意地笑了笑。当严智勇下达"启动机具"口令时，全班只有两台能启动着，其他机具怎么都拉不着，大家急得满头大汗。

会操后，七班长汪大伟把那面"流动红旗"，端端正正地挂在班宿舍最显眼的位置，故意把门敞开着，看见严智勇手抓棉帽，拎着武装带气哄哄地走过来，便嚷嚷道："严大班长，到我们班指导指导工作啊？"

严智勇没好气地怼了他一句："瞎嚷嚷啥，谁稀罕去你班！"

七班长汪大伟咳嗽了两声，指了指墙上的"流动红旗"，挑衅似的说道："这'流动红旗'真招人稀罕呐。"

严智勇不屑一顾："嘚瑟啥啊，不才得了一次吗？你瞅着，下次我准把它夺回来。"

七班长汪大伟撇了撇嘴，不屑道："就凭你们班那几个货，这面红旗即使长了'飞毛腿'，也跑不到你们班去的。"

"不信，咱们就走着瞧！"严智勇甩过来一句话，气冲冲地朝着灭火机具库走去。

郝江山和其他三名新兵正围着灭火机具查找启动不着的原因，只见他扯开风力灭火机油管，用手捏了捏竟然发现油管里面有一根硬硬的东西，他小心翼翼地用力挤出一条长长的小木棍，突然大叫一声："班长，你看，谁这么缺德，用小木棍把这油管给堵上了？"

在场的人都感到非常惊讶，孟虎威赶紧去查看其他几台灭火机，扯出油管检查，发现这些机具的油管也都塞有小木棍。他猛地站起身，把棉帽子狠狠地摔在地上，极为气愤地骂道："胆儿也太肥了，竟敢往油管里塞木棍，靠如此卑劣的手段来获胜。"

经过一个月的强化训练，新兵们个个都很疲惫，橄榄绿的警服也都浸满了污渍，晚饭后各中队都在自行组织新兵洗衣服。

钱朝鑫端着脸盆走进洗漱室，打开水龙头，四处张望。天确实太冷了，水也冰冷，他把手伸到盆里，便触电般地缩了回来。"谁帮我洗衣服？每件我给一块钱。"话音刚落，就引来一片指责声。

一位战友插了一句话："小广东，部队不兴这些，别想美事了，自己衣服还是自己洗吧。"

钱朝鑫把衣服往盆里一扔，自以为是地说道："什么呀？什么呀？我花钱雇人洗，不行啊？这是按劳分配原则，多劳多得，你懂不懂啊？"

阿什库半开玩笑半当真地插话道："一块钱一件，一言为定，把钱放在这儿！"

钱朝鑫从裤兜里摸出一沓钱，抽出一张："你看好，总共六件，十块钱，不用找了，你给我洗干净了。"

钱朝鑫放下十块钱扬长而去，阿什库用手抓了一把衣服，换了一个大水流的水龙头，加了一些洗衣粉，用力地揉搓。

阿什库不经意间瞅了瞅旁边，听见一名新兵与黄土豆正嘀嘀咕咕："这回你可立大功了，班长是不是表扬你了？"

黄土豆小声地叮嘱了一句："你小声点，千万别胡说。往那儿塞东西是犯错误的，要是让大队长知道了，就出大事了。"

阿什库侧耳细听，大吃一惊，但他一点也没有声张，继续揉搓衣服，等两人离开后，他放下衣服和脸盆就朝一班宿舍跑去。

一班宿舍，严智勇正在向玖拾捌学习拉马头琴，孟虎威在远处独自一人弹着吉他，郝江山在写家信。

阿什库气喘吁吁地冲进宿舍，上气不接下气地向班长汇报："班长，班长，我有重要情报向你汇报。刚才我洗衣服时听见七班的两个新兵，议论在机具里塞木棍的事。"

严智勇听后，"腾"地一下子站了起来，两眼直盯着阿什库。

阿什库拍着胸脯，信誓旦旦地说："班长，我敢肯定就是他们干的！"

孟虎威开始煽风点火："这也太缺德了，会操都敢搞小动作，班长，你去大队部告发他们，让领导好好收拾收拾他们。"

"这件事，大家先不要声张，我来处理。"严智勇黑着脸，说完便走出宿舍。

一阵紧急集合号音响起，新兵们从四面八方迅速列队站立在楼前。大队长郭宇辉黑虎着脸站在台阶上，用冷峻的目光向队列环视一圈。

"汪大伟！"郭宇辉突然一声吼叫打破了沉默。"跑步去把你们班的'流动红旗'拿来。"

汪大伟被大队长一声吼给吓蒙了，愣在原地没有动。

王雅杰参谋大声喊道："还不快去，愣着干什么？"

汪大伟这才回过神，迅速向宿舍跑去。

郭宇辉继续以严厉的目光从队列中扫视着。

不一会儿，汪大伟拿着"流动红旗"跑回来，不知所措地递给大队长。

郭宇辉从汪大伟手中接过流动红旗，高高举起，严厉地说道："昨天会操，居然有人在一班风力灭火机的油管里塞木棍！如此胆大妄为、弄虚作假、不择手段，简直闻所未闻、见所未见！现在，我宣布将流动红旗收回，七班进行教育整顿，相关人员必须做出严肃处理。解散！"

郭宇辉说完，拿着流动红旗头也不回地走了。汪大伟傻乎乎地站在那里，七班的新兵们像泄了气的皮球耷拉着脑袋。

4

周日晚饭后，各班正在组织召开班务会。新兵们端坐在马扎上，一班长严智勇一本正经地训话："近段时间来，绝大多数同志表现很好，能认真学习政治理论和业务常识，刻苦训练，虽然在机具操作会操中没有取得名次，但我们要总结经验，吸取教训，下一步考核课目还很多，大家要相互学习，取长补短，共同提高。前阶段我在训练中脾气不好，还骂过人，这里也向大家赔礼道歉，恳请大家能够原谅。值得注意的是，个别同志把地方的习气带到部队来，给别人乱起绰号，有的还想动手打人，更有甚者花钱雇人洗衣服，类似问题必须引以为戒，下次再有违反的，必须严肃处理。"

由于寒潮影响，气温骤然降到零下31℃，但新兵训练仍然按计划开展。新兵们整齐列队，郭大队长威风凛凛地站在队列前下达训练课目："从今天起，我们开始组织五公里负重越野训练，这意味着新训进入了一个新的阶段。如果说，前面的队列训练，练的是军人的基本素质，那么从今天开始练的就是军人的意志和体魄，这也是今后你们参加灭火作战必备的素质。下一步大家必须往实里训、往苦里练，为我们火热的青春加钢淬火。"

郭大队长说完稍微停顿，环视着队列中的新兵，大声问道："同志们有没有信心？""有！"战士们的声音并不洪亮，郭大队长加重了语气吼道："有没有信心？"

"有！有！有！"整齐而洪亮的吼声回荡在整个营区。

郭大队长满意地点点头，果断地下达命令："各中队，按计划组织实施！"

各中队分头组织负重越野训练。一班全体人员都憋足一股劲儿，大家你拉我、我帮你，郝江山和孟虎威谁也不服谁，摽着劲儿紧紧跟随，几乎同时冲到了终点。

一班五公里负重越野，考核成绩全队第一。大家为这来之不易的成绩，相互拥抱，欢呼雀跃。

经过两个多月的强化训练，新兵基本训练课目都已完成，新兵训练也临近尾声，最后的课目就是射击训练。为防止寒冷天气影响训练效果，新兵步枪第一练习与擒敌技术训练交叉进行。

新兵每人一支五六式半自动步枪，拿到枪后，有人感慨道："手里有枪就能找到军人的感觉了。"

一个新兵打趣道："关键是有了枪，夜晚再站哨就不那么害怕了。"

严智勇认真地对新兵说："枪就是战士的第二生命，任何情况下都必须做到人在枪在！"

射击训练场覆盖着一层厚厚的白雪，寒风夹杂着雪片像锋利的刀子刮在每个人脸上。新兵们缩着脖子站在队列里，先是由射击教员集中教学，然后以班为单位，由各班长组织分组训练。

严智勇让新兵在雪地上扒出一块空地，然后铺上大衣，再让新兵趴在大衣上练习。

天寒地冻，一练就是半天。刚开始大家还能坚持，可练着练着手就冻僵了，扣扳机都不听使唤。特别是雪光耀眼，目光始终盯着胸环靶一个目标，让人头昏眼花，有些新兵觉得班长有点过分。

严智勇正色道："这已是对你们很仁慈了。过去我们当新兵哪有这么好的待遇呀，直接趴在雪地上练习，练完后，身上的热气把雪地都化成一个大坑。谁要是敢偷懒，班长就会突然袭击，在你的屁股上猛踹一脚，痛得你半天都缓不过来。"新兵们听后，都老老实实一声不吭了。

接下来的步枪实弹射击体验，郝江山五发子弹竟然"剃了个光头"。

指导员赵正清开玩笑地说："瞅你这枪法，是不是全打到美国白宫去了！"

新兵射击体验的成绩在黑板报上张榜公布，不少新兵都在围观比对自己的成绩。

"郝江山的这个成绩拖了咱班的后腿，这也太让班长难看了。"孟虎威嘲笑道。郝江山听到后憋红着脸，恨不得找个地缝儿钻进去。

尽管严智勇没有当众批评他，还鼓励他继续努力，但郝江山能感觉到班长是非常珍视荣誉的，他的心里肯定也不好受。

午饭后，严智勇叫上郝江山："走！我陪你去'开小灶'。"郝江山感激地看了看班长，二话没说，提着枪跟着严智勇就走。

空旷的射击场就他们两个人，两条野狗撕咬着从他们面前奔跑而过。郝江山趴在地上瞄向远处的胸环靶，严智勇趴在他的一侧，通过瞄准检测器察看郝江山的瞄准景况。严智勇一边检查一边疑惑不解地说："三点一线、排除虚光、击发时机都把握得很好呀，咋就打不着靶呢？"

严智勇实在找不出问题，一把将郝江山也拉了起来，坦诚地说："江山，你把那天实弹射击的过程给我说说。"

于是，郝江山如实说了那天实弹射击的情景："我每次瞄得都很准，可一扣扳机，我就控制不住直眨眼。"

"哦，难怪呢！"严智勇恍然大悟，"问题的症结找到了，你下一步扣扳机时，千万不要紧张，闭上左眼，瞪大右眼。"

严智勇从地上站起来，拍拍身上的雪，手一挥："回去！"

严智勇为了纠正郝江山的错误动作，私下里专门请射击教员搞了几次针对性训练，彻底打消了郝江山的顾虑。训练时，郝江山扣动扳机不再眨眼了。

这天，郝江山正睡得迷迷糊糊，一双冰冷的大手把他从被窝里拉了出来，他揉揉眼迅速下床，边穿衣服边问道："班长，紧急集合了吗？"

严智勇笑道："起来吃面了。"

郝江山继续快速穿着鞋子，睡眼蒙眬地疑问道："吃面？紧急集合吃面？"

严智勇理也不理他，小声喊了句："开始！"

班里的战友们每人一个打火机，小声齐唱道："祝你生日快乐！祝你生日快乐……"

严智勇歉意地说："就寝了，也没有那么多蜡烛，只能简陋点了。"

阿什库补充道："班长找炊事班的老乡偷偷帮你煮了面条，队长也刚刚查完铺，你快吃吧。"

郝江山的眼睛湿润了……

射击考核这天，气温零下30℃，西北风5级，天空大雪飘飘洒洒，太阳光刺得人睁不开眼睛。

"叭……叭……叭……"枪响了，郝江山打了50环。新兵们瞪着牛蛋子一样的大眼睛，都不相信上次"剃光头"的郝江山这次能打出"满堂红"。

王雅杰公布考核结果，大家都感到意外："一班参加考核7人优秀，1人与优秀成绩仅差1环。"在这一串过硬的成绩面前，大家信服了，热烈鼓掌！

大队长郭宇辉、教导员冯文鑫、指导员赵正清给"优秀射手"佩戴大红花，并召集大家合影留念。

夕阳西下，值班员整队，新兵们歌声嘹亮，向营区迈进。"日落西山红霞飞，战士打靶把营归，把营归，胸前的红花映彩霞，愉快的歌声满天飞……"

5

午夜的训练队，营院内一片寂静。已进入梦乡的官兵，突然被"嘟……嘟……嘟……"连续三声紧急集合哨音惊醒。

全体新训干部骨干和新兵在院内集合，大队长郭宇辉在队前传达紧急电报："火龙门地区突发森林火灾，火场面积已达60公顷，目前支队已调集3个大队向火场开进，命令训练队出动新训干部骨干和部分新兵120人，各中队挑选40人参加战斗！"

各中队、各班长在队列中精心挑选有灭火实战经验的班长和体能素质好的新兵。

郝江山跑步到严智勇跟前报告："班长，让我参加灭火战斗吧！"

阿什库也紧紧上前："我生在林区，还打过火，让我去吧！"

严智勇点点头："那你俩抓紧去领风力灭火机和水枪！"

严智勇带领郝江山和阿什库携带装备机具，随队登上了开往火场的运兵车。

新兵原则上是不允许参加灭火作战的，由于老兵退伍后，兵力不足，支队领导再三考虑才作出这个决定。这是新兵第一次参加灭火作战，个个心里七上八下，既有第一次参加灭火作战的兴奋，也有对火场未知的忐忑不安。部队开进途中，车厢里弥漫着紧张的氛围，新兵们一个个手握着"武器"，刚毅的脸庞上充满了凝重与坚定。

指导员赵正清注意到了新兵们紧张的表情，大声地鼓励："同志们，和平年代，我们森警一直处于战备状态，养兵千日用兵千日，打火就是打仗，我们的敌人就是山火，火场就是战场，战场上必须服从命令、听从指挥。"

中队长杜伟升也利用战前短暂时间，交代注意事项："水火无情，不是谁都会打火，也不是什么火都可以硬打。如果不熟悉地形地貌、不会判断风力风向、不懂战术战法运用，随时都可能出现险情，所以在火场上任何人不得擅自行动！"

阿什库好奇地问了一下严智勇："班长，打火表现勇敢的，是不是有立功的机会啊？"

"当然，表现特别突出的可以立功，但安全是第一位的！"严智勇回答道。

郝江山用胳膊肘怼了两下阿什库："你是不是想立功啊？"

阿什库笑而未答，郝江山在旁边若有所思。

车辆在林间小道中急速行驶，终于到达火场。

在火场边缘，映入大家眼帘的是山上树林里窜起的熊熊大火，凶猛的火舌迅速向四周舔去，整个山坡被烧得一片通红。

官兵们都不由自主地望向远方山上的火场，那连绵几公里的火线，如恶魔般摧毁、吞噬着山林。

看到森林大火的那一瞬间，新兵们都愣住了："这火咋这么吓人呀！"

严智勇扫了新兵一眼，胸有成竹地说："不管是啥铁，到了火场都能炼成钢。你们不要害怕，咱们森警就是专业打火的，只要火场上听从指挥，就不会有事。"

大队长郭宇辉带领中队干部勘察火场："同志们，火龙门地形复杂，植被为针阔混交林。根据支队前指火情通报，487 高地为 1 号火场，与其鞍部相连的 469 高地为 2 号火场，我部主要负责 2 号火场。"

各中队分头带开，郝江山看着山火，一心想着冲锋陷阵，还没等下达作战命令，就举起灭火工具朝大火奔去。

中队长杜伟升见状傻眼了，好半天才反应过来，立即向已抢起 2 号工具使劲扑打火线的郝江山追去，一把将郝江山拽出火线，严厉地训斥道："谁让你擅自行动的？知不知道这样做有多危险？"

杜伟升黑着脸转过头来训斥跟过来的严智勇："这是不是你们班的新兵？我在车上讲的你们都忘了？啊？！"

杜伟升见郝江山因离火太近被灼伤的脸部，情绪有些激动："这类情况绝不允许再次发生，再有擅自行动的，一经发现从严处理！卫生员，快给他抹点烫伤膏。"

接着中队长杜伟升把各班长集合在一起，明确了战术动作和协同方式，果断地命令道："各班按既定预案，立即投入战斗。"

官兵们背着水枪，拿着2号工具，扛着风力灭火机，争先恐后地向山上冲去。

"班长，我是不是惹祸了？下次……不，没有下次了。"郝江山跟在严智勇后面小声道歉着。

严智勇摸了摸郝江山烫伤的脸安慰道："没啥事，就烫了一下。新兵好多见到火就兴奋，打火时也不知深浅，毛毛愣愣的，最容易发生问题。你要记住，在火场上一定要听从指挥，把学到的战术动作灵活用于灭火，不然就会出现险情的。"

大火熊熊燃烧，林内的松枝发出"咔嚓、咔嚓"的爆裂脆响，肆虐的山火吞噬株株大树、棵棵幼苗。120人兵分两路，采取"一点两面"的战术，沿火线朝两个方向进攻，严智勇拉响了手中的风力灭火机，跟在后面的新兵也冲入火海奋力扑打。

山高林密，风大火猛，官兵们分成几个小组，奋不顾身地与烈火展开了殊死搏斗。

鏖战中，有的战士脸被树枝划得鲜血直流，他们全然不顾；有的战士头发被火烧焦，也顾不得理睬；有的战士手被灭火机具磨出了血泡，仍然顽强地战斗。

火线上热浪逼人，浓烟翻滚，突然一条火舌向东南方向蔓延，严智勇为阻住火头，回头对着郝江山说："你们在这里继续扑打，我带着几名战士去阻截火头，待会儿来支援你们！"随后带着四名战士向火头方向奔去。

郝江山、孟虎威和其他几个新兵被烈火烤得口干舌燥、嘴唇破裂，仍然坚持战斗。

阿什库被火烤得实在受不了了，撤出火线刚想喘一口气，忽听到一阵"噼啪"声，蓦然风向突变，乱草横飞，回头一看，顿时一惊，一个火头正向他们袭来，急忙大喊道："郝江山，火来了！危险！"

孟虎威和几个新兵见大火扑来，顿时慌了手脚，不知如何是好。郝江山急忙抢起2号工具扑打周围的明火，但由于慌张已经不讲什么战术动作了。

时间一分一秒地过去，火越来越近，烟越来越浓，大家被呛得喘不过气来。

危急关头，突然一道水柱射在了郝江山的脸上，他一个激灵，随后火线那边传出了严智勇焦急的声音："郝江山、孟虎威你们在里面吗？"

听见班长的呼喊声，郝江山瞬时清醒并镇定了许多："班长，我们在这里。"

孟虎威都快哭了："班长，快来救救我！"

严智勇和其他战友配合，强行压制着火势，大声喊道："用湿毛巾捂住口鼻，快速冲越火线，往火烧迹地冲！"

火烧迹地是指森林中经火灾烧毁后尚未长成新林的土地。新兵们一个个迅速冲越火线，跑进火烧迹地，孟虎威早已瘫软在地上，张着大嘴喘着粗气，断断续续地说道："哎呀妈呀，差点就报销了。"

还没等大家稳住神，火头就从他们刚刚战斗的地方，飞快地烧了过去。风助火势，大火席卷着一切，噼噼啪啪冲向天空，一时间把大山的夜空照得通红。慢慢地，火场的风力灭火机和指挥员的吼叫声弱了，上级清理火场的命令随即传了过来。

新兵们还没有清理过火场，对灭火装具的功能和操作使用还仅限于理论层面。如果不会使用，二号工具拍下去就会像拍在蜂窝上，飞起一团火星，扩展出更大的蜂巢；如果清理不彻底也会发生二次复燃，战果将前功尽弃。

严智勇边清理边传授新兵们火场清理常识："清理火场是一项极为细致的工作，哪怕你疏漏掉一个火星子，就可能把前期灭火作战的宝贵战果消耗殆尽。所以清理火场一定要完全彻底，不能有一丁点马虎，这灭火作战讲究'三分打，七分清，清不彻底一切都白搭'，清不好就会复燃，隐蔽的余火不易发现，我们可以用眼看、鼻嗅、脚踢、手摸、棍捅等方法反复检查……"

经过10个多小时的鏖战，火场终于全线实现"三无"，大火被扑灭了。官兵们如同从淤泥潭水中捞出来一样，不同程度地挂了彩，新兵们嘴唇已经干裂，嗓子里像着火一样，水壶里的水早已喝干了。

看到新兵们倒着空水壶，严智勇告诫道："在火场上，不到万不得已，决不能把水喝没，永远都要留一半在你的水壶里。"

"班长，有这么严重吗？"郝江山半信半疑地问。

"这可都是森警一代代传下来的宝贵经验，你们可不能拿这当儿戏。如果没有水，连自身都难保，还怎么打火，怎么有战斗力？刚才紧急避险的时候，你们是不是也用到水了？"严智勇认真地解释道。

严智勇拿起自己的半壶水，先抿了抿，然后递给郝江山："每人必须喝一口，谁不喝就是违抗命令！"

水壶传了一圈后，又传回到严智勇的手中，半壶水还是半壶水。大家听了班长的话，知道了水的重要性，都只是装装样子，谁也没有真喝。

休息时，严智勇用烫伤膏帮郝江山涂脸上、手上被烫出的水泡。擦完后递给郝江山一条毛巾，示意他帮忙擦擦后背。

郝江山拿着毛巾，掀开严智勇的灭火服，后背上道道紫色的疤痕，让郝江山十分震惊："班长，你这后背？"

"看到了吧，这是长期背负灭火机负重跑、练战术和辗转火场的光荣印章。"严智勇有些自豪地说道。

严智勇接过毛巾，继续跟郝江山说道："小子，啥时候你把手背和脸上的伤，转移到后背上，你就真正是一名合格的森警战士了。只有平时把体能技能练好了，才能保证在火场上不挂彩、打胜仗。"

撤离火场的途中，官兵们又累又饿，异常疲惫，但头一次参加灭火作战的新兵们却异常兴奋，在车厢内谈论着灭火战斗的收获和教训。

中队长杜伟升环视了一下周围的新兵，开了个头："火打完了，相信每个人都收获满满，别私下开小会了，大家谈谈体会吧。"

郝江山争着回答："火场考验的不仅是个人的体力、耐力，还有团队的协同配合。"

严智勇补充道："打火得靠真本事，不仅体力要好，而且要懂战法。"

班长汪大伟正色道："打火可不是闹着玩的，稍不留神就会有危险。"接着他用手指着黄土豆，打趣道："你们看黄土豆，眉毛都燎没了，真成土豆了。"

阿什库心有余悸地说道："可不是呗，我们差点就被'烧烤'了，还好山神爷没有收留我们。"

郝江山看着中队长："以前啊，我把打火想得太简单了。现在看来，里面的学问大着呢，什么地形、地貌、林相、气象等等，都得弄明白才行。"

孟虎威不屑地说道："打火也没你说的那么玄乎，我从小就是看着防火地图长大的，不就是打早、打小、打了吗？"

严智勇笑笑："吆，没看出来，你孟虎威知道的还不少呢？不过，你们需要学的东西还多着咧。只有经历了一些事情，才会明白其中的道理。以后谁要是在训练上偷懒，谁就会在未来火场上付出代价。"

中队长杜伟升补充了一句："通过这次实战，相信你们都看到了自己的短板，下一步，我们不仅要把训练抓实，而且还要注重研究总结灭火战法战术，通过训练来提高战斗力。"

指导员赵正清趁机做起了思想工作："今天我们在这偏远的林区内，远离家乡和亲人，参加灭火作战，是因为这片林子需要我们。森警的生活就是这样，远离都市繁华，更多的是辛苦和寂寞。庆幸吧！我们在年轻的时候，在祖国最需要的时候，为国家付出了青春，保卫了绿水青山。等你头发花白、儿孙满堂时，回忆起这段美好时光、光荣岁月，一定会感到很骄傲！"

郝江山透过车厢篷布看着渐渐远去的青山沉思着，严智勇低声问道："江山，你在想什么？"

郝江山若有所思地回答道："森林多么秀美壮丽，可着起火来，却又是那么凶残。班长，这是我第一次参加灭火作战。我在想，这些森林都是我们救下的，这么美的地方都是森警守护的，我们应该感到骄傲和自豪。"

汽车继续行驶了一段路程，大家的疲劳感越来越重，见有的新兵快睡了，严智勇喊了一声："大家不要犯困，就快到队了，天凉，睡着了会感冒，我们唱一首《咱当兵的人》。"

看到官兵们载誉归来，镇上的百姓自发出来迎接扑火归来的英雄们。官兵们都使劲地挺起胸脯行进在大道上，口号声喊得震天响。

严智勇回头问身后的新兵："怎么样？小子们，光荣不？前几年咱们这老着火，领导和百姓们对咱们评价那叫一个好，我们穿着军装走在大街上都感觉到十分光荣。"

大队长郭宇辉见官兵们得意忘形，赶紧浇了一瓢凉水："都净想着要威风，关键还得长本事。能打火，能给老百姓办实事，老百姓才会真正把你当回事。"

6

三个月的新训生活如白驹过隙，转眼新兵们到了下队分配的时刻。新兵们聚集在会议室，各中队拉歌声此起彼伏，会议室一片沸腾。

会议室正前方悬挂着"小兴安岭森警支队新兵训练总结大会"的横幅，支队及训练队领导坐在主席台上。

新训总结大会在雄壮的军歌声中拉开序幕，冯文鑫教导员宣读嘉奖通令："历

时三个月紧张而艰苦的新兵训练，我们圆满完成了教育训练任务，涌现出了一批优秀新训干部骨干和新兵训练尖子，为鼓舞士气，表彰先进，特对 10 名新训干部骨干和 30 名新兵训练尖子予以嘉奖。名单如下：一中队中队长杜伟升、班长严智勇，新兵郝江山……"

经过三个月新训郝江山变黑了，也变壮了，黑黑的脸膛泛着亮光，像个黑色的瓷人。听到自己的名字，郝江山脸上露出了胜利者的微笑。孟虎威感觉有些失落，显出不屑一顾的样子。

大队长郭宇辉对新训工作进行全面总结讲评："新训工作今天就要结束了，你们实现了由普通青年到合格军人的转变。神圣的使命在召唤你们，从这里你们将奔赴森林防火灭火的主战场，胸怀祖国河山，肩负绿色使命。希望你们以饱满的热情、昂扬的斗志、顽强的作风，在林海沙场竞风流，在部队熔炉展风采。预祝各位新战友在新的岗位上取得更大的进步。"

支队靳参谋长宣读新兵分配命令，新兵依次起立答"到"。

"支队警勤中队：郝江山、孟虎威、钱朝鑫、玖拾捌。"

"直属大队：贺松涛、阿什库……"

训练队营区反复播放着送别的军旅歌曲，更加浓厚了离别的气氛。新兵们一声不响地收拾着行囊，按照分配单位在操场列队后组织登车。就在汽车启动的一瞬间，大家闷在心里的伤感一下子爆发了，二三抱团、四五抱群、难舍难分，有的向班排长敬礼告别，有的和战友互留赠语，有的泣不成声……

新战士们透过车窗挥泪告别，把千言万语浓缩成了一句句"保重""常联系""再见"。

新兵们从五湖四海聚集到美丽的小兴安岭，在团结、紧张、严肃、活泼的训练队，迎来送走了一百多个日日夜夜，他们一起战风雪、斗严寒，他们同吃一锅饭、共扛一面旗，他们星夜驰援、共战火魔，哭过、笑过、打过、闹过……新训生活给他们留下了太多的美好记忆。他们在这里锤塑初心，铸就忠诚，百炼成钢，从这里出发，从这里踏上新征程，迎接他们的将是怎样的一片天地，他们的未来是不是想象中的"春暖花开"，能不能践行自己的铮铮誓言，他们是否能再见上一面，只能期待时间和历史来见证。

第三章　北疆蒙难

1

解放牌运输车载着 20 名新兵在市郊环城路上疾驰着，不长时间就驶入小兴安岭支队机关大院，院内宽敞整洁。警通中队杜伟升中队长拿着人员名册呼点新兵姓名、分班。孟虎威、钱朝鑫、玖拾捌一起分到警卫班，郝江山则被分到了公勤班。

新兵们快速地铺好床铺，收拾好行李，警卫班长带领孟虎威等新兵熟悉营区环境和执勤哨位，其他老兵则分别回到各自岗位开展工作。

指导员黄俊伟逐个找新兵谈话了解情况，郝江山标准地敬了个礼，齐步走到办公桌前。

黄俊伟拿起暖瓶给郝江山倒了杯热水，笑着说：“来，坐下！听说你板报办得不错，还会写文章？”

郝江山谦虚地答道：“在新训队办过几期板报，以前上学时也办过，我只是随便写写。”

黄俊伟笑着说：“有文字功底就行，熟能生巧嘛！中队文书退伍了，没有合适人选，你就干文书吧。”

郝江山有点为难地说道：“指导员，文书是好，可我担心干不好。其实……其实我最想去战斗班，在基层锻炼自己。”

黄俊伟笑着说：“不要急，有些工作，我会慢慢教你。想去基层一线，以后有的是机会，好好干，相信你能行！”

谈完话，黄俊伟领着郝江山去了文书室，交代了一些事项就走了。郝江山看到文书室很久没有打扫了，就拿起清扫工具开始打扫卫生。钱朝鑫从后面跑过来，拍了郝江山后背一下，小声问道：“哥们，厉害呀，走啥‘后门’搞了这么一个好差事？”

郝江山皱着眉反问道：“你说的什么乱七八糟的？我可不想年纪轻轻就待在

这儿，我做梦都想下到基层，那么多人在一起，每天风风火火、热热闹闹的多过瘾。"

钱朝鑫用手指比画了一下点钱的动作，又做了一个鬼脸："我才不相信呢，你肯定给领导'意思'了，不然会当上文书这么好的美差？"

"你脑袋进水了，还是着火了？"郝江山摸摸他的额头，疑惑地问道："没发烧啊，咋净说胡话？什么事到了你那儿，咋都往钱上想呢？"

钱朝鑫越说越来劲："开开玩笑啦，现在你是文书，每天都在领导身边转悠，以后要多关照喽！我可倒霉了，天天不是站岗就是出公差，有些老兵还欺负人。"

郝江山正色道："你就是事多，都什么年代了，谁欺负你啊？"

钱朝鑫撇撇嘴，诉苦道："你不知道我这一天有多辛苦，再说站岗能有多大出息呀？还不如下队去扛灭火机呢！"

新训后，郭宇辉提任小兴安岭支队参谋长，靳参谋长调任副支队长。中队长杜伟升命令郝江山和牛二虎到新任靳副支队长办公室出公差。到了办公室，牛二虎全程小手插裤兜吹着口哨望着窗外，郝江山扫完地，拿起一块抹布在盆里洗，拧干后开始擦办公桌。过了一会儿，牛二虎从窗户上瞧见靳副支队长进了办公楼，便停了口哨声，立即将手从裤兜里掏出来，小跑到郝江山身边，抢走他的抹布，屁股对着门跪在地上，钻进文件柜里卖力擦拭。

郝江山没有明白这是怎么一回事，尚在蒙圈，傻愣愣地看着牛二虎。这时靳副支队长推门而入，发现郝江山傻站着，而牛二虎正干得热火朝天。

靳副支队长看了一眼郝江山有些不悦："你叫什么名字？"

郝江山顿时明白了这一切，说话就有点结巴了："郝……郝江山。"

牛二虎噌的一声从地上跳起来，立正，右手虽然握着一块抹布，但是裤缝线还是贴得紧紧的，有些夸张地喊道："靳支队长好！"

靳副支队长朝他点点头："二虎，办公室给我擦干净了！这新兵得好好带，就像个榆木脑袋，一点眼力见儿都没有。"挑到机关的兵都是他签的字，显然这次见面，便对郝江山留下了不太好的印象。

"是，支队长！"牛二虎大声表态。

靳副支队长走后，牛二虎又将抹布甩给了郝江山。正是应了那句话，有时眼见并不一定为实。郝江山心想，真是林子大了什么鸟都有，虽说牛二虎给他上了下连第一课，但他认为这顶多也就是个小聪明。

一天晚饭后，郝江山拿着周工作安排表，到各班发放。刚走进公勤班，就看见老兵牛二虎敞着怀，叼着根烟，而其他新兵正在打扫室内卫生。

牛二虎见郝江山没主动向他打招呼，按捺不住："小子，我看你挺仙儿啊，岗不站，活不干，成天到处乱窜，真把自己当警勤中队'办公室主任了'？"

郝江山解释道："我刚弄完周工作安排表，中队长还给安排了别的工作。"

牛二虎根本听不进郝江山的话，从柜子里掏出几件脏衣服扔在床上，"你少给我耍嘴皮子，把我衣服洗了。"

"行！"郝江山端着满满一盆脏衣服出去了。

等郝江山洗完衣服，吸溜着鼻子，甩着冻得红红的双手回到宿舍时，牛二虎又发话了："小子，今晚你替我站岗。"

郝江山跟牛二虎解释道："真的没空，中队长安排我今晚把防火宣传方案弄出来。"

牛二虎见新兵敢顶撞他，气呼呼地骂道："我的话，你敢不听？新兵蛋子，你少给我要心眼儿。"

郝江山一声没吭转身走了。

周末，牛二虎在宿舍里弹着吉他，夸张地学着歌星的动作，弹唱起最近流行的歌曲《冬天里的一把火》："你就像那冬天里的一把火，熊熊火焰温暖了我的心窝，每次当你悄悄走近我身边……"

郝江山满头大汗拎着一桶水往队部走，不巧被抱着吉他在走廊晃悠的牛二虎看见了。牛二虎放下吉他，仰起脸，斜着眼冲着郝江山说："过来，新兵蛋子，我找你有点事。"

郝江山瓮声瓮气地回道："啥事啊？我还要去队部打扫卫生呢。"

牛二虎一下子被郝江山给气笑了，狠狠地说道："呵，挺牛啊，你以为你是文书，我就管不了你了？先给我刷完鞋，再去打扫队部。"

郝江山语气不容置辩："自个儿刷去。"

牛二虎火了，骂道："小兔崽子，我自己刷，找你干吗？"

郝江山怒火中烧，一字一顿地说道："我没时间，更不想给你刷，听明白了吗？"

郝江山正说着话，牛二虎突然一拳砸过来，郝江山一个侧身，顺势将牛二虎摁在了墙角。

牛二虎大喊道："你小子反了，看我怎么收拾你。"

郝江山松开了牛二虎，警告道："姓牛的，不要欺人太甚！你要是再敢欺负新兵，看我怎么灭了你！"

牛二虎甩了甩被郝江山按痛的胳膊，恼羞成怒："我牛二虎当兵三年，还没人敢跟我比画！"说完起身一脚向郝江山踢去，郝江山伸手抓住牛二虎的脚踝，就势借力将牛二虎掀翻在地，结结实实给了他两拳。

"就你这两下子，还想跟我练练？我也不是吃干饭的。"郝江山拍了拍手，拎起水桶朝队部走去。

牛二虎疼得龇牙咧嘴，一边揉着腿，一边狠狠地骂道："小兔崽子，你给我等着……"

2

自从郝江山分配到警勤中队担任文书以来，牛二虎就处处看他不顺眼，不分时机、不分场合地找各种理由为难他。郝江山的倔脾气也被充分地激怒了，私下里说话也总是呛着牛二虎的"肺管子"，甚至还有几次故意当着其他新兵的面让牛二虎下不来台。

这天，牛二虎见郝江山在中队部门口擦玻璃，就过来找碴儿。还没等他开口，黄俊伟在屋子里冲他摆手："二虎，快进来，我正要找你。最近一些官兵对伙食不太满意，中队决定把你调整到炊事班当副班长，加强一下力量，你的副班长职务先让郝江山接替。到了新岗位，你可要好好干，尽快把中队的伙食搞起来，别辜负党支部对你的厚望。你看人家郝江山表现多好，哪像你……"

牛二虎根本不相信自己的耳朵，这个新兵蛋子才来几天呀，就把他的位置抢走了，还把他挤到了炊事班。他强压心底的火气，翻弄着指导员办公桌上的文电，不经意看见一份"入党申请书"，仔细一看原来是郝江山的入党申请书。牛二虎酸酸地说："哟，郝文书，才来中队几天就想入党？同样是腰椎间盘，他咋就这么突出？"

黄俊伟很不满意牛二虎的态度，正色道："要求进步是好事啊，这跟时间长短没多大关系。"

郝江山急忙放下抹布，在衣服上擦了擦手，一把抢过"入党申请书"，尴尬地说："我做得还不够，正在接受党组织的考察呢。"

黄俊伟一下想起了什么，拍了一下大腿对牛二虎接着说道："对了，《冬天里的一把火》以后就不要再唱了。"

"咋了？指导员，唱歌又不妨碍谁？条令也没规定不让唱歌吧？"

"这歌我听着闹心。你一个森警兵，唱什么《冬天里的一把火》，真要着大火，你不哭？我要是再听见你唱这歌，你那破吉他就上锅炉房找去。"

星期天，郝江山、玖拾捌和钱朝鑫在洗漱间里洗衣服。钱朝鑫接了盆水，把袜子放进盆里，又倒了些洗衣粉，用食指在盆里左转一会，右转一会，反反复复搅动。

郝江山好奇地问："你这是干吗呢？"

"我在洗衣服啊！"

"哪有你这么洗的？你得用手搓。"

"我看我们家洗衣机就这么转着洗衣服的。"

"厉害了，你们家有洗衣机！不过衣服真不是这么洗的，我教你洗吧。"

钱朝鑫看着满盆自己的脏衣服，瞅了瞅正卖力洗衣服的郝江山，小声说道："江山，五块俄罗斯巧克力。"

郝江山像是没听见似的，继续洗着衣服。

"七块！"钱朝鑫加了筹码。

郝江山摇了摇头："我才不稀罕呢。"

钱朝鑫又加了筹码："再加一盒奶酪！只能这么多了，不能再加了。"

"切！"郝江山懒得理钱朝鑫："以后跟我少来你那一套等价交换。"

钱朝鑫见郝江山不吃这一套，又笑眯眯地向玖拾捌走去："拾捌兄！换两点到四点的岗？"

玖拾捌见钱朝鑫过来，赶忙端起脸盆走到了郝江山旁边。

钱朝鑫自嘲道："这机关单位的战友感情，就是比不上基层单位啊。算了，我还是自己动手吧。"

郝江山和玖拾捌两人抬起头，看了一眼钱朝鑫，会心地笑了起来。

钱朝鑫见郝江山和玖拾捌笑话他，用手撩起水朝他俩泼去："敢笑话我，看我不泼你俩。"

玖拾捌边躲边喊："浪费，浪费，你知道这水有多珍贵吗？"

郝江山和玖拾捌一开始还躲，后来衣服渐渐被泼湿，干脆也跟着泼起来，洗漱间里顿时充满了欢快而轻松的嬉闹声。

郝江山和玖拾捌趁钱朝鑫往盆里盛水，赶紧跑了出去，钱朝鑫哈哈笑着把盆里装满了水："你俩给我等着！"

钱朝鑫见他俩躲进了旁边的厕所里，刚要跟进去，郝江山把门关上了。钱朝鑫在门外大喊道："不信你俩不出来。"

钱朝鑫端着满满一盆水在厕所门外等着，门忽然开了，他大叫一声："我让你俩跑！"

一盆水泼过去，钱朝鑫看见提着裤子的靳副支队长，被浇得像个落汤鸡一样狼狈极了。

脸盆"哐当"一声掉在地上："副支……支队长，我……"

靳副支队长气急败坏地喊道："我什么？！反了天了！"

新兵下队，不仅给火热的军营注入了新鲜血液，也给官兵们增添了茶余饭后新的谈资。大家闲下来聚在一起，聊着新兵下队后的表现，猜着他们的家境，打听着是否有人走后门、拉关系，才被安排在现在的岗位。

这天，孟虎威和几个新兵在班里胡侃海吹："据我了解，这次分配到机关的新兵，好几个都有点'门子'。就说郝江山吧，凭啥他一来机关就当上文书？我敢打赌，他肯定走后门了，不然那么好的差事，能轮到一个'南蛮子'身上？"

牛二虎听到新兵们在议论郝江山，也凑过来神秘兮兮地说："哎哟，你们可真小瞧这个'南蛮子'了。他成天坐在办公室牛皮哄哄的，岗不站、公差也不出，才来几天啊？就惦记着要入党呢。"

孟虎威听到牛二虎的话，惊讶地问道："什么，他要入党了？"

牛二虎很不服气："可不是呗，我在队部看到他写的入党申请书了。我干了快三年了，连个入党积极分子都不是！"

孟虎威略加思索："看来这小子，还挺能嘚瑟，我们得想点法子，归拢归拢他，不能啥好事都让他一个人捞了。"

次日清晨，天蒙蒙亮，孟虎威下哨路过办公楼前，看见郝江山拿着扫帚正在扫院子，走上前戏谑道："郝大文书，又在争表现啦？我看你面子活干得还挺在行啊？"

郝江山扭头瞅了一眼孟虎威，并没太在意："争啥表现，早起一会儿，扫扫院子，活动活动。"

孟虎威讥讽道："我看你挺能活动的，都活动到中队当文书了，再活动活动是不是就该入党了？"

郝江山愣了一下："扫扫院子，跟入党有什么关系？"

孟虎威装出很正经的样子："怎么没关系？面子活干多了，领导不就看见了？"

郝江山解释道："我天天都在扫院子，怎么是干面子活呢？"

孟虎威蓄意挑衅道："你们南方人真会干！街上擦皮鞋、摆地摊的，都是你们南方人。"

郝江山反驳道："付出辛苦，靠本事挣钱，有啥丢人的吗？"

孟虎威不屑一顾："不是不行，就是有点贱！让人瞧不起！"说完，头也不回地扬长而去。

这时紧急集合号响起，警勤中队官兵立即穿戴整齐，携带装具在楼下列队集合。

全中队就差孟虎威一人了，等了半天也不见他下来。杜伟升不满地朝楼上喊了一声："孟虎威，你真磨蹭，能快点吗？全中队都等你啦。"

孟虎威把头伸出窗外，喊了一声："中队长，我有点闹肚子，不要等我了。"

杜伟升无奈地摇了摇头，对大家讲道："当前已进入春季森林防火期。根据中队工作安排，今天利用早操时间，搞一次紧急拉动，主要检查大家的战备意识和携行的装备物资，确保遇有火情，随时能够拉得出、用得上、打得灭。"

随后，杜中队长和黄指导员逐人逐项地检查了保障分队的宿营装备和炊事器材等，又组织了灭火机具检修和装备物资点验。

孟虎威慢腾腾地下来了，杜伟升打开他的背囊，不满地问道："你的战备食品呢？"

孟虎威漫不经心回道："吃了呀。"

杜伟升气愤地训斥道："谁让你吃的？战备食品，就是咱们的半条命，现在吃了，上火场你喝西北风？"

3

新兵下连，进入防火期，常态化组织灭火安全教育，是森警部队雷打不动的惯例。警勤中队学习室的黑板上，醒目写着"陈巴尔虎旗伤亡案例"9个大字，特意用粉笔在"伤亡"两个字下面，画出血水滴淌的效果；火场地理环境草图，占了大半块黑板，一个大大的红色"×"字符号和数字"52"分外显眼。郝江山一进入学习室，就被黑板上的景象震撼了。

"4月20日，内蒙古陈巴尔虎旗村民烧荒引起草原火灾，库都尔林业局的200名林业职工参加扑火。正值午时，扑火队员分兵两路扑打，其中90名队员在公路一带堵截火头，扑灭5个火头后，时至14时，队员饥饿难耐、疲惫不堪，指挥员组织队员在白桦林前简易公路旁休息。忽然风向突变，大风卷着山火，在沟内迅速形成包围圈，瞬间将队员卷入大火，亡52人、伤24人，死者最小的仅有17岁。"

中队长杜伟升深入地剖析这场灭火伤亡案例："这场大火过火面积达10万公顷，烧毁林地面积达6万公顷左右，损失极为惨重，教训十分深刻。"官兵们的心像刀割一样，几个老兵偷偷地用袖子拭去眼角的泪水，学习室里异常安静。

郝江山打破了沉寂："报告！中队长，在火场上遇到这种情况，应该采取什么样的措施？"

"好，坐下！"杜伟升会意的眼神看了看郝江山，接着说道："我再次组织大家剖析这个案例，主要目的就是要汲取教训，避免再次发生类似的惨剧。"

杜伟升结合在黑板画的简易草图深入地讲解道："休息地应选在北面山坡的火烧迹地边缘。当遇有大火袭击时，可迅速进入火烧迹地避险；灭火队员与南山坡距离近时，也可向南山坡撤离，冲越南山坡的下山火线，进入火烧迹地避险，这样就安全了。"

杜伟升环视了一眼认真听讲的官兵们，继续说道："在全世界所有的职业中，扑火工作是第二危险的职业。"

孟虎威打断了杜伟升的讲解："报告中队长，那第一危险的职业是啥？"

"说法很多，有人说是煤矿工人，但扑火工作是公认的第二危险职业。"杜伟升继续讲解道："扑救森林火灾，是人与自然灾害的激烈抗争，俗话说，水火无情，具有极高的危险性。但只要我们充分了解火场环境、火行为特点和林火发生发展规律，熟练掌握灭火要领和方法，遵循规律、科学施救，就能有效减少或避免伤亡。"

每年进入春、秋两防前，小兴安岭支队都要组织开展"百车千人防火大宣传"，进行联防联训。中队在杜伟升的带领下，走街串巷耐心地向群众讲解森林草原防火常识，排查重点火险和安全隐患。孟虎威在防火宣传车内朗读春季森林防火通告，郝江山积极地在路口发放着宣传单，钱朝鑫在居民区公示栏内张贴地区人民政府禁火令。

4

1987年5月，大兴安岭漠河的春天姗姗来迟，茫茫林海，峰峦连绵，松涛起伏。高高的大兴安岭，山山相连，林林相交，漫山遍野的树木，鳞次栉比，如天然的屏障。参天笔直的落叶松，奇美华贵的樟子松，秀丽多姿的白桦、白杨一望无际。漫山遍野的兴安杜鹃举起火红的花束，争先绽放花蕾，泛青的林梢枝头鼓起芽苞，林间处处洋溢着山花和草木浓郁的芳香。小鹿徜徉在林间，小鸟在树丛中翻飞……一派生机盎然的景象。

大兴安岭支队领导正在作战值班室围着沙盘分析防火形势，副支队长郝胜茂一边用指挥棒在沙盘上指点着，一边汇报道："由于受大气环流影响，今年春季气候异常，据气象局通报，全区降雨量是近14年来最少的一年。当前气温回升快，超过了多年来的平均值，林内的可燃物十分干燥。"

鲁支队长叹了口气说道："是啊，今年的防火形势确实不容乐观。上周我到基层检查时，发现林内的可燃物载量很大，地表和深层可燃物的含水量都很低，大风天十有八九，树叶用手一攥就碎成末了，只要一个火星，就是一场大火。"

郝胜茂指了指沙盘上漠河县方向，很是担忧："漠河大队撤走后，这一带地方专业扑火力量很薄弱，确实让人担忧啊。"

鲁支队长神情忧虑："郝副支队长，你分管防火工作，要经常了解全区的气象和火情，深入研判，抓好战备。"

郝胜茂正色道："请支队长放心，我会按春防动员会精神和要求，严格抓好各单位战备工作，随时做好扑火准备。"

就在郝胜茂和支队领导分析研判全区春季防火形势的同时，谁也预想不到在祖国北极边陲，一个可怕的幽灵，正在大森林里窥探。

漠河县古莲林场施业区一片繁忙景象，山场清林作业正在紧张地进行中。一个稚气未消的青年嘴里叼着烟正在给割灌机加油，不远处，几名清林工人围坐在一起休息。繁重的清林任务压得他们没有喘息的机会，连续工作了近两个小时的割灌机热得烫手。趁加油这会儿工夫，工人们或坐或躺地围聚在一起，纷纷从口袋里掏出香烟点上。老一点的工人冲加油的青年喊道："小子，加完油，你也过来抽根烟歇歇脚。"

青年回头又将香烟拿在手里："我不累，师傅，你们先歇着。"能看得出来，他的业务还不是很熟练，割灌机的油早已加满，小青年没有发现，油洒了一地。他随手抓了一把枯草，简单地擦了擦机身，准备启动割灌机调试。

"呼"的一声，一个大火团从割灌机的火花塞处迸了出来，瞬间就把脚下沾满油的枯草点燃了，割灌机也跟着冒起了火苗。小青年被吓了一跳，他下意识把割灌机扔了出去，赶紧用脚踩杂草地上的火，还没等他踩灭脚下的火，割灌机又把更远处的枯草点燃。他彻底慌了神，他顾及不到身后工友的喊叫声，也顾不上身后快速蔓延的火苗，拖着已着火的割灌机就往公路上跑，身后被点出一条长长的火线。

跳动的火苗，燃烧的火线，如同打开的潘多拉魔盒，迅速蔓延扩散。顷刻间，火借风势，风助火威，茂密的森林，顿时变成一片烟火交加的火帐。

大兴安岭在燃烧，黑烟笼罩，火光冲天，遮天蔽日。

自从郝胜茂受领任务后，几天来他的右眼皮总是跳个不停，晚上觉也睡不踏实，总感到要发生什么事。吃完早饭，他坐在办公室里盯着墙上的林相图发呆，作战参谋一声"报告，有火！"他急忙来到值班室，看见卫星云图上显示：漠河县内有两个火点，一个火点位于北纬53°10′，东经122°20′；另一个火点位于北纬52°40′，东经123°40′。

郝胜茂立即拨通漠河县防火办电话询问情况，对方却漫不经心回复："一个火点已经扑灭，另一个火点正在组织扑打。"

郝胜茂关切地问道："请问火势能不能控制住？需不需要支援？"

"我们自己能整灭，不需要支援。"

"能不能让防火办主任接下电话。"

"主任带专业扑火队上山去打火了。"随即，对方挂断了电话。

郝胜茂在地图上仔细查找着，有些着急地告诉作训参谋："抓紧打电话了解阿木尔、盘古、兴安三个林场情况……"

西林吉火场，受小气候影响，火舌乱窜，但火势总体可控，漠河县防火办主任正在组织地方扑火队员和一些群众，利用铁锹和树杈枝条奋力扑打。经过6个多小时的连续扑打，明火逐渐被扑灭了。

有的队员累得躺在地上抱怨："哎呀！都已经连续打了6个多小时，明火都没了，咱们休息休息吧！"

其他队员也纷纷附和道："是呀，组织大家休整一下吧，吃点东西，都饿得前胸贴后背了。"

这时，部分局机关干部乘坐的大客车和给养大卡车也赶到现场，一名机关干部走下车，站在简易公路道边高喊道："给养到了，准备开饭啦。"

扑火队员和群众拖着疲惫的身子，三三两两地下山了。大家忙活着卸下大卡车上的给养。山坡上、土路旁坐着躺着的都是前来扑火的职工，一伙一伙、一堆一堆，喝酒、吃罐头、啃干粮、打扑克，说说笑笑，就好像上山野游一样悠然快活。

不远处的火场，残火还在燃烧着，火线上冒着股股青烟……

5

下午，一辆伏尔加轿车疾驰而至，停在山坡下的土路上，高县长从车里走出来，他腆着肚子仰着脖子、倒背着手，气宇不凡地站在那里环视着。

不远处的林子里还冒着缕缕青烟，时不时地窜起一股股火苗来。晚风徐徐吹来，高县长深吸了口气，嗅到了一股木炭焦煳味，很不高兴朝地下吐了口痰。

扑火队领队的干部气喘吁吁地跑过来打招呼："县长，您来了！"

"嗯！"高县长鼻子里哼了一声，用下巴指了指正吃得热闹的人群："你们这是干啥呢？"

见高县长满脸不悦，急忙解释："啊！大家才打完火，刚撤下来吃点饭，休息休息，一会儿接着打。"

高县长用下巴点了点林中余火的方向，面色显得更加不乐意："这火还在着，不是闹着玩的，扯淡也得分个时候啊！"

领队点头哈腰地笑着说道："啊，这点余火，没多大事，等晚上气温降低，大伙上去扑弄几下就整灭了，您放心吧，来这么多人，没问题。"

"嗯！"高县长显然对他的回答不太满意。

这时从身后传来一阵争吵声："调主，该你出了。"

"快点出，别玩赖！"

高县长顿时怒气爆发，转身大骂道："你们长几个脑袋，敢在火场上打扑克、喝酒？都给我滚，快滚，打火去。"

大伙都惊呆了，慌慌张张扔下扑克、罐头和酒瓶子，连滚带爬直奔火场去了。

随着气温的降低，火势越来越弱，又经过几个小时的艰苦战斗，明火又被扑灭了。

"唉，打了这么长时间，这场火终于扑灭了，都歇会儿吧。"领队的长长地松了一口气，钻进了吉普车，掏出水果刀，撬开罐头，开始吃喝起来。

火场上陆续有人撤下来，筋疲力尽的人们打了酒瓶，嚼起香肠，对着瓶口咕咚咕咚地喝了起来。

大卡车的驾驶室里传出了极具动感的迪斯科舞曲声音，不知谁喊了一声："咱们跳会儿舞吧，放松一下。"

悠然的"快四步、快三步"音乐，让刚刚还累得站不起来的人们，一呼百应，拍拍屁股上的尘土，开始跳起舞来。

舞曲悠扬，舞姿翩翩，借着酒劲穷欢乐的人们，在发泄、在消减闷气，在为胜利狂欢。

半夜，西林吉火场突起大风，暗火瞬间变为明火，原本扑灭的火线全线死灰复燃。狂飙的旋风，像一把"利爪"，倏地从地下将那条潜藏的火龙抓起。顷刻间，原来几百米的火场，升腾起几十米高的火柱，火头呼啸着、吞噬着、翻滚着，如上千匹脱缰野马齐头奔腾着，又如一面城墙，又似拍岸巨浪，呼啸声几里地以外都听得清清楚楚。

狂风四起，飞沙走石，眼前一片昏暗，在空地上轻歌曼舞的人们被惊呆了，不知所措，全都慌慌张张四处乱跑。

一名扑火队员略加判断，大声喊道："火这么大，咱们连台风力灭火机都没有，这火肯定打不了。"

领队的一看傻眼了，拍着大腿哭喊道："这回可摊事了，我的老天爷呀，这可咋办啊？"

另一名扑火队员发起牢骚："要是森警在就好了，咱们这么费劲巴拉地打了一天，火还越打越大……"

扑火队员一个个都吓蒙了，不知谁喊了一句："快逃命啊！"

远处，一头东北虎在火头前撒开四腿，像箭一般在林中跳跃穿梭，尽管它已经用尽全力在躲避大火，但终究没有火的速度快，顷刻间就被大火吞噬了，化成了一缕殷红烟雾。

6

高县长坐在办公室里，望着远处被烧红的天边，浑身哆嗦，神色慌张。他抓起电话声音颤抖地向地区报告火情："目前漠河火很大，全城告急，请求尽快支援我们！"

对方电话责问道："昨天几次问你们火场情况，你们都说控制住了，怎么火又着大了？"

高县长抓着电话的手在颤抖，连话都说不成句："我……们……"

对方急切地问道："根据目前情况，需要地区采取什么应对措施？"

"如果可能，马上派森警过来……"高县长的话还没有说完，电话就没有了声响，"喂、喂……"

秘书赶紧报告道："县长……电话线可能烧断了……"

高县长目瞪口呆瘫坐在椅子上，电话掉在了地上。

窗外，火星、火球在空中飞舞，火龙发出撕心裂肺的吼声，翻卷着滚滚的热浪，如海啸般向漠河县城扑来。霎时间，县城天昏地暗，火光冲天，烈焰腾冲，变成一片火海。火球所到之处，顷刻变成一片红色的海洋。水泥电杆被拦腰烧断，房屋在火海中轰然倒塌，电视机爆炸的声音，像点燃的鞭炮，汽车轮胎被火蛇一舔而光。县城街道，慌乱柔弱的妇女抱着孩子在拼命奔跑，步履蹒跚的老人惊慌弃家不知所措……

满街，是人车混杂的灾民；满城，是生离死别的哀号。所有人都在奔跑、躲藏、挣扎、求生……到处是火的世界、火的海洋！

大火就像一头咆哮的野兽，肆无忌惮地卷走了人们平静的美好生活，一场灾难突然降临！火场形势十分严峻，西林吉告急！

正午，张京华率领全副武装的二大队官兵跑步进入机场，三架米-8直升机的螺旋桨早已启动，蓄势待发。郝胜茂指挥各分队按架次编组有序登机。一颗绿色信号弹由塔台升起，随即三架米-8直升机先后滑出停机坪，缓缓离开地面，急速向火场方向飞去。机舱内官兵身着橘红色扑火服，个个全副武装，精神饱满，斗志昂扬。

郝胜茂展开地图，朝大兴安岭行署单专员问道："单专员，昨天上午漠河报告火都控制住了，怎么一晚上着了那么大？"

单专员指着地图："今天凌晨，附近林业局报告才上来。昨晚火场突然刮起8级大风，仅仅几个小时，火头就向前推进了100多公里！"

郝胜茂皱了皱眉问道："怎么可能蔓延那么快？"

单专员也有疑问："我也感到纳闷，从来没有见过这么快的火，一个晚上就把漠河、图强和阿木尔3个林业局、7个林场、4个贮木场给烧了，简直不可思议。"

郝胜茂根据单专员给他的火情动态，认真地在地图上圈圈点点。看着标过的地图，心疼地说道："从各林业局报告的火情看，这场火将是史无前例！"

单专员摘下耳麦，命令道："根据指挥部命令，你带领二大队迅速投入战斗，立即增援盘古。"

7

为应对这场史无前例的火灾，小兴安岭支队调动了所有兵力，警勤中队也接到了增援火场的命令。在紧急启动预案、明确灭火编成后，警勤中队所有参战官兵都在紧张地备战，灭火机具、防护被装和帐篷、给养物资等纷纷装载完毕。

出发前，小兴安岭支队警勤中队的官兵在楼前列队集合，指导员黄俊伟作了简短动员："大兴安岭发生森林火灾，上级命令我中队抽调部分官兵，随后续增援大队前往火场，按中队灭火作战预案，参战人员30分钟后做好出发准备。"

听到要去打大火，郝江山兴奋而急切地喊道："报告，我请求参战！"

"预案没有你，别添乱了，一切行动按预案执行！"站在队列一旁的中队长杜伟升语气坚定。

队列解散后，官兵们抓紧做好出发前的各项准备。

郝江山吃了闭门羹，但他没有放弃，跟着杜伟升回到办公室："中队长，我强烈要求参战。"

杜伟升不耐烦回答道："别给我添乱了，干好本职工作，服从命令！"

郝江山立正站好，庄重地敬了一个军礼："我坚决要求参战！请组织给我一次机会！"

"你为啥这么想上火场？"

"军人生来为打仗，战士就要上战场！"

"如果我不同意呢？"

郝江山迅速从兜里掏出早已写好的血书，递给杜伟升："这是我的请战书，请组织考验我。"

杜伟升打开血书，不禁一怔："你疯了，怎么这样？怪吓人的！"

郝江山一挺胸脯，坚定地说道："请组织批准！"

杜伟升盯着郝江山坚定的脸庞，渐渐露出了笑容："行，够味，有血性，我喜欢！"

"谢谢中队长。"

杜伟升拍了拍他的肩膀："快去准备吧。"

郝江山又敬了一个军礼，兴奋地说道："亲爱的中队长同志，烈火识真金，火场见英雄！请您看我的表现吧！"说完，急忙奔向灭火机具库。

在不远处的孟虎威看见了这一切，也跟着敲开了杜伟升的办公室："队长，我也要去火场。"

杜伟升见是孟虎威："你就不要捣乱了，好好站岗得了。"

孟虎威理直气壮地问道："凭什么郝江山能去，我就不能去？"

杜伟升边收拾东西，边不耐烦地说道："就凭他比你干得好，你连站个岗都七个不平、八个不忿的，上了火场谁能管得了你。"

孟虎威火了，出言很冲："我不需要谁管，不让我去，我偏要去。总不至于别人去打火，我去满山放火吧？"

杜伟升的话语明显带有不快："就你近一段时间的表现，我看你就没资格上火场。"

孟虎威气愤道："是呀，打火咱没有资格，可在火场上监视一下党员和想入党的人，总该有资格吧？"

杜伟升顿感疑惑，生气地质问道："孟虎威，你到底要干吗？管好自己得了，谁要你去监视别人了？"

孟虎威呵呵一笑，叹了一口气说道："你不常说嘛，党员时刻要在群众监督之中吗？有些党员和想要入党的人，平常小嘴叨叨的，说的比唱的还好听，我就要去看看，这些党员在生死关头，到了动真格的时候，敢不敢真玩命！"

杜伟升脸都气白了，浑身哆嗦得说不出话来。

按照战斗编成，支队警勤中队参战人员与直属大队合编为第一梯队，以摩托化方式向集结地域机动。林区道路坑洼不平，郝江山和战友们坐在后车厢内，五脏六腑好像都要被颠出来了，车轮扬起的灰尘卷进车厢，落在脸上，钻进鼻孔，只有他们的牙齿是白的，根本分不清谁是谁。

郝江山看见直属大队的新兵连战友格外亲热。严智勇遇到郝江山，不解地问道："你不在机关享福，去火场干什么？"

郝江山与严智勇半开起玩笑来："大战在即，我们岂能袖手旁观？不敢瞒老班长，我呀，一听要去打火，浑身血液都在沸腾……"

严智勇笑着说道："到机关没几天，还学会耍贫嘴了。下次有人问你新兵连班长是谁，你可别说是我！"大伙都逗乐了。

老兵高义勇掏出快板，打了起来："战火魔、勇冲锋，心中歌儿唱不停，献给咱们的森警兵，保森林、立战功，个个都是英雄汉……"

孟虎威不知什么时候也偷偷地钻进了运兵车，始终躲在车厢板一角，车队出发后，才敢露出头来。这会儿，他悠然自得地吸起烟来，看到严智勇和直属大队的战友们也不理不睬，一口接一口地吐着烟圈玩。

郝江山在不远处，看着孟虎威牛哄哄的样子，指责道："孟虎威，你见了老班长，也不过来打个招呼？"

孟虎威翻了他一眼："一边凉快去，你好好溜溜须，争点表现才好入党，才有提干的机会。"

几个新战友站出来批评起孟虎威："你是不是吃枪药了，见谁怼谁？你这人怎么这样？好赖不识的东西。"

孟虎威脖子一梗，眼睛一瞪，谁说就冲谁来。

8

5月7日，林火迅猛燃烧犹如爆炸的氢弹，形成强大的火旋，冲击波所到之处，树木被拔起，房顶被掀开，大火形成的气浪摧垮着、席卷着一切……

大火以排山倒海之势向东推进着，几个小时后，塔河林业局的盘中、马林两个林场瞬间成为一片废墟。大火过后，山是秃的，树是黑的，房子是塌的，生灵涂炭、万物焚毁。

塔河县盘古镇大街上汇集了成群的摩托车、汽车，甚至还有马车、人力车等等，人们倾巢涌出，他们有的扶着老人，有的抱着、拉着孩子，有的用床单背着电视机，有的拎着收音机，有的腋下夹着装钱的提包，有的摩托车上还绑着嗷嗷叫的肥猪……

县上的广播不停地提醒人民抓紧撤离，急促的喊话声震得高音喇叭直晃，喊话声传到人们耳朵里，使人更加烦躁，哭声、骂声、争吵声响成了一片。

空中，二大队的官兵们乘坐米-8直升机在浓雾笼罩的盘古上空盘旋着，从飞机的舷窗往下鸟瞰，被大火烧过的森林一片焦黑，犹如蒙着一块黑色的大幕。

机舱内官兵们吸了吸空气，有人突然说道："飞这么高，都能闻到焦煳味。"

有人从舷窗仰视，指着远处喊道："你看，那股烟柱冒得比飞机还高。"

飞机试图降落，但始终找不到合适的降落地点，机翼下面是数百公顷的火烧迹地，到处都是燃烧的灰烬，直升机旋翼卷起的大风，使灰烬中的余火复燃，宛如一条巨大的火舌，正一闪一闪地向天空舔来。

正在燃烧的几处地段，火苗似汹涌的海潮，呈一线排开，汹涌地朝着森林深处推进，火头上方是一朵朵蘑菇云状的烟柱。

单专员和郝胜茂焦灼的目光聚集在地图上，寻找着安全的机降场地。由于飞机快速旋转的螺旋桨会带起8级以上的大风，离火场太近会让火借风势着得更大，太远又会延长灭火队员到达火场的时间，消耗灭火队员的体力。

直升机试了几次，才强行降落在林场一块空旷草坪上。

逃难的人群仿佛看到了希望，"呼"地一下向停机坪涌去，忽然有人叫喊道："是森警来了！"

郝胜茂和张京华带领队伍下了飞机，携带好装具向集结点跑去。县防火办的同志喘着粗气迎了上去："你们可算来了！如果再不来，镇上一万多人和30多万立方米的贮木场、价值上亿的木材就完了，我们扑火力量不足，都急死人了……"

看到穿着橘红色灭火服的队伍出现在镇上，逃难的人们蜂拥而至。这时，一位老人冲着队伍大喊："京华！"

在躁动的人群中，张京华仿佛听见有人在喊他的名字，循声望去："爸，您不是在漠河吗？怎么跑到在这儿来了？"

张父的眼泪不禁流了出来："家都烧没了，县城也烧没了，我们不知往哪儿跑，稀里糊涂就逃到这儿了。"

张京华急切地问道："我妈和我儿子呢？"

张父转身指了指不远处："他们在那边躲着呢。你得想想法子，把孩子和你妈送走，我这一把老骨头没就没了，可孩子还小哇，你可就这一根独苗呀……"

张京华心如刀绞，又不得不狠下心来："爸，你照顾好他俩！我还要带着大队去打火，家里的事等打完火再说吧！您千万要注意安全！"

盘古的大火依然烈焰腾空，火焰蹿起十多米高，烧得树木噼里啪啦直响，灼人的气浪挟带着沙石上下翻飞。整个大山都在燃烧，整个森林都被气浪摇动，一

棵高树上的鸟窝被轻松掀起，瞬间化为灰烬。

荆县长眼里布满了血丝，脸庞黝黑，正蹲在地上研究灭火方案，周围皆是慌乱的职工和百姓。远远看见郝胜茂、张京华带队伍跑过来，立即迎上前："你们可来了，我心里总算有底了！"

荆县长来不及寒暄，开门见山就问："西北部那股大火快进盘古镇里了，你们能不能从正面顶住？"

郝胜茂环视了一下火场坚定地回答："能！"

郝胜茂面向队伍，扯起嗓子喊道："同志们，只有在大火面前方显森警本色，林区人民正看着我们，打下来我们是英雄，打不下来我们就是罪人，坚决保住盘古！同志们，有没有信心？"

这番话就像一颗火种，瞬间点燃了战士们的激情。"有！有！有！大火面前有森警，森警面前无大火！"官兵们充满信心的吼声，稍稍稳定了一下骚乱的现场。

随后，灭火队伍向西北角冲去。人群中，不知谁喊了一句："老天爷，您终于派'红孩儿'下凡了，咱们盘古有救了。"

老百姓眼神中带着求生的期盼，祈望着这支橘红色的队伍能保佑他们平安。

"快冲，都跟我一起上。"张京华等迅速用水壶浇湿毛巾扎在头上，拉下安全帽下的玻璃面罩，还未来得及拉响风力灭火机，火龙就先声夺人，疯狂向他们头上卷来，像一群魔鬼奔腾着、呼啸着，好像在嘲笑："就凭你们这百十号人也想力挽狂澜？"

"火旋风！"

张京华迅速命令道："卧倒！避险！"

"这……这是火爆啊！"

"这么大的火，怕是没救了！"

"现在火头离弹药库和木材厂不到800米了，再晚，后面的油库和弹药库要是爆炸了，威力不亚于一颗原子弹……"

"集中风力灭火机和水枪把火头顶回去。"一股热辣辣的燃烧废气径直冲进了郝胜茂的气管，呛得他直咳嗽，差点窒息。

战士们纷纷冲了上去，二十多台灭火机同时怒吼着叫了起来，十多个水枪手朝火头压去。战士们"一字形"排开组成了人墙，风力灭火机手和水枪手筑成了一堵为百姓阻挡火魔的铜墙铁壁。每一名官兵就是一块质量上乘的"耐火砖"，集结在一起就是一堵顶天立地的"防火墙"。橘红色的防护服与深红色火焰融为一体，分不清哪是火，哪是森警官兵，人和火都在挥舞，都在拼命厮杀。

张京华指挥着并不停呼喊："加大油门，把火头压下去！必须强压下去！"

战士们端着灭火机猛打火的根部，防火服冒烟了，防火安全帽烤软了，裸露的脸被灼得冒油。一团团的烟呛得官兵泪眼模糊，吸进热乎乎的废气，加上烈焰熏烤，汗水像瀑布一样，顺着额头、鬓角、脑后往下流。火线缺口被打开了，战士们迅速冲进火海，将火头逼向两翼，缺口逐渐扩大，随即他们兵分两路，开始包抄、追歼火头。缺口一次又一次合拢，一次又一次被打开，火线一段又一段被扑灭。经过数小时的顽强拼搏，眼看要逼近镇里的火魔被勇士们驯服了。

荆县长和群众看着官兵们身着烧坏的灭火服、被烧伤的脸部和手指，仍保持战斗队形不散，士气高昂，就像十八罗汉一样神勇非凡，心里有了些底气。

"京华！你看这镇子与林子相连，可燃物极多，依我的经验，火头还会卷土重来，恶仗还在后头！"郝胜茂与教导员张京华商讨着。

"是呀，这镇上家家户户都是木板房，门前都堆满了柴火桦子，跟漠河一样，只要有一家着火，就会火烧连营。"张京华说道。

"嘿，真怪，还真没碰到过这么邪的火！必须开设隔离带才行！"郝胜茂思考着说道："一中队组织清理火场，加强防范！二中队开挖隔离带！"

官兵们紧紧抓住这个间隙，用工具掀开草皮，开挖隔离带，没有工具的就用手抓，树枝尖扎得战士们手指鲜血直流。百姓们见此情景，也自觉地加入了开挖隔离带的行动中："乡亲们，咱们也跟森警一起挖。"

9

林间公路上，运兵车载着郝江山等增援人员在弥漫的浓烟中艰难行驶，空中飞起的草木炭屑不断扑打在驾驶窗上，车身早已落了一层厚厚的灰尘，浓烟呛得大家直淌眼泪，每个人俨然成了"黑包公"。

"班长，这烟怎么会这么大？"郝江山问道。

严智勇捻了捻飘到手中的黑灰："这是松树和桦树燃烧的味道，飘着的都是树木燃烧后的草木灰，说明这火不小，我们距火场也不远了，看来我们将面临一场恶仗！"

对讲机里传来王雅杰的声音："长江，长江，天河呼叫！"

"长江收到，请指示！"冯文鑫抓起对讲机立即回复。

"上级命令我们立即支援瓦拉干火场……你部抓紧下车，清点人员和机具，准备战斗！"

"长江，明白！"冯文鑫随后进行扑火力量分担。

官兵们立即下车扑打灰尘，整理行囊和灭火装具，迅速做好投入火线准备。此时，黑烟遮云蔽日，漫山遍野的草木都在燃烧，山体通红，火光冲天，方圆几公里红彤彤的一片。

王雅杰站在车顶，用望远镜观察着火势，见镇东火势以极快的速度向镇子扑来，忽见北面两个巨大的火头跨过三四十米宽的隔离带，飞跃到民宅上炸裂开来。刚刚还在观望的镇上居民，这才意识到危险来临，顷刻乱成了一锅粥。

北方报社女记者刘亦欣拿着照相机在抓拍部队投入战斗的场景，随后开始采访大队长王雅杰："同志，你们是哪支部队的？"

"小兴安岭森警支队直属大队。"王雅杰回了一句，便开始下达命令："一中队负责疏散人群和扑救民宅大火；二中队立刻到镇东侧开设隔离带阻击火头。"

刘亦欣追上前，试探地问："我可以采访你们吗？"

"对不起，没时间。"王雅杰扔下一句话，就带领部队冲进了烟雾弥漫的居民区。

此时，林场居民区的几处民宅已经燃烧了起来，木桩被烧得噼啪作响，火光照红了夜晚的居民区，连老人们都没有见到过这样的大火。人们东躲西藏，慌乱一团。刘亦欣随意抓拍着镜头。

严智勇满头大汗地喊道："大队长，火已经烧进居民区了，情况万分危急。"

王雅杰下达命令："你马上带领灭火分队挨家挨户疏散群众，抓紧救人，不得有误。"

严智勇直奔民宅急切地喊道："乡亲们，大火来了，赶快到河套躲避！"

林场居民闻声即动，一名老大娘边跑边喊："前面那家老蒋头，70多岁了，就是不肯离开家，你们快去看看。"

当严智勇找到蒋大爷家，只见院门紧关，他迅速踹开木栅栏，冲进屋里："大爷，火来了，马上烧到你家了，快点离开！"

蒋大爷绝望地坐在炕上："要是家都烧没了，我活着有啥意思？不用管我，就让这火把我烧死算了。"

严智勇冲到炕前，不容分说，背起老人就往外跑："大爷，可别想不开！生命才是最宝贵的，其他的都不重要。留得青山在，不怕没柴烧。"

蒋大爷扑簌簌的泪水，掉落在了严智勇的脖子上。

郝江山冲进一户人家，屋里屋外门四敞大开，隐隐约约听见有小孩的哭叫声，他寻声在院内屋里到处查找，看见屋内一角落处有人影晃动。

郝江山快步走近时，抓起手电筒直射过去，只见狭小的菜窖里，拥挤地蹲满了人，他着急地喊道："老乡，这里太危险，快出来！"

一位中年男子露出头，伸着脖子挤出沙哑的声音："没处跑了，就菜窖最安全。"

郝江山急忙解释道："菜窖里最危险，大火一来，氧气就没了，容易窒息把人闷憋死，再说大火温度太高，也会烤死的。"

女主人哭喊着："火这么大，哪个地能躲啊？咱们出去也活不了，不如这里保险，就是死，一家人也能在一起，死在自个儿家，不会当孤魂野鬼。"

刘亦欣不知什么时候闯了进来，见此情景非常着急："大哥、大嫂，这里肯定不能待，赶快出来，别磨蹭了！"

刘亦欣见这一家还在犹豫，大声地喊道："我是报社的，昨天图强就有人躲在菜窖里，全都被闷死了，听我的，赶快出来，再不跑，就来不及了！"

中年男子这才反应过来："好，我听你们的，老婆、儿子、姑娘快点出来吧。"

郝江山边用力把人往外拽，边提示道："河套那边最安全，你们抓紧往那边跑。"

贺松涛趁着火光摸索着走进一处平房，一名妇女正在屋里翻箱倒柜，好像是在翻找值钱的物品，两个小孩已被大火吓得哇哇直哭。

"大嫂，火已经烧过来了，赶快带小孩到河套去躲躲吧。"贺松涛走上前劝说道。

"我存折和首饰还没找着呢，你们先走，我随后就跟过来，实在来不及，我就跳进水缸里避一避。"大嫂还在四处乱翻。

贺松涛只好抱起一个、背一个小孩拼命往河套跑去，好长时间也不见那位大嫂跟过来。等他返回时，整栋平房已被火魔张开的血红大嘴吞噬了，再也无法靠近。距火头方圆五米之内，所有的草木被高温炙烤，自然起火，"呼呼"地烧着。整排房屋好几家的电视机被烧得接连爆炸，许多人家的水缸、酸菜缸、咸菜缸里的水早就被烤干，缸里的酸菜和咸菜也被烧成了灰！

突如其来的大火让林场居民惊慌失措，四处逃命。一栋栋着火的民房就像火车头一样，呼啸着掠向可以点燃的一切，火光照亮了半边天。

在瓦拉干林场附近河套的空地上，一位男子手捧着自家的电视，远望着熊熊燃烧的大火，傻乎乎地站立着。

一名年轻人劝说道："快把电视扔掉吧，不然火过来，温度升高，会爆炸的。"

"好，好，我马上把电视扔掉。"那名男子惊恐而慌张地站着，始终抱着那台电视，就是舍不得扔掉。

一位妇女担心小孩被烧着烫着，一会儿把孩子放进水里，把孩子的衣裤浸湿，一会儿又捞起来透透气，不断重复着。她的丈夫实在看不下去了，骂道："你是不是疯了，儿子不烧死、烫死，也会被你淹死。"

瓦拉干林场成立于二十世纪七十年代，主要以木材生产和山产品加工为主，一个月前刚刚设立瓦拉干镇，林场居民远离城市喧嚣，虽不算富裕，但生活也是衣食无忧、殷实安逸。从天而降的大火，打破了林场百姓宁静的生活，人们欲哭无泪，痛心无助。不知道这场大火会带来多大的灾难，更不知道自己将去向何方。人们被大火吓傻了，每个人都怔怔地站在那里，现场一片寂静，只听见大火燃烧的"噼啪"声。

汽车瞬间成为一堆废铁，土路被烤暄了，出现一尺深的松土。砖墙被烧炸了，水泥地被烤裂了，铁门和暖气管道被烧得变了形，门窗上的玻璃都被烤化了，所有的一切在大火面前都变成了一摊泥，化作一捧灰。

10

太阳早已落山，但盘古镇的天空仍然被大火烧得红彤彤的。郝胜茂带领官兵们已经连续三个多小时不停歇地挖着隔离带，他们在与火魔争分夺秒，连口水都顾不上喝，十分疲惫。忽然镇西侧两个火球，借着风势突然飞跃几十米宽的隔离带，凶猛地扑袭了上来，落到林边一户民宅上。

"飞火！"盘古林业公司领导跳着脚哭喊："完了，这回盘古可要烧完了！"此时的盘古犹如被塞进了太上老君的八卦炉里，能烧的、不能烧的都接近燃点，飞来的火球犹如落进锅里的油，火柱顿时腾空而起。火魔如同一头饥饿的野兽嗅到了美味，发疯似的乱窜，火星翻到桦子上，瞬间就是一片火的海洋。

百姓们无路可走、无路可退，聚集在村子的空地上束手无策、不知所措，妇女、孩子都瞪着充满血丝的眼睛，惊恐地呆在那里。

几位上了年纪的老者惊骇了，跪向火头磕头祷告着："老天爷呀，行行好吧，救救我们吧……"

官兵们犹如雄狮出笼，摆开了阵势。

"兄弟们，拼命的时候到了！水枪手打头阵，灭火机手紧跟上！"张京华大吼一声。

战士们吼叫着蜂拥般冲了上去，有的冲进了院里，将着火的家属房围了起来，有的蹿上了着火的房顶。

一名战士发现屋里有人，边往外跑边喊："快来人呀，屋里有名大嫂躺在炕上直叫唤，可能快生孩子了。"

郝胜茂命令道："赶快让军医和卫生员去，立即护送到安全地带。"

军医、卫生员和两名战士拿着担架将孕妇抬出。这时孕妇老公惊慌地从外面跑了回来："谢谢你们了，我到处都找不到医生，都快急死了。"

一名战士看见着火的板障子，"哐当"几脚就把蹿着火苗的木板踢了下来。

随着战士"一二三"一声狂喊，硬是用手把板障子掀了下来，战士们赤手空拳，抱着呼呼冒火的柴火桦子就往地旁边扔。水枪手趴在地上将水枪喷头使劲往火根部喷洒，程宏远和战士们把灭火机油门加到最大，震得手臂都发麻了，把火死死压制住。有的战士呛晕了，稍微清醒后又继续战斗，手被烤出了大泡，仍不下火线。一堆两堆、一家两家……经过紧张而激烈的拉锯式恶战，最后一点余火，挣扎了一会儿，终于熄灭了。

战士们的手脚和裸露的皮肤布满了血痕，脸上血泡片片，汗水、血水、炭渍混合得满脸都是，眉毛胡子被火舌一舔而光。虽然筋疲力尽，但阵容严整，他们声音洪亮唱起了《打火歌》：

踏火浪　斩火魔

森林卫士无惧色

火场逆行打打打

有我无火有火无我

有我无火有火无我

歌声从镇中飘向森林，飘上天空，歌声也让盘古镇的居民悬着的心放了下来。

全镇的男女老少含着泪欢呼着："只要有森警在，我们心里就踏实！"

盘古林业公司领导用沙哑的声音高喊："是你们挽救了盘古镇！也给了我们第二次生命！"

"奇迹！真是奇迹啊！这是继三个林业局和两个林场被大火吞噬后，第一个保下来的城镇。"荆县长环顾全镇后，看着扑火官兵们感慨道。

"我代表全县人民，感谢你们！更重要的是你们坚定了我们战胜火魔、保护家园的信心呐！"人群中疲惫不堪的荆县长，终于露出了笑意，激动地说道："我现在发布第一号县长令，给森警部队记功嘉奖！"

人群中爆发出热烈的掌声，连连叫好。

"多亏了人民子弟兵啊，要不我们的结局就和漠河一样了。"

在场的群众异口同声地呼喊道："没有森警，就没有盘古！要不然我们都成灰了。"

"真是一帮'耐火砖'！"

一位穿中山装的老大爷颤抖着说："他们都是布尔什维克机器生产出的标准件。"

一名村支书找到郝胜茂激动地说："领导，我是镇上牛家窝棚的村支书，我们村也上来了点劳力，没有打上火，就替你们看火场，今晚你们就上镇子里住吧。"

郝胜茂被眼前的百姓们感动着，激动地说："我们还得看守火场，今晚就在火烧迹地里将就将就就可以了，不给你们添麻烦了。"

村支书以一种很坚决的口气说道："你们说啥也得听我的，军队打胜仗，人民是靠山！再说，你们是我们的救命恩人，怎么能让你们住在这里？我们的人肯定能把火场守好，保证不复燃！"

郝胜茂正要跟张京华商量，村支书抢先道："不用商量了，就这么定了。"转过头冲着乡亲们喊道："老少爷们都快回去吧！把家里最好的都拿出来慰问我们的救命恩人！"

经过连续奋战，官兵们的体力和精力消耗都很大，特别是新兵们第一次上火场，体能、技能、智能等方面连日被大火摧残，亟须调整。大家围坐在一所民房外，有的头稍微一歪便鼾声如雷，有的在维修风力灭火机，有的往机具里加油，有的在往水枪箱体注水……

有的老百姓拿来咸菜、咸鸭蛋和熟鸡蛋往战士怀里塞，还有的把官兵往家里拽，有的挑来一锅汤，有的拿来面粉、白菜、酸菜和肉馅包饺子。

大姑娘、小媳妇把缝纫机搬到休息地，为官兵缝补破损的衣服。

"快点呀，战士们都快一天没吃东西了。"

"都别磨叽，抓紧时间包饺子，好让官兵们垫补垫补，肚子里没东西，打火哪儿来劲儿呀？"

"他们可是咱们盘古的救命恩人，可不能让这些孩子们挨饿。"

"快过来，来个人烧火……"

郝胜茂边走边感慨："不怕四月火，就怕五月烟，冰雪消融，物燥风高，大火会更猛。当森警这么多年，像这么大的火，还是头一次碰见。"

"又是一个红五月！胜茂，你说咱们大队要是在漠河不撤回来，会不会是另外一种结局？"教导员张京华望着老搭档问道。

"谁也不敢保证！但如果咱们大队不撤，至少这场火不会造成如此大的损失。我以党性担保，漠河县城绝对百分百安然无恙。"郝胜茂感慨万千，眼里噙着泪花："这火烧得让人揪心呐，看到大火劫掠过后的惨状，这心里堵得慌啊！"

"从昨天联指通报的火情看，现在全区遍地开花，有多个火点在燃烧。总队机关和7个支队都上了，内蒙古、吉林的森警也来增援了，解放军已经上了三万多人。"

被救孕妇的老公拎着一筐菜，脸上是按捺不住的欣喜和感激之情："领导，太感谢啦！这回多亏了你们。托你们的福，咱们家那口子生了个胖小子，孩儿他妈让我来找你们，给儿子取个名。"

郝胜茂呵呵一笑："我们救火可以，给孩子取名，那可是你当爹的事。"

孕妇老公缠着不肯离去："这孩子跟咱森警有缘，要不是你们，他们娘俩的命都不保，领导你就别推辞了。"

张京华也附和道："老郝，没啥不妥，缘分嘛。"

郝胜茂摸了摸头，略加思索便脱口而出："你看，叫火生怎么样？"

"火生？这名取得好！就叫火生了。"孕妇老公高兴得合不上嘴，连连叫好："这名字取得好！"

报务员急匆匆地跑过来报告："支队通报，绣峰一带发现火情，火头正向塔河节节逼近，塔河告急。"

郝胜茂立即下令组织清点装备，与前指几名干部边走边研究火情："现在大火正向东南方向推进，如果还是这个速度，很快就逼近绣峰林场了。"

张京华插话道："绣峰林场距塔河仅有 22 公里，是塔河的最后一道屏障，如果绣峰失守、门户洞开，塔河将不复存在，甚至还会危及相邻的三个林业局。"

话音刚落，报务员送来电报："副支队长，总队前指来电！"

"念！"

"绣峰之战，事关塔河安危，令你部火速奔赴预定地域实施阻截，不得有误！"

第四章　蹈火红孩

1

狭长而拥挤的绣峰林场场部被紧急征用为扑火前线指挥部，熬了几夜的人们脸庞凸显疲惫和焦急，眼里布满了血丝。屋子被吸烟者吞吐的烟雾笼罩着，阳光从窗外照进屋内折射出数条蓝色的光带，灰尘在烟雾里被阳光照得无处遁形，四处飘逸，就像指挥部里人们的心情，随着火场态势的瞬息万变而七上八下。

一张临时拼粘起来的林班图摆放在会议桌正中间，绿色的图中心被黑色铅笔标注出一个大大的不规则图形，这个图形就是火场。随着一条条火场最新信息不断汇总到前线指挥部，工作人员用铅笔实时扩大着黑色图形的面积。面对历史罕见的大火，每个人都在绞尽脑汁地思索着应对办法，但在数次尝试却无果的残酷现实面前，都显得苍白无力，一时间作战会议陷入了僵局。增援的灭火队员，还没部署到位，火头就已借助风势呼啸而去；开设的生土隔离带，还没完全闭合，林火就以摧枯拉朽之势，跨过"壕沟"，向山上疯狂肆掠……

省森林防火指挥部孟副总指挥率先打破了沉默："现在传达重要指示，要坚决贯彻森警部队打火头，解放军协同配合、林区职工负责清理的'三结合'原则，坚决保住塔河，阻止大火向大兴安岭南部蔓延。"孟指挥的目光向几个林业局局长扫过："大家都说说吧，还有什么办法能够实现上级的决心意图，扼制住火头的发展？当前，火头已经突破塔河重重防线，正在向最后一道防线逼近了，情况十万火急啊！"

大家还是紧锁眉头，一言不发。孟指挥清了一下沙哑的嗓子接着说道："目前火场的严峻态势大家都清楚，就不要耽误时间了！最主要是拿出可行办法，全国人民都在关注这场火灾，不少省区都来支援，就连加拿大、日本等国也提出要来支援。大家都说说看，这火怎么打？总不能把脸都丢到国外去吧？"

沉默！还是没有人发言，各级领导都在思考，会场气氛异常沉闷。

时间一分一秒地过去，坐在会场最边上的郝胜茂坐不住了。"我认为现在只能以火攻火！"郝胜茂的一句话终于打破了会场的沉默，大家的目光一下子都集中在了他的身上。他略带紧张而又果敢地说道："当前，我认为最佳的方案，就是在最后一道防线，点烧一条10公里长、1公里宽的防火隔离带。"

"以火攻火？！危险性是不是太大了？"联指一位领导疑惑地问，顿时引起激烈的争论，会场一片哗然。

"以火攻火，只适合在小块分割、近距离封闭的条件下才会奏效。这个火场没有河流、公路作依托，点起火来能防守住吗？绝不能冒这个险！"

"以火攻火不是谁都可以用，也不是什么时候都能用，一要有经验丰富、指挥果敢的指挥员；二要有适合的气候、植被和地形条件；三要有训练有素的队伍配合。弄不好，就会适得其反，引火烧身。"

"这是冒险行为，点烧不好就等于放火，加快大火的蔓延，说不定还会出现相反的严重后果，造成人员的重大伤亡。"

"这么一大片林子都要点烧，这可是国家资源，我们的'饭碗'。"绣峰林场场长情绪激动地站起来，拍着桌子吼道："火都打不灭，还放火烧林子，简直是胡闹！我不赞成！"

"说得倒轻松，如果风向突变，反烧过来，跑了火谁负责？"一位领导严谨而认真地说道。

"让部队顶上去，咱们有那么多人，全压上去，我就不信整不灭？"

"你真是站着说话不腰疼，你上去试试看？"

孟指挥的眉头微微蹙了起来，宽大的额头渗出了汗珠，他咳了两声，清了清嗓子，平静但很有分量地说道："综合分析火场态势，我倾向森警同志的意见，但是我也得向上请示。"

说到这里，他停顿了一下，使自己依然保持着冷静与镇定："不过，我觉得，在这么长的防线上点火，还是要慎重！"

顷刻间，会场一下子又沉寂下来，谁也没有发言，谁也不好发言。面对会场上突然的沉默，郝胜茂顿感五内俱焚，再也坐不住了，他忽地站了起来，毅然决然地说道："必须要点烧，不点塔河就没了，这么大的火，让战士们去打，等于白白送死。如果没人敢担这个责任，我带队伍上去点，出了问题，我愿上军事法庭！"郝胜茂激动得手竟有些发抖，但声音铿锵有力。

2

绣峰林场上空，浓黄色的烟柱像朵巨大的蘑菇云，裹挟着燃烧不充分的草屑和树叶，不断地翻滚着冲向天空，原本晴朗的天空被烟霾笼罩着，犹如大家此时焦灼的心情。从直升机舷窗可以清晰地看到地面火场的实况。林火蔓延非常迅速，火头还没有蔓延到的地方，原本郁郁葱葱、充满生机的植被，被大火高温炙烤的瞬间就枯萎泛黄了，火还没有烧到，竟然自己就着了起来。

飞机下面，一组身着橘红色扑火服的灭火队员，正在试图采取强攻战法压制火势，只见两三个灭火队员正在用风力灭火机吹压火头，旁边有的队员用风力灭火机吹他们的身体，有的用水枪向他们的身体喷水降温，尽管这样，还是没能坚持几秒钟就败下阵来。火的强度实在是太大了，火场温度也实在是太高了。

乘坐飞机正在观察火情的省委周副书记和老总队长刘先河、省森警总队潘总队长看在眼里急在心里。周副书记指着舷窗外对刘先河说："火这么大，不得已把您这个'火将军'请出山了。"

刘先河瞪着红红的眼睛、声音沙哑地说："周副书记见外了，火患猛于虎，一秒就是一个足球场啊。我在这工作了三十多年，这些树对我来说，就像是孩子，孩子死了，我还能待得住吗？"

周副书记也痛心疾首："不瞒您说，我这心里也跟火烤似的。"

刘先河用手指着舷窗外的火场说道："周副书记，你看，火头现在已突破第一道防线，照这个速度很快就会突破第二道防线，依我的经验看，只有在第三道防线打烧一条足够宽的隔离带，才能阻止住火头蔓延，潘总队长你有什么意见？"

"我完全同意！"潘总队长的目光看向周副书记，恳切地说："火势这么大，也只有这个方法才能奏效！防火隔离带最少得有10公里长、1公里宽才能有作用。现在必须快速定下决心，否则塔河县城难保！"

周副书记反问道："你们有多少把握？"

刘先河没有正面回答，却加重了语气："不管有多大把握，这把火都必须得点，绣峰一旦失守，塔河就是第二个漠河。"

"好！我请示一下。"周副书记内心依然犹豫不决。

"我猜他们不会同意的。现在火场上领导太多了，不到十天，扑火指挥机构已经换了好几拨，谁都想指挥，谁又都指挥不明白。很多领导根本就不懂打火，缺乏灭火专业常识，多头指挥、瞎指挥是扑火的大忌呀！"一瞬间，刘先河这些日子以来憋在心中的不满全都涌上来了，他不管不顾一股脑儿地接着说道："我们既要坚决贯彻上级领导的指示，又要灵活地执行指挥部的决策，可大火的蔓延趋势一刻也等不起呀！事实已经证明，有些决策是错误的，我们已经失去了灭火的最佳时机，一旦大火烧进塔河，我们就是千古罪人！"刘先河迟疑了一下，但还是说出了心中的担忧。

潘总队长接过刘先河的话，言辞恳切："扑火要科学用兵，不能搞人海战术。周副书记，您看下面这个火场，这么多人打的全都是内线火，根本起不到一点效果！现在真到了危急关头了呀，不能再犹豫了……"

潘总队长的话还没有说完，就传来对讲机急促的呼叫："周副书记，我是老孟！有紧急情况向您报告！"

"当断不断，必受其害！"周副书记的话语明显带有责备的口吻："不能什么事情都等着上级作决断，该担的责任一定要担起来！"

可能略感语气有些严厉，周副书记语气稍微缓和一下："我和刘总队长、潘总队长正在直升机上视察火场，火场情况确实非常严峻。"

接着周副书记果断地下达着命令："我的意见也是以火攻火，出了问题，这个责任我来担！立即组织力量点烧，一定要做到万无一失，否则，我们就是历史的罪人！"

3

刘先河和潘总队长正在最后一道防线勘察地形，郝胜茂紧跟在后面。潘总队长忧心忡忡地说道："胜茂，咱们可在联指立下了军令状，你要仔细测算好距离、风速和兵力，把握好时机，严密组织，森警荣誉，在此一举！"

郝胜茂胸有成竹表态："请两位首长放心，保证完成任务，坚决不让大火突破最后一道防线！"

潘总队长鼓劲道："总队已经向周副书记协调了推土机和飞机等特种装备，马上就到。"潘总队长停住脚步，回头指向身后绣峰林场支援"前线"的场景，动情地说道："刘总、胜茂，你们看这场景，只要我们军民团结一心，哪会有过不去的'火焰山'？"

惊心动魄的以火攻火"阻截战"拉开了帷幕，这是一场奇异带有蛮荒气息的"战争"：一台台推土机沿着平缓地带推出了一道道生土防火线；解放军跟在推土机后面清除杂草和树枝；消防官兵上来了，用消防车水枪向生土隔离带喷射水柱；铁路职工上来了，他们用铁锹和镐头协助推土机和解放军扩大隔离带宽度；林区职工也上来了，他们用水桶、脸盆和所有能用的器皿盛水倾倒在隔离带上……

六架飞机穿过烟雾，一条条红色的彩带从机身上飘落下来，顿时树枝上、草叶上好似涂上了一层薄薄的红漆。这是化灭机群，飞机飞到火场上空，喷洒出能够阻燃的化学药剂，阻止林火蔓延。飞机化灭只能起到阻燃的效果，如果地面灭火力量跟不上，还是会前功尽弃。

森警官兵、解放军和林区职工都进入了阵地，三米一个兵，呈"一字形"向山林纵深排开，大部分战士和林区职工守护在路南侧。路南侧是这次点烧成败的关键，因为路南侧后面就是绣峰林场，只有坚决守住路南侧，才能实现"以火攻火"的目的。

郝胜茂仔细观察着风向、风速和主火头方向，他的手表指针"嗒嗒"向前突奔，终于点火时机到来，他毅然用对讲机下达命令："开始点火！"

火场一线，命令如流水作业般迅速下达，官兵们用点火器开始点火，只见新点燃的火迅速噼噼啪啪地蔓延开来。随着点烧面积的不断扩大，点烧现场形成了火场小气候。突然，一团火从树梢上被风刮到火线外，立刻在路南侧新引燃了一大片火海。

对讲机里不停传来指挥员的命令："一定要把火线看住，防止新火过路。一旦跑火，必须尽快整灭。"程宏远等十几名战士扑过去，很快就把这片火扑灭了。

点烧进程逐渐顺利，而且速度越来越快，点烧后的火烧迹地面积越来越大、越来越宽。森警一线指挥员正组织力量，抓紧清理着火烧迹地内没有燃烧彻底的剩余物，紧锣密鼓地扩大战果。

刘先河看到这一幕，终于松了一口气，向身边的周副书记报告："点烧条件挺好，风力减弱了，我看，准能成功！"

周副书记笑道："真乃天助我也。"

郝胜茂拿出口袋里的手表看了看，发现手表已经被烤坏。尽管已经做到了事无巨细，万事俱备，但由于"以火攻火"的难掌控性，他还是有些说不出的担心，这场阻击战成败与否，就靠这 10 多公里的防火隔离带了！

中午，几股凶猛的火头，犹如不可阻挡的海啸滚滚而来，防火线烧起来的火头，在这万分危急的情势下果敢地迎了上去，两股撞在一起、搅在一起的大火，霎时拧成一个高达百米的大火柱，原子弹爆炸一样腾空而起，产生巨大声响，最后同归于尽，销声匿迹了。

对讲机里传来了异常兴奋的声音：

"以火攻火成功了！"

"塔河'生命线'保住了！"

周副书记望着森警官兵们发出了由衷赞叹："真可谓千钧一发，力挽狂澜！"

"火要是再晚点一会儿，就起风了，肯定会贻误战机，您的这个决心下得很及时啊！"潘总队长对周副书记说道。

"一盘险棋！还是棋子起了关键作用。"周副书记紧握着刘先河和潘总队长的手，由衷地感慨："关键时刻，森警靠得住！"

刘先河微微一笑："感谢周副书记夸奖，没有您的支持也不可能成功。"

周副书记接着说道："现在火场上有好几万人，关键还是森警部队，其他单位尽管人很多，但他们不懂得扑火，还打了不少内线火。来的群众既没有扑火工具，又没有经验，只能清理火场。"

潘总队长由衷地说道："是啊，周副书记。现在看来我们森警的人数还是太少了，火场太大了，光靠我们也打不过来，只有依靠解放军和群众，才能更好地发挥森警部队灭火主力军和突击队的作用。"

周副书记痛心疾首："是啊，现在看来撤掉漠河大队是个很大的失误。"

刘先河望着远方，若有所思地说道："森林火灾和很多灾难一样，如果没有预警，等发现时已经晚了，就像敌人已占领了阵地，却没有人吹哨报告敌情，只能匆匆拿起武器去战斗，往往损失巨大，守势永远是被动的。"

4

郝胜茂脸上终于露出了一丝轻松的笑容，他看着身边一起出生入死、衣衫褴褛、嘴唇焦干的兄弟们喊道："好样的，兄弟们！这场阻击战，我们打出了森警部队的威风，打出了森警的士气！大家抓紧休整，抓紧把水枪加满水，灭火机加满油，还有更硬的骨头等我们去啃！"

战士们太累了！加完油后，没顾得上吃饭，就横七竖八地躺在火烧迹地里睡着了。他们满脸烟灰汗迹，到处伤痕累累，从头到脚没有不破的衣服，大风鼓起了破口开线的灭火服，极像一面面炫耀胜利的旗帜。郝胜茂看见一名战士的翻毛皮鞋张着大口，露出了沾满泥灰的脚趾，像心疼自己的孩子一样，立即把自己的防火鞋脱掉给战士换上，自己却穿上了旧鞋，又帮战士摘掉身上的草叶。

为了提高灭火效率，联指决定由郝胜茂等作战经验丰富的森警利用灭火间隙对部队和群众进行灭火作战、灭火安全常识培训。培训现场设在火烧迹地，扑火官兵和群众围坐在一起，里三层外三层。郝胜茂刚走上前，解放军一位首长站起来大声说道：“扑火咱们是新兵，新兵要向老兵学习，这是咱们解放军的传统。下面请森警部队的同志给咱们讲讲怎么打火！大家要认真听，仔细看，照着做。大家欢迎！”

郝胜茂以手势示意官兵停止鼓掌：“同志们，时间宝贵，我就不客套了，直接来干的。森林着火有三个要素，即可燃物、氧气和温度，我给大家打个比方，可燃物和氧气好比一对夫妻，温度就是第三者插足，一个家庭要是有第三者，这个家非乱不可。”郝胜茂通俗的比喻引来官兵们哄堂大笑，又接着说道：“如果缺了任何一个要素或破坏了三者之间的联系，林火就不会发生或者蔓延了。在作战中，我们一般用到四种战法：空气隔绝法、冷却法、直接灭火法和间接灭火法，但是风无常势，火无常形，战无定法，一切要从火场实际出发，灵活应对。”

看到大家听得都很认真，郝胜茂恨不得把平生所学，一下子全都倒出来，由浅入深地讲解道：“林火一天三变，一般上午 10 时至下午 15 时气温较高，火势蔓延速度较快、强度大；傍晚太阳落山后，火势减弱，夜间至拂晓前会熄灭和断条，我们要抓住这个有利战机，一举歼灭。就像毛主席说的：敌进我退，敌退我进。用森警的话说就是‘火猛我阻、火小我扑、火弱我歼、火灭我清’，但是具体要视火场情况，不能生搬硬套……”

郝胜茂这边正在给大家普及灭火常识，教导员张京华那边则在组织战士们抓紧时间补充给养油料，做好转移火场的准备。这场火实在是太大了，发展蔓延太快了，各地都在向联指请求增派森警，到处都是告急的报告，而森警的数量也实在太少了，真有点捉襟见肘。

几架米 –8 飞机从绣峰林场起飞，载着郝胜茂、张京华等扑火队员，转场西部火场—618 高地。郝胜茂走下飞机，单专员急忙迎上前，拉着郝胜茂的手紧紧不放：“老郝！盘古保卫战、绣峰阻击战，你们打得漂亮，打出了森警的威名！根据联指命令，下一步你们主要负责 618 高地东南线，增援的小兴安岭支队 120

名官兵，统一由你指挥。联指要求，必须想尽一切办法，把这股大火阻击在618高地！"

郝胜茂拍着手："太好了，正想着协调飞机再调点兵呢！刚才，在飞机上看，东线火场面积也不小啊。"

单专员用手比画着："西线主要由内蒙古和吉林增援的森警负责，森警打火，真是个顶个！"

郝胜茂得知目前参加扑救这场火灾的军警民已达三万多人，而且还在不断增援，看来火确实不小。

5

大兴安岭支队二大队、小兴安岭支队直属大队参战官兵迅速集结，卸载装具分两路向火线接近。

王雅杰远远看见记者刘亦欣，挥了挥手，打了一下招呼，见郝胜茂等领导走过来，立即跑上前报告："郝副支队长，小兴安岭支队直属大队120人奉命前来报到！"

"好，王大队长，没想到在这里见面了，客套话我就不讲了。"郝胜茂面对618高地，边说边分配任务："咱们两家打扣头，你们的任务是，沿火线往西北方向扑打，我们往东北方向扑打，看看哪个队打得快！"

贺松涛在人群中远远望见一个熟悉的身影，拽了郝江山一把："你看，那是不是你爸？"

郝江山愣了一下，回首望去，喜出望外："啊，我还以为碰不上呢！"

贺松涛拍了拍郝江山："上阵父子兵，打火爷两个！"

王雅杰返回集结地分配任务，郝胜茂随后跟过来，检查部队携带装具情况。

当看到浑身沾满灰尘的郝江山时愣了一下，顺手理了理儿子的灭火服，而后走向旁边的贺松涛，轻轻擦了一下贺松涛脸上的黑灰，像是对他俩，也像是对部队简洁而有力地说道："考验你们的时刻到了！这火场，就是一个熔炉！看你是块铁，还是块钢？是铁，可能在火中熔化；是钢，就会历练坚强。"

郝江山和贺松涛露出了自信的微笑，挺直了胸膛，提起灭火机，转身投向了战场，望着江山冲向战场的背影，郝胜茂心里咯噔了一下。

618高地，是古莲林场一个普通得不能再普通的高地，要不是这次大火，它也不会跃入人们的视野。而此时的 618 高地，就像抗美援朝的上甘岭一样，牢牢地钳住火头发展的方向，成为保卫古莲林场的一道天然屏障。远处袭来的大火烈焰腾空，火蛇飞蹿，热浪奔涌。浓烟呛得人们喘不过气来，火场能见度很低，到处飘着灰烬。

郝胜茂正和几名作战参谋在一处山坡上研究地形。刘亦欣气喘吁吁地跑来，观察了好一会儿才怯怯地问道："请问您是郝副支队长吗？"

郝胜茂转头看了一眼："你是哪位？怎么跑这么危险的地方来了？"

刘亦欣答道："我是北方报社的记者，专程来火场采访。"

郝胜茂说："早在几天前，就有外国记者报道，说我们脚下的这片林子已经被大火烧得渣都不剩，从地球上消失了，简直是一派胡言！记者同志，你一定要把真实情况报道出来，就写有我们森警在，这片林子就在，人民必得安宁！"

刘亦欣点点头："您说得太好了，我保证写好，我想去那边拍几张照片，可以吗？"刘亦欣说着指了指向前运动的队伍。

"跟着队伍，别到处乱跑！注意安全！"郝胜茂叮嘱道，随后进入指挥状态。

"再见！"刘亦欣挥了挥手，向前跑了几步，忽又回头拿起相机抓拍了几张郝胜茂忙碌的镜头，便去追赶队伍了。

一场恶战拉开了序幕，风大火猛，六七米高的火头呼啸着向灭火队员迎面扑来。王雅杰、冯文鑫都是个打火的行家，一见到火光，眼睛就放光，精神又亢奋了，了解了山形地势和火情后，果断地把兵力分布开，交代好注意事项，官兵们便热火朝天地干起来了。

郝江山望着四处熊熊燃烧的大火，边跑边对严智勇说道："班长，这简直就是火焰山！"

孟虎威却轻蔑地回了一句："你以为你是孙猴子啊，想过火焰山？"

"放心吧，小子，森警兵，没有过不去的火焰山。"严智勇拍着灭火机："咱这兵器，可比铁扇公主的芭蕉扇好使。"

孟虎威略带嘲笑地说道："这么大的火，我倒要看看，你们这些孙猴子是怎么过火焰山的吧。"

严智勇高声问道："你怎么没带防火帽？"

孟虎威满不在乎地回答："不想带，怪热的。"

严智勇一本正经道："以前有人上火场不带防火帽，后来活得可好了，现在每顿饭都得有人喂。"

吓得孟虎威摸了摸脑袋，转身上车去取防火帽。

火场上，郝江山等十几人手持风力灭火机始终冲在最前面，后面跟着地方群众进行清理。郝江山对贺松涛和阿什库大声喊道："咱们三人合力，我压火头，你们两人压火尾。"

战士的衣裤已被划破，依然猛冲猛打、递进前行，脸和手都烤起水灵灵的大泡，眉毛头发都被燎过。激烈的战斗场面，吸引住了刘亦欣的目光，她赶紧拿起相机抓拍着官兵们战斗的场景，定格下了这些最美的瞬间。

郝江山边打边观察着周围的环境，不经意间看见正在拍照的刘亦欣，突然大喊："快跑！快跑！"

灭火机的声音太响，刘亦欣没有听见，郝江山急忙把灭火机递给身边的战友朝她冲了过去，猛地把刘亦欣压在身下，一根粗大的站杆顺势倒了下来。倒下的站杆幸好砸在土坎边沿，只有烧焦的枝干压住了郝江山的大腿，大家急忙抬走还在冒烟的站杆，扶起两人。

郝江山忍住疼痛对刘亦欣说道："对不起，没压着你吧？"

刘亦欣十分感激又有点不好意思："谢谢你！我没事，你伤着哪儿了？快让我看看。"

郝江山毫不在乎："可能碰到大腿了，没事！"

一旁的孟虎威嘴里叼着草棍一脸不屑看着郝江山："矫情！"

只是砸到了大腿，如果站杆再偏一点，砸到脑袋后果不堪设想。郝江山忍着疼痛又冲了上去。中午时分，火场风力骤增，风号叫着，火翻滚着，烟奔腾着，越来越响、越来越近、越来越浓，紧紧地把人压在沟底，厉声尖啸，好像非要把战士们一口吞掉不可。火场态势突变，指挥员没有慌，战斗员没有怕，整个扑火队伍忙而不乱。王雅杰惊而不慌，果断下达命令："森警留下顶住！其他人员立即撤到公路……快撤……快！"

"这火打不了！森警也撤下来吧！不撤，就等于送死！一百多号人呐！"地方一位领导紧紧抓住王雅杰的扑火服。

"不能撤，我们后面还有六百多人，再往后就是古莲林场！"王雅杰面色严厉，掷地有声。

"党员、干部组成突击队，跟我上！"王雅杰扯着沙哑的嗓子大声喊道："坚决把火头掐住！"

党员、干部们操起灭火工具纷纷跟上，严智勇看见郝江山也跑进队伍，一把拉住郝江山，劝阻道："你干什么去？你是党员吗？"

"不是！但我要求参加突击队。"郝江山边跑边回答："我是一名战士，关键时刻，我也要上！"

"这玩命的小分队里，就你一个新兵，撑不住了可别硬撑。"

"我没问题！"郝江山头也不回地跟着突击队向前冲去。

孟虎威也紧跟着那些平时看不顺眼的人冲了上去，他脱下衣服扑打着山火。

官兵们叫喊着朝火线冲去，手脚并用迎着火头扑打，手被划破了，脸被烫伤了，每前进一步，都会增加一分危险；每前进一步，都会添上几处伤痕。

忽然，风向突变，火魔朝官兵们袭来。王雅杰大喊："卧倒！紧急避险！"严智勇迅即将孟虎威压在身下。120名森警官兵被夹裹在烟火之中，灭火机的轰鸣声戛然而止。王雅杰将水枪里的水洒在战友身上，边咳嗽边喊道："大家快趴下，挖坑把头埋起来。"

四周被浓烟笼罩，完全看不清周围的情况，郝江山感到温度越来越高，呼吸越来越困难，连身边战友都变成了红色的影子，不时传来阵阵咳嗽的声音。烟雾越来越浓，咳嗽的声音越来越响，郝江山甚至听到有人哭泣的声音。

在短短的一分钟的时间内，郝江山脑子里闪过无数的画面：父母、妹妹、同学，还有未来的梦想生活。浓烟渐渐被吹散，郝江山抬起头看到左侧火线露出一条缝隙，而后面就是火烧迹地。

"起来，快冲越火线！"不知是谁拉了郝江山的胳膊，官兵们飞快地跑了出去，就跑这十多米的距离，郝江山感觉像跑十公里一样漫长。躲过火头后，孟虎威看见严智勇衣服已经烤焦，露出的后背被烫出了水泡，心存愧疚："谢谢班长救了我！"

严智勇看着孟虎威："大家都听好了，不管以前有什么矛盾、什么过节，上了火场我们就是兄弟！"

撤下来的群众屏住呼吸，现场气氛肃穆，不少人失声痛哭起来："这些孩子，全完了！"

忽然风力灭火机的轰鸣声又在山谷响起，明知山有火，偏向火山行。官兵们凭着过硬的素质，准确研判地形，密切协同作战。距火线五六米远，就感受到扑面而来的热浪，靠近火线时几乎让人窒息，但没有一个人退缩。

贺松涛感觉汗水流尽了，脸和手都蜕了一层皮，右脚的鞋底被火烤软了，一根尖尖的树杈刺透胶鞋捅到脚面，他随手拔了出来，在伤口上抹了一把草木灰，又把破成条的衣服撕了两条缠上，就像什么事也没发生过一样，拎起灭火机又冲了上去。

冲在前面的战士熏倒了，后边的战友又冲上去；浓烟呛得人受不了，就趴在地上吸几口潮气，接着打；眉毛、头发烤焦了，不在乎；衣服着火了，在地上打几个滚，火灭了，继续打；脚被树杈扎伤了，不管它；身上被火烤起了泡，谁都顾不上……

6

傍晚的升钟湖镇处处安逸祥和，家家户户做晚饭的炊烟缕缕升起，饭菜的香味飘荡在这个小镇。

郝江山妈妈忙着收拾厨房，郝明月则在家中看电视新闻。电视机传来播音员熟悉而庄重的声音："5月6日，黑龙江省大兴安岭地区的西林吉、图强、阿尔木和塔河4个林业局所属的几处林场发生森林火灾，黑龙江森警官兵和大兴安岭林区职工担负最紧急、最艰险的扑火任务。在火魔肆虐之时，来自北京、天津、辽宁、内蒙古、吉林等地的三万余名解放军指战员迅速投入灭火战斗。"

郝明月顿时紧张起来："妈，快过来，看新闻，爸和哥肯定去打火了！"江山妈听到女儿的喊声，急忙放下手中的活跑了过来。

"驻大兴安岭地区部队立即组成了抢险突击队和医疗救护队，奔赴火场灭火救灾。据目前掌握的情况，已有百余人伤亡，火势还在向东蔓延，抢险救灾工作正在紧张进行中。"

这时，屋里的空气近似凝固，江山妈醒过神来："天哪，怎么着这么大的火呀？还……"没等妈妈的话说完，郝明月插了一句："我爸肯定去打火了，这么大的火，我哥会不会去啊？"

江山妈没有回答女儿的问话，好长时间没他爷儿俩的音信，电视里突然传来灭火一线的消息，让她坐立不安，焦躁和担心的情绪，使得她任何事都干不下去。终于熬到了天亮，又逢升钟湖镇赶集的日子，三五成群的人们，围在邮局门口有说有笑。

江山妈原本打算到街上买点日用品，可走着走着，不知怎么就到了邮局门口。她快步走进邮局，摸了一遍墙上挂的信袋——空的。她又用手指捏了又捏，怕因为自己疏忽而错过什么，结果还是空的，她急了，又把信袋里里外外都翻了个遍，凡是被遮住、盖住的地方，她都掀了一遍，最后又俯下身子，反复在桌子底下查看，仍然没有信，看来真的没有了。江山妈双手叉着腰，心有不甘。

同样来邮局看信的松涛妈见江山妈着急的样子，开口劝说道："大嫂，你也来了，郝大哥和江山也没来信？"

"没有，这俩没良心的，连个信也不来！"

"不用担心，他们那儿不打仗，应该没什么事！"

江山妈眉头紧锁："昨晚看新闻联播，大兴安岭着了大火，还伤亡了不少人！他们肯定是去救火了。"

"啊，真的吗？我咋没听说呢。"松涛妈有些手足无措："郝大哥会打火，不用担心，这俩孩子不会有事吧？"

两个女人的心像被什么一下子掏空了一样，一股酸淋淋的热浪腾地涌了出来，又涌上眼窝。

7

大火蹿起十几米高，在树冠上飞速掠过，发出"啪啪"的响声，高大挺拔的大树眼看要被大火吞噬，吓得直颤抖。狂风烈火滚滚而来，面对熊熊燃烧的大火，郝胜茂正带领二大队在 618 高地东北线艰难地向前推进。

王雅杰和冯文鑫带领着直属大队官兵在 618 高地西北线毫不畏惧，迎着大火猛吹、猛扫。长时间的战斗，灭火机烧红了，防护帽和防火面罩烤得变了形，有的灭火服和鞋已被烧焦。郝江山、贺松涛等队员的裤子被树枝划破了，有的变成了裙子，有的成了短裤。两支队伍风力灭火机发出的吼声越来越清晰、越来越近。

王雅杰兴奋地喊道："同志们！加油！胜利就在眼前！"

郝胜茂在远处挥动防火帽："王大队长，我们马上就要扣头了！"

一米、两米，一步、两步……火势在减弱，火线在缩短，终于两支扑火队胜利合围，古莲林场保住了。

火头被顶住了，王雅杰长吁了一口气，终于把十几米高的火头、三公里长的火线掐住了。

战斗间隙，直属大队官兵们都异常疲劳，有的放下机具靠着树桩就睡了，有的把饼干刚送到嘴边就打起了呼噜，有的仍心有余悸，回想着火场的惊险场景。

"这火跑得比狍子都快。"阿什库刚坐下就打开了话匣子："我在林区长大的，从来就没见过这么猛的火。"

"关键时刻还要靠党员、骨干。"严智勇边检修灭火机边说："打火头还离不开这家伙，抓紧时间维修机具。"

贺松涛有点不服气："班长，我们为什么不能参加突击队？"

"因为你还不是党员。"

"现在我就申请加入党组织！"郝江山和贺松涛齐声说。

王雅杰从远处走了过来："那好啊，战场上谁表现好，临时党支部就批准谁火线入党。"

郝江山拿着一张桦树皮走过来，郑重地递给王雅杰："大队长！我想要入党！"

这张小桦树皮上，工工整整地写着："我志愿申请加入中国共产党，争取在关键时刻，有冲在最前头的资格……"

不远处配合森警官兵灭火的地方群众也围坐在一起休息，聊着聊着就聊到了这场大火，聊到了森警官兵。

"打上辈起，我就没见过这么大的火！"

"这火真邪了，这不烧、那不烧，专挑民房和好林子烧。"

"也不知怎么得罪了火神爷，到处都在着。"

"还是森警打火厉害，几丈高的火头，硬是给压下去了。"

"打火，还是要靠懂的人。刚才，多险啊，要是我们上去，早完犊子啦。"

"他们真是火场上的'绿林好汉'！该出手时，连眼都不眨一下，够猛！"

火随风变，风绕山转，强大的风势使火场千变万化，天地间一片昏暗。解放军龚连长带领的一百多名官兵和二百多名地方群众，见烟就冲，见火就打，凭借一股大无畏的英雄气概在火场上冲锋陷阵。

就在这时，王雅杰带人赶了过来，他们迅速选准突破口，端起灭火机虎虎生风，凭着对地形和可燃物的准确判断，以及大家的密切配合，几个连贯动作和冲锋后，就把大火打灭了。望着如同神兵天降一般的森警战士，刚刚还在苦苦鏖战的解放军战士和群众无不感到感激和敬佩。

满脸胡子的龚连长惊喜地喊道："是森警的兄弟吗？"

王雅杰听见后立即跑过去敬礼："解放军同志，您好，我是小兴安岭森警支队直属大队大队长王雅杰！"

龚连长还礼后热情地伸出双手："我是这个连的连长，叫我老龚就行。"

王雅杰伸出双手紧紧握住："龚连长好！"

龚连长瞅了瞅森警的装备："兄弟，打火还是你们专业！我们尽管人多，但是没有经验，刚才联指说我们忙活两天，打的全是内线火，全都白干了。"

王雅杰看着解放军手中的铁锹和树枝："术业有专攻嘛，要论打仗我们就差一点。"

"王大队长，这样办，我们这些人都归你指挥，你说怎么打，我们就怎么打。"

"那也行，我们在前面打，你们在后面打。"

"你们打头阵，我们随后，让群众清理，咱们来个军警民联合一体作战！"

"这样最好。"王雅杰拿着地形图对龚连长说道："连长，我们打火讲究战法，这个地形我观察了，比较适合'多点突破、分割围歼'战法，就是从一点、两点或多点突破火线，每个分队兵分两路沿火线扑打前进，将整个火线分割成若干区段进行歼灭。"

"多点突破，分割包围，然后消灭有生力量，这是像打仗一样打火！有点意思。"

"我们也是集中优势兵力打歼灭战，火猛我阻，火强我扑，火弱我歼，这样才能打小、打了。"

"有思想，有战法！"龚连长摸着他的大胡子感慨道。

火场上，森警在前面用灭火机打火头，解放军跟在后面用树条子扑余火，群众跟在后面清理。前方小山坡处，一股狂风突然卷起冲天的大火，向郝江山和30多名解放军战士这一侧袭来。正在用树条子扑火的解放军指战员眼见大火咆哮着袭来，便朝火前面跑去。

郝江山眼见大吃一惊，在这千钧一发之际，冒着生命危险拦住了他们，拉着他们的手："快！快跟我往火里冲！"

一名干部见郝江山是个新兵："兄弟，这怎么能行？"

郝江山又拽着一位干部的衣服急切地大喊："来不及了，相信我，大家打湿毛巾捂住口鼻，跟紧我！"

危急关头，解放军指战员们跟着郝江山顶着浓烟往前跑，穿越过了火头的空隙，进入了火烧迹地。解放军指战员看着火头过后的惨景，脱下帽子擦了擦脸上的冷汗，转身握着郝江山的手："小兄弟，谢谢你，刚才真是太危险了。"

"咱们都是一家人，不用客气。"

有人很疑惑："小兄弟，刚才为什么不能顺着火跑？"

"遇到普通火灾，是选择远离火场的方向逃生，但是林火恰恰相反，顺着风吹的火头跑，人是跑不过火的，极易被火围堵，十有八九会被烧死，即使跑过火头，烟雾和高温也会让人窒息而亡。森林火灾一定要向风吹的反方向逃生，也不能往地势高处逃生，陡坡地形或上山火会自然改变林火行为，火向山上燃烧会产生热辐射、热对流，树冠和坡上的可燃物加速预热，会使火强度增大，蔓延速度加快形成冲火，火势向上蔓延的速度要比人跑得快得多。这种情况，从山顶直接扑打林火，或沿山坡向上避险，也是极其危险的。正确的逃生方法是，用衣服包头并捂住口鼻、憋住气，沿着逆风方向，选择火强度弱、植被稀疏的路线向下或横向逃生。"

龚连长好像明白了许多，大声喊道："大家都记好了，遇到森林大火不要顺风逃生。"

郝江山连忙摆摆手："也不全对，得看具体情况。"

龚连长连忙问道："还有没有需要注意的地方？快跟我们讲讲！"

郝江山不好意思起来："在山脊、鞍部、山谷、草塘沟和山岩凸起地形都需要注意，但是火场上没有固定的作战模式，也没有一成不变的火场，所以还需要灵活变通。"

龚连长握着郝江山的手，诚恳地说道："谢谢小兄弟，今天你给我们上了很重要的一课啊。"

郝江山害羞地挠了挠头，想要把知道的全告诉他们："我经历的也很少，也是纸上谈兵，还有一种情况，如果被火围上或者截断了退路，也可以在自己所处位置的顺风或逆风方向点火，点燃身边的草木和可燃物，烧出一个安全区域，形成火烧迹地，在有效时间内应尽可能扩大安全范围。"

说完，郝江山又演示了卧姿避险方法，只见他迅速蹲下身体，用手快速扒开浮土，用衣服包头，把毛巾打湿用手捂住口鼻，把脸放进湿土小坑内蜷曲在地。

一名战士一下子消化不了这么多注意事项，向龚连长抱怨道："连长，这比打仗难啊。"

8

618 高地又回归了寂静，夜里巡察火场的人员不时在用二号工具和水枪清理烟点。

教导员冯文鑫刚打了一会盹儿，忽然惊醒："通信员，快去通知各中队，把战士们都叫醒！别让他们躺在冻土上，容易落下病根，要一个一个地叫醒，醒不了就摇、就打！"

孟虎威裹了裹大衣，用铁丝将破裤子串了起来，倚在过火的黑树干上，他看见严智勇衣服被烧得只剩破旧的上半截，毛衣前襟也烧出了一个大窟窿，但还是把一件被火烧得破烂不堪的棉大衣盖在贺松涛身上。他望着冯文鑫一个个地把战友们拉起来，但那些困乏了的战友，即使把他们拉了起来，一松手便又倒在地上睡去了。

炊事员异常疲惫，背着一口铁锅和半袋子面，从林子远处艰难地走来，一到宿营地就瘫软在地起不来了，不一会儿就传来了鼾声。

天色微明，这时候山风更冷、更刺骨。长时间高强度扑火的官兵们已累得筋疲力尽，像滩泥一样瘫躺在地上，呈现出各种各样的睡姿。许多战友们的湿衣服上已经结了一层薄薄的冰，一动弹哗哗直响，但仍然睡得很沉很香，鼾声是黑色火烧迹地里唯一的声响。严智勇睁开惺忪的眼睛，打了一个寒战，甩掉身上的冰碴，转头看见不远处的孟虎威睁着眼："醒这么早？"

孟虎威声音沙哑："眯了一会儿，天太冷，冻醒了。"

严智勇起身走到炊事员身旁，不忍叫醒他，便拿起锅准备做饭。孟虎威哆嗦着走了过来，拎起一桶水倒在了锅里："班长，我来帮你。"

严智勇一愣："你再眯会儿，我给大伙弄锅疙瘩汤。"

孟虎威在一旁打着下手："班长，这次出来打火，我长见识了。"

严智勇惊讶地回头看了看孟虎威："说说看，你长什么见识了？"

孟虎威一边点火，一边诚恳地说道："以前，我挺瞧不起那些农村兵的，帮厨、扫院子、淘厕所，总觉得他们目的不纯，净干面子活，争表现……"

严智勇搅着面粉，瞅着孟虎威的脸："那你可想多了。"

孟虎威望着锅底闪动的火光，两手托着腮帮子："之前我总觉得，电影中党员跟我上、向前冲，我觉得都是导演瞎编的，这次我亲眼看到了，真的感到震撼。"

严智勇感觉孟虎威像变了另外一个人，便顺势开导："虽然你家庭条件好，但可不能有丝毫优越感，那样会害了你，以后你别再牛哄哄的，瞧不起人，那样不利于战友间团结。"

孟虎威又添了一些柴火："我以后努力改，好好向你们学习。"

饭煮好了，可是谁也不起来吃，严智勇甚至拿个树棍子挑，插进战友们身底下，像搬石头一样往起撬，可还是没有人起来。大家黑得都是一个模样，阿什库原本就黑，这会儿更像一桩木炭，贺松涛原本清秀白净的脸上，现在却糊上了一层黑乎乎的泥炭，就连牙缝都是黑的，冷不丁一看就像火烧洞里爬出来的黑熊。

大队长王雅杰望着熟睡在冻土地上的战士，望着刚煮好的疙瘩汤。看到铁锅底下，红红的火燃烧着粗大的火烧木，顿时来了主意。他站在铁锅附近的小山坡上突然一声大喊："着火了，着火了！"

听见喊声，官兵们都迅速地爬了起来，摸起灭火机具就想冲。

王雅杰赶紧喊道："停，停，开饭了！你们这帮小子，来碗热乎乎的疙瘩汤。"

看着满脸迷惑的官兵们，冯文鑫哈哈大笑："王大队长不使点招，还真叫不醒你们，快抄家伙，吃饭！"

孟虎威撅了几根树枝扒了皮，在衣服袖子上撸了撸，而后递给了身边的战友，战友们都用异样的眼光看着他，然后接过了筷子。

王雅杰给大家挨个盛疙瘩汤，而后官兵们围坐在铁锅周围，津津有味地喝着。喝进肚子里，暖进骨子里，世间美味也不过如此了。

太阳缓缓升起，气温逐渐回升，风力也逐渐增大。一群地方干部职工正在侧坡清理火线，忽然一股浓烟蹿起，那新起的火头被风一吹，打着旋地来回燃烧。

"不好了，火又复燃了！"一个领队从侧坡慌慌张张地跑过来："快来人啊，我们顶不住了！"

增援的灭火队员还没部署到位，火头就已借助风势呼啸而去；预设的生土隔离带，还没完全闭合，林火就以摧枯拉朽之势跨过"壕沟"，向山上疯狂肆掠。

郝江山和战友们一听有火，赶紧扔下碗筷站了起来，抄起灭火机具，喊叫着冲进了火场。

几十台风力灭火机怒吼着，几十人组成的敢死队冲锋着。王雅杰、冯文鑫等指挥员挥汗如雨，干渴得说不出话来，指挥协调几乎全靠手势。

郝江山手持灭火机在距火头一米处扑打着，火烤得受不住，直用手交换着挡住眼睛，忽然感觉有什么东西贴在脸上了，一摸原来头盔已被烤化了，他的脸上凝结了厚厚的一层黑灰，混合着汗水，干巴巴的像个小老头，只剩下牙齿是白的。贺松涛站着打、斜着打，低矮的灌木丛人穿不过去，就把灭火机伸出去，躺在地上打。

灭火机的轰鸣声从白天响到黑夜，战士们疲惫不堪，体力透支到了极点，累得实在站不起来了，就跪在地上扑打，黄土豆等战士们的眼光不约而同射向油桶："真想喝一口汽油，解一解渴。"

9

5月17日，江山妈和郝明月早早就坐在电视机前，等着观看中央电视台新闻联播。电视新闻正在播放国务院李副总理与扑火前线指挥周副书记通话的画面，"你们现在有什么要求？"周副书记回答道："一要增加风力灭火机，二要增加森林警察……"

江山妈两眼紧盯着电视，焦急地对女儿说道："这几天我一直守在电视前，这火这么大、这么凶，一个劲儿地往树上蹿，那么多森警都穿一样的衣服，一个一个地往火海里冲，我都瞪破了眼，也没有找到你爸和你哥。"

郝明月倚在妈妈肩膀上："妈，不用怕，我爸命硬，那么多火都闯过来了，肯定没事！我哥又那么机灵，吉人自有天相。"

"你说他俩要是有《西游记》里红孩儿的本事该多好，可惜他们是凡胎，月儿啊，以后结婚可不能找当兵的了，真让人操碎了心。"

"妈，你说啥呢，怎么又跟我扯上关系了，我去一下松涛哥家，问问他妈妈有没有收到信。"

江山妈和郝明月万分焦急地盼着火场消息的时候，而在遥远的大兴安岭一片焦土上，森警官兵正在组织火线入党仪式，教导员冯文鑫在党旗前领誓，郝江山、贺松涛等六名新党员整齐列队。

随着冯教导员铿锵有力的声音，新党员庄严地举起自己的右拳："我宣誓，我志愿加入中国共产党，拥护党的纲领，遵守党的章程，履行党员义务，执行党的决定，严守党的纪律……"

随后，教导员冯文鑫深情地作了让他们永生难忘的发言："男儿一诺值千金。

面对党旗宣誓，就是对党的政治承诺。承诺不能忘，承诺不可违！舍我之身，捐我之躯，誓与兴安共存亡！"

入党宣誓仪式刚刚结束，王雅杰部就接到联指命令：立即撤至集结地域，明早分六个架次转场，增援八里湾火场。王雅杰走在队伍最前面，不时传来他沙哑的声音："一个跟着一个走，千万不能掉队。"

"打起精神来，紧跟着前面的人走！"严智勇的声音也沙哑了。

贺松涛拽着郝江山的背囊，阿什库在后面推着他。

"江山，你还能……撑得住吗？"贺松涛两腿发飘，声音微弱，断断续续地说道："打了……快半个月了吧？"

"嗯，保持体力……不要说话。"郝江山喘着粗气回答。

"大队长，让我们歇一歇吧。"

"不行，谁停下，我踢谁。"

走过草塘沟，穿过树林，郝江山走着走着碰到一棵树，抱着树就睡着了。

"江山！江山！快醒醒！快醒醒！"走在最后面的严智勇回头一看，赶紧跑过去抓住郝江山的肩膀使劲地摇晃起来。郝江山一个激灵，睁开仿佛千斤重的眼皮，看了严智勇一眼，又跟着走了。

官兵们个个胡子拉碴，破衣烂衫，脏得不忍直视，有的战士脚被扎了，一瘸一拐，就像变成了机器人，腿在无知觉地挪动着。郝江山看着眼前的倒木怎么也迈不过去了，倒在地上就睡着了。

10

黑夜笼罩着的原始森林，风声好像都消失了，只能听见队伍中的脚步声和机具晃动的声音，还有时远时近窸窸窣窣的动静，带有烟味的空气中，不时扩散着几只鸟的呜咽。

队伍正在行进，几只手电晃动着。郝江山一不留神没看清滑下悬崖："啊……"

正在此时，贺松涛眼疾手快一把抓住了郝江山的手臂："江山……你……可……要……抓紧了。"

听见异常情况，王雅杰赶紧跑了过来，用手电照了照，看见贺松涛左手抱着一棵小树，郝江山正拉住贺松涛的右手臂，悬崖上不时有乱石滚下，着急地喊道："快把机具和装备扔掉！严智勇多拿几根背包绳过来！"

"快把没用的东西扔掉！"王雅杰又强调道。

郝江山咬着牙，坚持着不扔，这边贺松涛龇牙咧嘴。阿什库想下去，被王雅杰制止。

贺松涛脸憋得满脸通红喊着："江山，我要撑不住了！"

贺松涛手中一滑，郝江山随即掉下山崖。下落中万幸被悬崖上的一棵树挡住，树根旁边的岩石因承受不住力量，纷纷下落，很久才传回来落地的回音。奇怪的是郝江山在那一刻并没想到死亡和害怕，反而感觉人类保护森林的同时，森林也在保护人类。

王雅杰结了几根背包绳拴在一棵树上，慢慢地滑向了悬崖，几经曲折才把郝江山弄上来。

"为什么不把灭火机扔掉！"王雅杰严肃地追问道。

"那是我的武器！扔了靠什么打火？"

郝江山挺起了胸脯："我不怕死！"

一架米-8直升机停在空地上，官兵们一个接着一个登上飞机，飞行员连忙拦住了还要继续登机的战士："够了，不能再上了！"

王雅杰有些生气："为什么？这才12个人！我们经常坐这种飞机，都是20多个人。"

飞行员严肃回复道："这是规定，多一个都不行。你们带的装备太多，已经超重了。"

王雅杰提高了嗓音："现在火场急需人，多运一个人，早一分钟到达，就能少一分损失。"

飞行员却不听这一套，始终坚持一个人也不能多上。郝江山和战友们围了过来："我们一定要多上！一次就拉这么点儿人，什么时候才能运完？等兵运完了，林子早就烧没了。"

直升机上的几名干部也帮衬道："是啊，太耽误事了，那林子烧得我们心疼啊。"

飞行员终于被官兵的迫切心情感动了："好吧，最多再上两个人！"

王雅杰转怒为喜，一把拉住郝江山等："快，快上去！"

下了飞机，郝江山看见火场，像是在自言自语，又像是在问冯教导员："这火四处开花，什么时候能打灭呀，都快急死人了。"

　　冯文鑫望了望天空："老天爷也不睁眼，真是一滴雨都不下。火场面积这么大，林子又那么密，地下腐殖层还那么厚，打灭了风一吹又着了，这火太难打了。"

　　王雅杰清了清嗓子："从整个火场来看，火基本上能得到控制，但如果不下雨，彻底扑灭这场火难度太大。"他指了指天空："天上一点云都没有，想实施人工降雨都没条件，老天爷不但不下雨，反而还刮起风来了。"

第五章 浴血兴安

1

这火打了20多天，有近五万军民投入扑火战斗。目前，塔河东线火场已得到全面控制，南线火场已布有重兵阻截，只有西线八里湾，火场情况危急，火线长、火势还比较猛。在这次火灾的先期灭火战斗中，森警创造了"七战七捷"的战果。为此，在西线指挥部扑火会议上，各级领导一致认为应该多听听森警的意见，刘先河和潘总队长认为，综合分析20年来的气象资料，结合近期气象预报，最晚五月底就会降雨，六月初可能会有中到大雨。加之林间植被也开始返青，火势蔓延的趋势肯定能得到有效控制。现在就可以调集飞机和人工降雨设备做好准备，条件成熟时，在火场上空实施大范围人工降雨，而后发起全面总攻，彻底扑灭这场大火。

几天后，火场上空出现了许久都未曾见过的灰黑色的云层。积雨云越积越厚、面积逐步扩大，仿佛承受不住雨水的重负，即将要滴落个痛快一样。西线扑火的数万军民，此时都在翘首长空，应该具备人工降雨的条件了。

两架灰绿色的飞机，像雄鹰一样展开翅膀，在火场上空盘旋了一阵子，又钻进了云层，洒着降雨的干冰片。

几十门高射炮开始增雨作业。"咚咚！咚咚！"随着震耳欲聋的炮声，一发发增雨弹在云层里开花爆炸。顷刻，雨水滴滴答答地洒下来，雨越下越大。

"雨来了！雨来了！"在场的人们欢呼雀跃。

"砰砰砰"随着枪声响起，三发红色信号弹在扑灭总指挥部前面的山坡飞起，在被雨水洗清了又没有烟火的天空中划了几道弧形。通过电波，总指挥部发出了总攻的命令，数万名扑火军民，跃起身来向大火猛扑过去。

总攻开始了。

"冲啊，目标火线，冲啊！"电台里、对讲机里，现场都在呐喊着，各级干部在作总攻动员，官兵们用实际行动在听从前线指挥部的号令。

郝江山拎着风力灭火机，贺松涛背着水枪，阿什库抡起 2 号工具冲了上去。孟虎威也处处不甘落后，手拿风力灭火机始终战斗在最危险的地方，一根站杆倒下来砸在他的灭火机上，腹部受到猛烈撞击，摔倒在地，他咬着牙，忍着剧痛站起来，一声不吭扛起灭火机继续战斗。

严智勇抢过灭火机："你去休息一下。"

孟虎威又抢过灭火机，冲到了火线上。

配合他们大队灭火的龚连长感慨道："这支部队的战士在火场上个个都是董存瑞、黄继光啊！"

郝江山与战友们一道在火线上奋力扑打，从白天打到黑夜，又从黑夜打到白天。地方扑火队员也挥舞着铁锹和树枝向火头冲去。

地面上，十几辆坦克在碾压火线、攻坚克难；火线边，数万军民在奋力扑救、冲向火海；村镇旁，多辆推土机一字排开，开挖起隔离带。刘亦欣被现场的氛围感染了，端着相机抢抓镜头，捕捉火场上每一个感天动地的瞬间。

大火过后的西线火场——八里湾，厚厚的腐殖层仍在燃烧，用脚踩下去，灰烬能没过脚脖子，犹如踏进柔软的雪地，走在火烧迹地里，鞋底稍薄一点的都能感觉到烫脚，不敢停留时间太久，一跳一跳地向前挪动。扑火官兵仿佛都穿着防烫鞋一样越战越勇，仔细一看，原来是把自己喝的水都浇在了鞋上。只有这样，他们才能长时间保持在一线战斗，也只有这样，才能真正做到人进火退。经过长时间的灭火作战、频繁转场，官兵们的体力已经严重透支。

潘总队长和郝胜茂等靠前指挥，研究作战方案，并通过电台下达指令："当前，火场明火已得到有效控制，为夺取这场灭火斗争决定性的胜利，根据扑火总指挥部命令，参战各部要抓住一切有利时机，坚决、彻底、全面、干净地消灭余火、残火、暗火，决不能掉以轻心，松懈斗志，否则太阳出来一照，气温升高，大风一吹，极容易死灰复燃，必将前功尽弃……"

郝江山的嗓子干得快冒烟了，他颤抖着的手在水壶里蘸了些水，涂在干裂的嘴唇上，就算喝水解渴了，却把水壶里剩余的水，毫不吝惜地洒向了一处正在燃烧的火点。身后的阿什库双手撑在孟虎威肩上，竭力使身子更高一些，喝了一口水壶里的水，向还在燃烧着的半截树干喷去。

鏖战了一夜的扑火官兵，终于成功实现了扣头，火场全线终于被扑火部队合围!

这也意味着火场外线明火已被全部扑灭,灭火作战取得了决定性胜利。官兵们脸上洋溢着幸福的笑容,扣头部队带队干部们激动地握着双手,真有点红军长征胜利会师的感觉,战士们挥舞着手中的灭火装备,冲着天空欢呼:"我们胜利了!我们战胜了火魔!"

潘总队长激动地说:"同志们,大火终于被打灭了!"

刘亦欣也被现场官兵们胜利的喜悦感染着,她敏锐地抓住这难得的机会,不失时机地向潘总队长采访道:"潘总队长,这场火终于扑灭了,能不能谈谈您的感受?"

潘总队长意味深长地感慨道:"这场大火造成的灾难是巨大的,我们永远都不能忘记。在扑救这场森林火灾的战斗中,我们森警部队经受住了考验,在25个日日夜夜的奋战中,转战54个火场,扑灭火线1200多公里,开设隔离带、清理火线400多公里,组织了10个林场和3个乡村保卫战,发挥了尖刀突击队作用,也使我们这支鲜为人知的队伍,开始受到世人的关注和赞誉。"

刘亦欣继续问道:"您对您的官兵在灭火中的表现感到满意吗?"

潘总队长眼含泪水,不假思索地回答道:"我们的官兵太可爱了,我更多的是感动、自豪和震撼!"

刘亦欣回想与森警官兵一起战斗的日日夜夜,这些天她也时刻被这些可爱的官兵感动着。上大学时,自己曾跟随慰问团去老山前线采访过,前线官兵的感人事迹和那些可歌可泣的英模人物,一直深深激励着这代年轻人。在火场上,刘亦欣耳闻目睹了森警官兵逆火而行的无畏,把危险留给自己、把安全让给群众的壮举,跟南疆前线的战士们一样,又一次使她感慨万千、心灵震颤!

南疆是与敌人在作战,森警是与火魔作斗争,南疆英模惩敌守老山,寸土不让!北国卫士扑火保平安,寸草必争!都是在保家卫国,都是人民最信任的子弟兵!

刘亦欣继续问道:"我感觉到,这场火不亚于一场战争!"

潘总队长坦言:"这本来就是一场战争,一场人与火的特殊战争,战场就是这1.7万平方公里的崇山峻岭,经历了大的战役4次,小的战役数百次,局部战斗数千次。只是在这场战争中,我们的敌人是没有脑子、没有诡计,但却是变化无常、凶猛无情的火魔!"

潘总队长谈起灭火作战如数家珍："这就是一场大兵团作战，军警民五万余人参战，天上飞机，地上装甲车，地空实施人工降雨，开辟隔离带……这么大规模、大兵团、立体化的扑火救灾，光战地医药器材就达3吨、车辆油料消耗达10万余吨，每天军需保障、后勤供给就花掉100余万元。"

刘亦欣说："说句心里话，这场大火造成的损失是无法计算的。但广大官兵们的英勇行为以及表现出来的'火场精神'，也许再高明的导演、再过硬的演员都导不出来也演不出来。任何高明的手笔，也无法再现火场那一幅幅壮烈的画面。"

扑火前线指挥部向北京告捷，向全国人民告捷，向全世界告捷。大兴安岭扑火战斗的胜利，是社会主义制度的胜利，是人民的胜利，是军队的胜利！这也是森警部队建设发展历程中的一次重大转折。

2

大火过后的八里湾夜晚太静了。参战官兵们透支的体力远远超过了生理极限，累得已经没有一点力气，在黑得如同墨染过的山林里，官兵们有的躺在火烧迹地里，有的搂着火烧木，有的靠着树干，有的相互依偎着睡着了。虽然他们体型不同，衣服破烂的程度不同，但黑的相同，犹如一尊尊黑木炭雕塑。火烧迹地里的鼾声此起彼伏，赛过了灭火机的轰鸣声，淹没了灭火阵地上的所有响动。

经过一夜简单的休整，战士们又满血复活了。根据上级命令，各部开始有序撤离火场。闻讯国务院田副总理要慰问部队，大家都觉得无上荣光，整齐列队行军，有的部队还组织唱起了《打靶归来》。

远处有一处洼地，融化的积雪汇成一小片水塘。严智勇回头喊道："同志们，加快速度，前面有水塘，我请大家喝茶。"

孟虎威开心地问道："班长，真能喝茶啊？"

严智勇努努嘴、指了指水塘："有啊，你们现在趴下，用嘴直接喝，我们都管这个叫'撅腚茶'。"

渴极了的战士们都撅着腚，喝起了草塘沟的水，喝完又用水壶灌了满满一壶。

孟虎威叹了口气："要知道下雨，还不如不打了，那么累。"

严智勇笑道："别看你爸是森防指领导，你说这话就外行了，不打的话这两天得烧掉多少林子，再说了火不灭，火场上的气温高，云层也聚不起来，靠啥人工降雨？"

国务院田副总理在省委孙书记的陪同下视察慰问部队，潘总队长、郝胜茂在火场边缘迎接。孙书记向田副总理介绍："森警部队在这次灭火战斗中是立了大功的，群众都称他们为'红孩儿敢死队'，说他们走到哪里，哪里就安全，群众就放心！"

田副总理听了很满意，笑着对潘总队长说："好啊，好！人民子弟兵是这次扑火中的主力军，你们森警部队起到了决定性的作用，打出了军威，老百姓信得过你们、热爱你们，希望你们再接再厉，把最后的胜利拿到手！"

"请首长放心，我们一定竭尽全力夺取最后的胜利！"潘总队长立即回答。

田副总理回过头对后面的孙书记说道："现在看来，建设一支具有一定规模、有现代化装备的森林警察队伍十分必要，大力支持这支队伍的发展建设，已经刻不容缓了。"

潘总队长在旁听到这番话，激动地给田副总理敬了个庄严的军礼。

"你们要继续发扬英勇顽强、连续作战的作风。火灭以后，部队要留一部分力量，帮助灾区重建家园。"田副总理继续叮嘱道。

"是，坚决完成任务！"

八里湾火场，尽管明火已被彻底扑灭了，但浓烟散去，林地一片灰烬。微风吹过，烧焦的枝杈从树上噼里啪啦掉下，森林里的一切生灵，都被这场人间炼狱夺去了宝贵的生命。火烧迹地内仍有一些站杆、倒木，断断续续冒着小股青烟。官兵们在纵深清理，逐点逐片消灭烟点，看守火场。

郝江山伫立在火烧迹地内，放眼望去，一片炭黑。几十米高的樟子松被烧成炭桩，酷似一根根矗立在大地上的巨型黑色蜡笔，好像要把蓝天也涂成黑色。亭亭玉立的白桦树被烧得弓了腰，如同老态龙钟的阿婆。几百年才成材的大松树被烧倒了，只留下一条粗大的或浅或暗的灰线。

这场火，使森林在绝望中哭泣，使大地在痛苦中痉挛，也给人类留下了难忘的永恒的"三色光谱"：红色的警告、黑色的咏叹、绿色的悲哀。火烧迹地里一桩桩站立的火烧木、站杆，黑乎乎一片，那一棵棵不倒的焦木，多像千万个没有碑文的凭吊碑！

郝江山的心灵受到了强烈的震撼，伫立在火烧迹地里发呆了半天，郝胜茂不知什么时候走到了他的身后。

郝胜茂拍了拍郝江山的肩膀："臭小子，累了吧？"

郝江山回头一看，又惊又喜："爸，您什么时候过来的？"

"我巡查一下火场清理情况，正好路过这儿。"郝胜茂上前一步，斜对着郝江山："瞅你好半天了，在想什么呢？"

"火灭了，可我一点都高兴不起来。"

"是啊，这么大的一场灾难，有什么值得庆幸的呢？大火过后，留给人们的教训是惨痛而深刻的，值得反思啊！"

郝江山好似醍醐灌顶，稍显激动："我们是一个少林的国家，这场火应该把人们烧醒了吧？"

郝胜茂坦言："准确地说，烧掉的是愚昧和官僚，留下的是教训和警醒！"

"打火时，很多老人都说这场大火亘古未闻，前所未有！"

"但愿永远不再有！"

郝胜茂思索片刻："我脑子里一直打了一个问号，这场火着那么大，可以称得上'世界性的火海'，投入扑救的人员这么多，可谓'中国式的人海'！如何付出较小的代价挽回更大的损失，做到既投入较少的人力物力财力，又能把大火控制住，这是我们今后值得研讨的重大问题。"

郝江山表情凝重："在这方面，我懂的知识还很少，扑火的技能也比较匮乏，看来需要学习的东西确实还很多，以后我要在这方面多下功夫。"

郝胜茂深思片刻："森林火灾是人类的公敌，也是世界性的难题。森林防火灭火是一门涉及森林、气象、地理、化学、机械、通信，还有战术战法、排兵布阵等多学科的综合科学，国内不少部门都在研究，只有在这方面多花点精力，才会有长足进步，也才能有制胜的本领和能力。"

"您就放心吧，我会努力的！"

郝胜茂又拍了拍儿子的肩膀："你现在应该明白咱们部队有多重要了吧？哎，你当兵之前，不是一直嚷嚷着要上战场、上前线、当英雄吗？这就是咱们森警部队的主战场、前沿阵地，英雄的用武之地呀！"

"这次扑火，让我找到了放飞梦想的地方，既然我选择了森警，我一定会不忘初心，始终沿着心中的目标，一步一个脚印地努力前行。"

郝胜茂会心地笑了笑："在保护生态安全的新长征路上，你这次只能算过了一个娄山关，前面不仅有大渡河、腊子口那样的险关需要征服，还会有新的雪山草地需要跨越。"

远远传来高义勇自编的《打火歌》：

鞋儿破，帽儿破，

身上的军装破。

笑我疯，笑我傻，

为民扑山火。

不信阿弥陀佛，

只靠顽强拼搏，

深山林海到处走，

明火暗火全扑灭，

哎……

哪里有火哪里有我，

哪里有火哪里有我！

围坐在一起的战友们笑开了怀。记者刘亦欣也在不远处笑着，将歌词记在采访记事本上。

3

小兴安岭支队直属大队官兵在临时集结地整齐列队，聆听中央军委嘉奖令：

参加大兴安岭扑火救灾的全体指战员同志们：

在大兴安岭地区发生特大森林火灾，国家和人民的生命财产受到严重危害之际，你们发扬我军英勇顽强、连续作战、不怕牺牲、不怕疲劳的战斗作风，驰骋火海，昼夜奋战，广大指战员风餐露宿、啃干粮、喝凉水，克服了各种艰难困苦，一次又一次地把一个个火头压下去，充分发挥了主力军作用……

王雅杰宣读嘉奖令的话语，把官兵们的思绪一下子又带回到灭火战斗的场景，高亢激昂的声音回荡在山谷，胜利的喜悦洋溢在每张涂满烟熏妆的脸上，官兵们澎湃的心潮在涌动、在翻腾，按捺不住的心情随着经久不息的掌声跌宕起伏。

凌晨四点钟的林区热闹非凡，男女老少早已挤满了的林区道路两侧。老大娘拿着亲手绣的鞋垫，小伙子们手拿着洗得干干净净的水果、蔬菜，大姑娘们拿着早起煮好的鸡蛋，小朋友们则举着"向森警叔叔致敬"的标语……这是林区群众自发地欢送扑火官兵们。

地方领导献上绣有"神兵天降红孩儿，蹈火林海敢死队"和"火海踏浪方显英雄本色，兴安林海铸就卫士辉煌"等多面锦旗。

老大爷斟满酒杯，一个个送到官兵们跟前，为扑火勇士壮行："孩子，辛苦你们了，喝下这杯酒，祛祛风寒。"

老大娘双手颤颤巍巍、一把一把地忙着往战士手里塞鸡蛋、鸭蛋："快拿着，多揣几个，路上别饿着。"可战士们谁也不动手，她急得眼泪掉了出来。

姑娘们献上一束束野花，小伙子们燃起拖地的成挂鞭炮。

小学生献上心爱的红领巾，敬少先队礼："谢谢叔叔，叔叔们再见！"

人们再也控制不住了，个个眼含热泪，有的竟失声哭泣。

震耳欲聋的口号声此起彼伏，各参战部队开始有序登车。

一筐筐、一袋袋的熟鸡蛋，一箱箱、一瓶瓶的罐头、白酒，从车门口、从车窗口倒进去，扔进去。

车队徐徐启动，还有一群人追着救援车辆，不断搬起一箱又一箱的食品，向车里的官兵抛过去。

郝江山、贺松涛和孟虎威等不停挥手致谢。

贺松涛转过头，擦了一把眼泪："江山，你感动吗？"

郝江山顺手接住一箱慰问品，笑着回道："不敢动，这可是用箱子砸过来的！"

"有个成语是不是叫掷果盈车？"

"这可不是你长得帅，是因为任务完成得漂亮。"

汽车开动了，人们簇拥着，追赶着，哭泣着，呼喊着，军民情深，难舍难分。车队渐行渐远，消失在茫茫林海。

大兴安岭"5·6"森林火灾，是新中国成立以来，毁林面积最大，伤亡人员最多，损失最为惨重的一次特大森林火灾。过火面积达 101 万公顷，烧毁房舍 61.4 万平方米、贮木场 4.5 处、林场 9 处、存材 85.5 万立方米，烧毁各种设备 2488 台、粮食 650 万斤。受灾群众 5 万多人，死亡 211 人，受伤 226 人。直接经济损失约 5 亿元人民币，间接经济损失超过 69.13 亿元人民币，生态和环境损失更是无法估计。

4

大洋彼岸的加拿大安大略省，两架直升机先后降落在培训基地停机坪，小兴安岭森警支队朱支队长和安大略省消防队长尼德雷纳等走下飞机。

尼德雷纳摘下头盔拥抱朱支队长："朱先生，你们不远万里来到加拿大培训，非常抱歉，来这么长时间，没有照顾好，请您多原谅。"

朱支队长会心一笑："尼德雷纳先生，别客气了，我们是到你们国家学习培训的，不是来度假疗养的。"

尼德雷纳很高兴："告诉你一个好消息，你们国家大兴安岭森林大火已经扑灭了。"

朱支队长叹了一口气，如释重负："唉，这些天，我简直是度日如年，这把火烧得我心头发慌，真想飞回祖国参加扑火战斗！"

"你们中国有句古话，'既来之，则安之'，你就安心在这里培训吧。"尼德雷纳诙谐一笑。

朱支队长话锋一转："今年不知怎么了，全球到处着火。"

尼德雷纳耸耸肩、两手一摊："这都是'厄尔尼诺'惹的祸，今年北纬45°至55°线上，中国、苏联、美国和我们国家先后发生了八起大的森林火灾，最长的烧了一个半月，损失太大了。"

朱支队长竖起大拇指："非常荣幸，我有机会参加你们温尼伯市东北部和萨斯喀彻温省北部两起森林火灾的扑救，让我们大开眼界、受益匪浅。"

尼德雷纳显得很自豪："我们国家非常重视森林保护，防火系统较为完善，有一整套高效的通信和林火预测预报系统，拥有飞机、装甲车等现代化的装备设施和充足的防救物资，还培训了一批经验丰富、训练有素的防火灭火队伍。"

朱支队长接着说道："这正是我们需要学习的地方，我们国家森林防火工作基础薄弱，需要下大力气改变当前森林防护的现状，改进存在的问题和不足。"

尼德雷纳摇了摇头："我去年到大兴安岭考察，给我印象比较深的是，你们森林防火的指挥系统需要加强，扑火的装备物资和防火设施还很落后，林区的防火道路也太少太差了。"

朱支队长点了点头："你们防火的意识很超前，特别是林区防火道路纵横交错，犹如棋盘，一旦着火，通常只烧掉棋盘中的一个方格。这些基础设施，从根本上消除了着大火的隐患，值得我们借鉴。"

尼德雷纳感叹道："你们中国的优越条件，是有一支训练有素、英勇顽强的森林警察扑火队伍。在这几次的扑火中，我觉得你的指挥特别内行，是个'防火大师''火林高手'，值得我学习，以后我还要多多向你请教。"

朱支队长很谦逊地回答："尼德雷纳先生，过奖了。我没有你夸得那么好，我是来向你们学习的。"

尼德雷纳回答道："你都看到了，我们国家扑火主要靠机械，特别是飞机。防火期有飞机巡逻监测，一般林火发展一公顷之内就会被发现。因为我国水源丰富，通常都用800~1000加仑装量的飞机吊水灭火。紧急情况下，我们也动员省里以至全国的机械力量，但像你们国家动员那么多的人去扑火，是不可想象的。"

朱支队长感慨道："目前，我们扑火不只是采用人海战术，同时加大了机械化灭火的投入，灭火装备也有较大改善，飞机、装甲车和化学灭火都有了，我相信在不远的将来，一定会实现防火灭火现代化。"

5

火灾过后的县城，一派繁忙景象，林区人民正在自发组织灾区重建，一栋新建成的房屋墙面上贴着"大干一百天，建成新家园"的标语。这里既是他们工作的地方，也是他们平时吃住的地方，如今被大火烧得面目全非，亟待他们去重建。

森警官兵扑灭大火后没有马上撤离火场，而是积极响应党和国家号召，主动留了下来，参与林区灾后重建工作。郝胜茂带领官兵扛着铁锹，奔忙在县城街头，昼夜不停地清理废墟，平整出一片片规范的盖房用地。

夜晚，劳累了一天的人们挤在简易的帐篷里倒头就睡，鼾声此起彼伏，就像一首交响乐，演奏着灾区人民同自然灾害抗争的壮丽诗篇。

一顶军用帐篷内，单专员和郝胜茂在木板搭建的小桌上对酌，桌上只有花生米、榨菜和几枚咸鸭蛋。

单专员端起搪瓷缸："郝大哥，我敬你一杯，这段时间你辛苦了。"

郝胜茂碰了一下酒缸："辛苦谈不上，灾后重建时间紧任务重，你知道的，上级要求国庆前后，受灾群众要住进新房和过渡房，必须加班加点，才能完成任务。"

单专员放下酒缸："你这人打起火来不要命，干起活来爱较真儿，咱俩认识

20 多年了，我还不了解你？ 1964 年党中央、国务院决定成立会战指挥部，开始对大兴安岭进行大规模的开发建设，我是第一批建设者，打黑风岭那场火的时候我们就认识了。"

郝胜茂抓了几粒花生米放到嘴里："那会儿大兴安岭林子多好啊，真让人稀罕，'棒打狍子瓢舀鱼，野鸡飞进饭锅里'的绝好景致都成过去式了。从 64 年开发到 87 年，大兴安岭地区共发生 881 起山火，特别是今年这场火，损失最为惨重。"

"我就弄不明白，森林给人类带来了那么多好处，可为什么有人还会怠慢她、毁坏她、糟蹋她？"

"如果护林防火工作再不被重视，扑火人员、装备和经费再不落实，森林大火再这样烧下去，大兴安岭恐怕就成第二个黄土高原了，那我们真就成了千古罪人，怎么对得起子孙后代？ 林区人民是不会饶恕我们的，历史更不会饶恕我们。"

单专员借着酒劲发起牢骚："现在有些领导和部门官僚主义太严重，不着火的时候，你给他讲防火如何重要，他根本不当回事，把钱袋子捂得紧紧的，投入防火经费，像掏他的心肝宝贝似的，真到着火的时候，他就蒙了、傻眼了。"

郝胜茂也很气愤："防火时钱袋朝上，扑火时钱袋却朝下，哗哗地倒，要啥给啥，舍得花大本钱，这钱花得冤啊！ 刀伤药再好，我不割口子行不行？ 割了口，药再好，好得再快，也有疤，这是个多么简单的道理。"

单专员和郝胜茂碰了一下酒缸："去冬今春气候干燥，我就有一种不祥的预感。发生大火前的一个月，在行署、林管局的常委会上，我就防火问题作了专题汇报，一口气讲了两个多小时，可会上没人当回事，气得我都拍了桌子，就这种情况都没人理睬。人家一句'散会'，一切都不了了之了。如果会上有人能采纳一点点我的建议，也不至于酿成如此大祸啊。"

郝胜茂又喝了一口闷酒："太惨了，火灾烧死烧伤那么多人！ 打火的时候，看到许多飞禽和动物没吃没喝，失去了美丽的家园和栖息地，怪可怜的！ 那场景想起来就隐隐作痛，留下的阴影始终挥之不去，这滋味真难受呀！"

单专员边喝边痛心地说："一场大火，席卷了大于一个西班牙、三分之一个意大利、15 个新加坡国土面积的林地，焚毁了能建 430 万平方米高楼大厦所需的木材，损失是何等的惨重啊。不仅烧掉了老祖宗留下的宝贵财富，也烧毁了留给子孙后代的潜在宝藏。这块宝地才开发不到 23 年，如今却是满目疮痍。"

郝胜茂端起酒缸站起来："老单，你也别伤心了，咱俩这么多年都没聊这么透啊，憋在心里的话说出来，就痛快很多，来！咱俩干一杯！"

"好！干一杯！咱俩今晚……一醉方休！"单专员晃晃悠悠地站起来，与郝胜茂碰了碰酒缸，喝完坐下时，忽然想起来一件事："对了，郝大哥，我光顾喝酒发牢骚了，差点忘了告诉你一个好消息，你们森警部队要增编扩建，漠河县请求重建森警大队了。"

郝胜茂一听异常兴奋："真事？"

单专员面色严肃而坚定："千真万确！看来森警在今后一段时间会被公正地对待了。"

郝胜茂由欣喜变得有些沉重："得到重视当然好，可在有些地方，森警的处境实在很微妙：干得越好，火灾越少；火灾越少，越让人觉得没啥用。曲突徙薪亡恩泽，焦头烂额为上客，委实不该，委实不该！"

单专员端起酒缸一饮而尽："一场火能够买来一个永远不忘的教训，这火也就不算白着了！"

帐篷外不远处准备修建"5·6"大火纪念馆，空地上一个年轻男子独自起舞多时，眼神凝重而深邃，带着曾经拥有过的海誓山盟，又有着天涯永隔的不甘，或许这是一个不屈的灵魂，在用特殊的方式，思念那个在火光冲天的夜晚痛失的心上人。

6

军营的号声打破了黎明的沉寂，起床号响后，小兴安岭支队警勤中队的官兵像往常一样，又排着整齐的队列出操。

收操时，中队长杜伟升严肃地在队前宣布："今天，朱支队长从加拿大学习培训回来，大家要仔细地打扫好卫生，哨兵执勤要认真履行职责。"

新兵玖拾捌听说支队长今天要回来，异常激动，不仅整理卫生的速度比平时快了很多，内务标准也比平时更精细了，他也想早点见到支队长，早就听说支队长的不少传奇故事，可下连这么长时间了，却连个面都没见到。

早上打扫卫生时，杜中队长把他叫过去："上午两班岗，还得辛苦你站一下。"

玖拾捌顿觉有些委屈，小声说道："昨天晚上我刚站过，怎么又轮上我了？"

杜中队长很诧异，一个新兵蛋子也敢对他的命令有质疑："有意见？"

玖拾捌也毫不掩饰："我想见见支队长，那么大的官，我从没见过。"

杜中队长拍着玖拾捌的肩膀说："支队长也没啥看头，还不就是两只眼睛一张嘴，以后有的是机会见。"

玖拾捌仍立在原地没动，杜中队长有点不耐烦，掉过脸说："你以为支队长是那么好见的吗？他一回来，就会考条令和防火常识，平时你说话都结结巴巴，这怎么行？再说，支队长兴致来了，还要抽考执勤科目，这又不是你的强项，你说是不是？所以我才安排你站岗！"

杜中队长这么一讲，弄得玖拾捌心里很不是滋味，嘴里嘀咕着："站就站吧，反正支队长不管坐车还是走路，都必须从大门口经过，自己站在哨位上，照样还可以瞟上几眼。"

吃完早饭，杜伟升带队集合，准备带大家去训练场时，对玖拾捌丢了一句："你去后门换岗吧。"玖拾捌听后一句话也没说，十分不情愿地走向了哨位。

小兴安岭支队营区后门，连个车和人都没有，冷冷清清。玖拾捌背着半自动步枪，神情低落地站立着。一早晨的辛苦白费了，本来想给支队长留个好印象，结果却被中队长派到这个偏僻的角落，别说见到支队长了，估计这一上午想见个喘气的都难。想到这，玖拾捌狠狠地踢了一脚地面的石子，仿佛那个石子就像杜中队长一样，踢一脚就能让他解气。

前院操场官兵们操练的声音既响亮又来劲，脚步声震得地皮都微微颤动。玖拾捌心想："支队长可能回来了，要不然这帮小子咋能跟打了鸡血一样，喊声震天响。支队长会不会到后门呢？最好能来。"玖拾捌想到这里，好像精神了许多，他从头到脚整理起了着装，胸脯挺得高高的，握紧钢枪站在哨位上，就像一根立在地上的木桩子。

这时，玖拾捌发现门外有一个老头总冲着营院内乱瞅，尽管他手里那顶小礼帽扇得很悠然，但玖拾捌觉着他还是有点像电影里的特务。

"看什么？老同志，快走开。"玖拾捌不耐烦的叫喊道。

那老头瞅了玖拾捌一会儿，反倒迎上来了："为啥要撵我走呢？小同志。"

"军事管理区，营院周围不许老乡围观。"

"看一眼，都不行吗？"

"不行。"玖拾捌斩钉截铁地回道。

老头笑眯眯地摇了摇脑袋，接着从裤兜里掏出一包不带把的"牡丹"，对玖拾捌说："小同志，抽支烟吧！"

玖拾捌瞅了瞅老头发烟的样子有点犹豫，说心里话他今天真的很想抽一支烟，但他终于还是拒绝了："我不想，不对，我也不会抽！"

那老头坐在一块石板上贪婪地吸着烟，过了片刻又问："你们院里今天收拾得这么干净，是不是有首长要来？"

玖拾捌有点兴奋，本想说："今……天……，那个……什么回来……"但话到嘴角又咽了回去。

"这是军事秘密，不该问的，你就别问，快离开吧。"玖拾捌很神气地对老头说。

说话的当儿，天空突然传来"轰、轰"的雷声，接着掉下越来越大的雨点。

那老头要进房檐底下躲雨，却被玖拾捌拒绝了。但又觉得这样做太刻薄，便让那老头站到了离哨位三米开外锅炉房的屋檐下。

为了慎重起见，玖拾捌走过去，用枪刺在老头脚下划了一道横线，然后很严肃地对老头说："你不许越过这道横线，要不我会开枪！"

那老头直点头。玖拾捌回到哨位后，很警惕也很同情地望着立在那儿直哆嗦的老头儿，但嘴里嘀咕："下雨好！下雨，支队长就不来了。"

支队长果然没来，所有人尤其是新兵们都很失望，唯独玖拾捌觉着没啥遗憾。傍晚，警勤中队集合点名。中队长杜伟升大声宣布："明天中队开展坚定社会主义信念教育，各班要组织好学习讨论。给新战士玖拾捌嘉奖一次，因为他上午站岗时作风严谨，严格遵守执勤纪律，受到了朱支队长的表扬。"

队列里顷刻间有了骚动，战士们都颇感诧异，玖拾捌自己也想不出个所以然。

听到"解散！"的口令后，玖拾捌疑惑地走进宿舍，十几名新兵围着他问原因，结果还是比较机灵的孟虎威提醒他："估计你上午碰到的那个老头儿就是支队长。"一句话点醒了梦中人。大家都羡慕得不行，一哄而上围住他问起："朱支队长到底是啥模样？"

玖拾捌心里无比激动，想不到上午出现在后门的老头竟是朱支队长，他有点紧张却很自豪地回道："其实朱支队长很随和，像个憨厚的老头。"

朱支队长从国外回来后，很快投入到工作中，他把在国外学到的先进理念和工作经验，全面系统地传授给大家，并结合实际构想着森警部队的建设发展。

一天，朱支队长拿着一份文件，抑制不住内心的激动，小跑到田政委办公室："老田，老田！你看看国务院的汇报和决议！"

"什么事啊，高兴成这样？"田政委吃惊地看着朱支队长，接过文件翻看，不一会儿也露出了欣喜的表情："森警部队得到了党中央、国务院和中央军委的高度关注。我相信，咱们这支部队会像凤凰涅槃一样，浴火重生，再创辉煌！"

朱支队长说道："你看看这份报告，说得多好！'这次扑火战斗证明，森林警察对护林防火可以发挥很大的作用，但是这支队伍的建设被忽视了'。在这次火灾中遭受惨重损失的漠河县竟在防火期前撤销了森警大队，人为地削弱了专业消防力量，这是一个很大的教训。老田，咱们赶快召开党委会，传达学习上级关于大兴安岭特大森林火灾事故的处理意见。"

田政委欣喜地附和道："马上开，我来通知常委！"

支队党委会议室，大家都专注地听着田政委传达文件："目前，森林警察队伍无论从数量上、能力上都远不能适应林业建设发展和防火灭火形势变化的需要。应该有计划地加强，力争做到一旦发生火情，就能够依靠自己的专业队伍扑灭，实现打早、打小、打了的目标，不至于使小火酿成大祸……"

会上，支队常委们争相发言，一致认为，这次森林火灾，暴露了个别部门和领导思想麻痹，防火观念淡薄，有的企事业单位管理混乱，有的地方防火力量薄弱，专业队伍不健全，林区防火基础设施差，还不适应护林防火需要等问题。作为森警官兵必须牢记一条铁律：打火的部队，脑子里不能着火。否则，就要付出沉重的代价，无法向党和人民交代！

7

支队警勤中队的学习室内，传来一片嘈杂声，原来是郝江山从收发室取回了报纸，只见他手里高举着报纸，大声喊道："快来看，咱们上报纸了！"

战友们迅速把郝江山围了起来，都要抢着先看，郝江山把报纸塞给了玖拾捌，"都别抢了，让玖拾捌给大家念吧，全当他今天汉语普通话练习了！"

学习室里一下子就安静了起来，大家把玖拾捌围在中间，个个伸着头听他一字一句地念着："《蹈火林海的红孩儿敢死队——记武警黑龙江省森林警察总队》，刘亦欣，是个大记者吧？"

孟虎威站在旁边探头看了一眼："是个小女孩，实习记者，咱们郝大文书在火场还英雄救美了一把。唉，看看写没写郝江山？"

钱朝鑫好奇地问道："还有这事，江山你咋没说过呢，那女记者漂不漂亮？"

郝江山接话道："咋的，你还有啥想法？"

钱朝鑫挠了挠脑袋："我人都没见着，能有啥想法？打了一场火，你们都成敢死队了，早知道我也上火场了。"

孟虎威取笑道："我看你，是想去看漂亮女记者吧？"

大家都笑了起来，钱朝鑫脸一红有点不好意思："孟虎威，你……"

北方一幢普通的楼房，屋内陈设有些简单，但物品摆放却整洁有序，甚至连杯子把的朝向都是一个方向，摆成了一条直线，就像是部队战士的队列一样整齐。客厅的墙上悬挂着一个大大的木制镜框，里面的照片有着十分明显的年代差，有的已经泛黄，这些照片是刘先河在战争年代、武装护林队、森林警察等不同时期个人及家人的照片。茶几上的唱片机正在播放着京剧《智取威虎山》选段：

穿林海跨雪原气冲霄汉

抒豪情寄壮志面对群山

愿红旗五洲四海齐招展

哪怕是火海刀山也扑上前

我恨不得急令飞雪化春水

迎来春色换人间

党给我智慧给我胆

千难万险只等闲……

刘先河边用手指在膝盖上打着节拍，边浏览着手上的报纸。报纸头版头条就是刘亦欣的文章：《蹈火林海的红孩儿敢死队——记武警黑龙江省森林警察总队》。

刘亦欣搂着刘先河的脖子，撒娇道："爸爸，你看我这篇文章写得怎么样呀？给我提点意见呗？"

刘先河微笑着："看来我闺女进步不小哇，以后关于森警的事迹，你得多报道多宣传一些，这样才能引起人们重视，呼唤全民都来爱护生态环境。"

"我打算写一部报告文学，采用人物传记手法，反映森警的战斗历程，您看怎么样？"

刘先河眼前一亮："好哇，太好了，这支队伍由小到大，由弱到强，从'一人一马一杆枪'到现在机械化的装备，经过几代人一步步努力，不论哪一茬人，如果没有强烈的忧患意识和责任感，没有传承与坚持，都有可能走不到今天这个地步。每位老森警都是一本书，都是一个个传奇的故事，正好那些老警你都认识一些，有时间可以去采访。"

刘亦欣从沙发后面绕到刘先河跟前："爸爸，我觉得当森警真的是很辛苦，也很危险。这次火场上，要不是一个森警战士救了我，我的小命可就报销了。"

刘先河摘下花镜："哦，还有这事，你们都没事吧，那你没好好谢谢人家？"

"还好，都没事。那您说，我该怎么感谢人家？"

"我闺女这么聪明，这还用问我？"

8

郝江山的学习桌上放着一摞材料，旁边是一枚崭新的三等军功章和证书，他手里拿着在英模报告会上，潘总队长授予证章时的照片，仔细端详了一会，塞进了信封。

这时杜中队长走进屋："郝江山，你抓紧把队部旁边的那间宿舍收拾一下，记得做个窗帘。"

"中队长，来客人吗？"

"不是！报训队、卫训队集训结束了，总队分给咱们支队三名女兵，明天过来报到。"

听说中队要分来女兵，平时邋遢惯了的男兵们都格外注意收拾起仪容仪表。孟虎威特意穿着请假上街熨的裤子，在警卫班正对着一个小镜子梳头，牛二虎手插兜晃进班看见了："干啥呢？这头发整的跟牛舌头舔了一样，哟，这裤线都能划伤人了。"

孟虎威头也没抬："什么事都能显摆出你了，该干啥干啥去。"

牛二虎坏笑道："我知道了，这女兵来了，大伙这警容标准都上层次了。"

孟虎威瞪了他一眼："做你的饭去吧。"

牛二虎从地上捡起一块抹布，擦了擦满是油污的军装："我也得捯饬捯饬去。"

不一会儿，一辆面包车拉着女兵开进了支队院里，三名女兵陆续从车上下来，男兵们争抢着帮着女兵拿背包、拎提包。

孟虎威把早已准备好的香瓜、沙果送了过去："你们好，我是警卫班副班长孟虎威，我们天天都在盼着你们早点到来。"

"你好，我叫邱胡杨，很高兴认识你。"

"我叫黄妍霞，是新来的卫生员。"

"谢谢你的水果，我叫沙晨。"沙晨从包里拿出巧克力正要分发给大家。

郝江山打来两壶热水，开着玩笑："女同胞们，一路辛苦了，喝点水吧。"

"谁是女同胞？"邱胡杨很不客气地反问道："我看你脑袋有包！"

郝江山愣了一下，笑着说："你挺猛啊，我叫郝江山，你们需要帮什么忙？尽管吱声。"邱胡杨虽然语气生硬怼得很猛，但举手投足还是吸引住了郝江山的目光。一顶稍大的大檐帽戴在头上，帽墙下短发自然垂至颈间，修剪得干净干练，被帽檐微微遮挡的额头，伏着一对略显浓密的眉毛，明亮的双眸闪烁在眉宇间，水波盈盈摄人心魄，挺直的鼻梁爽快硬朗，透出毋庸置疑的果断，微微闭合的双唇露出温柔，与外在强势略有不搭。

钱朝鑫从花坛里采了几束鲜花捧着走进来："欢迎欢迎啦，鲜花送给美女啦！"

女兵们从包里拿出巧克力、花生糖、沙琪玛等食品分发给大家。

女兵班异常热闹，大家有说有笑，相互争抢着瓜果糖茶。

午饭前，中队长杜伟升宣布："咱们支队要增编扩建，所以近期支队要举办一期预提班长集训班，由于教导队正在进行新建，集训地点改在直属大队。这次分配给我们中队两个名额，明天组织考核，选拔参训人员，各班要按条件进行推荐，把军政素质好的选去参训。"

就餐后，警卫班聚在一起，都在议论参加班长集训的名额和人选。孟虎威抢先发言："中队那么多班，才给两个名额，推荐谁啊？"

班长直截了当："谁表现好，就推荐谁。"

玖拾捌好奇地问："唉，你们觉得谁能去？"

班长回答道："下午考核完了就知道了。"

午休结束后，警勤中队组织郝江山、孟虎威等七名选手进行班队列、擒敌术、单双杠和五公里等军事课目考核，选拔参加支队班长集训的人员，警勤中队男女兵都来到训练场上加油助威。

五公里的考核中，大家你追我赶，谁也不服输。在跑道转弯处，孟虎威突然把郝江山绊倒。顿时大家紧张起来，邱胡杨和沙晨背着药箱跑了过去。郝江山咬牙站了起来，拼命地向前跑去。

邱胡杨、沙晨和几个男兵扯着嗓子："加油！"随后拿着水壶和毛巾跑到终点。

郝江山和孟虎威几乎同时冲到终点，上气不接下气，口干舌燥。

郝江山只穿了一件白色背心，胸前的肌肉鼓鼓的，在阳光下闪着油亮油亮的光，他抢前一步抓过水壶，仰脖一饮而尽，孟虎威也伸出了手，却没有抓到水壶。

邱胡杨见状，上前一把拽过水壶带："你刚跑完，喝那么多水，不要命了？"边说边用毛巾擦郝江山脸上的汗。

孟虎威一愣，转身拽过沙晨的水壶。水壶带还挂在沙晨的肩上："唉……别着急呀。"

此时，郝江山略感膝盖有点疼痛，坐在草坪上卷起裤腿，才发现膝盖已渗出了血迹。

孟虎威用轻视的目光瞅了一眼，淡淡一笑："哼，咋这么娇气？！"

邱胡杨连忙上前帮郝江山的伤口消毒，沙晨拿出纱布配合包扎："你真行，摔一跤也能跑第一。"

"我看就是逞强，你看他那个傻样，伤成这样了还跑。"邱胡杨怪嗔道。

经过层层选拔，郝江山终于如愿以偿，取得了参加支队预提班长集训的机会，这也是郝江山军旅生涯的一个重要转折点。

9

预提班长集训在大家的期盼中正式开始了，王雅杰担任集训大队长，集训课程安排紧凑。集训前期，着重进行班长的地位作用、班长必备的素质、文明带兵的方法与艺术等理论授课，而后进行班队列、战术动作、擒敌术训练，紧接着组织武装巡护、设卡检查等实践训练。

在灭火机具分解与结合操作训练时，郝江山等参训人员被蒙上眼睛。教员悄然来到郝江山跟前，二话没说便提起灭火机，随便摆弄了几下："这台机具有故障，由你马上排除！"

郝江山摘下蒙布，弄了半天也没有发现故障，急得满头大汗。

"刚才，我在火花塞上做了手脚，你没有检查出来，证明你们还不熟悉机具的电路系统。同样，油路故障也要认真进行分析与排除。"教员边指出存在的问题，边耐心传授正确的方法。

教员随口问了一些常见故障的原因和排除方法，听了大家不同思路的回答后，对组训的班长说道："通过刚才的检查和提问，我觉得你们最大的问题是机具的

原理还没有完全掌握。不管是训什么课目，首先要从理论上搞懂弄通，才能够事半功倍。"

紧张而充实的集训一天天推进着，郝江山等预提班长集训学员们的成长，也在一天天显露成效，最明显的表现就是，他们的身子骨越来越结实了，原本白皙的脸庞被风吹日晒得越来越黑了，随着军事素质的提升，他们站在队列前面时，信心也越来越足了。

星期天上午，刘亦欣拎着一兜水果和礼品，出现在直属大队营门口："你好，我是北方报社的记者刘亦欣，这是我的记者证，我和你们领导约好了，今天特地来采访。"

正在站岗的贺松涛认出了她："您就是上次采访我们的那个记者吧？您的文章我们都看了。"

"真的吗？"

"真的，您稍等，我跟我们大队长汇报一下。"

"好的。"

贺松涛说着转身进了岗亭打完电话，然后热情地对刘亦欣说道："您稍等，我们大队领导一会儿来接你。"

"麻烦你了。"

"客气啥。"

不一会儿，大队长王雅杰走了过来："您好，欢迎，欢迎，我是大队长王雅杰！"

刘亦欣客气地说道："给您添麻烦了。"

王雅杰连连说："可别这么说，太客气了。上次刘记者写的报道，我们官兵都看了，写得真好！一看就知道刘记者对我们森警官兵有着深厚的感情。早就想请刘记者来我们大队做客了！"

走进会客室后，王雅杰热情地端上一杯茶："刘记者，先喝点水，这可是我们执勤外站的同志在山上采的纯天然五味子茶，味道很不错。"

刘亦欣欣喜地说："哦，那我得尝尝。"说着啜了几口："嗯，味道很好。"

王雅杰微笑着说："刘记者的那篇报道写得很真实，在我们大队官兵中反响很大，大家都很感谢你。"

刘亦欣放下茶杯，从包里掏出几十封信递给王雅杰："上次的文章读者们的反响也很强烈，您看，这是读者来信，还有很多呢，我只挑了一些带过来，他们都想更深入地了解了解你们这些默默守护林海的森林卫士，所以这次报社派我来做个专访。"

王雅杰高兴地说："那好啊！你来咱们队算是来对了，咱们队里的战士随便拉出一个都是嗷嗷叫、响当当、顶呱呱。比如，六年如一日看守万樟岭的孙景权、金牌灭火机手严智勇、神枪手阿什库……"

刘亦欣在采访本上飞快地记着，一听说王雅杰队长有这么多素材，她高兴地说道："太好了，看来我这次来，会有不少意外收获了。"

"对了，王队长，向您打听个人，郝江山是不是也在这儿集训？"刘亦欣试探地问道。

王雅杰答道："对呀，这个郝江山啊，还是我在四川接的新兵呢。他现在就在我们这里参加支队预提班长培训。这小伙子思想进步，军事素质过硬，是个好兵，有血性，还有股子虎劲，大家都很喜欢他。这个兵我是没看走眼。对了，郝江山的父亲也是个老森警，父子俩这辈子都坚定一个信念，就是要守护绿水青山！"

刘亦欣听得有些入迷："我能不能采访采访他？"

王雅杰一口答应道："没问题！我让通信员去训练场找一下，叫他立刻过来。"

刘亦欣一听说郝江山正在训练，赶忙阻止道："大队长，不用了。我还是直接去训练场吧，这样更贴近生活。"

"好！那就依你。"

王雅杰陪着刘亦欣往操场方向走去，还没见到人，就被训练场上阵阵"加油"的呐喊声，吸引住了。原来是郝江山和孟虎威两人在进行单杠二练习——卷身上的比赛，旁边的战友们都在加油助威，十分热闹。

郝江山这一侧的战友比较多，大声地喊着："13、14、15……"

孟虎威这一侧也丝毫不示弱："29、30、31……"

王雅杰陪同刘亦欣在训练场旁停下，刘亦欣一眼就认出了郝江山，眼中满是赞许。

"45、46、47"

孟虎威满头是汗，体力不支，率先跳下单杠，众人赶紧把他扶住。

"51，52，53……60！"

郝江山的汗水也湿透了衣服，在单杠上稍微停了一会，又坚持做了7个，才跳下单杠。

身边的战友们热烈鼓掌："郝江山，好样的！都破了严班长的纪录了。"

郝江山擦了擦头上的汗，朝孟虎威略带挑衅地笑了笑，气得孟虎威把帽子一下子扔在了地上。

王雅杰朝着郝江山喊道："郝江山，过来一下！"

郝江山立即答："到！"随即以标准的跑步动作，迅速跑到王雅杰跟前，看到大队长身边的刘亦欣，愣了一下："大队长！您找我？"

"郝江山，这位是北方报社的刘记者，想要采访采访你。"王雅杰介绍道。

刘亦欣微笑着伸出手："你好，还认得我吗？咱们见过面的。"

郝江山怔了一下，眼前的刘亦欣穿着一身印花连衣裙，一头乌黑浓密的长发垂至腰间，在阳光的照射下闪耀着华润光泽，轻柔蓬松的刘海斜抹在鬓间，两片柳叶眉婀娜的弯曲着，两汪潭水铺开在睛明两旁，浓密的睫毛丛中露出动人的深邃，略带弧度的鼻梁端端正正，凸显出柔中带刚的本性，一抹殷红薄薄地涂在粉唇上，嘴角微微泛起喜人的微笑，机敏和灵气透过细腻白皙的皮肤直击人的心房，皮质部分有些卷边的虎丘相机斜挎在肩上，明明白白地告诉人们，她是一名记者。

郝江山急忙在裤子上擦了擦手，伸出右手："刚训练完，手上都是汗，不要见怪。"

刘亦欣转向王雅杰："大队长，我们可以单独聊聊吗？"

王雅杰微笑道："好，你们随便聊。"接着又对郝江山正色道："你小子，可要好好接受采访，要把这当成一项政治任务来完成。知道吗？"

郝江山随即立正："是！保证完成任务！"

刘亦欣看着有点紧张的郝江山，呵呵地笑了起来："你不用那么紧张，咱们边走边聊。我这次来，除了有一些采访任务，最重要的是感谢你救过我，一直心里很感激你。"

郝江山松了一口气："没事，刘记者不用放在心上，那种危急的时刻，换了谁都会那么做的。"

"嗯，这个我倒信，可是救我的人是你呀！"

年轻人之间总是很好沟通，不一会儿，初见时的尴尬和紧张就消失得无影无踪。郝江山和刘亦欣边走边聊，郝江山滔滔不绝地说着，刘亦欣时而不停地在采访本上记录着，时而被郝江山逗得前仰后合。

孟虎威在远处独自坐着，嘴里叼着一根狗尾巴草，看到这一切，若有所思。

刘亦欣真诚地对郝江山说："感谢你给我讲了身边这么多有趣的事，我得好好整理整理。唉，对了，我可以问你一个私人的问题吗？"

"什么私人的问题？"

"嗯……你有对象吗？"问完话，刘亦欣俊俏的脸庞泛起了红晕。

"我……还没有啊。"

"那你，心目中的对象是什么样的？"

"这个……我觉得现在还是先当好兵，对象的事情以后再说。"

刘亦欣没有问出结果，心里有点遗憾，笑着从包里掏出一个精美的笔记本，说道："听王队长介绍，你也喜欢写文章。这上面有我的地址和电话号码，可以给我们报社投稿，方便的时候……嗯……也可以给我打电话。"

"哦，那谢谢了。"

"过几天，我要去几个老森警家做专访，你和我一起去吧？"

"啊！这个……我得请示一下大队长……"

"好！"

送走刘亦欣后，郝江山把刘亦欣带来的水果，放到了宿舍的桌子上："大家吃吧！"

"这是美女记者给你送的，我们怎么好意思吃哟？"

郝江山不好意思地说道："真不是，这是送给大家的。"

第六章　薪火相传

1

小兴安岭支队对刘亦欣的采访很重视，刚刚调到支队政治处的赵正清干事提前与几个老森警取得了联系，并派郝江山协助采访。这些老同志听说有人要报道这个长年累月在密林深处战斗生活的群体，都非常激动。

最先接受采访的是老森警杨希诚，他是一名老革命，亲眼见证了共和国的成长，亲身经历了森警的发展。采访前，刘亦欣也做了大量准备工作，可越是走近老人，心中那种朝圣感和敬佩感就越发强烈。

杨希诚的家里简洁而干净，显眼的位置高高悬挂着毛主席相框，下面是 4 个相框，里面都是杨希诚老人从军生涯的一些老照片，有他拿着枪的照片，有他与战友的合照，有他们战斗间隙的照片，还有森警队刚组建时的照片。屋子里简单地摆放着几件实木家具，略显空旷。但所有的家具都一尘不染，家里唯一像样点的家电就是一台收音机了，右下角印着"退伍光荣"四个醒目的红字。经过简单寒暄，刘亦欣的采访进入了正题，她拿出录音机并摁下录音键，生怕漏掉一个字。

这位饱经沧桑的老人脸上带着幸福，眯着眼睛，娓娓道来："我是 1938 年参加的革命，当兵时只有 15 岁，赶走了日本人，打跑了蒋介石，又在朝鲜打败了美帝，又参加了西藏平叛。后来没有仗打了，就来到东北剿匪，再后来当了森警。

"东北林区主要是春、秋两季森林防火。两防期间，我们绝大多数时间都是在大山里、密林中和沟塘子里度过的，每年不知道要翻多少大山、走多少山路、蹚多少河流。没有火时，我们就不厌其烦地宣传防火公约和防火规定，宣传保护森林的重大意义。当时如果我们怕辛苦、躲清闲，少巡几座山，也不可能有人知道，但是没有一个人会那样去想，更没有一个人会那样去做。一旦山里有火情，我们背起行李和三天的粮食，甩开腿直奔火场，一走就是好几天，甚至好几个星期，所以老森警都有很多过硬的腿上功夫，走路速度快、步子稳，这是练出来的。"

"不是骑马吗？"郝江山问道。

杨希诚笑着说："马也骑！有一句顺口溜我唱给你听：骑着小马崽，背着'火燎杆'，走也走不动，打也打不远。"

刘亦欣好奇地问："什么是'火燎杆'？"

杨希诚笑着回答："就是当年日本鬼子使用的步枪，因为被火烧过，所以叫'火燎杆'。"

大家都忍不住笑了，刘亦欣转移了话题："当森警觉得苦吗？"

杨希诚两眼放光，抬臂摆手："小欣子，那个时候，环境苦哇！我打了大半辈子火，没有被冻死、饿死，更没有被烧死，已经知足了！尽管没有啥待遇，但大家都认真干哪。没有点吃苦精神，没有点牺牲奉献精神的人，都当不了森警。我这一辈子啥苦都吃过，啥罪都遭过，累活脏活全干过，在任何困难险阻面前，也从未退缩过，所以我也没觉得有多苦。"

刘亦欣心生敬畏，又有些好奇："那时的林子是啥样呢？"

"那会儿啊，林子美呀！狍子成群结伙，乌鸡黑压压遍地都是，野猪天天在你身边晃悠，'黑瞎子'大模大样地跑到外站找吃食。"听着老人的描述，刘亦欣又仿佛被带到了密林深处。

随后他们又来到老森警印春住的小院，赵正清干事边走边介绍："这家老首长参加过抗联，是个老革命，解放东北的战斗，老首长都参加过。来到森警以后，为护林防火事业也立下了汗马功劳。"

赵正清叹了一口气，接着说道："老首长的儿女都不在身边，前年老伴儿也走了。支队帮着在农村请了一个保姆，照顾首长生活起居，后来日久生情，经过我们撮合俩人就过到一起了。一开始俩老人还挺融洽的，日子久了，对老首长就不那么上心了。"

话音刚落，三人来到门口，赵正清轻轻敲门："卫大姐，在家吗？"

门内传来一个不耐烦的声音："谁呀？干啥呀？"

"卫大姐，是我，森警赵干事。"

卫大姐"哐当"一声打开门，满脸的不耐烦："又有啥事啊？"

"卫大姐，省里报社的刘记者要采访老首长，之前咱们不联系过吗？"

卫大姐闪开身："进来吧，一个糟老头子，有啥好采访的？"

三人对视了一眼，都没有接卫大姐的话，赵干事关心地问："大姐，我们老

首长最近身体咋样？"

"还那样，还能怎样？吃喝拉撒都得伺候着，还没满月的孩子省心。"

"不能这么说，能照顾'老革命'，也是你的光荣啊。"

卫大姐将尿盆端走，叹了口气："说得轻巧，你照顾照顾试试？我可真是伺候够够的了。"

"老首长为了革命和防火事业，可是受过伤的，现在身上还有弹片呢。"

卫大姐将尿盆摔得叮当响："咋的，又不是我打的。"

三人碰了一鼻子灰，见卫大姐"火气"十足，都没有继续往下聊。昏暗的屋子里弥漫着臭烘烘的气味，一个柔弱苍白的老人无力地躺在床上，被子和褥子都很脏，显然是很久没有换洗过了，枕头边上放着一副用透明胶带粘着腿的老花镜和几张略微泛黄的《人民日报》，床下散落着老人吐痰的卫生纸团。

郝江山一句话也没有说，环视了一眼屋子，拿起扫帚和撮子开始打扫卫生。

刘亦欣看到印春孤零零地躺在床上，眼圈儿一红，俯身上前轻声说道："印叔，您还认识我吗？"

印春抬眼看了看刘亦欣，无力地摇了摇头。

"您再想一想，我是亦欣呀。"刘亦欣再一次提示着印春。

印春终于认出了刘亦欣，他点点头，艰难地笑了一下，含糊不清地说道："小欣？"

印春颤抖地伸出枯瘦的手，紧紧握住刘亦欣："你爸爸还好吧？"

"好，好。来之前，我爸还说给您带好呢。"刘亦欣急忙点头说道："印叔，我们要写点东西，专门报道森警的，想采访采访您。"

看到印春憋得通红的脸，刘亦欣赶紧说道："印叔，您别急，咱们慢慢来！"刘亦欣掏出录音机和采访本接着问道："您当过兵吗？"

印春郑重且有力地说道："当过。"

"打过仗吗？"

"打过。"

"您当过森警吗？"

印春眼里有光闪过，话也接近清楚："当过。"

"抓过土匪吗？"

"抓过。"

"您打过火吗？"

"打过，打过。"话语十分清楚，握着刘亦欣的手抖动不止，张开被烧伤过的嘴，随后孩子似的痛哭失声……刘亦欣替印春擦掉嘴边的口水。

郝江山看不下去了，他看到卫大姐坐在旁边，一副满不在乎的样子，小声问道："阿姨，您种过地吗？"

卫大姐一听这话，来了兴趣："俺家就是农村的，咋没种过？"

郝江山又问："一垧地能收入多少钱？"

卫大姐盘算了一下："除去人工、种子、化肥，再算上加工等等，一年来也就百十块钱。"

郝江山看到卫大姐的情绪缓解了一些，继续说道："阿姨，您想想啊，老首长有离休工资，您照顾老首长，一星期的收入就能当一垧地一年的收入！您把老首长照顾好了，不比种地强多了？"

卫大姐恍然大悟，一拍大腿："小兄弟，你这个理说得真对！我咋就没想到呢？"

只见卫大姐立刻从凳子蹦了起来，找了一条新毛巾，小跑着来到老首长床前："你们都让开，这事我来就行了，我有经验。我们家老印啊，上个星期就想吃酸菜馅饺子，要不我一会儿去包，你们也在家一起吃？"

采访很快就过去了，尽管采访很顺利，但老首长的境况，让三个人的心情都很沉重。这些老前辈，不仅是森警官兵的宝贵财富，更是国家的宝贵财富。回到家里，刘亦欣抓紧整理一天的采访记录，桌上的录音机反复播放着采访的录音。

"那些老森警啊，无论荣誉，还是待遇，从未想过向党和国家伸手。接受任务时，从来没有人讲价钱、打折扣，有一个算一个。现在回想起来，这是一种很高的精神境界，是这支部队最好的传统呀。当我们两个人露宿深山，共扯一床破破烂烂、大窟窿小眼子的光板狍皮被时；当我们端着串烟的大楂子粥，香甜地喝着时；当我们在巡护途中，被浇得像落汤鸡时；当我们掉进冰冷的河水里，冻得哆嗦乱颤时，从未想过要什么，大家唯一的念头，就是要千方百计，完成好自己所担负的任务。

"我有个战友叫庞恩祥，巡护时迷山了，又被毒蛇咬了一口，疼得嗷嗷叫唤，走也走不动，爬了十多天才见到人……那时的森警兵呀，实在不太容易了。

"小欣子，你一定要写出来呀。要让后来人知道，国家的森林资源，是许许多多老森警用汗水、泪水、血水，甚至是生命在守护；森警部队的荣誉，是一代又一代森警靠着两只手，在深山老林里摸爬滚打、出生入死赢得的，后来的森警官兵们还要为之添砖加瓦……"

刘亦欣被老森警们博大的胸怀、忘我的境界、悲壮的事迹感动得热泪盈眶。

刘先河走了过来，拍了拍刘亦欣的肩膀："闺女啊，森警这些年不容易呀！"

刘亦欣擦了擦眼泪："爸，每采访一位老森警，都使我认识了一个高尚而可贵的心灵，与这些默默无闻的老森警相比，我又一次感觉到了自己的渺小。"

刘先河感慨道："森警部队在战斗中孕育出来的'火场精神'和无私奉献精神，经得住时间和历史的检验。森警部队如今越来越壮大，是党和国家对这支部队的认可，更是林区人民群众对这支部队的关爱与厚望。事实已经证明，林区的生产、建设、治安、防火、林政、扑火等等，没有这支部队是不行的，这也正是这支部队始终存在的价值和意义。"

2

支队预提班长集训已接近尾声，后期训练内容，主要以灭火专业训练为主，这些全都是老森警们在千百次的灭火实战中，总结提炼出来的"干货"。郝江山和参训的战友们听得仔细、练得认真。因为他们知道，只要练错一个动作，弄错一个战术，都会给未来的火场指挥，甚至给战友们的生命安全，造成难以预料的危险。

教员站在队列前边讲边示范："同志们！从今天开始，我们开展班（组）灭火战术训练。"随后，各班分组带开训练，教员走到队列中去帮助纠正动作。当他走到郝江山所在班时，看到郝江山专注训练的样子，满意地笑了笑，这个小伙子他打心眼儿里喜欢，不仅为人实诚，学习训练勤奋，还很谦虚，乐于助人。教员鼓励道："通过这段时间的训练，你们进步很快，熟练掌握了手中武器，能灵活运用所学的战术动作，以后你们在火场上还要多实践、多探索。"

紧张的预提班长集训如期结束了，又一批淬炼成钢的栋梁骨干被输送到基层。郝江山收起了荣誉证书和大红花，背起挎包，整理了一下着装，踏上了返回支队机关的归途。

路上，郝江山与邱胡杨等三名下街的女兵不期而遇，当得知他集训荣获表彰和奖励，仨人趁机起哄要他请客吃大餐。

郝江山挠了挠头，不好意思地说："大餐就免了吧。这样吧，我带你们去一个地方，保证你们大开眼界。"

郝江山神秘兮兮地带着三名女兵向郊外走去。走了很长一段路，沙晨实在走不动了，抱怨道："郝江山，你搞什么鬼名堂呀？要把我们带到什么鬼地方去呀？该不会去干啥坏事吧？"

他们终于走到了一个村屯，远远看见一排有些破旧的二层小楼，原来是"知青博物馆"。在讲解员的解说下，他们认认真真地看着每一个展区的图片、物品和注解，详细地了解每一件实物的历史。

参观时，邱胡杨心想，当年这些热血青年，在祖国最需要的时候，义无反顾，一往无前，奔赴农村广阔的天地，真是了不起。

郝江山也在思考，他们为了梦想，肩负起责任，奉献出青春，作出了卓越贡献，也成就了人生。特别是知青杨永青"不去香港去边疆"，一心为革命，誓死不回头。这就是信仰的力量，我一定要向他们学习！

知青的故事都很感人，但他们的青春太苦涩，在扑救黑龙江尾山农场山火中，7名女知青壮烈牺牲，被誉为"浴火凤凰"。还有黑龙江建设兵团35团，在扑救一起森林火灾中，14名知青献出了宝贵的生命。

他们的血是红的，心是红的，闪光的青春也是红的。他们磨炼出自强不息的意志、奋斗拼搏的精神，为以后的成长进步奠定了坚实的基础，不少人后来成为改革开放的中坚力量，令人佩服。

回去的路上，几个人热烈地讨论着知青们的故事，忽然郝江山远远看见一辆装满木材的马车在公路上狂奔，疯狂地向街上的行人撞去。

"不好，马惊了！"

邱胡杨尖叫起来："前面有很多小学生，怎么办呢？"

话音未落，郝江山将挎包扔给邱胡杨，快速向马车跑去。

邱胡杨和沙晨几乎异口同声喊道："危险，小心！"几个小学生和群众望着突如其来的危险惊慌失措，吓得东躲西藏。

就在这时，郝江山追上马车，一把抓住缰绳，缠在手臂上死死拽住，马车仍继续向前跑，郝江山的腿脚在地上蹚起一阵尘土，被马车拖了二十多米后，马车终于在离小学生不到十米远的地方停了下来。郝江山不顾伤痛，赶紧轻轻安抚着受惊的枣红马，生怕它再次受到惊吓。

当惊呆了的群众和小学生们回过神后，他们对郝江山报以热烈的掌声。邱胡杨第一时间跑来，上上下下检查郝江山有没有受伤，难掩焦急地问："你没事吧？啊！胳膊出血了。"

"没事。"

后面呼哧带喘跑过来一个挥着马鞭的车老板："解放军同志，真是太感谢了！这要是伤了人，可就闯大祸了，请问你是哪个单位的？"

沙晨没多想，随口说了一句："我们是小兴安岭森警支队的，他叫郝江山。"

车老板竖起了大拇指："实在太感谢你了，你真是一位刘英俊式的好战士！"

3

初秋时节，东北林区美不胜收，美成了北国风光的旷世风景，美成了天上人间的壮丽画卷。樟子松林，金黄的树干映衬着翠绿的松针；桦树林，雪白的树干衬托着金黄的树叶；还有好多叫不出名的树木，被秋日的阳光一照，树叶竟然变成了红色，远远望去，就像一幅肆意泼洒的水墨丹青，一泓秋水，七彩潋滟，碧空白云，美不胜收。

这个时节也是森警官兵繁忙的时节，随着阔叶树木和草丛的逐渐变黄凋谢，秋季防火戒严期也即将到来。

贺松涛、黄土豆和严智勇一起将一堆零碎的日用品装在行军包内，有蜡烛、信纸、信封、手电、钢笔水、铅笔、药品、洗漱用品、几本书、报纸等等。

"听中队长说，你是主动申请去外站的？那儿一去，最少也得三个月，就咱仨人，你不怕？"

贺松涛坚定地回答："班长，我觉得艰苦的环境才能锻炼人。"

"打火的时候，我注意到你了，很勇敢，也能吃苦，好好捶打捶打，准是个灭火的好坯子。"

严智勇把几副扑克递给黄土豆："黄土豆，别忘了把眼药水装包里。你又为啥申请去呢？"

黄土豆憧憬着："茫茫林海中，一座山、一座塔、一个小木屋，那感觉多像个童话。指导员不是说了吗，外站就是咱们的第二营区，是安在森林里的家吗！"

严智勇意味深长地看了一眼黄土豆，叹了口气，啥也没说。

经过连续两天的紧张筹备，终于到了上外站的日子。一大早吃过饭，中队长就开始逐一检查物资装车情况，出发前还特意找来各个外站的负责人集中开了个小会，也不知道都说了些什么。散会后，大家就像要分家过日子一样，开始各自检查自己的物资，各自补充自己的给养。

经过出发前的一阵忙乎，中队的运输车终于在战友们列队欢送中驶出了营区。由于林区的道路质量太差，加之年久失修，这一路颠簸，把黄土豆上外站的兴奋劲儿全颠没了。三人在红旗林场边下了中队的运输车，朝着继续奔向下一个外站的运输车摆了摆手，赶紧互相拍打着满是尘土的军装。

黄土豆边帮班长严智勇拍打着身上的尘土，边抱怨道："这是啥破路呀？快要把我颠散架子了！"

黄土豆瞅瞅严智勇，见他没说话，赶紧插话道："班长，今天晚饭我就不吃了，给咱们外站省点伙食粮，这一路的黄土，早就把我喂饱了！"

严智勇理都没理他俩，扛着瞭望器材，两手拎着大包小裹，独自一人朝着外站的方向走去。贺松涛和黄土豆见班长背着沉东西先走了，赶紧收拾剩下的物资跟了上去，这些可是他们三人以后几个月的生活必需品和用具。

伴着落日，三个人踏着森林里海绵般厚厚的落叶层，他们的身影穿过森林、草甸，蹚过沟塘、溪流。越往山上走，坡度越大、灌木越密，他们累得汗流浃背，贺松涛抓住树枝攀登，黄土豆连人带物摔了好几跤。

终于登上了山顶，一间木刻楞小屋出现在眼前，不远处，高高的瞭望塔矗立一旁。严智勇回头看了看两个落得挺远的新兵，喊道："到了，一间东倒西歪屋，三个南腔北调人。"

黄土豆兴奋地放下大包小包，开心地朝大山喊道："大森林，你好！我来了！"

严智勇见怪不怪："别嚷了，我倒要看你能撑多长时间。抓紧收拾，一会儿天就要黑了。"说着开始清扫小屋，整理生活设施，清除周围杂草，架设电台。

整理完室内外，严智勇在屋里取出一个小铁皮桶和铝盆，又掏出一大块纱布："走，跟我打水去，一会儿让你俩尝尝我的厨艺。"

他们来到山脚下，拨开齐腰深的杂草，眼前出现了一个一米见方的积水潭，水面覆盖着厚厚一层烂草和枯枝败叶。

"你俩把纱布抻紧了。"严智勇把纱布伸开放在水桶口上，用小铁盆将枯叶撇开，然后舀了一盆水倒在纱布上。

一盆淡黄色的水透过白纱布落在铁桶里，发出零乱的叮当声，一股腐败的气息直逼鼻孔，黄土豆看到洁白的纱布上竟有一小堆红虫子在蠕动，"哇"的一声呕吐起来。

严智勇放下水盆，一把将他抱起："离远点吐，这水还得喝呢。"

贺松涛看着小虫子，眉头紧皱："班长，这水真的是喝的吗？"

"这深山老林的水绝对没污染，有病治病，无病强身。"严智勇将纱布过滤出来的小虫子倒在地上，又若无其事地继续舀着："今年旱，来的时候我看了，好多河沟子里都没水了。这儿就这条件，习惯就好了。"

黄土豆吐完回来，严智勇又说道："告诉你俩就这水也得省着点用，咱们这儿的规矩是一三五不洗，二四六干搓，星期天不洗也不搓。"

听了严智勇十分严肃的话语，两个新兵相互看了看，在确认班长不是开玩笑后，他们第一次上外站的兴奋和幸福感荡然无存。

夕阳慢慢地挂在树梢上，林海中直向蓝天的松树，尖尖的木屋顶、又粗又圆的松材摞成的围墙，袅袅淡蓝色的灶火炊烟，从小木屋的烟囱升起，构成一幅别具一格的画面。

严智勇对正在烧火的贺松涛吹嘘："告诉你俩，我做的疙瘩汤可是一绝，就连咱们潘总队长吃过后都赞不绝口哇！一般人可享受不到。"

一张简易的木板桌上，摆放着三碗疙瘩汤："开饭了！"

贺松涛在小口小口地品尝，严智勇问道："怎么样？好不好吃？"

贺松涛强咽了一口汤，违心地说："是，班长，挺好吃的。"

黄土豆托着腮帮，看着像糨糊一样的疙瘩汤，一点胃口也没有。严智勇则大口大口地喝着，还不时地吧嗒着嘴，像吃着山珍海味一样，两个新兵望着他摇了摇头。

外站远离城市乡村，这里的夜晚显得更加漆黑，小木屋外，晚风吹过松涛发出阵阵鸣响。

黄土豆打开门到外面解手，他朦胧地看见远处高低粗细各不同的树墩子似鬼魅一般，呱——呱——的叫声，伴着黑夜里风吹树林的簌簌声尤其瘆人，吓得他顾不上方便了，飞快地窜回小木屋，关上门跳上床去。

贺松涛大喊道："哎哟，你踩着我了。"

"外面，外面有鬼。"

严智勇拽了一下被子："胡扯，抓紧睡觉。"

黄土豆委屈地说："班长，我还没撒尿呢。"

忽然一声狼嚎，贺松涛和严智勇睡意全无，触电似的从床上弹起，坐了起来。

这时又传来笨拙、夯实的拍门声。严智勇小声说道："是黑瞎子。"

小木屋顷刻间充满了恐惧，贺松涛感觉自己身上浸出了冷汗，三人把枪里的子弹推上膛，两只眼睛瞪得像灯泡一样，披着被子坐在床上，谁也不敢出声，一直瞪眼到东方天色发白。直到外面没了动静，大家才迷迷糊糊地睡去。

清晨的一缕阳光，透过小木屋的缝隙，照到了严智勇的脸上，他睁开眼睛看了看手表喊道："起床了！十分钟之后，出操。"

贺松涛迅速起来穿衣服，黄土豆懒散地说道："班长，就咱们仨人还出操啊？让我再睡会儿吧，昨晚一夜都没有睡。"

严智勇一把掀开他的被子："你起不起？"

"班长，班长，别……冷。"黄土豆嘟囔着："中队领导也不在，差不多就行了吧。"

贺松涛正在穿衣服，忽然惊恐地站了起来并喊道："蛇！"

一条蛇静静地盘在黄土豆的床边，正与他对视。黄土豆被吓得睡意全无，浑身瘫软。

严智勇眼疾手快，一把抓住蛇的头部喊道："你起不起床？不起我就放你被窝了。"

黄土豆神速般蹿出被窝，穿上衣裤箭一般冲了出去。

贺松涛着装整齐，挺直腰板站在队列前；黄土豆帽子歪戴着，武装带也松松垮垮。严智勇帮他整理好着装，然后整队："咱们虽然人少，但一切都得按条令条例来，不能马虎。今天早操的内容是山地五公里，上山下山来回两趟，谁跑最后谁做饭。"

黄土豆惊讶地看着严智勇："啊！？"

"啊什么？这可是咱们执勤点的主打课目。"严智勇说道。

三人在山间来回奔跑着，太阳也露出了笑脸。

4

外站的日子单调而枯燥，一晃他们三个人到外站已经有小半个月了。两个新兵除了瞭望塔没去过，外站方圆十公里的一草一木，不知道被这俩淘小子勘察多少次了。他俩现在只对瞭望塔感兴趣，很想自己上去一看究竟，但严智勇始终不同意，非但如此，他还拼命地给他俩的体能训练加码上量。

早上吃完饭，严智勇看着两个无精打采的新兵说道："抓紧收拾厨房，今天组织你们进行登塔训练。"说完头也不回地向瞭望塔走去。

黄土豆拍了一下傻愣着的贺松涛说道："松涛，赶紧收拾呀！班长始终不让咱俩上塔，肯定在上面藏什么宝贝了！咱俩动作快点，争取早点上去看看！"

严智勇在只有两个人的队列前讲道："今天进行登塔训练，登塔要有一定的体力和耐力，还要有很大的胆量和勇气。训练中，你们要听从指挥，严肃认真，以免摔下来。"

瞭望塔的塔底以水泥和石头砌成，塔身以角铁焊接，塔高 30 余米，塔顶被风一吹，摇摇晃晃，看得贺松涛晕头转向。

贺松涛背着装备，一梯一梯地往上爬，每爬一层，就感觉山风吹得更大，塔也晃动得更厉害，人随塔晃，有一种摇摇欲坠的感觉。爬了有二十多米高时，贺松涛突然感到头晕目眩，往下一看，顿时两腿发软，冷汗直往外冒。他晃了晃脑袋，使劲地抓着登梯，脑子里一片空白，始终有种自己要掉下去的感觉。忽然他一脚踏了个空，慌乱中身后的严智勇抓住了他。

严智勇关切地问："没事吧？要往上看，别往下看。"

贺松涛略作镇静："没事，没事，刚才没踩稳，滑了一下。"

严智勇边爬边气喘吁吁地说："不少新兵都害怕上塔，第一次登塔总是半途而废。"

贺松涛咬紧牙关继续往上爬，冷汗早已把衣服打湿了，几次想打退堂鼓，但班长的话就在耳畔，只有硬着头皮坚持。终于爬到了塔顶，他早已是两股颤颤，往下一瞅，有些后怕："哇，塔这么高！在上面看执勤点，就像一个小火柴盒子。"

"第一次上来，感觉怎么样？"严智勇边帮贺松涛卸下装备边问。

"就是有点发晕，浑身发软。"贺松涛半天才缓过神来："这塔上，风呼呼的，也太大了。"

"今天风不算大。"严智勇边安装设备边说："有时大风天，山顶 4~5 级风，塔顶就得 7~8 级，站在塔上，就像在大海里乘船一样摇摇晃晃。不过很安全，放心好了。你在上面待着，我下去接黄土豆。"

贺松涛向远方眺望，只见茫茫林海云雾缭绕，山峦连绵起伏遥指天际。

黄土豆年小体弱，刚爬了七八米心里就打怵，回过头来朝严智勇求饶："班长，我害怕，两腿发软，爬不上去了。"

"不是告诉你了吗，往上看，别往下瞅，越往下看越害怕。"

黄土豆带着哭腔："班长，我真害怕，我……我有恐高症。"

"行，行，行，你先下去吧。"

严智勇在塔下好一顿安抚和鼓励，终于说动黄土豆再试一次。

登塔前，严智勇做足了准备工作，千叮咛万嘱咐交代注意事项，并采取了严密的防护措施。严智勇在腰中捆上行李绳，与黄土豆系在一起；找来安全钩，让黄土豆每登一级就锁住塔身，就这样，总算连拉带扶将黄土豆安全带上了塔顶。

严智勇安慰道："没事的，过几天习惯了就好了，来咱们一起安设备。"

"咱们幸福执勤点瞭望塔高 36 米，是整个总队所有执勤点中最高的，这瞭望塔就像古代的烽火台，瞭望兵就是大森林的哨兵和眼睛，承载着方圆 100 公里森林安危的守望。"

黄土豆颤抖着双腿："班长，刮大风的时候也得在上面吗？"

"岂止是刮风？不管打雷下雨，瞭望都不能间断！否则，就不能及时发现火情，误了战机，就会造成无法弥补的巨大损失。咱们瞭望兵心里、眼里可容不得烟和火！"

严智勇抚摸着刚安装好的长筒望远镜："这个宝贝家伙，可以看到五个林业局、千余公顷森林。每天我们都要将监测的林情、火情和气象信息，准确地报告给支队值班室和县森林防火指挥部。"

贺松涛笑着说："班长，咱这不就是隔岸观火吗？"

严智勇板着面孔说道："咱们虽然是在对岸，但守护万里林海安全，可是我们肩上沉甸甸的担子呀，我们就是森林安全的'吹哨人'，可不能把自己的职责看轻了！你们先熟悉熟悉，明天开始执行瞭望任务。"

"要想当好瞭望兵就要敢于战胜自己，首先就得克服畏难情绪和恐惧心理。要时刻牢记：哨位就是战位，瞭望就是战斗！"严智勇对新兵的表现很不满意，十分严肃地纠正道。

"是！班长，我们一定给大森林站好岗、放好哨！"

看到新兵们严肃认真起来，严智勇满意地点点头，继续耐心细致地讲解："瞭望的时候，一定要细致排查，由点到面、由远及近、由左到右，绝不能漏掉一枝一叶、一草一木，更不能放过任何一个疑点。发现火情，要仔细辨别，准确判定方位，及时报告。执勤期间，所有情况都要及时、准确记录在案，按时接岗交班。

"瞭望勤务的基本要求，就是要做到'五准一清'：即图上作业准、手目测距准、坐标标得准、火险等级准、情况掌握准和报告口齿清。除了仔细观察，还要有过硬的识图用图、判定方位、测定距离、指定坐标等专业功夫。"

贺松涛和黄土豆轮换着使用望远镜观察执勤区域，相互检验用手距和林火方位测定仪测试距离情况。

5

贺松涛穿着厚厚的棉大衣站在瞭望塔上，举目四顾，高远的蓝天，苍翠的森林，望不断的山岭，看不尽的森林，一一从他凝注的视野中流过。森林的浩瀚和壮美，给人一种雄浑奔放的感受，一种催人奋发向上的力量！塔下，严智勇正在指挥黄土豆进行队列训练。

塔顶上寒风刺骨的冷，贺松涛的脸再也不是白净的模样，山风吹裂了两腮，甚至还有一点"高原红"。黄土豆和贺松涛交接完后下了塔，他揉着通红的眼睛，对正在做饭的严智勇说："班长，我这几天眼睛老发干，还老流泪。"

严智勇边走过来边擦了擦手，扒拉开他的眼睛："我看看，没事，勤上点眼药水就好了。"

贺松涛担心地问："班长，真没事？我这年纪轻轻的，可不想当瞎子啊。"

"当瞭望兵的哪个没有结膜炎？"

"班长，我后悔了！我想回中队。"

严智勇两手一摊："那不可能，中队全都靠前驻防了，谁也替不了你。"

"唉，命苦啊！"

"你就安心干工作吧，我给你上点眼药水，一会儿给你整点好玩的。"

"今天不训练了？是不是又让我去看蚂蚁搬家？"

"今天星期天，本班长给你放假。来，先吃饭，吃完饭再告诉你。"

严智勇用罐头盒子捉了许多各种各样的虫子，发给黄土豆一只，又在地上画了很多竖线："先来个赛虫比赛，看谁的先爬到终点。谁输了，就把对象写的信，读给赢了的人听。"

黄土豆不屑地说："切！你对象的信，都是上防前写的，早就是'老黄历'了。再说，我都听了不下几十遍了，还是讲故事吧。"

"行！那咱就讲故事！"

贺松涛怕严智勇要赖，补充道："班长，咱可事先讲好，讲过的故事，可不能再拿出来糊弄人！"

"行！我要是输了，给你讲我老家对象的事情还不行？"

"快拉倒吧！你老家对象的事，都给我们讲了21遍了！我对你对象，比对我自己都熟悉！"

"哦，你不听，我明天讲给黄土豆听，那今天晚上你说说你暗恋的姑娘吧？"

"班长，这个我也讲了13遍了。"

"这样啊，那我今天给你讲个特别的吧，你肯定没听过。"

"你还能有啥特别的？就你肚子里那点东西，我早就听够够的了。班长，你信不信？只要你一开头，我就知道结尾。"

"咱们组建之初，条件很艰苦，没有瞭望塔，你猜怎么瞭望？"

"哎，这个还真没讲过。难道是爬树上去啊？"

严智勇笑着说："你还能提，你比黄土豆聪明。老森警们一开始就是用背包绳将自己绑在树上进行瞭望的。后来在山顶上将树从半腰锯断，搭上横杆，再用铁丝捆上，坐在上面观察、瞭望。对了，咱们朱支队长也在这个塔当过瞭望员。"

贺松涛一听来了精神："真的？支队长也是在这个点上瞭望吗？"

"那当然了，咱们这个点，六七十年代建起了木头的瞭望塔，不过不结实，有一次刮大风，塔倒了，朱支队长从塔上摔下来了。"

"后来呢？"

"幸亏塔下落叶腐殖层比较厚，支队长安然无恙。"

"那也很危险。"

严智勇觉得这么说有些不妥，担心贺松涛害怕，转了话题："所以你得好好钻研业务，认真瞭望，以后说不定也能当个支队长呢！"

贺松涛挠挠头："我还以为瞭望兵没啥前途呢，原来也很有发展啊。"

严智勇骄傲地说："岂止是有发展啊，咱们森警摩天岭的瞭望员张金利还受到过毛主席、周总理的接见呢！"

贺松涛一听来了精神："班长，你给我讲讲呗。"

严智勇故意卖关子："今天不讲了，早点休息。按计划明天还要进行军事考核呢。"

贺松涛哀求道:"班长,求你了,你不讲我今天晚上肯定睡不着了。"

6

新的一天又开始了。森警支队就像一台精密的仪器,每个岗位、每个部件都有条不紊地运转着,男兵女兵们在操课号吹响前,就已经各自进入工作岗位。

卫生队有两名男兵躺在病床上,沙晨给其中一名扎针输液,几次都扎不进去,急得满头大汗。男兵紧皱眉头地说:"你到底会不会扎针呀?该不会是拿我练手吧?"

邱胡杨走进屋见此情景,立即上前接过针头,熟练地扎了进去:"好了,当兵的扎两针,嚷嚷啥?"

随后,走向旁边的配药柜,取了一瓶液体,拿着输液器,走向一名志愿兵:"你叫什么名?是哪个单位的?"

"我叫孙景权,是直属大队的。"

"你怎么了?"

"我感冒好几天了,老咳嗽,有些发烧。刚才卢军医说,打两天点滴就好了。"

邱胡杨扎完针,拉了拉被角:"你就是那个学雷锋标兵?"

沙晨一听是个标兵,就凑了过来:"昨天我还在报纸上看到你的事迹呢,执勤点上真的有那么苦吗?"

"苦倒是能够克服,就是大半年待在山里见不到人,连个说话的人都没有,太寂寞了。"孙景权坐起来回答道。

"听说你们执勤点还有马?"邱胡杨问道。

"有呀!"

"骑马是不是特好玩、特威风啊?"沙晨好奇地问了一句。

"还可以。"孙景权补充道。

邱胡杨配好药,追问了一句:"你们骑马都干些啥?"

"我们那个执勤点在一个林场,再往里走就是原始森林,林子太密,车进不去,只能骑马巡护。"孙景权用枕头垫了一下后背,很自豪地说:"林区人都管我们叫'护林轻骑兵'。"

"真让人羡慕!"沙晨兴奋地说道。

"我在这躺着，心里不踏实，不知道他们把马喂得好不好？"孙景权微微皱了一下眉，望了一下窗外："真希望快点好起来，早点回去，我的红鬃马这几天有些胀肚。"

"你就安心养病吧，有机会我们也想去点上看看你的红鬃马。"邱胡杨劝说道。

"你们是女兵，去那个地方干吗？吃住都不方便。"孙景权回答道。

"女兵咋了？战场上都不分男女呢，执勤点就不能去了？"邱胡杨不服气地噘了噘嘴。

"哎……哎……你千万别误会，我不是这个意思。"孙景权连忙解释。

月朗星稀，屋外松涛阵阵。黄土豆在塔上执勤瞭望，贺松涛继续在软磨硬泡严智勇讲老森警的故事。来外站的大半年时间里，由于生活过于单调，想说个话都找不到人，他们相互早已经把能聊的和不能聊的话题都聊了个透，甚至有的话题都已经聊了 N 遍，贺松涛今天好不容易从严智勇的嘴里听到点新鲜事，哪能这么轻易放过。

严智勇拧不过贺松涛的死缠硬磨："好吧，那就给你讲讲。那是 1966 年 6 月的一天，瞭望员张金利、杨庚善发现了雷击火，在用电话报告火情的一瞬间，一个霹雷将两人同时击倒。张金利从剧痛中苏醒过来，挣扎着爬到战友身边，杨庚善只说了一句'不要管我，快去报告'就牺牲了。"

贺松涛焦急地问："那张金利呢？"

"张金利也受了重伤，又一次昏迷过去。醒来后，他强忍剧痛站了起来，爬下塔去，快到塔底时，头痛难忍，失去知觉，一头栽倒在地，并借着惯性向山坡下滚去……"

贺松涛紧张起来："啊，他没事吧？"

"别打岔，听我讲。"严智勇继续说道："张金利醒来时，他发现自己已经躺在半山坡上，军装被树枝灌木刮得丝丝缕缕，鞋也没了，胳膊、腿、脸上划出的血口沾满了泥土、渗着血。张金利扯开已经被撕烂的上衣，包在光着的脚上，顺手抓起一根树枝支起身子，一瘸一拐地朝山下走去。胳膊和大腿摔得淤血肿胀，实在撑不起身子，他就用手指抠住地，一点一点往前挪，膝盖、肘部、手指都磨破了皮，一米一米地爬到驻地，拼尽最后的气力，将火情报告给了领导。领导立即派出骑兵小分队，火速赶到 20 公里外的火场，及时扑灭了正在向原始林区腹地蔓延的雷击火。"

屋子里静得出奇，只能听到严智勇的说话声，俩人被他的讲述所吸引，静静地听着："后来部队批准张金利为中共预备党员，追授杨庚善同志'优秀共青团员'荣誉称号。张金利被誉为'摩天岭勇士'之一，出席了北京军区学习毛主席著作积极分子代表大会，受到毛泽东主席、周恩来总理等中央领导的亲切接见。"

第二年的春天，贺松涛带两名新兵来到点上，他也向新兵梁亮亮讲起了这个故事。讲完梁亮亮很感动："班长，真感人，我也要向张金利同志学习。"

"梁亮亮，好样的！你要记住五句话：苦干不苦熬、点散人不散、路远心不远、山高志更高、林深情更深。这是咱们的执勤点的'点魂'。今天就讲这么多吧，明天还要下山凿冰化水呢。"

"是，班长！"

一望无际郁郁葱葱的松树林，仿佛把执勤点、小木屋和瞭望塔与外界隔离开了。新兵梁亮亮上执勤点时带来的新鲜蔬菜早就已经吃没了，带来外界的新鲜事也早已成了"旧闻"。随着日子的推移，执勤点的给养即将消耗殆尽，已经进入青黄不接的艰苦时节。

"班长，这个冰水，咱们还要吃多长时间？"梁亮亮用镐边刨边问道。

"估计还得有半个月，河里的冰才能化。"贺松涛抱着冰往筐里装："开春后，就不用刨了，到时候背水就幸福了，河沟里的水可甜了。"

梁亮亮实在憋不住了，每天早上对着升起的太阳，朝着大森林大喊大叫，回应他的只有大森林的空旷寂寥和阵阵松涛。每当这时贺松涛只能无奈地看着他，执勤点的寂寞没有亲身经历过，任谁也体会不出来。

一天，一个不速之客打破了执勤点单调的生活，小小的院落里不知道什么时候落了一只天鹅。

贺松涛第一个发现了，只见他欣喜地大喊道："梁亮亮，快过来，咱家来客人了。"

梁亮亮跑了过来，天鹅没有飞走，还直朝着人身上靠，贺松涛小心地朝它的头和背上摸去，天鹅也没有躲闪，显得很温顺。

梁亮亮也摸了摸，当摸到胸部时，天鹅猛烈地扑扇着翅膀。梁亮亮不解地问道："班长……她是不是女生啊？咋不让摸胸呢？"

"净瞎说，可能是饿了。"

"我去找。"梁亮亮转身跑到小木屋里拿了自己的碗盛了米。

天鹅没有吃，梁亮亮挠了挠头，又回屋找了蔬菜，拿出压箱底的罐头，天鹅还是没有吃，俩人都不知咋办才好。

贺松涛猜测："她可能吞钩子了，也可能吃了有毒的东西。"

"那咋整？咋弄出来？"

"看来只能是活鹅当死鹅治了，行不行就看你的造化了。"贺松涛抚摸着天鹅的头。一切准备妥当，梁亮亮把着天鹅，贺松涛小心翼翼将天鹅胸部的羽毛拔出，露出一块皮肉，天鹅竟然没有叫，眼神中流露出求生的渴望，像个懂事的孩子。

贺松涛将刮脸刀片在蜡烛上烤了烤，又用消毒水在天鹅脖子上擦了擦，割开后在胃内发现了一个大号的鱼钩，取出鱼钩后小心翼翼将皮肉进行了缝合、消毒，最后再用纱布包扎好。

天鹅不约而来，把久违的春天也带来了。随着气温逐步回升，沉寂了一冬的野草率先泛了青，慢慢地满山的达子香也偷偷地开了起来，一不留神竟然开满了山坡，蝴蝶飞来飞去，松鼠和小动物们穿梭其中，沉寂了一冬的大森林便生动了许多。远处的山林一片翠绿，漫山的五色野花竞相开放。

贺松涛和梁亮亮每人一抱达子香，整齐地栽在小木屋前，又从林子里拖来几根被风刮倒的桦木杆搭成栅栏，院子中间架着一张粗木小方桌和两个木墩。

夕阳挂在枝丫间，他俩回头看看整洁一新的小木屋和新添置的物件，闻闻达子香的诱人清香味儿，犹如刚抹完一幅油画一样的心境，充满了浪漫的诗意和情调。

贺松涛拿出一张桦树皮，上面写着一首诗《请在森林的那边等我》，便对着莽莽森林动情地朗诵起来：

> 生就一副粗嗓不会唱歌，
>
> 但，姑娘啊，
>
> 请在森林那边等我！
>
> 我要穿越这片森林，
>
> 冷风磨快了锋刃，
>
> 我就驻守在这深山哨所！
>
> 我要降伏的是那疯狂的火魔，
>
> 有一天你若听到烈火中的红孩儿，

　　嘿，那就是我！

　　我终究会站到你的面前，

　　皮肤上的伤口还未愈合，

　　质朴、刚毅，那就是我！

　　这就是我唱给你的情歌，

　　喂，姑娘啊，

　　请在森林那边等我！

　　梁亮亮听得入了神，贺松涛朗诵结束好半天，才想起拼命地鼓掌。梁亮亮清了清嗓子，一点也不扭捏，高声朗诵起自己编写的诗歌：

　　啊，我们的执勤点在密林深处，

　　美丽得像个童话，

　　却也寂寞得令人心酸！

　　深山瞭望无怨无悔，

　　但却有那么几个瞬间，

　　我想要不顾一切地逃跑，

　　为了我心爱的姑娘和远方。

　　但我，没有离开，

　　因为，

　　会被通报逮起来！

　　……

　　大山深处瞭望点里的年轻士兵们，对于三尺瞭望台的执着与坚守，只是为了这片林海的和谐安宁。他们远离城市的繁华喧嚣，远离亲人的温暖怀抱，孤独地守望着这片茫茫林海与崇山峻岭。出门碰着山，放眼尽是树，长年只能与寂寞和清冷为伴。山外花花世界的年轻人都活得很自在，而他们却是见一个长头发的比见黑熊还难，经年累月地不与人打交道，一旦回到城镇，就仿佛刚从冬眠中醒来似的：一方面看什么都很新鲜，听什么都新奇；另一方面却又不禁露出与都市生活格格不入的山野气息。

7

这些日子，小兴安岭支队警勤中队每天操课的口号喊得震响，但机关院里一些干部却不像往常那样忙忙碌碌，他们时常三五成群聚在一起闲聊，有的春风得意、意气风发，有的神色消沉、唉声叹气。

"这次新颁发的军官服役《条例》年龄限制的也太死了，要求营级不超过40岁，团级不超过45岁，我们森警一些老同志都卡住了，提不了都得退役。"

"这是政策，谁也没办法。"

"你们给我评评理，王干事入伍比我还晚，警衔却比我高！我平时工作也没少干，才评了个上尉，人家却是少校！"

"就是，我和李参谋同一年入伍，他这次评了中校警衔，我却评了个少校，真是没地儿说理去！"

"人是活的，政策是死的，再严的规定都可以灵活执行嘛！只要领导松动松动，我们就能评上高一点的警衔。"

"授什么衔？得听组织的，不攀比，不伸手，咱们不能因为小利而失了大局！再说了，那些牺牲的、超龄的老革命，这次还授不上衔呢！"

"你说的对，我们作为党员、干部，应以政策为尺子来衡量自己，而决不能以自己的意愿为尺子去剪裁政策。千军万马只能有一个政策，不能一万个人搞一万个政策。大伙都各取所需，那不乱套了？"

大家七嘴八舌地议论着。

晚霞烧红了半边天，夕阳慢慢西下。晚饭后，朱支队长和几个常委在院子里散步，大家的面色都有些凝重。

朱支队长率先谈论到近期这个敏感的话题："经过前段时间的工作，全支队干部的警衔评定已经基本结束，你们都能按政策评定职级和警衔，像我这样超龄的老同志就授不上衔了，我很羡慕你们这些年轻人啊。"

郭参谋长皱了皱眉，语气沉重地问："支队长，您是咱们总队的老人，更是能人，还到国外深造过。您懂打火、贡献大，可不可以找领导说说，再争取一下？"

"这是我到森警36年以来，情感上最难接受的一个事实。这次授不上衔，心里确实不是滋味！也有不少战友劝我，找上面磨一磨、争取一下。但我想过了，政策是硬性的，杠杠卡到我头上，那咱就得认呐。"朱支队长说话时略带伤感，他话头一转，又爽朗地笑了："没事儿，抗日战争、抗美援朝打鬼子，火场上打火，我从没退缩过，这政策卡在这儿，我也不会过线半步的，这一关我能过得去。"

田政委赞许老搭档："话说回来，警衔也不是军人价值的唯一标志，价值大小还要看贡献，看在群众中的口碑。老支队长这些年绿了兴安，白了双鬓，还带头执行规定，不向组织张口，不为警衔伸手，这种风格，真值得我们大家学习，可谓是'无衔胜有衔'。"

朱支队长由衷感叹："我们这些老同志，虽然不能参加评衔，但与你们这些能评级评衔的干部一样高兴，能看着大家佩戴上新警衔，我打心眼儿里高兴！"

田政委安慰道："你能这么想我们就宽心了，过段时间各职级警官的任职命令就要下来了，我们准备把授衔仪式搞得隆重些，让每个干部记住自己军旅生涯中这庄严的一刻。"

朱支队长语重心长地说："警衔是一种荣誉，更是一种责任、一种使命。你们可不要辜负了党和国家给予的崇高荣誉，也不要辜负林区人民的殷切期望，一定要把这支部队管好、建好、用好，真正让'林家铺子'后继有人。我们这些退下来的同志，会一如既往地支持你们。"

田政委十分惋惜："唉！只是你没授上衔真让人可惜，退休后有什么打算？"

朱支队长若有所思："老家那边知道我当过森警，希望我告老还乡后，去做天目山保护区的管理工作。"

8

小兴安岭支队礼堂，歌声嘹亮，会前拉歌声排山倒海，一浪盖过一浪，此起彼伏。官兵们身着威武的 87 式警服，佩戴崭新的警衔，精神饱满，士气高昂，迎来了最庄严的时刻。

授衔仪式在雄壮的军歌声中拉开序幕，田政委宣布授衔命令。主席台上的领导为被授予校尉警衔的警官佩戴警衔，授衔代表致以庄严的军礼，全场响起热烈的掌声。

潘总队长代表总队党委机关向今天授予警衔的同志们表示热烈的祝贺！强调森警部队首次实行警衔制，是加强部队革命化、现代化、正规化建设的需要，是森警部队建设史上的一件大事，勉励全体官兵一定要为警衔增辉，为警徽增光。

授衔仪式结束后，官兵们自发在军旗下合影留念。钱朝鑫佩戴着上等兵警衔站在一旁，好奇地问："中队长，为什么我们授上等兵，郝江山授下士警衔？"

"人家工作干得好，当文书又兼任副班长，享受班长待遇。"杜中队长半开玩笑地说："如果你干得好，当上班长了，也可以给你授予下士警衔。"

战士们在院子里寻找好的景点照相留念。在这个欢庆的日子，朱支队长独自一人在宿舍里，听到外面热闹的声音，情不自禁地推开窗户，探出头看着官兵们相互嬉闹、照相，心里很不是个滋味。

与此同时，远在大兴安岭87年"5·6"火烧迹地里，一个身着便装的中年人独自遥望着远方，然后深情地蹲在地上，小心翼翼地抚摸着新栽的小树苗，陷入了回忆，往事一幕幕在眼前浮现。

张京华悄悄地来到了中年人身后，由于久乘飞机、装甲车，耳朵接近失聪，养成了大嗓门说话的习惯："老搭档！"

郝胜茂被吓了一跳，从回忆中回到现实："京华，你怎么来了？"

"我一猜，你准在这儿。知道你要走了，特地过来送送你。"

郝胜茂指着充满勃勃生机的树苗感慨道："你看，这些树苗都活了。"

"是啊，用不了几年，又会是一片绿色。"

"守了一辈子林子，说真的，要离开了，真舍不得啊！这么多年了，我感觉这片林子，已成为生命中不可或缺的一部分了，或者说我就是这片林子中的一棵樟子松。"

"那你就别走了，把嫂子接过来就是了。"

"叶落归根，终究是要回去的。我想好了，回家之后我还要接着植树造林，尽我最大的努力，使家乡也绿起来、富起来。"

"等我退了，我也种。你在南边种，我在北边种，等咱们两个把种的树连在一起的时候，准是一个青山绿水的好光景了。"

"只要我们一代又一代的森警人，与全国人民一起爱绿护绿，一定能使天更蓝、地更绿、水更清。"

离别的日子终于到来了。郝胜茂从书柜上抽出一些书籍，从衣帽柜里取出日常的衣物，分类装入帆布提包。然后慢慢取出自己的军帽，用颤抖的手卸下帽徽和领章，又从抽屉里取出变了颜色的标志服饰，轻轻放在办公桌上，用手擦了又擦，放下去又拿起来，泪水在眼眶里直打转。送行的车辆早已在机关楼下等候，郝胜茂的办公室里充满了浓浓的离别之情，送行的官兵来了一拨又送走一拨，每个人的眼里、脸上都写满了不舍。郝胜茂一边安慰送行的官兵，一边鼓励大家好好干。

此时的他，心潮澎湃，看着身边熟悉的警营和朝夕相处的战友，他强忍着泪水，决然登上了送行的汽车。

"敬礼！"随着一声洪亮的口令，官兵们向曾经带领他们赴汤蹈火、出生入死的老前辈致以军人最崇高的敬意。看着车窗外飞快闪过的警营，郝胜茂的眼泪终于忍不住流了下来。

郝胜茂特意绕道来到小兴安岭支队，看到郝江山穿着新式警服，夸赞道："嗯，穿上了新式警服，戴上了新警衔，就是精神。"

郝江山不解地问道："爸，您真的退休了吗？"

"是的，儿子。"郝胜茂心情十分复杂，但他有意识地控制着自己的情绪："咱们部队组建以来，经历过多次撤降并改增。每次命令一到，既有新鲜血液注入，也会有很多不符合条件的官兵要离开。那些需要离开的人，以大局为重，从不计较，不问得失，坚决服从命令，打起背包返乡，才换来了部队今天的不断发展壮大。爸爸坐的这趟'军旅专列'已经到终点站了，但爸爸人生的车轮永远不会停下来。爸爸回到家乡后，将开启植树造林的新征程，你也要不忘初心，继续前行，我们守林有责呀！"

郝江山红着眼圈与父亲拥抱在一起："爸，你永远是我心中的大英雄！"

<h2 style="text-align:center">9</h2>

支队想了不少办法，终于把新式警服也送到了幸福执勤点，贺松涛组织执勤点的几个人，也像模像样地搞了个小型授装仪式。穿上新警服前，大家从还未完全解冻的冰河里挑回了好多冰块，化成水后认认真真地整理了一下个人卫生，梁亮亮开玩笑说，过年也没这么整理过个人卫生，来执勤点能"洗上澡"，全都是托新警服的福。

穿上新式警服，更加激发了执勤点孤独"吹哨人"的工作热情，大家都抢着去上塔瞭望执勤。贺松涛和梁亮亮背靠背站在瞭望塔上瞭望，他俩瞪大眼睛使劲地看着，眼睛看酸了、看痛了、看流泪了，仍目不转睛。

贺松涛看到梁亮亮认真的样子，调侃道："梁亮亮，你背一下瞭望执勤判断烟和火的方法。"

换作平时考这个问题，梁亮亮总是像和尚念经一样没有生气，今天穿上了新警服，梁亮亮回答得特别洪亮和干脆。"家火成团烟固定，野火分散烟移动；上山火烟黑，下山火烟白，草原火烟黄；白色丝缕火弱，黑白相间一般，黄色滚滚火强，红色浓浓强中猛；烟升高不浮动距离二十公里以上……"

贺松涛穿着新式警服，熟练地操纵着瞭望设备，忽然眼前出现了一股烟团，贺松涛迅速测定方位后，立刻通过电台向支队作战值班室进行报告："报告值班室，我是幸福执勤点瞭望台，我管护区境内发现火情，距离我瞭望塔直线距离 13.2 公里，坐标是……"

作战值班室内，一名作训参谋认真记录后，迅速报告给郭宇辉参谋长。郭宇辉参谋长在地图上查看后命令道："立即报告防火办和总队值班室。"

应对森林火灾最有效的方式方法就是打早、打小。森林火灾发生初期，火势弱，火灾燃烧积累的能量较小，是组织扑救最省时省力的阶段，也是最佳时期。在茫茫的林海，选择适当的高点，搭建瞭望塔，相互之间能够通视，达到全覆盖、无死角；防火戒严期，派出执勤官兵在瞭望塔上死看死守，发现火情，第一时间报告，第一时间派出力量前往扑救。从南海的高脚屋，到北方的瞭望塔，都盛产官兵们不为人知的寂寞，也都写满了军人的无私奉献。

幸福执勤点发现的火情上报不久，贺松涛就从望远镜里看到一支地面部队赶赴火场进行扑救。由于火情发现及时，林火被快速扑灭，没有酿成大灾。烟团渐渐消散，贺松涛露出了胜利的笑容，又继续瞭望着。塔下，一名战士在喂天鹅吃东西，梁亮亮拿出笛子，吹了一曲《小白杨》，悠扬的笛声在森林里飘出很远、很远。天鹅也仿佛受到了感染，拍着翅膀翩翩起舞。又一只天鹅飞落到小院里，与她嬉戏，仿佛多年未见的恋人一般缠绵，与这山、这林、这小屋相映成趣。忽然，两只天鹅冲上了蓝天，在小木屋上空盘旋几圈，鸣叫着飞向了远方。

10

北国边陲春光明媚，杨柳吐绿。市郊的荒山坡上，人头攒动，热火朝天，森警官兵们趁着早春正在植树造林。退休后的朱支队长早早地来到植树现场，拿起铁锹，与机关的同志一起干了起来。

朱支队长和田政委正在合栽一棵樟子松，干得十分起劲。"前些年树砍得太多了，这里以前都是成片的林子，现在变成了荒山秃岭。"

田政委感慨地说："人类破坏了森林，就应该尽快恢复，不然就会受到大自然的惩罚。咱们这是给地球'缝补丁'，是'还债'工程。"

朱支队长挥锹培土，一锹紧跟一锹："咱们森警，就是要多栽树，栽好树。每年栽几万棵，日复一日，年复一年，等我们老了，就都成林啦。"

田政委一会儿围堰、一会儿浇水，饶有兴致地说："有火打火，无火防火、训练、造林！"

郭参谋长栽完两棵松树后，提着锹走了过来："支队长，这座荒山就作为我们支队的绿化基地吧，您给取个名吧。"

朱支队长脸上沁出了汗珠，也顾不上擦一擦，想了想答道："我看……那就叫'北国卫士林'吧。"

杜中队长、黄指导员栽了几棵树后，招呼郝江山等人："来，大家一起为树浇水。"

朱支队长一边栽树，一边和大家聊开了："今年全支队能栽多少棵树？"

郭参谋长答道："大约有 6 万棵。"

"比去年要多啊？"

"比去年多栽了 8000 多棵。"

"现在搞绿化，有的单位还存有形式主义，树倒是种了不少，可成活率很低。咱们要加强管理和维护，提高成活率。"

朱支队长栽完一棵树后，扶锹远眺，看到官兵们栽的一排排挺立的樟子松，连声赞道："松树好，松树万古长青，坚定不移。"

田政委幽默地说："要知松高洁，待到雪化时。"

大伙朗朗的笑声，回荡在山林，洗去了官兵们的疲劳。

11

刚吃过中午饭，"嘟……嘟……嘟……"中队值班员就发出了集合哨音。"各班学雷锋小组到楼前集合！"

杜伟升带队，战士们拿着扫把，铁锹等工具，邱胡杨背着药箱，来到郊区居民点开展助民活动。官兵们帮助村民修路、劈柈子、扫院子、修栅栏，军医给老大娘量血压，邱胡杨给老人们发药。

看着忙碌的战士们，村民露出了感激的笑容，纷纷端茶倒水，拿出瓜果点心招待，由衷地赞叹："森警真是咱们林区人民的贴心'小棉袄'啊。"

一位老大娘站在家门口，指着屯头："孩子们，我们家人手多，用不着你们帮什么忙。屯子那头，住着一个孤寡老头，生病了，怪可怜的，你们去那看看，帮他忙活忙活吧。"

"好的，大娘。"

"有谁忙完了？"杜伟升问道。

"报告，我去！"郝江山和邱胡杨，几乎异口同声地答道。

"郝江山、邱胡杨，你俩一起去看看！"

"是！"又是同时回答。

郝江山和邱胡杨对视一眼，各自报以会心的微笑。

郝江山和邱胡杨打听着来到一个破旧的小院前，这是一个普通的东北农家小院。推开破旧的栅栏门，走过一条碎石铺成的小道，郝江山敲了敲房门："屋里有人吗？"

好一阵子屋里才传来一个苍老的声音："谁……谁啊？"

借着开门透进的一缕阳光，郝江山看到炕上躺着一个枯瘦的老人。

"你们是什么人？"老头没有表情地问。

"大爷，我们是森警的，特意来看望您。"邱胡杨走上前，盯着老人那凹陷的眼窝。

屋里很静，只听见金大爷微弱而迟缓的声音："谢谢，谢谢。你们进屋来坐吧，我……我这几天有点感冒。"金大爷连咳了几声："我以前是个伐木工人，常年在深山老林砍木头，落了一身病。过个冬啊，老毛病又犯了，腿脚不听使唤了。"

见老人想要支撑起身子坐起来，郝江山和邱胡杨赶忙上前搀扶，帮老人坐了起来。邱胡杨拿出药箱里的听诊器帮老人检查身体，往腿上、腰上贴膏药。

郝江山拽了拽被角，拉着金大爷的手说："大爷，您身体不好，我们以后会经常来照顾你的，您就放心吧。"

安慰好金大爷，郝江山开始劈柈子、打扫院子、擦桌子、擦窗户，给老人理发，又用自己的津贴买来油盐酱醋，邱胡杨忙活着洗衣服。

听说当天是金大爷的生日，其他人忙完了也都聚到了金大爷家里。战士们买来一套新衣服，一双新鞋子给金大爷换上。喜庆的鞭炮声中，战士们簇拥着戴着"生日帽"的金大爷围坐在桌前，生日蛋糕上插了一个"70"的生日蜡烛，郝江山恭恭敬敬："大爷，您年纪大了，又没有孩子，以后我们就是您的亲人。我们祝您健康长寿！"

金大爷激动的热泪溢出了枯干的眼眶："我活了70年，还是头一回过生日。你们这些兵娃子好哇，晚年让我享这么大的福！"

第七章 守护青山

1

警营的周末生活丰富多彩，官兵们有的在打篮球，有的聚在一起玩棋牌，有的在洗衣服，有的在写家书。

女兵们则聚在一起，把宿舍门一关，在她们自由的小天地里翻箱倒柜，有的拿出平时藏得十分隐蔽的漂亮衣服，有的相互帮忙化着时髦的靓妆，有的对着镜子摆弄着心爱的饰品……只有这时，小丫头们才能流露出女孩子爱美的天性。

沙晨忙着帮邱胡杨描眉、抹粉、涂口红，看着自己的"作品"十分满足，开心极了："我爱武装，也爱红装，可惜只能在周末才能臭美一下。"

郝江山独自在文书室里专心地复习文化课，为了实现他的远大抱负，他始终对自己严苛要求。"咚……咚……咚"，传来了一阵敲门声。

"请进！"

"郝江山，中队长呢？"邱胡杨推开门问道。

"你找中队长有事？"郝江山站起来问道。

"我们班有两人想请假上街。"邱胡杨看见郝江山正在看化学书，笔记本上用不同颜色的笔，密密麻麻记了好多笔记，好奇地问道："你在学化学？"

"随便看看。"

邱胡杨一把抓过化学书，看了一下封面："这不是报考警校的复习书吗？"

"是的。"

"你从哪儿弄来的？"

"我从《人民武警报》上查找到的地址，自己汇款买的。"

"你要考警校啊？我也想考，到时候你的书借给我看看。"

"没问题！"

北国边陲毗邻俄罗斯，沐浴着改革开放的春风，边境小城到处呈现出一派欣欣向荣的景象。中俄口岸的开放，不仅加强了两国边界城市的互联互通和合作交流，也给两国人民带来了无限商机。每到双休日和重大节假日，中俄边贸一条街异常热闹，许多"倒爷"把国内畅销商品带出境，换回俄式裘皮大衣、钟表、望远镜等在市场出售。

邱胡杨、沙晨请完假，来到中俄边贸一条街，在地摊前选购着喜爱的物品。郝江山见邱胡杨也有报考警校的意愿，决定帮她也订购一套复习资料。在邮局汇完款，竟然与邱胡杨、沙晨在中央大街偶然相遇。他们一同来到江边游览，江上中苏两国客船、货轮、游艇穿梭不息。港口停着一艘艘正在装卸货物的货轮，码头上货物越积越多。

孟虎威在中俄贸易城精心挑选了一件布拉吉，又去商场选购了一台小型收录机，而后精心挑选了一个"精品屋"："同志，麻烦你给打个包装，弄漂亮点。"

售货员应了一声："好的，请稍等。"便利索地打起包来。

孟虎威将精美的礼品盒拎在手里，刚走出门口，远远看见郝江山与邱胡杨、沙晨在逛街，心中的醋意涌了上来，快步迎了上去。

"郝大文书，艳福不浅啊，两个美女一块儿陪你逛街。"孟虎威心生嫉妒，话中带刺。

邱胡杨连忙解释道："孟虎威你也请假了？我们也是刚刚碰到。"

"光允许你们上街，我就不能上街了？啥好事总不能都摊在他一个人身上吧？"

郝江山明显感觉到孟虎威的用意，但仍然微微一笑："你咋啥事都能上纲上线呢？我们真的是在街上碰到的。"

邱胡杨有点不耐烦："好了，好了，你俩见面就掐，就不能好好说话。"

孟虎威见邱胡杨不高兴了，连忙说道："今天是个特殊的日子，难得能一块儿外出，我请客，大家撮一顿！"

沙晨不加思考就答应了："好啊，那我们可要好好宰你一顿，解解馋了。"

郝江山一心惦记回队复习，抱歉地说道："你们好好聚吧，我还有点事就先走了。"

邱胡杨上前抓住他："你别走哇，要去就一起去，干吗一个人先跑了。"

沙晨伶牙俐齿："孟虎威好不容易要请吃大餐，郝江山你要不去，我们吃不上，这罪可都记在你头上！"

郝江山没办法，只好勉强答应。他们走进一家还算体面的饭店，服务员送来菜谱，孟虎威递给邱胡杨："你们随便点，想吃啥就点啥，不要跟我客气。"

邱胡杨瞅着郝江山问道："郝江山，你想吃点啥？"

沙晨抢着说："我要吃锅包肉、拔丝地瓜，给郝江山点个水煮鱼怎么样？"

郝江山随和地说："我不挑食，吃啥都行，你们点吧。"

孟虎威有点不耐烦："哎呀，点个菜都磨磨叽叽的，你们南方人一点都不像个爷们！"

郝江山"唰"地站起来，转身就要走。邱胡杨拽住郝江山的胳膊不让走："孟虎威，你要干吗？少说两句废话，谁能把你当傻子呀？！"

有了这个小插曲，这顿饭除了沙晨吃得很尽兴，其余人都觉得很扫兴，可口的饭菜吃得闷闷不乐，吃过饭就都回了支队机关。

天色已晚，邱胡杨怕郝江山饿肚子，把他叫到卫生队吃油茶面。孟虎威拎着精美的礼品盒来到卫生队门前，从窗外看见他俩开心的样子，悄悄躲开了。

晚点名结束后，官兵们开始洗漱，准备就寝。孟虎威拎着小包，在女兵宿舍前的走廊里躲躲闪闪，见邱胡杨端着脸盆出来，便急急忙忙跟上去："送给你的，祝你生日快乐！"

邱胡杨还没有反应过来，孟虎威已把东西塞到盆里，慌慌张张地跑远了。

"唉……唉……这是什么呀？"

2

警营的生活紧张而枯燥，听着号音起床，踏着号音出操，伴着号音就寝，每天都重复着同样的事情，日复一日，年复一年。收到信件和包裹，是士兵们最期盼的事情。

这天，邮递员来送报纸信件和包裹，不少人早早就等在收发室门口。邮递员自行车刚停稳，通信员还没来得及在邮递清单上签字，就被战士们紧紧围住，争先恐后地翻抢着信件。

钱朝鑫手拿着一张"国内包裹详情单"，玖拾捌凑上前询问："你家又给你邮什么好东西了？"

"还不是烟和我喜欢吃的！"说着他就迫不及待从邮递员那里领走了包裹。

钱朝鑫拉着玖拾捌急急忙忙走出收发室，俩人一阵撕扯，终于把包裹打开，几条云烟、红塔山、大重九香烟，还有巧克力和一些零食，一一呈现在他们面前。

"哇，你这回收获不小啊！"

"那当然了！我离家这么远，邮一次怎么也得够我支撑一段时间吧。我在边疆守卫林海，家里就是我坚强的保障支撑。"

玖拾捌翻看着包裹里的东西："这多麻烦啊，邮来邮去的，在附近商店买点，不就得了吗？"

"快别提了，就咱们那点可怜的津贴，能干啥？我家里朋友们抽的可都是'中华''良友'，我要是光靠每月发的那点津贴，那还不得让人笑话死了？再说，咱家也不在乎这几个子儿。"

身边的战友都围了上来，钱朝鑫拿出一些烟和巧克力发给大家："哥们儿，以后只要让我少站点岗、少干点活，好烟、好吃的，管够！"

郝江山也从邮递员那里取回一个包裹瞅了一眼，便飞快地向卫生队跑去。

郝江山连门都没来得及敲，就急匆匆地冲了进去："邱胡杨，你猜这是啥？"

邱胡杨转身一看郝江山气喘吁吁的样子，半开玩笑地说："啥宝贝，能把你兴奋成这样？"

"你自己打开看吧。"

邱胡杨打开包裹，一看是考警校的复习资料，异常欣喜："在哪儿买的？是给我的吗？"

"当然是给你买的，我看你也有报考警校的意愿，就给你也订了一套。"

郝江山和邱胡杨欣喜约定，从今天起两个人相互监督、相互鼓励，要一起努力奋斗，一起实现自己的人生目标。每天两个人利用业余时间，都凑在一起复习文化课，碰到不懂的问题，一起研究解决，每当共同解决了一个难题后，都感觉离自己的目标更近了一步。

这天晚饭后，牛二虎来卫生队取药，他看见郝江山和邱胡杨并排坐在一起，两人眉头紧锁，脑袋都快碰到一起了，盯着一张纸发呆。不一会儿，也不知道郝江山讲了什么，邱胡杨拉起郝江山，两人高兴地跳了起来。

牛二虎迈进屋，故意大声地咳嗽了一下："咳！没打扰你俩吧？郝大文书，还是你厉害呀，泡妞都泡到卫生队来了！"

郝江山丈二和尚摸不到头脑，生气地辩解道："乱弹琴，你瞎说啥呢？"

牛二虎皮笑肉不笑地对郝江山说："你就等着挨收拾吧。"然后换了一副笑脸对邱胡杨说道："我取点去痛片。"

邱胡杨关切地问："你怎么了？"

牛二虎不冷不热地说道："我看到有些人就头疼！"

对于这件事，郝江山和邱胡杨根本就没有放在心上，两人依旧每天业余时间聚在一起复习，但他们却不知道，有人早已把这件事反映给了支队领导。

这天，郝江山正在文书室整理文件资料，中队长杜伟升气冲冲地走了进来，把"兵员调动通知书"往桌子上一拍，大声呵斥道："郝江山，看你干的好事！你对得起我们对你的信任和培养吗？你忘了你怎么跟我承诺的了吗？啊？"

"怎么了？中队长。"郝江山慌忙地站了起来，他被杜伟升这么重的语气给吓到了，看到中队长气得通红的脸，更不知所措了。

"怎么了，你都干了些啥，自己不知道？看你干的好事，司令部把你和孟虎威都调整到万樟岭执勤点去了。"中队长气得一屁股坐在了椅子上。

"中队长，我平时啥样，你最清楚。我做什么了，把你气得这样？"郝江山疑惑地问道："司令部怎么突然就把我调去那里了，您能告诉我原因吗？"

中队长杜伟升直直地盯着郝江山的双眼，他从郝江山清澈的眼眸里看不到一丝欺骗，只有坦荡和真诚，杜伟升消了气劝说道："你不是一直想到基层去锻炼锻炼吗？这回如你愿了。"

郝江山反问道："我想下去的时候，不给我机会。这会儿没想法了，又让我下去，这是闹的哪一出戏？"

杜伟升鼓励道："我认准的兵，没有一个是孬包。郝江山，我相信你，无论是在哪儿，你都是一个好兵！"说着杜伟升站起来，拍了拍郝江山的肩膀："服从命令，组织安排干啥，咱就干啥，抓紧收拾东西，按时去报到！"

郝江山和孟虎威调往执勤点的消息，很快就在警勤中队传开了，大家私下里议论纷纷。

"郝文书干得挺好的，怎么突然就调走了？是不是犯什么错误了？"

"听说他和女兵谈恋爱，被人告到支队领导那儿去了。"牛二虎假装惋惜地说。

玖拾捌反驳道："净瞎扯，说他和女兵谈对象，我才不相信呢。这里面肯定有事，有人在背后使坏，到领导那里瞎告状！"

牛二虎故作镇定："无风不起浪啊。"

玖拾捌疑问："那孟虎威怎么也下去了？"

牛二虎幸灾乐祸："他也不是个省油的灯，争风吃醋呗，咋没人告我和女兵谈对象呢？"

听了牛二虎的话，大家哈哈直笑。钱朝鑫嘲讽地笑骂道："真是癞蛤蟆照镜子，你也不瞅瞅你那个熊样，哪个女兵瞎了眼，才会跟你处对象。"

牛二虎辩解道："我咋了？我也挺帅的。"说着，他拽了拽衣服，又用手整理了一下头发："邱胡杨是咱们森警支队最漂亮的女兵，追求她的小伙子像森林里的树一样多，喜欢她也很正常吧。"

郝江山独自一人在房间里收拾东西，心情非常复杂。

3

初春的小兴安岭春寒料峭，乍暖还寒。远处山峦，白雪皑皑，而林间小道两旁的积雪，却已经开始悄悄地融化了。一辆东风运兵车，载着十余名执勤官兵，在泥泞的路上行驶着。

开春时节的林区道路尤为难行，白天太阳一晒，积雪融化成了雪水混合物；到了晚上，气温一降，路面上全是冰。特别是林区的道路，大多是沙石路，原本就坑坑洼洼，被融化的雪水一泡，更是通行艰难。

运兵车在林间小道行驶，驶过冰雪路，碾压过塔头，在忽高忽低的道路上跳着走，就像在搓衣板上一样，轮胎与连续凹凸不平的道路撞击，发出"咣当""咣吱"的撞击声，车内的行李物品稀里哗啦乱滚，不知在车厢板上移动了多少次，一会儿把人颠起来，一会儿又摔下去，上上下下、摇摇晃晃，官兵们都被折腾得疲惫不堪，一个个龇牙咧嘴、捶胸捂肚。

郝江山看什么都感觉在转，眼花心慌，头冒虚汗，一阵反胃上来，赶紧爬到车后，把头伸出车厢外，直接吐了起来。被颠得迷迷糊糊的孟虎威听见呕吐声，睁开眼皮，一看呕吐的人是郝江山，很开心："大家快看，小龙吐水了。"

呕吐完的郝江山，两手无力地抓住车厢板，脸色蜡黄，嘴唇发白，眼角含着泪水，用衣袖擦了擦嘴角，拍了拍棉大衣上的尘土："已经走了大半天了，还有多远啊？"

"大厢板坐得受不了啦？再坚持一会儿就快到了。"高义勇从身旁掏出军用水壶，小心翼翼地喝了两口水，像没啥事似的笑着说道："这点苦算不了啥，以前巡护一走就十几天呢。每天一次大搬家，踏冰卧雪到处爬，入山像个小毛驴，出山衣服都开花。"

孟虎威抢了一句："咋了，郝大文书？你以为还在机关当'副指导员'，坐办公室那么'仙'哪？"

郝江山没搭理他，把脸扭向车厢外，大口地吸着空气。

运兵车经过一个大冰包和雪壳子隆起的陡坡，车厢剧烈地颠簸了几下，车体向一侧倾斜，车轮陷入了冰雪融化的泥潭，将坐在车厢一侧的孟虎威像炮弹一样抛出老远。

排长张彪龙和驾驶员赶紧跳下车，拉起趴在地上的孟虎威，关切地问道："你没事吧？"

战士们也纷纷从车厢板上跳下，围上来看孟虎威有没有伤到，孟虎威慢慢睁开眼，揉揉屁股："幸亏穿得多。"

排长张彪龙："没事就好！大家都过来搭把手，把车推出去！"

大家就着张彪龙排长的号子，开始用力推车。"一二、一二，加把劲啊……"陷在泥潭里的运兵车终于被大家推了出来，继续在崎岖的山路上行驶了半个多小时，终于到达了万樟岭林场。

孙景权早已在林场门口等候，见运兵车缓慢驶来，飞快跑过去："张排长，你们可算来了，我都等了大半天了，真是盼星星望月亮啊。"

运兵车刚停稳，战士们便伸出脑袋四处张望，张排长急忙跳下车，与孙景权紧紧拥抱："孙班长，辛苦了！"

孙景权赶紧上前握手、拥抱："我没啥，你们辛苦了！"

郝江山透过篷布缝隙远远看到一个面色晄白、身形微胖的志愿兵，看上去有些倦怠，但始终面带微笑。

"同志们，我们到万樟岭林场了。"张排长回头喊了一声："郝江山，组织大家卸车。"

郝江山组织大家把灭火机具、粮食等装备物资从车上卸下来。

孙景权凑到张排长身边，高兴地说："排长，我可想大伙了，天天盼着你们能早点上来。"

张排长拍了一下孙景权："老孙，你有好几个冬天都在这里过的吧？年底就别再申请留守了，不然身体都造完了，我看你气色不太好。"

"我在这儿待了6个年头了，换别人在这儿，我也不太放心，担心喂不好马。"

"你这个人就是太'死性'，有啥不放心的？"张排长搬下一个纸箱子取出一沓信："对了，我又给你带来不少信，都是从同一个卫校寄来的，是不是你对象啊？"

"哪有对象，咱待在这地儿，荒山野岭的，谁能看上咱呀？"

"有点不讲究了啊，处个对象还藏着掖着的。"

"你就别戏耍我了，没有的事儿。"

到达执勤点的第一件事，就是清扫卫生。郝江山带着几名战士清扫积雪，劈柴生火取暖做饭，孙班长带着剩下的人员平整营地、搭床铺被、打扫卫生。

大家累得满头大汗，围坐在器材上稍作休息。张排长环视了一周，然后对大家讲："万樟岭执勤点条件比较艰苦，担负的任务却很重。根据大队安排，孙景权为该执勤点的'点长'，负责全面工作，郝江山为'副点长'，大家要支持他们的工作。孙班长是这方圆百里的'山里通'，早把这片的沟沟坎坎跑遍了，哪里有山、哪里有河，全都了如指掌。大家要服从孙班长的领导。明天我还要去库斯特检查站，这个点的工作就交给你们了。"

晚上，孙景权召集战士们围坐在一起，简单组织了一场欢迎会，消散舟车劳顿的同时，也让大家互相认识。

"有很多人你都认识了，高义勇、孟虎威、阿什库你们一起上过火场，应该比较熟悉了，我就不介绍了。"孙景权对郝江山说道。

孙景权指着呼斯乐向郝江山示意："这位是呼斯乐，来自内蒙古，是驰骋草原的'汗血宝马'。"

呼斯乐稍黑的脸上呲着两排白花花的牙齿，冲郝江山摆摆手笑了笑。"你好！"郝江山点了点头。

"这位是金宝，咱们这儿的报话员兼炊事员。"孙景权又指向金宝。

"你……你好！"金宝磕磕巴巴问了好，郝江山顿了一下，"你好。"礼貌性地回答。

孙景权总结式地说："在执勤点大家要互相帮助，在这除了咱们彼此就没有更亲密的人了，一定要相互体谅、相互照顾，有什么不懂都可以来问我。"

这一夜，大家睡得都很香，可能是白天颠簸一路，再加上收拾卫生太累了。执勤点里鼾声如雷，外面却一片寂静。

次日早晨，执勤点战士们在林场路口为张排长送行。孙景权上前叮嘱道："排长，库斯特检查站情况复杂，您要多注意安全。这里你就放心吧，保证完成任务，人在阵地在！"

4

翌日，初升的太阳纯净而明亮，紫红的曙光鲜艳夺目，林间的小鸟在清脆地鸣叫。孙景权吹响了"嘟……嘟……嘟……"的起床哨。

孟虎威掀开被子一角，迷迷瞪瞪地说："班长，咋的，还真出什么操啊？"

孙班长催促着，将大伙儿撺掇起来了："抓紧时间起床，啰唆什么？！"

孟虎威打着哈欠："这儿又没有领导在，出不出操谁知道啊？"

"当兵的出个操，还需要有领导管吗？"几个老兵一看孙景权较上真儿了，都陆续起床，慌里慌张穿好衣服，扎上腰带，跑步到指定位置。

孙景权站在队列前，下达科目："早操内容，山地五公里越野。"

孙景权带领大家向山林里跑去，官兵们手提风力灭火机跨壕沟、倒木，越沼泽、塔头甸子，爬灌木丛、陡坡……他们挥汗如雨，龙腾虎跃。

金宝在木刻楞周围发现了灰白色的狼粪和野兽脚印："奇怪……咱……这……到处……都是……野兽……足印和粪便啊。"

"只要不是人的脚印就没事。"

"这万樟岭本来就是人家野兽的家，山猫野兽多了去了，人家想上哪儿就去哪儿，有啥奇怪的。"

金宝惊讶地问："啊……那些……山猫……野兽……欢迎……不欢迎，今……今后……后我们也……也……是邻居了。"

执勤点远离城市，早晚温差大，经常刮大风，稍不注意就会患上感冒。新兵们第一次到执勤点，对这里的环境和气温都还不适应，身体经常会出现各种不适。

一天夜里，万樟岭执勤点乱成一团，孙景权骑在马上，身后是烧得迷迷糊糊的郝江山："再披一件大衣，用背包带绑在我身上，绑结实了。"

"老孙，我跟你一起去吧，这大半夜的能行吗？"

"我说行就行，家里不能没人，这山里的路我都熟。"

"这么晚了，哪里有医生？"

"离万樟岭山脚不远的老护林员吴恩扎布以前当过赤脚医生，他肯定有办法。"孙景权摸了摸郝江山的额头："越来越烫了，我得抓紧走。"

高义勇把枪递给孙景权："把枪带着。"

"你们都在家里等着。"孙景权接过枪，说完就骑马驮着郝江山驶进密林。

郝江山持续高烧，趴在孙景权的肩上一直昏昏沉沉，羊皮大衣散发着一股霉味儿，合着淡淡的汗味儿，毛领子在他脸上划拉着，很痒却很温暖，他忍不住咳嗽了几声。

孙景权放缓了速度："江山，你挺住啊，咱们快到了。"

郝江山没力气说话，又昏沉沉地睡去了。孙景权深一脚浅一脚地来到了吴恩扎布家。吴恩扎布家的光线很暗，映照着一张装裱的奖状：奖给护林模范吴恩扎布。东北区人民政府农林部，一九五〇年十二月。

躺在床上的郝江山嗅到了一股香甜的味道，他醒了，眼前的景物慢慢由模糊变得清晰，转过身来，看到了一张笑得不自然的脸，像个孩子一样，煤油灯光平静地照在那张脸上，勾勒出硬朗的线条。

"嘿，又香又甜的鸡蛋汤，你要不要来一口？"孙景权咧开嘴，蹲在床铺前，边说边舔着嘴唇，做出很享受的样子。

热气从搪瓷缸里慢慢升腾，和着煤油灯光映照在孙景权的脸上，郝江山觉得这是一生中见过的最美的画面，不禁泪流满面。

吴恩扎布："小伙子，你躺了一天了，这碗鸡蛋汤的鸡蛋是你班长在我们邻居家三更半夜披着大衣、顶着寒风，守着鸡屁股等出来的。"

香浓的鸡蛋汤进到胃里，郝江山感觉好多了。孙景权又变戏法似的从怀里掏出一瓶黄桃罐头，透明的玻璃瓶中泡着黄澄澄的果肉，让人忍不住咽口水。吃完带着体温的罐头，郝江山觉得所有疼痛和不快都被治愈了，内心充满了对孙景权的感激。

在东北人看来，生病了是一定要吃黄桃罐头的，略带某种仪式感。郝江山一直不知道，这瓶罐头是孙景权在附近村子里挨家挨户敲门求来的。

5

九十年代以前的森警官兵，最基本的看家本领就是会骑马，不会骑马就不是合格的森警兵。官兵在万樟岭林场集合列队，班长孙景权现场组织骑马训练。

万樟岭执勤点这十几匹马被孙景权喂养得很好，个个膘肥体壮，远远望去毛茸茸的身上像绸缎子一样油光发亮。有一匹灰白色的是个生马蛋子，还没训好，谁骑在上面都会故意贴墙蹭树，把战士身上蹭得青一块、紫一块，谁也奈何不了。

阿什库自幼善骑，便主动认领了它，拿出祖传的看家本领，心想即使你长了鳞生了角，我阿什库也要把你驯出个名堂来！凭着不服输的犟劲和一股不怕摔打的韧劲，愣是把它驯服了，这让孙景权很是刮目相看。

"驾—吁—嘚—喔—"，随着官兵们一个个口令的下达，几匹健壮的马或前进、或停止、或后退，时而整齐列队站成一排、时而首尾相连走成一路、时而交叉布阵摆成竖列，训练场上井然有序。

孙景权传授经验："猛踹右镫向右跑，猛踹左镫向左跑，紧扣肚带让快跑，松扣肚带让慢走，抓提夹背鬃毛立刻停。马的速度可分为四档：一档就是走，二档就是哒哒哒地小跑，三档是快跑，四档就是全速前进。"

郝江山和战友们正在进行备马、上马、下马动作互换训练，先走马、后跑马，口令声、马蹄声、嘶鸣声响成一片。

经过几天训练，骑兵分队就可以上高山、穿密林、过险滩，骑乘如飞了。在茫茫的森林中，一匹匹马儿时而奋蹄疾飞，时而昂首长鸣。跃马扬鞭骑到一处小高坡勒缰望云，郝江山等情不自禁敞开嗓子："嗨，你好啊，大森林。"

孙景权也来了兴致："小伙子们，还是当森警好吧，这林子里的一草一木都归咱们管，摸摸头上的警徽，咱们可是替国家在管护这片林子！解放军的骑兵部队没有多少了，而真正每天骑马挎枪执行任务的，还真就属森警了，光荣着呢。"

夜里，阿什库的呼噜声打得震天响。木刻楞的房子里东西两个大通铺，地中央卧着一个大油桶改造的铁炉子，炉子里的火快熄灭了，郝江山捡了几根桦子扔进了炉子里，桦子在烈火中嘎嘎地响。

孟虎威冻得裹紧了被子，蜷起了身体哆嗦着："当兵有这么牛的吗？一到万樟岭就当'团长'了，阿什库的呼噜实在太响了，真正做到了一个人就是一支队伍。"

郝江山也捂着耳朵睡不着，忽然他听见门外有响声，立刻紧张地爬起来了，透过窗缝、门缝看见一个黑影，小声报告："有情况！"

孙景权一骨碌起身："抄家伙！"

这时的天色微微发亮，官兵们看清了，这是一只扭着腰、晃着腚的大黑熊。

呼斯乐说："你们看呐，它要偷我们挂在树上的豆饼。"

郝江山示意不要说话，枪也上了膛。为了防范黑熊偷豆饼，孙景权让大家在豆饼中间打个孔，又用粗铁丝穿起来吊在了两棵树之间。只见黑熊瞪着眼、张着嘴却无从下口，只好用它的爪子来回拨拉着，爪子怎么也拨拉不下来，嘴角流出的口水直往下淌，怎么也吃不着，气得只能原地打转。后来，黑熊跳起来把豆饼往腋下一挟，转身就走，走了几步，铁线绷紧，豆饼被弹了回来。黑熊一愣，觉得奇怪，这豆饼怎么还能自己挣回去？盯着豆饼瞧了半天，也没瞧出什么名堂，挟起又走，又被弹了回来。这样反复好几次，官兵们伏在窗台上，观赏了好一阵子，觉得十分滑稽好笑。

6

官兵们进驻执勤点有十几天了，没有发现火警火情，火险形势还比较平稳。星期天晚上，孙景权在班务会上对大家说："同志们，下周气温大幅回升，火险等级也将逐日攀升。从明天开始，点上只留四个人，其余人员要带齐装备、带足给养，我们将进行为期半个月的武装搜山巡护。从执勤点出发，穿过原始森林，到达回龙顶，然后再顺原路返回。"

郝江山问："班长，咱们执勤点管多大地方啊？"

孙景权在地图上画了大大一个圈："这万樟岭方圆 600 公顷，都属于咱们的执勤范围。"

大家坐在马扎上，认真地听孙景权部署任务："咱们巡护小分队，既是宣传队，又是工作队，还是战斗队。主要任务就是检查野外生产生活用火，劝阻无证入山人员，制止违规用火、乱砍盗伐、滥捕乱猎等行为，确保防区安全。巡护是个很艰苦的工作，大家都要有个心理准备。"

散会后，大家分头收拾装备和行李。郝江山将枪、子弹、灭火机具、鸭绒被、斧、锯检查好，看了看觉得带的东西实在是太多，向孙景权问道："这个斧子和锯是开隔离带用的，这两双鞋子就不用拿了吧？"

孙景权走过来看了一眼，耐心地解释道："咱们巡护，不能多带一点没用的东西，也不能少带一点有用的。森林里有的时候骑不了马，走山路可不比骑马，你进去了就会觉得鞋子带少了。"

孙景权出发前还不放心又叮嘱大家，并示范道："骑的时候，两条腿要贴着马肚子；跑起来的时候，要跟上马的节奏，拉好缰绳，脚不要全放进马镫子里。如果有意外，要赶紧把两只脚从马镫子里抽出来。"

森林对于一个初涉的新人，是多么具有诱惑力，骑马挎枪穿山越林，自有男儿风采。遥望着远方，郝江山有一种壮士出征的感觉。

巡护路上，孙景权向大家传授着经验："巡护中，要注意防止野兽袭击，任何人不准擅自单独行动，要做到以下几点：熟悉地形，要熟知哪儿有山、哪儿有什么树，哪儿有河流、哪儿有路。没名的山要记住山形、特征。要勤学好问，不懂就问。看到的景物，都要心里有数，自己找特征，不能只低头赶路。要学会识图用图和使用指北针，这对开展山里的工作极为重要。最后一点，也是最重要的一点，就是要防迷山。"

孟虎威根本就没听孙景权唠叨，第一次骑马进山的他，好奇地四处乱瞅，一些野鸡、野兔时常在小分队旁边惊慌逃走，吸引了他的注意力。

郝江山仔细记着孙景权讲述的迷山自救方法。

阿什库看着森林："林子里有些地方像'迷魂阵'，进去了就出不来，常'跑山'的也够呛能出来。"

郝江山又问道："万一走丢了怎么办呢？或者下雨天黑看不见太阳怎么办呢？"

孙景权继续说着："这个时候可以看手表，辨别太阳位置，也可以看树。你们看这树的南面又光滑又亮，叶子稠密；北面粗糙湿润，叶子相对稀少。还可以辨别河流，出山一个口，进山千条沟，有沟就有水，看它往哪儿流。所以不管大河、小河，遇到水就按水流方向走，是沟子就必定能找到小河，有小河也必定能找到大河。只要顺着大河走，就必定会有人家。如果实在没有这些条件，就不要消耗体力了，原地待着，等人来找。"

孟虎威只听到了半段，插话问道："咱们以前有没有走丢过人啊？"

孙景权想了想："有！"

走了十几里路，山路愈发崎岖难行，林草茂盛。榛树棵子缠绕着马腿，柞树棵子枝条抽打着战士们的脸，每前进一步，都必须先用两手把它们分开，然后猫腰钻过去。

孟虎威气喘吁吁地说："这也没有路啊！"

孙景权笑道："走得多了，就有了路！今天这条路线，我也从来没走过。"

一根根树枝抽打着孟虎威的脸，留下一条条血痕。

"看着点树条子。"孙景权骑马走在最前面，看着其他人都过去之后才向前走去。

万樟岭是原始林区，林内古树参天，干叶交织，托云蔽日，宛若树海。刚一进去，光线立刻暗了下来。

呼斯乐说：“这里小动物不多哦。”

“这里气温低，动物们这个时候都在山脚。”

最粗的大树需多人合抱，林中穿行人若蚂蚁。樟子松素有“美人”之称，她的美丽是其他树种无法比拟的。松林里浓浓的松香沁人心脾，众人的眼睛都被大树吸引了，只见一棵棵大树头顶桂冠，苍郁茂盛，笔直高大。

“这棵大！”

“这棵最大！”

“嘿，这边有一棵更大的！”

“哇，这个最大了！三四个人都搂不过来。”

阿什库也下了马，拍着树干：“这一棵要是上面没有天压着，说不定蹿哪里了！”

孙景权继续给大家讲：“松树种类繁多，有百余种。比如，落叶松、马尾松、樟子松、油松等。咱们这里大多是红松，被誉为‘东北木材之王’。”

阿什库美美地说道：“要是能挑个最粗、最高、最大的，扛到北京天安门该多好啊！”

孙景权像遇见久违的老朋友，抱抱这棵，搂搂那棵，每一棵都爱不释手。

郝江山感慨道：“树才是地球的原住民，人类只不过是从树上爬下来的动物，树不仅庇护了人类，还给了人类精神上的巨大慰藉。”

孙景权对大家讲解道：“这里躲过了日本人的砍伐，还存有世界上最大的樟子松母树王。等会回去，我带你们去看看。”

大家继续在深山老林里艰难地前行着，蚊虻围着小分队飞舞，衣服上落满了各种各样的虫子，抬头是高大的树木，低头遍地都是枯枝和野兽的足迹。

郝江山不断拍打着飞虫，转过一片树林，突然出现了一片荒芜的耕地，盛开着马兰、芍药等鲜花。

郝江山警惕地看了看，提示道：“好像有人在这里种地，这深山老林的，是烟匪吗？”

气氛立刻紧张起来，小分队全都提高了警惕，没走多远，就看见三间小木屋，因年代久远，房顶都塌陷了。孙景权命令道：“下去看看，大家做好防卫。”

众人在塌陷下来的木头中，挖出了两口锅和几个家具。郝江山又挖到两块木板，兴奋地喊道：“大家快来看！”

只见一块木板上面刻着交叉的锤子和镰刀，另一块刻着五角星，历经岁月沧桑和风吹雨打，依然闪耀着光辉！

孙景权恍然大悟："我知道了，这肯定是东北抗日联军曾经战斗过的地方。"

望着木板上的锤子和镰刀，郝江山等眼中皆充满崇高的敬意。

"抗联英雄流血牺牲，就是为了保护这美丽富饶的大森林。现在这个光荣的责任交给我们，我们一定要保护好啊。"

缅怀先烈后，小分队继续巡护，每个人都昂着头、挺起胸，迈着铿锵有力的步伐，行进在辽阔的林海王国。

孙景权边走边教大家："你们既要学会认识各类植物和动物，也要掌握哪些树易着火，哪些树不易着火？什么鸟叫要下雨，什么鸟叫雨转晴？"

郝江山问道："要是喜鹊叫呢？"

"喜鹊在树枝间低头不语，跳来跳去，很不喜爽的样子，表示阴雨天气快要来临了。"孙景权回答道。

高义勇时而下马捡着什么，时而在树丫缝中掏捡树上掉落的松塔，剥出松子，装在随身的口袋里，不一会儿两侧的衣裤兜都鼓鼓囊囊了。

高义勇带着丰收的喜悦，哼着小调："骑马挎枪去巡护，翻山越岭穿小路，架锅搭灶睡地铺，捡蘑挖菜填饱肚，密林深处同甘苦，守护青山也幸福……"

中午休息时，郝江山看见一块倒木，想坐在上面，高义勇连忙拦住说道："不能坐，宁坐硬石头，不坐软木头，石头虽凉不反润，木头虽软遇热返潮气，时间长了会坐病。"

郝江山疑惑地问："孙班长，听说跑山的人，不能坐砍树留下的树墩子，是真的吗？"

"树墩子是山神爷的凳子，坐不得。"阿什库不假思索地抢先回道。

"真的有山神爷吗？"郝江山反问道："山神爷是不是山大王啊？"

"山神爷就是山神爷，和山大王是两回事。这个树墩子是留给他老人家坐的，别人坐了就表示对山神爷不尊重，阿爸告诉我，坐了树墩子会迷路呢。"阿什库笑着说。

"真是太累了，总得找个地坐坐吧，我看这块大石头就不错，就是它了。"呼斯乐说完就坐了上去。

"我去，怎么还会动，啊，是马蜂窝！"

7

攀高山、穿偃松、钻树丛，过河沟、踏沼泽，每前进一步都是步履艰难。密林中再无路可寻，在毛毛道都没有的塔头上，踩上去软绵绵，稍不留心就可能滑进泥潭，众人只好牵马行进，深一脚浅一脚地走着，越走越累。

"前面是草塘沟，注意踩着塔头，不要陷进去了。"高义勇像蜻蜓点水，轻盈地踩过塔头甸子。

一进稀泥塘子，孟虎威的马就开始不太听话，四个蹄子乱刨，越刨越往下陷。孟虎威无奈下了马，将马背上的物品也卸下来，孙景权过来帮他一起把马拽了出来。

高义勇和阿什库凭着经验，找寻可靠的塔头甸子轻快地前进，在他的带领下，几匹马也慢慢走出了草塘沟。

草塘沟上方到处是飞蠓，也是老百姓常说的小咬，那小咬成群结队，小分队的人一张嘴、一喘气，就吸了一大批小咬到嘴里，不知不觉中也不知吃了多少。

郝江山像喝了酒一样，身子直打晃，摇摇晃晃找不到重心点，心里越着急，越怕踩不稳，想踩的地方越踩不住，不想踩的却偏偏踩上了，一整条腿都陷进了泥里，等拔出这条腿，另一条腿也陷了进去，郝江山累得气喘吁吁："这比梅花桩还难走。"

呼斯乐也是身体发飘，一不小心也踩进了泥水里："哎呀，我也灌包了。"

郝江山冻得直哆嗦："透心凉。"

不知过了多少沟，蹚了多少水，呼斯乐的下半身早已湿透了，冻得直打寒战，带着哭腔说："这让我想起了长征，想起了刘先河老总队长讲起当年红军过草地时的故事，前辈们真是太不容易了。"

高义勇冒出一句："苦不苦？想想红军两万五；累不累？想想革命老前辈。"

郝江山激昂地说道："咱们森警走的也是长征路，是保护美丽中国的新长征。"

孙景权听到大家的话语，心中充满了激情。

走着走着，满山的树木被雾气笼罩着，朦朦胧胧的。一些不知名的小鸟在树上跳跃着、鸣叫着，高义勇观察了一会儿："马上要下雨了，咱们得选个地方避避雨。"

郝江山抬头看了看晴朗的天空："这晴空万里的，怎么可能下雨？"

高义勇朝郝江山笑了笑："你敢不敢打赌，要是一会儿下雨了咋办？"

"当然敢，赌什么？"

"如果你输了，我的马天天由你去喂，行不行？"

"一言为定！我输了，你的马我包了。"

高义勇选了一处茂密的桦树林，当作夜晚小分队的宿营地。郝江山拿起斧子，寻找小树杈做帐篷搭杆，四周满是笔直的小松树，他看哪一棵都不舍得下手："真不舍得砍呀，就像砍自己的手一样。"

孟虎威嘲讽道："假惺惺的，你还打算淋一晚上雨？"

郝江山咬咬牙朝一棵小松树砍去，斧子举到半空又停了下来。孟虎威骂道："娘儿们叽叽的，又不是让你去砍人，有什么下不去手的？我来！"

孟虎威站起来，要去夺斧子。孙景权在远处大声喊道："不用了，我找到一根倒木。"

天渐渐阴了起来，太阳也藏到乌云里去了。"要下雨了！江山这回输定了。"呼斯乐赶紧往帐篷里钻。

郝江山自觉惭愧："高老师，我认输了！"

孟虎威说："男子汉，大老爷们儿，愿赌服输，可不许玩儿赖！"

高义勇戏耍道："江山认输了，以后我就不用喂马了。"

孙景权笑着说："想和老兵高义勇打赌，你还嫩着呢！"

大家合力搭了一个简易帐篷，又费了很大的劲，用桦树皮拢起一堆火，郝江山、孟虎威、呼斯乐都围着火堆，烤起湿透了的鞋和衣服。帐篷里都是烟，呛得大家直流眼泪。

淅淅沥沥的雨开始下了起来，雨越下越大，帐篷开始下起小雨来。孙景权和郝江山窝在帐篷里面，直不起腰来，一会儿坐着、一会儿躺着，不一会儿就弄得全身都是雨水。

"这雨一时半会儿停不下来了。咱们老住这种地方，身体不都造完了？"郝江山像是自言自语，又像是在抱怨。

"胃病、肾病、风湿、痔疮、关节炎是咱们的标配，当森警的多少都有这些职业病。"孙景权望着帐篷前飘落的雨滴，无奈又坚定地说道："当森警就是这样，为了这片林子，咱们再苦也值！"

大家都陷入了沉思，孙景权像是自言自语，又像是对身边的人说道："住地窖子，睡石砬子，就咸菜啃凉大饼子，冬天凿冰挖雪当水喝，夏天喝草塘沟子水。

一旦着火，连着二十多天不分黑白在火场上轱辘着，得病是轻的，据说老一辈的森警，能活到六十岁的没有几个。"

翌日上午，小分队又踏上了征途。郝江山骑在马背上，觉得胳肢窝和大腿根等处有些痒，不时用手挠着，向孙景权问道："我也不知咋回事，身上长了几个大红包，可痒了。"

高义勇忙问道："多长时间了？"

"好像是今天早上才起的。"郝江山说完又挠了挠胳肢窝。

孙景权赶紧勒住缰绳跳下马，冲郝江山说道："你赶快下来，把衣服脱了我看看。"

郝江山跳下马，解开扣子，脱下衣服，只见郝江山身上赫然长出来好几个肉瘤子。

高义勇睁着大眼睛，脱口而出："是草爬子。"

"大家都脱了衣服，相互检查检查。"孙景权喊道，随即把脚下的草地踢出一个坑来，拢着火，点燃两根干木棍，沤出炭火，递给高义勇一支，拿着炭火凑到郝江山跟前："把胳膊举起来。"

孙景权边吹木棍边往肉瘤子上烤："草爬子，也叫'森林蜱虱'，这个小玩意儿只有嘴、没肛门，能吃不能拉，头和身子都能钻进人和动物的肉里，直到吸足了血撑死为止。"

郝江山着急地说："干脆用手拔出来算了。"

"那可不行！草爬子的嘴是带倒钩的，要是用手拔，只能拔断身子，头还在肉里，趁它现在还没有撑死，用火一烤经不住烫，它就会把嘴从肉里缩出来，然后再拔，就不会留下后遗症了。"孙景权说着又换了一个地方开始烤。

"那怎么才能不被咬到啊？"孟虎威问道，他也起了几个大红疙瘩，高义勇和阿什库正给他烤着。

孙景权边烤边说："大家把衣领、袖口和裤腿子都扎严实了，这小东西一般就趴在地上、草棵子上。当人和动物经过时，顺势就爬到人身上，它能传播森林脑炎，很危险，大家可得小心点。"

"我新兵的时候袖口没扎好，就被咬过手臂，钻得太深了，一直没弄出来，到现在阴天下雨还难受呢。它最容易咬人身上皮薄、肉软、毛孔大的地方，像腋窝、腹股沟、脖子、肚脐眼上。"高义勇补充道。

孙景权着急了："坏了，熏不出来了。"

呼斯乐出了个主意："在我们那儿，钻得深了，就得去医院，做个小手术取出来。不行，咱们给副点长也试试。"

孙景权打断了呼斯乐的话，反问道："就咱们这条件？没有麻药，给江山剜一刀，那还不得把他疼死？"

郝江山咬咬牙，闭上眼睛："没事，来吧！关云长还刮骨疗毒呢，我这点儿不算啥。"

孟虎威白了郝江山一眼："真能逞能。"

孙景权从军挎里取出酒精，用酒精棉把郝江山的胳肢窝擦了又擦，又把随身带的小刀放在火上烤了又烤，问了一句："准备好了？"

郝江山咬咬牙，闭上眼睛："来吧！"

不大一会儿，孙景权从郝江山的腋下，取出一只肚子撑得圆圆的红虫子："多亏剜了，看见了吧，肚子都撑得这么大了。"

8

当小分队从山头上一步一步往下走的时候，黑夜降临了。深山老林里，白天还好，毕竟有阳光，夜里伸手不见五指，就是另外一种氛围了。孟虎威看着周围越走越黑，不知如何是好。在前面走，自己不熟悉路；可跟在后面吧，后背还发毛。翻过小山坡，高义勇又唱了起来："三块石头支口锅，森警夜里睡山坡，嘴里啃着白面馍，风餐露宿斗火魔。"

郝江山打马上前问高义勇："咱们今天住在哪里？"

高义勇笑着回答："喜鹊的窝在树上，咱们的家在森林里。"

众人策马在一处山坡前停下来，高义勇指着前面说："迎风不如背风好，阳坡不如阴坡好，草高不如草低好，草沟不如河边好。那里有块大石头能挡风，比较安全，还靠着小河，晚上咱们就在那里打小宿。"

阿什库凑上前看了一番："嗯，这个地方不错。就是草比较多，我去收拾收拾，别再被草爬子咬了！"说着跳下拴好马，用随身带的砍刀清理周围的草丛。

"这骑兵也不怎么威风呀。一天下来，全身又酸又麻，马背颠得屁股和胯骨都疼。"孟虎威和呼斯乐把马拴好，卸下马背上的物资。

郝江山忙着喂马，高义勇提醒道："把马绊子套上！咱这马让孙班长调教得都懂人性了。夜里主人不走，它不离左右 50 米，只有天亮了，它才去溜达。要是有野兽，它还能报信。"

郝江山梳理着马鬃："怎么报信？"

"一般马会叫，有时还会刨地或打喷嚏。"

"马不能走远了吧？"

"前腿绊着，走不远。"

高义勇从马褡子里摸出一包用塑料布包裹得严严实实的火柴，燃起一堆篝火，架起吊锅，边忙活边叨咕："这是山花椒和辣椒，还有蘑菇。一会儿大家多喝点，发发汗、活活血、祛祛寒。今天咱们走的水路多，浸了寒气，不排出来，以后会落下病根儿。"

孟虎威从兜里摸出一支烟伸进篝火中，高义勇立即用眼神示意其将烟收回。

孟虎威不解道："没事吧？你不也点火了吗？"

孙景权一回头，看见孟虎威正要点香烟，勃然大怒："孟虎威，你在干什么？"

孟虎威吓了一跳："干啥那么激动？抽根烟解解乏还不行吗？"

孙景权怒道："干啥？你违反了防火纪律！"

孟虎威还在狡辩："我抽完弄灭还不行吗？再说咱们做饭、取暖不也点火了吗？"

高义勇训斥道："抽根烟虽然不一定会引起火灾，但星星之火的确可以燎原。野外不吸烟，作为森警这条纪律决不可以破，我点的火我会处理好。"

孙景权赞许地看了一眼高义勇，说道："高义勇，你背一遍野外吸烟弄火'五个一律'，让他清醒清醒。"

高义勇熟练地背诵道："防火期内，在野外吸烟者，非公职人员一律依法给予经济处罚；公职人员一律开除公职；在场不加制止的领导干部，一律撤职；吸烟引起山火的，无论成灾与否一律依法严惩；未经批准野外用火的，一律依法严惩。"

孟虎威看着孙景权瞪大的眼睛和愤怒的表情："行，行，我收起来。我不抽了！"

晚饭后，孙景权将做饭用的火熄灭，并在上面铺了树枝、树叶和干草，惬意地说道："这地都烤热乎了，睡上去可舒服了。"

"铺着地、盖着天，点着月亮、枕着山，火烤胸前暖，风吹背后寒。"高义勇感叹完，便安排："今天晚上打小宿，我和阿什库轮班放哨，你们睡在里面。"

睡觉前，大家脱光了衣服，又相互检查了一遍身上有无草爬子。孟虎威等打开鸭绒被钻了进去，孙景权又捧来一抱树枝、树叶盖在了鸭绒被上面。

高义勇帮三人掩好被子："现在多好，还有鸭绒被，以前老警们用的都是旧狍皮被，还是两人一条。"

"那怎么睡？"

"你抱着我脚，我抱着你脚，夜里不能翻身，怕影响对方休息。"

"这么艰苦啊？"郝江山躺在那里并没有困意，他望着满天星斗，听着山风松涛阵阵和远处野兽的短嘶长嚎，看着篝火中或明或暗闪烁的火苗，感慨道："才骑了一天马，身上的骨头都快散架了，当森警真是很苦！"

呼斯乐望着四周，胆怯地问郝江山："这里不会有野人吧？"

"有也是人跑到林子里的。"

"他们不吃人吧？"

"不会，肯定就跟白毛女一样，都是受压迫的人。我记得朱支队长讲过，以前他们在巡护的时候，就遇到过两个野人。一个是清光绪二十一年，由于不堪贪官污吏的剥削和压迫，逃到关外，几经辗转，在马哈勒山一带隐居下来。竟然在山中度过了近 60 年的光阴。"

"啊，那后来他出来了吗？"

"朱支队长他们做了一副担架，几个人轮流把老人抬了出来。"

"还有一个呢？"

"另一个是被日本人从山东抓到东北来的伐木劳工，生了病，被日本人扔到野狼沟里，万幸没死，躲过一劫，在山里生活了两年，也是在巡护的时候发现的。"

郝江山枕着马鞍，看着天上的星星正一眨一眨地望着他们，惬意地说："这才是枕戈待旦呢。"

"钢丝床上有痛苦，稻草堆上也有欢愉。"

呼斯乐仰望着星空："今晚的星星真美！你说这么多星星，哪一颗是属于咱们森警的呢？"

"一定是北方最遥远的那颗，她远离群星，永远不懂得炫耀！"郝江山把头枕在手臂上，激动地说道。

"星星还是那个星星，月亮还是那个月亮，山也还是那座山，梁也还是那座梁。"高义勇唱了几句后，自发感慨道："山外人，谁也体会不到咱们天当被、地当床的感受。"

郝江山动情地说道:"扎根在密林深处,承受孤独与寂寞,默默奉献着光和热,却并非是为引人注目,我看就叫它'无名星'吧!"

山风依旧,弯弯的弦月也偷偷地钻进了温暖的被窝。

9

深夜,山风呼啸,野兽的吼叫声,不时从远方传来,令人毛骨悚然、胆战心惊。猫头鹰也来了精神,大叫几声,拍动翅膀,更添了几分阴森恐怖的气氛。

呼斯乐躺在鸭绒被里冻得瑟瑟发抖,又有些害怕,拉了拉郝江山的鸭绒被:"你睡着了吗?"

"没有,你怎么了?"

"今天晚上也太冷了,冻得我睡不着!你说咱们这天天巡来巡去的,有啥意义啊?又累又遭罪。"

郝江山翻过身来,朝呼斯乐说道:"这大森林就是咱们的战场,不让一草一木受损,就是打胜仗。一旦有了大火,国家将投入大量的人力物力和财力,损失可就大了,所以我们的任务是很光荣的。"

"嗯,你说得有些道理,我明白了。"

睡梦中,呼斯乐回到了陈巴尔虎旗的火场,当时的他很年轻,在地方扑火队工作,大火肆虐时他正和另一名队员,扛着两麻袋给养给队友送去。当他们走近火烧迹地,发现了草塘沟内横七竖八地躺着烧焦的尸体和正在呻吟的扑火队员,顿时吓破了胆,肩上滑落的麻袋里滚落出雪白的馒头,在焦黑色的迹地内显得格外刺眼。他瘫坐在地上,无助的哭喊声在山谷中久久回荡:"来人啊,快救人啊……"

梦见了伤亡尸体的恐怖场景,呼斯乐忽然喊叫着坐了起来,惊出一身冷汗。

高义勇和郝江山都被惊醒了,安慰道:"呼斯乐,你是不是又做噩梦了?"

呼斯乐喘着粗气:"我又梦到了陈巴尔虎旗火场。"

郝江山搂着呼斯乐:"没事的,都过去了,都过去了。"

呼斯乐稍镇定,又哭了起来:"你不知道,当时老惨了。"

郝江山继续拍打并安慰道:"睡吧,别老折磨自己了。"

天色微明,吃完早餐、喂完马后,孙景权将烧热的水灌进军用水壶里,找了一个侧枝结实的树,把水壶盖稍微拧松一点,倒挂在树枝上,水缓慢地滴了出来。

孙景权对大家说："来，一个一个来，洗洗头。"

郝江山看到孙景权的土办法，激动地说："孙班长，你可真牛呀。这个办法好，你咋想出来的呢？"

"兵当久了，火场多去几次，你就啥都会了。"

大伙儿美滋滋地洗了头和手。

高义勇用水将篝火彻底熄灭，又用随身带的小铁锹，把燃过的灰烬用土都压了一遍，用脚踩实才准备出发。

孙景权召集大家过来："同志们，这几天气温升高，风大物燥，容易着火。我和高义勇各带一组继续巡护，高义勇你是老同志，就和郝江山一组吧。"

孙景权牵过一匹马纵身一跃，骑上马背，叮嘱道："江山，你对这里的地形和路线不熟，多听高义勇的意见。下山后，沿江往下游巡护，主要是清理河套，有乱捕乱猎行为的，要及时制止，消除火灾隐患。"

当翻过万樟岭山梁时，高义勇用望远镜向四周巡视，突然发现不远处的山谷里有一圈白蒙蒙的气团："你们看那里，是烟还是雾？"

郝江山揉了一下眼睛向南望去，疑惑地问道："雾没有这么青吧？"

高义勇肯定地说道："烟也没有这么白，这是烟和雾的混合色，是炊烟，肯定有人在那里生火做饭。你们仔细看，这颜色深浅不同，是因为烟雾掺和得不均匀。"

小分队随后向山下移动，南面山势较高，他们牵着马爬上山坡，高义勇发现了什么，低下头查看着，说道："这一溜线的草，都被踩倒了。"

呼斯乐往前走了一段，发现了大脚印，喊道："快看，有脚印，这么大，是'黑小子'吗？"

高义勇又顺着脚印走了很长一段路，在一棵倒木前停了下来，思考了一会儿，肯定地说道："不是熊，是人！"

呼斯乐和郝江山都没看出来，用请教的眼神看着高义勇。

高义勇解释道："熊和其它动物过倒木，都是直接跨过去的，这上面被踏了一脚，肯定是人。"

到达一处山坡，小分队发现一名非法入山人员，高义勇示意郝江山和呼斯乐从外围包抄。

看到郝江山和呼斯乐已经就位，高义勇冲着非法入山人员大喊一声："坐山雕！"

"坐山雕"大吃一惊，撒开腿就要跑，发现已经被郝江山和呼斯乐包抄了，讪笑道："高班长，你怎么到这里来了？"

高义勇半开玩笑半当真地回道："你不来，我们也不会来呀。"

"坐山雕"满脸疑问："这山上连个毛毛道都没有，你们？"

"我们要走大道，还能碰上你？"高义勇直接把他要说的话怼回去了，接着问道："别扯没用的了。你不知道政府明文规定，防火期是不准入山的吗？"

"坐山雕"点头哈腰解释道："知道，知道。你们和村里的护林员吴恩扎布成天到处宣传，又是贴标语，又是发传单的，挨个儿检查，咋能不知道？可我就是山里人，这不是没钱了吗，寻思着上山捡点木耳、挖点山参、弄点鱼，换点零花钱。"

"你进山多长时间了？"

"刚上来，这不刚刚到这疙瘩，就碰到你们了，晦气！"

"别扯了，带我们去你休息的地方看看。"

"我刚来，哪有休息的地方？"

郝江山说道："你老实点，我们都看见你做饭的烟了，快走吧。"

"坐山雕"没有办法，只有耷拉着头，领着小分队到了一处河沟边，在十分隐蔽的地方，有个用松树杆和桦树皮搭盖的撮罗子，为了防止被空中的巡护飞机发现，还在上面插上了绿松树枝，旁边架着一口锅，下面还有炭火在冒着烟。

郝江山下马，用手摸了摸还很烫手，有的木头还带着火星，指着灰堆说道："这多危险，风一吹非着火不可。想要种满山的树很辛苦，但要烧掉整座山的树，却只要一个火星就能做到。"

高义勇大声呵斥："'坐山雕'，防火期不是严禁在林内搞非法作业吗？如果都像你这样随便进山，一旦失了火，林子就没了。木耳、蘑菇就不会生长了，河里的鱼也没有了，大家就都搞不成副业了，过了防火期再进山不好吗？"

"坐山雕"自知理亏，一声不吭。

高义勇劝道："老爷子，回家去吧，回家主动向吴恩扎布报个到，我们通过气的，不会过多责备你的。"

"好吧。""坐山雕"指了指撮罗子问道："那个？"

呼斯乐走进撮罗子，拎出一大袋子山产品。

高义勇正色道："你是非法入山，这些就是非法所得，你不能带走。"

"坐山雕"自认倒霉，边朝山下走边说："遇见你们啊，真是倒了血霉了。"

郝江山连忙喊住他："等等！"

"坐山雕"回过头："东西你们也收了。咋你们还要管饭不成？"

"饭我们管不起，但是身上的火，你得留下来。"

"坐山雕"不太情愿地将身上的火柴递给郝江山："我就这一包火柴。"

看着"坐山雕"走下山，高义勇叹口气："这人好吃懒做，不好好侍弄庄稼，天天喝小酒。没钱了，就想着上山，整点野物换酒钱，家都被他过散了！"

大家把火熄灭，呼斯乐打来水浇在上面，郝江山不放心又用铁锹铲了很多土压上，最后齐心协力把撮罗子拆除。

10

小分队沿河沟进行清山巡护，高义勇打头，呼斯乐在中间，郝江山断后。

他们俯身磕着马镫，三匹马就一溜烟儿地蹿出了长长的沟塘子，纵马嬉闹了一阵，然后打马朝一座山顶跑去。

一处陡坡，骑在马上是不行了，大家纷纷下马，牵马而行。

"把马撒开吧，跟在马后面走就行。"

郝江山疑惑地放开缰绳，顺着马走的小坑，果然爬得挺稳当。郝江山的马带头，居然找到了一条窄窄的通道："快看这还有一条道呢！这是人走的吗？"

高义勇查看了一下："这是鹿道，就是狍子和鹿下山喝水踩出的路。"

到了山顶，郝江山看着天上飘着薄纱似的白云，远眺茫茫的大森林，丝丝凉风吹拂着汗津津的脸颊，顿感畅快与清新。郝江山掏出望远镜往四下里瞭望着，观察视野之内有没有烟的痕迹，有没有人的踪迹。在山顶稍作休息，大家就下山了。阴坡虽不陡峭，但林子却很密，树枝总会挡住去路，常常只有扒拉开树枝才能前行，有时还会看见野兽行走的足迹。一路上，他们撤除了一些捕兽钢丝套、捕兽夹和拦河捕鱼的细网。

高义勇手把手教着郝江山如何将捆在树上的铁丝套子安全取下。"你看这里有很多套子，下面还插了尖刀，动物一旦落入圈卷，不被勒死也会被扎死。"

"这些偷猎分子真是太缺德了！"郝江山气愤地说道。

"这种钢丝做的套子，不易腐烂，不易拉断，可以使用二三十年。一个猎人一年可以做几百个钢丝套，这山上怎么也有几千个，咱们的任务很重啊。"

高义勇拿出地图，找准站立点后，在地图标注上，解释道："猎人们设套的地方，肯定是野兽经常活动的地方。咱们今天拆除了，早晚他们还得偷偷安上。我做个标记，以后路过时，可以仔细检查。"

见郝江山和呼斯乐他俩观察仔细，勤奋好学，高义勇又耐心讲解道："要想当一名合格的森警，必须是山里通，山形河流都要记到脑子里，否则早晚都会被淘汰。"

呼斯乐疑问道："这不就是一堆曲线和图形吗？"

高义勇笑着说："学会了识图，你看到的就不只是一堆曲线和图案了，而是立体的山形地貌和河流，他们会在你的眼前浮动起来。"

郝江山点点头，随后问："这个地方怎么没有标注名称？"

"不光这个地方，好些地方一直就没有名字。"

"咱们可以给每座山、每条河都起一个名字。"

呼斯乐拍手称快："这个主意好！"

郝江山指着远处："大松树那个地方就叫'松王谷'。"

"抓住'坐山雕'那个地方就叫'捕雕峰'吧？"

"骑马走了四十多里地，渴得受不了，那条路叫什么呢？"

"我看就叫无头路，因为总也走不到头。"

高义勇看着他俩兴致盎然，也跟着起哄："我也起一个，捉草爬子那个地方，就叫草爬子沟。"

郝江山哈哈大笑："过草甸子那个地方，就叫新长征大道。咱们也要像当年长征路上前辈们打红色江山那样，保护好祖国的绿水青山。"

高义勇竖起大拇指："说得好，红军那时候比我们艰苦百倍，可是他们从困难走向了胜利。作为他们的后辈，我们也要向他们学习，克服困难，保护好大森林。"

继续巡护的途中，小分队再没有碰到任何情况，呼斯乐觉得很无趣，不时学着林中的鸟叫，打发着时间。

高义勇骑在马上回过头来："这几天大家辛苦了，今天带你们见识个好地方。"

呼斯乐顿时来了精神："啥好地方？"

高义勇神秘地说："就在前面。"说着打马前行，其他人快速跟上。待郝江山等拴好马，高义勇带着他们悄悄地趴在一山坡处："时间刚刚好，好戏马上开始了。"

呼斯乐瞪大眼睛，郝江山拨拉开挡在眼前的树枝乱草，只见悬崖上有一口清泉，下面是一泓像镜子一样的清澈潭水。这时，美丽的鹿群小心翼翼地向水边走来，生性胆小多疑的鹿，神态悠然，摇晃着长长的茸角，先是小口小口地喝，每喝一次仰一次脖子，确定没有其他猛兽，才敢大口喝起水来，它们和山峰、树木的倩影倒映在河水中，景色十分漂亮，极像美丽的童话。

喝饱了的公鹿又把茸角放进水里搅动起来，等抬起头来，犄角上挂满了晶莹的水珠，在阳光的照映下闪亮发光，它们安静又享受地看着大自然美好的一切。

呼斯乐感叹道："没想到鹿喝起水来都这么漂亮。"

郝江山看向高义勇问道："那个长犄角的是啥啊？"

"那个啊，是罕达犴。"

"它好像在回头看我们呢。嘿，你们看，又来了一拨动物。"

喝饱了的鹿群优雅地离去，这时獐子、貂、狍子等大的小的，带着幼兽的、刚生过小崽的动物们都来了，待享受过后，潭水竟下降了一大半。

"他们可真能喝啊，'黑小子'来了。"呼斯乐赶紧朝郝江山贴了贴。

一只母熊摇头晃脑地带着两只小熊，嬉闹着向潭边走来，小熊憨态可掬，一路上像是故意捣乱似的，不正经赶路，所以才来晚了吧。黑熊喝水最不正经，甚至有些糊弄，连喝带舔的。

最后来了一群大约二十只野猪，它们喝水毫无规矩，一哄而上，横蹿竖跳，互不相让，哼哼唧唧，有的野猪还进到了水中央，把一潭清水搅浑了，仍喝得津津有味。

高义勇拍了一下有些入迷了的呼斯乐："今天，我们就看到这里吧。"

郝江山遗憾道："这就要走啊，我们还没看到狼呢？"

呼斯乐帮衬道："对啊，对啊，我还没看够呢。"

高义勇肯定地说："狼今天不来了。"

见郝江山不解地看着他，高义勇指了指他们的衣服："看看咱们的衣服。"

看着被露水打湿的衣服，呼斯乐充满了疑问："这能说明啥？"

高义勇笑着说道："狼最聪明了，既会寻食，更会保存体力。今天露水大，他早舔食草棵子上的水珠解渴了。"

大家恍然大悟，郝江山赶忙追问道："这里还有没有好玩的了？"

高义勇笑道："当然有啊，孙班长之前看到过老虎和黑瞎子打架。回去让他给你们讲讲。"

　　大家说着笑着，陶醉在大森林的美景中，流连忘返，连日来的疲惫随风消散，前行的脚步也变得轻快起来。

　　清晨柔和的阳光透过森林，晨露在花草枝叶上凝成白玉珠儿，万紫千红的花儿开得正艳，花朵随着露珠的蒸发，透出一股股甜蜜的香气，混合着林草的芬芳，让人心旷神怡，蜜蜂、蝴蝶和小昆虫们开始出操了，小鸟们也在枝头上尽情地拉起歌来。

　　森林是一个大千世界，在森林的庇护下，一切生物都以不同的方式，和谐有序地生活在一起。这就是一幅人与自然生命共同体的美丽画卷。

第八章 树深见鹿

1

翻过几道岭，越过几座山，高义勇用围在脖子上的毛巾擦了把脸上的汗水，深深吸了一口新鲜空气，指着前面一座大山："你俩快看，前面那座山就是回龙顶！"

高高的回龙顶正沐浴在晨光里，站在顶端放眼望去，浩瀚无边的森林像宽广的海洋，风起时波涛滚滚、雾霭升腾，极为壮观。站在低谷永远也看不到山巅的无限风光。

此处，群山回唱，草木摇曳，白云悠悠。眼见大好河山，三人都兴奋极了。从此森林也一直摇曳在郝江山的心中，没错的，上帝的天堂不在白云之上，便在森林之中。

郝江山向着群山大声表白："大森林，你好，我叫郝江山，我是一名共产党员，今天在这里向党、向祖国宣誓：

"我这一生，愿听从党的号召，刀山敢上、火海敢闯，为守护人与自然的美丽家园，甘愿付出自己的一切！"

郝江山高呼了三遍，声音震动整个森林、高山、大地。森林、高山、大地也随着郝江山的声音，一遍遍回荡着，这声音是那么的坚定有力。

在大山浑厚的回音中，郝江山仿佛增添了无穷的力量，勇敢向前走去。行至一处森林，高义勇突然停下马来："大家都来看看，这是一种叫'千斤砸'的狩猎工具，采用的是踏板原理，专门用于猎捕大型野生动物，人畜一旦踩上，一般没有活口。"说话间高义勇面带怒色。

呼斯乐气愤地说："这么狠毒？"

"来，小心点，咱们把它拆了。"郝江山边行动，边叮嘱道："小心点，千万别伤到！"

此时就在不远的地方，有两名偷猎者正在设置另一处"千斤砸"狩猎工具。其中一个人，还不时观察着四周动静，寻找更多适合狩猎的地形。

赵二炮求助道："哥，这个'砸子'我装不上。"

赵大炮不耐烦了："你可真笨，学了两天也没学会。再学不会，下次不带你出来了。"

赵二炮一边愣头愣脑地安装着，一边抬头问道："哥，这个要是人踩上了，会咋样？"

赵大炮点燃一根烟，眯着眼说："黑瞎子掉进去都能砸死，你说呢？"

"哥，林区不让抽烟。"

"谁说的？"

"森警发的宣传单上说的。哥，这砸了人不犯法吧？"

"磨磨叽叽，抓紧整。再学不会，我看你到哪弄钱娶媳妇？"

赵二炮憨头憨脑地点了点头："哦。"

"钢丝绳得捆紧了，知道不？干活走点心，套着动物卖了钱，才能娶媳妇，懂了没有？"

"哥，我懂，这个地方没森警吧？"

"晦气，再啰唆就滚蛋！"赵大炮把烟抽完，直接丢在了地上，上前帮笨手笨脚的赵二炮。

巡护小分队的马蹄声由远及近，赵大炮警惕地向四周张望着，迅速爬上一棵大松树上。

树上的赵大炮立即把手指放在嘴前，朝赵二炮瞪了一眼，示意不准出声："嘘，快躲起来，有人来了！"

赵二炮一时慌了手脚，不知道往哪里躲，惊慌失措中不小心踩中了刚刚安装好的猎具，触发了机关，"啊"的一声惨叫，赵二炮的小腿被砸断了，鲜血直往外冒。

赵大炮吓得赶紧从树上溜下来："二炮，你个傻冒！"

高义勇经验丰富，回头对郝江山命令道："赶紧下马，呈战斗队形包抄。"

眼看小分队就要赶到，赵大炮抽出一把猎枪，胡乱地朝郝江山方向开了一枪。赵大炮也不傻，他可不想杀人，只是先吓唬他们一下，能知趣走开是最好，这哥俩目的很明确，那就是——偷猎，求财不害命。

郝江山见偷猎的拿出了枪，赶紧卧倒躲过了子弹，他朝高义勇比画了几个手势，继续分散包抄。

赵大炮见来人没有被吓住，反而继续分散包围过来，大声喊道："森警队的，你们听好了，今天你们放我一条生路，我赵大炮日后定当报答。"

高义勇回道："别做梦了，乖乖跟我们去森林公安局。"

"那就是要硬磕，不给面子喽？"

"你那兄弟受伤了吧？我们有药可以帮他治疗，要不等你们下了山，他的腿就废了。"

赵大炮犹豫了一下，继续狠狠地说道："不用你们管。要是不放了我们，咱们就同归于尽吧。"

赵二炮看着断腿处鲜血直往外流，呻吟着："哥，我疼，快救我！"

赵大炮又朝高义勇的方向乱射了几枪："你们抓紧滚，要不然别怪我不客气。"

高义勇吓唬道："你再开枪，我们的人听见枪声，立马就都过来了，我劝你还是投降吧。"

"你可别唬我，这里除了披毛戴角的畜生，连个鬼都没有。"

"我看你那兄弟快疼得受不了了。"

"你们的情况，我们早都摸得一清二楚，不然我们咋能这么快就来，而且找得这么准。"

赵二炮疼得受不了，哀求道："哥，快来救救我，我不想死呀。"

赵大炮一边警惕地看着高义勇和呼斯乐，一边帮赵二炮解除机关。此时，郝江山已悄悄绕到了他们背后，趁赵大炮不注意，一个前扑就将他摁倒在地。

赵大炮的猎枪被甩了出去，他使劲喊道："二炮，快拿枪。"

赵二炮爬着去够枪，被呼斯乐踩住了手。在高义勇的配合下，赵大炮被郝江山戴上了手铐。

郝江山看了一眼赵二炮血流不止的腿，对呼斯乐说道："快拿夹板和药包来，他受伤挺严重！"

"不给，这种坏人不配用。"

"他们也是人，如果不给他用，估计他下半辈子就残废了，再拖延一会儿，弄不好连命都保不住。"

"罪有应得，刚才他还拿枪，想打死咱们呢。"

"救人要紧。"郝江山说着，用赵二炮的腰带给他止血，然后麻利地用夹板固定住了小腿，又用绷带缠紧。见赵二炮疼得直叫，气愤地说道："你想想那些被你们砸死的动物，他们比你疼多了，你们一共下了几个套子？"

赵大炮把脸扭向一边，赵二炮疼得满脸是汗："五个。"

"说实话，到底几个？"

"九个，真的九个。"

"有没有位置图？"

赵二炮指了指赵大炮的上衣兜，呼斯乐赶紧走过去搜了出来。

郝江山拿起标注的地图问道："你们一共杀害了多少动物？"

赵大炮、赵二炮没接话。

郝江山生气地质问道："《野生动物保护法》规定，捕杀受保护的野生动物是违法行为，难道你们不知道？"

赵大炮反驳道："捕的人多了，都没人管，我们咋就不行？"

"狡辩有用吗？你们的罪行，会由森林公安和法庭审判。"

郝江山又对高义勇说道："这样吧，你们先带他下山，要不他的腿就废掉了，我留在这里拆除狩猎工具。"

高义勇嘱咐道："那你就守在这里，不要随处走动，完事之后我们来接你。"说完又把干粮、罐头和野营物资留给了郝江山。

"好，你们快去快回。"看着疼得满头大汗的赵二炮，郝江山既生气又不忍，对赵二炮说道："抓紧下山，去医院！千万别耽误治疗！"

郝江山拿着从赵大炮身上搜出的示意图，用手比画着、规划着拆除线路。郝江山按图索骥，逐一拆除了"千斤砸"和钢夹子等狩猎工具。忽然他听见了一声凄厉的狼嚎，吓出一身冷汗，敏捷地握紧了枪支趴在地上。过了一会儿，声音好像总在一个地方并没有移动，他端着枪慢慢地朝声音靠近，透过灌木丛的间隙，他看见一只成年白色母狼。

郝江山赶紧用枪瞄准预备射击，等了半天没有什么动静，原来这只白狼踩在了捕兽夹上，他这才松了一口气，收起了枪。

郝江山站起身来朝白狼走去，白狼一看有生人靠近，顿时目露凶光，张着大嘴，随时要拼命的模样。郝江山慢慢后退，看清了这是一只母狼，她的奶水已经涨了出来。

郝江山从兜里掏出一盒肉罐头，打开扔给了母狼，转身在附近搜寻着。凭经验判断，附近一定有待哺的小狼崽。

郝江山边张望边向周边搜索着，不远处传来异样的声音，郝江山小心翼翼地循声而去。异样的声音是从附近的树洞传来的，果然他发现了刚刚出生不久的三只小狼，欣喜地将小狼从洞里掏出来，边抚摸着边跑着将它们送到了母狼的跟前。

三只小狼边用鼻子闻着，边向母狼怀里爬去。看着自己的宝宝，吸吮着奶水，母狼的眼睛稍稍温顺了一些，但仍张着大嘴，不让郝江山靠近。小狼在吃奶，一只吃完奶的小狼滚到了一边，郝江山又把它抱起来放在离母狼很近的地方。郝江山抬头看了看天色，心想恐怕今晚要与狼为伴了。

郝江山搭建了一个简易的窝棚，住在了母狼的附近。又将他的干粮分给了母狼一份，母狼并没有迟疑，直接吞掉了，但郝江山一靠前，它就龇牙咧嘴。

清晨，郝江山从山下弄来一铁锅水给母狼的时候，发现母狼的眼神没有了凶光。等母狼喝完了水，郝江山慢慢地走近，它竟朝郝江山摇了摇尾巴。郝江山缓了缓神，他慢慢蹲下拨开兽夹，又从药包里取出药给母狼的伤腿抹上。母狼此时卧倒着，充满慈爱地看着三只小狼崽，感激地用头蹭着郝江山的腿。郝江山包扎完，站起身来向后退去，等小狼吃完奶，母狼站起身来，一瘸一拐地带着三只小狼离开了，并频频回头向郝江山张望。

高义勇安顿好赵二炮，备足干粮和水，按照事先约定的汇合地点，找到了郝江山。

又是一个傍晚，太阳渐渐落山，连绵起伏的山峦，在红日映照下显得分外迷人，晚霞把森林和小道映照得色彩斑斓。郝江山若有所思，默默念叨着："希望那只母狼尽快好起来，小狼崽不能没有母亲。"

高义勇好奇地问："郝江山，你嘀咕什么呢？"

郝江山说："走！咱们下山。"

不一会儿，郝江山带着小组到达山下。

孙景权带领小组正在山下休整，两个巡逻小组不期而遇，大家都很兴奋，三五成群谈论着巡逻路上的惊险故事。

孙景权看起来比以前胖了许多，但面色略显疲倦而苍白，说话的声音也缺少了一些底气："郝江山，你们这半月巡护还顺利吧？遇没遇到什么危险？"

"班长，还比较顺利，就是太遭罪了，吃不好睡不好，但没有什么大事。"

郝江山勒了勒红鬃马的缰绳，兴致勃勃地向孙景权走去："我看你面色好像不太对劲，是不是哪里不舒服？"

"没有，没什么，可能巡护时间太长了，有点劳累，休息一下就好了。"大家牵着马深一脚浅一脚地向执勤点走去。

此时，天色渐晚，夕阳夹着余晖，斜照在官兵疲惫的身上，身影显得更加悠长。

2

执勤点房内，呼斯乐正摇着马达，报话员兼炊事员金宝敲着电报，电台里传来"嘀嘀嗒，嗒嘀嘀"的声音。电报很短，金宝关了电台，开始翻译密码，渐渐地他的脸上浮现出笑容来。

孙班长和郝江山等巡护的人员刚走到宿舍门口，报话员金宝从塔上跑下来："班……班长，支队……医疗……小分队……明天……来……来……我们……执勤点……巡诊，接……接种……森林脑炎……疫苗。"

"没有搞错吧？我们这个点从来就没有见过女同志，她们来了，怎么住啊？"

"没……搞……搞错……啊！"金宝回道。

"别开玩笑。"

"真的，不信，你看电报。"报话员金宝顺手将电报交给孙景权："真……不容易……我……我们……这点上……也能……见……见到女兵了。"

"你以为什么好事啊，再嚷嚷，女兵来了，就把你安排到库房去住。"孙景权吓唬着金宝。

金宝笑着挠了挠头。

孙景权把电报递给金宝："做好登记。"

"好嘞。"金宝接过电报兴奋地跑向战友们："女……女兵……要来了，女兵……要来了……"

医疗小分队要来体检和慰问巡演的消息传开了，执勤点的战士们个个欣喜若狂，争先恐后地做准备。

第二天一大早，金宝就跑上执勤点的瞭望塔，向着驻防来时的道路不时地张望着，在塔上走过来又走过去。

突然，他飞速从塔上往下跑，边跑边喊："来了……来了……"

孙景权吓了一跳，忙问道："什么来了？慌什么慌？"

金宝喘着粗气："医疗小分队……女兵……"

听到金宝的喊声，执勤点的官兵都围了过来，一起向营门口走去，迎接这多年不遇的稀罕客人——医疗小分队。

邱胡杨跟卢军医来了，就像仙女从天而降，战士们喜出望外，执勤点过年都没有这么热闹过。官兵们帮着医疗分队搬运带来的给养物资，孙景权解着装有信和报纸杂志的麻袋，战士们围在一起，急切地等待着。麻袋刚解开，几只手几乎同时伸进来，边抢边喊："我来信了！我来信了！"

长时间得不到亲人的消息，战士们都按捺不住内心的激动和喜悦。

"让你们见笑了。昨晚，听说你们要来，他们整个晚上都没怎么睡，一大早就有人在路口等你们了。"孙景权笑着对卢军医解释着。

不一会儿，麻袋便空空如也，手捧着家信的战士们都在各自看信，高义勇正数着他的来信，一封又一封："这回我可破纪录了，一下子收到了11封信。"

阿什库的信中只有一张照片，他目不转睛地盯着，郝江山有些好奇，看着照片底部有行字，就读了起来："想你的乌娜吉。"

阿什库将照片递给郝江山："江山，这是我对象，帮我参谋参谋，比城里姑娘怎么样？漂亮不？"

"嗯，不错，长得挺膀，像条好汉！"郝江山边说还边竖起大拇指。

阿什库一把抢过来，把照片往怀里一揣，站起来高兴地说道："你懂啥？这才是我的菜！今天你们的马我全喂了，谁也不要跟我抢。从今天起，我要做一个幸福的人，喂马劈柴，周游林海，我要给每一棵树起一个名字，告诉他们我叫幸福。"

战友们都在看信，没人搭理他，只有孟虎威瞪了他一眼扔下一句："乡下人，真没见识。"

邱胡杨细心地发现金宝把信悄悄揣进衣袋没有看，上前问道："你怎么不看信呀？"

"幸……福……需要……慢……慢……品味。"金宝拍着兜笑着说。

呼斯乐看着信急忙向孙景权哭喊道："班长，我妈来信说，我爸病重了，我要回家！"

"别急，慢慢说，你这里不是还有一封信吗，看看说得啥，没准已经好了呢？"郝江山安慰道。

呼斯乐边抹泪水，边拆着信，这一看不要紧，哭得更厉害了，郝江山看在眼里，急忙拿过信看了几眼，又看了看寄信日期，上前紧紧搂住哭泣的呼斯乐。

"怎么回事？"邱胡杨问道。

"上个月，他爸去世了。"郝江山说着，眼泪夺眶而出。全体指战员听到消息，都慢慢走了过来，伤感包围着每一个人，呼斯乐撕心裂肺的哭泣声传向了茫茫的林海，大山懂得、森林懂得、每名战友更懂得，有多少类似这样的遗憾在战友身上发生，今天他们都哭了，哭得像个孩子。

回到屋内，孙景权给医疗小分队三人用茶壶各倒了一杯水，邱胡杨看了看水杯里黄黄的液体有些犹豫，但还是勉强喝了几口，孙景权和战士们都看在眼里。

沙晨皱了皱眉略显惊讶："这水能喝吗？咋这个色儿呢？这里面还有不明飞行物！"

"放心喝吧，都澄了一天一宿了。"郝江山半开玩笑半当真地说："我们这儿的水很甜，含有多种微量元素。"

"唉，你看我这记性，我的水壶里还有水呢。"沙晨说完从包里掏出一个水壶。

"那你喝自己的吧，这么好的水还是留给邱胡杨喝吧。"

说话间，从门口窜进来两只黑乎乎的影子，爬到了沙晨的脚上，把她吓了一大跳，嗷嗷喊着就跳上了床。

邱胡杨看见也吓得不知所措，叫喊着迅速跳起来，往郝江山后面躲，使劲拽着他的胳膊。孟虎威看见了，急忙推了一把郝江山，挡在邱胡杨的前面，嘴里念叨着："没事的，有我在。"

孙景权迅速将两只黑影抓到手里，责备道："大黑，二黑，又调皮了！"邱胡杨仔细一看，原来是两只熊崽子。

孙景权急忙解释："巡护的时候，看到了这两只熊崽子，我们想熊妈妈肯定在附近，就赶紧骑马走了。谁知回来的时候，这俩小家伙还在。而且看我们走，一个劲儿地追着我们跑。下了马，看见他俩一直舔爪子，我猜肯定是饿了，就带回来了。"

邱胡杨着急地问："熊妈妈见不到它们，肯定很着急吧？"

"估计是走散了，有时候熊挺粗心，可能给整丢了。"

邱胡杨从孟虎威身后钻出来，小心翼翼地问："我可以摸一下吗？"

"可以！它俩吃饱了还会撒娇呢，不咬人。"

邱胡杨大着胆子摸了摸，小熊在她的手上舔了舔,痒得她嘎嘎直乐:"真可爱。"

孟虎威凑上前："它俩刚来的时候，肚子可瘪了，现在撑得滚圆滚圆的，我抱着，你使劲摸，摸个够。"

沙晨这时才从床上跳下来，从军挎中掏出一块巧克力："它吃巧克力吗？"

郝江山调侃道："我说它们怎么找你，原来是因为你那里有好吃的，熊鼻子可灵了。"

孙景权笑着说："熊是杂食动物，什么都吃的。"

"卢军医，你们坐着，我去厨房看看，听说你们来，大家准备了好多好吃的。"郝江山招呼一下客人，就去厨房帮厨去了。

邱胡杨也跟了过来，郝江山夸张地跟邱胡杨说："听说你们要来点上，大家特别开心，早早就在做准备了，恨不得把所有好吃的东西都让你们尝尝。"

"听说我来，你不开心吗？！"邱胡杨反问道，见郝江山红着脸一声不吭，调侃道："你知不知道，为啥把你调到这里？"

"有人使坏呗，到领导那里告黑状。"郝江山很坦然："人正不怕影子歪，战友之间关系好，就是谈对象吗？"

"如果有人是真喜欢呢？"邱胡杨含情脉脉地盯着郝江山，试探着问道。

"别开玩笑了，我都发配到这儿来了，要是真的那样，还不得把我开除出'球籍'？"

"胆小鬼！"邱胡杨有点生气，眨了眨眼怪嗔道："不是真正男子汉。"

"今儿的伙食真不错，算是借你们的光了。我们在山上吃了两个多月的土豆、白菜，都吃腻歪了。"郝江山赶紧岔开话题。

金宝捧着葱和蒜苗走进来，笑着说："开……春后，我们……种的……蔬……菜，今儿……才第一次……尝鲜，之前……还……种……土豆来……着，可……惜都……都……被野猪……拱……拱了。"

邱胡杨笑着问："野猪肯定很可爱吧？"

"可爱？"郝江山故意夸张道："我可亲眼见过那碗口粗的小树，它几下就放倒了。"

"这么凶？"邱胡杨看着盆里泡的山野菜："这是曲麻菜、婆婆丁，这两个是啥？"

"这……这……是小……小……把蒜叶和……和……和老山……山芹。"金宝边择蘑菇边回答。

一阵忙活，菜已做好，大家帮着端上桌子。

"哇，这么多菜！太丰盛了。"沙晨异常惊喜："你们执勤点伙食不错哟，我说郝江山咋乐不思蜀了呢！"

"今天你们来，我们点就算过年了！大家快吃，不然，菜凉了。"孙景权提议道。

沙晨看着面前的饭碗，皱了一下眉："这米饭和馒头怎么黑乎乎的？"

"呵呵，我们这儿的水不太好，闷的饭、蒸的馒头有点变色。"高义勇解释道。

"再过一段时间，林子里的山产品都出来了，伙食还会更好些。"孙景权边给卢军医夹菜边说道。

大家争抢着夹菜，屋里充满了温暖而欢乐的气氛。

<h1 style="text-align:center">3</h1>

晚饭后，邱胡杨无意间走到执勤点所谓的"厨房"，看着用简易木材做成的菜架空空荡荡，这才明白，原来执勤点的战士，真的是把所有的"家底"都拿出来招待她们了。邱胡杨环顾着周围简易的设施，才知道这里的生活条件有多艰苦，眼睛不由得湿润了。

每名战士都亮着一只胳膊，排队等着打森林脑炎疫苗。邱胡杨边忙着注射疫苗，边不停叮嘱："你们每个人都要打疫苗，不然被草爬子叮到后，可能会得森林脑炎，打完针后，不能剧烈运动，要注意休息。"

沙晨给战士们做体检，测血压、听心率，检查有无体外伤。邱胡杨打完针，收拾完医疗器械，过来帮忙给战士们体检。一些调皮的战士没病也说有病，反复地去体检，为的是多看一眼邱胡杨。孙景权从室外抱了一捆柴火，正要往炉子里添加，邱胡杨亲切地喊道："孙班长，快，快过来，我给你检查一下。"

"我身体挺好的，不用检查。"孙班长继续烧火。

邱胡杨有点疑惑，走近跟前仔细瞅了瞅孙景权的脸："孙班长，你的脸是不是有点浮肿啊？我看你气色也不太好，给你查查吧。"

"我挺好，都吃胖了！"孙景权闪过邱胡杨关切的目光，有点不好意思。

邱胡杨用食指摁了一下孙景权的脸颊，只见凹下了一个小坑，颜色发白，好半天才恢复了原状。

"你赶快把鞋脱了，把腿露出来。"邱胡杨严肃起来，下起了命令。

"我……我的脚又脏又臭，会熏着你的，就不脱了。"孙景权起身想往外走。

"没关系，我们出来好几天了，也比你好不了多少！"邱胡杨一把抓住孙景权，两手用劲将他摁在凳子上，随手抓过一个凳子坐下，一把提起孙景权一只腿放在腿上，迅速解开孙景权的鞋带，脱下鞋和袜子，撸起裤管露出小腿，然后用手一摁："你都浮肿成这样了，还说没病？你是怎么回事啊？"

"我真的没病，你别紧张兮兮的。"孙景权仍在辩解。

卢军医见他俩吵吵嚷嚷的，便走了过来："咋回事？"

"卢军医，你看孙班长腿都浮肿成这样了。"邱胡杨向卢军医汇报道："您给孙班长检查检查吧！"

卢军医仔细一看，脸色也紧张起来："可不嘛，这大概有多长时间了？"

卢军医不停地盘问着，转过头对邱胡杨说："你先去忙，别忘了把各房间都消消毒。"

医疗小分队对执勤点各房间进行消毒，为战士们洗衣服、晒被子。战士们都争着抢着给邱胡杨搭搭手，帮忙干活，并拿出自己最好的东西给邱胡杨。郝江山却独自倚着山坡上的一棵大树，捧着梭罗的《瓦尔登湖》，一道和煦的阳光照过来，顿时觉得心情特别宁静和放松。

孙班长看出郝江山的心思，暗示他："要是喜欢人家，就大胆去追，别老躲着，憋在心里，容易闹出毛病的。"

郝江山不解地问道："班长，你这是啥意思啊？"

孙班长瞅着邱胡杨的方向："我觉得这个小姑娘很喜欢你，春天来了，别辜负了相遇。"

郝江山有点不好意思，挠了挠头回避了这个话题："班长，我忽然想到一个问题，你说咱们为什么不叫灭火、救火而叫打火呢？就是叫扑火也很好理解啊！"

孙景权解释道："咱们是军人，打火就是打仗。再说，咱们当森警的人说话都直，不爱拐弯，叫打火比灭火、救火、扑火有力量、有劲，说起来也很豪迈，不信你念念试试！"

郝江山反复念了几遍："打火、扑火、救火。"

孙景权拍了拍他的肩膀："相信所有的相遇，都是久别重逢。邱胡杨是个好姑娘，别弄丢了！"

执勤点的蚊虫四处乱飞，织成一张张密度极大的网阵，嘴里、鼻孔里、眼睛里、耳朵眼里，无孔不钻，扰得人心烦意乱。

天渐渐地暗了下来，邱胡杨和沙晨与战士们围坐在油灯下、火堆旁聊天。

邱胡杨跟战士们讲解着白天体检的情况："今天检查，发现不少人的手和腿上都起了不少疙瘩，有的已经红肿溃烂，有的都化脓了。我们给大家带的药，要及时涂抹，千万注意，别再感染了。"

"你们这儿的蚊子真大！我头一次见过这么大个儿的。"沙晨用手在眼前比画了几下，顺着蚊子的声音拍死了一只："刚才天快黑时，外面的蚊子嗡嗡叫，像战斗机一样怪吓人的。"

金宝笑着说："这……些年，我……收……收……到……最多……的……'红包'，都……都是……这儿……的……蚊……子……和小咬……给的。"大家都被他逗笑了。

"咱们这有一段顺口溜，大家都会说。"高义勇兴致上来了。

> 执勤点上伙食好，白菜里面夹青草；
> 两只蛤蟆一麻袋，三只蚊子一盘菜；
> 瞭望塔下气温高，冻得没法挤牙膏。
> 执勤点上环境好，耗子蟑螂满地跑；
> 年年上防年年愁，大山深处有群猴。

顺口溜虽然可笑，但从另一个侧面也反映了执勤官兵艰苦的生活。

夜晚，室外凉风习习，松涛阵阵。室内，欢歌笑语。战士们围坐在篝火旁，唱歌跳舞，尽情地撒欢。

邱胡杨在热烈的掌声中表演节目："下面，我给战友们朗诵一首郝江山在报纸上发表的散文诗《我爱这神奇的绿海》。"郝江山坐在一旁，吹着口琴给邱胡杨伴奏。

> 朋友，你到过大森林吗？
> 每当我踏上这生机盎然的天然乐园，
> 迎着林中扑面而来的清风，
> 我就沉醉在这绿色的海洋。
> 饮醉了阳光尽情地歌唱，

松涛阵阵述说古老的神话，

依偎着亭亭玉立的白杨，

抚慰那千年挺拔的红松……

战士们个个专心致志地听着邱胡杨清脆而又饱含深情的诗歌朗诵，都沉浸在美丽的诗歌意境之中。沙晨见战士们那样喜欢邱胡杨，又羡慕又嫉妒，也在认真准备着自己表演的节目，孟虎威在一旁静静地听着，琢磨着。

年轻的森警战士啊，

神奇绿色中的无名花。

几十人同守一片天，

几十人同住一张床，

几个月同吃一锅菜。

踏遍千山去巡逻，

高山顶上把火打，

千难万险踩脚下，

密林深处把根扎。

大森林的每一块热土，

都融进了我们深沉的爱恋，

风烟吹热了森警战士的肝胆，

江河流淌着守卫者的青春，

岁月磨砺着忠诚儿女的辉煌。

这神奇的绿海，

是生命的象征，

是汗水浸染的画卷。

我欣慰我爱上了，

这神奇的绿海。

我激情高呼：

我选择了，

一个永不褪色的爱。

邱胡杨的表演赢得了执勤点官兵的热烈掌声，沙晨也给大家唱了一首《绿叶对根的情意》。战士们兴致高昂，邀请邱胡杨再表演个节目，邱胡杨一点也不扭捏，热情大方地与执勤点的战士们唱了一首又一首歌。

就寝前，战士们相互议论着。呼斯乐意犹未尽地说道："刚才沙晨歌唱得真好，甜甜的、柔柔的，真美！"

"得……得了吧，我……觉……得……胡杨……朗……诵得……好，抑……抑……扬……顿……挫，有……意……境。"金宝抢话道。

"真不嫌脸大，胡杨是你喊的吗？少和女兵套近乎。"高义勇插话："我认为她朗诵的确实挺好，但最主要是江山的诗写得好，口琴吹得也不错，挺有文艺细胞的。"

孟虎威有些不服："我看他不是有文艺细胞，浑身上下都是文艺细菌！"

"哈哈，真逗！"小屋内充满了轻松的欢笑声。

随着熄灯哨音响起，大家的话语声逐渐变小、变少，每个人都在回味着一天的点点滴滴，慢慢地进入了梦乡。

4

清晨，万樟岭的林间小道，显得格外宁静、温馨。郝江山带着邱胡杨走到马厩，指着一匹两耳高耸、双眼凝神的红鬃马自豪地说："这是我的坐骑'赛风'，跑得可快了。"

邱胡杨看着这匹马喜出望外。这匹马脖细、胸阔、臀宽，雄劲高大，浑身上下闪着缎子般的光泽，简直挑不出一点毛病，看哪里都好看。

"我能摸摸它吗？我觉得它就像孙大圣养的天马一样漂亮！"邱胡杨走近红鬃马兴奋地问道。

"别靠太近，它会踢你。"当邱胡杨准备抚摸马鬃毛时，郝江山及时提醒道。

"它可不像动物园养的马那么温顺，它跟你还不熟悉，稍不注意，它就会踢人的。"郝江山告诉邱胡杨："当初，我刚接触'赛风'时，就被踢过好几脚。"

郝江山向邱胡杨传授他的"骑马经"："和马接触时，应从马的左前侧慢慢接近，不要从马的右侧和马的前、后侧接近，要注意观察马的神态。如果马耳朵向后、眼睛瞪大，它可能要生气了。这种情况下，还是离它远一点好。"

"我想骑骑你的马，行吗？"邱胡杨恳求地盯着郝江山。

"好吧，我帮你牵着缰绳。"郝江山拧不过邱胡杨，只好答应了她的请求，叮嘱道："一定得慢点，注意安全！"

郝江山小心翼翼地教邱胡杨骑马，随着邱胡杨慢慢适应了骑马的技巧，速度也渐渐快了起来。

"能不能再快一点呀？"邱胡杨兴奋地喊道。

"这马有野性，怕你摔着，不敢让你单独骑。"说话间，郝江山熟练地跳上马背："走，带你兜风去！"

灵性极高的红鬃马昂首伸颈，迈着轻快又有节奏的脚步朝林间踏行。邱胡杨满脸幸福地坐在郝江山身后，轻轻搂着，随着"赛风"速度的加快，邱胡杨搂得越来越紧了，不知不觉就离开了执勤点。他们时而在林中骑马漫步，时而在小道上开心奔跑，欢笑声回荡在山谷间。

溪水潺潺绕山走，青山绕着绿水转，山山水水美如画。轻盈的小鹿在山间尽情地撒欢，悠扬的百灵鸟站在树梢放声歌唱，松涛阵阵述说着古老的情话。

"江山！帮忙多采点艾蒿。"邱胡杨站在草丛中喊道。

郝江山采着艾蒿，不解地问道："采这么多艾蒿要干什么？"

"回去你就知道了。"

邱胡杨不时抬头看着眼前的白桦林，感叹道："这片白桦林好美啊！"

郝江山手里拿着为邱胡杨细心挑选的几块精美小石头和艾蒿。俩人穿过一棵棵树，悠然漫步到森林深处，脚踩在林地上软软的。阳光透过茂密的森林，一束束照射进来，一只小鹿在悠闲地吃草。

郝江山随口小声说出："树深时见鹿。"

不经意间，邱胡杨被眼前出现的一片白桦林吸引住了。

慵懒的阳光静静地洒落，亭亭玉立的白桦林像镀了一层银光，树干上的结痕像一双双神奇而秀美的大眼睛，泛绿的枝叶在微风中轻轻摇曳，显得格外优雅、耀眼。邱胡杨时而尽情地奔跑，时而静静地伫立，抚摸着一棵棵白桦树。

高高的白桦林，显得格外的圣洁，圣洁得让人不忍心靠近，生怕惊动了酣睡的林间女神。

邱胡杨在一排白桦林前停了下来，深深地闻了一下树木散发的清香，陶醉着，禁不住闭上了双眼。

阳光透过树叶照在邱胡杨白皙的脸庞，闪着高白玉瓷般迷人的光泽，颈部的肌肤如同凝乳，青青的筋脉隐约可见。

眼前的浪漫与温馨也把郝江山给迷住了，看着邱胡杨醉人的神态，郝江山悄悄从身后走过去，情不自禁地轻轻抱住她，深情地凝视着像小绵羊似的邱胡杨。

邱胡杨依偎在郝江山宽阔的胸膛，一种甜蜜而幸福的感觉涌上心头："这儿多美啊！远离了都市的尘嚣和浮华，真让人心旷神怡，流连忘返。"

"白桦林美，你更美。"郝江山轻柔的声音几乎让人迷醉。

"真想走进大森林，永远和你在一起。"邱胡杨温柔的手与郝江山紧紧抓攥在一起。

他们陶醉在这迷人的春色中流连忘返。"赛风"在不远处，用它那羞涩而温柔的眼睛看着，时不时抖了抖身上的鬃毛。不一会儿，嘶鸣了一声，才将他俩惊醒。

5

天色渐晚，林子太密，就连郝江山也找不到回去的路了。郝江山心想："坏了！迷山了，这可怎么办？"他又怕邱胡杨担心，略显镇定地四处张望着。他俩真的迷山了，越急越找不到返回的路。郝江山和邱胡杨坐在马背上，"赛风"突然放慢了正在奔跑的脚步，一对耳朵支棱棱地抖动着，打着响鼻不停地嘶鸣。

天色越来越黑，森林像泼了墨，乱石嶙峋犹如张牙舞爪的怪兽，大树像一个个巨人，山风吹过树林一阵哀号，无边的黑暗阴森森地压了过来。

郝江山为掩饰心中的焦急与恐惧，抱紧钢枪壮着胆子喊道："大将在此，谁敢阻拦。"声音在山林中回荡。蓦然间，山林像死一般的沉寂，只能听见马的喘息声。远处传来猫头鹰的叫声令人毛骨悚然，冷风掠过让人浑身起鸡皮疙瘩，顿时像坠入黑沉沉的海底，分分秒秒都感到压抑而漫长。

郝江山隐约看见树林里有几处绿光在晃动："不好，有狼。"

邱胡杨受到惊吓，汗毛一下子竖了起来，紧紧抱住郝江山，闭上眼睛越想越害怕。两只狼站在不远处，"嗥嗥"地叫起来，两眼直勾勾地盯视着，声音凄厉，令人毛骨悚然。

郝江山略作镇静："别怕！"然后扬鞭策马，但是马怎么也不肯走，抬起前蹄嘶鸣着，邱胡杨嘴里喊着"哎……"，却身不由己，一不小心从马上摔了下来，郝江山迅速下马喊着："胡杨……胡杨……快醒醒，快醒醒啊！"担心、焦急、惊恐齐涌上来，邱胡杨却昏了过去。

郝江山抱起邱胡杨，这时偷偷跟来的孟虎威见状跑上前，气愤地嚷嚷道："郝江山，都是你干的好事！"原来心怀嫉妒的孟虎威一直在暗中窥视着他们。

又来了几只狼，三人被团团围住。郝江山从兜里掏出一块肉干朝一旁扔去，又朝狼群开了一枪，趁机引开狼群，把枪递给孟虎威："你拿着枪，保护好邱胡杨。"

正在寻找两人的孙景权听见枪声，快速朝这边赶来。孟虎威见郝江山引开了狼群，便将邱胡杨抱扶上马溜掉了。郝江山从地上捡起一根棍子和狼群对峙，余光扫视着身边的树林，瞄准一棵大树，把棍子扔向狼群，像猴子一样快速爬上了树。

孟虎威骑着马安全返回执勤点，他气喘吁吁地将邱胡杨从马背上抱了下来，大叫道："卢军医，快救人！"

众人围在床边，邱胡杨半昏迷中嘴里念叨着："别过来……别过来……"

"胡杨，快醒醒。"大家齐声回应，慢慢地邱胡杨醒了过来："我怎么在这里？郝江山呢？"

孟虎威抢先答道："我和孙班长分头去找你俩，发现你俩遇到了狼群。谁知郝江山那小子不讲究，竟不顾你的安全，自己逃跑了！幸亏我及时赶到击退了狼群。那狼个头儿有小马驹那么大，当时啊，老危险了。"

沙晨情绪激动："真没想到郝江山是这样的人！真是知人知面不知心啊！"

呼斯乐感到有点诧异："这也不像是他的风格啊？"

孟虎威声音陡然提高了几度，指着枪说道："怎么不像？我看他这个人就很虚伪。你们看这是不是他的枪？连枪都扔了。"

邱胡杨咳嗽了两声要坐起来，孟虎威摁住她："你可别起来，再休息休息。"

邱胡杨焦急地问道："那郝江山呢？他没事吧？"

孟虎威愤慨道："逃跑了！他都不管你的死活，你还问他去哪儿了？"

邱胡杨置信不疑："我觉得他做不出这种事来。"

沙晨插了一句："见你和郝江山没回来，孙景权班长和孟虎威去找你们了，确实是孟虎威把你送回来的。"

邱胡杨还是有些不相信："不管怎么说，也不能不管他了呀。"

"你放心吧，有孙班长在，肯定没事的。"

另一边，孙景权见狼群围攻郝江山，赶紧下了马，用枪瞄准跟郝江山对峙在最前头的一头狼，忽然一只瘸腿的白狼冲了出来，她朝狼群嚎叫了几声，狼群竟然撤退了。

孙景权有些疑惑，放下了枪。郝江山看着退去的狼群，双手一软，整个人从树上滑了下来。

母狼一瘸一拐走到瘫坐在地上的郝江山跟前，伸出舌头舔了舔他的手，郝江山认出是上次救出的母狼，惊喜道："是你？"

母狼眼神里带着温柔，像是听懂了郝江山的问话似的，点了点头，几步一回头追赶着狼群，渐渐消失在夜色的森林中。

被孟虎威救回执勤点的邱胡杨，因为担心郝江山显得焦躁不安。见众人都不肯休息，恳切地对大家说："你们都休息吧，我没事，现在好了。"

门外传来一声马打响鼻的声音，呼斯乐赶紧冲出去："是不是回来了？"孟虎威神情立刻紧张起来。

郝江山第一个冲进屋子，看见邱胡杨安然无恙后松了一口气，关切地问道："吓死我了，邱胡杨，你没事吧？"

邱胡杨看见郝江山表情有点不自然，结结巴巴地说："没……没事。"

沙晨在一旁冷嘲热讽："有的人啊，真是虚伪，无比自私，当面一套背地一套。"

卢军医等人看郝江山的眼神也有些复杂，郝江山感觉很诧异。孟虎威立刻打起圆场："回来就好！没事了，没事了，大伙儿快都休息吧。"

孙景权脸色沉下来："孟虎威，你！"

孟虎威抢话道："班长，我把邱胡杨安全送回来了。这一路上，可把我累坏了，你不知路上有多凶险。"

孙景权又接着说："不对……你！？"

孟虎威看了一眼邱胡杨，又抢话道："还好邱胡杨没事，我很累了，我去休息了。"

郝江山好像明白了几分，啥也没说转身出去了。

邱胡杨想喊住郝江山问个明白，刚想起身却感到一阵疼痛。

6

清晨，邱胡杨在沙晨的搀扶下推开门，看见战士们都在梳理马鬃毛、整理马鞍。孟虎威看见邱胡杨出来，有意显摆一下骑马技术，翻身上马围着执勤点遛起马来，有意无意地朝邱胡杨这边瞅着。

孙景权大喊："小心点，有沟。"

话还没有说完，孟虎威"哎哟"一声，从马背上跌了下来。

孙景权急忙跑了过去："怎么样，摔到没有？"

高义勇等人也跑过来，关切地问道："伤到没有？"

呼斯乐对还在梳理着马鬃毛的郝江山说道："又不知他在搞啥幺蛾子，刚才骑马的时候，两眼直勾勾地瞅着邱护士，这下摔了吧，活该！"

孟虎威抱着小腿，揉着肩膀疼得"哎哟"叫个不停。

"你待在这儿别动，我过去看看。"沙晨朝邱胡杨说完，小跑着过去，摸了摸孟虎威的小腿："还好，骨头没伤着，就是扭到了。高班长，你去取点红花油吧。"说话间，邱胡杨也慢慢地跟了过来。

不大一会儿，高义勇取来一瓶红花油递给沙晨。邱胡杨接过来，麻利地拧开倒了一点在手上，闻了闻，又看了看标签："过期了。高班长，你们这儿还有没有了？"

"没有了，我们点上就这一瓶。"

卢军医也走了过来，检查了一下："看样子问题不大，没有伤到骨头，先抬到屋里再说。"

邱胡杨从屋里拿着一个碗，默默来到郝江山跟前，忽然脸红了，说话开始结巴起来："郝江山，我……你……"

金宝诧异道："邱……邱护士，你……你……咋……学我结巴？"

郝江山也很蒙："怎么了？"

邱胡杨朝金宝摆摆手，朝郝江山挠挠头："我跟你借样东西，治病。"

"借啥？"

邱胡杨瞅了瞅金宝和呼斯乐，脸更红了，拽着郝江山走到了偏僻处。

邱胡杨声音越说越小："我问你，你还是不是处男？"

郝江山一下子紧张起来，闪到一旁："干什么？"

邱胡杨用手捂着眼睛："我……我没别的意思。"

"那你是啥意思？我可……"

金宝和呼斯乐有些不明所以地看着远处的这两人："你说……他们在……干啥？"

"不知道，好像在吵架。"

邱胡杨挪开蒙眼的双手，狠了狠心跺了一下脚，连珠炮一样说道："哎呀，我不跟你磨叽了。点上的红花油过期了，我们带的跌打损伤药，让前面几个执勤点用完了，我问你要点小便，给孟虎威治病。"

郝江山顿感窘迫："啊，这个……能行吗？"

"能行。在中医案例中常见有这样的记载：古代战争，战士们从马上摔落是常事，那些摔伤的战士都知道找少儿的小便，饮下后跌伤就能治愈大半。咱们这儿也没有少儿，我是偷偷和你说这事，千万别声张。"

邱胡杨见郝江山无动于衷，仍愣在原地，推了他一把："时间紧迫，救人要紧，别磨叽，快点的。哎呀！顾不了那么多了。"

不一会儿，郝江山端着大半碗"汤药"，递给了邱胡杨，红着脸嘴里还念叨着："我可什么也不知道。"

孟虎威一看邱胡杨过来了，手里还端着"汤药"，心想："我在胡杨心中的地位挺高嘛，不仅给我熬药，还亲自端给我。"

孟虎威端着"汤药"，闻到了一股刺鼻的气味，皱着眉头问道："这是啥药？咋这么大味道呀，能治病吗？"

邱胡杨脸一红："这……这个叫，叫人中白，味咸性凉，具有滋阴凉血、止血散瘀的功效，对于跌打损伤、口舌生疮、血瘀作痛、水火油烫伤等都有疗效。"

"你说得这么专业，肯定有效果。"孟虎威信服地看着邱胡杨，端起碗来一饮而尽："虽然闻起来不怎么样，但味道还不错，谢谢你，胡杨。"

"不用谢。"邱胡杨声音很小，拿起碗就跑出去了。

孟虎威得意地对战友们说："看胡杨对我多好，你们就羡慕吧。"只有卢军医在一旁偷偷笑个不停。

傍晚的执勤点，又起蚊子了。邱胡杨找来两个旧盆，点着了艾蒿，不一会儿就冒起了浓烟。

油灯下，郝江山在小屋里找来一个小木盒，把几个精美的小石头放在盒内，被躲在暗处的孟虎威看到了。

准备就寝时，孟虎威调侃道："今晚真的没有蚊子了！真是太感谢胡杨了！"

郝江山白了孟虎威一眼："胡杨也是你喊的？麻烦你把姓加上。"

孟虎威自豪地说道："我偏不加，昨天她给我喝的药，今天就好了一大半。我们都是从省城来的，上午她给我腿上草药，比我老妹还用心，我看你们啊，这是纯纯的嫉妒！"

大家都爬出被窝，把孟虎威按在床上，一起挠痒痒，引得孟虎威大喊："班长，救命啊……班长，有人残害革命同志了……"

室内大家七嘴八舌说笑着，执勤点的院外却格外宁静。

7

快乐的日子总是过得飞快。转眼，就到了要与医疗小分队分别的日子了。天蒙蒙亮，孟虎威偷偷地走向郝江山放木盒的地方。

太阳冉冉升起，大家都帮着往车上装东西。结束了巡诊任务，医疗小分队就要离开执勤点了。战士们拿出自己心爱的东西，都想送一些最好的礼物给不辞辛苦来执勤点的俩女兵。

邱胡杨感激地劝说道："大家的心意我俩都领了，你们送给我们最好的礼物，就是苦中有乐的革命乐观主义精神。"

"苦中自有乐，乐在吃苦中。"卢军医一一握着战士们的手，鼓励地说："偏地方、苦地方，就是锻炼人的好地方。"

孙景权拎着提包，走向医疗小分队的车："江山，这里全交给你了。卢军医让我去医院做个全面检查，很快就会回来。你要负好责、看好家。"

"放心吧，班长，我保证完成任务。"郝江山握着孙景权的手，久久不愿松开。

战士们送了很长一段路，恋恋不舍地与医疗小分队告别。郝江山找了一个机会，悄悄地把小木盒塞给了邱胡杨。

卢军医见战士们这样喜欢她俩，心里很感动。大家依依不舍，沙晨还被这浓浓的离别之情，感动地掉了眼泪。

孙景权半躺在后车座上，面色有些沉重。沙晨还沉浸在刚才的离别场景，闭着眼睛一言不发。邱胡杨甜美地回忆着和郝江山在一起的时光，特别是像木头一样的郝江山，竟然主动抱了她，想着想着脸上情不自禁地露出了幸福的笑容，脸颊红得像天边的晚霞。

医疗小分队安全返回支队，邱胡杨兴高采烈地向战友们讲述着执勤点的故事："万樟岭的白桦林可漂亮了，骑上马奔跑在林子里，真的太潇洒了。"

大家听得都很入迷，闪烁着羡慕的目光。

沙晨插话道："有啥好玩的，条件又苦又差，周边连个屯子都没有，水的颜色跟咖啡一样，又苦又涩。"

邱胡杨欣喜地给战友们介绍着执勤点官兵送的礼物，黄妍霞拿着木盒子问道："这个木盒子里装的是啥呀？"

邱胡杨仍然陶醉在捡石头的快乐氛围中："哦，那是执勤点战友们给捡的小石头，五颜六色可漂亮了。"

黄妍霞慢慢打开木盒子，逗着邱胡杨："什么执勤点战友送的，肯定是郝江山送给你的吧？"

女兵们好奇地凑了上去，随着盒子慢慢被打开，大家瞬间都吓了一大跳："啊……死耗子……吓死我了……"

黄妍霞吓得一下子将小木盒扔在地上，蹦到床上。几块小石头和一只死耗子洒落在地板上。

邱胡杨顿时也吓傻了："怎么会这样？"

沙晨吓得缩成一团，瞬间恶心起来："这郝江山，太欺负人了，真不是个东西！"

黄妍霞鄙夷的目光："这都什么事啊？大老远带个死耗子回来。"

邱胡杨在一旁很纳闷，心想："石头确实是她和郝江山一起捡的呀。难道真的是郝江山？怎么可能呢？……那又会是谁呢？……"

孙景权和医疗小分队离开执勤点，郝江山和战友失落了一段时间，不过大家很快调整好心情，继续沿山谷开展巡护清山。

巡护过程中，遇到的动物越来越多了，有野猪、狍子、松鼠，还有警惕的马鹿，有时离小分队还不足百米。

阿什库很是眼馋，一会儿瞄准，一会儿放下，急得他心里像猫挠一样。快下到山根时，大家坐下来休息，忽然发现一只狍子在回头张望。阿什库说时迟那时快端起枪，"叭"的一声脆响，狍子大叫一声蹿出四五十米后，又回过头来向大家张望。阿什库又补了一枪，狍子应声倒地。

呼斯乐惋惜道："唉，真是个傻狍子啊！知道危险，还不赶紧跑，回头看什么呀？"

阿什库拍着枪，很得意自己的战果："狍子的好奇心很重，看见什么都想停下来看个究竟，有时猎人大喊一声，它也会停下来。"

郝江山策马走到狍子跟前，跳下马抱起狍子，埋怨阿什库："你怎么开枪把它打死了？难道你不知道这是犯法吗？"

阿什库诧异道："咱们鄂伦春人就靠狩猎为生，犯什么法啊？"

郝江山气冲冲地上前抓住阿什库的衣领，发疯似的吼道："可你现在是个森警战士了！"

"不就是一只傻狍子吗？至于动这么大肝火？"阿什库用力撕扒着郝江山的手，也吼了起来："再说，也没有别人知道，你要干吗呀？！"

高义勇见状，急忙冲上来把他俩拉开。

大家一起走到狍子跟前，阿什库仔细看了看辩解道："你看这只公狍子，毛都快掉没了，呆头呆脑，已经上了年纪，估计也活不了多久了，也该给我们改善一下生活了。"

郝江山气还没消："凡是与森林有关的动植物，我们当森警的都有责任保护，哪怕是一只青蛙。狍子也是森林生物链中的一环，你杀了它，就等于破坏了生态平衡。"

阿什库被郝江山批得一言不发，垂头丧气，执意要用打来的狍子改善伙食，可最终还是没有说服郝江山。

大家用组合工具挖了一个大坑，把这只可怜的狍子埋了起来，郝江山用一块石头做墓碑，上面用刀刻了四个字："狍"根问底。

8

靠前驻防点远离城镇、远离支队机关，各点间除了共同扑救火灾，根本没机会见面，每天支队通过电台与各驻防点保持着联系，实施不间断指挥。

樟子松母树林发生火情，林内郁闭度高，且灌木丛生，支队通过电台命令距离火场最近的万樟岭执勤点，迅速出发进行扑救。

一阵急促的哨音响起，郝江山命令道："支队值班室通报，樟子松母树林有火情。大家立即带上灭火装备和给养物资，准备打火。"

队伍出发了，郝江山骑着马走在最前面，偶尔查看着手中的地图。

呼斯乐疑惑道："林子这么密，你怎么判断方位？"

郝江山回复道："我带指北针和地图了，这一带高义勇也比较熟悉。"

"这母树林很重要吗？"

"当然重要了，母树林就是供采集种子、繁殖后代的树林，没有这片母树林，樟子松的自然基因就不可能得到有效的保存。"

　　小分队在丛林中急速穿行，他们俯身趴在马鞍上，一手扶着鞍具，一手挡在面前防止树枝划伤，但战士们的脸仍被弹回来的枝条划出一道道口子。郝江山走在最前面，显然他是最累的一个，也是被划伤最多的一个，他不时查看着手中的地图和指北针，嘴里念叨着："大家跟紧了，小心脚下。"

　　当轻骑小分队赶到火场时，郝江山看见有的火从树根往树上爬，有的火攀附树枝跳跃着，燃烧的噼啪声断续淹没了战士们前进的脚步声，烧灼刺激的烟味不时窜入口鼻。一阵风吹来，浓重的生烟呛得人和马喘不过气来。

　　郝江山喘着粗气、咳嗽着，不停地观察火场。火场面积已近两公顷，火线正向四周蔓延，火场风力3~4级、风向西南，火场东北线的火头，正向林间窜动。郝江山随即下达命令："我和高义勇各带一组，采取'一点两面，分兵合围'的战术，先集中扑打东北线的火头，而后沿火线扑打，孟虎威你在后面清理，前面就是樟子松母树林，千万不能让火烧过去了！"

　　高义勇带领一个小组手持风力灭火机从火头侧翼阻截火头，其他人员不顾烟熏火燎，抢起2号工具和铁锹进行扑打。

　　顿时，松树燃烧的"噼啪"声和灭火机的怒吼声响成一片。大山、森林、动物们仿佛在回应着："你们来了真好。"

　　经过奋力扑打，东北线火头被压了下去。"快到正午了，气温回升，要注意安全。"郝江山说完，端起风力灭火机再次冲向火线。

　　受地形、风向和森林里的小气候影响，火头突然改变了方向，窜向另一片林子，郝江山等4名战士立即扑向一米多高的火头。

　　大家刚刚喘口气，西北线火苗又蹿了起来，高义勇带领3名战士继续追打火头。大火燎着了他们的衣服、头发和眉毛，战士们一边遮挡防护，一边与火魔较量着，全然不顾、奋勇向前。

　　孟虎威看着在火场上冲锋陷阵的郝江山说道："这人，真是个火疯子啊！"

　　经过五个多小时的艰苦奋战，火势基本得到控制，小分队开始巡查火场、清理余火，而后安全归建，组织一战一评。

　　撤回的路上虽然是白天，郝江山不敢有丝毫懈怠，对小分队说道："大家一个跟一个，都跟紧点，千万别走散了！"

　　孟虎威冲郝江山喊道："那个谁，我要新陈代谢。"

　　"那我们等你。"

"不用，你们先走，我随后就到。"说着跳下马就钻进了树林中。

孟虎威出来后，走了一段路，没有看见小分队，有些傻眼。他发现每棵树都长得都差不多，之后他又扯断一根草绑在一棵树上，走了一会儿又回到了原地。孟虎威有点着急了，每棵树都长得差不多啊，看来真是迷山了。他又走了几遍，还是在原地打转转，又累又饿的他坐在树下，不知不觉就睡着了。

睡梦中，孟虎威和邱胡杨对坐在一起，邱胡杨朝他吻去，他一下子沉浸在幸福之中。突然，他被吻疼了，猛然看见一只黑瞎子正在舔他的脸。

"这下可玩完了。"头脑中一下子闪现出无数个问号："我该怎么办？"

记忆中，他还清楚地记得，孙景权在给他们讲执勤常识：要是离黑瞎子很近，就不要跑了，你也跑不过它，这个时候要装死，黑瞎子不吃死物。

想到这，孟虎威索性闭上眼睛，用手堵住鼻子装死，黑瞎子用鼻子拱了拱，嗅了嗅，过了好大一会儿才离开。孟虎威刚松了一口气，看见大熊又折回来，也不知道哪儿来了爬树功夫，几下便上了树，黑瞎子站起来也很高，发疯似的拍打着树干，孟虎威一紧张，踩断了脚下的树杈，险些从树上滑下来。在离黑熊爪子只有几厘米的时候，幸亏又抓住一根树杈，才又爬回原处，吓得浑身直冒冷汗。过了五六分钟，黑熊才晃晃悠悠朝山下走去。

孟虎威哆哆嗦嗦下了树，刚要喘口气，黑熊又回来了！

孟虎威惊恐地向前猛跑，没几步就被黑熊追上了，孟虎威躲在了一棵大树根的后面，还是被黑熊连拉带按，坐在了屁股下面。

郝江山和队员们左等右等不见孟虎威追上来，只得返回来接应他。离老远就看到了这一幕，都被吓得不敢出声，怕惊到黑熊，都把嘴巴捂了起来。

万幸孟虎威躲的地方有几块大石头，黑熊的力量不能完全压在他身上，连惊带吓的孟虎威手脚不停地乱舞，忽然他摸到了一团软绵绵的东西，灵机一动，左手将腰带抽了出来，把黑熊的蛋蛋用腰带系上拴在了树根上，将身子一点点挪出来，黑熊见孟虎威要跑，猛地蹿起来去抓，因为蛋蛋被拴住了，疼得嗷嗷叫。

孟虎威气喘吁吁地跑开，骂道："吓死老子了。"

小分队这才赶紧向孟虎威迎了过去，郝江山发现他头上身上全是汗："你没事吧？刚才可把我们吓坏了。"

孟虎威壮着胆说："我孟虎威怕过谁？你们没一个讲究人！"

郝江山解释说："黑瞎子受了惊吓会发飙，谁也不敢吭声啊。"

"哼，竟说些没用的，以后这个地方就叫拴蛋岭了。"说完就晕过去了。

回到万樟岭执勤点，天色已经很晚。众人围在床边，神情悲伤，孟虎威睁开眼睛："我这是怎么了？"

阿什库装作很悲伤："我们刚才将你的症状给支队汇报了，军医说你不行了。"

孟虎威疑惑："不行了，是什么意思？"

呼斯乐很认真地说："就是没几天活头了！"

高义勇指了指桌子上的食物："军医说了，让你想吃啥就吃点啥吧。"

孟虎威十分疑惑："不对吧，我觉得我没有那么严重啊，你们是不是弄错了，最起码我头脑清晰，思维敏捷啊。"

金宝也来凑热闹："那……那是……回光……回光……返照啊！"

看着孟虎威认真的样子，阿什库首先憋不住，笑了起来，大伙儿都笑了。

笑得孟虎威直发毛，瞬间他又明白了什么，从床上爬起来朝他们扔出一个枕头："你们，没一个好东西。"

众人欢笑着散去。

一天训练后，郝江山和高义勇正在为战马梳理毛发，战士们对待战马就像亲人一样，每匹战马都饲养得很精心。马身上的毛发，在阳光的照耀下闪闪发光，神采奕奕。呼斯乐伸着头抱着膀，聚精会神地盯着晾在了铁丝上的白褥单。

郝江山喊道："呼斯乐，那上面有你对象的信啊，看那么认真？"

呼斯乐兴奋地大叫："快来看呐，这上面有地图。"

大伙像研究作战地图一样研究起来，郝江山："你还别说，真像万樟岭的地形图，有山有水的，还有等高线呢。"

呼斯乐指着床单："这个地方很像拴蛋岭啊。"

高义勇擦着枪，憋不住笑了出来："什么地图？这就是跑马了。"

呼斯乐大惊小怪："跑马？谁的马跑了？"

高义勇摇摇头："不是这个意思。"

呼斯乐想要把这个问题搞明白："啊，那什么是跑马？是马没有拴住吗？"

孟虎威听见有人在议论，拿着一个马嚼子就出来了，发现大家都围着他的床单，疑惑地问："都干吗呢？床单有什么好看的！"

呼斯乐还在一本正经地问："孟老兵，是你的马跑了吗？"

"去去去，上一边儿玩去，你们懂什么？再瞎喊，这个马嚼子就给你带上。"

大伙儿都散开了，高义勇对郝江山和呼斯乐耳语了一番，俩人先是脸一红，随后又大声笑了起来。

一周后，林业局领导专程为小兴安岭支队送来了一面锦旗，授予万樟岭执勤点"樟子松母树林保护神"的荣誉称号。

林业局张局长紧紧握住田政委的手激动地说："老田，我这次是给战士们请功来了。前几天，万樟岭林场发生一起雷击火，虽然火不大，但组织得力，扑救及时，保护了上万公顷的樟子松母树林。打小火，立大功！您带的部队了不起啊！"

田政委笑着示意张局长往办公楼走："老张呀，没什么，这都是我们应该做的。"

"老田呐，话可不能这么说，要是烧到那片母树林，我乌纱帽丢了不要紧，可无法向党和政府及林区人民交代啊！"

"放心吧，老张，只要有火情，我们森警肯定第一时间上去！最后一个撤下来！"

"现在看来，打早、打小、打了，关键是要打早。"

田政委心领神会、一语中的："兵贵神速，打火用兵，就讲究一个快字，快速出动，重拳出击，打好歼灭战。"

张局长接着说："你们森警号令意识就是强，敢打硬拼、英勇顽强的精神，林区人民是家喻户晓啊，可社会上不太了解这支部队，更不知晓你们的感人事迹。"

田政委爽朗地回道："我们不是演员，演员见不到观众就会有失落感，我们要是让人看着打火，心里还不得劲呢。"

张局长："好！有森警在，我们就放心了！我建议支队给万樟岭执勤点的战士们立功受奖！刘科长，你快把给战士们的慰问品搬下来……"

时间过得可真快，转眼万樟岭执勤点就要撤点了。临走时，郝江山给"赛风"砸了豆饼、搅拌了草料，又细心地给它从头到尾刷了一次毛，牵着它在木刻楞周围遛了一圈又一圈。"赛风"用它那羞涩而温柔的眼睛看着郝江山，歪过头蹭蹭他的臂膀，郝江山心里酸酸的，眼睛有些发热："阿什库，'赛风'，你可要帮我照顾好了。"

"放心吧，我肯定照料好的。"阿什库抚摸着马鬃毛，又从兜里掏出拾元钱："你帮我给孙班长买点营养品。"

防期结束，万樟岭执勤战士们奉命撤离归建。郝江山下车碰到张彘龙排长就问："张排长，孙班长回来了吗？"

"唉，还在医院呢。"

郝江山着急地问："走时，他还跟我说，过几天就回点上。怎么在医院住了这么长时间？"

"我也刚回来，具体情况还不清楚。"

"不行，我得赶紧去医院看看去，怎么住这么久院？"

市医院门诊部会诊室门口，卢军医和邱胡杨焦急地在门口等待。

忽然门开了，走出一位医生，卢军医和邱胡杨赶紧迎上去，还未等卢军医开口，医生发话了："谁是孙景权的家属？"

"主任，他是我们支队的一名志愿兵。"卢军医赶紧回答："有什么事可以直接跟我说。"

主任拿着几张化验单，给卢军医看："这孩子有点耽误了，我们初步诊断为慢性肾炎。"

郝江山和几个战友前往医院，拎着水果走进病房。孙景权躺在床上，看见战友们感到异常惊喜："你们什么时候回来的？"

郝江山走上前去拉住孙景权的手："今天刚到，大家都想你了，过来看看。"

"点上留谁在看守？大黄马下小崽了吗？"

"阿什库在留守，你走第三天大黄马就生了。你好好养病，就别操这个心了。"

呼斯乐将水果放在床头柜上，想剥一只香蕉给孙景权。这时，卢军医和邱胡杨走了进来。

大家相互问候情深意切，病房里充满了久违的欢笑声。

第九章 血性浪漫

1

一年一度的警校学员招生就要开始了。小兴安岭支队参加考警校的学员苗子，都集结在教导队统一组织复习。

郝江山在草稿纸上聚精会神地演算着，孟虎威凑了过去："瞎画啥呢？"

郝江山头也没抬："有啥事？说。"

"本人有一道难题，想请教请教你，行不？"

"孟少爷请讲。"

"我看你是汉子，能不能说个实话，你是不是喜欢邱胡杨？"

郝江山一愣："这就是你要问的难题吗？"

"你说呢？"

"这事跟你有关系吗？"

"当然有了，我也喜欢她。"

"你什么意思？"

"你知道她家是干啥的吗？你家是干啥的？我觉得你俩不般配！如果你考上警校，可能还有一点机会；考不上，门都没有。我劝你，还是早点死了这个心吧。"

"请放心，这道题的答案，肯定会很完美。"

郝江山深知考警校的机会来之不易，经常独自一人偷偷在教室角落里苦读，每天都学习到很晚才肯休息，他要抓紧把落下的功课补回来，把在执勤点耽误的时间抢回来。

白天课间休息时，郝江山就在院内一角背题，邱胡杨和沙晨到教导队看望战友，好不容易才找到他："郝江山，你咋躲到这儿？害得我们找了半天。"

郝江山站起来："找我有事？"

"没事就不能找你吗？"邱胡杨反问道。

郝江山赶紧回了一句："不是这个意思。"

"你准备报考哪个警校？"沙晨问道。

郝江山回答道："我肯定考森警指挥学校！"

"我要调走了，可能是调到总队门诊部。"邱胡杨说着眼泪在眼眶里直打转："今天是特来向你告别的。"

沙晨快人快语："胡杨明早的火车，郝江山你去不去送？"

郝江山吃惊地看了看邱胡杨，把目光转向沙晨，答非所问："怎么会这样？"

邱胡杨将一个塑料皮的日记本塞给郝江山，擦着眼泪头也不回地就走了。孟虎威藏在远处偷偷地看着。

火车站的站台上，警勤中队孟虎威等男兵和几个女兵都到火车站送行，邱胡杨与战友们话别。

沙晨拉着邱胡杨的手抹着泪："胡杨，你可记得，要回来看我呀。"邱胡杨替她擦着泪："别哭了，我也舍不得离开你们。"

孟虎威替邱胡杨拎着行李催促着："快开车了，你抓紧上去吧！"邱胡杨像是没听见孟虎威的提醒，不时焦急地向进站口张望着。大家都催着邱胡杨上车，她执意再等一会儿。

汽笛声响，邱胡杨才恋恋不舍上了车。透过车窗，她才发现郝江山站在不远处向她挥手。

因为忙着备考警校，好几天没去医院看望孙景权了。这天，郝江山拎着麦乳精等一些营养品走进病房，孙景权一见面就问："江山，你考完试了吗？考得怎样？"

"考完了，还不知道啥样呢。你感觉好点了吗？"

"感觉好多了。"

郝江山给他倒了一杯水："你安心养病，别为我操心了。"

一个月后，郝江山收到了警校录取通知书，多年来的梦想终于实现了。看着烫金的通知书，他心潮翻滚，百感交集，所有的付出和辛苦都融入这幸福的时刻，新的征途即将启程，迎接他的将是更广阔的天地和更大的挑战！

而远在万樟岭执勤点的阿什库，把前女友乌娜吉寄来的信撕得粉碎，纸片随风飘散在森林里，在阳光的照耀下闪着光，望断了山，也望断了水，只盼来了对象的吹灯信，他朝林海发泄似的喊了几声："男子汉不能哭，这些都不是个'四'儿！"

转身回屋拧开两瓶酒，给树倒了半瓶，自己喝了一口，开始对树说起话来："喝点酒吧，这可是我的私藏珍品，今天我的信不能给你们念了，听完了你们也会不开心。"

执勤点前的每一棵树上都有一个写了名字的小木牌，那是阿什库给它们起的。

阿什库喝了一口酒："树的一生是平凡的，人的一生也是平凡的，世界上的一切都是平凡的，'大幸福'你也平凡，我阿什库也平凡，我们都平凡。然而伟大是在平凡的夹缝中闪光，平凡中孕育着伟大，伟大出自平凡，'大幸福'你们伟大源自为革命奉献木材，为人民奉献绿色，而我，阿什库收到吹灯信那一刻，我也伟大了。我的心以前还有一部分属于乌娜吉，现在全属于森警部队、属于国家，我要在万樟岭建功立业，守望这片绿水青山。革命尚未成功，我们都要努力，我还想转志愿兵，还想入党，组织在考验我，万樟岭也会考验你们。相信自己，我们能行，即使不行，我还是会不停努力，只要努力就会行的。我们一起加油！来，干！"

在升钟湖老家，郝胜茂和几个老乡正在荒山上砌坎、整地、挖坑、种树、浇水。郝明月拎着饭菜走到郝胜茂跟前："爸，别太累了，歇会儿吧，该吃饭了。"

"不急，干完这一点再吃。"

"爸，你们哪年哪月才能把山栽绿了呢？"

"栽一棵算一棵，绿一点算一点，我就是想把升钟湖变成第二个大兴安岭。"

郝明月见父亲这么辛苦就劝道："你岁数大了，留给我们年轻人干吧。"

郝胜茂望着远处："再等下去，留下的还是荒山秃岭，以后连烧柴都没有，哪儿还会奔小康呢？风水、风水，青山绿水才是好风水。"

"我有两个好消息！你听了肯定连坑都不想挖了。"

"噢，什么好消息？能让我高兴得连树坑也不挖了？"郝胜茂放下工具，好奇地看着郝明月问道。

"爸爸，这几年你对树比我和哥都亲，看来你一点也不关心我俩！"郝明月装作生气地嘟着嘴。

"你这个娃儿，让爸爸猜猜，是不是你哥哥来信了？"

"嗯，差不多吧，还有一个呢？"郝明月追问道。

"还有一个呀？那会是啥呢……"郝胜茂寻思着问。

"不难为你了，爸爸你看这个。"郝明月把入校通知书和郝江山的电报给了郝胜茂。

"哥发来电报，说他和松涛哥都考上警校了。我的录取通知书也到了，爸爸高兴不？"郝明月问道。

"好！好！高兴！高兴！"郝胜茂边看电报和通知书边说道。

乡亲们都围了上来夸赞道："郝大哥，这两个孩子真有出息，是你的福气呀！"

"爸，今天早点回家吧。"郝明月急切而又心疼地问："别老惦记栽树的事，妈妈今天做了好多菜，您请大伙到家喝两杯。"

"爸今天高兴，得多干点活，然后再回家喝两盅！"郝胜茂把通知书和电报交给郝明月回道。

"就知道干活，还是我来帮你一起干吧。"郝明月边说着边接过爸爸手中的工具。

为祝贺郝江山和郝明月被院校录取，江山妈做了一桌子丰盛的饭菜，亲朋好友围坐在四方桌喝酒。郝胜茂笑容难掩，端起酒杯说道："今儿我高兴，儿子考上了警校，女儿考上了大学，这都要感谢党的政策好。改革开放经济要搞好，人才培养很重要，看来江山能接我的班了，我们家森警后继有人了。来，我敬大家一杯！"

村支书张民富满怀激情地说道："咱村今年人才大丰收，三个考上大学，两个考上了警校，还有几个'下海'做生意，听说有的也发财了。年轻人有梦想、有志气、能吃苦，咱们村就有希望，来！干！"

村主任郝致礼呷了一口酒，慢慢放下酒杯："我们这些老家伙也不甘示弱，想法比年轻人更接近梦想，郝大哥带领男女老少栽的果树，有的都开花结果了，大家也尝到致富的甜头了。"

郝胜茂说："要想富，多栽树。再过几年，那些荒山都栽满了树，成了林、结了果，成片的林子就会成为我们的摇钱树、聚宝盆。再搞点旅游项目，我们这个穷乡僻壤的小山村，也就变成金窝银窝了，大山也就成了金宝库、绿银行啦！"

2

黑夜中，大客车在林间小道上颠簸前行，车内多数乘客都已昏昏欲睡。郝江山和贺松涛也在打盹儿。

客车在一个林场停下，上来四个中年男子，为首的一人用目光扫视车内的乘客，脸上露出阴险诡异的狞笑。

客车继续在林区小路上颠簸着向前行驶，夜幕中一个肥胖的黑影向车厢前部移动，另外三个黑影则蹑手蹑脚地在大客车前后分布开。

一个身材较胖的歹徒，从风衣中掏出一支猎枪顶到司机头部："靠边停车，不然打死你！"

司机顿时被吓得浑身颤抖，只好将车停靠在路边。留着小胡子的歹徒把住车门，手握一把尖刀，刀刃在夜色中透着寒光，让人感到阴森森的恐惧。

为首歹徒手持猎枪，对着前排抱着小孩子的老太太穷凶极恶地喊道："识相的，把钱统统拿出来！"

老太太僵持了一会儿，还是胆怯地掏出了钱包递了过去，匪徒用手掂了掂钱包，冲车厢其他乘客骂道："都识点抬举！"

坐在附近的郝江山和贺松涛几乎同时被惊醒，军人的警觉使他俩睡意全无，迅速反应过来，军人的身份和责任使他俩的怒火从心中燃起。

"管不了那么多了，擒贼先擒王。"郝江山小声对贺松涛说完，"嚯"地站起身来，大声喊道："司机开灯，大家一起抓歹徒！"话音未落，便迅速向身边为首的歹徒猛击一拳，顺势将其压在身下。

司机刚想用手摸索着开灯，大胖子歹徒迅即用猎枪顶了顶司机的脑袋："不想找死，就放规矩点。"司机伸出的手又缩了回来。

黑暗中另一名歹徒猛扑过来，用猎枪顶着郝江山的太阳穴："快蹲下，不然我打死你！"

蹲下、沉默，无疑是对军人的羞辱。郝江山用头顶着歹徒的枪口，愤怒地盯着歹徒，像是在说"有种你就开枪啊"，歹徒被郝江山吓了一愣。

紧急关头贺松涛大吼一声："我们是军人！大家不要怕！"话音未落，他一把死死抱住歹徒。

吵闹声将后排正在酣睡的秦朗惊醒了，他看到一个歹徒正晃着猎枪威逼旅客掏钱，猛扑过去一把揪住歹徒的头发。

歹徒挣脱不开，回手就是一枪，秦朗机警闪过，子弹射向车厢地板。歹徒又是一枪没打着，两人扭成一团，歹徒欲夺门而逃："快跑！"

郝江山按住一名歹徒，挡住车厢通道。另一歹徒见状操起刀就砍。郝江山感到手臂一阵阵发麻，但铁钳般的大手就是不松开。

军人的行为，唤起了正义的共鸣。"咱们一起上，不能让他们跑了！"不知哪位乘客喊了一句。

歹徒们见势不妙，一起向郝江山扑过来，贺松涛和秦朗迅速冲向车门，将歹徒一个侧踢踹倒在车厢里。

"快开灯！"郝江山大声喝道。

灯亮了，郝江山、贺松涛、秦朗和乘客们齐心协力夺下凶器，把4名歹徒绑了起来，扭送到公安局。

看着被捆绑的歹徒，几名公安握着他们的手："真的是太谢谢你们了，这几个人是惯犯，在这一带已经犯案多起，手上有刀有枪，危害极大，我们已经跟踪他们很久了，但还没能把他们捉拿归案。你们森警，既能护林防火，又能勇斗歹徒，真不愧是林区人民的子弟兵、保护神！"

郝江山谦虚地说："这是我们应该做的！遇到这种情况，我们当兵的不站出来，谁站出来呢？！"

贺松涛也插了一句："遇到车匪路霸不能怕，他们只会对着普通老百姓为非作歹，看似穷凶极恶，其实欺软怕硬。只要敢于同他们搏斗，正义一定能够战胜邪恶。"

这时，秦朗见郝江山胳膊还在流血，急忙说道："你胳膊流血了，快去包扎一下。"

"没事，一点皮外伤，算不了什么！"郝江山回答。

郝江山冲着秦朗问道："刚才做笔录时，才知道你是松江大队的，你一会儿去哪儿？"

"我去警校报到！"

"这么巧，咱们仨都是去警校报到。太好了，以后咱们就是同窗了。"

"江山，快去包扎一下吧。"贺松涛催促道，一名公安带着他们到医务室进行了包扎。

郝江山三个人在派出所稍稍休息了一会儿，便出来打车向学校驶去，一路上相谈甚欢，不一会儿就到了学校。

警校门口摆着"新学员报到处"的大牌子，几名警官和老学员正在为新生办理入学手续。贺松涛、郝江山和秦朗背着包快步走上前，秦朗从衣兜里掏出入学通知书和士兵证。报到处的一名警官仔细地看了看通知书，又看了看秦朗的脸，在花名册上打了一个勾："欢迎你，秦朗，你被分到了学员队四区队七班，下一个。"说完把通知书和士兵证还给了秦朗。

贺松涛走上前，将通知书和士兵证递了上去，中尉警官对完名册："贺松涛，你在四区队五班。"

郝江山在身上和挎包里着急地翻找着，里里外外折腾了个遍，也找不到通知书，猛然想起什么，红着脸对报到处的警官说道："中尉同志，我的通知书丢了！"

"什么！通知书丢了？你咋没把自己丢了呢？"中尉警官惊愕地反问道。

"首长，我俩是一个支队的，他真是新学员。"贺松涛解释道。

"是的，昨晚我们……"秦朗见状帮衬道，郝江山示意不要再说了。

"对不起，没有通知书，不能进去！"中尉警官强调道。

三个人正在着急的时候，从后面开来一辆大客车，眼尖的秦朗拉着郝江山说："快看！"

司机将车停在报到处门口，下了车就对郝江山说道："小伙子，这个地方可真难找，打听了好多人，才找到这儿。你看这个是不是你的？"郝江山接过司机手中的入学通知书，连连道谢。

司机对报到处的警官说道："这仨当兵的，真是好样的！"说着竖起了大拇指："今天凌晨车上有人抢劫，多亏他们在危急时刻敢于出手，才制服了四个歹徒！"

"原来是这样。"中尉警官上前说道："能到我们这儿来的，肯定都是好样的。"

"你们当官的，要好好表扬表扬他们！"客车司机说道："好了，我该走了。"

"再见！师傅！"郝江山等同声说道。

司机调过车头，打开车窗伸出脑袋："你们仨小子好好干，以后坐我的车一律免票。"

仨人拎着行李刚要进门，看见一辆轿车在门口停了下来。

孟虎威摇下车窗，看见郝江山，有些趾高气扬地说道："哟，这不是郝大文书吗？没看出来，你还真有些能耐，也能上警校。"

"怎么，这答案不满意吗？"

"咱们走着瞧，笑到最后，才笑得最好！"

秦朗问："这小子是谁啊？"

"一个公子哥，不用理他。"说罢，郝江山提起行李，大步向前走去。

210

郝江山去警校报到了，郝明月也上了大学，做父母的本应感到开心，江山妈却有些心事重重，吃饭时他对郝胜茂说："今天家贵妈来了，带了很多礼物，跟我提了家贵和明月的婚事。"

郝胜茂放下碗，若有所思地说道："这事儿还真不好办啊。"

"早些年，你在森警，他们家对咱们帮衬不少。你俩有一年喝完酒，一合计订了娃娃亲，人家又教了江山那么多功夫，你说明月现在上大学了，咱们要是不同意，会不会让村里人戳脊梁骨？"

"明月是啥意见？"

"我看这丫头对老贺家那小子有点意思。"

"你没问问？"

"女儿长大了，深问也不好吧？"

"家贵这孩子本质很好。昨天在酒桌上，他爹说，他在深圳一家具厂上班，人家很看好他，现在挣的也不少，以后过日子应该不错。过些日子你找明月谈谈，孩子们的事让他们自己做主吧。"

3

初秋，天高气爽、云淡风轻，杨柳伴随着江风悠闲地摆来摆去。鸟儿一会儿落在柳枝上，叽叽喳喳"聊"个不停，一会儿又三五成群飞到东又飞到西，像百灵鸟似的展示着明亮的歌喉。

新学员陆续到警校报到，见到了分别两年多的新训战友，有的紧握双手，不停地问着分手后的情况；有的责备地"骂"着，埋怨为啥不给写信；还有的使劲地拍打着彼此的肩膀，用特有的方式述说着思念之情。

秦朗高兴地说："没想到，咱俩还能分到一个班！"

"是啊，我也没想到！咱俩真是有缘呐。"郝江山笑着回答。

他们拎着行李上了楼，穿过走廊来到学员队七班。

郝江山推开门，看见宿舍里已有了三名同学。艾一木正在看一本徐刚的书《伐木者，醒来》，那罕躺在下铺的床上，一副悠哉悠哉的样子。

听见动静，艾一木放下了手中的书，抬起眼皮打量了一番，上前握住郝江山的手夸张地说道："战友！可等到你们了！"

郝江山和秦朗还不知道咋回事，艾一木走到门口探头探脑地往外看了一眼，又急忙把门关上轻声说道："有'雷管'没？给我来一根，崩崩牙。"

"我不抽烟啊！"

"我也不会。"秦朗也回复道。

那罕接过行李帮忙铺着床铺："欢迎，这回咱们班都到齐了。"

"让两位兄弟笑话了！烟瘾上来了。昨天报到后，我带的两条烟都被'大喇叭'点验收走了。"艾一木苦笑了一下，帮秦朗整理着内务。

郝江山问艾一木："谢谢你，我叫郝江山，你叫什么？"

"我叫艾一木，吉林的。"

胡焕青推门而进，抱怨道："这'大喇叭'让我们薅了半天草。"

一名战友随后也走了进来："哎哟，又来新战友了！刚才我俩出公差，下回该轮到你俩了。"

"没问题！"郝江山回了一句，又好奇地问："谁是'大喇叭'？"

"他是个魔鬼、变态狂……"还没说出来，就听见走廊里急促的哨音："各班注意，楼前集合！"大家迅速戴上帽子，扎好武装带往楼下跑去。

学员队宿舍楼前，新学员们整齐列队，大家站在队列中纹丝不动，郝江山和秦朗没来得及扎武装带。

上尉区队长张永新黑着脸，下达了标准而洪亮地口令："向右看齐！向前看！稍息！讲一下！"

"刚才集合，比昨天晚了3秒！还有两名同志没有扎武装带。"

艾一木用眼斜着看了看郝江山，小声说道："这就是'大喇叭'。"

张永新横扫了一下队列，将目光射向了郝江山和秦朗："上训练场，不扎武装带，是哪个部队的规矩？"

张永新训斥着："到了这里，任何人都不能特殊！不管你是谁？是龙你给我盘着，是虎你给我卧着！"

"你们要记住，指挥学校培养的是指挥员，没有过硬的军事素质和良好的作风，就带不了兵、打不了火！从报到之日起，就要培养令行禁止、雷厉风行的作风！"

张永新清了清嗓子继续讲道："新学年新气象。刚才公安局打来电话，说咱们学员队有三名新学员在报到途中，与四名歹徒英勇博斗，赢得了乘客的高度赞誉，树立了森警见义勇为的良好形象，在此提出表扬。"

队列里一阵轻微的骚动，大家相互看了看。

张永新环视了一圈："今天的 10 公里，就不用你们背灭火机了。"

那罕体型微胖，有点跟不上队列，被郝江山和秦朗拉着才没有掉队。

那罕喘着粗气愤愤不平："这个'大喇叭'。"

在森警指挥学校，有一条不成文的规矩，新学员报到后的第一堂室外课就是练军姿，不管刮风下雨，从未改变过。

站军姿对每名学员来讲，都是家常便饭，从入伍那天开始，就熟悉得不能再熟悉了。但在警校练军姿，有着每名学员想都想不到的严格标准。

"冻死迎风站、饿死挺肚皮。"据说是警校成立伊始，刘先河总队长定下的规矩，这句话在学员中传了一茬又一茬。

"两脚跟靠拢并齐，两脚尖外张 60 度，两腿挺直，脚跟并拢，膝盖绷紧，抬头、挺胸、收腹，头要正、颈要直、口要闭，下颌微收……"张永新区队长一遍遍重复军姿的动作要领。

郝江山和新学员们就这么顶着烈日纹丝不动地站着，汗水流满了脸颊，湿了全身也沁透了军装，他们将军姿定格成一尊庄严挺拔的雕塑。

郝江山的伤口隐隐发痛，腿开始发软，肌肉也在微微颤抖，心里涌上一股莫名的烦躁，汗水顺着额头往下淌，迷蒙了眼睛，渗入了嘴唇，涩涩的、咸咸的，一股说不出的感觉。

时间慢腾腾地滑过，每一秒都非常难熬。郝江山的呼吸也有些急促，心怦怦直跳，眼前蒙蒙眬眬，好像一切都在半梦半醒中运转，区队长的口令声近在咫尺，但在郝江山听起来却像来自很远的地方。

课间休息时，几个同学默默地坐在角落，艾一木开始抱怨起来："都什么年代了，天天还练队列？美军在几秒钟内处理成千上万数据的时候，我们还在操场上练军姿，真是莫名其妙？"

不远处的那罕插了一句："就是，练这些有什么用？上批同学有句顺口溜：过了入学关，消停混两年；过了毕业关，保准能提干。"

教导员杨东风不知何时坐到了艾一木身边，微笑着拍拍他的肩膀："站军姿，是对一个军人意志和耐力的考验。美军虽然装备很先进，但战场上也需要严明的纪律、强健的体魄和顽强的意志。"

艾一木反问道："教导员，强化训练还得多长时间啊？"

"按照训练大纲要求，你们得强化训练一百天。"杨教导员继续说道："魔鬼训练才刚刚开始，极限挑战还在后面呢！你们这批学员按5%实行全程淘汰，考试合格的才能授衔，才能真正成为一名初级指挥学员。"

傍晚，训练馆内灯火通明，学员队正在组织擒敌训练，"打、杀"声回荡在训练馆冲上九霄。

大家穿好了护具开始练习，只有那罕没有动。

张永新走过去问道："怎么回事？"

那罕哭丧着脸对张永新说："队长，我跟他无冤无仇，我下不去手啊。"

张永新被那罕的话给气笑了："真厉，你就当对面站的是我！"

"好！"那罕大叫一声，上去就给了秦朗重重一拳。

张永新微微一笑："臭小子，你还真打呀！"

4

周末的早晨，天高云淡，秋风送爽，正是外出游玩的好时光。邱胡杨和两名战友骑着自行车，在郊外的公路上你追我赶，谈笑风生。

一个男兵用力蹬了几下车，追上邱胡杨："你成天嚷嚷着要看的战友，是不是你的意中人啊？"

邱胡杨瞪了一眼："别胡说八道，就是曾经在一起相处挺好的战友。"

"我听说你以前在支队跟一个男兵处对象？你家里获取情报后，立即采取果断措施，托人把你调离了，有这回事吗？"

"胡扯！我们是纯洁的战友情谊。我妈天天想我，才把我调到离家近一点的地方。"

另一名男兵也追了上来："大礼拜天，我俩给你当'灯泡'，跑这么远的路，你战友中午是不是得请我们撮一顿？"

"你就知道吃，还能差你一顿饭啊？"邱胡杨回了一下头，继续使劲往前骑。

警校正在组织新学员强化训练，虽是休息日，人员也一律不许外出。队值日员在走廊里喊道："郝江山，有人找你！"

"谁找我？"宿舍里传来郝江山的声音，邱胡杨一行人已经到了走廊。

郝江山刚出宿舍门，便传来女同志的说话声，秦朗、艾一木、那罕、胡焕青都好奇地向门外张望。

"你怎么来了？"

"我听说咱们支队不少人考上了警校，特意来看看你们。"邱胡杨欣喜地回了一句。

"哎，这不是邱胡杨吗？你咋来的？"贺松涛从后面迎了上来。

"恭喜你，考上警校！"邱胡杨非常惊喜："我们仨从江南骑了一上午车，刚到。"

"好久不见了，进屋聊！"

"男兵宿舍，我进去大家不太方便吧？"

孟虎威听到消息也跑了过来："美女光临寒舍，蓬荜生辉，请进！"

小兴安岭支队的新学员们听说邱胡杨来了，都纷纷过来看望，十多个人围坐在一起，七嘴八舌地聊着天。

"看到你们这么多人考上警校，真让人羡慕。"邱胡杨沉浸在见到战友的喜悦之中："警校是不是管得很严？"

孟虎威诉苦道："太严了！从开学到现在，假不让请，门也不让出。"

"训练累吗？"

郝江山说："一百天强化训练，可比支队的标准高多了。"

"你们这接电话不方便吗？怎么我打了很多次都没能打通？"

"就收发室一部电话可以接，天天都占线。"

秦朗走过来问道："你们还没吃饭吧？"

邱胡杨推辞着："没事的，我们待一会儿就走了。"

孟虎威说："这破地方，兔子都不拉屎！要不然，今天我可以请你们大餐一顿。"

郝江山连忙起身走出宿舍，秦朗也跟了上来小声问道："怎么办呀？他们肯定还没吃饭。总不能让人家大老远来饿着肚子啊！"

"我去服务社看看，不行再想想办法，你回去陪陪他们。"郝江山三步并作两步向校服务社跑去。

郝江山在服务社选了一些罐头、饼干、糕点和麦乳精。

隔壁宿舍的一位学员打趣道："江山，人家女兵特意来看你，就买这个打发人家？"

郝江山边装食品边回答："学校就这个条件，也不让外出，只能将就一下了。"

郝江山看了看也觉得有点难为情，乞求着问售货员："同志，还有什么好吃的？"

售货员看着电视头也没抬："就货架上这些，学校也不让卖别的呀。"

郝江山又问道："还有熟食吗？"

"没有了。"

郝江山拎着东西，跑得满头大汗，气喘吁吁回到了宿舍门口，正了正衣服走了进去。

"真不好意思，学校也没个饭店，服务社卖的东西也少。"郝江山从方便袋里掏出食品分发给他们仨，解释道："我们又不能外出，中午你们就对付一口吧。"

"不用了，不用了，我们一会儿回去的路上，找个地儿随便吃点就行。"邱胡杨推搡着。

孟虎威趁机挖苦道："你就买这点东西？也太寒酸了吧！人家胡杨和战友大老远好不容易来一趟。"

秦朗见孟虎威处处针对郝江山，走过来帮他解围，貌似随便地向邱胡杨说道："报到途中，江山被歹徒砍了一刀，他胳膊还受伤了。"

邱胡杨赶紧放下手中的杯子，从床边站起身来，拽着郝江山的胳膊，边查看边责怪："啊，我看看伤到哪儿了？严重不严重？"

郝江山当着战友的面有点不好意思，一个劲儿地躲，不让邱胡杨看，拉扯之中，郝江山"哎哟"叫了一声。

邱胡杨看着郝江山撸起袖子，胳膊上缠裹着的纱布隐隐露出血渍，埋怨道："怎么那么不小心？一定要按时换药，千万别感染了。"

孟虎威酸味十足："那点伤，算啥呀，在这里只要不骨折就不算受伤，一个大男人，娘儿们叽叽的。"

"嘟……"走廊里传来哨声："午休！"

邱胡杨等起身要走，学员们都陆续走出宿舍送行："欢迎你们常来。"

郝江山、贺松涛等把邱胡杨他们送到大门口，与其他两位战友握手道别："真不好意思，你们大老远来，饭都没吃上，改天一定好好请你们。"

邱胡杨把郝江山拽到一边，从背包里掏出一个塑料袋，羞红着脸："天快冷了，给你织了一件毛衣，也不知道大小合不合适？"

郝江山接过毛衣，心情激动又很内疚地叮嘱："回去路上，骑车慢点，注意安全！"

"嗯，你也照顾好自己，胳膊千万别感染了。"邱胡杨恋恋不舍地骑上自行车。

郝江山目送邱胡杨的身影渐渐远去，这才转身回宿舍。孟虎威在不远处偷偷地看着，又气又恨。

送走了邱胡杨，大家边走边聊。

突然紧急集合的哨声急促响起，学员队迅速集合列队，学员队领导表情异常严肃，脸色铁青地站在食堂门口。

队列被带到了食堂门口，队列正前方放着一个泔水桶，张永新和杨东风脸色铁青，两眼仿佛要喷出火来。

现场安安静静的，郝江山瞟了一眼，只见泔水桶里飘着几个白馒头。

张永新伸手从泔水桶里捞出一团沾满饭粒、菜叶和油脂的馒头，举了起来："我想问问大家，这是什么？"

现场一片寂静。新学员们都被惊呆了，面面相觑，不知所措。

张永新继续训斥道："也许你们会说，不就是一个馒头吗？如果红军当年有馒头吃，能牺牲那么多人吗？抗日战争那么多年，我们有多少前辈饿着肚子跟敌人拼命，他们有馒头吃吗？

"火场上给养送不上去，吃野菜的时候，有个馒头吃是多幸福的事啊！我们是人民养的军队，现在我们国家还不富裕，你们有什么资格浪费老百姓的粮食？

"你们在家里能这么扔馒头吗？谁知盘中餐，粒粒皆辛苦！你们扔掉的是老百姓的血汗呐。当然了，作为学员区队长没有教育好你们，是我的失职。今天，我认罚！"

说完，张永新就把被泔水泡过的馒头塞到嘴里吞吃起来，一旁的杨东风也捞起来。

杨东风咽下馒头后，大声警告道："是谁扔的，今天就不追究了。这次是我们吃，下次就是你们吃！"

队列里鸦雀无声，学员都瞪大了眼睛，看着张永新和杨东风的喉结艰难地蠕动着，大家都震惊了。

杨东风接着说："一粥一饭，当思来之不易。我俩今天为什么要吃馒头？不要小看一个小小的馒头，打火、打仗的时候能救我们的命。当兵的糟蹋国家和人民的粮食，就是犯罪！要是今后再发现，立即退回原单位，决不放过！"

下午起床后，学员队组织公路全副武装越野。

艾一木气喘吁吁地问："这不早到终点了吗，怎么还往前跑啊？"

秦朗也不耐烦地说："是啊。"

孟虎威嘟囔着："都跑一下午了，前胸都贴后背上了。"

张永新坐在吉普车上跟在后面，看上去还没有要停下来的意思，学员们也只好铆足了劲往前赶。

午后的太阳火辣辣的，学员们浑身都湿透了。

又跑了一段，张永新的吉普车超过队伍停下，学员们冲过终点都停了下来。

为防止出现中暑，学员队组织学员们围坐在树荫下休息。

张永新问："大家都饿了吧？"

孟虎威回答："中午那点东西早就新陈代谢没了。"

张永新说："郝江山、秦朗你俩去车上把馒头和开水抬下来。"

"是！"

张永新冲着大家说："咱们今天就吃馒头。"

郝江山和秦朗发着馒头。孟虎威拿起一个馒头咬了一口，回味了一下："队长，这馒头真好吃！"

几个学员也附和道："是啊，今天的馒头真香！"

张永新微笑着："知道就好啊。"

孟虎威等几个学员嚼着馒头低下了头。

5

新学员入学以来，始终高于、严于部队管理，一直不让学员穿皮鞋已成惯例，从而引起了不少学员的抵触和不满，宿舍楼前，大家对此议论纷纷。

"开学都这么长时间了，还不让我们穿皮鞋，真是太过分了。"

"就是，咱们从今天开始就穿，凭什么一个院里，老学员能穿，我们不让穿？"

四区队有几个班的学员跃跃欲试，相互商量要穿皮鞋。

上课前，有近一半的学员穿上皮鞋，在楼前集合列队。张永新拉着脸训斥着："我重申一遍，没取得学员学籍，没授衔之前，任何人不准穿皮鞋！还有一周就考核了，至于这么心急吗？没有按规定着装的，抓紧回去换了。"

待所有人换成解放鞋后，值班员再次整队带往教室。

学员们看着穿皮鞋的老学员从身边走过，心里不服，不约而同一遍一遍唱着："学习雷锋好榜样，忠于革命，忠于党，爱憎分明不忘本，立场坚定斗志强……"

新学员的强化训练课安排得很紧，时间一晃就过去了。这天晚上，学员们都在教室上晚自习，四区队十班钱朝鑫偷偷溜出教室，在走廊拐角处看着信猛抽烟，心里极其矛盾，思索了一会儿后，他毅然决然地走到张永新办公室门前。

"报告！"

"进来！"

钱朝鑫稍事犹豫推门而进，张永新开口问道："怎么没去上自习？有事吗？"

"报告区队长，我想退学。"钱朝鑫心意已决，决绝地说道。

张永新大吃一惊："什么？想退学？"

"我想退学回家，上这个学太没劲了！我不愿过这种看似神气、名声好听，实际却又苦又累、没一点自由的'和尚'生活。"钱朝鑫不计后果，直截了当。

"还有别的原因吗？"张永新追问道。

"现在改革开放，地方生活多滋润，我想回家做买卖去。"钱朝鑫谈及他的退学理由时，坦率得让人吃惊："我要和其他同龄人一样，自由自在抽'良友'、喝'咖啡'，下班后挽着女朋友逛马路、跳跳舞，过一下正常人的生活！"

张永新严厉地批评道："警校不是自由市场，想来就来，想走就走，你以为这是你家啊？"

钱朝鑫仍然固执己见："反正我豁出去了。"

张永新苦口婆心："你现在人生观发生了偏差，作为军人也不用羡慕那些可望而不可即的东西。再说强化训练都快要结束了，熬过去你就是指挥员、是干部了。

"你现在的想法，主要是思想上的迷茫、精神上的空虚造成的。话说回来，贪图安逸的生活是要不得的，更不能有一切向钱看的功利思想，一个人如果沉迷于物质享受，攀比心理作怪，是容易栽跟斗、犯大错误的。"

钱朝鑫烦躁地说："我不想听你那一套高谈阔论的东西，那些都是假的、虚的，看不见、摸不着。我只想活出真实的自己。"

张永新百般劝说："现在，社会上确实流行'经商热'，但钱也不是那么好挣的！你不能想得太简单，不要太天真！"

面对张永新的好言相劝，钱朝鑫一概听不进去："我的人生，自己负责，不用领导担心。"

看着钱朝鑫的背影，张永新叹了口气，当了这么多年的区队长，遇到过有许多新学员吃不了苦、萌生了退学的想法，其实他心里不舍得这些学员离开，因为能到这里上学的，都是优秀的人才，但人各有志，部队也决不会强留这样贪图享乐的人。

一天早操后，艾一木趴在高墙上张望，想找个人帮忙在外面买点东西，看了半天终于看见一个小男孩，他向四周看了看，确定没有纠察后，喊道："小弟弟，你过来一下呗。"

小男孩一口地道的东北口音，透着苞米糁子味："干哈啊？"

艾一木露出亲切的笑脸："小弟弟，帮哥哥去旁边的松北二嫂食杂店买包烟呗！"

小男孩很犹豫。

艾一木掏出钱来和颜悦色地说："来，给你10块钱，你再去买个面包吃，最贵的面包多少钱呀？"

"一块！"

"好，你帮哥哥买两包云鸽，剩下的钱你再买一块钱的面包，怎么样？"小男孩接过钱屁颠屁颠地跑了。

过了一会儿，艾一木才看见小男孩嘴里啃着面包走过来，小脸都快嵌面包里了，小男孩走到墙角，边嚼面包边抬头对艾一木说："哥哥，没有云鸽烟。"塞给艾一木9块钱后，又屁颠屁颠地跑了。

艾一木又恨又气："居然被一个小毛孩耍了。"

艾一木不甘心，再一次爬上围墙左瞅右看，好不容易又等到一个散步的老头，心想这次准能成。

"大爷，帮我买包烟呗，烟瘾上来了控制不住。"艾一木满脸堆笑道。

"你们不是禁烟吗？"老头问道。

"帮个忙呗，不都说东北人是活雷锋吗？"

过了一会儿艾一木接过烟："谢谢大爷！"然后跳下墙去，美美地抽上一支烟后，大摇大摆向宿舍走去。

宿舍里，孟虎威正神秘地对大家说道："刚刚听说，'大喇叭'被校长狠狠地批了一顿。"大家心领神会地笑了起来，艾一木笑着推门进来了。

忽然一阵集合哨声响起。

张永新站在队列前，阴沉着脸骂道："净给我惹事，校长学习刚回来头一天，就有一个学员让校长买烟，还 TM 东北人都是活雷锋！"

听到这里，艾一木惊愕地张大了嘴巴。

"是谁，自己赶快站出来！不然后果自负！"张永新声音提高了八度。

"是我！"艾一木自知理亏，声音有点弱。

"听不清！"张永新大声说了一句。

"报告！是我！艾一木！"艾一木大声回答。

"好，声音够响亮，在哪儿抽的烟？"张永新问道。

"在大厕所。"艾一木回答。

"好！这个星期的大厕所卫生打扫任务，你承包了！解散！"张永新说道。

众人散去，操场上只留下了耷拉着脑袋的艾一木，郝江山等几名战友打趣地拍了拍他的肩膀走开了。艾一木自认倒霉，换了一套旧的作训服，去大厕所清扫卫生。

艾一木边刨边自言自语："真倒霉！大喇叭啊，大喇叭，这么大的厕所，我一个人啥时候能打扫完？"

过了一会儿，艾一木听见声音有些异样，回头看见郝江山和班里的战友，都拿着工具过来帮忙，感激地说道："这才是兄弟！"

"那当然了，东北人都是活雷锋嘛。"大家调侃道。

6

北国的初冬，青黛如墨的山峦卸掉一身浮华的外衣，显露出光秃秃的脊梁骨，真诚地袒露出生命的本色。

繁华城市的郊外，有一大片昔日留下的火烧迹地。纪念遗址前，正在庄严而隆重地举行新学员的授衔仪式。

300 多名新学员佩戴崭新的红肩章，举起右手庄严宣誓："我是中国人民武装警察，我宣誓：服从中国共产党的领导，全心全意为人民服务，服从命令，严守纪律，英勇战斗……"

洪亮的声音，排山倒海，震荡山谷。

刘昌盛校长发表激情演讲："同学们！经过严格的复考复审，你们终于取得了学员学籍资格，我代表校党委向你们表示祝贺！"

"今天之所以选择在这里举行授衔仪式，是希望你们记住，这片火烧迹地，是这个城市永远的伤痛。你们佩戴上学员警衔，责任重大，使命光荣，希望你们勤奋学习，刻苦训练，早日成为一名合格的指挥员，真正担负起保卫国家森林资源的重任。"

授衔仪式现场，个个学员都精神抖擞，神采飞扬。阳光照在红色肩章上，就像两面鲜艳的"红旗"扛在肩头，神圣的责任感、使命感无以言表。

"一、二、三、四！"一列列学员从校办公楼前齐步走过，口号声响彻云霄。每个人都拎着制式黑书包，制式皮鞋锃亮闪光，威武庄严的大檐帽显得更加庄重，红肩章和领花熠熠生辉，军装一色簇新，刺人眼目。

学员们进入教室后，站在各自的座位上。值班员发出口令："稍息。"

张教员警容严整地走上讲台，值班员齐步走到队列前整队报告。

"教员同志，89级学员授课前集合完毕，应到108人，实到108人，请指示。"

张教员还礼："请坐下。"

"是！"值班员转身面向全体学员："坐下，脱帽。"

全体学员整齐地脱下军帽，放在桌子的左上角。

在学员们期待的眼神中，张教员边讲边在黑板上板书："今天我们共同学习探讨：森林与人类文明。

"森林是人类的摇篮，也是社会文明的源泉。从古巴比伦、古埃及、古印度和黄河古代文明的兴衰看，森林的兴衰与人类的文明息息相关……

"……人类离不开森林，森林具有释放氧气、调节气候、涵养水源、保持水土、防风固沙、美化环境、净化空气、减少噪音及旅游保健……"教员在黑板上板书森林的九大功能作用。

学员们专心听讲，教室里一张张面孔洋溢着青春活力，明亮的眸子里透着一股股鲜活的力量。

理论课结束后，学员们在各训练场分组开展体能训练。

艾一木做了一个标准的单杠五练习，稳稳落地。秦朗的动作标准规范，如行云流水般一气呵成。

那罕快速通过木马，后面的孟虎威紧跟了上去。

郝江山飞快通过400米障碍，贺松涛轻快迅捷地跟了上去。

五公里越野考核中，学员们相互检查机具携带情况，艾一木和秦朗把作训帽

222

反扣在脑后，那罕翻来覆去地检查着鞋带，郝江山卷起袖子，双眼盯着前方，露出自信而坚定的微笑。

张永新拽了拽孟虎威空空的水壶，命令道："灌满。"

"灌就灌，有什么了不起。"孟虎威嘟嘟囔囔着走到一旁，忽然计上心来，他把水壶放在地上，拿起石头把水壶砸扁了些，灌了些水，这下他平衡多了，得意扬扬回到队列里。

张永新站在队列前，用不容置疑的口吻征求大家"意见"："抓最后一名，所在班掏一个月的厕所，终点我要检查装备，不合格的也要罚，大家有没有意见？"

"没有！"

"预备——跑！"张永新一声令下，学员们飞快向前冲去。郝江山边跑边对身边的室友鼓励道："这次我们班一定要拿第一，大家要调整好呼吸、迈开步子，控制节奏、分配好体力。"

郝江山的班一直整体领先。

跑出4000米后意外发生了，一颗图钉扎进了秦朗的黄胶鞋。为了不影响成绩，秦朗顾不上拔掉图钉，忍着钻心的疼痛继续奔跑。

秦朗看见郝江山和班里的战友们都冲过了终点。

秦朗凭着坚强的毅力与其他班的一个战友展开了拉锯战。

"20分19！"张永新摁响了秒表，秦朗率先冲过终点线，一下子倒在地上，张永新和郝江山等赶紧围了上来，只见他的鞋子里都是鲜血，袜子和伤口粘在一起，早已血肉模糊。

卫生员急忙赶到为秦朗包扎伤口，张永新拔出了秦朗鞋底的图钉，钉冒竟被磨去了大半！

孟虎威也到了终点，摸了摸水壶，心想还是自己聪明。忽然他发现张永新从包里掏出来一个碗。

张永新："一个一个来，先查水壶，倒不满的……打扫厕所！"

孟虎威张大了嘴巴，捂住了水壶。

7

紧张的训练告一段落，学员们迎来了在警校第一个可以外出的周末。准备外出的学员排成一列，区队长张永新在队前讲话："大家先检查一下警容风纪，自行整理着装。"

"今天是大家入学后第一次外出，各方面的规定和纪律，以前都讲过很多遍，我就不重复了。需要提醒的是，必须两人以上同行，不许单独行动。下午四点前归队点名，大家不要迟到！迟到一分钟就算违纪，听清楚了没有？"

学员们异口同声答道："听清楚了！"

郝江山乘车赶往市区，在邮电局打电话："邱胡杨，我在总队旁边的邮局，你今天能出来吗？咱们出去转转？"

邱胡杨欣喜地回道："真的吗？那你等会儿，我请个假就去找你。"

郝江山走出邮电局门口，买了两瓶汽水。不一会儿邱胡杨跑了过来。

郝江山递给邱胡杨一瓶："跑那么快干吗？"

"想早点见到你呗。"邱胡杨笑着："哎呀，换红牌了？真精神。"

郝江山故意显摆，用手擦了擦肩上的红肩章："还行吧，不过扛上这个红牌也真不容易呀，总算挺过来了！上次都没请你好好吃顿饭，今天想吃啥？你说了算。"

邱胡杨戏逗着郝江山："你大老远跑过来，光请我吃饭啊？不行，太便宜你了，今天我要好好宰你一把。"

郝江山大方起来："行，要宰要剐随你便，那你说去哪儿吧？"

邱胡杨琢磨了一下："那，还是先逛逛街再说吧。"

郝江山和邱胡杨身穿军装有说有笑，并排在商店转悠，每到一处都吸引着周围人群的目光。

他俩转到卖皮革制品的柜台，邱胡杨细心地挑选着腰带："服务员，这款金利来腰带多少钱？"

服务员笑着说："你的眼光真好，这是我们今年最流行的款式，优惠价180块钱。"

郝江山好奇地问："你买男士腰带干吗？"

邱胡杨笑着说："你考上警校，我当然得送给你一件礼物，祝贺一下！"

郝江山有点不好意思："不用，我们有发的腰带，买这么贵，都快赶上我半年的津贴费了。"

"贵啥贵？这可是名牌，也不用你掏钱。"

郝江山问道："为啥要送我腰带呢？"

邱胡杨呵呵一笑："我想把某个人拴住呀！"

另一边，一个由很多小摊位组成的市场，人群嘈杂。艾一木在各摊位前转悠着，挑了两件老人的衣服，问了问价格又放了回去。

在摊位一角，艾一木掏出刚发的津贴数了又数，又小心地装进兜里。正准备离开时，摊位前的围观人群引起了他的注意，不由自主地向人群方向挪动着脚步。

被围观的是一个漂亮姑娘和两个商贩，姑娘魏妮正在摊床前比试着裙子，两个流里流气的商贩围了过来。

"小妹子，买一件试试？你这身段，穿上这裙子，得美死了。"一个瘦高个子叼着烟，用手在她的屁股上摸了一把。

魏妮回头瞪眼骂了一句："臭流氓！"

站在旁边的一个矮胖子抬起头："你说谁臭流氓？再说一遍！"

魏妮顿时吓得不敢吱声，想脱身离开。可这俩商贩却成夹击之势，把她堵在了中间。

瘦高个子猖狂起来："敢叫我们流氓？好哇，那我就让你看看怎么流的？怎么氓的？"说着，高个子伸手在姑娘的胸前乱摸，矮胖子在后面捏了几下屁股。

魏妮顿时吓得面色苍白，战战兢兢地小声道："对不起，我不买了。"

矮胖子眼睛里闪烁着淫荡的目光："不买了？那怎么行，你都试过了。"

魏妮脸涨得通红，吓得浑身发抖不敢说话。

两个商贩一步步向她逼近："你今天不买，我们哥俩非扒了你衣服不可。"

魏妮被逼得没有退路了，只好怯懦地回了两声："我买，我买。"

矮胖子更得意了："八百块钱卖给你，你现在就换上。"说着就拿着裙子，逼她当场换上。

瘦高个子用手去撩魏妮身上的裙子，还恬不知耻地用嘴在她脸上乱亲起来。

魏妮无助求饶地说道："大哥，我……我错了。"围观者无动于衷。

矮胖子靠前亲着她的脸，厚颜无耻调戏道："你看我，这是耍流氓吗？"

艾一木突然站在他身后，一把抓住了矮胖子的手，矮胖子回头见是一个着装的军人，愣了一下，随即骂道："你想干什么？找死啊？"

瘦高个子斜视了一眼艾一木："臭当兵的，少管闲事，靠边儿待着去。"

艾一木正色道："哥们儿，做生意不能强卖，大家都有兄弟姐妹，别为难这个小妹妹。"

矮胖子打断艾一木的话："你要干啥？谁强卖啊？谁为难人？你是不是欠揍？"说着他向瘦高个使了一下眼色。

两个商贩都向艾一木围了过来，矮胖子揪住艾一木的衣领，挥拳向艾一木脸部砸来。

艾一木敏捷地用肘部挡开，顺势抓住矮胖子的手腕迅速转身，用肘猛压了下去，只听见"哎呀……妈呀……"

瘦高个子抄起摊床旁的一把椅子，从后侧向艾一木扑来，趁艾一木不备，猛朝他的头部砸来。

艾一木迅速一闪，椅子正好砸向翻倒在地的矮胖子头上，矮胖子顿时血流满面，倒在地上大叫。

艾一木迅速夺回椅子，怒不可遏正想扔过去，瘦高个子吓得倒地大叫："当兵的打人了，当兵的打人了……"

艾一木举在半空的椅子没有砸下去，但上前踢了瘦高个子一脚："你再叫一声臭当兵的？"

瘦高个子连连求饶："不敢了，再也不敢了。"

艾一木怒目圆睁："下次再让我看到你这样，我非打断你的腿不可！"

看到魏妮被吓得躲在摊床边直哆嗦，艾一木上前安慰道："小妹，没事了，我们走吧。"

艾一木护送着魏妮一前一后，在人们钦佩的目光中走出集贸市场。

8

学员们像往常一样，又开始了紧张忙碌的学习，开启了宿舍、操场、教室和食堂"四点一线"的生活节奏。通常情况下，上下午的前两节课都是理论课，后两节课是训练实践课。上午，教员正在上课，学员们专心听讲。

"今天我们学习森林火灾的危害。据统计，新中国成立以来，全国共发生森林火灾70万起，受害森林面积达3880余万公顷，烧死烧伤3.3万人，直接经济损失达数千亿元。

"森林火灾主要有哪些危害呢？"教员在黑板上板书着，逐一列出七大危害，并用括号进行图示："烧毁林木、毁坏林下资源、危害野生动物、引发水土流失、破坏河流水质、污染空气、危害人民生命财产安全等。"

学员们凝神贯注地听讲，课堂中只有秦朗心不在焉，偷偷将一封信拿出来，压在书本下面，时而盯着教室的角落出神，时而自己偷着乐。

此时，邱胡杨在办公室反复拨打着电话，终于接通了警校传达室："麻烦你，请找一下学员队四区队七班的郝江山。"

下课后，郝江山急忙跑到传达室接起电话。

邱胡杨埋怨道："找你可真难啊，我打了20多遍电话才打通，好不容易找到你。"

郝江山问道："警校只有这一部电话我们可以接，能打进来就不错了。你考得咋样，有没有把握？"

"应该没问题。对了，孙景权班长转到省医院了。"

"怎么回事，他不是病好了回万樟岭了吗？"

"回去后不长时间，又出现身体浮肿。这次确诊了，是尿毒症，这段时间正在透析，状态不太好。他可惦记你了，一直打听你的情况。"

"啊，怎么会这样，很严重吗？你转告他，要积极配合治疗，周末我就去看他。"

孙景权躺在病床上，正输着液，面庞显得有些浮肿。

看见郝江山进来，脸上露出了一丝笑容，仔细看了看郝江山肩上的红肩章，会意地点了点头。

郝江山坐在床边，关心地问道："最近感觉好一点了吗？"

孙景权慢腾腾地说："我挺好的，不用惦记！就是在梦里老想万樟岭的那些事。"

"班长，你就不要老担心执勤点的事啦，安心养病。"邱胡杨端过一杯水递给孙景权。

"就是啊。"郝江山向孙景权靠了靠："班长，你可得安心养病，身体是革命的本钱。"

"好人一生平安，很快就会好起来的。"邱胡杨说道。

"我听说警校管理很严格，你们安心上学，不用老来看我。放心吧，我会慢慢好起来的。"孙景权从被子里伸出一只浮肿的手抓住郝江山。

9

素有"东方小巴黎""东方莫斯科"美誉的哈尔滨，城市街道宽阔，店铺林立，处处繁华热闹。在如织的人流中，一对对青年男女或挽着手，或搂着腰，来来往往。

秦朗和叶香并肩走着："那天收到你的来信，我特别高兴，一晚上都没睡着，天天盼着来找你。"

叶香的手不知不觉地挽在了秦朗的胳膊上："你当兵走了后，我老琢磨着怎样才能和你在一起，即使不在一个城市，能离你近一点，就谢天谢地了，后来我决定报考北方的大学。"

"真是皇天不负有心人，恭喜你考上了音乐学院，实现了自己的梦想。"

秦朗沉浸在相逢的喜悦中："虽然这是一份迟到的祝福，但是发自我内心。"

秦朗被叶香挽着走了一会儿，看到路人都在看他俩，感觉好像做了什么见不得人的事："我穿着军装，你这样，我有点不自在。"

叶香听秦朗这么说，不情愿地将手从秦朗的胳膊上挪开："好了，这样，你舒服了吧？！"

"你怎么回事？当兵当傻了？"叶香有些责怪的口吻："现在都九十年代了，你怎么一点都不懂得浪漫啊？"

"有点不习惯。"秦朗试图想安慰她一下："当今社会上流行一首歌，女人爱潇洒，男人爱漂亮，我也喜欢，可我们军人不赶那个时髦。"

"我看你呀，都快成土老帽儿了！"叶香白了他一眼说唱着："现代人条件好，不知不觉就迷上了，有爱情还要面包，有房子还要珠宝，现在我们不趁年轻时，好好享受一下潇洒、浪漫，忙忙活活一辈子有什么意思？等我们老了，后悔就来不及了。"

秦朗轻轻一皱眉，开玩笑似的："你这都跟谁学的？几年不见，你变化挺大，得对你刮目相看了。"

秦朗和叶香在防洪纪念塔周围转了一会儿，乘船驶向太阳岛。

美丽的太阳岛，环境优美宜人，蓝天、白云、亭台楼阁与假山流水浑然一体。一把把太阳伞点缀在黄澄澄的沙滩上，沙滩上依稀散落着数个人影，有的在嬉戏，有的在太阳伞下小憩，有的挖着沙坑，有的堆沙造型，有的躺在沙滩上享受着别具情趣的日光浴，有的在近江中自由游泳。

秦朗和叶香有说有笑，卷着裤腿，光着脚丫，相互追赶着。跑累了，叶香买了一把小花伞撑开，拉着秦朗面对清澈透明的松花江坐在一起，相互在沙滩上写下了对方的名字：秦朗、叶香。不大一会儿江水的浪花拍过来，将字迹抹平了。

花伞下的他俩静静地看着江面，蔚蓝的天空上悬浮着几朵绸缎般的白云，江风温柔地吹拂着人们的头发，一只小白帆船在烟波浩渺的江面上起伏，几只江鸥迎风飞舞，像一幅绝美的画卷。

叶香转过头含笑看着秦朗，左手慢慢地移向秦朗的右手，他俩的手握在了一起，轻轻地相拥。叶香甜甜一笑，脸上呈现出一种幸福的感觉，将头歪向了秦朗的肩膀。

秦朗望着叶香深情地说："愿你无惧时光，优雅到老，深情地美下去！"

叶香念诵着海子的诗："我有一所房子，面朝大海，春暖花开。"

秦朗笑着说："面包也会有的，房子也会有的。"

"那等你毕业了，我们就结婚吧！"叶香转过头试探问了一句。

"好哇，我期待着那个美好的时刻。"秦朗开心爽快地回道。

在索菲亚广场一角，邱胡杨静静地坐在一处角落里，时而向远方张望，时而在周边转悠着。

广场上空一群和平鸽在飞来飞去，周末的人们带着小孩在广场嬉耍着，几对情侣在教堂附近拍着婚纱照，处处洋溢着悠闲、欢快的气息。

这时，郝江山上气不接下气地跑了过来："咱们见一面真不容易，今天下街的名额还是艾一木让给我的。"

邱胡杨掏出手巾给郝江山擦着脸上的汗："现在见你都这么难，以后想见你的机会就更少了。"

郝江山愣了一下，才反应过来："对了，录取通知下来了吗？"

邱胡杨神秘地调侃道："你猜猜！"

郝江山脱口而出："凭你的本事，肯定考上了。"

邱胡杨兴奋而自豪地掏出通知书，在郝江山面前晃了晃："你猜得没错。"

郝江山抢过通知书定睛一看："武警医学院，太好了，今天我们得好好庆祝一下！"

邱胡杨总想拽着郝江山的胳膊，郝江山却有意识地躲闪，总怕别人看见。

邱胡杨开起玩笑："郝木头，你要带我去哪儿？"

"我准备带邱胡闹去玩点新科目。"

"郝木头还会玩新科目呢？"

郝江山和邱胡杨相互打闹非常开心，走进一家商店。

郝江山一点经验都没有，却在反复挑选着女士包："邱胡闹，这个包你喜欢吗？"

"只要是你买的，我都喜欢，你发津贴了？"

"发了，你看这个包不错，穿军装、穿便装都能用。"

"哎呀，郝木头也会给女同志买东西了。"

郝江山选好包，转身看见摊位上摆着五颜六色的折叠伞，选了一把，一齐付了钱往外走："买个包是想把你装起来，买把伞是想让它替我给你遮风挡雨。"

"真不容易呀，这木头也开窍了。"

第十章　激情燃烧

1

学员们像往常一样，提着文件包依次进入教室，在座位上坐下。

教员继续授课："打仗要研究战法，我们灭火作战同样要学习掌握战法。根据咱们部队多年来的实践探索，总结出了九个基本灭火战法。"

教员利用图示认真讲解：第一种战法一点突破，两翼推进；第二种战法多点突破，分段扑灭；第三种战法两翼对进，钳形夹击……

教学楼战术作业室内灯火通明，黑板上板书着很多标号和注记。学员们正在专心标图作业，教员适时在作业室走动、检查、指点。

艾一木标绘了一会儿，感觉到难度太大，偷偷凑到郝江山旁边："这么多的标号和注记，我都记混了，怎么标才省劲啊？"

郝江山左手拿着绘图尺，右手拿着红色绘图笔讲解道："你先把火场勾画出来，然后按作战意图和战斗经过，把兵力和装备部署上去就可以了。"

艾一木羡慕地看了看郝江山标绘的图，又回到自己位置上，开始继续作业。

教员边走边说："标图要素要全，讲究准、快、美。我看了一圈，有的学员标图的基本功还不够，下一步要好好地练啊。"教员走到郝江山跟前看了看，微微点头："郝江山标绘的战斗经过图不错，课后大家要多多交流体会，学习借鉴，共同提高。"

同学们都在聚精会神地标注地形图，郝江山不经意间看见同桌秦朗握着铅笔的手上起了很多血泡，有的已经磨破了好几层，有的地方还缠着胶布。

郝江山怜爱又心疼，关心道："兄弟，你最近训得有点狠了吧？"

秦朗却笑着说："没事的，江山，我不怕苦，在家里父母要比我苦得多，我一定要刻苦训练，将来有出息了，就再也不让父母受苦了，也能给我爱的人一个好的生活。"

又是一堂课，教员站在讲台上大声说："昨天，我们讲了空中指挥，艾一木！"

"到！"

"请你回答空中指挥员主要工作有哪些？"

"主要工作有十项：一是确定火场位置；二是侦察火场全面情况，掌握火场发展趋势；三是选择和确定机降点的位置和数量……"艾一木流利地回答着。

"好！回答正确！今天我们重点讲如何勾绘火区图，测算火场面积，判定火场风向和风速，预测火势发展方向。"

学员们专心听讲，认真做好笔记。

"报告！请问教员如何通过烟雾判别林火？"郝江山站起来问道。

教员："问得好！'此木为柴，因火成烟'，火未到，烟先起，通过看烟判定火情是一个重要的方法，这个问题对火场指挥员来讲非常重要，在多年的灭火实战中，森警官兵们总结出了4个方面14种判定方法。观察烟雾对林火类型的判断有三种：黑烟升起风大为上山火，黄烟升起为草塘火，白烟升起为下山火；观察烟雾对火势的判断有四种：白色断续的烟为小火，黑色加白色的烟为弱火，黄色很浓的烟为强火，红色很浓的烟为猛火；观察烟雾对距离的判断有四种：烟升高不浮动为远距离二十公里以上……"

郝江山听得聚精会神，边记边听，不时点点头。

2

新年前一天，宿舍楼前挂着红灯笼，贴着用大红纸写的六个大字：欢度元旦佳节。郝江山站在宿舍窗前，带着欣喜与期盼的心情看着信。

他拿起一张贺年卡，微笑地举起来，幸福地看着；又拿起一张邱胡杨画的漫画：两个穿军装的小兵人手牵着手。此刻，邱胡杨也正坐在窗前向外看着，似乎是在憧憬，又似乎是在期待着什么。两个年轻人滚烫的心早已飞跃松花江，紧紧地贴在了一起。

北国的冬天又是一个冰雪的世界。松柳变成了琼枝玉树，披银戴霜，就连电线都显得毛茸茸的，世界一片晶莹洁白，江岸雾凇缭绕，人在其中，仿佛进入了童话世界。学校放寒假了，邱胡杨返家后，按捺不住激动的心情，第一时间就约见郝江山。两人穿着厚厚的棉衣，手牵着手走在江边上："你再晚回来一天，我就回家了。"

"我一放假就往家赶，匆匆忙忙来找你，生怕你走了，见不着。"

"念念不忘，必有回响，只要心中有，总会能遇到。"

"你就臭美吧，看那雾凇多好看。"

"知道吗？雾凇还是天然的清洁剂，可以净化空气，保护环境呢。"

"噢，真的吗？我只觉得好看，没想那么多！"

"雾凇能将危害人类健康的微粒吸附沉降到大地上，所以是个天然的空气清洁剂。"

"原来是这样呀，你懂得可真多。"

"那是，我正在研究生态和环保问题。"

"真不谦虚。"

随着太阳的升起，雾凇变成了片片雪花，潇潇洒洒地飞舞着，漫漫散落下来，落在了头上和脸上，也落在了他俩人的心里。

邱胡杨闭上眼睛陶醉其中："这就是传说中的童话世界吗？"

夜色降临，如潮的人流正涌进冰雪大世界，晶莹剔透的城堡、栩栩如生的冰雕、如梦如幻的烟花，直扑入人们的眼帘。

一对对情侣仿佛步入了一个冰雕雪塑的水晶宫殿，在冰雪道上开心地跑来跑去，尽情地嬉笑打闹。

邱胡杨和郝江山穿着厚厚的棉衣，欣赏着眼前各具特色的冰雕雪塑，他俩早已被流光溢彩的冰灯吸引住了。

穿得严严实实的孩子们，好奇地围着雕塑左顾右盼，对于眼前的一切都感到新颖稀奇，夜晚的寒冷都淹没在童真的欢笑声中。

邱胡杨远远看见糖葫芦摊位前人头攒动，凑热闹挤了上去买了两串，把一串递给郝江山："冰糖葫芦，老好吃了，我从小就喜欢，来一串尝一尝，给你加点热量。"

郝江山接过冰糖葫芦，吃得龇牙咧嘴："酸酸甜甜的，就是粘牙。"

园内随处可见玲珑剔透的艺术冰灯，许多游客都在冰雕前留影。

郝江山和邱胡杨在巍峨绵亘的冰雕长城上漫步，在飞腾而起的巨龙旁拍照，沉浸在晶莹璀璨的冰雪世界。

邱胡杨时而赞叹、时而惊呼："这是我们家乡的特色，也是哈尔滨的特色，我们每年都喜欢到这来玩。这些冰雕、雪雕真是越来越漂亮了，一年比一年好看。"

郝江山完全被眼前的景色迷住了："世界上最大的冰雪建筑，是不是都在这园里？我可从来没见过这么多这么大的冰房子、雪屋子。"

邱胡杨嬉笑调侃着："那郝木头是不是又长见识、开眼界了？这就是我经常跟你说的，也是世界上最壮观、最梦幻、最好玩的冰雪公园。"

郝江山缩着脖子："这景色真的很美，也很好玩，但是，邱胡闹，这确实有点冷。"

邱胡杨调皮打趣地说："郝木头，让你感受一下，这就叫美丽'冻'人。"

郝江山挽着邱胡杨往前走："你看前面那些人在干吗？他们玩得多开心啊。"

邱胡杨试探道："咱俩也去试试吧。"

俩人在冰滑梯上开心地玩着，郝江山小心翼翼地在前面滑着，邱胡杨猛追上来，趁其不备将郝江山蹬出很远。

下了滑梯，邱胡杨一把将郝江山推到一块冰上，郝江山"哧溜"一下就摔倒了，邱胡杨笑开了怀："一看你就是南方人。"

郝江山摸着屁股："这怎么能看出来？"

"你看你刚才哧溜一下就倒了，真正的东北人是那样的。"邱胡杨指了指旁边一个小伙子："像他那样在冰上左栽愣右栽愣、前劈叉后劈叉，最后手脚乱舞又能站稳的，肯定是东北人没跑了。"

郝江山哈哈大笑。

邱胡杨上前把郝江山扶了起来："刚才过瘾吧？"

郝江山刚站起来，又差点滑倒："好玩，真刺激！要是全国人民都能到这儿旅游，这就不仅仅是冰雕雪雕了。"

"那是啥？"

"是一种得天独厚的天然资源，化冰雪为神奇，化严寒为艺术，只要开发好了，还能带动这里的经济发展。"

"这冰天雪地的，来玩的人还是有点少。"

"冬天玩，就是有点冷，要是一年四季都能玩就好了。"

"我想，总有一天，夏天也能打雪仗、玩冰雪，滑滑冰、打打爬犁。"

"如果是那样，就真的给了冰雪以生命，让冰天雪地变成金山银山。"

"到那时候你还能不能陪我，看四季不化的冰房子、雪屋子？"

"只要你愿意，我会用一辈子去陪你，直到走进另一个童话世界。"

3

伴着嘹亮的军号，校园的操场、楼房渐渐在晨曦中显露出来，学员们在出操，一支支整齐的方队，把号子喊得震山响。

学员四队上午第一节课是火场心理行为训练。

"大家再相互检查检查防护服，都扎紧了！"张永新反复嘱咐："火怎么打，兵就怎么练，平时多流汗，战时才能少流血。"

火墙前，郝江山展开双臂，脚用力蹬地跳起，身体前倾跃起，腾空跨过火墙，快速穿越塔头，跨过火沟……

秦朗跑至火障前，脚迅速用力蹬地跨入火烧迹地，顺势卧倒，双手护住面部，稍做停顿，随即起身穿越火障，一不小心裤子被剐了一个小口子。

郝江山检查那罕的防护服时说道："那罕，你咋还冒汗了？"

"我，我看见火就紧张。"那罕不知所措地回答。

"没事，别害怕，就一百米，一会儿跑的时候不要犹豫，你按队长讲的动作要领，拼命往前冲就是了。"

"好吧，我尽力！"

"下一名！"张永新喊道。

那罕晃晃悠悠穿过塔头，跨火沟、入迹地、过火幕都完成了，在穿密林时面露畏难之色。

"那罕，你快点！"

那罕艰难地穿过密林，跑到火廊前，看着熊熊燃烧的大火，放慢了脚步，张永新将这一切看在眼里。

冲越火廊时，火焰燃烧越来越猛烈，那罕因惧怕火而紧闭双眼，奔跑时被脚下的钢管绊倒，大脑一片空白晕了过去，淹没在火丛中。

张永新迅速冲进火廊，拽起那罕拼命地冲了出去，在场的人都捏了一把汗。

七班的学员都围了上来，急切而关心地问道："那罕，你咋样了？"

"你摔着了吗？"

"烧着了没？"

"没事吧！"

那罕在同学们的呼唤声中，慢慢缓过神来："我没事，就是有点怕火，刚才把我摔蒙了。"

张永新上前检查那罕的面部和胳膊，捏了捏他的双腿："疼不疼？有没有事？"

"没事，队长，不用担心，我扛造！"

"扛造啊？那再来一遍。"

"啊，队长，没搞错吧。"

大家哈哈大笑。

简单休息了一下，张永新又严肃地站在队列前："开始下一个课目训练。

"课目：分队灭火战斗！目的：通过演练，使分队指挥员进一步消化战术理论，提高指挥员在复杂情况下的组织指挥和分队协调配合的战斗行动！要求：依据情况，灵活处置，切实提高分队遂行灭火作战任务能力。

"同志们是否清楚？"

"清楚！"学员们齐声回答。

"各区队按划分模拟中队，组织实施！"

学员们随即展开训练，张永新不时走上前去检查纠正。

郝江山模拟中队长，下达着命令："同志们！根据火场勘查，经研究判定，此次灭火作战，采取'多点突破、分段扑灭、以水灭火、风水结合、以火攻火'的战法，对讲机使用3信道，我的呼号是501，指导员呼号是502。安全保障由各级安全员负责，油料、卫勤由中队保障。各班10分钟内完成战斗准备。我随一排行动，贺指导员随二排水泵分队行动。下面请贺指导员作动员。"

郝江山跑回队列中，贺松涛跑到队列前的指挥位置："同志们，参加此次灭火作战，是对我中队战斗力的一次综合检验，全体参战官兵要充分发扬森警部队的火场精神……"

一周的训练一转眼就结束了，郝江山、贺松涛好不容易争取到了外出名额。在繁华市区的街道上，郝江山、贺松涛结伴而行。

郝江山边走边说："家贵来信说，他们深圳的老板在哈尔滨开了一家木材加工厂，让他在这边当一个小头头，听说挣了不少钱，今天去宰他一把怎么样？"

贺松涛犹豫地回了一句："你去吧，我不想去。"

郝江山劝道："我知道，你也喜欢明月，但他俩订的是娃娃亲，不受法律保护，明月不是一直都在给你写信吗？"

"从小我就不太喜欢家贵，他太油了。"

"那是，我要是女的，也选择你。走吧，队里的伙食实在是一般，我肚子里一点油水都没有了。下周还要开始野外生存训练，再不吃点好的，就错过机会啦。"

一家餐馆，郝江山、贺松涛、张家贵三人坐在靠窗的位置。

他乡遇故知着实让人高兴，何况是见到从小一起长大的发小，张家贵喜出望外："离家这么远，还能在异乡见到你们真是太高兴了，今天我请客，大家饱餐一顿，随便吃！"

"张老板这是发财了吧？"贺松涛半开玩笑地说道。

张家贵边发筷子边说道："发什么财呀，我的工作就是把木材进行粗加工，再发往南方。大钱都让人家赚了，我就是挣点辛苦钱，哪像你们穿着军装、吃着军粮、拿着军饷，多神气！"

"神气啥呀！这一年多可把我们折腾稀了。"郝江山接过餐具。

张家贵又抱来一箱啤酒放在餐桌旁："我们兄弟仨啊难得一见，今天一醉方休！"

郝江山插话道："我们学员队有规定，不许喝酒。"

"当兵的还能不喝酒？我看电视里上战场都用大碗喝，那才叫爽，血性军人多豪气！"

"真的不能喝，喝酒就是违反纪律。"贺松涛说道。

"什么违反纪律？不就喝点酒吗？"张家贵感觉有点扫兴。

郝江山劝道："心意领了，酒就不喝了，今天你出点血，我们多点几个菜，好好改善一下。"

"也行，那你们就随便点吧，点几个硬菜。"张家贵把菜谱递给郝江山。

郝江山和贺松涛心满意足地饱餐了一顿返回到学校。

4

"今天我们组织野外生存训练，时间 3 天，每个班 19 个坐标点。"张永新明确道："每人除了一张地图、一盒火柴和匕首及身上穿的作训服外，一律不准携带任何物品！"

张永新陡然提高了声音："都把吃的东西掏出来！不到万不得已，不要使用求救信号，否则按弃权处理。"

队列里"哗啦啦"掏出很多饼干、巧克力等食物。

"这'大喇叭',也太苛刻了吧?"队列里有人嘀咕。

郝江山和班里其他人围在一起商量着。

此次野外生存的地点在天衡山,森林茂密,植被广阔。到了天衡山下,郝江山给大家进行分工,叮嘱道:"大家一定要注意安全,抓紧行动!"

郝江山和秦朗一组,他俩打开地图认真地研究着。山间无道路,虫鸣山更静,草丛里不时惊起几只不知名的鸟儿。

"此地名叫天衡山,地方志上记载,此地原为一处荒山,因辽代有一僧人来此修行,遍植苍松翠柏,经过几百年的绿化,才成了今天这样,我听说这山上还有老虎呢。"

"队里我最服你,平时你说啥我都信,但是有老虎我可不信。"

"我也是听说的,不过这里有一座天衡寺倒是真的。"

秦朗掰开一段树枝,示意让郝江山先过去。

"深山藏古寺,天下名山僧人多,寺庙多在林泉秀美之地。僧人同树木山林的关系也最为密切,《大藏经》中佛亦:应经行处种树。僧人讲清净,没有绿水青山,何来清净之地?怎么修行?所以便有树护树,无树种树。"

"连这些你也知道?你还知道啥,快显摆显摆。"

"毛主席说,没有林,也不成其为世界,我想这是对林业作用的最高概括,也是毛主席生态观的重要体现……"

山上腐殖层较厚,倒木较多,行动较慢。

他俩坐在一块石头上,吃了几把松子,秦朗看见石头旁的一株草出了神,惊喜地说道:"江山,你看这是不是人参?吃了它是不是就可以长生不老,位列仙班了?"

郝江山凑上去仔细辨别了一下,笑着说:"这个呀,叫毒人参,也叫白头翁、毒芹,吃了它,长生不老是不可能,'翘辫子'是可以肯定的。"

"哦,原来是这样,如果有点水喝就好了。"

郝江山在草丛中寻找着什么,他拨开一束草,不知是熊还是老虎等猛兽踩过的坑里有一汪水:"这里有水,你先喝吧。"

一听有水,秦朗来了精神:"水在哪里?"看见水后又说道:"里面还有虫子呢。"

"没事的，以前打火的时候连这个都喝不上，有虫子说明这水没有毒，连消毒药片都省了。"郝江山舔了舔舌头。

"嗯！"说着秦朗趴在坑里喝了起来。

看着地图又行进了一段，眼尖的秦朗发现在一棵红松上钉着一个信封："找到了！找到了！"

郝江山说道："按照地图显示，山顶上应该还有一个点。"

秦朗问道："你看那里有座寺庙，他们不会把点设到庙里吧？"

"不晓得撒！"郝江山说了一句家乡话。

快到山顶时，遥见松树下有一僧人身着海青结跏趺坐岩石之上。

秦朗感叹道："此情此景，松下一老僧，也是天人合一的境界了吧。"爬上山顶，但下面如刀削剑劈的悬崖，看得人有些眼晕，秦朗看了一眼就退了回来。

秦朗忽然又说："江山啊，书上老是说天人合一，为什么不说地人合一呢？"

郝江山有些不可思议地看着他："兄弟啊，地人合一，那不就埋了吗？"

郝江山指着地图说道："就是这个地方，我的判断不会错。"

僧人似是入了禅定之中，并未言语，丝毫未动。

忽然，林中群鸟忽然飞起，接着传来一声虎啸："嗷呜……"离他们不到300米的灌木丛中隐约看见一只斑斓猛虎，正向这边蹿来，又是一声虎啸，吓得俩人两腿发软，赶紧摸了摸手中的匕首，转身向身后的大树爬去。

一个洪亮的声音传来："莫嗔！莫嗔！退回去吧。"

老虎似是听懂了僧人的意思转身跑掉了。

过了老大一会儿，郝江山和秦朗跳下树来，两人面面相觑，不知从何说起。僧人这时从石头上站立起来说道："阿弥陀佛，两位施主莫怕，这只老虎不会伤人。"

秦朗好奇地问道："那个，它怎么会听你的话？"

僧人说道："五年前，这只老虎钻到了猎人挂的套子里，幸好我路过，帮它解下，后来它常来此，见我修行只是在一旁卧着，从不伤人。"

听到这里郝江山很是惊奇，灵机一动问道："那大师可有降伏森林火灾的好法子？"

"《金刚经》云，一切有为法，如梦幻泡影，如露亦如电，应作如是观。贪欲生，则火起；贪欲止，则火熄。花草树木皆有佛性，她们与佛教与众生都有甚深的因缘，关爱树木，功德无量。世界万物的存在都是因缘聚合的产物，人与自然之间有着紧密的联系，所以我们要善待自然界的万物。"

"人有善念，天必佑之，不忘初心，方得始终。"

郝江山听到这里点了点头，秦朗用手直挠头，像是坠到了云里雾里。

这时僧人用手指了指一棵高大的红松树，郝江山和秦朗抬头一看，坐标点被钉在了树上。

"多谢大师指点！"

僧人转身向崖又结跏趺坐："阿弥陀佛，善哉！善哉！"

郝江山动作麻利地爬上树拿到了坐标点，从树上下来后，把坐标点装进口袋，看了一眼僧人，与僧人道别，而后转身向山下走去。

傍晚，郝江山和秦朗脱下作训服，选中了三棵离得较近的松树，将作训服绑在上面。

"这附近有很多野兽足迹，晚上只能坐在树上休息了，你先睡，我放哨。"郝江山试了试衣服搭成的'床'，说着从树上跳了下来。

"也不知道艾一木和贺松涛他们怎么样了。"秦朗自言自语。

5

艾一木和贺松涛满脸泥灰看着地图："好像是这个地方，咱俩在附近分头找找。"艾一木说道。

过了一会儿，贺松涛对艾一木说道："你看那里是不是？"果然一棵柞树腰上有一个坐标点，不仔细看还真看不清，俩人兴奋地走过去。

"啊……哎哟！我……"两人同时喊叫着掉下陷坑，原来树下是一个3米见方的陷阱。

"肯定是'大喇叭'安排的。"艾一木愤愤地说道："这坑不得挖一天啊，为了整我们，也是下足功夫了。"

"哎哟，我的脚。"贺松涛把脚从树枝中拉出来。

"我看看！"艾一木脱掉贺松涛的鞋袜摸了摸："肯定是扭到了，问题不太大，没有伤到骨头。"

艾一木看了看两人多高的陷阱，如坐井观天一般。

"要不打信号枪吧？"

"打了信号枪就算放弃了，我再想想办法。"

艾一木用随身带的匕首在坑上挖出很多踏脚口，抓住树根和石头，一步一步向上攀爬，终于爬出了陷阱。

"听说过乌鸦喝水的故事吗？"艾一木向陷阱里的贺松涛说道："你往边上站，靠紧了。"

艾一木在附近找来许多倒木、树枝、石头等往坑里放，过了一个多小时，才将贺松涛拉了出来。

上来后，两人累得直喘粗气："刚才找木头的时候，发现了一窝鸟蛋，你吃了吧。"

贺松涛看了看这窝鸟蛋说道："不行，还是放回去吧，我们不能破坏森林里的一切。"

"好吧。"艾一木又将鸟蛋放了回去。

两人背靠背坐到了天亮，艾一木缓缓睁开双眼。

一只不知名的小鸟歇在艾一木的头发上，拨弄他乱成一团的头发，睁开眼睛伸出手后，小鸟忽的飞走了。

太阳从东边慢慢露出了笑脸，整个森林像披上了金黄的纱幔，漂亮极了，一只母鹿带着两只小鹿出来寻找食物了，这个场景美得像童话世界。

艾一木用胳膊肘捅了捅贺松涛，他俩享受着这森林的馈赠。路上又捡了一些树枝做了一副简易拐杖，扶着贺松涛一瘸一拐地向目标走去。

"你在这里休息一下，我去附近找点吃的。"

"好吧，你快点回来。"

过了约有一刻钟，只听"啊"的一声，贺松涛顿感不妙，赶忙朝声音走去。

"艾一木……艾一木……"

"我在这里！"

原是艾一木误踩了捕兽套，被倒吊在树上。

贺松涛赶紧将他放了下来，关切地问："你没事吧。"

"没事，不过这么倒吊着真难受，如果是动物被这么吊着也会很痛苦吧？"艾一木有些感慨。

"真应该把这些盗猎者都抓起来！"

"没有买卖就没有杀害，真正该抓的是，那些挖空心思想吃这些野生动物的人。说到吃，你饿了吧？我刚才采了一把新鲜的野果，你吃吧。"艾一木说着从兜里掏出一把野果。

"咱俩一起吃吧！"

吃完野果，艾一木搀扶着贺松涛继续赶路："你再坚持一会儿，到了公路就方便了。"

艾一木激动地拍了拍贺松涛的肩膀："快看！那边有辆车。"

顺着艾一木手指的方向，贺松涛看见山脚下的小路上有一辆绿色的小货车。

"有车就方便了。"艾一木像是倍增了力气，一口气把贺松涛背到小路上。

靠近小货车时才发现，车厢里装了一些树枝和枯草。艾一木放下贺松涛，走到靠近驾驶位置时才发现车内没有司机，但能隐隐约约听到动物的喘息声，他随手扒开盖在车厢里的树枝，嚷嚷起来："啊，松涛，你快看！"。

在树枝和杂草的掩盖下，是一只狎、一只成年公熊、两只狍子和三只野猪，身上都有一块大的伤口正流着血。

"从伤口来看，是一把自制的火枪，口径挺大。"

"他们肯定还在附近，你看那里有烟。"贺松涛指着前面的桦树林说道："这也是有经验的偷猎分子了，桦树叶会分散烟点，这样不容易被外人发现。"

"抓不抓？"

"抓呀！可是他们有枪啊，咱们得好好合计合计。"贺松涛说着背起艾一木离开了卡车。

他们蹑手蹑脚向帐篷摸去，透过帐篷窗户缝隙，他们看到一个三十岁左右的壮汉躺在帐篷里的行军床上，一个贼眉鼠眼的瘦子正在生火。

瘦毛拍着马屁："大哥就是厉害，昨晚咱们收获不小啊，光那只黑熊就能卖个好价钱。"

唐大彪叼着烟，有些得意地擦着手中的猎枪："只要跟着大哥干，肯定能挣大钱，到时候咱们好好潇洒潇洒！"

瘦毛满脸堆笑："是，大哥，您先躺会儿，昨晚干了一夜，累了吧？等水打回来了，我给你煮点粥。"

唐大彪有点不高兴："柱子真没用，去河边打个水，这么长时间还不回来？"

瘦毛安慰道："放心吧，大哥，我都踩过点了，这片林子方圆百里都没有人烟，森警数量有限，巡逻线路也有规律，这一片他们不会来。"

唐大彪会意地点了点头，随手把枪放在毯子下面便躺下了。

贺松涛示意艾一木摘去身上的服饰标志，相互搀扶着来到帐篷门口："你好，能不能给口水喝？"

"你们是什么人？"听到声响，唐大彪立马从床上弹坐起来，摸了摸毯子底下的猎枪。

艾一木用余光看见毯子下面露出的枪口："我俩是林干校的学生，到这儿搞个调查，不承想迷了路，还受了伤，已经两天没有吃东西了。"

"不对，你们是不是森警，为什么穿着他们的衣服？"瘦毛有些疑惑地问道。这时，唐大彪稍微放松警戒的心又警觉起来，瞪大眼睛盯着他俩。

"这衣服是在劳保市场买的。"艾一木还未说完，贺松涛便捂着脚"哎哟"起来。

"你俩就坐在地上，我有一个兄弟去打水了，喝完抓紧走开。"唐大彪看着疼得直不起腰的贺松涛有些不屑，心想这应该不是森警战士，才放松了警惕。

"真是太谢谢你们了。"艾一木装作答谢，随即凑上前去，趁唐大彪不备，迅速从毯子底下抽出猎枪："不许动！我们是森警的！"

几乎同时，瘦毛"哎呀妈呀"一声向门外窜去，贺松涛忍住伤痛扑了过去。

贺松涛用绳索迅速将唐大彪和瘦毛捆了起来，又找来两条毛巾将嘴塞住。

稍等了一会儿，山下渐渐传来唱歌的声音："大王叫我来巡山呐，咿儿哟，咿呀、咿儿哟，小心提防那森警啊……"

"瘦毛，瘦毛，快出来帮老子背一会儿。"柱子背着水桶累得上气不接下气，用手臂直擦汗，冲着帐篷大喊。

柱子放下水桶，刚进帐篷口，就被埋伏在此的贺松涛逮了个正着。"哎哟，大哥，我又犯啥错了？"柱子趴在地上，抬头一看唐大彪和瘦毛，顿时傻了眼，再往上一瞅两个威严的军人，将双手举了起来。

"这两天终于吃了一顿饱饭。"贺松涛抹了抹嘴，打了一个饱嗝。

夕阳西下，贺松涛用一根绳子将三人绑成一串拽着下山了。

在一片秀丽群山环抱的平地，学员们集合整队，跨立着。

区队长张永新在队前："同志们！"学员们立即立正。

张永新敬礼："请稍息！祝贺大家，你们出色地完成了全部野外生存训练课目的考核任务。"队列里立即爆发出热烈的掌声，而后欢呼雀跃起来。

艾一木开始唱起《我的高山我的林海》，秦朗、那罕、贺松涛等也跟着唱，所有人也加入进来，有几个学员唱得撕心裂肺，歌声越来越响，回荡林海，冲向云端。

6

清晨，旭日初升。郝江山、贺松涛、秦朗、艾一木坐在障碍高墙上，艾一木抱着吉他弹着《小白杨》，其余四人轻轻和着。

"快毕业了，大家都有什么想法。"贺松涛问道。

郝江山率先说道："执勤点的生活，使我深深懂得，磨难长人智，艰险砺人胆。还是最艰苦、最边远的地方锻炼人，让我找到了实现自己人生价值的坐标。"

艾一木停止了弹奏，随口回道："革命战士是块砖，哪里需要哪里搬。我服从组织分配，去哪里都行。"

贺松涛远眺了一下冉冉升起的朝阳感慨道："军人的价值在任何地方都可以体现，但在深山老林更能彰显森警的价值，愿大森林为我们架起一座心灵的桥梁，我们永远与大森林同在！"

"都说咱们森警部队是迎着朝阳的部队，如果以后科技发达了，用几架大飞机一次拉上几百吨水，往着火的地方一洒，扑火是不是就简单方便多了？"秦朗说完，其余几个人都笑了。

"你的脑洞还真大。"

"如果真有那么一天，真的不需要森警了，我是说假如哈，我们的青春将何处安放？"

好像真的没有人想过这个问题，或者想过，但从来没有这么认真地思考过，在场的同学都沉默了。

"我们可以种树啊！咱们四个人分别从祖国的东南西北，一起往北京种，终有一天能够汇合在一起，让地球挂满绿色的飘带。"说到动情处，郝江山跳下了高墙："无山不绿、有水皆清，四时花香、万壑鸟鸣，替河山装成锦绣，把国土绘成丹青，我们是中国的森林警察，也是中国的生态艺人！"

"好！"其他三人也跳了下来。

四双手坚强有力地搭在了一起：

"看巍巍青山，谁先及顶！"

"问茫茫林海，谁主沉浮！"空旷的训练场上，回荡着四个人的豪言壮语。

共同的理想追求就像是一束光，它能将四个豪情满怀的青年人生照亮！

临近毕业前的一个周末，郝江山来到医院看望老班长，孙景权正躺在透析机一旁，输液管里流淌着红红的血，他脸色苍白，但笑容依然灿烂。

"班长，你在医院住了这么长时间，感觉好一点了吗？"

"打了不少针，吃了不少药，也没什么变化，我也不知得了什么病，不知道执勤点现在什么样了？"

"你就别操心了，安心住院吧。"郝江山不知该怎么回答："其他的事等病好了再说。"

孙景权关切地问："江山，马上毕业了吧？"

"恭喜你啊，以后就是一名警官了，真为你高兴！"孙景权微微一笑："可惜我不能送你了。"

郝江山眼泪禁不住夺眶而出，转过身跑出病房，正好碰上查房的医生，他几乎用哀求地语气说道："大夫，求你们一定把我战友的病治好！他还没成家啊。"

"你的心情，我们能理解！目前，尿毒症治疗一般采取肾透析和肾移植的方法。肾透析能使病人勉强维持生命，但不能根治。"医生边走边安慰道："放心好了，我们医院正在积极寻找合适的肾源。"

郝江山转回病房，此时一位年轻的女孩拎着一个大包，跌跌撞撞碰到了郝江山："对不起，没碰到你吧？"

"没关系，需要帮忙吗？"

"不用，我能拎得动。"

"不用客气，我又不是坏人，来，我帮你，你这是要去哪儿？"

"不用，不用，我来看一个叫孙景权的病人。"

"你是他什么人？"

敖兰吞吞吐吐，一下子脸红了，挤出俩字："对象。"

郝江山更惊讶了，差点把包掉在地上："啊？！"

敖兰急匆匆地闯了进来，她一眼就看见躺在病床上的孙景权，然后趴在床上哭泣，郝江山拎着包，远远看着孙景权一脸茫然。

孙景权的目光碰到她的目光，稍触即离："小妹，你怎么来了？"

敖兰莞尔一笑，打破了窘态："我写了那么多信，你也没回，后来我去你们大队，大队的战友们说你在这住院，我就跑这来了。"

"也不是啥大事，你不是在上班吗？"

敖兰没等孙景权说完抢话道："你不要瞒我了，你现在啥情况我都知道，这次我把工作给辞了，专门过来照顾你的，你看我把铺盖都背来了。"

孙景权抬起头皱了皱眉："这不是胡闹吗？你一个姑娘家的。"

孙景权远远望着敖兰的眼睛，四目相对、凝眸睇视，彼此的心灵在翻腾、在诉说。

"没那么多说道。"敖兰站起身来开始帮忙收拾病房，转身又看了一眼郝江山："你就是江山哥吧？权哥在信里经常提到你，他说你考上了警校，一直为你感到高兴和骄傲呢。"

郝江山一时不知该怎么回答："我……没什么。"

"你这里怎么就一个盆，我再去给你买一个。"敖兰毫不见外："江山哥，你坐啊，我去买个盆。"

郝江山看着孙景权有些不解："班长，这？"

孙景权声音有些低沉："五年前，莫达山着了一场大火，我们巡护小分队星夜赶到时，山火已经烧到了敖兰的家。

"我记得是很常见的达斡尔族草房，我冲进去的时候，浓烟中她的父母正在抢东西，让我先把她救出去，可是等我们再返回的时候，房子已经塌了。

"当时她已经考上了卫校，替她安葬了父母，我们几个人把身上所有的钱都给了她，让她继续上学，我一直在执勤点，也花不上什么钱，所以这些年的津贴我都给她当学费了。"

"之前没听你讲过，可她说是你对象。"

"她之前写信说要嫁给我，我没同意，那么好的一个姑娘，况且我现在还得了绝症，这不是把人家连累了吗？"

"班长，这不是绝症，现代医学发达，部队各级领导又这么关心你，你的病肯定能治好。"

"但愿吧！"

"我走后，你要听医生的话，配合治疗，按时吃药，保持心情舒畅，肯定会好起来的，我还想和你一起骑马巡护呢。"

郝江山走后，敖兰始终守在孙景权床边，给他喂饭、喂药、翻身、擦身子、洗脚、端屎端尿，无微不至地照料着。

孙景权目睹到病友的状况，深知尿毒症治愈的可能性甚微，躺在病床上思来想去，当看到敖兰满头大汗的样子，他忽然变得冷漠起来："小妹，你走吧，这儿不需要你了！"

敖兰吃惊而难过地哭述道："权哥，这万万不成！你现在病成这样，我怎能在你最困难、最需要的时候离开你呀？"

孙景权心里极其矛盾，无端地发起火来："小妹，你还这么年轻，离开我后，你可以找一个好一点的人家过日子，不要为了我在这里浪费时间了！"

敖兰泪水不由自主地落了下来："你说这些，太伤人心了，我就你一个亲人，再说，哪家能没个三病六灾的？谁连累谁呀？权哥，你要有信心，好好配合医生治疗，慢慢就会好起来的。"

孙景权冷冰冰地责难道："敖兰，你走吧，我不想再看见你。"

孙景权的话像锥子一样，刺进敖兰的心里，她忍不住悲痛，跑出病房呜咽不止。

为逼敖兰离开，孙景权违心地冷淡、无端地谩骂，甚至用撞墙、拒服药、绝食相逼。不管孙景权怎样作闹，敖兰始终不离不弃，仍然强作笑脸安慰道："权哥，我知道你为啥这样做，你是心疼我，但也不能总这样折磨自己呀！"

几天来，孙景权连自己都感到太过分了，再也不忍心伤害，也没有勇气赶敖兰走了："敖兰，我实在不忍心连累你，每天一睁眼看到你，心里就特别难过，你为我付出太多了。"

敖兰擦去孙景权脸上的泪水，好言相劝："你别再胡思乱想了，有病咱们想办法慢慢治，只要有一分希望，就会尽百分之百的努力。"

单调枯燥的病房生活，在爱情的浇灌下变得富有生气，敖兰和他拉家常、聊天谈心，给他读《钢铁是怎样炼成的》，讲述张海迪的故事，鼓励他树立信心战胜病魔。孙景权那如火烧迹地死灰般的心底，经过敖兰的精心护理，又燃起了希望的火花。

7

贺松涛的身材结实得就像奇乾中队附近山上的一棵樟子松，挺拔又魁梧，散发着抽枝挺节的青春气息，面容上虽带着些许稚气，但军人的使命与担当已悄然生发。刚下火车，便频频有人回头，有几个学生甚至停下脚步，盯着这个佩戴红色肩章、年轻帅气的军人看了起来。

内蒙古林区的公路上，一辆解放牌汽车拉着满满一车菜，在林海缝隙一样的公路上行驶。

常连喜对身边刚毕业分配过来的贺松涛介绍道："贺排长，我叫常连喜，是四班长兼驾驶员，你也可以喊我'常吹灯'。"

贺松涛一笑："听说，奇乾中队不通电。因为你是班长，晚上总吹灯，所以才叫'常吹灯'，对吧？"

"以后呀，你就明白了。"

"你在奇乾几年了？"

"8年！新兵下连一直到现在。"

"这么长时间！在警校时我就听战友说，奇乾被人称为与世隔绝的'林海孤岛'，自1963年建队以来不通邮、不通电，方圆百余公里不见人烟，一年有六个多月大雪封山，你是怎么坚持这么长时间的？"

"习惯了，中队多数人都是入伍进山，退伍出山。虽然有点艰苦，但这片林子总得有人去守吧。贺排长，你的军事和体能素质一定很全面。"

"为什么会这么说？我这次毕业考试成绩确实很靠前。"

"在咱们中队，最大的幸运就是不生病，你想想看，离支队机关一千多里路，一年有6个月时间哪儿也去不了，身体弱的，怎么敢分过来呢？"

"那奇乾中队官兵身体素质都很好？"

"但也有意外情况啊，我的手指头在打火时被油锯割断了，路太远了，到了医院就接不上了。"

贺松涛看了看常连喜把着方向盘的右手，果然少了一根手指头，又意味深长地把目光转向了没有尽头的防火公路。

"后来，他们也叫我'九指神丐'，奇乾是一个去了就忘不了的地方。贺排长，离中队还很远，你可以睡一会儿。"常连喜继续说着。

解放车继续在林海缝隙一样的公路上行驶着。

"排长，你把大衣穿上吧，还有半小时就到中队了。"

星垂原野，半夜时分，汽车驶入了林海中的一座孤岛——奇乾中队。

郝江山和秦朗毕业后被分配到小兴安岭森警支队直属大队，大队坐落在市郊，营院掩映在葱郁的大森林中。

志愿兵严智勇早早地在营院前十字路口徘徊着，时而望着公路的远处，时而低头深思，忐忑不安的心情，使他不知道以什么样的方式，面对将要发生的一切。

一辆大客从远处颠簸着驶来，佩戴着志愿兵警衔的严智勇，穿着锃亮的皮鞋，正了正大檐帽，扯了扯衣裤，远远望着公路前方耐心地等待着。

大客车行驶到大队门前，"嘎吱"一声停了下来，车门"咣当"一声打开了。排长郝江山、秦朗背着行李，拎着军绿色提包走下车门。

"郝排长、秦排长，欢迎你们！"严智勇急忙迎了上去，伸手欲想接过郝江山的提包。

"班长，我回来了！"郝江山执意不让严智勇拎包。

张中队长、肖指导员出来好几趟了，都没接到你们，我在这儿等了快两个小时了。"严智勇和郝江山争抢着拎提包。

"班长，我自己拎，哪能劳您大驾呢？"郝江山擦了一把汗，坚持自己拎包。

"江山，你回来，我特别高兴，但从现在开始，我们要摆正位置哦。"严智勇只好上前拎过秦朗手中的包，走在前面引路："你们这些新官上任了，我这个代理排长也就该靠边了。"

"班长，你是我入伍后的第一任老师，永远无法改变。"排长郝江山、秦朗向营门哨兵还了一个军礼，与严智勇迈进大门："不管以后怎么分工，我们都会珍惜缘分，共同努力。"

通信员远远看见迈着虎虎生风步伐的两个少尉警官走了进来："排长，你们怎么这会儿才到啊？我们都到门口去接了好几趟了。"

通信员瞅了一眼严智勇，然后旋风般地闪过，殷勤地去替郝江山、秦朗拎东西。

"谢谢，谢谢你们！"

张彪龙中队长、肖指导员风风火火地迎了过来："欢迎！郝排长、秦排长，一路辛苦了！这样吧，根据工作安排，郝排长住一班，秦排长住四班。"

"真好，还能分到老支队。"

张中队长招呼着不远处的班长："韩霜，你帮郝排长把行李拿到一班去。"

"是，中队长！"韩霜上前接过行李，肖指导员带着秦朗向四班走去。

"你和秦排长来了，我们中队干部就不缺编了，一直都是严智勇代理排长。"张中队长带着郝江山向一班走去："你就住韩霜这个班吧。"

严智勇听到中队长的一番话，心里有一种无名的失落感在心里升腾，他突然觉得与郝江山之间四年前那种超乎寻常的战友情，似乎在刚才相见的那一刻土崩瓦解了。

零点时分，严智勇军容严整地站在哨位上，林间夜风徐徐吹来，困意瞬间烟消云散。

通往哨位的小路上突然响起了刷刷的脚步声，这声音让他觉得似曾相识，又觉得有些陌生，他下意识地握紧了枪，威严地喊道："请止步！口令！"

郝江山却并没有理会，仍然急急地走着，只随口说了一声："是我！"

严智勇轻轻把枪放在旁边、缩下身子，待对方走近时猛地扑了过去。

郝江山没有料到严智勇会给自己来这一手，还没回过神来，便被严智勇钳子般的大手紧紧箍住，仿佛能听到骨头发出"嘎巴嘎巴"的响声。

严智勇没有想到郝江山连一点反抗的意思都没有，这让他突然觉得特没劲，杀气腾腾的火焰"扑腾"几下熄灭了，然后无趣地松了手，又无声地走向哨位。

"你的功夫越来越精道了。"严智勇听得出，这话没有半点虚假的成分，可他心存的敌意还是浓得化不开。

严智勇随口说道："这跟你在警校学到的东西相比，还不是小菜一碟！你刚报到，咋不好好休息，来这儿干吗？"

郝江山没有吱声，停了一会儿缓缓说道："你还记得新兵连的情景吗？你当班长，无论是训练还是考核，咱们班都是最棒的。现在咱们在一个排，能否把这个排带得嗷嗷叫，再展当年的风采？"

"我没有问题！"严智勇一种莫名的情绪在心头迅速膨胀。

"班长，我刚毕业，没有太多的带兵经验，你还要勤指点、多帮帮我。"郝江山发自肺腑地说道。

严智勇心中的坚冰似乎在一点点融化，在他的心里还横着一道过不去的坎儿："可我还是个'大头兵'啊！"

郝江山完全能理解严智勇此时此刻的心情，推心置腹地说："警校两年，我是学了些理论，可都是'本本'上的东西，还有待于在实践中消化，我要补的课可不少。"

郝江山紧紧握住严智勇的手："昨晚中队长、指导员向我介绍情况时，对你都十分认可，说你威信高、有号召力，一直当骨干用，今后还少不了要多向你请教。"

严智勇心里涌起了一股热流，话也有了温度："咱俩能再一次并肩战斗，我真的很高兴！"

郝江山的嘴角溢出了一丝微笑。

8

直属大队二中队召开全体军人大会，宣布郝江山和秦朗任职命令。郝江山的表态发言诚恳而又坚定："咱们大队是支队的先进单位，又是担负整个地区森林防火灭火的机动力量。能分配到二中队工作是幸运的，更是光荣的。从踏进大门那天起，我就把直属大队二中队当成自己的家。家好了，大家都好；家不好，我们都不会好。我刚毕业，基层经验不足，有可能会让大家吃一些苦、走一些弯路，但我相信，通过自己平心静气的实干和坚韧不拔的努力，一定能把全排带好，请大家相信我！"

台上张中队长、肖指导员会心一笑，台下官兵期待的眼神，给了郝江山巨大的力量和信心，大家报以热烈的掌声。

当了排长后，郝江山本以为会受到战友们的拥戴，可不承想，刚到排里就发现了一个"刺儿头"。器械训练场，靳安青勉勉强强在单杠上做了1个一练习，三班长汪大伟见状说："不错嘛，你已经从杠下徘徊，达到了吊死猪的水平了，再练下去就是杠毁人亡，破坏公物了，看我给你示范一个。"

郝江山发现三班长动作并不规范，果断下达了"停"的口令，并讲解动作要领。

"郝排长，你不用讲，先给我们做个示范看看。"汪大伟带有挑衅的口气，列队在一旁的战士们也好像在说："你能行吗？"

器械场上顿时一片寂静，郝江山走到器械旁："大家看仔细了！"

郝江山单杠一至八练习翻上飞下、行如流水，双杠一至七练习，动作标准规范，战士们边看边报以热烈掌声和喝彩声。

"班长出列，其他人解散！"郝江山把班长集合到一起："班长是中队骨干，有谁能把单双全套全做完？"班长们的气势顿时降了下来，看来没有一个能完成单双杠七练习。

"我是排长，应该站排头、做标杆，做出样子不只是让你们服我，而是让你们认真学，照我的动作练。老兵怕队列，新兵怕器械，对待新战友要像对待自己的亲弟弟一样，如果做不到，像对待小舅子那样也行。"郝江山的话语，使班长们开怀大笑后又自感惭愧。队列外的新战士也向郝江山投来赞赏的目光，只有靳安青毫不在乎，冷不丁冒出一句："做那么标准有什么用？我又不想立功入党，干满三年就打道回府了，找个单位上班多仙啊！"

收操后，郝江山边走边问："班长，靳安青军事训练成绩怎么这么差？"

严智勇不屑一哼："嗨，他就那样，不用管他。"

"不管怎么行，干啥啥不行，这不是拖排里后腿吗？以你的暴脾气能惯着他？"

严智勇无奈地摊摊手："他二叔是咱们支队副支队长，入伍前就是家里的小混混头，这小子油盐不进，不是犯迷糊，就是冒泡、拉稀，干活还磨叽，关键吧还特别能嘚瑟。现在部队提倡文明带兵，又不让打，又不能骂的，我一个代理排长，能怎么办？前段时间他都是用鼻孔看人的，连中队干部都不放在眼里。"

"还能有把你难住了的兵？"

严智勇哈哈大笑："有啊，你，我就整不了！我怕再被人浇凉水，听我的，随他去吧，这种人没法整，我可是什么招都用过了。"

郝江山有点不好意思："班长，新兵连的事，咱就不提了，但这个兵我得把他整服了，不把他弄服了，我这个排长还怎么当。"

严智勇瞅瞅郝江山："你别忘了他二叔是谁，他就是来混日子来的，镀个金就退伍了，操这个闲心干吗？"

"班长，你变了。"

严智勇嘿嘿一笑："不提这事了，晚上，我请你吃泡面。"

9

张中队长和肖指导员到支队开会，靳副支队长顺口问起靳安青的近况，两位中队干部如实汇报了下连后他的各种"光辉"事迹，靳副支队长气得直拍桌子："这个小犊子，把我这几十年的老脸都丢光了，你们现在就把他押过来，今天我把他收拾明白了，再交给你们。"

两位刚要走，靳副支队长又喊道："不用了，我现在就跟你们去中队。"

到了中队，靳副支队长气呼呼地坐在中队部的办公椅上，脸色铁青地问靳安青："我是谁？"

靳安青有些傲气地扫了一眼张中队长和肖指导员："你是我二叔。"

靳副支队长站起来，走到靳安青面前一个大耳刮子甩过去："好好想想！我是谁？"

看到这一幕张中队长和肖指导员都呆住了，手足无措，慌忙劝说："首长！"

靳安青捂着脸有些发蒙："你是我二叔。"

靳副支队长又一个大耳刮子甩过去："再 TM 好好想想！"

看到这一幕，张中队长和肖指导员更加难为情。

看着靳副支队长愤怒的表情，靳安青似乎明白了："你是靳副支队长。"

靳副支队长由冷转笑："这就对了嘛，部队不允许干部打战士。但当叔的收拾收拾侄子，没错吧？"

靳安青捂着脸，眼睛里闪出了泪光，连连点头。

靳副支队长的笑脸又立即变得严肃起来："既然我是副支队长，你是谁？"

靳安青立即挺胸立正回答："报告副支队长，我是直属大队二中队一排上等兵靳安青！"

靳副支队长满意地点点头，大声吼道："当兵就要服从命令、听从指挥！懂吗？"

靳安青立正站好："懂，我再也不犯错误了。"

过了几天，郝江山组织全排战士进行体能小测试："不错，大家都有进步，成绩比上个星期都有提高，靳安青，出列！"

"到。"靳安青漫不经心地回答，懒散走出队列后做起了俯卧撑，动作既不标准，也不认真。

"稀碎！"严智勇喊了一声。

郝江山有些生气："靳安青，是个男人就按动作要领做。"

靳安青噌地起身看着郝江山："我还不做了呢，做这玩意有啥用？花架子，这年头谁拳头硬，谁好使。"

郝江山定睛看着他："你拳头很硬呗？"

靳安青扫了一下全排："至少你们这帮人，都差点火候。"

严智勇、韩霜等班长和老兵都想上去揍他，被郝江山拦住："这样吧，咱俩打一次。你要是打赢了，在排里你可以横着走，我听你的，我也不管你了；要是打输了，所有的科目，你必须都得达到良好以上，然后和排里的战士都拥抱一下，大声说三十遍，'我要当个好兵'。"

靳安青眉开眼笑地看了看郝江山："这样好，不过，你说话能算数吗？"

"这么多人看着呢？我要是食言，这个排长就不干了。"

靳安青傲气地甩甩手："告诉你，我打人可挺狠。当年，在道上混的时候，算了不跟你们说这些，说了你们也不懂，我二叔说，干部不能打战士，战士打了干部不算错误吧？"

"不算，不算。"郝江山把武装带和考核本、秒表等刚交给韩霜，靳安青上前一脚，就踢了郝江山的小腹上，拳头也接着抡呼起来了，郝江山毕竟练过功夫，见他只是野路子，并没有什么招法，只是躲闪。

靳安青以为郝江山不敢对打，更来劲了。郝江山机警地捕捉时机，随即一个锁喉把他压在地下："服不服？"

靳安青眼睛瞪得溜圆："不服！"

郝江山略一用力："服不服？"

靳安青挣扎着身体："我不服，有种，你别用手！"

"好！"郝江山一起身，靳安青就反扑过来，招招都往要害打，郝江山只用腿脚就解开了招式，最后一脚离靳安青的脸只有2厘米。

靳安青有些无可奈何，但是输了就是输了，只好按照之前约定与每个战友都拥抱了一遍，最后大声喊了三十声："我要当个好兵。"

第二天，郝江山和靳安青并排坐在双杠上："山外有山，比你能打的人多了！你觉得你狠，这世上比你狠的人多了去了，再说你这连'三脚猫'的功夫都算不上。"

"排长，那你可以教我功夫吗？"

"教功夫可以，所有科目良好以上。"

靳安青高傲地抬着头："咱毕竟也是当过大哥的人，男子汉大丈夫，君子一言，五马难追！"边说边用手比画一个"五"出来。

郝江山哈哈大笑："是驷马难追。"

"四匹马都追不上，五匹马岂不更快？"

"好吧，那我问你，你有理想吗？"

"你可别说，我还真没想过这事。"

"那你为什么来当兵？"

靳安青无奈："我家里人让我来的，我妈说我不当兵以后准进劳教所，我爸就找二叔让我来这里了。"

郝江山拍了拍他："这样吧，咱们慢慢来，当个好兵的第一步，看人的时候要用眼睛，不能用鼻孔，也不能用下巴……"

这次恳谈使郝江山茅塞顿开，明白了没有带不好的兵，融入战士中间，与他们真诚交心，才能带好兵。

晚饭后，周浩宇心不在焉地随郝江山上了山坡，他的胡子很长时间没刮，头发也很长，像一把茅草乱乱的，人看上去有点迷茫。郝江山手里拿着一本教案看着周浩宇："你十几天没训练，也没出操了，天天待在宿舍也不好，出来透透气。"

周浩宇双手插兜头也没抬，用脚踩着地上的石头"嗯"了一声。

郝江山继续开导："我知道你考警校，1分之差落了榜，处了3年的对象也黄了，心情不好，可以理解，但不能这么消沉，一次挫折，只算人生的一个坎儿，并不代表你满盘皆输……"

周浩宇打断了郝江山的话，有点不耐烦地看着郝江山："行了，姓郝的你算老几？开始教育我了，告诉你这些话我都听腻了，中队老张、老肖都没管我！我还用你教啊？"

郝江山笑了笑："我是你的排长，这事我必须管。"

周浩宇装作态度真诚的样子："行，看你挺诚恳，找了我四五次了，我给你个面子，明天出操。"

郝江山将教案本伸到周浩宇面前："你看这是什么？"

周浩宇斜眼看了看："教……"案字还没说完，郝江山反手用教案朝周浩宇脸上甩去。顿时周浩宇脸上火辣辣的，捂着脸，有些蒙，眼泪流了出来，不解地看着郝江山。

郝江山严肃说道："希望这个教案，能把你打醒，这点失败就把你打趴下了，那你这辈子肯定干不成什么大事，你在这里待一个小时，好好反省反省，让蚊子瞎虻给你拔拔毒，我这辈子最看不起软蛋！如果你还这样，见一次我打一次。"

周浩宇依然捂着脸，郝江山走了两步又转回头："我没打你，是教案打的，你明白吗？"

第十一章　一叶苦甜

1

初秋，又到了东北林区一年四季中最美的时节，层林尽染，碧波荡漾，那山那水，那草那树，编织成五光十色的锦缎，铺满了美丽的兴安岭。

秋防前，二中队召开队务会，对下一步重点工作进行部署，一排负责老虎嘴检查站，主要检查无证进山人员及车辆。二排负责嘎拉执勤点，主要任务是宣传防火和清理河套。老虎嘴检查站无固定营房，两个排统一住在嘎拉执勤点。

郝江山和秦朗带领官兵按时进驻执勤点。傍晚，报务员拿着电报递给正在做植物标本的秦朗："秦排长，特大喜讯！嫂子来了！"

秦朗抬起头："哪个嫂子来了？把你高兴成这样？"

"咱们嫂子，你对象来了。"报务员一点犹豫都没有。

秦朗曜地站起身来，一把抓过电报，定睛一看顿时傻了，随即夺门而出，冲向宿舍："兄弟，遭了，我遇到麻烦了。"

坐在炕沿写文章的郝江山被吓了一跳，猛地抬起头来："秦兄，何事慌张？"

"江山，这回我真的麻烦了，你嫂子来了！这次你可得拉兄弟一把。"秦朗把电报往郝江山面前一放。

"荒郊野岭的，哪个嫂子能来这儿，莫非巡护的时候遇到了女妖精？"郝江山调侃秦朗。

秦朗一时着急不知从何说起："嗨，你别调侃我了，就是我对象，你嫂子来了。"

"婚都没结，凭什么让我叫嫂子？"郝江山将电报往炕上一扔。

"郝排长、我的亲大哥，这回你真的要救救我！"秦朗在屋里直转悠。

"哎，老秦，你不讲究啊，都要结婚了，现在才告诉我？"郝江山站起来往前走了两步。

"江山，你就别拿我开涮了，毕业后，正值夏季大练兵，我又带队参加比武，紧接着秋防就开始了，我咋告诉你？"秦朗双手一摊解释道。

"咱俩这么多年了，有什么不可以说的？！"郝江山反问道。

"我和叶香从小青梅竹马，都相处六年了，两家人也都觉得很般配，没想到家里就把日子定了。"秦朗边说边踱着步："这不，人家大老远，直接奔我来了。"

"来了怎么了？防期结束就回家结婚呗，谁也不会拦着你。"郝江山无所谓地接话道。

"你不知道我们那个地方的风俗习惯，结婚的日子都是有讲究的，一旦亲家把婚期定下来，最忌讳改日子，现在正是防火期，请不了假怎么办？"秦朗有点无可奈何的感觉。

"你结婚定的是哪一天？"郝江山猛然回过味来。

"八月十五，中秋节啊。"秦朗瞪着眼睛，用手势比了一个八、十、五。

"简直是乱弹琴，八月十五我们还在执勤点上，怎么结婚？"郝江山也感觉有点不可思议。

"就是呀，所以你得赶紧给我出个主意。"秦朗用期盼的目光瞅着郝江山。

就在郝江山和秦朗商量的时候，叶香正在赶往秦朗驻地的火车上，她坐在绿皮硬坐厢里，想着马上就能见到未婚夫，别提多高兴了，与车厢里的人有说有笑，一点没感觉到疲劳。

"姑娘，你去哪儿？"坐在旁边的老大娘问叶香。

"大娘，我去小兴安岭嘎拉林场看我爱人，他在森警当兵。"说起秦朗，叶香很自豪。

"喔，嘎拉林场可远了，那疙瘩不好走啊！"老大娘皱了一下眉头。

"没事的，我已经给他发电报了，部队会派车接我的。"叶香回道。

"那疙瘩路可不好走，你路上可要小心哟。"老大娘嘱咐道。

叶香下了火车，映入眼帘的是一排排的树林高大挺拔，欧式风的建筑充满异域情调，少数民族的服装让她眼花缭乱，热情好客的边城人民带给她的是温暖与感动。叶香被这一切深深地吸引了，她领略着边塞的异乡风光，心里浮想联翩，两天多来的旅途之苦也一扫而尽，就随便找了家旅店睡了一晚。第二天一大早，叶香就坐上了大客车，心里有些忐忑不安，又有些疑虑地问坐在旁边的乘客："大姐，嘎拉林场离这还有多远啊？"

"嘎拉林场？那可不近，三天才发一趟车，你去那儿干吗？"

"我去探亲，我爱人在那儿工作。"

"奇了怪了，我没听说过那儿有什么单位呀！"

"他在森警当兵。"

"哦！难怪，大妹子，你从哪儿来呀？"

"我从昆明过来的，都换了两趟火车，坐了60多个小时了，好不容易才碰上这趟车。"

"大妹子，你真不容易。"

车开了很久，到了傍晚，车在一个木头牌子做的站牌停下，叶香下了车，街上一个人都没有，她有些害怕。

初秋的东北格外冷，吹在身上的风让人发毛，她拎着提包好不容易碰到一个老大爷："大爷，请问嘎拉林场怎么走？"

"姑娘，嘎拉林场还远着呢，这么晚，你去不了那儿。"老大爷往前指了一下路口，耐心地回答道："明天你起早在那个路口等，打听一下有没有去那边的车。"

"大爷，这附近有旅店吗？"

"姑娘，那前面亮灯的地方是林场的旅店，你去那儿可以住。"老大爷指了一下旁边亮灯的一栋楼。

说是旅店，其实是个人家，房间里隔开了几个大炕。晚上，叶香又冷又怕也不敢睡，像一只警惕的小猫时刻观察着周围的动静，后半夜实在困得不行了，才合上眼睛眯了一会儿。天亮后，叶香在林间小道的路口等呀等，盼啊盼，问啊问，直到中午也没有去嘎拉林场的车，猛然间感觉到很孤单，她多么希望秦朗立刻就出现在她面前啊。

在她特别失望的时刻，有辆马车"啪嗒、啪嗒"地朝她这个方向跑来，她急急忙忙地上前问道："师傅，请问您去嘎啦林场吗？"

"吁、吁……"赶马车的师傅赶忙勒住缰绳："我不去，但是可以捎你一段。"

"谢谢师傅，那麻烦您了！"叶香眼中露出一丝希望。

"你要是不嫌弃这个车破，就上来吧！"老师傅很爽快地答应了。

"谢谢师傅！谢谢师傅！"叶香感激地爬上马车。

山路泥泞，车子走得很慢，下午三点多，马车行驶到一个岔路口，老师傅回过头来对迷迷糊糊的叶香说道："姑娘，你上嘎拉执勤点，往左边走，我往右边走，你在这儿下吧！"

一路颠簸的叶香，此时被马车颠得浑身都快散架了，人也累得筋疲力尽，猛然听到老师傅的声音，半天才缓过神来："啊……啊！谢谢师傅，我是不是一直往左边走，就能到嘎拉执勤点呀？"

"对，一会儿就到了，天快黑了，这周边经常有野兽出没，你可要小心啊。"

叶香拎着提包下了马车，看着老师傅的背影渐渐远去，环顾四周荒无人烟，秋风吹得浑身瑟瑟发抖，恐惧和无助顿时袭上心头，连条像样的路也没有，走着走着突然从树上跳下一只小松鼠。

"小精灵，你能帮我带路吗？"叶香自言自语，小松鼠好像能听懂似的，眨了眨眼、噘了噘嘴，摇了摇尾巴，沿着小道往前一跳一蹦。叶香看着小松鼠可爱的样子，浑身的疲劳顿时消散了很多，紧跟在小松鼠后面，不知不觉中竟找到了执勤点。

几个在房前做体能的战士，被眼前的"不速之客"惊呆了："同志，你找谁？"

"我找……秦朗，他在这儿吗？"叶香小心而疑惑地问道。

"秦排长在！你快来。"一名战士欣喜地高喊："秦排长，嫂子来了！"

秦朗听到外面的叫喊声，飞快地跑出宿舍，郝江山也不约而同地冲了出来，看着站在眼前的叶香都被惊呆了："叶香……你怎么来的？"

"我从天上飞过来的！"叶香见到秦朗高兴得不知说什么好。

秦朗不敢相信自己的眼睛，傻乎乎地走上前接过叶香的提包，周围的战士们起哄叫喊起来："哦……喔……嫂子来了！"

郝江山被这突如其来的场景搞蒙了，不知所措地冲着战士们吼了一声："你们该干啥干啥去！"

郝江山拎着提包在前面引路，秦朗领着叶香朝宿舍走去："前几天下雨，我们这儿路不通。前天收到大队发来的电报，我正琢磨明天去车站接你呢，没想到你这么快就来了。"

叶香看着眼前简陋的房屋，愕然道："可别提了，你们这是什么鬼地方？也太偏僻了，我走了 7 天 6 夜，容易吗？"

郝江山赶忙解释道："这地儿有点儿偏，一路辛苦了！"

秦朗推开宿舍门："我们这条件有点艰苦，只能凑合一下。"

郝江山把提包放好，拎着暖瓶："你先休息，我去烧点水。"

秦朗见郝江山走出门，上前紧紧地抱着叶香："对不起，让你受累了！"眼里满是心疼和惊喜。

叶香突然晴转阴："这是你们住的地方？"

秦朗点了点头。

叶香又问了一句："你们执勤就住在这儿？"

秦朗又点了点头。

叶香继续追问道："我们是在这儿结婚吗？"

秦朗望着叶香失望的眼神，又一次微微点了点头。

"哇——"叶香像是受到了极大的冤屈，掩面痛哭地拽开门向外跑去，扔下一句话："你就是个骗子、大骗子……"

郝江山和战友们见势不好，慌慌张张地迎了上去："嫂子别生气，你刚来，先好好休息，有什么事改天再说。"

夜幕降临。夜色中，秦朗宿舍的油灯始终亮着。

郝江山躺在另外一间宿舍床上，借着月光，看着邱胡杨的照片和明信片。秦朗被叶香突如其来的举动搅得很不平静，但他没有丝毫怨言，反倒责备起自己来。

"对不起，都怪我没说清楚。其实我们大队在市郊，条件挺好的，没想到你跑这儿来了。"叶香仍然感觉很委屈，从心底无法原谅，还在低声呜咽着。秦朗好言相劝："咱们森警执行任务确实很艰苦，你要理解呀。"

叶香哭喊着："你成天让我理解，也该有个底线，总得有个窝吧？"

"如果没有我们的坚守与保护，大森林就得狼烟四起，不得安宁。"秦朗做了一个鬼脸。

2

清晨，一个战士敲门，"报告排长，早餐好了，请嫂子用膳。"秦朗拉着叶香向餐厅走去，小小的屋子已被战士们挤得满满当当。

班长韩霜笑嘻嘻地说："秦排长，你的保密工作做得不错嘛，嫂子来队，也不提前通知我们，什么时候吃喜糖呀？"

秦朗手里拿着一个馒头："你着急了？明天就让你吃喜糖。"

郝江山回头瞅了瞅几名战士："你们今天抓紧收拾洞房，明天我们好好给秦排长举行一个隆重的婚礼，人人都要出节目。"

韩霜好奇地问道："那婚礼上谁当红娘啊？"

叶香眨了眨眼、笑嘻嘻地说："就让昨天带我进来的小松鼠当'红娘'吧。"

官兵相互傻傻地对视了一会儿，开心地笑了起来，食堂里弥漫着欢快的气氛。

偏僻的嘎拉执勤点，蓦然间来了一个女人，官兵们高兴得手舞足蹈、相互嬉笑打闹着。

巡护回来，秦朗携着叶香走进了森林，小兴安岭每年中秋节前后天气转凉，山中的松树、桦树和柞树等树叶会呈现出各种深浅不同的绿、白、黄、红、紫，晕染在蓝天之下，五彩缤纷格外艳丽，秋雨之后山林清凉，看着美丽的景色，两人深情相拥，景美人也美，秦朗感觉是幸福的，叶香也感觉付出是值得的。此情此景，他们仿佛是世界上最幸福的两个人！

郝江山带着战士们抬来风倒木，用了一整天在平房一侧搭建起了木刻楞小屋。

执勤点条件有限，明天就是秦排长大喜的日子，郝江山带着战士们布置新房，每个人都开动脑筋、竭尽全力，都希望把这个婚礼办得体体面面、热热闹闹的，让他俩有一种家的感觉。有的采来一束束野花，插在调料瓶里；有的用松塔制作小摆件，摆在桌子上；有的用干花编成拉花，挂在屋顶下；有的用根雕做成盆景，放在小屋里……

小屋里摆放着那些就地取材、纯手工制作的礼物，虽然可能不太起眼儿，但却表达了战友们的深厚情谊和真诚的祝福。一张半新不旧的木床上摆放着一套军用被褥，叠得方方正正；一张旧课桌上蒙上了一块桦树皮，这是战士们专门为新娘备好的化妆台；用木板架做的小桌子上，摆放着松子、榛子、山里红等山珍野果……

大家都在紧张地布置新房，韩霜忽然想起了什么："对了，咱们这没有红纸，怎么做喜字呢？"

就在大家不知所措、左右为难的时候，郝江山灵机一动打了个响指："有了！"

只见他三下五除二脱下身上火红艳丽的毛衣，用手轻轻抚了抚，一脸抱歉的神情。郝江山的这一举动让官兵们莫名其妙，静静地用一种不解的目光望着他。在官兵们的注视下，郝江山拿起毛衣的一个袖子，找到线头慢慢解开，然后像抽蚕丝一样，将邱胡杨精心编织的毛衣袖子，一下一下拆开。

韩霜看着眼前的情景，异常惊讶："排长，这可是你对象用相思和情丝，一针一线精心编织的毛衣，你平常都舍不得穿，拆了不妥吧？！"

"叶香大老远跑过来结婚，有啥妥不妥的？就用这些红毛线绷一个大大的'囍'字，增添一点喜庆嘛。"

大家都知道，这件红毛衣是邱胡杨亲手一针一针地织的，浓缩着她的深厚情谊，希望郝江山每次看到或穿上这件毛衣能睹物思人。郝江山平常都舍不得穿，总是精心珍藏着这心爱之物，这次好不容易才舍得穿上。听着郝江山的话，战士们非常意外而感动，眼眶里不由浮上一层雾一样的泪花。

韩霜嘴唇哆嗦了半天，颤颤地喊了一声："郝……排……长。"这一声像一根柔指轻轻弹拨了一下官兵们的情感之弦，个个不约而同地扑向郝江山，官兵们紧紧地拥在了一起，谁也没说话，可都深刻地感受到了有一股强烈的暖流，从他们的心房和脉管中轰然而过，涌遍每个人的全身。

"囍"字很快绷好了，下面放着秦朗和叶香的结婚照。望着那火红的"囍"字，官兵们觉得很温暖也很感动。

婚礼在木刻楞小屋外面的场地上举行，没有鞭炮、没有音乐，只有蓝蓝的天、白白的云和五彩缤纷的森林。

郝江山当司仪主持婚礼，官兵们都到齐了，像过年一样兴奋，小小的执勤点溢满了笑声、溢满了幸福、溢满了青春的气息。

郝江山亲切地把小松鼠放在肩上，站在小屋前发表热情洋溢的讲话："今天是个好日子，八月十五中秋节。我宣布，排长秦朗和叶香女士的婚礼正式开始！"

话音刚落，官兵们像炸开了锅，每个人都憋足了力气，大声欢呼着。

"一对新人手挽手，夫妻恩爱天长地久，天陶醉，人陶醉，嘎拉山的婚礼令人心醉……"掌声和笑声此起彼伏。

"一拜山林！"秦朗和叶香朝远处的山林鞠了一躬。

"二拜红娘！"秦朗和叶香对着小松鼠再鞠了一躬。

"夫妻对拜！"秦朗和叶香面对面深深地鞠了一躬。

郝江山扯开嗓子："下面，有请各位战友向两位新人致礼祝福！"

韩霜手捧着用山花制作的两顶花环，轻轻地戴在两位新人头上："祝秦排长的幸福日子，像今天天气一样晴朗、欢快，祝嫂子像这山上的达子香一样芬芳美丽！"

"祝排长和嫂子心心相念，心心相印！百年好合，白头到老！"梁亮亮双手托着用松塔做的两颗心，虔诚地交给两位新人。

"祝你俩早点生个小森警！"一名新兵手捧一个胖娃娃的根雕，红着脸送给新人转身就跑。叶香脸上飞起了一片红晕，羞涩地低下头。

两名战士端着用树年轮做的挂件走向台前，郝江山迎了过去："我代表执勤点官兵，向一对新人赠送自制的对联。"

郝江山顺手打开挂件提起："上联是，苦一叶香甜千叶香。"转身交给梁亮亮挂在小屋门框左边。

"下联是，亏两地情赢万山青。"

"横批是，爱屋吉屋。"对联很快挂在门框上。

场内官兵们报以热烈的掌声，用最朴素的方式表达着祝福和感动之情。

叶香看着这些浸透着战士们智慧和心血的工艺品，望着这些身处大山却活得朴实而真诚的战士，再也关不住感情的闸门，泪水如泉涌般流了出来。

主持人郝江山提议："咱们出几道灯谜让新郎新娘猜一猜，猜不中就罚他俩表演节目，大家说好不好？"

战士们齐声响应："好！"

"我出第一个。"严智勇抢了先："一个不出头，两个不出头，三个不出头，不是不出头，就是不出头。"话音刚落，秦朗立即猜出："森林的森。"

郝江山嚷嚷这谜出得太简单，他沉吟片刻出了第二道谜："金屋藏娇"，让新娘猜打一科学家名字。

"居里夫人。"叶香不愧是文化人，猜得蛮准。

"嫂子真是文化人啊！"

"第三个我来出！"靳安青站了起来："谜面是'林子起火'打一个字，新郎新娘谁回答都中。"

一对新人你看我，我看你，这下可真给憋住了。

"要不我唱首歌吧。"叶香红着脸刚要唱。

秦朗说出了谜底："是焚字。"

谜语一个接一个，一个比一个出得绝。

韩霜接着亮出谜面："嘴下长着八字胡，牛走钢丝真玄乎，上去上来下去下，小孩爬到电杆上，打四个字。"

霎时，叶香羞得脸颊绯红低头不语，秦朗悄悄问新娘："想出来没有？"

大家群起而攻："慢喽，回答太慢喽！"

叶香悄悄嘀咕一句，秦朗才恍然大悟地说："只生一个。"

引得大家一片笑声又一片掌声……

夜深了，月光从外面偷偷地爬上小窗照进屋里，照在秦朗和叶香的脸上，他俩怎么也睡不着觉。

秦朗满怀歉疚地说："叶香，让你受委屈了。"

叶香闪动着含泪的双眼，朝秦朗的胸前靠了靠，感动而幸福地说："不，我这一趟所有的苦和累都得到了补偿，这里充满着欢声笑语，真希望永远和你生活在一起。"

一日蜜月，不尽的思恋和幸福都得到了升华。

婚礼结束后，叶香感觉心里的石头终于落下了，她不想打扰官兵们的正常生活，执意要离开，郝江山感觉很意外："怎么才待了两天就要走啊？"

"婚礼办完了，总算了却一个心愿，不敢再打扰你们，我该回去了。"叶香的泪水在眼眶中直打转。

郝江山极力挽留："太见外了，有什么打扰不打扰的，你从大西南到大东北，不远万里来一趟多不容易啊，还是多住几天吧？"

叶香善解人意："净给你们添麻烦了，我住这儿，大家都不方便。"

临别时，战士们都过来送行，叶香挥手告别，深情地回头望了一下木刻楞小屋。

秦朗依依不舍："婚倒是结了，没个家呀，就是有点不方便。你这一走，咱俩以后只能鸿雁传书了，可是执勤点一两个月才能收到一次信。"

叶香有些释然："以前收不到秦朗的信，我就很着急、很焦虑，现在我终于明白了。"

秦朗搂紧了自己的新婚妻子："有时我们长期收不到一封信，有时一下收到一摞子。收到信就像拿到了'活期存折'，连本带息支取、享受着甜蜜与幸福。"

郝江山感慨万千："叶香，你以后要多给秦朗写信，别让他老惦记你。"

叶香点点头："嗯，我会天天给他写信的。"

秦朗低着头望着叶香："那我的'存折'就是满满的甜蜜。"

相爱的人即使离得再远，只要互通来信，心也能很近，有时盼信，真有点望眼欲穿。大多数军人都是这样，爱情总是漂移摇摆在邮路上。邮路上的爱情，生生不息，流淌不止，是军人献身国防事业的强心剂。

3

喜庆喧闹过后，执勤点又回归了往日的平静和乏味，有时只是呆呆地数着各种色彩的落叶，一天就过去了。虽说靳安青有些"浪子回头"，但面对这无边无际的林海，那颗不羁"浪子心"又有些躁动了。

他终于忍受不了心中的寂寞无聊，找到郝江山："排长，这太没意思了，我要回大队。"

"怎么，才刚来就想打'退堂鼓'了？"郝江山有些疑惑。

"不是退堂不退堂的，大队战士在市区吃香的、喝辣的，咱们在这深山老林里吃糠咽菜，十几天都见不到一个母的，谁受得了啊？"靳安青满腹委屈。

严智勇远远听到他们的对话，边往这边走边调侃："怎么没有母的，院里不有两只老母鸡吗？"

"呵，那也算是母的么！反正我是不想在这活遭罪！和同龄的人相比我们亏大了！"靳安青有些急了，显然是刚才严智勇的调侃让他有些生气。

可能是谈论的声音有些大或者话题有些敏感，排里的战士都很好信儿，纷纷走过来看热闹。

郝江山略微思考了一下，从兜里翻出一本《伟大的军队 光荣的战士》在靳安青面前晃了晃。

"这个你看过了吗？"

靳安青用眼睛扫了一下封皮，摇摇头："这啥？没看过。"

郝江山环视一圈，恰好觉得这是一个绝佳的机会，就应该趁现在给排里那些觉得当兵就是吃亏的人上一堂思想政治课。于是他说道："噢，那你听我给你讲讲吧。"

他将书翻到第五课大声朗读起来："全心全意为人民服务，就是对人民无限忠诚和无比热爱，一切为着人民，一心一意为人民谋利益……全心全意为人民服务就要勇于自我牺牲，这种牺牲精神，表现在火场上就是不畏艰险，英勇顽强，舍生忘死，勇于献身，表现在平时……"

枝头间不时地传来几声雀鸣，战士们正全神贯注地听着书中鲜活的英雄事迹，不时地发出"啊……哦……"的惊叹声。

读完书上的内容，郝江山又环视了大家一圈，向严智勇会意了一下。"或许你们有的同志觉得当兵是吃亏的，尤其是在这深山老林里呆得更是孤独寂寞，可是你们想想，正是因为咱们牺牲奉献、无怨无悔地守护着花草树木，才有祖国这万里无垠的绿水青山啊！也正是因为咱们耐得住寂寞、默默无闻执勤巡山，才保护了一方水土和一方平安啊！"郝江山发自肺腑感言道。

严智勇明白了郝江山的用意，立即从倚靠着的墙壁直起身来，向前走了两步向大家说明："既然来当兵，就应该在个人利益与党和人民利益之间做出取舍，

依法服兵役是每个公民的神圣职责和应尽的义务，在这个过程中，我们也锻炼了意志，提高了自身素质，也不完全是在吃亏啊。"

又有几只麻雀来了，叽喳的叫声有些吵人，一阵秋风吹过，吹起了地上的落叶，"哗"地堆聚在院子的角落里。

战士们各抒己见，韩霜紧接着站了起来："我觉得当兵对我来说很有意义。虽然服役期间，上不了大学、挣不了大钱、谈不了恋爱，表面上看是暂时吃了点亏，但站在党和人民利益的角度来看，这种'吃亏'正体现了军人的伟大。不是吗？"

高义勇反驳说："还真不是！你想想孙景权班长，当兵七年，造了一身病，别说爱情了，就连看病的钱都凑不够，看他得到了啥？他保护森林资源安全、减少了国家损失，社会上谁知道这些事？我觉得，这就是我们军人奉献的悲哀。"

有几只麻雀可能是因为争吵不过，转身飞走了，临走还不忘猛跺了一下枝头，树梢一时抖个不停。

大家想法不尽相同，郝江山见状进行了总结："我觉得，世界上没有十全十美的事，有得必有失，有失也必有得，只要我们有梦想、有信念、有追求、有付出，就肯定会有回报，从某种角度上也会失而复得。几十年来，我们一代代森警官兵默默奉献在大山深处，甘当无名英雄，但兴安岭的白桦林知道，樟子松知道，达子香也知道，总有一天，当绿满神州的时候，你会看到我们的青春在林海中荡漾，我们的付出会换来祖国的水绿山青。"

又一阵秋风吹过，雀儿们三三两两地飞向别处，或许是风稍大了些，一团落叶从树梢上飘落下来，其中的一片静静地躺在了靳安青的手中，他瞅着这枯黄的杨树叶子想了想，或许真的是自己肤浅了，作为一名战士怎么能这么看重自己的得失呢？无私奉献才是军人的本色。他抬起头面向大家说："我是从城市入伍的，在大森林里当兵吹走了金钱和青春，吹跑了理想和爱情，从金钱上考虑是失去了不少，也失去了自己深爱着的漂亮姑娘，当我看到秦排长即使是身在大山深处，也赢得了叶香嫂子万里之遥的真情，我真的觉得感动，也悟出了一些道理。人生价值就在于奉献，能成为一名森警战士，我深感自豪，我相信终有一天我们能够守得青山绿、守得花儿开，那样的话，我就无愧于我这身绿色军装了。"

4

天色微明，执勤点的空地和草地上结了一层厚厚的白霜，中秋之后的嘎拉山满目金黄，秦朗正带领执勤小分队官兵拆除钢丝套、捕兽夹和拦河捕鱼的细网。

官兵们边拆边谴责着违禁捕猎的人，"现在一张虎皮都快赶上排长你20年的工资了"。

秦朗苦笑着说道："就因为利润这么高，犯罪分子不惜铤而走险，也要去以身试法。"

梁亮亮说道："应该让他们也尝尝被套的滋味，你们看这么粗的套子，老虎也跑不掉！"

"有所需，才会有人来盗猎，没有买卖就没有杀害，这才是问题的根源所在。"秦朗把套子和利刃收好交给梁亮亮："有野生东北虎生存的大森林，各种生物会生活得很有序，处处充满着生机，保护好一只野生东北虎，就等于保护了450平方公里的森林。其实不仅老虎，每一种野生动物，对维护森林生态链都有着重要的作用。好了，巡了一上午，大家都累了，咱们都休息休息，歇会儿再出发。"

秦朗说着从军挎中掏出一个用防雨布包着的笔记本，这时官兵们都围了上来："作为森警兵，只有熟悉森林才能保护好森林，正所谓知彼知己，百战不殆，所以我每次巡护都会把看到的地形、林相和动物分布详细记下来。"

梁亮亮在琢磨着："排长，我听说东北有三大名贵木材，可惜在巡护中只见过水曲柳。"

"今天让你们见识见识。"秦朗变戏法似的从笔记本里掏出一个夹着的树叶标本告诉大家："这个呀就是水曲柳的叶子，这个是黄菠萝，还有这个就是核桃楸，由于木质优良、珍稀，被人们誉为东北三大名贵木材。"

大密森林场，老虎嘴检查站，韩霜和高义勇正在执勤。进山采摘山产品和入山作业的林区职工，有的三五成群，有的结伴而行，依次在检查站接受检查。

韩霜边发着防火传单边讲解道："现在是防火期，请大家注意森林防火，不要带火源火种进入林区。"

不少职工都把随身带的火柴、香烟自觉地放进检查站的防火箱内，高义勇正在进行逐人登记。韩霜见一对老年人走了过来，笑呵呵地说道："大爷、大娘，你俩今天还要上山啊？不嫌累啊？"

大爷拍拍韩霜的肩膀："韩班长，又是你当班啊？"

韩霜帮大爷拎了一下兜子："是啊，大爷，我们执勤点来回倒呗。"

老大娘接过兜子："不用麻烦了，你们也够辛苦了，我们老两口不累，天快冷了，得采点山货，不然冬天咋过呀？"

高义勇见大爷大娘走远，很好奇地问："班长，每天经过老虎嘴检查站上百台车，几百人，你都很熟啊？"

韩霜望了望前方："经常上山的人，当然比较熟。但有的不法分子经常换着花样，就不好分辨了。"

高义勇继续问道："有问题的车和人你都能看出来啊？"

韩霜坦言而爽快："当然啦，在执勤点时间长了，再狡猾的狐狸，也逃不过猎人的眼睛。"一辆载满桦子的拖拉机驶过来，韩霜用手势示意车辆停下，走上前去："同志！请出示您的入山证！"

司机东翻西摸，从上衣口袋掏出一张皱巴巴的入山证交给韩霜。

韩霜看后把入山证还给他："你这个车怎么没安防火罩啊？"

司机很无奈："一个破车，还安什么防火罩啊？"

韩霜转身拿了一个防火罩："你这个车很危险，必须要安上它才能入山。"

韩霜配合司机安上防火罩："现在，您可以通过了！"韩霜退后一步敬礼说道。

高义勇随即将拦车杆升起，司机向他俩点点头，重新发动车辆，启动了几次都没有打着。

韩霜和高义勇帮助司机推车，车辆启动开走了，司机回过头来说道："谢谢了！"

一辆拉着木材的运输车驶来，韩霜示意停车检查："同志，请出示你的入山证和木材运输证明。"

司机将提前准备好的入山证交给韩霜："我的证件都是全的。"

韩霜仔细检查完证件，继续问道："你光有入山证，木材运输证明呢？"

"我跑了好几趟林业局，才把木材运输证明办了。"司机装模作样地到处乱翻，坐在副驾驶上的司机老婆："光顾着忙活了，我家老头可能落家了。"

司机说着从衣兜里掏出 100 元钱，压低声音说道："兄弟，我们拉点林子里的风倒木，也是头一回整，不成敬意，还请兄弟们高抬贵手。"

韩霜断然拒绝："同志，我们在执行公务，请给予配合！"

司机老婆误认为是嫌钱少，忙从衣兜中又掏出一叠人民币，司机接过钱，跳下车就把钱往韩霜手里塞："都不容易，大家互相关照，我再出点血！"

韩霜厉声回道："没有木材运输证明，绝对不能过去！"

司机用商量的口气试探道："兄弟你抬抬杆，让我们过了这个卡，以后交个朋友怎么样？"

韩霜用手指着头上的警徽，斩钉截铁地说："它能同意我放你们过去吗？"

司机的老婆见状大声嚷嚷起来："这些木头都是我们林业局的，你们森警也管得太宽了，你们能管得着吗？"

韩霜的回答掷地有声："凡是乱砍盗伐的违法行为，我们能管都要管！"

司机嘟囔着："死心眼，有钱都不赚，真是不开窍，害我还得多跑一趟，回去补办一下手续。"

小分队在 5 号崖口发现了一只被人猎杀的黑熊，熊胆已被取走。在 9 号谷底，又发现 3 只被杀死的香獐，接到通知，郝江山立即带枪奔向检查站卡点。

傍晚，天色渐渐地暗了下来，远远看见三辆摩托车向检查站驶来。一个留着八字胡的胖子吹着口哨，驮着鼓鼓囊囊的麻袋，骑车跑在最前面。另一个戴鸭舌帽的"鼠眼"男骑着摩托车，后面载着一个戴鸭舌帽的男子把帽檐压得很低，不停地东张西望。还有一个尖嘴猴腮的人骑着摩托车紧随其后，后座上结结实实绑着一个麻袋。

这些微妙举动，引起了执勤官兵的警觉。待摩托车将要靠近时，郝江山、韩霜出现在他们面前："同志，我们是森警，请出示你的证件。"

前面那个八字胡胖子装模作样："啥证啊？"

"入山证！"韩霜严肃而认真地告知。

"鼠眼"男满不在乎地狡辩道："进山时，不查过了吗？"

"就是，现在我们是出山，你们还要入山证，干吗啊？"戴鸭舌帽男帮衬道。

瘦猴男急急忙忙上前掏出证件："我们有证，给你，查吧。"

韩霜看了一眼证，眼睛瞅了瞅麻袋："请你们打开麻袋，接受检查。"

听说要检查麻袋，瘦猴男惊慌起来，语无伦次地搪塞着："那……那麻袋，里面没……没什么东西。"

"鼠眼"男神色慌张，支支吾吾："我们就采了……一点蘑菇……木耳。"

"执行公务，请你马上打开！"郝江山以威严的口气命令道。

瘦猴男无可奈何，顿时慌了手脚，正准备过去解开麻袋，"鼠眼"男见猎物将要败露："你们要干吗啊，找碴是不是？"

八字胡胖子慌慌张张地从麻袋里抽出猎枪，对准韩霜目露凶光，歇斯底里地号叫着："要命的，就别动！再动，我先送你们上西天！"

郝江山用余光扫了一下眼前的环境，敏捷地将韩霜往旁边一推，一脚将身边的摩托车踹倒，迅速拔出手枪："举起手来！"

只听见"啪"的一声枪响，八字胡胖子应声倒地，摩托车撞在一起，其他三人被压在下面不停挣扎。瘦猴男子翻身推开摩托车，瞪着血红的双眼向韩霜直扑过来，早有戒备的韩霜挥臂一挡，一个利索的双手反剪将其生擒。紧急关头，郝江山脚踏摩托飞身跃起，以迅雷不及掩耳之势，将其猎枪夺下。

"都不许动！"郝江山大声喝令道。

在不远处放杆的高义勇如离弦之箭冲过来，与郝江山一起顺势将这四个亡命之徒牢牢制服，郝江山从他们驮带的麻袋里搜出了鹿茸、麝香和熊胆等野生保护动物的器官，他们在物证面前低下了头。

5

大密森林场，林内腹地，秦朗指着一处隐蔽的窝棚："大家看，这里就是一处种罂粟人的窝棚，也叫地窖子。"

梁亮亮问："挺隐蔽呀，还有人吗？"

"应该没有了。"

"还真有种大烟的啊？"

"他们在距窝棚十里地以外的山里种大烟，一般都挑在有月亮的夜里去侍弄烟地，白天绝不敢露面，所以十分难抓。"

"咱们抓到过吗？"

"不仅抓到过烟匪，田政委他们还抓到过特务呢。"

"特务？真的假的？"

"六四年，就在东山营子那疙瘩，田政委他们在窝棚里发现了两名特务。经审问，那人坦白他是国民党驻澳门特务组副组长，在这山里住了两年呢。"

"咱们把这个窝棚拆了吧！"

另一边，唐大彪戴着一副大蛤蟆镜和瘦毛、柱子坐在一辆装满木材的东风大卡车内。

"头儿，我打听到嘎拉山附近有东北虎出没，现在南边有老板出18万要一张虎皮。"瘦毛朝唐大彪用右手比画了一下讨好道。

唐大彪用左手食指摩挲着小八字胡："我让你下的套子都布置好了吗？"

"放心吧，大哥，都按您的要求放好了，这次准能套到一只大东北虎。"瘦毛拍着胸脯保证道。

"得了吧，上次要不是你，我们能让森警抓住吗，害得我和大哥蹲了两年笆篱子。"柱子有点鄙视地说道。

瘦毛立即大声反驳："要不是你打水回来得晚，我们能让那两个森警给……"

"都消停点！"

唐大彪握着方向盘，把车打着火，发动好车辆，在林间简易公路上行驶着。

唐大彪在检查站停车后，透过车窗看见郝江山和韩霜向他们走来。瘦毛在后视镜后面一堆杂乱的纸片中，抽出一张入山证，递给了郝江山。蛤蟆镜下面一双阴冷的眼睛窥探着检查站的一草一木、一举一动。

"请下车接受检查！"郝江山说道。

柱子和瘦毛从右侧车门下车后，满脸堆笑："森警同志，我们拉的都是风倒木。"

见正在检查的郝江山等未搭话，柱子朝瘦毛挤了挤眼，瘦毛赶紧从兜里掏出一沓钱："交个朋友，这是一点心意。"

"我们秉公执法，符合手续的，绝不会为难；不符合手续的，送啥也别想过去。"

坐在驾驶室的唐大彪透过倒车镜，将这一切都看在眼里。

"排长，没有问题，全是木头。"韩霜从车上跳下回道。

"好，你们可以走了，把这个收回去吧。"

"你们天天风吹日晒，多辛苦啊，这些拿去，给兄弟们加几个菜。"瘦毛露出低三下四的面孔。

"不必了。"郝江山说道："等等，抽烟忘带火了，借个火。"

"好，好，有，有。"瘦毛一溜小跑，在驾驶室里掏出一个打火机来，又颠颠地跑回递给郝江山。

"进入林区，严禁携带火种！罚款十元！"郝江山看着打火机对瘦毛严厉地说道。瘦毛望着郝江山有些傻眼。

车开动了，郝江山无意间朝戴眼镜的司机看了看。

车内，唐大彪狠狠地拍了一下瘦毛的脑壳："你这头蠢猪，净给老子添麻烦，我看你，脑子里就是进水了。"柱子在一旁偷偷直乐："不是进水了，是着火了。"

又过了几天，盗猎分子在森林里仔细地查看着放套子的地方："套子都被人收走了！"

"肯定又是森警那帮货！"唐大彪将嚼在嘴里的狗尾巴草吐了出来。

"老大，你看那边。"柱子朝一边指了指，远远望见秦朗等人在巡护。

唐大彪掏出身上的猎枪，朝秦朗等人的方向瞄了瞄又放下。"这山那么大，森警也不能全都巡到吧？"瘦毛反问了一句。

秦朗等人渐渐消失在三人的视野内，他们又开始安放捕兽夹和捕兽套。

一只成年大野猪拱着地寻觅着食物，走到一棵樟子松树上使劲地蹭着皮，唐大彪用大口径猎枪瞄准朝它开了一枪，成年野猪皮很厚没有打透，反而激怒了野猪，转过身撅着两颗长长的獠牙就朝三人奔来，瘦毛和柱子惊恐地赶紧躲在唐大彪的身后。

"大……大哥……这玩意老虎都让三分……"瘦毛使劲地抓着唐大彪的衣服双腿抖得厉害，声音颤抖地说道。

唐大彪一脸镇定："别给老子在这儿丢人现眼，没出息的货。"等野猪跑到离三人四五十米的时候他补了一枪。"砰！"野猪由于惯性，巨大的身躯朝前翻了个跟头，躺在地上不动了。

唐大彪将猎枪放下，瘦毛赶紧屁颠屁颠地上前查看，公猪的左眼被猎枪打中了一个窟窿，正汩汩地流着血，看上去惨不忍睹。

"大哥，好枪法呀！"瘦毛拍着马屁，唐大彪自信满满。

车快行驶至检查站时，三人明显有些紧张，唐大彪踩住了刹车，在检查站前停下，将猎枪握在右手中。郝江山和韩霜刚要过来检查，唐大彪就将猎枪对准了他俩。

郝江山眼见这一情景，迅速将韩霜摁下。枪响了，子弹打在了栅栏上。

郝江山立即掏出手枪开始还击，唐大彪此时已发动车辆准备闯关。

正在检查站一侧的高义勇也端起步枪进行了还击，柱子从车窗内举枪朝两人射来。

眼看就要闯关成功，郝江山朝轮胎开了一枪。

"轮胎中弹了！"他们三人从左侧下车后，依托车辆进行反击。

枪声停止后，郝江山等人看见三人向森林中逃去。

"排长，用不用去追？"

"追不上了，再说他们都有枪！"

郝江山等人查看着车辆，在车辆的角落里放着几具盗猎的野生动物尸体。

"韩霜，你处理一下现场，我现在马上向支队汇报。"

"是，排长！"

6

在大密森林场老虎嘴检查站，唐大彪三人像被狼撵了一样，跑得上气不接下气，回头望了望，确信郝江山等人没有追来，便坐在地上喘着粗气。

"那……野猪，老沉了……，费了死劲才抬下山，没想到让森警捡了个大便宜。"瘦毛显得气急败坏。

柱子惋惜道："可惜这车了。"

"可惜什么？反正是偷来的。"瘦毛白了一眼柱子。

"老大，据我了解，他们住的地方离这不太远……"柱子没有理会瘦毛，反而阴险地朝唐大彪建言道。

"你的意思是？"唐大彪朝柱子看了一眼。

"坏我的好事就要付出代价。"唐大彪随即起身和瘦毛、柱子一起奔向官兵们执勤点的方向。

"大哥，爱屋……吉屋，是个啥意思？"嘎拉执勤点宿舍内，瘦毛直勾勾地看着唐大彪。

"管他什么屋，我都能用这秋天的一把火温暖温暖它。"柱子拿起火机打出火来。

火光映红了三个盗猎者的嘴脸："断了老子的财路，就烧掉你们的老窝。"唐大彪恶狠狠地吐出一句话来。

嘎拉执勤点的秋末，冷似冰窖、寒气逼人。傍晚，官兵们巡护回来后，看到的只是满目疮痍和点点星火。郝江山生起一堆篝火，官兵们围在一起，无语相拥而坐。

"大家都打起精神来，没什么大不了的，面包会有的，房子也会有的。"郝江山笑着给官兵们加油鼓劲。

大家都笑了起来。"排长，你跟我们讲讲董凤久的故事吧！"靳安青接起话茬。

　　郝江山站起来声情并茂地讲起了，让林区土匪闻风丧胆的大英雄，武装护林队员董凤久单独执行任务，勇闯土匪窝，一个人活捉了12名土匪的故事。

　　深夜的嘎拉山谷，阴沉而又静谧，一只老虎在丛林里来回穿梭。这是一只成年雌虎，从下坠的奶头上看，她刚刚生了虎崽。森林之王此时正竖起耳朵，威严地在她的领地上寻找着食物。

　　走过一片樟子松林，她嗅到了食物的味道，那是一只野猪的内脏。毫无防备的母虎钻进了套子，掉进了陷坑，一声悲壮的虎啸声穿透森林，像是对人类最后的怒吼、质问。她的尾巴扫打得陷坑内的土都飞了起来，爪子使劲地刨蹬着，刨出了一个大坑，但是越是挣扎套子勒得越紧，然而所有的努力都无济于事，她渐渐地闭上了双眼，美丽的大尾巴也耷拉了下来，慢慢地垂在了屁股上。

　　"有老虎！排长，我听见老虎叫了。"靳安青在睡梦中猛地站了起来。他看见战友们或躺或趴，有的抱在一起睡着了，篝火只剩一点残火，除了木头燃烧的噼啪声，哪有什么声响呢？他又添了一些桦子，火光又大了些，把战友们掉在地上的衣服盖了盖，望着眼前的火光又沉沉地睡去。

　　早上的第一缕晨曦照进嘎拉山谷，整片山林顿时充满了生机活力。"大哥，皮毛完整，是个上等货。"看到陷坑内的老虎，瘦毛的小鼠眼都放出了异样的光芒。

　　"这哪是虎皮，这分明是……大把票子，是漂亮的小妞啊。"柱子激动得语无伦次。

　　"排长，那边好像有人。"梁亮亮朝声音方向指了指。

　　这时三人也发现了秦朗他们，赶紧躲在了树后。"柱子。"唐大彪扔给柱子一把猎枪。

　　柱子心领神会接过枪，飞快地在林内穿梭着，跑出很远后朝秦朗虚打一枪，秦朗等人赶紧追了上去。

　　过了一段时间，柱子又兜了回来："老大，森警被我甩开了。"

　　"排长，人不见了！"梁亮亮十分着急。

　　"有可能是盗猎者，他手中有枪，大家都提高警惕，注意防范！"秦朗小声道。

　　远处两束汽车灯光在闪动，正在大密森林场老虎嘴检查站执勤的韩霜立即发出停车信号。

　　"老虎可是一级保护动物，抓住了就是死罪，今天咱无论如何都得闯过去！"柱子有点害怕。

"这几个森警真烦人，老跟我们过不去。"狡猾的唐大彪放慢了车速。

当车头接近执勤哨位时，不情愿地停了下来，但车并未熄火。"同志，请停车熄火，接受检查！"韩霜上前迎了几步。

"哥们儿，车里拉了一点猪饲料，我们着急赶路，放我们过去吧。"唐大彪摇下车窗，探出头去。

"请下车，配合检查！"韩霜见司机不配合。

唐大彪见韩霜软硬不吃，狠狠地摁了两下喇叭，加大油门驾车强行闯卡。

郝江山正想爬上车去检查，汽车突然开动，顿感情况不妙，拔出手枪从车尾追了过去。只见韩霜敏捷地一个箭步登上驾驶楼左侧脚踏板，大声喊道："快停车！"

"你找死！"唐大彪一手握着方向盘，一手挥拳朝韩霜打来。

郝江山边追边鸣枪示警，急切地喊道："韩霜，注意安全！"

"你们这是犯法……"韩霜左手死死地抓住方向盘，右手抓住车门把手不放。

唐大彪见急弯处都未甩掉韩霜，突然打开车门，猝不及防的韩霜一只手抓住车门被悬了起来。

"韩霜，快跳车！"郝江山见此情景心急如焚地大喊。

韩霜始终死死抓住来回摇晃的车门，毫不畏惧地同犯罪分子展开英勇搏斗。这时，瘦毛抄起车摇把朝韩霜砸去，"啊"的一声，韩霜重重地摔在车下，罪恶的车轮从他身上碾过……

郝江山看到这一幕，撕心裂肺："韩霜……"跪在地上将奄奄一息的韩霜抱在怀里。

韩霜为保护国家财产壮烈牺牲，年仅 21 岁。英雄逝去、大地悲鸣。大密林业局殡仪馆内，气氛悲伤沉重，韩霜同志追悼仪式正在举行。郝江山和战友们垂头低泣，支队领导和地方林业局领导神色哀伤，一起为这位英雄送行。

"韩霜，武警总部批准你为革命烈士，并追记了一等功，犯罪分子已伏法，你可以安息了。"战友们一起来祭奠韩霜，并把一等功奖章放在墓碑前。郝江山坐在墓前，红着眼把奖章擦了又擦，摆了又摆，陪韩霜聊了好久，好久……

7

秋防过后，郝江山被调到支队作训股任参谋，报到第一天清早就起来拿着扫帚、拖布到支队办公楼打扫卫生，完事后拎着暖水瓶走进了办公室。

"郝大参谋，干这些活，不是大材小用了吗？"魏参谋放下小皮包和棉帽子："你在基层，这些活是不是都不用干？"

"我都是自己动手，从不假手他人，再说这些活都是家常便饭。"郝江山又拿块抹布擦着桌子。

魏参谋更来劲了："这么能干啊，那以后咱作训股的卫生就靠你了。"

"妥妥的，没问题！"郝江山擦完桌子，摆放着桌上的文电："小菜一碟，我全都包了。"

"哟，这不是老虎嘴检查站的郝排长吗？"汪股长大老远走进来："你调机关了？"

"股长回来了，我昨天刚报到。"郝江山赶忙上前接过汪股长手中的指挥作业包："听说多宝山那场火打得很漂亮！您这几天辛苦了！"

汪股长摘下帽子放在桌上："魏参谋，你带着几个参谋抓紧时间整理灭火要报，绘制灭火作战经过图，起草下发电报，通知各大队抓紧上报灭火装备损耗情况，搞好一战一评。"

汪股长安排完，又和郝江山客套了几句，无非就是好好干、虚心学习、有困难及时汇报之类的话。

郝江山看着桌子上的灭火要报研究了一番，抬头看表才发现快到中午了。

"报告！"秦朗在郝江山办公室门口。

"请进！"郝江山应声。

秦朗进屋后敬礼："首长好！"

郝江山一看是秦朗，立即站起来："装什么装，快说，今天怎么有时间来？"

"这不是来给郝首长汇报工作嘛。"秦朗嬉笑起来。

"还装！"郝江山嬉闹着打了他一拳。

"我被抽调到机降支队了！"秦朗非常激动。

"真的？这可是个好单位呀。"郝江山惊讶地看着秦朗。

"我还能骗你？"秦朗一脸认真严肃的样子。

"我就说嘛，咱们支队庙小，装不下你这尊大菩萨，一会儿我请你吃饭，四个菜，机关食堂……"郝江山拍了拍秦朗的肩膀。

下午，支队作战指挥室内，一场"小兴安岭支队扑救多宝山地区森林火灾灭火战斗"战例剖析会正在进行，支队首长和机关干部围坐在沙盘四周进行复盘推演。

"扑救多宝山这场森林大火，从兵力部署上看，第一梯队打火头，集中优势兵力控制险段；第二、三梯队侧翼围歼，部署是合理的。从战法上看，采取'递进超越、分割围歼，打烧结合、速战速决'是科学的。"参谋长王雅杰站在挂图前发言。

"这场火按照快速出击、全面攻坚、快速扑灭三个阶段组织实施，灭火战斗有三个特点：一是部队行动迅速，二是战术思想灵活，三是火场清理彻底。但也存在着个别驾驶员驾驶技术不过硬、个别人灭火实战经验不足等问题。"汪股长围绕沙盘接着发言。

支队长郭宇辉进行简要小结："综合分析这场战斗，我觉得有四点启示：一是火场环境复杂多样，必须加强平时准备；二是警地参战兵力较多，必须搞好力量合成；三是火场不安全因素增多，必须实施科学指挥；四是火灾种类复杂多变，必须灵活运用战法。"

8

办公室来了新人，魏参谋当然不能"闲着"，他赶紧找到郝江山，迫不及待地把自己手里的工作交给他。在支队机关装备器材库，魏参谋领着郝江山到库里清点灭火装备和通信器材。

"库里的装备都在这，账本上有的都在架子上，我看就不用点了。"魏参谋打开库门，把装备登记本放在桌上。

"还是点一下吧，股长让咱俩交接清楚。"郝江山拿起桌上的账本翻看着。

"你不嫌麻烦就自己点吧，我还有点事就先走了。"魏参谋把钥匙往郝江山手里一塞扬长而去。

"魏参谋，你别走啊。"郝江山追到门口，魏参谋头也没回就走了。

郝江山独自一人在库室里翻箱倒柜，一组组地点，一件件地清，一个个地对，查了两次都感觉装备与账目对不上。

次日上班，郝江山拿着账本走到魏参谋桌前："魏参谋，昨天查库我还是发现了问题，怎么少了一个望远镜和两顶双人帐篷？"

魏参谋喝着茶水一本正经地说："怎么能少呢？咱们可交接清楚了，反正这库都交给你了，缺东少西就不要找我了。"

郝江山咬了咬牙，无可奈何地回到自己的座位上，不知如何是好。

"郝大参谋，昨天股长下工作组前，让你起草夏训计划。"魏参谋放下茶杯，拿着一份文件往郝江山面前一扔："你可要保质保量地完成哟。中午没吃饭，我去泡碗面。"

说完，魏参谋在抽屉里翻出一包方便面，慢悠悠地走出了办公室，郝江山抬头不解地看了一眼。

几天后，郝江山拿着文件夹走进办公室："魏参谋，告诉你个好消息，我们起草的支队比武方案，支队首长都审签了，可以下发了。"

"那好啊，周末我们就不用加班了。"魏参谋头也没抬，正全神贯注地玩着电子游戏机，不时发出"啾啾"的声音。

"这是什么好玩的？"郝江山循声凑了上去。

"这你就土老帽了吧，这就是现在最流行的'俄罗斯方块'，没见过吧？"魏参谋言语中略带讽刺。

"这有什么好玩的？"郝江山有些好奇，却无所谓地回了一句。

"这游戏，既能锻炼人思维，又能使手变得更加灵活，还能提高快速反应能力。"魏参谋边玩边辩解道："这就是当参谋必备的素质，你呀，还得学着点。"

"哎，几点了？"魏参谋突然想起什么。

"快下班了！"郝江山看了看手表。

"哎哟，快，快，不然我要迟到了。"魏参谋急急忙忙关掉游戏机。

"下班了，你还慌什么？"郝江山惊奇地看着魏参谋。

"你可不知道，我刚报了一个俄语速成学习班，今天第一堂课，我可不能迟到。"魏参谋起身要走。

"你学俄语干吗，也不去对面打火？"郝江山笑着调侃。

"业余时间充充电嘛，暂时保密！"魏参谋神秘兮兮地走了。

9

刚做过透析的孙景权，浑身瘫软地躺在病床上，紧闭着双眼，脸上几乎没有一点血色。一阵剧烈的疼痛袭来，孙景权从昏迷中醒来，艰难地转动了一下脖子，看见床边疲惫不堪的敖兰，深感愧疚，有些话堵在心里像针扎一样，在嘴边说不出来。

"能找到一个合适的肾源可不容易啊，手术费你们可得抓紧凑，越快越好，这个病不能耽搁太久，他最近病情又有些加重，随时都会有生命危险。"医生在办公室嘱咐敖兰。

"谢谢医生，我懂，我们肯定会尽快凑齐，医生，我还想打听个事。"敖兰仿佛抓住了救命稻草一般。

"什么事？你说。"

"这换肾是不是有危险？"

"当然了，手术都有危险，你放心，我们肯定会尽全力，况且他还是一位森警战士。"

"谢谢医生！"敖兰紧蹙的眉头稍稍舒展了一下。

孙景权躺在病床上睡着了，敖兰替他掖好被子，转身打开存折看了看，又从衣兜里掏出钱包数了数，钱还是差很多。

郝江山接到敖兰求助电话后，便急匆匆地走进王雅杰办公室。"参谋长，我知道支队目前经费很困难，孙景权换肾缺的钱，我给北方报社写了一篇稿，想找他们帮忙呼吁呼吁。"郝江山有点着急。

"孙景权是咱们支队非常优秀的战士，下午支队就将开党委会专题研究他的救治事宜，你放心，只要有一线希望，支队就会尽最大的努力，我们绝对不会抛弃任何一个战士。"参谋长王雅杰的话掷地有声。

"参谋长，敖兰想在换肾手术前跟孙景权在病房内举行婚礼，她……怕手术……万一不成功……"郝江山说出手术的风险。

"敖兰？是那个达斡尔女孩吧，果然是个重情重义的人啊，我记得当时孙景权冲进去救人，被燃烧的房梁砸到，命差点没了，还好当时没啥事，后来在医院躺了一个多月才好。"王雅杰讲起事情的经过。

"还有这事？他从来没说过。"郝江山一脸茫然。

"这种事他不会说的，那松木房梁又粗又重，是我们几个人硬生生把他扒出来，你看我的手，到现在还有一道烧伤的疤。"王雅杰把手伸出给郝江山看了看，只见一片麻麻咧咧的烫伤疤痕从无名指一支延伸到手腕。

回到办公室，郝江山联系了刘亦欣，并连夜写了一篇稿件，发表在报纸上，呼吁社会给予必要的救助。

为了尽快解决孙景权手术费用的问题，在支队党委会议室，一场募捐倡议会议紧急召开。

"同志们,今天我们召开会议,专题研究志愿兵孙景权的救治事宜。孙景权是我们支队的一名好兵,他干一行、爱一行,入伍以来始终一心扑在工作上,勤勤恳恳、任劳任怨,为保护万樟岭森林资源安全,在执勤点连续坚守八个防期,积劳成疾,现已确诊为尿毒症。虽然部队没有家底积蓄,但是为了挽救他的生命,支队党委决定:向全支队发出'关于抢救孙景权生命的义务募捐倡议书',支队拿出 20 万元作为手术费用,但缺口还很大,党委成员和党员干部要带头捐献。"支队长郭宇辉的话意味深长。

支队院内,一场充满温暖与关爱的捐款活动正在进行,支队首长、党员干部和战士纷纷列队捐款。机关、各大队、直属单位和林业系统都参与了募捐,捐款活动迅速进入高潮,到处都是"奉献爱心"的热潮。

"森警和我们都是一家人,同志之爱,战友之情,没有单位之分。"林业局张局长也送来了 5000 元现金。

省医院病房内,孙景权吃力地睁开眼睛,环顾四周白色的被褥、墙壁和窗帘,眼前映现出一片模模糊糊的白色光环,缓缓流动着。他宛如置身于白花丛中,空中隐隐传来一声悠长的呼唤:"权哥——"是敖兰甜甜的声音。

孙景权醒过来了,头好沉好沉,身体好重好重,疼痛像一张无形的网把他捆绑得牢牢地,一点也动弹不得。

"别动!"敖兰紧张地说,接着,一双温柔而又纤细的手轻轻地按住了他的肩膀。

"敖兰,告诉我,我还能活多久?"孙景权苍白而浮肿的脸抽搐着。

敖兰抬眼查看了一下输液瓶,瓶中的血浆顺着滴管不紧不慢地滴着,一滴、两滴……

"该怎么对他说呢?"敖兰心中想着。

"昨晚,大夫们连夜给你做了肾移植手术,一直进行了 5 个小时,凌晨两点你才被送出手术室。"

"那我的手术……"孙景权轻轻地问了一句。

"你放心吧,大夫说,你手术挺成功的,权哥,你坚强些!"敖兰紧紧地握着孙景权的手,语调不高但声音铿锵有力。

手术后的孙景权每晚都会从疼痛中醒来,无一例外,每次也都能看见敖兰深情地注视着他，时间久了，孙景权落下了失眠的毛病，敖兰主动劝说："我每天给你讲个故事吧，我讲的故事最乏味无聊了，保证让你睡着。"孙景权笑了一下："行啊！"在她温和又甜美的声音里，孙景权很快进入了梦乡。

街道的早市上，敖兰在摆地摊，卖一些小杂货，趁没人问价时啃了一口冷馒头，又喝了一口用罐头瓶子装的白开水。一阵冷风吹来，她冻得在原地直跺脚，仍不停地叫卖着……

行人渐渐散去，她把小杂货收好，走到一处早点摊："老板给我来份大楂粥，再来一个玉米面饼，我都要热乎点的。"

敖兰又走到一家饭店："老板，给我来一份早餐。"

"好嘞。"老板应声道，接着对后厨说道："一份炒金针菇和炖雪里蕻，少放油和盐。"

回到医院，敖兰放下包，把保温饭盒打开，夹出一筷子金针菇："吃早饭喽，医生说这个能促进肠胃蠕动，对排毒素有好处，你可得多吃点。"

孙景权右手用力一推，饭菜洒了一地："你出去，我这里不需要你。"

敖兰眼里含着泪水，但没有流出来，她默默把掉在地上的饭菜收拾好，又重新坐在孙景权的床边，端起一碗粥："我知道你是咋想的，不就是想撵我走吗？告诉你吧，我是铁了心跟你在一起的，就算以后睡大街，我也不怕，你就是我的全部，有你的地方就是家。"

"我不知道明天和死亡谁会先来，为了我，连累了你，不值得。"孙景权将头转过一边，不敢触及敖兰炽热的目光，眼睛里含着晶莹的泪花，这个硬汉拼命咬紧了嘴唇。

敖兰也泪流满面趴在了孙景权的身旁，握着他的手："你活一天，我就守一天，权哥，不管你以后变成什么样，我都会不离不弃。"

"委屈你了。"孙景权不停地替她擦着眼泪。

敖兰抬起头来，表情严肃而认真："景权，我们结婚吧，希望我们的婚礼能为你加油打气，愿你能像战胜火魔一样战胜病魔，希望你早日康复。"

"感谢你，敖兰，能得到你的爱，不知是我是我……是我哪辈子修来的福。"孙景权再也忍不住了，眼泪夺眶而出。

第十二章　病房婚礼

1

从小兴安岭的千米高空看下去，下面的山林地貌宛如模型般渺小。"听说你对这里的地形地貌比较熟，参加过空中指挥员培训，请你帮我们领航。"飞机上，空军飞行员王正奇向郝江山投来敬佩的眼神。

"没问题。"郝江山合上摊开的军用地图，透过舷窗观察并结合地图和仪器提出建议。

"下面那块就是，罂粟和森林的颜色不太一样，我们曾经铲除过一些。"郝江山指着下方的罂粟园。

直升机悬停在罂粟园上空，王正奇专注地操作着各种仪器，大力旋转螺旋桨，通过气流将罂粟花打烂。林地边缘的罂粟，由公安局长带领战士们用木棒抽打、用工具铲除，进行全面排查、重点踏查、仔细清查，确保禁种铲毒务尽、不留死角。

"现在罂粟正在开花，破坏之后它就结不了果了，没有了利益，他们就不能来了吧？"王正奇操作着直升机缓缓升空。

"不一定，这里的黑土太肥沃了，砍掉森林，撒上种子就长，他们一般开春后骑马带干粮上山，天天守在那里，直到割籽取浆制毒，我们曾经拆除过很多窝棚，但人抓到的却不多。"郝江山深有感触。

"为了高额的利润，他们才铤而走险，过着跟野兽一样的生活，真是一点良知也没有了。"王正奇有些气愤。

回到支队，郝江山收到来信，得知郝明月分配了工作，很高兴，便给她回了一封信，信中提到关于婚姻之事，嘱咐她一定要三思而后行，慎重做好选择。"每个人都有一把筛子去筛世界，你的筛子啥样儿，筛出来的世界就啥样儿，张家贵的筛子跟我们都不一样，像他那样挣钱不讲良知和道义、唯利是图早晚会出事，哥劝过他很多次也没有什么效果，可能这就是本性吧。相反，我觉得贺松涛就很踏实，如果你们能在一起，生活也许不会大富大贵，但肯定会幸福。还有，在政府单位上班要处理好人际关系，用自己所学的知识为领导当好参谋，有时间多陪陪父母，我很好，不用牵挂。"

郝江山借了一辆自行车，来到大街一处邮箱，将两封信投了进去，然后骑车在市区转悠。

中央大街上的民贸市场人流穿梭、摩肩接踵，各种摊位林立，排列整齐，黄头发、蓝眼睛的俄罗斯客商和"洋倒爷"们在洽谈生意，各种语言交织，热闹而繁忙。

摊位上摆着俄式望远镜、钟表、剃须刀、礼帽、呢大衣、排骨刀、不锈钢餐具，还有俄商钟爱的牛仔服、运动服和各式各样的旅游鞋、运动鞋等。熙熙攘攘的人群，琳琅满目的商品交织在一起，郝江山看得眼花缭乱，有点分不清自己是在国内市场还是国外市场。

"走一走，看一看，瞧一瞧喽，新进的服装，品种齐全、款式新颖、经穿好看；姑娘们穿上赛天仙，小伙穿上更潇洒……"街上不时传来商贩的叫喊声。

"进口时装大甩卖了，服装质量真不耐，又经洗、又经晒、又经拉、又经拽，又经蹬、又经踹，穿一辈子也不坏，你说奇怪不奇怪啊……"

"俄罗斯纯毛大披肩 50 元啦！ 50 元就开卖啦！"摊床上有个中年妇女扯起嗓门叫卖。

"同志，多少钱一条？这披肩还挺漂亮！"郝江山停下车上前询问。

"小伙子眼光真不错，是给对象买的吧？"女商贩连忙拿出两条放在摊床前："看你是个当兵的，48 块钱你就拿走。"

郝江山正在挑选披肩，余光瞥见一个熟悉的身影，那人扛着一个大包，扭头不禁一怔："这不是魏参谋吗？"

"江山，你怎么到这儿来了？"魏参谋放下背上的大包裹，擦了擦满头的汗："这个是你嫂子。"

"嫂子好！"郝江山朝魏嫂点了点头喊道，然后转向魏参谋："你也下海了？"

"别胡说！你嫂子身体不太好，周末放假在家待着没啥事，顺道给你嫂子送送货。"

这时，一位俄罗斯妇女拿着一件银狐领呢子大衣，喊着"哈拉少"（俄语：你好），指着摊上挂的"阿迪达斯"运动服想进行交换。

　　由于语言不通，她用手势、脸色、眼神同魏嫂讨价还价，魏参谋腼腆地用刚学会的几句俄语进行交流，最终用 6 套运动服换了件银狐领呢子大衣。

　　"你真行啊，俄语刚学没几天，就能谈生意了？"在旁观望的郝江山惊喜而羡慕："嫂子，你卖的品种还不少呢？"

　　"可不呗，就是有时忙不过来。"魏嫂拿了一顶礼帽走到摊前："你俩聊，我去忙活一会儿。"

　　魏嫂的大嗓门又叫卖起来："卖大衣，卖礼帽、俄罗斯的剃须刀……"

　　"老板娘，这剃须刀怎么卖呀？"一个男士上前询问。

　　"便宜！ 15 块一个。"魏嫂转身拿了一把剃须刀交给顾客："纯老毛子货，结实得很。"

　　"10 块钱卖不卖？"顾客讨价还价。

　　"行，看你这个人挺实在的，拿走吧。"顾客付完钱，拿上剃须刀走了。

　　一个老大爷凑到摊位前，细心地看着摊位上摆的商品："这个是什么？"

　　魏嫂刚收完钱，迅速迎了过来："老大爷，这是老毛子的弹簧秤。"

　　"弹簧秤？干啥用啊？"老大爷从摊位上拿起一个带环的圆圆的东西。

　　"老大爷，你上街买菜，说不上碰上短斤少两的，你带上它，公平交易，不吃亏不上当，不生闲气心情舒畅，12 块钱买个晚年幸福怎么样？"魏嫂利落地介绍道。

　　"多少钱一个？"老大爷试问道。

　　魏嫂笑嘻嘻地说："老大爷！看您这年纪，这福相，也不差钱，我保本卖给你，十块钱，不用讲了。"

　　"行，买一个！"老大爷付完钱满意地走了。

　　魏参谋看着媳妇卖货的机灵劲，面对郝江山："你看，一会儿工夫你嫂子就忽悠了近 20 块钱。"

　　"啥叫忽悠啊？"魏嫂听到这几句对话心里有点不服："你别光傻站着，来帮我吆喝吆喝。"

　　"我可不掺和这些事！"魏参谋脸一撇，拽着郝江山："我俩去转悠转悠，晚上请你到我们家吃饭。"

　　市郊的一所平房内，郝江山被魏参谋邀到家里吃晚饭。魏嫂正忙着做饭，厨房里传来的菜香味儿弥漫着整间屋子。

"江山，快进屋！"魏嫂见魏参谋带着郝江山进来，连忙放下手中择的菜："我们这屋小，还是去年赶的一趟末班车，多亏支队照顾分了一套，快到里面坐。"

"能分个房住，就不错了。"魏参谋拎着铝皮壶到厨房去烧水。

郝江山环视了这厨房加卧室仅有 30 多平方米的小家，屋内摆放着老旧家具，收拾得很整洁，他刚进里屋又转回身："嫂子，我帮你搭把手吧？"

魏嫂推郝江山进里屋时，她已拾起筐里的菜开始择起香菜来："不用，不用，进屋和你大哥唠会儿嗑，菜都整好了。"

"嫂子，你做生意是不是很辛苦啊？"郝江山也跟着一起择菜。

魏嫂边切菜边唠叨："可不是呗，天天起早贪黑的，以前我在老家供销社当会计挺好的，可随军后又找不到工作，总不能干靠你魏哥每月那点钱过日子啊，逼得没办法，只好去摆摊赚点辛苦钱，贴补家用呗。"

"你就别诉苦了，知道你不容易。"魏参谋也凑过来择起菜。

"前几年两地分居，上有老下有小，我一个人挑两个人的担子，那个难呀，可别提了。"魏嫂诉说着自己的难处。

"老婆同志，咱们森警家属不都这样嘛？"魏参谋赶紧解释。

"多新鲜呀，你看你魏哥，还叫我同志呢！真是个土老帽，当了十多年兵都当傻了！现在，都流行称呼叫先生、小姐、老板、经理什么的。"魏嫂越说越来劲。

"我咋听着这么别扭呢？"魏参谋嘀咕着。

市郊的夜格外安静，简易木桌上摆着小鸡炖蘑菇、排骨炖豆角、土豆炖茄子、尖椒干豆腐四个菜。

"条件有限，江山，你别见外，可劲儿造，你哥俩好好喝两盅。"魏嫂分发碗筷和酒杯。

"嫂子别客气了，我不会喝酒。"郝江山把酒杯推向一边。

"大周末的，也没啥事，你俩就少整点呗。"魏嫂拿起杯斟满酒，又放到郝江山跟前。

郝江山夹了一筷子尝了尝："嫂子手艺不错，这菜好吃。"

"凑合吧，咱们家过的是啥日子，你看那些'倒爷'，吃香的喝辣的，那才叫真正的好呢。"魏嫂给郝江山夹了一块排骨。

"有这条件就不错了，连咱政委都说，大米饭泡汤也是小康。"魏参谋吃了一口菜，呷了一口酒，觉得很满足。

"还小康呢，我看你呀，就等着去吃糠吧！就你这个德性，整天一本正经，让你帮个忙推三阻四的，往摊前一站，满脸抹不开的肉。"魏嫂夹了块鸡肉，往魏参谋碗里一放。

"军人站好岗，军嫂练摊忙，齐心搞四化，携手奔小康！"魏参谋端起杯与郝江山一碰。

郝江山端起酒杯站了起来，恭敬地说："我能理解，为了支持魏参谋的工作，您肯定吃了不少苦，做妻子难，做军嫂更难。嫂子，你辛苦了，我敬你一杯！"

"老婆大人，这些年你不容易，可我也没招啊。"魏参谋也一起站起来。

"你自个寻思寻思，咱们结婚八年，分居六年。不管春夏秋冬，还是刮风下雨，都是我一个人带着孩子、伺候老人，洗衣做饭，今天住娘家，明天住婆家。你可倒好，一人吃饱，全家不饿。原以为随了军，就该好了吧，可你春秋两防大半年在深山老林，孩子有个头疼脑热的，靠你我就得蒙圈。"魏嫂脸色微红，酒劲上来了。

"好了，好了，老婆大人，我敬你一杯！你在外忙练摊，我也把工作干好，以后洗衣做饭的事，我全包了。明晚给你做一盆酸不叽的、甜不叽的、辣不叽的、咸不叽的，又酸又甜又辣又咸的苏伯汤，行不？"魏参谋端起酒与魏嫂碰了一下杯。

"少跟我贫嘴。"魏嫂笑了笑。

2

冰冷的病房，此时变得温馨起来，就连输液袋都反射着和煦的阳光。病房正中间贴着一个大红喜字，护士们自发地布置起了"婚房"，将卫生被换成了大红被，五颜六色的气球和拉花布满了房间，一对大红蜡烛热情地燃烧着，吐着温暖的火焰。

"班长，你这个新郎官真精神。"郝江山为孙景权换上了一件崭新的士兵春秋常服。

孙景权淡淡地笑着，脸上露出了久违的笑容。病房内，一幕幕暖心的画面感动了所有人。

"我代表支队官兵祝福你们，也感谢您对我们这个战士的支持和理解。"王雅杰参谋长从包里掏出一大摞钞票，对新娘敖兰说："这些钱是支队官兵和林业职工们的心意，你收下吧。"

"支队首长和大队，还有万樟岭执勤点的战友等很多人都为你们准备了红包和贺礼，并让我们带上祝福的话语，你看都在这里了。"郝江山指着旁边的大红纸箱。

这时刘亦欣和一名同事拎着照相机和一个捐款箱跑了过来："你就是敖兰吧，你俩的事迹见报后，在社会上引起了强烈的反响，很多人都给报社打电话询问情况，你看这里还有很多人给你俩写的信和祝福，对了，还有广大市民和我们报社给你们捐的钱。"

"谢谢参谋长！谢谢大家！感谢所有关心我们的人，都说陪伴是最长情的告白，我的命是森警救的，也是孙景权给的，我会怀着感恩的心，继续爱着他，陪他走到最后，不给自己的人生留下一点遗憾。"敖兰激动的话语有点哽咽。

医生们听到两人要结婚的消息时非常感动，送来了一大束鲜花："真为你们感到高兴，真心希望你们相爱到老。"

"感谢你们的关心帮助，也感谢大家能来见证我们的婚礼。"敖兰深情地对所有人鞠了一躬。

病房内，在所有人的期待中，婚礼开始了。

刘亦欣挽着敖兰进场了，阳光柔和地洒在身着达斡尔族盛装的敖兰身上，此刻的她格外圣洁美丽。此时，战友和医生护士们都朝新人洒着彩纸。王雅杰证婚，敖兰与躺在病床上的孙景权按照中国传统方式举行了婚礼仪式。刘亦欣摁动了快门，将这感人的瞬间固定在了胶片上。从敖兰进场开始，在场的人无不为之动容，如此绝美的爱情怎能不让人潜然泪下？

"今天我成了你的新娘，真的很幸福，嫁给你，我此生无憾。"敖兰眼里噙满泪花握着孙景权的手说道。

敖兰紧紧地握住孙景权的手提议道："咱们唱支歌吧？"

"嗯！"孙景权点了点头。

敖兰偎依着孙景权，唱着范琳琳的《红萝卜》：

　　心中有眼里有口里没有

　　情哥哥你心思猜不透

　　红萝卜的胳膊白萝卜的腿

　　花芯芯的脸庞红突突的嘴

　　小妹妹和情哥一对对

刀压在脖子上也不悔

情哥哥哎情哥哥

真叫人心牵挂

撇东撇西唯独你撇不下……

躺在病床上的孙景权激动得说不出话来，但眼角一直有眼泪在流。

"班长，你别这样，应该高兴才对。"郝江山替他擦了擦，但自己的眼泪却止不住了，急忙转身出了病房，他再也忍受不了这种悲喜交加带来的酸楚，在病房外悲咽。

刘亦欣流着泪跟了出来，待郝江山情绪缓和后，递给他一方手帕，郝江山摆了摆手："谢谢！"

"真是一个伟大的爱情故事，如果不是亲眼所见，真是令人难以置信。"刘亦欣深有感触。

参加完孙景权的婚礼，郝江山便买了车票赴京参加培训，报到前特地到武警医学院去看望邱胡杨。

到了学院大门口，郝江山既兴奋又紧张，他正了正大檐帽，整理了一下崭新的马裤呢，又用纸巾擦了皮鞋。

中午时分，邱胡杨刚吃过午饭，在回宿舍的路上，得知有人找她，便匆匆跑到学院接待室。当她看到郝江山时，意外又惊喜："江山，你怎么来了？"

"我参加参谋业务培训，特意过来看看你。"郝江山嘴角上扬。

一群女学员趴在窗户外向屋里张望、嬉笑着。

"女生宿舍男士免进，所以只能在这里见面了。你还没吃饭吧？"邱胡杨有点不好意思。

"咱俩一会儿出去吃吧？"郝江山发出邀请。

"我们都吃完了，下午我要主持学员队的联欢会，你先去招待所住下，吃点饭等我，联欢会结束后，我去看你。"邱胡杨也笑了起来。

"给你和战友们带的。"郝江山掏出从哈尔滨带过来的红肠、干肠和酒糖。

"我代表姐妹们谢谢你。"邱胡杨把东西接过来。

"这是送给你的。"郝江山从包里掏出一个礼品盒，递给邱胡杨。

"这里面不会又是耗子吧？"邱胡杨扑哧一声笑了出来，双手接过问道。

"啊，不会，不会，上次那事，我一直很纳闷……"郝江山摸着自己的后脑门。

"我知道，你肯定干不出那事。"邱胡杨一脸嬉笑。

邱胡杨正准备打开盒子，被郝江山用手合上："等我走后再看。"

"告诉你个好消息，孙班长跟敖兰结婚了。"说这话的时候，郝江山的表情有些严肃。

"真的？"邱胡杨有些惊讶。

"婚礼在病房举行的，特别感人。"

"但愿天下有情人终成眷属。"邱胡杨感叹道。

"我还要赶车，你忙吧，不打扰了，祝你联欢会主持成功！"郝江山转身离开了。

婚礼后，敖兰高兴地推着坐在轮椅上的孙景权，走在医院的花园中，脸上露出笑容："医生说你恢复得不错，再观察一段时间，我们就可以出院了。"

"谢谢你，敖兰，为了我，你付出得太多了。"孙景权紧握着敖兰的手。

"咱们都是两口子了，你要是再说这种话，我可就生气了啊！"敖兰脸上洋溢着幸福。

孙景权术后禁忌很多，要求不能吃含磷、钾和盐类的食物，平时只能吃清淡、有一定营养的饮食，敖兰每天精心地侍候着。稍微吃不合适就吐个不停，吐了敖兰就给他重做，这样不行就做那样，有时一顿饭得做三四次，煞费苦心，却毫不抱怨。

孙景权拿起一副拐杖架在腋下，晃晃悠悠地走下轮椅。敖兰紧紧地跟在后边，一会儿绕到左面，一会儿绕到右面，像一位母亲照看着蹒跚学步的孩子，生怕有什么闪失。

"有坑，注意，有水，小心！慢一点！"

走到院内一座凉亭，孙景权和敖兰都大口大口地喘气，擦着头上的汗。这是孙景权术后第一次架拐走这么远的路。尽管有些吃力，但有敖兰日夜的守护和悉心的照顾，孙景权的身体和心情一天比一天好，他知道，美好的心情比良药更能减轻疲惫和痛楚。

3

小兴安岭的傍晚凉风阵阵，在支队招待所大门口，孟虎威身着便服，胳膊下夹个包在门口四处张望，郝江山推着自行车正准备外出，与孟虎威碰了个正着："你怎么在这儿？什么时候来的？"

孟虎威走上前礼节性地与郝江山握手："我也是刚到，还没来腾出空去找你们。"

"听说你调到总队生产经营办了，到这来有何贵干？"

"郝大参谋，我来这儿，难道你不欢迎？"孟虎威调侃着。

"你是钦差，哪敢？两年多不见，你变样了！"郝江山也跟着调侃。

"人总在变嘛，不然我哪能回来。总队在这成立一个公司，把我选来当俄语翻译。"孟虎威边说边拿出一盒烟，想给郝江山发一支，被谢绝了。

郝江山说道："还是你家孟老爷子威力大，又让你混个美差事。"

"看来你又小瞧人啦，这回我就没让他老人家操点心。要说靠啊，还是靠自己，本人是学俄语专业的。"孟虎威有些趾高气扬。

郝江山说："瞧你这身打扮，哪像个当兵的，简直就是个倒爷。"

"你就别戏耍我了，对了，还得麻烦郝参谋帮个忙，我刚到这人手不够，明天给我找几个兵，帮我打扫一下卫生，我们公司就在二楼。"孟虎威接起话茬。

"这是公事还是私事？我可不敢私事公办啊。"郝江山眉头一皱。

"当然是公事！咋了，私事就不管了？"孟虎威瞪大眼睛。

"不是这个意思，你这么晚去干吗？"郝江山话锋一转。

孟虎威正说着，一辆伏尔加轿车停在跟前，他迅速上车："总经理约了几个客人吃饭，我得马上去赴宴，回头再联系。"

"你先忙，不耽误你的正事。"轿车扬长而去，路面扬起一股尘土。

没过几天，在支队招待所楼顶的显眼处，挂起了"绿缘宾馆"的广告牌。大门上方的雨搭设置了醒目的灯箱招牌，门左侧悬挂的匾牌，被一朵大红花和红布罩着。

随着"噼啪……噼啪……"的鞭炮声响起，市领导和公司总经理上前揭下红布，显露出"兴安绿缘木制品开发有限公司"几个大字，红底金字，格外惹眼。

"绿缘公司今天正式开业，这是森警部队和兴安人民的大喜事。在'南联北开，兴边富民'的开放战略下，公司将秉承'环保、发展'的理念，主要经营对俄经济贸易和木制品精加工，我们将和大家一道，拓展经营渠道，提升产品质量，共创美好明天！祝各位通达四海，鹏程万里！"公司总经理简短致辞。

在场的各位领导、部分官兵和公司员工热烈鼓掌，相互祝贺。孟虎威西装革履、皮鞋锃亮，跑前跑后、忙忙碌碌，给大家分发香烟，说话聊天，招呼并邀请客人。郝江山看了看自己和战士们穿着的"解放鞋"，神色淡然地离开了现场。

4

支队作战值班室内，王雅杰对正在值班的魏参谋交代注意事项："准备得怎么样了？一会儿总队工作组要来值班室检查，潘总队长工作非常认真，标准高、要求严，可千万别出差错啊。"

"是！参谋长，能不能换个人，我怕掉链子。"魏参谋不太情愿。

"掉什么链子，都老参谋了。"王雅杰语气的分贝突然高出了许多。

"我……"魏参谋欲言又止。

"我什么？这是靳副支队长指定的，出了错我拿你是问！"王雅杰语气严肃，说完转身离开了。

王雅杰出门后，魏参谋坐立不安，他拿起电话拨了起来："江山，快来替我一会儿，我拉肚子了。"

"好，我马上来。"郝江山急忙跑过去。

郝江山刚跑到值班室门口，就看见魏参谋正捂着肚子："你快点去吧！"

"谢谢了江山！"魏参谋说。

"那你快点啊，总队长马上就来了。"郝江山不放心又补充了一句。

"好！"魏参谋从抽屉里抽出卷纸，飞快地跑了。

郝江山端坐在值班位置上，翻看着值班日志。不一会儿，走廊里传来潘总队长说话的声音："到你们作战值班室看看。"

郝江山迅速调整坐姿，转身报告。

王雅杰和郭宇辉等看见是郝江山在值班，纷纷一愣。

潘总队长点了点头，笑容和蔼："部队今天都在干什么？"

"除正常执勤和学习教育外，靳副支队长带领直属大队68人，在二道豁洛进行计划烧除勤务；冯副支队长带逊克大队62人组织清山勤务；瑷珲大队乘机巡护勤务2个小组，28人，靠前驻防点12个，436人；防火和木材检查站12个，49人。"郝江山声音洪亮、对答如流。

"今年你们支队辖区的防火重点区域在哪些地方？"潘总队长继续询问。

"重点区域有 4 处，分别是伊图、兴华、喀喇林场和万樟岭。"郝江山走到地图前逐个指出。

听了郝江山的回答，潘总队长走到地图前，仔细看了看，露出了满意的笑容。

潘总队长等人全都走出去后，郝江山长长地舒了一口气。这时王雅杰又回来对郝江山说道："江山，这次表现不错，下午总队长要去卧砍河实地检查，你也跟着去，准备一下。"

"是！"郝江山的回答干脆利索。

魏参谋匆匆赶来与王雅杰撞了一个满怀："对不起，参谋长。"

"你又干什么去了？"王雅杰有些生气。

"参谋长，我拉肚子。"魏参谋解释道。

"一到关键时刻你就拉肚子。"王雅杰言语中带着不满。

到了卧砍河林场，支队长郭宇辉指着前方介绍："总队长，前面就是小驼岭，这里季季有火情，年年有火灾，素有'火窝子'之称。"

"这山有多高？四周地势如何？"潘总队长指着远处的小山询问。

"海拔 625 米，此地多为浅山区，地势起伏虽不大，但沟壑纵横，河谷交错，地形极其复杂，为中低丘陵地带。"郝江山详细地介绍着。

"林相如何？"潘总队长又问。

"山体林相针桦混杂，站杆倒木纵横，与大草塘沟交错，草高林密，地被植物较厚。"郝江山炮语连珠。

"此地易发过冬地下火，你们要注意摸清地下火分布情况做好标识，以免误入火区。"潘总队长提出具体要求。

王雅杰紧张地看了郝江山一眼，郝江山迅速从文件包里掏出一张地图："我们已经对辖区的地下火情况进行了详细标注，这是分布地图。"

"不错，很细致！"潘总队长仔细看了看标绘的地图点点头，指了指地图一角问道："如此地发生火情，你部多长时间能到达火场？"

"驻卧砍河执勤点有兵力 76 人，从驻地到达火场距离 32 公里，19 分钟即可到达火场。"郝江山精确地算出时间和距离。

"如果从大队出发需要多长时间？"潘总队长又问。

"通常以摩托化和机降相结合方式向火场机动，以摩托化为例，从大队出发到达火场有三条路可选，一条省际公路，路况较好，需绕道而行，用时 3 小时。

一条为乡村公路，用时 2 小时 20 分，但路况较差，雨季泥泞。另一条最近，为采伐道，路途中间有一条河流，用时需依情而定。"郝江山表情淡定、胸有成竹。

"河水有多深，流量大不大？"潘总队长突然询问水文情况。

"夏季河水上涨最深处达 1.6 米，流量急，车辆不可通行，干旱时流量小，车辆可以通行。"郝江山有问必答，照旧准确无误。

潘总队长走了几步随口问道："这个林业局现在可以动员的扑火群众有多少人？"

支队长和王雅杰等都被难住了，眼睛都转向了郝江山。

"卧砍河林业局能调集扑火群众 1260 人和一支专业扑火队 75 人以及一支半专业队 150 人。"郝江山及时救场。

潘总队长问道："都打过火吗？扑火队战斗力怎么样？"

"打过，去年多宝山火场，猎鹰扑火队战斗力最强，火打得非常好。"

"装备怎么样？"

"这个林业局对防火非常重视，舍得投入，所以装备不差，有灭火机 60 台、二号工具、手锯、铁锹等扑火工具人手一件，运兵车 9 台，采用短波、超短波通信。"郝江山详细地介绍灭火装备。

"这个'火窝子'的帽子能不能想办法摘了？"潘总队长对郝江山的回答很满意，看着小驼岭提出了建议要求。

"年年如此，都看习惯了，我们索性派一个大队常年在这守着。"王雅杰说明情况。

"首长，我有个想法不知行不行？"郝江山壮着胆请示。

"说说看。"潘总队长看了看郝江山。

"按照秋烧春不烧的原则，我们点烧一般都选择在秋天，然而发生森林火灾的因素多在草塘，草塘一旦起火，火势既猛，燃点又低，涉及范围又广，要想把隐患消灭在萌芽状态，必须摈弃过去春烧草塘容易跑火的观念，能不能在春季积雪刚刚融化后就开始点烧草塘。"郝江山提出自己的看法。

"说详细些。"潘总队长点点头。

"初春，山坡雪不易融化，点烧草塘时，大火烧到林子根就灭了，因为有雪，形不成地下火，火过后又不会死灰复燃。而秋烧，秋高气爽，叶落归根，塔头变干，烧了以后，容易引起塔头火死灰复燃，这种地下火又极易造成扑火人员伤亡。"

"有道理，可以试一下，你这个参谋不错，不仅像个活地图，还是个打火的好坯子，你们要好好培养啊。"潘总队长提出表扬。

"总队长，这个参谋是郝胜茂的儿子。"郭宇辉赶紧介绍。

"原来是'火疯子'的儿子呀，不错不错，小伙子好好干，看来咱们'林家铺子'后继有人了。"潘总队长爽朗地笑起来。

5

经过一个星期的战斗，麦海林场的灭火作战全线告捷。深夜，火场指挥帐篷内的作业桌上摆放了几碟花生米、熟食、咸菜和白酒。郝江山、前指人员、几名大队主官和联指的同志围坐在一起。靳副支队长已有醉意："这次灭火作战，任务完成得很好，总队和省市领导都很满意，对我们进行了表扬，同志们都很辛苦！这一杯我敬大家。"

郝江山看着大家都一饮而尽，端起酒杯抿了一下又放在了桌上。

"还是您'火神爷'的名气大，这火一听您的名字就跑了，今年您带队打了这么多场火，无一败绩……"干部们挨个儿恭维敬酒。

桌子底下魏参谋踢了踢郝江山的脚，靠近他小声道："江山，这一圈就你没敬酒了，你还想不想在机关混了。"

"我又不会喝。"郝江山头也没转小声道。

"不会喝，还不会学嘛。"

"我真不会喝酒。"郝江山有些不乐意。

"靳支队长，我们郝参谋要敬您一杯。"魏参谋看郝江山不开窍，便替他说了一句。

郝江山有点下不来台，但又无可奈何，只好端起大碗站起来说道："靳副支队长，我敬您一杯酒。"

"你先干了。"靳副支队长看郝江山态度有点不恭敬，有些不太高兴。

郝江山发现大家都在看着他，他又看了看满满的一碗酒，咬了咬牙皱着眉头一仰脖灌了下去。

靳副支队长把脸转向左边的干部："再给他来一碗。"

有动作麻利的干部迅速起身给郝江山倒了满满一大碗。郝江山有些为难，但还是硬着头皮喝了。

"再满上。"靳副支队长指着郝江山的碗。

"首长，喝不下去了，我真的不会喝酒。"郝江山头脑发晕。

"酒都不会喝，你会干什么？"靳副支队长有些盛气凌人。

"我喝酒不行，打火行。"郝江山想借机推辞。

靳副支队长觉得在部下面前丢了面子，又强调道："口气还不小，你还打火行！我都不敢夸这样的海口，你才来森警几天，根都没有，小样儿，不喝了这碗酒，你别想出这个帐篷。"

"执行任务期间不能饮酒，我一会儿还要检查装备。"郝江山解释道。

"这事还用你教，知不知道你归老子管？支队新调来的政委都是我带的兵。"靳副支队长使劲拍着桌子，酒碗碰倒流了一桌子。

年轻的郝江山血气方刚，火气一下子就上来了，把碗一撂说："我归党管，不归你个人管。"说完走出了前指帐篷。

"都别动，小兔崽子，真不识抬举。"魏参谋刚要去追，靳副支队长气得要掀桌子，被众人劝住。

6

支队机关营院内放着几堆风倒木、火烧木。一辆辆国产"东风"车、俄式"卡玛斯"载重汽车，有的停在院内正在卸载，有的排在门口等待。孟虎威和其他员工忙得满头大汗，有点力不从心。一名员工抱怨起来："运来这么多的货，凭我们这几个人，到明天也卸不完，还是去雇点人来吧。"

孟虎威见此情景，只得去找郝江山："老同学，真不好意思。这几天生意好，我们忙不过来，还得靠你帮我一把，替我找几个兄弟卸卸货，老总不会让大家白忙活的。"

郝江山沉思片刻，无可奈何找了十多个战士帮着卸货物，卸了一车又一车，战士们累得筋疲力尽，货物越堆越高，院内已堆放得满满登登。

"兄弟们辛苦了，老总的一点心意，大家别见外！"卸货结束时，孟虎威拿来一沓钱，给每名官兵发一张大团结。

郝江山见状果断制止："孟虎威，帮忙可以，这可使不得，你千万别让我们犯错误。"

"傻样，都什么年头了，改革开放，搞活经济，能让你犯什么错误？"孟虎威试图把一沓钱塞给郝江山："你们付出了辛劳，就应该得到报酬，理所应当啊。"

"别太俗了，老总的心意我们领了，钱你还得收回去。"郝江山用手一挡，态度非常坚决。

周末，郝江山真想好好休息一下，但他的发小儿张家贵却远道而来。当西装革履、油头粉面的张家贵叼着个烟、夹着个包出现在眼前，郝江山差点都认不出来，彼此都有一种既熟悉又陌生的感觉。

寒暄之后，张家贵跟着郝江山来到干部宿舍，细心观察完室内环境后颇为感慨："江山，你现在都是一名警官了，可你住的条件还没我的员工宿舍好哎。"

"这有啥，部队都这样。"郝江山笑呵呵地说道："山不在高，有绿则灵，水不在深，有树则清。"

"你说的这个我知道，但人还是要靠包装的，这些钱给你改善改善生活吧。"张家贵说着从黑皮包里抽出一沓钱。

"这个我不能要，你赚钱也不容易。"郝江山边说边推脱。

"你这就见外了，咱俩既是同学又是师兄弟，以后没准就叫你大舅哥呢，那咱们可真成了一家人了。"张家贵说着继续把钱塞给郝江山。

"去你的吧，明月是喜欢你还是贺松涛，还不一定呢。"郝江山一脸嘲笑。

"肯定是我，钱我放这儿，人活着就要潇洒、要享受，要不然活着干什么，你看人家南方那些大城市里的人，比我们会生活多了，你呀，真没见过大世面，幸好我没当兵，我觉得赚到钱才是最大的快乐。"张家贵显得异常自信。

"你说的那种'大世面'，我不太感兴趣，也不想赚什么大钱，够花就可以了。你的经历也根本体会不到我们当兵人的快乐。"郝江山继续抨击张家贵。

"好了好了，咱俩不争论这些了，跟你说个正事，你们部队的绿缘公司有个姓孟的翻译，你熟不熟？"张家贵一本正经问起。

"孟虎威吗？"

"对，就是他。"

"你找他干什么？"

"当然是生意上的事，听说他爸是省林业厅厅长。"

"这个人可是有名的公子哥。"郝江山审视着张家贵。

"怎么样，帮我引见引见？"张家贵恳求地看着郝江山。

"生意上的事你们自己去谈呗。"郝江山一脸不屑。

"这不是有大舅哥你这层关系，交流起来比较顺畅嘛。"张家贵咧嘴一笑。

"我可不蹚这个浑水，要去你自己去。"郝江山瞥了张家贵一眼。

"不白让你帮忙，有好处。"张家贵紧追不舍。

"我可不要你的好处，上次你那些木头，在检查时手续不全被扣了，他们听说你是我同学，就给放行了，结果不少人都受到了处分。"郝江山有些生气："想找他办事，你自己去联系，我可不掺和！"

"那事就别提了，刚开始干这行人不熟、路子不通，现在可不一样了，我的生意有了一些起色，只是想再找找人，把生意做得更大一点，话说回来，你帮我，不就是帮明月嘛。"张家贵软磨硬泡："其实我自个儿也能联系，但有你这层关系，不更托底么。"

"我俩多年来就不对付，有可能你不找我，还能谈成生意，没准提我还起副作用。"郝江山说明事情缘由。

"啊？是这样？"张家贵有些惊讶，眨了眨眼睛说道："我带你去按摩店洗个头吧，让你也见识见识。"

"洗头，多少钱？"郝江山一脸疑惑。

"10块钱。"

"10块？10块钱买一大瓶洗头膏，都能洗一年了。"郝江山有点吃惊。

不多久，张家贵不知用了什么方法与孟虎威取得了联系，且熟络起来。在一家饭店内，张家贵正与孟虎威推杯换盏："孟兄，认识你真是三生有幸啊。"

"我老爸曾跟我说过，发现一个人才所带来的兴奋，有时能超过恋人间的久别重逢。兄弟一看就是个讲究人，咱哥俩对脾气，来干一杯，不就是几车木头的事嘛，这个简单，包在我身上。"孟虎威举起酒杯，左手拍了拍胸脯。

"好，记住了，我现在南边北边来回跑，你要是去南边一定要吱声，我肯定让哥哥满意，你要是不吱声就是瞧不起我。"张家贵一饮而尽，有点醉醺醺的。

"你是个人才，跟着我，以后有我吃的，就有你吃的，亏不了你。"孟虎威直言爽快。

7

深夜，办公室的灯格外耀眼。郝江山的办公桌上整整齐齐地摆放着一大摞资料，他时而查找着文件，时而伏案写作。

"丁零零……"电话忽然响起，"你好！"郝江山接起电话。

"郝参谋吗？到我办公室来一下！"电话里传来瓮声瓮气的声音。

"是！请问您是哪位首长？"郝江山猛地起身。

"我是支队长……"邱胡杨装不下去了，忍不住"哈哈"地笑了起来。

"请问，你是哪位？"郝江山将电话往耳朵贴了贴。

"郝木头，连我的声音都没听出来？"邱胡杨有些调皮。

"邱胡杨，你太坏了，敢逗我！你在哪儿打的电话？"郝江山立马精神起来。

"远在天边，近在眼前，在电话线的这头打电话呀。"电话里的邱胡杨开始卖弄起来。

"别逗我了，快点说，你毕业分配到哪儿去了？怎么最近一点音信都没有。"郝江山有些迫不及待。

"不跟你开玩笑了，我呀，本想到艰苦的地方去，特别想去你那儿，可组织把我分配到总队门诊部了。"邱胡杨嘻嘻一笑。

"那好啊，以后请总队领导多多指导啊。"郝江山也笑了起来。

"我今天刚报到，就急着跟你打电话，知道你惦记着我的分配。"邱胡杨脸上洋溢着幸福的表情。

"你都安顿好了吗？"郝江山的表情显得有些急切。

"我的东西不多，没啥安顿的。"

"对了，孙班长现在还在省医院住院，你有时间常去看看。"郝江山表情有些沉重。

"我会的，你放心。你这么晚还在加班吗？"

"嗯，写一篇战法研讨交流材料。"郝江山挠了挠头。

"我的存折掉了，你说怎么办啊？"

"带上你的身份证去开户银行，再补办一张就可以了。"郝江山表情严肃认真。

"难道，我不可以捡起来吗？"电话里传来邱胡杨哈哈大笑的声音。

"不可以，这样的话，你脑子里的水会流出来。"郝江山嘴角上扬，两人同时笑了起来。

"不打扰你了，有时间再给你打电话，对了，你什么时候能过来？"

"等我出差或者休假的时候吧。"

"郝木头，早点休息。"

"邱胡闹，晚安。"两人互致晚安后，各自挂了电话。

天色渐亮，起床号响过，郝江山抬起头，揉了揉惺忪的双眼，站起来伸了一个大懒腰，拿起写好的材料，面带微笑地走出了办公室。

8

北国边疆的冬天，夜晚异常寒冷，滴水成冰。郝江山独自一人在空荡荡的值班室，一会儿查找资料，一会儿到地图上查找地形，一会儿专心致志地写着材料，一会儿站起来呵呵手，一会儿活动着身体……

墙上的闹钟"嘀嗒……嘀嗒……"有节奏地响着，圆盘上一长一短、一粗一细的两条腿，在固定的轨道上绕了一圈又一圈，似乎一点也不知道疲惫。当时针指向了凌晨一点半，郝江山走下楼去查铺查哨，见无任何异常情况，带着困意回到值班室。坐在床沿解开衣扣，从衣兜里掏出邱胡杨的照片看了看，笑了笑躺下睡觉了。

寒冷的深夜，北风呼啸，昏暗低沉的夜空，纷纷扬扬飘起鹅毛般的大雪，两个鬼鬼祟祟的黑影摸向停车场上的俄式扫雪车……

清晨，天色大亮，整个机关大院被厚厚的瑞雪覆盖着。郝江山起床后，临窗远望，营院一片白雪皑皑。

交班会上，郝江山像往常一样汇报着值班综合情况，还没等郝江山汇报完，支队值班首长靳副支队长突然问道："郝江山，你昨晚值班都干什么了？院里停放的俄式扫雪车丢了四个车辘辘，你不知道吗？"

郝江山一愣，立即站起来回答："不可能，凌晨一点半我还查过哨，没有发现任何情况。"

"真是怪事，车辘辘没长翅膀，难道自己飞了不成？交班会后，警务、保卫立即组织调查。"靳副支队长面色严厉地说："如果查不出来，相关值班人员、营门哨兵要按价赔偿，不然我们无法向总队公司交代。同时，要按有关规定追究相关人员责任！"

小兴安岭的清晨，雾气蒙蒙，寒气逼人。机关院内，警务、保卫等相关人员正在组织调查，先后在车场扫雪车及周边仔细侦查取证，而后逐一走访执勤哨兵、司炉工等相关人员。

"在部队大院偷盗，外面人绝对不敢，这里面肯定有鬼。"大家围在扫雪车旁七嘴八舌地议论着。

"会不会是公司内部人干的，别人偷车轱辘拿去干吗？"

"那些烧锅炉的工人也值得怀疑，这么冷的天，大半夜谁愿意起来。"

"这个院好多年还没出过这等怪事，真是邪门了……"

"郝参谋，你没得罪过谁吧？会不会有人故意整你？"

郝江山听着这些议论一声不吱，他在分析判断、仔细摸排、竭力查找任何有价值的蛛丝马迹。

第二天上午，郝江山在支队院内装完机具，坐进运输车副驾驶室，司机开车拉着装备驶向直属大队。

"哟，郝参谋，咋闷闷不乐的，是不是还在寻思丢车轱辘的事？"司机调侃说。

"这样的事，谁摊上了不上火呀？"郝江山郁闷地回答。

"上什么火嘛，我敢肯定，这事根本就与你无关。"司机语气坚定。

"凭啥这么肯定，难道你发现了什么有价值的线索？"郝江山眼睛一亮反问道。

"我只是瞎猜，应该不会有人故意整你吧？！"

"人心难测，谁能说得清。"郝江山一脸茫然。

"你说的是谁呀？"司机打起哈哈。

"随便说说。"郝江山不再往下接。

直属大队官兵刚从灭火训练场撤回来，正在组织卸装备物资。严智勇见支队运输车开了进来，忙迎了过去："郝参谋，又给我们送什么了？"

"你们大队灭火任务重，机具损坏较多，支队给你们新配了一些风力灭火机、水枪、油桶。"郝江山道明原因。

"真是太好了，你这是雪中送炭呀，郝参谋一到机关，就急基层所急，想基层所想，作风就是务实。"严智勇连忙感谢。

"老班长，你就别给我戴高帽子了，组织卸装备吧。"郝江山手指了指车上的装备。

送完装备回到机关，天已经黑了，刚进办公室，魏参谋请求郝江山帮忙："江山，这个战法研究材料，你再辛苦几天吧，不是你魏哥不讲究，我得养家糊口呀，晚上要帮你嫂子摆摊，这材料参谋长要是问，你就说是咱俩一起整的，改天我请你吃饭。"

"好，今晚我加点班，再努力一下就可以了，那你就走吧。"郝江山毫不犹豫地答应了。

9

冬天的哈尔滨白雪皑皑、银装素裹，美不胜收。邱胡杨家装修考究，墙上挂着艺术品，彩电、冰箱、洗衣机等家具一应俱全。邱冠华在看报纸，邱母则坐在另一边用计算器算着什么，邱胡杨在镜子前打扮着。

丁零零……电话响起。邱冠华拿起电话："你好……是老孟啊……你是说俄罗斯的那批货运过来了？……好，好，我现在就赶过去。"

放下电话后，邱冠华从衣架上取下一件俄罗斯毛大衣穿上，笑容满面地说："我得和老孟一起去谈一笔生意，这次谈成了，能赚个万八千。"

"爸爸，我刚放假回来，你就要出去啊？"邱胡杨嘟着嘴，假装生气地坐在沙发上。

邱冠华走到沙发前摸了摸邱胡杨的脑袋："晚饭我就不回家吃了，晚上就让你妈妈带你去吃西餐。"

"老邱！下雪天路滑，开车注意安全！"邱母站起来说道。

"好，知道了！"邱冠华拉开门走了出去。

"砰"的一声，门关上了，邱母又喊了一句："早点回来！"

"胡杨啊，你知道今年咱家赚了多少吗？这年头还得做生意，你爸停薪留职这一步可算是走对了。"邱母转瞬间满脸欣喜。

"不想知道，回到家，你们就没有一句关心的话，连我胖瘦都没问过。"邱胡杨有些不满。

"好！好！都是妈不对！你想要啥？妈现在就去给你买！"

邱胡杨突然高兴起来："妈，我什么都不想要，就想告诉您一件事。"

"什么事？"邱母好奇地追问。

"我谈恋爱了。"邱胡杨开心地走到邱母跟前，趴着耳边小声说道。

"嗯？干什么的？"邱母放下手中的计算器。

"他叫郝江山，现在是咱们小兴安岭森警支队的参谋。"邱胡杨满脸娇羞。

"郝江山？那个南方人，我不同意！"邱母的脸拉了下来。

"为什么啊？妈，你怎么知道他的？"邱胡杨有点着急。

"这个人，我们早就打听过了。"邱母的表情显得有些严肃。

"什么，原来你们调查过？"邱胡杨有些疑惑。

"你爸爸当了那么多年处长，又做了这么多年买卖，肯定认识一些头头脑脑的人，想打听个人还不简单？一个顶着高粱花子出来的泥腿子，怎么能配得上你？"邱母开始给邱胡杨做起思想工作来。

"什么高粱花子……泥腿子？说得多难听，你了解人家多少呀？我就觉得他人好！"邱胡杨快要急哭了。

"胡杨，你可不要犯糊涂！人好有啥用？当森警的在下面多危险，一年到头不着家，几年前大兴安岭那场大火，我可是知道的，万一打火有个三长两短的可咋办？再说，他一个月能挣几个子儿？你爸爸谈一笔生意，就顶他好几年的工资！"邱母跟女儿谈论婚事的利害轻重。

"钱，钱，一天到晚就算计着钱，钱就那么重要吗？"邱胡杨语气里充满了怨气。

"你这孩子是当兵当傻了吧，这个社会没钱能办成啥事？"邱母看着"不争气"的邱胡杨叹了口气。

见邱胡杨没有回答，邱母赶紧安抚道："跟你爸爸合伙做生意的孟叔叔，他大哥是林业厅领导，家里有个跟你年龄差不多的小伙子，人长得保你满意，在森警总队新成立的公司里当俄语翻译，论家世有家世，要钱有钱，明天我约出来，你俩见见面？"

"要去你去，我可不去！"在邱胡杨的心里，谁也比不上郝江山。

"你要气死我呀？！"邱母站起来一跺脚离开了。

元旦假期，邱胡杨就想到外地去度假，邱母几乎寸步不离，跟着她到了火车站，邱胡杨气急了："妈，您怎么老跟着我呀？"

"不跟着你，你就去找那个臭小子了，你赶紧把火车票退了吧，不要惹妈妈生气。"邱母板起脸厉声说道。

"妈！你这是干吗？我都这么大的人，过节好不容易休几天假，出去转悠转悠，难道这点自由也没有吗？"邱胡杨看了看站台前的钟表。

"你爸让我把你看紧点，休假在家陪陪妈妈，别到处乱跑，快把票退了。"邱母担心地说。

"行，我退，我退，跟您回家还不行吗？"邱胡杨无可奈何，只好答应邱母。

"不要因为一棵树，就放弃了整片森林，比他优秀的小伙子多的是！"邱母安慰道。

10

小兴安岭的夜晚寒气逼人，机关宿舍外雪花飘飘，北风呼啸，不时传来呜呜的吼叫声。郝江山住在阴面的宿舍，窗外积雪堆着窗台，窗内结了一层厚厚的冰霜，棚顶和墙体都挂着几条晶莹剔透的冰溜子。

室内呵气成霜，郝江山穿着棉大衣还冻得瑟瑟发抖，清鼻涕控制不住地流了出来。他在宿舍内来回走动着，搓着手、哈着气，拿起桌子上的水杯，发现已经结了一层薄冰，望了望墙上的冰溜子，从柜子里取出一个电炉子，犹豫了一下放了进去，过了一会儿又拿出来，小心翼翼地插上电，电炉子里的电阻丝迅速红了起来，他赶紧将手放在上面烤了起来，随后又把铝皮水壶放在了上面。

突然，宿舍里的灯灭了，整个走廊也黑洞洞的。这时听见走廊里有人推门说话："是不是又停电啦？怎么没听到停电通知啊？唉！"

"肯定有人点电炉子了，谁这么不自觉啊？"

"是啊，太不像话了！"

郝江山把铝皮水壶拿走，把手放在上面烤着，电阻丝的光亮慢慢暗淡。一阵急促的敲门声，郝江山慌慌张张地问："谁呀？"

"是我，开门！"门外传来一个熟悉的声音。

"靳副支队长，这么晚了……"郝江山起身开门。靳副支队长带着值班干部拿着手电，进门就往宿舍内照射着，一眼就看到电炉子，生气地吼道："郝江山，你看你干的好事，整栋楼都跟你吃挂落！"

"我这屋是阴面，暖气又不热，屋里太冷了，我就……"郝江山指了指电炉子。

"就你南方人怕冷，其他人咋没说冷呢？"靳副支队长语气有些严厉。

郝江山像犯了错误的孩子怯懦地回道："对不起，我错了！"

"太不像话了，把电炉子给他收了。"靳副支队长给值班干部使了一个眼神。

一早刚上班，机关走廊内郭宇辉碰见了拎着电炉子的靳副支队长："老靳，你拿着电炉子干啥？"

"昨天晚上我从郝江山宿舍收来的，这小子老偷着用，屡禁不止，这个月都换了十多次保险丝了。"靳副支队长指了指电炉子。

"这事，你怎么看？"郭宇辉试探着问道。

"这个郝江山净捅娄子，啥事都能找到他的影子，得狠狠地收拾他一下。"

靳副支队长有些恼火。

"老靳，我觉得这个问题根子不在干部，我们领导对干部的关心还是不够，干部屋里太冷，用电炉子取取暖，加个班煮个方便面，情有可原，我们要好好研究一下，尽快改善机关的供暖条件，保证室内温度达到 18 度以上，你看是不是？"郭宇辉心平气和讲道。

"这个……"靳副支队长看着郭宇辉没有直接回话。

夜幕降临，支队机关院内冷冷清清，只有刺骨的寒风在呼啸。郝江山穿着大衣，拿着手电筒仔细检查着机关办公用电、食堂门窗、哨兵及院内车辆等要害部门和关键部位。正所谓竹本无心，节外偏生枝叶。交班会上食堂管理员汇报昨晚丢了三袋面粉、两袋大米和五桶豆油。

"郝江山，昨天你值班，我想听你说说，这是咋回事？"靳副支队长两眼直直地盯着郝江山。

郝江山立即站起来，有些纳闷儿地说道："靳副支队长，我昨天晚上查了三次机关和食堂，没有发现异常情况。"

"咱们有些同志啊，就没一点事业心、责任感，一值班就出问题，长期下去怎么能行？还有没有一点组织纪律观念？上次那车轱辘的事调查得怎么样了？"靳副支队长语气中暗藏深意。

"还没有实质性进展。"保卫干事急忙起身。

"如果查不出来，那相关责任人就照价赔偿，连同昨晚的事一起处理，散会！"靳副支队长说完站起身离去。

中午，郝江山端着餐盘坐在一张餐桌上，刚一坐下，旁边几个正在吃饭的干部都端着家伙走了，郝江山愣了一下，而后低着头端起碗，津津有味地吃起来，好像什么事都没有发生似的。

小兴安岭的冬季白天显得更加短暂，黑夜总是在不经意间悄悄来临。郝江山裹着被子在宿舍台灯下，研究扑火作战，并不时做着记录。"哐当"一声，门被喝得醉醺醺的孟虎威踹开了，寒风猛然吹了进来，郝江山赶紧裹了裹被子说："把门关一下。"

"郝江山你嘚瑟啥，让谁关门呢？"孟虎威指着郝江山大声喝道。

"你有事吗？没事我要看书了。"郝江山没有搭理他，走过去把门关上。

"郝江山，我对你那道题的答案不满意！"孟虎威顺势躺在了郝江山对面的床上。

"还没忘呢？"郝江山看了一眼孟虎威。

"刻骨铭心，告诉你，邱胡杨是我的，你休想把她抢走。"孟虎威拍了拍胸脯。

"不用抢，她会跟我一起走的。"郝江山说完笑了笑。

"实话告诉你吧，我瞧不起你！你有啥牛的呀？不就会写写算算的嘛？你加班加点、熬更守夜写一年材料，还不如我大大方方请领导吃一顿饭……邱胡杨跟了你，这辈子得喝西北风……"孟虎威跷起二郎腿。

11

小兴安岭支队机关餐厅内，司令部的吴参谋说参谋长家属生病了，在医院住院，郝江山等几个参谋表示要去医院看看，只有魏参谋不太在意，不轻不重地说了一句："谁家属不生病啊？这很正常嘛，看不看都行。"说完刷完碗漫不经心走了。

魏参谋一出门，苏参谋便冲他背影说："这老魏真不讲究，他上次住院，参谋长几乎天天去看他，白对他好了。"

"其实，参谋长对咱们都挺好的，还是去看看吧！"郝江山打心眼儿里想去看看参谋长家属。

午休时三人同时准备出门，苏参谋问道："带什么东西好啊？"

"随便买点水果得了呗！"吴参谋看了一眼苏参谋。

"那好，买点水果吧。"苏参谋也看了看吴参谋。

"在哪儿集合？"郝江山看着吴参谋问道。

"分头走呗。"吴参谋看了一眼手表。

"对，分头走吧。"三人先后出了门。

市区里，郝江山和苏参谋骑着车子上了路，忽然看见吴参谋从商店出来，提着一个网兜，里面盛着四瓶水果罐头、两听麦乳精和三箱营养品。

"哎，随便去看看，一点心意吧！"吴参谋顺手把网兜挂在商店门口的自行车把上。

苏参谋盯着吴参谋远去的身影嘲讽着："让我们买点水果，自己却买那么多东西！"

苏参谋说完慌忙停车，与郝江山到商店各买了两瓶水果罐头、两听麦乳精，然后飞身上车，气冲冲地去追吴参谋。

三个人提着礼物，红脸对红脸地进了医院。病房的门关着，闲人免进。他们三个人刚走进走廊，就看到魏参谋已站在病房门口静候，他右手提着一个大网兜，里面盛着四瓶水果罐头、两听麦乳精、两瓶蜂王浆还有一大包水果。

第二天上班，魏参谋和郝江山一进屋，就看见办公桌上原封不动放着昨天买的礼品罐头、麦乳精和蜂王浆，他俩不约而同地"啊"了一声。

远在省城医院的病房里，敖兰把从街上买的东西全摆在床上，像个体户要开店："这是我出去给你买的东西，我可以陪你下象棋，无聊的时候听听录音磁带，还有几件衣服……"

"我这个身体，将来能做什么呢？"孙景权歪着头，像是问敖兰，又像是问自己："当兵啥技术也没学到，以后日子咋过啊？"

"那就做点适合你身体的技术活吧？"

"对，那我就学机具修理吧。"

"好啊，我支持你！"

敖兰说着就拿出一个包倒了个底朝天："你看这都是啥？"

床上散落着《张海迪的故事》《尿毒症康复指南》等书籍，孙景权翻了一本又一本，却拣出一本《风力灭火机的原理与维修》贪婪地看着。

病房里看书的时光，是孙景权最快乐的时光。当他聚精会神的时候，钻入骨髓的疼痛总是能好受一些。他想把看到的一则故事讲给敖兰听。

"每天都是我给你讲，今天轮到你讲啦？"敖兰感觉有些惊喜。

"二战期间，战火蔓延到欧洲南部的安道尔城，一对情侣即将离别。男孩从花园里摘下盛放的玫瑰，送给女友说：当玫瑰的最后一片花瓣腐烂时，你就忘记我，开始新的生活。"

孙景权指了指窗台上一盆有些干枯的达子香，接着说："它枯萎了，你就忘了我吧！"敖兰泪眼婆娑，却什么也没有说。

一夜过后，清晨的第一缕阳光照进病房，温暖地抚照在孙景权脸上，他缓缓睁开眼睛朝窗户望去，一朵绽放的"永生花"呈现在窗台，花盆旁还倚靠着一张卡片："这是废墟里盛开的永生花，花永生，爱永恒！我们就像这朵永生花，虽然经过了褪色、染色，但一样绚丽！"孙景权内心感动不已，泪眼已蔚然成海。

第十三章 林海放歌

1

远方的天边亮出了鱼肚白，郝江山起草的经验交流材料终于画上了句号，心里压着的"石头"也落了地，他长出了一口气，满满的成就感。但"一起完成"的魏参谋今天又没来上班，当起了"甩手掌柜"，这让他内心闪出一丝不悦。

大清早，他就从被窝里爬出来，搓着手呵着气，颤抖着将大衣披在身上，蹬上大头皮鞋，端着覆盖了一层冰碴的脸盆向洗漱间走去。洗漱间内不时地传来"梆梆"的敲打声，"这水龙头又冻住了"，他一边敲打一边抱怨着。试了一圈，终于找到一个能放出水的水龙头，接了水开始洗漱，含着一口水漱口，水冰得牙根直疼，他慢慢地在嘴里过了一圈，便"噗"的一口吐了出去。

郝江山端详着镜子里的自己，心里想：父亲，我和你也不是很像嘛！至少我没有你黑。他不禁笑了一下，抬起手摸了摸下巴，熬了大半夜，浓密的胡茬又冒出不少，一想到水这么凉，郝江山就不想刮了。

连日来加班加点，郝江山觉得身体好像透支了一样难受，太阳穴和后脑勺一跳一跳地疼，心里就更别提了。自从调到支队机关当参谋，他就像"通信员"一样，谁都可以向他发号施令，不管是不是自己的事，也不管能不能干，他都干了，好像一切都是应该干的，倒是他的"好大哥"魏参谋很少能见到，来单位时也都是给他布置工作。

从来机关的那天起，郝江山就下定决心：不管吃多少苦，挨多少累，一定好好学习业务，即使干点分外的活也是一种锻炼，争取尽快适应工作，成为拿得起放得下的"大参谋"。虽然心里是这么鞭策自己的，可他也是人啊，多少会有点心理不平衡。为什么自己每天"点灯熬油"，有干不完的事和爬不完的"格子"，看看孟虎威、魏参谋和张家贵他们，成天跑跑颠颠、吃吃喝喝过得那么潇洒，自己有时连休息的时间都没有，更不要想那些舒服安逸的事了，一想到这些他心里就堵得慌。

他的大脑飞速旋转，检索着问题的原因，主要是攀比心理作祟！难道别人见钱眼开自己也要那样吗？难道别人投机钻营自己要去学吗？难道别人醉生梦死自己也去追求吗？……他的思绪深深地陷入了一种无形的"暗流"。

经过激烈的思想斗争，郝江山耳边蓦然响起父亲的叮咛："人的一生有喜有悲，不如意事常八九，得意时不忘形，失意时不落魄。"忽然觉得，眼前的所有困难都是暂时的，只有沉着冷静对待，把自己从坠落的边缘拽回来，才能在挫折后奋进，用乐观的心境、宽阔的胸怀对待困难挫折，人生的道路就会越走越宽。

郝江山内心充满了自信，回到房间拿起刚写完的交流材料，转身去找王雅杰参谋长了。

王雅杰仔细地看着郝江山写的材料，夸口称赞："行啊，郝江山，这一年进步不小，这次在总队参谋业务比武中给我长脸了，支队两位主官都很满意。"

"都是参谋长栽培得好。"郝江山谦虚地笑了笑。

"你们这个材料我都看了，看来是下了一些功夫，这几个灭火战例结合得不错，我们现在的灭火装备虽然有了很大提高，但只有契合了灵活多变的战术战法，才能在火场上打胜仗，下一步你们还要加强研究。这样，你把材料给靳副支队长呈一下，正好也让他提提修改意见。"王雅杰边说边把材料递给了郝江山。

办公室内，靳副支队长瞄了一眼郝江山写的材料，淡淡地说道："你看这下面的内容，都文不对题，还有这……这个战法，一定要从实战角度出发来研究，你写的这些能在火场上运用吗？火场环境瞬息万变，要因时因情因势作决断，你手里老拿着昨天的旧车票，怎么能登上今天森警部队滚滚向前的战车？"

"你看这格式也不对，你说，你能干点啥？最近有人反映，你老纠缠总队一个女干部，存在着严重的生活作风问题……"靳副支队长突然发起火来，把材料撕得粉碎扔在地上。

"我们纯是正常交往，就是打打电话，你怎么给我扣这么大个帽子，说我是生活作风问题？"郝江山竭力辩解。

"你胆子不小哇，敢跟我顶嘴，那你是说，有人诬陷你了？"靳副支队长拍了一下桌子。

"首长，我也到了法定的结婚年龄了，正常交往都不行吗？"郝江山眼睛直视着靳副支队长，毫不示弱。

"人家女方父母都打电话反映到省厅领导那里去了，你还说没有？出了这样的事，我们支队领导脸上也不光彩，你能不能给我长点心？"靳副支队长脸色铁青。

"那您调查过吗？我们是自由恋爱，有条令规定不让自由恋爱吗？"郝江山反问道。

"别跟我扯那没用的，告诉你，不要再跟那个邱胡杨联系了，要是再被我发现，或者再让省厅领导打电话提起这事，你就赶紧打背包滚蛋，别在这个单位待了！"靳副支队长语气强硬。

支队长办公室，靳副支队长气冲冲地找到郭宇辉说："老郭，这次提职培训为什么让郝江山去，魏参谋论资历、论年龄、论贡献、论兵龄都比他长，这事我不同意。"

"这件事是符合程序的，魏参谋民主评议没通过啊。"郭宇辉看着靳副支队长，若有所思。

"那也不行，反正我是不同意。"靳副支队长态度生硬。

"老靳啊，那就等你说了算的时候，再让小魏去吧。"郭宇辉笑着对靳副支队长说。

2

在哈尔滨一家高档咖啡厅内，省林业厅孟厅长、孟厅长弟弟和孟虎威在一起就座，孟厅长弟弟与孟虎威交代着："大侄儿，我和邱胡杨的父亲是老相识了，一会儿来了，你可要热情招待。"

这时邱冠华、邱母带着邱胡杨走进咖啡厅，邱胡杨心不甘情不愿："我不想去，你们饶了我吧。"

"我们还能害你吗，今天算我求你成不成？你孟叔叔的哥哥孟厅长也要去，你就给你爸一个面子吧。"邱母的话让邱胡杨没法拒绝。

邱胡杨一家三口进了包间，孟虎威的叔叔介绍着："这位是我的老搭档邱冠华。"

"是你？"这时邱胡杨看到了孟虎威，异常惊讶地问。

孟虎威很得意地回答："是我！意外吗？"然后微笑着给邱冠华、邱母递上了一件包装精致的礼盒，毕恭毕敬地说道："伯父、伯母好，这是送给您二老和胡杨的见面礼。"

邱冠华满脸笑容："谢谢，谢谢，厅长、老孟，那我们就不见外了。"邱母紧张地用手拽了拽无精打采的邱胡杨："快叫人啊！"邱胡杨淡淡地叫了声："两位叔叔好。"

孟虎威很得意地在旁边一直看着邱胡杨，气氛显得有些尴尬。

孟厅长仔细地打量了邱胡杨一番，抿抿嘴又点了点头："这就是胡杨吧，果然很漂亮，我看比那香港冠军小姐都有气质。"

"哪里，哪里，你家公子长得才叫标准，比那个叫刘德华的歌星都精神……"邱母赶忙恭维。

"嫂子很幽默呀，你们想吃点啥，今天我请客。"孟厅长拿起了菜单准备点菜。

"哪能让厅长您破费，这顿饭还是我们请。"邱冠华急忙插话道。

"以后啊，咱们两家会经常一起聚的，不在乎这一次，这次我们请，就这么定了。"孟厅长语气虽软但很有霸气。

白天的哈尔滨，整座城市被白雪包裹着，风呼呼地刮着。邱胡杨与孟虎威走在大街上，突然说了一句："行了，我的任务完成了，我该回家了，你自己溜达吧。"

"啥任务啊？"孟虎威一脸疑惑地看着邱胡杨。

"明知故问！你就继续装吧？"邱胡杨眼睛斜了一下孟虎威。

"我真不知道。"孟虎威眉头紧皱。

"我讨厌你！"邱胡杨冲着孟虎威，态度非常鲜明。

"可我很喜欢你，从见你第一面，我就喜欢你了，从那时起，我就告诉自己，我孟虎威，这辈子只喜欢一个女人，那就是你邱胡杨！"孟虎威眼睛直直盯着邱胡杨。

"你这叫自作多情，我有喜欢的人了，你还是死了这条心吧。"邱胡杨语气更加坚定。

"没关系啊，我会追到你愿意为止。"孟虎威信心满满。

"那是你的事，反正我不会喜欢你。"邱胡杨转身欲走。

"你不就是喜欢郝江山吗？你以为他只喜欢你一个人啊，人家在这个城里还有一个女记者，没当学员时就经常联系呢，你还蒙在鼓里吧？"孟虎威细心观察着邱胡杨的表情。

"你就瞎编吧，他不是那种人。"邱胡杨据理力争。

"火场上，两个人都抱在一起了，那个女记者还拎着一大包东西去大队找过他，他俩在直属大队约会大半天，这都是我亲眼见到的，这些事郝江山会给你说吗？"孟虎威看着邱胡杨讲述着。

"继续编。"邱胡杨斜了孟虎威一眼。

"你不信是吧？当时很多人都看到了，贺松涛你熟吧，你可以问他，还有阿什库。"孟虎威瞪了瞪眼睛。

"我可刚从小兴安岭支队回来，支队都说郝江山个人生活作风有问题，不信你问问支队的干部，实在不信你问靳副支队长，他总不能骗你吧……"

"孟虎威，你说的这些都是真事？"邱胡杨半信半疑。

"你可以问啊，这小子挺坏的，我记得在执勤点他还往木盒子里塞过死耗子，后来走的时候好像送给你了……"孟虎威诡异地笑着。

听了孟虎威的话，邱胡杨心里多少有些疑惑，回到家后，她立马拨通了郝江山的电话。

"有个叫刘亦欣的女记者是咋回事？"邱胡杨在电话里质问着郝江山。

"哦，她是北方报社的记者，你咋知道她的？"郝江山一脸好奇。

"我怎么就不能知道？你跟她什么关系？"邱胡杨表情显得有些紧张。

"没啥关系啊？我有时写稿子，她帮我发一下……"郝江山无所谓地解释。

"你俩抱在一起过吗？"邱胡杨眉头紧锁，步步紧逼。

"抱一起？哦，你是说在火场上吧，那次是因为……"郝江山有点发蒙。

"我问你有，还是没有？"邱胡杨单刀直入，语气有点生硬。

"有，不过那……"郝江山还没说完，电话就断了。

邱胡杨啪地把电话挂了，坐在沙发上哭泣。电话铃又响了，邱母看了看号码，挂断了，再响又挂断了。

"你看看，这种'凤凰男'最不靠谱，你知道的是脚踏两条船，不知道的有可能脚踏的是一支航母舰队呢，见到高枝儿就攀，这种人啊，最不靠谱……你看人家孟虎威那孩子，既聪明又会来事，还会做生意，到哪都吃得开，人家父亲……"邱母趁机安慰起邱胡杨来。

电话铃又响了，邱母生气地拿起电话大声说："告诉你，姓郝的，以后不要再骚扰我家闺女……"

邱母突然由怒转喜："哦，对不起，对不起，是孟厅长啊，刚才我还以为……太不好意思了，怎么能让您破费……好，好，那太谢谢厅长了。"

邱母放下电话说："胡杨，你看这孟厅长主动给咱们送来大礼，一会儿司机开车给拉过来。你要跟了孟虎威，这辈子啥也不用愁了，我和你爸只有你一个女儿，这辈子我们也就静心了，再说你爸和孟叔合伙做生意，靠的还不是孟虎威他爸的关系？你要是不同意，你爸爸……"

3

省医院病房内，阳光照在孙景权的病床上，像是对他的特殊眷顾。敖兰在看一本厚厚的中医书籍，忽然发现孙景权有了剧烈的异常反应，赶紧上前查看后叫来医生。

几位医生和护士正在紧张而忙碌地抢救着孙景权，敖兰焦急地问道："医生！医生！情况怎么样？"

"可能是病人对换的肾，有了排斥反应。"医生和护士把孙景权推到了急救室。

"可前段时间一直都很好啊。"敖兰追到了急救室。

"你别着急……"医生关上了急救室的门。

抢救结束后，孙景权被送回病房。孙景权慢慢睁开了眼睛，敖兰满脸泪痕哭着说："你终于醒了！"

"敖兰，我真对不住你啊……我活不了多久了……"孙景权虚弱的声音断断续续。

"求你了，别说这样的话，这不是醒过来了吗？"敖兰抽泣着。

"我这只不过是回光返照罢了……唉……我最放不下的还是你呀，我最……最对不住的也是你。"孙景权微弱的声音颤抖着。

"景权，你会好起来的，这辈子我只跟你在一起。"敖兰已经泣不成声。

"我走后，你找一个好人家嫁了吧，就把我葬在万樟岭，来世，我要做一棵树，把根扎在万樟岭。"孙景权说话的声音越来越低。

"来生你若是那棵安详的树，我便是那守林的兵。心有所期，必有所成，今生你救我身，来世我还你心。"敖兰趴在床头边哭边说。

时间一分一秒地悄悄流逝，太阳即将落山，晚霞映红了天空。病房里，孙景权床头的急救灯又闪烁起来，郝江山和阿什库等战友早就赶来了，支队王参谋长陪着朱老支队长也来到病房。昏迷中醒来的孙景权，从医护人员焦急的神色中，从大家潮湿的眼睛中，恍惚意识到死神留给自己的时间已经不多了。

　　孙景权望着曾经朝夕相处的一张张熟悉的面孔，泪水潸潸地流了下来。这几天，一件重重的心事，始终在他心头萦绕，不了却这桩心愿，远行也不得轻松。他双唇翕动着，想说什么，却什么也说不出来。

　　"班长，首长和战友们都在这儿，有啥心里话，你就和战友们说说吧！"郝江山坐在床边半拥着他。

　　王雅杰参谋长上前握着他的手，接过话茬："景权，你有啥要求就尽管提，我们保证按你说的做，满足你！"

　　身边的阿什库随即打开了录音机的按钮。孙景权费劲地半侧着身子，舔舔干裂的嘴唇，断断续续地吐出最后的遗愿："我知道属于自己的日子不多了……有几件挂心的事情，想给大伙儿交代一下：战友和社会捐来的钱还剩 4492 元，我想分成……3 份，一份寄给万樟岭希望小学……另一份作为我最后的党费，这么些年，是党和部队培养了我……我不能忘本。如果有来生，我还来森警当兵……还有一份，就留给敖兰，她是个苦命的人……"

　　听着孙景权断断续续的话语，同志们个个神色凝重，泪水夺眶而出。

　　孙景权艰难地喘着粗气，把头又转向床边的阿什库："你和我在万樟岭执勤点待的防期最多、时间最长，我们是生死相依的兄弟。敖兰虽说名义上嫁给我了，可她还是个纯洁的姑娘，我走后，你要照顾好她……"

　　阿什库把孙景权紧紧拥在怀里放声大哭："班长，你放心吧，我会照顾好她的！"

　　"照顾好那几匹马，立秋前不要打马草，草垛起来容易烂……"孙景权话没说完就闭上了眼睛，大家都掩面哭泣起来。

　　在万樟岭一处的向阳山坡上，四个坟头周围零星长着枯萎的荒草，格外荒凉。

　　敖兰身着孝服跪在其中一座新坟前悲伤抽泣，刘亦欣在一旁安慰，碑上写着：夫孙景权之墓。

　　敖兰啜泣着唱起了孙景权生前最爱听的歌《爱在青山绿水间》：

　　　　把爱交给青山
　　　　今生今世有缘
　　　　把爱交给绿水
　　　　生生死死不变

站着你是一棵大树

倒下也守着这片家园

山无言水无言

爱在青山绿水间

把爱交给青山

今生今世有缘

把爱交给绿水

忠诚直到永远

站着你是一道风景

倒下也护着这片家园

山无言水无言

爱在青山绿水间

朱支队长和郝江山、高义勇、阿什库、呼斯乐等在敖兰之后默默致哀。微风吹来，灵幡摆动，敖兰的哭泣声回荡在茫茫大山之中，更显凄凉。朱支队长感慨道："十年饮冰难凉热血啊。"

朱老支队长接过郝江山手里的酒瓶，在其他三个坟头上浇了几杯酒："孩子回来了，你们一家人可以团聚了。"

"这两位是孙景权的亲生父母，他们是一对来自北京的林业科学家，1960年，我和孙景权的养父在这一片巡护，经常看到他们搞林业调查，后来发生了一起大火，当我们赶到时，夫妇俩为了保护樟子松母树林牺牲了，孙景权的养父把孙景权从帐篷里救了出来，并且视为己出，把他养大成人。"朱支队长慢慢回忆着。

"我听说孙班长的养父孙红刚烈士也牺牲在这片山上。"郝江山看了一眼朱支队长。

朱老支队长眼睛湿润了，语气低沉地说："1977年10月13日，我和孙红刚带队打了两天两夜火，没有吃喝，又骑马直奔100公里外的万樟岭，赶到后，山火还未烧到，我们便商议，想在山根处扎营做饭，谁知风向突变，增大到八级。情况紧急，我们立即带领战士们迎风打防火道，将战士和马匹安顿在安全区域，孙红刚组织大家都趴在地上，不让动弹。

"如果当时他一直待在防火道内，肯定会安然无恙，但我们的鸭绒被、枪弹和粮食都在防火道外，如果没有这些东西，根本抵御不住饥饿和零下十几度的严寒，我俩几乎同时奔向装备，但风太大了，火又旺，我的身上全是火，就冲进了火烧迹地脱掉衣服，隐约中我忽然发现前方二十多米外一个正在燃烧的人影，向河边奔跑着，身高一米七五的汉子被烧成不足一米长的躯体，趴在了离河边三米多远的地方……"

4

初春，小兴安岭的江畔乍暖还寒，随着温度的逐渐回暖，江里的冰块开始慢慢散开，江上跑起了冰排，向下游缓缓涌动。

近段时间接二连三发生的事情，让郝江山几乎无法承受，积压在心头的郁闷和怒火在燃烧，参加完孙景权的葬礼，他独自来到江边，远眺开江的冰排滚滚东去，触景生情，文思泉涌，酣然写下了他一生都难以忘怀的散文诗《开江春水向东流》。

沉默了半年，也是积蓄了半年的江水，孕育生命的能量已经达到了顶点，虽然曾覆盖了一层厚厚的坚冰，但到了春天它却突然激动起来。经过火红太阳的炙烤和阵阵和风的轻抚，坚硬的冰层发出解体时沉重而庄严的嘎嘎声。开江水，以它新生无比的活力勇猛地撞击着，向前冲刺，它把一块块巨大的冰排举起来、摔下去，再举起来、再摔下，直至摔成小如卵石的冰凌，汇入滔滔的奔流。岸上一切山崩地裂的生死兴亡，水中一切怪石险滩都未能阻止它的浩浩前行……

警勤中队的官兵都在聚精会神地阅读着郝江山写的散文诗，有的战士正高声朗诵着。

为了拥抱那无比壮阔的蓝色世界，为了把自己汹涌的情思连结那永恒的存在，开江水奔流着追求着。追求着遥远的大海，追求着蔚蓝色的星空，追求着海上庄严的日出和悲壮的日落，追求着不拘一格的烟涛和永不僵死的碧浪花。

支队机关，魏参谋拿着报纸急匆匆地跑往办公室："靳副支队长，不好了，出事了！"

靳副支队长正在接电话，被魏参谋的慌张劲吓了一跳，赶忙放下电话问："毛手毛脚的，出什么事了？"

魏参谋把报纸往办公桌上一放，吞吞吐吐地说道："首长，您看这首诗写的……寓意很深，郝江山是不是有怨气，不知他是……冲谁来的？"

靳副支队长认真地看着，越看脸色越阴沉，面目表情大变："什么东西？本事不大，毛病不少，含沙射影跟谁撒气呀？这小子真有点欠修理。"

参谋长办公室，王雅杰语重心长对郝江山说道："靳副支队长是个老森警，脾气坏了点，好喝两口，其实他也有很多优点，性烈如火，言行必果，虽然有时粗枝大叶，但灭火作战只要有他在，保证万无一失。这次你交流到大兴安岭支队也不完全是个坏事，年轻人多走几个地方，多接触一些东西不是坏事，好事多磨嘛。"

"培训回来后，他对我的态度更恶劣了，有时没事就把我臭骂一顿。"郝江山的样子有点委屈。

"江山啊，你还是太年轻了，在这件事上你缺乏沟通，造成了很多误会。换个角度想，其实你应该感谢他，至少磨了磨你的傲气，欲成大树，不与草争，以后你会明白的。"王雅杰语气委婉。

"要是我当了领导，肯定不会这样对待下属。"郝江山心里很不服气。

"一会儿坐车去我家，你嫂子专门包了饺子，给你送行。"王雅杰拍了拍郝江山的肩膀。

吃完送行的饺子，郝江山离开王雅杰家上了火车，望着渐行渐远的树木心想，草不谢荣于春风，木不怨落于秋天，树挪死，人挪活，一切都顺其自然吧！

历经磨难而热爱生活的人，内心一定装着从痛苦中提炼出来的珍宝。

5

内蒙古奇乾中队宿舍内，常连喜正在给女朋友写信，贺松涛走近拿起厚厚一摞信，调侃着说："常连喜同志，看你这阵势，'常吹灯'的外号该取消了吧。"

"那可是呗，好不容易有个姑娘看上咱，咱还不得努力努力，我呀一天一封信，必须把她整感动喽！"常连喜一笑露出白白的牙齿。

过了几天，下山拉菜的车刚刚拐进中队门前小路，一名战士边跑边喊道："车来了，车来了。"

中队的门前迅速集合了一群人，还未等常连喜停好车，就有人直接上了车追问道："常班长，信带回来了吗？"

"班长，快把信拿出来吧。"有几个着急地等在车下。

"是啊，班长，我们都等了好几个月了。"众人附和道。

"都怪我不好，路上太滑，我去晚了，结果邮局关门了。"常连喜语气严肃而伤感。

"啊，那可怎么办？"战士们个个耷拉着脑袋。

"是啊，咋办呢？唉，又得等一个多月了。"

"再不来信，这对象准又黄了。"

"看来我以后得向常班长看齐，我该改叫'夏吹灯'了。"

"看把你们一个个急的，当当当……当当当，我跟大家开玩笑呢。"说着常连喜从驾驶室拎出一大袋子信件。

战士们顿时兴奋起来，嬉闹着抢着信件："我的信，别整坏了。"

战士们就像找到宝贝一样开心，迫不及待地拆开阅读着。

贺松涛面露笑容看着这一切问道："这次谁的信最多啊？"

"我9封。"一名战士举起手回答。

"我14封！"

"我25封！"

"哈哈，是我，49封！"

一名班长把这名战士拿着信的手高高举起喊道："49、1次，49、2次，49、3次！"

"好，这次的收信冠军就是马国良了。"贺松涛笑了笑。

"同志们，今天晚上的哨，我全包了。"马国良兴奋不已。

"贺排长、常班长，你俩的信。"一名战士把几封信递给贺松涛和常连喜。

常连喜伸过脑袋看了看贺松涛的信问道："这郝明月，八成是你女朋友吧？我注意你很长时间了，你的信大部分都是她寄来的。"

"哎，别说我，看看你女朋友说啥了？"贺松涛赶紧将信闪到一边。

"还能说啥，肯定是商量结婚的事呗。"常连喜拍了拍胸脯。

"哟，这么自信？"贺松涛笑着说。

常连喜高兴地拆开信，读着读着就沉下了脸。

"咋的了这是？都说啥了？"贺松涛看着常连喜。

"又吹了。"常连喜低下了头。

"连喜同志，不要伤心，何必在一棵树上吊死呢？多试试几棵树，你看咱们有这么一片广阔的森林，你都可以去试试啊。"贺松涛拍拍常连喜的肩膀安慰说。

"贺排长，又寻我开心。"常连喜心里五味杂陈。

"你一会儿去炊事班借把秤，帮我送到班里。"常连喜转身对马国良说道。

班宿舍内，常连喜和马国良一起扒拉着秤砣，秤钩上放着一大包信。

"高了，高了，再往后拉一下秤砣。"常连喜用手拉秤砣。

"1斤6两，只多不少！"马国良指了指秤砣。

"好吧，你帮我把这些信都塞锅炉房里吧。"常连喜有点伤感。

"啥？班长，写了半年说烧全烧了？"马国良惊讶地看着常连喜。

"看着闹心。"常连喜说了一句转身走了。

中队宿舍，贺松涛正坐在办公桌上甜蜜地读着信，欣赏着郝明月寄来的照片。

芳林新叶催陈叶，新兵下连了。奇乾中队代理中队长贺松涛在营区门口迎接新兵："欢迎大家来到奇乾，咱们莫尔道嘎大队奇乾中队是森警部队唯一一支驻守在原始森林腹地、担负着祖国北疆森林防护战略前哨任务的单位。位于北纬52度的祖国版图鸡冠顶端，守护着唯一一片集中连片未开发的原始森林，维护着95万公顷原始森林的安全，人均防火面积为24000个标准足球场，被人们称为生态战场的桥头堡。"

"中队长，为啥只有咱们中队离市区这么远？"新兵永青一脸疑惑。

贺松涛指着跟前一个打开的书本状的雕塑："我们扎根在这里可以用这上面的八个字概括：忠诚、坚守、创业、乐观！这也是咱们中队的队魂。三十多年来，一茬茬官兵坚守在这林海孤岛，把青春和忠诚镌刻在了祖国的北纬52度，默默无闻地守护着这一片珍贵原始森林的宁静。驻守在这里的主要目的是实现真正的'打早、打小、打了'，有效防范应对重特大森林火灾，所以我们要时刻保持箭在弦上引而待发的状态。大家看，顺我手指的方向就是停机坪，遇有突发森林火灾、反盗猎行动任务，我们能以最快的速度搭载直升机或摩托化第一时间到达现场。"

"报告，常班长说，尿尿的时候不能对着江面，我没想明白。"永青不解地问道。

"额尔古纳河那边就是国外，尿尿的时候人家把你小鸡鸡拍下来，发到外交部，说你们挑衅怎么办？"贺松涛的回答既幽默风趣又严肃认真。

新兵们都笑了。

夜里，天空下起了雪，奇乾中队被雪紧紧包裹着，营区四周漆黑一片，只有岗楼里的灯显得格外明亮。

贺松涛到哨位查岗，打开岗楼后，发现哨兵马国良捂着肚子在呻吟，满头汗水，立即抱起他喊道："马国良，你怎么了？"

马国良指了指肚子，豆大的汗珠子从额头滑落下来，贺松涛放下马国良飞快跑回宿舍楼。

"都起来！快起来！起来！……"贺松涛挨个扒拉着："马国良生病了，快起来！"

官兵们赶紧起床穿好衣服。

"常连喜你去鄂温克老乡家里借马车！我在路上等你，速度要快！"

"是！马上！"

"你，还有你，拿3床被子和1件羊皮大衣，还有担架，快跟我走！"

夜色如墨，雪下得越来越急。贺松涛和3名战士飞快跑到岗楼，军医检查完后面色沉重："是急性阑尾炎！"

"担架快打开！磨蹭什么呢？"

一名战士把担架打开，铺上了两床被子，贺松涛和军医将马国良抬了上去，又给他盖上了一床被子和大衣，抬起担架："快跑！"

出了营区，路面冰滑，雪大天冷，贺松涛和永青吃力地抬着担架，不小心摔了一跤，他俩站起来喘着粗气："马国良，你可要挺住啊，马车就快到了！"

贺松涛抬着担架继续向前小跑，不时回头看看马国良："军医，他没事吧？"

"没事，没事。"军医给马国良掖了掖被子。

"马车怎么还没到。"跑了一会儿，贺松涛低声骂了一句："他娘的，常连喜！"

不远处传来一阵马蹄声。"来了！来了！"永青大声喊着。

贺松涛听得见马车的声音，来了力气喊道："兄弟，兄弟，你挺住啊！"

"吁！"常连喜驾着马车停了下来。

大伙合力将马国良抬上马车。

"你们都回去，我和军医陪着就行了！常连喜，快驾车！"贺松涛催促着。

"把住了！"常连喜挥起了马鞭："驾，驾……"马车在路上狂奔起来。

半个小时后，忽然林内传来一声长啸，正在疾驶的大黄马突然停住，前蹄抬起嘶鸣起来。贺松涛环顾四周："什么声音？"

"不像是老虎。"常连喜回了一句。

"好像是东北豹。"军医看了看四周。

又一声长啸，大黄马彻底惊了，嘶鸣一声飞快地朝额尔古纳河方向跑去，贺松涛赶紧抓住缰绳："快停下！"

任凭常连喜怎么挥鞭子，大黄马还是不停地跑："马惊了！"

马车在额尔古纳河的河面上飞奔，贺松涛和军医一手把住马车，一手搂住马国良，焦急而又紧张地喊道："快停下！再跑就出国了！"

"停不下来！"常连喜紧张地喊道。

贺松涛大喊一声："砍绳子！"

"没有刀！"常连喜使劲朝后拉着缰绳。

"我包里有手术刀！"军医指着车上的背包。

颠簸的马车上，贺松涛打开军医的背包，找出手术刀，爬上前朝缰绳割去，马还在疯狂奔跑。

"看见界碑了！"常连喜费力地拉着缰绳。

贺松涛费了九牛二虎之力终于割断了一根，马车失去了平衡，贺松涛被甩到了后边，大黄马也跌了一跤。

贺松涛赶紧爬上前去割另一根，大黄马站起来又开始拉着一根缰绳的马车朝前跑。

界碑越来越近！

为了加快速度，贺松涛脱下手套，手越冻越僵，割得越来越吃力……

常连喜快把不住了，大喊一声："中队长……"

手术刀和手上的鲜血冻在了一起，贺松涛呵了一口气，又朝缰绳割去。时间一秒一秒在过去，贺松涛只听见手术刀划在缰绳的声音，最后一根缰绳终于断了！大黄马跑进了异国的森林里，马车则缓慢地停在了界碑处。

6

在黑龙江森警总队机关楼梯口，郝江山在总队干部处办完调动手续，手里拿着调动通知，心事重重正准备下楼。邱胡杨拿着文件夹往上走，恰巧碰个正着："哎呀，这不是郝大参谋吗？什么时候来的？怎么不打个电话？我去接你。"

"刚到一会儿，邱医生，你就别戏耍我了！"郝江山表情显得不冷不热。

"你怎么了？一脸不高兴，谁惹你了？"邱胡杨疑惑不解地问。

郝江山眼光扫了一眼："没什么，我自个儿找的，跟别人没一点关系！"

"你来总队办什么事？办完了吗？我中午请你吃饭。"邱胡杨关切地问。

"不劳驾你了，刚才去干部处办完手续，看来又要被发配到遥远的地方了。"郝江山低着头。

"你不干得挺好的吗？调你上哪儿去？"邱胡杨眼睛一眨不眨地看着郝江山。

"别问了，不关你的事。"郝江山撂下一句话转身就走。

邱胡杨追上去，扯了一把郝江山的胳膊："到底咋了，出什么了事？弄得我云里雾里的。"

"都是你们家干的好事，把我调哪儿都行，怎么能说我作风有问题呢？"郝江山瞪了一眼。

邱胡杨有些急了："你胡说八道什么呀？你工作上的事，怎么扯上我们家了？"

"那谁知道？你自个儿回去问问吧。"郝江山心里有气，转过身就向楼下跑去。

邱胡杨回到家里，推开门看见父亲在接电话，母亲正往餐桌上端菜："姑娘回来了，快洗手吃饭！"

邱胡杨拉下脸，把包往沙发上一扔，刚坐下就叨咕起来："你俩是不是又找人给支队打电话了？"

"大小姐，谁惹你了？回家鼻子不是鼻子、脸不是脸的。"邱父见女儿生气的样子，赶忙挂了电话。

"你说的什么电话啊，老邱你知道咋回事吗？"邱母放下手中的盘子，装出若无其事的样子。

"你俩就给我演戏吧，敢做就不敢当吗？"邱胡杨轻蔑地看着自己的父母。

"你就跟胡杨好好说说吧，这事也别瞒着孩子了。"邱父给邱母使了一个眼神。

"有啥说的，我俩不都是为了你好。"邱母继续辩解着。

邱胡杨忽然发起火来："你们为我好？好什么呀？郝江山就那么可恶吗？当兵时人家干得好好的，你们找人把他踹到执勤点，好不容易在机关当个参谋，你们又造谣生事整走他，你们到底要干什么？"

"胡杨啊，他不适合你，他的事你也别管了。"邱母耐着性子说。

"他不适合我，谁适合我？你们给我找的就适合了？"邱胡杨强忍着不发火。

"你自己寻思寻思，他家在南方，工作又在偏远的深山老林，一年半载都见不上一面，他有什么好？"从邱母的语气感觉到她一点也不待见郝江山。

"我就觉得他好，能吃苦又上进，有思想、有才华，还能干，你们一点都不了解他，还说人家作风有问题，真是莫名其妙，纯是污蔑人。"邱胡杨气不打一处来。

邱母一本正经说道："我都打听了好几个人了，没你说得那么好，我倒觉得你孟叔叔的侄子比他强一百倍，家世也好，人又机灵又勤快，还会来事，懂两门外语，都能当翻译，虎威哪一点比不上他？"

邱胡杨猛地一下站起来，气冲冲地往自己房间走去，扔下一句话："我的事，你们以后少管！"

千里之外的升钟湖镇，松涛妈和江山妈坐在院子里织毛衣。松涛妈边织毛衣边问道："江山上次来信，不是说有一个对象吗？"

"那还不是什么对象，女孩子家里条件那么好，咋能看上咱们家这条件，松涛最近有没有来信？"江山妈说着叹了口气。

"来了，说是当中队长了，但还是没挪窝。"松涛妈抬头笑了笑。

"松涛就是比江山能干，只是那地方太苦了。"江山妈摇了摇头。

"可不是咋的，古代发配流放犯人都没有那么远。"松涛妈话语间带着一丝埋怨。

"听说他们对面就是外国人的村子？"江山妈稍微皱了皱眉头。

"好像是离不了多远。"松涛妈两手不停地织着。

"妹子，我想等松涛休假回来，就把他和明月的婚事办了，你看怎么样？"江山妈停了下来，朝着松涛妈笑了笑。

松涛妈欣喜地放下针线："那好啊，不瞒你说，我也是这么想的，等这两人结了婚，生了孩子，我就给他们看孩子去。也不知道松涛现在在干什么，来个信得两个月。"

7

奇乾中队官兵们在贺松涛的带领下进行灭火作战，忽然风力陡然加大，火龙吼叫着朝官兵们飞速袭来，贺松涛大喊一声："危险！点火手快点顺风火，灭火机手快速跟进助燃，水枪手在后清理。"

官兵们迅速按照分工，开始点顺风火避险。望着突如其来的大火，新兵永青吓蒙了，被贺松涛一把拽进火烧迹地："你准备好灭火弹，一会儿往火头扔。"

永青朝火头使劲投了十几枚灭火弹，不料有一枚灭火弹扔到一旁的树上弹了回来，其他人顺势卧倒，永青却愣在原地。危急时刻，贺松涛将他一把扑倒，灭火弹在附近爆炸后迅速起身，永青却被近距离的爆炸吓得脸色惨白。

"大家快用湿毛巾堵住口鼻，进入安全区域，快，快……"贺松涛命令道。

见所有人都卧倒后，贺松涛迅速检查了一遍，才在新兵永青的跟前卧倒，并摁住了他的手对大家说："没有我的命令，谁也不要起来！"

永青用湿毛巾捂住口鼻，迅速用另一只手挖了一个坑趴在地上，双手曲成环状放在口鼻帮助呼吸。火龙越过了官兵们朝前方呼啸而去，只能听见官兵们咳嗽的声音，浓烟渐渐消散，几十名灰头土脸的官兵渐渐显露出来。

"没事了，大家都起来，各架次整队查人！"贺松涛站了起来。

浓烟中查了两次，都少一个人。

"站好了，挨个儿查！"贺松涛急了。

"中队长，是永青没报数。"常连喜用手指了指永青。

永青两眼木然看着眼前一动不动，贺松涛走上前用手在他眼前晃了晃，没有反应，又拍了一下他的肩膀。

永青"哇"的一声哭起来："中队长，原来死亡离我这么近，当这个兵就像是在地狱门口卖煎饼果子，我还这么年轻，要是就这样死在没有多少人知道的地方，没有人听我说遗嘱，没有家人为我送行，这样的一生是不是太冤了？"

其他战士听到这样的话，全都嬉笑起来："永青，你就放心吧，跟着中队长，哪有那么容易死？"

"中队长，我感觉像是死了一回似的。"永青的脸被烟熏得黝黑。

"怕了吗？"贺松涛又拍了拍永青的脑袋。

"不怕！"新兵永青愣愣地回答，手却不自主地抖了起来。

贺松涛走到队伍前："撤退的时候要注意，尤其是新兵，千万不要乱跑，更不要顺风跑，人是跑不过火的，地球人都不行。"

"那我们为什么不冲越火线避险？"永青的眼神里充满了疑惑。

"本来应该是在火力较小的西侧，突围穿越火线，但几秒之内西侧火就烧起来了，穿过西侧时间会很长，人在这种火里活不过20秒，穿过之后也无避险区域。"贺松涛大声地讲道，生怕后面战士听不到。

永青点了点头："那为什么不点迎面火避险？"

"常连喜，你来回答。"贺松涛给了常连喜一个眼神。

"刚才火场周围没有依托条件，火来得太快，不具备点迎面火的时间和距离。"常连喜表情有点严肃。

"咱们这才是真正的生死兄弟，我只想大家都成为活着的英雄，而不是死去的烈士，每次任务只想把你们安安全全、一个不少地带回队里！"贺松涛看着眼前的战友们，又不由得望了望远方的林海。

经过一场生死浩劫，大家惊魂未定，仍然心有余悸。永青和其他的新兵谁都没有想到，课堂上常说的"火场瞬息万变"，今天就发生在自己身上，如果没有真正的实战历练，不掌握装备性能特点，危险可能随时都会发生。

火场已无明火，奇乾林场上空飘着植物烧焦的气味。按照联指命令，官兵们清点完装具开始组织转场。根据火场坐标，官兵们深一脚浅一脚地向火场另一区域开进。平时，在林地草塘徒步行军都很艰难，携装行进更是难上加难。经过两个多小时的急行军，大家来到一处林火前，贺松涛用望远镜查看着地形，果断下达命令："党员跟我组成突击队阻截东线火头，一班、二班随后清理，常连喜带领其他人员在那片植被少的地方开设安全避险区。"

官兵们喊叫着冲上火线，与火魔展开殊死搏斗，贺松涛靠前指挥着，激烈紧张的战斗后，火头终于被压制住了。

"真险啊，离油库不到200米。"永青擦了擦脸上的汗。

"集合！"贺松涛大声喊道。官兵们迅速集合。

"现在明火已经没有了，一会儿大家分组沿着火线开始巡查，要彻底清理，火场实现'三无'，老兵要做好传帮带，新兵都认真点学。"贺松涛指着火场部署任务。

官兵们开始巡查，常连喜传授着清理常识："这打火是三分打、七分清，清理一定要彻底……"

忽然雷电交加，火场刮起了5~6级的旋风，不一会儿又下起瓢泼大雨。官兵们将灭火服披在头上，都冻得浑身打战，贺松涛也是牙齿"咯咯"地直打架。

"中队长，这雨啥时候能停啊？"一名战士抬头看了看天空。

"山里的天，娃娃的脸，没准一会儿就晴天了。"贺松涛抖了抖身上的雨水。

果然，一会儿云开日出，天放晴了。贺松涛抹了一把脸上的雨水，他突然看见新兵永青正抱着一根比他自己还高的、冒着热气的过火木取暖。

贺松涛心里很不是滋味，走过去问道："永青，当森警兵苦吧？"

永青一把扔掉过火木，敬了一个军礼并大声说道："报告中队长，是很苦，但我不怕！"

贺松涛庄重地还了一个军礼，然后又将过火木捡起来，塞到他怀里。

连续作战的官兵们都很疲惫，大家背靠背坐在奇乾林场向阳山坡上休整，官兵们面对青山林海向远方高声呐喊：

"你好，大森林！"

"你好，奇乾！"

"你好，祖国！我们是最棒的战士！"

"我是森警特种兵！"

"我是永青！"

……

阵阵呼喊在山林回荡，声音传得很远很远。

贺松涛看着喊山的战士们，对常连喜说道："我跟支队领导汇报一下，把你调走吧，你在这待的时间太长了，一大把年纪了，总不能叫一辈子'常吹灯'吧。"

"我真舍不得这，奇乾确实很苦，但我喜欢这儿，守护着这片大森林，我觉得很满足也很幸福。"常连喜笑了笑。

"就这样一直待下去？"贺松涛两眼直直看着常连喜。

常连喜没有直接回答，他也加入到了喊山的队伍："兴安岭为证，满山的达子香，你就是我的新娘！"

群山回应，松涛阵阵。

守护山林的日子一天一天地过，青春年华一点一点地流逝。紧张而繁忙的防火期结束后，贺松涛终于可以探亲休假，回到家中准备结婚。郝明月在追求事业和爱情的漫长岁月里，不知不觉发现自己与张家贵已不是同路人，而且心与心之间日渐疏远，她越来越爱上了远在北国边疆的贺松涛。他俩的婚事简朴而大方，只邀请了一些亲朋好友参加婚礼。

新婚之夜，贺松涛深情地讲述着奇乾的故事：

"我看到了森警战士的崇高身影，林海是一幅画，森林官兵是一首诗，林海装点了官兵的青春梦，官兵给林海带来了美丽与安宁。

"林火暗淡，青烟散尽，当青春的岁月被落叶掩盖，一次次寂寞的出发，也许我们的演出无人喝彩，曾经的曾经可能都会被人遗忘，但我们仍然会默默坚守在深山老林，不言苦，不言悔。

"我们的工作确实辛苦，但也让人感到高亢激昂。踏浪蹈火，英勇善战，火烤胸前暖，风吹背后寒；我们休息时或头枕大山，仰望星空，或喊山，或歌唱，有时豪情壮志，有时孤独寂寞，不是每个人都能体会到的，尤其是同生死共患难的战友情谊，更是其他任何关系都无法比拟的……"

"你们就是最可爱的人，就像兴安岭上的达子香一样美丽。"郝明月深情地望着自己的丈夫。

"我觉得应该像营区后面的樟子松吧，只要在岩石上扎下根，就吹不倒、旱不垮、冻不死。"贺松涛抚摸着郝明月的额头。

"对了，我也可以去奇乾喊山、吼林吗？"从郝明月的眼神里看出，她多么想和自己的丈夫在一起。

"我到奇乾后，还没有见哪个家属去过，来回一趟光是在路上就得小半个月。"贺松涛想拒绝又于心不忍，郝明月躺在贺松涛怀里陷入了遐想，奇乾究竟有多美？

8

清晨的哈尔滨，天空灰蒙蒙的，汽车鸣笛声打破了城市的宁静。邱胡杨急匆匆走下楼，见孟虎威站在楼下，生气地问："你大清早在这干什么？"

"我来接你上班。"孟虎威赶紧拉开车门，示意邱胡杨上车。

"你不在绿缘吗，怎么不去上班啊？"邱胡杨停下脚步。

"公司业务这边也有，那边事不多，我两头都在跑。"孟虎威呵呵一笑。

"不用劳驾了，我坐公交车。"邱胡杨不屑一顾。

一辆公共汽车驶入站台，邱胡杨头也不回地走了上去。

孟虎威苦笑着，开车追赶上来，把头伸出车窗喊道："晚上我接你下班。"邱胡杨把头扭向一边。

自从那次与邱胡杨见面后，孟虎威总是费尽心机、穷追不舍，想方设法接近邱胡杨。

终于等到下班时间，孟虎威知道邱胡杨不会上他的车，就早早地来到她经常坐公交的站台附近等候。

哈尔滨的傍晚，霓虹灯闪烁出五颜六色的光芒。

邱胡杨下班后到公交站台等车，孟虎威开车驶了过来，摇下车窗："胡杨，快上车，我送你回家。"

"你不要打我的主意了，我自己有两条腿，不用上下班你来接我，被单位同事看见了影响不好，你不怕事，我还嫌烦呢！"邱胡杨绷着脸回道。

孟虎威堆起满脸笑容："没关系，单位知道的人越多越好，慢慢你就习惯了。"

邱胡杨见周围人太多，担心影响不好，无可奈何上了车："你这人脸皮咋这么厚？前面靠边停车。"

孟虎威见势不好，马上转了话题："好，好，开个玩笑，别生气嘛，都依你的，下次不接你了，行了吧？"

几天后的一个早晨，哈尔滨城区电闪雷鸣，大雨倾盆，邱胡杨依然在站台老地方等公交车，衣服被雨浇透了，孟虎威驾车突然驶了过来："胡杨，快上车，我送送你。"

邱胡杨迟疑了一下，才勉强上了车："你这人，怎么没完没了。"

"下不为例，今儿不是下雨了吗？怕你被雨浇着了。"孟虎威赔笑着。

9

大兴安岭林区的公路上，一辆墨绿色的吉普车缓缓地靠右行驶。吉普车内坐在副驾驶座上的政治处祝国安主任向后略转了一下头，和蔼地对郝江山说道："你在小兴安岭支队的情况，我们也略有耳闻，希望你不要背思想包袱，换个新环境，相信你能干好！"

"谢谢主任，吃一堑，长一智，摔了几次跤，捡个大明白，我一定会珍惜机会，不辜负支队首长对我的关心和厚爱。"郝江山觉得有点尴尬，佯装笑脸。

"现在我们支队缺干部啊，特别是基层主官。你去的这个五中队，是咱们大兴安岭支队的机械中队，连续六年先进，官兵人人都有几手绝活，组织上把你放在这个中队，也是经过认真考虑的。对了，听说你的军事素质还不错？"

"今年总队组织的军事大比武，连排职干部个人成绩第二名。"郝江山身体向前靠靠说道。

"这我了解，去五中队当中队长得有两把刷子。"祝国安看了一眼郝江山。

"你有什么缺点？"祝国安忽然问道。

郝江山一愣，想了想："我记性不太好。"

祝国安来了兴趣："那你是怎么改正这个缺点的？"

郝江山从包里掏出一个笔记本："记在本子上，有空就翻翻。"

祝国安接过来翻了翻，上面密密麻麻记着大事小情，不觉对郝江山另眼相看。

半个小时后，吉普车在五中队门前停下，郝江山赶紧下车，这时五中队指导员程宏远早已拉开车门，接过主任的水杯和文件包："主任好！您先到接待室，我在下面组织。"

"好！"祝国安主任和干部股姜股长上了楼。

郝江山也要跟着上去，被程宏远一把拉住，神秘兮兮说道："等一下，弟兄们还有欢迎课目呢！"

郝江山有些疑惑："不是上楼宣布命令吗？"

"不急，不急。"程宏远笑着说。

这时从欢迎的队列里走出 12 名官兵，一排长刘学林首先发话："当咱们中队的中队长，先需要过我们这一关，这是我们五中队历来的规矩。"

"什么规矩？"郝江山觉得挺有意思，便信步走到这 12 名官兵前面。

刘学林的口气略带挑衅："在您面前都是中队各军事科目的尖子，要是比得过他们，大家就服您，当然您也可以选择放弃。"

官兵们都看着郝江山，他看了看程宏远似笑非笑："比什么？我奉陪到底。"

"好，那咱们先比四百米障碍吧！廖永刚出列！"刘学林给了廖永刚一个眼神。

障碍训练场上，随着一声哨响，郝江山和廖永刚同时在两组障碍前比试起来，经过激烈角逐，两人几乎同时到达终点。

器械训练场上，一名老志愿兵："郝中队长，咱们比单杠六练习怎么样？"

"我看还是八练习吧。"郝江山利索上杠后，做了 6 个标准的 360 度大回环，潇洒下杠。

这时有人抬来两张桌子，放了两台灭火机和修理工具："这次是无光条件下灭火机的分解与结合。"刘学林将两台机器都试了试，并拉着了火。郝江山走了过去，刘学林用两块黑布把郝江山和于连合的眼睛都蒙上了。

"开始!"刘学林按下了秒表开始计时。

郝江山迅速将灭火机进行了拆解,两人速度旗鼓相当。

刘学林顺势拿走了一个零件,郝江山摸了半天都没有摸到,然后伸出右手:"给我!"刘学林知趣地放在了郝江山的手里。郝江山安装上之后,迅速启动了灭火机,灭火机轰鸣随即关掉,接着于连合才启动灭火机具。

程宏远故意试探着:"今天比了11个课目,大家是不是信服了,咱们郝中队长还没吃饭呢,要不五公里就以后再说吧。"

"你们预先安排的科目今天一定要比完。"郝江山摆了摆手。

训练场上,比赛依旧激烈地进行着。

刘学林和郝江山分别扛着一台灭火机,一开始齐头并进,后来反复拉锯,到终点时被郝江山拉开了两百米的距离,过了终点,累得气喘吁吁的刘学林,朝郝江山竖起了大拇指。比赛结束,中队官兵热烈地鼓起掌来。

祝国安主任在楼上一直盯着训练场,干部股姜股长不解地问:"这个交流来的干部,看素质还挺全面的,小兴安岭支队为什么不留着呢?"

"是个好苗子,张支队长也看好他。"祝主任点了点头。

傍晚,中队会议室,郝江山在听取各班长汇报。

一班长廖永刚眉头稍微皱了一下。"中队长,我们班一共十名同志,两名志愿兵都是531装甲车驾驶员,三名上士,两名中士,三名列兵。只有一名叫尤小帅的列兵思想不太稳定,不安心服役,整天梦想着当诗人、当作家,从执勤点回来到现在跑三回了,不过没翻过墙,就被我追回来了。"

"这尤小帅有什么特长?"郝江山放下记录的笔。

"腿特长,这也算吗?还经常偷偷跑。"廖永刚想了想。

其他班长哄堂大笑,廖永刚又接着说道:"会画画……有时还会尿床。"

"开完会,我去班里看看。"郝江山看了看廖永刚。

10

"嘟嘟嘟……紧急集合!"第二天上午,院内突然响起了急促的哨音。哨音过后,中队官兵迅速在中队门口集合!郝江山手拿秒表站在队列前:"同志们,7月3日,阿蒙河林场发生森林火灾,上级命令我中队组织扑救,各排按预定方案开始实施,5分钟之后出发。"

队列中的几名排长和骨干有些不解，但还是迅速准备着。5分钟之后，只有一大半战士站在队列里，其他人都稀稀拉拉地站队集合。

等队伍登车后，郝江山举起秒表摁停："下车，集合！"

集合后，郝江山走到队列前："刚才集合的时候很忙乱，一排是不是少拿了两台灭火机？二排你们有几个人没带水壶？肯定还有不少人落下了装备和物资，我就不检查了。"

"中队长，战备规定里有要求，平时转三级战备时间为30分钟，而且等级越高，准备时间越长，为什么我们只有5分钟？"排长刘学林有些不解。

"同志们，我们随时都有可能执行灭火作战任务，所以在平时也要保持良好的战备状态，早一秒钟到达火场，就能多救活一棵小树；早5分钟，就能保住一片森林。多到一分钟，国家的损失就能多挽回一分。"郝江山表情严肃、声音响亮。

郝江山又挨个儿走到每名战士跟前检查："鞋带要系一字形，多余的都要塞进鞋子里，上了火场鞋带要是被树枝勾住，火来了跑都跑不掉，还有一定要穿纯棉线的防火内衣……"

白天紧急集合的状态给郝江山来了一个"下马威"，可以看出这个中队的管理还存在一定的问题。

深夜，郝江山正在中队部伏案查看中队文件资料，桌子上摆着很多防区资料图等文电，指导员程宏远正在写教案。

一班长廖永刚急匆匆跑了进来："指导员、中队长，尤小帅跑了！"

"怎么回事？"程宏远霍地站了起来。

"晚上我们班轮流看着他睡觉，谁知道有个战士睡着了，一时没看住，估计现在跑半个小时了。"一班长廖永刚气喘吁吁道。

"马上吹哨集合，我现在就下去！让保管员来一趟。"程宏远指了指廖永刚说道。

"我现在给支队打电话报告！"郝江山说着要打电话，被程宏远一把摁住："兄弟，这个电话不能打。"

"咱们中队六年先进了，再说我马上快晋副营了……"程宏远说着把郝江山手里的电话放了回去。

"可是……"郝江山不解地看着程宏远。

"你刚来不了解情况，听我的，没错……"程宏远拍了拍郝江山的肩膀。

保管员报告进来，程宏远立刻问道："你现在查一下枪支弹药少没少？抓紧去。"

中队官兵分头在找尤小帅，郝江山打着手电与于连合一道寻找："这小子能跑到哪儿去呢？"

"会不会回家了？"于连合看着郝江山。

"走，去车站看看。"郝江山转身奔向车站方向。

"我估计他走不远，他身上的钱都让廖永刚代管了，可能是藏在哪儿了？"于连合边走边说。

深夜的加格达奇区寒气逼人、冷风刺骨。尤小帅从中队翻墙跑出来后，走到了月亮泡边上，这时他看见一个身影站在月亮泡的水边，犹豫了一会儿跳了下去，"扑通"一声，尤小帅跳进水里，经过几番挣扎，将一个少女抱上了岸，又给她进行抢救，女孩"扑噗"吐出很多水。

尤小帅抱起少女不顾一切地跑到了医院："医生，快救人，有人跳水了！"他拼命地喊着。

经过紧急抢救，少女脱离了危险。医院里，当少女的父母得知情况后，万分感激，拉着郝江山的手边抹眼泪边说："谢谢你们的战士，要不是森警战士……唉……"

郝江山安慰道："大娘，您别伤心，我听医生说，已经过危险期了。"

"真的是太谢谢了。"少女父母连连弯腰致谢。

郝江山意味深长地看了一眼尤小帅，他却把头扭向了另一边。指导员程宏远非常气愤，在中队部走来走去："这小子就是在搞事情，也不训练，每个星期都尿几次床，去医院检查又查不出什么毛病，我觉得还是给个处分，实在不行就退回原籍，不是说经常尿床可以认定为身体不合格，作退兵处理吗？"

"我觉得不能退，这对一个人影响很大，而且我上次跟他谈心，觉得他还是个有理想和抱负的好战士，这次还见义勇为，说明他本质还是好的。"郝江山冷静分析。

"好什么好，先进中队的牌子差点毁到他手里，这要是让支队知道了……"程宏远气得差点拍桌子。

电话响起，郝江山拿起电话："是五中队……他没跑，所以没报……是支队长，我们错了……是……是！"

"支队长也知道了？真是怕啥来啥，好事不出门，坏事传千里，唉，今年我调副营又没戏了。"程宏远惊讶地看着郝江山。

尤小帅在门外听得特别真切。

第二天晚饭后，尤小帅被叫到了中队部。郝江山一脸正经地看着尤小帅："知道找你有什么事吗？"

尤小帅有些局促和茫然："队长，我这几天也没掉链子啊。"

"那你知道今天是啥日子吗？"郝江山故弄玄虚。

"今天不是星期天吗？"尤小帅挠了挠头。

"你再想想？"

尤小帅摇了摇头。

郝江山呵呵一笑："不卖关子了，今天是你的生日啊！"

尤小帅明显地被震了一下，这时中队部的门被推开了，班长廖永刚捧着蛋糕，众官兵们合唱着生日歌："祝你生日快乐……"

尤小帅流下了热泪，班长廖永刚说道："这蛋糕可是中队长自己花钱在加区托人买的。"

"谢谢中队长，谢谢战友们。"尤小帅表情激动。

扎根林内，尤小帅将一块生日蛋糕抹在一棵扎根树上："小小帅，今天我过生日了，这蛋糕是给你的，吃了它，咱们一起扎根，一起成长。"

第十四章　奇乾惊魂

1

仲夏的大兴安岭骄阳似火，杨树上的嫩绿叶子卷在一起，烤得都有点蔫了，一阵轻风袭来，它们急忙舒展手臂，贪婪地享受着一丝凉意，不时发出惬意的"簌簌"声。

中队训练场上，各班都在按计划开展专业课目训练。二班正在进行灭火战术训练，郝江山在操场上来回地检查着，他看了看手表："马上考核了，大家抓紧练，怎么样，累不累？"

"累……"队列里异口同声回答。

"又累又热又渴……"

"不累……"

"喊累的，可以到小树林休息了。"郝江山指了指旁边的小树林。

"啊，中队长，这不公平啊。"没喊累的几个人表情惊讶。

喊累的几个人屁颠屁颠、美滋滋地跑向了林荫下。

"喊不累的，可以去食堂喝绿豆汤、吃西瓜了。"郝江山呵呵笑道。

"套路……"没喊累的几个人哈哈大笑。训练场上响起了欢快的笑声。

中队室外，郝江山在查看着营区，远远看见尤小帅，尤小帅装作没看见他，低头顺着墙在走："尤小帅，过来一下。"

"中队长，找我有什么事？"尤小帅不是很情愿地走了过来。

"听说你画画不错？马上半年考核了，中队的黑板报该换了，辛苦辛苦，得整好点。"郝江山的话让尤小帅有点吃惊。

尤小帅没想到郝江山会这么说，欲言又止显得有点激动："中队长，我给中队捅了这么大娄子，您不处分我，还这么信任我？"

"既要处分你，也要奖励你，你不是还救过人吗？"

"谢谢中队长对我的信任，我真的很感动。"

"好好干！有梦想不是错误。"郝江山拍了拍尤小帅的肩膀。

半年考核的时间越来越近了，五公里是各中队眼中的"硬课目"。这几天，郝江山就在营院内外转悠找训练场地。一天，体能训练课上，他把队列拉到中队院外小山坡上，背着灭火机指着山坡说："以后，我们的负重五公里就在这里跑了。"

"中队长，这能跑好吗？"刘学林排长一脸疑惑，其他人三三两两地附和道："是啊，连路都没有。"

"在平整的跑道上，能练成'铁脚板'和'山里通'吗？所以我们要改变以往的训练方法，仗怎么打，兵就怎么练。大家听好了，前五名可以免公差，抓最后五名替！开始！"郝江山冲在最前面。官兵们嗷嗷叫着在山坡间奔跑。

跑完后，郝江山被大队长叫到大队部，"郝中队长，我马上到支队去开个重要的会，你组织一下大队的灭火战斗训练，六中队一起参加。"大队长边穿衣服边对郝江山说道。

"大队长，他们资格都比我老，能听我指挥吗？我刚来……"郝江山有些难为情。

"整不好，拿你是问！"大队长转身走了。

训练场上，太阳显得特别大。郝江山卖力地指挥着，声音深厚而响亮，穿透力极强。大队主官都不在，大家动作都很懒散，有几个人纯粹在糊弄，队伍看上去有些稀稀拉拉，动作也拖泥带水。

队列里有名干部嘀咕着："他算哪根葱啊，凭啥指挥咱们？刚来几天？"

"你就练吧，是大队长安排的。"六中队指导员小声说道。

"真拿鸡毛当令箭了。"六中队中队长的话提高了一个分贝。

郝江山憋了一肚子火，恶狠狠地瞪着队列："停！我眼神不好，看不清警衔，也不知道你是几炮的干部，一会儿谁要是再敢糊弄，别怪我把你拽出来，下不来台！"

郝江山又下达了口令，训练效果果然好多了。

过了几天，加格达奇区连续大范围降雨，受山洪暴发影响，甘河水位暴涨，处于低洼地的东大地村几乎被洪水淹没。大雨滂沱，行署领导和张京华支队长穿着雨衣，满头大汗地对随行的一位领导说："直升机怎么还没来？"

"雨太大，直升机无法起飞，即使来了也没有地方降落。"随行领导大声回答。

"那救生艇呢？"地委领导看着受灾的村民。

"因为下雨路被冲毁了，运送救生艇的车一时过不来。"一百多名受灾村民，有的站在房顶，有的躲在地势较高的土坝上，还有的爬到树上等待救援，不时传来泥土房在湍急水流冲击下轰然倒塌声和村民的呼救声。

此时，于连合开着全道路运兵车赶到了，水面上到处都是横七竖八的倒木，且水流很快。行署领导都把目光投向了于连合，仿佛在说："能行吗？"

只见于连合快步走到水旁，观察了一下水势，找好了车辆入水的地点，态度坚决："请首长们放心，保证完成任务！"

"这水面太宽了，水流又这么急，危险很大。"郝江山表情凝重。

"放心吧，中队长，我有把握。"

于连合驾驶着运兵车，采取浮渡的方式，缓缓地向受灾群众靠近。

一趟、二趟、三趟……张京华、郝江山等都为他捏着一把汗，于连合一次又一次地驾驶着运兵车，将受灾群众转移到安全地带。当最后救出东大地村刘老汉一家三口时，刘老汉激动得泪流满面："你真是我们老百姓的大救星啊！"

"轰隆隆"，村子里的房屋瞬间全都倒在了水里。

一晃，半年考核开始了。大兴安岭五中队训练场上，支队长张京华带工作组正在进行考核。

负重五公里项目开始前，张京华看着程宏远说道："程宏远，你可以出列了，我算你及格。"

"报告支队长，我能行！"程宏远大声回答。

"行什么行，赶快给我出列！"张京华的语气有些加重。

郝江山看了程宏远一眼，若有所思。一声哨音之后，官兵们嗷嗷叫喊着向前冲去。

郝江山带出的连队，就像一棵苗壮生长的树，枝丫匀称整齐，生机盎然，给人一种充满活力的感觉，张京华看着渐行渐远的官兵很满意。

经过官兵们一天半的奋力拼搏，考核终于结束了，大家都在猜测着考核成绩。晚饭后，五中队在学习室组织召开全体军人大会："经过近一段时间的观察和了解，我对咱们中队的训练有了一个比较全面的掌握，半年考核成绩已经出来了，总体排名第二，这个成绩我很不满意！

"从明天起我跟大家一起练，大纲要求的所有科目，我做不到的，你们可以不练，我能做到的，你们就必须做到，而且还要做得更好！

"年终考核五中队必须第一名，从今天起，我们的训练要加强，大家要有个心理准备，只要练不死，就往死里练。"郝江山的话里充满了十足的"火药味"。

打那开始，中队训练场上，官兵们热情似火，比学赶帮超氛围浓厚。郝江山和战士们一起光着膀子做俯卧撑，负重五公里，烈日下打擒敌拳，个个虎虎生风，训练成绩快速提高，但郝江山心中有一件事一直不解。

2

这天，郝江山走近正在院内擦 531 装甲车的于连合："老于，又擦车呢，问你个事。"

"中队长，您说！"于连合停下擦车布。

"这指导员为什么每次都可以不参加负重五公里啊？"郝江山有些疑惑。

"你真不知道？你有没有发现指导员的左眼有些不一样？"于连合抬起头。

"是有些不太对劲，怎么回事？"郝江山看了一眼于连合。

"那是一只义眼。"于连合又低下头继续擦车。

"假的？"郝江山眉头一锁。

"你别看他一副文绉绉的模样，打起火来简直就是个'夏侯惇'式的人物。"于连合不停地擦着自己心爱的装甲车。

"快说说，咋回事？"郝江山身体向前凑了凑。

于连合放下抹布："有一年，蛟腾河林区发生火情，他在奉命报告火情的途中，因为山高坡陡，马失前蹄摔了下来，被枯树枝戳进左眼，他从眼里拔出树枝碴儿，用衬衣斜裹在头部，一路疾驰把火情报告给了大队，为扑火队赶赴火场争取了时间，而他却永远失去了一只眼睛。"

"果然是个豪杰。"郝江山打心里佩服。

"对了，老于，你对这 531 型装甲车有什么看法？"

"这车速度快，机动性强，越野性能也不错，在灭火作战中可以碾压火线，作用可不小。"于连合指着装甲车各个部位介绍。

"你有没有想过在车体上增加灭火装备，比如，加一台水泵和水箱，这样是不是能更好地发挥作用？"郝江山打量着眼前的装甲车。

"这之前我真想过，不过支队长会同意吗？这几台车，支队长看得跟宝贝一样。"于连合笑了笑。

"老于啊，只要有利于灭火作战，我们都要大胆尝试，出了问题我负责，你就大胆地去构思设计吧，实在不行，我们可以成立一个攻关小组，大伙儿一起研究。"郝江山的话让于连合更加坚定了改装的信心。

"是！"于连合大声回答。

这天，郝江山与程宏远正在队部商量中队建设的事，刘学林怀里抱着一个包裹，同于连合、廖永刚等几个班长嘻嘻哈哈地在门口打报告。

"进来，你们几个什么事这么高兴？"郝江山看着他们。

"中队长，有你一个包裹，从哈尔滨寄过来的。"刘学林把包裹拿了进来。

"有我的包裹，你们高兴什么？"郝江山看了一眼包裹。

"刘排长猜里面是红肠。"于连合给了刘学林一个诡异的眼神。

"我猜是大列巴。"廖永刚接过话茬。

"胡扯，这么小的盒子最多能装件毛衣。"程宏远淡淡说了一句。

"万一是啥点心糖果，啥好吃的呢？"刘学林一脸嬉笑。

"有好吃的，你们都有份。"郝江山指了指包裹，示意打开。

"那我们可拆了啊？"几人欢呼起来。

"拆吧，恕你们无罪。"郝江山也显得有些疑惑。

刘学林撕开胶带从里面掏出来三捆红的、黄的、绿的树叶子。

"怎么就三捆树叶子？"于连合有些疑惑。

"看看是谁寄过来的？"程宏远看了看刘学林。

刘学林翻看包裹单："没写名，光有地址，寄这个啥意思呢？"

"这也许是给中队长泡茶喝的。"一名班长小声嘀咕道。

廖永刚看着叶子："三种叶子，代表春夏秋三个季节，也许她是想让你冬天去找她，也有可能是没有你的日子只有冬天。"

刘学林抢过叶子："不对，不对，哪有那么多说道，这明明是你大爷（叶），你二大爷（叶），你三大爷（叶）。"

程宏远擦了擦笑出的眼泪："没想到你们都挺有才啊，也许这个故事只有你们中队长能懂。"

"我也想不出来这是啥意思。"郝江山拿起来看了看。

"中队长，我觉得你应该再给她寄个葫芦过去，看她卖的是什么药。"于连合调侃。

又一天，"丁零零……"一阵急促的电话铃响起，正在擦桌子的通信员急忙拿起电话："你好，我是五中队通信员，首长，您找谁？中队长他在组织会操。"

"去，快把你们中队长叫来！我是司令部，有重要事情找他。"对方声音有些急促。

"是！"通信员放下电话，跑步出去了。

过了一会儿，郝江山回来接过电话："你好，我是郝江山，请问您是哪里？"

"郝队座啊，你好！"电话里那罕的声音十分响亮。

"有话说话，别绕圈子。"郝江山表情冷淡。

那罕有意绕圈子："听说你们中队菜地今年大丰收哩。"

郝江山心里着急，催促着："我说那罕，你有什么事？快说吧，我们正会操呢！"

"哎呀，不愧是先进啊，好，言归正传，我老婆小慧今天突然袭击，从老家过来，我这里唱空城计哩，啥也没有准备，你快派通信员给我送 50 斤大米、5 斤豆油来，再整点新鲜菜，要好的，越快越好，明天晚上，请你这位大媒人吃饭。"那罕呵呵一笑。

"你净给我找麻烦，支队三令五申不能这样，我咋好带头违反？"郝江山表情更加严肃。

"哎呀，队座，你别给我讲大道理了，我第一次求你办事，再说你总不能眼睁睁地看着你弟妹啃馒头嘛！"电话里那罕的声音变得委婉。

见郝江山没有回答，那罕继续说道："你说给不给吧，实话告诉你，小慧第一次来部队，还给你带了礼物，你不看僧面也得看佛面吧。"

"好……晚上派人给你送去。"郝江山有些无奈。

"这就对了，我代表小慧谢谢你啦！"那罕挂下电话。

周末，那罕着一身西装，英俊潇洒，挽着花枝招展的新婚妻子来到了郝江山宿舍。小慧从包里拿出一件米黄色开襟毛衣叫郝江山穿上："你看，这是我给你亲手织的毛衣，穿穿看，合适不？"

正唠得热乎，司务长一声："报告！"门被推开，手里拿着一叠钱递给郝江山。

小伙子说话快，像放连珠炮，郝江山想阻止也来不及了："中队长，我给你送这个月工资来了，一共 576 元，扣除昨天下午你叫我在红旗市场买的 50 斤大米、5 斤豆油和菜钱 77.5 元，还剩 498.5 元，你点一下。"

"什么！"那罕睁大眼睛："你昨晚派通信员给我送去的米、油和菜，是你自个儿掏钱在自由市场买的？"

"没什么，没什么。"郝江山见露了馅，搓着手，脸瞬间红了。

那罕张着嘴说不出话，一副极不自然的表情。

3

在内蒙古大兴安岭，莫尔道嘎公路上，一辆汽车在林区的防火公路上奔驰，两侧成排成排的绿树向后快速闪过。郝明月手摸着鼓起的腹部，憧憬地看着窗外。莫尔道嘎大队大队长爱人刘玉凤，拿起一件大衣给郝明月盖上："现在虽然是夏天，这边气温有点凉，还是盖上点，别着凉了。"

"谢谢嫂子。"郝明月将额头紧贴在刘玉凤的肩头。

"路上走了好几天吧？"刘玉凤亲切地看着郝明月。

"12 天。"郝明月从没想到会走这么多天。

"我估计这贺松涛早早就在门口等着了。"刘玉凤仔细观察着郝明月的表情。

"我没告诉他。"郝明月又看了看窗外。

"啊，为啥？"刘玉凤一脸惊讶。

"我怕他不放心我一个人来，而且，我想给他一个惊喜，让他摸摸肚子里的孩子。"郝明月摸了摸自己的腹部，像是告诉自己的孩子马上就能见到父亲了。

"哈哈，我猜，得四个多月了吧。"刘玉凤笑起来。

"嗯，四个半月。"郝明月脸上也洋溢着幸福的表情。

"我怀孕的时候，我们家那口子也是在奇乾中队，一直到孩子满月了才回家。一开始我认为这辈子都不饶了他，每次吵架，我只要提这事他就不吭声了，这就是我克敌制胜的法宝嘛，你有什么绝招？"虽然刘玉凤的话里充满了抱怨，但她感觉也是一种幸福。

"我呀，我不会吵架，只会哭，这个好用还不伤手。"郝明月嘻嘻一笑。

"后来，我也想通了，他们也不容易啊，就不跟他吵了。"刘玉凤哈哈大笑。

"大队长在奇乾待了几年？"

"10 年，3 年前才调到莫尔道嘎大队，他不想走，说是不想离开奇乾，被他们支队长强行调去的。"

"两位嫂子，前面有条河，你们坐稳了。"司机放慢了速度。

"小王，你可开慢点啊。"刘玉凤嘱咐道。

"放心吧，嫂子。"司机紧紧握着方向盘。

郝明月和刘玉凤刚到营门口，正好碰上贺松涛带领官兵准备外出打火。贺松涛看见她俩顿时一愣，瞬间明白了什么。"等我回来，谢谢嫂子。"说完蹬上车离开营区。

"我等你！"郝明月既兴奋又有些伤感，看着贺松涛使劲地点点头。

"注意安全！"刘玉凤挥了挥手。

贺松涛一直朝车窗外望着，直到人影消失。

贺松涛带领官兵外出打火后，郝明月就像丢了魂一样，整天坐立不安，心神不宁，每天都让刘玉凤陪着到奇乾中队营门前的小路上走几趟，看看能不能把他们盼回来。这天她们又在营门口守望着："妹子，回去等吧，今天应该不能回来，即使当天打完火，他们还要守48小时。"

此时，在奇乾乡火场，由于贺松涛带领官兵们到达及时，并且进行了全力扑救，明火已被扑灭，官兵们正在对零星烟点进行清理。一棵大树的根部正在冒着青烟，贺松涛指了指："抓紧整点水。"

"没水了，大家连喝的水都用上了，就连尿都尿没了。"常连喜的回答看似滑稽，事实确实如此，对于火场来说水是最重要的，有时清理站杆火，尿上一泡尿也是很好的灭火方法。

"用铁锹翻挖，把燃烧物埋掉，永青你挖点湿土上，可惜这棵大树了，怎么也得二百多年才能长这么大、这么粗。"贺松涛看着眼前的大树心疼地说道。

"中队长，你说它还能活吗？"永青边挖边问。

"能活！即使不活，我们也要把火灭掉，把根烧断了，树就容易滚下山，形成新的火点。"贺松涛生怕这棵燃烧的树成为火场二次复燃的"凶手"。

"如果死了，真是太可惜了，长了这么多年。"永青拍拍树。

"树过有痕，大山会记得它的模样。"贺松涛看了一眼永青，似乎告诉他，要像大树一样，让生命更有意义。

大树不再冒烟，他们继续向前巡查，行至一根四处冒烟的大倒木前，有人问："中队长，这根倒木太大了，用铁锹得挖多长时间啊？"

贺松涛看了看，大家都去四周找石头，越大越好，把这倒木盖起来。

众人开始找石头围盖着大倒木，远处几声雷鸣响过。

"我好像听见打雷了。"随行的一名战士嚷嚷起来。

"怎么老打雷？"另一名战士抬头望了望天空。

"咱们这里是高纬度，又是金属矿区，所以经常发生雷击火。"

"那不会又着了吧，今年都着了八起了。"

"你小子，别乱说，中队长还等着回去见嫂子呢。"常连喜嘻嘻一笑。

"中队长，嫂子很漂亮啊。"

"那么远，你看清了？"

"你坐在里面，当然看不着了，我可是看得真真的。"队伍里，战士们小声嘀咕着。

贺松涛虽然没有答话，但心里却美滋滋的。

"中队长，前指来电。"报务员说着递给贺松涛话筒。

"我是七中队长贺松涛。"

"刚刚发生一起雷击火，命令你部立即前往扑救，请记好火场坐标……"

贺松涛没有片刻迟疑，立即带领中队官兵开始转场。

4

郝明月来奇乾中队快十天了，也不见贺松涛他们平安归来，心里就像油煎的一样，宿舍内，炊事员和通信员端来一大盒饭菜："嫂子，开饭了！"

"谢谢你啊，真不好意思，天天麻烦你们。"郝明月站起身来。

"嫂子你真客气，有啥谢不谢的，只要嫂子愿意吃，我让炊事班给你做，我们炊事员的厨艺是全支队最好的。"通信员嘻嘻一笑。

郝明月一看饭菜顿时开始吐了起来，两人都蒙了，但又不好上前帮忙，通信员反应快："我看着，你去找刘嫂子。"

炊事员赶紧跑到隔壁："嫂子……"

"反应挺大啊？"刘玉凤赶紧跑来扶起郝明月，又对他俩说道："没事了，你俩回去吧。"

"两位嫂子再见！有事叫我啊。"俩人轻轻关上门，转身出去了。

炊事员走出门外："难道我的厨艺退步了？"

"那可不，你没见嫂子看见菜就吐了。"通信员故意调侃。

"不可能，上次郭总队长来检查，都说我做的菜好吃。"炊事员摇摇脑袋。

休息了一会儿，郝明月感觉好多了，饭菜一口没动，郝明月又让刘玉凤陪着来到营门外小路上，向远处眺望："嫂子，他们都出去十天了，一点消息也没有，是不是出啥事了啊？"

"他们呀，出去打火十天半个月是常事，还有一个多月的呢。"刘玉凤说完又觉得不妥："我觉得怎么也快回来了，走，嫂子陪你四处走走，这里的空气可好了……"

此时的贺松涛，正在奇乾乡火场，和战士们在火线上巡查。

"还有吃的吗？"巡查中的一名战士有点饿。

"早就没有了，电台不是说要给咱们空投食品吗？"另一名战士看了看天空。

"你也不想想，这林子那么密，能看见咱们吗？"俩人耷拉着脑袋。

正在另一处巡查的永青像发现了宝贝似的，把贺松涛拉到火线边缘，有几个战士也好奇地凑了上去。一只山鸡正蹲在窝里一动不动："中队长，你看靠近火线的翅膀这边都快被烧没了。"

"她肯定很疼，咋不飞走呢？"永青有些纳闷。

"她应该在孵蛋，大火烧身，痛苦万分，居然纹丝不动，只有一个当母亲的才能做到这一点。"贺松涛也盯着山鸡看了许久。

"中队长，它太可怜了，我给他擦点药吧。"卫生员有些心疼。

"小心点啊。"贺松涛仔细观察着。

永青小心翼翼抱起山鸡，一窝四只青色的鸡蛋完好无损地出现在黑黑的火烧迹地内。

"看，果然有蛋哎！"大家伙齐声喊道。

贺松涛感慨："这就是伟大的母爱啊，就连付出自己的生命都在所不惜。"

"中队长，我觉得这鸡还挺肥的，这鸡蛋……"一名战士流着口水。

还没等贺松涛说话，众人都朝这名战士投去鄙视的眼光。

永青赶紧把野鸡搂紧了："你要是敢打这只鸡的主意，我可跟你拼命。"

"不就是一只野鸡吗？这都快两天了，啥都没吃。"这名战士低头嘀咕。

"饿死，我也不吃它。"永青眼睛瞪了一下。

"你肯定不吃，我知道你是一个素食主义者，你啥肉都不吃，但我……"

"我并不只想保护野生动物，我热爱一切心脏跳动的生灵，他们都有生存的权利。"

这名战士还想再说什么，贺松涛打断了他的话："别吵了，容易吓着它，包扎完赶紧放窝里，大家都散了吧。"

包扎后又放进了窝里，走之前，永青还朝山鸡敬了一个礼。

5

训练场上，中队正在组织操机法训练，尤小帅在队列中刻苦训练，一丝不苟。"老程，你看，尤小帅最近表现怎么样？"郝江山看了看程宏远。

"廖永刚给我汇报过几次，现在转变很大。"程宏远看着训练中的尤小帅。

"是啊，我也没看见他再晒被子了。"

"这次谢谢你了，让你顶了雷，背了一个处分。"程宏远拍了拍郝江山的肩膀。

"没什么，我还年轻，但你今年再提不上，明年你就超龄了。"

这时，报话员飞跑过来："中队长、指导员，支队来电，大顶子山发生雷击火，命令我们中队出动一个架次，前往指定坐标进行灭火，尽量多去人，少带给养和装备，速战速决。"

"一排、二排，共挑选15人，全员携带装具，3分钟后乘车前往机场，5分钟内登机，实施机降灭火。"集合后郝江山迅速向官兵下达作战命令。

由于森林火灾多发频发，平时中队给养和装具都配发到个人，其他物资都是以车代库，遇有情况稍做准备即可出动。官兵们很快登机完毕，飞机载着15名扑火队员在云层里穿梭，飞达大顶子山上空，只见一缕青烟从山顶徐徐飘起，郝江山透过舷窗往下观察："这火刚着起来，大家做好机降准备。"

飞行员和空中指挥员定好机降点，飞机在空中悬停，官兵们索降后，徒步携装向火场开进。

长长的火舌不断吞卷着杂草和幼树，火头过后尚未燃尽的站杆和树枝还冒着丝丝缕缕的白烟。

郝江山利用电台向支队值班室报告："我部已找到雷击起火点，火场在大顶子山山顶，面积大约五公顷，植被为针阔混交林，林内站杆、倒木较多，腐殖层较厚，树冠火、地表火、地下火交替燃烧，扑打清理难度较大。"

电台传来支队长张京华的指令："你部要迅速投入战斗，乘火势较小时抢占先机，防止气温升高，林火快速蔓延，尽快扑灭火灾，确保参战官兵安全。"

"请首长放心，天黑之前，保证完成任务。"郝江山观察火场态势，决定采取一点两面、边清边打战术进行扑打。

于连合端着灭火机冲在最前面，其他队员紧随其后，尤小帅表现得特别勇敢。

郝江山指挥着："小帅，你要对准火焰根部吹，不要太往上，也不要点射，这样火只会越吹越旺，'割、压、顶、挑、扫、散'这6个技术动作要用好。"

"我说怎么有时候火越吹越旺呢！"尤小帅顿时明白了。

"风力灭火机的风可以把火吹灭，也可以把山火吹得更旺。"

"山火顺风发展速度快，火头一般在顺风风向，而顶风发展的速度则较慢，有时遇到强风，一些低矮树冠或草塘就会自动熄灭，这时候用灭火机是最管用的。"

"你打的这里是柞树林带，要知道柞树林中有厚厚的枯叶，不管三七二十一上去拉着灭火机就吹，灭火机一吹，烧着的枯叶，在对流柱作用下四处乱飞，不但灭不了火，而且还很容易产生飞火。"郝江山边指挥边讲解灭火原理。

"那这种火就用间接灭火法？"尤小帅不停地吹打。

"聪明，距火线两米开外的地方吹出一条隔离带，山火自然就熄灭了，省心又省力，还不烤人。"郝江山竖起了大拇指。

在大风的舞动下，点点的火星也随风起舞，官兵们心里非常清楚，这火星飘到哪里，哪里就是一处火场，正在大家束手无策的情况下，郝江山立即下令："清理组所有人员利用'1号工具'拦截火星。"

官兵们心领神会，折断树枝，拦截飘起来的火星，即便是有"漏网之鱼"，也在落地的一瞬间被战士们消灭在了萌芽之中。

"这'1号工具'原来就是树条子啊。"尤小帅自言自语。

于连合欣赏着手中几乎没有叶子的树枝："咱们部队刚组建的时候，老前辈们就是用这个扑火的，它随手可得，浑然天成，曾长期在森警兵器谱上排名第一，所以叫'1号工具'。"

郝江山带领小分队采取土埋、预设隔离等方法，对火场进行全面清理。火势渐渐弱了下来，火线如同一条死蛇躺在地上一动不动。

"重点地段由水枪组负责清理，其他人员沿火线清理。"郝江山根据火场情况，调整灭火战法。

清理完毕，郝江山用电台汇报："我部已将明火全部扑灭，然后对整个火场实施了地毯式清理，18时05分，整个火场实现'三无'。"

电台传来指令："命令你部看守火场48小时，严防死灰复燃。"

"坚决完成任务。"郝江山语气果断。

火场第二、三天，扑火队员们继续处理站杆、倒木，开设防火隔离带。

大顶子山火场已看守两天两夜，火场无任何异常情况，郝江山请求撤回，支队已协调飞机。马上就能回队了，大家都很兴奋，准备把身上的给养都消灭了，带在身上挺沉的，大家吃着压缩饼望着天空满怀期待，郝江山告诉大家："给养不要全都吃没了，还是要留一半。"

下午，官兵们早已收拾好行装，都在翘首以盼地等待着，廖永刚心中焦急："飞机怎么还不来啊，一会儿天就黑了。"

"椅子圈发生火情，飞机正在投送扑火队伍，你部继续原地待命，保持守听。"电台传来声音。

郝江山在一旁望着万里无云的天空，忽然问炊事员："我们还有多少给养？"

"咱们只带了3天的给养，这都第4天了。"炊事员难为情地拎了拎几乎见底的米袋子回道："就这点米了，还有几袋咸菜。"

"看来，我们要接受缺给养的考验了。"郝江山伸手掂了掂米袋子。

"中队长，这么多人没吃的怎么过？不行，咱们就携装徒步走出去吧？"廖永刚皱了皱眉头。

"这片林子地形很复杂，方圆几百公里都没人烟，往哪儿走？还是保持点体力吧。"郝江山看了看周边的地形。

"现在别的地方有火情，等飞机来接我们，那可就没准儿了。"于连合看了看郝江山。

"那我们正好开展一次实打实的野外生存训练。"郝江山转身像是寻找什么，战士们都觉得很新奇地盯着他忙活。

过了一会儿，郝江山拿着各种野菜站在一个草坡上向大家宣布："今天我教大家采野菜。"

郝江山从中拿过一种高高举起来说："大家看清楚，这个叫蕨菜，又称为'山菜之王'，通常采集它还处于卷曲未展开时的嫩叶，尽量采集那些绒毛少，或者无绒毛的，嫩生生的，煮起来很好吃……"

说完，郝江山又举起另一种野菜："这个嘛，叫马齿苋，叶片肥厚，深绿色，开黄花。俗话说'六月苋，当鸡蛋；七月苋，金不换'，说的就是吃苋菜的好处，野苋菜多为青绿色，植株叶片形态和种植的苋菜差不多，吃起来口感没有苋菜光滑适口性好，凉拌来吃真是一绝啊。"

接着他又抓起一把似草的植物说："这个是野葱，叶子细了点……"郝江山把野葱伸到鼻子前闻一闻，顿时眯缝起双眼，摸了摸几天没刮的胡子，咧开嘴笑道："嗯，好香！要是用它来炒碗腊肉就更香喽！哈哈……"

郝江山那绘声绘色的演说和乐观风趣的神情，深深地感染着大家，被饥饿、疲惫困扰的战友们都哈哈地笑开了。

郝江山把每种野菜的味道、吃法、采挖方法都一一道来，又向大家讲解了好几种可以食用的蘑菇、木耳，特别嘱咐大家："有的蘑菇、木耳是有毒的，大家一定不能乱采乱吃，以防食物中毒。"

参战官兵开始分头采摘野菜、蘑菇、木耳，用盐水煮了吃，吃了一天几名新兵有的恶心、呕吐，尤小帅揉着肚子："中队长，这几顿野菜，我吃完了，怎么肚子有点胀，会不会是中毒了？"

郝江山看着大家安慰道："连着吃了几顿野菜，可能肠胃有点受不了，再坚持坚持！"

夜幕降临，火烧迹地内，大家围坐在篝火旁烤火取暖。

"班长，最近怎么老是发生雷击火？"尤小帅看着身旁的于连合。

"咱们大兴安岭可是块宝地，这地下可都是金银，金属矿藏有引雷的作用，还有就是雷暴，特别是干雷暴，就是干打雷不下雨那种。"于连合边说边拢了拢火。

"怎么会有那么多干雷暴？"尤小帅还是有些疑惑。

"这个跟季节、地理位置、地形、纬度和气候变暖等有关系，根据地球表面雷电风暴分布，中国和美国、澳大利亚、俄罗斯都是雷击火灾特别多的国家。"郝江山认真解答。

"这个能不能预测？"于连合看了看郝江山。

"很难，咱们对雷击火的预测和规律还处在探索阶段，这是一个世界性难题，在应对上都以被动防御为主。

"咱们打的这场火，初发时期都是隐蔽燃烧的，看不见明火和烟柱，瞭望塔距离较远无法观测，卫星热点在小火时起不了作用，发现时已过去十几个甚至二十几个小时了，已经失去了打早、打小的时机。"郝江山望向远处的山林。

"那用飞机巡护呢？"尤小帅的表情有些滑稽。

"你以为飞机啥时间都能飞啊，在小火的时候，上了飞机也不一定能看得到。"

廖永刚拍了拍尤小帅的脑门儿。

"我在一个杂志上看到国家正在建设雷电和森林火灾预警系统，如果能够预测到雷电位置，在合适的天气利用飞机或其他设备进行核查，再进行快速处置，效果应该会很好。

"既然讲了这么多，我想这场火的一战一评，就在这里进行，我先说两句，当森警要一听电线和树枝的声响，就能知道是几级风，不仅要独立识图辨方向，能独立逃生，更重要的是要熟练掌握打火的战法战术。

"打火可不仅是吃苦耐劳的力气活，更是一门科学性和专业性很强的技术活，不掌握特点规律与方法手段，不仅不会扑灭山火，还会造成生命危险。所以打火得用技巧，明知山有火，偏向火山行，一味地凭着激情和蛮劲往上冲可行不通……"郝江山搓了搓手缓缓讲道。

之后官兵们围绕着打火中好的方面、存在的不足等一一进行了发言。

6

夜深了，篝火渐小，尤小帅又困又难受，烤着烤着差点扎进火堆里，幸亏被郝江山及时抓住了衣领："大家都小心点，别扎进火堆里了。"

"中队长，我又累又困，肚子还不舒服。"尤小帅双眉紧皱着。

"晚上天冷，小咬、蚊子又多，班长骨干都照顾好新兵。"郝江山看向班长骨干。

火堆旁，一团团、一群群的小咬、蚊子，无休止地向官兵们发起进攻，每个人的身上、脸上都被咬起了一片片疙瘩。

尤小帅突然精神了一下："我现在是，胸前像抱着一团火，身后像背着一块冰，中间还有小咬蚊子袭击，'火烤胸前暖，风吹背后寒'是不是就这么来的？"

"咱们森警部队打火就这样，天当被，地当床，风雪来查铺，鸟兽绕人眠，风餐露宿、蚊虫叮咬、忍饥挨饿是常事，你们新兵同志要有吃惯这种苦的心理准备。我们用血肉之躯拯救大自然的时候，大自然又何尝不是在拯救人类？林海就是我们报国的沙场，灭火对于咱们来说，仅仅是工作生活中的一部分，而对于这片森林来说，却是一种生存。"郝江山精神很足。

尤小帅有点担心起来："要是有人在火场上得了急重病怎么办？"

"听天由命呗，你这新兵蛋子，事还不少。"廖永刚不假思索。

尤小帅抱着肚子陷入了沉思："我好饿啊。"

转天清晨，天蒙蒙亮，忽然雷声阵阵，风雨交加，雨越下越大。官兵们有的硬着头皮顶着，有的顶着灭火服当雨伞，个个被雨浇得像"落汤鸡"一样。

廖永刚顶着衣服伸出头来："这么大的雨，看来飞机一时半会儿来不了，我们要做好最坏的打算。"

尤小帅饥肠辘辘："班长，我肚子饿得咕咕叫，浑身都没劲了。"

"廖永刚，快用桶和锅接点雨水，一会儿好做饭。"炊事员赶忙翻出了两只桶。

报务员在修理着手摇马达，有气无力地说道："中队长，麻烦了，手摇马达修不好了，电台充不了电，我们无法跟支队取得联系了。"

"再整整，看能不能修好？"郝江山拍了拍报务员的肩膀。

"修大半天了，可能没希望了。"报务员的表情有些失落。

"同志们，我们遇到特殊情况，大家还要坚持！"于连合站起来为战友们加油鼓劲儿。

"支队一定会尽快派飞机来接我们的，大家要齐心协力，共同渡过难关，把剩的给养都归拢一下，再去周边找一找能吃的。"郝江山看了一眼炊事员。

"中队长，真的没有啥吃的了。"炊事员一副为难的样子。

连绵的细雨，飞机不能起飞，给养严重短缺，才下火场的官兵们又经受着大雨带来的磨难，火烧迹地内泥浆泛滥，夜不能寐，饭也吃不饱。

尤小帅像断奶的孩子似的吮吸着桦树汁。炊事员像从衣兜里掏出宝贝似的，小心翼翼地打开战备备粮袋，一粒一粒地数着剩下的大米，而后放进空空的行军锅内，摇了摇头，费了好大的劲才拢着一堆火，再往锅内加了些水，放进一些野菜。于连合端着一个碗走到每个人跟前，官兵们将衣兜都翻了个底朝天，只掏出一些饼干渣。

饼干渣和一百多粒大米以及少量野菜做成的粥，炊事员一勺一勺地分盛到大家碗里。

"大家把粥都喝了吧，现在一点给养都没有了，还得坚持到底。"于连合继续为大家打气鼓劲。

炊事员把几块咸菜切成细丝端给大家："大家都尝一口，补充一下体内的盐分。"

郝江山没有端碗，转身欲走："大家不要乱走，保持体力，于连合，咱俩去找点吃的。"

过了一会儿，郝江山和于连合各用灭火服捧回一兜野果："大家吃点野果吧，炊事员，把这些猴头和蘑菇放点盐煮点汤，给大家暖和暖和。"

炊事员接过猴头和蘑菇，神情沮丧："火柴都湿了，生不了火了。"

夜幕再次降临，加之连续降雨，15个人抱在一起取暖，身体都有些支撑不住。郝江山连说话的声音都很微弱，手也有些颤抖："大家要保持体力，等飞机来接我们。"

尤小帅蹲在地上，冻得直打哆嗦，体力严重透支，神情有些恍惚。一个列兵跌跌撞撞站起来，朝山下走去："我看见吃的了，就在那面。"

于连合一把把他拉住抱在怀里，眼泪止不住流了下来。"班长，他怎么了？"尤小帅说话有些吃力。

"没事，只是幻觉，同志们，打起精神来，再挺一挺，很快就会有飞机来接我们的。"于连合擦了擦眼泪。

天亮了，也晴了，官兵们又累又困又冷又饿，已经熬到了极限，依然相互依偎着。

炊事员手捧一把松子送给郝江山："松子。"

"我吃不下，你们分着吃。"郝江山把炊事员的手推开了。

"三天没吃了，这样会垮的。"炊事员再次把松子送给郝江山。

郝江山摆了摆手，不再言语。

郝江山这边与支队失去了联系后，支队作战值班室里静得连掉地上一根针都能听见。

支队长张京华在值班室来回地踱着步，很着急地问："联系上了没有？"

值班员回道："已经连续呼叫了17个小时，从昨天晚上到现在一直没有回复。"

"雷雨天，他们会不会出什么事？"张支队长表情异常焦虑。

"支队长，您别着急，可能电台没电了。"值班员看着支队长。

"他们没带充电设备吗？"张支队长眉头紧皱。

"首长，他们已在外面待了7天7夜了。"值班员算了下时间。

"他们带了几天给养？"

"按规定，带了3天给养……"

张支队长打断值班员："赶快联系气象局、航站，看看明后天的天气，飞机能不能起飞？"

好几天没有郝江山的消息，邱胡杨心里有些惦记，便拨通了五中队的电话："你好，我是你们中队长的战友，他还没有回来？……麻烦你了，我是总队门诊部的邱军医，他回来了，让他给我回电话，我有非常重要的事找他……谢谢你。"

孟虎威在楼下汽车旁着急地看着表："说好9点出发，这都过了半小时了，怎么还不下来呢？"

这时大哥大铃声响起，孟虎威："总经理，我这边有点事，一会儿就去找您，下午的洽谈会我已经联系好了，不会误事的。"

邱母赔笑着上前："虎威啊，她可能在忙什么事？我再上去看看。"

邱母转身上了楼，打开门："胡杨，你这是干什么？人家虎威都在下面等一个多小时了！"

"那是他愿意等，你告诉他，我今天不去了。"邱胡杨一脸不屑。

"为啥不去了？"邱母有些惊讶。

"心情不好。"邱胡杨低着头。

"你这不是让我作难吗？上这个进修班多不容易，这个教授是全国最著名的烧伤科专家，虎威他们家托人找了些关系，才弄到这个进修名额。"邱母有些着急。

"我去一趟大兴安岭，有啥事回来再说。"邱胡杨边说边下楼。

邱胡杨上了车，孟虎威欣喜地替她关上车门："恭喜你，上医大进修！"

邱胡杨瞪了他一眼："我答应了吗？"

"你……什么意思？"孟虎威诧异地看着邱胡杨。

邱胡杨气冲冲喊道："开车！"

"我给你买的衣服没试试啊？"孟虎威边开车边看了一眼邱胡杨。

"试什么试，去火车站。"邱胡杨淡淡地说了一句。

"去火车站干吗？"孟虎威表情疑惑，一头雾水。

"我去一趟大兴安岭。"邱胡杨看了一眼孟虎威。

孟虎威生气地将两手砸在方向盘上："你……你要干吗？"

"你不送我也可以，我自己打车去。"邱胡杨欲开车门。

"好，我陪你一起去。"孟虎威强忍怒火。

邱胡杨一直瞅着车窗外，没有说话。

7

大顶子山火场上空，一架飞机隆隆飞了过来，官兵们顿时来了精气神，站在高处，挥舞着橘红色的灭火服，飞机在上空盘旋了一阵，终于降了下来……郝江山有气无力地组织官兵们有序登机。

航空护林站院内人渐渐地越聚越多，不断从入口涌来，航站出口处站满了人，被围得水泄不通。停机坪一侧，地方和支队领导早已来此等候，张支队长焦急地来回踱着步，单指挥走上前去："这帮孩子，都8天了，可遭老罪了。"

"应该没事，请相信我们官兵的生存能力。"张支队长坚定地说。

一名干部抬头瞅着："飞机来了，飞机来了！"

飞机由远及近，终于缓缓降落在停机坪上，单指挥立即询问："救护车准备好了没有？"

穿白大褂的几个医生几乎异口同声："都准备好了！"

有的官兵相互搀扶着走了下来，有的被一副副担架从飞机上抬了下来，所有的扑火队员都瘦了一圈，个个破衣烂衫，漆黑的脸上胡子拉碴，脸上被叮得全是包，只有牙是白色的，见到支队长张京华又激动又委屈，不少战士都哭了。

医护人员赶紧将官兵们抬上救护车，支队和地方领导及媒体记者都围了上去。张京华满脸担忧，委婉说道："各位记者朋友，官兵们现在还不能接受采访，他们现在需要观察，需要休息。"

"您能简单说说这起灭火作战的经过吗？"一名记者拿着话筒问道。

"一切等官兵们身体恢复后再说。"张京华婉言回绝。

郝江山已是极度疲乏，看到所有官兵都下了飞机，他见到张支队长等领导微微一笑，终于彻底放松了，便沉沉地睡了过去。刘亦欣无意中发现担架上最后抬下来的竟是郝江山，有些吃惊，立即跟了上去。

官兵们被送到大兴安岭地区医院，所有的医护人员都在紧张地忙碌着，先给救援的官兵们喝了一点温开水，随后喂下一点点流食："少吃点，饿大劲儿了，吃多了容易撑坏胃。"

凡是有连续灭火作战经历的人都知道，经过灭火作战特别是昼夜不停地作战后，有时累得在林间行军靠在树上、站着走着或是手里端着饭碗都能睡着。连续8天被困在原始森林中，官兵们硬是凭着顽强的意志和乐观的精神挺了过来。

病房中，刘亦欣拿着一条毛巾在给郝江山擦脸，一位医生走过来："你是病人的家属吧？这人在火场上造了一身灰，有时间给他身上擦一擦。"

刘亦欣迟疑了一下，而后反应过来红着脸："我……医生，他没啥事吧？"

"就是身体有点虚弱，休息几天就好了，没啥大事。"医生看了看郝江山的状况。

"哦，辛苦您了，医生！"刘亦欣点头致谢。

此时，邱胡杨也到了大兴安岭，听说此事，急急忙忙来到医院，跑到病房门口，隔着玻璃一眼就看见了正在给郝江山擦身子的刘亦欣。

孟虎威凑上前去往病房里瞅了一眼："你看，那就是跟郝江山抱在一起的女记者，照顾得真是无微不至啊！"

看着光着上身的郝江山，邱胡杨先是一愣，再也看不下去，猛然转身哭着向外面跑去。

孟虎威紧随其后追赶，一直追到马路上，一辆汽车驶来，邱胡杨也没有发觉，被孟虎威一把拽到路边："这回，你亲眼看见了吧！这小子多不靠谱。"

没过多久，郝江山慢慢睁开了眼睛，想要坐起来："其他战士呢？"

"你先躺着，医生说，都没事。"刘亦欣急忙靠上前，轻声应和道。

郝江山说着就要下床，刘亦欣焦急地说道："不行，你现在不能下床。"

郝江山很倔强地坐了起来："不行，我要看看我的战士。"

刘亦欣搀扶起郝江山："他们就在隔壁的房间，都已经脱离危险了。"

"我不放心，得去看看。"郝江山非常着急。

刘亦欣再也憋不住了，提高嗓音："郝江山，你不要命了，到底想干吗？"

郝江山这才缓过神来，回头看一眼刘亦欣；"哎，刘记者，你怎么在这儿？"

刘亦欣清了清嗓子："报社安排我来采访机降支队调防云南的新闻，后来听说有一支扑火小分队被困了8天7夜，我就过来看看，没想到竟碰到了你。"

"你是说，机降支队真的是要成建制调到云南？"郝江山有点疑惑。

"明天下午的火车。"刘亦欣看了下时间。

刘亦欣跟着郝江山走到了隔壁病房："大家都怎么样啊？"

"没事，中队长，你没事吧？"大家都慢慢恢复了体力。

"我就说嘛，咱们五中队的战士都是铁打的，这点小情况，根本不算啥事。"郝江山微笑而自信。

"中队长，这个是你对象吧？长得真漂亮。"于连合笑了笑。

"别瞎说，人家可是北方报社的大记者。"郝江山瞪了一眼于连合。

"哦……"众人起哄，并拉长了音。

"你们这帮小子。"郝江山摇了摇头。

刘亦欣脸有些红，心里已经乐开了花。

翌日上午，医院门口，一帮记者围住郝江山。

"郝中队长，是什么精神让你们在原始森林里坚持了这么长时间？"一位记者提问。

"我想，是森警部队几十年来根植于官兵们心中的精神特质，那就是'不辱使命、不畏艰险、不怕困苦、不负人民'的森警部队精神。"郝江山表情怡然自若。

"当森警那么苦，你们还会继续守护着这片森林吗？"另一位记者举起话筒。

"是的，守护一辈子！当警察的都希望天下无贼，我们当森警的，则祈求世间森林无火。"简单朴实的话语道出了森警官兵最真诚的心声。

"假如，我是说假如，为了这一片林子牺牲 15 名官兵，您觉得值不值得？"记者看着郝江山。

郝江山动情地讲道："如果说森林是地球的'肺'，那么森林火灾就是地球的'肺炎'，森警部队的任务就是治好地球的肺炎，让森林康复，让林海无痕。我们大兴安岭是世界森林资源中现存最原始、面积最大、最好的一块肺叶，是中国森林资源永不沉没的'生态航母'，这里曾为共和国的经济建设作出过巨大贡献，这里的生态安全事关东北、华北，乃至全球的生态安全，这里的火光，直接牵动着中南海的神经，作为守护者，您说值得吗？"

"郝中队长，如果一座山上同时发生两场火，你怎样组织扑救？"记者继续举起话筒。

郝江山很有礼貌地反问："你说的山有多大？多高？两个火场的面积各有多大？相距多远？火场风向、风力、可燃物的载量？以及着火的时间？你让我带多少人？这些人是森警还是群众扑火队伍，他们带哪些装备器材？⋯⋯"

没等郝江山问完，那位记者急忙竖起大拇指，一个劲地称赞："果然专业！"站在不远处的张京华等支队领导，也都满意而自豪地连连点头。

"郝中队长，作为一名森警，你的心愿是什么？"记者再次把目光聚焦到郝江山身上。

"如果说森警官兵有什么心愿，那就是，请每一个关心中华民族生存发展的人不要忘记，我国的森林覆盖率在全球 160 多个国家和地区中只排在第 120 位左右。为了人类的生存，为了中华文明的延续与发展，让我们携起手来共同保护绿色，保护我们人类自己的家园……"郝江山的话赢得了阵阵掌声。

刘亦欣爱慕而赞许地看着侃侃而谈的郝江山，这个帅气而又有理想的男人就像个谜一样，她的目光里满是无限的欣赏和遐想。

忠诚是军人的根须，在土地下吸取营养。纪律是军人的枝干，在寒风中迎接挑战。荣誉是军人的花朵，在春光里绚烂开放。和平则是军人的果实，在金秋中收获幸福。

8

加格达奇的公路上，郝江山像是离弦的箭一样，不停地奔跑着。

火车月台，机降支队 200 名官兵正在集结列队，装备早已装车，远远传来潘总队长送别会上激昂的声音："你们马上就要告别这块土地，奔赴祖国的大西南，组建云南第一支森警部队，去保护那里的森林。森警部队因森林而生，为生态而存，如同一棵树，经风雨、历寒暑，由小到大，如今这棵树开枝散叶了，我相信，在不远的将来，必然枝繁叶茂，点点苍翠定会汇成如荫绿海……"郝江山赶紧加快了脚步。

仪式结束后，潘总队长跟带队干部逐个握手送别，车站里到处都是正在告别的官兵和家属，白发苍苍的父母亲，眼含热泪的兄弟姐妹，抱着婴儿的妇女挤满了加格达奇的火车站。

"儿子，从这里到昆明，要一万多里路，那里是高原，听说空气比东北要稀少，你可要注意身体。"一位母亲红着眼嘱咐道。

秦朗始终没有上车，一直在寻找着什么，列车马上就要开动了，秦朗依依不舍地上了车，他和其他战士一样从车窗探出头，终于他看见了跑来的郝江山："江山，我在这儿呢！"

"秦朗！……"郝江山上气不接下气，向秦朗挥了挥手。

列车启动了，站台上满是挥动的手、涌出的泪，车厢在人们的目送中渐行渐远。

这时，刘亦欣走了过来，从后面拍了一下郝江山的肩膀："嗨！"

郝江山扭头一看："你还没走？"

"就那么不想看到我？"刘亦欣装作有些不高兴。

"啊，我不是那个意思……"郝江山连忙解释。

"战友走了，没感受到你有多伤心啊，我看其他人都挺伤感的。"刘亦欣眼睛盯着郝江山。

"我这个战友家就是云南的，对他来说是个好事，我应该为他感到高兴，对了，我在医院没醒的时候，有人来看过我吗？"郝江山一边看着消失的火车一边问道。

"有，支队长和地方的领导都来看过你们好几次。"刘亦欣回忆着。

"那还有没有其他人？"从郝江山的眼神里看出，他似乎很在意某个人来没来看他。

刘亦欣想了想："没有。"

"哦。"郝江山不再说话。

看到郝江山有些失望，又补充了一句："可能我没看到。"

刘亦欣掏出手帕很自然地给郝江山擦了擦汗："别受风了。"这让郝江山有些小尴尬。她又从包里掏出一件衣服来："该靠前驻防了吧？我给你买了件羊毛衫，点上夜间凉，多穿点。"

"这怎么好意思……我……"郝江山双手推脱着。

"给你，你就收着呗，我还要采访几位机降支队的家属，下次见了。"刘亦欣转身要走。

"我送送你啊。"郝江山看着刘亦欣。

"你好好休息吧，我采访完就回去了。"刘亦欣欣喜地转身走开了。

9

扑火归来，贺松涛捧着一大把达子香飞速跑向宿舍，慢慢推开门，轻手轻脚走近郝明月的身旁，温柔地注视着她。郝明月醒了，贺松涛把达子香送到她面前："送给你的，亲爱的。"

郝明月哭了："你回来了，我都想死你了，一走半个月，也没个音信。"

贺松涛替她擦着眼泪："别哭，别哭，动了胎气可就不好了，我这不是平安回来了吗？"

"你摸摸儿子吧。"

"你怎么知道是儿子？"

"他可不老实了，老踢我。"

"那你喜欢儿子还是女儿？"

"我都喜欢！"

"那就生俩！"

"讨厌！"

为了让郝明月心情更好些，贺松涛带着郝明月走进奇乾林内，切身感受奇乾的美。

贺松涛扶着郝明月："老婆，奇乾漂亮吗？"

"真美，感觉像风景画，有点不真实，像童话，不过，我真想和你在这里一辈子，过喂马劈柴、守望林海的日子。"郝明月靠向贺松涛。

中俄界河静静流淌，河水清澈见底，如一面镜子，林海绵延无边，白云之下，牛羊马匹悠闲地吃着青草，还有那木屋前的木栅栏，每一件实物都美得不太真实，每一个角落都很精美，像童话仙境。

夜晚，贺松涛查完铺回到宿舍，看见郝明月正在看书："怀孕最好不要长时间看书，对眼睛不好。"

"我就看一会儿，准备起个名字。"郝明月嘻嘻一笑。

贺松涛笑着边脱衣服边说："别看了，我给你讲一件挺稀奇的事，前几天我们扑火遇见了一只山鸡……"

奇乾中队最后一间屋子的亮光熄灭了，蛙叫虫鸣，夜空繁星点点。半夜惊雷翻滚，大雨来袭。一声尖叫划破了奇乾中队宁静的夜空，贺松涛有点慌乱地点上煤油灯："老婆，怎么了？！"

"刚才，我做了一个噩梦，梦见孩子没了，后来一摸被子里全是血。"郝明月有些紧张。

贺松涛掀开被子居然殷红一片，他顾不上细问，便冲出门外："常连喜，快开车……"

贺松涛慌了手脚，急急忙忙跑去敲刘玉凤的宿舍。

"妹子，怎么了？"刘玉凤披了件大衣进了宿舍。

郝明月惊吓中哭喊着："我出血了……"

刘玉凤赶紧上前扶住她："哎妈呀，怎么整的这是，贺松涛找司机了吗？"

郝明月点点头。

"快穿衣服！我帮你。"

这时门外传来汽车发动的轰鸣声音。众人用雨衣将郝明月盖住抬上车，常连喜急忙开着车向营门外驶去。

刘玉凤在宿舍门口急得直跺脚，忽然她跑向中队值班室敲门："是我，你们大队长家嫂子，开下门，我有要紧的事，给你们大队长说。"

值班员赶紧穿衣服开门："嫂子啊，出什么事了？"

刘玉凤径直走到电台旁："快喊大队，让大队长回电，有急事。"

"190，190，191呼叫，收到请回答。"值班员语气有些急促。

"191，我是190，请讲。"大队电台回答。

"找大队长回电，嫂子有急事！"值班员着急答复。

刘玉凤来回搓着手、踱着步，着急地看着电台。

"我是张卫疆，收到请回答。"大队电台里传来大队长的声音。

刘玉凤一把抓住话筒："老张，贺松涛的老婆好像是先兆性流产，流了很多血，你抓紧跟支队领导汇报一下，得想个法子。"

"他们现在在哪儿？"

"常连喜开车正往医院赶。"

"那边下雨了吗？"

"是啊，下挺大，你问这个干啥？"

"你是不是傻呀？这么大的雨，河水万一涨了，车能过去吗？你忘了，有一次你来不就是……你这个脑子……"

"别说我了，我这不是急糊涂了吗，你抓紧安排。"

"让值班员接一下。"

值班员接过话筒："大……"话没说完就被大队长打断了。

"抓紧选12个人，穿雨衣带担架跑步到河边，抓紧时间，我在对岸派车接他们。"

"是！"值班员回答转身离开。

汽车上，贺松涛紧紧抱着妻子，郝明月心里依然很紧张："松涛，我害怕。"

"没事的，不要怕，一会儿就到了。"贺松涛摸着郝明月的额头。

常连喜开着车，豆大的雨点打着车窗玻璃，雨刷器快速摆动着。

官兵们拿着手电穿着雨衣，在公路上狂奔。

小河前，常连喜停下车，查看河水后，又返回车上："中队长，河水太深了，过不去了，怎么办？"

"有多深？"

"估计快一米半了。"

"强行通过呢？"

"不行，太危险了。"

"不试试，怎么能知道？"

"有一年大队长嫂子来，被水冲出去老远，差点……"常连喜的表情有些担心。

贺松涛有些绝望，急得直冒汗，又无计可施。

"要不，我们开回去，天晴了请求飞机来？"常连喜眉头一直紧锁。

"不行，这天气不好说。"贺松涛观察四周情况。

绝望中，远处有声音传来："中队长……"

"有人来了。"常连喜指着车身后。

永青跑在最前面，他抹了一把脸上的雨水："大队长让我们拿担架抬嫂子过河，前面有车接应。"

战士们摸索着过河，艰难地将郝明月抬举到了对岸。

"车还没来，咱们分成3个组，轮流抬着嫂子往前跑。"常连喜带着官兵们抬着担架，拼命地向前跑着。

很快就到了医院，贺松涛在手术室门前焦急地等待，随着时间一分一秒地过去，他内心的煎熬和自责越来越重。

手术室的门终于开了，医生迅速走了出来，非常遗憾地说道："对不起，你们送来得太晚了，孩子没保住。"

"那我老婆没事吧？"贺松涛表情极其痛苦。

"现在脱离了生命危险，但我告诉你一件事，你要有个心理准备。"医生停顿了一下继续说："她以后可能无法再怀孕了。"

这句话犹如晴天霹雳将贺松涛击倒，他靠着墙角瘫坐在地上，泪流满面。

郝明月躺在病房内不停地抽泣，贺松涛靠上去轻轻搂着郝明月："没事了，没事了，别哭坏了身子。"

郝明月哭得更厉害了："孩子没了，我真没用，我还不如你说的那只山鸡。"

贺松涛强忍泪水："我们可以再生一个。"

郝明月仍在抽泣："可我就觉得这个好……名字我都起好了……"

贺松涛强忍着内心的痛苦，轻轻拍着郝明月安慰道："好了、好了，都过去了，别难过了！"

第十五章　得失寸心

1

紧急集合哨声在云南森警支队临时办公地响起，秦朗等官兵们迅速携带装具集合。

"同志们，长虫山发生了火情，这是我们到达云南后的第一场火。一支部队要有作为，才会有地位，才能在这片红土地扎下根来。出发！"支队长孙成林在队列前的动员简洁有力。

奔向火线时官兵们一开始还跑得挺快，恨不得一下就把山火灭掉，可刚到半山腰，豆大的汗珠子便开始往下掉，一个个上气不接下气。云南的山大多是笔直的峭壁和悬崖，云在半山腰环绕，越往上爬越是艰难。

"这怎么还出虚汗了呢？这要在东北再跑多远也不累啊！"半山坡上一名干部弯着腰。

"这里是高原，可不比东北。"秦朗也喘着粗气。

"我偏不信邪，大家加油啊，拿出我们当年的威风来。"另一名干部看着后面的战友喊道。

官兵们相互鼓励，拼命往上爬，以最快的速度到达了火场。支队长孙成林与地方领导察看地形，研究灭火方案，并迅速下达了作战命令。

官兵们按战斗小组编成，分别投入到各处火线、火点。灭火机在官兵的手中开始发挥威力，水枪形成水柱直喷火苗，指挥员用对讲机靠前指挥，机智果断，扑打与清理的人员分工明确。凭着往日的英勇和丰富的灭火作战经验，没到半个小时，官兵就把快速蔓延的山火灭得一干二净。

地方领导直点头："原来灭火就像是打仗呀。"

"报告支队长，明火已经全部扑灭。"对讲机里传来一名火线指挥员的报告。

"组织人员认真清理火线，防止死灰复燃。"孙成林通过对讲机继续下达命令。

林业局夏局长看了一眼手表："孙支队长，干净利索呀，从接到火情报告，到扑火结束，只用了一个半小时，实际扑火不到半小时。"

"这次扑火，也让官兵们认识到了云南山高、坡陡、缺氧等特点，我们不仅要熟悉这里的地理情况，还要克服高原反应等问题，夏局长，你们之前都怎么打？"孙支队长面向夏局长询问。

夏局长边沿着火线走边说："因为我们没有专业的扑火队，也没有可借鉴的扑火经验。以前在云南地界上打火，差不多都是'围而不攻，隔而不打'，基本上是靠天灭火。"

"大家对打山火有恐惧感，1986年安宁青龙寺的一场山火，就夺走了51名群众的生命。时隔不久，溪刺桐关一场大火又夺走了46人的生命，我们有血的教训啊。"一名地方领导的话语有些沉重。

"请领导们放心，只要有森警在，绝不会再让悲剧重演！"孙支队长的话掷地有声。

2

大兴安岭支队五中队队部，听文书说邱胡杨曾来过电话，郝江山急忙拨通邱胡杨家的电话，却无人接听。

"她还说什么了？"郝江山问站在一旁的文书。

"她说，是你的战友，问你什么时候能回来，她有非常重要的事找你。"

"好吧，没事了，你去忙吧。"郝江山把电话挂下。

"支队发来电报，通知于连合去芬兰参加全道路车驾驶及维修培训。"中队文书说着将一份电报递给了郝江山。

郝江山拿着文件回到了办公室。

"总机吗？请接一下总队门诊部的邱胡杨。"

"你好，邱医生不在，去医大进修了。"

"那她什么时候能回来？"

"这个我不清楚。"

"阿姨，您好，邱胡杨在家吗？"郝江山终于拨通电话。

"你是郝江山？"电话里传来邱母的声音。

"是的，阿姨。"郝江山客气回答。

"以后你不要再骚扰我们家胡杨了，她已经有对象了，你不要当个不光彩的'第三者'，把我们家搅和得乱七八糟，好吗？"随后邱母挂断了电话。

很多天没有邱胡杨的音讯，郝江山心神不定，时不时从抽屉里拿出邱胡杨的照片仔细地看着，眉头紧锁陷入了沉思。

夜半时分，郝江山思来想去，取出一块白桦树皮，细心地剥下了内层，工工整整地写下了一首诗《空悬心》：

想邀你同路走，

这句话憋了很久很久。

那封有头无尾的信，

我从春写到了秋。

你同岸边的杨柳，

我是一叶轻舟。

错过了系缆的机缘，

也许不再有相见的时候。

路悠悠，

无尽头。

心潮不为时空流，

风雨中忘却我自己。

苦中也笑，

把我的心轻轻提在手中。

随手一抛，

管他跌落何方。

没过多久，邱胡杨收到了郝江山的来信。邱胡杨打开信，见是一张桦树皮，上面写满了密密麻麻的字，看着看着泪水止不住流淌下来。

下班后，邱胡杨回到家，父亲放下手中的电话："姑娘，今天回来得挺早啊？没出去溜达溜达？"

"有啥溜达的，爸，医大带我的那个专家可厉害了，跟着他学了不少临床经验，这对我以后处置火场烧烫伤有很大帮助。"邱胡杨明白父亲的心意，故意岔开话题。

邱母给女儿扒了一只香蕉："这你还得感谢虎威他们家，人家费了好多心思，还托了不少人，你要跟专家好好学，也要跟虎威好好处。"

"妈，单位送我去进修，怎么感谢他们呀，你就别成天磨叨了。"邱胡杨有些不耐烦。

"去了一趟大兴安岭，见到那小子，你也该死心了，不靠谱的人就不要惦记了，虎威那孩子不错，爸妈都是过来人，看人准成着呢，明天周末，你俩出去转转。"邱母看了看邱胡杨。

"姑娘，你都这么大了，个人问题爸妈本不愿意干涉你，虎威那孩子有发展，咱们家的生意还要靠人家，好好处，可别三心二意的啊！"邱冠华表情严肃。

3

按照上级安排，于连合如期赴芬兰参加培训。在芬兰全道路车辆培训中心教室，来自多个国家的五十多名学员正在教室学习理论，一名外国专家在用英语讲课，于连合和芬兰学员威尔斯坐在一张学习桌上，听得很入迷，不停地在笔记本上记着画着。

难得休息日，同学们有的去逛街购物，有的去了风景公园，还有的去酒吧放松。

"于，为什么你不和大家一起去玩呢？芬兰是一个美丽的地方，而你是我最好的朋友，我愿意带你游览我们美丽的祖国。"威尔斯向于连合发出邀请。

"你的好意，我非常感谢！芬兰是一个美丽的国家，威尔斯先生，您的热情让我今生难忘，我是中国军人，我的祖国派我来，是让我学习先进的技术，而不是游山玩水的，希望您能理解。"于连合通过翻译感谢威尔斯。

听完翻译的话，威尔斯马上竖起了拇指："中国军人，NO.1！"

于连合从芬兰学习深造回来，就全身心地投入到工作中。中队特种车车库内，罗迪一脸疑惑："师傅，你从国外培训回来，啥也没给我们带啊？我看你包里全都是书。"

"对啊，这些书就是专门带给你们的。"于连合说着把包里的书拿出来。

支队长张京华来队检查工作，见于连合等人正围着心爱的战车，走过去便问："车擦得挺亮，谁干的？"

"报告支队长，我擦的。"于连合在一旁答道。

"看得出你用心了，但装备光干净可不行，关键是要出战斗力，你们看，一台一百多万元，现在连个明白人也没有，技术上的问题还得求助人家老外，这不让人瞧不起吗？"张京华的告诫语重心长。

站在一旁的于连合心有不甘："支队长、中队长，你们都在，我冒昧地讲，我能弄明白，但我有个条件！"

站在一旁的郝江山两眼直瞪于连合，担心于连合说大话不好圆场。

"只要你能把车弄明白、出战斗力，你有什么条件就讲。"张京华直接问于连合。

于连合环视一下大家，怯怯直言："支队长，我要做到了，让我开这台新车，行吗？"

"一言为定，今天在场的几个同志可以做证！听清楚了啊，半个月后我来考试。"说罢，张京华上了吉普车走了。

郝江山觉得于连合有些冒失："军令状你是立了，咱们的荣誉可都落在你身上了，可别让大家失望啊！"

于连合自信而兴奋地说道："中队长，我去芬兰学习过这种车型，你就放心吧，包在我们技术攻关小组身上。"

说到就要做到，于连合拿出在芬兰学习时的笔记，与大家一面学习理论，一面结合实际，开始对车的各项技术参数、功能、构造、驾驶原理等内容反复研究推敲，不懂的地方就对照外文书，查英汉词典以及各种图解。

半个月的期限一晃就到了，于连合从驱车驾驶到讲解要领，从车辆保养维护到性能参数，每个环节都准确无误。张京华又指了几处车上的外文标注，于连合都对答如流。

"不错，很好，不过，老于啊，光你会可不行，你还要带领其他人都学会，这才是真的好。"特种车库旁，张支队长乐得合不拢嘴。

"支队长，于连合还对 531 装甲车进行了改装。"陪在一旁的郝江山这时才松了口气。

"改装？要是把我的战车捣鼓坏了，郝江山我撤你的职！"张支队长表情瞬间严肃起来。

"等您先看完，再撤我也不迟。"郝江山笑着说，向于连合使了眼色。

郝江山领着张京华来到 531 装甲车车库："支队长，经过反复试验，我们增设了直流潜水泵、3 立方米水箱和一台 PH—32 手摇水泵。"

"改装后，除运送扑火人员和物资的功能外，还可以直接用于灭火作战，一车多用，大大提高了使用效率，在水源距离近、地理条件允许的条件下，更能显示出该车的威力。"郝江山手指向装甲车。

"这水箱多长时间能加满水？"张京华看着水箱，又看了看郝江山。

"10分钟。"于连合伸出手指。

"射程多远？"

"带喷头喷洒20至30米，大约喷洒时间35分钟，可扑2~3米高的火焰。"于连合对答如流。

"展示一下，我看看效果。"张京华给了于连合一个眼神。

于连合自信地将车开出去，开始了各种样式的喷洒演示，看见水龙喷出水柱，张支队长点了点头，又上前仔细察看了一番："不错，今天来你们中队很有收获，我认为这项改装费用低、灭火效果好、实用性强，一车多用，可以说，填补了国内空白啊。"

"支队长，这都是于连合他们的功劳，为了改装这种车，研究了很长时间，请教了不少专家，费了很大的功夫，人都瘦了七八斤。"郝江山走到支队长面前。

"好样的，我认为，有些性能还需要再加强和改进，现在只能扑打较低的火焰，怎么也得提升到3至6米，才能更好地发挥效能。水泵可以考虑使用加拿大引进的5马力汽油机，这种水泵体积小、重量轻、射程远、操作简便，吸水非常快，还可以调整喷水量。你们要集体攻关，进一步改进，尽快形成战斗力！"张京华看了看于连合，眼神中充满鼓励和期待。

"是！"郝江山和于连合高兴地相互看了看。

"整好了，我给你们记功！"张京华竖起大拇指。

没过几天，大兴安岭林区青龙河附近发生森林火灾，风力大、风速快，火借风势发展得非常迅速，乱窜的火舌像一头猛兽一样，呼呼地叫着卷着。郝江山大喊一声："五中队党员突击队跟我冲！"

刚接近火场，火头就朝着他们呼啸袭来，在前线指挥的张京华支队长立刻用对讲机命令道："快撤回来，火太大了，不能靠前！快撤！"

郝江山失望地撤了回来。

"老张，专业部队咋成增援队啦，原来你们森警也有打不了的火，跟我们地方扑火队没啥两样嘛！"地方扑火队长马大可挑衅地说。

"谁说我们整不了？"张京华瞪了他一眼，又转身对于连合说道："老于，该你上场了，让扑火队的马队长见识见识，什么叫森警特种兵。"

"是！支队长！"于连合立即转身上车，将改装后的531开进了火线边，水泵手使用喷头对火头进行压制，不到十分钟火头就偃旗息鼓了。

马大可羡慕得不行，凑上前去："张支队长，这车上的水是从哪儿抽出来的？"

"我们这法宝可多的是呢，这才哪儿跟哪儿。"张京华支队长故意卖关子。

"马大可，森警把明火灭了，你们扑火队抓紧清理。"马大可还想问，地方林业局局长叫住了他。

张京华支队长自言自语："小瞧人！"

<h2 style="text-align:center">4</h2>

又到了收获的季节，天高气爽，风轻云淡，杨柳低垂，田地里五谷飘香，也到了偷捕林蛙最猖獗的时节。五中队院外的公路上，每天来来往往的车辆很多，林蛙也都跳到路面上寻求"存在感"。每到这个时候，郝江山都组织官兵们来到公路上，拎着小袋子一字排开，捡拾横穿公路的林蛙倒进小河中。尤小帅捡起一只被车碾扁的林蛙："中队长，又有一只'迷彩小吉普'出事故了。"

郝江山瞅了瞅："唉，可惜了，治不了！一会儿葬了吧，你知道吗？一只林蛙可以使35平方米的林地免受蚜虫的侵害。"

尤小帅把死林蛙单独放在袋子里："这么多林蛙是要干啥去？"

"秋天，林蛙会像候鸟一样迁徙，下山到河里越冬，春天在河里产卵繁殖后再上山，我们要保护好它们。"

尤小帅不由感慨："稻花香里说丰年，听取林中蛙声一片。"

郝江山感叹道："这是多好的人与自然和谐共存的景象啊。"

傍晚，三个黑影鬼鬼祟祟来到河边，其中一人低声问："于大哥，你不是说领我来发财吗，咋地就跑这来电鱼啊？"

另一名偷捕者顺手从河边捡起一只林蛙，在老雷眼前晃了晃："知道这个是啥不？"

"这不就是蛤蟆吗？我们老家地里多的是！"老雷小声嘀咕。

偷捕者将林蛙丢进网兜里："你真是个山炮，这东西叫林蛙，而且只有东北地区的林蛙才算是极品，当年可是明清两代的贡品，皇上家的人才能吃得上，这可是活人参，那个什么草的医书怎么说来着？"

"是《本草纲目》，大哥！"另一名偷捕者补充道。

"《本草纲目》知道不？"老雷点头又摇头。

"这《本草纲目》记载林蛙也叫哈士蟆、雪蛤，提炼的林蛙油，营养价值高得吓人，被称为绿色软黄金。"偷捕者一本正经地解释。

"这玩意得多少钱一斤啊？"老雷有些疑惑。

"说出来吓死你，咱们今天晚上整一把，赶上你好几个月工钱了。"

"真的？"老雷露出欣喜的表情。

"快点抓吧，一会儿来人了就不好弄了。"

偷捕者开始用设备在河中电击林蛙，第一网还未拉出水面。郝江山带领的巡护小分队正好行至河边。

"不好，森警来了。"另一名偷捕者发现了他们。

偷捕者赶紧收起设备，背起林蛙开始向密林深处逃跑，老雷焦急地问道："咱们往哪儿跑？"

"跟着我就行了，这一片我熟得很。"一个偷捕者跑在最前面。

郝江山带人紧紧追赶，看见他们进了山，廖永刚有些着急："中队长，怎么办？"

"他们跑不了，这一片咱们比他熟，先陪他们玩玩，累趴他们，一班长你带人在这儿守着，二班、三班分别在左右堵截，我带其他人抄近路从前面堵住他们。"郝江山不急不慌地"排兵布阵"。

没用几个回合，偷捕者就累得气喘吁吁，瘫坐在地上："我说……你们……我们只是抓了几只蛤蟆……"

"你懂的，这可不是蛤蟆，这是国家保护的野生动物，走吧，跟我去林业公安局喝茶吧。"郝江山揪起偷猎者的衣领。

临近秋防，五中队会议室内，郝江山正在组织干部研究部署工作："秋防马上开始了，下周我们不仅要宣传防火，深入附近村屯、作业点等场所，大力宣传《野生动植物保护条例》和《森林法》等相关法律法规，还要打击滥杀滥捕林蛙等野生动物的行为。"郝江山看着各班排长。

"再过两周就靠前驻防了，各班排要提前做好准备，还有531装甲车改装的进展怎么样了？支队长最近很关心。"程宏远看了看于连合。

"我们还在加班加点改进，估计下个月能完成。"于连合算了下日子。

"明天遂行乘机巡护的人员留下，我讲一下注意事项。"郝江山低头看了下具体人员名单。

很快，中队按照要求实施靠前驻防。草塘沟内，张家贵带着四名老板模样的人，东瞅瞅西望望。

张家贵神秘地说："大兴安岭的狍子特别多，这个时候狍子肉贼香，今天我带你们打狍子，绝不会让你们白来。"

一个操着南方口音的老板说："张老板，我们偷着在这里打猎，能行吗，偷猎是违法的！"

"轻易得到的东西，肯定不是好东西，咱们这样得来的美食才够味。"张家贵慢慢跨过草塘沟。

"枪声一响，森警肯定会来，我们又不熟悉地形，到时候怕是……"老板有些担心。

"我有个发小，他们就在这一片野外驻训，咱们在山这边点火，森警必定来救，咱们再去山那边打猎，这叫调虎离山，也叫声东击西！"张家贵呵呵笑道。

"纵火也是犯法啊？"老板有些惊讶。

"不要低估了我的智商？哪能让他们发现？"张家贵继续向前走着。

说着张家贵得意地从背包里掏出一支长香来："你们看，把这个香点燃插在枯草上，等香燃尽了，草也着了，咱们也走远了，神不知鬼不觉。"

"高！高！张老板实在是高啊。"老板们竖起了大拇指。

五人开始向山对面移动。香燃尽，枯草遇火就着，瞬间火连成一片。

火借风势朝五人袭来，他们回头一看，顿时惊得目瞪口呆。张家贵大喊："别看了，快跑吧！"

郝江山见不远处浓烟翻滚，眉头紧皱："集合！"

危急关头，于连合驾着大卡车带着官兵们接近火场，看到奔跑的5个人，郝江山在车厢内拍着驾驶室玻璃："老于，抄近路，救人要紧，再开快点。"

火浪争先恐后地追逐着张家贵等人，夕阳和火光映照着他们惊恐的神色，要多狼狈有多狼狈。这是一场生命的赛跑，大火燃烧着、呼啸着。

众人拼命地向前逃命，都恨爹妈怎么不多给一条腿，浓烟呛得他们睁不开眼睛，眼看着火就要追上来了，有个老板瘫软在地上，一边抹着呛出的眼泪，一边大口地喘着气，在绝望的生死关头，郝江山带着战士赶到了。他们将4名老板一一拽上了车。

张家贵只穿着一只鞋子，浑身上下沾满了泥浆，看到郝江山，他一屁股坐在地上拼命哀求："江山，救救我！"郝江山急忙跳下车，背起张家贵飞奔起来。

"中队长，快！快！快！"

"快！"

"中队长！"

战士们使出全力，把郝江山他们拽上车厢。于连合加大油门驾着车向前开去，大火依然呼啸着朝车子方向追赶，火头吐着舌头，疯狂舔着众人的后背，郝江山等人睁着大大的眼睛，张着大嘴回头望着咆哮的大火。

时间仿佛静止了一般。

大火就像地狱之门，多年之后回想起来都让人心有余悸。

于连合驾驶着卡车飞过了小河，车子落下，车厢内的人被颠起很高。火线到了河边自然熄灭了。

驻防结束后，张家贵专门来到郝江山的中队，感谢上次救命之恩。

"呵，你们这工作可真是遭罪。"中队部内，张家贵看着郝江山脱下满是灰尘和油污的灭火服。

"比你可差远了。"郝江山讥讽道。

张家贵开着玩笑："那是，你们是最可爱的人，我是奸商。"

"哎，这话我可没说啊。"郝江山故意辩解。

张家贵拿起一面林业局赠送的锦旗："快点收拾收拾，我和那几名老板在饭店订了一桌好菜，就等着犒劳犒劳咱们的人民子弟兵呢。"

"不会是鸿门宴吧？"

"我请救命恩人，前大舅哥吃个饭还怎么了？"

"别胡扯，饭我肯定不去吃，对了，你们几个人怎么会在那里出现？"郝江山表情疑惑。

张家贵说话有些结巴："我们……我们去旅游，见证一下郝中队长守护的绿水青山。"

"森林公安说在现场发现了两把猎枪，你怎么解释？"郝江山表情严肃起来。

"你不是怀疑我吧？我可是大大的良民啊，我今天来可是要给你指一条阳关道。"张家贵故弄玄虚。

"说来听听。"郝江山看了一眼张家贵。

"你看你的战友都当中队长了，他们负责的木材检查站，只要我们的车通过时抬抬手，这个钱就到手了，我保证天衣无缝，你们的条件这么差，也该改善改善……"张家贵面带诡异的笑容。

"我就知道你没安好心。"郝江山打断他的话。

"我也是为你好，你说你当了这么多年兵，得到了什么？有我潇洒吗？吃香的、喝辣的。"张家贵表情夸张。

"成天就想着吃吃喝喝，你那套在我这里没用。"郝江山摆摆手。

"你这脑壳，现在这社会，有钱就是大爷，你说你这么做，究竟图个啥？"

"你数你的票子，我守我的林子，各得其所，图个心安理得。"

"你是心安了，家里人呢？你的战友兄弟们呢？你不想让他们过得好一些吗？"

"听我说，江山，人这一辈子快活是过，辛苦也是过，谁会跟自己过不去呢？也就是你，换了旁人我还不管了呢！"

"我现在发现，你是在赚钱的道上走得越来越远了，明月幸好没选择你。但是咱们都是一起光屁股玩到大的，我得奉劝你一句，做人一定要走正道，做生意一定要合法，我师傅你老爸也时常提醒我们，善恶有报，千万不要做伤天害理的事。"

"他的话，你还真信啊，走正道有几个赚大钱的？"张家贵嘴巴一咧。

"家贵，这世界有比钱更重要的东西，那就是信仰。我是看林子的，就不能当卖木头的，不是我死心眼，我要是开了这个口子，别的且不说，都对不起跟我在火场上出生入死的兄弟们，一辈子都低人一等、矮人一头。"从郝江山的眼神里闪耀出一名森警誓死守护林海的信仰。

"就这？"张家贵摇了摇头有些不太相信。

"人这一辈子啊，不能老惦记着自己，也应当为他人想一想，为子孙后代考虑考虑。当我老了，坐在墙根下回顾我这一生时，我会为自己曾是一名森警战士而无比自豪，我会为自己没有碌碌无为而感到幸福和坦然。这是一种你永远都不能理解的满足。"郝江山眼睛直直地看着张家贵。

"那你可真糊涂，这哪有钞票来得实惠！"张家贵用手指了指郝江山，好像在说郝江山的脑袋不开窍，是块木头疙瘩。

"再过个五六十年，你的票子早都过往云烟了，可这片林子还在，这才是真正的价值。"

5

大子杨山执勤点隶属于大兴安岭地区支队，官兵们长年驻守在深山腹地，交通十分不便，给养物资和生活用品都要到百余公里最近的城镇去买，有的战士来到这里直到退伍都没有下过山。

邱胡杨一行巡诊小分队的到来，给执勤点带来了健康与快乐，官兵们就像过节一样迎接他们。巡诊医疗点面前排了很长的队伍，邱胡杨翻看着一名战士的眼睛："你这个是沙眼，长时间瞭望造成的，没啥大问题，滴点眼药水就可以了，平时要注意休息和卫生，瞭望时间长了就多眨眨眼。"

邱胡杨从药包里掏出一盒眼药水递了过去："上次被草爬子咬的地方，现在有什么反应？"

战士撸开袖子："谢谢邱医生，你看现在都好了，也没有留疤。"

"好了，看完一边儿稍息去，我们还没看呢。"排在后面的战士大声喊道。

"就是，就是，不要耽误邱医生的时间。"其他战士起哄嚷嚷起来。

邱胡杨看着战士们，笑得很开心。

此时，远在大子杨山的邱胡杨还不知道父亲邱冠华突发重病住院。哈医大一院的急诊室外，几名医生和护士推着浑身插满各种抢救设备的邱冠华在医院走廊里飞奔，邱母和孟虎威紧跟在一旁。

邱母满脸是泪："老邱啊，你醒醒啊，你可别吓我啊……"

"您别担心，邱叔一定会没事的，我托人找了这医院最好的专家。"孟虎威安慰道。

邱母和孟虎威被医生拦在了抢救室的门口。

时间一分一秒地过去，终于抢救室的灯熄灭了。邱冠华躺在病床上，心率监护仪显示平稳，身体插了多种输液袋和氧气。

邱母擦着泪："虎威啊，与胡杨联系上了吗？"

"我让支队的战友用电台与大子杨山联系了，邱叔现在没啥事，您休息休息吧，晚上这里我来陪护。"孟虎威抓住难得的时机尽情地表现。

"那怎么行，你白天还要上班。"邱母满脸是泪。

孟虎威的嘴皮子功夫了得："婶，胡杨不在家，您就拿我当亲生儿子使唤，可别再见外了。"

　　邱母显然被感动到了，抽泣着："这次多亏了你啊，医生说要是再晚来一会儿就……"

　　"我还联系了北京两位著名的心脏病专家，明天一早就坐飞机过来会诊，应该没啥事的，您就放心吧。"

　　夜间，孟虎威趴在病床上醒来，他朦胧中看了看手表，替邱冠华披着被子，查看着输液袋和滴管。一夜过去了，孟虎威趴在病床上困得直点头。

　　清晨，邱胡杨推开门跑到床边："爸，爸，您这是怎么了？"

　　孟虎威瞬间惊醒了："胡杨，你回来了？"

　　邱胡杨看着满脸憔悴、泛有黑眼圈的孟虎威，不由心生怜悯："你辛苦了！谢谢！"

　　孟虎威有点不好意思，又感到有些意外："这都是我应该做的，咱俩谁跟谁呀？还客套啥？"

　　邱胡杨哭了起来："我爸爸究竟是怎么了？"

　　孟虎威站起来，走近邱胡杨身边安慰道："叔叔现在需要静养，咱们不要打扰他。"

　　孟虎威倒了一杯开水，递给邱胡杨小声地说："先喝口水吧。"

　　邱胡杨伤心地摇了摇头。

　　"正好你来了，我公司还有点事，先走一会儿，一会儿我再过来。"孟虎威起身要走。

　　"好吧，你先忙。"邱胡杨擦了擦眼泪。

　　"有事你就吱声，不要客气！"孟虎威转身离开了。

　　孟虎威走后，邱母拎着保温餐盒和做好的饭菜，急匆匆地走在医院的走廊上，由于着急赶路，不小心碰到了好几个人："对不起，对不起！"

　　病房外，邱母向邱胡杨哭着诉说："你爸跟'倒爷'合伙做生意，被人下了套，不但把家底都赔了进去，还要被起诉，一股火上来心脏病就犯了……"

　　邱胡杨也流着泪，替邱母擦着眼泪："是孟虎威帮着送过来的？"

　　"你也不在家，要不是虎威……医生说再晚一会儿，你就看不到你爸了……"邱母的眼泪止不住地流下来。

　　坐在床边，邱胡杨看着日渐消瘦的父亲，泪水像了断线的珠子不停地滚落。当兵这几年，邱胡杨很少陪在父母身边，自己的婚事让父母还操了不少心，一想起这些，邱胡杨就愧疚不已。

难得请假回家照顾父亲，邱胡杨非常精心地照料着，傍晚，她正细心地喂父亲喝粥。孟虎威拎着一个小包进了病房，邱母见状便站起身来："虎威来了，快，快坐。"

邱胡杨朝孟虎威会意地看了一眼，又继续喂饭。

"叔，今天感觉怎么样？"孟虎威殷切地问道，邱冠华朝他点了点头。

"好多了，早上还喝了半碗粥。"邱母在一旁回答。

"那就好，北京的专家说，手术很成功，注意休息就没事了。"孟虎威看了看邱胡杨。

"真是辛苦你了！"邱母连声致谢。

孟虎威笑了笑："告诉你们一个好消息，骗邱叔的那个'倒爷'被我们抓到了。"

"真的？"邱母有些惊讶，邱冠华眼前一亮，邱胡杨也看向孟虎威。

"我用了些手段，让他们把骗邱叔的钱都要回来了。"

邱胡杨一家疑惑又惊喜地看着孟虎威。

孟虎威从黑包里掏出几捆钱递给邱母："我追回了八万，还剩一些钱，过几天法院判决下来再给。"

邱母接过成捆的钱激动地看了看，又拿到邱冠华面前，邱冠华流泪了。

邱母语无伦次："虎威啊……这……"

突然，孟虎威的"大哥大"响起："我是孟虎威……是郑院长吧……好……好……感谢……回头我请客，就这么定了。"

孟虎威挂断大哥大："法院那边也搞定了，律师将以诈骗罪起诉那几个'倒爷'，这回邱叔就该没什么事了。"

为赢得邱胡杨的好感和开心，孟虎威趁热打铁展开攻势，开着名车拉着邱胡杨在郊区公路上兜风，在游乐园坐过山车、海盗船，在江边打水仗，在俄罗斯餐厅吃西餐，他们手挽手、肩并肩，很开心、很快乐、很幸福……

星期天上午，在哈尔滨一家家电商场，邱母和邱胡杨正在挑选家电。

"咱家电视不是挺好的吗，干吗要换？"邱胡杨看着商场里的电视。

"那个屏幕太小了，今天咱们换个大的。"邱母说着又询问起旁边的一台大彩电，导购员热情地介绍着。

她俩继续在商场内挑选着，迎面走来一名穿着时髦的中年妇女："哟，这不是大姐吗，邱处长怎么没一起来？"

"妹子，好长时间不见了！我家那口子早就不当处长了，现在都下海做生意了。"邱母笑了笑。

"这是胡杨吧？越长越漂亮了。"中年妇女上下打量着。

"胡杨，这是你陈阿姨。"邱母看着邱胡杨介绍。

"阿姨好！"邱胡杨会意嘻嘻一笑。

"有没有对象啊？"

"正处着呢。"邱母赶紧抢过话。

"谁这么有眼光。"

"是孟厅长儿子小虎。"邱母有些得意。

"啧啧，你啊，真行，咱们这帮姐妹我就服你！"中年妇女一脸羡慕。

"哪里，哪里。"邱母开心地回道，又转身对邱胡杨："我和你陈姨唠会儿，你在这儿再选一选，挑台名牌的。"

"行，你俩唠吧。"邱胡杨转身离开。

邱母和陈姨说笑着往楼梯口走去。

邱胡杨坐在商场的椅子上，用一把小扇子扇着风，若无其事地看着来来回回的顾客。

忽然，商场内的所有电视上都出现了一个画面："邱胡杨，我喜欢你，请嫁给我吧，从第一眼见到你，就爱上了你！每对你表白一次，就种下一棵树，于是就有了三北防护林，今生今世，不管生老病死，地老天荒，我都会爱着你，无怨无悔！对你的爱，海枯石烂，永远不变！"

视频画面结束之后，孟虎威身着崭新的西服，手捧着鲜花和戒指走到了邱胡杨的身边，单膝跪地："胡杨，嫁给我吧，我会对你好一辈子！"

邱胡杨有些惊讶又有些害羞，内心深处又有一丝丝感动，最后还是犹豫着接过了鲜花和戒指，周围的顾客都鼓起掌来。

6

大兴安岭的冬天白雪皑皑，五中队营区四周都是官兵们自己创作的各类雪雕作品。

于连合在营门哨站岗，雪花落满了一身，但他仍然纹丝不动。营门外，离哨

位不远的地方有几个师傅围着一辆车正在修理。

下了哨，于连合走上前热情问道："几位师傅，你们好！我看你们捅鼓大半天了，找出啥毛病没？不行，我帮你看看？"

一个修车师傅用怀疑的眼光看着老于说："没事的，我们车队有修理师傅。"

于连合走进车辆修理间，徒弟杨雪峰看着于连合："师傅，我车上的柴油电动泵最近经常犯毛病，现在已经超出使用年限6年了，我看啊，干脆报废算了。"

于连合听完，当时脸色就沉了下来："如果因为一个柴油电动泵就让车趴窝也太不值了，这都是上百万的车，太心疼了，不行！咱们无论如何都要想办法修好。"

于连合脱掉大衣开始修理，半天时间过去了，问题还是没有解决："你先整，我去支队修理所做几个配件。"

"马上开饭了，师傅，吃完饭再去吧？"杨雪峰站起身来。

"没事。"于连合转身离开了。

于连合走出营门，看那几个人的车还没有修好，爱管闲事的老于凑上前研究了一番，看出了问题："你们看看是不是液压系统出了问题。"几个师傅回头一看，是刚才那个老兵，一句话点醒"梦中人"，大家按照他的指点，不到3分钟就将问题解决了，待他们回头，老于已经走远了。

"这森警院里也有高手啊！"修车师傅对着于连合的背影竖起了大拇指："这样的人才放在这里当兵可惜了，回头让老板高薪挖过来！"

午夜时分，大兴安岭支队五中队修理间内灯火通明，杨雪峰无数次抬起手腕看表欲言又止，终于忍不住了："算了吧，师傅，都修两天了，看来这回不想报废都不行了。"

众人都默默无语，于连合心有不甘，固执地劝说："再试试！大家一起研究，开动脑筋，集体攻关。"

天微微亮，众人一宿未合眼，杨雪峰放下手中工具，眼睛充满期待地望着于连合说道："师傅，我再试试。"而后很麻利地翻身上了车拧了拧钥匙，车辆终于发出了久违的启动声音。

"师傅，好了！"杨雪峰大声喊道，脸上满是欢喜，但心中有一种不敢相信的感觉。

于连合也很兴奋："千万不要小看咱们这些坐骑呀，每一辆车可都比宝马还贵啊！爱护它就要像爱护我们的眼睛一样。"大家都如释重负地松了口气，一起欢呼起来。

吃完早饭，于连合心里不托底，又到修理间将车辆发动一次，这才放下心。回来正好碰见战友们要将一批坏的灭火机拿到外边修理，他挨个儿看了看，发现都是化油器的问题，心里寻思着，修理厂修理化油器都是整件换，一个得40块钱，既不划算也浪费，他将灭火机拿回修理间，仔细检查后给化油器换了一个泵膜，重新安到灭火机上，起身拉动，灭火机就运转起来了。

支队长张京华早上交完班，没有紧急任务，喜欢到驻加区部队转一圈，第一站就来到三大队，在郝江山陪同下来到了修理间，看到一帮战士围着于连合正说着什么，便问道："老于，又捣鼓啥呢？"

于连合赶紧放下手上工具，起身答道："报告支队长，正在修灭火机。"

"修得怎么样？"

战士抢着回答："支队长，修这个灭火机原本要花40块，于班长4毛钱就解决了。"

郝江山一听高兴地插话道："老于，你又给中队省了一大笔经费。"转头又向张京华汇报："支队长，去年中队的柴油灶喷油嘴坏了，厂家修了好几次也不顶事，没有配件只能向厂家订货，一个小小配件竟要价400块。老于听说后，与修理所的同志研制出了自制喷油嘴，安装上分毫不差，真是精确极了，一年过去了，一直都没问题，只花了25块钱。"

张京华感慨道："我们部队就需要这种样样都行、样样能通、一专多能的人！每个大队要是多一些老于这样的维修能手就好了。"

于连合想了想，开口道："支队长，我有个想法，花钱请人维修能解决眼前问题，但不是长久之计，请的人也不一定尽心，费时费力费钱不说，搞不好还会影响到即将开展的春防工作。所以我想去各单位检修灭火机具，边维修边培训骨干。"

张京华眼睛一亮，说道："是个好想法，你有什么要求？"

"我想请呼玛大队的史军辉给我当助手。"

张京华肯定地点了点头："我同意，辛苦你了，老于！"又瞅瞅郝江山说道："一定要全力支持于连合，有什么困难你向支队提，务必在春防前完成此项工作。"

"坚决完成任务！"

7

在奇乾中队宿舍，常连喜正在用卫星电话与新介绍的女朋友吴颖通话："冬天真休不了假，我要是走了，万一锅炉掉了链子，全中队晚上都别想睡觉，你不知道，这儿冷得要命。"

"你们那冬天漂亮吗？有没有冰灯冰雕啥的啊？"电话里传来吴颖甜美的声音。

"这儿啥时候都漂亮。"常连喜呵呵笑道。

"我二姨说，你人很好，我……我想见你一面。"吴颖的声音变得羞涩。

"我给你寄照片吧。"常连喜边打电话边挠了挠头。

"不用，既然你回不来，我去你们部队看你吧！"吴颖打消了常连喜的顾虑。

常连喜开玩笑道："就怕你不敢来，不跟你说了啊，我这是卫星电话，每个星期只能通话五分钟。"

常连喜挂了电话，脸上露出了欣喜的笑容，感觉这次肯定能成。过了几天，吴颖真的带着美好憧憬来看常连喜。

在莫尔道嘎车站，吴颖虽然穿得厚厚的，但仍冻得直跺脚，好不容易才拦下一辆车："师傅，我要去奇乾……"

还没说完，司机甩开一句话把车开走了："有病。"

吴颖继续等着，一会又过来一辆，她赶紧拉开车门坐了进去："师傅，我要去奇乾。"

"这冬天上不去啊，还是算了吧。"司机看了看吴颖。

吴颖以为司机故意在抬价，急忙从兜里掏出几张百元钞票甩给司机。

司机看了看，接过钱："咱们可把话说清了啊，你可不能反悔，我是诚心要送你上山的，但路上的情况，很难说。"

"你不是本地人吗？路上啥样你会不知道？"吴颖有点疑惑。

"我确实是本地人，但也只在镇子和县城里跑，奇乾在很远的山上，一年也去不了一次，冬天的路，说不准哪里就起冰包和雪壳子。"司机再次跟吴颖确认。

来都来了，吴颖不想失望。车子在"搓板公路"上行驶了一阵，突然，司机把车停下了。

"怎么不开了？"吴颖眉头一皱。

"前面起冰包了，还挺大，我下去看看。"司机说着下车看看又回到车里："过不去了，咱们得趁天没黑往回走。"

"你开过去不就行了？"吴颖指着前面的冰包。

"这么大的冰包，硬往上开，车不掉沟里才怪，到时候咱俩都走不了，林区里太阳一落天就黑了，太危险。"司机准备掉头。

吴颖转念一想，十分着急地说："好几千里路我都来了，不差这一百多里了，我再给你添两百，你就啥也别说了，我是来这相亲的。"

"我说你这个小姑娘怎么这么犟呢？这不是钱的问题，即使开过去了，前面还有多少冰包谁能想得到？到时想回来可就难了，晚上零下五十多度，不冻死咱俩就是奇迹了。"司机大声喊道。

吴颖望着冰包哭了："我走了九天，这到最后一道坎就过不去了？"

"真不是我不送你，过不去就是过不去，你就是再给一万块，我也得往回开了，你打我车的时候，我就看出你是来探亲的了，这山上除了当兵的没其他人了，你说我能不帮你吗？"司机心也软了，声音也放低了。

与此同时，常连喜正蹲在锅炉前发呆，煤块因为燃烧发出清脆的炸响，炉膛内的火苗跳动着，那是常连喜对爱情的渴望。

贺松涛约常连喜来到后山，这是奇乾后山内的一大片樟松林，没有一棵杂树，属于"清膛林"，非常整齐干净。树顶盖雪，好像戴了顶白冠，下面则绿叶连片，十分茂盛。除了树就是白茫茫一片，美得纯粹、透彻，是不能用语言形容的，果然大美无言。

贺松涛搂着常连喜的肩膀："这回相过亲的姑娘，可以集齐 56 个民族了吧？"

"哈哈，那我现在可是'齐天大剩'了，你看这雪跟我的爱情多像啊。"常连喜手指向樟子松林。

"是啊，奇乾的雪最美最纯洁了。"贺松涛感同身受。

常连喜抓了一把雪撒向天空："飘下来的时候能看得见，什么时候化了却不知道。"

"连喜呀，你得抓紧了，你不能把锅炉房的炉膛烧得火热，却冷了自己的胸膛呀。"贺松涛拍了拍常连喜的肩膀。

8

进入春防后，北方的雪说化就化，伴有5至6级大风，将地上的水分迅速抽干，枯草干枝更是干燥易燃，大兴安岭支队官兵自进入防期后，就一直转战在各个火场。

三辆东风141卡车行驶在林间尘土飞扬的简易防火公路上，车厢内，战士们浑身沾满了黄色的灰尘，混合着扑火作战后留下的黑灰，像一个个泥塑半成品。

郝江山坐在驾驶室内神情疲惫，眼里充满了血丝，胡子很长时间没有打理了。行进途中，张京华命令郝江山立即带领队伍，摩托化向十八站开进，增援火场！

接到命令，于连合加快了速度，右手把住方向盘，左手空甩了几下，缓解长时间驾车带来的酸痛感。

郝江山传达完支队长的指示后，把头靠在椅背上："一会儿到了十八站，你找台车回家看看吧，嫂子估计快生了。"

于连合瞅了瞅疲惫的郝江山："大家都二十多天没休息了，我怎么好意思回家，到了十八站再说吧。"

"下火场的时候，支队长特意交代的，你连支队长的话都不听了？"

"支队长说过这话吗？我怎么没听见啊？"

三个小时后，车队行至十八站，只见浓烟滚滚遮蔽了烈日，公路边上到处都是"鸡爪子"形状的火烧迹地。

十八站火场联指，浓浓烟雾中，支队长张京华和联指领导站在房顶上查看地图，不经意间，他看见于连合正将车停在土道上，喊了起来："郝江山，于连合是怎么回事？"

郝江山不知如何回答，张京华皱着眉喊道："你带五中队徒步沿采伐道向火线开进，距离五公里，在草塘沟阻截东线火头，速度要快，防止大火上山。"

于连合看见张京华把郝江山叫过去说着话，不时地瞅他两眼，感到有些心虚，瞬间明白了张京华的意思，刚想转身溜走，就被受领完任务的郝江山给拦住了。郝江山着急上山打火，边用对讲机部署任务，边打手势将张京华的司机叫了过来。

"老于，支队长命令，你立刻坐他的车下山，没有通融余地。"郝江山说完转身就带队走了。

郝江山带领官兵携带装具，疾步穿梭在采伐道上。按照联指给的坐标，走了将近三分之二的路程后，前方出现一条小河，郝江山皱着眉，绕路已经没有时间，考虑了几秒钟后，就带领官兵们脱了鞋袜，在齐腰深的水中手拉手前进。

于连合从联指出来，转了一道弯跟司机说要方便，便跳下车进了林子。他在部队过河后，也毫不犹豫地蹚水过了小溪，朝郝江山行进的方向追去，谁也没有发现他偷偷地跟在后面。

到达指定地域，这是一条南北走向宽约 300 米鸡爪状的草塘沟，草高约 70 公分。草塘西北为 553 高地，与南部平缓的柞桦混交林相连，东北侧为南北走向的带状山脉，部队行至南部缓坡林地与东、西山相连的两山夹一沟地带。火场西南风，风力已达 5 至 6 级，在大风的作用下，狂燃的火头夹杂着浓烟正朝官兵们呼啸而来。由于气压低，浓烟弥漫，能见度低，官兵中有些人开始慌了神，都朝郝江山望去。

一名新兵慌张地对郝江山说道："队长，要不我们快跑吧。"

于连合上前："再给你长两条腿，你也跑不过火。"

郝江山看见于连合有点惊讶，但顾不上了，迅速思索着对策，顺风撤离和强行穿越火线都十分危险，即使能够逃生，装备也全完了，更为重要的是，一旦这条火头冲破防线，势必对整个火场灭火作战形势带来严重影响，于是果断地下达了命令："我们现在要顺风点烧一条长 80 米、宽 2.5 米的隔离带，而后在隔离带两端侧风向南点烧两条宽 3 米、长 140 米的防火线，形成'门'字形，随后以下风口隔离带为依托，在'门'字内进行梯状点烧。于连合带 6 人为观察组随时观察火势发展，一班长带 10 人转移扑火装备，一排长带 10 名点火手负责点烧，二排长带 30 人为扑打组；三排长带 10 人负责清理，大家快速行动。"

官兵们迅速行动起来，很快形成了安全地带，将点烧区域内的余火进行反复清理，并迅速组织人员在火烧迹地内，用倒木搭设了一个隔热平台，将装备机具快速转移到平台，又用铁锹扒出土坑，把毛巾倒上水捂住口鼻，全部卧倒。

火来得很快，西南侧火头突破有林地蹿入草塘沟，火势瞬间增强，在七八级大风作用下，10 多米高的火头伴着轰隆声，在官兵身边呼啸而过，浓烟散尽，人员和装备上都落了一层厚厚的草木灰。

郝江山起身拍了拍身上的灰尘，大声喊道："没事了，大家都起来吧！"

新兵杨嘟嘟自言自语："班长，我还活着？"廖永刚把他拽起来，露出一口白牙笑着说："跟着中队长，死不了。"

"可我啥也看不清了。"杨嘟嘟带着哭腔，他的眼球上有很大一块草木灰尘紧紧贴在上面。

查点完人员装备，郝江山走了过来："咋回事？"

"中队长，杨嘟嘟迷眼了，我们的手埋汰了……"廖永刚两手一摊，露出一双黑手。

郝江山拿出白毛巾，一看都变色了，便贴着杨嘟嘟的眼球，用嘴吹了几下，还是没动，于是他把杨嘟嘟搂在怀里，将他的脸捧起翻开眼皮，伸出舌头将眼中的草木灰舔了出来。

杨嘟嘟感到一股暖流在全身涌动，流下了感动的热泪。

9

此时，一条车队长龙行驶在哈尔滨的主干道上，豪华车辆、精美的装饰吸引了路人的眼球。容光焕发的孟虎威一身崭新的西服，手捧鲜花坐在车内，尽情地享受着、期待着。

国际大饭店的婚宴厅金碧辉煌，陈设奢华，布置精妙而温馨，每一处细节都凸显着高贵和大气，在华丽灯光的照射下熠熠生辉。孟虎威和邱胡杨的父亲穿戴考究，两位母亲尽显珠光宝气，满面欢喜地坐在一起。

桌子上摆满了时令果品和各色点心，菜品丰富精致，容貌姣好的服务员端着菜肴来回穿梭。出席的宾客非官即商，都是有头有脸的人物，孟虎威带新娘流连于各桌之间敬酒，接受着各桌客人的祝福。

孟虎威越喝越多，显然是很高兴，邱胡杨貌似开心的表情，隐隐有些期待，不时向门口张望，在内心深处的细枝末节中寻找着。

一处草塘沟火，地方扑火队利用六台特种车辆扑打火线，车辆过后，火焰瞬间熄灭，队长马大可心想这车改装后，效率真是高。不过他也没高兴多久，车子全都趴了窝。"净掉链子！"他心里很窝火，赶紧让司机们修理，几个人琢磨了好半天也没有找到毛病。

联指对讲机响了："马大可，你们的车咋停下了？是不是又钻树林子睡觉去了？还是搁哪儿猫起来，消极怠工，我告诉你，要是出工不出力……"

马大可拿起对讲机急忙解释："没有啊，刘指挥，我们没撂挑子，车有点小问题！"

"抓紧整，别干靠，到了中午气温升高，火场就不好控制了！"

"知道了。"马大可无奈放下对讲机，大声喊道："快点修，联指都盯着呢！"

司机抬起头："队长，我们确实整不了啊，我听说森警改装这车的于连合是个高手。"

马大可眼睛一瞪，气呼呼喊道："我老马就是不服森警，咱们也不差事，凭啥每次都找他们帮忙，整好了，等火灭了我个人掏腰包，请你们下馆子！"

司机放下工具嘟囔了一句："队长，这真整不了，吃啥也没用啊。"

马大可拍着大腿叹了一口气："你们啊，这是让我在张京华面前丢面子啊，修一会儿再说！"

火终于灭了，报务员满头大汗跑到郝江山面前："中队长，支队长呼你。"

郝江山赶紧拿起电台话筒："01，我是611！"

"于连合呢？"

郝江山看了看于连合犹豫了一下："支队长，他回家了啊。"

话筒另一端张京华毫不留情面说了句："放屁！"

郝江山很委屈地解释道："他不是坐您的车走的吗？"

张京华的声音传了过来："跑了，他现在肯定在你旁边。"

郝江山忍着笑意回答道："支队长，您有千里眼吗，真神了，这都能猜到！"

张京华笑着说道："少拍马屁，一会儿有联指飞机来接老于，二十三站火场，地方扑火队的特种车趴窝了，让他去看看。"

于连合马不停蹄赶到二十三站火场后，围着地方的特种车走了一圈自信地说："你们这些车全是一个毛病！都是转向拉杆、刹车片过热造成的熄火，用水给刹车片降降温就好了！"

马大可有些不太相信，瞪着眼睛问道："这么简单？"

于连合憨厚地答了声："嗯。"就不再吱声了。

不一会儿，按照于连合的指点，地方扑火队的特种车又上路了，马大可感慨地瞅着于连合："老于啊，你要是在我们扑火队就好喽。"

火场高地山顶上，官兵们除了牙齿是白的，浑身都是黑的，咧嘴一笑，脸上就掉渣。裸露在外的皮肤像涂了一层厚厚的酱油，血水、汗水把脸抹乎得像一尊泥塑。

杨嘟嘟撸起袖管和裤腿，露出一层黑灰，看上去就像穿上了一件黑线衣："班长我后背老痒了，帮我挠挠吧。"

廖永刚把手伸进杨嘟嘟的后背刚挠了几下，忽然觉得不对劲，停下把手拿出来，看见一团血迹，吓了一跳，忙问道："你后背出血了。"

"我这两天痒得受不了，就在树上蹭，要是能洗个澡该多好啊，都有20多天没洗澡了。"杨嘟嘟边说边脱下鞋袜，露出泡得发白的脚。

"这对咱们森警来说是常事，你习惯就好了。我刚当兵那会儿条件比这还艰苦呐，别说洗澡了，水都喝不上，经常又渴又饿。"

杨嘟嘟不搭话，看着廖永刚的裤子，大惊小怪起来："班长，你走光了！"廖永刚赶紧捂住灭火服裤子，红着脸赶紧解释："我说怎么凉飕飕的呢，肯定是树枝子刮的。"

众人的目光都被吸引过来了，刘学林开玩笑道："我去，你咋挂空挡呢！"廖永刚没好气地答道："你又不是不知道，天这么热，穿那个，两天就烂裆了。"

战友们嘻嘻哈哈笑疼了肚子，廖永刚严肃起来："嘟嘟，把你秋裤脱下来。"杨嘟嘟一边脱一边嘟囔着："班长，回去，你得给我洗干净。"

"洗个锤子，老子给你买条新的。"

笑声穿过林海飘向天际，一朵乌云向山顶飘来，天色渐渐暗了。杨嘟嘟看着茫茫林海发呆。忽然，冰凉的雨滴打在脸上，他开心极了，赶紧蹦起来，搡着战友们喊道："下雨了！下雨了！"

正在休息的官兵们迅速脱掉上衣，放在防雨布下，不到一分钟，山顶的平地上便站满了一群挽着裤腿的战士。"中队长，你看，这雨在逗我们呢？"

杨嘟嘟伸手接着雨滴："还没湿地皮呢！"

"这森林里的雨，是仙女从天上洒下来的，我们光胳膊光腿的，人家不好意思啦！"刘学林戏谑地说道。

头顶这片云彩过去了，官兵们依然站在山顶上，一群精壮的战士，满身黑灰，黝黑结实的肌肉，在阴沉沉的天穹下，神情怪异，像一群雕塑。约莫过了五分钟后，大雨倾泻而下，晶莹的雨滴，重重地砸在官兵们壮实的身躯上，又反弹起来，溅成珍珠般的水花。官兵们闭目仰头，伸长脖子，伸展双臂，努力使自己的身躯占据最大的空间。

廖永刚连喊："过瘾！真爽！"

刘学林也大叫着："我爱你，森林雨！"

暴雨连续下了近十分钟，开始变得细柔如丝，官兵们在亢奋、在激动，他们互相追逐着、打闹着，相互搓着后背……

他们摔跤、格斗、打擒敌拳，青春的呼唤和风声、雨声交融成大山深处特有的风景线。

打火回来，暴雨冲刷着五中队的训练场，郝江山在雨中奔跑，脸上分不清是汗水、雨水还是泪水。跑道上，一张精美的结婚请柬被扔在一旁，新娘邱胡杨、新郎孟虎威新婚照和名字依稀可见。

一圈又一圈，不知跑了多长时间，郝江山不想停下来，他想一直跑到终点，然而跑道是一个环，始终找不到终点。此时此刻，是难过、心痛、愤懑，还是一种发泄、解脱，心中的滋味无以言表。

在这个世界上，不是所有的爱情都能开花结果，不是所有的事情都能如愿以偿。这段曾给郝江山带来无穷无尽美妙幻想与憧憬的爱情，最终在一次次偏见、干扰和误会中痛失姻缘，冥冥之中他意识到，有些事情并不是不能坚持，而是必须要学会放手、成人之美，因为生活中放弃常常也是一种美丽！虽然他心里十分难过，但还是在心底为邱胡杨默默祝福，愿天下有情人终成眷属！

时间是最好的良药，可以治好一切伤痛。在郝江山伤感失落的时候，刘亦欣渐渐走进了他的生活，为他点亮了一盏心灯。

第十六章　沙漠绿洲

1

巴丹吉林沙漠梭梭林中，挖肉苁蓉的盗挖者将梭梭连根拔起，留下了蜂窝似的坑洞，梭梭的根裸露在外，枯枝随处可见，一些梭梭已经枯死，沙漠上一片狼藉。一群盗伐者用钢丝绳一头拴在梭梭树的根部，然后用拖拉机一拽，一株生长上百年的大树就被连根拔掉。

两名护林员闻声从远处赶来，见此情景赶紧跑到跟前制止："快住手，你们这是违法行为！"

从车上下来五名彪悍的盗伐者，手中拿着砍刀和大棒，为首的一人狞笑着看着两人："跟我们讲法来了？"

护林员下意识退了一步："你们想干什么？"

盗伐者头子恶狠狠地说道："断人财路，如杀人父母，你就当没看见，赶紧的，该干吗干吗去。"

一名盗伐者晃悠着手中的大棒说："大哥，不用跟他们废话，不用你动手，我们灭了他。"

护林员看来者不善，但依然据理力争："你们已经触犯了法律，还想抗法不成？"

盗伐者拎起砍刀和大棒，叫喊着朝护林员袭来："哪来那么多废话，我就是王法，兄弟们上！"

不一会儿两名护林员就被打倒在地，血流满面。盗伐者头狞笑着："绑树上，让他们看着我们干活。"

盗伐者将护林员绑在树上，吹着口哨开始了疯狂地盗伐。

这些滥砍盗伐行为，破坏之大，影响之坏，已引起了内蒙古森警总队党委的高度重视，郭万泉总队长站在防区地图前审视着，眼睛盯在一处陷入沉思。

这时门外响起了响亮的"报告！"声，郭万泉没有挪身，答道："进来！"

贺松涛推门而入，走到郭万泉办公桌前，立正站好，敬个礼后报告："莫尔道嘎大队奇乾中队中队长贺松涛，前来报到！"

郭万泉依然没有动身，他用手指了指地图："来，看看这个地方。"

贺松涛小跑上前看了看地图："总队长，这是被称为'死亡之海'的巴丹吉林沙漠。"

郭万泉又问道："有没有听说过黑水城？"

"额济纳旗巴丹吉林沙漠境内的'居延属国'，是丝绸之路上的重要地域，历史上不仅是中西方交流的必经之路，也是中原到漠北的交通枢纽，马可·波罗就是沿着这条古道走进了东方，可惜曾经水美草肥的'居延属国'早已不复存在了，只留下一座在风沙中哭泣的黑水城。"

近年来，由于乱砍滥伐，挖掘药材等非法活动猖獗，额济纳旗仅存的 30 多万亩胡杨林和 375 多万亩梭梭林，陷入岌岌可危的境地，沙漠一直在向前推进。现在砍伐风屡禁不止，经常发生护林员被打伤的事件。阿拉善盟委、行署和额济纳旗政府、林业局纷纷向自治区请示——要求派驻森警部队，在巴丹吉林沙漠腹地增设森林警察中队。

贺松涛眼睛一亮，急切而期待地问道："总队长，您的意思是？"

郭万泉转过身，郑重说道："这片全国罕见的沙漠绿洲，是国家'三北'防护林工程的前沿阵地，是额济纳旗各族人民赖以生存的物质基础，是阻挡沙漠南侵，保护河西走廊的天然屏障。总队决定抽调部分兵力进驻额济纳，组织上任命你为该中队第一任中队长，这担子很重，你有信心吗？"

贺松涛精神为之一振，严肃认真地立正敬礼，眼睛盯着郭万泉道："黄沙百战穿金甲，不破楼兰誓不还！"

额济纳旗巴丹吉林沙漠的白天，阳光炽烈，黄沙一眼望不到边，在阳光的照射下更是模糊朦胧。黄昏时分，贺松涛和永青等 20 名官兵乘坐解放车，行驶在广袤的戈壁沙漠中。

车上，永青感慨道："哇，沙漠可真大啊，像大海一样无边无际，这么看也很漂亮嘛。单车欲问边，属国过居延，征蓬出汉塞，归雁入胡天。"

马宇鹏也吟诵着唐代诗人王维的《使至塞上》："大漠孤烟直，长河落日圆……"

万柳也感慨万千："像王维、王昌龄这样的边塞诗人真让人钦佩啊，在这么荒凉的地方，愣能整出流芳千古的豪迈诗歌。"

永青突然伸出手指，惊奇地喊道："中队长，你看那边有一座城堡。"

贺松涛眼中满是敬畏，有板有眼讲起故事来："那个是黑城，也叫黑水城，建于公元九世纪的西夏政权时期，是古丝绸之路北线上现存最完整、规模最宏大的一座古城遗址，19岁的霍去病大破匈奴后，汉朝曾在这里屯兵戍边，创造过灿烂的居延文明。"

黄昏中，官兵们好奇地看着，沙漠已快将黑水城吞噬，原有的街道和主建筑依稀可辨，四周古河道和农田的残貌仍保持着原有的轮廓。

贺松涛笑着说："咱们到中队有960多公里，需要3天时间，中间还要穿过乌兰布和沙漠和腾格里沙漠，你们呀，还是好好歇歇，省点精力吧。"

马宇鹏还没看够，又问道："据说，这遗址里有很多宝贝呢。"

"同志们，这遗址给我们带来的思考，绝不仅仅是珍宝，曾经水草连天的居延绿洲，为什么会变成这个样子呢？"

永青思考了一下说道："我记得书上说，一个文明之所以衰败或消亡，是因为破坏了帮助文明发展的环境，就像楼兰古国。"

"无论原先是怎样的富庶之地，一旦林木伐尽，什么都将消失，留下的只有死气沉沉的万里黄沙，楼兰和居延的昔日光辉已经被岁月尘封，保护好这里的生态，才能让悲剧不再重演。"

解放车一直在沙漠之中行驶着，像茫茫沙海中的一叶绿舟。车上的官兵们满身尘土，都昏睡不醒，嘴唇干裂。路旁里程碑上的数字被风沙抽打得模糊不清，连解放车的漆皮都被沙子打出来片片沙眼儿。

突然，前方又出现一道灰黄色的幕墙，遮天蔽日，伴随着牛吼一样的声响，瞬间便移动到车子跟前，司机一脚把车刹住，贺松涛用对讲机喊道："沙尘暴来了，大家不要慌，各车把帘子拴紧、窗户关好。"

司机没有遇见过这种情况，紧张地问道："中队长，咱们怎么办？还往前开吗？"风卷起沙石子不停地砸在车子上，发出"嘭嘭"的声响。贺松涛也有些慌了神，但想到大家都在看着他，又马上镇定起来。

忽然一块大石头击碎了前窗玻璃，车内立刻灌满了沙土，贺松涛和坐在副驾驶位置上的永青赶紧用大衣堵上缺口。

天空变得昏暗，看上去黑黄一片。

"我来开车，你和永青顶住漏洞。"贺松涛边说边拿起对讲机："大家要镇定，打开大灯和防雾灯，跟紧我。"

呼啸的风沙中，车身开始漂移，贺松涛用力握紧方向盘，与风较劲，并用对讲机喊道："各车注意，车体不稳，用力把握方向盘，相信我，一定能把大家带出去。"

汽车像风浪中颠簸的小船，行驶在昏暗的风沙中。漫长的三个小时后，车队开出了风区，戈壁上星光灿烂。

永青放下挡住漏洞的大衣哭着说："我还以为会被沙子埋在这儿，出不去了。"

"你来开吧，我的手没力气了，得歇一歇。"贺松涛拍了拍永青的肩膀："把你们带出来，就一定会把你们安全带回家。"

永青眼含泪光："队长，我要是能在你手下当一辈子兵就好了。"

次日上午，车队顺利到达巴丹吉林沙漠额济纳旗中队。贺松涛第一个下了车，大声喊道："同志们，下车，咱们到家了！"

官兵们陆续下了车，永青使劲地扑打着身上的沙尘，蓦然看到贺松涛口中所谓的"家"：一座被遗弃的旧房子矗立在风沙之中，没有门，仅存的窗框随风摆动着。

贺松涛推了他一下："还愣着干啥？赶紧安家吧。"

20 名官兵们迅速行动起来，卸物资、搬运器材，安床铺、修门窗。炊事员万柳把锅掏出来，但是找不到架锅的石头，走了几百米才在一个废墟之中，找到三块石头。

马宇鹏推开门："万柳，一会儿吃啥啊？"

万柳气急败坏道："赶紧关上门，沙子全进锅里了。"

马宇鹏赶紧关门进屋，看了看冒着热气的锅："好香的疙瘩汤啊。"

傍晚，外面大风呼啸，沙子拍打着窗户"啪啪"作响，官兵们正在吃饭，但都不敢大口吞咽，不敢合牙，马宇鹏吃了两口就吐了出来："硌牙。"

后来官兵们编了一个顺口溜，"戈壁滩上来安家，一口面来一口沙，抬头不见春姑娘，四季只见黄风沙。"

2

秋防过后，郝江山提任漠河大队副大队长。坐在客车靠窗的位置，看着窗外的漠河县城，再次回到漠河他不禁思绪万千，回想起"5·6"大火时车队驶过漠河县城，直扑眼帘的是满城的残垣断壁和形状各异、摇摇欲坠的烟囱，冷眼看像一排排墓碑，烧焦的尸体、路边半熔化的汽车，整个县城凄凉而悲伤，死一样的寂静，断断续续传来高一声、低一声揪人心肺的哭声……郝江山和贺松涛等官兵不忍再看这人间的地狱，紧紧闭上了双眼。

郝江山恍惚中慢慢地睁开双眼，被眼前的景象惊住了：雪花覆盖在黑土地上，远处的原始森林一片青翠，火烧迹地内生长着次生的白桦，茫茫林海渐渐恢复了生机。县城高楼林立，安静祥和，各行各业的人们都在紧张有序地忙碌着，让人不敢相信这里十年前曾有过一场浩劫。

路过一片偌大的坟地，司机介绍说："这里埋的就是'5·6'大火烧死的那些人。"乘客们隔着车窗往外看，没人说话。郝江山知道，悲剧不会再重演了，大火也只有这么一次了。

重建之后的漠河大队搞起了农副业养殖，在支队乃至总队都小有名气，很有特色，郝江山也早有耳闻。报到后他来到生产基地，推开温室大棚的门，一股热气扑面而来，绿油油的蔬菜"整齐列队"，与这个一片白雪季节形成了强烈反差。每块土地旁都有一块牌子，上写着的是"萝卜班""黄瓜班""辣椒班"等，稍大的菜地上写着"西红柿排""茼蒿排""茄子排"……当每颗种子被带进漠河大队的大棚时，它可能不知道，作为部队的菜，它也要接受军事化管理，也要形成战斗力！

大棚的角落里，一名战士正在为炉子添柴烧火，一旁的司务长见郝江山来了赶紧站起身，介绍道："副大队长，这就是咱们大队的种植能手马日史初。"

马日史初立正站好大声答道："副大队长好！"

郝江山笑着摆摆手："你好，都说咱们大队农副业搞得好，我来学习学习，刚才看了看，确实搞得不错。"

司务长认真介绍道："这都是马日史初的功劳。"

"确实下了很大的功夫，在这苦寒之地，养猪种菜能干成这样不容易啊！你们辛苦了。"

马日史初不好意思地答道："不辛苦，能让战友吃上新鲜的蔬菜，我们都很开心，虽然不在战斗班，我也在用自己的方式为部队出力嘛。跟这些蔬菜在一起，感觉每天都像在阅兵，锄草、打枝就像是纠正队列动作。"

"有点意思，咱们去看看你的'天蓬分队'吧！"

进入猪场，马日史初吹了一声口哨，所有的猪都迅速站了起来，排起了整整齐齐的队伍，像是在等候检阅的士兵："副大队长，您可以检阅了！"

郝江山看见猪舍内挂着"一班、二班、三班……"的标识牌，从走廊内走过去，这些猪竟然一动不动，一声没吭。郝江山转过身说："马日史初啊，你的兵虽然不会跨立、稍息、向前看，我看也是整齐有序、作风严谨啊，你这个猪司令当得很合格嘛。"

马日史初挠挠头："训练得还不够！"

冬去春来，漠河县湿地保护区内，林木茂密，腐殖层又厚又软。郝江山带领官兵们穿山入林，每人手持一根 1.5 米左右的桦木棍进行巡护，对狩猎套子进行清理销毁。

列兵张枫惊奇地喊道："快来看呢，这有很多松塔堆。"

尤小帅不屑道："不要叫那么大声，听见你喊，偷猎的早跑了，这有什么，松鼠总是在同一个地方吃它埋藏的松果，所以能有这么一大片松塔堆。"

张枫点点头："尤班长，我们巡护为啥还要拿棍子？"

尤小帅顿时化身为"老师"教导说："这可是救命棍！刚开始巡护的时候，我们没有经验，每天都有人被套住、掉进陷阱，副大队长发明了这'救命棍'，就可以帮助我们探路，必要的时候，还可以当作掉进陷阱的支架。"

张枫恍然大悟："那我知道了，回到队里还可以当应急棍用。"

官兵们沿着河沟两侧仔细地搜寻，将藏在草丛底下的渔网清理了出来。一处山林中，郝江山和官兵们将一张捕鸟的大网拆了下来，将粘住的鸟一一取下："你们看，这个就是花尾榛鸡，俗称飞龙，有较高的生态和经济价值，可惜现在已处在濒危状态。"

张枫好奇地问道："为什么叫飞龙呢？"

郝江山笑着说："他的爪面有鳞，就像龙爪一般，所以叫飞龙鸟，雌雄成双成对，形影不离，还被人们称为林中鸳鸯呢。"

张枫赶紧说："那我们把她放了吧，她的那一半该着急了。"大家都笑起来，将飞龙鸟放飞了。

小道旁停着一辆小汽车，郝江山走过去："您好，我们是森警，正在执行野生动植物保护勤务，请您配合接受检查。"

中年人面无表情，不屑一顾："查吧！"

尤小帅在车厢里发现了两张渔网和一个装着几十条鱼的桶，拿到郝江山面前，郝江山敬了个礼严肃地说："同志，根据保护区管理规定，禁止在保护区内捕鱼、打猎。为了更好地维护好湿地的生态环境，根据规定，我们要对查处的物品予以没收。"

"不就打几条鱼嘛，怎么就破坏环境了！"

郝江山耐心地说："现在正值鱼类产卵期，每个人都认为捕一两条没事，但是捕的人多了，就会影响生态平衡。"说着指了指保护区入口的警示牌，对中年人说："看到警示牌上的大字了吗？"

中年人低下了头，羞愧地说："保护区内禁止捕鱼。"

郝江山义正词严地说："根据有关规定，捕的鱼得放了，渔网得没收，你本人也要学习相关规定。"说完便指示战士们依法执行。

巡到一处灌木丛，蚊子小咬呼啦全围了上来，官兵们时时扑打着迎上来的昆虫。张枫小声嘀咕说："蚊子好多啊，我要是长个尾巴就好了。"

尤小帅拍了拍张枫的肩膀说道："告诉你，晚上不要去树林子里，否则蚊子能吃了你。"

巡护完官兵们在森林里悬挂鸟巢，张枫又问道："用鸟窝吸引鸟，除虫作用是不是太小了，用飞机洒药除虫不是更快吗？"

"去年小美溪林场大面积爆发了带齿舟蛾和舞毒蛾，还有一些不知名的外来入侵物种，林业部门用飞机喷洒了农药进行灭虫，结果虫子没灭多少，鸟却死了一大批，连庄稼和水也污染了。其实小虫子啊、鸟啊，小动物啊、老虎啊，他们都是一条食物链上的，缺一不可，最主要是达到某种平衡。"

马日史初很有感触地说道："对，去年大队还掉下来很多死鸟，检疫部门说他们体内都有药物残留，跟喷洒的农药有关，森林里的鸟蛋很多都没有孵出来，太可怜了。

"喷药虽然能有效控制目标昆虫，但虫子抗药性比较强、繁殖快，会通过遗传选择，进化出有抗药性的后代，杀不死的虫子，没有了天敌就会成灾，这就像打开了潘多拉魔盒，所以用药也是不太科学的，最好能用以鸟治虫，或者以虫治虫的方法。"

张枫不太相信地问道："真会有鸟来吗？"

马日史初很肯定地答道："会的，悬挂这个，筑巢率能达到30%，最高可以达到 68%。"

张枫又指着一个鸟巢："这个鸟巢很奇怪。"

郝江山点了点头道："这个是专门为猫头鹰和蝙蝠设计的箱子，到了晚上，普通鸟儿归巢，它们就可以进驻'哨位'，晚上继续战斗，捕食昆虫。"

张枫笑了笑："这个有意思。"

"如果这个森林里有鸟、有蚯蚓、有蚂蚁，还有蝙蝠和猫头鹰，说明这里生物平衡已经得到了改善。"

说完郝江山将战友们组织起来："好了，同志们，现在到了'林海谈兵'的时间了，今天就以我们站立点周边的地形为例，设置虚拟火场，如果你是指挥员，会采取什么战法排兵布阵？你们要在脑海里形成这样一个意识，只要看到一座山，就要在脑子里思考分析，如果着了火，应该怎么布兵，用什么战法？怎么设置避险区域？紧急情况下如何撤离？"

大家讨论得很激烈，每一条发言，郝江山都逐一解答补缺。

转眼间，就到了年终，总队工作组对支队推荐的先进大队进行年终考核。靳副参谋长看到郝江山在这里任职，多年前的心结还没有解开，便让作训的王参谋、政治部的唐干事把大队后勤班单独拉出来考一下。

马日史初一路领先，满头热气腾腾，汗流浃背到达终点。靳副参谋长、作训处的王参谋同时摁了秒表。

靳副参谋长不太相信地看着秒表："16 分 31 秒？"

作训处王参谋看了看秒表："是的，副参谋长，这成绩都破总队纪录了。"

唐干事也不太相信，看了王参谋的秒表："怎么可能这么快？"

祝国安主任笑开了花："靳副参谋长，马日史初是彝族战士，不光养猪种菜是一把好手，而且军政素质都很过硬。"

靳副参谋长笑着问道："不会就他一个人这样吧。"

话音未落，后勤班的其他战士也过了终点。

郝江山自信地回答："我们大队后勤班严格按纲施训，训练一点也没落下。"

3

额济纳旗的梭梭林内，三名盗伐者正在往拖拉机上装梭梭柴，正巡逻至此处的贺松涛、永青、马宇鹏同时跑上前去："住手！"

一名盗伐者瞪着眼问："你们是干啥的？"

永青很严肃答："我们是森警，专门保护梭梭林的。"

"嘿，口气还挺大，大家都在砍，你们管得着吗？"

贺松涛从远处把目光收回，看着盗伐者道："根据自治区政府命令，这片林子属于重点保护区域，禁止砍伐！我们是在依法执勤。"

"少管闲事，再啰唆一句，我们可不客气了。"盗伐者说着掂量着手中的大斧子，挑衅地朝前走了两步。

马宇鹏掏出枪："不要耍威风，我们是依法执勤，你们这是犯法。"

盗伐者们看到枪顿时吃了一惊，身体朝后退了退。

贺松涛朝永青使了一个眼色，永青快步走过去，把两辆拖拉机的车摇把拿了过来。贺松涛走近拖拉机，看着满满两车梭梭："真可惜啊，这么多梭梭，得长多少年，你们一分钟就放倒了。根据有关规定，对盗伐梭梭的违法行为，要进行经济处罚。"

盗伐者相互瞅了一眼，嘿嘿装傻："我们是第一次来，就放了我们吧，梭梭都给你们，罚款就免了吧？"

马宇鹏把眼睛一瞪，大声呵斥道："不罚，你们能记住这个教训吗？！"对于盗伐者，战士们没有一丝怜悯，依法罚款并勒令他们离开山林。

烈日下，永青、万柳和新兵毕然在广袤的沙漠中巡逻穿行。毕然有气无力："班长，我的胶鞋底都快磨漏了，巡护这么长时间，咱们该回去了吧？"

万柳抬头向远处看了看："快了，还有十公里，到前面的村子宣传完《森林法》和相关法规就回去。"

毕然不停地抹着汗："啊，再走十公里？我的脚都烫熟了，这天也太热了，再这么下去我没变成风一样的男子，倒是变成风干的男子了。"

万柳看了看毕然："我不知道你当时来这当兵是怎么想的，但在你入伍那一刻，就应该有觉悟了吧？不管怎么样，可不要忘了初心啊！"

俯瞰广袤的沙漠，三个人显得十分渺小。

永青、万柳和毕然在牧民村庄，挨门挨户地将《森林法》《防火条例》等法规及宣传提纲送到牧民手中。

万柳指着一户人家："这家的牧民叫那木吉勒，脾气大得很，前几次去他家宣传，都被他赶出来了。"

永青想了想说道："你们先别说话，我去试试。"

三人敲开门，看见老牧民那木吉勒，正在院子里逗孙子："大爷，能不能给口水喝。"

"好哇，欢迎嘛。"

永青看着那木吉勒的孙子："孩子长得真壮实，今年几岁了？"

那木吉勒舀出一大勺水递给永青："今年三岁了，乖得很！"

"怎么没见他的父母？"

那木吉勒叹了口气："唉，风沙一年比一年大了，没有牛羊放，年轻人都去旗里打工了。"

"那之前，这里没有风沙吗？"

那木吉勒回想了一下："比现在是好多了。"

"大爷，您知道为什么会出现这种情况吗？"

"老天爷不给水了嘛，干旱了。"

永青认真答道："大爷，不是老天爷不给水了，您想一想，风沙越来越大，是不是树也越来越少了？现在自治区政府规定了，这里的胡杨和梭梭以后不能再砍了，肉苁蓉也不能挖了。"

那木吉勒不高兴地说："不让砍梭梭，咱们的牲畜吃什么？祖祖辈辈都靠挖肉苁蓉为生，不让挖，我们以什么为生？"

永青笑着解释："大爷，我们之所以能在这里安家，就是因为梭梭和胡杨能挡着风沙，如果没有了它们，这儿全都成沙漠了，哪还有家呀！"

那木吉勒思忖着："那肉苁蓉总可以挖的吧？"

永青抱着那木吉勒家的小孙子耐心地解释："由于违规挖掘，已经导致大片的梭梭林死亡了，这些梭梭我们得留给您的小孙子他们啊。"

万柳和毕然帮着那木吉勒修着马圈和骆驼圈。

那木吉勒陷入深深思索中，过了一会儿，老人从屋里拿出一把铁锹，一脚踹断："这把铁锹，我用它挖了几十年，以后我再也不挖了，你们说得在理啊！"

永青赶紧接着话说道："有了绿水青山，才有幸福的家园，要是大家都像您有这么高的觉悟，梭梭和胡杨就有救了！"

那木吉勒大手一甩说道："把你们的单子放在我这里一部分，我也向牧民们讲讲，让大家都来保护梭梭和胡杨林。"

夜间，贺松涛等潜伏在额济纳旗梭梭林内的沙坑里，贺松涛不时地低声提醒大家："打起精神，我估计他们快来了。"

永青悄声地问道："中队长，他们学奸了，白天都不出来了。"

万柳指着不远处："那边有灯光，他们从东边过来了。"

贺松涛站起身来："大家做好准备，跟我冲。"

官兵们顺着灯光紧追不舍，将盗伐者堵了个正着。

在夜间成功抓捕一帮盗伐者后，白天，贺松涛带着万柳和永青开着车在额济纳旗梭梭林内巡护。执勤中发现了一辆盗伐梭梭柴的拖拉机，永青大喊："站住！别跑！"

万柳开着车追去，盗伐者发现有人追捕，开始绕道逃窜。当追捕的卡车贴近行驶中的拖拉机时，贺松涛和永青飞身跳了上去。

盗伐者见车上有人，开始加大了油门，不停地摆方向盘，企图将车上的人甩下去。贺松涛朝天鸣枪仍未停车，迅即从车头爬到驾驶室和不法分子拼命争夺方向盘。争夺中，拖拉机侧倒在一条沙沟里，车厢上的永青被甩了下来，贺松涛被扣在驾驶室里。万柳急忙下车，驾驶室里两人都晕倒了，贺松涛的头和脸被碰出了血，手里依然死死地握着方向盘。

额济纳旗沙漠的白天一如既往的酷热难耐。沙漠中一支4人小分队在徒步巡护，从天空上俯瞰起来就像4个绿点。茫茫的巴丹吉林沙漠上，留下了额旗中队执勤官兵一串串深深的脚印。

4名20多岁的小伙子，皮肤黝黑、粗糙，一个个嘴唇干裂。毕然沮丧地说道："班长，咱们慢点走吧，这里太苦了，来了半年，我的头发都快掉没了，人黑了，牙也黄了，我还没找对象呢。"

万柳笑着问道："害怕了吧？"

毕然苦着脸："新兵连班长老拿奇乾吓唬人，我觉得这里还不如奇乾，天上无飞鸟，地上不长草，沙舞天地暗，风吹石头跑，哪天受不了，我可要逃跑。"

万柳严肃警告："我跟你说，你只能在这里好好干，更不要想着逃跑，沙漠里没有路，如果乱跑就会迷失方向，不饿死也会渴死。"

"班长，你也吓唬我。"

万柳认真瞅着毕然："不是我吓唬你，去年刘彦生在巡护时，迷失了方向，靠两个馒头在戈壁滩上历尽千难万险才回到中队，人都快晒成木乃伊了。"

毕然赶紧说："这可不是开玩笑的！我可亲有体会，刚下队时，中队长就带领我昼夜巡护，靠喝水洼里的臭水，吃饼干维持着，在大漠潜伏了 7 天 7 夜，才抓获了盗伐盗猎者。对了，班长，我怎么记得今年还没下雨啊？"

万柳答道："咱们这里平均降雨量只有 37 毫米，而蒸发量却是降雨量的 100 多倍，印象中只有前年夏天下了 15 分钟的毛毛雨，当时我们都高兴地跑到沙滩淋雨，就像过节一样。"

自额济纳旗中队成立以来，虽然有效打击了盗采盗挖之风，可仅仅靠森警中队这些人还远远不够。为扩大战果，彻底清除偷伐者，贺松涛认为更要在"防"上下功夫，在红柳大泉、古日乃、拐子湖三个围栏封育区，设立季节性堵卡站，实施重点布防，卡住主要交通路口。

1997 年 7 月 1 日清晨，中队官兵在门前整齐列队，永青准时更换着门前的香港回归倒计时牌，牌上显示距离香港回归还有零天。

贺松涛心潮澎湃，为祖国的强大而骄傲自豪，他的心情久久不能平复，几乎是用喊的声音向中队全体官兵讲："今天香港就回归祖国了，我们距离香港万里之遥，虽然看不到新闻，但我们的心，永远跟香港连在一起，跟祖国连在一起。有一棵树，长在我们的心窝，历史的年轮中铭刻着 99 年的沧桑巨变，期待是根，思念是枝叶，从今以后我们的祖国将会越来越强盛，而这棵树必将枝繁叶茂。我们以无比自豪的心情，迎接共和国的朝阳，我宣布，升旗仪式现在开始！向右转，齐步走！"

简易的升旗台前，贺松涛下达了立定的口令，马宇鹏等三名护旗手迈着正步朝旗台走来。

五星红旗迎着朝阳冉冉升起，官兵们深情地注视着……身后是"喜迎香港百年回归、捍卫祖国万古长青"背景标语。

夜幕降临，中队官兵和那木吉勒等牧民围坐在篝火旁，贺松涛站起身铿锵有力地讲："今天的'讲民族历史、话香港回归'活动，那木吉勒大爷为我们讲了土尔扈特人，历尽千难万险回归祖国的历史，大家仔细想想，与今天香港回归相比，为什么一个回来得如此艰难，一个却能平稳顺利地过渡呢？"

"是综合国力的日益强大和国际地位的不断提高！"

"咱们中国富强了，外国人不敢欺负咱们了！"

"是'一国两制'的治国方针政策！"

"是各族人民不断努力，民族团结力量大！"

……

官兵们纷纷表达心声。

贺松涛总结道："是啊，民族团结，国家富强，是香港顺利回归的重要保证。只要我们永远团结，不断奋发进取，就没有咱中国人干不成的事。同志们，保护好这片沙漠中的绿洲，是我们森警的责任，三百年前土尔扈特人为摆脱压迫东归，今天我们再不能因为生态灾难让他们再次迁徙了。"

悠扬的马头琴声响了起来，军民围着篝火载歌载舞，吃着西瓜，举起倒满阿拉善白酒的酒杯，为遥远的香港祝福，为伟大的祖国祝福！

4

一阵紧急集合号声响起，漠河大队接到上级命令，跨辖区增援灭火。在前往火场的火车上，郝江山与大队干部围在一张松岭区南瓮河湿地保护区的地图前分析火情："火场位于南瓮河湿地保护区 616 高地，地处湿地保护区核心位置，地势开阔、林草相连、森林茂密，具有林火发展快、扑救清理难等特点。历史上曾多次发生较大森林火灾，地点敏感，支队、总队和指挥部领导都很关注。

"初发阶段，火场气温 18 度，南风 2 级，火势发展相对平稳。11 时 30 分，受火场小气候影响，风力骤增至 4 级，气温上升至 25 度，形成中强度急进地表火，迅速向东推进了近 7 公里，卫星云图显示火场从 3 个像素猛增至 8 个像素，形势十分严峻。"

大队长参加中培，带队扑火的任务落到了郝江山头上。

"支队这次还能不能让我们打火头了？"

"放心吧，同志们，我们必须打火头，到达火场北线简易公路后，我们乘坐支队准备的运兵车，快速穿越 7 公里沼泽地到达北线南瓮河主河道，徒步涉水接近北线，采取'一线推进'战术，向东南方向进行扑打。跟我们配合的是那罕的一大队，他们将机降至火场东线，向东北方向扑打，与我们逐渐形成钳形夹击、追歼火头的有利之势。"

换乘摩托化开进方式后，郝江山带领战士们乘坐 6 台森林消防车和 4 台全道路运兵车，在南瓮河湿地中快速穿插，向火场开进。官兵们穿越了 30 米宽的南瓮河，简单休整后，徒步向火场奔袭。

到达南瓮河 616 高地火场后，郝江山迅速组织官兵朝火头扔灭火弹降低火势，而后按照"一线推进、递进超越"战术开始扑打，尤小帅、杨嘟嘟等都在竭力快速扑打。

郝江山用对讲机喊道："咱们这次要比一大队打得快、打得好！"浓烟弥漫，灭火机声音很大，郝江山在火线上不时拍着灭火机手的肩膀："注意脚下，小心塔头甸子。"

下午，灭火机停止了轰鸣，两支扑火部队扣头了。

那罕用电台向支队报告："火线明火已扑灭，我部已与郝江山部扣头。"

电台回复："火场林草相连、地形复杂，继续巩固清理。"

杨嘟嘟问郝江山："副大队长，他们这次怎么这么快？离坐标点还挺远呢。"

那罕朝郝江山走了过来："哟，这不是郝副大队长吗？又来抢头功了？"

郝江山笑着调侃道："那大队长简直就是神速啊，不到5个小时就打到这里了。"

那罕非常得意："论战斗力，咱虽然赶不上你们，可是要论装备嘛，你们就差点了。"

郝江山想了想问道："你们配水泵了？"

那罕哈哈大笑："这次我们依靠水泵打开突破口，采用'以水灭火'战法，成功堵截了林火上山，这头功，该是我们一大队的了。"

"那也是我们故意让着你们的。"郝江山撇了撇嘴，心里说，不就是占了装备的便宜嘛！这也坚定了他建设特种灭火分队的想法。

扑救南瓮河湿地森林火灾任务完成后，郝江山一行安全归建，官兵们立即晾晒被装、维修装备，以利再战。

李岩峰抱着一头小野猪走进了猪舍："天蓬元帅，还生闷气呢？"

马日史初背对着李岩峰给一头花母猪挠痒痒："你们都上火场了，就把我一个人留家里。"

李岩峰挠了挠头说道："郝副大队长不是说让你在家实验'生态养猪法'吗？再说了，你也不是没上过火场。"

"可我还是觉得上火场好。"

李岩峰见他不开心便转移话题："你那彝族阿妹来信没？"

马日史初立马上当答道："有一封，还没拆呢，这几天我都住在猪圈里，'小花'快生了，这次准又能生十只小猪崽。"

"小伙子干革命工作还是那么好强嘛,说真的,我带的这批兵,属你最能干。"

"这还不是班长你带得好?"

"哟,小嘴越来越甜了。"

"是部队把我从一个放牛娃培养成一名森警战士,还给了我那么多的荣誉,部队就是我的家,我一定好好报答组织的关怀。"

李岩峰被马日史初的回答砸愣了,缓了半天才道:"哎哟,这几天不见,思想还上层次了,是不是巡回作报告长见识了?"

马日史初忽然大声说道:"我想起来了,这个月的党费还没交呢,一会儿我交给你。"

这时,李岩峰不小心碰到小野猪的伤口,小野猪发出痛苦的叫声。马日史初起身回头惊喜道:"班长,你这是从哪儿弄的?"

李岩峰小心地把小猪交给马日史初:"我们打火时在山上发现的,腿被铁丝套勒坏了,副大队长说先让你养着。"

马日史初欣喜地接过小猪说:"好,好,放心吧班长,我肯定养好。"

李岩峰转身走了,到门口又回头:"副大队长还说了,不要跟上次救的狍子和鹿养在一起,它们会打架。"

马日史初做了一个胜利的手势:"耶!"

周末午休时间,马日史初独自带上工具在营门前的花坛旁清除杂草。正好被郝江山看到,他神神秘秘地走到马日史初面前:"你小子今天表现很好,奖励你一下。"说着,从背后拿出来两根雪糕。

马日史初看着雪糕,舔了舔嘴唇,唾沫直往肚里咽,郝江山把雪糕递给他说道:"这可不是普通的雪糕,上面有巧克力、瓜子和脆皮,里面是奶油,放在嘴里,那真是甜而不腻,冰中带香,回味无穷啊。"

马日史初赶紧道谢:"谢谢,谢谢副大队长。"接过雪糕直奔宿舍,郝江山笑着直摇头:"唉,两个雪糕就给收买了。"

"班长,给你雪糕。"马日史初拿着雪糕跑到了班长李岩峰面前。

"哪里来的?"李岩峰疑惑问道。

"副大队长奖励给我两根雪糕,刚才我吃了一根,这根特意给你留的。"

李岩峰接过雪糕很纳闷:"副大队长那么抠,今天怎么还买雪糕了呢,而且还买两根。"

马日史初一本正经地说："他可不是抠，那是会过日子。"

李岩峰蓦然想起点儿事："对了，总部规定，基层中队必须保证官兵每人每天吃上一个鸡蛋，没有说是煮是炒还是蒸，可郝副队长要求以后每天都要有煮鸡蛋，每人一个，谁都不能少！这样可以保证每名同志的营养需求。"

马日史初很是认真："我们炊事班就是要想方设法把伙食办好，让大家吃饱吃好、吃得营养、吃得健康，好伙食顶得上半个指导员，就是要让大家进了大队不想家，进了食堂不想妈。"

两人会心一笑，不约而同走向了食堂。

5

预防森林火灾，关键在落实责任，重在管控火源。郝江山始终注重防火责任体系建设的探索，按照谁管理、谁负责的原则，严格落实防火责任制。采取进校园、进村屯、进社区等形式，深入开展防火宣传活动，使群众充分认识违反野外用火规定可能造成的危害和后果。对发生的森林火警火灾，坚持实事求是宣传报道。

有一次到林业局办事，孔局长对打火的新闻报道提出了质疑，责问郝江山："报道你审过了吗？"

郝江山很纳闷："每个字都看了。"

孔局长一拍桌子："好！那我问你，为什么你们报的火场面积这么大？"

郝江山认真看了又看："火场面积没有错的，打了多少火，我心里都记着。"

孔局长声音一扬："从来没算错过？"

"没错过，从飞机上飞一圈，火场多大，我心里有数。"

孔局长皱着眉："我们算的面积可比你们小多了。"

"《森林火灾损失评估技术规范》中明确，被火烧过的森林面积，不论火烧程度如何，均属于受害森林面积。"

"不行，不能按过火面积算，你们以后要按受灾面积统计！"

郝江山很为难地摇了摇头："这，恐怕不合适吧？我们也是按规定使用火场勘察仪和 GPS 测量的，卫星平台也有监测数据，这个不会有假。"

"你这个人，怎么听不明白呢？"

郝江山执拗劲也上来了："之前一直是这么报的。"

孔局长越说越生气："现在国家林业局和省里有了更硬的杠杠，超出这么多面积，县里就有十几个人追责！林中火起，官帽落地，可不是闹着玩，我们的压力大得很！有火我们都是能捂则捂，你们倒好，有火就写报道、上报告，弄得世人皆知，你们可把我们害惨了！"

郝江山正色道："孔局长，您说是官帽重要，还是火灾过后吸取教训，防范化解火灾隐患重要？"

孔局长一愣，愤然转身背手，无话可说。

郝江山戴上大檐帽："局长，您放心，有漠河森警大队在，87年'5·6'大火那样的悲剧不会重演！"

回到办公室，郝江山给刘亦欣拨打电话："《印尼森林大火引发的思考》这篇文章我反复看了，写得很有深度，发人深省。"

刘亦欣连忙感谢道："这还得多谢你的帮忙和指导呢，没有你们的扑火实践和体会，我哪能写出深层次的研讨文章。不过这次大火也有好的一面，因为这次造成的损失太大了，殃及许多国家，环境和森林保护一下子成为全世界关注的热点话题。"

郝江山叹了口气道："有人说今年是'世界火年'，世界五大洲都发生过特大森林火灾，澳大利亚的森林大火到现在还没扑灭，看来，1997年，我们只能在'火'的祝福中度过了。"

刘亦欣笑了笑道："希望世界上所有的人，都来重视和保护我们这个星球的和谐与平衡，未来和幸福掌握在我们自己手中，对此我充满信心，加油哦！郝副大队长，你先忙吧。"

郝江山一脸促狭："行，你先挂。"

刘亦欣也不甘落后："你先挂。"

郝江山仍然坚持："你先。"

刘亦欣无奈道："好吧。"

6

总队生产经营办，孟虎威的办公桌上放着一份文件：贯彻落实军队、武警部队不再从事经商活动的《通知》，旁边烟灰缸里插满了烟蒂。孟虎威站在窗前，瞅着窗外的瓢泼大雨，一根接一根地抽着烟，屋内已经烟雾缭绕。一道明亮的闪电之后，惊雷隆隆作响。孟虎威仿佛从梦中惊醒，猛地转身将烟头摁灭在烟灰缸里，打开抽屉，取出早已写好的转业申请走出了屋。

哈尔滨股票交易大厅里人头攒动，大屏幕上不时滚动显示着或红或绿的数字，孟虎威坐在沙发上紧张地注视着大屏幕上的数字变化，转业后他开始研究股票，并小有收获。忽然，他从沙发上兴奋地跳了起来，旁边一位股民诧异地看着他："又涨了？"

"涨大发了！"孟虎威激动地笑着。

这时，腰带上 BP 机震动，孟虎威掏出看了看，走出大厅，用公用电话拨了回去："啥事？"

邱胡杨听见话音里人声嘈杂："你在哪儿呢？"

"在外面哪，啥事？"孟虎威没有正面回答。

"家里的钱都哪儿去了？"邱胡杨没有再追问，说出了打电话原因。

孟虎威一惊："找钱干什么？"

"闺女的奶粉没了。"

"好，我去买，还缺啥？"孟虎威暗嘘了一口气。

"再买点尿不湿。"邱胡杨没有多想。

"放心，保证让你娘俩满意！"孟虎威挂断电话向超市走去。

孟虎威抱着满满一大箱奶粉和尿不湿走进家门。

邱胡杨很诧异地问他："你怎么买了这么多？"

"这还多，我还嫌少呢。"孟虎威抑制不住高兴的心情，说话明显跟平时不一样。

邱胡杨拿出一罐奶粉看了看："这奶粉，很贵的。"

孟虎威抱起孟佳航亲了亲："我的小棉袄，要用世界上最好的奶粉。"

邱胡杨边冲奶粉边问："你这几天都在忙什么？"

孟虎威摇晃着孟佳航，撒了一个谎："联系工作啊，怎么了？你就放心吧，我孟虎威敢闯火海，也能在经济大潮中勇闯商海。"

此时，漠河县仙女峰山顶，郝江山正带领几名骨干进行战场勘察，忽见山下大树接连倒下。尤小帅瞅了瞅问道："不会是熊瞎子撞的吧？"

"不对，肯定有人在砍树，都砍到仙女峰了，这是连仙女的裙子都要往下扒啊。"说完，郝江山带着人就往山下赶去。

"都停下，谁让你们砍的！"郝江山带人气冲冲赶到现场后，离着很远就大声喊道。但油锯声很响没人听见，他快步走到最近的一名伐木者身前按住油锯：
"住手！"

伐木者有些茫然地看着郝江山，关停了油锯，其他同伙同时制止了剩下的伐木者。

"怎么都停了？"张家贵拿了一听易拉罐啤酒，从简易帐篷里钻了出来。林场场长田不野啃着一只鸡腿也跟了出来。

郝江山看见了张家贵，先是很惊讶，但瞬间变得很愤怒："家贵，这是怎么回事？"

张家贵把易拉罐递给田不野，搓着手有些内疚地看着郝江山："江山，你怎么在这里？"

"我怎么不能在这里？"郝江山瞪圆眼睛，语气很冲。

张家贵勉强笑了笑："天这么热，你们也不休息呀？"

见郝江山没吭声，张家贵上前走了几步："江山呐，这林子里的树，我都买下来了，手续是合法的，不信你问田场长。"

"对，买了，买了。"田不野场长先是一愣，而后赶紧接上话。

"田场长，你们自己看看，兴安岭都已经千疮百孔，朝不保夕了，怎么还忍心下手去破坏它？如果没有树木涵养沙土，保护生态，长此以往，就会山洪暴发，水土流失，兴安岭将会变成沙漠。只要有一点良知，想一想子孙后代，也不能这样砍树。你们这是'吃祖宗饭，造子孙孽'，告诉你们，不管是谁，谁破坏林子，我就跟谁拼命！"郝江山讲起来毫不客气。

听到这话田场长顿时不乐意了："打住，打住！我说，郝队长，你管得也太宽了吧，这是林场自己家的事，跟你们没任何关系！你们的任务就是防火灭火，其他的也管不着！别说你是副大队长，就是你们支队长在这，我也不怕他，一边儿凉快去，要是再掺和，我田不野可就不客气了！"

郝江山知道今天硬碰硬解决不了问题，但是不能就这样让他们无休止砍树，于是朝几名战士使了个眼色："那好，我现在要检查有没有人违规携带火源，是否非法操作！"

尤小帅等人心领神会，立即行动起来，不一会儿有人报告："副大队长，帐篷里有火机，地上还发现了烟头。"

"这边有很多机油和汽油！"

郝江山大手一挥："全都没收！"

"哎，你！你给我等着，咱们走着瞧！这事没完！"田不野很生气，转身离开。

往回走的路上，尤小帅开玩笑说这个田不野，应该改个名字叫吴不刚，战友们追问为什么叫吴不刚，有人说我知道，因为吴不刚不砍树。郝江山沉默地看着窗外不断倒退的树木，快到县城，树林逐渐稀疏，看着不远处一块林地变成了耕地，一台台机器忙碌地垦着荒，郝江山很是痛惜。毁树容易种树难，砍树垦荒后极易水土流失，这等于制造沙漠啊，这么简单的道理为什么没有多少人能明白呢？因为还有另一种沙漠，在人心的土地上扩散着……

7

暴雨如注，电闪雷鸣，黑龙江省大部分地区已经连续多日降水，河流水位不断上涨。砍伐过的林地，树桩一片连着又一片，不再有森林植被保护的兴安岭上，雨水挟裹着浑黄的泥沙汹涌而下，流入小河中，小河奔腾着引发了山洪，山洪如猛兽般咆哮着冲进了大江。

大兴安岭地区支队作战值班室，响起了急促的电话铃声："哈尔滨松花江段汛情紧急，根据省防汛抗洪指挥部和总队预先号令，你支队迅速做好抗洪抢险准备。"

漠河大队学习室，黑板上写着渗透、管涌、决口等险情的处理方法，郝江山在进行抗洪抢险险情处置的授课："抗洪抢险和打火一样要讲究科学方法，一会儿再学习《防洪法》和抗洪抢险方案，下午，大队要按照方案，分组进行演练。"

尤小帅站起来："郝副大队长，刚才，您讲的厄尔尼诺是啥？"

"厄尔尼诺是西班牙语的译音，英文名字叫 ELNINO，原意是'小男孩'，也称'圣婴'。地球在宇宙中受其他星体影响，在太平洋东南部，赤道附近沿南美洲海岸线附近海域出现了一个自东向西洋流，再加上其他因素影响，导致大气温度升高，影响了全球气候变化。去年爆发的厄尔尼诺是近百年来最强一次，全世界范围内引发了多起洪水、山火、飓风、暴雪等重特大灾难，造成了巨大损失。"

"那厄尔尼诺就是个一无是处的坏男孩。"尤小帅插了一句，学习室内一阵笑声。

郝江山微笑看着大家："也不能完全这么说，在第四纪冰川，地球上很多生物灭绝了，强迫我们祖先从树上下到地面，才逐渐地独立行走。再比如说，一些常年干旱的地方，今年夏季就有了丰沛雨水……"在战士们眼里，郝副大队长简直就是他们的百科全书。

郝江山正说着，对讲机传出了值班室的呼叫，全大队立即行动起来，全员进入战备状态。

一辆警车停在了大队部门前，王警官下车，看见郝江山正在院中，满脸感激走过去握住郝江山的手："郝副大队长，这次抓捕盗伐行动，你们大队这3名战士功不可没呀！"

"这是我们应该做的，快进屋喝杯水吧！真不容易呀！"郝江山谦虚回应。

"哎呀妈呀！可不是咋的，这十几天，又是风又是雨，费了老大劲，蚊子叮了满身包，才把这个偷木头的抓住！你们的战士真是好样的。"

王警官还想再感谢，但看着紧张忙碌的官兵们和车辆发动的情形，知道大队有任务，就没再客气。

"我就不打搅你们了，等你们回来咱们再聊！"说完上了车，朝郝江山摆了摆手，将车开出了营门。

"你俩抓紧做好抗洪准备，杨嘟嘟，你到我办公室来一下！"郝江山转身上了楼。

杨嘟嘟看着手中加急电报："家遭洪灾，妹被冲走，速归。"顿时泪水忍不住流了下来。

"杨嘟嘟，这是回九江的火车票，大队给你请完假了。"郝江山拿出厚厚一沓钱放到杨嘟嘟手中："这些是咱们大队战友们的一点心意。"

教导员程宏远接到抗洪任务电话时，在地区林业医院手术室门口急得团团转。不一会儿手术室里推出一个人来，程宏远靠上前去，握着母亲的手，满脸愧泪长流："娘，部队有任务，儿子……对不住您了！"

母亲声音微弱，但一字一顿："远儿，你放心去吧，娘能挺得住……"

会议室内，郝江山布置完任务抬起手臂："请大家对表，现在是19时12分，20分钟后，必须完成各项准备，命令一到，全员准时开进，明白了吗？"

"明白！"干部们声音坚定有力。

对军人来说，抗洪也是战争！

雨中，大队官兵齐装满员准备出发，汽车刚要发动，马日史初正准备放下车篷布，忽然，杨嘟嘟穿戴整齐跳上了车。

"杨嘟嘟，你咋上来了？"

"班长，我不回家了，家那边肯定也有抗洪部队。"

车队开出营门。乌云很厚，夏雨绵密，天空像一把水筛子，车队在暴雨中行进，汽车劈开路面积水，冒着如注暴雨前进。刮雨器已经失去了作用，司机瞪大眼睛，驾车奋勇前进，车轮下水花飞溅，车队转眼间消失在雨幕深处。

经过连夜摩托化行进，车队到达哈尔滨市松北镇团结大堤任务地域。郝江山跳下车，转头看见程教导员用手撑着腰部："伙计，你的腰没事吧？"

"没事，你组织官兵下车，迅速做好准备，我去向总队前指受领任务。"程宏远转动身体，向总队前指跑去。

哈尔滨生态家园小区一栋居民楼内，邱胡杨穿着睡衣，头上包着毛巾，正在逗着刚出生不久的女儿，客厅内的电视播放了一段抗洪新闻。她看到新闻后立马拨通总队电话，得知总队都去抗洪了，门诊部要成立救护小分队。挂了电话，轻轻放下孩子，便急忙下了床，在衣服柜里翻找："妈，你把我的作训服放哪儿了？"

邱母正在卫生间洗尿布，回头说了一句，"要作训服干吗？在我这屋柜子里。"

"部队都抗洪去了，我也得去！"

"部队通知你去了？"邱母吓了一跳，放下手中尿布，手也没擦就跑了出来。

邱胡杨不搭话，打开衣柜取出衣服，换穿了迷彩服。

"这还没出月子呢，江边风那么大，要是受了风，会落一辈子病根，你知道不知道啊，妈这是为你好！"

邱胡杨简单收拾了一下，把一些必需用品装进提包。

"唉，你还真去啊，孩子还没断奶呢……哎……胡杨……拿把伞……"

邱母话还没说完，邱胡杨已经出了门。

8

天不亮，刘亦欣就敲着一家面食店的门："开门，开门，快开门！"

门里传来不耐烦和恼火声音："谁啊，啥事啊？"

"我要买馒头和烧饼！"

"太早了，这才四点……"

"一会儿抗洪的部队就到了，他们来不及吃饭就得上去，我得先给他们买点吃的。"刘亦欣赶忙解释道。

一个中年男人披着衣服打开门，话软了下来："给抗洪官兵的啊，那可不能让他们饿着肚子，我现在就做，这里有的你先都拿走吧。"

刘亦欣掏出一沓钱递给店主人："你店里吃的有多少我要多少，一会儿我们报社的车来拉，这些钱你看够不够？"

店主有些生气："部队来救灾了，吃咱几个馒头还收钱，那我还算是人吗？不行，这钱不能收。"

两人僵持不下，店主急了："那我就收一块钱，一会儿你用车来拉，我现在赶紧再多做一些！"

刘亦欣从面食店出来后，赶紧回家收拾衣物和采访用品："爸，我去抗洪前线了啊，饭你去大嫂家吃吧。"

"你不是都收集了一些资料吗，怎么还去？"刘先河问女儿。

"没有亲眼所见、亲耳所闻，是写不出好新闻的。"

"抗洪前线那么危险，你可要小心。"

"官兵们都不怕，我也不怕。"

"嗯，这才是我刘先河的闺女。"刘先河虽然很不放心女儿，但还是同意女儿的决定。

刘亦欣带着一车食品到了松北镇森警前指，见到了总队参谋长张京华，说明了来意。张京华不同意刘亦欣和几个记者到危险的前线采访，但可以在前指。刘亦欣一听就急了："张叔，这么大的一场抗洪战斗，我们新闻工作者不到一线去采访，那怎么行呢？"

张京华思索了一会儿："那好吧，你们跟着大兴安岭漠河大队上去，一会儿给你们一套迷彩服，蚊子太多了，要有吃苦的思想准备！"

"谢谢张叔！"刘亦欣达到目的，怕他反悔就赶忙出了前指。

"报告首长！森警老兵抗洪突击队前来报到！"门外传来铿锵有力的声音，早已退伍的梁亮亮，肚子虽然已略发福，但一板一眼可见当年军人风范。正在地图前研究部队部署的张京华，望着这支30多人未戴警衔、排列整齐的队伍，眼睛有些湿润。

"首长，大水来了，让我们再当一次兵吧！"

"对，我们要去最危险的大堤！"

张京华动情了，向他们敬了一个庄严的军礼："你们是森警部队的骄傲！"

哈尔滨市松北镇团结大堤上，郝江山在整队。梁亮亮扛着"老兵突击队"队旗，喊着整齐的口号跑步上了大堤。

"亮亮！"郝江山回头看着领头的人不敢置信。

"江山！"梁亮亮十分惊喜。

两个新兵连战友紧紧拥抱在一起。

"想死我了……"

这时只见一个人满头大汗地跑过来大喊："前面溃堤了……"

程宏远带着队伍奔向溃堤口，梁亮亮等紧随跟着一起。决口足有7米长，洪水如雷，震耳欲聋，情况万分紧急，程宏远大声喊道："党员干部下水，十三中队投沙袋，十四中队打桩！"

在程宏远带领下，党员干部身系绳索纷纷跳下水，在水中将手臂挽在一起，组成一道人墙。官兵们立即按分工展开，拿铁锹和编织袋的官兵一拥而上，铲的铲、系的系、扛的扛、垒的垒。尤小帅奋力打桩，沙袋雨点般投下。

郝江山站在水中眼见沙袋不够用了，急忙喊道："快用背包！"绿色的背包落下后瞬间被砌在大堤上，水速太急木桩抱不住，马日史初使劲用肩膀扛着。

这时郝江山爬上堤坝抓住尤小帅："去车上拿4把油锯，要快，还有铁丝和钳子！"

"一排跟我来！"郝江山带领一排奔向了堤坝不远处的几棵大树。

郝江山抹了抹脸上雨水，对大树说道："伙计们，真是对不住了！抗洪要紧！"

"把铁丝拧紧了。"风雨中，郝江山带领着一排喊着口号，将连在一起的木头抬向大堤。地面湿滑，蒿草茂盛，尤小帅摔了跟头，又迅速爬起来，肩膀也被粗糙的树皮磨破了。

官兵们合力将木头推进江中，卡住溃口，激流顿时减缓。

"抓紧时间扛沙袋！打桩的快点！快……快……"

郝江山看见一个战士费力地拖着一个沙袋，急忙跑过去喊道，拍了一下肩膀："能不能利索点，这都什么时候了？"

刘亦欣一抬头："我……"

郝江山愣了一下："啊，这里太危险了，这可不是你干的活，快去岸上。"

说完将刘亦欣的沙袋扛起走了。

下午，官兵们都成了泥人，杨嘟嘟等体力明显不支，背着沙袋跌倒了，又迅速爬起来，大声喊着向前冲。

洪水还在猛涨，堤坝在风雨中飘摇，洪水一浪紧似一浪拍向人墙。程宏远站在齐胸深的水中，冷得嘴唇发紫，声音嘶哑地喊道："团结就是力量，大家一起唱！"

歌声瞬间响彻了大堤，官兵们一遍又一遍吼着，震撼的歌声和洪峰奔流声此起彼伏，渐渐将涛声淹没。刘亦欣将这一幕幕感人的场景用镜头和笔记录了下来。

邱胡杨在大堤上巡诊，查看官兵伤情，宣讲卫生常识，为战士们配发清凉油、净水片和高锰酸钾等药品，看到炊事班长在做饭，便拿起菜勺尝了尝："炖菜的时候，可以多放一些盐。"转身又往官兵们的水壶里添了一些食盐。

第十七章　鏖战洪魔

1

晚霞夕照，大堤上的青草早已被官兵们踩烂，泛着绿莹莹的亮光。杨嘟嘟等官兵们横七竖八地睡倒在大堤上，有的战士口中还含着半个包子。程宏远看着官兵们，有点于心不忍，但还是果断吹响了哨子，官兵们一跃而起，迅速整齐列队。

"同志们，我们的口号是什么？"

"严防死守，死保大堤！誓与大堤共存亡！"

"同志们，第二次洪峰将于今晚到达，前指命令我们做好一切准备，各中队依次排开，沿堤坝查找险情。"程宏远部署着任务。

傍晚，刘亦欣和郝江山一起察看大堤，突然，刘亦欣脚一滑差点掉进江中，被郝江山一把抱住拉了上来，两双眼睛对望了一眼迅速躲开，郝江山将刘亦欣轻轻放开。

"你，没事吧？"郝江山小心问道。

"脚有些疼。"刘亦欣脸火辣辣的，好在天黑看不见。

郝江山赶紧蹲下查看："像是扭到了，我给你按一下吧。"

说着便扶刘亦欣坐在一个沙袋上，帮她按摩起脚来，刘亦欣看着郝江山，心中充满了不一样的感觉，像小鹿一样跳啊跳。

背着药箱巡诊的邱胡杨恰巧看到了这一幕。

郝江山一抬头也瞅见了邱胡杨："邱军……胡杨，你巡诊？"

"你俩，这是？"邱胡杨面色不变，但心里突然产生了不愉快的感觉。

郝江山有些紧张："她是病号，哦不是，是北方报社的记者刘亦欣。"

"你是刘亦欣？"

"你认识我？"刘亦欣很奇怪军医这么问。

"哦，不认识。"邱胡杨面无表情地答道。

"对了，她的脚扭了，你快给看看。"郝江山有点不知所措，赶紧把话题岔开。

清晨，官兵们正在吃早餐。一位妇女哭喊着来到营地："解放军同志，我的女儿，还有好多村民，都在江对面的前进村，你们能不能过去救救他们！"说着要给面前的程宏远鞠一躬，看得出来她心急如焚。

程宏远一把拉起眼泪汪汪的妇女："这可使不得，您别着急，我这就安排人过去！"

"江山，你带领15人坐橡皮舟立即出发。"

暴雨如注，狂风大作，江水湍急，浪涛滚滚。江面上只能看见寥寥几根电线杆和树梢，偶尔看见漂在水面上牛羊鼓胀的尸体……一块歪斜的路牌指向前进村。

"这明明是海嘛。"尤小帅自言自语。

"尤小帅，你家不就在哈尔滨吗？"

"是的，副大队长。"

"你爸妈知道你来抗洪吗？"

"没告诉他们，怕他们担心。"

到了前进村，郝江山看见一个浪头就把房盖揭了，再一个浪头房子就消失了，一头二百多斤重的猪被卷入洪水中，再见时，那猪已经在百米之外，并很快就消失不见了。走近些又看见房前屋后的一排排树下，堆积着被洪水冲下来的家具、木头和一些杂物，还有一辆汽车卡在几棵大树之间。四周的房子都冲倒了，只有紧挨着树的一栋房子没被冲倒，尤小帅惊奇地说道："就这间房子还算结实。"

"这房子呀，是靠着密密麻麻的树才给保住的。"郝江山又转过头："我们现在分头行动，大家都注意安全！"

"有人吗？……还有人吗？"郝江山和战士们齐声呼喊。

"有人吗……我们是森警……来救你们了……"马日史初和尤小帅也呼喊着。

"班长，你看那个房顶上。"

只见一个老人坐在房梁上，浪头一个接一个地拍击着摇摇欲坠的危墙，土墙已经开始摇晃。

"孩子，危险，别过来了……"

马日史初叮嘱划船的尤小帅："看好船，千万不要撞到墙，我爬上去。"

说着跳下橡皮舟游了过去，背起老人，再转移到舟上，刚离开房顶，只听"轰隆"一声，房子倒了，他俩面面相觑，惊出一身冷汗。

另一方向，洪水中的树梢上有一个小女孩看见有船来："叔叔，救我……"

水流湍急，汹涌澎湃。郝江山驾驶着小舟试了3次都无法靠近，小女孩一直在抽泣。

"小朋友不要着急，叔叔马上就过去，一定要抓紧树干！"郝江山边说边迅速靠近树梢，一把将小女孩抱起，放在了橡皮舟上。

一座土房前，房顶有位怀抱电视机的老大爷蹲在上面，郝江山抱着小女孩把橡皮舟划过去，杨嘟嘟一个翻身上房，老人却把用塑料布包着的电视机递了过去："先拿它。"

"老刘头，放个电视机就少上一个人，你看都快挤不下了。"一个在橡皮舟上的村民劝道。

"这是我家最值钱的东西，不把它带上，我也不上船。"老头很倔强。

杨嘟嘟回头看看郝江山："大爷，您放心，有我就有它。"说着把大爷背上船。杨嘟嘟站在齐胸深的水中，将电视机扛在头顶，忽然腿部被什么划了一下，疼得他直咧嘴，晃了两下，没入了水中，但电视机仍举在头顶，忽又浮出水面，吐出两口污水。

看到这里，老人拍着橡皮舟："孩子，快把电视扔了吧，我不要了，不要了。"

杨嘟嘟冲大爷顽皮地笑了笑："我家也在农村，俺家还没有电视呢！放心吧大爷。"

橡皮舟上，大爷看着杨嘟嘟被划伤的腿自责："我糊涂啊，真对不住你啊。"

一位村民的家被冲毁，紧急之中男主人只抓住了一只汽车内胎，惊恐万状的女主人将用塑料布包裹的婴儿放在上面，他俩死死抓住内胎，被洪水推来推去，头顶上雨不断浇着，孩子不断哭喊，夫妻俩眼神中充满了绝望。

这时，郝江山和杨嘟嘟游到了他们身边，郝江山背着男主人，杨嘟嘟背着女主人，两人推着内胎，精疲力竭的男主人死死地抱着郝江山，勒得他喘不过气来，漩涡一个接一个，危险万分，稍不注意就会被水冲走，他们拼尽了全力才将三人救上了橡皮舟。

郝江山上了橡皮舟，听见孩子的哭声逐渐微弱："她这是怎么了？"

"谢谢你们，她一天没吃饭了，奶也没了。"女主人很着急。

郝江山和战士们翻遍全身，只找到一小块馒头，郝江山赶紧把馒头塞到婴儿嘴里，婴儿立即停止了微弱的哭声，用两只小手紧紧抓住馒头，张开只有几颗小乳牙的嘴，拼命地吮着啃着，郝江山和群众的眼睛都湿润了。

人太多，橡皮舟严重超载，只有一小部分浅浅地露出水面，郝江山脱下救生衣给小女孩穿上，杨嘟嘟也脱下给婴儿包上。风大浪急，橡皮舟在激流漩涡之间艰难穿行。过了一会郝江山率先跳进江里，突击队员也纷纷跳下来，用肩膀拖着橡皮舟向前游。

"妈妈……妈妈……"小女孩看见了岸上的母亲焦急地喊道。

岸上一位妇女感动得哭起来："珊珊，妈妈在这儿！"转过身对旁边的男子说道："咱们的闺女还活着，她还活着……"

越接近岸边，风浪越大，舟刚一靠岸，就被大浪冲了回去。岸上群众焦急的呼喊声和雨声、浪声交织在一起。

"大家都坐好，别乱动，注意安全，马上就靠岸了！"郝江山安慰着。

郝江山将一股长绳拴在橡皮舟上，又将另一头扔向岸，风太大几次都失败了。

"往下走，下边有一处索道桥！我昨天就是从桥上爬上来的。"一名男子喊了一句。

江心中露出约两平方米大小的水泥屋顶，与索道桥靠得很近。费了很大的劲，终于将橡皮舟靠近屋顶，这时才看见索道桥的桥板都被冲走了。

"大家跟我来！"郝江山说完冲到索道桥上，趴倒在桥头，战士们一个一个铺满了索道。乡亲们踩着战士们的身体上了岸，刘亦欣打开相机将这感人的一幕拍了下来。

"妈妈！"珊珊一下子跑进妈妈的怀里。

珊珊妈妈将穿着救生衣的女儿全身上下快速检查了一下，发现没有一点伤，赶紧搂在怀里，悲喜交加："珊珊……珊珊……"

洪水很快就涨到了屋顶。

2

马日史初带着三艘橡皮舟，护送群众转移，突然一个铁架子冲过来划破了橡皮舟，紧接着一股急流涌来，马日史初和三名群众乘坐的橡皮舟被冲翻了，众人被甩进了水里，马日史初探出水面，看了一圈大喊："快上树！"

又一股急流袭来，倾覆的橡皮舟被冲远了。

江水湍急，其他两艘橡皮舟很快也漂远了，急得尤小帅大喊："班长！"

"小帅！你们带着乡亲们先走！不要管我们。"

"我很快就回来接你们！"尤小帅大声喊道。

同时落水的男子和孩子爬上了一棵树，马日史初把老人扛在自己肩上，攀上了另外一棵，老人看坚持下去实在艰难，趴在马日史初耳边："你还年轻，不能死，我活了80多年了，也活够了，放下我吧，这树也不撑劲。"

天上急骤的雨水直泼下来，马日史初身体上半部分淋着雨，下半部分泡在水里，他一声不吭，洪水上涨一点，他就把老人往上顶一顶。

天黑了，老人望着无边的江水叹息一声："我经历了1932年、1957年两次大水，1932年洪水泛滥，哦，那时还是伪满洲国呢，哈尔滨市区被淹，大家都在街道上划船，100多万人流离失所，死了老多人呐，我亲眼看见我三叔一家被大水冲走了……"

"大爷，您就放心吧，有我们森警在，保证不会让一个乡亲流离失所。"

夜深了，马日史初见老人已经筋疲力尽，提醒老人："大爷，您可别睡觉，给我讲讲您的故事吧。"

老人又睁开了眼睛："我以前是个伐木工人，当过全国劳动模范，受到过毛主席接见，唉，我这一辈子砍了很多树，没想到大难临头，还让树救了我一命。"

"我们副大队长说，人类的祖先是从森林里走出来，我觉得人与树肯定有着血肉般难解之缘，树没有了，固不住土，涵养不了水源，就会发洪水。"

老人长叹一声："靠山吃山，把树木砍光了，水灾就来了，这可真是吃光祖宗饭，造子孙孽。唉，如果我能活下来，我就重新上山栽树，这辈子砍了多少棵，我就补多少棵。"

马日史初又往上爬了爬："大爷您累了吧？要不您坐在我肩上吧。"

老大爷坐在马日史初肩上，马日史初不时被水中的漂浮物撞击，疼得他龇牙咧嘴。

天亮了，郝江山和尤小帅等开着两艘冲锋舟，在江面上寻找着马日史初和乡亲们，"马日史初，你们在哪儿？……"

"我在这儿……"

"副大队长……尤小帅……"

郝江山和尤小帅停下冲锋舟，分别将群众接到舟上。

"乡亲们，你们受苦了！"郝江山带着歉意说道。

"孩子，可别这样说，没你们，我们早活不成了。"老大爷眼泪汪汪。

"班长，你辛苦了，我和副大队长找了你一晚上，天太黑，江面太宽，又没标志物。"尤小帅心有余悸。

马日史初总算松了口气："这晚上蚊子瞎虻太多，跟轰炸机一样，比执勤点的都狠！"

郝江山看着马日史初胸前、胳膊上磨得血肉一片很是心疼："你在舟上休息休息，回去抓紧消毒。"

松北镇虎林园地下室等多处出现了渗水，虎舍内也进了水，老虎们显得焦躁不安，这要是进了水麻烦可就大了，毕竟老虎也会游泳，会游出来。虎林园领导联系了森警指挥学校，但是学校的官兵们此时都在外面大堤抗洪无暇应对。

头顶风雨烈日，脚踏泥泞洪水，漠河大队正在和共同防守的解放军一个营比赛扛沙袋垒堤坝，双方争分夺秒，喊声震天。

程宏远发着高烧也没下火线，双方士气都很高涨。堤坝背后是人民的安危，人民子弟兵的肩膀扛得起，也扛得住！

一接到增援命令，郝江山立即收拢人员迅速奔赴虎林园。看见官兵到了园区，园领导总算松了一口气，领着郝江山查看险情。和园领导商量后，郝江山毫不犹豫下达了命令："一排跟我来，二排、三排帮着装老虎，马上转移。"

郝江山和马日史初、尤小帅三人潜入地下室，仔细查找渗水位置，将地下室和其他地方的险情逐一排除。虎林园内的工人开始收虎归笼，当官兵们要搬笼子时，一只大老虎显得很不耐烦，不时用爪子扑打着笼子，发出震天的虎啸，与杨嘟嘟打了一个照面，吓了一大跳："大猫，不要害怕哦，这次去横道河子，只是串串门，过些天就回来了，乖乖的，听话。"

也许是真听懂了，老虎马上平静了。

邱胡杨一直在前线忙碌着，一会给官兵们送绿豆汤、煮鸡蛋，一会给中暑的官兵刮痧、艾灸治疗。她背着药包巡诊，适时嘱咐官兵，走到漠河大队防区，看见杨嘟嘟拖着腿在扛沙袋，感觉有些异常，赶紧上前扶住，"你先停下，让我看看。"

"我没事，不要紧的。"杨嘟嘟说着转身要走，被邱胡杨一把拉住坐在沙袋上。

杨嘟嘟的胶鞋裹着一层泥水，还有几丝血水渗出，"都这样了，还往前冲呢，快脱下来。"

"脱不下来了，我试了……"

脚肿得很厉害，果然脱不下来。邱胡杨打开药包，取出剪刀迅速将鞋子剪开，肿胀发白的双脚露了出来。

邱胡杨看着杨嘟嘟泥水血水混合着的脚，眼泪再也忍不住了，边消毒边说："你真勇敢。"

刘亦欣也满脸泪痕："真想替你们扛沙袋。"

"谢谢你们，从今天起，我们大队每人都替你多扛一袋沙袋！"杨嘟嘟拍着胸脯保证。

邱胡杨又巡了一段，路上碰到了刘亦欣，两人对视着都笑了，还是邱胡杨先开了口："郝江山这人优秀又能干，你可要努力哦。"

"你好像很了解他，是不是也喜欢他？"刘亦欣说出了心中的疑问。

"为什么这么说？"

"直觉，一个女人的直觉。"

"都是过去式了，不过，我真心希望你们以后能在一起，咱俩都在哈尔滨，有事你可以来找我，没事也可以一起去逛街。"邱胡杨主动发出邀请。

程宏远满脸倦容，脸是黑的、眼是红的、嗓子是哑的、脚是白的，他忍受着伤痛在堤上指挥，忽然眼前一黑，从堤上跌进江中。靠在最前的郝江山和马日史初立即跳入江中，岸上的官兵沿岸奔跑，齐声呼喊。

湍急的江水中，程宏远被一棵倒在江中的大树挡住了。

郝江山背着程宏远一路狂奔，闯入卫生帐篷内，与邱胡杨撞了一个满怀："快点抢救，我们教导员晕倒了。"

"咋这么湿？"

"掉江里了。"

"啊，快，放诊疗床上。"邱胡杨和一名军医迅速抢救。

程宏远吐出一口水，清醒了一点："不行，我得回去。"说着就要下床。

"不行，在这里就得听我的！"邱胡杨来了脾气，把程宏远摁住："快躺下！"

"我就是躺……也要躺在大堤上堵洪水。"

"你要是再逞强，我就报告张参谋长！"

安顿好程宏远，郝江山和邱胡杨走出了帐篷，他们来到大堤上望着翻滚远逝的江水。

"你对刘亦欣是啥感觉？"邱胡杨突然问道。

郝江山望着邱胡杨，所答非所问："你过得好吗？"

邱胡杨也看着郝江山："不就是过日子嘛，怎么都是过，怎么过都行。"

郝江山扭过头继续看着江水："听说你刚生了孩子，注意别受风了，也别太劳累，容易落下病。"

"明天将是一场恶战，你也要注意身体，别累坏了。我看刘亦欣这人不错，值得你去爱，看得出她也很喜欢你。"邱胡杨心情复杂地回答。

郝江山望着远方的江水："前几天，我听收音机里主持人朗诵了一篇美到心碎的散文，听了很感动。

文中说，一个人一辈子最幸福的事情莫过于，不管遇到多少诱惑，他都对你始终如一，因为这辈子很短，短到一不小心就到了白头，所以能牵手就别并肩，能在一起就是最美的人生，喜欢了就在一起，别辜负了久违的相遇。"

邱胡杨看了郝江山一眼，望着天空："一天，天爱上了大海，却被空气阻隔了。她们无法相爱了，于是天哭了，天把泪水滴进海里。天说，即使不能在一起，也要把灵魂寄托给你，从此，海比天蓝。"

所爱隔山海，山海不可平；海有舟可渡，山有路可行；山海皆可平，唯有心难平。他们脸上都浮现出一些感伤，不经意中相视淡淡一笑。对于邱胡杨来说，郝江山就像火焰，很亮很暖，靠得太近就会受伤。如果彼此内心中有一个位置给对方，像亲人一样，就算不能在一起，也很满足了。

3

森警部队的官兵集结待命。张京华熬红的双眼充满坚定，声音嘶哑："洪峰将在下午到达，百里长堤容不得半点闪失，人在堤在，只要有百分之一的希望，就要尽百分之百的努力。抗洪就是战争！我们森警逆火而行，向火而生，能伏住火魔，也能降伏水龙，只要我们团结一心，就能夺取抗洪抢险的胜利，用我们的实际行动，向森警部队建队50周年献礼！向哈尔滨人民交一份合格答卷！同志们，有没有信心！"

队列中震天撼地地回答："有！有！有！"

张京华扛起沙袋奔向大堤，大喊一声："同志们，跟我上！"

郝江山肩扛两个沙袋，大喊着奋力疾奔，官兵们受此激励，奋力扛起沙袋。

百里长堤红旗招展，万余名军民在奋战，"灭火英雄大队"的旗帜迎风飘摇，在众多旗帜中显得更加鲜艳。官兵们满身泥泞，叫喊着，人背肩扛穿梭似箭，抢修围堰，加固子堤，封堵决口，跌倒再爬起来，累倒了再站起来。

刘亦欣、珊珊的父母、梁亮亮等退伍老兵，以及馒头店的老板等群众也自发地加入进来，松花江上展现出一幅军民团结共战洪水的绝美画卷，惊天动地，荡气回肠。

一位六十多岁的老人也争着往水里跳，挺起脊背："我活了一大把年纪了，为了子孙后代，死了也值！"

一边是呼啸而来的滔滔洪水，一边是军民顽强奋战、壮怀激烈的呼号。

几万土方、几万个沙袋在他们手下，飞快地聚集、垒起、增高……洪水、雨水、汗水也汇合在这里，流淌不息。

白色丝袋构筑的子堤，仿佛一条长龙盘在江岸，昂首傲然迎接着洪峰的冲刷。

收音机里播出一段新闻："今天上午，第三次洪峰顺利通过哈尔滨，预计洪水将会慢慢回落……"

大堤上官兵们躺了一地，杨嘟嘟救生衣上停落着一只蜻蜓，他深情地在日记本上写下誓言：如果祖国是一棵参天大树，人民群众是树下锦簇的花团，那么，我愿意做一片绿叶，为心爱的人民遮风挡雨，以牺牲生命来尽一份绵薄之力。

刘亦欣、邱胡杨和郝江山在江堤散着步，然后围坐在一起谈论着。

"这是150年一遇的特大洪水，自有水文记载以来，哈尔滨从未有过如此惊心动魄的大洪水，也是对你们生与死的严峻考验，这次没有部队就全完了，你们辛苦了！"刘亦欣由衷感慨。

郝江山笑了笑："也不全是部队，这是38万军民团结、万众一心的结果，还依靠了改革开放20年积累的雄厚实力。"

邱胡杨点点头："这次有什么认识和收获？"

"至少对部队战斗力是一种检验，也让人民看到了和平时期军队的作用和存在价值。我想，最重要的是，让人们认识到了生态环境的岌岌可危吧！人人都以抗洪救灾为荣，可谁以破坏生态环境为耻呢？人们都记住了抗洪官兵的英勇和洪水面前所遭受的苦难，却不会想起洪水的根源和大小兴安岭日渐稀疏的天然林有关。"郝江山心里很着急又很无奈。

刘亦欣心有同感："听专家说，每公顷森林可以涵蓄降水约1000立方米，1万公顷森林的蓄水量相当于1000万立方米的水库。多年来生态资源遭受破坏，导致流域生态严重失衡，除此之外，人为占用河道开辟耕地、修建房屋、堆放垃圾，堵塞河道，使其排洪能力受到严重影响，这都对自然生态造成了严重破坏。"

邱胡杨指向前方："我小的时候那边还有很大一片森林呢，现在都砍没了。林子没了，发洪水是必然的，人与自然应该和谐相处。"

"不尊重大自然，毫无节制地向自然索取，势必遭到惩罚和报复。"刘亦欣对邱胡杨和郝江山的观点很是赞同。

郝江山感慨："人们常说'森警是森林的保护神'，这是夸大了人的主观能动性，面对大自然，我们要心怀敬仰敬畏，因为，森林才是我们人类的守护神。"

刘亦欣坚定的眼神望着远方："如果有一天，我们的国土没有沦丧，而我们却没有了富饶美丽的松花江，没有了森林、煤矿和大豆、高粱，没有了人类生存的绿色家园，到那时该怎么向子孙后代交代呢？"

郝江山听着两人的话，心中更加坚定："或许我们应该感谢这场洪水，至少天然林不会被砍光了。近日，中央下发了两个紧急通知，一是扩大了沿海地区的禁渔范围，二是禁止所有砍伐森林的行为，并特别要求禁止原始森林砍伐，以及将林地用作建设用地，可见国家对生态与洪水之间的关系有了更深刻认识。"

傍晚，刘亦欣和郝江山将市民赠送的慰问品发到战士手中。郝江山又举起一沓照片："哈尔滨人民给咱们很大关怀，今天又给咱们带来了慰问品，还给每个人都拍了照片，并冲洗出来，大家说应该怎么办？"

尤小帅和其他官兵们故意一起大声喊道："谢谢嫂子！"

刘亦欣一愣，随即羞红了脸，郝江山赶忙圆场："尤小帅，整事是吧？"

尤小帅做出无辜的表情："没有啊。"

满身泥泞的官兵们哈哈大笑。

4

哈尔滨防洪纪念塔的午夜，天空繁星点点，从塔上向市区望去，哈尔滨安睡了，大街小巷一片宁静，只有几处灯火散发着昏黄的光芒。斯大林公园中不知名的小虫在鸣叫，官兵们在登车，悄无声息。

郝江山用车载台喊道："所有车辆关闭车灯，遵守交通规则，零点准时出发。"

官兵们军容严整伫立车上，尤小帅深情地凝望着自己的家。一位开夜班车的出租车司机，打着哈欠，透过车窗看着缓缓前行的车队，突然，他好像明白了什么，调转车头追上第一台车，探出头来焦急地喊道："你们这是去哪儿？哈尔滨人民还等着欢送哪！你们怎么能这样就走了呢？"

依然悄无声息，只有轻轻地挥手。

黎明，车队在林间和田野中穿行。无边无际的大豆熟了，玉米熟了，向日葵抬起了头，这一切都映入了郝江山的眼帘。

豪迈的歌声飘向蔚蓝的天际："什么也不说，祖国知道我……"

哈尔滨防洪纪念塔的清晨依然那么美丽，初升的太阳照在防洪纪念塔的浮雕上，一块插在江堤白底红字的标识牌上显示，水位：120.89米。一九九八年八月二十三日。

一块宣传板展示着："人在堤在，誓与大堤共存亡"的标语和官兵们捐赠灾区物资的图片。

被官兵们救起的老大爷、小女孩珊珊及父母、婴儿的父母等群众聚集在防洪纪念塔前。

珊珊拉着妈妈的手，望着渐渐回落的江水："妈妈，这么多的水都是从哪里来的？"

"是从大森林和草原流过来的。"母亲说。

大水渐渐回落，一片汪洋之中，几棵大树孤独地挺立在洪水中随风摇曳。

这时，广场喇叭中传出播音员的声音：

> 一位外国人说，黄河流走的不是泥沙，而是中华民族的血液，不是微血管破裂，而是主动脉出血。而如今长江的水土流失也在日益严重，长江将要成为第二条黄河的警告已发出好几年了，然而长江上游的森林还在被砍伐之中！
>
> 我们还有第三条长江吗？
>
> 文章节选自徐刚《伐木者，醒来》，今天的播音到此结束。

额济纳旗梭梭林中，内蒙古森林总队郭万泉总队长陪同十几位林业专家进行考察调研。专家们看到管护区内生长良好的梭梭林又惊又喜："在这种环境下，梭梭的生长能够稳定没有退化，是个了不起的成绩！"

一名地方领导很郑重地告诉专家们："这都要感谢额旗中队的官兵们！"

郭万泉没有谦虚，他知道官兵们为此的付出："我们官兵对生态环境的改变也许是微不足道的，然而正是通过他们的艰辛努力，使大家看到了祖国绿色生态事业的未来和希望。"

巴丹吉林沙海中，起伏的沙丘形状各异，犹如静止的惊涛骇浪，风在沙丘上留下了印记，一缕一缕的沙纹犹如水中涟漪，柔美的晨曦在这会儿给漠地铺上了一层层薄薄的金黄。一棵棵沙柳扭曲着、抗争着、呐喊着，粗壮的树干舞蹈似的曲曲弯弯伸向天际。大漠千年胡杨，彰显出顽强身躯，胡杨林下袒露出黄澄澄的金沙。清澈明净的湖水倒映着胡杨林、白云和蓝天。

森警官兵依然在坚守，小分队正在对一个盗挖肉苁蓉的中年人进行教育，永青说道："盗挖肉苁蓉是违法行为，以后不能再挖了。"

"我是为了治病救人，也没挖多少，即使挖死一棵树也不耽误啥呀，这次就算了吧。"中年人避重就轻，为自己开脱道。

永青厉声喝道："还想有下次？下次不仅罚款还要进看守所！"

见中年人还想要拿走工具，永青上前呵斥："工具也得没收！你现在马上离开这里！"

中年人无奈地走了。"咱们快把土填上，要是不及时回填，这些根茎裸露的梭梭，再晒两个小时就活不了了。"永青带着小分队利落地完成补救工作。

贺松涛、永青等人看着这片沙漠绿洲，看着茁壮成长的梭梭和胡杨，眼神充满了希望。漠风中，既挺立着胡杨、梭梭这些倔强生命，也挺立着森警战士的雄姿。

8月25日，黑龙江省森林警察总队机关礼堂，正在召开热烈庆祝森警部队组建50周年暨列入武警序列10周年庆祝大会，主席台上国家有关部委、武警部队、省委省政府领导和张京华等首长在座。身着严整军装的官兵们坐满了礼堂，郝江山身披绶带作为基层模范代表坐在其中。

一位将军在讲话："半个世纪以来，这支英雄的部队实现了从清山剿匪到森林草原防火灭火，从单一保护森林草原资源到投身生态建设的历史性跨越。这支部队发展壮大的历史，就是广大官兵忠诚使命、浴血奋战、勇往直前的战斗史，从某种意义上说，也是中国人民对建设和保护生态环境重要意义不断深化认识的历史……"

5

刘先河在家中客厅一边悠闲地听着《十送红军》，一边翻阅总队《辉煌五十年》纪念画册。

"爸，我回来了！"刘亦欣和郝江山开门走了进来。

刘先河心情不错，起身笑眯眯说道："好啊，快进屋！"

郝江山哪知刘先河在，先是一愣，随即条件反射般立正敬礼问好："总队长……首长好！"

刘先河倒是和蔼可亲："啥长不长的？我就一老头，快来，坐会儿。"

刘亦欣介绍完双方，就涨红了脸，慌乱放下手提包赶忙说："你们先聊会，我去弄几个菜。"

郝江山回头看向刘亦欣，憨态可掬地挠挠头："请你帮忙，还让你请吃饭，这多不好。"

郝江山拘谨地坐在刘先河对面的沙发上，坐得比当新兵时候还要直。刘先河上下打量了一番很是满意，心里像开了花，但表面上却说："江山同志，放松坐啊，就跟在家一样。我得感谢你，亦欣说你在火场上救过她，还帮过她不少忙。"

郝江山受宠若惊，随即诚恳回道："应该的，首长，换了任何一个军人都会这么做的。"

刘亦欣在厨房听着甚是开心，探出头来笑着说道："郝江山，你不用怕我爸，他早就退休了，现在管不着你。"

夕阳透过窗户洒到了一张泛黄的合影上，郝江山愣愣地看着出神，他忽地站起身来指着照片说道："这照片，我家也有一张。"

刘先河疑惑地站起来，戴上眼镜从相框里拿出照片："你认识这照片里的人？"

"最左边的是我父亲。"

刘先河仔细看了看郝江山，恍然大悟："你是'火疯子'的儿子？"郝江山点了点头。

往事像开闸洪水，在刘先河的脑海里翻腾，刘先河顿时表情凝重："1977年春，大兴安岭牙尼力气山发生森林火灾，过火面积1万平方公里，当时火场上投入了上万人，但火势仍然控制不住，我们发挥了空运扑火队的优势，并发出了'森警部队荣誉在此一役'的动员令。用飞机运送320名森警，只用9个小时，就扑灭了350平方公里大火，每个战士平均扑打火线2000余米，使森警在全省、内蒙古，乃至林业都都声名大振，省长称赞咱们以一当三十，并用'不能离开、不能没有、不能复制、不能替代'作了定位。这支部队的威名，是打出来的。这是扑火胜利后，中队以上干部的合影，你看这个是张京华，现在都当总队参谋长了，还有这个是孙成林，在云南当总队长，你爹郝胜茂打火是一把好手！带部队打火，无论多危险总是冲在最前面，由于他一贯有见火就抢先往上冲的劲头，大家给他起了一个绰号'火疯子'，和大兴安岭地区的单指挥合称'南单北郝'。"

郝江山听得出神，仿佛置身于那大火当中，说道："我曾听父亲说过，他扑火作战的经验都是跟您学的，受您的影响也最大。"

"哈哈，这帮家伙，我当年没少搂他们，当指挥员带领部队打火，一不小心就会酿成大错，没有点硬功夫可不行。我记得打完这场火，第二年部队就实行了义务兵役制，想想这都20多年了！你父亲回家后在忙什么？"

郝江山直视着刘先河的目光回道："他领着村里人漫山遍野种树呢。"

刘先河踱步后坐在沙发上："咱们森警就应该这样，一入森警深似海，从此绿色记心间，只可惜，你父亲没授上衔，你对咱们这支部队有什么看法？"

郝江山抬起头，自信而坚定回答："98洪灾之后，举国上下都清醒地认识到了我国生态的脆弱和人类面临着有史以来最严重的生态危机。作为保护森林资源的专业部队，现在虽不足三万人，但我认为就应像当年红军那样，顽强拼搏、接续奋斗在生态文明建设的新长征路上，森警部队就应是宣言书、宣传队和播种机，在不久的将来，一定能让黄河流碧水，赤地变绿洲。"

刘先河眼中露出了赞赏："难得，难得，你有这样的思考和想法！能不能说得再具体点。"

"我认为，环境保护和生态建设不是哪个部门、哪个单位、哪个人的事，而是全国乃至全人类共同的事业。唤醒全民的生态意识，需要一支队伍来引领、来践行。我始终在想，红军当年才两三万人，最后打下一个红色江山，如果我们森警三万多人在生态保护和建设上，始终走在全社会的前列，充分发挥'酵母'和'种子'作用，起到引领和示范的效应，一定能和全国人民一道共同建设好、守护好好一个'绿中国、蓝中国'。"郝江山侃侃而谈。

刘先河欣慰地点点头："无论中国也好，外国也好，森防最主要的是发展空中优势，扑火绝不能搞人海战术，必须有一支装备精良、训练有素的专业扑火队伍。"他起身从柜里拿出一个小木盒，小心翼翼地递给郝江山："初次见面，留个纪念吧！"

郝江山赶忙站起身接过来："这是？"

"打开看看。"

郝江山打开木盒，里面是一本本发黄的手稿，封面的钢笔字迹还未褪去，郝江山依稀看见一本较厚的手稿封面写着《林区扑火三十年经验》，另外几本写着《森林防火灭火战术课题研究》。

郝江山有点受宠若惊："首长，这太珍贵了，我不能收！"

"孩子，我一直在找一个合适的人选，今天我把它送给你了！"

郝江山眉头紧皱，手心急出了汗："可这都是您几十年的心血和汗水。"

"森林防火灭火，是人与自然灾害抗争的复杂系统工程，也是世界性的难题。目前，咱们国家还处在探索阶段，有些方面还是空白。你要潜心研究国内森林防火，更要关注世界防火动态，既要在预防上有新思路，也要在扑救上探索新战法，善于在实战中总结经验教训，打一仗进一步，不断探索防火灭火的有效途径，在生态环境保护的制度化、规范化、科学化建设上有所作为，这是我们应承担的使命责任。"

这时，刘亦欣从厨房出来，解开围裙："你俩唠得挺欢啊，快洗手吃饭吧！"

6

哈尔滨的傍晚，夕阳的余晖透过一尘不染的窗户，洒在刘亦欣的卧室里，各式各样的书籍有序摆放在书柜上，获得的奖牌、奖杯陈列一旁，刘亦欣坐在一台486电脑前看着文稿打字。

"明天我要去北京参加森警部队组建五十周年座谈会，打字室排不上号，我的发言稿，只好跑来麻烦你了。"

"嗨，咱俩还见外啊，反正我也没啥事。"

"看来，这电脑我再不学就落伍了。"

"从现在的发展趋势来看，以后电脑就是办公必备的了。"

郝江山将稿子拿在手里，背诵着内容："新颁布的《森林法》第二十条规定：武装森林警察部队执行国家赋予的预防和扑救森林火灾的任务。这是国家首次在法律上对部队的任务作出明确，在我国历史上还是第一次，这既是对部队重要地位作用的充分肯定，也进一步体现了国家对我们这支部队的高度重视和信任……"

郝江山用一种欣赏和钦佩的目光看着正在忙碌的刘亦欣，她的手指尖像一对精灵在键盘上欢快地飞舞。

送走郝江山后，刘亦欣削了一个苹果给父亲。刘先河接过苹果，瞅了瞅女儿悄声问道："闺女，你是不是看上这小子了。"

"爸，啥叫看上啊？"

"女大不中留啊，也该找一个了。"

刘亦欣撒娇地说："我才不嫁人呢，我要陪你一辈子。"

刘先河急了："那怎么行，你老大不小了，我想八成就是这个人，在我的记忆中，上中学以后，你就没领男孩子上过咱家，这还是第一次。"

"您不也看上了吗？把您那宝贝资料都送给人家了，张京华叔叔找您要了好几次，您都没给。"

"这小子是挺不错，有思想、也很沉稳，是个好苗子，应该比他老子还要强。"

"他的身上有一种说不出来的敬业、勤奋和上进的品格，始终吸引着我，那个啥，我想给他买台电脑，还差点钱，您看？"

刘先河大笑："哈哈哈哈……好，我给你赞助！"父女的笑声在房间里久久回荡。

总队机关，郝江山被张京华叫到办公室："这次到北京参加纪念森警部队组建五十周年座谈会，有什么收获？"

"报告参谋长，有很多收获和启示……"

张京华一摆手，打断他的说话："有，我也不听了，回去跟你们支队长和政委汇报去，今天我就一个事找你，你有没有对象？"

郝江山一愣，磕磕巴巴说道："参谋长，我……"

"你小子别磨磨叽叽的，有还是没有？给个准话！"

郝江山脑海里一下子就闪出了刘亦欣的面容，但随即一想，可能只是自己想着人家，便微微低下头说道："没有！"

"好！我和你爹有过命的交情，你老子不在这，这个事我替他把关了，老总队长刘先河家的小女儿刘亦欣，是北方报社的记者，年龄跟你差不多，长得更是不赖，配你小子绰绰有余，明天我把她找过来，到我家见见面，就这么定了！"

郝江山惊讶地张了张嘴，心里却早已说不出来的开心，就好像小孩子看见了最心爱的水果糖一样，甜甜地笑了。

这不还没等张京华介绍，两人就相约来到了哈尔滨中央大街，并肩在江边漫步，微风吹过江面，轻轻地拂到刘亦欣的脸上，郝江山看着刘亦欣的面庞沉醉其中。这段时间以来，他不单是被刘亦欣的外表所吸引，更是钦佩刘亦欣独立自主、博学多识的品质。

郝江山认真地对刘亦欣说："亦欣，我要和你处对象。"

刘亦欣虽然对郝江山很有好感，但没想到他这么直接、突然，瞬间羞红了脸，转过身又有些哭笑不得，轻声自语道："真是个傻大兵。"

郝江山也不好意思地挠了挠头："张参谋长，都跟你说了吧？"

刘亦欣转过身，双手扶在江边的铁栏杆上，看着远方的江面笑着说道："你呀，也不知道你给张参谋长吃了什么药，他都把你夸上天了。"

郝江山轻轻地把手放在了刘亦欣的手上，眼里充满柔情与担忧："你看，我在祖国最北边，离你这么远……"

刘亦欣看出了郝江山的担忧和低落，虽然也想时时陪在他的身边，但刘亦欣心里知道，好男儿就应以事业为重，自己更不能成为他的负担，目光看向郝江山，面带笑容说道："只要我们的心在一起，便不远。"

郝江山牵着刘亦心的手开心地说："那我请你到前面的马迭尔吃顿饭吧？"

"你喜欢喝咖啡吗？"

"不，草塘沟的水喝多了，看见咖啡就想吐，但是我可以看着你喝。"

"你不喝，那就没意思了，要不咱俩去喝茶吧？"说着，二人手牵着手向前走去。

时光如梭，转眼就到了分别的日子，郝江山穿着军装，像一棵松柏一样挺立在哈尔滨火车站门口，帅气样子让很多女生频频回眸。过了一会刘亦欣气喘吁吁地跑了过来，身后两个人抬着一个大箱子。

刘亦欣跑得脸上泛起红晕："来的时候路上堵车，差点来晚了。"

郝江山递给刘亦欣一个礼盒："还得等一会才开车呢，这是送给首长的护膝，我听他讲，长征时膝盖受过伤，戴上很暖和，这是给你买的风衣。"

"那我就笑纳了。"刘亦欣高兴地接过来："我也有东西送给你！"随后指了指身后的大箱子。

郝江山很意外："什么呀，这么大？"说着便仔细地打量起这个大箱子来。

刘亦欣脸上神采奕奕，得意而开心地说道："一台586，这回你工作就方便多了。"

郝江山大感意外，又很感动，俯下身摸了摸箱子，有些不好意思："这太贵重了，我去电脑城转了好几圈，一看标价一万多就没买。"说着，二人抬着大箱子，边说边朝着候车室走去。

"我还给你买了最新的 Windows 98 系统，已经装好了，回去就可以用了。"

"支队前两年办过几次微机培训班，可惜中队事太多没去上，这回我在大队就可以学了。"

"如今是信息时代了，你们指挥灭火作战也需要高科技呀！加加油，好好学，咱们一起迎接 21 世纪新科技的挑战。"

·

<h2 style="text-align:center">7</h2>

深夜，在漠河大队办公室里，郝江山在电脑桌前打字，屏幕上显示文章标题："关于组建特种大队的构想。"

程宏远查铺查哨后，拿着手电敲门，郝江山轻声喊道："请进！""这都 12 点了，还不睡觉？明天还要组织计划烧除呢。"

郝江山忙得头也没抬："快了，快了，你先睡吧。不整完，我是睡不着觉的。"

程宏远顺势坐了下来："哟，这字都打这么快了，又在设想你的特种大队？"

郝江山眼神专注而坚定："这事啊，我当中队长就想过，上次在南瓮河和免渡河扑火给我触动太大了。这么多年了，我们的灭火手段还是很单一，部队要发展，就应该具备超快速灭火的能力，必须改进装备和战法。只有这样，才能使森林火灾的损失降到最低。都 21 世纪了，扑火应该由人力密集型向机械化转变，指挥应该由传统型向科技型转变，战法应该由地面向地空一体化转变。"

程宏远接着说道："改进装备、革新战法、组建特种分队，也是总队党委议中心会提出急需解决的问题。事实来看，组建一支高科技条件下拥有多种装备、能在扑救森林火灾中发挥拳头和尖刀作用的特种作战分队很有必要。"

郝江山转过头绘声绘色地讲述道："我认为特种大队实行独立作战，要形成地面、水上、空中立体的作战模式，在战法上要主动创新、兼顾常规，把控要点、突出险点、确保重点、辐射周边，真正做到一次投入，一步到位，一次奏效，实现打早、打小、打了的目标。"

"有没有具体设置？"

郝江山顿时更来了精神，激情满怀，一边说一边给程宏远在电脑上画图演示："按我的想法得有索滑降、装甲、灭火炮、水枪、水泵、给水和常规分队，最好再来一个人工气象增雨分队。这些分队的训练科目，每名官兵都要熟练掌握，多练几招、练硬几招，才能灭大火、打恶仗。"

程宏远忽而转过话题："我说你呀！也别老惦记着特种大队，那毕竟还有很多工作要做，你个人的问题解决没有？你已是大龄青年了，可别让政委老为你操心，如果这儿没有合适的，我们再想想办法嘛。"

郝江山连忙劝阻道："谢谢你的关心，我的个人问题不急，属于我的，早晚都会来的。"

过了几天，总队参谋长张京华到漠河大队检查工作。吃完午饭，郝江山陪张京华到大队猪场看一看究竟，他指着最里面一窝像野猪又像家猪的十多头猪："马日史初，这就是你说的新一代特种猪？"

饲养员马日史初点点头："是家猪和野猪交配繁殖的新品种。"

郝江山补充道："这种猪瘦肉率高、口感好，营养价值高，马日史初在这方面下了不少功夫。"

张京华满意地点了点头："嗯，你们这个生态养猪法也很不错，我看可以在全部队推广。"

郝江山自豪地说："我们大队现在形成了良好的供需循环，每周都能杀一头猪，吃的全是自产猪肉，冬季蔬菜也能自足。"

"现在条件确实比我们当年好多了，但人才还是很关键，小伙子，你是哪里人？"

"报告参谋长！我家在四川凉山！"

"彝族？"

"是，黑彝。"

张京华态度和蔼："彝家人民好啊，我记得刘先河老总队长常讲，刘伯承元帅在凉山与小叶丹'彝海结盟'，如果没有这次结盟，再晚三天，蒋介石的重兵就逼近大渡河，围堵剿灭中央红军，真可能成了'石达开'了。"

结束了猪场的检查，郝江山和张京华来到了漠河县大队附近的"绿色卫士林"。郝江山指着一块树上的不锈钢牌说道："我们大队在学习训练之余，经常植树造林，新兵下队、老兵退伍、晋升离任都要组织种树。这片'绿色卫士林'，每名大队官兵都有自己的扎根树，您看这是我们做的不锈钢姓名牌。"

张京华抚摸着人工林内的一棵小松树："十年树木，百年树人，可咱大兴安岭是百年树木，你看这些树还是你父亲当年带领官兵们种的，都十多年了，才长这么粗。"

郝江山俯身蹲下来，看着树墩说："白桦树需要70年成材，落叶松和樟子松成才怎么也得100年左右。"

张京华的目光眺望远处，指着前方："再现'无边林海莽苍苍，拔地松桦千万章'的壮丽景观，完全恢复当年的植被，怎么也得需要七八十年。走，去那边的林子看看。"

张京华和郝江山在大火烧过的林子里穿行，火灾的痕迹已不太明显，但厚厚的积雪并未掩盖住四处散落的焦黑树桩，能看见的乔木主要是稀疏的手指粗细的白桦，散见落叶松、樟子松的幼苗和蓝莓、杜香等灌木丛。

张京华指着一株小树苗："这还都是幼年期的萌发林，每次火灾过后，总是喜阳的白桦先萌发，全面占领过火地带，然后是樟子松和落叶松，直到百年之后，才逐步取代白桦树，成为强势树种。针叶林和阔叶林相生相克，自然交替，年复一年，才会慢慢形成天然的原始森林。"

"生态破坏容易，恢复太难，让树木成材，怎么也得几代人细心呵护才行。"

"宁可千日无火，不可一日不防，这祖国的生态北大门，你们可要守好了！"

郝江山语气坚定："请参谋长放心，我们时刻准备着。"

张京华向着前方走去："今年的大洪水，让各级认识到了过去二十年'黑色发展'模式所带来的严重后患，国家已经正式启动'天保工程'，中央军委决定对咱们这支部队的领导管理体制进行调整，新组建森林指挥部，过几天我就要报到了，这次来，一是看看部队，二是来看看漠河。"

郝江山分析道："在军队裁员 50 万的形势下，中央决定保留我们，可见对这支部队存在的价值肯定和充分信任。"

"是啊，大家都说，森警是一支迎着朝阳的队伍，我觉得更是一支不可替代的生态部队。1994 年俄罗斯就组建了生态部队，美国、法国也有保护生态的专业部队，可见维护生态安全，是世界性的主题。我们要实现绿水青山、共建美丽中国的梦想，任重而道远啊！聊这么多了，我们也说点轻松的，你和刘亦欣打算什么时候结婚？"

"还没谈到这个程度。"郝江山有些不好意思。

"这事要速战速决！人家女孩子也都老大不小了，感觉不错，谈得来，就给人家一个痛快话，抓紧办，有什么困难就跟我说。"

"是！"

森林部队 1988 年列入武警序列以来，步入了全面建设发展的新时期，革命化、现代化、正规化建设大踏步前进，深受各级党委、政府和林业主管部门的信赖。

1999 年 2 月起实行武警总部和国家林业主管部门双重领导的管理体制，武警总部对其军事、政治、后勤工作实施统一领导，国家林业主管部门负责其业务工作。同年 8 月，森林指挥部挂牌成立，标志着森林部队步入了新的历史发展时期。

8

中蒙边境草原大火突破边境铁丝网，烧入内蒙古自治区锡林郭勒盟境内。已升任内蒙古东乌旗大队长的贺松涛奉命带领官兵进行阻截。

郝明月正目不转睛地盯着电视，电视节目中记者问："贺大队长，您能简单介绍一下火场的情况吗？"

"这场过境火，是上午 9 时 23 分突破边境铁丝网，烧入锡林郭勒盟东乌珠穆沁旗满都宝力格镇境内的，火线绵延 40 多公里，东线火头距宝格达山国家森林公园仅 60 公里，严重威胁边民生命财产和草原生态安全。接到命令后，我大队迅速以摩托化方式赶赴火场，经过 6 个小时的扑打，已经将明火全部扑灭，目前正在组织清理。"

接着显示的是贺松涛带领官兵继续组织清理火场的画面。记者又继续采访受灾的牧民："您好，您家的牛羊和饲草有损失吗？"

牧民男："森警赶到之前，我家的饲草已被火吞了一半，那火有两米多高，又夹着浓烟，眼看就要烧到我家了，我就慌忙往车上扔值钱的家当，我妻子手里拿着速效救心丸，浑身直打哆嗦。"

牧民女边哭边抹眼泪："当时我们已经绝望了，火太大了。"牧民男带着记者在蒙古包前停下："就在这时森警到了，打了近 4 个小时，火在距离蒙古包不到 3 米处被打灭了，实在是太惊险了，感谢……"

郝明月关掉了电视走进卧室，转向墙上挂着的全国地图，这张地图上密密麻麻地布满了红五星，周边散见的也有很多。

郝明月找到了东乌珠穆沁旗满都宝力格镇，用红笔画了一颗五角星，写了"安全"两个字，并注明了时间：1999 年 3 月 29 日。

又是一个晴朗的周末，白天天朗气清，郝江山陪着刘亦欣漫步在漠河松苑原始森林公园，边走边介绍道："这是国内唯一一座城内原始森林公园。"

"能保存这么完好，真难得。"

郝江山指着公园里的树木说道："更难得的是 87 年'5·6'大火围着松苑公园烧了一圈，里面的树木却没有一棵被烧毁。"

"这么神奇？大自然真不可思议。"

郝江山摸着松树："是啊，我们对大自然永远都要心存敬畏。最近你有没有什么佳作？"

"我们报社打算出一个关于沙尘暴的专栏，50年代，沙尘暴才发生一次；跨入90年代，基本上年年发生，人们对此似乎已是见怪不怪了，我们都要呼吁甚至呼唤人们爱护环境，重视生态环境的治理。"

"嗯，是挺严重的，我听几个大城市的同学说，沙尘暴来的时候，出门都需要戴口罩，而且沙尘暴对生态环境和经济发展危害很大。"

刘亦欣挽住郝江山的手臂，"你天天担心生态，那你有想我吗？"郝江山脸一红，害羞说道："都想，都想。"

夏至的漠河夜晚，边村静谧，繁星织空，浩瀚无垠。郝江山与刘亦欣相互依偎，坐在旷野草坪上，四周是大片的白桦和松林。

刘亦欣抬头望着天空："多美的星空啊。"郝江山脱下常服为刘亦欣披上："是啊，在这里当兵虽然辛苦，却也很幸福，其他人可能一生都无法看到这样壮美的星空。"

刘亦欣依靠在郝江山的肩膀上："我们能安稳工作，是因为你们在前方守望，有中国军人的地方就有安宁，也才会有美丽的星空。"

突然，天空中飘洒出一缕彩虹般的神奇光带，郝江山兴奋地喊道："快看，北极光！"

姿态万千、色彩斑斓的极光，如烟似雾，摇曳不定，犹如绸缎般在天空中不停舞动，又像轻盈的光环，各种色彩杂糅在一起，把天空装扮得光怪陆离，发出的光亮映照了整个原野。

刘亦欣依偎着郝江山肩膀："这么美的景色，用语言已经无法形容了。"

"极光是可遇不可求的。"

"你知道吗？传说能一起看到极光的两个人，就能得到永恒的爱情。"

"极光见证的爱情是最美丽的，感谢自然对我们的祝福！"

极光之下，郝江山站起身来，手捧一束达子香："这位漂亮的女士，你愿意嫁给郝江山，当他的妻子吗？"刘亦欣站起身接过达子香，与郝江山紧紧拥抱在一起："我愿意！"

忽然从四周闪出几十名战士闹喊着："嫁给他，嫁给他！……"

周末休息时间，郝江山白天难得放下手中繁忙的工作，带着刘亦欣到漠河北极村游玩，在刻着"我找到北了"的大石头前为刘亦欣拍照。

"我终于找到北了！"

郝江山笑着说道："我也找到了最爱的人，只是以后辛苦你了。"

刘亦欣若有所思："既然选择了你，就会支持你一辈子。此心安处即吾乡！哪里让你心安，哪里就是你的家；你在哪里，哪里就是我们的家。"

郝江山一把搂过刘亦欣紧紧相拥，感动地说道："我也会对你好一辈子。"

第十八章　傲立根骨

1

哈尔滨的夜晚，张家贵架着醉醺醺的孟虎威出了按摩店，那女服务员娇滴滴地挽留："老板，您这就走啊？"

孟虎威早已口齿不清："怎么……还有节目？"

女服务员："您这都多长时间没来了，就待这么一会儿就要走啊？"

"这……这是我兄弟……以后……陪好了，有你好处。"

"谢谢老板。"

孟虎威在股市上狠狠捞了一把，把主要精力全放在了股市，甚至不眠不休地研究股票，挣了钱就开始花天酒地，有时竟好几天都不着家。炒股来钱太快，使他的价值观产生偏移，有时静下来，他也知道这是投机、是冒险，更是在玩火，但他已停不下来了！

邱胡杨感受到了孟虎威的变化，值夜班时打电话给他，问他是否在家，孟虎威说在家，邱胡杨让他看看电话下面压着的一百块钱并把编号告诉她，孟虎威坦言钱被他花光了，邱胡杨沉默了一会说："我没在电话下面放钱。"

炒股有时就像赌博，哪有只赢不输的道理？输红眼的孟虎威回到家，全身上下都透着沮丧和颓废。

邱胡杨看到孟虎威失魂落魄的样子，抱着孩子没声好气地质问："你是不是又炒股了？"

孟虎威用手理了理凌乱的头发："我炒股怎么了？"

邱胡杨哄着孩子，低声说："今天银行来家里收房子了！你老实说，一共欠了人家多少钱？"

孟虎威满面愁容，知道瞒不下去了，低下头说："欠很多。"

邱胡杨眉头紧锁，试探着问："那咱爸妈的房子也抵押了？"

孟虎威低声嘟囔着："我那不是想挣更多点吗？"

邱胡杨眼泪从眼角溢出："以后怎么办？"

孟虎威沉默了，他掏出烟，刚要点着，看了看女儿又收了回去。

邱胡杨气不过，抱着孩子回了娘家。吃午饭的时候，邱冠华放下碗瞅了瞅邱母，犹豫了一下："还是我先说吧。"

邱胡杨夹了一筷子菜给母亲，疑惑地问："你俩要跟我说啥？搞得这么神秘。"

"闺女啊，我和你妈这么多年心里总觉得不踏实，有件事一直就想告诉你，可每次话到嘴边又不忍心说出来，总是怕你多心，可不说心里又堵得慌。现在你也成家当母亲了，我俩觉得还是跟你说了好，免得以后留下遗憾。"邱冠华终于鼓起勇气，"其实啊，我和你妈不是你的亲生父母。"

邱胡杨扑哧一声笑了出来："你俩是不是电视看多了？还是知道我最近压力大，逗我开心呐？"

邱母看了看邱冠华认起真来："我俩没骗你。"

邱胡杨感觉情况有些不妙："我都被你们整糊涂了。"

邱冠华看着邱胡杨的眼睛慢慢说道："你的亲生父母一生都在尽心尽力地守护着额济纳的胡杨林，当年我和你妈都是那里的知青。有一天，你的亲生母亲在生下你之后突然发烧，而苏木又没有治病的药了，我就骑上马去找药。你的亲生父亲见天黑了还没有回来，就到半路上去迎我，没想到遇到了流沙，我看见他的时候，他只说了四个字：姑娘，胡杨。我含着泪跑到你家里，发现你母亲……已过世了……"邱冠华讲不下去了。

邱母擦着眼泪哽咽着："我们回城后，就把你带回来了，现在你长大了，也有孩子了，该告诉你了。"

"你亲生父亲敬佩胡杨的品格，所以就给你起了胡杨这个名字，就是希望你能像生命力顽强的胡杨林一样健康成长，能抵挡风沙的侵略，这也是他心里的梦想和期望。"

邱母接着补充："这些年，我们一直在给你最好的东西，怕你受委屈，我们也没打算要孩子，包括辞职下海做生意，就是希望你能过得幸福，可能以前对你很严格，但都是为你好，你要理解。"

邱胡杨哭着抱着他俩："不要再说了，你们永远是我最亲最亲的父母。"

邱父掏出房产证、首饰、存折等递给邱胡杨："这些拿给孟虎威，你俩以后消停过日子吧，我和你妈要回额济纳。"

邱胡杨擦了擦眼泪："为什么要去额济纳？"

"10年前，额济纳的居延海还有一大片汪洋，是胡杨，还有很多鸟类的天堂，前几天洽谈业务，我顺道去了一趟，发现湖水和胡杨都少了很多，快变成了沙漠了。我和你母亲也想通了，家园都没有了，生意做得再大又有什么意义呢？最近我老是梦见你的亲生父亲，所以我决定去完成你父亲的遗愿，去额济纳守护胡杨林。"

"你俩去了能干什么？又能起到什么作用？"

"你爸没到林业厅上班前，就在三北防护林做防风治沙工作。"

邱胡杨又问："去了怎么生活？"

"和我一起下乡的知青，有的没有返城还留在那里。放心吧，我们已经联系好了。我听说有一个叫远山正瑛的日本老人，八十多岁了还志愿到恩格贝，在狂风沙暴中孕育出了绿色的希望，何况我们呢？"

"那等我休假了，和你们一起去吧。"

过了一些日子，在额济纳一望无际的沙漠中，在邱胡杨的前面，有两个背影在沙漠中步履蹒跚前行，"老邱，我就说你会回来的，你离不开额济纳的。这些后长的胡杨林，是我们这里的女愚公唐玉琴种的，她和患癌症的丈夫承包了三北防护林一万亩沙地，丈夫去世后，她自己一个人治沙种胡杨，我们都说，这女人愣是用汗水和泪水把沙漠里的胡杨浇活了。"

"树叶就算长在最高的树尖，也会有落叶归根的那一天。"邱冠华将铁锹使劲地插入沙土："这辈子都离不开了，我是一棵芨芨草，就在这里扎下根了。"

陈守平指着一片胡杨林对邱冠华说："前面那片胡杨林，就是胡大哥牺牲的地方，离那棵最大的不远。"

到了胡杨林一座坟前，邱冠华朝着坟墓跪了下来："胡大哥，咱们的女儿来看你来了。"

盘根错节、姿态万千的胡杨林，静静地伫立在沙漠中，有的似金蛇虬蟠狂舞，有的像猛虎威慑大漠，有的如妙龄女子妩媚多姿。一阵微风吹过，胡杨林轻轻摆动着叶子。

邱胡杨眼含泪水，轻轻地抚摸着这棵树，也随即跪了下来，在风沙的侵蚀下，树干上布满了皱褶深沟的树皮，像经历劳作父亲的手，整棵树像一位矗立在沙漠中饱经风霜的老者。

陈守平若有所思说："胡杨是人类抵御风沙的最后一道防线，过了这道阵地，就是生命难以驻足的沙漠了。"

邱冠华拍了拍邱胡杨，安慰道："你的父亲已化成了胡杨，他还在守护着我们。"

长达 300 余公里的三北防护林带，阻拦着汹涌的沙漠。一群又一群饥渴的农民在沙漠里，年复一年地播种着绿色。

邱胡杨指着前方："爸爸，那就是三北防护林吧。"

邱冠华点点头："有水有地就是幸福，家园稳固就是梦想。风沙年年推进，假如不是不间断地种草植树，这里早就成为沙海了。"

陈守平信心满满："只要努力，全世界的沙漠都可以变成森林。"

邱胡杨也很感慨："这些建设者们年复一年、日复一日的坚守和劳作，让人由衷敬佩。"

2

大兴安岭支队特种大队绿色卫士林内，30 名新兵整齐列队，每人身旁都有一棵松树苗。

郝江山站在队列前高声讲："今天我们组织新兵同志举行扎根仪式。这片绿色卫士林里，特种大队每名官兵都有一棵自己种的树，今天松树扎下了根，你们也就在这特种大队扎下根了，在这巍巍兴安岭扎下根了，在森林部队扎下了根。树就是你，你就是树，你我就是一片林。一棵小树苗，就为国家增添一抹绿色，好多小树苗长成了参天大树，就成了绿水青山。我们要将绿色融入心间，更要将青春镌刻进森林部队的年轮。我宣布，扎根仪式现在开始！"

新兵袁常青听得入迷，充满憧憬，直到旁边的战友提醒才反应过来。

郝江山朝袁常青笑着走了过来："来，咱们一起栽。"

"大队长，我们老家习俗都爱植树造林，只要是出生了婴儿，全寨都要为他种 100 棵小树，孩子长大了，树也就成材了，然后再用木材为他（她）办婚事，对了，逢人去世也要栽 100 棵。"

"这个办法真不错，全国要是都像你们寨子那样就好喽。"

"我外公家在哀牢山，那里的族规之一，就是巡山护林、爱护树木。外公告诉我，人喜欢热闹，森林好清静，甚至不许惊扰它们。山上的森林是天然的蓄水池，有一次全省大旱，几乎三年不下雨，但从山顶森林流出的泉水却从未断流。"

郝江山点点头："由森林而成青山，才有绿水，才有生命蓬勃。如果青山不在，绿水不流，人类生存就会受到极大的威胁。离开了水和树，人类将无法生存。这些人了不起，你的外公了不起。"

"外公在临终前的最后一句话就是，要看好山上的林子，让我好好当守林子的兵。"

郝江山边种树边说："种树不仅要种在山上，更要种在心中，在心里种上花草树木，人生才不会荒芜。"

非洲素有"草地之王"的尖毛草，生长过程极为特别。最初半年几乎是草原上最矮的草，但半年后雨水到来时，短短几天它就能长到一两米高。原来这种植物从未停止生长，只是前半年始终在努力扎根土壤，根部能扎到地下几十米。当储存到足够的营养和能量后，便一发不可收迅速长高。这就是著名的"尖毛草原理"。

草木生长如此，人的成长也是同理。想要向上生长，就要向下扎根，即使面临许多艰难困苦，只要隐忍坚持，摒弃急功近利心态，才能品尝到成功的果实。对于基层官兵来说，在成长成才的道路上，需要脚踏实地走好每一步，永不放弃，永不抛弃，认认真真做好每件事，扎扎实实干好每项工作，方能夯实根基，为长远发展积蓄力量，终会迎来"破茧成蝶"的那一天。

大兴安岭支队特种大队训练场上热火朝天，抬圆木、攀岩、举轮胎、索滑降等科目正在紧张有序进行。郝江山在训练场跟训，走了一圈后，他吹响了哨子："所有干部在我面前成班横队集合，其他人员继续训练。"干部们迅速在郝江山面前集合列队。

郝江山扫视了一眼大队干部，强调道："特种大队作为支队的尖刀和突击队，战斗力必须是全支队最强的，当然训练也是最苦最累的。现在来看，我们的训练还需要加强和改进，标准还要继续提高。"

清晨，在大兴安岭的一处山林地前，官兵们全副武装。郝江山手拿一块秒表："今天的10公里山地武装越野，如果比昨天慢1秒，就再加1公里，慢2秒就加2公里，以此类推，还是老规矩，抓最后五名，预备，开始！"

官兵们迅速在山林地内跑步前进，郝江山也全副武装和官兵们一起奔跑。

训练场上，官兵们挥汗如雨，翻轮胎、蛙跳、兔子蹦等训练项目紧张有序地开展。训练虽苦，但是官兵们的心是火热的，因为他们知道，只有艰苦的训练，才能练就强健的体魄，才能不断提升核心制胜能力。

夜晚，大兴安岭支队特种大队熄灯号吹响了，结束了一天训练的官兵们都躺在床上。刚从警校毕业的尤小帅排长正准备好好睡一觉，新兵袁常青缠着他闲聊起来："排长，咱们这就是魔鬼训练吧，大队长是不是把我们当特种兵训了？"

"你这就是典型的只见树木，不见森林。没有点特殊的本事，我们还能叫特种大队吗？告诉你们，合理的叫训练，不合理的叫磨炼，还有一种叫修炼。多训点，上山打火，你们就知道体能有多重要了。"

袁常青苦着脸："我觉得现在有点吃不消了，昨天晚上搞了3次紧急集合，今天十公里越野，大队长还在我们背囊里掖了六块砖，竟然还说，每人背六块，全队六六大顺。"

"我看你还是训得少，一点也不困，你看看他们都睡了没？"

袁常青听见四周都响起了呼噜声："没事的，排长，点名的时候，大队长说了放我们一马，今天晚上不搞紧急集合。"

"知道丛林法则吗？适者生存知道吗？你看非洲大草原上的食草动物，在狮子的追逐下，逐渐成了奔跑健将，而狮子也锻炼成了最佳猎手。有的时候人需要被逼，不逼你，你就不知道自己有多优秀。今天放你一马，明天放你一马，你以为特种大队是放马的啊？"

"放马我倒不怕，我最怕大队长的夺命追魂表和午夜惊魂哨。"

"袁常青，你要是再不睡觉，就出去跑两圈。"

袁常青马上把被子从胸口拉到头上："马上睡，我快撑不下去了，还是那句话，老子以后撒尿都不朝这方向！"

"你一个乡下孩子，又没读过多少书，不在部队拼命，以后就完了。"尤小帅念叨着，袁常青掀开被子，陷入了沉思。

凌晨两点，郝江山站在宿舍楼前，看着手表，吹响了紧急集合哨。三分钟后，站在队列前摁停秒表讲："不错，比上一次快了20秒！知道为什么昨晚训这么多吗？也许有同志猜到了，今天是建军节了，咱们放假！推迟半小时起床！上午有惊喜活动！"

战士们对大队长说的"惊喜活动"翘首以盼。上午九点钟，郝江山吹响了哨子：

"喜迎建军节十公里武装越野友谊赛，现在开始！"

郝江山的时间被自己安排得满满当当的，到图书馆查资料，编写教案，跑相关厂家请教专业人士，带领于连合等人整合装具，开展装备革新，组织干部研讨战法，带领部队钻山林、走沟塘进行战场勘察，每天过得忙碌而又充实。

3

特种大队的索滑降训练场上热火朝天，官兵们依次在索降塔上往下滑，廖永刚滑到距地面约十多米时，绳索突然断裂！

"廖永刚从索降塔上掉下来了！"刘学林没有敲门就冲进办公室。

"快，赶紧派车，马上送医院！"郝江山急忙安排着。

过了些日子，刚晋升支队政治处主任的程宏远带着处理决定来找郝江山。

晚饭后，两人来到山坡上看林海，郝江山语气消沉："程主任，你说，我是不是太急于求成了？"

"好多人打过小报告，说你训练苛刻，有军阀作风；还说你一个哨子一块表，搞得战士满山跑……还有很多，祝政委都压下来了，怕影响你的积极性。当然啦，你们任务最重、危险最多、付出也最多。"程宏远安慰着。

"训练就是不流血的战争。平时不流汗，战时就得流血！这次也怪我组织不严密，没有检查好。"

程宏远顺势开导："不管怎么说，处分还得背，毕竟出了事故，你得理解。"

郝江山愁容满面："我懂，可惜我这么好的班长，打火顶个干部用，可惜，真可惜啊，出师未捷，英雄落泪呀！最让我难受的，其实还不是这些，为什么最好的医院都不能保住他的腿？"

程宏远把手放在郝江山的肩膀上解释道："专家说，从这么高的地方摔下来，没瘫痪就实属万幸了。"

大兴安岭地区医院住院部，廖永刚爬上了病房的窗户，看着自己拖着的半条腿，又看了看楼下，陷入了无限的悲伤。

这时，郝江山拎着水果和礼品进了病房："永刚，你这是干什么？"廖永刚沮丧道："腿没了，我就废了，活着还有什么意思？"

郝江山慢慢靠近，廖永刚抓住窗框情绪很是激动："不要过来，你再过来一步，我就从这跳下去。"廖永刚砸着自己的腿："我这辈子算是完了，少了一条腿，我还能干什么？废物，废物！"

郝江山好声劝慰："张海迪坐在轮椅上还能学习，为别人针灸看病，你怎么就不行？也许现在你很豪气，视死如归，你以为往下一跳就啥事没有了吗？你的父母亲，还有妻子女儿，他们能不能经得起这种打击？你只是失去了半条腿，他们却失去了儿子、丈夫和父亲。听我的，要有信心，配合医生好好治疗，大队全体官兵都是你的坚强后盾。"

廖永刚流着泪："我以后就是残废了，没啥希望了。"

郝江山眼底也涌出泪水："今天早上你的女儿打电话到队部，正好是我接的，她说等你休假时，要你带她去森林里看小鹿，我替你答应了。"听着郝江山的话，廖永刚双手掩面痛哭起来。

"你的父亲今年已经65岁了，身体不好，但还是让你大学毕业的弟弟入伍当了解放军，老人家逢人便自豪地说，'我俩儿子，一个保家，一个卫国……'"廖永刚泪流满面，放松了戒备。郝江山趁机慢慢靠过去，紧紧抱住他："不要怕，有我在。"

廖永刚哭着喊："大队长！"

郝江山眼含泪水，眉头紧锁，自从大队出事以来，心里仿佛压着一块大石头，总是责备自己，训练没组织好。

"不，索降设备是我们班负责，都怪我没有检查好。"

郝江山拍着廖永刚的后背："好好养伤，信心比什么都重要，不要放弃，千万不能放弃，要积极配合医生治疗。请放心，你的事情我会负责到底，大队全体官兵都支持你。"

廖永刚哽咽着："那我还能上山打火吗？"

"能，我相信你能，你是我们大队最优秀的班长，一直都是。"郝江山从兜里掏出一大摞卡片："你看，战友们都想来看你，把祝福的话都写在卡片上了。"

连日来，郝江山和刘亦欣一直在为廖永刚安装假肢的事四处奔走。郝江山主动联系邱胡杨，在她的介绍下来到省医院购买假肢，专家介绍目前有两种假肢，一种是国产的价格相对便宜，还有一种是进口的价格很贵。郝江山不假思索地选了进口的。

专家解释，其实国产的效果也很好，差别不太大，价格上却差很多。邱胡杨提醒他，根据有关规定，超出的这部分，可能还不能报销。

郝江山却一直坚持用进口的，就是要让小廖知道，给换的假肢质量是最好的，这样对他树立信心至关重要，超出的部分由自己来出。

假肢安装很顺利，在省医院安上假肢的廖永刚，流下激动的泪水：“我又能站起来了。”

邱胡杨扶着廖永刚：“先不要太着急走，慢慢来，先站起来再说。”廖永刚站起来，刚挪了一步，就重重地摔在了地上。

刘亦欣去扶他，被他用手挡住，慢慢地他又艰难地站了起来，他咬着牙忍着疼痛，每挪一步，脸上就多一层汗水。郝江山默默地看着，流下了激动的热泪。

从省城回来后，郝江山又投入到紧张的训练和任务中。飞机在林海上空飞行，郝江山带领一组官兵执行飞机载人巡护任务，不时向官兵传授技能。飞了一圈，巡护无异常情况，正准备返航。

突然，郝江山透过舷窗，发现前方升起一股白烟，迅速打开地图：“你俩看看，着火点在什么地方？”

尤小帅测量并计算着火点后得出：“在鄂伦春自治旗绿水林场，查拉巴奇的一处山顶上。”

直升机索降后，郝江山带领官兵们手持风力灭火机、水枪和2号工具，一阵猛冲猛打，将大火迅速扑灭。

郝江山用电台汇报：“火场面积两公顷，我部已将明火全部扑灭并清理完毕。”

从索降到火场清理完毕，仅用时27分，是支队乃至总队历史上最快的一次灭火作战。机降灭火的推广与普及，彻底改变了兴师动众、千军万马上山打火劳民伤财的状况，实现了打早、打小、打了的要求。

4

郝江山在特种大队大队长办公室修改教案，忽然电话铃响，郝江山接电话：“你好，我是郝江山。”

秦朗：“郝大队长好！”

郝江山关切地问：“秦朗啊，今天怎么有空打电话？没在热带雨林里骑大象巡逻啊？”

秦朗诉着苦：“这个可不好玩呀，前天巡逻偶遇野象群，领头象发怒了，我们被钉在树上一个多小时，放在树丫上的脚趾都变形了。这边世博会快开幕了，你们什么时候能来啊？我让叶香带你和刘亦欣一起逛世博会，叶香现在做导游呢。"

"我这特种大队刚成立，没有现成的模式，也没有装备和教案，不瞒你说，我连结婚的日子都往后推了。"

秦朗说："哥们，这事业和婚姻啊，可要两手抓，两手都要硬，我家根生可都上小学了……"

昆明世界园艺博览会隆重开幕，博览会园区依山傍水、气势恢宏。从京城来的全远德喜欢周游名山大川，借出差间隙到世博会游玩一圈。虽然园内风景旖旎、令人震撼，但真正吸引他的却是举着彩旗带领游客游玩的导游叶香。叶香热情又熟练地介绍着世博园内的奇特景观，汗水浸湿了衬衣，白皙的肌肤若隐若现，全远德的喉结不禁抖动了一下，见到叶香向他走来，急忙转过头去佯装看风景。

"您好，先生，咱们该出发了。"叶香热心地提醒。

全远德转过身来："美啊，真美，这是我见过的最美的景。"

"每个来世博园的游客都这么说。"

全远德眼睛不停地瞟着叶香："没想到这里的人也这么漂亮。"叶香羞红了脸。

全远德忽然从皮包里掏出两张票子塞到叶香手中："给你的。"

"别，别，我们这里不兴收小费。"

"现在流行这个。"

叶香还在推辞："太多了，比我一天的工资都高。"

全远德掏出一张名片塞给叶香："你解说得很好，让我不虚此行！是你应该得的，记住了小姑娘，我姓全，这是我的名片。"

接过名片，上面密密麻麻地写满了各种无关紧要的头衔，只有"总经理"三个字深深地印在了叶香的脑海中。

昆明一饭店内，桌子上摆满了饭菜，叶香和儿子秦根生吃得津津有味。叶香夹了一筷子菜："来，根生，多吃点，今天妈妈赚钱了。"

"我要给爸爸留一份，他肯定没吃过这么好吃的。"

"儿子真乖，爸爸没白疼你。"

秦根生很得意："爸爸最疼我了。"

"儿子，你都吃了吧，你爸爸他不回来。下次妈妈赚了钱，咱们还来这里吃。"

"嗯，谢谢妈妈，真好吃。"

"有钱才有好吃的，知道吗？"

"我知道了，没钱，就吃不了好吃的。"

过了段时间，秦朗回到家中，半年没见到儿子的他，发现儿子又长高了大半头，欣慰之时心里也徒生深深的内疚，他抱着儿子："要不你俩跟我去驻地吧，你俩在这里我不放心呐。"

正在洗衣服的叶香很不高兴："有什么不放心的，你们那破山沟有什么好去的？"

"起码咱们一家人能在一起啊！"

"儿子都上小学了，你们那里的教育能跟省会城市比吗？再说了深山老林里能见到什么世面，根生在那里能学到什么？跟你们学巡逻打火、挖坑种树吗？"

"这里消费很高，我的工资也不多，能负担得起这些开销吗？"

"把你工资折给我就行了，缺多少我去赚，我一定要让根生上最好的学校，接受最好的教育，活得像城里人一样。别人家孩子有的，我们根生一样也不能缺。"

"为什么非得跟人家比呢，咱们都是穷人家的孩子，不也过得挺好吗？"

叶香生气地将衣服摔在盆里："好在哪？你看看这个家，哪里好了？一件像样的电器和家具都没有。"

秦根生摸着秦朗的领花："爸爸，你还去当兵吗？我上次给你留的好吃的都放坏了。"

叶香插话："有位游客见我导游干得好，打算给我投资干个旅行社，你看怎么样？"

秦朗将信将疑："什么人？"

"好人呗，一个北京的大官！"

"叶香，你可得小心了，天下没有免费的午餐，不该赚的钱，咱们可不赚，平平安安过好日子就行了。"

叶香忽然嘤嘤地哭了起来："平平安安怎么能出人头地？结婚的时候你就说，让我过上好日子，跟了你，我一直在遭罪，从怀孕到生孩子，你陪伴过我吗？孩子都长这么大了，你管过几天？秦朗，你就跟白捡了一个儿子似的。"

秦朗心疼又内疚："你误会了，我不是这个意思。"

秦根生走过去懂事地替叶香擦了擦眼泪："妈妈乖，不哭。"

"这事，我干定了。"叶香擦干眼泪愤愤地说。

5

大兴安岭支队特种大队营区外，清晨的太阳刚刚从地平线升起，耳旁是风吹过树林沙沙的响声和清脆悦耳的鸟叫声，廖永刚拄着双拐走在营区外的小道上，太阳将他的影子照得很长很长。他丢掉了双拐，一步、两步……裤腿上的鲜血流在了地上。

训练场上，廖永刚看着战友们生龙活虎地训练，他再也忍不住了，廖永刚走进单杠的上杠位置。

尤小帅见是廖永刚，有些犹豫还是下了口令："上器械！"廖永刚上杠，没有掌握好平衡，重重地从上面掉了下来，尤小帅等人赶紧上前来扶："廖班长！"

"都让开，我自己能行。"

廖永刚爬起来，回到上杠位置，跨立站好："下口令！"

尤小帅眼睛有些湿润："上器械！"廖永刚上了器械，又掉了下来。反复几次，他使出了全身力气，终于做了一个一练习。

郝江山在远处静静地注视着这一幕，欲言又止。结束了白天紧张而忙碌的训练，夜间郝江山查铺，走到廖永刚床铺，用手摸了摸被窝，发现床上没人。来到训练场寻找，看见月光下的廖永刚正在做体能。郝江山走了过去："这么晚了，为什么不睡觉？"

廖永刚边做边说："我给自己定了一个训练计划，白天没完成，晚上得补上。"

郝江山坐在了他旁边："这么拼命干什么？"廖永刚努力做着，使出全劲说道："我虽然少了一条腿，但我不能拖大队的后腿，即使没有腿，我也必须是一名好兵，我还要带着女儿去森林里追小鹿。"

索滑降训练场，新来的大学生排长关智强在索降塔上小心翼翼地向下滑，旁边的战士都已落地，他紧紧抓住立柱，反复尝试了几次就是不敢下来。

刘学林在下面干着急："你是不是个爷们？怕个啥啊，手一松就滑下来了。"

"我不怕。"关智强心虚，在心里经过无数次斗争后，检查了一遍装备，终于鼓足勇气滑了下来。队列中等待的战士在偷偷地笑，刘学林瞅着关智强摇了摇头。

这时郝江山走了过来："你们中队的关排长，表现怎么样？"

刘学林将武装带紧了紧："我觉得还是让他去机关得了，也不知支队是咋想的，这个地方不适合他，军事训练对他来说有点难。"

"还差点火候？"

"那可不是差一点，是差太多了，战士们都编顺口溜了，我学给你听听：打靶光秃秃、队列傻乎乎、双杠上不去，单杠吊死猪，百米像散步，正步像跳舞，五公里一下午。"

"这可是祝政委要树的典型，调走是不可能的了。"

"我即使不说他，他自己也感到不舒服，啥啥不行，咋服众，怎么带兵？"

"你找他谈过没有？要经常给他敲敲'边鼓'。"

"谈过几次，一开始士气倒挺高的，说起来一套一套的，一切为了保护国家森林资源，我说你别跟我唱高调，不管你是博士、硕士、还是双学士，先当好战士再说，你看这才训了几天就蔫了。"

"慢慢来，要多帮带，你一开始啥都会呀？"

"这是态度问题，他这两天跟不上，想不训就不训了。昨天支队考核，他就在单杠上吊着，一个也没上去，要不是祝国安在，我非给他一脚不可。"

五公里训练场终点，空手的关智强被排里几个全副武装的战士架着跑完了全程，到了终点就瘫倒在地上。

于连合把背上的两个背囊解下来，一个放在关智强的身边低声说："你是排长，你得支棱起来，排里的战士都看着你呢！"

关智强脸色苍白还没有缓过劲，慢慢地站起来："谢谢！"

夜晚，于连合下岗后在宿舍楼门口看见了关智强："排长，你怎么还不睡？"

"我刚查完铺。"说完关智强从兜里掏出一包红塔山香烟塞给于连合："谢谢你这么多天对我的照顾。"

于连合看了看："这么好的烟，还是留着吧。"

关智强走路一跛一跛："抽吧，也没啥送你的。"

"你这是怎么了？"

"两只脚都起泡了，皮也跑掉了。"

于连合看了看："下次掉了皮不要弄掉，先黏回去，洗脚的时候小心别沾水，过几天就好了。"

关智强有些感动："谢谢你，于班长！"

于连合拆开烟盒，关智强也点了一根，刚抽了一口就咳个不停："不会抽烟，就不要装老成了，有什么闹心事，睡一觉起来就好了。"

关智强有些发蒙，拿着烟的手不知往那放，沮丧地说："我从小就在林区长大，9岁那年，就是87年那场大火，我亲眼看见森警战士逆火而行，守住了我们的盘古镇，从那时起我就发誓要当一名森警，守好林子，保护家园，我认为自己行，想和你们融合在一起，比如打牌，我却怎么也提不起打'升级'的兴趣，还有抽烟，没人的时候，我在厕所试好几次，可是太呛了。"

"大森林不是一天长成的，就像开车一样，谁不学就会开呀？"

"还有更扎心的，上大学时处了四年的女朋友，在我来部队报到时，就提出了分手，说什么需要人天天陪，还说，没有伟大到去深山老林里做军嫂的境界。"关智强咳了咳又接着说："有时我睡不着就在想，大不了混日子呗，待着挺好，随你们怎么想吧。"

"我觉得部队还是很信任你，哪个公司敢让刚毕业的学生去管理30多人？你这是水土不服，要补的课太多了，适者生存，你要是混日子，六、七年大排长的日子就等着吧。"

关智强摁灭了烟："我也想不通，难道我这么多年的努力，就是叶公好龙吗？"

"你看廖永刚，少了一条腿五公里都能跑，你可不能轻言放弃。"

6

大兴安岭的六月早晨，万里无云，训练场上廖永刚的五公里已经跟得上战友的速度了，而关智强却被远远地甩在后面，他用尽全力还是跟不上队伍，心里羞愧不已，懊恼地停下来踢着沙道。中队组织灭火战术训练，关智强在一旁傻傻地站着看。这时，袁常青拿着一个小凳子跑过来："排长，班长说你站着太累了，让你坐着。"

关智强满脸通红，但又无可奈何。过了一会儿，袁常青又跑过来："排长，我们班长说，啥都不达标的人不能坐。"又把凳子抽走了。

立夏当天，郝江山带队到绥阳林业局半山坡进行野营拉练。队伍整齐列队，郝江山在队列前讲："这次我们来绥阳林区进行野营拉练，着重锤炼'走打吃住救'的能力，练就'铁脚板'；同时对这一地区进行战场勘察，进一步了解和掌握林相、植被、道路和水源等环境特征，确定水源和机降点……"队列中的关智强显得极不耐烦。

烈日当空，官兵们在林内山地穿梭，关智强浑身是汗，吃力地在山地间奔跑，翻过一道山后，没过多久就掉队了，倔强的他索性走了起来，解开水壶仰起脖子，把水壶内的最后一滴水倒进嘴里。

关智强艰难翻过一座山坡，迎面走来一位挑着两桶水稍显得有些吃力的老大爷，他两眼紧紧盯住老大爷桶里的水。

"小伙子是想喝水吗？这水是从山下泉里挑上来的，很甜。"老大爷停了下来，放下扁担。

关智强抿抿嘴："谢谢，大爷！"就急急忙忙把脸贴着水桶喝起来。

喝足水抬起头："大爷，这么热的天，您把水挑到山上来干啥？"

老大爷指着远处一片森林："种树呀！你看那边山上的那片树，都是我种的！"

关智强顺着老大爷手指方向看去，有些震惊："这么多的树，都是您一桶一桶挑上来浇水种的？"

"嗯，再过几年这秃山头就变换颜色了。"

"您都这岁数了，不在家里看孙子，为啥要上这里来种树呢？"

老大爷慈祥地看了关智强一眼："我这辈子只有一个儿子，18岁那年当了森警，有一年打火时牺牲了，和6名战友一起永远留在了这片山坡上。"

"绥阳七勇士？"

老大爷点点头，继续说道："处理完儿子的后事，我就把家搬到了这里，开始种树，我想在活着的时候，看到融入我儿子生命的大山重新活过来。"

关智强仔细打量着老大爷那驼了的背和乌黑发亮的扁担，又凝望着远处的森林，眼中泪光闪烁："您真是一个伟大的父亲！"

老大爷看着森林，欣喜地说道："我的儿子已经变成树了，这些树，就是我儿子，你看，他们绿油油的，多好看呐！"

轻风吹过，松涛不语，群山回应。

关智强整了整军装，向老大爷敬了一个标准的军礼，感到身上没有了伤痛，转身快步向山下跑去。

大队官兵都在终点等待着，关智强因为在奔跑时摔伤了一条腿，他一瘸一拐地拼命向终点冲去。于连合想上去帮他一把，被郝江山一把拉住："让他自己过来。"

快到终点时，全体官兵齐声喊道："关排长，加油！关排长，加油！……"

关智强拖着伤腿跑到了终点，官兵们爆发出热烈的呼喊声，他看着为自己加油鼓劲的官兵们，泪水止不住地流了下来。

7

入秋后，气候干燥，火灾频发，全国各地大火小火接连不断，指挥部要求贺松涛部跨区支援山西省汾阳市白虎岭火场。长途跋涉千余公里，贺松涛带领官兵们终于到达了火场。

汾阳市董副市长和秘书来到白虎岭火场，找到贺松涛商量："贺队长，联指命令我负责东线火场，我看再过一会儿让战士们撤下来吧，晚上打火太危险了？"

"董副市长，夜间气温低、湿度大、火强度小、蔓延速度弱，正是打火的最佳时机，若是放弃，可就功亏一篑了。"贺松涛坚定地说。

董副市长有些为难："我们给战士们准备了消夜，你们这么远赶来增援，饭都没吃几口就上了山，我们过意不去，再说烧点林子影响不大，这要是出了人员伤亡，上级追查下来，可就不好办了。"

贺松涛面色一沉，当机立断："谢谢领导关心，这些都是我们应该做的，在扑火方面我们比较专业，这个您放心，出了问题我们自己负责，跟市里没有关系。现在应该抓住灭火最佳时机，我们决定在晚上发动总攻，力求快速制胜！"

经过一夜连续奋战，火场明火全线扑灭。

部队撤离时，汾阳市白虎岭林场道路两旁，站满了欢送灭火队伍返程的老百姓，董副市长站在队伍前。有的拉着横幅，有的举着自制的宣传牌，更多的人则拎着水果、鸡蛋、花生等慰问品。

车队一到跟前，人们就争先抢后往车里送慰问品，直到车队驶出林场，人群依然在目送。跟贺松涛一起坐在指挥车里的排长永青感慨道："山西人民很热情，咱老百姓真好！"

"爱民如子，有战必胜，敬民若父，无坚不摧，群众的眼睛是雪亮的，只有真正为人民，人民才会把我们高高举起，这也就是咱们经常说的，有作为才会有地位。"

永青似乎想起什么，急切问道："上级领导对咱们这两次跨省增援灭火满意吗？"

贺松涛掏出手机："指挥部的张京华副参谋长给我发了一条16个字的短信：风大火急，扑火远征，攻坚克难，任务圆满。"

贺松涛的手机又收到一条短信，发件人，明月松间照。打开后显示：松涛，注意安全！家中一切安好，勿念。

贺松涛回复：安全，正在返回。突然，他想起郝江山婚期将近，也发了个短信过去：江山，我刚扑完火，结婚时间定下来，就早点告诉我。祝好！

收到消息的郝明月在家里卧室的地图上，用红笔在山西汾阳市白虎岭林场画了一颗五角星，写了"安全"两个字，并注明了时间 1999 年 10 月 1 日。

刘亦欣在家里计算着亲朋好友来的人数，看着郝江山给她发的信息"亲爱的，这几天我就请假，等我回家。"心里美美地忙碌着，准备结婚的一些事。

郝江山伏在办公桌上编写教案，电脑显示着：特种大队灭火作战需要把握的几个问题。

电话铃响，郝江山接起电话："你好，这里是特种大队，我是郝江山。"

电话里传来刘亦欣温柔的声音："还在加班？"

"编写教案，你怎么还没休息？"

"我在准备结婚用的东西，现在流行穿西服，我打算给你订一套。"

郝江山笑了笑："西服就不用了吧，我觉得穿军装比较好。"

刘亦欣点点头："那就听你的。"

郝江山轻轻对着电话："咱俩的婚礼，简朴点就好。"

刘亦欣满怀着憧憬："一定要有纪念意义，留给将来一个美好的回忆。"

"好，一生一次，保你满意。"

8

大兴安岭特种大队从绥阳野营拉练回来，郝江山看见关智强熟练地从索降塔上滑下，便喊了一声："关排长，过来一下。"

关智强跑过去："大队长，您找我？"

郝江山看了看关智强的腿："腿好了没有？"

"已经没事了。"关智强回了一句。

郝江山点点头："下个星期指挥部要举办第一期水泵骨干集训，我跟教导员商量了一下，推荐你去。"

关智强兴奋道："谢谢大队长！我会珍惜这次难得的机会，好好学习水泵灭火技术。"

郝江山拍了拍关智强的肩膀："一定要把先进的技术和经验带回来，扬长避短，发挥优势。"

关智强自信地敬个礼："是！保证完成任务！"

随着军事素质的提升，关智强内部关系也搞得很好，经常利用自己的摄影和电脑技术帮助战友，得到官兵们的一致好评。水泵骨干集训回来后，经常加班加点带队训练，郝江山很满意。

这天，郝江山与水泵分队的官兵们围坐在一起："大家都知道水泵灭火有很多优点，咱们今天集思广益，谈一谈怎么能让水泵在灭火作战中发挥更大的作用？"

一名战士抢先发言："水泵装备较复杂，燃油的配比要求十分精确，所以要搞好油料供应及水泵保养，还要掌握水泵性能，根据火场地形、坡度选择不同的连接方法。上个月神斧山发生森林火灾，咱水泵分队的任务就是拦截火头，勘察到火头东南部两公里处有一水泡，我们采取单泵单带多点向火场铺设，其中一组铺设过程中穿越了一个约 65 度的小山坡，水泵流量不大，关排长检查后，指导我们采取了多泵串联才完成了任务。"

袁常青补充了两句："在铺设时，还应当全面侦察火场区域地形，铺设时尽量防止管带穿越公路、林火燃烧区域、裸石和尖锐物体等区域，防止管带损坏。"

关智强提出："我们可以用其他装备协同作战，优势互补，比如，水泵和灭火机相配合使用。水泵架设时间长，风力灭火机便于携带，扑救速度快，可以随时投入战斗，两者结合能有效抓住战机，快速实施扑救。"

郝江山点点头："讲具体些。"

"灭火实战中，先由风力灭火机从侧翼快速进入火场控制火势，水泵架设完毕后，随即拦截火头，对火场进行彻底扑救。"

"有道理，大家再谈谈，说错了也没关系。"

于连合想了想认为："灭火作战时，先用 NA140 全道路履带车、履带牵引车，直接进入火场实施碾压灭火，待水泵架设完毕后，随即进入火场全面清理，既能为水泵架设赢得时间，又确保灭火队员人身安全。在缺少水源的火场，还可以利用装甲车、消防车、水罐车等，将水注入地面预置的贮水池中，再用水泵输送到火线进行直接灭火。"

"说得不错，这种强弱互补战法，以后我们要经常运用。"

袁常青脑洞大开："要是有飞机运水就更好了，我们可以把水泵架在飞机上，水枪头一亮，那可比在特种车上威风多了。"大家都开心地笑了。

"大家不要笑，这也是一种不错的想法。我补充一点，在打隔离带时，还可利用水泵送水增大可燃物的湿度，形成一条高含水率的难燃隔离带，从而控制林火蔓延，降低火势。大家今天说得都很好，火场千变万化，我们要因时因地因情，采取灵活机动的战法，单一装备都不是很完美，多种装备相互配合，才达到最佳的灭火效果。"

经过一年多准备，大兴安岭支队特种大队验收汇报演练，在大兴安岭野外训练场举行。指挥部张京华副参谋长、王雅杰等总队、支队和地方领导在主席台就座。

只见两架直升机悬停半空，身着橘红色灭火服的官兵从 30 余米的高空飞身而下，快速开设机降场地；

刘学林一声令下，灭火弹从 1.5 米高的炮膛射出；

十几条银白色的水柱如银龙出海，从脉冲式水枪枪口直压火线；

袁常青手拿油锯将一根粗大的圆木飞快锯断；

关智强指挥水泵分队阻截火头，一处火线借着风力突然冲出包围圈，向前蹿出 20 多米，超出了水泵的射程范围。

关智强呼叫："101，火头已超出水泵射程范围。"

郝江山用对讲机喊道："101 收到，105，105，令你部装甲分队采取'前车以水灭火、后车碾轧、分队跟进清理'战法向前推进！"

"105 明白！"刘学林将上半身伸出装甲车上回道。

这时，随着装甲分队战车隆隆的轰鸣声，5 辆 531 装甲车从侧翼杀出，高速迂回到火线前方拦住乱舞的火龙，车载高压水泵射出的水线瞬间覆盖火头，不到 3 分钟，肆虐的火头就灰飞烟灭了。

已无明火的火线边缘，在钢铁履带的碾压下，片刻之间形成一道生土隔离带。

指挥部张京华副参谋长、总队王雅杰副总队长和支队地方领导都满意地点了点头。

9

汇报演练很成功，郝江山拎着行李高兴地过了火车站检票口，忽然手机铃声响了，是刘亦欣打来的。

"亦欣，我过了检票口了。"

"到了给我打电话，我让大哥去车站接你，咱爸妈和明月都来了，婚礼这边都准备完了，你人回来就行了。"

"放心吧，明天一早就到了。"

郝江山挂了电话上了火车，找到座位刚坐下，手机铃声又响起："你好。"

听着电话里传来刘学林焦急的声音："大队长，着火了！"

"什么地方？大不大？"

"在阿尔巴音林场，现在有12个像素，地方扑火队没捂住，支队让咱们上。"

郝江山有些犹豫，但还是拎起包下了车，边跑边打电话："亦欣啊，这边着火了，挺大的，你给家人说一声，多担待。"

"啊，这边饭店客人都……好，你注意安全。"

大兴安岭支队作战值班室，林支队长接到行署领导电话："老林，我们地方扑火队上了3800人，现在地直机关已动员了2000人上山打火，要人给人，要车给车，关键是快点把火整灭了。"

林支队长在值班室镇定自若："我们的部队能够扑灭这场大火，不用去那么多地方群众。"

接着林支队长手握话筒，向各参战官兵动员："全地区的父老乡亲们和地委的领导都在看着我们，我们要坚决打赢这一仗！"

大兴安岭阿尔巴音林场，火头渐渐逼近林场，人们挽着老人、搬着彩电、抱着孩子纷纷逃出家门，向外转移。装满家当的马车、小四轮子等车辆急匆匆驶向安全地带。人喊、马叫、车响声混成一团。

不知谁喊了一句："火进来了！"

惊慌失措的人们绝望地面对即将化为灰烬的家园。忽然简易公路上传过来马达轰鸣声，紧接着一辆辆汽车、装甲运兵车神兵天降般出现在人们面前。

人群欢呼起来："森警来了！我们有救了！"嘈杂、慌乱的人群渐渐平静下来，主动为运兵车让路，人们投来一束束期待的目光，让官兵信心倍增。

下午，风力加大，地区防火指挥部的电话和对讲机不停地和支队联系："林支队长，专员又来电话了！"

专员电话急促问道："林支队长，情况万分危急，一旦突破隔离带，后果不堪设想！"

"请专员放心，我保证万无一失，我们支队4名常委带领精兵，已经把火场围住了，还有我们的特种大队部署最前方，有他们在，这火一定能打灭！"

这时祝政委电话打了过来："老林，这风太大了，有可能要突破防线，要通知各路人马做好准备！"

挂断祝政委电话，林支队长拨通了郝江山的电话："郝江山，我这支队长的位子能不能坐得住，就靠你这一哆嗦了！"

郝江山非常激动："支队长，您放心，这火指定能打灭！"

郝江山率两个中队沿10多公里长的火线，与地方扑火队从两侧包抄合围。忽然风向突变，火头朝扑火队员迎面扑来。

联指黄指挥放下望远镜，急得直跺脚，用对讲机喊道："老马，老马，你的人咋撤下来了？一定要把那儿的火给我捂住。"

马大可捂着肩一边咳嗽一边回答："太危险了，我们正在避险呢，这火太大了！"

"狗屁，这火要是上了山，林场就保不住了，上亿元成材林就会化为灰烬，过了林场，后面就是老百姓。"

马大可生气道："你就是撤了我，这火我也打不了。"

"旁边还有一个大油库，你们在那避险是找死啊！"

"不用吓唬我，是林子和你的乌纱帽重要，还是兄弟们的命重要？你看看森警那边不也没动静了吗？"

联指黄指挥气得将对讲机狠狠地扔在地上："一帮窝囊废，关键时刻就掉链子！"

郝江山冲上去，朝着装甲车驾驶员卫东北大喊："冲过去，碾压一条隔离带，斩断火头！"

卫东北被烟呛得直咳嗽："大队长，这太危险了，驾驶室缺氧气人会憋死！"

"于连合呢？"

"他在另一侧火线。"

郝江山跳上车，关车盖、踩油门。装甲车所到之处，一条隔离带瞬间凸现，经来回碾压，只见疯狂的火头被拦腰切断。

刘学林拎起一台灭火机："灭火机、水枪跟我冲，2号工具手随后清理。"

郝江山将车开了回来，下了车对驾驶员解释道："勇敢并不是蛮干，装甲车开足马力冲过去，只需30秒就可以碾出一条隔离带，而一个人憋一口气可达40秒，明白了吗？"

"我懂了，大队长。"

联指黄指挥有点激动，在对讲机里喊道："你们真行！火线还有300米就能封控了，继续加油，不然这两天两夜就白干了。"

郝江山面露喜色，忽然脸色转阴，他拿起望远镜，只见火场风向突变，火线多点复燃，火势迅速扩大。

联指黄指挥面色一惊："啊，怎么会这样？再往前可就是国家级原始森林公园了，可这会风大火猛，硬打太危险了，我看还是撤下来吧。"

危急时刻，郝江山细心观察风向和林相地貌后，斩钉截铁地说："黄指挥，这火还能打！"

郝江山迅速调整兵力："火炮分队架设灭火炮，直击火头。"

瞬间，灭火弹腾空而起，几轮轰炸后，火头被撕开一个口子。

"装甲分队，沿火线碾压。"

装甲车驶过，碾压之处，火龙倒地。

"水枪分队，一点突破，分击合围。"

水枪分队所到之处，红色火魔顷刻间变成黑色灰烬。

"水泵分队，架设水泵清理火线。"

"其他人员迅速机动到一公里外，依托简易公路，采取'打烧结合、分击合围'战术，开设防火隔离带阻截火头！"

一声令下，官兵们迅速展开行动。

联指黄指挥好奇地问道："这么茂密的林子和生疏地带，你怎么知道一公里外有公路？"

郝江山胸有成竹："上半年组织战场勘察时，这一带的地形地貌就装进我脑子里了。"

联指黄指挥满意地点了点头："我说你怎么每次打火都很少拿地图，也从来不用向导，原来地图都在你脑子里，真是智勇双全的家伙！"黄指挥抄起电话："林支队长！我要给郝江山请功！"

10

夜色中，昆明一家豪华饭店饭桌上，叶香将一张存折推到仝远德跟前："祝贺您老荣升董事长，这是您投资的本金和盈利的分红，咱们说好的，一分不少都在这里。"

仝远德举起红酒杯："看来，我没看错人，来，我们干一杯。"

叶香一饮而尽。

仝远德喝了一口："这酒是假的。"

叶香一惊："不会吧，这瓶很贵的！"

仝远德微微一笑："这酒虽然是假的，但情谊是真的，来干杯。"

放下酒杯，仝远德将钱推回去："这钱先放在你那，我这次来主要是为了考察你们省西青市的铜矿，据我所了解，这利润可比旅行社高多了，怎么样，有没有兴趣？"

叶香有点疑惑："这种事一般都得有点背景吧，我一个平头老百姓怎么能插上手？"

仝远德淡然一笑："这年头，撑死胆大的，饿死胆小的。就看你胆子够不够大，有我在，一切都很好办。"

叶香举起一杯："难得董事长这么看好我，敬您一杯。"

两人频频举杯，洽谈欢畅，氛围很好，仝远德看着叶香的脸露出了邪恶的淫笑。

婚姻最重要的是忠诚、信任和谦让，双方彼此信赖、相互支撑、经常沟通，共同用心来经营家庭。缘靠天定、分靠人为，两人的感情犹如酿酒一样，需由岁月来呵护与发酵，才能酿出醇正的美酒，否则就会酿成又酸又臭的苦酒。叶香和秦朗从小青梅竹马，感情基础本来是很牢固的，但因追求生活方式不同、长期两地分居和外界的干扰与诱惑，原本很幸福的婚姻却出现了危机。郝江山与刘亦欣的爱情长跑，也经历了不少风风雨雨的考验，本来结婚是人生的大事，可因为组建特种大队、春秋两季防火期和特种大队建设汇报演示，不得不三次推迟婚期，但刘亦欣都能理解基层主官的责任与难处，从来没有埋怨过郝江山。为喜迎新千年，经两人共同商量，刘亦欣千里迢迢来到漠河大队。

秋去冬来，千禧年跨年之际，大兴安岭的雪原广阔无垠，森林银装素裹。傍晚，特种大队的食堂装点着各色的彩带和气球，盖着红布的桌上摆着各种饮料和菜品，官兵们围坐在一起有说有笑，充满着欢快温馨的气氛。

尤小帅端过一杯饮料："嫂子，从今儿起我们中队长就交给您了，我先干了！"说完一仰脖喝干了饮料。

"我说尤排长，新郎官现在都是大队长了，怎么还叫中队长？"

"中队长这个称呼，对我们来说，不是警衔，而是感情，我们不会改，也改不了了，不管我们中队长以后是当支队长、总队长还是其他什么官，我们还叫他中队长，大家说，对不对？"

众人齐喊："对！"

刘学林站起身来："我来说两句，为了我们成长，为了特种大队的建设，这场婚礼推迟了3次，今天，嫂子没有穿光彩照人的婚纱，也没有戴耀眼的金银首饰，却给咱们大队带来了'科技嫁妆'，三台电脑和两箱科教书籍，这样的嫂子，大家见没见过？"

众人齐声："没有！"

刘学林大声问："我们应该怎么办？"

众人的回答震天响："感谢嫂子的大爱！"

刘学林拿起话筒："我们中队长喜欢写文章，嫂子是大报社的记者，都是文化人，下一个节目叫飞花令，说白了就是对古诗，今天我们以'树'为题，要求每句诗中必须带有'树'字，获胜者将有神秘礼物，大家说，好不好！"

于连合站起来："这太简单了，有点难不住他们。"

刘学林看向于连合："你说怎么个难法？"

于连合仔细一想："不但要求诗词中要有'树'字，所对的诗词字数也得一样喽，这才算有难度嘛！"

"不是我说你老于，你一个开装甲车的，要求咋这么高呢，不过我喜欢。"刘学林转向两位新人："老于说的规矩听懂了吗？"

郝江山、刘亦欣同声道："听懂了。"

"听懂了就好办，之前我们听你的，今天晚上，你得听大伙的，对不对，兄弟们？"

"对！"

刘学林把话筒递给刘亦欣："来吧，女士优先。"

刘亦欣接过话筒，不假思索张口就来："删繁就简三秋树，领异标新二月花。"

郝江山信心满满："重门深锁无寻处，疑有碧桃千树花。"

"鸟宿池边树，僧敲月下门。"

"好作思人树，惭无惠化传。"

刘亦欣不慌不忙："杨柳东风树，青青夹御河。"

郝江山紧紧接上："绿树村边合，青山郭外斜。"

"泉眼无声惜细流，树阴照水爱晴柔。"

"几处早莺争暖树，谁家新燕啄春泥。"

刘亦欣凭借着不俗的文学功底，信手拈来："草树知春不久归，百般红紫斗芳菲。"

郝江山深着应对："绿树交加山鸟啼，晴风荡漾落花飞。"

"晴川历历汉阳树，芳草萋萋鹦鹉洲。"

"沉舟侧畔千帆过，病树前头万木春。"

"红树青山日欲斜，长郊草色绿无涯。"

郝江山稍作停顿，又脱口而出："雨中红绽桃千树，风外青摇柳万条。"

刘亦欣紧追不放："野旷天低树，江清月近人。"

"野人闲种树，树老野人前。"

"树树皆秋色，山山唯落晖。"众人拍掌叫好。

"忽如一夜春风来，千树万树梨花开。"

郝江山从容应对："一树春风千万枝，嫩于金色软于丝。"

刘亦欣立即接上："碧玉妆成一树高，万条垂下绿丝绦。"

"绿树阴浓夏日长，楼台倒影入池塘。"

刘亦欣气定神闲："白金换得青松树，君既先栽我不栽。"

郝江山胸有成竹："君臣已与时际会，树木犹为人爱惜。"

"山明水净夜来霜，数树深红出浅黄。"

"数树新开翠影齐，倚风情态被春迷。"

刘亦欣激情高涨："青青一树伤心色，曾入几人离恨中。"

郝江山慢慢放缓节奏："庭树不知人去尽，春来还发旧时花。"

"庭花蒙蒙水冷冷，小儿啼索树上莺。"

郝江山不知是江郎才尽还是故意让着刘亦欣，过了有十几秒钟还是没有对上来。

刘学林赶紧抢过话筒："嫂子都点出儿子要上树掏鸟窝了，我看中队长是想着入洞房，对不出来了吧？"

官兵们哈哈大笑。

刘学林问战士们："这节目精彩不精彩？"

"精彩！"

"再来一次要不要？"

"要！"

"谁刚才说要的，出去跑个五公里再回来，不让人家入洞房了是吧？人家都着急了。"

郝江山和刘亦欣脸上绯红。

刘学林大声宣布："我宣布这次获胜者是嫂子！"

关智强走上前将一枚二等军功章戴在了刘亦欣的衣服上："嫂子，今年我们参加灭火作战取得了十战十捷的好成绩，让'火窝子'熄了火，被人们称为保卫大兴安岭林海的'定海神针'。在今年阿尔巴音和查拉巴奇林场灭火作战中，大队长指挥得当，充分发挥了我们特种大队的优势，为灭火全胜、保卫城镇和森林资源安全起到了决定性作用，受到了各级的好评，被总部授予'灭火攻坚英雄大队'荣誉称号，这些荣誉和这枚军功章也有您的一半！"

官兵们集体起立敬礼并喊道："嫂子辛苦了！"

郝江山的眼睛湿润了，刘亦欣流下了幸福而激动的泪水。

佩戴新士官警衔的三级士官于连合："情定千年，世纪良缘，2000 年的钟声马上就要敲响了，在这新旧千年交替、千载一逢的时刻举办婚礼，意义非同一般，让我们共同举杯，一起见证吧！"

钟表从 11 时 59 分 52 秒开始，官兵们："8、7、6、5、4、3、2、1！千年等一回！"

餐厅内沸腾了，官兵们一张张幸福的笑脸，在灯光的映照下像花儿一般地绽放。

婚姻是每个人在经历爱情之后最深情的向往，而婚礼是每一对新人步入婚姻殿堂对爱情最庄严的告白。这场迟到的婚礼，不是千年之恋，却有唯美的、独特的浪漫，虽然没有长长的车队、高雅的乐队和豪华的酒宴，但官兵们真诚而淳朴的欢笑声和祝福声，却深深地烙在这对新郎新娘的心底。郝江山和刘亦欣从小就对军人有着不一样的情感，对军人的爱情也有着独自的感悟和体会，他俩在长时间的相识、相知和相恋中深深懂得：择偶不是寻找一个完美的人，而是学会用完美的眼光，欣赏一个不完美的人；相爱是一门艺术，相处是一门技术，无论是经风历雨，都要一起度过、共同面对；真正相爱的人也不需要无时无刻在一起，最需要的是精神上的沟通和默契，是彼此心灵的助长和赞许。一个聪慧的女人，最好的嫁妆就是一颗体贴温暖的心；一个睿智的男人，最好的聘礼就是一生的迁就与疼爱。

爱在绿水青山

张世光　著（下册）

新华出版社

第十九章　火海神兵

1

汽车在云岭林中盘山公路上行驶，窗外景色迷人，高大茂盛的热带植物、南国花草、古树枯藤散布在道路两旁，森林中隐约可见滇南少数民族的屋舍。秦朗开着车，郝江山坐在副驾驶，后排坐着叶香和刘亦欣。

行进途中，只见前面绿绿的山坡上出现了几处大大小小黑色斑块。一股焦煳味飘进车内，刘亦欣不禁咳嗽起来。

"没事吧，亦欣？听说你和江山是在部队完婚的，辛苦你了。"

"没事，他把青春交给了绿水青山，他在哪儿，我们的家就在哪里，在绿色警营办婚礼，也是我的梦想。"

"羡慕你们这种纯粹的爱情。"秦朗指着前面的山坡："这是有群众在烧荒，你们看那几块黑斑就是烧过的，闻这味儿，前面正在烧。"

郝江山不解："烧荒干什么？"

"种木薯、水稻、玉米等农作物，两三年后肥力不足了，再换个地方砍山烧荒，这就是刀耕火种。"

"为什么不管？难道就没有办法？"

秦朗苦笑道："兄弟啊，我们总队就这么一点人，管不过来啊！"

刘亦欣在旁边问："不是有《森林法》吗？"

秦朗叹了一口气："哎，宣传过，也和森林公安配合抓过人，可就是屡禁不止。"

对于旅游，叶香轻车熟路，逛完世博会等景点，又带他们来到有着"中国最后一个原始部落"之称的翁丁村老寨，只见古寨四周云雾缭绕，茅屋林立，曲径通幽，这处风景即使在这个信息时代也是藏在深山人未识。到了寨子，郝江山与秦朗并未欣赏美景，看见草木结构的房屋反而研究起灭火战法，两人探讨，如果村中失火，该怎么扑救，上多少人，走哪条道……

跟在后面的妻子看着他俩，心知肚明，相视一笑，又有些无可奈何。

南方一省十台山，一间竹木构架的茶室，四周开窗，掩映在青枝绿叶间。刘亦欣递上一张名片："你好，杜科长，我是江山的爱人刘亦欣，北方报社的记者。"

杜伟升双手接过名片，看了看塞进上衣兜内，高兴地说："你好，你好，快请坐。"随即也掏出一张名片："看山狗，杜伟升！"

刘亦欣双手接过名片，正面印有约 5 厘米见方的鲜红印章，四个字赫然在目：狗官伟升。

杜伟升笑着说道："郝江山这小子现在都营职了吧？这小子一点也不讲究，结婚都不通知一声，我还想去参加他的婚礼呢。"

"科长您真幽默。"刘亦欣把名片装进兜里："是的，他现在是大兴安岭森林支队特种大队大队长。"

杜伟升看了看窗外，感叹道："时间过得真快。"

刘亦欣将一个大包裹递给杜伟升："江山让我向您问好，这是他给您带的东北特产。"

"好，江山给的，我收。"

刘亦欣问道："听江山说，您在保护森林方面有很多故事，我想采访采访您。"

杜伟升缓了缓神，起身后十分痛心地指着窗外的几座光秃秃的小山头说："我当兵前那里古木参天，最大一棵要好几个人才能合抱，一棵树的树荫就能覆盖整个篮球场，林子里有花有果，有鸟有兽，唉，现在什么都没有了。"

杜伟升慢慢回忆："越穷越开山，越开山越穷；越穷越砍树，越砍树越穷。"一片郁郁葱葱的森林，高大的树木遮天蔽日。"嘭哒—嘭—"的伐木声中，几十名群众都在砍树，好像跟谁比赛似的，生怕自己砍得少，一车车的大木头装上车被拉走，残存的树桩像一个坟场。

树林没了，土地荒了，大风吹过，扬起一片尘土。

一位衣着简陋的妇女在打水，她使劲地压着压水井，老大一会儿才在出水口淌出一股细细的、黄黄的水，落在脏兮兮的食盆里。一头渴极了的牛听见水声，赶紧跟过来饮了一口，就抬起头使劲摇了起来。

在巡山途中，杜伟升发现一个农民在砍一棵巨大的松树，急忙劝阻："不要砍了！这棵松树一千多年了，这里的土薄，树根相互攀结才不倒，砍了这一棵，成片的树都会倒。"

农民根本不听："砍你家树了？多管闲事。"

杜伟升挡在树前："要砍这树，你就先把我砍了。"

农民木讷地看了他一眼："砍你，犯法，我不傻。"

"那你为什么要砍树？砍树也犯法。"

"没柴烧了。"

杜伟升从衣服兜里翻钱出来："这 50 块钱，可以买很多煤球，你不能砍了，这棵树就当我买下了。"

农民瞅了瞅钱，又看了看树："这树最起码值 400 块。"

"你只要不砍，我回家再给你取 350 块钱。"杜伟升说完骑上自行车飞似的跑了。

两个多小时后，杜伟升回到山林中，只看到一截树桩孤零零地戳在那里，他傻乎乎站着，手里攥着 350 元钱，又气又痛心。

又过了一个多小时，杜伟升买来香，祭奠大树之亡灵，喃喃自语："大树啊，人类对不起你们啊……"

黑夜，杜伟升对着社区的干部群众说："不要再砍了，不要再砍了，我求求你们了。"

一位举着火把的村民语气强硬："杜科长，我们不砍树，拿什么烧饭，拿什么取暖？"

另一位村民附和道："是啊，我们也不想砍啊？你总不能让我烧大腿、胳膊吧，谁不知道水土流失的危害？老杜，可我们没法子！"

"谁不砍树，我可以给谁下跪！"

干部群众沉默了，只能听见火把燃烧的声音，过了一会，不知谁说了一句："别听他的，我们有领导批的条子，他管不着。"

杜伟升心底泛起一股浓浓的悲哀，他跪在地上狠狠地给自己扇了一巴掌，仰天长问："我们这个民族啊，是不是也该给自己一个大嘴巴子清醒清醒啊？"

在山洞内，杜伟升指着一块断碑："这'毁林碑'，曾矗立在游客必经之路，专门警醒世人，可惜被人砸断了。"

刘亦欣敬佩地看着杜伟升："郝江山说你是举着长矛跟风车作战的堂吉诃德。"

杜伟升哈哈大笑："为了保护这些树，我四处告状、上访、求援、举报，得罪了不少人，我就是十台山的看山狗，谁砍树我就咬谁。"

刘亦欣将碑文上的字记在小本上："他们砍杀的，是我们民族赖以生存的肌体、血管和生命的摇篮。"

"这碑文也是我写的，还有原稿，回去送你一份。"

杜伟升望着曾经丰茂的森林："气候变了，雨水也少了，天也不蓝了。"

"听说省里提出了'生态强省'的战略构想，省领导多次强调生态资源是最宝贵的资源，生态优势是最具竞争力的优势，生态文明建设应当是最花力气的建设。有了这样的决心，生态很快就能恢复了。"

"有林子的日子，才是好日子啊。"

2

退休后的朱支队长一直从事天目山保护区的管理工作，听说他退休了也在环保事业上发光发热，刘亦欣内心肃然起敬，几经辗转来到天目山，就为了采访采访这位老森警。

天目山雄浑而灵秀，山内古木参天，遮天蔽日，鸟鸣其间，时有走兽穿行。朱支队长抬头朝在树上检查病虫害的年轻人喊道："轻些爬，不要擦伤了树皮。"

年轻人回道："您就放心吧，我轻着呢，我晓得这些树跟您的儿子、孙子一样。"

朱支队长摘掉树上的虫子对旁边人说道："咱们保护森林的人，一定要把树看成朋友，绝不能当作砍伐对象！我跟树打了一辈子交道，这树跟人一样，你对它好，它也对你好。"

刘亦欣穿过林间小道，远远看见朱支队长爱惜树木的场景，举起相机拍了起来。

朱支队长与刘亦欣行走在天目山高处，边走边聊："我们县里被毁的几个水库，都是因为上游和库区周围的林子被砍伐了，植被毁坏了，所以发生了严重的灾情，而我们这儿的水库却因为森林覆盖率高，安然无恙，保住了周围村民的生命和财产。山清水秀源于树绿，有了森林，才会有好土地、好年景，树为什么砍不得？那是招沙引洪、祸国殃民的蠢事，干不得啊！"

刘亦欣看着消瘦的朱支队长："是啊，有的地方，干部肥了，农民富了，绿水青山却瘦了，在天目山，您瘦了，山却富了。"

朱支队指着不远处林木环绕的禅源寺："我没有那么大的本事，保护区能有现在的光景，得感谢这寺庙里的僧人们。"

"我听村民讲过寺里的师傅们发愿种树和巡逻护林的故事。"

"应该说，这天目山本来就是寺里僧人们的遗产，这些林木原本都是庙产，没有僧人们奋不顾身地保护，也就没有今天的古树绿荫。日军轰炸禅源寺，僧人灭火护林，抢救在寺里避难的村民。土改时，政府要把土地分到农户个人手中，包括这山上的树，妙定禅师找到地方领导要把这一片都留下来，使它们成为禁伐区和保护区，还成功制止了'大炼钢铁运动'对山林的大面积破坏。"

朱支队长指着一处空地："康熙四年，这里曾有一块石碑立在那儿，碑文上讲，不得攀枝落叶、不得破坏风水，包括取土、取沙等等，也就是说早在康熙四年的时候，天目山已经是被明文保护起来了。"

刘亦欣摁了几下快门："这个有意思，就像现在保护区的管理条例。"

朱支队长说到这里，抬手指了指周围："你们看，寺庙附近的古树到现在还能这样茂盛，都要归功于这个寺庙的存在，一代代的僧人们，像妙定禅师那样的僧人不知有多少，他们保住了天目山啊。"

"一般来说，寺院附近经常会出现人与自然和谐相处的生态奇观。"

朱支队长望着大树："人啊，是活不过一棵树的，可树的命运常常也是坎坷的，它们躲过了皇朝雕梁画栋的斧头，逃脱了历代贪官污吏的贪婪，甚至战火的硝烟，还有百姓取暖做饭的炉灶和大炼钢铁的熔炉。除了妙定禅师极力劝阻保住的山林，其他的都被划给了村民，山被分掉了，树被砍了，其中有着多人才能合抱的银杏树，可惜了。当时老百姓也不明白为啥留了一部分没给分，还觉得吃亏了。僧人们没有后代，却爱山爱树如命，我们有子有孙还有砍树毁林的，那才真叫断子绝孙呢！"

刘亦欣看向大树心想，若有真佛，妙定便是。

3

大雪中，郝江山和官兵们在野外进行长途拉练，刘学林问："这雪太大了，我们只带了一天的给养，再不往回走就会出问题了。"

郝江山一笑："这才是磨砺血性，强化'走、打、吃、住、救'训练的最好时机，放心吧，继续前进！来，大家唱支歌，跟这场大雪比一比，看谁士气高！"

于连合大手一挥："青山绿水映彩霞，白云生处是我家，一起唱！"

众人齐唱："青山绿水映彩霞，白云生处是我家，大兴安岭森林支队，神州北极把根扎，翠柏苍松俏白桦，我们一同生长在阳光下，保卫大自然，责任比天大，

林海盛开英雄花……"

雄壮的歌声在林海上空回荡不息。一块空地上，雪沫飞扬，官兵们正赤裸上半身洗雪浴，他们发出阵阵吼叫声，把雪泼向胸膛和脸上，肌肤变得通红。

做俯卧撑时，尤小帅问旁边的袁常青："感觉怎么样？"

袁常青铆足了力气又做了一个，大声喊道："真够劲！让暴风雪来得更猛烈些吧！"

一组擒敌拳，官兵们打得虎虎生风，叫喊声如雷，血性十足，松树上厚厚的积雪仿佛被官兵们的气势震落下来，纷纷扬扬，飘飘洒洒。

拉练回来，郝江山兴冲冲地进了饭店包房，严智勇介绍着："江山，我给你介绍介绍，这位是王老板，我同事。"

郝江山亲切地握了握手："你好！欢迎来大兴安岭。"

严智勇拉着郝江山的手："来，都坐下，咱们坐下唠。"

郝江山感慨道："班长，这一晃都快五年没见了，这次怎么有时间来？"

严智勇给郝江山倒了一杯酒："退伍之后，我干点小生意，这次来主要是办点事，好久不见，挺想你的。"

郝江山笑呵呵地："班长，是不是发财了，嫂子和大侄子怎么没一起带来？"

严智勇给王老板一个眼神："你嫂子在家带孩子，发财倒谈不上，混得还行吧！来，喝一杯，到哪咱也不是熊包蛋。"

王老板赶紧起身："今天有缘见到郝大队长，我敬您一杯。"

郝江山连忙道："老班长的朋友，就是我的朋友，不用这么客气，还是我敬你吧。"

酒过三巡，王老板从包里掏出两条中华烟和一个信封："这是见面礼，一点小意思，不成敬意。"

郝江山把目光投向了严智勇："什么意思？"

严智勇尴尬道："也没啥意思，王老板有个外甥在你们特种大队二中队，叫卫东北，今年想转士官，想请你帮个忙。"

王老板见郝江山没吱声，以为嫌少："这个你先收下，事成之后，还有重谢。"

郝江山有些恼怒，想要发作，但一看严智勇又忍了下来："班长，这么多年了，你还不了解我？我是那种人吗？"

"郝大队长真是太清廉了，我王某人很是钦佩！"王老板满脸堆笑打着圆场，但又不死心："听说郝大队长成天训练，打火也很辛苦，一会儿咱们去洗个澡，好放松放松，我请客！"

郝江山越听越感觉不对劲，走到严智勇面前："班长啊，你把我当啥人了？你朋友的外甥是我的兵，想进步是件好事啊，何必要把本来就很正常的事，搞得像做生意似的。咱们都这么多年了，如果你还把我当你的兵，就别来这一套，太伤感情。"

严智勇感觉很尴尬，瞅了一眼王老板，连忙起身解释："我本意不是这样，可王老板总觉得现在托人办事，不能光耍嘴皮子，非要来见你，磨得我没办法了。你看这事弄的，就此打住吧！"

"你们的心情我能理解，最好是叮嘱东北这孩子在部队好好干，其他的就别瞎操心了。"郝江山边说着边起身与他俩握了握手："部队还有事，我先告辞，回头我再请你。"然后径直走出饭店。

4

云南西青市，面对熊熊大火，秦朗用对讲机询问道："林丰，水泵分队还有多远能到？"

水泵分队长林丰回道："还有 200 米！"

"加快速度！"

"是！"

秦朗继续与联指领导观察分析着火情。

林丰带水泵分队跑到河边，只见河中出现了大量乳白色积淀物，绵延数千米，俨然成了牛奶河，扑鼻的臭气呛得官兵们都捂上了鼻子。

林丰打开对讲机："报告大队长，这河水都是臭的，并有大量沉淀物，无法使用！"

"立即返回。"

秦朗与联指领导等人沿河岸察看污染情况。

走在前面的林丰："你们看，这里有一条暗渠！"

这暗渠用水泥砌成，正源源不断地向小河中排放着废水，秦朗义愤填膺："什么人这么大胆！"

联指领导意味深长地叹了口气："秦大队长，这可是你们家的功劳啊！"

秦朗满脸疑惑："我们家？这跟我们家有什么关系？"

联指领导眼神怪怪地看着秦朗："你真的不知道？"

秦朗有点纳闷："你就别绕弯子了，快说！"

联指领导看了看秦朗："这上游就是你妻子叶香的铜矿厂，这么大规模的一家企业，每天向河里排放的尾矿水就有数千吨，这种尾矿水含镉等有害成分，已经造了几个'癌症村'。"

"你说的这些都是真的？"

联指领导点点头："你老婆现在做生意的背景大得很，据我所知，这家企业并未办理环保手续，现在还能正常运转。"

秦朗憋着满心怒气，气冲冲地回到家，一开门正好撞见叶香出门："哎，吓我一跳，你怎么突然回来了。"

秦朗家房子面积较大，陈设较为高档整洁。正在书房写作业的秦根生惊喜地跑了出来："爸爸，你回来了！"

秦朗抱着儿子亲了一口："根生，你去书房，我有重要的事跟妈妈谈。"

叶香看着秦朗："什么事儿这么急，我还有一个重要的会，司机正在楼下等我呢。"

秦朗黑着脸："西青市的铜矿厂是怎么回事？"

叶香问道："你怎么知道的？"

秦朗大声问："你还不想让我知道？你知道厂子里排出的废水污染了河水，村民们饮用这样的水能行吗？"

叶香掸掉衣服上一处灰尘："你一年半载不回家一趟，回来就是向我兴师问罪的？"

秦朗反问道："这事不重要吗？"

叶香心里很委屈："这事，看来比我们娘俩重要，上个月根生发烧一个多星期，也没见你这么着急，你也没回来！"

"这是两回事，你这是图财害命！你知不知道？"

叶香不屑道："大惊小怪，偷排乱放的多了去了。"

秦朗指着叶香："你抓紧把厂子关了，把废水处理干净。"

叶香一转头："你管得着吗？"

秦朗越说越生气："我怎么管不着？你是我老婆！"

叶香指了一圈家里："我凭什么听你的，你看看这家，这房子，这屋里的一切，哪一件是你的工资买的？等你赚得比我多了，再这么说吧。"

秦朗直截了当："你赚的这些都是赃钱、罪恶的钱。"

叶香冷冷一笑："现在哪个地方不需要钱，你是不是以为娶了媳妇，生了孩子搁家一放，不需要钱就能活？我穷怕了，这些年受够了人家的白眼，为了钱，排点废水算得了什么？"

秦朗声音低了下来："难道我的工资不够你们活下去吗？有很多人，他们没有多少钱，可活得仍很幸福，这跟钱多钱少没关系。"

叶香拎起包走到门口："你可真是在深山老林里待傻了，我跟你说了多少次了，抓紧转业，你现在的思想都跟社会严重脱轨了……"

"砰"的一声，叶香关上门走了。

秦朗气得脸色发青，但又无可奈何。

5

落日黄沙，龟裂的土地，一番凄凉而悲壮的景象。大兴安岭北部原始林区上空，突然炸响一串串干雷暴，乌源、温河、珠中等地四处起火，一时间大兴安岭林区再一次进入紧急状态，在梭梭林深处执勤的额济纳旗中队也奉命支援大兴安岭火场。

在赶赴乌源火场的路上，贺松涛指着图部署任务："这里都是原始林区，地形复杂，山高林密。永青，你带人在这个地方开设隔离带，为后续部队增援扫清障碍，要注意防止树枝刮伤。"

一路上，身形较矮、发散式生长的偃松等灌木丛盘织交错在一起，队伍行走非常困难，战士们都是猫腰往前钻，密密的树枝反弹回来，抽在脸上就是一条血痕。

永青带人用砍刀砍掉碍人的树枝，贺松涛见行进速度太慢，高声喊着："用割灌机！"

永青又带人用割灌机铲除低矮灌木和马尾松。官兵们在密林内穿行，左前方有一处陡坡，官兵们拿着机具和装备艰难地向上爬，一不小心就会坠落，不时有山石滚下，他们索性趴在山坡上，用手拽着草往上爬行。

贺松涛站在山坡下指挥，忽然发现一块大石头从山坡上滚了下来，廖光彬正站在山坡下忙着取机具，说时迟那时快，贺松涛飞快将他拽在跟前，大石头从他俩左前方滚过，重重地砸在了灭火机上，发出沉闷而刺耳的咔嚓声。

官兵们眼睁睁看到这一幕，贺松涛把廖光彬拽拉起来："没事，不要害怕，下次看着点。"

廖光彬脸色苍白，冷汗直流："是，谢谢，大队长。"

贺松涛大声喊道："大家都注意安全，小心山石滚落，各队安全员要负起责任。"

到达目的地后，官兵们发现这个火场火焰高而猛烈，且腐殖层厚，倒木横七竖八。

贺松涛召集干部骨干："这火场地下火、地表火、树冠火立体燃烧，只能采用'一打二清三隔离，多层次稳步推进'的战术，我带25名突击队员扑打明火，其他人员7人一组进行清理和开设隔离带，各小组抓紧展开行动。"

火场山高林密，风力灭火机难以发挥效能，官兵们紧贴山坡，一只手拽着灌木，另一只手挥舞2号工具扑火。防火帽烤软了，防火服刮破了，胶鞋烫透了，官兵们也全然不顾。所有人员一边扑打明火，一边用割灌机、手锯、砍刀和斧子，砍断燃烧的树木，开挖防火隔离带。

森林指挥部作战值班室的门被推开了，佩戴金光闪闪少将警衔的孙成林主任阔步走了进来。值班室内正在研究火情的所有干部都站了起来，程福政委开口："成林，你可算回来了！你前脚刚去培训，乌源就起火了。"

孙成林走到灭火作战兵力部署图前："我一听说着火了，就赶回来了。现在火场什么态势？"

副参谋长张京华走上前介绍："主任，截至目前，共有10个火场，我们负责扑救6个，内蒙古总队已经投入了1260名兵力，2号温河火场、3号平坡山火场于今日8时完成战术合围，部队转入开挖隔离带和清理看守阶段。1号乌源火场由于起火时间长、火场面积大、火势发展快，仍未得到有效控制，内蒙古总队420名官兵正在向其他三个火场实施机动，两个小时后到达。"

程福政委指着地图："火场地处大兴安岭北部原始林区，地形复杂，扑救难度大，由于持续高温干旱，干雷暴频繁发生，老火点尚未得到有效控制，新火点又不断出现，造成火场多而分散，牵制了大量作战兵力，导致我们难以集中优势兵力打歼灭战。火情发生后，我们迅速成立了基本指挥所和前进指挥所，及时向黑龙江、吉林总队和指挥学校通报了火灾情况，朴参谋长已到灭火一线，实施靠前指挥。"

孙成林问道："国家林业局和总部首长有什么指示？"

"武警总部两位首长对这次灭火作战十分关注，在灭火要报上批示，森林部队要组织指挥好前线灭火。国家林业局周局长多次询问火情，也提出了一些灭火战法和具体要求。"

孙成林看着地图，沉思了一会："马上发增援预先号令！从黑龙江、吉林总队和指挥学校抽调4000人，以铁路和摩托化方式紧急增援，同时将火情通报云南总队，命他们随时做好空运增援准备。十分钟后，我要和京华副参谋长坐飞机前往一线勘察火情。"

"张副参谋长，让黑龙江总队派一名军医跟随前指保障。"程福说道。

一架飞机在机场起飞。

指挥学校，杨嘟嘟和其他学员们坐在火车上急速向北奔驰。随后，车载电台不断传来部队机动增援的消息。

"大兴安岭支队特种大队正在向乌源火场开进，一切正常，大队长郝江山。"

"大兴安岭支队一大队正在向珠尔干火场开进，一切正常，支队副参谋长那罕。"

"内蒙古森林总队兴安盟支队正在向9号火场开进，一切正常，副支队长韩为民。"

"吉林森林总队长白山支队直属大队正在向大河湾火场开进，一切正常，大队长艾一木。"

阿什库带领鄂伦春扑火队骑马朝原始林区急速驶去。

云南总队作战值班室，秦朗等正盯着卫星云图，时刻关注着火情。

6

威时代集团，张家贵拿着一份文件夹走到孟虎威办公室："孟总，咱们扩大生产规模，这污水处理设备不买了？"

孟虎威笑着说："兄弟啊，你也太实在了，现在哪家造纸厂有这种设备，得多少成本呐！"

"可是，上面要是查起来？"

孟虎威嘿嘿一笑："没事，路在人走，事在人为。"

"那污水排在哪里？"

孟虎威随口说道："挖条暗沟通到松花江里不就行了。"

葡京国际酒店的包房内，荷官发牌后，孟虎威慢慢地透出自己的牌，丧气地拍在了桌子上。

一名随从悄声告诉他："孟董，已经没有筹码了。"

孟虎威面红耳赤："我不管，你再去给我借 50 万高利贷。"

随从很为难："孟董，这？"

对面赢了钱的赌徒嘲讽道："哎呀，没钱就不要玩了。"

孟虎威狠了狠心掏出一张银行卡："不差钱，接着来！"

赌徒轻蔑地看了看："你这卡里有没有钱啊？不会糊弄我们吧？"

孟虎威又神气起来："发牌，发牌，这卡全国不超过 200 张。"

输完卡内的钱，来到舞厅，孟虎威与一名身材妖娆的女子对起舞来，他们放肆地舞动着身体。

电话响起，孟虎威有些扫兴地掏出电话，显示老婆，接通后："啊……信号不好……听不见。"

挂断电话，孟虎威又与女子扭动起来。电话又响，孟虎威扫兴地打开手机，话筒内传来："着火了，我出前指，你抓紧回来看闺女。"

孟虎威慌慌张张地赶回家，正在画画的孟佳航高兴地迎了上去："爸爸，你回来了！"

孟虎威蹲下去抱起女儿："我的小棉袄又漂亮了，让爸爸亲一下。"

"不让亲，你喝酒了，我不跟你好了。"

"不能这么说，爸爸是给你挣票票了。"孟虎威说着掏出一张金卡给孟佳航："闺女，这张卡里的钱，你想买什么就买什么。"

"能买画笔吗？"

孟虎威哈哈大笑："能买一大卡车画笔。"

孟佳航兴奋地拍着小手："哇，太棒啦！"

"我闺女买画笔干什么呀？"

孟佳航憧憬道："妈妈说天是蓝色的，可是我发现天很多时候都是灰色的，我要买多多的蓝色的画笔，把天空涂蓝，让别的小朋友都能看见蓝色的天空。"

孟虎威显得有些吃惊："真是个好闺女。"

7

总前指电台："你部西北 10 公里处的 8 号阿比火场，正在向 2 号火场蔓延，命令你部立即出动 80 人前往增援，请记录此场坐标。"

贺松涛："明白！"永青手拿 GPS 在小本上记录着。

贺松涛放下电台话筒，转身说道："九中队二排、三排留下清理，其他人员跟我转场。"

永青拿着 GPS 导航，部队随后跟进。

孙成林和张京华乘机巡视火情后，机降在火场总前指，一下直升机就见到了国家林业局周局长，周局长握着孙成林的手："成林同志，我给你介绍一下，这位是内蒙古自治区的雷副主席，这位是林航站的车站长，这位我就不用介绍了吧。"

孙成林与车站长和雷副主席一一握手："辛苦了！"

周局长走到总前指帐篷内"大兴安岭北部原始林区灭火作战决心图"跟前："成林，你来了，我们分析一下火情。"

周局长指着地图："目前已增至 13 个火场，森林部队独立扑打 7 个，现在比较大的困难就是兵力投送，由于火场地形复杂，原始林区林子太密没有路，车进不去，飞机无法起降，灭火进程非常缓慢，你看这是空中拍摄的录像。"

电脑屏幕上播放了一段空中拍摄的录像，孙成林看完后说："火场情况很复杂，增援部队很快就到，现在急需开辟直升机机降场地。"

车站长说道："火场上空气流不稳，浓烟遮天蔽日，林内地貌看不清，索降时需要携带电台和油锯等装备，如不采取必要的保护措施，肯定有一定的风险。"

孙成林点了点头："嗯，张副参谋长，哪个单位索降训练搞得最好？"

张京华立刻回道："大兴安岭支队特种大队，号称'林海飞鹰'。"

孙成林想了一下："噢，特种大队，那个大队长前不久是不是在《武警学术》上，发表过《索（滑）降实战探析》的文章？"

"是的，这个大队长郝江山，在这篇论文中还谈到'飞机＋森警'的灭火作战模式，目前与林航站正在探索地空作战一体化。"

孙成林点点头："有了直升机做保障，部队就可以收紧拳头，黑龙江总队是谁带队？"

"王雅杰副总队长。"

孙成林下达命令："把这个任务交给特种大队，把机降所需参数发给他们，告诉他们一定要用最短的时间，为投送兵力和保障物资开辟一条地空绿色通道。"

郝江山带着特种大队官兵乘机直冲云霄，火速赶往预置机降点。

直升机上，机组人员问郝江山："这个火场有两处地形比较适合直升机降落，一处距火线较近，约两公里，但高大树木较多，还有许多灌木，开设机降点费时费力；另一处，距火线8公里左右，地面树木稀少，易于开设清理，但距离火线太远。现在，想征求一下你们的意见。"

郝江山毫不犹豫地说："我们选择两公里处索降。"

直升机在火场上空盘旋，郝江山大声对战士们喊道："这次不比往常，地面情况复杂，山高林密，灌木丛多，稍有不慎就会挂在树上，大家一定要注意安全。"

火场上空气流翻转，浓烟弥漫，直升机在50多米高空盘旋了几圈都无法索降，两根指头粗细的索降绳从机舱两侧出口垂下，在灼热的气流中左右摇摆。从直升机舱口往下看，地面上的一棵棵树木如同一把把利剑，一片片灌木丛如同一张张险恶的罗网。

郝江山抓起绳索，把卡环扣在绳索上端，调整好安全带位置，带头从机舱跃出，下滑到20米高处时，突然刮来一股山风，使下垂的绳索发生了偏移，下面一棵枯树尖直直地对着。他头上顷刻冒出了冷汗，调整了一下情绪，放慢了下滑速度，在靠近枯树顶端的一瞬间，用脚踢蹬树干，由于用力过猛，干枯的树尖断了一节，又被惯力甩到了另一侧，一根横向的树枝狠狠地擦着郝江山的后腰刮过，将灭火服撕开一个大口子。当郝江山再次被惯力摆回树尖处时，又一次用脚去踢蹬树干，并顺势快速下滑，借着弹力离开了危险区。

郝江山降落到地面后，双手紧紧抓住还在空中飞舞的绳索，可是斜下来的绳索与地面之间，形成了一个45度的夹角，如果绳子挂到树上，后面滑下来的战友就会被吊在半空中无法落地，也无法回到直升机上，他急切而细心地寻找着树与树之间的空隙，把绳子拉回到便于索降的最佳位置。

看着又有一名班长安全顺利地滑落到地面上，机组人员在直升机上朝郝江山竖起了大拇指。最后降下来的是尤小帅，他背着油锯下滑到半空时，由于风向不定，他在绳索上摆来摆去，眼看绳子缠在携带的油锯链条上，郝江山和机上的人员都为他捏了一把汗。

危急关头，尤小帅一只手紧紧抓住绳子，把下滑的速度降了下来，用双脚控制平衡，慢慢伸出另一只手去解缠在油锯条上的绳索。时间一秒一秒地过着，大家紧张的心都提到了嗓子眼儿，只见尤小帅在空中手脚配合，半分钟后终于将绳索解开，慢慢地滑落到地面。

郝江山长长地松了一口气："你小子，吓得老子心突突地跳。大家听好了，咱们要在最短的时间，开设一处长约 60 米，宽约 40 米的空旷地，地被物不能超过地面 10 厘米，大家快速展开行动。"

官兵们跪在地上，弯腰侧身贴着地面使用油锯。树放倒后截成若干段，然后将木头段搬到场外，用斧头和砍刀将灌木一棵棵地砍掉拖走。手磨出了血泡，胳膊和腿都划破了。经过一个半小时的艰苦奋战，终于开出了一块机降场地。

郝江山用电台报告："我部已开辟出一块机降场地，后续部队可以机降了。"

孙成林听着电台，看了看手表："比预计提前了半小时，速度还是挺快的，这特种大队名副其实，电告他们，要再开设一处机降点。"

前指报务员："请等待，直升机将带你们在 12 号米房火场开设机降点。"

"明白！"

郝江山索降后说道："为了提高效率，我带四个人伐树，尤小帅你带四个人清理灌木，其他人平整场地，大家行动一定要迅速！"

此处之前发生过火灾，地面上还竖着许多被烧断的树桩，郝江山的脚被残留的树枝扎伤了，尤小帅的手也被树枝划开了一个大口子。

大家忍着伤痛坚持着，还剩下 4 棵大树，郝江山的油锯突然停止了转动："没油了！"

"我们用斧子砍吧！"

"好，大家铆足劲，每个人抡几十下！一定要把这四棵大树放倒！"

官兵们卷起袖子使出了全力砍树，最后一棵大树倒下时，官兵们的手和斧子把上都沾上了血迹，郝江山声嘶力竭地在电台中报告："机降地域开设完毕！请指示！"孙成林赞许地点了点头，指示张京华带领官兵遂行机降灭火行动。

当张京华乘直升机载着扑火官兵降落在眼前时，特种大队官兵一下子忘记了辛苦和饥饿，和战友们紧紧拥抱在了一起。

8

短暂休息后，张京华副参谋长带着郝江山和特种大队官兵又重新返回机上，他心里非常清楚，保到位就是保胜利，只有将兵力快速投入进去，才能快速打赢这场战斗，他透过舷窗指向一处火点，对郝江山说："你看那边又冒出一个火点。"

直升机上噪音太大，郝江山没有听清，顺着张副参谋长手指的方向看了一眼，心领神会，迅速拿起地图标绘。

张京华看了一眼正在标图的郝江山，再次望向舷窗："这火还没着起来，我们要尽快开设一处机降点，现在是 17 时 30 分，如果 40 分钟内开设不出来，直升机就不具备降落条件了，也就失去了最佳的作战时机……"郝江山打断了张京华的话，在耳边摆摆手示意他"听不见"。

张京华从口袋里掏出笔记本和钢笔，将想说的话写在了纸上递给了郝江山。

他瞄了郝江山一眼，轻轻扬了下头，仿佛在说"你们能行吗？"

郝江山有力地拍了拍胸脯："保证完成任务！"

张京华看着郝江山眼中透出的坚毅，转身示意飞行员："准备索落。"

郝江山带着特种大队官兵索降，被放置到长满塔头的沼泽地。副中队长尤小帅自语道："这个地方直升机也没法起降啊。"

"我们到附近找一找。"郝江山说完便带着官兵们穿越塔头，寻找最佳机降区域："我在前面带路，大家跟我走，都小心点，别陷进去了。"

他们很快来到一片干燥的空旷林地，郝江山巡视四周后说道："就这里了，我们身后是千百双焦急的眼睛，此刻他们看着我们，关注着我们的行动，能不能打赢这场战斗，就看我们突击小分队了。"说完，郝江山用眼神扫了一圈，官兵们一个个灰头土脸，但斗志高昂，他们在等郝江山的号令，虽然这种场合经历过无数次，但此刻，他们感觉特别的自豪。

"抓紧干！"

郝江山猛地拉响手中油锯，开辟行动在一片机具怒吼声中打响了，这就是一场战斗，一场与火魔争时间的战斗。

郝江山此刻心里明白，时间就是生命。他高声喊出剩余时间，既是在提醒战士，也是在提醒自己，"还有 20 分钟……还有 10 分钟……"随着时间一点点过去，特种大队官兵们在拼命地挥舞着手中工具快速作业，完全忘了手上那裂开又黏合的血泡带来的伤痛，在清理完最后几块灌木后，他们登上了来接的直升机，此刻火魔也烧到了这新生隔离带边缘，直升机缓缓升起，一个标准的机降场地映入眼帘，战士们透过舷窗看到自己的"作品"，长长地舒了一口气。

张京华副参谋长看着直升机上的郝江山，写下了一段话递给郝江山，郝江山接过纸条仔细看着，"任务完成好，为你们请功！"

顿时，一股暖流涌上心头，他看了看副参谋长赞许的目光，又看了看身边的这些战友，大家你看看我，我看看你，心领神会，眼睛都湿润了。

9

燃烧的枝叶噼啪作响，一阵疾风吹来，蹿出一条火线，艾一木带着官兵迎头赶上，火势非常迅猛，瞬间就朝他们的方向扑来，对讲机此时传来命令："艾一木，这火打不了，快撤下来。"

"这火可以打。"艾一木冷静地观察着火情，大喊一声："新兵往后撤，第一突击队跟我上！给我狠狠地打！"说着他手提风力灭火机第一个冲向火头。

完成了开辟机降场地的任务后，郝江山奉命带着官兵开始转场，袁常青背着水箱吃力地跟在他身后，已是满头大汗，不停地喘着粗气。

"袁常青，把水箱给我。"

"不用，大队长，我能行。"

"行什么行，赶紧给我。"最终袁常青没能拗过郝江山，将水箱放到了郝江山的背上。他们往前没走多远，发现了一条8米左右宽的小河，幸运的是有一棵倒下的枯木正好搭在河对岸，构成了一个天然的独木桥，关智强兴奋地想抢先走过去，被郝江山制止："先别过！这树看着挺好，里面可能已经腐烂空心了，贸然往上走，太危险，我先过，你们给我看着点。"

郝江山说完便上了桥，又在上面蹦了几下，大声喊道："兄弟们，杠杠的，没啥事，上吧！"说完，郝江山又跳进河里，扶着官兵们一个一个过桥："慢点走，小心点。"炊事员老包摇摇晃晃怎么也控制不好，郝江山上去扶他，一把没扶住，两个人一起倒在了河里。一箱给养也掉进了河里，他们边喊边追上去，直到把给养抓到手。

刘学林、关智强、尤小帅等都沿着河边追赶，跳进水里把他俩拉上了岸，冰凉的河水冻得郝江山和老包浑身直打哆嗦。

到了火场边，郝江山观察火情。只见火灾发生地主要生长着落叶松和偃松，呈立体燃烧，有的地方是火山喷发后形成的跳石塘地形。林内站杆倒木纵横，地面腐殖层很厚，人走在苔藓层上差不多都没了膝盖。郝江山随即下令："这火强度高，火势多变，为了防止树冠火向山下蔓延，我们先开设隔离带，快点把这边的灌木清理掉。"随即所有人展开行动，开始清理灌木，不一会清理出林间空地。

"不好，火快要下山了。"关智强的喊声惊呆了所有人，只见大火呼啸着烧了过来，刘学林和尤小帅、关智强拎着机具就冲了上去，被郝江山一把拉住："一会我在前面吹压火焰，刘学林你跟着扫，尤小帅你为我俩吹风散热、供氧，关智强你带组合工具手在后面清理。"

火场山坡太陡，即使不负重都难以站稳，郝江山和刘学林只好端着灭火机跪在地上猛打，有几次差点滚落，袁常青和一名士官用肩膀顶着后背，紧密配合作战。此时一股火向刘学林袭来，他向旁边一闪，防火帽被树枝刮掉了，热浪烤在头上，只听头发"滋啦"一声，黑发顿时成了一个火球，郝江山眼疾手快，一个急转身用军挎扣住了他的头。

他们边打边用双膝碾着石头、枯枝、火星向前爬行。火烧着了衣服，烤伤了手和脸，他们却始终没有退却，拼命将火头压了下去。

官兵们喊着号子，合力抱着树干朝一棵粗大的火烧木撞去。郝江山叮嘱大家："咱们现在一字排开，每人20米，一直挖到生土层，开干！"一部分官兵用铁锹挖，有的用手撕开苔藓，整片整片卷起。遇到树根，就在下面垫一块大石头，然后用另一块大石头砸。他们用锯锯、用钩子刨，用锹铲。"一二一、一二一"，随着口号声，只见地表的植被像卷地毯一样被卷起，官兵合力将这块大草皮抬起，扔到了生土带内。

郝江山腰弯时间长了，隔一会儿就捶一下，实在疼得受不了就半跪着身子挖。关智强的手被草根勒出了不少血口子，他脱下背心撕下一条缠在手上继续挖。尤小帅踏着仍有余热的火线，一会儿用2号工具拍，一会儿用木棍捅，一会儿脚踩手摸，不断清理烟点。袁常青一会儿哈腰捡个木炭，用嘴吹后吐点唾沫扔到火场里，一会儿又吃力地将倒木往火场里拖。

"队长，这烟点，简直就是'天女散花'，防不胜防啊！"袁常青对郝江山苦笑道。

"关智强，水泵能不能接上？"

"离水源地太远，管带不够。"

"要是有消防车就好了，可惜现在什么车也开不上来。"于连合插话。郝江山仔细巡察烟点清理情况，他知道，一个烟点的疏忽就有可能让他们前功尽弃："大家清仔细点，特别注意根部，要彻底，细节决定成败，一棵大树可以做成千万根火柴，一根火柴可以毁掉千万棵大树，火场为什么会复燃？那是因为导致复燃的第一个火星，瞒住了所有人的眼睛……"话音未落，"嘭"的一声巨响，一棵粗大的樟子松擦着郝江山的脸，直直倒在脚前，巨大的树身和枝叶砸在火烧迹地里，一团烟尘腾空而起。

官兵们都被这突如其来倒下的大树惊出一身冷汗，郝江山也是一愣，但迅速调整了心态："挺给面子哈，就差这么一点点。"随即又严肃起来："大家一定要注意这些站杆，有的都烧断了，看着没事，风一吹就倒了。"这时正在和战友挖隔离带的袁常青，被突然倒下的另一棵松树砸中了头部，安全头盔都砸碎了，当场昏倒，头上出了很多血。

"袁常青、袁常青……"郝江山和战友们大声呼喊，毫无应答。

"卫生员！"郝江山大声呼叫，话音未落，卫生员拎着药箱就冲了过来，迅速对袁常青进行抢救。一番急救后，袁常青还是不省人事，胳膊腿都一动不动。

"大队长，我怀疑是颅内出血或是脊柱出了什么问题。"卫生员焦急地说。

见伤势严重，刘学林和尤小帅都流下了眼泪。郝江山强忍着泪水对于连合说："老于，你马上带 10 个人抬担架，挑好路走，把人送到联指救护，沿途一定要防止颠簸震荡，以免伤情加重。"

10

郝江山的爸妈始终在家里的电视机前关注着前线火情，江山妈心情焦躁地说道："这火这么大，江山和松涛会不会有危险啊？我这心里怎么感觉不落地呢。"

"有什么危险？他现在都当大队长了，再说这都是夏季火，应该没事。"

"什么叫没事？我一直在打电话，就是打不通。"

"原始林区里哪有信号，你就别瞎操心了。"

江山妈还是不放心："一看到着火的新闻，我这心就提到嗓子眼了，我昨天在新闻联播上看见张京华了，要不你给他打个电话，问问他俩啥情况？"

郝胜茂都有些不耐烦："胡闹！这个时候他在指挥灭火作战，耽误一分钟就可能影响整个战局，人家是指挥部的副参谋长，他俩级别跟人家差得太远，也不可能看到。再说，他俩都老大不小了，会照顾好自己，你就别操那么多心了。"

江山妈伤心地哭了起来："他俩再大，在我眼里也是孩子，我这辈子欠你们家啥了？上半辈子成天担心你，下半辈子天天担心儿子和女婿，啥时候是个头啊……"说着便走向卧室，留下郝胜茂一个人，其实郝胜茂何尝不担心儿子呢，以他多年经验判断，这时俩孩子肯定在火场一线，火场就是战场，这是军人的使命，纵然打火有千难万险，也绝不能退缩半步。

扑灭后的山峦上、树林里，仍飘着缕缕青烟。

在挖了10公里长的隔离带后，郝江山召集骨干开会，研究部队下一步的行动。会议还没开始，一名士官慌慌张张地跑了过来："报告大队长，大火又突破隔离带了，正向外围蔓延。"

林内暗火在夜风的作用下，发出点点红光，忽明忽暗经风一吹，零星的火种瞬间变得通红。郝江山带领干部查看火情，只见大火突破隔离带后，不断向森林深处蔓延。刘学林将安全帽摘下，擦着汗直跺脚："完了，完了，这一天不白干了吗？"大家情绪都有些低落。郝江山手指地图说："根据风向和烟雾高度判断，火头正超越我们的控制范围，我知道大家现在都很疲劳，但还要挖隔离带，要不我们就前功尽弃了，前面不远处有一条小河，挖到小河就是胜利！"

一条小河让大家仿佛又看到了胜利的希望，士气又再次振奋起来。

原始林区树根交错，荆棘丛生，腐殖层厚，尤其是大火过后的炭火灰尘，脚踩上去能陷到脚脖子，走不了几步就双脚发软，浑身乏力。

于连合两手一直稳住袁常青的头部，带领担架队打着手电，抬着简易担架在林内穿梭，身上被树枝划得遍体鳞伤，肩膀都磨破了。

清晨，他们抬着担架走到了简易公路。指挥部孙成林主任站到车旁，看到了被树砸伤的袁常青，紧忙上前关心伤势："快点，抓紧送医院！邱军医，你有经验，跟着上车。"

"是！"邱胡杨转身登车。

孙成林来到森林指挥部前指，当即部署："同志们，现在火场总兵力已达到5680人，用兵之多，规模之大，这在森林部队灭火历史上也是少有的，针对火场立体燃烧的态势，我们采取'打隔结合、步步为营'的战术，先把明火打灭，再挖防火隔离带，沿火线挖3米左右的隔离带，把30到70公分厚的腐殖层全部挖掉，如果挖得不彻底就会通过地下，又蔓延到没有烧过的区域，形成新的火点。挖掉腐殖层后，下面就是生土层或冻土层，这样火就不会向外蔓延了。"

张京华副参谋长补充道："各单位要按照作战区域，定好坐标点，只要任务区内火不灭、烟不息，就绝不收兵。"

此时此刻，刘先河与刘亦欣正在家中通过央视新闻收看最新消息。"国家林业局防火办最新消息，利用火场温度较低的有利条件，5000余名武警森林部队官兵和林业职工，连续奋战，截至9号下午4时，内蒙古北部林区雷击火全部控制，其中阿北火场已彻底扑灭，目前火场清理任务仍十分艰巨，参战人员继续坚守防线，正按照前线指挥部的部署，将防火隔离带向火场内拓宽，彻底清理火场，尽全力做到无火无烟无隐患，防止死灰复燃。由于雷击火发生在未开发的林区，远离公路，靠陆路交通无法进入火场，主要依靠直升机运送兵力、扑火工具和给养，加上干旱高温、山高坡陡、地形复杂，没有道路、没有水源、久未下雨、可燃物多，给扑救工作带来极大困难，武警森林官兵和林业职工在极其艰难条件下，不顾艰辛，昼夜英勇奋战……"

电台传来："郝江山大队长，你部附近有一条河沟子，命令你部从河沟起点烧防火线。"

"明白！"正在开挖隔离带的郝江山回答后，立即带领官兵转场，经过一片白桦林，一股并不大的风吹过，拂过官兵的脸庞，郝江山感到了一丝异样。

只听树木嘎嘎作响，回头一看，一排30~50厘米粗细的白桦齐刷刷朝官兵砸过来。

"快往东跑！"

白桦林像多米诺骨牌一样，如排山倒海般迎面扑来，速度越来越快，官兵们发疯似的拣着树空往前奔。一名战士的灭火服被树枝刮到了，越紧张越解不开，郝江山回头一看，又奔跑过去用力扯掉，拉着继续往前跑。跑出了白桦林，历险后所有人都瘫坐在地上。

他们来到前指说的那条小河前，却发现这条河已经干枯了，一滴水都没有，其天然屏障作用也不能发挥，郝江山及时向前指报告了情况。

经过直升机空中观察，河水确实干涸，便决定选择新的场地，继续开挖隔离带。

关智强带领20名战士打完一段火线后，在一片空旷地带休息，因连日作战，疲惫不堪的战士们倒在地上就睡着了。郝江山带领其他人员正好路过，试图叫醒睡着的战士："快起来，这个地方非常危险！"

"大队长，他们太累了。"

郝江山不管关智强说什么，大喊一声："着火了。"躺在地上的战士立刻蹦了起来，疑惑地看着他。

"这个地方不能休息，你们看这是三面环山的草塘地，一旦火烧过来，很容易形成'火旋风'，到时可就撤不出来了。"关智强听完后惊出了一身冷汗，更多的是羞愧。

郝江山带领官兵开始转移，到达山坡上，用望远镜观察火情，指了指刚才休息的地方，把望远镜递给关智强，他接过望远镜，只见那里已淹没在一片火海之中。

贺松涛指挥官兵扑打火头，关智强带领小分队用水泵远程接力进行扑火。

那罕指挥官兵用工具刨、用脚蹬、用手抠，隔离带上沾满了斑斑血迹。

杨嘟嘟等学员喊着号子，肩扛、手刨、脚蹬开挖隔离带。

阿什库带领鄂伦春扑火小分队，用铁锹开挖隔离带。

艾一木指挥官兵清理余火，灭火行动依然在继续，森林官兵始终在战斗。

11

初夏原始林内天气闷热，马日史初带领 7 名战士背着给养在林内深一步浅一步穿梭前进，汗水把衣服湿透了。成群的蚊子和小咬跟着人飞舞，直往鼻孔里钻，脸上、手上叮满了蚊子，就连衣服上都是密密麻麻的一层，他们不时用手拍打着。

马日史初看见前面的战士脸上、脖子上都是蚊子，急忙驱赶，用手在自己脸上一抹，只见满手是血。刚一抬手，蚊子又"嗡"的一声糊了上来。

不管条件多么恶劣，他们始终没有停住脚步，沉重的背囊里装满了送往前线的给养。越往林子里走，背囊越沉，每走几步，都要把背囊再往上托一托。

走过一片灌木丛时，史劲松扶住旁边一棵细小的树木，想借个支点稍微休息喘口气，无意中碰到树枝上一个马蜂窝，"嗡嗡"响起，史劲松回头一看，撒腿要跑。马日史初赶忙说道："不能跑，马蜂一口气能飞十几里，你越跑它越追，大家快趴下，把头藏草里。"大家在草丛里趴了一会，马蜂才飞走。

史劲松慢慢起来，不一会儿他的半边脸肿得老高。忽然一名战士惊叫："别动，有蛇，有蛇。"一条粗大的毒蛇正吐着信子，在靠近史劲松头部的背囊上游动，史劲松吓得脸色惨白，站起来也不是，趴下也不是，索性痛苦地闭上了双眼。

马日史初慢慢放下背囊，捡起一根树枝，悄悄引着毒蛇，趁其不备一把拽住了蛇尾将其拎了起来，走出好远将蛇放生了。史劲松望着马日史初回来，疑惑问道："我也真是倒霉，刚才可真吓死我了，你咋没把它弄死啊。"

"郝大队说过，要尊重自然，大森林里的一切都不能破坏，蛇也是生物链中的一条，所以我放生了。"

"照你这么说，我被马蜂咬了、被毒蛇咬了，小命都要丢了，我还得尊重这些杀手，纯是歪歪理。"史劲松不依不饶。

马日史初挠挠头，不知如何回答这个问题，只见他眼珠一转，脸色惶恐地指着史劲松的后面大喊："还有蛇！"史劲松吓得赶忙上蹦下跳，其他人都哈哈大笑，气氛一下子轻松了。

马日史初看了一眼 GPS 定位仪："我们得赶路了，直线距离还有 8 公里，战友们都两天没吃上东西了，该着急了。"

"直线 8 公里，山路过去还不得 20 公里，要不，班长，你给我们唱首彝族歌曲吧，怎么样？"史劲松打趣道。

"我是唱不动了，让格日勒图给大家唱首蒙古族的歌曲吧。"马日史初喘着粗气说，格日勒图也没有推辞，清了清嗓子，刚要开始唱。这时，马日史初突然呕吐起来，脸上、身上冒着虚汗，格日勒图挠挠头："我的杀伤力这么大吗？"

史劲松对着格日勒图说："不，你是马班长的'偶像'，呕吐的对象。"

"马班长，好像是中暑了。"一名士官扶着马日史初轻轻拍打着他的后背。

马日史初咬着牙："我没事，咱们继续往前走吧，咱们背着的可是消灭大火的战斗力呢！"

背囊压得战士们摇摇晃晃，两条腿像灌了铅一样，即使迈出第一步也很难迈第二步。爬到半山腰时，史劲松上气不接下气地说："咱们歇一会吧，我快累死了。"

"不行，一线的弟兄们都在挨饿，到了山顶再歇。"

"我看你也走不动了，咱们就歇 5 分钟好不好？"

"我知道大家都很累，如果我们歇 5 分钟，火线上的战友就往前打了 5 分钟，这样我们离火线就越来越远，再咬咬牙，前面就到了。"

山越来越陡，背囊向后坠，有几次史劲松和格日勒图一直腰，失去了重心，差点栽倒了，只好手脚并用，一步一步往上爬。

遥远的天空，月光一片皎洁。在茂密的原始森林里渗透进来的，不过是微弱残余的光，依旧是伸手不见五指，8 名穿着扑火服背着背囊的小分队在林内穿行，凉风习习，只听见"咯吱咯吱"的脚步声。

火场的另一边，一名上等兵问尤小帅："副中队长，什么时候才能到达机降点，咱们不是刚背完三天的给养吗？怎么今天还要背？"

"这几天一直连续奋战，体力消耗大，三天的给养一天就被吃得差不多了，再不背就得喝西北风了。"他们继续深一脚浅一脚地走着。忽然尤小帅停下了脚步，用手电照了照四周："不对，这还是原来的地方，我们迷路了。"

山脚下的火还在向山上蔓延，发出"噼里啪啦"的燃烧声，不时还能清楚地听到大树接连倒下时发出的"咔嚓、咔嚓"的声音。大家都知道在原始森林里迷路意味着什么，气氛变得有些紧张，8个手电交错照着四周。

"副中队长，怎么办，啥标记也没有呀。"

"别紧张，看看四周，能不能找到咱们前几天吃剩下的空罐头盒。"找了快半个小时，什么也没有发现。

"这下完了。"何春雨沮丧着。

尤小帅抬头望了望天空，发现漫天都是烟雾，根本看不到天空，北斗星判断方位的方法肯定也用不上了，尤小帅想这次真是个教训，也没带定位仪和指北针，要是判断不了方向，兄弟们就要跟他困在这里了。他知道作为指挥员不能把这些说出来，免得大家跟着紧张着急，他想一定还有办法，一定得把大家带出去。

来自南方的李翠山说，"这里这么黑，有没有黑瞎子、狼啥的？有没有妖怪啊？"

"有什么黑瞎子，一着火它们早跑了。"

"有没有恋家没跑的。"

"火来了，不跑的只有我们，你以为它跟你一样傻。"何春雨一席话惹得众人大笑，顿时紧张的气氛慢慢缓解下来。

"大家分头去找一棵大一点的树，看看哪边树枝长得茂盛。"尤小帅命令道。

朝前走了一会，何春雨发现了两棵直径一米多粗的落叶松，他们观察这树哪边长得都很茂盛，原来这里是山的北坡，树枝茂盛程度都差不多，手电光又有限，很难判断。如果在山的南坡，向阳的一面树枝会很茂盛。

大家有些气馁，都蹲在了地上，尤小帅靠在树上，后背被硌了一下，转过身用手电一照忽然发现上次标的记号，不远就是他们原来走过的路。

"现在开始报数，清点人数。"林内行军以防人员掉队走失，指挥员每行进一段距离，都要组织一次报数。

"1、2……8！"人员整齐继续前行，走了大约40分钟，尤小帅再次下达"报数"命令。

"1、2……7"

"8呢？"

"李翠山！李翠山！"大家都跟着喊了起来，没人回应。

"大家待在原地不要动，何春雨跟我回去找找！"说完尤小帅带着何春雨往回走，边找边喊，大约走了大概一百多米，"嘘！"尤小帅做了个安静的姿势，不远处传来一阵呼噜声，没想到李翠山倚在一棵大树上睡着了，尤小帅用手电照了照，看他睡得那么香那么甜，又心疼又生气，揪着他的耳朵说："别睡了，快起来。"

李翠山好不容易才睁开眼睛，迷迷糊糊地说："我不是正走着的嘛。"

尤小帅见他还没醒："我拉着你，快走。"刚走几步，就听见李翠山"哎哟！"一声。尤小帅回头一照，原来李翠山撞在了树上，疼得他直咧嘴，立马清醒了。

第二十章　开枝散叶

1

山高坡陡，天黑无路，人困力竭，马日史初带领着给养分队奔走在各个火场之间。

官兵们一双双眼睛直勾勾地盯着背囊，又看着8人被刮开的一条一条的裤脚露出了血痕和被树枝蹭掉皮的手，便紧紧拥抱在一起。

看着大家吃得那么香，尽管8人一个比一个疲惫，但是脸上都洋溢着说不出的自豪和喜悦。

一名干部颇有点难为情："马日史初，还有一部分战友在前边的火线上，他们也有两天没吃东西了……"

"放心吧，我现在就送过去。"

给养小分队争先恐后都要去，马日史初作为带队班长，立刻做出决断："我和格日勒图一起去吧，史劲松你的脸都肿了，就在这先休息休息吧。"

马日史初和格日勒图试着站了好几次都没能站起来，最后他俩双手撑地，两腿发抖，用尽了吃奶的劲才晃晃悠悠地站起来。

稍作休息，他俩相互鼓动，执意连夜往前赶，山越来越陡，几乎是爬着一步一步向前走，边走边喊："有人吗？"

"班长，帮我照一下，手电筒的灯泡又烧了，走了都两个小时了，他们会不会睡着了，没听见啊？"

"他们不可能睡觉，我觉得他们就在前面。"

换完灯泡他们扯着沙哑的嗓子继续喊："有人吗？……"生怕因为战友们疲惫没有听见而错过在这伸手不见五指的暗夜中。

过了一会，终于有人跑了过来，原来是大队战士季青临，他身后背着水枪，手里拎着一把铁锹，衣服又脏又破，浑身都是树枝划开的口子，脸上浓浓的烟熏妆，全身都是灰和泥，简直就是卖炭翁的真实写照：满面灰尘烟火色，两鬓苍苍十指黑。

他见到俩人没有什么反应，两眼直直地盯着马日史初手中的麻花，马日史初赶紧把麻花递给他，季青临对着麻花一顿乱咬。

"你慢点吃，我这还有水。"话音未落，一根细长的麻花已经下去了一大半。

在微弱的手电光下，看到季青临几个手指头都露着粉红色的血肉，马日史初的眼泪不禁掉了下来。

吃完了一根麻花，喝干了一壶水的季青临突然说道："班长，我还要看守火线，不能让火跑了，先走了。"

说着就消失在夜色中。

在清理一处草甸子时，李翠山发现了一个被火烤过的鸟窝，他扒拉着看了看，里面竟有四个鸟蛋，但没有一个是完好的，他用手轻轻地擦了擦，正要送往干裂的嘴唇时，却停了下来。他高兴地端起鸟窝跑到尤小帅等人身旁。

大伙儿看着鸟蛋，又看了看满是黑黄肌瘦的李翠山，一股特殊的友情涌进了大家的心房。李翠山把鸟蛋递给尤小帅，尤小帅又递给班长，班长闻了闻又递给其他战士，转了一圈又到了尤小帅手中，没有人吃一口。

"这样吧，还是老规矩，干重活身体好的上，吃东西先从小的来。"尤小帅说着拿出一小块，其他的又还给了李翠山。

李翠山也拿出一块，把其他的放下，让大家吃："班长，你们再吃一块。"

"翠山，我们已经吃过了，这个你吃吧。"

其他人也这么说，李翠山生气道："你们要是不吃，就是看不起我！"

尤小帅怕伤了他的感情："既然让咱们吃，大家就不要客气了，我先吃。"

尤小帅吐了一口唾沫在手上，又用灭火服和毛巾把手指使劲擦了擦，像沾芝麻一样沾了一点点放到嘴里，又传到下一个人手上。

吃完后，李翠山庄重地对尤小帅说道："副中队长，我想把剩下的两个给中队长和大队长吃，你看行吧？"尤小帅和大家使劲地给他鼓掌。

李翠山端着鸟窝到郝江山面前："大队长，这是我们吃剩下的，不是特意给你留的。"

郝江山瞅着半拉鸟蛋，又看看李翠山，眼睛湿润了，他接过鸟蛋："谢谢你！"

郝江山在碎鸟蛋周围挑了一点沫沫送到嘴里，说道："我现在交给你一项任务，必须要完成！"

李翠山立即站好："是！"

郝江山顺手把剩下的鸟蛋全都塞到了李翠山的嘴里，他激动地流出了热泪，抱着郝江山哭了起来。

不一会，电台里传来指挥部指示：总部首长要到火场一线慰问官兵。

官兵们个个昂首挺胸，整齐列队，准备接受总部首长慰问，武警总部刘副政委亲自扛着给养来到 1 号火场慰问官兵，放下给养后，与官兵一一握手。看到满脸烟熏妆的战士们，有的脸被树枝划破了，有的鞋子露出了脚趾，有的指甲扒掉了，想到这十几天战士没日没夜战斗的场景，激动不已："同志们，辛苦了，你们就是新时代最可爱的人。"

孙成林对刘副政委说："我们的官兵已经连续战斗 18 天了，他们几乎没有刷过一次牙、洗过一次脸、换过一次衣服，没有脱衣服睡过一次觉，几十个小时吃不上饭，喝不上水都是常事，但没有一个人叫苦，没有一个人叫累。"

刘副政委被官兵们的精神深深打动了，他眼眶湿润，走到队列前慷慨激昂："今天我受总部吴司令员和徐政委的委托，专门到火场看望你们，还代表武警总部和全国的武警官兵们向你们表示慰问。希望同志们继续奋战，完成好党和国家交给你们的任务。军委张副主席指示：森警部队功不可没，应予表扬。希望再接再厉，夺取灭火作战全胜。"

郝江山和官兵们齐声喊道："请首长放心，保证完成任务！"森林里回响起震耳欲聋的誓言，这是森林部队官兵对党和国家，对人民的承诺。刘副政委和孙主任先后向官兵行了一个标准的军礼。

送走刘副政委后，孙成林大步来到指挥部前指帐篷，官兵全体起立等待首长发号施令："根据周局长指示，现在向参战部队下达总攻动员令：1 号、7 号、12 号火场务必于 16 日凌晨前全面控制，夺取阶段性胜利，其他火场隔离带全线贯通，防止死灰复燃。"

2

大兴安岭北部原始林区，空中机声隆隆，地面铁流滚滚，林中人火鏖战。火场的态势呈现出胶着状态，整个战役进入最吃紧、最较劲、最为艰苦的相持阶段。

贺松涛作战前动员："兄弟们，决战的时刻到了，我们的隔离带要像金刚圈一样把火魔牢牢锁住。"灭火机轰鸣声、铁铲声、锯木声、斧头砍伐声，夹杂着此起彼伏的战斗号子声，在原始森林里一阵高过一阵。

原始林区荆棘密布，树根交错，开挖防火隔离带只能用手抠、用肩顶、用脚蹬，官兵们有的指甲折断了，有的肩膀磨肿了，有的鞋袜被炭火咬出了窟窿、烫伤了脚，有的伤口与烧焦的防火服粘在一起，每动一下都是一阵钻心的疼痛……

为了防止蚊子、小咬，有的官兵把毛巾夹在帽檐下，像阿拉伯人在脸上挂起了"门帘"，其他人纷纷效仿。

杨嘟嘟舔着干裂的嘴唇，扒开隔离带见草根部有一些潮气，趴在上面对着土吸气，以缓解嘴唇的干裂。

给养小分队在林中穿梭，他们不顾疲劳为一线官兵运送给养物资。

隔离带正在一米一米地延长、扩大……

指挥部前进指挥所的电台里频频传来捷报："1号火场已于19日凌晨4时完成战术合围，明火全部扑灭，部队转入开挖隔离带、清理看守阶段。"

"7号火场，19日7时，实现全线合围，达到'三无'。"

"13号火场，经官兵奋力扑救，已无明火，正在清理看守。"

"14号火场，我部于19日9时完成战术合围，明火全部扑灭，部队转入开设隔离带，清理看守阶段。"

从飞机舷窗向火场望去，所有人无不被那环山公路般的条条隔离带所震惊。孙成林在1号乌源火场查看开挖的防火隔离带，感慨万千："完全依靠人力与火魔展开殊死搏斗，虽然精神可嘉，但作战效能不高，官兵为此付出了巨大的代价。原始林区防火灭火，掌控全局、了解火情、机动用兵，对于圆满完成任务至关重要，只有发挥空中优势才能实现。看来我们必须要走'森警＋飞机'的路子，必须建设一支自己的航空兵部队，这才是提高整体灭火作战能力的根本途径。"

同行的张京华回应："这次各部队机动非常快，到达火场后，由于天气、火场烟雾和运力不足等原因，很长时间才机降到位，致使火场不断蔓延扩大。好几个火场没有直升机保障，指挥员无法观察火情、了解全局，无法作出准确判断，定下正确的决心。"

孙成林："当前令人欣喜的是，组建直升机支队已得到上级批准，并且下达了编制……"

话还没说完，孙成林突然捂着胸口晕了过去。

郝江山父母、贺松涛父母和郝明月几乎每天都会守在电视机前看晚间新闻，想通过新闻了解火场情况，更想守在屏幕前看到俩孩子。新闻联播准时开播：

今天是 8 月 19 日，星期一，欢迎收看新闻联播节目。这次节目的主要内容有：经过 23 个昼夜的英勇奋战，发生在内蒙古大兴安岭北部林区，因雷击引发的建国以来最为严重的夏季森林火灾，目前已被全部扑灭，党中央、国务院、中央军委今天发出慰问电，向所有为扑灭火灾作出贡献的同志们表示亲切的慰问和崇高的敬意。

本台消息，党中央、国务院、中央军委今天致电国家林业局、内蒙古自治区党委、人民政府、中国人民解放军总参谋部、武警总部、内蒙古北部林区扑火前线指挥部，并向参加扑火救灾的武警森林部队全体官兵，解放军指战员和林区干部职工同志们，向所有为扑救火灾作出贡献的同志们表示亲切的慰问和崇高的敬意。

慰问电说：7 月 28 号以来，内蒙古自治区大兴安岭北部林区因雷击引发建国以来最为严重的夏季森林火灾……

郝胜茂眼中闪现出不易察觉的欣慰，他知道大火扑灭了，心里的一块石头总算落了地。

医院病房内，张京华始终守在孙成林病房门口，只见邱胡杨从病房走出来。

"孙主任怎么样了？"张京华急切问道。

"孙主任是因为连续多日过于劳累导致的一过性晕厥，现在并无大碍。"邱胡杨解释着。

"那就好，之前那个叫袁常青的战士呢？"

"他也没什么问题，被树砸到了导致短暂的昏迷，有一点轻微的脑震荡。过几天就能出院了。"邱胡杨回着，并示意张京华可以进去了。

病床上的孙成林拿着慰问电："俄罗斯等国家在同期发生的森林火灾都没有扑灭，中国有自己的国情，我们的资源有限，烧不起啊，所以必须全力扑救，这也充分说明了我们社会主义制度的优越性，98 年彰显了伟大的抗洪精神，过去我们也有火场精神，但这场大火赋予的火场精神更具时代特色。这份慰问电，对这次扑火行动是充分肯定的，说我们为人民立了大功，87 年'5·6'大火也没有这么高的评价，我们要以学习慰问电为契机，把各项工作搞好，报答党中央、国务院、中央军委的关切关怀。要继续发扬火场精神，巩固大战成果。组织好看守火场和部队撤离，撤多少留多少，怎么移交火场，要考虑细一点，认真研究，分批分期进行撤离，要注意部队撤离期间的安全问题……"

张京华关切地说道："主任，您好好休息吧，剩下的工作我们来安排。"

3

火烧迹地内官兵们在坑里拢着火，用木棍做了简易支架，架起饭盒煮粥，米粥冒着气泡，散发出浓浓的香味。不远处官兵们围在一起，关智强说："大队长，我这才明白，您为什么把我们训得这么狠了。"

"你说说。"

"这火打了这么多天，白天除了打火，还要翻山越岭转场，晚上又冷，如果体能不好，就是走到火边也没力气打了呀。"

"作为能打胜仗的专业队伍，任何时候体能都是相当重要的，甚至关键时候是可以保命的。"官兵们点点头。

郝江山接着说："打火不仅是体力活，更是技术活，不是说能打仗就有价值，而是能打胜仗才更有价值。"

郝江山向前凑了凑："现在打火能够坐上飞机，还有趁手的机具，这要是搁以前哪敢想？"

李翠山很好奇："大队长，过去咱们是怎么扑火的，您给讲讲呗？"郝江山喝了一口水："没有配发灭火机的时候，老森警们都是手里拿着斧头，腰里别着镰刀，到了火场就砍树条子，扎成捆扑火，可这趁手的树条子哪够用啊，没办法只能是一人在远处砍、多人运，真正扑火的人却不多，而且树条子打不了几下就抽没了……"

郝江山就像一个老师，不断在回答着学生的问题，他想，曾几何时自己也是坐在下面，兴致勃勃地听着老一辈讲森警灭火的故事，或许这就是传承吧。

部队集结后稍作休整。郝江山、贺松涛、艾一木、那罕这四个警校同学难得有机会能聚在一起，他们围坐在山坡上，望着茫茫林海，一袋榨菜，四个水壶。

郝江山端起水壶："口令？"

四个水壶碰在一起，四人齐声："保卫生态！"

"没想到咱们毕业后再次重逢，是在10年之后，还是在这么一个原始林区，为了我们的友情，来，干！来，再干一口！"四个水壶碰在了一起，仰脖各喝了一口。

艾一木盖上水壶问了一句："兄弟们，你们说这次打火，哪支部队战斗力最强？"

郝江山想了想："松涛是主场作战，第一个带部队进火场，速战速决，两天时间就消灭了 2 号火场，在最难打的 1 号乌源火场北线、西北线死看死守这么长时间，战斗力显然最强。"

那罕放下水壶："要说最强，不是我这个支队副参谋长自夸，我认为还是我们的特种大队，在那么短的时间开辟了 6 处机降场地，为大部队投入火场赢得了宝贵的时间，水泵分队也派上了大用场。"

艾一木据理力争："这次我们总队在最难打的 15 号火场，一天时间就完成了战术合围，将明火全部扑灭，我们大队一直打头阵、攻险段，论战斗力么，还得是我们。"

那罕笑了笑："战斗力么，看看谁受的表彰最多就知道喽。"

艾一木有点不高兴："这话我最不爱听，灭火就表彰，我们护林防火为什么不表彰？"

那罕、郝江山还要争辩，贺松涛赶紧接过话来："哎，听我说两句，要说战斗力哪家强，我认为各部队不分上下，都可圈可点。内蒙古、黑龙江两个总队作为主战部队，扑火任务又多又重，在进攻上有明显优势；吉林总队实现了责任管护区连续 22 年无重大森林火灾，在防守上棋高一筹。护林防火，不发生火灾那是最大的功绩，有了火灾立即能扑灭，那也是功不可没，防字当头，无火也是功，打火显身手，防火有作为嘛。"

艾一木不是很满意："你这跟没说一样！"

郝江山又作了补充："这次扑火行动，创造了在气候条件不利、地形十分复杂、运送给养异常困难、林火立体蔓延的情况下，主要依靠人力扑灭大范围雷击火的奇迹，原始森林终于守住了，大家都非常辛苦。我们也即将撤离火场，还是谈谈以后吧！"

听到这，艾一木点了点头："好，你俩这话说得在理，我爱听，古有青梅煮酒论英雄，今有我们四人喝草窠子水就咸菜话忠诚。在学员队的时候，江山就机灵能干，松涛沉稳干练，到现在我水土都不服，还是服你俩，你俩以后要是不当司令，都对不住兄弟们的一片期望。"

郝江山、贺松涛赶紧用榨菜堵住艾一木的嘴："言重了，言重了，我们可承受不起。"

那罕岔开话题："你们谁知道秦朗在云南混得怎么样？"

郝江山："刚出院，现在借调总队作训科，也晋正营了，来打火之前刚给我打过电话。"

"咋还住院了？"

"那边偷猎、盗伐挺猖狂，左肩膀挨了一枪，万幸没有危险。"

四人微微有些沉默："这口为了秦朗。"四只水壶碰在了一起，又喝了一口。

"我还清楚记得毕业分别前，咱们四个人在障碍场的高墙上畅谈理想的样子，现在都成了'扑火匠'了。"

郝江山感叹："没想到这又会是一次分别的开始，我已抽组到新组建的四川森林总队了。"

贺松涛有些惊讶："真的？我去西藏森林总队，回去就动身了。"

艾一木笑着说："这么巧，我仿佛看到美丽的新疆姑娘在朝我招手。"

四人哈哈大笑，四只水壶碰在了一起，又喝了一口。

那罕拍着手："好啊，咱们森林部队又开枝散叶了，听说指挥学校要扩大培训规模，还要组建三省区森林总队，这是党和国家为实施西部大开发战略，加快生态建设步伐所采取的一个重大举措，大家想想，现在有的部队在减编，地方政府也在精简，这对我们是多大的支持和鼓励啊！"

艾一木拍了拍那罕："到底是支队首长，觉悟和水平就是高，以后准能当政委！"

四人又是一阵大笑，郝江山站起身，四双手坚强有力搭在了一起："看巍巍青山，谁先极顶！问茫茫林海，谁主沉浮！"

林海无语，频频点头，像是对森林官兵们的谢意。

返回的车队路过嘎拉执勤点，郝江山透过车窗又想起了往事，便下令："全体车辆，鸣笛30秒，向我们的战友韩霜致敬！"

"我的好兄弟，愿这里的青山绿水能伴你，聚是一片云，散是满天雨，还望诸君努力，我们不忘初心、保卫林海的梦想永远不变！兄弟长眠！"郝江山庄重地向窗外行了个军礼。

4

树林绿了大半边山坡。郝胜茂挖了一会树坑，放下铁锹，又精心修理着郝江山的银杏和贺松涛的松树，边修理边说："你俩长得都不错！在部队还要好好干！"

这时，江山妈三步并作两步跑了上来："老头子，出事了，快跟我回家！"

郝胜茂面露不悦："出啥事了，你这火急火燎的？"

"你一天光种树，家里的事啥也不管了是吧？"

"家里不就你一个人吗，能有啥事？"

"你还真想当甩手掌柜啊，快回家，亲家都在等你呢！"

贺松涛一家和郝江山一家人，围坐在四方桌前。

松涛妈："他爹，你的老首长在北京是个大官，能不能找他把江山和松涛调到离咱们近一些的地方？"

江山妈捅了捅郝胜茂："都说大树底下好乘凉，张京华来四川森警当头头，你也可以找找他啊，这不就是一句话的事吗？"

贺卫国和郝胜茂几乎异口同声地说了句："胡闹！"

郝胜茂严肃地说："军令如山，哪还有讨价还价的。这些都是国家和部队的大事，部队叫上哪里就去哪里，你们就别掺和了。"

贺卫国定了调子："现在这事已成定局，我看还是从长计议吧，下了命令就得服从，这事不能讲条件。"

江山妈很伤感："这俩孩子都分到藏区，松涛连个孩子都还没有，这一去是死是活，看不见摸不着，听说那边连氧气都吸不饱。"

松涛妈叹了口气："国家的事是很重要，我们不是不支持，对于部队来说，他俩只是一根草，对我们家来说就是顶梁柱，就是天。"

郝胜茂转移话题："这事过几年再说吧，我相信他俩都能平安，能干好，刚才我在山上见他俩当兵前栽的树，长得都很茂盛呢。"

贺卫国附和道："当兵这些年，全中国只有西藏这片土地还没有踏足过，这小子也算是完成了我的心愿啦。"

作为新建总队的创业者，张京华总队长每天三更起五更眠，忙得不可开交，从人员抽组到营房选址，他都一一严格把关，竭心尽力为总队长远发展夯实基础。

乡城县因其地形而得名，是藏语"卡称"的汉语音译，其含义是手中之佛珠，因县境内硕曲河由北而南纵贯全境，像一根丝线把坐落在沿河两岸的白色村寨连在一起，犹如串串佛珠，故而得名。即将组建的乡城大队就驻防在此，为给大队选好址，张京华前后已来了三趟，地也看了好几块都不满意。这次他又会同州县领导实地勘察营区选址，乡城县县长多吉扎西带领众人来到一块郊外空地，边走边介绍："张总队长，这块地州里同意了，县里也满意，今天请您来拍板，您看看怎么样？"

张京华摇了摇头："这块地总体不错，但也有两个不利因素。其一，营区出口是一段 S 形小道，紧急情况下，部队不便出动；其二，场地太小，不利于开展训练。"

多吉县长觉得张京华说得有道理："您说的这些因素我们确实没有考虑到，那我们重新选，一定要让部队满意。"

"森林部队要在这里扎根，营区一定得选好，还得麻烦多吉县长了！"张京华紧紧握住多吉扎西的手以示感谢。

大兴安岭支队特种大队，深夜，郝江山脱下皮鞋换上一双布鞋，拿起手电出了宿舍楼去查哨。

"站住，口令！"站岗的袁常青警惕地用手电照着十几米外的郝江山。

"组建，回令！"

"生态！"

袁常青关掉手电："大队长。"

"有什么情况吗？"

"一切正常。"

"下班谁接你？"

"于连合班长接我。"

"好！"

说完他走进岗楼内，在哨位执勤登记簿上签字：一切正常，郝江山，0 时 28 分。

次日上午，火车站站台上挂起送别的横幅，火车马上就要开了，抽组官兵在和家属依依惜别。

大兴安岭支队作为森林部队的"种子"部队，此次又将为新建总队输送大批骨干人才，支队举行了隆重的欢送仪式。火车站台锣鼓喧天，红底黄字的欢送横幅格外惹眼，抽组官兵马上就要出发了。

刘学林抱起儿子小石头，用黑硬的胡茬子扎了扎他的脸蛋，又深情地拥抱了一下妻子，满眼酸涩，蹲下身子将儿子放在地上，尽是不舍："小石头，爸爸一会儿就坐火车去南方了，给爸爸敬个礼。"

小石头点了点头，举起幼稚的小手，敬了一个不太标准的军礼。刘学林立正给儿子回了一个军礼，他怕儿子看到自己离开会大哭，强忍内心的煎熬向儿子下达了一个口令："礼毕！向后转，目标，回家，齐步走！"

小石头放下右手，向后转身，一步一步向前走，嘴里还奶声奶气地喊着："一二一、一二一，一……"

刘学林妻子再也忍不住了，背过身去潸然泪下。官兵们看着这一幕眼睛都湿润了，郝江山高喊："全体都有！敬礼！"

众官兵齐刷刷敬礼，刘学林妻子没有回头，她飞快地抱起小石头向家跑去，背影显得孤独而又伤感。

列车开动了，载着官兵们驶向新的征程。刘学林望着车窗外，眼中隐隐闪着泪光，离开了故乡，有一种连根拔起的痛。是的，军人不属于哪个城市，他们属于这个国家。聚是一团火，散是满天星，这就是军人的职责和使命。

5

抽组西藏的官兵乘坐飞机在蓝天与白云之间穿梭，高亢、缥缈、空灵的天籁，从遥远的天际飘来。

> 走进西藏，哎，也许会发现理想；
> 走进西藏，哎，也许能看见天堂。
> 呀拉索，走进雪山；
> 呀拉里哩索，走进高原；
> 呀拉索，走向阳光。
> 呀拉里哩索，走向阳光。
> ……

西藏，古朴、悠远、神秘、圣洁。雄伟壮丽的喜马拉雅山在云中若隐若现，像一座丰碑直插苍穹。青藏高原的巍峨与壮美，形成了祖国西南一道天然屏障，却始终与祖国血脉相连。无数条森林宛如无数条色彩艳丽的哈达，将这片美丽的土地装扮得更加妩媚、更富有生机。白色哈达般蜿蜒逶迤的雪山圣水从天上来，流进长江、流进黄河。

抽组官兵下了飞机，被一辆辆军用盖篷卡车载着向目的地进发。列兵廖光彬天生爱动，性格活泼，他透过篷布缝隙不停地向外张望，蓝天上雪白的云，连绵不绝的山峦，穿着各色民族服装的藏族群众，风格迥异于内地的建筑，一切都是那么新鲜，让人目不暇接。经过城区时有人兴奋地叫了起来："快看呀，布达拉宫！"

几名战士好奇地挤到篷布前："让我看看，让我看看！"

"真雄伟，以前只在课本上见过！"

"听说这是松赞干布为迎娶文成公主而兴建的。"

坐在车厢口的负责人黎刚上尉两颊的颧骨很高，脸上的高原红特别明显，脸上布满了暗红色的斑点，见此情景赶紧说道："你们快坐下，别大声喊，不要兴奋过度，小心高原反应。"

廖光彬等有点无趣地坐了下来，盯着黎刚不解地问："指导员，你的脸上为什么抹胭脂，还那样红？"

黎刚瞪了廖光彬一眼，用手扯了扯他的脸蛋："小子，过几年就知道，我脸上为什么抹胭脂了。"

廖光彬摸摸后脑勺似懂非懂，永青拍拍廖光彬的肩膀："傻小子，那叫高原红。"

贺松涛领着车队行驶到米拉山口，如一行牦牛在雪域高原爬行，山口上挂着大片壮观的风马，地上遍布印有经文的隆达纸。坐在卡车副驾驶位置上的贺松涛脑袋涨疼，两眼发花，不停地呕吐，开车的三期士官老乔担忧问了一句："大队长，马上就过米拉山口了，这里氧气少，要不吸口氧？"

贺松涛摆了摆手，又吐了起来，他拿起车载台喊话器强打精神："车队马上翻过米拉山，各车要减速慢行，注意安全，带车干部汇报跟进情况。"

海拔越高气温越低，临近山顶，官兵们感到丝丝凉意，呼吸也变得越来越困难，林建波看着指导员黎刚："指导员，我有点喘不上来气了，这头咋这么疼？"

几名战士也随声附和："我也是！"

"没事的，这就是高原反应，过两三天就好了。马上就要翻过海拔5180米的米拉山口了，你们要注意加点衣服，小心感冒，这里空气中的含氧量不足内地的一半，大家都克服克服。"

永青有气无力地问："这里是不是就叫天路？"

"这里就是天路，西藏就是天堂。"

列兵梅玉岭躺在卫生员林建波怀里："给我吸一口氧吧，我胆汁都快吐完了，我觉得我快不行了。"

黎刚赶紧制止："不行，这时候吸氧容易产生依赖，大家挺一挺就过去了。"

"6号车跟进正常，已通过米拉山口。"听到最后一名带车干部汇报完，贺松涛放下车载台喊话器，看着挂着三期士官衔的司机乔永军，穿了一身肥大的作训服，一张瘦长脸像撕裂的茄子皮，上面还缀满了肿块，头发稀稀拉拉夹杂着几绺白发，看上去有四十来岁，他忽然发现老乔眼光有喜，忍不住问道："想什么呢？"

"想闺女。"老乔深沉的声音略带几分苦涩，一手把着方向盘，一手从上衣兜掏出一张照片。

贺松涛赶紧接过来："孩子随弟妹，都很漂亮。"老乔露出了幸福的笑容。

"老乔，你没有戴错警衔吧？"

"大队长，你是说我显老吧，其实我才27，我在那曲待了9年。"车厢内一阵沉默，只听见车队隆隆前行的声响。

6

莽莽川西高原，郝江山带领车队在崇山峻岭中穿行，官兵们有的在欣赏沿途的风景，有的在谈天说地，有的因高原反应在闭目养神。许益民与郝江山坐在同一辆车内，这对即将搭班子新组建乡城大队的主官，一个来自大东北，一个来自大西南边陲，大家能聚在一起很难得，如果不是增编组建，也许这一辈子都不会遇见。

官兵们来自五湖四海，为了一个共同的目标，大家聚在一起有说不完的心里话："长江潜在的危险远超过黄河，汛期长，总流量大，水灾一旦发生，后果不堪设想，因此保护好'中华水塔'的生态环境，对中华民族的历史和未来，具有深远不可估量的意义，而咱们的任务就是守好这片林子。作为大队第一代创业人，我们既要当好生态保卫者，又要当好生态建设者，真正驻守一方、建设一方、稳定一方。"

车窗外山势陡峭，峰峦叠嶂，车队在狭长的盘山道上缓缓前行，路越走越窄，越走越险，弯道坡道越来越多，但风景却美不胜收。车载系统播放着："二呀么二郎山，高呀么高万丈，枯树荒草遍山野，巨石满山冈，羊肠小道难行走……"

前导车带车干部郎一瓶不时用对讲机提醒："各车驾驶员注意，前方路窄、坡陡、弯急，请减速慢行。"很多北方籍战士从未见过这种路况，看着车在崎岖的山路和陡峭的悬崖边行驶，车厢内不时传来一阵阵惊呼声。

郎一瓶看官兵们有些紧张，便安慰大家："我们正在通过二郎山，这是藏汉民族南路茶马古道的必经之地。这里山路虽然很险，但请大家不用担心，我们这些驾驶员都是从内卫部队抽组来的，多年在这条路上行驶，驾驶技术很过硬的。"

翻过二郎山，又上折多山，一路惊险不断，尤其是折多山绕不完的弯道，让官兵们感到有些头晕目眩。

郎一瓶及时用对讲机提醒："同志们，吓死人的二郎山，翻死人的折多山。这条路每年出的车祸最多，带车干部和驾驶员千万不可掉以轻心。"各车带车干部依次回复，但大多数官兵难掩疲态，有的已昏昏欲睡。

这时一辆撞上护栏的黑色越野车映入眼帘，伤者已经被救护车拉走，现场的斑斑血迹和破损的车辆显露出车祸的惨烈。官兵们顿时警醒起来，睡意全无，两手紧紧地抓住护栏。郎一瓶又见缝插针开展安全行车教育："危险就在身边，驾驶员要吸取教训。"

车队即将到达折多山山顶，海拔4200多米，有3名战士出现恶心、头晕和呕吐的症状，服用红景天口服液后稍微有些缓解。

车队行驶到海子山，沿途风光异常美丽壮观，湛蓝的天空下是一望无际的草甸，成群的牦牛悠然自得地在山坡上吃草，远处绵延高耸的雪山直插云霄。这是青藏高原上最大的古冰体遗迹，也是珍稀动物的家园，共有1145个湖泊撒落山间，素有"天外星球、千湖之山"之称，风景奇绝。

"我们等会儿在前面停会车，大家下去休息一下，说不定你会很幸运，在乱石间捡到一块恐龙化石、植物化石什么的。有相机的可以照照相、留个影。"郎一瓶的一番介绍，驱散了官兵们长途坐车的疲惫，纷纷欢呼起来："这景色太美了，让我们留个影吧。"

郝江山急忙用对讲机提示大家："这里海拔太高，大家下车后，要少说话、少运动，撒尿时别太用劲，小心晕倒了起不来！"

刘学林听了很惊讶："大队长，有那么严重吗？你说得太悬了吧。"

"当年十八军进藏时，很多战士不懂常识，撒完尿就倒下了，再也没起来。"

战士们小心翼翼说话，有序下车、上厕所、合影留念，对眼前的美景，他们既赞叹也充满敬畏。

稍作休整又继续出发，郝江山担心官兵们会因长途行军心生浮躁，不时地抚慰着大家的情绪："各带车干部请注意，逐个问问战士，有没有身体不舒服的？过了海子山就快到乡城了……我提议，从现在开始每个干部唱一首歌，怎么样？从2号车刘学林开始。"

"又来了，又来了，跟着大队长每次出门都要让我们唱歌，有唱歌天赋的倒没有什么，张口就来，不会唱歌的，唱不好多尴尬呀！"刘学林嘴上抱怨着，表情有些为难，但又不得不服从，他不太会唱歌，但诡计多端，总是有办法把大队长的要求应付过去。

"把一首《康定情歌》献给大家，如果感觉唱得好，就在对讲机里欢呼一下，唱得不好也请大家多多包涵。"刘学林说完顺手把对讲机递给旁边的战士蒲俊才，他是文艺骨干，这种事对他来说都是小菜一碟。

"跑马溜溜的山上，一朵溜溜的云哟……"蒲俊才虽然歌唱得好，但对歌词并不是很熟悉，好在把这项任务应付过去了。对讲机里郝江山竟没有听出这不是刘学林的声音。

"好，唱得不错，下一个该轮到谁了？"

"咱们大队长，总主持节目，可从来没有人听过他唱歌，大家喊一下，让大队长来一首好不好？"刘学林朝车上的战士使了一个眼色。

"大队长，来一个，大队长，来一个。"2号车的战士们冲着对讲机喊着。

"好，我给大家来一首《为了谁》，希望大家能够喜欢。"这首歌郝江山百唱不厌，每次他都很用心去唱。

天色渐渐黑暗下来，已看不清外面的景色，只有远处零星闪烁的灯光，车队在缓缓下坡，弯道多速度慢，郝江山主导的"车厢文化"活动搞得丰富多彩，官兵们完全忘记了旅途中的疲乏。

7

一路惊险一路欢歌，官兵们终于来到乡城县。县城主干道两旁，站满了手持鲜花和彩旗的各族群众。进驻仪式在乡城县广场举行，大红气球高悬，条幅、彩旗和标语贴满四周，一派喜庆景象，人们穿着艳丽多彩的藏家传统服饰，跳着粗犷豪放的歌舞，为官兵们献上洁白的哈达。仪式由县长多吉扎西主持，县五大班子领导全部到齐。

欢迎仪式结束后，官兵们登车向临时驻地驶去，车队正路过一座金碧辉煌的寺庙，官兵们都充满遐想，入住的营房肯定比那些寺庙还要好，整洁的营房、完善的设施，便利的办公生活条件。来到临时营区，看到的却是窄小的营院、低矮的营房、斑驳的墙壁，门窗破旧，就连刚刚清扫出来的路面，也是坑坑洼洼的。

县长多吉扎西面带歉意："郝大队长，这里是临时营区，条件差一些。你们放心，咱们县里一定会想办法，让官兵们住上最好的房子，用上最好的设施。"

"我们是来守护生态的，不是来享受的，现在的条件我们能克服，县里的森林防火灭火任务交给我们，也请你们放心，我们绝对不辱使命，不负重托！"

"好，你们要是有什么困难就跟我们说，县里全力支持！"

万事开头难，虽然是临时营区，但大家一点也不马虎。入驻第二天，营区便升起一面崭新的五星红旗，官兵们战天斗地的激情被空前点燃。

郝江山和许益民带着中队干部逐点查看营房设施："学林，咱们组建任务重、时间紧、要求高，必须按照'先战备、再整训、后生活'原则，按计划有序推进，确保按时完成任务。前期你们工作做得不错，创业维艰，现在还有哪些困难？"

刘学林拿着一个小本汇报着："战备库室太小，电路和水管都老化了，宿舍床位也不够。"

"先把通信建起来，其他慢慢来，我听说从机动师抽过来的有个士官是搞通信专业的。"

许益民对情况很了解："对，他叫母强，家在北川县，是我们师里的通信业务骨干。"

没过两天，临时营区焕然一新，干净的路面、明亮的门窗、整洁的宿舍、规范的车场，到处秩序井然。

风力灭火机是扑救森林火灾的主战装备，机动师和内卫部队抽组来的战士，对这样的武器很是好奇。训练场上，袁常青等人一副小教员的姿态，手把手地教机动师抽组过来的战友们使用灭火机，吹得营院内浮尘四起。

郝江山虽然很忙碌，但每项工作都在有条不紊地推进，首先规范战备生活秩序，然后组织分队专业训练和警官编组作业，开展高原高寒林区森林防火灭火研究，他想让大队尽快形成战斗力。

　　长夜寂静，他看到电台室的灯还亮着，便走了过去："母强，通信设施搭建得怎么样了？"

　　"大队长，有线、无线都通了，接哪哪通、叫谁谁到，功能一点没降、要素一个不少。"郝江山听后，满意地点点头。

　　刚回到宿舍，许益民推门进来，手里拿着笔记本，从桌子底下拉出一个凳子坐下后谦虚地说："来到这儿，我就是森林部队的兵了，但我只算一个新兵，作为指挥员压力挺大，今天我特地向你拜师学艺来了。"

　　"客气了教导员，三十八师和四十一师都有着辉煌的历史、卓越的战功和光荣的传统，在部队管理和训练方面有丰富的经验，咱们互相交流学习，共同提高嘛。"

　　许益民打开笔记本："在机动部队我也曾参与过扑火，但那还是当兵的时候，我想请教请教你，指挥灭火作战应该特别注意哪些？"

　　"我想起来啥就说啥，说得不好，你可别见怪，我觉得打火跟打仗套路一样，搜集信息，判断情况，定下决心，组织战斗。"

　　许益民抬起笔："能不能具体说一说？"

　　"对森林部队来说，灭火就是作战，这思想一定要树立起来。首先要进行全面的火场侦察，主要包括火场面积、可燃物类型、风向风速和火场周边的道路、水源等情况，适时分析研判，提出决心建议，这是一个非常重要的环节。"

　　许益民边听边记，不时地点头。郝江山喝了一口水接着说道："其次，要制定周密的作战方案，科学研判最大的风险在哪里、有什么隐患、火场发展趋势怎么样，力求以最小的代价，取得最好的扑火效果。第三，坚持打早、打小、打了，合理运用战略战术，有时灭小火要用重兵。"

　　"有道理，小火苗不及时扑灭，就能燃成熊熊大火；小水流不及时堵住，就可成为滔滔江河。"许益民若有所思。

　　郝江山点点头接着说："森林大火不可控性因素太多，打火宜速战速决。我打火常用的绝招就是，截其头，断其腰，掐其尾。"

　　许益民盯着郝江山："这个你得仔细讲一讲。"

　　郝江山越讲越兴奋："火头是影响全局的关键，先打火头，就像打仗要先干掉敌人的指挥部，擒贼先擒王嘛。截其头就是阻击火头，通常利用吊桶或灭火炮等降低火势，地面人力和机械化有机结合，立体作战，以最快的速度控制火头，从而瓦解火魔，控制整个火场。断其腰，掐其尾就是把火场分割成多个段，最后形成合围，取得全线胜利。"

许益民很赞同："讲得非常好，这些都是很宝贵的经验，还有什么绝招吗？"

郝江山哈哈一笑："在教导员面前献丑了！打火不仅胆要大、心还要细，火灭了不一定就是胜利了，火比人狡猾，森林中的可燃物，像一些大的倒木和腐殖层，地表火虽然灭了，但内部可能还会有暗火和火星，遇风就会复燃，一定要进行彻底清理，达到'三无'，才能防止死灰复燃，我们叫边打边清、打清结合，要不然队伍打出去好几公里了，后边又复燃了，你还得再回去打，这样就麻烦了。"

"这叫毕其功于一役！"

"对，尤其是在西南林区，地形复杂，二次燃烧会更加危险。虽然火一定要打，但官兵的安全还是首位，还有我常说的一句话，打火的部队，脑子里一定不能着火……"许益民虚心请教，郝江山倾囊相授，不觉已是半夜。

8

花开两朵，各表一枝。另一边官兵们翻山越岭，终于到达了林芝。森林部队要在这片热土上扎下根来，要在西藏这片土地上开枝散叶了。

抽组部队第一次军人大会上，第一任支队长张卫疆要求官兵们，向老西藏、向十八军老战士，向孔繁森、李素芝等优秀共产党员学习，从他们光辉的事迹中获取精神力量，当好第一代创业人，要像钢钎一样钉在这高原上！抽组部队中很多都是有光荣历史的战功连队、标兵连队，都是带着优良传统过来的，带着厚重的历史过来的，大家一定要传承好、发扬好。当年文成公主和亲带去了大唐浩荡皇恩，增进了汉藏友谊，换来了疆土安定和人民安居乐业。森林部队的努力和付出，一定会让西藏的天空更蓝，雪莲开得更艳丽！

在彻底清理完营区卫生，建立正规内务秩序后，官兵们便投入紧张的训练之中，永青等骨干在训练场上组织灭火机、水枪和2号工具及分队灭火战术训练。贺松涛见训练已初见成效，便走过去活跃下气氛："今天的训练就到这里，下节课我们让阿旺教我们跳锅庄，好不好！"官兵们显得很扭捏，回答"好"的寥寥无几。

"星期天大队要搞共建，跳得好的才能跟藏族姑娘一起跳哦，有没有人报名啊？"贺松涛话音刚落，官兵们争抢着喊着："我去，我去……"

训练场上，官兵们围坐在一起，阿旺正在教战友们说藏语、识藏文、跳锅庄舞。突然廖光彬一下栽倒在地上，卫生员林建波跑了过来，只见廖光彬大口地喘着气，四肢像面条一样瘫软无力，他摸了摸廖光彬的额头，又摸了摸他的胸口，额头很烫，心跳也非常快。这时教导员巴桑也跑了过来，他摸了摸廖光彬的额头和四肢，判断是感冒引起的肺水肿，便立即将廖光彬送到医院。

廖光彬的病情也给大队党委敲响了警钟，教导员巴桑组织召开了党委会，为大队建设起好步开好局集思广益，大家纷纷建言献策。

贺松涛作为大队长，重点就战备训练进行了部署："第一，现在驻地已进入防火期，各中队要严格按照战备要求，及时制定各类方案，分析防火形势，开展好战备教育。坚持火要怎么打、兵就怎么练，组织开展高原灭火战训法研究，实现总部首长提出的'首战用我，用我必胜'的目标。第二，虽然我们是在临时驻地，部队还是要按《纲要》和正规化相关规定抓建，不能打折扣。第三，本周我带几名同志开始进行战场勘察，收集整理兵要地志……"

教导员巴桑："我同意贺松涛同志的意见，再补充一点，高原反应，因人而异，初上高原，有的战友反应很强烈，有的可能不是那么难受，但是，从我们掌握情况看，往往是一些高原反应不很强烈的同志，容易放松警惕，出现一些严重后果，干部还要勤问多观察……"

林芝大队训练场，贺松涛手把手教战士开展避险训练。一个年轻藏族女子急匆匆朝战士们跑来连比带画，林建波和梅玉岭等摸着脑袋，就是搞不懂什么意思，只能干着急。林建波急忙找到阿旺帮忙翻译，藏族女子对着阿旺叽里咕噜说了一大堆，阿旺点点头，转身对贺松涛说："大队长，她说家里有人肚子疼，想让咱们帮忙看一看。"

"原来是这样！林建波，你抓紧带上药和阿旺一起去，一定要注意民族习俗！"贺松涛对林建波说道。

路上，林建波边走边说："阿旺，下次你得多教教我藏语，我会的藏语太少了，在这里工作，不会点藏语是真着急。"

阿旺调皮地说道："好啊，好啊。"

林建波接着又问："去老乡家最需要注意啥？"

阿旺眨眨眼："到了老乡家千万不能放屁，否则老乡要搬家。"

"真的？"

阿旺一本正经："真的！"

"人家要是谢谢我，我用藏语怎么回答？"

阿旺趴在林建波的耳朵上："你就说，阿让阿噶。"

"好的，我记住了。"

一行人跟着来到藏族少女家，林建波仔细查看了少女父亲的症状，取出药品让其服下，又拿出一包药："阿旺，这包药一天吃 3 次，你告诉她用量。"阿旺用藏语重复了一遍。

少女接过药，见父病情稍稳，高兴地说道："金珠玛米，哑咕嘟，突及其。"

林建波一本正经地端坐着，很大方地说出阿旺教给他的藏语："阿让……阿让阿噶！"没想到少女立刻羞红了脸，看热闹的老乡们听了开怀大笑，阿旺更是笑得捂起了肚子。

林建波有点莫名其妙："难道，我说错了？"

阿旺忍不住笑了起来："没有，没有！"少女提起水壶，找出两个小碗，用藏袍把小碗擦得亮亮的，又用壶里的热水冲洗一遍，倒了杯奶茶，捧到林建波面前。

林建波想了想又说了一遍："阿让阿噶！"少女又是腼腆一笑，老乡们听了笑得更大声了。

林建波大窘，摸着脑袋。少女又给阿旺端起一杯奶茶。一杯奶茶下肚，林建波肚子有些发胀，实在憋不住放了一个屁，被阿旺听见了："坏了，违反群众纪律了！"

回到大队，林建波向领导汇报外出就诊情况："大队长、教导员，我今天犯错了，来自首了。"

贺松涛一脸诧异："自首？"

"我违反群众纪律了。"

"违反什么了？"

"我在老乡家看病的时候，放了一个屁，阿旺说，在老乡家放屁，老乡就得搬家。"

巴桑教导员扑哧一声乐了："那是阿旺逗你玩呢。"

"噢，原来是这样。"

"看完病，老乡怎么说？"

"她们说，金珠玛米，哑咕嘟，突及其。"

巴桑想考考林建波："这是什么意思？"

林建波得意地说道："就是解放军，好，谢谢！"

"那你怎么回答的？"

"阿让阿噶！"

巴桑刚喝进去的一口茶全喷了出去，笑得前仰后合："阿让阿噶，是我爱你的意思。"

"啊！阿旺又骗我？"

这虽是个小插曲，也让两位大队主官感受到开展藏族风俗、语言学习教育的重要性。新营房开工，官兵们热火朝天地投入到建设中。休息时，几名从内卫部队过来的战士聚在一起："我原以为在森林部队当兵，就是骑马挎枪巡逻在茫茫林海，天当被地当床，运气好收缴点野味打打牙祭，可一到这里却成了工地上的苦力，还不如在原单位待着呢，起码能经常摸到枪。"

"干吧，你还能回去咋的？"

"在高原生活，你就是不背任何东西，身体所承受的重量也相当于内地背负20多公斤的东西。在这待久了，身体器官会变形，记忆力会减退，衰老速度会加快，就连……性功能也会下降。"一名士官满脸愁容地诉苦。

"真的假的？"

"我还能骗你？我有个战友就分到西藏那曲大队了，听说比这里还艰苦。"

"隔行如隔山，以前整天操枪弄炮，现在遇上灭火机，简直就是压力山大啊，在老单位，我还是示范课目教练员呢，现在不也得一切从头来？"

"谁让咱是新专业的菜鸟呢！"

"这才来几天，脸也晒黑了。"

林建波听到了他们的谈话，插了一句："这是'高原补贴'。"

忽然有人喊道："廖光彬回来了！"

"看见了吧，廖光彬在医院治了二十多天才好，要是治不好，容易出人命的，多危险！唉，我还没结婚呢。"

"要是每天都这样真是没意思啊，我得抓紧找人调走。"有名新兵说道。

理想的滑坡是最致命的滑坡，信念的动摇是最危险的动摇。贺松涛对官兵的思想反映有所察觉，他决定为官兵们亲自上一堂职能使命教育课。

课堂屏幕上显示着十八军进藏和孔繁森等图片，贺松涛边演示边讲解："1950

年，十八军的战士们边修路边进藏，在钢钎打不进的雪山之巅，前辈们硬是站住了脚，扎下了根，打造出了'老西藏精神'，然而在进军和建设西藏的征程中，有5000名官兵长眠在雪域高原……高海拔，更要高标准，岗位在天边，责任要比天高，对党忠诚的海拔更高，因为生命有禁区，使命无特区。在这里当兵，会缺氧气、缺物质，但绝不能缺精神！"官兵们既为老西藏精神所感动，也为贺松涛的革命豪情所感染，扎根西藏、保卫生态，守护人民安宁的信念慢慢在官兵心中扎下了根。

9

从实战需要出发，从难从严摔打部队，这是森林部队多年积淀下来的宝贵经验。郝江山把队伍带到高原丛林，开始为期二十天的高原丛林高强度和高难度的适应性训练。野外找点、林内负重奔袭，课目一个接一个展开。横渡、攀岩等重难点课目一个也不少。这片野战化训练区域山高沟深，林木茂密，地形险要，情况复杂。训练开始不久，一条百米河流拦住了去路，二排长在横渡时意外跌落水中，幸好被树枝拦住，把在场的干部都惊出一身冷汗。

部队开始向山顶进发，在一处坡度近80度、高差200米的悬崖边，许益民心中有点忐忑，他知道这个课目存有一定危险性，出于各种考虑，他建议取消攀岩这个项目，万一失手，可就摊大事了，而且听上面说郝江山是拟提支队参谋长的重要人选，认为别干太冒险的事为好，何况近期指挥部和总队转发的事故案件通报，一份接一份传来，他心里直打鼓。副大队长郎一瓶也认为还是见好就收，咱们大队刚刚成立，不能有任何闪失。

郝江山冷静地思考着严峻的现实，提出了自己的意见："正是因为大队刚成立，我才不想打下训练偷工减料、投机取巧的底子，再过几个星期，驻地就会下雪，能开展的课目太少了，错失了训练良机，就会影响全天候战斗力的形成。谁都不希望出事，但是遇到难科目、险科目就不敢搞训练，上了火场不但火打不灭，还容易吃大亏，所以决定这个科目的训练必须进行！"

为打消官兵们的顾虑，郝江山进行了严密的风险评估，对保护措施再三检查，而且自己带头第一个上。训练中虽然险象环生，但官兵却在接近实战的环境中得到了锤炼。

完成6天6夜280公里武装行军后，郝江山狠了狠心下达了新的训练任务：

"每人负重 40 公斤，第一名登上山顶，插上队旗的给予奖励。"疲惫不堪的官兵，顿时来了精神，像一只只小老虎嗷嗷叫着向山顶冲去。

夕阳的余晖映照雪山，也映着挥舞着队旗的全体官兵们开心的笑容，这是百炼成钢。

郝江山调到乡城后，始终忙于新建大队的各类工作，刘亦欣虽然随调到绿色时报成都记者站工作，但两人仍相距近 800 公里，刘亦欣怀有身孕行动不便，要想相互照应也都心有余而力不足。

这天，刘亦欣一个人挺着大肚子去医院做产检，正巧碰到了同事周记者，便顺道送了她，上了车周记者看着刘亦欣一脸同情："哎呀，当军嫂真是辛苦，连怀孕也没有人陪，你调过来这么长时间，我还没见过你家火哥呢。"

刘亦欣摸着肚子："我不辛苦，你看我身强体壮，一个人产检没问题。"

"要不跟领导说说，别去上班了，军嫂嘛，也不照顾照顾，这个星期值班还把你排上了，要是我早翻脸了。"

"我爱人离我还算近一些，比起那些隔着万水千山和更远的，我这算是好的了，知足常乐吧，军嫂也不是骄傲的资本，咱们单位的赵姐她老公干销售的，每次产检不也是一个人嘛。"

"亦欣啊，你可真伟大。"

"军人才伟大，我只是沾了他们的光，军人能无私奉献，为什么军嫂就需要别人同情呢？嫁给其他职业的人，生活也少不了锅碗瓢盆、油盐酱醋。家是最小国，国是千万家，爱他就是爱家，爱家也就是爱国。"

"哎，人真是有境界区别的，我是比不了你啊！"

第二十一章　守望高地

1

一阵急促的集合铃声在林芝大队临时营房响起，接到地区防火指挥部通报，察隅县发生森林火灾，请求大队立即前往扑救。贺松涛紧急启动扑火预案，5 分钟后，官兵们便整装出发。

运兵车在崎岖不平的盘山路上艰难行驶，车内的官兵随着车辆摆动，上下颠簸。林建波背着急救包问永青："排长，我是从机动师调过来的，还没有打过火，上了火场都需要注意什么？"

"首先要听从指挥，其次按照操作规程使用机具。火场上要认真观察，注意站杆、倒木，防止伤人。清理的时候，还要防止烧伤、烫伤。大家也不用担心，火场上有什么问题，我会及时提醒大家。"

汽车又是一阵剧烈颠簸，梅玉岭的头重重地撞在了车篷顶又缩了回来，他摸了摸脑袋："排长，那在高原上打火有什么不一样吗？"

永青打开军挎，掏出一个笔记本翻开："我也是第一次参加高原扑火，据前期战场勘察，这场火环境挺复杂，山高坡陡，交通不便，森林覆盖率达 70% 以上，植被多为云南松、高山松和云杉，呈垂直分布，林内站杆、倒木较多，可燃物载量大，山体陡度超 65 度，落差近 1000 至 1500 米，这对灭火作战很不利。"

"没事，有大队长在，我们就放心。"

"大队长打火很厉害吗？"

廖光彬很得意："我们大队长带队打火近百次，百战百胜，林区人民都说我们大队是插在北部原始林区的'定海神针'。"

阿旺问道："哇，这么厉害，为什么我一听说要去打火，就这么兴奋呢？"

梅玉岭语调也上升了："是啊，我也很兴奋，恨不得立马飞过去把火扑灭。"

永青拍了拍梅玉岭："当了森警就这样，见了火就兴奋，有使不完的劲儿，根本就停不下脚来。不过，我还得提醒你们一句，灭火作战跟打仗一样，不仅要胆大心细，还要讲究技战术，可千万不要盲目蛮干。"

"排长，昨天上课你讲到了奇乾和额济纳，与高原相比哪个地方最艰苦？"

"我觉得都挺艰苦，也都挺磨炼人。"

汽车又是一阵剧烈颠簸，廖光彬有些难受："这都走了10多个小时了，再不到，我的五脏六腑都快吐出来了。"

车辆忽然停了下来，林建波问永青："是不是到了？"

"没有那么快！"

贺松涛坐在指挥车里，用对讲机喊道："所有人员携带装具，下车。"

公路中断，仅有一条过江索道孤零零地横亘在江面，索道没有任何保护措施，只有下面的江水在不停怒吼翻滚。贺松涛组织官兵下车在索道旁集合，地方扑火前指派察隅县防火办副主任索朗为官兵带路，告诉大家这里没有别的路可走，只有这条索道可以通行。

贺松涛转身对官兵们讲道："同志们，前面已无公路，上火场必须滑索过江，这是我们驻防以来的第一仗，当年红军能飞夺泸定桥，我们也能滑过这条江，我先来！"说完，贺松涛第一个系上滑索工具，滑向对岸。

榜样的力量是无穷的，在贺松涛的带领下，第二个，第三个……一道道橘红色的弧线掠江而过。廖光彬因没有熟练操作索道的经验，双手磨破了，但还是咬咬牙滑了过去。

过了索道，大部分路段只能贴着岩壁走，官兵们背着机具，双手紧抠岩壁，壁下就是万丈深渊，走在最前面的贺松涛不时提醒："大家一定要抠紧岩壁，小心点走，保持距离！"

队伍终于过了悬崖，闻讯前来的村民早已骑着摩托车前来迎接官兵们了。官兵们纷纷坐上摩托车，沿着险峻的山路奔赴火场。上山只能通过盘旋而上的羊肠小道，最窄处仅能容纳一辆摩托车通过，头上是刀砍斧削的悬崖，脚下是滚滚奔腾的江水，坐在摩托车上的梅玉岭因恐高索性闭上了双眼。

经过23小时的长途行军，队伍终于看到了火场。森林在大火吞噬下，发出噼里啪啦的响声，火光映红了半边天。

索朗在前面带路，官兵们借着灯光和火光，沿着一段山谷向火场进发。进了山谷，大家才发现上山的路极为陡峭，山谷阴面还存有大量冰雪，随时有飞石滚落，贺松涛用对讲机提醒道："大家小心脚下的冰雪和山上的滚石，各中队安全员负起责任，现在海拔4100多米，大家还要注意保存体力。"

凌晨时分，官兵们终于到达扎拉村北山火场。在组织勘察火场后，贺松涛立即进行作战部署："根据前指命令，我们主要负责火场东线作战，这里地形起伏较大，林地植被干枯，可燃物载量大，七中队集中优势兵力和装备，快速向前追歼火头，控制火头发展，八中队采用预设防火隔离和以火攻火战术，重点保护兹巴沟自然保护区、扎拉村和察隅县县城等重点目标的安全。"

贺松涛指着火场："这里就是我们的战场，没打过火的兄弟们，你们害怕吗？"

站在一旁的林建波快嘴快舌："有大队长在，我们心里就踏实，什么也不怕！"

"好！各组按任务区分，开始战斗！"

各中队依次按照灭火作战任务开展"猎火行动"，一时间灭火机轰鸣，水龙飞舞，激射如柱，官兵们发起了猛烈进攻。只见一个个矫健的身影，在与火魔顽强搏斗，在官兵们一次次冲锋和突击下，火魔逐渐被消灭。

经过7个小时的扑救，明火总算被扑灭。贺松涛正指挥官兵清理火场，一名战士忽然倒在地上："哎呀，我被蛇咬了！"贺松涛迅速跑了过来，脱掉战士防火鞋和袜子，只见小腿肚上有两个小血洞，回头说道："黎刚，你去把蛇抓回来！"接着不顾一切用嘴一口一口将血吸出来。

林建波匆匆赶到，连忙从单兵急救药包拿出解蛇毒的药递给他说："快吃了吧，有可能是毒蛇！"贺松涛接过药就往受伤战士嘴里送，受伤战士两行热泪止不住地流了下来。

黎刚拎着一条珠光蛇跑了过来："还好，这是一条无毒的珠光蛇，怎么处理？"

贺松涛站起身来："放了吧，这种蛇现在受保护呢。"黎刚将蛇扔在远处草丛里。

由于腐殖层太厚，打火相对容易，清理却很艰难。官兵们背负着水枪"过筛子"一样，消灭着一个又一个烟点。

火烧迹地内，永青正在锯一根燃烧的大倒木，林建波问："为何要锯倒这烧着的木头呢？"

"要是不弄走，风一吹又会复燃，容易引发新的火点，来两人扛走。"

"这么多的烟点都要弄灭吗？这也太多了。"

"一个都不能放过。"

经过一整天清理，火场终于达到了"三无"，官兵们疲惫至极，有的靠在灭火机具上就睡着了。

几十位藏族群众从家里带来糌粑和酥油茶等送给官兵，几番推辞之后，贺松涛只好命令官兵们收下。

经过又一夜的看守，森林已经恢复了往日的平静，只有那烧焦的树干、灰黑的地表，仿佛在诉说着这场大火的无情。

当部队从火场撤下来，群众纷纷为官兵献上哈达，在离开察隅县城时，沿途群众夹道相送。官兵们橘红色的灭火服已染成了黑红色，脸上和四肢也都是黑灰，但依然掩饰不住胜利的喜悦。参战官兵们感受着灭火作战、保护国家森林资源安全的荣光，心中充满了打胜仗的自豪感和成就感。

2

稻城亚丁清晨柔和的阳光下，时而蜿蜒、时而笔直的道路，一直伸向远方。副驾驶座上的带车干部杨嘟嘟，合上《消失的地平线》，看着延伸的道路，眼中充满了憧憬，那路的尽头可是传说中的香格里拉？今天他将正式踏入这片土地，去保卫"蓝色星球上的最后一片净土"，守护那里一颗颗尚未被污染的灵魂。藏语中，"香格里拉"的意思是心中的日月，有人神相通、人与自然和谐相处的境界，那里是一个充满和平宁静、洋溢着自由和幸福的人间仙境。

天空净如明镜，汽车继续在不断向前延伸的公路上行驶，成群的牛羊徜徉在美丽的草原上，时而闪过一座座白塔。

九月的稻城红黄相间，红草地与金色杨树林将稻城景区装扮得五彩斑斓，五彩的森林映衬着雪山，雪山倒映在山谷的湖泊中。康坝支队稻城亚丁执勤点就设在这里，杨嘟嘟等20名官兵担负着景区的执勤任务。

深夜，一个矫健的黑影翻进了执勤点的墙，偷偷潜入执勤点的装备库，黑影的手电光射在油锯上停了下来。杨嘟嘟和许风眠等听见几声异响，朝装备库奔去，黑影一见来人迅速闪了出去，翻过院墙就没了影，许风眠想要去追，却被杨嘟嘟制止，他认为刚到执勤点，周边的情况不太熟悉，况且这里是高原，盲目追赶容易出问题。

郝江山来到亚丁执勤点检查，到装备库转了转："除了油锯被砸，还发现了什么？"

"其他什么都没少，那个人应该受伤了，油锯上还发现了血迹。"

"这事挺奇怪，你们还要加强警戒。"

这时许风眠跑过来报告："大队长、排长，风景区桑吉局长和护林员来了。"

桑吉局长热情地与郝江山握手："你好，郝大队长，我是自然保护区管理局的桑吉才让，叫我桑吉就行。"

郝江山热情地握手："桑吉局长，欢迎，快请屋里坐。"

"是我欢迎你们，欢迎森林中队进驻风景区。"

"不用这么见外，以后咱们就是一家人了。"

"对，一家人，我给你介绍一下，这位是我们景区的护林员洛桑。"

洛桑眼神中充满了戒备，很不情愿地与郝江山和杨嘟嘟握了握手。眼尖的杨嘟嘟注意到洛桑手上有一处伤口："你的手受伤了，我们有卫生员，给你消一下毒吧。"

洛桑赶紧把手放在身后，打着手语表示："不用，不用。"

"山里人没那么娇气，抹点土就好了。"桑吉局长拍了拍洛桑的肩膀："洛桑是个苦命的娃呐，有一年山洪引发了滑坡，整个村子都被盖上了，洛桑因为转山，当时不在村子，捡了一条命，但由于过度悲伤，从此就失声了。"

"山上植被没有了，就会引发泥石流造成灾难。"郝江山对此深有感触。

"是啊，后来这里成立了风景区，洛桑见盗砍乱伐、挖虫草和松茸的人太多，便自告奋勇当上了护林员，现在旅游的人越来越多，不法分子乘机混入，给自然保护区内野生动植物带来了极大威胁。防火形势也很严峻，有你们在这里，我们就放心了。"

"长在山上的树，能比砍倒的树产生更多的生态价值，有我们在，一定不会让人再砍掉一棵天然林木。"

桑吉局长点了点头："以前这里森林比现在还茂密，四十年前，国家从东北调来一支伐木队，再加上刀耕火种的原始生产方式，有些山秃得厉害。"

"现在看香格里拉也绝不是与世隔绝的世外桃源，这里的森林保卫着长江两岸几亿人的安居乐业。砍伐量越大，山体裸露的面积越大，流入长江的泥沙量也越大，引发洪水和泥石流就越多，这是一个恶性循环。"

终年积雪不化的仙乃日、央迈勇、夏诺多吉三怙主雪山呈"品字形"分布。翻过垭口，到达仙乃日神山脚下，一位藏民口中念念有词，恭敬地将一块石头朝一个金字塔形的嘛呢堆放去。经幡随风飘动，周围是一片原始的宁静和庄严，让人的心灵感觉特别安宁，犹如古老诗词中的遥远梦境。神峰下峡谷之间，森林、冰川、溪流、海子、草地和睦地各守一方，天地无垠，撼人心魄，一派气势莽莽的原始自然景象。

休息间隙，郝江山问官兵："知道今天叫大家来这里干什么吗？"

官兵们都摇摇头，只有杨嘟嘟心领神会："大队长，叫咱们来看雪山。"

"对，今天叫大家来看雪山。"

官兵们不得其解，互相议论："这雪山有什么好看的。"

"你们仔细看看，这雪山上有什么？"

许风眠看了看雪山说："大队长，这雪山上，除了石头只有雪啊。"

郝江山凝视着雪山，半晌才说："是啊，这仙乃日雪山，终年积雪，到处是白茫茫的，但它也是一种宝贵的资源。"

许风眠疑惑不解："山上寸草不生，连一点绿也见不着，那算什么资源？"

"那如果这些山上的雪都融化了，你试想是什么样子？"

"天降神水，西部很多地区就不会干旱了。"

"雪山全化了，就会发大水，淹没长江中下游及沿海地区。"

郝江山认真地说："如果青藏高原的雪山没了，长江、黄河源头就没水了，下游的河流一旦断流，鱼米之乡也会变成沙漠，后果不堪设想。我给大家讲个故事吧，传说三怙主神山之前并不在亚丁，因为沧海桑田，气温上升，冰雪消融，他们失去了往日的风采，神旨意三位真神到亚丁去，但三位真神不愿离开住惯了的圣地，但又不能违背神的旨意，只好到了亚丁。当询问什么时候可离开亚丁？神说，只要石头开花、马生角，你们全身变黑，即可离开此地。这个传说，寓示着生态环境的破坏，全球气温的上升，雪山融化了，没有冰雪的山峰，不就是黑色的石头吗？大家都很聪明，还用解释我们在此执勤的意义吗？"

官兵们齐声："不用！"

"地球不是遗产，是我们从子孙后代那里借来的，作为森林官兵，我们要把自然上升到神圣文化的程度，对我们来说，每一片土地都是神山圣湖，每一座山都是神山，每一片水都是圣湖。"

艳阳高照，晴空万里，官兵们徒步在崎岖不平的山路上巡逻，忽然一块乌云飘来，瓢泼大雨铺天盖地袭来，还夹杂着冰雹，官兵们迅速从军挎内掏出雨衣。

一天分四季，四季不同天，这里是眼睛的天堂，却是身体的地狱。别看这里有令人惊艳的美，却也有桀骜不驯的性格。

周四下午，杨嘟嘟正在组织执勤训练，洛桑牵着两只羊跟在桑吉局长后面走进了执勤点。桑吉局长瞅了瞅洛桑，洛桑赶紧低下头，回过头来对杨嘟嘟说道："杨排长，你们的油锯是不是前段时间被人弄坏了？"

"是的，后来大队长又送来两把。"

桑吉局长叹了一口气："你们卸装备的时候，洛桑看到了油锯，以为你们是伐木队，这几天看见你们在景区巡逻，搞宣传防火，救助游客。前几天在火场上那么拼命扑火，才知道你们是真正的护林队，今天他非拉着我向你们赔罪，这两只羊是他自己养的，算是赔你们的油锯钱。"

"其实我们已经猜到了，这羊就牵回去吧，他家里也很困难。"

洛桑将牵羊的绳子塞在杨嘟嘟手中，真诚地望着他，打着手语，示意一定要收下，不然他会寝食难安。

3

"嘟……嘟……"武警乡城森林大队临时营区值班室电话急促响起，县人民医院紧急求助，医院刚收治了一名"宫外孕"的藏族女青年，因失血过多生命垂危，急需 RH 阴性 O 型血，这种血俗称"熊猫血"，异常稀有。

该县城远离大都市，交通闭塞、道路险要，经济不发达，进出一次需一个星期，受多种因素影响，这里始终没有建血库。遇到急需输血的危重病人，常常靠临时自愿献血，然而少数民族地区对献血认识有误区，致使自愿献血的人也寥寥无几。

情况危急，救人要紧，郝江山闻讯立即带领大队官兵赶赴医院，经急诊采血室检验，只有母强一人符合输血条件，可危重病人需要输入较多的血。

抽血时，母强安静得不发出一丝声响，只是一直微笑着。当 200 毫升鲜血流入女孩的身体后，病情仍然很危急，医生看着母强欲言又止，母强毫不犹豫地再次挽起袖子，又献血 200 毫升，但病人仍未见好转。

母强见状略加思索，笑着对医生说："我身体素质好，再抽 100 毫升吧，说不定就差最后这一哆嗦了！"

医生的手心渗出了汗，紧紧握住母强的手："不能再抽了，献血极限是 400 毫升，再抽会对你的健康造成损害，说不定你也得住院。"

女孩家人既感动又愧疚："不抽了，再抽，我们就对不起共产党派来的菩萨兵！"

此时，母强脸色苍白，但他态度坚决："抽吧，只要能把她救活，这点风险我能挺得住。"殷红的鲜血输入女孩的身体，苍白的脸庞逐渐有了血色，女孩终于脱离了危险，但母强却昏睡了过去。

为解决县医院长期缺血的难题，郝江山与教导员许益民商量，决定与医院结成共建对子，对所有官兵的血型进行登记，遇到紧急情况，保证随叫随到，从此香巴拉藏乡人民的"活血库"就这么被传开了。

在医生们的精心治疗和调理下，母强的身体逐渐恢复，返回大队后又投入紧张的工作中，刚检修完大队长办公室的电话后，杨嘟嘟就打了进来，"大队长，我把洛桑的羊又还回去了，这次他没再坚持。"

郝江山叮嘱道，"那就好！一定要克服各种困难，严密组织各类勤务，站稳脚跟，树好形象。"

电话里传来坚定的口气："是，大队长，请您放心，保证完成任务！"

郝江山挂掉电话，转向母强："我这里是留不住你了，支队要建350兆超短波通信网，准备调你过去，开始我也不情愿，后来与教导员商量了一下，还是服从组织安排，一会你收拾东西，让车把你送到车站。"

母强有些茫然："大队长，我不想去，我想在这里干下去。"

"人往高处走，支队有更好的发展空间，对你的业务提升也有帮助，听我的，去吧！"

母强眼泪在打着转，低着头喃喃道："大队长，我……"

"你是个好兵，业务精，能力也过硬，我相信你能干好。"

母强点了点头："无论在哪儿，我都会干一行爱一行，脚踏实地地工作，不会给大队丢脸。"转身离开了办公室，他心里非常清楚，人往高处走，发展空间越大，标准要求也越高，大队领导都希望他在新的岗位上，能干出一番新的成绩。

4

"十一"黄金周临近，稻城亚丁风景区内游客逐渐增多，景区执勤的官兵们又紧张忙碌起来。十几名外国游客在导游的带领下欣赏着美景，他们置身于蓝色星球上最后一片净土，完全被眼前的美景所吸引，欣喜地拿起相机拍照留念。

杨嘟嘟和列兵叶织春将印有"森林防火条例"和"游客须知"等防火宣传单

发给游客，并不时用扩音喇叭提醒："进入景区，注意防火，请自觉上交火种……"

许风眠和袁上草正巡逻在峡谷的山路上，一条溪水从身边奔腾而下，不停拍打着岸边的石块，发出"啪啪"的声音，飞溅出雪白的泡沫，似一片洒落的珍珠。突然听到"嘭"的一声响，有人从悬崖上跌入海中，他俩赶紧跑过去查看情况，只见一名女游客在水里不停挣扎！

"排长，有人掉进珍珠海里了！"许风眠赶紧用对讲机向排长求援。情况万分紧急，许风眠来不及脱下军装就跳进水中，快速游到了落水者身边，用手托着落水者吃力地游到岸边，刚刚赶到的杨嘟嘟等人快速接应，将落水者救上了岸。杨嘟嘟对落水者的伤口进行包扎处理，摸了摸伤者的左腿和右臂："她的右臂可能骨折了，咱们抓紧时间，赶快通知景区救护车。"

看到游客被执勤官兵成功营救，围观群众都赞叹不已。

救护车刚离开，杨嘟嘟就看见远处的山脚下升起了一股浓烟："这烟看起来像是明火，快，都跟我来。"

杨嘟嘟赶紧带领四名战士携带灭火装备向明火奔去，火场在景区结合部，由于发现早，过火面积不过一公顷，四名官兵抄起灭火机，不到五分钟就把火扑灭了，避免了大火向景区森林蔓延。

"这火着得有些蹊跷。"杨嘟嘟有些疑惑，吩咐正在清理火场的战士，"大家分头看看，有没有遗留的蛛丝马迹。"

许风眠一转身便嚷嚷起来："排长，这里有烟头。"

杨嘟嘟走上前接过烟头看了看："当地条件好点的群众都抽这个烟。"

"排长，会不会是非法采挖虫草的人丢下的烟头？"

"嗯，这个月份，虫草已经挖不到了，只有松茸可以采。"

"排长，这边有人走过的痕迹。"官兵们顺着脚印一路追踪，雪山环绕的深山崎岖难行，众人俯身小心翼翼往前走，突然听到前面传来声响。

走近仔细观察，原来是两名采松茸的地方群众，一人手上还夹着根烟，口中的烟气缓缓而出。

"哈哈，今天运气不错，看看，这松茸长得多大。"

"兄弟，你这么采松茸，以后这个地方可就不长了。"

"嗨，先挖了再说。"

杨嘟嘟带领官兵将两人围住："你们在景区非法采挖松茸，还违规吸烟，跟我到景区派出所走一趟吧。"

"我们都是为了生计，一年就靠这个季节采点松茸过日子，警察同志，求求您们，放了我们吧。"

许风眠掐起一根烟头："这个烟头是你扔的吧？山下都着火了，都像你们这样，以后这山上还有松茸吗？"两人自知理亏，羞愧地低下了头。

傍晚，游客陆陆续续离开景区，杨嘟嘟用对讲机喊道："各组半小时后撤收勤务，景区门口集合。"

最先赶到门口的战士花云田发现，有几名外国游客正在焦急地与一名导游模样的人"理论"，于是上前询问发生了什么事情。

导游显得很沮丧："今天的参观活动已经结束了，清点人数的时候，发现少了一名游客，游客亲友要求我们去寻找，声称要是游客遇到什么危险，他们将通过外交方式进行交涉。"

花云田见事态严重，便叮嘱道："我们还有战友在景区内执勤，一定会帮助你们将走失的游客找到，你先将这几名游客的情绪稳住，千万不能让事态扩大，我马上将情况报告给景区值班室，他们也会组织人员进入景区寻找。"

当花云田和战友搜索到一处景点时，看见一名脖子上挂着相机的外国游客正和洛桑交谈，不停地比画着手势，仔细一听，他说话咿咿呀呀的，洛桑一脸困惑，感到十分茫然，不知道怎么交流。

花云田和许风眠忙走了过去："Excuse me, can I help you, Sir？"见有人懂英语，外籍游人显得十分兴奋，经过一阵沟通交流，花云田和许风眠将游客带到景区入口处与亲友团聚，一场危机就这样化解了。

5

乡城县元根山突发森林火灾，能否打响进驻后"第一枪"站稳脚跟，是对新建乡城大队战斗力的一场严峻考验，官兵们都憋足一股劲，以昂扬的士气迎战。从接受预先号令到紧急出动，一切都按照平时演练有条不紊地进行。

听完火场情况汇报，作为联指总指挥的多吉扎西县长立即部署任务："森警到山顶上堵截火头，扑火队的同志们负责清理，开始行动！"

郝江山突然站起身来："县长，现在人员不能上山顶打火。"

县长反问："怎么不能？"

郝江山解释道："现在是上山火，火蔓延速度很快，人到山顶很危险。"

县长想了想："那就在山下的草塘把火堵住。"

郝江山看着地图解释道："受沟谷地形影响，草塘也很危险。"

县长指着地图又问："那去对面的山脊上开一条隔离带总可以吧？"

"更不可以，那样更危险。"

多吉县长有些生气："你们森警不是专业的吗，怎么这也打不了，那也打不了？"

郝江山解释道："不是什么火都能打，需要看时机，不能拿人命开玩笑。"

多吉扎西有些埋怨："我们县里敲锣打鼓把你们森警迎进来，不是让你们来隔岸观火的，你们不打，我们自己打。"

郝江山据理力争："谁也不能上，我现在是联指成员，我有否决权。"

多吉县长生气的音调提了上来："岂有此理，我是总指挥，按你那么说，让林子烧下去不管就行了？黄队长，你带人到山顶上去堵火头。"

地方扑火队黄队长看着扎西县长，又看看郝江山左右为难。郝江山大吼一声："现在谁也不能上山！"

多吉县长面子有点挂不住："郝队长，你到底想干什么？你们还是不是人民养的军队？"

许益民赶紧上前："县长，您消消火，听我说两句，打火这事得让专业的人来干，我们还是先让郝大队长说完，您再做决定也不迟嘛。"

多吉县长仍然不依不饶："什么不迟？再等会儿山都快烧没了！我们打了那么多年火，也没出啥子事！"

郝江山屏住呼吸走到地图前："大家急于扑火的心情，我能理解，看着林子烧了，我们心里更不好受！大家听我说完，再作安排。这火不能硬打，需要智取。打火打地形，西南山区的特殊地形，决定了林火行为的变化。大家请看地图，火场地域处在海拔3400至4000米的狭长山谷，谷口朝西南，谷底距山脊相差300米，坡度大于60度，山脊长1600米左右，在山脊线上分布了5条鞍部，现在火正从东南坡燃烧，上山火受热辐射和坡度影响，蔓延速度非常快，这时切忌在山顶扑火。如果在草塘堵截，受谷风影响，林火速度会成倍蔓延，没有避险区域，形成的冲火会直接烧到对面山坡产生轰燃，狭谷两侧植被燃烧还会产生强大的对流柱和飞火，加快蔓延速度，所以在山脊上打隔离带起不到作用。如果这会儿上山打火，我断定一个也跑不了。所以我建议在山的背面，开设隔离带或者堵截火头。"

多吉县长见郝江山说得有道理，态度有所缓和，声音也降了下来："那听你的，但我丑话说在前头，要是不按你说的那样发展，我可要到张总队长那里参你一本。"

郝江山信心满满："如果不是按我说的那样，这个大队长我就不干了。"

联指终于统一了思想，按照郝江山的意见定下了作战决心。乡城县元根山火场，从远处看熊熊燃烧的山头，像一把火炬直冲天空。火光照射数里之外，几乎把附近的山崖照得通明如昼。

因提前对火场进行过踏查，郝江山对火场地形、植被、水源等因素都了然于胸，官兵们按照布置很快到达了预定区域。

灭火作战打响了，郝江山靠前指挥，命令6名官兵强攻推进，打开突破口："兄弟们，拿出我们的'撒手锏'来，一定要打好入川第一仗。"

"注意滚石，踩稳再上！"

"这边再来两台灭火机！"

"大火面前有森警，森警面前无大火……"

官兵们热情高涨，奋力扑打。

联指领导见火光已吞噬了许多晃动的人影，官兵们身着橘红色的"武警森林"灭火服，在火光映照下格外耀眼，在一次次拉锯较量中，张牙舞爪的火龙逐渐蛰伏。

"这些人真有两把刷子，敢跟这么大的山火较劲儿。这郝大队长就是一个疯子，越打越猛。"

"他的外号就叫'火疯子'。"

多吉县长也为之叹服："幸亏没有意气用事，他们打火果真很专业。"

突然，火场上空骤然刮起一股猛烈旋风，刚刚扑灭的火线转瞬复燃，冲天大火将72名官兵和40多名群众团团围住。

"撤！"身经百战的郝江山眼看形势危急，果断下令："袁常青，打开缺口，进入火烧迹地！"

袁常青带领全班10名战士一边用灭火弹和风力灭火机拼命压制火头，打开突破口，一边命令水枪手往官兵身上喷水降低温度，官兵们依次跃入火烧迹地。

风呼啸，火怒吼，扑火官兵和40多名群众被大火冲得七零八散，人们在火海中四处奔逃，随时都有被大火吞噬的危险。

"郝大队长，快回来救我们！"对讲机里传来黄局长几乎绝望的呼叫。

郝江山预感情况危险："袁常青，带你们班跟我回去救人。"

"大家别慌，跟着我们冲！"郝江山一边指挥战士拼命杀开一条血路，一边组织群众迅速突围，然而呼啸的大火切断了退路。郝江山冷静观察着四周，他发现就近有一块近50平方米、植被较为稀疏、地势相对平坦的地带，果断下令："所有人员马上转移到那边的安全地带紧急避险。"

官兵依次卧倒，一名群众因心理素质较差，惊恐地看见冲天的大火铺天盖地，起身准备跑离，被郝江山紧紧按在了身下。

火灭林静，青烟散尽，官兵们拍打着身上的灰尘，群众望着头顶上方被烧成灰烬的树干，惊出一身冷汗。

在警地有效协同下，明火终于被扑灭，官兵们转入清理火场阶段。在西线一处悬崖上，三棵树正冒着黑烟，大风一刮，火星四处飞溅，如不及时清理，必然会引发火场复燃。袁常青不顾个人安危，背负灭火水枪，采取索降方式下降到三棵冒烟的树附近，用水枪一一浇灭。

残阳西落，火场终于达到了"三无"，乡城大队官兵打赢了入川第一仗，交上了一份满意的答卷。

郝江山带领中队主官又巡视了一遍火场，不时在笔记本上记录从这次指挥灭火作战中总结出的有益经验。

官兵们回到营区，立即清理晾晒装备，补充车辆油料和个人给养，以备再战。

元根山灭火作战，是乡城大队乃至支队进驻以来的第一仗，任务完成得很好，上级首长和地方领导都很满意。为了总结经验，查找不足，以利再战，大队开展了"一战一评"。

会上教导员许益民很激动："作为森林部队的新兵，在老部队我也参加过驻地的扑火行动，相对来说，咱们灭火更专业，有装备、有战法，跟作战一样，可以说是大开眼界，也学到了很多东西……"

平时沉默寡言的副大队长郎一瓶也发了言："咱们大队官兵来自3个不同的单位，传统、习惯和队风都不同，可是经过这次打火，我明显感觉到，咱们这个大队官兵真正融合到了一起。"

郝江山激动地说："郎副大队长说的这一点，我也深有感触，确实是这样。咱们这次扑火对部队是一次磨合，一次演练，只能算是险胜。在这里打火，跟东北林区有很多不一样，火场情况复杂、林火变化较大、二次燃烧猛烈、扑火险情较多，同时还存在开进难、扑救难、指挥难和保障难等问题，这些都值得我们深入研究和思考。"

还没说完，值班员急匆匆跑了进来："林业局打来电话，新龙县仁达沟发生火情需要支援。"

6

扑火任务结束后，贺松涛和战友们马不停蹄又开始了防火执勤任务，执勤点中最辛苦的莫过于松多检查站了。松多检查站位于西藏林芝的西大门，是林芝至拉萨段的"咽喉"要道和必经之地，也是木材运输车辆到达拉萨的最后一道关卡，上级特意要求部队和林业部门联合执法，以加强对违法犯罪行为的打击力度。

松多海拔 4370 多米，氧气含量只有内地的 50%，常年飞雪，年平均气温只有零下 5 摄氏度左右，是个"风吹石头跑，氧气吃不饱，四季穿棉袄"的地方。也是森林部队执勤点海拔最高、条件最艰苦、担负林政检查任务最重的检查站，被森林指挥部命名为"高原林政执勤第一哨"。

虽然松多检查站条件艰苦，但是永青带领的这 20 名官兵在执勤时一丝不苟，他们都有一个共同的目标，就是要打造"高原林政执勤第一哨"这个金字招牌。

私自放行 1 根木头和 100 根木头的道理是一样的。这天，阿旺检查完票货相符的大卡车，将票递给司机，并示意梅玉岭放行，就在转身时，突然发现车身下有改装痕迹，随即从工具箱里掏出扳手撬开后箱挡板，四根方木整齐排列，测算后，让司机补交了罚款。又有六辆货车驶来，阿旺手举彩旗示意停车检查，不曾想车队司机加大油门，强行冲过了检查站。

正在此蹲点的贺松涛接到报告，立即带领一个班的兵力分乘两辆小车，风驰电掣般在公路上追逐盗运木材的不法分子。没过多久，就将盗运木材的车队别在了墨竹工卡县境内的一处山下。11 名不法分子见跑不脱，便下了车，手中还拿着藏刀，看见贺松涛他们人少，一名长头发的不法分子扬起手中的藏刀叫嚣着："快放我们过去，不然老子给你们放放血！"

双方正在对峙，另一名不法分子用藏语对长头发低声嘀咕。藏族战士罗松达瓦听到后立即向贺松涛汇报："那个长头发的是头，他们要冲过来，我们要小心。"

"好，那我们就来个擒贼先擒王！"长头发带着不法分子挥舞着藏刀向官兵们冲来，贺松涛轻轻一闪，转身一脚把长头发踹倒在地，立即被官兵们制伏。其他不法分子顿时乱了手脚，纷纷把藏刀扔在地上，一动也不敢动。

回到大队，严重的高原反应折磨得贺松涛像烙煎饼一样在床上翻来翻去，他翻身起床，从抽屉里拿出一个药瓶，取出一粒药片塞进嘴里，喝了一口水，他用手掌砸着脑袋，来回踱着步。

窗外雨落疏桐，屋内灯火昏黄。远在家乡的郝明月此刻也没有睡着，她在一幅地图面前，查找着察隅、松多的名字。拆开一封贺松涛的来信，只有四行诗，是李商隐的《夜雨寄北》：

> 君问归期未有期，
>
> 巴山夜雨涨秋池。
>
> 何当共剪西窗烛，
>
> 却话巴山夜雨时。

郝明月看着用隶书工工整整写的这首诗，禁不住泪流满面，夜不能寐，她完全能读懂贺松涛肩负的重任、思念亲人的苦楚和对美好生活的向往。此时此刻，她更加牵挂远方的爱人，恨不得飞到他的身边，和心爱的人永远在一起……

松多检查站的宿舍内，官兵们围着火炉烤火，廖光彬将一块冰放在水壶里："分队长，冰没有了，我和唐俊去小河拉。"

永青点点头："好，注意安全。"

梅玉岭咬着干裂青紫的嘴唇："我这口腔溃疡都快半年了，也不见好。"

"发的药和维生素片吃了吗？"

"一直吃着呢。"

永青头发脱落，脸膛黑紫，指甲凹陷，青黑的嘴唇裂着血缝，一笑就崩裂流血，他拉过梅玉岭皲裂的双手，又瞅了瞅头发："你还好，头发还在。"

"你这一说我倒想起来了，最近洗头的时候头发一掉一大把，再待几年，我会不会秃顶呀？"

林建波总是乐天派："嘿嘿，秃顶显得聪明，聪明绝顶嘛。"

永青苦涩地笑了笑："后悔来西藏了？我看你干得很起劲啊。"

"我不后悔，说真的，咱们检查站除了缺氧，什么都不缺，大队长考虑得太周到了，吃穿住都想着我们，大队长说下周就为咱们协调高原野营淋浴车，虽然这里天气很冷，但我们的心却是热的，守不好，对不起领导的一片苦心呀！而且我觉得奉献的人生最有价值，我现在每天都过得很有意义！"

阿旺对梅玉岭的话非常赞同："你说的很对，你们有没有发现，最近超载和改装车越来越多了，今天一上午就查了12台车。"

"现在木材涨价了，在林芝600块一方的木料，到了拉萨就能变成1500至1800块一方，建房子用的下架木在林芝5元一根，过了松多检查站就能涨到15元。"

"如果有100%的利润，商人们就会铤而走险；如果有200%的利润，商人们会藐视法律；如果有300%的利润，商人们便会践踏世间的一切！这句马克思的名言，真是道尽了商人的心态。看来，我们以后执勤要更加认真仔细了！"

"现在他们的手段防不胜防，改装轿车藏、用废品掩盖，上个星期还有3次强行冲卡的，幸好都被大队长在另一头截住了。"

"我觉得晚上偷运木头的好像还是要少一些。"永青听见这话，陷入了深思。

深夜，10辆木材车同时抵达检查站，一名司机心里有点忐忑："老板，咱们10辆车都没有运输许可证，这要是过不去，光罚款可就够喝一壶的了。"

"我观察过了，他们一会儿就换岗，趁他们换岗咱们就冲过去。"

"要是冲不过去呢？"

"那就直接上钱！用钱砸，我就不信砸不开。"

寒风中，阿旺和梅玉岭冻得瑟瑟发抖，林建波和廖光彬换岗，看着风雪中执勤的官兵，老板若有所悟："这些当兵的也不容易，冲过去也不好，有钱大家赚嘛，我就不信他们不吃腥！只要他们收了钱，啥都好办了，以后还能长期合作，开车！"

车队在检查站停了下来，胖老板从车上走了下来，脸上堆起几坨横肉，拍了拍随身带的小黑包："兄弟，我这里有一万块，车过了都是你们的，好好琢磨一下，就是一抬手的事。"

梅玉岭一脸正气，摁响了检查站的警铃，战士们倏地从检查站里冲出来，瞬间控制住场面。胖老板气急败坏地怒吼："你们这帮穷当兵的，真不识抬举，如果有一天脱下军装，让我碰到，老子决不放过你！"

梅玉岭义正词严地告诉他们："你们没有运输证，休想从检查站通过。"

凌晨两点，梅玉岭发现检查站对面半山腰数簇灯光忽明忽暗、忽上忽下："分队长，现在都凌晨两点了，他们不会在偷运木材吧？"

永青把红外线夜视仪递给梅玉岭："你可小看他们了，为了利益，他们可是什么都能干出来。"透过夜视仪查看，对面山上好不热闹，偷运团伙正两人一组抬着木头，一点一点往山下运。

"这是'蚂蚁搬家'啊，他们这是想把整车木材化整为零，逃避检查。"永青带领10人迅速上山，到了山坡，查获了偷运的木头并控制了相关人员。

7

天刚蒙蒙亮，永青正带领战士们和林业执法人员在松多检查站联合执法，曾经白皙的脸庞也盛开了高原红，昔日嫩滑的双手也布满了裂痕和老茧。两辆橘黄色的卡车挂着经幡缓缓驶来，梅玉岭和廖光彬手举指挥旗示意停车，前车车厢木材上方漆黑的棺材惹人注目，后车坐了有20多人，随后司机极不情愿地停车接受林业执法人员的检查。

林业执法人员普琼："死亡证明呢？"

司机面无表情摇了摇头："没有。"

"有乡上的介绍信也可以。"

司机又摇了摇头。

"打开棺材！"

这时，后车上的20多人立即跳了下来，气势汹汹地冲到普琼和永青跟前。普琼丝毫没有慌乱："你们要干什么，想闹事是不是？告诉你们，我们是依法检查！快点打开！拒绝检查将不予通过！"

一名年轻人和司机一阵耳语，极不情愿地打开棺材，有几个人还故意遮遮掩掩："这里面外人不能随便看啦！"其他人正咄咄逼人。

普琼和永青靠上前细心地察看着，只见临时拼凑的"棺木"，材质鲜活而潮湿，棺内躺着的尸体胸膛轻微起伏、面色黝黑红润。

普琼心领神会地与永青对视了一眼，从兜里掏出一把钥匙，迅捷向"尸体"的脚心刺去，假尸忽地坐了起来，把不远处的廖光彬和梅玉岭吓了一大跳。

这群人发觉伎俩被识破，司机突然发动车辆准备冲卡，普琼用身体挡在车前面："不卸掉木头，谁也不能走。"另外5名林业执法人员也跑了过来："你们不要闹事！"

偷运者仗着人多势众，其中几人更是气急败坏地从棺材底下抽出木头吓唬执法人员："快放我们过去！"

"不卸，不能走！"

"不让走，打死你，信不信？"

"再闹事，我们可要报警了！"

"我让你报警！"一名愣头青挥着木头朝普琼砸去，其他几名青年也都挥舞着木头砸向执法人员，普琼头被砸破了，鲜血直流，其他几人也被砸翻在地，普琼捂着头："永青，快采取武力！要出人命了！"

围观的车辆和人越来越多，不明真相的群众在违法分子的煽风点火下，朝执勤人员和官兵们指指点点。

眼看一场流血事件就要爆发，检查站备勤官兵迅速携带装备直奔而来，永青走到前面，用喊话器大声喊道："乡亲们，要保持冷静！为照顾生活贫困的农牧民，地方政府允许死者家属拉点木料做天葬使用，但不能超载，更不能装死欺瞒检查。"

群众中有人议论："原来是装死啊！"

永青继续说道："我们执行的是国家法律，任何人触犯法律都要受到惩罚，请你们理解配合。"

在全副武装的官兵面前，20余名闹事群众见势不妙，灰溜溜地走了。

松多检查站没有自来水，饮用水都由战士们轮流到河边去打，今天轮到阿旺和廖光彬去打水，半路突然看见一只白唇鹿从山坡上失足滚落下来。两人飞速跑过去察看，只见它嘴唇淌着血，背部和腹部多处划伤，鲜血直流，发出阵阵悲鸣，由于左前腿受伤不听使唤，它多次想站起来，但又倒下去了，伤痕累累的外体及惊慌、痛苦、无助的眼神，深深地刺痛了两人的心。几百斤重的白唇鹿野性十足，对人有较强的敌意，林建波刚走上前去，它用庞大的鹿角一甩，林建波裤子立即被刮破。

望着白唇鹿流血不止的躯体，大家满脸焦虑，廖光彬提议用背包绳打成强套固定鹿角，再用木板抬到营区进行救治。一会儿，10多名官兵抬着木板上了山，把400多斤的白唇鹿抬回了检查站。

林建波咨询野生动物保护站后，精心给白唇鹿消毒，并敷上消炎药，对伤口进行包扎，将检查站舍不得吃的一把青菜，掺和一些葡萄糖喂给白唇鹿吃。白唇鹿慢慢恢复平静，眼神中充满了温顺和安详，廖光彬试探地问："我觉得它安静多了，把它放在我床上睡吧。"

阿旺直摇头："不行，不行，咱班唐俊的呼噜太响了，晚上吵醒了小鹿可不好。"

廖光彬挠挠头："那怎么办？要不和前段时间救的藏马鸡、红斑羚和猕猴放一起？"

"它们会干起来的。"

永青想了想提议道："在装备库里给它搭个窝吧，那边比较静。"

林建波用木板为它搭了一个圈棚，梅玉岭铺上了厚厚的干草，廖光彬甚至还把自己的绿军被给白唇鹿盖在了身上。

永青给大家介绍："白唇鹿可是国家一级保护动物，数量极其稀少，跟国宝大熊猫一样珍贵，许多人把漂亮的鹿角视为吉祥的象征，一个完整的白唇鹿头标本售价二十万呢，从今晚开始，我们为白唇鹿站岗放哨。"

8

新组建工作头绪多、任务重、要求高，既要多方协调各种关系，抓营房基本建设，又要建章立制，抓遂行任务能力提升。抽组以来，郝江山几乎天天加班加点，经常废寝忘食，有时甚至通宵达旦，带领官兵连续作战。通过大家的共同努力，大队圆满完成了新建任务，赢得了领导和同志们的一致好评。

郝江山因工作成绩突出，被提任为武警康坝森林支队参谋长，这也是他个人与家庭爬坡过坎困难最多、压力最大的关键时期，不仅自己要战胜任务繁重、地域生疏、高原反应等挑战，还要克服父母年迈多病和爱人怀孕住院带来的诸多困难。

仲秋的清晨，天色微明，郝江山正在半梦半醒之间，手机忽然急促响起。郝江山腾地一下坐起来，电话里传来刘亦欣微弱的声音："喂，江山，年终考核完了吗？我可能要临盆了，我马上去医院。"

郝江山顿时清醒了许多，突发的情况使他有点发蒙："预产期不是还没到吗？怎么……"电话传来挂断的忙音。

郝江山迅速穿好衣服，连忙收拾好行李，急匆匆地走向办公楼，把年终考核情况梳理了一番，向支队党委作了汇报，才请假踏上回家的路。

汽车在川西高原公路上疾驰，郝江山焦急地问司机："师傅，还要多久？"

"最快也得 7 个小时。"

郝江山不停地打着电话："周姐，亦欣现在怎么样了？有什么危险吗？"

电话传来周姐的声音："你不要担心，也不用着急，路上慢点，孩子已经生了！"

郝江山仍有些不放心："孩子生了？亦欣怎么样，都健康吧？"

周姐："母子平安，儿子长得可像你，挺乖的。"

郝江山稍稍平静了些，但又有点激动："平安就好，真是麻烦你了，我抓紧时间往回赶！"

川西公路道窄、弯多、坡陡，交通事故频发，有时越着急车越堵，走走停停，直到半夜才到达市区。

郝江山下车后直奔医院，轻轻敲门，值班人员大声吼道："大半夜的，敲什么敲？"

郝江山心情急切："同志，对不起，打扰您了，我爱人在这生孩子了，我想进去探望一下……"

医院值班人员训斥道："这么晚了，我们医院有规定，不让探视病人。"

郝江山苦口婆心恳求："麻烦你行个方便，孩子刚出生，我想进去看看。"

值班人员责怪道："你们这些当兵的，怎么当父亲的，孩子都生了才来？"

郝江山："我在高原工作，刚赶回来，确实很着急，麻烦你行个方便好吗？"

看着风尘仆仆的郝江山，值班人员有点同情："喔，高原回来的，那我就破个例，让你进去，但要小声点。"

郝江山连声道谢后，便火急火燎地朝产房跑去，兴奋、自责、焦急和遐想等心情交织在一起。

产房灯光微弱，郝江山蹑手蹑脚轻挪进去，远远看见刘亦欣旁边放着一个小褓褓。郝江山放下行李箱，轻轻靠上前，刘亦欣微微睁开双眼见是郝江山，顿时眼泪止不住流了出来。

郝江山按捺不住激动的心情，上前吻了一下刘亦欣，给她掖了一下被角，定睛一看小褓褓，儿子眯着一只眼愣愣地瞅着，他轻轻把孩子抱起来，对着他的小脸蛋一阵亲，而后放在床沿边，小心翼翼地打开褓褓。

刘亦欣见状吃了一惊："你在干吗？小心点，别闪着孩子。"

郝江山满脸幸福的样子，打开儿子的褓褓，翻来覆去、从头到脚仔细看了一遍，脱口而出："你看儿子像谁？"

刘亦欣微微一笑："像你。"

"哪里像？"

"脑型和额头都像你。"

郝江山有些激动，呵呵一笑："嘿嘿，我也有儿子了！这是咱俩的杰作。"

刘亦欣看着郝江山那从心底发出的笑容，小声说了一句："看你那傻样。"

"儿子长得真挺结实，这回我心头悬着的石头，也总算落了地。"

刘亦欣皱了一下眉，感觉有些奇怪："咱俩身体这么好，有什么可担心的呀？"

郝江山笨手笨脚地把儿子包裹好，坐到刘亦欣身旁："你不知道呀，我刚去高原，身体反应大，还吃了不少药，后来听你说怀上了，我既高兴又担心，担心孩子的身体呀。"

"别想那么多，该属于你的，跑也跑不掉，不属于你的，求也求不来。"

郝江山凝视着刘亦欣面容憔悴的脸，握紧她的手，压抑了十个多月的心情，现在总算可以放松一下了。

"亦欣，我真的很内疚，都没看着你怀儿子时的大肚子。"

"是有些遗憾！你工作那么忙，我也不能难为你呀。"

"亲爱的，让你受苦了，谢谢你！"

刘亦欣身体还比较虚弱，说话久了感到有些累："你也累了好多天了，快点休息一会吧。"

郝江山美滋滋地看着儿子睁一只眼、闭一只眼，那个小嘴巴一动一动的，有时用舌头舔一舔嘴唇，心中有说不出的幸福和甜蜜。

在医院住了五天，刘亦欣便出院回了家。岳父刘先河用拨浪鼓在逗外孙，郝江山认真翻看着字典："儿子都出生一周了，咱们给他起个名吧？"

刘先河停下拨浪鼓："给小孩起名，只要叫着顺口，听着顺耳就行。"

刘亦欣反驳道："那也不能太随便了吧，儿子这么乖，咱们的千个祝福，万个希望，都得包容到这两三个字中，该起个好名才是。"

郝江山思索了一会，提议一个主意："最好我和亦欣的名字各取一个字。"

刘先河却信口说道："外孙的小名，我看就叫小核桃吧？"

郝江山欣然同意："核桃，是宝疙瘩，长寿果，没有华丽的外表，却有充实的大脑，这名取得好。"

刘亦欣连忙插话："小核桃的核字谐音为和、合二字，还有驱邪避灾、保佑平安之意，真不错！"

刘先河开心一笑，调侃道："哈哈，我给外孙起了个小名，大名就由你俩取。"

郝江山思忖了一会，信心满满地说道："那儿子的大名就叫'郝天'吧，希望我们的日子一天天越来越好，守望的天空越来越蓝。"

"好，好，就这么定了！"整个屋内弥漫着欢笑声。

由于长期两地分居，郝江山想尽一切办法来弥补对家人的亏欠，每天总是早起晚睡，忙里忙外，学做月子饭菜，给儿子洗澡换衣、洗晒尿布，整天乐此不疲，沉浸在幸福和喜悦中。

家人相聚、喜得虎子是幸福的，但对军人来讲，幸福是十分难得的，也是非常短暂的。郝江山假还没休完，就接到了州森林防火指挥部电话，全州将在本月下旬开展一次乱砍盗伐和滥捕滥猎专项整治活动，要求他带领支队 80 名兵力配合森林公安展开行动。

郝江山心里琢磨着如何既不影响工作，又能帮刘亦欣月子期间渡过难关，他思考再三，决定向年迈的父母亲求援了。

父亲郝胜茂和母亲接到电话后，老两口肩扛手拎大包小裹，匆匆忙忙赶来了，边放东西边说道："本想把家里安顿一下就过来，没想到你走这么急，还是工作要紧，有我和你妈在，你就放心去吧，带孩子你妈比你有经验。"

临别家人时，郝江山那些不舍和难过，全都融进了一个拥抱，一个眷恋的眼神和止不住的泪水里。

送走郝江山后，老两口就跑进卧室，不一会儿卧室里传来江山妈逗孩子的欢笑声。

江山妈打开一个个包裹，拿出家乡的土特产，像摆摊一样逐个介绍着："这些东西都自个家种的，虽然长得不好看，但没有污染过，也没有用过农药和化肥，纯绿色食品。"

刘亦欣笑了，老两口见到孙子非常高兴，一家人其乐融融。

第二十二章　抗击非典

1

雅乐市地处四川盆地与西藏高原过渡地带，自古有"川西咽喉""西藏门户"之称，是南茶马古道的起始地，因其地貌复杂多样，气候温暖湿润，野生动植物资源非常丰富，而这些珍贵的野生动植物也成了盗伐盗猎分子眼中的巨额财富。

由公安和森林部队组成的车队在雅江林内急速行驶。郝江山和森林公安刘局长坐在指挥车内："这次'生态金盾 1 号'，是近年来川西林区规模最大、整治范围最广的一次专项行动，可能遇到的危险和困难比较多，你们要做好充分的思想准备。"

郝江山沉着而自信："没问题，我们已经做好了准备，各行动分队已进行了深入思想发动，仔细研究了处置对策和措施，集中组织了专业训练。"

郝江山和刘局长、刘学林等停车，观察着两棵树干泛白、枝叶枯黄的红豆杉。只见这两棵树的树干部分均被剥去了树皮，伟岸的身躯上伤痕累累，树干上有明显的刀斧痕迹，红豆杉美丽的叶子多数已经枯黄，只有小部分还残存着绿色。

刘局长痛惜地拍着树干："红豆杉树长得慢，这两棵都是野生的，这么粗，起码有一百年了。"

郝江山感叹道："一百年，这两棵树挺过了多少灾难，却没挺过贪婪之人罪恶的双手。"

官兵们轻抚着树叶，与森林打着招呼，红豆杉的绿色条状披针沿叶茎排成两列，相思豆一样的红红果实挂在叶间。

刘局长边走边查看着红豆杉林："近年来，剥红豆杉皮，盗伐崖柏的事件时有发生，咱们这儿的红豆杉大多分布在崇山峻岭间，保护区人手存在严重缺口，鞭长莫及呀。现在青壮年都外出进城打工，各村庄留下的只有老人和孩子，即使有情况也不能及时处置。"

郝江山惋惜道："这一带名贵木材和树种已经很稀少了，我们绝不能让前辈骂我们是'败家子'，后人骂我们是'窝囊废'，对乱砍盗伐的违法行为，我们要坚决打击，绝不姑息！"

"据可靠情报，最近发现有不明身份的人经常进出红豆杉林，可就是始终没有发现偷运木材的车辆，我觉得有点奇怪。"

车子已经进入森工局的林场，离红豆杉林不远的地方。院子也空了起来，破旧的铁门紧紧锁着，大家瞟了一眼就过去了。

"快看，在那个平台上有几个穿着红色衣服的人，好像在休息。"

刘局长立即命令车子放慢速度："我们边走边观察，不要停下来，用望远镜在车里看看他们，能不能发现什么异常？"

车子在继续慢慢缓行，郝江山用望远镜仔细观察着那几个人："刘局长，我看到了，在他们周边发现两把红色高把油锯和一捆绳子。"

"看清楚了？"

"看清楚了，肯定是砍伐木材的。"

"不要着急，你慢慢把车子迂回到山梁后面，不要停车，现在盗伐者肯定发现我们了，要让他们感觉我们是过路的，如果一旦发现我们的意图，就前功尽弃了。"

车子慢慢驶入山梁背后，找了个隐蔽的地方把车辆停好，官兵们携带武器和警具，在刘局长的带领下，从山梁背面慢慢靠近盗伐者。

刘局长对着盗伐者大声吼道："你们是干什么的？"

盗伐者被这突如其来的执法人员着实吓了一跳，一个个惊讶异常。

一个老乡站出来，吞吞吐吐说道："我们是山下的，家里的房子快倒了，才找了几个邻居帮忙，伐几根木头准备维修一下。"

"把你们的采伐证拿出来看看，你们砍伐的木头在哪里？带我们去看看！"

"还没开始呢，这不，刚上山就遇见你们了。"说到这里，老乡明显有些慌张，眼光也不敢与执勤官兵对视，不时地向同伙传递眼神，心里有鬼。

"走吧，砍都砍了，情况说清就行。"

郝江山带着几名战士，在附近周边寻找盗伐的红豆杉，刚走了几步，几个老乡紧张了，一下子跪在了地上。

"咔叱、咔叱、咔叱、咔叱（藏语：求求你了），我们错了，我们不是修房子砍伐木材的，饶了我们吧，我们家人有重病，家里经济困难，一时糊涂，偷偷砍了几棵红豆杉，我们全部上缴，全部上缴。"

这下把刘局长激怒了："简直就是利欲熏心，你们是不是掉到钱眼里了，多可惜呀，你们知道这树有多珍贵吗？得多少年才长这么粗，家庭困难政府可以救济呀，为什么非要砍这些树？"

这老乡又是给刘局长鞠躬又是作揖的："领导，求求你了，我们都是一时糊涂，听了别人的误导，说现在红豆杉市场价格非常高，拉出去就直接给现钱，来钱非常容易。"郝江山看见这一幕摇了摇头。

刘学林带领巡护小分队在林内徒步巡逻。傍晚金黄的阳光下，一头高大的麋鹿顶着美丽的大角，角上挂着一些枝草，看上去像是会移动的树，它停了下来，远远透过灌木丛的空隙向官兵们张望。

"看，一只麋鹿！"

"这就是姜子牙骑的'四不像'吧？"

刘学林有些感慨："对，这些麋鹿都是归国'华侨'的后代，中国是麋鹿的原产地，但是这群曾经和家猪一样繁盛的动物，1900 年在中国本土灭绝了。大量猎捕是一方面，由于人口增加，许多沼泽或低洼荒地被开垦成农田，它们失去了栖息地和容身之所，从而成为平原地区最早的生态灾难的牺牲者。"

夕阳渐渐西下，麋鹿还在泛着金光的草地上悠然自得、闲庭信步，时而低下头啃食水草。

"它们的祖先还出国留过学？"

"八国联军侵华时，英国人将麋鹿带回英国，后来又将繁育出的部分麋鹿送回了中国，这只就是它们的后代。"

"看来这里适合它们生存啊。"

刘学林点点头："适合生存是一方面，全社会的生态意识增强也有关系，如果再不保护生态，麋鹿还会灭绝。"

巡逻至半山腰，突见三名盗伐者慌乱向山顶逃窜。见此情形，林业公安和中队官兵迅速兵分三路，对盗伐者实施追捕。战士们在海拔近 4000 米的地方执勤，极度缺氧、陡峭异常的高山上，强忍着呼吸困难、胸闷头痛，手脚并用，一点点地拉近与盗伐者的距离，历时 45 分钟，终于在翻越两座山头后将其抓获。

2

雅乐的林政检查站内，郝江山正在地图上分配任务："10分钟后咱们在林业主管部门和林业公安的带领下，按划分小组到这5个检查点，对过往的车辆和行人进行检查，大家要严格按照国家政策法规，科学灵活处置，不可逾越法律界限，特别是带队干部要把握好尺度，随时请示报告。"

过往人员看到检查站突然多了几个身穿迷彩的武警战士，心里头开始警觉起来。这里是通往外面的唯一出路，所有的车辆和人员必须从这里经过，逐人逐车接受检查。前面驶来了一辆农用拖拉机，上面装着一个大水箱，后面还在不停地滴着水点，被执勤官兵拦了下来："同志，请停车熄火，接受检查。"

村民停车但未熄火："你们干啥子拦我的车哦？我是在前面村子里的，这几天井干了，这是我在前面的山沟沟里拉的水，你们放我过去嘛。"

林业公安走了过去："你好，同志。根据州里的部署，我们近期依法对过往车辆进行检查，请配合！"

看到有穿着制服的公安人员上前说话，这位村民心里开始惊慌起来，大声说道："你们检查啥子东西哦？我的拖拉机是专门拉水的，除了装水，也装不了任何东西。"

"既然装不了任何东西，看一下也无妨。"执勤官兵不卑不亢。

村民声音越来越大，开始有点不耐烦起来："有啥子好看的嘛，你们就放我过去嘛。"

"所有车辆必须接受检查！"

正在巡查的郝江山，立即下车走了过去。村民看到有三名官兵向这边走来，心里更慌张了，语无伦次地大声骂起来："你们当官的欺负老百姓嗦，我们拉水吃，你们都要检查一下，有点权有啥子了不起的嘛，我不过去了！"

村民正准备把车掉头，郝江山突然上前把车熄了火。林业公安人员和官兵们都围了过来，看到情况不妙，村民开始服软地说道："好嘛，好嘛，你们检查，看有啥子没得？"

村民很不情愿地往车厢后尾走去，主动打开拖拉机车上的水箱，车上的水不停地往地上流，刚开始水流还比较大，不一会儿水越流越小了。

郝江山疑问道："这么大一个水箱，就装这么点水？"

村民讪笑着说："能装 8 吨水，不过今天就我一个人来拉水，没有装那么多，够我们一家人用就行了。"

郝江山靠前用警棍敲了敲箱体，感觉声音有些发空，再往车尾箱一看，发现水箱底下有个阀门，能把水箱铁皮挪开。

"你把这个阀门打开，让我们看看水箱里面装的是什么？"郝江山手指着水箱的阀门说道。

村民紧张地说道："不……不行，不行，这个阀门是固定的，不能打开，打开水箱就坏了。"

此时，在场的所有人都感觉到了水箱里面的不寻常，一定有不可告人的秘密，在林业公安人员和官兵们再三要求下，村民很不情愿地打开水箱的阀门，一块块半成品的原木浮现在官兵面前。一名战士好奇地问道："参谋长，这是什么木头？"

郝江山看着木头解释道："这种木材叫琴木，能制作大提琴、二胡等乐器，商业价值比较高，每立方米能卖到万把块钱左右，在我国比较少有，现在国家出台相关规定禁止进行买卖，不法分子看到了琴木的商机，想方设法进行盗伐、倒卖，给国家森林资源造成了严重的破坏。"

在铁一般的事实面前，村民顿时哑口无言，等待他的将是法律的严惩。

3

"生态金盾"行动开展以来，郝江山带领官兵们雷厉风行、秉公执法，得到上级部门的一致好评，随着行动覆盖面的扩大，更多暗藏的犯罪链开始慢慢浮出水面。

捕鸟的天网下，一个黑瘦男子将一只猫头鹰取下。远处的草丛中，刘学林用随身带着的相机对准取鸟的男子，拍照作为证据。

袁常青欲起身采取行动，被刘学林制止："先不要动，参谋长说要顺藤摸瓜。"

黑瘦男子取下鸟慢慢走下山坡，刘学林："袁常青，一会儿等他走远了，你跟上他。"

黑瘦男子消失在森林中，袁常青刚要起身，刘学林劝阻道："等一会儿，又有人过来了。"

一个背着孩子的村妇走到天网下，四处瞅了瞅，从兜里掏出一把剪刀，将天网剪断。

"走，跟上去。"跟了一段时间，他们到了马江镇的一个餐馆。

傍晚的马江镇，落日的余晖还未完全褪尽，一排排明亮的路灯已经亮起，五颜六色的霓虹灯和商店招牌争相闪烁，一座座各有特色的酒楼、餐馆熙熙攘攘，街上人潮涌动，呼喊声此起彼伏。

二姐饭店位于马江镇西头，门脸不大，庭院却深，前临路，后靠山，做餐饮位置实际有点偏，但它却天天宾朋满座，颇有几分"酒好不怕巷子深"的味道。二姐饭店这么火，是因为它有自己的经营门道。饭店老板娘李二姐长得颇有几分姿色，加上长袖善舞，结下了三教九流各种人物，黑道白道都混得开，同时饭店特色主打野味，天上飞的、地上跑的、水里游的，只要你有钱，基本都能满足需求，迎合了部分人贪吃野味的"猎奇"心理。

一位油光满面的客人走进二姐饭店，径直来到前台："老板娘，最近生意怎么样啊？"

李二姐笑着迎了上去："哟，是孙老板，您可有段时间没来了，妹子都想你了。"

"我有啥好想的，想我兜里的钱吧！"孙老板打趣道："最近有啥好货？"

"跟我去看看就知道了，您自己挑。"李二姐边说边带着孙老板往后院走，来到一个库房，搬开一个货架，漏出一道暗门。两人依次钻进去，只见暗室内墙上挂着各种风干的野生动物，铁笼子里各种野生动物和鸟类紧张不安地叫着，上蹿下跳。

"哥，您随便选，咱们店刚从广东星级大饭店请来一个大厨。"

孙老板挨个走过："这也没啥好东西嘛，后背朝天的我全都吃过了。"

李二姐赶紧恭维道："那可不，您吃的动物都能建好几个动物园了，再要稀奇古怪的就只能吃人了！"

孙老板眯着眼奸笑："我看你这样的美人就不错。"

"去你的！"李二姐扭着腰肢，风情万种地推了孙老板一把。

孙老板乐呵呵地摸着他的地中海，拍了拍一只铁笼子："今天就给我来个猴脑吧！"

刘学林火速将情况汇报给支队，请求派人搜查二姐饭店，官兵们抵达后，刘学林带着袁常青穿着便装进了二姐饭店。

"二位里边请，想吃点什么？我们这啥都有。"李二姐热情地招呼上来，半露的事业线让两人不敢直视。

"你们这里有什么特色？"刘学林试探着问。

"我们的特色主打野味！"李二姐指了指一块立在前台旁的黑板，上面写着："今日特色供应：穿山甲、马鹿、娃娃鱼、野猪、山鸡。"

刘学林用对讲机命令道："各组下车进屋检查。"

见一队武警森林官兵穿着制服进来，李二姐神情稍微慌了一下，但马上镇定下来："二位这是干啥呢？现在管得这么严，谁还敢干这违法的买卖？我们这也是挂羊头卖狗肉，用养殖充当野生的。"

"不管你是养殖的还是野生的。"刘学林边说边把一张搜查证在李二姐面前摊开："根据州委州政府的统一部署，我们要对各饭店有无买卖食用野生动物进行检查，请配合！"

"肯定配合，肯定配合！保护野生动物是每个公民的义务嘛。你们随便检查，动静小点就行，别影响到我们顾客吃饭。毕竟我们这开饭店的，名声最重要！"李二姐满脸堆笑地将官兵往里面迎。

官兵们将二姐饭店里里外外、前前后后搜了个遍，什么也没有发现。刘学林只能带着官兵失望地离开了饭店。

李二姐得意地倚在门口，高声喊道："不送了啊，兵哥哥，下次到饭店吃饭给你们打折！"

刘学林暗自责怪自己的草率鲁莽，应该多从李二姐嘴里套点信息，看看他们把野生动物藏在哪里，今天只看个招牌就进去搜，不仅没什么收获，还打草惊蛇，同时也从心底感叹李二姐真不简单。

"参谋长，搜查没有发现什么情况，但我肯定这个二姐饭店有问题！"刘学林沮丧地向郝江山汇报。

4

刘局长坐在郝江山的指挥车里，后面依次跟着森林公安、武警森林运兵车和装备车。根据可靠情报，目前有一伙盗猎分子正在山中盗猎，此次的任务，就是找到他们并实施抓捕。

道路泥泞蜿蜒，路旁草木滴翠，郝江山正和刘局长商量着任务细节，突然一只野兔跑过路面，驾驶员紧急刹车，两人的身体不自觉地往前冲，差一点撞到前面的座椅靠背。车子停稳后，众人也各自从车上下来。

刘局长指着远处说道："这里是野生动物活跃区，也是盗猎分子捕捉野生动物最佳地点，我们就从这里悄悄进去，争取有所收获。"

郝江山点头表示同意，一行人轻手轻脚走进树林。明晃晃的阳光透过树叶缝隙，洒下一条条光影，树林里静得出奇，只听得见脚步的窸窣声和微风拂过树梢的沙沙声，偶尔几声鸟叫，让整个山林显得更加空旷宁静。

大家走了一段距离，官兵们发现在一块空阔的草地上有一只腿被拴着的鸽子，翅膀在不断扑哧，却怎么也飞不走。袁常青跑过去弯腰解开鸽子腿上的绳子。

"等会儿……"刘局长的话还没说完，一张巨网从天而降，将袁常青结实地扣在网内。

"常青，你这是老马失蹄啊！"刘学林急忙带领一名官兵过来用匕首割破捕鸟网。

袁常青这会儿解开了鸽子："原来是个诱饵，我先着道了！"

"你们看这张网的网绳粗、网眼大，主要是用来捕捉隼、鹰等大型猛禽的。"刘局长叹了一口气："人啊，有时候为了一点利益，什么招都能想出来，什么都能发明出来，聪明没用对地方，就成了祸害！"

官兵们继续巡逻搜索，突然发现树林里一个人影时隐时现，郝江山命令大家采取扇形队形搜索前进，翻越过一个小山坡，突然听到前面山崖下有说话声，郝江山、刘局长和官兵们埋伏在树丛中，紧紧盯着前方动静。

官兵们欲上前采取行动，被随行的刘局长示意制止："不着急，我们就在此守株待兔，等着鱼儿上钩！"

天色渐渐暗了下来，林间也泛起阵阵凉意，官兵们慢慢靠近山崖边。忽然有道手电筒光在晃动，大家的神经瞬时紧绷起来，借着手电光勘察，发现悬崖下有个山洞，几名盗猎分子正将藏匿在山洞的货物装在编织袋里，准备趁着夜色运出去。

郝江山迅速进行人员分工，四名战士从洞左侧靠近，每两名战士控制一个嫌犯。另一组由中队长刘学林带五人从右侧强行突破，视情进去洞内抓捕。

官兵们悄悄地摸向洞口，刘学林手持八一步枪首先冲了上去，其余战士紧随其后。一名盗猎分子抄起手中木杠向刘学林扫来，刘学林眼疾手快，用枪一挡，顺势抬起一脚将其踹翻在地，一个箭步上去用枪抵住其头部，很快将其制服。其他盗猎分子见武警森林官兵荷枪实弹，也乖乖放下手中武器，整个战斗过程未费一枪一弹，五名盗猎分子全部被生擒，现场缴获双管猎枪3只，动物套索80余套。经清查，他们共套死保护动物藏羚羊3只、雪豹2只、白唇鹿7只，砸死狗熊1只、野猪2只。

经过森林公安对五名盗猎分子突击审讯，他们交代捕获的野生动物大多卖给了马江镇的二姐饭店，再由二姐饭店转销南方。

郝江山攥紧拳头，下定了决心。又是二姐饭店，看来这个二姐饭店就是个经营、贩卖野生动物的窝点，必须端掉！

自上次对二姐饭店的搜查出师不利后，刘学林改变了策略：李二姐在马江镇也算是个人物，常规检查肯定什么都查不到，看来只有出其不意才能有所发现。他安排袁常青在二姐饭店对面的招待所开了一个临街双人间，日夜轮流观察二姐饭店的一举一动和进出人员，另外两名官兵在后山用望远镜观察饭店后院，希望找出些有用线索。通过十余天暗中观察终于有了发现，原来二姐饭店大堂是正常营业，想吃野味得从二楼走廊连桥到另外一栋楼的包间；收购野生动物都是走后门，收到的野生动物统一关在了后院一个库房里。

摸清情况后，刘学林经请示支队批准后，决定收网。他安排四名战士守住前门，自己带领八名战士越过后墙跳进院内，正碰到李二姐提着一个黑色袋子往前面餐馆里走。

李二姐这次是真被吓到了，回身把袋子往库房一扔，堵在门口："哟，又是你们几个啊？"

刘学林命令她走开，李二姐眼睛一抬，扭动着肥腻的身段："咋的？还想对我动手啊！你动下试试，我可喊你们非礼了啊。"

刘学林指了指胸前的执法记录仪："喊吧，我们录着像呢，再喊给你加一个污蔑和妨碍公务的罪名！"

李二姐马上转变脸色，笑脸相迎："嗨，我跟你们闹着玩的，先到饭店包厢里坐坐怎么样？我表示一点心意！只要你不报告，谁也不会知道，你放心，我李二姐绝不会亏待你们！"

"你以为所有人都跟你一样？"刘学林命令两名战士将李二姐控制起来，很快在库房里找到暗门，查获的野生动物令人触目惊心。见事情败露，李二姐一下瘫倒在地上。

5

美丽的康坝高原，平坦的草地犹如一幅辽阔无边、五彩缤纷的大地毯，天空中无数银白色的云团，飘忽闪烁，白玫瑰花般随风飘荡。在高原与山林的结合处，有一排低矮木屋，一个出生不久的婴儿正躺在摇篮内熟睡，不远处的村妇跪在佛像前，手捧佛经正在虔诚诵持。

村妇合上经书，恭敬地将经书放在佛龛上。此时，刘学林和战友们正在开展森林防火和野生动植物保护宣传勤务，他敲了敲村妇家的门："请问，有人吗？"

村妇起身打开门："你们……有什么事吗？"

袁常青递过几张宣传资料："你好，大嫂，我们是武警森林部队的，正在进行森林防火和野生动植物保护勤务，这是宣传资料。"

"我们用火很小心的。"村妇接过资料看了看："要是打了野生动物有什么罪过？"

袁常青熟练回答："根据《刑法》第三百四十一条规定：非法收购、运输、出售国家重点保护的珍贵、濒危野生动物及其制品的，均处五年以下有期徒刑或者拘役，并处罚金；情节严重的，处五年以上十年以下有期徒刑，并处罚金；情节特别严重的，处十年以上有期徒刑，并处罚金或者没收财产。"

"不同的动物有不同的标准，我们这里还有一本画册，上面介绍得很清楚，您看看就知道了。"刘学林补充了几句。

袁常青掏出一本画册递给村妇："您要是发现有人非法捕杀、砍伐野生动植物，可以打上面这个电话报警。"

村妇连忙点头："好的，进来喝口水吧。"

"谢谢，不用了，我们还要去别的村子。"

刘学林和袁常青走后，村妇急忙打开宣传画册，里面一个个熟悉的动物，一条条严厉的惩罚标准，让这个信佛的妇人心惊胆战。这时，一个黑瘦的男子鬼祟地拎着土枪和一个编织袋打开屋门："婆娘，刚才那俩当兵的来干啥？"

"他们说是武警森林部队的，宣传防火和保护山里的野生动植物，你看这还发了一本宣传手册。"

黑瘦男子接过宣传手册随手翻了一下，便扔在桌子上，走到窗户口向外望了望，将编织袋打开一个小口："过来看看这是什么？"

村妇朝袋子一看，倒吸了一口凉气："你怎么连猴子也打了？这画册上说了，这种猴子是国家保护野生动物，犯法的！"

黑瘦男子瞪了村妇一眼："头发长，见识短，你以为，你前段时间做手术的钱，是大风刮来的？这只小猴崽炖汤最下奶了，这个你得喝，饿着我儿子，我可跟你没完。"

"这猴子就跟人一样，伶俐得很，你也积点德吧，我是不会喝的。"

"由不得你，灌我也给你灌进去。"黑瘦男子掐着小猴子的脖子，遍体鳞伤的猴子发出吱吱惨叫声，眼中充满了恐惧。男子将小猴子摁在案板上正要下刀，忽然一块石头飞来，砸破了厨房的玻璃，两只成年的猴子正在栅栏边急躁跳动，挑衅地看着他。

"日你先人板板，今天该我发财啊。"黑瘦男操起门口边的土枪追了出去，刚跑出没多远，就听见村妇撕心裂肺地哭喊："我的孩子，我的孩子，还给我！"

"怎么回事？"黑瘦男转过身跑回来。

"儿子，儿子，我的儿子。"村妇披头散发惊恐地指着森林。

"儿子怎么了？"

"被猴子抱走了。"

黑瘦男愤怒地边追边骂骂咧咧："畜生！老子今天非剥了你们的皮不可！"

夫妻俩循着孩子的哭声进了密林，群猴攀在悬崖上，一只体形较大的猴子抱着褓褓，怒视着夫妻俩。

黑瘦男举枪欲射，村妇急忙拦下："你打到它，儿子也活不了。"

村妇欲哭无泪，挥动拳头朝黑瘦男砸去："都怨你，都怨你，猴子来报复了。"

绝望的村妇跪在地上祈祷："南无大慈大悲的观世音菩萨，救救我的孩子，南无大慈大悲的观世音菩萨……"

黑瘦男急得哇哇直叫，突然一只猴子从背后将土枪顺走了，用它那灵巧的小手摆弄着，黑洞洞的枪口直冲夫妇俩人。

黑瘦男扑通一下跪在了地上，紧张地看着猴子，冷汗直流，抢枪的猴子傲慢地看着他，好像在说，你终于尝到害怕的滋味了吧。猴子无意中扣动了扳机，"叭"的一声枪响，子弹将黑瘦男肩膀上的衣服打出一个破洞，黑瘦男一声惨叫，吓得昏死过去。

猴群从悬崖上爬下来，走到祈祷的妇女跟前，被捉的小猴子不知什么时候已经趴在了猴王的肩膀上，它将襁褓还给了村妇。村妇惊喜地接过儿子，一把揽在怀里。猴群呼啸着钻进了山林。

不知过了多长时间，黑瘦男起身摸了摸自己的脑袋，看着旁边喂奶的婆娘，捡起一块大石头朝土枪砸去。

6

松多检查站条件依然艰苦，用水需要在河中砸冰取水，也没有什么像样的娱乐设施。宿舍内，风湿性关节炎发作疼得厉害的林建波，正捧着一本针灸的书，把银针往自己腿上扎。分队长永青手里拿着与妻子和女儿的合影照片，陷入甜蜜的遐想之中。廖光彬从床头柜内拿起一个红苹果闻了又闻，舍不得吃又放了回去。阿旺手里捧着一本诗集在认真地看着，廖光彬凑上前："阿旺，你看的是啥呀？"

"一本诗集。"

"从哪弄的，图书室里的书我都看了，也没见过这一本。"

"前天有两个骑自行车来西藏旅游的驴友，被野狗追得紧，那天正好是我执勤，我就帮他俩把野狗赶跑了，这俩驴友挺感激的，送了一本诗集，还要邀请我去看天安门呢。"

"01，我是04，一辆木材车不经检查冲卡逃跑，颜色为深蓝，车型为江淮商务，车号覆盖，请迅速派车追赶。"

检查站哨音急促，分队长永青迅速带领官兵驾车拦截。200米、100米、50米……载着木材的车辆只得靠边停车接受检查，官兵将无任何手续的车辆和40余根下架木扣留。

自治区全面实施农牧民"安居工程"以来，林芝地区担负着向拉萨、山南、日喀则、阿里等地的木材供应任务。少数不法分子为高额利益所驱使，想方设法偷运木材，但无论他们怎么变换手段，始终逃不过执勤官兵的火眼金睛，松多检查站成为他们不可逾越的屏障。

为加强与藏民之间的联系，林芝大队与林芝儿童福利院结成共建单位，旨在帮助更多的藏族孤儿找到温暖的家。小梅朵是林芝儿童福利院的一名孤儿，父亲是一名公安干警，在保护藏羚羊的行动中牺牲了。贺松涛知道这个情况后，便主动找到福利院的白玛院长，与小梅朵结成了资助对子，只要有空，他就会带领官兵们到福利院看望这些孤儿，并为他们送去书包、衣服、水果等物品。

"贺阿爸，你怎么还不来接我啊？"六岁的小梅朵拨通了贺松涛的电话，撒娇地说。

"等阿爸忙完了，中秋节就来接你们好吗？"贺松涛许诺道，工作中雷厉风行的他，在生活中却是个亲切温和的人。

中秋节很快到了，林芝大队的官兵们在学习室将学习桌围成简单的小舞台，桌子上摆放着瓜子、糖块和水果，黑板上用彩色粉笔写着"警民联欢会"。贺松涛履行了他对小梅朵的承诺，把福利院的小朋友们都接到队里过中秋节。

福利院的小朋友在为官兵跳藏族舞蹈，脸上带着开心的笑容。一曲结束，小梅朵欢快地跑到贺松涛跟前："贺阿爸，我跳得好不好看？"

贺松涛捏了捏小梅朵的脸蛋："好看，跳得真好看，我的小梅朵真是越来越好看了，阿爸这次给你准备了月饼和新衣服，喜不喜欢？"

"喜欢，谢谢贺阿爸！"梅朵欢快地跳到贺松涛的腿上："郝阿妈什么时候来看我？"

贺松涛亲了亲小梅朵的额头："郝阿妈也想见你呢，这几天就快到了。"

空渺的蓝天下，一座座雪山连绵起伏直刺苍穹，与迎风招展的五彩经幡交相辉映，把高原装扮得格外靓丽厚重。连绵上百公里的傍山险道，往上看，望不见耸入云端的山峰；往下看，万丈深渊难见底。

一辆小客车行驶在公路上，凌厉的风雪恶狠狠地砸在车窗上，车内只有三名乘客，郝明月望着远处的雪山。她与贺松涛已经两年没有见面了，这次只身进藏，就是去看望自己的丈夫，还有他经常提起的小梅朵。

因雪大路滑，车辆忽然侧翻在雪堆中。小客车司机砸开驾驶室的玻璃，钻了出去，他又砸开了其他玻璃："我马上救你们出去，有没有受伤的？"

"我没什么大事。"

在司机的帮助下，郝明月钻出车窗，一股寒流瞬间袭遍了全身，风像刀子一样刮得脸生疼，她跳下车使劲紧了紧衣服，用围巾包裹着脑袋，又转过身帮助另一名女乘客跳下车。

郝明月大脑一片空白，身体也渐渐不听使唤，掏出手机一看，没有一点信号。到处是白茫茫一片，能见度不足五米，高达三米的公路路标仅露出一个头。

司机这时也顾不得自己侧翻的小客车，因为有更大的危险摆在他们面前。他看了看表："现在三点半了，咱们四个人天黑前必须翻过雪山，要不然会有很大的危险。"

风越刮越大，雪越积越厚，四人在风雪中深一脚、浅一脚地艰难行进，手和脚全被冻得又痛又麻，头发、睫毛上也结了冰。郝明月咬着牙坚持着："师傅，还有多少时间能翻过去？"

"照这个速度得八点多。"

天黑之前，他们终于翻过了雪山，司机紧张的神情终于有所放松："前面10公里处有一处道班工棚，我们可以去那里休息休息。"风雪中，司机和另一名男乘客架着郝明月蹒跚前进。

凌晨两点多，四人终于到了道班工棚，郝明月的腿脚已完全麻木，司机有气无力地敲着工棚的门。

一名工人披着羊皮大衣打开门，一阵风雪呼啸着钻了进来，他不自觉地往门后躲了躲："你们从哪儿来的？"

"我们的车翻了，从山上走下来的。"

工人惊讶道："你们是走过来的？怎么翻过的雪山？你们几点从山上下来的？这都凌晨两点多了。"

四人瘫软地坐在地上，司机直摆手，显然已无力回答了。工人从惺忪中清醒了过来："快把湿衣服脱了，我去给你们煮几包方便面暖暖身子，给你们准备床铺。"

天色微微亮，风雪停止，天空放晴。一辆越野车驶来，郝明月赶紧挥手拦车，越野车停了下来："能不能带我们3人，我们要去林芝。"

司机有些不太放心地看了看郝明月和其他两名乘客。郝明月："我老公在林芝当兵，能不能帮个忙？"

"军属吗？来探亲的啊，好，上车吧。"

山路上弯多路窄，暗冰遍布，防滑链也起不到多大作用，越野车像蜗牛一样缓慢爬行，车上每个人的神经都高度紧张，郝明月的心跳得很快，嘴里不停地倒吸着凉气，突然车子来了个360度的大转向，失去控制的车辆向悬崖侧滑。司机紧紧地把着方向盘，手心里全是汗水。车子滑行五米左右，被公路边上的防护水泥柱挡住。郝明月下了车，发现车尾已严重变形，如果没有防护栏，车子早就掉在悬崖下了。一路险情不断，好在安全到达了林芝，郝明月暗自在心里感叹着自己福大命大。

见到贺松涛，郝明月顾不得满身的泥和满头的水，一头扑到贺松涛的怀里哭了起来。贺松涛满心愧疚，紧紧地抱着郝明月，留下了男人伤感的泪水。

自从知道郝阿妈要来看望自己后，小梅朵显得异常兴奋，下课后经常望向福利院门口，盼望着早日看到阿爸阿妈的身影，也不时猜想郝阿妈长什么样子，会不会喜欢自己。

这天，白玛院长把小梅朵叫到办公室："梅朵，看看谁来看你了？"

"是阿爸阿妈！"小梅朵开心地跑过去牵住贺松涛的手，两眼却一直盯着郝明月："哇，郝阿妈，你真漂亮。"

郝明月抱起梅朵："梅朵更漂亮，阿妈给你带了新衣服和玩具。"

梅朵接过衣服和玩具，开心说道："谢谢郝阿妈。"

"梅朵非常聪明，非常好学。"

梅朵迫不及待地打开书翻阅着："贺阿爸，这个字念什么呀？"

贺松涛蹲下，温和而耐心地教着梅朵："这个字念'树'，树木的树。"

郝明月摸着梅朵的头："我们要是有一个这么聪明的孩子就好了。"

贺松涛与郝明月对视了一阵，认真地对梅朵说："我的小梅朵，我现在问你，你愿意跟着贺阿爸和阿妈一起生活吗？"

"愿意，是永远在一起吗？"

"永远在一起。"

梅朵扑在他俩怀里："我爱你们，阿爸，阿妈。"

梅朵从脖子里掏出一个天珠："这个送给你，阿妈去世前告诉我，等我遇到了新的阿妈就把这个天珠送给她。"郝明月接过天珠紧紧地把梅朵抱在怀里。

在林芝待了一段时间，贺松涛和郝明月就为小梅朵办了领养手续。

7

天色灰蒙蒙的，雾霾很重，而比雾霾更重的，是令人谈之色变的疫情。2003年春天，非典疫情暴发，全国人民陷入一片恐慌之中，面对突如其来的瘟疫，繁华的哈尔滨，仿佛依然蛰伏在冬天的萧瑟里，就连以往热闹非凡的中央大街，此刻也冷冷清清。

邱胡杨坐在车里，透过车窗看见人们都戴着口罩，就连执勤警察也穿上了防护服，她转过头对开车的孟虎威说道："现在疫情很严重，我们部队马上实施封闭式管理，作为军医我得值班，回不了家。你最近没事不要到处乱跑，在家照顾好佳航。"

一边开车一边听着 MP3 的孟虎威，心不在焉应付着："知道了，下班你去接佳航，我们单位今晚有事。"

邱胡杨有些不满地问："是去喝酒吧？"

"那叫应酬，你看哪个成功的男人，成天待在家里？"

邱胡杨面露不悦："你把窗户开小点，我有点冷。"

"不是你告诉我，非典期间要常通风的吗？"

邱胡杨顿感无语。不一会就到了总队机关，哨兵也戴上了厚厚的口罩，门口穿着全身防护服的黄妍霞，举起体温检测仪为邱胡杨测量体温。

为使官兵们掌握预防常识，增强防控意识，邱胡杨为总队机关及直属单位开展了"防治非典常识"授课。授课结束后，官兵们纷纷就关注的问题提问。一名士官站起来问道："邱军医，宿舍使用过氧乙酸消毒有什么具体要求吗？"

"一般情况下，消毒时喷洒过氧乙酸的浓度应保持在 0.5% 左右，喷洒量应在每立方米 20 毫升左右。在紧闭门窗的前提下，消毒时间应控制在一小时左右。一天两次就可以了，最好是早上起床后消毒一次，晚上睡觉前再消毒一次。"

"请问，邱医生，吸烟能抗非典吗？"

"吸烟有害健康，早已是一个不争的事实，每年因吸烟而导致死亡的人数逐年上升。大家都知道，烟草有降低人体自身免疫功能的危害，会使呼吸道黏膜局部抵抗力下降，从而使人更易感染病毒，目前没有任何证据证明吸烟能够杀灭冠状病毒。因此，战友们应当采取科学的防范措施，千万不要妄自猜测，采取吸烟的方式预防非典。"

"请问军医，口罩多长时间换一次？"

"咱们大多数人用的都是能反复使用的棉口罩，戴上后至多四个小时就要换一次，摘下的口罩应当及时蒸煮消毒。如果没有条件，也尽量使用 84 或酒精消毒液浸泡，最起码也要用香皂清洗口罩。最重要的是，口罩一定要晾晒在阳光下，因为紫外线有很好的杀菌消毒作用。"

"如果出现了发热、咳嗽等症状该怎么办？"

"如果出现发热，体温达 38℃ 以上，咳嗽、全身酸痛等症状和体征，千万不可麻痹大意，存有侥幸心理，第一时间上报，立即到医院就诊，停止与家人、同事和周围人员的非必要接触……"

黄妍霞匆匆跑到门口示意邱胡杨出来一下，而后与邱胡杨耳语："胡杨，郭政委找你，有非常紧急的事情。"

邱胡杨返回学习室，随即收起教案："今天的课就上到这里，大家有什么问题，可以到门诊部找我。下课！"

鉴于全国严峻的防疫形势，国家已批准在北京昌平小汤山建立非典定点医院，所有医护人员从军队和武警部队抽调，要求只有一个，就是精兵强将。

总队征求了邱胡杨的意见，她当场表态："作为一名军人，一名在医护一线战斗多年的老兵，能去小汤山，是我的荣幸，也是森林部队的荣耀，我请求参战！"

抽调通知第二天就下达了，总队常委和官兵们为邱胡杨举行了简单庄重的送行仪式，表达着对邱胡杨的敬重与祝福。

8

一辆辆闪耀着蓝光的救护车，从不同方向往小汤山非典医院聚集，把大量的非典患者从普通医院接到小汤山集中治疗，全体医务人员进入紧张的临战状态。有的护士正在检查病人收治前的氧压和负压，有的医生正逐个病房检查紫外线灯管，有的查对药品，还有的在检查医疗器械的消毒状况……

一名患者病情转危，脸色铁青，在病床上挣扎着，主治医生检查后迅速判断："现在必须切开气管，安上有创呼吸机帮助呼吸，这个手术相当危险，大家再相互检查一下防护服。"医护人员迅速相互检查防护服。

患者因为缺氧情绪极度不稳，上呼吸机时不断挣扎。

邱胡杨大声说："病人的头部我来按。"这是离病人呼吸道最近的位置，每一秒钟都有被感染的危险。几个医护人员控制住手和脚，才完成导管动作。

随着剧烈咳嗽，病人胸腔内一股股带着病毒和血液的痰液，喷溅到了邱胡杨的口罩和工作服上，喷溅到了手术室的天花板上。在四个多小时的抢救中，光给病人接痰的痰盂就换了好几个。邱胡杨累得站不住了，只能扶着墙稍稍松口气。一道曙光初现，阳光照进病房，患者呼吸逐渐平稳，脸色渐渐红润，病情终于慢慢稳定下来。

邱胡杨穿着厚厚的防护服，脸上捂着严实的口罩，像一个太空人，走在医院长长的走廊，墙上一幅幅醒目的标语，"众志成城，战胜非典，打赢这场没有硝烟的战争！困难面前不退缩，危险面前不退让。"这既是标语，更是支撑全体医护人员的信念。

　　邱胡杨拖着疲惫的身子脱下防护装备后，回到医护人员宿舍，露出了疲倦的面容和布满血丝的眼睛，她捋了捋湿漉漉贴在头皮上的短发，松了一口气。她低头看见手机上有很多"未接电话"，有家人的、有战友的，她边翻看边想着，哪些应该回拨过去，哪些应该怎样解释。

　　她首先拨通了家里的电话，电话里传来孟佳航奶声奶气的声音："喂？"

　　邱胡杨哑着嗓子："佳航，你在干啥呢？"

　　"您好，请问你是哪位阿姨？"

　　"我是妈妈啊，妈妈的嗓子哑了。"

　　孟佳航激动地大声喊道："妈妈，妈妈，你在哪儿？"

　　"妈妈在上班呀，有人生病了。"

　　孟佳航呜呜地哭着："妈妈，我好想你，你啥时候下班回来啊？"

　　"乖宝宝不哭，晚上你闭上眼睛睡着的时候，妈妈就回去了。"

　　孟佳航抽抽噎噎地说："妈妈，那睁开眼睛呢？"

　　邱胡杨不知道该如何回答，犹豫了一下回道："就当妈妈上班去了。"

　　孟虎威在一旁笨拙地冲着奶粉，听着母女的对话，气冲冲地接过电话："你也太自作主张了吧？这么大的事，你也不跟我们商量一下，就到小汤山去了？！今天郭宇辉政委等领导来家里问候我才知道，我一直以为你在单位值班呢，你知道那里有多危险吗？"

　　"我知道这里很危险！"

　　"你脑子进水了，别的人都不去，你偏去。"

　　"我是军人，也是医生，这个时候，我必须冲在最前面。"

　　"你就逞能吧，被感染的很多都是医护人员，外国媒体都说了，小汤山就是中国的SARS病毒库，就是切尔诺贝利，说不定哪天就会突然爆炸，大规模集中收治非典病人后，将有成批的军人倒在小汤山。"

　　"你放心好了，不要听一些没有根据的谣言，我们都不会有事的。"

　　"放心，我能放心吗？疫情通报上，每天都在死人，有个患者，先后传染了130人，一半以上都是医护人员。"

　　邱胡杨心平气和地劝道："你这段时间就少点应酬，在家好好哄哄女儿，这儿的防护措施很严的，我会好好保护自己的。"

"全中国人都知道非典面前无专家，那么多人，干吗让你去？女儿天天哭着找你，都瘦好几斤了。"

听到孟虎威不理解自己，还有家里的一地鸡毛，邱胡杨心里涌起一阵难过："我跟爸妈说的是出长差，假如我这次挺不过去，请你照顾好爸妈、带好女儿！"

泪水止不住从面颊淌下来，邱胡杨忍不住挂断了电话，沉思了好一阵，从抽屉里掏出一个本子，想写点什么。

邱胡杨终究是心绪不宁，她来到小汤山医院，没有告诉任何亲人，怕他们担心牵挂，此刻她想写一封遗书，却又无从下笔。

就在这时，手机又响了起来，来电显示为郝江山。邱胡杨擦干眼泪，稳了稳情绪，接通电话，声音略微嘶哑："江山，你好！"

"你还好吗？"

"挺好的。"

"我知道你在小汤山。"

"不用担心我，这就好比打火一样，作为森警兵，遇到大火时，我们不打谁打？所以不管是作为军人，还是医生，我都必须来，穿上军装，就得有军人的担当！"

"在这场没有硝烟的战场上，一个真正的战士永远不会退却。正是你们这些白衣天使临危不惧、逆风而行，穿梭在生死之间，才挽救回来许多人的宝贵生命，控制住了病魔的快速蔓延。"

"嗨，我哪有那么伟大。"

"我说的可是肺腑之言。"

邱胡杨笑着说道："别，别，我现在最怕的就是'肺言'。"

"抗击非典就是打仗嘛，虽然没有枪林弹雨，没有98抗洪的波涛汹涌，也没有火场上惊天动地的壮观场面。可我知道这无声的战场，其潜在的凶险并不亚于抗洪，疫魔比洪魔和火魔来得更可怕。"

"其实我也挺害怕的，真上战场的话，还有掩体可躲。可在这里，连敌人在哪儿你都看不见。什么时候会进攻你也不知道，想躲都没法躲，有一种危机四伏的感觉，不到小汤山医院，一辈子都体会不到这种紧张。"

"人类未知的各种传染性疾病所造成的危害，有时可能比战争更加残酷，你进去的时候多戴一层口罩吧，我看电视上都是这样的。"

"我戴的够多了，两层密不透风的防护服，再戴上三个口罩，就像到了高原喘不过气来。上高原有高原反应，进了病房有'病房反应'，头晕、恶心。经常有战友晕倒在病房，我想，有了这次经历，我可以上青藏线了，绝不会畏惧你们那儿的高原反应。"

"消灭敌人，就要最大限度地保存自己，你要多保重，我和刘亦欣还有小核桃盼着你凯旋。"

"放心吧，作为一名军医，没赶上去前线，这一次赶上了，值了！我与同事们约好了，要一起并肩战斗到底，我还与患者约好了，等他们出院后一起去登长城……我相信，举国上下众志成城，实现这些约定的日子不会太远了。"

9

小汤山医院外，微风和煦，阳光明媚。干净整洁的病房里，穿着严严实实防护装备的医护人员在忙碌地穿梭，井然有序中透着紧张的气氛。面对非典患者，他们不顾个人的安危，冒着随时都可能被传染的危险，给病人进行胸外按压，实施心脏除颤，建立静脉通道，注射强心药物，插呼吸机……她们的动作那么熟练，他们的表情那么坚毅，越来越多的非典患者被治愈离开这里。

隔离区病房外，医护人员正在组织交班："昨天晚上12床新转来一位78岁的患者，全家七口人因她传染得了非典，老伴已在其他医院过世了，现在她的心里极度痛苦，情绪消极，拒不配合治疗，护士刚给她输上液，一转眼她就把针头拔掉，大家要密切关注。"

忽然听见病房里传来"哗啦啦"一阵巨响，医护人员冲进屋去。只见老人砸碎玻璃窗，抓了几块长短不一的碎玻璃企图割腕！

"大娘，住手！"邱胡杨奋不顾身地抱住老人，夺下她手中锋利的玻璃。老人情绪非常激动，又蹬又抓。两位护士穿着厚厚的隔离服，用尽了全身气力才使她平静下来。

看着老人紧闭双眼躺在床上，邱胡杨安慰着老人："大娘，我们这么多人拼了命在救您，是为了让您能平安回家呀。"

老人被邱胡杨温柔的声音打动，慢慢睁开了双眼："大夫，你老实告诉我，我的病能好吗？"

邱胡杨坚定地告诉说："请相信我们，主动配合医护人员的治疗，您和您的家人肯定都能治愈的！您就放心吧。"

老人凝视着邱胡杨的眼睛："这里就是那个电视上说的都是军人的医院吗？"

"是的，我们都是解放军和武警部队的医疗队，专门到这里为你们治病的。"

"你们医院就这几栋平房？该有的设备不会没有吧？我听说医院后面就是昌平火葬场，死了的人直接拉去火化了！"

邱胡杨笑着说："阿姨，您别听信那些谣言，我们这里的设备，是目前世界上最先进的。"

老人还是不太放心："病好以后，让我们走吗？"

"昨天就有十六名治愈患者出院了。"

"姑娘，我现在心里好受多了，真想看看你长得啥模样。"

经过五十天与SARS的生死搏斗，小汤山医院病区内终于迎来了没有病人的时刻。邱胡杨站在长安街上，兜里露出一本"难忘小汤山战友纪念册"，她闭上眼睛，贪婪地呼吸着小汤山外面的新鲜空气。睁大眼睛望着大街上来往行走的人们，戴口罩的行人也少了许多，他们三三两两、有说有笑，城市又开始恢复了往日的繁华。她独自在天桥上享受着这份悠闲、清新和自由自在，心头涌动着一股快活欣喜和自豪的暖流。

"唧唧唧……唧唧唧……"夜色中手机上短信的蓝灯格外醒目。刘亦欣摸起手机翻看短信，欣喜地叫醒睡在旁边的郝江山："江山，胡杨来短信了，她已经回哈尔滨了。"

郝江山猛地坐起身，急切地抢过手机看着短信："真的？我看看！"

"这下，你可以放心地睡个好觉了，我知道这些天你一直没有睡安稳。"

"还是老婆最了解我，这场没有硝烟的战争，终于打赢了。"

"咱们中国人啥时候被困难吓倒过，我就知道结局会这样。"

"恩格斯说过，我们不要过分陶醉于人类对自然界的胜利，对于每一次这样的胜利，自然界都会对我们进行报复。我觉得，非典就是大自然对人类的警告。"

"恩格斯还曾经说过一段至理名言：一个聪明的民族，从灾难和错误中学到的东西会比平时多得多。这对我们痛定思痛、亡羊补牢，很有指导意义。"

"嗯，亦欣，我一直在想，大火青烟消散、洪水退却，会引发整个民族的灾后自省，封山育林、退耕还林、退田还湖等环保举措将得以快速推行。非典过后，我们民族、我们每一个人一定也会留下一些弥足珍贵的东西，其中最重要的就是——生态觉醒！"

"又开始忧国忧民了？"

郝江山走下床，边走边思索："根子还在生态上，破坏生态的最终结果，就是人类会遭受巨大的损失。"

"是啊，现在沙尘暴、雾霾天气越来越多了，我们单位的老周和老雷都说要多挣些钱，去国外呼吸新鲜空气去。他们说，那儿的空气比中国好多了，没有这么多污染。"

"非典可以隔离，大气污染谁都跑不掉，人类同在一条船上，一荣俱荣，一损俱损，如果还有人再肆意妄为，继续使地球母亲这个共同的家园千疮百孔的话，最终大家都得完蛋。"

手机在桌子上嗡嗡振动，郝江山接通后，神色马上紧张起来："好，我马上到。"

"出什么事了？"

郝江山迅速穿着衣服："出大事了，我这个星期要是回不来，你就抱着小核桃回去吧。"

"啥事啊？"

"塘城县桑集乡因采挖虫草发生了群体性事件，细节现在还不清楚。"郝江山拥抱了一下刘亦欣，又怜爱地看了眼小核桃，快步走出门。

"那你注意安全！"作为一名军嫂，刘亦欣已经习惯了这样的场景。

第二十三章 川西亮剑

1

康坝高原五、六月份，正值采挖虫草的黄金期，许多采挖者从各地纷至沓来。塘城县桑集镇曾是一望无际、少有人烟的荒原，现在却人头攒动、炊烟袅袅，无数新搭的帐篷和停放的各种车辆组成了一条长龙。桑集路上私设的如碗口粗的锁链卡点冰冷地将两方群众隔开，数百群众拿着乌多（藏语，抛石器）和自制的猎枪垒起掩体，将外来数千采挖群众拒于一边的草甸中，双方群众许久瞪视着，箭在弦上，一触即发。

在塘城县联合指挥所里，郝江山和州县领导召开碰头会。刚刚上任的县委书记多吉扎西在一块简易图板上介绍道："6月9日，县里数千群众持自制土枪和藏刀等凶器，将外来采挖群众驱赶出县城，并设卡拦截，双方对峙升级，小规模摩擦不断，激烈冲突一触即发，目前仍有大量外地采挖群众源源不断在聚集。"

一名州领导问道："对峙以来，你们主要采取了哪些实质性的办法和措施？"

"我们派去的人都被阻隔在县城外，多次劝说无效，幸好还有50名武警和在景区执勤的40名森警在城内，隔离着双方，控制着随时可能发生的械斗。"

州领导看了看部队领导，急切地提出："我认为部队应该立即进入县城，稳定人心，平息争端。"

多吉扎西反问："进出县城只有一条路，强行穿插进去的话，会不会发生冲突？"

几名领导附和："对啊，如果造成流血牺牲，可就麻烦了，这可不是闹着玩的。"

郝江山坚定地回答："我们的使命就是保护人民群众的生命安全！县城里没有一个敌人，有的只是少数不明真相的群众，我相信，进城不会有问题。"

郝江山带领官兵穿插过人群，将剑拔弩张的对峙人群暂时隔开。傍晚，紧张了一天的双方似乎累了，有的开始生火做饭，有的散坐在帐篷前闲聊，有的和着傍晚的霞光把弄着腕上的缰索，如果没有掩体上架着的土枪，一切该是多么祥和。

郝江山用对讲机下达命令："各单位留一半兵力警戒，轮流用餐。"

官兵们饭碗刚端到手里，郝江山腾身站起，大喊了一声："有情况，迅速隔离！"官兵们撂下饭碗，抄起盾牌、警棍，不约而同跑步冲向卡点。只见路东旁的群众挥着藏刀，舞着乌多，远远望去，如群蜂离巢一样强行涌往卡点。路西旁的群众也瞪着发红的双眼，情绪激动地朝对方抛掷石头。迅速赶来的官兵越过人群穿插上去，迅速形成人墙，用盾牌强行隔离和紧急驱散。双方犬牙交错，往往是堵了这头，那头又被冲散。

"一定要确保双方群众安全，把乌多和猎枪都夺下来。"

多名战士被飞石击中负伤。"砰"一声，大队长刘学林头盔上的面罩被突如其来的飞石击碎，砸中了颧骨，鲜血直流。

郝江山重新部署兵力，调整队形，对峙一直在不断升级，紧急情况下，郝江山爬上指挥车对天鸣枪。听到枪声，双方瞬间停了下来，郝江山用喊话器喊道："桑集的群众请注意，请相信部队，我们绝不会让一人过桥，也请你们后退 100 米。"

西边的群众果然后退了，看到西边的人在喊话中后退，东边的群众也暂时不再向对岸冲击。郝江山跳下车趁着夜色向西边设卡群众走去，对方的猎枪和乌多虎视眈眈。执勤官兵都替他捏了一把汗，多吉书记放下望远镜沉思着。

郝江山走近后向对方喊话："派你们的代表过来一个，我们谈谈！"

一位魁梧的中年汉子走了出来："我是次仁。"

郝江山威严地说道："次仁，你要是真为大家着想，就把你们的人领走。"

次仁犹豫地看着郝江山："我们走了，挖虫草的人进来怎么办？每年都有数千挖虫草的外地人，他们在这里驻扎帐篷、生火做饭，再这样下去，我们赖以生存的家园将不复存在了。"

郝江山手持话筒，有理有据地陈述事件的轻重利弊："家园很重要，乡亲们的生命也重要，再这样下去，势必会造成大的流血冲突，抓紧把非法卡点撤掉。"

次仁沉默不语，望着群众。一声痛苦的呻吟传来，郝江山循声望去，原来是一名白天被石头击中头部的群众。

郝江山用对讲机命令道："李军医过来一下，这边有受伤群众。"李军医跑步来到西边为群众看病。

郝江山动情地说道："老乡们，我们的战士也有很多受伤了，但是他们说一定要先治好你们再治自己，咱们军民永远是一家人。我们为大家带来了一些御寒的衣物，一会发给大家。"

有的群众眼圈湿润了，连声说："金珠玛米，哑古嘟！"

郝江山转身向次仁问道："今天晚上能不能撤？"

一名群众："不是我们不相信金珠玛米，他们要是趁晚上过来怎么办？明天我们肯定撤，大家说好不好。"

"对，我们明天白天撤。"

第二天卡点已撤，官兵顺利接管了通往桑集的唯一通道，虽然饥饿和病痛折磨着他们，但是外来群众仍然不撤离。郝江山带领军医和卫生员挨个帐篷和车辆义务巡诊、发放药品，又为他们熬制了姜汤，用水罐车发放饮用水。

看着素不相识的官兵这么热情，一些人开始萌生退意。郝江山继续劝说道："大家都是为了让日子过得好一些，让老婆娃娃不受冻挨饿，可眼下吃没吃、喝没喝，老婆娃娃跟着受罪，你们难受，我们看着也不忍心，还是回家去吧。"

有人说："车坏了。"

"别担心，我马上叫人来修。"

又有人说："没办法，油也没了。"

"没问题。"郝江山用对讲机命令道："吴助理，你把加油车开过来。"

还有人说："我们想走，可司机不在，车开不走。"

"这个更好办，我们有司机，实在不行我们推车走。"

众领导都上前询问："乡亲们，你们还有什么困难？"

郝江山非常诚恳："咱们都是一家人，都是亲人，有什么问题提出来，现在都可以解决。"

群众你看看我，我看看你："我们相信森警，不挖了，现在就回家。"

出于对这支部队的信任，他们一个又一个放心离开了。次日清晨7时，最后一台车也离开了公路，郝江山向州领导建议："这么多群众没有挖到虫草，肯定有怨气，为防止途中有变，我建议将官兵分成三部分，在路口护送挖虫草群众离开。"

聚集人员离去后的桑集，天空澄清如洗，官兵们正在清理群众留下的生活垃圾，将草甸恢复原貌。郝江山和州、县领导一起叙话，县委书记多吉说道："挖一根虫草,需要掘地8至12厘米深,刨出约30立方厘米土壤,留下的坑洞寸草不生,无限制采挖虫草带来的破坏,使生态难以补救,你看这里都破坏得不成样子了。"

州领导也很感慨:"这虫草跟房子一样,价格逐年上涨,送礼行贿就是价格推手,近几年查处的贪官家里都有虫草。"

一名公安递给郝江山一根虫草:"看,这个就是虫草!"郝江山接过虫草仔细观察着,又放在鼻子上闻了闻,凝神端详,沉默良久,轻轻摇了摇头,长叹一声:"这哪里是虫草,分明是'血草'!"

<h2 style="text-align:center">2</h2>

在松多检查站,分队长永青显得特别兴奋,因为他获得了去北京参加参谋业务比武的机会,更让他开心的是比武途中,会路过家乡,可以趁机看看两年未见的妻女。阿旺看永青忙着,过来帮着收拾东西,全都是永青提前为家人准备的各种礼物。

阿旺边收拾边问永青:"什么时候回来?"

"得小半个月吧。"

"路过天安门吗?"

"路过,怎么你也想去北京?"

"奶奶去世前告诉我,有时间一定要去北京,去天安门看看,她让我不要忘记是共产党,是毛主席帮我们农奴翻了身。"

永青拍了拍阿旺的肩膀:"你有一个了不起的奶奶,好好干,努力复习,等你考上警种指挥学院,就能去北京,去看天安门了。"

"分队长,我会努力的。"

永青乘坐的车厢灯火通明,大部分旅客还在睡梦中,他反复拨弄着手中的大狗熊,焦急地望着窗外。

"各位旅客请注意,本次列车前方到站林安,有要下车的旅客请收带好您的行李,列车在林安站停车五分钟。"

下车的旅客已经排好了队,永青急忙从座位上跳了起来,向车门口挤。乘务员有些生气:"哎,别挤,别挤,火车还没停稳呢,你这个人怎么这样?"

永青顾不得排队人群的冷眼和列车员的不满,径直冲向车门。火车停了,永青急忙跳下车,目光在人群中搜寻。永青妻抱着孩子早已挤到了跟前:"永青,我俩在这里。"

永青急忙接过妻子怀中的女儿："快叫爸爸，都长这么大了。"永青妻望着永青原本白净的脸变得黑里透红，还卷起了黑皮，在凌晨车站的灯光映衬下，显得油光发亮，眼泪止不住地流了下来："才两年不见，你就成这样了。"

永青半开玩笑地说："西藏的兵都是这样，这是高原红。你看我还给你带了藏红花和雪莲，给女儿买了一只大狗熊，给咱爸妈每人买了一套衣服。"

刚才还凶巴巴的乘务员，此时愣在了车门旁，有些不好意思起来。"当……当……"车站的钟声划破黎明，乘务员温柔地提醒永青："同志，该上车了。"

永青妻接过女儿，教着咿呀学语的女儿舞动着小手："再见，爸爸……"

永青努力克制自己，一扭头登上了火车。火车上的永青看着远去的妻女，泪流满面。

六月份是林芝地区火灾高发期，贺松涛带着官兵正在昌都扑救类乌齐县尚卡乡森林大火，大队只有几个人留守。一位妇女抱着一个小女孩来到林芝大队，疲惫地问着哨兵："你好，我找乔永军！"

"你是？"

"我是乔永军妻子，他临近退伍了，我来西藏看看他。"

哨兵很是惊奇："嫂子，班长和战友们去昌都打火去了，队里就我和几个战友留守，那你是从山东老家过来的？"

老乔妻轻描淡写地描述道："是啊，没想到这高原上六月还下雪，我这次请了一个月假，没想到这一路上不是塌方就是雪崩，等了半个月车也通不了，后来我就背着闺女爬上了米拉山。"

哨兵更惊讶了："你是说，没坐车，走着翻过的雪山？"

"嗯，我还给你们带特产了，不过太沉了，我实在是背不动，都给沿途的牧民了，走走歇歇，歇歇走走，总算过来了。"

"乔班长怎么放心你来？"

"他当然不肯，孩子想他了，我想让孩子见见他，看看他当兵的地方，年底他可能就退伍了。再说了，如果我们不来，有人就会认为藏区的军人那么崇高，怎么连老婆和孩子都不爱？"

哨兵有些感动："嫂子，你真伟大，你和那些来高原走马观景的女人不一样。这可是世界屋脊呀，乱石纵横，冰雪覆盖，上顶苍天，下临深渊，这一路上你是怎么过来的啊，我这辈子墙都不扶，就服你！可乔班长去昌都打火去了，这一去还不好说啥时候能回来，我要是腿没受伤，我也去打火了。"

老乔妻淡淡一笑："我可以等。"

哨兵立即将情况向值班室汇报，并安排老乔妻女在接待室住了下来。

火场上，贺松涛知道了乔永军妻女来看他的消息，内心非常感慨，马上找到乔永军："你现在坐我的车，抓紧回大队，你媳妇和女儿来了。"

乔永军很犹豫："是，可是……"

贺松涛打断老乔的话："不用跟我讲了，我的脾气你知道，马上走，坐我的车。"

乔永军开着车，心急如焚地往回赶，一场突发的泥石流，冲断了路面。

老乔站在对岸遥望着妻子和女儿，老乔妻手牵着女儿遥望着对岸的老乔。泥石流引发的巨大塌方，像一条天河阻断了相见的路，路下就是奔腾翻滚的江水。

"楠楠，你看见爸爸了吗？"

老乔女儿楠楠手里攥着一枚警徽递给老乔妻："爸爸告诉我，看见这个也能看见爸爸。"

老乔妻不想功亏一篑，她流着泪抱着楠楠，向泥石流石堆爬去。

通信员从远处跑来："嫂子，不要上，危险！"

"没事，我让你班长看清楚一点就下来！"

没想到此时更大的一场泥石流从天而降，老乔眼睁睁看见妻子和女儿消失在眼前。老乔疯了一样扒着泥石，两手全是鲜血。挖掘机和战友们找了5天5夜，只找到那枚警徽。

乔永军消沉了很久，他恨为什么被泥石流冲走的不是自己，他恨老天为什么这么不公，好不容易相见一面却又咫尺天涯，战友都轮流去安慰他，希望这名铮铮铁汉早日能从悲伤中走出来。

转眼到了年底，永青犹豫再三，终于敲开了贺松涛的门。贺松涛看着永青局促的表情，已经猜到三分："是乔永军让你来的？"

"参谋长，您也了解他，他不可能开口提这事。"

"乔永军是难得的一个好兵，对工作总是充满着热情，从没有怨言，来到森林部队，各种任务保障也从没落下，上次他媳妇和女儿的事情我也一直很内疚。"

"可就是留不下。"

"四级士官的名额本来就少，有些时候，我这个参谋长也做不了主啊。"

"老乔泣不成声地和我说，如果可能，他愿意一辈子奉献在这里，因为是部队给了他一切，这份恩情，无以为报，只能以身相许。"

<h1 style="text-align:center">3</h1>

马上就要过年了，家家张灯结彩，到处洋溢着喜气洋洋的气氛。在郝江山家里，周记者帮着择菜，看着瘦弱娇小的刘亦欣："你家火哥总是这么忙，今天过年也不回来啊？"

刘亦欣一边提着煤气罐一边解释道："他去康定跑马山执勤去了，不指望他了，咱们过年，他们过关。回来还得给他做饭，就我们娘俩挺好。"

"你一个人初来乍到的，还要带孩子，上班也没见你抱怨过。"

刘亦欣放稳煤气罐说道："有啥抱怨的，每个人都有自己的乐趣，为啥总想一些不开心的事呢。军嫂嘛，要信赖而不依赖，依靠而不倚靠。穿上那身橄榄绿，他的情人就是祖国，想争宠，我怎么能争得过咱的国呢？部队是正妻，我是小妾，正宫高兴，我们才有宠幸的机会。"

周记者哈哈大笑："你现在都快变成女汉子了，下次扛米、煤气啥的重活，让别人帮你，这可是五楼，其实你应该去部队过个年。"

刘亦欣不太愿意到部队来住。记得有一次点名后在宿舍里郝江山想亲她一下，忽然门口一声响亮的"报告"，把她吓了一大跳，脸也红了，快速整理好衣服，从桌子上捤了一本灭火训练的书装作看，进来汇报工作的干部也有些不好意思，等干部走后她才发现衣服扣子扣错了，书也拿倒了。

再有基层单位很少有独立招待所，也就没有女厕所。虽然家属来队后，战士们也都注意，她们也会降低影响，尽量在部队训练或者集体活动时才上厕所，要不然就是让通讯员或者郝江山事先侦察厕所有没有人，如果没有就让他们在门口给把风，来人后提醒一下。有一次刘亦欣去郝江山队里，路上也想到这一点，基本上没咋喝水，到了队里下了车，队里的干部战士非常热情，帮着拿行李、拎包，就把她迎到宿舍，让人盛情难却，又不好意思说，过了很长时间后，众目睽睽之下，才在郝江山的护送下冲进了男厕所。

还有一次去直属大队采访郝江山，上厕所时鞋跟卡在了木板缝里，好长时间才取出来，异常尴尬。

刘亦欣的吐槽，把周记者逗得哈哈大笑，突然听到孩子的哭声，刘亦欣起身在围裙上擦擦手，到屋里哄孩子。

"我们的小核桃肯定是饿了。"周记者拿起一桶奶粉打量了一番："用不用我帮你冲奶粉？"

"行，帮我冲 150 毫升吧。"

周记者熟练地冲起奶粉："你为什么买这个牌子的奶粉？我给我女儿买的都是进口的，有几次还托人去香港买过。"

"这个便宜。"

"听说现在市场上有的奶粉质量不合格，你可得看仔细点。"

除夕夜，跑马山前，郝江山正在给康定中队官兵部署任务："这次防火执勤，咱们的任务主要是，劝阻居民在林地边缘燃放烟花，发现火情立即扑救，防止酿成大灾，确保百姓能够过上一个安全祥和的春节。"

天气虽然寒冷，但仍然挡不住人们庆贺佳节的热情，燃放区人头攒动，多数都是全家出动。燃放地四周都有官兵执勤，几处重要场所有官兵携带灭火机和水枪严阵以待。有的则流动执勤："老乡，新年好，这里是防火区，不允许在这里燃放烟花鞭炮，请到指定区域燃放，谢谢您的配合。"

"武警同志，今天是除夕，为什么不能放？我这个很安全，不会引起火灾的。"

"我们也是为了全县人民节日安全，请配合工作，到指定地域燃放，谢谢。"

老乡听了执勤官兵的劝说，收起烟花离开了禁放区域。

"啾—嘣！"绚烂多彩的烟花直冲云霄，在跑马山上空绽放，流光溢彩，像一朵朵争奇斗艳的菊花，映照着山体和人们幸福的笑脸。大人们的欢笑声，孩子们的尖叫声，男女老少都欢呼起来，对歌、跳锅庄，汇成一片欢乐的海洋。群众在跑马山看烟花，"看"烟花的官兵在守护。面对如此美景，官兵们无暇欣赏，一直在坚守岗位。

一个燃烧乱窜的烟花导致跑马山森林起火，天干物燥，火势迅速蔓延。郝江山和林业局领导分析火情后，立即安排官兵前去扑救，由于处置及时，没有酿成大灾。

烟花归于平静，群众渐渐散去。郝江山看着满脸黑灰的官兵，兴奋而豪爽地说道："同志们！上车，回中队，给大家包饺子！"康定情歌的歌声在车内响起，车队在跑马山下缓缓前行。

新年的钟声敲响了，窗外万家灯火阑珊，屋内刘亦欣抱着小核桃哄他入睡。

4

康定红海子，是一块美不胜收的世外桃源，碧波荡漾的湛蓝湖水波光粼粼，连绵起伏的莽莽雪山一望无际，野花开满了草地，五彩斑斓，几匹马儿悠闲地啃着青草，饮着湖水，三五只不知名的鸟儿栖息在水草边。夕阳西下，雪峰被染上金色，蔚为壮观。高山森林，阵阵山风吹过，林涛此起彼伏。一根高压线忽然断裂，火花四射。不一会儿，一股浓烟从林内腾空而起，风助火势，肆虐的火魔迅速逼向周围的原始森林，大火迅速蔓延，直逼木格措 4A 级国家风景区。

乡城大队内，刘学林的妻子刚从东北过来探亲，还没完全适应高原反应就跑去食堂帮厨，因为大队很多官兵都是东北人，所以这次她带来了官兵们最喜欢吃的的木耳、蘑菇等特产，想给官兵做几个地道的东北家常炖菜。

突然一阵紧促的哨音响起，炊事员和官兵们迅速做好灭火作战出动相关准备。作战值班室里，正在紧张地召开作战会议，教导员许益民建议道："学林，郝参谋长考虑到你妻子刚刚来队，还有高原反应，安排你在队留守。"

"此次灭火事关重大，新兵刚到队经验不足，这个时候我不能不上。"刘学林的回答不容置疑。

刘学林妻抱着小石头目送刘学林登上车。刚才还热热闹闹的硕大营区就只剩下孤零零的母子俩人和几名哨兵，还有一只狗摇着尾巴讨好地走向母子俩。

北斗七星之下，依稀可见雪山巍峨的轮廓。部队依次到达了集结地域，郝江山安排一名通信参谋和母强开设前进指挥所，其余人员携装向火场开进。

夜里伸手不见五指，由于山高林密坡陡，大家如同盲人瞎马，以手护头，侧身护眼，猫腰闪腿，艰难前进，不知是谁背诵着鲁迅的名言："世上本没有路，走的人多了便就成了路。"

"前面慢一点，后面跟不上了。"

"哎哟，谁踩着我了。"

"噗哧"一声，袁常青摔了一跤，就地一滚，爬起来又走："没想到这山如此之高，这林子如此难钻。"

郝江山观察着队伍行进，不时加油鼓劲："在森警官兵面前，没有爬不上去的山，没有过不去的坎，也没有扑不灭的火。"

终于到达山顶，郝江山与州林业局多吉扎西局长不期而遇，倍感亲热，彼此握手致意："郝参谋长，你们辛苦了。"

"多吉局长，在乡城我受你的领导，你到了州里这支部队继续接受你的指挥。"

多吉扎西乐呵呵地说道："森警一上，我就放心了，你们人都到齐了吧？"

"360人，只等局长一声令下。"

"这通知上午就下了，扑火队和保障群众6点到这里集结，刚刚给我打完电话，还在路上呢，这不是耽误事吗，每次只有你们最守时。"

"打火对森警来说就跟打仗一样，军人哪能不守时呢？"

多吉扎西点了点头指着前方："山火不等人，郝参谋长你看，这里一共有两条火线，那条长的估计超过1000米。"远远望去，那由上而下排列的火龙在剧烈地燃烧着，不时爆发出耀眼的火光和噼里啪啦的响声。

郝江山已将整个火场情况了然于胸："这儿路不好走，估计等我们过去，火场就扩大了，再来多少人也挡不住。"

"你有什么好的方法？"

"集中优势兵力，分段围歼！分段对火线实施合围，再利用直升机绳索滑降，组成突击队阻截火头，这样可以节省扑火队员的体力，保证部队在第一时间进入火场，实现打早、打小、打了的目标。"

"好，我向联指请示飞机。"

"那我去部署兵力。"

未到火场就能遥见漫天的烟尘、灰烬和火星，一支穿着橘红色灭火服的队伍行进在逶迤的山道上，漆黑的火烧迹地里，战士们手脚并用，小心翼翼地沿着近70度的山坡向火线开进，一路上险情频发，平均海拔3300米的高原，让人呼吸有些困难。

郝江山用对讲机喊道："哪个单位还没到达指定坐标点？"

"道孚大队五中队预计还有半小时到达。"

"怎么这么慢？"

"这边遇到悬崖，图上没作标记。"

"加快速度。"

"是！"

郝江山又下达一个命令："索降分队做好准备，飞机10分钟后到达，一定要注意安全。"

"索降分队明白，已准备完毕。"索降分队高伟民答道。

"康定中队和道孚六中队接头了没有？"

"已到达坐标点。"

山坡上，是一幅触目惊心的景象，大风助长着火焰以每小时 50 公里的速度，疯狂地吞噬着森林，一场排山倒海的大火，在密如鞭炮的炸响中剧烈燃烧，耳膜内充斥着林木燃烧和树木倒下的撕裂声，倒金字塔般的蘑菇云冲天而起，火场就像是一朵末世花朵毁灭着盛开。

多吉扎西感叹："这火真是太大了。"

郝江山提出建议："必须首先干掉这个火头，才能扭转战局，我建议先把索降分队投到火头侧翼。"

有人提出质疑："这火最好别打了，万一把部队围进去，撤退都没有路啊。"

"没事。"郝江山笑了笑。

一架飞机驶来，索降小分队从天而降。郝江山拿起对讲机："高伟民，听到请回答。"

"回答……回答……"高伟民一边回答，一边被浓烟呛得直咳嗽。

"是否安全索降？"

"全员成功索降。"

郝江山皱了一下眉头，判断前线火情吃紧，形势不容乐观，在对讲机中喊道："高伟民，请注意，逆风时，暂避火锋，不要强攻；顺风时，快速推进。"

激烈的战斗持续了数小时，对讲机红灯不停地闪烁，只听见断续回答，郝江山着急地问道："还有备用电池吗？"

"没有了。"

郝江山正在着急上火时，母强身背移动电台如同神兵天降，从乱树丛中钻了出来，他从怀里掏出沾满汗渍的对讲机电池，在衣服上擦干后交给郝江山说道："参谋长，总队前指用的是 1 信道，咱们用的是 2 信道，1、2 信道有电台转播，信号不受地形影响，这是最新的联络方式。"

郝江山换上电池："高伟民，你们继续在山底扑打，如果形势不利，将部队撤到安全地带。"

"打火要勇敢，穿插要大胆，奔袭要迅速，撤离要敏捷。"郝江山爬上另一座山头观察火情后又喊道："先打火头、明火和外线火，保证各部之间的迅速会合，确保火场不发生复燃火……"

"各单位可采取小群多路、分进合击战法，风小速战，风大巧战，夜间快战……"

突然多股飞火越过隔离带，落在远处的森林内，瞬间火情异常严峻，火势格外凶猛。火线从山头到谷底，长达2至3公里，犹如海啸一样向前推进。烈焰升腾，响声大作，浓烟滚滚，烟雾弥盖在周围的天空，掠过杜鹃峡，直逼木格措4A级景区，陡然增加了几分紧张气氛。

危急的火情就像吹响的号角，火场联指帐篷设在观景台，省州相关领导莅临火场指挥。眼见大片山林被焚，人人束手无策，企盼的目光落在总队长张京华和郝江山等人身上。

张京华站在地图前："目前这个火场位于山脊顶端，跳过山脊就烧入大片山林，并且包抄北线扑火部队的后路，如果继续沿内侧推进到红海子附近，那么这片大约有1000公顷的森林将化为灰烬，我估计一周之内都难以扑灭，郝江山说说你的方案。"

郝江山思索后回道："距火线不远的地方，有一条下山小路，我们可以依托小路开设隔离带封控。"

张京华注视着地图："讲具体点。"

郝江山在地图上标绘："这里投入100名兵力，沿向下蔓延的火线，主动出击扑火，以缩短火线长度，封堵火线蔓延；投入100名兵力，先沿小路开设20米宽的隔离带，将所有的水泵集中在这里，利用野人海水源，实施以水灭火；再投入120名兵力沿山脊已开挖的隔离带死守，40名留作预备队，防止大火翻越山脊，如果不出差错，天黑之前能够完成任务。"

张京华建议："斯副省长，我完全赞同这个方案，是否可以同时实施火箭炮人工增雨灭火作业？"

斯副省长点点头："可以，还有什么问题？"

张京华又补充了一点："部队反映运水缓慢，给山顶处的灭火战斗带来很大困难，这个问题能不能解决？"

斯副省长询问两旁的州领导："现在背水的群众有多少人？"

多吉扎西脱口而出："我们按照一名森警配属两名运水人员，大约有800人。"

"这么多人背水，应该够啊。"

"可能路不好走，耽误了行程，我再督促督促。"

斯副省长定了决心："好，水的问题必须要解决，有时一桶水就能解决很大问题。现在我明确一下，这个火场，各级负责人都在，张京华总队长是副总指挥，是扑火专家，一切听他的，由他集中大家意见，避免多头指挥，要不指挥上就要乱套，大家有没有意见？"

"没有意见！"

"如果没有，就按此方案，立刻组织实施！"

5

在郝江山指挥下，康坝支队各战斗分队，按照分工立即展开行动，集中优势兵力，以最快的速度打好这场歼灭战，实现联指决心意图。一场与烈火争时间、比速度的歼灭战全面打响。

刘学林带着队伍冲在最前面，死死咬住烈焰滚滚的火线，迎头扑打。浓烟滚滚，烈焰冲天，火线渐渐在官兵面前一步步后退。

"轰隆"连续几声巨响，一段火线被灭火弹击中，一团团白烟腾空而起，火龙奄奄一息地抖动着残余的火舌。

刘学林大喊一声："水枪手，上！"8名水枪手鱼贯而上，对着爆炸后的残火一阵猛射。刘学林又朝队伍里瞅了一眼，又有几名2号工具手随后跟进扑打，火线马上被消灭了。

一名干部匆匆跑来报告："大队长，前面冷古寺还有50余名僧人没有撤离。"

"你这个中队长是干什么吃的？抓紧让他们撤离。"

"他们不撤，要誓与寺庙共存亡。"

刘学林立即将情况汇报给联指，郝江山迅速调整作战部署，命令赵万青带领卧龙中队迅速向冷古寺增援。

赵万青带人将冷古寺四周围了起来："全力以赴保护好僧人和寺庙的安全！"

僧人们也帮助抬水龙带，看守水池，齐心协力灭火。

郝江山用望远镜观察火场，他见一名战士正打着火，忽然扑通晕倒在火线旁，急忙用对讲机询问赵万青："赵万青，火势这么大，你们还能坚持吗？"

赵万青嘶哑着嗓子回答："请首长放心，我们一定把火控制住！"

"赵万青，把预备队40人也用上，一定掐住火头！"

"明白！"

一队队官兵在利用装备开挖隔离带。驻地老人、妇女背着水桶爬山为官兵送水灭火。"50元一桶！"山顶上一名地方官员挥舞着崭新的人民币："大家都快点啊，我给现钱，多背多得，50元一桶……"

一排排水柱如倒倾的水龙向火头洒去，火魔在强大的水龙面前降低了声势，渐渐偃旗息鼓，慢慢地火线一点点熄灭。

入夜，部队在火烧迹地上胜利会师。黑暗中，官兵们看不见对方的面孔，但熟识战友们的声音，大家欢呼雀跃，紧紧握手、相互拥抱，诉说着初战告捷的艰辛与喜悦。

陡峭的山坡上，战士们困乏至极，不管枕着什么，纷纷沉沉入睡。一个战士用武装带把自己与一棵树绑在一起，抱着树干睡得正香，更多的三三两两相拥躺在地上，或枕着灭火机，或靠在树上，皆是浑身油污灰尘。翻山越岭、鏖战火魔浸出的汗水已经被烈焰蒸发，在脸上留下了清晰的黑色印痕，眼窝里、鼻孔里、耳朵眼里都是黑色的灰烬。

阳光从雪山顶上透了出来，美轮美奂，世界在这群森林兵安稳的呼吸里一片祥和。

郝江山伫立在火烧迹地，面对着一棵棵火烧过的树木默默无语。

"参谋长，您这是？"

"看树。"

"黑不溜秋的有啥好看的？"

"看见它，我会更加感觉到绿色的珍贵，扑一次森林大火就像进入一次墓地，树木集体被烧死，在我看来，绝对比恐怖分子袭击造成的大规模死亡更惨烈。"

"再栽上树不就行了？"

"那又不一样，中国的森林正在走向人工纯化林，天然林几乎消失殆尽，人工林和经济林不是真正意义上的森林，没有动物繁衍生息的空间和条件，林子没有灵魂。"

官兵撤离的车队出发了，驻地群众载歌载舞地唱着改编的康定情歌："森林溜溜的卫士，个个溜溜的好哟；康定溜溜的人民，离不开溜溜的他哟……"

指挥车上，多吉局长对郝江山说道："郝参谋长啊，你看这地方扑火队集结慢、打火慢、清理也跟不上，要是没有森警全国得损失多少林子啊。"

郝江山会意道："这就是为什么全军都在裁减，只有森警部队一直在增编的原因。"

"要是全国人民都像对待生命一样对待绿色，像爱护眼睛一样爱护生态就好了。"

冷古寺的僧人遥望着远去的官兵们，手摇着转经筒，口诵真言为官兵祈福："唵嘛呢叭咪吽……"

满脸黑灰的刘学林回到大队，直奔爱人住的接待室，只见妻子在一边偷偷抹眼泪，一边收拾着行李。刘学林见状不知如何是好，声音微微发颤，内疚地说："娟，真对不起你们娘俩，我欠你们的太多了！请你体谅。"

刘学林妻擦着眼泪："没事，下次放了假我还来。"

因为连续在火场奋战，郝江山身体已经疲惫到了极点，回到单位后便病倒了，他边打着点滴边将近期工作捋了捋，看到办公桌上的全家福，心中涌起一阵阵愧疚。儿子小核桃因为吃了毒奶粉，出现了抵抗力下降和肾结石等症状，辗转多家医院治疗，都是刘亦欣一个人忙里忙外，自己一点忙也没帮上，好在治疗结果尚好，没有出现大的问题。

郝江山拿起电话给刘亦欣拨了过去："儿子恢复得怎样了？家里有没有困难呀？"

"没有，都挺好，家里有我呢，不用你担心。"

"好，你多保重，挂了吧。"

郝江山等着挂断电话的声音，却传来了另一个女人的声音，他将脸凑近些听到一段对话：

"我给他打电话，让这小兔崽子回来，你都这样了，还要带孩子、上班，这怎么能行？"

刘亦欣却没有生气："妈，我就这一点小伤，已经好得差不多了，也吃药了，过几天就没事了。"

"媳妇都摔成这样了，他咋这么没心没肺呢，还跟没事人似的，我得好好训训他。"

"妈，这事怨我，不能怪他，是我没告诉他，他们这段时间又打火、又迎检，还要抓试点，也挺累，跟他说了，也回不来，还干着急，影响工作，我伤得又不重，就没给他说。"

"我要不是碰巧过来一趟，都不知道你摔成这样，你呀，净考虑别人了，从不考虑自己，怀孕的时候自己一个人去医院做检查，一个人进产房，一个人装修房子、买家具，大半夜孩子发烧一个人带着去医院……这些妈都记在心里，我们老郝家对不起你！"

"妈，看您说的，咱们都是一家人，我不图别的，只要江山在部队安心工作就行了。"

"亦欣你记着，他要是忘了你的好，看我不打断他的腿……"

郝江山泪流满面，用双手捂着脸，强忍着没哭出声来。

6

邱胡杨和很多家长在校外等着接孩子放学，这时，孟佳航背着小书包飞快地跑了过来，气喘吁吁地说："妈妈，你快跟我来！"

说完拉着妈妈，飞快地朝学校里面跑去。

邱胡杨边跑边问："出什么事了，宝贝？"

"到了再说。"孟佳航头也不回地拽着妈妈继续跑。

在学校两幢楼的连廊玻璃下，一群孩子正围在一起。孟佳航挤进去："张翰文，我妈妈来了，她是医生，快把小鸟给她看看。"

同学们赶紧让开，邱胡杨发现一位小学生手中捧着一只羽毛完整的小鸟，它的眼睛紧闭，头上渗出了斑斑血迹，双脚僵直。

"妈妈，你能救活吗？"

张翰文大大的眼睛望着邱胡杨："阿姨，它太可怜了，你救救它吧。"

邱胡杨看着小朋友纯真而期盼的眼神，无奈地摇了摇头："它已经死了，你们看腿都直了。"

小朋友们都很失望，张翰文问道："最近有很多小鸟撞在玻璃上，难道它们看不见玻璃吗？"

"现在是鸟类迁徙的季节，它们的飞行路线经过城市。由于鸟的眼睛对玻璃不敏感，视觉会被扰乱产生错觉，它们很难将其与天空区分开来，把玻璃墙上反射的影像误当成蓝天白云，自由自在往前飞，结果就撞上了。"

"那全世界每年撞上玻璃的小鸟得有多少啊？"

"据说有几十亿只吧。"

小朋友们惊奇道："啊，这么多。"

"这么多小鸟撞死了，它们的妈妈会不会着急啊？"

"小鸟找不到妈妈，好可怜啊。"

这时，又有一只小鸟撞在了连廊玻璃上掉了下来，在地上扑腾着。

"又有小鸟掉下来了！"

邱胡杨赶紧跑过去，抓住小鸟："快到你们学校的医务室。"

张翰文拉着邱胡杨的手："阿姨，我领你去！"

小朋友们非常踊跃大声喊着："我也去！"

经过精心抢救，小鸟慢慢恢复过来，邱胡杨又给它喂了一点水，小鸟慢慢缓过来，哀怜地趴在她的手中

"妈妈，小鸟好了吗？"

"它伤得不太重，应该还能飞。"

"太好了，它能找到妈妈了。"

"我可以摸一下吗？"说着，一名小女孩想要去摸小鸟。

张翰文护着小鸟："赵朗宇，你不能摸，书上说，沾了太多人的气味，小鸟的妈妈就不喜欢它了。"

赵朗宇缩回小手，怯怯地问："阿姨，小鸟一会儿要是飞走了，她还会撞上其他城市的玻璃吗？"

"这……"

隔了几天，学校连廊玻璃上画了一幅画，画的是几只折断了翅膀的小鸟。一名校职工气愤地说道："校长，这玻璃可难擦了，天天有人画，这可要严肃查处。"

经过查找,这幅画是孟佳航和其他4个小朋友一起画的。孟佳航并非乱涂乱画，而是最近有很多鸟撞在连廊玻璃上了，她认为在玻璃墙上画上画，鸟就能看见，就不会往上撞了。城市里的玻璃墙会让很多小鸟死亡，小鸟们的家园也被人类破坏了，所以她想帮帮小鸟。

校长、老师们和校职工对这个回答很意外，但对小小的孟佳航有这样的想法而感动。学校迅速在玻璃墙外贴了大型猛禽的贴纸。然而小佳航还有更多的思考，她知道刘亦欣是个记者，央求刘阿姨把这个做法放在报纸、电视和互联网上，让更多人知道。

雅鲁藏布江河畔，天空湛蓝，绿波浩渺；彩旗飘舞，车声隆隆。林芝支队采取多种形式开展防火宣传活动。廖光彬和阿旺等分发着防火和保护野生动物的宣传品，耐心讲解森林火灾的起因、危害和有效扑救方法。

天色渐渐暗了下来，梅玉岭放着《森林防火，警钟长鸣》警示片和电影《可可西里》，村民们围坐在电影幕布前，六七名调皮的藏族男孩在电影机旁不停地跑来跑去。当播放到几百头藏羚羊被杀害的场景时，藏族村民清澈的眼神里满是愤怒，林建波眼中好像也要冒出了怒火，这时村主任拍了一下他的肩膀，他猛地站起身来，将村主任吓了一大跳。

林建波回头见是村主任先是一愣，急忙说道："对不起，主任，我刚才太激动了，这些犯罪分子真是太可恶了！"

村主任笑着用不太熟练的汉语回道："是啊，羊子都快被他们杀光了！对了，我们村的老人一直盼着你来呢，他的腿已经好多了！"

林建波一拍脑袋，抓起卫生员包就走："嗨，你看我把这茬给忘了！都怨我，咱们走。"

这是一家贫困的藏族家庭，仅有的藏式柜，上面摆放着毛主席的画像，还挂着洁白的哈达，点着酥油灯。老人向林建波敬献了哈达，摸着他的手，激动地说道："毛主席的战士又回来了，你好啊，扎西德勒！"

村主任在旁介绍："老人说，他的腿已经不疼了，等你来主要还是想巩固巩固。"

林建波收了老人腿上的银针，又从卫生员包里掏出一包药："这个是我采的草药，一天喝三次，还有艾条，点燃了在这几个穴位上灸，灸完不能立刻见风和碰水。"老人感激地点头。

遂行防火宣传勤务中，贺松涛接受了电视台的采访："林芝地区是我国的重要林区，被誉为青藏高原的'物种基因库'和'天然生态博物馆'，一旦发生森林火灾，植被将长期难以恢复。我们支队积极转变思维观念，像组织扑救一样重视预防，变被动打火为主动防火，采取多种形式开展'千里机动防火大宣传'活动，达到了到一点、传一片，走一路、防一线的效果。下一步我们支队还将打出'普及防火知识、构筑技防网络、推进责任追究'的三套组合拳，为林区构筑多重防护网……"

自从郝明月上次到林芝看望梅朵后，梅朵便跟着郝明月回到了老家。这天，郝明月和松涛妈一起来到了美丽的升钟湖畔。小梅朵开心极了，又蹦又跳，她想到了家乡，想到了家乡的贺阿爸，便要求郝明月给贺阿爸打电话："贺阿爸，我给你邮的包裹收到了吗？"

"收到了，我的小梅朵，里面好像是一些树种呀。"

"是的，阿爸，我在升钟湖呢，这里太美丽了，我想让你帮我在家乡'种'一个与升钟湖一样美丽的湖。"

"为什么说是'种'湖泊呢？"

"你不是说升钟湖这么美丽，是因为四周山上有很多很多的树嘛，我家乡的寨子就没有这么大的湖，所以我想让你帮我在老家种些树，种多多的树，这样就能长出美丽的湖了，寨子里的小朋友也能像我一样在湖边唱歌跳舞了。"

听着小梅朵稚嫩的言语，贺松涛陷入回忆之中。30多年前，升钟湖地区严重干旱，土地龟裂，田里的秧苗在烈日下耷拉着黄黄的叶子。因为大炼钢铁，山上的树都砍光了，没有树木涵养水源，升钟湖地区经常发生干旱，粮食歉收，饥荒时有发生，看着光秃秃的山头，年少的贺松涛便在心中埋下了一个信念：要多种树。

"贺阿爸，贺阿爸，你在听吗？"

贺松涛从回忆里走出来："我答应你，如果每个人都有像梅朵一样的梦想，世界上就会有很多很多美丽的大湖了。"

8

刘亦欣在厨房做饭，小核桃在一旁玩车和枪。听见门铃声，刘亦欣擦了擦手，走到门口开门："来了，谁呀？"

"是我。"

刘亦欣打开门有些疑惑："怎么回来了，也不提前打个招呼？"

"刚从凉山打完火，正好顺道，我就回家看看。"

刘亦欣顺手递过一双拖鞋："这也不是你的风格呀。"

郝江山边走边说："是不是应该三过家门而不入？我可不是圣人，我得回家看看老婆和儿子。"

小核桃跑过来愣愣地看着郝江山，刘亦欣赶紧招呼儿子："快叫爸爸！"

郝江山兴奋地一把抱起小核桃，用硬硬的胡茬扎小核桃的脸："小核桃，小核桃，快叫爸爸。"

小核桃被郝江山扎得生疼，使劲挣脱不让碰脸，害怕得张开双手找刘亦欣："妈妈，妈妈。"

刘亦欣嗔怪道："轻点，你把儿子都扎疼了。"

郝江山放下儿子："都怪爸爸，都怪我，你看爸爸给你带什么了？"

说完从兜里掏出一把玩具冲锋枪："儿子，叫声爸爸，这枪就归你了。"

小核桃看着冲锋枪，非常喜欢想要去拿，但又畏惧地看着郝江山，又瞅了瞅刘亦欣，迅速躲在了刘亦欣的身后。刘亦欣看着小核桃："儿子，这是爸爸给你买的玩具，你不是最喜欢枪吗？"

小核桃瞅着郝江山还是有点害怕，忽然一个人跑进了卧室关上了门。郝江山摇了摇头，刘亦欣苦笑了一下："你和儿子在一起的时间太短了。"

"把爱交给青山，今生今世有缘……"郝江山的手机铃声响了，他掏出手机，皱着眉头看了看来电显示：家，又朝卧室看了看，摁下了接听键。

话筒传来稚嫩而着急的声音："爸爸，你快回家吧，咱家来了一个坏蛋。"

郝江山不解地看着刘亦欣："坏蛋在哪里？"

"坏蛋在咱家里，我很害怕，你快回来呀，我现在藏起来了。"

"儿子，你怎么知道他是坏蛋？"

"他一进屋就要亲我，还用胡子扎我，还让我喊爸爸，我爸爸可比他帅多了，那个坏蛋一脸黑土、脏兮兮的。"

郝江山眼中流出了眼泪。

小核桃："爸爸，妈妈很危险，你快回来吧，咱俩一起抓坏蛋。"

匆匆忙忙回家看了一眼，郝江山又回到康坝支队机关，刚从稻城亚丁执勤归来的杨嘟嘟，手里拿着介绍信和供给关系等，站在郝江山办公桌前。郝江山看着杨嘟嘟，语重心长地说道："为保护好九寨沟和黄龙景区的生态环境，保证海内外游客有一个良好的旅游环境，在景区管理局的统一部署下，支队决定在两个景区分别设立固定执勤点。这几年，你在稻城亚丁任务完成很好，支队党委和官兵有目共睹，所以准备把这副担子交给你，你能挑起来吗？"

"参谋长请放心，我有信心把九寨沟中队建成'第十寨'！"杨嘟嘟说完忽然想起来什么："参谋长，中队这么多人，就我一个干部恐怕有些困难。"

"这个你放心，松潘大队有个北京林业大学的国防生排长徐骅，借调到总队宣传科帮忙，下个星期就回来了。你负责军事，他负责政治，你俩要配合好。"

"是！"

旅游旺季的九寨沟和黄龙风景区内四海游人云聚，执勤官兵像往常一样在进出的各个要道口巡逻。忽然，天空乌云密布，豆大的雨点零零星星地洒落在游客们的身上。不一会儿雨大了起来，游客们开始陆陆续续出沟。

执勤官兵们没有因游客渐少而放松警惕，他们知道越是这种时候越容易出意外。果然不出所料，正在景区入口处值班室旁执勤的士官班长钟心，见一位三十左右的女士焦急万分地奔向而来："武警同志，快帮我找找儿子吧，我儿子不见了。"

见女士心急如焚，钟心在一边安慰道："大姐您别急，我们各个景点都有战士执勤，很快就会把你的儿子找到的！"

说完便迅速用对讲机将这一情况报告给杨嘟嘟："中队长，景区入口处有一名女士说她的孩子丢了，让我们帮忙找一下。"

许风眠和叶织春正在箭竹海一带巡逻执勤，走着走着，许风眠放慢了脚步，怎么会有小孩的哭声？急忙和叶织春一起循声过去。声音越来越清晰，是小孩的哭声！两人奔跑起来，在栈道旁一棵高大云杉下，发现了一名浑身被雨水淋湿的孤零零的小男孩。

"会不会遇到什么险情？小孩的家长呢？"一连串的问题从他俩脑子闪过。

"小朋友，别怕！告诉叔叔发生了什么事？"两人一边安慰小朋友一边询问。

小男孩带着哭腔："我叫李鑫，今年五岁，来自深圳，与妈妈一起来旅游的，我见这里风景特别漂亮，只顾四处玩耍，不知什么时候和妈妈走散了，就到处寻找，越急越找不到，后来下雨了，我就躲在树下了，叔叔我害怕。"

许风眠抱起李鑫："不用怕，我马上带你找你妈妈。"

叶织春用对讲机报告："报告中队长，小朋友已经找到，在箭竹海。"

时间一分一秒地过去，每一秒钟都让失散儿子的母亲感到痛彻心扉："要是找不到他，我也不想活了！"

值班室的电话骤然响起，钟心接过电话："是，中队长，明白。"挂断电话，钟心安慰道："大姐，您的儿子找到了！马上就送到这里来！"

20多分钟后，许风眠和叶织春抱着李鑫走了过来，女士看见儿子平安归来，抱住儿子大哭起来，哭声中带着喜悦，带着挥不去抹不掉、可能只有亲身经历方能体会到的亲情。此情此景，战士们不愿打搅，便悄悄地回到了各自岗位。

9

九寨沟中队除担负景区执勤外，还负责驻地的防火宣传任务，钟心带领 7 名战士前往永和乡沙尔村林区巡讲，路上遇到了正在打柴的藏族姑娘泽仁旺姆。

"小旺姆，今天怎么没有去上学呀？"泽仁旺姆看着钟心，没有说话。战士们帮她抬着柴并随同前往家中。

官兵来到了泽仁旺姆家，只见屋内设施简陋，昏暗的室内一位妇女躺在床上。钟心上前问道："你好，我们是九寨沟森林中队的，正在进行防火宣传，请问她为什么不去上学？"

泽仁旺姆的母亲挣扎着从床上坐起来："我今年病情忽然加重了，起不了床，泽仁旺姆只能休学在家照顾我。"

"她的父亲呢？"

"在外地打零工，她还有个弟弟正读小学。"

战士们看在眼里，疼在心里，钟心和战友们纷纷掏出身上的零用钱交给泽仁旺姆。

返回路上，钟心说道："我们一定要帮帮这个家庭，这样吧，咱们每月每人从工资、津贴中拿出 60 元钱你们看怎么样？"

大家都赞同："好，我们同意。"

钟心提醒大家："但这事，不能让中队领导知道。"

忽然泽仁旺姆急忙跑了过来："叔叔，村里有人在追打'山驴'。"

"好，我们知道了，谢谢你！"钟心马上将情况向中队长杨嘟嘟进行了汇报。

杨嘟嘟得知情况后，指示他们一定要保护好野生动物，同时注意不要与村民发生纠纷。钟心和战友们飞快地朝村内狂奔。不一会儿，官兵们就冲到了村的小溪边，20 多名村民拿着棍棒、绳子、石块，正在围攻一头貌似"小驴"的动物。但河面较宽，村民们无法靠近，"小驴"在近一米深的水中东倒西歪，惊慌失措。

"这是迷路的野生动物，必须立即制止。"钟心很快反应过来，随即大声喝道："你们在干什么？不准惊吓它！"

村民们回头望去，8 名森林武警已神奇般地出现在面前。

"这是我们自己家的羊子,跑下了山!"一位村民应声道。

"羊子有这么高吗?"战士邢俊芮立马反问。

"这是藏羊,我们这里的羊子都这么高!"部分村民开始起哄。

"武警少管闲事,这又不是管理局的,你们来到景区后,我们少收了多少羊子?"一位膘壮的藏族大叔走到战士旁边语气逼人。

村民们这是在无理取闹,不能让事态扩大,必须运用"法律战"。钟心灵机一动,随即从军用挎包里拿出一本《中国野生动物保护实用手册》,高高举起:"大叔,我们谁说了都不算,以书为鉴,这本书是经国家权威部门认定出版的,上面列举了400多种国家级保护动物,假如我们在这本书上对不上号,它就归你了!要不请森林公安局的同志一起来鉴定!"

"山羊"这时仿佛被眼前的情景震住了,一动不动地站在水中,全身瑟瑟发抖。大叔见要来真的,立刻"软"了下来。

就在这时,景区保护处杨晗处长和村主任也闻讯驱车赶来。"对不起,武警同志,这是村上没有教育到位,我们有责任!"村主任不好意思地对官兵表示歉意,并斥喝村民:"这是一只鬣羚,国家二级保护动物,赶快帮武警战士把它捉住!"

高原小溪,雪山融水,刺骨的冷,官兵们顾不得这些,拿出随身携带的背包绳、攀登绳跳入水中,向鬣羚逼近。此时的鬣羚已体力不支,没费多大周折,鬣羚就束手就擒,被捆了个结实。官兵们将其抬上岸,燃起篝火为鬣羚取暖,而后将鬣羚移交给景区保护处。

村主任亲切地与官兵握手:"真是辛苦你们了,武警同志!"

钟心看见村主任,想起了泽仁旺姆:"这是我们应该的,对了,我想问一下泽仁旺姆家的事情,他们的低保和医保什么时候才能解决?"

村主任热情地说:"谢谢你们,上面正在办,应该快了。"

第二十四章　重走长征

1

清风携着白云在湛蓝的天空飘浮，山间的水清清醇醇，美得惊艳。武警九寨沟森林中队营门前，一名藏族少女和一名藏族汉子拿着手提袋，急匆匆地向营区走来。小女孩牵着阿爸的手，兴奋地说："阿爸，就是这里，国旗、警徽、军车，一定没错的！"

中队部，泽仁旺姆的父亲对徐骅和杨嘟嘟说道："感谢金珠玛米，感谢你们解决了我们家的困难，这次学校也免除了泽仁旺姆的伙食费，表示将尽最大努力解决泽仁旺姆的复学问题，乡政府还将旺姆母亲列入大病统筹范围，说是给予积极治疗。"

徐骅客气地说："这是我们应该做的，我想知道是哪个战士去的你们家？"

泽仁旺姆忽然看见执勤编组表，站起来指着钟心的照片说道："就是他，这个长得最帅气的叔叔，还有他，这个，还有这个……"

"拥政爱民、扶贫济困这样的事情我们提倡，但也要向中队报告吧！我要好好问问他们！"

泽仁旺姆的父亲生怕徐骅责怪战士们，急忙说道："可千万别为难他们呀！我们全家都得感谢他们！"战士们赶来了，徐骅眉头舒展地看着泽仁旺姆和父亲从手提袋里取出洁白的哈达，一一敬献给了战士们。

周五政治教育课，徐骅和战士们围坐在一起，对钟心等 8 名同志就个人救助事件进行了激烈讨论，一致认为，救助驻地贫困家庭不是哪个人、哪个班、哪个排的事，众人拾柴火焰高，所以中队决定以组织的名义帮助旺姆一家，并制定长期帮扶计划。

西南一所大学宿舍内，一名女大学生用笔记本电脑欣赏着钟心执勤的一组照片，暗暗出神，室友悄悄走过去拍了一下她的肩头："又花痴了？"

女大学生赶紧切换电脑画面："没有啊，这是我的摄影作品。"

室友打趣道："你准有问题，上次从九寨沟回来，你就魂不守舍的，是不是看上这个兵哥哥了？"

女大学生牵住室友的手："他不仅人长得非常帅，而且心灵也美，旅游的时候我一直跟在他后面，他那天背着一位腿脚不方便的阿姨走了两个小时，去看那个唐僧师徒牵马挑担走过的珍珠滩瀑布。"

"你没有去表白？"

"人家怎么好意思嘛！"

"只要你心中有一颗军嫂的芽，就能长出一棵军嫂的树，我看看什么人能让我们的大校花惦记成这样？"

室友翻看着照片，感叹道："原来帅的都上交国家了，真是天然去雕饰，威武加帅气啊，有眼光！"

"也许是上交了国家的都变帅了呢？"

"要不发到论坛上，让全国人民都感受一下我大国军人的帅气雄姿！"

"没有经过本人同意，这不太好吧？"

室友边说边发布了帖子："没事吧，网上发军人照片的很多呢。"

2

高原的天，小囡的脸。刚才还是阳光明媚，突然又下起了小雨。不过这场雨来得还真及时，正好给刚刚执行完任务的杨嘟嘟降降温。

杨嘟嘟哼着小曲，来到了中队部，脱下满身污迹的灭火服，大声说道："徐大才子，这次行动报告就麻烦你了。"

徐骓笑着站了起来："已经写完了！我念给你听听。"

"4月21日，我中队接到群众举报：景区后山有人非法采矿，后山是五彩池群的主要水源地，如此非法采矿改变水系，五彩池水将枯竭，在风景区管理局徐局长的带领下，武警九寨沟中队官兵迅速组成森林护卫小分队，会同林业公安和黄龙景区管理局保卫人员赶赴事发地点。"

"经过40分钟的政策解释和强行制止，森林护卫小分队抓获了采矿者，并当场缴获24支雷管和大批采矿工具。"

"这就完了？我的文采没把同犯罪分子斗争的情景写出来！"

"哈哈，就等你这些话呢，来，快跟我讲讲具体情节。"

"其实这次任务原本没有那么简单，现在想起来，仍让人感到心有余悸……"

集合开饭的哨声响了，中队官兵正准备开饭，两名三十多岁的游客突然冲到队伍前。日则执勤点设在景区主干道旁，是一个不设防、没有围墙的执勤点，游客私自"闯"入，官兵们已习以为常。

"武警同志，你让我们找得好苦呀！"

"我叫赵强，今天是专程来还衣服的！"

"什么衣服，同志你搞错了吧！"钟心被弄得一头雾水。

"就是你，没错的！"说着，游客拿出手机，手机照片中的人果然是钟心。

"这是你的羊毛衫吧？"

"这件衣服一年前在执勤过程中送给了北京一位姓赵的大爷，怎么会到你手上？"钟心一脸诧异。

"这就对了！他是我爸爸。这次我到成都出差，老爷子叮嘱我一定专程过来把这件衣服还给你！还要我当面向你们表示感谢！特地让我从北京带来了全聚德烤鸭，请同志们一定收下！"

原来一年前，九寨沟景区日则执勤点的9名战士兵分三组像往常一样在各景点巡逻执勤。

午后时分，天气突变，狂风大作，天色暗淡，随即竟下起了鹅毛大雪，气温骤降。

执勤点迅速启动应急预案，在杨嘟嘟和徐骅的带领下，官兵们迅速将游客护送转移到安全区域，执勤点也成了游客临时避险地，60余名中外游客把执勤点挤得严严实实。官兵们将空调打开，拿出皮大衣、棉衣、鸭绒被等御寒衣物，炊事员将一杯杯刚刚烧开的姜汤送到了游客手中。

这时，一位大爷脸色蜡黄，脸上的汗珠直往下掉。询问后才知道，这位老大爷患有心脏病，早上离开宾馆时忘记了带药。

钟心立即在执勤点医药箱中取出两粒速效救心丸，帮助大爷服下。看着赵大爷的病情有所缓解，钟心和战友们才放下心来，见赵大爷衣着单薄，又脱下自己的羊毛衫披在大爷身上。

"衷心感谢部队培养出了这么优秀的战士，九寨沟的山美、水美，我们的森警战士更美！向你们表示敬意！"

"您不用谢，这都是我们应该做的，对了，这么多人，您是怎么认出钟心来的？"

"您不知道，这个兵在网上可是很出名的，各大论坛上都有他的照片。"

"什么论坛？"

赵强打开手机："你看，就是这里，网上的人不知道他叫什么名字，都称他为'小白杨'，史上最帅武警战士。"

午休过后，在珍珠滩瀑布执勤的战士钟心像往常一样坚守岗位。

3

看到钟心在九寨沟执勤时身姿挺拔的照片，可能是鉴于军旅歌曲《一棵小白杨》之间的微妙联系，被广大网友称为"小白杨"，事件在某互联网论坛持续发酵，康坝支队许政委和参谋长郝江山为此专程来到中队了解情况。

听完徐骅汇报的相关情况，郝江山说："网上的帖子我都看了，钟心应该不知情，他应该还不知道他在网上已经火了。"

"钟心是我们这儿的骨干，军事素质和执勤都十分出色，人也很热心。"

"泽仁旺姆的事，他是发起人。"

"有没有什么特殊情况？"

徐骅想了想："对了，这几天值班员说，经常有女孩拿着手机和照片来找'小白杨'。"

"是个好战士，不要影响到他的成长进步，要是发现什么情况及时报告。"

"明白，参谋长！"

周三上午，郝江山来到中队检查日常工作开展情况。随手翻开了一本学习笔记本，说道："这个心得体会写得不够深入，还得下功夫啊。"

"是，参谋长。我们根据部分同志文化层次不高、理解能力不强等问题，近期在改进理论学习的方法。中队现在把理论知识分解细化成小块，用大家听得懂的语言、喜闻乐见的方式进行辅导，做到把远的拉近、大的化小、虚的变实、散的聚拢。"

"同时，每月举办2至3次士兵讲坛，结合日常工作，坚持谈收获、谈认识、谈体会，提疑点、晒观点、解难点，不断强化理论认同、提高行动自觉。"

"这个方法很好啊，值得全支队推广。大家还可以把重大理论观点印成'口袋书'、制成'记忆卡'，让官兵随身携带，训练间隙读一读、业余时间议一议、相互之间考一考，通过干部授课、骨干领学、个人自学，真正把党的创新理论内化于心、外化于行、固化于志，引导官兵在知党、爱党、信党中坚定对党的忠诚。"

"是，我们一定抓好落实。"

杨嘟嘟递过一张纸："参谋长，这是本月中队战士的考核成绩表。"

郝江山仔细看了看："他们任务很重，要利用好小块时间开展训练，半年考核的时候我单独考你们，把你们《预防地质灾害预案》拿来我看一下。"

杨嘟嘟递过去一本装订好的文件资料。

"上季度按纲建队考核工作组提出的问题都整改了吗？有没有突出地震和泥石流的预防工作？"

"已结合中队实际进行了整改。"

"预案不是万能的，但没有预案是万万不能的，平时没有演练过，灾难来的时候就会乱套，心理学上有一种羊群效应，灾难来的时候，人的智商会降低，作为主官你的任务就是，不断地做好准备，千万不能麻痹大意。"

一阵急促的电话铃声响起，杨嘟嘟抓起电话："你好，我是九寨沟中队中队长杨嘟嘟。"

"你好，我是九寨沟县政府值班室，九寨沟县双河乡发生一起车祸，车上装载的21桶剧毒的甲苯二异氰酸酯全部翻入临公路的汤珠河中，情况十分紧急，请求支援。"

郝江山迅速起身在地图上查找着汤珠河位置："如果这些剧毒物质在汤珠河中泄漏，将影响下游几万人饮水，后果不堪设想，抓紧行动！"

十分钟后，郝江山带着九寨沟中队官兵前往救援。

此时的汤珠河，水流急、气温低、乱石多，出事地点在离公路较远的乱石滩中，给救援任务带来很大困难。

郝江山在分析现场形势后，组织官兵沿河岸进行地毯式搜寻。河岸上每名搜寻官兵都把眼睛瞪得大大的，绝不放过任何一个细节和死角，生怕漏掉任何一桶剧毒药品。

一小时、两小时过去了，官兵们从冰冷的河水里打捞上来二十多桶，还有两桶怎么也搜寻不到，就在大家焦急无望的时候，战士郑强像发现了"新大陆"似的高兴叫喊道："快来看，这里有一桶！"这给官兵们带来了巨大鼓舞。

郝江山和中队两位主官快速赶到，看了看远离的公路，又看了看水流湍急的乱石滩，吊车没法操作，人工也不能捆绑，抢险工作陷入了僵局。

正在大家一筹莫展之际，徐骅毛遂自荐下河去给铁桶捆上绳子，郝江山心有余悸，这种液体有剧毒，现在还不知道河水有没有受到污染。

他思前想后，突然灵光一现，蹲下身子仔细向水里寻查，看见水里还有小鱼在游动，说明河水还没有被污染，于是他才同意了徐骅的打捞计划。

徐骅在冰冷刺骨的河水中摸索着向目标走去，湍急的河水一次次把他冲倒，他一次次顽强地站起来继续前进。10分钟过去了，20分钟过去了，徐骅的脸色已由青变得发紫进而发白，岸边的战友们都替他捏了一把汗。

徐骅在水中试图将绳子系在桶上，但桶面湿滑，系了好几次都没有成功。最后他将上衣袖子撕下来缠在桶上，这才将绳子牢牢地套系在灌装桶上。

当桶被战友们拉上岸时，徐骅已经冻得几近昏迷，战友们急忙一边为他换穿干净衣物，一边为他搓捏手脚。

瞧见他浑身大片大片的淤血块，战友们惊呆了，他却笑着安慰大家："这点伤与下游成千上万的老百姓的生命安全比起来算不了什么！"

一位县领导急匆匆赶来时，剧毒桶已经装满了运输车。县领导紧握着郝江山的手说："我代表九寨沟人民感谢你们！你们这个'第十寨'名副其实！"

"这是我们应该做的。"

"幸亏有你们，不然后果不堪设想啊。"

早上，郝江山与九寨沟中队的官兵一起用餐，杨嘟嘟朝炊事员使了一个眼色，不一会儿炊事员端来一盘腊肉放在了郝江山所在的桌子上。

郝江山看了看自己这一桌，又看了看其他战士的桌子："把这个分给大伙吃吧！"

"参谋长，就加了这么一个菜……"

郝江山一瞪眼。

"是！"杨嘟嘟心领神会地将腊肉分给了战士们。

边吃饭，郝江山边给中队两名主官交代工作，说出了要离开的事情。

临上车，杨嘟嘟声情并茂地说道："参谋长，要不您就在这儿住几天吧，顺便再帮我们指导指导工作。"

"是啊，参谋长。"

"我走了，把部队带好！"

"参谋长再见!"杨嘟嘟和徐骅列队敬礼。

越野车离开中队疾驰而去。

郝江山一走,杨嘟嘟便抄起电话:"赵万青,参谋长从我们这里出发了。"

卧龙中队中队长赵万青接到电话一惊:"什么时候出发的?"

"两分钟之前。"

"参谋长没说去哪啊?"

"谁也猜不到啊,上次参谋长从我们这里检查完,半道上又杀回来了。"

"这事他倒是经常干。"

"你就做好准备吧,没坏处。"

"谢谢,我的杨大中队长。"

"我女朋友下个星期要去看熊猫,替我接待好啊!"

刚走出中队大门,司机便试探性地问道:"参谋长,咱们回支队吗?"

"把你的手机给我,到了路上再说。"司机吐了吐舌头,把手机递给了郝江山。

经过6个小时的车程,郝江山来到了卧龙中队,刚一下车,就径直来到训练场组织点名。

有3名战士不在位,郝江山问中队长赵万青,这3个战士是什么勤务?

赵万青随口说,他们3个人请假去看"四姑娘"了,就在上周,官兵们在巡逻途中救助了一头受伤的野生雌性大熊猫,原来"四姑娘"是战士给它起的名字,这3名战士去给它送好吃的了。

临走时,郝江山要求中队在野生大熊猫康复放归前,要进行为期一周的清查巡护,必须对放归地周围的山林进行巡查,防止偷猎者放置的猎套、钢夹对其造成伤害,一定要为大熊猫的野外生存构建一块安全营地。

十几天后,熊猫康复了,官兵们又以同样的礼仪,八抬大轿般将"四姑娘"抬到森林中放归大自然。

启程离开的那一刻,"四姑娘"频频回首,饱含深情地与官兵们惜别……望着消失在茫茫竹海中的"四姑娘",担任现场警戒任务的官兵们个个笑逐颜开。

4

冬日的青藏高原,严寒和稀薄的氧气,常常令人望而却步,而美景则不畏严寒纷至沓来。新年伊始,贺松涛参加完战训法研讨会,顺道前往主任办公室辞行。

上校翟主任热情为贺松涛倒了一杯茶："来，贺参谋长，喝杯茶。"

贺松涛赶紧起身："谢谢主任！您太客气了。"

"别客气，快坐，这可是最好的茶叶，一般人是喝不到的，上任前首长送的，快尝尝。"

贺松涛坐下："我是个粗人，只会打火，不会品茶。"

翟主任很有深意地看着贺松涛："松涛同志，有些东西还得学啊。我刚到森林部队，一些情况还不太了解，支队有什么事你可得及时向我汇报呀。"

"是，主任。"

"我看你有两把刷子，有什么困难可以直接来找我，放心大胆地干，就算你捅破天，我都能帮你补上。"

贺松涛回到支队，陪同支队长下基层检查。越野车内，贺松涛对张卫疆说道："支队长，这次去哪个单位？"

"去松多检查站看看，刚换防，我还不太放心。"

贺松涛点了点头："支队长，您对总队新调来的翟主任了解吗？"

"不了解，从大机关空降过来的，能量大得很，年纪轻轻就副师了，听说和总部一位首长是老乡，上个星期，翟主任要我违规推荐一个营职干部，我没同意，这提职任职怎么能弄得跟做生意似的。"

"你提职的事，没有想想办法？"

"咱们不兴走歪门邪道，一切听组织的，组织让走就走，不让走就接着干。"

"要是提不上呢？"

张卫疆寻思了一下，慢慢掏出烟点上，吸了一口吐出烟圈："提不上咱就回家呗，这些年你嫂子一个人也不容易，带孩子、伺候老人，咱们也没帮过忙，也该还债了。"

一路上，风雪交加，盘山公路上车很少，经过几个小时的车程，终于到达松多检查站。

走到厨房贺松涛拿起一个馒头咬了一口："太硬了！炊事员呢？"

炊事员小姜跑了过来："参谋长，我是炊事员！"

"新上任的？"

"是！"

"来，我教你！"

说完，贺松涛手把手地传授经验："这里冬天太冷，晚上把面和好后放到盆里，盖好毯子，用小太阳烤，这样才能发好；蒸的时候要先充气 20 分钟，高压锅再压 10 分钟，这样的馒头又好吃又不变形，明白了吧。"

"谢谢参谋长，明白了！"

贺松涛边走边检查，并对哨兵嘘寒问暖："梅玉岭，一会儿支队长谈完话，把车上的慰问品搬下来。"

"是，参谋长。"

贺松涛走到检查站对面的一棵树前说道："这树，怎么这样？"

看参谋长有疑问，梅玉岭赶紧汇报："参谋长，您给我们栽完这两棵树后，不到两个月就干枯了，这里的气候太寒冷了。我们看着难受，廖光彬就买了两桶绿油漆，把树全部漆绿了。"

"这么耐高寒的树都活不了，大家却在这里扎了根，可见官兵们的精神境界远远超过了海拔高度啊。"

"缺氧不能缺精神，海拔高也没有我们的志气高，这还是您跟我们讲的。"

"宁让生命透支，不让使命欠账，咱们高原森警兵就是要有这样的品质！"

一天上午，贺松涛坐在办公室的电脑前写材料。突然电话铃声响起，贺松涛一看电话号码，立即拿起话筒站起身来："您好，翟主任！"

"贺参谋长，在忙什么呀？"

"我在写一篇关于高原高寒山地灭火作战的研讨文章，主任，您有什么指示？"

"最近部队怎么样啊？在开展什么工作？"

"部队一切正常，我们近期主要开展了专业兵培训、实兵演习和信息化建设，目前，全支队正在贯彻落实新《纲要》。翟主任，什么时间来我们支队检查指导工作啊？"

"好，有时间一定去，一本条令管三军，一部纲要建基层，这个按纲建队一定要搞好，现在干部调整事情比较多，你们司令部是不是有个叫马凤来的干部啊？"

"他是我们支队的机要参谋。"

"这个马凤来是我一个老首长的外甥，今年想调正营，你……运作运作。"

"主任，他的工作能力一般，况且我们支队已经开完常委会了，名单已经上报到总队党委了，再改恐怕不合适吧。"

"你们上报的名单，我可以当作没看见。"

"翟主任，可我只是部门负责人。"

"松涛同志，可不要跟你们支队长学，到头来吃亏的还是自己。"

"这个年头办事还是要灵活点，别太死性！你评选指挥部绿色卫士，我可费了不少心思啊，你以后总得进步是吧？！"

贺松涛只好说："请首长理解，我们确实也是有难处。"

翟主任几番说辞后，见贺松涛仍没有退步，只好作罢。

贺松涛站在窗前，心中像翻倒了五味瓶，说不清是什么滋味。

5

廖光彬透过宿舍的玻璃，看到几家没有回内地过年的人正带着小孩放烟花，不由自主地拿起了电话，拨通了远在千里之外那个永远熟记于心的电话："妈，新年好，团圆饭吃好了没有呢？"

正在寒暄之际，警铃响了："紧急集合！"

"妈，代我向奶奶和全家问好，我要上火场了，不和您多说了，来不及了！"

电话那头，妈妈还没有来得及嘱咐两句，廖光彬已撂下电话登上了运兵车。刚才，大家还在中队活动室欢天喜地地观看央视春晚节目，转瞬间已是空无一人。

卡定沟火场面积大、坡度陡、海拔高，到处都是刀砍斧削的悬崖峭壁，林内遍布极易燃烧的高山针叶林，倒木纵横，腐殖层厚，山凹还有成片的竹林和草塘。火头经过之处，倒木滚落，爆石飞射。

廖光彬带着水泵组一直奋战在最前线，他不时用对讲机喊道："大家要保持警惕，咱们这次是串联，千万不能出任何问题。"

突然水枪头不出水了，满脸泥灰的廖光彬焦急地对对讲机喊道："怎么回事，哪个地方出了问题？"

"水泵因超负荷运转缺水报警了。"

廖光彬把水枪头甩给旁边的一名战士，立即跑向事发地点。

"快加水，一会儿水泵拉缸了！"

"车上没有舀水的工具。"

廖光彬毫不犹豫地取下头盔，迅速给水泵加水。

贺松涛对张卫疆说道："支队长，林芝大队的战士们打火时间太长了，体力

已经极大透支，让增援的波密大队把他们换下来吧。"

"可以。"

贺松涛用电台命令："林芝大队准备休整，火场由波密大队接管。"

这时前指电台传来消息："前指，现场风力增大，火头正向西线迅速蔓延。"

贺松涛迅速查看地图，张卫疆一指火场西线方位："这火要是越过隔离带，那200名打隔离带的群众可就太危险了。"

贺松涛赶紧用电台喊道："永青，你带党员骨干组成突击队，在隔离带严防死守、阻截火头！"

永青正带着疲惫的官兵们从山上往下撤，听见命令后，廖光彬、林建波、梅玉岭等十几名党员骨干站了出来主动请战。

"廖光彬你能行吗？这可是党员突击队。"

廖光彬目光坚定："虽然还不是党员，但我能拼命。"

廖光彬双眼布满血丝，忍受着寒冷和疲惫架水泵、铺水带、背水囊、持枪头，哪里最需要就冲到哪里，哪里最危险哪里就有他的身影。

永青正组织部队扑火，贺松涛放心不下也爬了上来。突然风向逆转，烟雾氤氲，眼见官兵呼吸困难、咳嗽不断，贺松涛大喊一声："廖光彬，把几根灭火水带缠在树上，大家顺着水带滑到悬崖下！"

烟雾继续扩散，空气中弥漫着高温和木材燃烧的呛人味道，眼见战士们一个个滑下悬崖，转移到了安全地带，贺松涛最后一个离开山头，由于水带磨损严重，裸露的钢丝把他的双手割出了道道血口子，下了悬崖后，贺松涛立即整队："大家挨个报数！"

"1……2……3……21！"见人全都下来了，贺松涛便嘱咐官兵："越是这种情况，越是要头脑清醒，咱们先休整休整，等烟散了再打。"

火场是封闭的，在各种因素的作用下形成了"烟筒效应"，所以一旦烟雾弥漫，在很短的时间就能夺人性命。

烟散之后，受西南风的影响，干燥的针叶林愈燃愈烈，地上纵横交错的倒木也燃起了熊熊大火，火势突变，地表火瞬间发展为树冠火，呈立体燃烧态势，向打隔离带的群众袭来。

"水泵手快顶上去，永青你带群众先撤走！"

危急关头，60度的陡坡上，廖光彬紧握水泵枪头用水柱直压火线，梅玉岭、林建波等也冲了上去，他们相互配合着奋力扑打。

"人都撤完了吗？你俩也快撤！"

"廖光彬，快撤回来！"

"兄弟们先撤！我收尾！"

忽然，一棵直径约 40 厘米、长 5 米的倒木从上方急速滚下，廖光彬着急喊道："快闪开！"

灭火机的声音太响，梅玉岭没有听见，廖光彬着急想上前推他一把，由于坡度较大，行动不便，廖光彬被急速下滑的倒木刮倒后向下滚落在 20 余米外的火场。

只见廖光彬慢慢从火里站起来，身上都是火，他隐约看见贺松涛等人朝他跑过来，又倒在了火里。

贺松涛和战士们抬着受伤的廖光彬在崎岖的山路上艰难前行，为防止颠簸，贺松涛一边走一边用手扶着廖光彬的头，不让其抖动。山路显得特别漫长，似乎没有尽头。尽管寒风凛冽，但抬担架的战士们的衣服都被汗水打湿了。

"廖光彬，你要是疼，就哭出来吧，哭出来就不疼了。"

廖光彬艰难地摇了摇头："我还是数数吧！"

廖光彬："1……2……100……500……1000……"他始终没掉一滴眼泪。所有的战友们都感动地流下了热泪，边哭边喊着他的名字："廖光彬，一定要挺住，马上就到了……"

数数的声音停止了，林建波摸了摸他的胸口，悲伤地说道："参谋长，他已经不行了！"

全体战友个个泪流满面，脱下防火头盔面对大山，无语肃立。

三天后，当殡仪馆门打开的那一刻，廖光彬的家人们一下子都看到了遗体，廖光彬身着一身崭新的春秋常服，静静地躺在那里，神态十分安详，只是面部焦黑，烧伤的痕迹十分明显，但仍可看出他的年轻和英俊。

廖光彬满头白发的奶奶和其他亲属一下子扑到他的身上，失声痛哭："孩子，奶奶怎么不替你去死啊！"

贺松涛一开始还拉着他们，后来他的眼泪也止不住地流了下来，他出了殡仪馆门口，遥望远处连绵不绝的雪山，气势磅礴的山峰此起彼伏，像一条条巨龙盘在青藏高原上。

一只苍鹰飞过，山下的森林傲然挺立在风雪中。

6

冰雪融化，草木蓬生。康坝支队的官兵们在山坡上参加植树造林，大家都挥锄舞镐，干劲十足，劳动现场热火朝天。

月末，康坝支队正在开会，郝江山已提任支队长："今天召开首长办公会，各部门汇报一下大项工作开展情况。"

参谋长李大林首先发言："本月，司令部指导各大队开展了野外化、模拟化训练；派人指导松潘大队抓了正规化试点；参加了州防灾减灾局等驻地警民单位联合开展的防灾减灾日宣传活动。"

郝江山在本上认真记着："信息化建设进展如何？"

李大林赶紧补充："我们对配发的通信指挥车进行了改装，采取以无线为主、有线为辅、机固结合的方式，在高山密林地区建立了多个通信基站，并与州火情监测系统联网，建成了覆盖全域的指挥网络。"

政治处裴主任汇报着："支队与石渠县的89名贫困藏牧民开展的结对认亲活动进展顺利，通过文化、科技扶贫帮助他们开展特色种植养殖。"

"政治处干事徐骅帮助村民开设了网店，将村子里的纯绿色农副产品卖到了全国各地，增加了收入，受到村民欢迎。"

"在全体官兵的努力下，'警民希望小学'已经建成，9月初开学，可以让驻地藏族学龄儿童重圆上学梦。"

郝江山提出："通过在基层调查了解，基层官兵对我军战斗精神和优良传统知之不多、理解不深，为纪念长征胜利70周年，增强学习教育活动效果，我提议，在全支队开展一系列红色纪念活动，其中最重要的就是重走长征路。"

支队各常委点头称许。

许益民政委补充道："我们很多青年官兵从未深入了解过长征，不知这段历史和森林部队有什么千丝万缕的联系，只有亲身到长征路上走一走、看一看、听一听，才能真正了解长征精神，融入长征精神，我看这件事一定要抓好，政治处牵头抓紧拿出具体方案，司令部和后勤处密切配合，做好相关保障。"

听说郝江山要组织支队重走长征路，刘先河执意要参加。在支队荣誉室内，郝江山、许益民等支队常委、机关干部和警勤中队的官兵围在刘先河四周，一张红色条幅上，刘先河用毛笔书写了"重走长征路"五个遒劲有力的大字。

许益民和一名战士举起条幅："同志们，长征是改变中国命运的红色征程，是中华民族精神的英雄史诗，长征也是人民军队的光荣，作为一名军人，我们必须传承和发扬红军长征的伟大精神，学习先辈们的光荣传统和优良作风。今天，老首长不仅为我们宣讲了长征精神，还书写了条幅，在保护生态的长征路上，我们要永远铭记老首长的嘱托，不忘初心，继续前行！"

官兵们沿着中国工农红军长征路线，相互扶持爬雪山、过草地，穿过泸定桥和大渡河，一路背着水壶军挎，唱着红色歌曲、喊着响亮的口号，在蜿蜒崎岖的路上，探寻着红色的基因。

在松潘草地，刘先河为官兵讲解长征历史，向烈士墙献花敬礼，缅怀革命先烈，在四渡赤水太平渡渡口纪念碑前，官兵们整齐列队、佩戴党徽、举起右拳，面对鲜红的党旗进行庄严宣誓。

红军长征纪念馆内，官兵们一边驻足观看一幅幅历史图片和文物，一边用心聆听刘先河讲述长征的故事。

来到松潘红军长征纪念碑碑园，走在碑园台阶上，刘先河边走边对郝江山等人讲述着："从山上登到山顶，需要跨越 609 级台阶，象征着红军长征所经历的 609 次战役。"

红军长征纪念碑园在阳光的照耀下，金光闪闪，璀璨夺目。碑前，刘先河深情凝视，沉思良久，仿佛又回到了那战火纷飞的年代。

重温长征的历史，并不是号召大家再次用脚步去丈量那漫长的征程，而是要用心灵去感受和领悟长征精神，去传承和发扬长征精神，进而培育新时代的伟大长征精神。

7

刘先河到升钟湖看望郝胜茂，郝江山好不容易休假，也带着小核桃回到老家。

小核桃一脸疑惑："爸爸，你为什么带我到山上来？"

郝江山看着小核桃："这正是我要告诉你的。"

小核桃望着郝江山："为什么？"

"很久很久以前，人类和野兽、飞鸟等兄弟姐妹，共同生活在大森林母亲的怀抱里，后来人类从树上下来，走出了森林。他们砍掉树木，盖起了房子，捕杀野生动物为满足更多的欲望，不停地砍伐树木，森林越来越少，还猎杀了不少动物，空气生了病，水也臭了，地球也变得危机四伏。"

小核桃思索了一会儿："保护森林，我也有份，就像爷爷那样种树吧。"

"好儿子！"

刘先河望着满山郁郁葱葱的大树："胜茂，这些树都是你一棵一棵栽的？"

"好不好看？这200多万棵树都是我的兵！"

"好看！"

"早些年的老森警能活到60岁的没几个，没想到我能活这么长，我觉得种一棵树就年轻一天。"

"不简单！愚公移山，改天换地，虽然你改不了天，但把地换了。"

"多种一棵树，就多一棵生态卫士，你看这山绿了，水清了，动物也多了，好日子就回来了。"

难得回老家一次，祖孙俩天天腻在一起，小核桃拿着一把小水枪将水喷在小树上："爷爷，我帮你浇水，你怎么老在这里种树呀？"

郝胜茂边栽边说道："爷爷在还债。"

"为什么要还债呀？"

"爷爷的爸爸是一名烧炭翁，那个时候呀，羲皇村都是以烧炭为生，上半年砍树，下半年烧炭，可无论怎么砍，这树呀就跟割韭菜一样，丝毫没有影响。"

"这山有魔法？"

"对呀，村里的老人说，这是一座神山，它养育着山里的人们。山上有座药王庙，始终庇护着一代代生活在这里的乡亲们。三年自然灾害，外乡饿死了很多人，但是咱们村子就没有饿死人，因为靠山吃山。当年红军在咱们这个山上驻扎了好几个月，躲过了敌人的铁壁合围。但后来大炼钢铁，树全砍光了，再也不长了！"

小核桃唱了起来："有林的孩子像个宝，没林的孩子像棵草，离开了森林的怀抱，幸福哪里找？"

郝胜茂放下工具笑呵呵地说道："谁教你唱的呀？"

"是妈妈教的。"

郝胜茂抱起小核桃："来，小核桃，爷爷告诉你一句话，你要记住，人的命根子是田，田的命根子是水，水的命根子是树和森林。"

这时一名中年男子急匆匆赶上来："郝叔，快上我们村看看吧。"

"怎么回事？"

中年男子面带愁容："我们村的树全死了，车就在山下，快帮我们看看吧。"

"爷爷，我也去。"

到了地方，郝胜茂仔细地观察着一棵两人围抱的枯死大树，用手拍了拍，没有发现什么异常。

"会不会有人投毒啊？"

村干部："我看是得了树瘟。"

郝胜茂又观察了一遍："生过虫子吗？"

"没有，四周的树都没事。"

郝胜茂很是疑惑："最近有没有发生过什么奇怪的事？"

中年男子深思了一会儿："年前村子里来了很多捕蛇的人，村子里的人见有利可图也去捕，捉来卖给蛇贩子，倒是发了一笔不小的财。"

"现在还捕吗？"

一名村干部兴奋之情溢于言表："现在没有蛇了，蛇多的时候，我们村的刘胖子用卖蛇的钱，还盖了一座大砖房呢。"

"唉，你们呐，造孽了，你们刨开树根看看。"

村民面面相觑，有人拣一棵枯死的小树刨了下去，不大一会儿就喊道："树根好像都被什么东西啃了似的。"

"郝叔，怎么会这样？"

郝胜茂拿起一段树根："是老鼠，这东西没事的时候，喜欢咬树根磨牙，而蛇又吃老鼠，现在蛇没了，老鼠就没有了天敌，这树啊，可惜了，树死光了，山也就秃了，泉子恐怕也会跑掉了。"

看热闹的妇女一拍大腿："您可说对了，咱们村子里泉子再旱也没断过，今年都不流了。"

"人、动物和这山、这水，这都是一串上的，小到细菌、蚂蚁，大到鲸鱼、大象，都有不可替代的作用。"

"离开了谁都不行，就像自行车上的链条，少一节就接不上了，缺少了太多的生物链节，就会破坏生物界的正常循环和生态平衡。"

"洪涝、干旱、沙尘暴、水土流失、气候异常等这些事儿，从根源上讲都是生态失去平衡造成的，你们说说这是个多大的教训？"

听到这里，村民们懊悔不已。

8

网上称刘亦欣是"生态环保卫士"，早在1996年她就和几个朋友发起了"绿色家园守护志愿者"行动，但她认为自己只算是一个呐喊者和行动者，身体力行，奔走呼喊，周记者也笑称她是"最濒临灭绝的物种"。

走上这条路，郝江山给了她支持和力量，环保是让人崇敬、无上光荣的职业，"生态人"所付出的就是为了人们更美好的生活。

在中国很难看到真正连片的大树了，虽然有很多大山，但已经没有了成片的森林，现在大部分都是一些次生林和树毛子，有的只是林子，林子里只有树，其他动植物很少，这不能叫作森林。

天然林的破坏肯定会引发极大的环境问题。近几年桉树的疯狂扩张，可能是新一轮生态灾难的前兆，毁林造林，砍了树再种树，森林覆盖率在上升，生态效益却在下降，真让人痛心。

近一年，刘亦欣都在对森林进行调查采访，在南方一个地区，志愿者甄书谊告诉她，前面这片大山，之前都是一片原始林，山谷内有很多参天的大树，野猪、麂子、山鸡、野兔老多了，还有很多蘑菇和野果，山泉常年流淌，景色也好。

调好相机，摁动了快门，取景器内的人工林就像是布局森严、刀枪整齐的战士，像一张令人窒息的绿布。

"这么大一片地方，说砍就砍了？"

"乡里的干部说，这山是荒山，山上都是杂木林子，没什么用，砍了可以造林，还能增加森林覆盖率。"

"据说这么一大片桉树林子，值一千多万呐！"

"现在还有天然林吗？就是杂木林子。"

"没有了，没栽桉树的地方都种了果树。"甄书谊指了指旁边："那些成片成片的都是村民的果园。"

甄书谊顿了顿："在勤劳致富面前，跟村民谈生态保护和生物多样性是没有多大意义的，我们这里还是有名的'甜橙之乡'。"

"这么多人工林和果树林，涵养水源的能力比较差，难怪这里森林覆盖率这么高，还是年年发洪水。"

"是啊，天然的林子都被替换完了，山薄了，山空了，山青而水不秀，里面啥动物也没有了，没砍树之前，下再大的雨也没有发生过洪水，可现在一下雨就有山洪，河流就暴涨。"

"您是记者，好好写写吧，让更多的人知道。这事肯定会触及很多人的利益，我们不是为钱，是为了子孙后代啊。"

刘亦欣心想何止是这里，这儿的现象也许是中国部分地区的一个缩影吧。

村主任扛着一把铁锹慢悠悠跟了上来。甄书谊朝主任点了点头，主动打招呼："主任来了！"

村主任警惕地看了看刘亦欣，朝甄书谊问道："甄书谊！她是什么人？"

"主任，她是城里来拍鸟的，让我给带路！"

"不是记者？"

另一位村民帮衬道："不是，不是，真是给鸟照相的。"

村主任声音不大，但很生硬地说："别惹麻烦，你可知道后果！"

廖永刚因为腿伤没有抽组到四川，转业后被分配到家乡的林场，通过努力当上了林场场长，他对前来采访的刘亦欣吐起苦水："砍掉山上一棵树，没有人会关心，可是森林就受了一次伤。我们这里正在搞旅游开发，建酒店、度假村、培训中心，都涉及占用林地，几乎都没有正规手续……"

电话铃响。廖永刚笑着说道："对不起，我接个电话。"

廖永刚："这里是平安林场，我是廖……"

电话内传来嚣张的声音："廖永刚，这个场长你能不能干？要是不想当，明天就有人来换你！"啪的一声，对方挂断了电话。

廖永刚脸色沉重地挂断电话："我都习惯了，经常有人打威胁电话。"

"这都是些什么人呢？"

廖永刚感慨道："什么人都有，据说有个叫叶香的女人，后台还很硬，势力挺大，要在我们这里建酒店。"

刘亦欣心中一惊，叶香不是秦朗的爱人吗？之前在昆明还带我和江山一起游玩过，怎么会做这种事？但考虑到时机和场合不适，于是转移话题接着问："景区的饭店都在兜售野生动物，很多都是国家级保护动物，这个你怎么看？"

廖永刚闻言更是伤感："我有时觉得，我们也像这些保护区内无辜的野生动物，都不能自保，又有什么能力保护好这些'祖传基因'，你知道吗？为了保护投资者的积极性，是不允许到一些饭店去检查野生动物销售和食用情况的，保护工作开展难度确实太大。"

"没想过离开吗？"

廖永刚来了精神："不舍得，不瞒你说，我第一眼看到这山，就爱上了它，在这里工作，是世界上最幸福的事业，就像当初当森警一样。"

此时，威时代集团正在召开 2007 年战略发展大会，张家贵等应邀参会。

孟虎威指着中国地图："今年速生林这一块，还要继续扩大规模，实施'圈山运动'，按照'南桉北杨'计划，在原有基础上增加 500 万亩……"

张家贵听后眉头紧蹙。

会议结束后，孟虎威与张家贵等人在山林内野游、烧烤。孟虎威递给张家贵一根肉串："张兄！我把桉树和杨树都交给你打理了，怎么还不高兴？"

张家贵接过肉串："我是觉得，咱们这么做，是不是有点伤天害理了？"

"你怕钱多了烫手吗？"

"我看网上，对咱们的评价不是很高啊！说我们在制造人间废墟和绿色沙漠，对生物多样性是毁灭性的打击。"

孟虎威狠狠地咬了一口鸡翅，打断他的话："这生意路子宽得很，是个多赢的大好事，我们帮他们增加了 GDP，还增加了森林覆盖率，要是真出了问题，地方政府肯定会帮我们打掩护，封杀反对声音和不同意见的。你慢慢会发现，错误也许就是一种成就，上了这条船，谁都下不来了，利益就像老树盘根，互相纠结缠绕。至于舆论方面，找几个生态专家开个研讨会，私底下给他们点好处，不信他们不为我们鼓呼，再以公司的名义成立一个环保和慈善机构，造造声势，就没啥问题了，兄弟，你就放心大胆地干吧！"

众人围坐在一起喝着啤酒、吃着烤串，划拳唱歌好不热闹。悄然间，烧烤炉旁边的无烟木炭引燃了干草，点燃了腐殖层，引发了山火，冒起了浓烟。

一名瞭望兵迅速判定方位后，立即拿起对讲机向支队作战勤务值班室报告，作战值班员利用防火系统确定坐标方位，及时下达开进命令，一队队森警官兵迅速集结携带装具登车。

孟虎威等人发现山火蔓延，慌了神大喊着朝山下跑去。

与此同时，在西方某国豪华酒店包厢内的饭桌上摆满了美酒珍馐。全远德举起一只红酒杯："情人节快乐！"

衣着华丽的叶香与全远德碰杯："情人节快乐！"

全远德放下红酒杯，打开一个精致的盒子，取出一件披肩，然后又将手上的戒指取下放在叶香左手中。

叶香有些疑惑地看着他。

全远德将披肩的一头塞进戒指，示意叶香从中抽出。

硕大的披肩竟从戒指中穿过，叶香精明而又漂亮的眼睛由疑惑转为惊喜："指环披肩！"

"叶香，选来选去，我觉得只有这件沙图什披肩最符合你的身份。"

叶香起身有些不敢接受："不，不，这太珍贵了。"

全远德近前将叶香按在座位上，将披肩披在她身上："这等美物是可遇而不可求的呀，明天的酒会一定要披上。"

9

西藏森林总队机关院内，全副武装的森林官兵与自治区、拉萨市森林公安呼声震天，执勤分队的红旗迎风招展，蓝天、白云将"高原利剑—2007出征誓师大会"的红色标语衬托得格外庄严、醒目。"啪……啪……"两颗绿色的信号弹腾空而起，直冲苍穹。

贺松涛在队前领誓："保护生态、保护野生动物、保护人类赖以生存的家园！并肩战斗、密切协同、坚决完成任务！"林建波、阿旺、梅玉岭和胖胖的列兵何原等宣誓。

羌塘，蓝天白云之下，远处的雪峰巍然屹立，星罗棋布的湖泊浩瀚纯净，辉煌灿烂的寺庙，红光满面的老人摇着经筒念诵着真言，淳朴善良的人们脸上露出自然的愉悦。

远远望去，一个、两个或三五成群或男或女、或老或幼的朝圣者，不顾路途多么遥远、多么艰险，他们总是不断重复着，一步一长跪、五体投地向前，向着圣地前进……

贺松涛大口喘气，肺部像拉着风箱，胸口持续的压迫感伴随着阵阵灼痛。他仿佛听到双腿关节发出的"咔咔"声，每前进一步都在挑战自我，"在保卫生态的路上，我还没有他们虔诚啊。"

永青面色疑虑："您还不虔诚，看您的身体都造成什么样了？"

贺松涛凝视前方："慢慢地，我已经放不下这里了！永青啊，有一种信念，值得你用一辈子去坚守；有一种职业，值得你用一生去诠释。我们无数的森林官兵们，就是保卫生态的'朝圣者'，也要一步一长叩头，在生态新长征路上义无反顾地向前走着，不管遇到什么样的困难、什么样的艰险，都不能忘记初心，不能忘记曾经走过的路。纵然时光远逝，只要我们初心不改、矢志不移，我们就能换来人与自然的和谐共生，就能建设好秀美山川的美丽家园。"

执勤车辆行驶在一望无际的美丽草原上，藏羚羊在远处悠闲吃草。车辆在坑坑洼洼已经干涸的沼泽地中来回颠簸，车内的行李倒成一团，碰得哗啦作响。官兵们在车内忍受着头痛、胸闷、呼吸困难等强烈的高原反应。

贺松涛和公安局王副局长坐在指挥车内。一群藏野驴在跟汽车赛跑，跑到汽车前面时，还不停地观望。

"王副局长，你看它们还挺调皮。"

"它们不惧怕人类，说明盗猎现象在大幅减少了。"

贺松涛向右侧一指："你看那边有 4 只藏羚羊！"

王副局长向右侧看了看："这里的野生动物是越来越多了。"

"据说，从灭绝的意义上讲，藏羚羊不会落在大熊猫后面。"

"但还是屡禁不止啊，现在高度组织化的团伙盗猎极为疯狂、残忍，装备也极为精良。昨天有野保员报告，又发现了 30 只被猎杀的母藏羚羊。"

"没有买卖就没有杀害，以后要是能对人类、野生动物实施实时监测就更好了。"

车前方一白色物体放亮发光，贺松涛警觉的喊了一声："有情况！"

"肯定是车。"

"嗯，老贺，抓紧通报你们的人。"

"大家做好准备，前方发现一辆可疑车辆。"

何原等人一听有情况，顿时来了精神。分队车辆加速前进，很快就追到了车前面。

贺松涛下了车，盘问道："你们是干什么的？"

"我们是地质勘探队的。"

"你们已经进入了雪那保护站核心区，我们是高原利剑执勤分队，现在要依法对你们进行检查。"

永青等人对 6 辆小车、4 辆东风车进行全面检查，查出藏羚羊角 8 副。

"怎么会有这些东西？"

地质勘探队工作人员："在路边上我们发现了8只被猎杀的藏羚羊，皮剥掉了，所以我们就把羊角收藏了。"

永青拿出藏羚羊的宣传画册："藏羚羊是国家一级保护动物，法律明文规定，不准私藏藏羚羊及其制品。"

"啊，对不起，我们不知道，既然是这样，那就把羊角交给你们吧，我们决不干违法的事。"

贺松涛继续前进，到达界山达阪后，车队停下了脚步，风雪中，官兵整齐列队，贺松涛说道："这次执勤，有一项军事测评科目，就是在这海拔6700米的界山达阪检验执勤分队在极度缺氧、极寒气候条件下，测评我们的综合战斗能力和素质。听我口令：卧姿装子弹！"

随着贺松涛一声令下，执勤官兵齐刷刷倒成一排。

大雪纷飞，银装素裹，界山达阪成了雪的海洋。雪花落到了何原的准星缺口上，100米外的胸环靶已模糊不清，给三点一线增加了一定难度。

"砰，砰，砰……"密集的枪声，在空旷的界山达阪响了起来。

"10环……9环……10环……"

半个小时过去了，实弹射击圆满结束，执勤官兵个个变成了雪人，尽管强烈的高原反应使他们头疼、胸闷，但看到一组组漂亮的成绩，心里却乐开了花。

贺松涛为获得好成绩的何原戴上了大红花。考核结束后，官兵又踏上了前行的路。

刚才艳阳高照，这会又突然刮起了大风，风沙漫卷，黄沙遮天盖地，能见度立即下降到不足5米，好不容易风停了，又下起了冰雹。

梅玉岭说道："又下冰雹了，这就是一天有四季，一山有四季吧。"

车载台突然传来阿旺急促地呼叫："03，03，63呼叫！"

"我是03，请讲！"

"油罐车发生侧滑，请求支援！"

指挥车掉头飞驰而去。达到事故现场时，贺松涛看到油罐车右前轮已陷入路边松散沙坑里，前后桥全部担在沙土上，右边路面路基落差近一米，油罐里的油全都侧到右边，车辆的重心已经完全右移，前进不能，后退无路，稍有不慎就可能会侧翻。

"老贺，这油要是没了，这次行动就彻底失败了。"

"放心吧，王副局长，我有办法。"贺松涛接着命令道："用斯太尔物资车从正左侧用钢丝绳拉着，确保不会发生侧翻，另外两辆车从后面慢慢地往后拉！"

官兵紧张而忙碌地准备着，忽然风沙骤起，一阵寒风吹来，冻得永青、林建波、何原等人瑟瑟发抖。

贺松涛吐了一口沙子指挥着："看我手势，把力用在一块儿，一定要确保万无一失！"

一个多小时过去了，官兵们已经筋疲力尽，油罐车终于摆脱困境，车队继续前进。

何原回到车里坐下后对林建波说道："班长，我的头好疼啊，浑身没劲。"

林建波喘着粗气回道："这可是我国地势最高的一级台阶，被称为世界屋脊，在海拔5000米以上的地方劳动，对体力的消耗相当于在内地劳动的两倍以上。"

何原揉着脑袋："那藏羚羊为什么不怕这里的环境？"

林建波说："长期的进化与适应，使藏羚羊长出了既轻薄又温暖的特殊羊毛，因此能够生活在这地球上最恶劣的环境中。"

"但这也为它们带来了血腥的杀戮，拥有一件沙图什披肩是西方国家显示身份的标志，一条女式披肩就意味着要牺牲3只藏羚羊的生命。"

何原从衣兜里掏出奥运福娃"迎迎"的挂件，认真端详着："简直就是不可原谅的罪恶。"

"何原，这次行动很艰苦，你怕不怕？"

何原捂着脑袋："中队长，我不怕！"

"我看你这次光入党申请书就写了三份。"

"这么重大的活动，我得积极参加。老兵们都说这是集体减肥行动，林班长每次来羌塘都瘦10多斤，要是我不得瘦20斤啊。"

林建波笑着说："你小子态度可不端正啊，到时可别给我掉链子，我可背不动你。"

第二十五章　生态劲旅

1

羌塘无人区，地广人稀，道路崎岖不平，高原的风吹在脸上跟刀割似的难受。汽车跑在路上就像跳"迪斯科"，车轮卷起沙石敲击车窗的声音，很像有人在伴奏。何原已经习惯了这样的道路，默默地望着车窗外无尽的山峦和草原。

贺松涛用对讲机喊道："这个路段有很多淘金者挖的沙坑，驾驶员要小心驾驶！"

忽然，一只藏羚羊从对面飞蹿到车队前面跪了下来，司机紧急刹车，车子在距藏羚羊仅半米的地方停了下来，车上所有人都吓出了一身冷汗。

司机用了好多办法想赶走它，但藏羚羊却一直跪在地上纹丝不动，并用乞求的眼神看着官兵们，一会儿竟流出了眼泪，不一会它竟缓缓站起身来，一步一回头向右侧草坡走去。

贺松涛下了车："它肯定需要帮助，我们去看看。"

官兵们跟着藏羚羊翻过一处草坡，在一个土坑里发现了一只小藏羚羊，它的左前腿正在流血。

"林建波，快，快包扎上。"

何原将小藏羚羊抱在怀里，林建波查看了伤口："是枪伤，幸好没有伤到骨头。"

说完从卫生员包里掏出碘伏消毒，又把消炎药粉敷在伤口上，最后用纱布小心翼翼地进行了包扎。

"何原，把小藏羚羊抱到车上去吧，伤好了再放归，别忘了一会儿给它喂点水。"何原抱起小藏羚羊抬头看见前方一群秃鹫："班长，那边好多老鹰。"

"那明明是秃鹫好不好。"

"这么多秃鹫肯定有情况。"

走近后，官兵们看到 40 多头藏羚羊的尸体凌乱地摆放在一处荒坡上，死不瞑目的藏羚羊仇视着人间。

秃鹫并不怕人，依然在吃着剩肉。

贺松涛察看一番发现，这伙人用的都是小口径枪，剥皮的刀法都不尽相同，有的是从头部起刀，有的是从尾部，还有从枪口直接剥的，可能还有一个新手，由此判断，盗猎者在3人以上。

王副局长有些疑问："这一路上并没有发现轮胎印。"

贺松涛提出："他们可能是骑马。"

"骑马？"

"对，骑马，你看这里有马蹄印，在这里车可能不方便，但骑马便于机动，他们应该没有走太远，要不我们分头追吧。"

山坡东南侧，4名背着藏羚羊皮的盗猎分子，将一群藏羚羊围在一处冰山河流处，河水湍急，宽约7米，藏羚羊群不知所措，慌乱四窜。盗猎分子骑在马上朝藏羚羊不断扫射，一只只藏羚羊倒在血泊中，一只母藏羚羊倒下了，旁边的小藏羚羊没有跑反而扑上去，贴着母藏羚羊开始哭泣。

这时藏羚羊群开始安静下来，枪声中一只老藏羚羊叫着，试着下到冰河中，但瞬间就被冲跑了。

4名盗猎者都放下了枪，惊奇地看着这一幕。此时藏羚羊群沉默了几秒钟，立刻分成了两伙，成年的一伙开始向河中走去，虽然也有被冲走的，但还是有藏羚羊往前扑，成年藏羚羊挡住了湍急的河水，搭起了一座小桥。

幼年的小藏羚羊踏上"桥"跑到了对面，等最后一只藏羚羊到对面时，"羊桥"终于支撑不住，全被冲到了水中。

盗猎者头目冷漠地说："快点剥皮子，凉了就不好剥了。"另外3名盗猎者翻身下马。

车队在广袤而苍茫的高原上奔驰着，突然永青乘坐的车辆陷入沙坑中，大家急忙下车帮忙推车，在车轮旁发现了一串马蹄印，中间还嵌着一根烟头。爬上山坡，远远看见4人在追逐藏羚羊。三声枪响，林建波看见3只藏羚羊倒下，隐约传来盗猎者阴冷的笑声，官兵们眼睛里满是怒火。

瞄准镜里，犯罪分子下了马朝藏羚羊走去，永青示意道："我们一起开枪，先把马干掉！""砰！砰！砰！"3匹马应声倒地。

瞬间，4名盗猎者全都转身向幸存的一匹马跑去，最后老板抢到了马，跨上马准备逃离。

林建波见有人要逃跑，立即从山丘后面蹿了出去："站住！立即停下！不然我开枪了！"

"等一下，他们有枪。"

林建波早就冲出去20多米了。永青瞄准老板骑的马，枪响过后，马匹倒地，老板也摔倒在地，永青和梅玉岭也冲了上去。另外3名盗猎者看见有武警追来，惊慌地举起手，林建波冲上前收缴了他们的枪，永青和梅玉岭闪电般扑过来将3人制伏。

老板从地上爬起来向前跑去，林建波追了上去："把手举起来，否则我开枪了！"

老板迅速朝身后开了一枪，子弹"嗖"的一声从林建波耳边飞过。

"胆好肥啊！"

林建波定了定神，擦了一把脸上的汗，朝慌不择路的老板瞄去，开了两枪，老板还往前跑，看样子是没打着。

这时，老板又回头朝林建波开了一枪，永青追了上来喊道："小心！"

林建波的帽子飞了起来，他摸了摸脑袋，惊出一身冷汗，随即朝老板追去。

距离越来越近，体力消耗也越来越大，老板又朝林建波开了一枪，林建波快捷打滚躲过，顺势趴在地上。

老板喘着粗气举起枪："放了我，我可以给你很多钱，你想不到的数字，当然我也可以杀了你！"

"做梦，你的钱沾满鲜血，肮脏！"

永青瞄准后开了一枪，老板趴在了地上。

"打中了，打中了！"林建波欣喜着跑到老板跟前，掏出手铐。

"危险！"

这时装死的老板一个翻身，就把枪顶在了林建波的后腰，卸了他的枪，朝永青说道："把枪扔掉，再过来一步，我就崩了他。"

永青冷冷地说道："你跑不掉的，我们的人马上就能过来，你放了他，现在自首还可以减轻处罚！"

"哼哼，我犯的事都够死好几回的了，不差这一条人命。"

老板用枪顶着林建波的脑袋："快把枪放下！再不放下，我就给他一枪。"

说完朝林建波的脚旁边开了一枪。

林建波睁开眼睛，大口地喘着气，脸上的冷汗直流。

永青把枪放在了地上。

"把手举起来！"

永青慢慢举起了双手："只要你不伤害他，有什么要求，我都可以答应你！"

"你现在没有资本跟我谈条件。"

山坡后面的贺松涛问正在瞄准的何原："这个距离能不能打中？"

"距离有点远。"

"有几成把握。"

"八成！"

"掌握好时机。"

永青举起手："你到底想怎么样？"

老板赶着林建波朝永青的方向走："你退后，快点，不然我打死他！"

永青退后，老板将永青的枪捡了起来："让你们的人把马牵过来。"

永青反问："我的战士怎么办？"

"过了安全距离，我会把他放了。"

"我不相信你的话。"

"你少废话，快牵马！"老板说完朝永青开了一枪，永青的作训帽飞落在了地上。在老板朝永青开枪的同时，何原扣动了扳机，老板脑袋上冒出了鲜血。

2

返回的路上，天已经黑了，运兵车深深陷到沼泽地里，借着灯光，官兵们下了车，水把鞋子都打湿了，也顾不上那么多了，分别站在车后和两侧用力推车。

傍晚的高原风呼呼叫着，像刀子一样刮在脸上，即使把大衣穿在身上也难以抵御高原的寒气。经过几番周折，手破了、衣服湿了、脸脏了，终于将车开出了泥潭。

贺松涛在指挥车里用车载台喊道："现在司机都很疲惫，大家也很累，我提议组织个电波联欢会，就叫万里羌塘万里歌，每名带车干部来一首歌，提提神，我先来。"

电台里传来贺松涛的歌声："雪压青松挺且直，梅开腊月火样红，革命的气节如生命，军人当自重……"声音很疲惫，甚至有些沙哑，但大家一听到贺松涛唱歌，瞬间都来了精神，车里气氛也都活跃起来了。

官兵们一首接一首地唱着，电台里的歌声此起彼伏，歌声随着高原晚风飘向远方，在空旷的雪域高原上显得那么悦耳动听、那么感动、那么温暖。

车队行驶在蜿蜒的盘山路上，望着远处林立的雪峰，贺松涛的身体已经适应了转弯时的"漂移"。他熟悉这里的一切，多年来这些路走了多少遍，巡护了多少次，转了多少弯道，他已记不清了。

到达宿营地，又困又累的官兵下车后，都不同程度地出现了高原反应，倒头就睡。

林建波架着何原："坚持住，别睡觉！还没吃饭呢。"

"班长，我……我不吃了，我得睡一会儿。"

贺松涛下达命令："所有人员必须吃饭，吃完饭才能睡觉，这是命令，必须坚决执行！带队干部做好监督，不吃饭的和带队干部一起处分！"

"班长，为什么必须得吃饭啊，我头疼得厉害，一点胃口也没有。"

"不吃饭，睡下去有可能就再也起不来了。"

"啊！？那我能不能洗漱啊？"

"洗漱，这一个多月你别想洗了。"

晚上吃完饭，贺松涛在帐篷内叮嘱干部："咱们几个干部排好班，分时段查铺查哨，要挨个官兵观察，全时跟踪，做好交接，一定要确保万无一失。"

待大家睡下，贺松涛一个帐篷一个帐篷地检查，当查到两个新战士时，见两人的牙齿一个劲地打战，贺松涛不由分说和衣躺在两人中间，把两人冻僵的脚强行夹在双腋下。

夜里，一阵剧烈的疼痛，让刚刚入睡的贺松涛猛醒过来，他使劲抓挠着胸口，看着旁边熟睡的司机张开大嘴，却发不出一点声音。他痛苦地挣扎着，又看了看氧气袋的位置，用尽浑身力气翻了个身，滚落在氧气袋旁边，又艰难地将嘴凑到氧气袋旁吸了几口救命的氧气，终于缓了过来。

何原在帐篷内捂着脑袋，翻来覆去睡不着，起身来到帐篷门外呕吐。回到帐篷刚躺下，突然"嘶啦"一声巨响，何原抬头一看，帐篷已飘在半空中了。林建波和何原等战士们都蒙了，愣愣地看着"风筝"越飞越高。刹那间，狂风卷着雪粒猛扑过来飕飕作响。如置身冰窖的他们，急忙钻进临近的帐篷。

"老梅，快让个地儿，我们班帐篷飞天上去了。"

"啊，这也挤不下啊。"

"都蹲着得了，反正也睡不着。"

黎明的曙光揭去夜幕的轻纱，迎来高原灿烂的早晨。贺松涛带领官兵继续沿线巡逻，在雅曲乡搜查了所有的饭店、旅馆和商店。三个战斗小组，配合林业公安分别从东、南、北三个方向，按照任务划分同时展开行动。

永青带领梅玉岭、林建波、何原等人进入商店开始搜查，不一会儿，梅玉岭就在商店箱子里搜出了羚羊角。森林公安、执勤官兵迅速行动，控制了涉事人员，收缴了20余只藏羚羊角。

梅玉岭用刀划开一条棉被，摸索着掏出一把羊绒对何原说道："你看，藏羚羊绒很细，可以藏到任何你想不到的地方。"

何原从地上拽起一床棉垫："没想到这里面也有！"

林建波掀开墙上的唐卡，后面暗格里又发现了5张藏羚羊皮。各小组都先后搜出一些野生动物藏品及制品。

贺松涛带领战士在另一处旅馆内，抓获了一名私藏藏羚羊皮的妇女，对永青说道："把她移交森林公安。"

这时，一个五六岁的孩子跑过来抱住妇女的大腿，母女抱头痛哭："求求你，放过我们吧，我的孩子还小，我只是赚些糊口钱。"

"行行好，放了我妈妈吧，我妈妈不是坏人。"

现场顿时一片凄惨，永青和林建波内心纠结，难为情地看着贺松涛。

贺松涛声音哽咽："小羚羊失去母亲的惨痛，跟现在是多么地相似，母藏羚羊会跪拜、会流泪，跟人类一样有感情，你们忍心杀害她们，可曾想过它的感受？不是我冷血无情要抓捕你，是你干的坏事太多，你理所应当受到应有的惩罚！"妇女听完贺松涛的话，流下忏悔的眼泪。

各小组将搜查到的违禁品集中到村头，各种野生动物藏品及制品触目惊心，藏羚羊角、藏羚羊皮、藏羚羊绒，猞猁皮、狼头、狼皮、盘羊皮、岩羊皮、熊皮等摆了满满一地，共抓获了15名犯罪嫌疑人。

3

在升钟湖镇郝胜茂家，郝明月和梅朵、刘亦欣和小核桃围坐在桌子前，有说有笑，满满一桌菜肴香气扑鼻。江山妈在门口不断张望："你爸种树还种出名堂来了，三天两头有人请去帮忙，一去就是一天，忙起来连电话也不接，要不咱们先吃吧，别把我俩大宝贝饿坏了。"

"没事，妈，我们再等等吧。"

乖巧的小核桃坐在凳子上："奶奶，我们不饿。"

梅朵也表示："外婆，我要等外公一起吃。"

江山妈掏出手机："我再给他打一下。"

此时，偏房里传来叽叽喳喳的响声，郝明月："妈，是什么在叫？"

"是你爸养的灰喜鹊。"

梅朵和小核桃一听有灰喜鹊，起身吵吵着要去看，郝明月和刘亦欣也好奇地走了过来。

江山妈打开偏房，只见横架上一排排小格子内，一只只小灰喜鹊正张着嘴巴嗷嗷待哺，江山妈拿起放松毛虫的盒子喂了起来："下午光顾着做饭，忘了喂了。有一年林子生了虫子，你爸怕打药污染环境，还会毒死益鸟益虫，就训练了一群灰喜鹊吃虫子。"

小核桃高兴地抢过江山妈手中的虫子："这么神奇，它们听话吗？奶奶，我帮你喂吧。"

"外婆，我也要喂。"

江山妈抚摸着俩人的小脑袋："这些小家伙们可通人性呢，你爷爷一吹哨子就都飞过去了。"

刘亦欣心想，这倒是一个好办法，节约了资金，维护了生态平衡，还避免了环境污染。

郝明月建议嫂子："这么好的题材，是不是得宣传一下？"

"有道理，必须宣传。"

林间小路上，刘亦欣胸前挂着一部单反相机与郝明月边走边聊，小核桃和梅朵跑在前面。

刘亦欣："明月，听你哥说，你辞去了市政府的生态顾问职务？"

"已经辞了。"

"这工作不是很好吗？"

"很多时候，我的理念跟决策者有很大冲突，实际工作中，多数人普遍缺乏参与生态建设的意愿，对生态效益了解还不多，保护生态的意识比较淡薄。"

"那你有什么打算？"

"十年之计，莫如树木；百年大计，莫如树人。我想转行做生态教育，因为我不可能改变现在的决策者们，但是我可以影响孩子们，将珍爱自然的理念传递给下一代，孩子们的生态素养水平决定着未来社会的基本形态，影响着每个家庭的生态行为模式。"

"生态教育可以使人们了解生态系统知识，引导人们树立正确的生态价值观和塑造美好的生态情感。我认为生态教育，是防范胜于救灾的最有效且最持久的生态保护手段。"

刘亦欣拉着郝明月的手："妹妹，没想到你竟有如此见识，真了不起。"

"这是一个漫长的过程，想法是挺好，真要实践起来，未必会一帆风顺。"

"我们一起去努力。"

饭后，郝胜茂一心想着去种树，便拉着刘亦欣和郝明月上山去了。刘亦欣端起相机拍着风景，灰喜鹊在树枝上跳来跳去，小核桃和梅朵在不远处的林中玩耍，郝明月帮助郝胜茂扶正一棵树苗，望着满山坡绿油油的树木："爸，你这二十年，给大山换了一身新衣服。"

郝胜茂放下铁锹，欣慰地问道："漂亮吧？"

郝明月点点头："漂亮，真漂亮，爸，都说你种的树成活率高、长得好，结的果子还多，难道你有秘诀？"

一谈起种树，郝胜茂的话匣子就打开了："没有什么秘诀，我也是跟古人学的，柳宗元《种树郭橐驼传》中有句话：顺木之天，以致其性，这是什么意思呢，就是说，种树要尊重树木的本性、天性，顺应树木生长发育的自然规律，让它按自己的习性生长，你要相信每一粒树种、每一棵树苗都有长成参天大树的潜质。"

"我明白了，你和郭橐驼一样，就是掌握了这种道理的人。"

"种树要讲究适度，避免过犹不及，栽树的时候要把树根放得舒展，培土不能太松也不能太实，浇水不能太少，也不能太多，该照顾的时候要像对孩子那样用心，该放手的时候要让树木自己生长，这就可以了。"

郝明月反复回味着这句话："顺木之天，以致其性。"

4

康坝支队汶川大队六班宿舍里，郝江山佩戴着列兵警衔在擦桌子，党新走了进来微笑着露出两颗小虎牙说："首长好。"

郝江山放下抹布："副班长，我再纠正一次，我是来中队当兵锻炼的，你叫我郝江山，也可以喊我老郝。"

"我还是叫你老郝吧。"党新眨着大眼睛想了想："老郝，你的被子今天我给你修了，每周二、周四中队都要检查卫生。"

郝江山一本正经："谢谢，副班长，我说今天看起来怎么这么顺眼呢。"

这时另一名战士走进来："老郝，班长让我喊你小练兵，一会儿要组织看新闻。"

郝江山立正回答："是！"

中队组织观看新闻联播，刘逸博可能为了照顾郝江山，特意从中队部给他换了一个凳子。

值班员下达了口令："坐！"

郝江山坐了下去，感觉比其他人高了很多，顿时有些不自在，心想这位置虽然高了，但形象却矮了，与官兵的距离也远了。他将凳子搬走，拿起写有郝江山名字的小马扎，打开重新坐好，双手放在膝盖上。战友们向他投来了敬佩的目光。

上午，郝江山和班里的战友们在一起修理水泵，党新拽响了一台修好的发动机，高兴地夸赞道："支队长……不，老郝，你的技术不错嘛！"然后关掉灭火机。

"一般一般，总队第三。"郝江山拿着化油器仔细端详着："以前我们队里有个老兵叫于连合，我这都是跟他学的，那灭火机具和车辆修得才好呢，听声音就能辨出各种毛病。"

"这么神？"

郝江山用脏兮兮的手擦着化油器："只要用心，你们也能这么神。"

这天，烈日当空，汶川大队官兵正在训练场上开展水泵架设与撤收小测试，指导员魏正文在一旁掐着表。

手握水枪头的刘逸博焦急地看着旁边的战友，又看着速度稍慢，佩戴列兵警衔忙着铺设水带的郝江山："加油，老郝！"

六班其他战友也为郝江山呐喊助威，郝江山穿着厚厚的灭火服，满头大汗："快了，快了。"

六班的水枪喷出白花花的水柱，其他班也相继出水。

魏正文摁停了秒表吹响了哨子："停，六班第一名！"

刘逸博微笑着看了一眼郝江山，郝江山调皮地做了一个加油的手势，六班战士欢呼起来，高兴地将郝江山抬起抛了起来。

课间小休息，树荫下，郝江山与六班战友们亲热地交谈着。

刘逸博非常认真地喊道："今天，郝江山同志表现很好，我建议给他鼓掌点赞！"

六班全体战友都为郝江山鼓掌，郝江山示意停下："还好，今天没拖咱们班后腿，下一步我得向班长学习，争取五公里超过班长。"说完，对着刘逸博意味深长地笑了一下。

"超过班长是不可能了，他轻装18分钟。"

郝江山伸出大拇指："厉害，厉害，这么快！"

"岂止是五公里，我们班长所有军事课目都优秀，所有装备都能拿得起、放得下，既卖得了萌，也上得了火场。"

刘逸博挠挠头，有些不好意思。

郝江山转向刘逸博："班长，你这兵当的肯定没什么遗憾了吧？"

刘逸博思索了一下："有。"

郝江山："噢？说来听听。"

刘逸博表情有些黯然："年底就要退伍了，我的父母还没有看见过我在部队当兵的样子，没有见证过我参加比武取得好成绩的时刻。"

党新和战友们也附和道："是啊，要是父母和对象能来看看该多好。"

"好，我一定帮大家圆了这个愿望。"

"那咱们拉钩啊。"

郝江山伸出小拇指："拉钩上吊，一百年不许变！"

傍晚，党新从熊猫苑执勤返回途中，被山上滚落的飞石击中，头脑一直晕胀迷糊，被送到县医院拍片观察，发现颅内有渗血迹象。

郝江山得知情况后，及时联系最好的医院，大半夜亲自带车，拉着警报穿行在山路上，风驰电掣两个多小时，将党新送往省人民医院挂号急诊。

当150毫升鲜血从党新的头颅中抽出来，又输入一些止血药后，党新的伤情迅速得到控制，终于脱离了危险。

苏醒过来的党新，看到一夜未合眼的郝江山，激动得热泪扑簌簌地流了下来："谢谢支队长救了我。"

郝江山半开玩笑半当真地说道："算你小子命大，稍有一丝马虎，后果就不堪设想了，安心养病吧，医生说不会留有后遗症的。"

"嗯，我争取尽快好起来，防期还要上山打火呢。"

几天来，郝江山一直陪着党新，为了分散他的注意力，他与党新聊了很多，从生活到工作，从文化到音乐，既像父亲又像兄长，让党新感受到了浓浓的亲情。

下连当兵的日子里，郝江山深切体会到，一个领导最大的本事，是让部属发挥最大的本事；一个领导最大的能力，是让部属人人尽心尽力；一个领导最大的财富，是让部属拥有一生的财富。他要求每名基层主官，必须演好四个角色：当好"校长"，既要强自身还要带好部属，不让一个官兵掉队；当好"良医"，既要会诊病还要善开方，不让一个官兵身心有病；当好"交警"，既要保畅通还要减压力，让每项工作有序运转；当好"导演"，既要搭台子还要指路子，让每名官兵人生都能出彩。

5

在尼玛县荣玛乡的路上，贺松涛对永青等干部边走边说："今天执勤分队在荣玛乡休整，我们还要与前几次一样，充分发挥好战斗队、工作队、宣传队的作用，走一路、红一片，做到一边完成任务，一边宣传群众，为构建美丽西藏、生态西藏做出贡献。"

随后，军医为牧民进行义务巡诊，林建波向群众讲解高原常见病预防常识，永青向群众赠送药品，贺松涛给驻地孤寡老人送去大米、罐头等慰问品。

阿旺向村民发放保护野生动物的宣传画册，何原在学校向小学生讲解野生动物保护的意义和基本常识，教育孩子们做一名保护野生动物的"小保护神"，小朋友把哈达戴到了何原的脖子上表示感谢。

贺松涛、王副局长为荣玛乡农牧民上宣传教育课，简易黑板上写着：作为雪域高原的主人，我们能做什么？

贺松涛首先发问："有谁知道保护藏羚羊等野生动物，对我们有什么好处？"

一位牧民笑着说："藏羚羊很有灵性，跟大熊猫一样珍贵，如果不能保护好藏羚羊，后人就再也看不到了。"

另一位年轻的牧民举着宣传册说道："我知道，宣传资料上说藏羚羊的基因很优秀，可以为人类造福。"

贺松涛说道："大家说得都很对，保护藏羚羊不仅是为了让我们的子孙后代一饱眼福，也不仅仅是因为这些野生动物基因优秀，更主要是因为，我们人类所处的地球，生态系统是环环相扣的，不管在人类看来，是有用的还是无用的，优秀的还是低劣的，都有它们存在的理由和作用。"

一位牧民起身问："那就是说鼠兔也不能打了？"

"鼠兔一类动物表面上是仇敌，实际上与草原和我们都是相互依存的，大家共同维持着高原的生物多样性和生态平衡。据我们考察，鼠兔多的地方，大多是在草原退化的地方，我们应当想一想，草原为什么会退化？是不是过度放牧的原因呢？"

一位牧民接着说："前天晚上，一只雪豹来到我的羊圈，吃掉了 3 只羊羔；上个月棕熊来到格次家，咬死了 22 只羊，还撕毁了被褥，打翻了家具；洛桑家的 6 头牦牛被野牦牛领走，至今没有回来，我们下次要是逮到它们能不能自己处理？"

王副局长和贺松涛相视一笑："这些都是国家级保护动物，我们要主动保护它们，对于造成的损失，国家会按相关规定进行赔偿。"

贺松涛继续讲道："保护野生动物最终还是保护我们自己，如果食肉动物少了，食草动物就会增多，它们会过度吃掉牧草，造成草场退化、植被结构单一，因为西藏的植被大多是原生植被，所以需要特别保护。"

牧民举手问道："啥是原生植被？"

贺松涛回答道："这个问题问得好，原生植被就是经过几千年、上万年形成的原始的、野生的一些动植物，它破坏了就没有了，跟文物一样。"

"原生植被一旦被破坏，裸露出沙砾后，那几百年都恢复不了，咱们这一代人根本没希望。"

"那面积大了，就成荒漠化了，荒漠化以后干旱、高寒，羌塘的气候和生态系统将会发生根本性的改变，人就失去了生存的条件，当然也不能在这里放牧了。"

虽然有些专业名词比较费解，牧民们还是听得很认真。

王副局长："下次，我们将给你们配发对讲机，遇到偷猎的，可以直接向森林公安报告。"

简单休整一天后，林建波带领战士们全副武装，兵分多路在无人区巡护，在距绒马乡 200 公里的一片开阔地，他们竖立起野生动物保护标牌。

这时一名战士喊道："快看，太漂亮了！"只见在晨光的辉映下，成群结队的藏羚羊安静悠闲地在草地上散步，欢快地跳跃于山丘之间，用它们特有的精神诉说着雪域高原的壮丽与神奇。

在它们中间，一只母藏羚羊顺利产下一只小藏羚羊，小藏羚羊慢慢地、歪歪斜斜地站起身来，母藏羚羊爱抚地用舌头舔着小藏羚羊的身躯。

何原惊讶道："这么多啊，得有上千只吧。"

"世界上藏羚羊种群数量的 70% 都在羌塘，除了青海的可可西里、新疆的阿尔金山，更多的就生活在这里。"

草原博大而辽阔，而藏羚羊的路却窄如羊肠。

对讲机传来："永青，两名盗猎者拒捕，现乘摩托车向东北方向逃窜，县森林公安局请求我们支援，你带人立即追捕。"

"明白！"永青立即回复，大喊一声："有任务，快上车。"追击分队驾车向犯罪分子疾驶而去。

时间一分一秒地过去，何原和梅玉岭的目光始终盯着前方，终于在一片开阔地发现了一辆摩托车，在阳光下闪闪发光。

何原兴奋道："看到了，看到了！"司机也来了精神，加大油门向前追去。

梅玉岭探出头来对扩音器喊道："你们是干什么的，请停车接受检查！"

"我们是来旅游的。"对方答道。

"你们已经进入羌塘国家自然保护区核心区，我们要依法进行检查！"

距离正在拉近，后座上的盗猎分子朝后开了一枪，只听"啪"的一声枪响，子弹击碎了挡风玻璃。

梅玉岭不停喊话："快放下武器，争取宽大处理……"

几路追击小分队开始对摩托车进行聚拢，盗猎者见大势已去，疯狂地驾着摩托车企图冲出包围圈，同时开枪拼命顽抗。

一时间，枪声在空旷的高原上此起彼伏，经过奋力追捕，犯罪分子终于落网。

当旭日晨光爬过山顶，射向安静的高原草场时，林建波和何原又带领官兵们开始了新一天的保护野生动物宣传。他们挨家挨户走进牧民家中，走街串巷发放宣传单，在一户牧民家中，官兵们发现院落一角笼子里有一只猞猁："大叔，你家里怎么有猞猁？"

这位牧民拿着一台 DV 机向贺松涛诉苦："这只猞猁经常跑到我们牧区搞破坏，

危害羊群和家畜，我就借了村里的DV机，把它搞破坏的全过程录了下来，你看看。"

林建波和何原看完录像："大叔，这可是国家二级保护动物，任何人都不能抓。"

"那怎么办？"

"我可以帮你们放了。"

"那太好了！对了，我还有事向你们报告，最近有一伙采金人说，要对采过金的地方进行回填，进入了核心区，他们在每个关口、要道都有眼线，用对讲机联系，发现检查的就跑了，把这草原挖得坑坑洼洼的，你们可得抓住他们啊。"

晚上，羌塘的夜空繁星点点，万籁俱静。贺松涛靠前指挥，执勤分队分三路连夜出发。

清晨，永青用望远镜看着目标后，用对讲机汇报："报告副参谋长，前方发现情况。"

"什么情况？"

"8公里处的一个小沙丘脚下，我们发现了一些零落的帐篷。"

"各小组注意，三面合围，实施突击检查！"

32名采金人员看见执勤官兵们如同神兵天降突然出现在自己面前，顿时慌了神，只好束手就擒。

执行任务时带回的受伤小藏羚羊，在大家的悉心照料下枪伤基本好了。帐篷内，何原怀抱小藏羚羊在喂水："班长，它的伤口快好了吧？"

林建波给小藏羚羊换上了药："已经好得差不多了。"

何原看着小藏羚羊："班长，你说小藏羚羊的妈妈还在路上等着它吗？"

"我想会的。"

"要是我回去，我妈不一定认得我。"

"此话怎讲？"

何原沮丧道："这都一个多月没刮胡子、没洗漱、没洗衣服了，昨天在大车后视镜上照了一下，吓了我一大跳，跟野人一样，我以前还是枚小鲜肉呢，现在都快成腊肉干了。"

林建波来回走动着："嗯，不过你瘦了。"

何原听到这话倒是来了一些精神："咱们现在连牛粪都烧光了，一口吃的也没有，不能睡觉还得活动，这减肥套路也是没谁了。"

何原把怀中的小藏羚羊放在了地上，听到小藏羚羊欢快的叫声，老藏羚羊从草坡后面跑了出来，一个月不见，母藏羚羊瘦了好几圈。

活泼的小藏羚羊围着母藏羚羊又叫又跳，母藏羚羊伸出舌头在小藏羚羊身上深情地舔着。看着温馨感人的一幕，在场的官兵和森林公安心里暖暖的，他们默默地注视着。夕阳之下，一大一小两只藏羚羊，不时回头张望，渐渐消失在地平线上。

6

新兵下连后，卧龙中队分来一对双胞胎兄弟林海洋、林海峰，两兄弟从小就特别喜欢小动物，希望能与大熊猫来个"亲密接触"，一下队，就向老同志了解有关大熊猫的故事。

中队与卧龙大熊猫研究中心是共建单位，会不定期邀请中队协助饲养员整理、清扫大熊猫的圈舍。

这天终于有机会见到熊猫了，怀着对大熊猫的"爱慕"，林海洋、林海峰在劳动中特别认真，闲暇之余，他们就趴在大熊猫圈外仔细地观看，走的时候还依依不舍。

回到中队后，中队长赵万青与林海洋、林海峰边走边聊天："为了庆祝香港回归10周年，国家要赠送两只大熊猫606号和610号给香港，研究中心请求中队派员看护，中队党支部一致决定，派你俩执行此次执勤任务。"

"谢谢，中队长！"这可把兄弟俩乐坏了，开心地蹦了起来。虽然是双胞胎长得一样帅，但是脾气性格都不一样，生活习惯也不一样。

弟弟林海洋是一名坚定的素食主义者，他认为生产肉食等于减少森林面积，他从媒体上了解到全世界的粮食大部分都成了动物的饲料，但是世界上有8亿人还没有粮食吃。

根据2006年统计显示，畜牧业已经成为全球变暖的主要原因，养活1个肉食者所需的土地生产力，就能养活20个素食者，食素的人越多，越有可能保护目前的森林不被开垦为农田，我们不能天天都去植树，但是我可以选择吃素，为保护森林环保再贡献自己的一份力量。

但是哥哥林海峰不同意，经常逼着他吃肉，认为不吃肉人会不健康，而且也想不出吃肉和环保有什么必然联系。

为此，他们经常争论，有一天兄弟俩各持己见、互不相让，慢慢地由争辩演变成了争吵，班内战友们眼见不好，急忙拉开他俩。

友谊的小船说翻就翻了，两兄弟连续三天没说过一句话，赌气归赌气，两人像往常一样，先打扫大熊猫圈舍，为大熊猫"梳妆打扮"，尔后趴在护栏上看大熊猫夫妇在圈内嬉戏玩耍。

这对大熊猫夫妇好像发现了兄弟俩与往日的不同，分别走向这对孪生兄弟对他们招手，结果却看见兄弟俩"不为所动"，夫妇俩干脆进了"卧室"，不再理斗气的兄弟。

"难道它们发现了我们的矛盾？叫我们和好？"兄弟俩脑海中出现同样的疑问。

"我的做法的确不对，不该这样对待弟弟，现在连大熊猫都不理我了。"

想到这里，哥哥再也忍不住了："都是我不好，不该和你争吵，请你原谅！"两人相视一笑。这时，熊猫夫妇俩竟探出头来，望着兄弟俩卖萌。

4月下旬，是606号、610号赴港的日子。学习室内，林海洋、林海峰两兄弟情绪异常，他们看着电视上熊猫赴港的直播画面，泪水在眼眶里打着转，牙齿死死咬住嘴唇，努力克制就要流出的眼泪，仿佛在说："我们一定会去看你们的。"

7

成都锦辉小学教室内，下课了，杜可欣炫耀地从书包掏出一把小手枪，同学们都羡慕地围上来争相观看："让我看看。"

"我摸一下。"

"是不是真的？"

杜可欣得意扬扬："这可是我当兵的爸爸送给我的生日礼物。"

"杜可欣，你爸爸真的是解放军吗？"

杜可欣神气十足："那当然，我爸爸有真枪，专门抓坏蛋。"

"郝天说他的爸爸也是军人。"一个小朋友插话道。

杜可欣一撇嘴："我可不信，你们谁见过他爸爸送他上过学？"

"听说郝天的爸爸没有真枪，只有水枪。"

正在看书的郝天，放下课本生气地冲过去："谁说我爸爸没有枪，我爸爸说他的枪是大口径的，他保护的是生态、是生命。"

杜可欣吐了吐舌头："吹牛，你爸爸是假军人！"

郝天生气了："你爸爸才是假的，我爸爸才是真正的军人。"

"同学们都没见过你爸爸，我爸爸还接过我放学呢。"

郝天大声喊道："我爸爸就是当兵的！"

杜可欣朝同学们笑道："郝天，吹牛了。"

同学们附和："对，吹牛，吹牛。"

郝天气急了，一下子冲过去把杜可欣推倒在地。

杜可欣"嘤嘤"地哭了起来。

上课铃响了，班主任王老师进来，同学们都坐在了座位上："杜可欣，为什么哭？"

"老师，郝天打我。"

下午放学后，老师把这一情况告诉了刘亦欣。回到家中，刘亦欣和郝天与郝江山在打电话。

"儿子，下次可不能打同学了。"

"我可没打她，轻轻推了一下，她就倒在地上哭了，就她那样，还说是军人的女儿呢。"

"那你做得也不对。"

"她说你是假军人，没有枪，我的同学都没见过你。"

郝江山叹了一口气："这事怪爸爸不好。"

郝天有些期待："爸爸，你什么时候能穿着军装，来我们学校送我上学呀？"

"你现在是男子汉了，可以自己去上学了。"

"那什么是男子汉啊？"

郝江山准备给他上一课："一个能够自立，承担起家庭责任，照顾好家人的人就是男子汉！"

"那我要成为妈妈那样的男子汉！"

郝江山有些尴尬，不知如何回答。

刘亦欣为了打破尴尬说道："你啥时候能休假？今天郝天的班主任王老师打电话，想找你聊一聊。"

"等我们正规化现场会忙完了，许政委培训回来，差不多我能休假，郝天你要听妈妈的话，爸爸下次回来一定送你上学、接你放学。"

郝天非常高兴："哦，好哇，好哇。"

"一会把王老师电话号码给我发过来，我给她打个电话，家里有什么困难需要我解决？"

"没有，放心忙你的吧，挂了吧。"

"好，你先挂。"

给家里打完电话后，郝江山把徐骅叫到办公室："徐骅，我要做一个宣传护林防火小动画，观众是一年级的小学生，主要表现我们森林官兵履行护林防火职责，让小朋友们知道护林防火和保护生态的重要性，动画主角就用防火虎威威的形象，能不能实现？"

"放心吧，支队长，能实现，您什么时候要？"

"星期一，等你有时间做就可以，动画一定要精美、直观。"

与此同时，成都郝江山家中，刘亦欣在电脑前整理着郝天的错题集。

这时，门铃响了，刘亦欣刚打开门，郝天风一样地扑了上来："妈妈，我回来了！"

"郝天回来了，妈妈想死你了，来换鞋，给我书包。"

郝天看见书房里的灯亮着，书包也没放，鞋也没换，兴奋地往书房边飞奔边喊："爸爸，你回来了！"

进了书房，没有看见郝江山，满脸失望和沮丧。刘亦欣看着这一幕有点心疼，摸着郝天的脑袋："爸爸明天才能回来呢。"

郝江山终于回到了家，父子俩兴奋不已，有说有笑，折腾到很晚才睡觉。

清晨，郝天搂着郝江山睡得很香。郝江山摸了摸郝天的额头和后背："郝天，我跟你们王老师请假了，你生病了，今天可以晚点去，一会儿爸爸打出租车送你去学校。"

"真的！太好了！我没事，爸爸，我现在已经是少先队队员了，我能行，今天星期一还要升国旗呢。"

这是爸爸第一次送郝天上学，他甭提多高兴了，一路上抿着嘴笑个不停，不时地向爸爸投去崇拜的目光。

来到学校，郝天背着书包跳下车，故意连着喊了两声"爸爸再见！"就快速向学校跑去。

郝江山付完钱，跟着郝天追去，此时学校正在播放国歌，郝天立即停在原地立正，敬队礼。

随后，郝江山也站好军姿，面向国旗行举手礼。郝天笔直地站着，小脸因奔跑而微微泛红，郝江山似乎听到了儿子扑扑跳动的爱国心。

路人纷纷侧目，眼神中对两人的举动表示赞许，一位拿相机的行人将这感人的一幕拍了下来。

郝江山蹲下身子对郝天说道："儿子，你今天的表现，让我很感动，也让爸爸想起了自己的初心，作为中国人要爱自己的祖国，爱树木，爱江河大地，爱这片土地上的人民！"

教室内，郝江山在给学生们播放防火宣传动画片，大家目不转睛地看着。宣传片一结束，班主任王老师和小学生们都鼓起掌来，纷纷议论着："大火真可怕。"

"森警叔叔真勇敢。"

"长大了我要当森警，保护大森林。"

杜可欣站起身来："老师、郝叔叔，我懂了，原来你们就像'狮子王'辛巴一样，守卫着森林！"

郝江山和班主任王老师都笑了。

郝天也站了起来："如果这个世界上没有绿色，那是多么可怕啊！我爸说得对，保护绿色，就是保护我们的家园，就是保护生命！他们是最可爱的人。"

王老师走上台："同学们说得都非常好，现在请郝天的爸爸跟我们讲几句，大家欢迎。"

郝江山在同学们的掌声中走上讲台："同学们，我们人类和地球上的每一种生物都是共存共生的关系，大到大象、小到蚂蚁都在食物链中处于合适的位置，谁也离不开谁。"

"比如老虎吃小鹿，小鹿吃青草，老虎死后的尸体又化为肥料，滋润了小鹿爱吃的青草。"

"护林防火、保护自然和生态是每个人的事，在保护地球母亲的行动中，我们都是'狮子王辛巴'，让我们大手牵小手，人人手拉手，为祖国的绿水青山筑起一道坚固的屏障……"

课后郝江山与王老师聊起了升国旗的事情，王老师说："郝天自我要求比较严、很热心，也很爱帮助同学，有时候做的好人好事，让我们很感动，这就是赤子之心吧。"

郝江山很欣慰："孩子是祖国的花朵，少年强则中国强，他们的健康成长，关系到祖国的未来，关系到民族美德的传承，这说明你们教育得好。"

"也有你们父母的功劳，我们学校也一直注重学生的爱国主义教育，从小引导他们做一名优秀的社会主义接班人。"

郝江山心想虽然这只是一件小事，如果人人都能这样，祖国何愁不强大。

8

柔情似水，佳期如梦。转眼间半个月的假期结束了。郝江山拥别妻儿，踏上了归队的征途。康坝支队支队长办公室，郝江山翻阅着高伟民和徐骅呈送的文电，抬起头对高伟民、徐骅说："方案我看了，我想这次晋职晋衔的宣布命令大会，放在比武和汇报演示之后举行，让军属们共同见证家人晋升的光荣时刻，你们再好好研究。"

训练场上，康坝支队各大队官兵整齐列队，飒爽英姿。郝江山向观礼区的近百名军属们铿锵有力地报告："军属同志们，'康坝生态劲旅军事比武暨汇报演示'列队完毕，请您检阅。"

此时，他们将最美的风采献给亲人！一个个英姿威武、帅气挺拔的官兵们，以一次特别的分列式接受亲人们的检阅，面对父母妻儿，他们的内心五味杂陈。

观礼台上的军属们脸上写满了骄傲与自豪，用相机和手机不停地拍照。

方阵中传来阵阵口号："爸妈，你们辛苦了！……"

"老婆，你们辛苦了！……"

感动、骄傲、荣誉……颇多情感袭上家属们的心头，听到官兵的口号声，军属们再也控制不住，感动得热泪盈眶。

小石头抱着玩具枪指着正在进行擒敌表演的刘学林，用稚嫩的语气向一旁的小军娃们炫耀："你们快看，我爸爸是特种兵！"

"我爸爸也是！"

"那个最黑的是我爸爸！"

"这里面没有白的！"

"都是黑爸爸。"

军娃争相骄傲地喊起来，大人们乐开了怀，操场上欢呼声与鼓掌声响成一片，汇成了雄壮美好的律动乐章。

擒敌表演的官兵们打得更卖力了。

障碍场上，比武正在进行。

刘逸博悄悄地对旁边的党新说："你紧张个毛啊。"

"班长，这都藏不过你的法眼。"

"我了解你，就像农民了解那个啥一样。"

"班长，我有小情绪了。"

"有情绪可以保留，等你超过了我再说，呃，其实我懂你，像懂自己一样深刻。"

"这还差不多，班长，你说司令员来检阅我都不紧张，倒是今天想到她在现场看我，还真有点小紧张呢。"

对面观战的队伍里一个穿白裙子的女孩朝这边笑着。刘逸博和党新两人在预定位置准备完毕，只听指挥员一声："开始！"

俩人如同离弦之箭，齐头并进，不相上下，最后一起回到了终点。

穿白裙子的女孩在队伍里始终欢呼呐喊助威。

下午，组织颁奖仪式。郝江山站在主席台上，大声地宣布："请取得个人单项比武冠军的 16 名同志，为亲人送上暖心鞋和红包！"

16 名官兵身披绶带，佩戴奖章，手捧礼品盒和红包，迈着整齐的步伐走向自己的亲人，表演场顿时掌声阵阵。

刘逸博将礼品盒和红包送给父亲后，敬了一个庄严帅气的军礼："爸爸，您辛苦了！"

刘逸博的父亲将儿子拥入怀中："好儿子，爸爸为你骄傲！"

徐骅的母亲激动地接过礼物，转过头去擦着泪水。

党新和他的对象同时伸出拳头碰在一起，相视一笑，这一眼胜过万语千言。

小石头掏出红包里的钱："哇哦，这个可以买好多好吃的了。"

颁奖仪式后，支队又组织召开晋职晋衔命令大会。

一张展现官兵风采的背景屏图片上有一行大字：今天我的进步，"耀"你见证。支队党委常委在第一排，晋升干部身穿礼服和亲属们坐在后一侧。

许益民政委："我宣布，康坝支队晋职晋衔命令大会现在开始，请郝江山支队长宣布命令！请全体起立，奏中国人民解放军军歌！"

庄严激昂的中国人民解放军军歌响起，一种莫名的感动情绪涌上所有人的心头。

郝江山庄重宣布："根据森林指挥部命令，任命武警康坝州森林支队参谋长李大林为该支队副支队长；

任命武警康坝州森林支队乡城大队大队长刘学林为该支队参谋长，警衔由少校晋升为中校；

任命武警康坝州森林支队司令部作训股股长高伟民为汶川大队大队长……"

感人的背景音乐响起，在全体官兵注目下，家属代表接过常委送上的鲜花，激动地说道："谢谢你们，让我有参加这次分享荣光的机会，非常暖心，我也当过兵，执行过很多光荣的任务，但此时此刻，真的让人更加难以忘怀。"

郝江山也心存感激："我们也感谢你们！你们的支持与理解，是我们工作的动力，正是因为有了你们的辛劳与付出，我们才能安心工作，才能尽心干好生态保护事业。为了表达这份谢意，支队特制作了一批军属证、军嫂证和拥军妹子证，授予你们。"

军属们开心地接过鲜红的证件，每个人都被这暖心的举动所感动。

就是因为有了他（她）们的无私付出，军人的后方才得以稳定，军人的信念才得以坚固，军人的生活得以丰富多彩。不管酸甜苦辣，他（她）们都笑对聚少离多的寂寞与思念，扛起整个家庭的重担，用柔弱的肩膀为每名军人唱响守望和平的生命赞歌！

军人伟大，军属同样伟大、同样光荣！

9

康坝州深处高原腹地，近年来全球受厄尔尼诺和拉尼娜现象的影响，经常出现极端气候，发生雨雪冰冻灾害，给生态系统造成了极大破坏。

森林草木都披上了一层冰甲，电线上也是一层积冰，电线杆拦腰折断，公路上一台台轿车完全包裹在十几公分厚的冰壳里。

在各道路桥头、险山丛林，森林官兵为受困群众开辟畅通路、输去光明电、送去救命水。

郝江山带领官兵在公路上像下山猛虎，用铁铲和铁镐等工具，直扑坚硬的冰层，为车辆打开通道。官兵们肩扛手抬，踩着未消融的积雪，抢运架线用的水泥杆、钢架、铁塔、电缆等电话设施，寒风吹起像刀割一样，官兵的眉毛上挂满了霜花，头上冒出的热气在防寒帽外面凝结了很厚的一层霜。

晚上8点钟，部队负责的抢险工作已经基本结束，抢险指挥部组织人员送来了快餐，郝江山和战士们一起蹲在山头，顶着寒风，手捧快餐盒，吃了一顿特殊的年夜饭。

吃饭间隙，郝江山想起今天是除夕，把手机掏了出来，递给身边的战士："给家里打个电话，完事后让兄弟们都给家里报个平安。"前指干部看到后，都一起把手机掏了出来，递给了身边的战士，战士们轮流给家里打着电话。

轮到战士冯向前打电话了，他是最后一个打电话的，他的手微微颤抖着拨通了电话号码，电话接通后，刚才还略显颤抖的手立马稳了下来，用略带喜悦的声音说："妈妈，祝你们新年快乐，给外公、外婆和爷爷奶奶带好。"

冯向前打完电话，将手机挂断后跑到郝江山面前，将手机还给郝江山："谢谢支队长，我打完了。"

郝江山看着这名精神的小战士，稍显疲惫地问道："冯向前，你家里在干什么？"

冯向前站着笔直地回答："报告支队长，在包饺子。"

"不错嘛，可惜你今年吃不上了。"郝江山举起电话朝周边大声问道："还有没打电话的吗？"

战士们齐声回道："没有了。"

郝江山露出欣慰的笑容，面带笑容地小声说道："哦，就剩我自己了？"战士们开怀大笑。

在部队官兵的奋力抢修下，救援任务圆满结束。南方特大雨雪冰冻灾害后，大量森林植被成片冻死，树木倒伏，折断枯死，冰雪压垮的枝条，使地表可燃物载量比正常年份高出很多，且成梯状分布，一旦发生火灾将呈立体燃烧，易形成树冠火。大雪大灾之后往往就是大旱，只要气象条件具备，森林火灾的风险等级将大大提高。

立春时节，雅江县米龙乡就突发森林火灾，远远望去火光冲天，浓烟滚滚，火场在海拔 3500 米左右的山上，山高坡陡、路险谷深，林密风大，火情危急。

康坝支队接到命令后，立即前出灭火作战，由于火场环境特殊，部队作战行动异常艰难。战士们背着 20 多公斤重的灭火装备在崇山峻岭中翻越，就像一只只蜗牛一样，艰难地向火场接近。

官兵们艰难行走两个多小时，终于到了火线附近，火场周围青烟满林，明火暗火交织，地下火树冠火立体燃烧，危机四伏。在勘察火场后，官兵们采取"一点两面"的战术投入灭火作战。但高原的火不同于内地，火点多且比较分散，有的甚至在悬崖一侧，用风力灭火机扑打费力费时还效果不佳。

这时，水泵分队长刘海焦急地命令道："各小组按照任务分工，用并串联的方式架设水泵，速度要快！"

战士们分头迅速架设水泵，铺管带、支水囊，在焦急地等待中对讲机传来："水泵架设完毕！"

"启动水泵！"刘海手持对讲机嘶声喊道，随后一股股水龙喷薄而出，水泵手持枪头向火头扑去。

一股疾风袭来，火势突然改变方向，向着刘海和水枪手后面扑了过来，官兵们瞬间被火围了起来。

正在拍照的徐骅把相机往相机包内一揣，一个箭步冲到刘海跟前，抢过水泵枪头转头大喊："火围过来了，快向四周喷！"

刘海帮徐骅扛着水带，徐骅高喊着用尽全力向火舌喷去，官兵们都被他的情绪所感染，个个都向小老虎一样，不一会儿，包围圈被打开了一个口子。

官兵乘胜追击，协力将大火扑灭，火场全线合围后，全体官兵精疲力竭地坐在火烧迹地里，脸上草木灰与汗水混在一起，像唱京剧的老生一样，只有牙齿是白的，但大家仍然有说有笑，讲述着灭火作战中的糗事。

随后部队转入看守火线，战士们分段巡查火线，一名满脸黑灰的列兵看着缓缓走来的徐骅，小心翼翼问道："徐干事，能不能给我拍张照片？"

徐骅转头笑着看向列兵："可以，你想怎么拍？"

列兵咧嘴笑着露出一口大白牙："就站在这棵松树下吧，我想给我妈妈寄一张'烟熏妆'的照片。"

徐骅疲惫的脸上也跟着绽放出来笑容："好，还有想照的吗？"

战士们踊跃着跳起来，纷纷叫喊道："有，我也来一张……"

徐骅不厌其烦地为战士们拍了起来："挺胸、抬头，太严肃了，微笑一点，好嘞！牙真白……"

所有人拍完照片后，大家一起坐在火烧迹地里开心地聊着天，徐骅给战士们看着数码相机里的照片，大家轮流着翻看个人照片，发自内心地说道："谢谢你，徐干事！"

徐骅看着大家黝黑的脸庞："不用谢，你们是最辛苦的，回到支队我给你们洗出来。"

火烧迹地内，战士们浑身上下都脏兮兮的，大家围坐在篝火旁，有的烤着被管带水淋湿的灭火服和防火鞋，有的望着燃烧的篝火发呆。

徐骓看着大家疲惫的身形，大声提醒道："晚上比较冷，大家一定要把衣服都烤干了。"

一阵冷风吹来，刘海缩了缩脖子，调侃道："长夜漫漫啊，这川西高原，就两个季节，一个是冬季，另一个大约在冬季。"

旁边的一名上等兵略显低沉的声音传来："这要是能像在家一样，洗个热水澡该多好啊！"

徐骓瞅了一眼围坐在身边的战士，大家都是十八九岁的年龄，满脸的疲惫，深吸一口气缓声安慰道："快了，我估计明天就该撤回了。"

刘海见大家情绪略显低落，面向徐骓眨了眨眼，转移话题问道："徐干事，最近又有什么大作啊？"

徐骓看了刘海一眼："我正在写一本关于保护天然林方面的书。"

"你那么有才，为什么选择到这么艰苦的地方来呢？"

徐骓望着篝火陷入了一种沉思之中："我喜欢大自然，热爱大森林，小的时候在电视上看到森警上山打火的新闻，我就特别崇拜他们！当时我就想，以后我也要做保护大森林的战士！"

"高考志愿我填的就是北京林业大学国防生，'养青松正气，法竹梅风骨'这也算是我的初心吧，你呢，刘海，你为什么来森林部队？"

"我入伍时在凉山州森林支队，当我得知这几年将要与青山森林为伴，其实心里很失落。"

"是不是跟你想得差很多，理想很丰满，现实很骨感？"

"反正心情很复杂，就是壮志未酬的那种感觉吧，除了在新兵连，就再也没摸过枪，感觉自己像是一个'打火匠'，反正就是很遗憾。"

"后来因为什么改变了呢？"

"记得新兵的时候第一次打火，高原反应，各种辛苦就不说了，后来不知怎么迷山了，半路上我碰到几位彝族老乡，他们正将家具搬到门口的空地里，从他们不太标准的汉语中，我听懂了他们的意思：他们世世代代住在这里，火烧过来，家就没有了。就在那一刻，我看着身旁凌乱的被褥和老乡们脸上紧锁的眉头，明白了一个道理。"

徐骅掏出小本，打开手电："快给我讲讲，肯定是个好素材。"

刘海接着缓慢而坚定说道："这些老乡们没有什么太大的希望和愿景，只想能够平凡地在山里生活下去，其实我们在火场上与大火对抗，保护了森林资源和人民生命财产，这就是军人的价值，从那个时候我才认同自己是一个真正的兵。"

徐骅攥紧拳头挥舞着说道："说得不错，我们虽然不能和地方的青年一样享受悠闲自得的生活，但不忘初心就是力量，只要努力，我相信诗和远方就在脚下！"

10

星空依然闪烁，冷风吹过，官兵们裹紧了衣服，渐渐与夜色融为了一体。经过几昼夜的连续奋战，部队圆满完成了灭火任务。在部队集结地里，旌旗猎猎，迎风飘扬，郝江山在整齐的队列前动情地讲道："同志们，经过4天4夜紧张的战斗，我们圆满完成了雅江县米龙乡火灾扑救任务，以一场漂亮的歼灭战为人民群众交上了一张满意的答卷。联指命令组织撤离，各单位按车队编成有序组织登车！"

一辆地方越野车行至部队撤离集结地，负责火场西线指挥的州宣传部唐部长远远就喊道："徐骅干事，天快黑了，上我们车吧，我们抓紧赶回去，策划一下这次灭火宣传报道吧。"

"是，部长。"徐骅敬礼而后登上车。

车行驶在雅江县米龙乡的盘山公路上，唐部长坐在副驾驶位置，徐骅、战士刘海和地方人员在后排。

唐部长转过头面向后排，看着徐骅亲切地问道："徐干事，对顺利扑灭这场火灾，你有什么体会和收获啊？"

徐骅在座位上正了正身子道："部长，我觉得此次战法运用得比较好。"

唐部长微笑着仔细聆听道："说来听听。"

徐骅整理了一下思绪，缓慢说道："这次我们用的是'先打火尾、后截火头、打隔结合'的战法。"

"咱们川西地区山高坡陡，林火发生后受谷风影响易形成上山火，也就是俗称的冲火，发展速度快、火势强，官兵追打、拦截火头困难且十分危险。"

"林火翻过山脊后向山下蔓延，也就是坐火，速度慢、火势弱，利于开设隔离带拦截火头。因此在灭火时，先从火尾处突破火线，尔后沿两侧火冀组织扑打，并在山的背侧开设隔离带拦截火头。"

"嗯，有道理，能够在这高寒缺氧的康坝高原扎下根来，你真行呀，听说你文笔很好，在新闻宣传方面干得不错啊。"

"部长，论经验和能力，我还差得远呢，我喜欢大森林，也喜欢新闻宣传工作，干一行，爱一行。"

唐部长掏出烟伸向后排："年轻人还很谦虚，有发展。"

徐骅没有接："谢谢部长，不抽烟，我还要继续努力才行。"

夜间的山路更是不好走，颠簸的路面让人就像倒了五味瓶一样，直想作呕。

突然，在一个急转弯处，道路边的土方塌陷，车辆在惯性作用下将其他人抛出车外，在即将滚下山崖的危急时刻，徐骅奋力踹开车门，把身边的刘海推出车外，车辆翻滚着坠入山谷。

徐骅在生与死的关键时刻，把危险留给自己，把生的希望给了战友，年轻的生命永远定格在了美丽的高原峻岭。

山风怒号、江水呜咽，雪山含悲、贡嘎垂泪。武警康坝州森林支队因公殉职的徐骅同志追悼会在康定举行。康坝州委、州政府及下属党政机关、企事业单位，康定所有驻军等领导和康坝州社会各界群众向徐骅同志送来花圈。

气温尚在零下，寒风裹着雪花，顷刻之间，脸和耳朵都冻得没了知觉。但大街上，前去送别徐骅的社会各界群众自发地顶着寒风赶往康定殡仪馆。

追悼会现场哀乐低回，徐骅的父母和生前战友，以及前来吊唁的群众脸上写满哀伤，殡仪馆内也弥漫着沉重而悲伤的气氛。

追悼会现场高悬的挽联："碧血化长虹洒遍康巴高原、赤胆吟高歌献身绿色使命"，挽联中间悬挂着徐骅遗像，下方覆盖着党旗的徐骅遗体被鲜花簇拥，安静庄严。

追悼会开始后，全场为徐骅同志肃立默哀，空气中无不弥漫着对他的殷殷追思和深深怀念。

徐骅母亲悲痛欲绝，在徐骅父亲和另一名女干部的陪同下，依依不舍地见了儿子最后一面。看见这悲伤的情景，现场人人无不垂泪。

殡仪馆院内，徐骅母亲仍然抱着儿子的遗像，不停地擦着眼泪，徐骅的父亲在一旁安慰着。

郝江山陪同康坝州森林草原防火指挥部刘指挥长走了进来，在老父亲身前站定后，刘指挥长说道："老人家，您有一个英雄儿子。"

郝江山给老父亲介绍："这位是康坝州森林草原防火指挥部刘指挥长！"

刘指挥长掏出一个大信封递给老父亲："这点慰问金，是我们防火指挥部和林业局的一点心意。"深明大义的徐父百般推辞，婉言谢绝。

徐骅父亲哽咽地说道："你们的心意我领了，我还有事求你们。"

郝江山擦了擦眼角："有什么需要我们办的，您尽管说。"

徐骅父亲从一个稍显破旧的小皮包内掏出两摞钱，递到郝江山手中，缓慢而坚定地说道："昨天晚上我和他妈商量了一下，我们打算从抚恤金中拿出两万元钱，资助 100 个藏族贫困学生，表达对徐骅的哀思，告慰他的在天之灵。"

郝江山将钱推到徐骅父亲手中："那怎么行，你俩都下岗了！"

徐骅父亲也抹着眼泪："就这么定了吧。"现场的康坝州领导、各界群众和徐骅生前战友无不动容。

郝江山将一束鲜花放在徐骅墓前，用白毛巾擦拭着墓碑上的灰尘，看着墓碑上年轻而又青春的脸庞陷入了回忆。

刘学林将一杯酒倒在了墓碑前。郝江山对刘学林说道："牺牲不可怕，可怕的是被遗忘。徐骅虽然未评为烈士，但他是履职尽责的军人，为保卫绿色生态流过汗水、做过贡献，他的故事不能被遗忘。"

郝江山和刘学林整理军装敬了一个庄重的军礼。

第二十六章　汶川救援

1

卧龙特区熊猫苑内人头攒动，林海洋与林海峰在熊猫研究中心执勤。为博得大熊猫的欢心，一对青年夫妇一股脑地向大熊猫"紫竹"抛投花生、苹果、香蕉、蛋糕，甚至"可口可乐"。

看到这一幕，正在附近巡逻的上等兵林海洋立即上前制止："同志，请您文明喂食，未经检测的食物，不能给大熊猫吃，请用苑内提供的食物喂食熊猫！"

这对刚才还嘻嘻哈哈的夫妇，被林海洋在众人面前这么一说，顿时满脸通红："对不起，武警同志，第一次看到'国宝'大熊猫，太兴奋了，就想让它们吃个饱，我们的食品是人吃的，特别安全！"

"请遵守游园规定，大熊猫一日餐饮有严格要求，'可口可乐'大熊猫不能饮用！"林海洋这当口已迅速拿出杆网，将"可口可乐"从"紫竹"嘴边"抢"了过来，避免了大熊猫被碳水化合物伤害。

张京华总队长和郝江山正在卧龙检查景区执勤，见此情景叮嘱道："刚才他们做得很对！有的游客出于对熊猫的喜爱，善意地给熊猫喂食一些自己带的食物，无意中会给熊猫带来一些伤害，在执勤中我们要搞好常识宣传，有意识地引导游客遵守景区规定，对违规喂食熊猫的行为，要及时制止。我们执勤不仅要保证景区生态安全，还要保护熊猫的安全，这是我们的职责和义务！"

郝江山边走边说："景区执勤无小事，事事连政治。前段时间，我们支队与管理局召开了执勤联席会议，专题分析了执勤任务形势，梳理了执勤中常见的4类12种情况，研究了对策，规范了处置办法及流程。有些方面我们还在探索中，待条件成熟时，我们会研究制定出系统的景区执勤细则，请首长放心！"

"那就好，要加强规范化执勤研究，探索景区执勤的运行模式，使执勤用语、执勤行为和情况处置等尽快走上规范化的道路。"

不知不觉中，他们来到熊猫苑核心区。张京华环视四周叮嘱道："这周围都是山，土质疏松，滚石较多。你们要有强烈的忧患意识，着力研究如何应对和处置地质灾害……"

张京华话还没说完，就看见很多熊猫像受了惊吓一样乱窜乱叫，顷刻间，大地痉挛，山崩地裂，尘土飞扬，山体一侧就像泥石流一样卷噬着树木向山脚滑去。

张京华马上意识到一场灾难正在降临，他下意识喊了一声："江山，地震了，快组织游客撤离！"

一切突如其来，一切始料不及。园内的游客都慌乱起来，尖叫声、呼救声、哭喊声、垮塌声连成一片。

情急之中，郝江山一边打着手势一边朝周围的人群大喊："大家都不要慌，快往那边空旷地跑。"听到喊声，惊慌失措的人们都紧紧地跟着身着军装的官兵向景区门口涌去。

远处，林海洋正在和林海峰组织游客向安全区跑去。刚跑了几步，林海洋突然又往回跑，林海峰大叫："你要干什么？"

林海洋边跑边喊道："我看一下熊猫怎么样，你们快组织游客往门口跑！"当他看到熊猫虽然惊恐乱叫，但警觉性都很高，远离山根聚在一起，没有什么危险时，才向景区门口跑去。

瞬间，景区已被烟尘笼罩，能见度不到10米，呛得人透不过气。张京华立即组织官兵用避险毛巾包住口鼻，带头冲进核心区抢救大熊猫。经过半小时的冒死营救，4只小熊猫、14只大熊猫被转移到临时安全区，并且成功解救了失踪的大熊猫"茜茜"。

大灾降临，人命关天。张京华总队长和郝江山心中只有一个念头——救人！他们冒着余震和山体滑坡的危险，拼命地奔跑呼喊，将一拨又一拨的游客和30余名外国专家转移到安全地带。

疏散完熊猫苑被困游客后，张京华发现灾情比想象得还要严重，卧龙道路、通信和交通全部中断，卧龙镇几乎成了"孤岛"，大山外面谁也想不到卧龙景区正经受着生与死的磨难。

郝江山利用北斗系统发出震后的第一条短信，及时将卧龙地区灾情、危重伤员和国宝大熊猫等情况传到了外面，搭建了重灾区唯一一条向外界传递信息的"生命线"。

山还在摇，地还在颤，张京华迅速组织部队朝卧龙镇中心逆行展开营救。一路上，郝江山带领官兵们搜救出数十名轻伤员和浅埋的幸存者，不放弃每一个角落，不放弃每一个生命。

在一栋坍塌的居民房前，刘逸博听到废墟中有孩子的呼救声，他们扒开上面的瓦砾和砖块，透过缝隙看到一个遇难的母亲，她僵硬的手臂还紧紧护着自己的孩子。这一幕让官兵们无不为之动容。

官兵们一边清理废墟，一边通过缝隙给孩子喂水，安抚他的情绪。孩子着急地问："叔叔，我什么时候能出来呀？"

刘逸博安慰道："小朋友，咱们数数吧，从 1 数到 500，你就可以出来了。"孩子用稚嫩微弱的声音数着，孩子每数一个数字，官兵们的心就揪紧一次。孩子数数的声音越来越微弱，官兵的心也越揪越紧。

这时余震伴着巨响而来，碎石土块不断地砸在官兵的身上、背上。大家忘记了一切，什么也不顾了，只有一个念头：尽快把小朋友救出来，告慰这位伟大的母亲！官兵们拼命地挖、拼命地刨。在官兵们的共同努力下，孩子终于得救了。

流星划过天空，一颗崇军尚武的种子在孩子心中生根发芽……

2

武警汶川森林大队坐落在岷江"V"字形狭长山谷中，营院紧贴后山而建，门前就是岷江，河谷与山顶的高差很大。5 月 12 日下午，大队像往常一样，正在组织班组灭火战术训练。14 时 28 分，突然"轰隆隆"几声巨响震撼大地，四周房屋开始晃动起来。

大队长高伟民大声地喊道："地震了！快、快向大门口跑！"部分官兵缓过神来，条件反射似的迅速向营院外开阔地带跑去。

当官兵们踉踉跄跄跑出大门时，天在摇、地在动、山在崩！对面和后山不少石头滚滚而下，尘土铺天盖地，周围的房屋像筛筛子一样，轰然倒塌。

"后山有滚石，快趴下，趴下！"高伟民大声喊道："魏正文，人员都出来了吗？"

指导员魏正文答道："都跑出来了！"

高伟民习惯性地喊了一句："报数！"

"1……2……3……4……50！"

高伟民听到人员都到齐了，这才松了一口气，他既惶恐又欣慰，正是因为平时战备经常搞紧急拉动，才有幸在强震中得以成功避险，没有一人伤亡。

营院两侧的围墙被滚石砸倒，塌方卷起的沙尘猛地向官兵们袭来，瞬间天昏地暗，伸手不见五指，令人感到恐惧。

高伟民上气不接下气地安慰大家："大家不要害怕，都蹲下用衣服捂住口鼻，手牵着手不要分散！"

时间一分一秒地过去，官兵们在泛起的尘灰中煎熬着，天慢慢亮开了，高伟民回头一看，河道裂开，岷江断流，他意识到部队必须马上转移，立即投入到紧张的抗震救灾中。

通信中断，与外界失去联系。高伟民带领大队官兵冒着余震，顶着不断滚落的飞石，跑步来到汶川县政府受领任务。

张县长看着满头大汗的官兵焦急地说："同志们，现在灾情非常严重，通信、交通全部中断，救援力量非常薄弱，请大家抓紧救灾，一部分人在城区搜救，一部分人到受灾严重的乡去救人！"

在山崩地裂的危险中，受灾群众纷纷向安全区域转移，一支"橄榄绿"队伍却在向重灾区无畏挺进。

往日人声鼎沸的汶川县城，这时已是满目疮痍，哭声、喊声和求救声响成一片，"救救我的孩子""救救我的妈妈"……

高伟民果断下令："大家都分散开！扩大搜救面，尽快救人，救更多的人！"一场生死大营救迅速展开。

在余震中，残垣断壁不断倒塌，官兵们拼命在废墟中一遍一遍地挖寻。当搜到一处倒塌民房时，现场情况让高伟民倒吸了一口凉气。这是一栋五层楼的居民房，一半完全坍塌，剩下的一半严重倾斜，废墟中的水泥板摇摇欲坠。

高伟民带领官兵艰难地爬上废墟，仔细排查，搜救幸存者。突然，废墟下传来微弱的呼救声，为避免二次坍塌，他们用木棒撬、用手刨、用脚蹬，官兵们心里知道快一秒，受灾群众就多一分存活的希望。经过两个小时的艰难救援，终于从死神手里将受困小男孩鲍汶成救出。

鲍汶成胳膊和腿都受了伤，浑身都是尘土，手和胳膊还流着血，但嘴里却不停地念叨着："谢谢兵叔叔，是你们救了我，长大了我也要当兵，像你们一样。"

官兵们刚喘口气，一名焦急的女青年跑过来，拽住高伟民的腿，哭喊着说："叔叔，求求你们，快救救我妈妈，她压在那边的石板下面，肯定还活着呢。"

高伟民顺着女青年手指的方向，迅速带领三名战士跑到了救援地点，顶着余震危险，小心翼翼地搬开水泥板，用锯锯断横梁，用手一点一点地挪开坍塌物，手指刨出了血也全然不顾，新战士都劝他："大队长，我们在这里，您先去包扎一下吧，不然会感染。"

高伟民没有停下救援动作，边挪石块边说："没事，动作要快，早一分，老人存活的希望就大一分。"女青年听后泪流满面。十几分钟后，终于救出了老人，女青年关心地查看着母亲的身体各处："妈，你受伤了吗？"老人虚弱地回答道："只是擦破了点皮，地震时来不及跑出，我躲到了墙角的床下了。"女青年看着救援的高伟民等几名官兵，对老人说道："妈，他们是森警大队的。"

老人激动地拉着高伟民的手说："恩人啊，你们是我的恩人啊，谢谢你们！"说着就要下跪。高伟民一下子不知所措，忙拉起老人说："老人家，这可使不得，这些都是我们应该做的，还是先找个安全的地方吧，现在余震不断，这里非常危险。"

送走老人和女青年，他带领几名战士又投入到了紧张的营救中，轰轰的余震还在响起。高伟民组织官兵将营救出的几十名群众安置到安全地带，又将重伤群众用板车等工具运送到医院。官兵们将搜救过程中发现的遇难者遗体集中在一起，刘逸博将迷彩服脱下，盖在了一位没有衣服的遇难者身上。官兵整齐列队，低头向遇难者遗体默哀。

部队马不停蹄地往前赶，到处都是倒塌的房屋，无数的人因痛失亲人而泪如雨下，街道上一片混乱。一个个救援小组边向前搜救，边组织群众安全转移。路过魏正文家门口的时候，他看到了满脸灰尘、惊慌失措的岳父母，他们怀中还抱着不满 3 岁不断啼哭的女儿。

他停下来走到岳父母面前说道："爸、妈，你们没事吧，我们救援任务重，照顾不了你们，你们多保重！"

说完深深地鞠了一躬，年幼的女儿向他伸出双手高声哭喊："爸爸、爸爸、爸爸……"稚嫩的呼喊声让人揪心，他没顾得上抱一下女儿，毅然含泪转身离开，又融进了逆行的橄榄绿方阵。

逆向而行，心朝大爱；闻令而动，面向众生。哪里有险情，哪里就有警徽闪烁；

哪里有灾难，哪里就有军人的使命担当。和时间赛跑，与死神抗争，这就是军人在大灾大难面前，诠释人民至上、生命至上的大爱情怀。

3

12日下午，康坝支队政委许益民、参谋长刘学林带领支队前指和各大队官兵，正在马尔康县草登乡火场扑火，13时34分，火场全线合围，部分官兵正在悬崖附近清理烟点，另一部分官兵正在火场巡查。

14时28分，忽然山体剧烈晃动，松动的石块纷纷散落，灰尘四起，遮天蔽日，突如其来的强震使不少官兵不知所措。

正在组织灭火作战的刘学林用对讲机命令道："各大队立刻撤离到安全区域！"

地震突袭，许益民立刻感到这是一次破坏性极大的强震，震中在哪？灾情有多大？一连串的问号在他脑海里飞速闪过。他的心像被火烤一样，拿着手机拨打了好几次，却没有任何信号。

支队前指报话员母强正在紧张地工作，他想方设法通过电台与各大队和总队联络，尽最大努力获取有关灾情信息。当他得知只有汶川大队还没有联系上时，心中忐忑不安。

当得知此次地震震中在汶川时，许益民心头一怔，立即与刘学林等前指人员开碰头会："现在通信中断，灾情不明，我们要不惜一切代价，向震中挺进！"前指迅速收拢队伍，从火场向汶川挺进。

地震过后，路上到处都是塌方和滚落的石头，被砸烂的汽车横七竖八地翻仰着，像捏瘪了的易拉罐，遇难者的遗体惨不忍睹。车队疾驰至狮子坪隧道口时，前方出现泥石流，车辆无法通行。

许益民指挥车队拉开距离，命令所有人员下车，拿着工具快速清通道路。余震不断发生，悬崖上掉落的石块砸在车顶上，让人胆战心惊。

当车队行至一座桥时，又一次遇到余震，汽车一下子剧烈颠簸起来，石块雨点般地落下，突然一块飞石将挡风玻璃砸了个粉碎，玻璃碴子溅了刘学林和司机满身。

刘学林定睛一看，顿时愣住了："不好，要塌方！"他迅速抓起对讲机大声喝令道："拉开距离，加速前进，快速通过！"

车队刚过一分钟左右，身后传来山崩地裂的巨响，半个山体都垮塌下来，瞬间淹没了道路。电线杆被巨石拦腰砸断，电线坠落在地，路边的防护栏也被砸得变形扭曲。

夜色越来越黑，天又下着大雨，许益民带领官兵打着手电，摸索着探路前行，深一脚浅一脚跋涉在陡峭的山路上。

夜间雨中在山道上行军，险情随时都可能发生，一名党员突击队员不小心被乱石绊倒，差一点坠落悬崖，幸亏刘学林从后面一把抓住他，才捡了一条命。最让人担心的是不断掉落的飞石，夜间无法观察，中队长杨嘟嘟从头往后传话，要求三人一组拉开距离，尽量不要出声，仔细听声响，判断是否有滚石滑落。

天放亮时，官兵们刚刚艰难地爬过这段险路，就遇到一位求救的老人，经了解，有一百多名采挖虫草和山产品的村民被困在桫椤沟下落不明，请求部队入山搜救。

桫椤沟山高谷深，两侧陡峭的悬崖夹着一条悠长的山谷，充满着原始的野性和自然的神秘。中队长杨嘟嘟带领官兵们奔跑着往前搜救，长长的山谷蜿蜒伸展看不到头，浓雾弥漫看不清路，山崖上滚落的石头像瀑布一样倾泻而下。

冲过这段险恶的山谷，远远看见被困在沟谷里的一群村民，有人使劲地喊着："有部队来了，我们有救了。"

杨嘟嘟对村民大声说："老乡们，我们是康坝森林部队的，救你们来了。"杨嘟嘟观察完地形后，果断下达命令："五中队迅速搭设简易木桥、清理路障。"经过 3 个小时的紧急疏散，115 名村民全部转移到安全地带。当发现有许多村民已经有两天没有进食了，官兵们慷慨解囊，把自己随身携带的压缩饼干、干粮和水送给了村民。

又经过两个小时的翻山越岭，官兵们来到海拔 2100 多米高、地处峡谷中的蒲溪乡。看到震中房屋全部倒塌，乡村公路全部中断，有 17 户、53 位村民被困在山沟里无法脱险。

许益民观察地形后下达命令："此地不宜久留，立即组织被困群众迅速撤离！"

当官兵们正在组织最后一批村民转移时，突发强震，松土夹着滚石飞泻而下，满山灰尘弥漫，3 位村民和 5 名官兵危在旦夕。刘学林果断组织分批冲刺，强行穿越。

当刘学林带着最后一个村民，以百米冲刺的速度向前猛冲的瞬间，一块巨石从他们身后滚落下来，又是一次惊险的死里逃生，大家惊出了一身冷汗。

经过 36 个小时的生死挺进、全力营救，许益民带领部队到达了汶川县城。

4

张京华带领官兵与卧龙管理局职工挨家挨户搜救，不放过每个角落，不放弃每一个生命，连续救援了一天一夜。

地震彻底摧毁了卧龙特区通往耿达乡的道路，人员和车辆都无法通行。特区张主任焦急地说："耿达乡已连续 24 个小时与外界失去联络了。"

张京华瞪着血红的眼睛问道："乡里有多少群众？"

卧龙特区主任急切地回答："约有 5000 人，不知道他们情况如何？粮食还能维持多少天？房屋受损程度怎样？"

一串串问号像大山一样摆在面前，通宵没合眼的张京华和郝江山更是心急如焚。

郝江山站了起来："危难关头，我带党员突击队硬闯过去吧。"

特区一名工作人员说："现在主要是情况不明，去耿达只有一条路，到处是怪石险滩、飞石滚落，多处路段被震垮，贸然前往会有极大的生命危险！"

张京华毅然作出决定："此次任务，要先派一名军事过硬、经验丰富、心理素质好的同志前往耿达乡察看灾情，再作定夺。"

张京华话音刚落，赵万青第一个站了出来："首长，让我去！我一定能完成好任务。"

战友们都看着赵万青，眼神里流露出担心。

张京华拍了拍赵万青的肩膀，关切地说："等雨停了，再出发吧！"

"谢谢总队长关心，您就等我的消息吧！"说完，赵万青一把抓起战备包转身冲了出去。

郝江山看着张京华轻声问道："总队长，这时候要是有直升机就好了，咱们的直升机支队什么时候能建起来？"

张京华望着大雨喃喃自语："都在盼啊，都盼了多少年了。"

郝江山有些生气地说道："如果公路沿途的植被不被砍伐，也不会造成这么多的泥石流和塌方，救援也会更快些，损失会更小些，虽是天灾，也有人祸啊。"

赵万青一路上的艰险随处可见，道路没有了，只有在泥石流堆砌的石块上爬行，锋利的山石犹如一把把向上挺立的利器，既要避开刀锋般石块，又要随时躲防山崖上的滚石，路上乱石林立，只能手脚并用爬过去，每走一步都十分艰难，他就一步一步往前挪。

一路上，有三座海拔 3500 米以上的高山，随处可见陡峭的岩石摇摇欲坠，他在乱石丛中艰难行进了 13 公里后，却被倾泻而下的泥石流挡住了去路，此时的他虽然又饿又累，心中却只有一个念头：不管怎样，必须完成任务，爬也要爬到耿达！

他细心地查看了周边的环境，终于找到了一块大石头，把绳子系好，然后把另一端系在腰上，紧紧握着绳子往下滑，刚到悬崖边，身子猛地一沉，他机警地向后一退，刚踩着的几吨重的巨石滚落下去，发出沉闷的巨响。他惊出了一身冷汗，稳了稳神，又试探着脚下的石块还算实沉，便倒着身子边缓缓地放着手中的绳子，边慢慢往下滑去。突然，上方一块巴掌大的泥土掉了下来，避让不及砸到了额头，泥水流到了眼睛里，他强忍疼痛，闭着眼睛凭感觉继续一点一点放着绳子。慢慢地他加快了放绳子的速度，双脚试着脚蹬悬崖壁向下滑，不知过了多久，双手发麻的赵万青终于落地了！他急忙站起来，抹去头上的泥水，从随身携带的水壶里倒出一丁点水把眼睛冲洗一下，解开身上的绳子继续向耿达走去。

下午 1 时，行进了 45 公里后，他隐约看见前方雨中有一个身影。他凭直觉：那肯定是在等待救援的群众，不知不觉加快了脚步。果然，这位老乡就是前方耿达来的报信人员，相见的这一时刻，彼此都非常激动，把搜集的受灾情况和联指的有关信息相互交换后，他们各自返回了。

重返卧龙，已是深夜 23 时，赵万青快到卧龙特区抗震救灾指挥部时，远远看见披着雨衣站在夜幕下焦急等待的张京华总队长与郝江山，大家眼睛都湿润了，他急忙跑过去，敬了一个军礼："报告首长，我回来了！"

走进帐篷，赵万青把得到的情报向两级首长和抗震指挥部领导作了汇报："耿达灾区被困 4500 多名群众、学生和游客，还有急需救治的 11 名重伤员以及两名孕妇；当地交通全部瘫痪，通信中断，与外界没有任何联系；群众自家储备粮只能维持 3 天，急需救援药品，灾民的情绪很不稳定。耿达乡抗震救灾指挥部请求，尽快解决灾民的吃饭问题和重伤员的转移、救治问题。"

郝江山看着浑身湿透、脸上划出道道血痕的赵万青，动情地说："万青，你辛苦了，任务完成得很好。"

张京华了解灾情后，及时将卧龙特区、耿达乡的受灾情况和部队救援行动及灾区急需的物资，电告森林指挥部作战指挥中心，为下一步展开抗震救灾提供了可靠的决策依据。

第二天，郝江山带着部分官兵继续搜救被困群众，赵万青带领 30 名战士负责开辟道路，护送特区领导到耿达乡指挥救灾。赵万青从卧龙出发 3 个小时后，消息传来，听说路上有两名战士一死一伤。听到这个消息，郝江山瞬间眼前一黑，心一下子提到了嗓子眼，当即决定亲自带队赶赴耿达。

夕阳下，惴惴不安的郝江山看着蓬头垢面、满脸大汗的赵万青，得知前来救援的官兵们一个不少时，泪水一下子涌了出来，跑上去与官兵们紧紧拥抱……

5

汶川大队一期士官王红军在山东临沂老家休假，地震那天下午，他正帮着母亲晾晒金银花，突然听到电视中播出汶川地震的消息，心里非常着急。他反复拨打大队电话，传来的都是忙音，几个干部的电话也都没有接通。情急之下，他无奈地对年迈的母亲说："娘，汶川地震很严重，我得回部队了。"

王母看着焦急的儿子说："汶川那儿太危险了，死了那么多人，这么远，路也不通，你怎么回去？我可就你一个儿子呀。"

一向孝顺懂事的王红军也急了："娘，不是儿子不孝，灾区那么多百姓受灾死亡、无家可归，你说我在家里能待得住吗？"

王母没有说话，打开迷彩包将他的军装和生活用品放了进去，又放了一大包煎饼和金银花，含着眼泪，颤颤巍巍转身递给了王红军，千叮咛万嘱咐："儿啊，你回去吧，这些金银花也给战友们带点，路上千万要注意安全，如果过不去就回来吧，免得家里人担心。"

王红军郑重地接过包，扑通一声跪下，给母亲磕了一个响头，提着包毅然转过身大步离去。母亲跟着跑到村口，看着儿子远去的背影老泪纵横。

从家中出来，王红军没买到车票，他想尽一切办法挤上了开往成都的列车，抱着迷彩包挤在车厢的一个角落，渴了喝点凉水，饿了嚼一块煎饼，困了倚在角落里打会儿盹。

大半夜，王红军匆匆忙忙赶到成都，费尽不少周折，才搭上一辆国际红十字救援基金会的货车。一路上残垣断壁，废墟成堆，随处可见被滚石砸扁的车辆和血肉模糊的遇难者，让他的心情更加沉重。

到了都江堰，前面路断了，车开不过去。见到一名志愿者就急切地问："现在灾区最需要什么？"

"最需要的是药品和食物。"

"那能不能给我一些药物带进去？"

志愿者狐疑问道："你还要往前走？"

王红军坚信地点了点头："是的，我要回汶川。"

王红军迷彩包里塞满了阿莫西林、青霉素等急需的药品，带上红十字工作人员的祝福，开始了一个人的长征。

路塌得太厉害了，好多路段，根本分不清哪里是山，哪里是路。原来的公路找不到，王红军只能沿着破损断裂的便道往前走，小心翼翼地躲闪着不时从山上滚下的石块。他归心似箭，顾不上饥渴，在崎岖的山路上时而小跑时而慢走，沿途惨不忍睹。

他也不知道走了多远，这时天上下起了雨，王红军只能在大量泥石流形成的土堆上小心前行，每一脚踩下去都像在沼泽地里，鞋子不时陷进松软又危险的泥土里，眼睛时刻要看着上方的巨石和前方泥泞的道路，脚下不时颤动的大地仿佛在提醒着，他那坚强又脆弱的性命，也许就掌握在某一次轻微的余震中。

王红军心里一直想着要活下来，一定要联系上组织，回到部队，不仅是为了家中年迈的爹娘，更是为了这块命运多舛的大地再度重生。

这时前面一条大河挡住了去路，必经之路只有一座铁索桥，一侧铁索被震断，桥板早已不见踪影。浑浊的河水咆哮着向前奔涌，猛然撞到滚落的巨石飞花四溅。河面上有一条飘摇在风雨中的纤细绳索，宽阔的河面飘着浓厚的雾气，根本看不清那一头拴在什么地方，只见这条被浪花拍打得直摇晃的绳索通向茫茫对岸。

只要能赶到震中汶川，哪怕上刀山下火海也万死不辞，他使劲拉了拉绳索没有多想，把大迷彩包往肩上一背，双手抓住绳索往前一跳就吊上绳索。他此时又累又饿，感到一阵眩晕，差点没抓稳，低下头看了看身下汹涌的河水，咬了咬牙，两手交替着抓紧绳索缓缓向前攀爬。稍一松手后果就不堪设想，就这样，他一点一点地移动，快到河中央时，绳子坠到最低，他的双脚离河面不到一米，河水像巨兽一样用舌头舔舐着他吊在绳上的身体。由于连续赶路，他几乎耗尽了体力，浑身软弱无力，头脑一片空白，沿途一幕幕的悲惨场景又浮现在眼前，好像有无数双手伸向他，他使出浑身的力量把手伸向一双双颤抖的手。

这时，王红军也仿佛听到母亲的声音在呼唤，猛然清醒，双手差点松开，吓出了一身冷汗，他使劲抓住绳子，心里默默念叨："我不能这样死去，灾区的百姓还需要我。"他不断地给自己鼓劲，使出全身力气继续向前移动。不知过了多久，王红军终于到达了河对岸，放开绳子的一瞬间，他瘫在地上。

王红军稍微休息了一会，连忙撑起身体艰难站起来，匆忙向前走去，但没走几步，左脚踢到一块突兀的石块，他顿感一阵剧痛，一个趔趄猛地倒了下去。

过了许久，一个路过的老乡看见躺在地上的王红军，一摸还有脉搏，急忙用袋子装了些河水洒到他脸上，王红军醒了，一抹脸上的水，挣扎着站起来。"谢谢您救了我。"说完就要往前走。老乡急忙拉住他："兄弟啊，别走了，前面没有路了，全是泥石流啊。"

王红军笑了笑："不瞒你说，我是一名森警战士，在震中昼夜奋战的都是我的兄弟，就算是鬼门关，我也要闯上一闯。"说着，毅然跌跌撞撞地向前走去。

王红军顾不上睡觉，累了就坐在石头上休息，渴了饿了就扑在河边喝些水，泥浆水把肚子撑得鼓鼓的。一路上，摔倒了又挣扎着爬起来，他也记不清有多少次。脚上全是血泡，身上摔得青一块紫一块。他的脑海里只有一个信念——找到组织，回到部队。

一路上的村庄几乎都被夷为平地，幸存下来的几个遍体鳞伤的村民，坐在刚刨挖出来的尸体旁边哭哑了嗓子。王红军赶紧跑过去，把包里的饼干、面包和药品都塞进他们怀里，哽咽地说着一些安慰的话，然后带着沉重的心情继续向前赶路。王红军带的粮食和药品很快就发完了，但他还是向遇到的每一位灾民送去真诚的安慰和祝福。

在路过映秀镇废墟时，王红军看见路边一个衣衫褴褛的小女孩，趴在一座倒塌的土房上哭得奄奄一息，他走过去安慰着小女孩，小女孩仿佛见到了救星，跑过来用嘶哑的嗓子苦苦哀求王红军："叔叔，救救我的爸爸妈妈吧，他们被压在这几堵墙下两天啦，他们还活着。"

王红军急忙对着裂缝喊话，果然传出虚弱的呼救声，救人要紧，他匆忙在废墟上刨挖起来，两个小时过去了，王红军两只手掌被乱石划破，鲜血渗了出来。终于，"哗"的一声，倒塌的房屋下出现一个由两个石板搭成人字形的三角框架，两个老乡蜷缩在里面，他赶忙掰开石板，把两位老乡拽了上来。

小女孩的父母上来后，紧紧和小女孩抱在了一起，王红军觉得鼻子一酸，没等眼泪出来，他赶忙转身向汶川方向大步走去。

6

一场猝不及防的灾难，是一次对国家力量的考验，更是一次民族精神的重振。一方有难，八方支援，来自全国各地的救援队、医疗队和志愿者火速集结，从四面八方奔赴灾区，一次次感天动地的大驰援，一场场气壮山河的大营救，凝聚起民族复兴的磅礴力量。武警森林指挥部抗震救灾前指和医疗救护队紧急驰援灾区，邱胡杨奉命带领医疗救援队开赴重灾区。

医疗救援队一到达灾区，就被眼前的惨象所震撼：十几名伤员有的躺在门板上，有的蜷缩在被褥中，有的直接躺在地上，空气中弥漫着腐烂的气味，到处都是痛苦的呻吟。队员们立刻放下背囊，迅速展开紧急救治，包扎、输液、上石膏、做手术……各项医疗救治工作有序展开，力争在 72 小时黄金救援时间内救治更多的人。

邱胡杨正在给废墟中一名伤者处理伤口，忽然发生强烈余震，耳边传来噼里啪啦的垮塌声，紧急中邱胡杨一下趴在伤者身上，此时一个魁梧的身躯将邱胡杨护在身下，垮塌的碎石不停地向他们袭来。

余震过后，邱胡杨恍惚中直起身来，发现身后躺着一个人，邱胡杨定睛一看，发现身旁昏迷的人竟是郝江山！她顷刻间清醒了许多，迅捷摸了摸他的脉搏，查看了他的生命体征，确定无大碍后，大声喊道："快找个担架来！把人抬到帐篷里去。"

邱胡杨用手按压着郝江山头上渗血的伤口，小心翼翼地处理创面，用纱布和绷带仔细进行包扎，注射急救药物。不一会儿，郝江山慢慢睁开眼睛，看见红着眼圈的邱胡杨守在他身旁。

看着慢慢睁开眼睛的郝江山，邱胡杨哭喊起来："郝江山，你个混蛋，可算醒过来了。知道我有多担心你吗？听到这儿地震后，我就不停给你打电话，可就是打不通，是死是活都不知道！"

郝江山有些诧异："你怎么在这？什么时候到的？"

"我们医疗救援组昨天就到了，没想到在这儿碰到你，还被你救了。"邱胡杨脸上泛起一丝羞色。

"被我救了？我只记得当时有个穿白大褂的马上要被落石砸中，我来不及想就冲了过去，后来就不记得了，那个白衣天使怎么样了？她还活着吗？"郝江山试图回想着当时的情景。

"笨蛋，那个穿白大褂就是我啊！"邱胡杨的脸有些红了。

郝江山环视了一圈，猛然想起战友们仍在执行地震救援任务，赶紧坐了起来。"哎！你不能起来！你刚醒过来，又想干什么！"邱胡杨厉声吼道。

郝江山看着不让自己起身的邱胡杨说道："你让我出去吧，我没事，还有救援任务呢。"

邱胡杨边整理药械边说："你说没事可不行，这事得我说了算。"

郝江山一瞪眼："咱们之间没有隶属关系，你管不着我。"

邱胡杨朝郝江山看了一眼，语气生硬地说："我现在可是指挥部前指组成员。"

郝江山语气软了下来："现在快过72小时了，时间不等人，你还是让我出去吧。"

邱胡杨不给辩解的机会："你还在观察期间，还是伤员，要服从医生的安排。"

郝江山挣扎着要下地，邱胡杨急忙过去想要摁住他，却不小心跟跄一下，一下子跌进了郝江山的怀中，气氛一时有些尴尬，邱胡杨赶紧站起来，佯装无事整理了一下衣角。

郝江山欲言又止："胡杨……我……"

邱胡杨背过身去小声呢喃："我这次申请参加救援，也想救更多的人，但救人首先要保护好自己，才有能力去救人。"

此时，支队后勤处长郎一瓶小跑着掀开帐篷门："支队长，政委晕倒了。"

邱胡杨一听，随手抓起听诊器，挎上急救箱，冲出屋外："人在哪儿？快带我去！"

"就在那边，医生你跟我来。"说着郎一瓶带着邱胡杨向东跑去。

刚跑了几步，远远看见几名战士正围在一起，地上躺着的正是不省人事的许益民。邱胡杨迅速跑到许益民跟前，俯身跪下，右手在许益民颈部摸寻着颈动脉，侧耳聆听鼻息，"1001、1002、1003、1004……"

顺势拨开许益民的眼皮，只见两个空洞放大的瞳孔，仿佛孱弱的灵魂正从漆黑深邃的深渊中穿过。

"不好，得赶紧进行心肺复苏！你们都让开些，保持这里空气流通！"邱胡杨赶紧双手叠掌、十指交叉，对准许益民胸骨进行胸外按压。"01、02、03、04、05……"

几分钟后，许益民咳嗽了一声，缓缓睁开眼睛，好似灵魂归位一样，黑色的瞳孔里重新燃起生命的火光。

邱胡杨见许益民醒过来了，又简单处理了一下，对身边的战士说道："快，帮我把他抬到帐篷去。"

郝江山起身坐了起来，看着被抬到旁边床上的许益民，转过头来问邱胡杨："邱医生，我们政委怎么了？"

"他血糖仅有1.4，舒张压低于40，我怀疑他是严重的低血糖引起的晕厥。"邱胡杨一边说一边打破两只装有葡萄糖的安瓿。

"低血糖？老许之前一直说他有糖尿病，总是血糖高，怎么会低血糖？"郝江山一头雾水。

"糖尿病？就糖尿病患者才容易低血糖！他血糖不稳定，忽高忽低，一不小心就会低血糖，随时都有生命危险！你们怎么能让他上来？"邱胡杨一边责怪着郝江山一边又打开一支胰岛素。

邱胡杨将配置好的"葡萄糖＋胰岛素"挂在输液架上，俯身为许益民输液。"好了！这葡萄糖和胰岛素输上，应该就没什么大问题了，你们呀，别只顾着救人，首先要保全自己，才能救更多的人，如果你们都倒下了，谁去救人啊？！"邱胡杨突然理性起来。

看着许益民面色渐缓，郝江山眼睛有些湿润："老许啊，你别光顾忙乎，还是要多注意点身体！"

7

震中汶川的通信逐步得到恢复，报话员母强通过各种渠道也了解到部分地区的受灾情况，当收音机里传来："此次地震，北川县城受灾严重，整座城市已变为一片废墟……"母强的心一下子揪了起来，一种不祥的预感在脑海里挥之不去。

许益民走进前指帐篷，看见呆坐在电台旁边的母强，用手拍了拍他的肩膀："母强，刚才得知北川受灾很严重，你和家人联系了吗？情况怎么样？"

母强回过神来，发现是许政委："我试着联系过，但是始终没联系上。"

"这样，现在正好有一架直升机前往成都取医疗物资，你尽快准备一下，随他们返回成都，这边我与总队联系一下，把你送回北川。"

"是！政委。"母强正准备转身离开，这时帐篷外传来报告声。"进来！"许益民应道。

张管理员走进帐篷。"政委，大家听说母强家在北川都很担心，这是大家的一点心意。"说着，拿出一沓五颜六色的人民币放在指挥桌上，有的还浸有血渍。

这不是普通的一笔捐款，每一分钱都是大灾大难这个特殊时期的"救命钱"，饱含着生死关头战友们同生死、共命运的深情厚谊，彰显着危难时刻森林部队无私无畏、众志成城的坚强意志，这种特质必定会凝聚成一股巨大的力量，帮助灾区人民渡过难关。

许益民盯着桌上的钱半天没有说话，泪水在眼圈里直打转，转身从携行包里翻出一沓钱交给管理员："张管理员，你陪母强回趟家，有困难及时联系我，组织上会不遗余力地给予帮助！"

母强看着眼前这一幕，一时说不出话来，泪水像断了线的珠子不停地往下流。张管理员走过来拍拍他的肩膀："没事了！咱们一起回家看看吧！"

回家的距离越来越近，惴惴不安的心情愈发强烈。一路上废墟成片，到处都是残垣断壁，奇形怪状的遇难者遗体随处可见，有的手被钢筋穿过，有的腿被压在巨石下，有的躯体已经严重变形，惨烈景象冲击着母强的大脑，他的精神濒临崩溃。

几经辗转，母强终于回到北川。北川县城几乎没有完整的建筑物，高高的楼房被震得东倒西歪，数座房子变成一堆瓦砾；街道上散落着各色金属残片，只能通过严重变形的车体分辨出这是一辆车；道路中央是一道闪电形状的裂隙，犹如死神之斧劈砍在大地上；北川中学被滑坡的山体和泥石流掩埋，只有一面五星红旗顽强地矗立在操场上，大门牌匾只留下半个"学"字，一面厚重的石墙碎裂在昔日繁华的花坛上，旁边散落着已枯萎的花瓣，北川像一朵凋零的鲜花静静地躺在这片饱受创伤的土地上。

母强的心瞬间收缩起来，宛如刀绞，他怎么也想不到昔日养育自己的家乡，如今已面目全非，整座城市笼罩着忧愁与哀伤，身边尽是残缺的肢体，他们好像似识非识，从未有过的恐惧瞬间扼住他的喉咙，窒息得喘不上气，突然，远处尖锐的汽笛声将他从噩梦中惊醒，他不禁浑身一颤，下意识地朝家的方向拼命跑去。

沿着熟悉的小路，母强在一座废墟面前停了下来，从破碎的墙体和挤压变形的门窗，他依稀辨认出这就是自己的家。母强环视一周，在废墟侧面看见一个蓬头垢面、衣衫褴褛的人正在废墟中翻找着什么，径直向他走去。

那个人猛然抬起头，发现面前竟是许久未见的姐夫，急忙放下手中的石块朝母强跑来，两人紧紧抱在一起痛哭失声。母强急切地问道："你姐人呐？爸妈和孩子在哪？"

妻弟抹了一把泪，哭着说道："姐夫啊，爸、妈、我姐和外甥女他们都被埋在楼里了，救援队没有探测到生命迹象。"

听到这个消息，犹如晴天霹雳，母强顿时撕心裂肺："不可能！怎么都……"说着，一头扎进废墟发疯似的扒着散落的石块，不停地呼喊。

这时张管理员冲上前抱住母强喊道："你不要命啦！这里多危险啊，我们赶快走！"

张管理员强行把他们兄弟俩拽到一旁，安慰道："我知道你们很难过，可人毕竟没了，你们更要保重好自己。刚才我问过前方的救援队伍了，这么大的山体滑坡，短时间是无法挖出遇难者的，听他们说这里马上要封控了，不然很容易造成二次伤害。"

母强终于停了下来，扑通一下跪在地上，万念俱灰。在坍塌的废墟上不停地念叨着、静静默视着……

曾经美好快乐的日子一幕幕浮现在眼前：稻花飘香的田埂上，和老人有说有笑地收割着秋稻，享受着收获的喜悦；襁褓里女儿粉嘟嘟的小脸蛋，蹬着小脚丫哭着吵着，可爱的模样记忆犹新；披着洁白婚纱的妻子缓缓向他走来，在亲朋好友的见证下许下相伴一生的诺言。而眼前的一切就像噩梦一样，美丽的家园变成了废墟，朝思暮想的亲人们蓦然间阴阳相隔。这些年来，与家人聚少离多，老人病重、孩子出生，他都没能陪在身边，家中重担都压在妻子一人肩上，承诺陪她一起过生日、一起旅游的愿望，从此永远地画上了休止符。他不想惊醒睡梦中的女儿，更不想打扰操劳一辈子的父母和心爱的妻子。

母强挣扎着站了起来，擦干眼泪，与亲人们做最后的告别："爸爸、妈妈、老婆、女儿，你们都安静地在这睡吧，去往天堂的路上没有灾难，没有痛苦，你们一路走好……"

8

升钟湖畔静静地躺着几棵树，通往村里的道路上突兀地散落着地震时滚下来的几块石头，村里的房屋不同程度受损，部分墙体出现裂痕，这使本来静谧的村庄变得有些聒噪。人们正忙着往屋外空旷地搬运东西，以防余震再次发生而措手不及。

此时，几辆军车疾驰来到升钟湖镇，叶连长从前导车走下来，向附近的村民询问："老乡，你知道现在哪条路能到金仙镇吗？"

"解放军同志，你们到金仙镇干什么？"

"我们去金仙镇救灾，到了升钟湖镇却发现，原来的道路已经损毁，不能通行，你知道还有别的路吗？"叶连长一筹莫展。

"别的路我是不知道！你再问问别人吧。"说完老乡继续搬着东西。

在一旁路过的郝胜茂听到这，径直走到他面前。"同志，我叫郝胜茂，也是军人出身，我知道一条路可以走！"

叶连长眼睛一亮，一把握住郝胜茂的手惊喜地说："是吗？那太好了！震后的金仙镇已成孤岛，直到现在还没有消息，我们都急坏了，正发愁呢！"

"从这到金仙镇虽然没有多远，但是要穿过一片林子才能绕过去，你们得徒步走过去！"

"没事，只要能进去救人，就算是把鞋走烂我们也要去！"

郝胜茂语气坚定："好！事不宜迟，我们抓紧出发！"

江山妈正在家里忙着收拾东西，松涛妈火急火燎地跑过来："嫂子，嫂子，郝大哥要去给解放军带路去金仙镇，你快去看看吧！"

江山妈急忙冲到郝胜茂面前，把他叫到一旁生气地说："地震损失这么重，家里怎么办，你再有个三长两短，我可怎么活啊？"

郝胜茂用大手抹了一把脸："你放心吧，我也是当过兵的人，什么大灾大难没见过，咱们不都挺过来了吗？这条路只有我知道，金仙镇的百姓正等着救援，不能见死不救啊！"

说完郝胜茂头也不回向前走去，领着救援队伍向金仙镇挺进。

郝胜茂说的这条路并不是实际意义上的路，而是他种树护林时走的简易小道，在灌木草丛下隐约伸向大山深处。

郝胜茂和叶连长带领官兵在密林中穿行，随时都能听到远处隆隆的山体滑坡和垮塌的巨大声响，唯独他们经过的这片树林却安然无恙。叶连长不禁问道："老郝，这次地震这么强，我发现周围的村庄受灾都比较严重，升钟湖镇的灾情最轻，而且一路上余震不断，咱们经过的这片树林却非常安全，这是什么原因呢？"

郝胜茂微微笑了笑："这或许是大自然对升钟湖眷顾吧！"

"过去，升钟湖镇周围的树都被老百姓砍光了，每年都会发生山洪，村民们都苦不堪言。转业回家后，我动员村民们一起种树，告诉他们种树不仅能净化空气，更能固化土壤防洪水，希望大家都能做一点力所能及的事，在保护生态环境上尽点力，现在它们已经长成大树了，山洪就再也没发生过。"

郝胜茂指了指远处被树林挡住的沙土碎石说道："看，这次地震，这座山也发生了山体滑坡，正是这片树林的稳固作用，才把危险挡在村外，保护了我们。"

"我知道树林能防风固沙，但是没想到在林区能起到这么大的作用，看来这里边学问很深呐！"叶连长意味深长地点了点头。

一个星期后郝胜茂返回家中，看着他一身泥水，双脚和手上伤痕密布，江山妈又气又心疼，急着在他的伤口上涂抹锅底灰："你就逞强吧！"

救援结束后，官兵们返回升钟湖镇，叶连长特意来到郝胜茂家，紧紧握着他的手不放："老英雄！感谢您在关键时刻帮了我们大忙，您栽的林子不仅是我们生命的通道，也是我们见过最美的地方，我代表全体官兵向您表示崇高的敬意！"

郝胜茂泪光闪闪，回了一个庄严的军礼。

9

地震发生后，党中央、国务院运筹帷幄，科学指挥，全国人民心连心、手挽手，用勇敢、坚强、智慧和大爱凝聚起无穷的力量，取得了抗震救灾的阶段性进展。

为保证灾区社会稳定、人心安定，中南海再次审时度势，果断决策，排除一切风险隐患，避免次生灾害发生，最大限度保护人民群众生命财产安全，最大限度降低地震灾害造成的损失。

高伟民带领汶川大队官兵奉命到甘溪村抢险，任务是安全转移工程炸药。工程队负责人介绍着："仓库里一共有约5000公斤'2号岩石乳化炸药'、6000发雷管和20卷导爆索。"

听到介绍后，高伟民与县抗震救灾指挥部领导都感到情况复杂，由于地震，仓库结构发生了一些变化，必须在十分稳妥、最短时间内将炸药转移到安全地带，否则一旦再次发生余震，造成二次坍塌就可能会引发爆炸，后果不堪设想。大家反复商量转移对策："能不能请专业技术人员一同前往？"

张县长焦急地说："现在哪有什么技术人员，炸药库如果出现意外，附近600多名群众的生命危在旦夕。"

形势万分危急，高伟民果断下令："立即转移村民，封控所有入村路口。"说完自己带领 12 名战士跑步前往炸药仓库。

高伟民围着仓库反复勘察后说："大家不要紧张，一切听我指挥，刘逸博当观察员，其他同志排成一路，流水作业往外传。"

高伟民站在最前面，小心翼翼地搬着炸药往外传，一包、两包……

经过两个小时努力，炸药被安全转移到指定仓库。

封控在公路外围的 200 多名村民看见官兵们安全归来，大家悬着的心终于落了下来。

为尽快掌握震中受灾情况，作为记者，一种职业天性的驱使，刘亦欣第一时间赶到灾区，冒着余震和山体滑坡的危险一直坚守在抗震第一线，全程跟踪报道灾情发展态势和中国人民同舟共济、共渡难关的不屈不挠精神。在众多媒体记者中，一位金发碧眼、皮肤白皙的西方记者引起了她的注意。

"你好！我是绿色时报记者刘亦欣，你也是一名记者吧？"

"是，我是 Y 国时报的记者史密斯，你好！"

"这几天我总能看到你在救援现场拍照，这么危险你怎么还在这？"

"我在中国生活了十几年，中国人对我很好，我也很爱这里，地震让很多人无家可归、失去生命，我心里也很难受，总想做些什么报答中国朋友，所以我来到这里。"

刘亦欣向他竖起了大拇指说道："谢谢你，你的行为令我很感动，不如我们两人合作。一起将地震中最真实、最全面的情况报道给全世界，让全世界都来帮助中国。"

"好！"两人一拍即合，一篇篇饱含深情、带有温度的稿件从灾区飞向全世界。

这天，刘亦欣与史密斯在街道上采集新闻，只见街道上到处挂着：四川挺住，汶川加油，心系震区，风雨同行等条幅。义务献血的人排成了长龙，一眼望不到头。

史密斯对着人群按下了快门："刘，这就是你们中国人所说的'血脉相连'吧？"

刘亦欣回答说："史密斯，你这个比喻非常到位，在灾难面前，中国人民比任何时候都要团结，都要坚强！"

史密斯转身看到一个捐款台，走上前去掏出一沓钱塞了进去。

"我替我的同胞谢谢你。"

史密斯微笑着摆摆手："你们中国有一个成语叫'不足挂齿'。"

这时，一对农民工模样的夫妻骑着摩托车来到捐款箱前，中年妇女从兜里掏出一把零钱塞了进去。接着，一名靠双手行走的乞讨者，一点一点挪到捐款箱前，将乞讨到的钱全都倒在了捐款箱里。

史密斯拍了几张照片，放下相机感慨地说道："你说得没错！在这场大灾面前，中国人民的确比任何时候都要团结，都要坚强，我相信这种瞬间拧成一股绳的精神，必定能战胜这场灾难。"

刘亦欣点点头："我们中国人民从来没有被任何困难吓倒过，每一次伤痛，都能让世界感受到中国强大的凝聚力。"

一队救援官兵从他们身边经过，史密斯望着官兵们远去的背影，诧异地问道："我和我的同事有一点不太明白，为什么你们的军队在救灾时不带枪？"

"枪？这只是救灾而已，带枪干什么？"

史密斯正色说："人们在极度的恐慌中，难免会产生暴力，很多国家救灾时，枪械都是必不可少。"

刘亦欣摇摇头说道："也许这不符合你们的逻辑，但在中国，哪里有灾难，哪里就有军人，他们都是人民的子弟兵，是中国人民的坚强后盾，怎么会同室操戈呢？"

史密斯不断地点着头。后来他在一篇报道中写道：面临灾难，中国人民没有退缩、没有抱怨。唯有在灾难发生时，闪耀的人性光芒，像阳光照亮大地。世人看到了一个巨大的，越来越清晰的身影——"大写的中国人"。

第二十七章　红鹰筑巢

1

灾难降临，危急关头，震中的康坝支队官兵既是受灾者也是救援队，在队伍成功避险后，他们视灾情为命令，一支支救援的队伍，一个个逆行的背影向震中挺进，和时间赛跑，与死神抗争，上演了一场场"生死突击"；他们急灾区群众之所急，把生死置之度外，在一次次余震中搜救，在一片片瓦砾里寻找，用爱心扫描生命的信号，抚慰生离死别的悲情；他们都是普通得不能再普通的人，却在大灾面前成为抢险救援的"先锋队"，灾后重建的"主心骨"，帮难解困的"贴心人"。

在抗震救灾取得阶段性胜利后，康坝支队官兵主动承担起装卸救灾物资的任务，深入村组和农户，安抚群众，排查隐患，送去党和政府的关怀与温暖，确保受灾群众有饭吃、有衣穿、有干净水喝、有临时住处。

许益民看着躺在简易病床上的王红军心想：地震，就像一声嘹亮的集结号，号声一响，我们的战士就像听见了军号的呼唤，无论身在何处，无论路途充满什么样的危险，都会扑向这场没有硝烟的战争。

母强强忍悲痛从家乡返回，又开始忙碌起来，架设天线、开通信道、呼叫接收、传递电波，用自己的实际行动践行着向妻女许下的诺言。

熊猫苑内，赵万青带领官兵们搬走拦路的巨石，清洗泥浆，修理危圈，为熊猫恢复清洁、安全的生活环境。林海洋、林海峰等7名官兵扛来了竹子，保障了熊猫食物无缺。

高伟民帮助老百姓架设帐篷，搭建简易木板房；魏正文带领官兵们卸载着一车又一车的救灾物资。

邱胡杨正带队巡诊，发放药品，对群众进行心理调适，宣传防病防疫常识，官兵们对学校、灾民临时安置点、厕所和食堂进行消毒。

郝江山带领一支车队进村入户运送救灾物资，一路上看见源源不断的救灾物资向灾区输送，他深有感触：这真是"一方有难，八方支援"，灾难是无情的，但灾区人民没有在灾难面前倒下去，反而愈挫愈勇、愈摧愈坚，在废墟上勇敢地站了起来，以特有的毅力与勇气愈合伤口、重建家园。

郝江山正在组织官兵卸载物资，忽然手机铃响，接通后惊喜地喊道："阿什库！"

"江山，我和敖兰到汶川送救灾物资来了。"

"你们在什么地方？"

"我们在县民政局物资捐赠处。"

"你们等着，我一会儿就到。"

在一辆挂着"东北人民与汶川人民心连心，捐助大米三十吨"的大卡车前，郝江山问道："你们是从东北开车过来的？路上还顺利吧？"

阿什库回答："顺利，这一路上听说我们是去汶川，一路绿灯，畅通无阻。"

敖兰在一旁补充说："万樟岭的乡亲们听说我们要来汶川，把自己家最好的大米都带来了。"

"真是好样的！"郝江山心想，灾难不会将中国人民击垮，只会让我们的心贴得更近。

阿什库握住了郝江山的手："只要咱们心连心，就没有过不去的坎。"

抗震救灾的车队陆续返程，一群八九岁的小朋友看到车队，齐刷刷地在路边站成一排，向官兵和车队敬礼。

郝江山眼眶瞬间湿润，拿起对讲机："车队鸣笛回礼！"

伤痕累累的刘逸博、王红军等官兵们看着窗外这一幕，心中所有的苦累顿时消失殆尽。

2

一辆农用三轮车披红挂彩，几名吹鼓手坐在车上敲锣打鼓。车子最前方一块牌子红底黄字上书：热烈欢迎二等功臣王红军载誉还乡。

郝江山同当地县委县政府、武装部、民政局相关领导一道，王红军身披绶带和大红花，戴着二等军功章走在最前面，一名干部捧着一块红底黄字印有"二等功奖金 5000 元"的牌子，向村内走来。

邻里乡亲纷纷簇拥在一起，热烈欢迎王红军回乡。村内数百米长的街道铺满了鞭炮，村里的锣鼓队和舞蹈队前来助兴，王母激动不已。

武装部领导将喜报送到王红军母亲手中，握着老人家的手动情地说："恭喜，恭喜，您的儿子在这次汶川抗震救灾中荣立二等功，这是你们家的光荣，也是咱们全县人民的荣誉。"

王母接过喜报将儿子紧紧抱住，泣不成声。王爷爷激动地握着郝江山的手："我是红军的爷爷，打过鬼子，参加过孟良崮战役和抗美援朝，这样的场面我还是第一次看到，不光我孙子光荣，我这名老兵也很自豪。"

郝江山向老兵敬礼："王爷爷，汶川地震后，红军归心似箭，翻山越岭，辗转两千多公里，是我们抗震救灾中的'孤胆英雄'，他'一个人的长征'，永远激励着我们迈向新的长征。"

郝江山、王红军、当地政府领导、村干部等人围在一起座谈。几个调皮的小朋友争抢着，羡慕地摸着王红军胸前的二等军功章。武装部的工作人员当众将"二等功臣之家"牌端正地悬挂在王家大门显眼的位置。

郝江山看着王母深情地说道："谢谢您为部队培养了这么优秀的战士，红军在这次救灾中表现突出，他的先进事迹在全部队都进行了宣讲，是我们全体官兵学习的榜样。"

王母连连摆手："不，俺儿子还是部队培养得好，要不然他早就退伍出去打工了。"

村主任憨厚地说道："郝支队长，俺们这里是革命老区，在战争年代俺们沂蒙山户户有烈士，村村有红嫂，沂蒙六姐妹和铁道游击队的故事，离我们村子没多远，红军能有这样的荣誉，我们也感到很骄傲。"

郝江山看着围坐在一起的人们，动情地说道："战争年代沂蒙人民最后一粒粮做军粮，最后一块布做军装，最后一床被盖在担架上，最后一个儿子送战场，才赢得了革命的胜利，沂蒙人民都是我们学习的榜样。这次，我们支队组织了'把功臣请上台、把喜报送回家、把嘱托带回来'系列活动，就是为了鼓励军属们更好地支持亲人安心服役，激发官兵献身国防事业的光荣感、自豪感。同时对广大群众来说，也是一次生动的国防教育。"

王母续了一杯水，又放进一勺糖："俺们村子里的水有些苦，给您放块糖，别见外。"

王爷爷端来一盘苹果放在桌子上："俺们家的苹果没打过药，是纯绿色食品，放心吃吧。"

郝江山起身："谢谢爷爷，您不用麻烦了。"

村主任掏出一把零钱，拽着身旁一位看热闹的小孩子："小林子，给大爷到商店拿一提矿泉水来。"小林子接过钱转身就跑了。

郝江山端起来喝了一口："不用那么麻烦，喝这个水就行。"

王母看着王红军说道："儿子，在部队跟着首长好好干，争取当一辈子兵，在家没有啥好出路，光靠种地也弄不出什么名堂来。"

王红军习惯性地立正站好："是！保证好好干！"引得周围的乡亲们哈哈大笑。

郝江山笑着问："今年家里收成怎么样？"

村主任顿时收敛了笑容："收成一般吧，能出去的都去打工了，村里剩的都是些老弱病小，地伺候得也不好。"

郝江山有些疑惑："来的时候，我看见高速公路两旁满地都是白色塑料膜，一开始我还以为是河水呢，薄膜用多了不好吧？"

村主任连忙说道："现在都在用，不用产量上不去。"

郝江山接着问："农药用得多不多？"

一位村民回答："多，虫子很厉害的，打药时人都受不了，虫子却杀不死，打多少遍都还有。"

王红军想起去年休假回家，看到村里的河水不再那么清了，鱼和小鸟也少了很多，有点像雷切尔·卡逊笔下描写的《寂静的春天》。

郝江山轻声问道："药打了那么多，粮食和蔬菜还好吃吗？"

村主任叹了一口气："化肥和农药催出来的东西确实不好吃，能杀虫、除草的东西，人吃了肯定好不到哪去，我们也不喜欢那样做，但也没有什么好办法。"

王爷爷说道："我以前种的蔬菜和果子，擦一擦冲一冲就能吃，现在不泡一会儿都不敢下嘴。以前没有农药，虫害也没这么多，现在有农药了，虫害反倒更难除了。"

"我也是从农村出来的，过去农村山清水秀、土地肥沃，蛙声一片、空气清新，曾是咱们独享的天然资源，谁能想到农药和各种催生剂对农村土地、瓜果蔬菜污染这么严重。土地是农民的命根子，要像保护眼睛那样保护土地和水。农药、催生剂和化肥用得越多，土壤和水质遭到破坏越严重，这是一个恶性循环，必须要得到有效遏制才行。"

村主任重重地叹了口气："理是这个理，有的人为了高产粮、多出菜，大量使用化肥和催生剂，过量喷洒农药，甚至有的还种转基因粮食，你说这不是造孽吗？"

另一位村民嗑着瓜子："不是说转基因的庄稼不生虫子吗？"

"虫子不吃转基因的庄稼，它们会吃别的农作物，转基因除虫就好比救火，就像把汽油当成了水泼向火焰一样。绕一个圈子，土地中的有毒物质最终还是会回到人体内，对人和动物都是损害。"

村主任也很无奈："农村现在劳动力少，大家伙都是怎么省事怎么来。"

小林子拎着一提矿泉水跑了进来："大爷，水。"王红军将矿泉水打开递给郝江山等人。

郝江山看着周围的人："咱们村里山上还有森林吗？能不能产生经济效益？"

"基本上都是杨树林子，这几年流行加工人造板材，村里人很多都去板厂打工，有其他树的地方都砍掉种了杨树，因为杨树长得快，效益还算不错吧。"

王红军爷爷苦笑了一声："以前我们村子四周山上草木茂盛，山泉水可甜了，现在山上树砍得差不多了，泉水也没了，打出来的井水也都苦。"

3

大灾之后迎大赛，奥运"祥云"圣火在四川进行进京前的最后一站传递，这是一次非同寻常的爱心接力。从某种意义上讲，这也更好地诠释了百年奥运史就是一部宏大的励志史，演绎着一个个自强不息、迎难而上、顽强拼搏的传奇故事。抗震救灾以来，中国人民面对灾难时表现出来的坚强，让世界动容，也让世界再一次认识到万众一心、不畏艰险、共克时艰的中华民族。

雨后的成都，空气湿润，凉爽怡人，国际会展中心人山人海，数十万群众云集。当象征"和平、激情、希望"的奥运圣火点燃第一棒"祥云"火炬时，刚刚为在地震遇难者默哀中"苏醒"过来的群众，不禁仰天长吼："中国加油！四川雄起！"那是一种从内心深处发出的吼声，那是一种被灾害压抑很久的情感迸发。

刘亦欣作为"绿色奥运"的宣传大使高擎"祥云"火炬，幸福地跑在属于自己那45米的荣耀路上。道路两旁欢呼的人群让她心潮澎湃，一幅幅"传递激情传递爱，你我共同抗灾害""弘扬奥运精神，联手抗震救灾""同一个家园、同一份牵挂"等横幅和标语，展现着灾区人民的坚强不屈，传递着无穷的力量和勇气。

史密斯远远地看着刘亦欣跑来，急不可待地上前采访："你参加火炬传递，此时此刻有什么感受？"

"参加这次活动是我一生最大的荣誉。我期待这一时刻已经很久了，在地震后通过火炬的传递向世人展示灾区人民的自信、坚强和乐观，有着更加特殊的意义。"刘亦欣的喜悦之情溢于言表。

史密斯追问道："你能说得再具体点吗？"

"地震可以夺去人的生命，但无法摧毁人的精神和意志，我们虽然不是运动员，不能到奥运场上拼搏竞技，但可以在大灾面前展示顽强，无论竞技还是人生，面对挫折与灾难，我们只能更加坚强。"

"你作为'绿色奥运形象大使'，能为奥运做点什么事呢？"

"北京奥运会推崇'绿色奥运、科技奥运、人文奥运'三大理念，推动着奥林匹克运动沿着和谐发展的轨迹前行，就是要实现人与自然、人与社会、人与世界的和谐共生。'绿色奥运'就像'马拉松长跑'，奥运火炬点燃了灾区人民的自信与希望，奥运精神也一定会成为灾区重建宝贵的精神财富。我作为形象大使，就要呼唤全民自觉行动，抵制污染、爱护自然、保护生态，共同建设美丽的家园。"

这时郝天跑上前好奇地问："我能摸一下火炬吗？"

"当然可以，你也可以拿着照个相。"刘亦欣的回答让郝天惊喜不已，拍照后"特满足"。她坚信，奥运精神的火种将从此播种在孩子心中。

震后，村委会院里大榆树下，村主任郝致礼和村支书张民富正召集升钟湖镇羲皇村民，共商恢复重建事宜。

郝致礼站起来看着周围的村民缓缓说道："乡亲们，这次地震我们村相比周围其他村而言受灾最轻，但还是有部分房屋受损，今天召集大家就是想商量商量灾后重建的事，有什么意见都说一说吧。"

张民富首先开了口："咱们村祖祖辈辈都生活在这里，大家相处得都很融洽，一家受灾，大家帮忙，都伸把手互相帮衬一下。"

"怎么伸手啊？我们靠山吃山、靠水吃水，远离城市、交通闭塞，没有钱怎么帮衬？"

"我们不是种了那么多树么，要不把一部分树伐了卖掉换钱吧？"一个村民无奈地说。

大家面面相觑，一时竟不知怎么办才好。

郝致礼打破了沉默："乡亲们，我们世世代代都生活在这个村里，几次大的自然灾害都没能幸免。这次大地震，人员无一伤亡，连道路都没有受损，多亏了郝大哥这几年大搞植树造林，加强生态环境保护，才有我们村的今天，大家可不要重蹈覆辙啊。这些林子是郝大哥的私有财产，是他一棵一棵种出来的，也是保护我们村子的命根子，怎么能忍心卖掉呢！"

村民们交头接耳，议论纷纷。

"大家不要灰心，山上有 1.6 万亩林子和近百万棵果树，果树正是产果创收的最好时期，如果我们规划好就能获得很丰厚的收入，恢复重建的资金就有来源了。现在就把我的这片林子捐给集体，只要有林子在，我们就有希望，况且国家还给了咱们灾后重建资金。"

村民都惊讶地看着郝胜茂。郝致礼疑惑地问道："郝大哥，这么多林子你都捐给大伙了？"

郝胜茂点点头语气坚定："但我有话说在先，这些树一棵也不能砍！它们都是留给子孙后代的。"

张民富看着郝胜茂有些激动："胜茂，我替大伙谢谢你了。"

郝胜茂摆摆手大声说："都是父老乡亲，有什么可谢的，我们还是讨论一下如何重建家园吧！"

"郝叔，您见过大世面，你说怎么干，我们就怎么干。"

"对，按郝叔说的办！"

郝胜茂以手示意停止发言："这些天，我让江山和明月给我出了不少主意，给我讲了国内外很多农家村寨建设的好办法、好规划，我认为咱们村不应该再建得跟之前一模一样，站立点要高、落脚点要实，要有长远眼光，把咱们村定位成生态示范村进行整体规划和建设。"

"怎么才能算是生态村呢？"

"现在国家建设新农村的各项政策都很好，我觉得咱们村以后要发挥地域优势，立足生产美、生活美、环境美和可持续发展，走绿色生产养殖、农林产品加工和乡村观光旅游的发展路线，就会使青山绿起来、湖水清起来、环境好起来、大家富起来，就能让升钟湖的品牌走出大山、走向全国。"

4

康坝州，山脚下张家贵和州县领导商议植树造林事宜。栾副县长指着前面几座山高声说道："老张，你看这片山上的杂木林子已经全部处理了，剩下的就交给你们了。"

张家贵笑容满面地说："放心吧，县长，我们公司将会认真履行合同，聘用村民种植管理桉树，并发放工资，提高农民收益，另外我们公司还将资助每个村子50名贫困生！"

栾副县长等官员热情鼓掌，与村民漠然的眼睛形成了强烈的反差。这时，郝明月带了两名同事生气地赶了过来，边走边喊："你们这是犯罪！"

众人向郝明月等人投来惊讶的目光，有人向栾副县长耳语几句，栾副县长笑了笑："原来是郝专家，您不在办公室里研究生态，怎么跑到这里来了？"

张家贵连忙给郝明月使眼色，并上前介绍："明月，别瞎掺和！这是栾副县长。"

郝明月生气，转向村民："不用你提醒，你的事，我还懒得管呢。乡亲们，你们听我说，咱们这里是高原地区，原生植物生长缓慢，其实最好的就是这些杂木林子。如果砍掉这些林子会严重破坏生态环境，再种上桉树极易造成一系列生态问题，这种树是外来物种，大家千万不要上当。"

栾副县长赶紧上前连连摆手："乡亲们，不要听信谣言，咱们吃的地瓜、马铃薯、玉米、胡萝卜，还有辣子，哪个不是外来物种？哪个造成生态问题了？对不对？郝专家，我们县里的经济建设也是要搞的，你们也要支持是不是？要不然，你们帮我们解决解决农民增收的问题？"

郝明月厉声说道："农民增收有很多渠道，为什么一定要卖山？这种树木的危害，我想你们也心知肚明。"

栾副县长继续辩解："就像水喝多了能死人，喝少了也能死人，跟水又有什么关系？引进这种树，我们也是经过充分论证的，这种树在国外有很长的种植历史了。"

郝明月看着栾副县长的眼睛："确实跟树的关系不大，那要看种在什么地方？还要经过科学的管理和经营，不是一味地追求利益。最重要的是砍掉了原生植被，极易引发泥石流和山体滑坡，难道汶川地震给我们的教训还不够吗？"

栾副县长一副无所谓的样子："郝专家，你可不要危言耸听啊？"

"这段时间降雨频繁，根据地质情况监测，我们发现这个区域正处于泥石流易发地带，我们建议梭磨村内村民全部搬迁。"

栾副县长有些生气，指着郝明月："你不是来拿我们寻开心的吧？耽误了我们县里的经济活动，你可是要负责任的。"

郝明月递给他一打监测数据："人命关天，您看我像是在开玩笑吗？"

现场气氛非常尴尬，双方谁也说服不了谁，最后不欢而散。

5

当时针指向"20：00"时，北京"鸟巢"鼓声震天，金色焰火直冲云霄，击缶迎宾宏伟开篇，把官兵们带进流光溢彩的瑰丽世界。五彩霓裳舒卷成漫天流霞，美丽的"飞天"在满天星光中如梦如画。优美的音乐，清新幽隽、气势恢宏的巨幅卷轴缓缓展开，人们在上面载歌载舞，金光闪闪的丝绸之路，峰峦叠翠的壮美河山，在闪光灯、掌声、欢呼声、尖叫声、口哨声中汇成欢腾的海洋。一切比想象中的还要震撼，让电视机前的官兵们感到热血沸腾。

就在这时，支队作战值班室接到州防指请求支援的电话，梭磨村刚刚发生山体滑坡，山下 1 个村庄 15 幢民房被埋，目前被埋和伤亡情况不详，请求支队出动兵力前往救援。

"梭磨村发生山体滑坡，按预案立即行动。"郝江山命令道。

官兵们快速有序冲出学习室，冲向停在操场上的车队，在车队前列队完毕。

"出发！"郝江山简单介绍情况后一声令下，车队便风驰电掣般地向事发地点开去。

梭磨村依山而建，错落有致。大雨滂沱，少了植被的保护，雨水冲刷后，山体时不时滑下一片。穿着雨衣的栾副县长手拿望远镜四处张望，被突如其来的灾情吓得脸色苍白，浑身湿透的郝明月挨家挨户动员村民快速转移。

山体滑坡现场一片狼藉，半边山体因长时间雨水浸泡，形成了近两千平方米的坍塌面，原本依山而建的村庄，仅剩下山体两端的几间房子，中间部位几乎被全部掩埋。几十名闻声而来的当地群众手忙脚乱地在滑坡地点寻找和挖掘，在庞大的山体和不断涌下的泥石流面前，显得异常渺小而无力。

郝江山带领车队在雨路上飞驰。一号指挥车上，郝江山在后座上打开地图，和作战参谋仔细地研究滑坡地点的地形，根据防汛指挥部下达的救援命令，重新调整作战部署，车内的官兵神情紧张而严肃。

雨一直在下，一大片泥石流还在源源不断地往下泻，中间隐隐约约能看见几幢房子的残垣断壁，不时传出房屋倒塌时沉闷的巨响。躲过一劫的村民哭天喊地地要冲向倒塌的房屋，被闻讯而来的其他村民拖住。看见救援官兵赶来，蒋副州长立即把走在前面的郝江山等人围在中间，介绍滑坡地点的有关情况。

村支书连忙介绍："初步统计，被埋房屋 13 幢，失联人数 21 人，灾情还需要进一步确认，我建议针对明确目标挖掘，效果可能会更好些。"

蒋副州长指着救援现场急切地说："现场情况大家都看到了，从接到报告到现在已经过去一个小时了，我们必须尽快救人、救更多的人，大家都说说意见。"

郝明月拿出图纸："这是我手绘的泥石流之前的居民房屋分布图，你们可以参考一下。"

郝江山看见浑身是泥的郝明月嘴唇嚅动了两下："明月，你怎么在这儿？"

"我来这里帮助村里灾后重建……"

蒋副州长看着凌乱的救援现场："面积这么大，还有泥石流不断涌下来，救援风险也太高了。"

郝江山表态："蒋副州长，在救援方面我们有一些经验，当前最需要的是重型挖掘装备，把山上泥石流控制住，再针对明确目标开挖，这样既确保救援人员安全，也能确保救援效益最大化。"

救援官兵紧张有序地展开救援，有的开挖泥石流，有的搬运杂物，浑身上下全是污泥。从外地赶回的村民哭着冲向救援地点，被官兵拦在警戒线外。

"发现了，这里有一个！"官兵们在一间残缺的房屋外喊道。

"不要用工具，防止二次伤害。"郝江山大声喊道，在确定救援方案后，立即指挥官兵们挖掘。

为避免出现伤害，救援官兵们放弃使用工具，全部用手刨，一把一把地将被埋者身边的泥土和杂物刨开，将头部全部露出来，随队医生进行生命体征测量，尚有生命迹象。

郝江山看着医生连忙说道："赶快输液，救孩子要紧！"

作业面十分狭小，不断有泥石流往下泻。蒋副州长在旁边着急地说："大家一定要注意安全。"

郝江山上前对其他人说："都退后，这里危险，我来。"

赵万青连忙赶上来："支队长，还是我们来吧。"

郝江山没有停下来，接着说道："别废话，我有经验！"

郝江山让周围的官兵退后，自己钻进狭小的水泥板下，随着刨挖逐渐深入，孩子的躯体慢慢呈现在救援官兵眼前，原来孩子蜷着身子，睁着眼睛，手中还拿

着小学五年级的语文书。顶撑水泥板的支撑物突然断裂，一块水泥板塌下，压在郝江山腿上，官兵们又一次涌上，有的抬、有的挖，有的喊着孩子，但已严重受伤的孩子，在二次重压下逐渐失去了生命体征，原本花季的生命就这样定格在了一个夜读的姿势上。

抬出孩子遗体，两位村民哭着扑了过去，现场都为第一个被发现、第一个被施救、第一个眼睁睁逝去的生命难过不已，全体救援人员脱下帽子，含泪默哀。

救援部队和救援装备源源不断地向受灾地点输送。各类重型装备在分散同步展开作业，时间一分一秒地过去，在郝江山统一调度指挥下，作业面不断扩大，不断有活着和死去的人被挖出来，活着的人被医护人员紧急救治，死去的人被初步清洗后包裹起来，等待亲人来认领。

天渐渐亮了，雨依旧下个不停。大型挖掘设备已逐步退出现场，停在距离滑坡地几十米远的地方。山体滑坡处的半山腰被打了桩，山下被掩埋的房屋逐渐暴露出来，有的剩下半间，有的基本上被泥石流推平。

官兵继续清理现场，仔细地搜索每一处残垣断壁。郝江山腿上缠着纱布，浑身都是泥浆。经过激烈而紧张的战斗，终于完成了救援任务。

看着回撤的救援官兵，周围的群众眼里满含泪水，心情百感交集。有的在旁边追赶着队伍，不停地说着感谢话，有的跪在泥水里，不停地哭泣着，感激官兵的救援行动。

临行前，蒋副州长握着郝明月的手连声说道："我代表康坝人民感谢你！你真了不起，巾帼英雄！"

郝明月微笑地回答："蒋副州长这是我们应该做的，我建议在全州禁止种植桉树，要留点饭给子孙后代吃，说得不好听，这就是一种缺德树。"

蒋副州长望着郝江山："你这个妹妹真是厉害，我们也意识到了，为什么守着绿水青山还没有水喝，跟这树也有很大关系，您的建议非常好，可是涉及种树者的利益，实施起来困难并不小，但是你放心，这件事情我们一定会解决好！郝支队长，你觉得呢？"

郝江山望着蒋副州长："其实速生桉没有任何危害，贪心的人才是自然生态最大的危害。"

"你这话，很中肯。"

部队回撤的车队在路上冒雨疾驰，运兵车内的官兵浑身是泥水，挤在一起打起了瞌睡，老兵抱着新兵，班长抱着老兵。

一号指挥车上，蒋副州长和郝江山等坐在车上，蒋副州长疲惫且痛心道："我这个副州长失职啊。"

郝江山在一旁安慰说道："您刚上任，这件事责任不在您。我斗胆提个建议，咱们这儿的天然林一棵都不能再砍了，必须采取有效措施，防止乱砍滥伐。山里森林被砍伐后，没有植被保护，土壤流失了，变成了石头山，想要恢复当初的森林就不可能了。汶川地震时，很多地方，如果植被完好，泥石流、滑坡的危害和伤亡会少很多，这教训是用血换来的！"

蒋副州长语气低沉："很早以前，谁也不会把绿水青山和地质灾害联系在一起，这几年森林面积不断减少，山体滑坡和泥石流时常发生，给我们敲响了警钟啊！"

"三十年的发展，抢了子孙后代六十年的资源和环境。"郝江山看着车窗外山体稀疏的植被感叹良久。

6

刘亦欣一进报社，周记者就兴奋地对她说："亦欣，那几个含'三聚氰胺'奶粉的厂商和经销商都被查封了，这次你可立大功了！"

刘亦欣开心问道："真的？"

"都上新闻联播了，真是大快人心啊，你昨天晚上没看电视啊？"

"昨天晚上我陪郝天补课去了。我一想到郝天出生那年吃了毒奶粉就感到后怕，这些黑心厂商真该好好治一治。"

"对！依我看啊，千刀万剐都不为过，他们给多少个家庭带来痛苦，有的孩子可能一生都会饱受折磨，必须严惩他们！"这时电话铃声响了，接起电话："你是刘亦欣吗？"

"嗯，是我，您是哪位？"

电话那边传来气冲冲的叫骂声："别瞎报道，不让老子好过，你也别想过好，我打听到了你儿子的学校，也知道你的单位，咱们走着瞧！"

"啪"的一声对方挂断电话，刘亦欣随手放下话筒，若无其事地打开电脑开始办公，这种事情她已习以为常了。

傍晚放学后，刘亦欣和郝天走在回家的路上，忽然迎面疾速走来三名戴墨镜的男子，迅速从背后掏出毛巾，捂住刘亦欣和郝天的嘴巴，强行塞进停在一旁的面包车里。

车辆驶入废弃厂房后，刘亦欣和郝天被强行拉下车，又被人用绳子绑住了手脚，七八个人围了上来，有人将毛巾取下。刘亦欣大声呵斥："你们是什么人？你们这是在犯罪，快放了我和孩子！"

"闭嘴，再喊就废了你们！"戴墨镜的壮年男子持刀恐吓。

一个老板模样的男人走上前："我们这次损失巨大，都是拜你所赐啊，你说这事怎么办吧？"

郝天抬起稚嫩的小脸喊道："坏蛋！我爸爸是军人，他不会饶了你们的！"

刘亦欣环视一圈，厉声喊道："你们的奶粉害了那么多孩子，心里就没有一点愧疚吗？你们就没有孩子吗？"

"愧疚啥？就是你害得老子赔了那么多钱！"

"这些都是昧良心的钱，本来就不该赚。"

"少废话，我看你就是活得不耐烦了，老子现在就送你们上西天！"说着从身旁人手中接过一把刀，在刘亦欣和郝天面前比画着。

刘亦欣挣扎着挡在郝天身前，"你们想干什么？不要伤害我儿子。"

郝天带着哭腔："你们这群坏蛋。"

男子穷凶极恶举起刀，突然一声枪响，刀"锵啷"掉在地上，男子"啊"了一下捂住手腕，其他歹徒四散逃窜，几名警察迅速冲到刘亦欣和郝天面前为他们松绑。

"我们接到附近群众报警，说这里有人被绑架了，我们就赶过来了。你们没受伤吧？"一名警官说道。

"我们没事，就是孩子受了点惊吓，非常感谢你们。"

随后警察将他们母子送回了家。这次绑架事件后，刘亦欣没有退缩和畏惧，依然用手中的笔和相机继续战斗在环保战场第一线。

做环保、做公益事业，需要付出代价，和平时期的环保必然是一场革命，其斗争的残酷性丝毫不亚于过去的革命。当然，任何革命都会出现难以预料的新问题，总得有一批人为环保做出牺牲，甚至付出生命的代价。一个人的力量是有限的，需要全社会树立环保意识，动员各级组织和广大群众参与到这场革命中。

也许会有人说，民间环保组织数量少、力量弱，就像没有枪炮、缺吃少穿的游击队，怎么能跟对手去拼刺刀呢？父亲刘先河开导她，革命不会那么容易的，红军当年可比这艰苦多了，要有像共产党人传播马克思主义那样的激情，开拓革命根据地那样的勇气，打仗一样带着必胜的心去践行、去捍卫。

7

天色阴沉，飘着雪，那雪可真美啊！晶晶的，凉凉的。一年一度的老兵退役工作全面展开，卧龙中队14名老兵即将退役返乡，一场特殊的送别仪式在营区举行。

郝江山洪亮的声音在队列前面响了起来："今天是一个充满了离愁别绪的日子，卧龙自然保护区管理局领导，特地为退役的同志送上谢意和祝福，大家欢迎！"

掌声中，卧龙自然保护区管理局张局长等向退役的林海洋、林海峰等14人颁发了"荣誉市民证"。

张局长示意官兵停止鼓掌："同志们，以后凭着这证书，你们任何时候到卧龙来，我们景区管理局都会热情接待，让大家享受免费服务待遇！谢谢你们！谢谢大家为卧龙特区建设作出的突出贡献！"

退役老兵个个眼含热泪，走到郝江山跟前敬礼。郝江山与退伍战士一一握手送别，走到林海洋和林海峰身边握手问道："在森林部队这两年后悔吗？"

兄弟俩异口同声回答："不后悔！"

郝江山又笑着问："你俩的理想都实现了么？"

两年前在新兵连，郝江山曾问过兄弟俩为什么来当兵。哥俩回答，当兵的理想就是想去天天拿枪的部队当一名英雄，没成想来到常常摸水枪的森林部队，言谈中很是失落。

每一位士兵心中都有一个"英雄梦"，手持钢枪、保家卫国，冲锋陷阵、建功沙场，亦或见义勇为、惩恶扬善。军营千变万化，一代代士兵的"英雄梦"却从未改变。

没想到两年前的谈话，郝支队长还记得这么清楚，林海峰挺挺胸膛，眨了眨眼睛，目光凝视着郝江山："也许实现了，也可能没实现，虽然没能当上英雄，但我明白了一个道理。人应该像一棵树一样，坚定向下扎根在深处，努力向上生长，执着追逐梦想，长成大树荫庇一方，在不懈奋斗中实现价值，人生会一样精彩而有意义。"

郝江山对两年来士兵能有这么快的变化、这么多的收获，感到非常欣慰。士兵能在心中种下英雄的种子，经森林部队的精心培育，真的长成了枝繁叶茂的大树。他微微点头，庄重回敬了一个军礼，而后拍了拍兄弟俩的肩膀："从一颗种子长成大树，从地方青年转变为合格军人，扎根生长坚韧不拔，顽强不屈坚守奉献，兵和树有着相同的标签。在我看来每一棵树都是栋梁，同样每一个兵都是英雄。"

林海洋、林海峰两兄弟紧紧拥抱着郝江山泣不成声："支队长，这儿险情较多，您可要多保重啊！"

退役老兵们依依不舍登上车，透过车窗挥手告别。望着远去的车辆，大家频频挥手，久久不愿离去。

车辆渐行渐远，张局长轻轻拍了拍郝江山的肩膀："老郝，你看这些老兵哭得稀里哗啦的，他们跟你感情好深啦。"

郝江山感慨万千："朝夕相处好几年，分手时候难免会让大家感伤，毕竟我们是大灾大难中的亲密战友，经历过生死的患难兄弟。"

张局长感同身受："经历了一次次血与火、生与死的考验，尤其是参加了抗震救灾和泥石流抢险，战士们永远也不会忘记，这里就是他们的第二故乡。"

"有一种情缘叫生死之交，有一种荣光叫苦难辉煌。这里，就是他们魂牵梦萦的地方，生命里经历过磨砺，是他们一辈子的财富，拥有军旅，享用一生。希望他们华丽转身，风采依旧！"

"真心希望他们回到家乡后，会越来越好！"张局长走了几步便停了下来："你在这都待7年了，看你真的很操心、很辛苦！听说前段时间到北京去开会了？"

郝江山兴奋起来："是啊，这次进京可真不一样，是到人民大会堂参加会议，我们支队还荣获了'全国抗震救灾先进单位'的表彰，那奖牌啊，沉甸甸的。"

张局长也跟着笑了起来："听说你立了个一等功，这真不容易呀！对了，像你这样的抗震救灾英模，是不是该提了？"

郝江山迟疑了一会："这个我倒还没多想，那毕竟是组织上考虑的事。"

张局长沉思了一下接着说道："现在流行一些'潜规则'，部队有些事我也听说过，该跑的关系还得去跑，该找的人还得去找。你不要太死心眼了。"

郝江山摇了摇头："工作靠自己，进步靠组织！不想那么多了，我们这些活着的人，总比那些在灾难中离去的人幸福得多，还是顺其自然吧。"

8

康坝州支队大礼堂气氛热烈，掌声阵阵。礼堂前方正中警徽熠熠生辉，上方横幅"森林部队绿色卫士巡回报告"几个大字格外醒目，艾一木正在主席台上做事迹报告，台下的官兵认真听着他讲述的每一个感人瞬间。报告会结束后，郝江山陪着艾一木回到招待所，俩人多年不见，一时海阔天空地聊起来。

郝江山摸着艾一木胸前的二等功军功章和"森林部队绿色卫士"奖章："一木啊，这些年你辛苦了，对得起你'拼命三郎'的称号，上午听汇报的时候，指挥部的带队领导对你作出了很高的评价。"

"辛苦是辛苦点，但我还没有首长讲的那么高尚，一路走来有得有失，心里很踏实，就是对家庭亏欠实在太多！"

望着茶杯升腾的水汽，艾一木回忆着："有一年我打火受了伤，住在林业医院，除夕的时候，邻床的大叔回家过年了，快到十二点的时候，大叔和老伴专程给我送了一碗饺子，那是我最难忘的一个除夕夜，也是吃得最香的一次饺子。大叔说他们打出租车回家，可我从窗户上看到他们走着回去的，那个时候哪还有车呢？林区人民朴实、厚道的秉性给我留下了深刻的印象！从那时起，我就发誓只要穿着这身军装，就要永远对得起国家、对得起人民。"

艾一木停顿了一下："有一年我休假回家，我儿子一直不肯睡，我就一直陪他玩，都很晚了，他都打哈欠了，跟我媳妇说：'妈妈，咱们都快睡觉了，这个叔叔怎么还不走？'"

爽朗的笑声后，是沉默，是眼泪，是两个军人不为人知的辛酸与无奈。

贺松涛休假带着郝明月和小梅朵在江边游玩，望着奔腾混浊的江水，心里打着漩涡，喃喃自语："江河并非万古流。"

郝明月在一旁教梅朵画画，指着画板上的一朵花说道："这朵花的颜色不够黄，再加点颜料。"

贺松涛回过头提高语调："还不够黄？你看这江水的含沙量越来越大了，都快成黄河了，上游的森林砍伐得太多了。"

郝明月笑着对梅朵说："你阿爸，都快走火入魔了。"

"那用去医院吗？"梅朵抬起头天真无邪地问。

听梅朵一说，郝明月好像想起了什么："听同事说，在藏区工作时间长了，容易引发高血压、心脏病，你还是抽空去医院检查一下。"

"我当兵这么多年，身体状况我自己清楚，一直没有太大的问题，你不用担心。"

"不行，这次你必须跟我去做个检查，不然等身体出了毛病就晚啦！"

贺松涛拗不过郝明月，硬是被拉着去医院做了一次全面检查。医生翻看着一堆检查资料，微微皱眉："你是干什么的？"

"我是当兵的。"贺松涛还没太在意医生的问话，便随口回道。

"你们平时运动量大吗？怎么有点像举重运动员的心脏呢？"

"军人肯定要训练啊，怎么了？心脏有什么问题吗？"

医生测试着贺松涛的血压："你在西藏工作了多长时间？"

郝明月插了一句："都七年了！"

医生听后脸色严肃起来："你的检查结果很不乐观，X 射线提示心脏肥大，心电图 T 波倒置，刚才收缩压达到 165 毫米汞柱，初步诊断你有严重的高血压型心脏病。"

贺松涛有些疑惑："就是偶尔感觉有点胸闷气短，其他没啥事啊！"

医生劝慰道："你现在的身体不适合继续在高原工作了，得抓紧治疗，不然容易引发并发症，会把命搭进去的。"

郝明月有点着急："可不能再耽误了，那就赶紧住院治疗吧。"

郝明月忙前忙后办理手续，贺松涛很快住进了医院。按照医生的治疗方案，半月后贺松涛的病情有所好转。

艾一木从郝江山那得知贺松涛生病住院，就和郝江山买了些营养品到医院看望。

多年未见的战友在病房重逢，他们双手紧握，彼此拍打着、拥抱着。艾一木像见到久别的亲人一样："松涛啊，怎么生病了，还住上院了？"

贺松涛还满不在乎："我没事，有时医生就吓唬人！我看你呀变化不大。"

郝明月赶紧拿来凳子让艾一木他们坐下。几位老战友围坐在一起问长问短，问询着贺松涛的病情和康复情况，聊着他们各自的近况，谈论着未来的想法。

贺松涛转向艾一木："一木啊，你现在是'绿色卫士'，是森林部队培养的典型，还立了二等功，各级对你都很认可，你又敬业肯干，将来一定有好的发展。"

"这些荣誉都是组织上给的，咱们从农村孩子能一步步走到今天就已经很知足了，哪还能想那么多。这么多年来，我一直都坚持入伍时的初衷和想法，在部队里好好锻炼锻炼，也没有想过争得什么荣誉，更没有想当多大的'官'。只是老老实实做人，踏踏实实干好自己的事，做到问心无愧就行了！"艾一木恳切地说。

"松涛，你现在各方面条件不也挺好的吗！下一步有机会吗？"

贺松涛嘴角微微上扬："一木，我和你的想法差不多，当初去高原也想好好干。我这个人很犟，看不惯献殷勤、说恭维话的那些人，自己又不会来事，加上年龄有些偏大和身体原因，我看机会不大，你们俩现在发展势头都不错，各方面条件都很有优势！"

郝明月在一旁搭了腔："你现在身体这样，先好好调理身体吧，实在不行就向领导汇报一下情况，看能不能调到内地来发展，身体是自己的，没有一个好身体，说啥都没用！一木哥，你现在条件那么好，可别学我哥'一根筋'，该活动的时候也别太死心眼，哪有天上掉馅饼的好事！"

郝江山接过话："你别在那乱说！你说的那些我们都懂，一些事情也都明白。但我们仨人的性格是改不了了，森林部队土生土长的干部，朴实、老实、踏实的基因也是变不了了。现在为了发展进步，你让我们去搞一些小动作，这个我们真不会，也不可能！"

"我们森林部队的干部长年在深山老林，烟里来火里滚，在血与火的战斗中攻山头、打火头，守护着大自然的绿水青山。作为党员领导干部，我们既要谋好自身和单位的建设发展，同时要带好队伍、带好风气，这样我们说话才有底气，办事才能硬气，单位才有正气。只有人人都来抵制不良风气，才能形成激浊扬清、扶正祛邪的'场效应'，才能培植出涵养作风、改善环境的'防护林'。"

9

2009年，在一个柳絮飞扬的夏天，国务院、中央军委已经正式批准组建武警森林部队直升机支队。官兵们盼了60多年的梦想终于要实现了，森警终于有了属于自己的"空军"。这支部队承载了太多人的梦想，它将担负起引领森林部队信息化建设的时代重任。届时，新型灭火直升机的列装，将实现"飞机＋森警"新型灭火力量和运行模式，前途一片光明。但这条路也充满了坎坷和艰辛。

筹备工作在全体官兵的热切期盼中拉开帷幕，指挥部党委决定抽调程宏远和王正奇同志负责筹备工作。作为第一代创业人，任务光荣而艰巨，承载着一代又一代森林部队官兵的美好愿景和向往。

王正奇原系武警新疆总队直升机大队大队长，中国武警十大忠诚卫士、全军十大学习成才先进个人，多次受到中央军委和武警部队首长接见。他刚把新疆直升机大队建好，没来得及享受胜利果实，就选择了再次创业。

陆航团家属院，飞行技术骨干王吉祥在家中与老战友聊天。老战友看着王吉祥的眼睛低声问道："听说你要离开陆航团，有这回事吗？"

王吉祥兴致勃勃："党中央、中央军委面对全球生态变化，提出了生态文明建设，为加强森林资源保护，准备组建武警森林部队直升机支队，昨天政委找我谈话征求了我的意见。"

老战友稍带责怪的声调："那儿可是一个陌生的环境，一切都要从零开始！你是不是觉得在陆航发展得不好？"

王吉祥正了正身子："我也舍不得离开陆航，说实话内心也经历了激烈的斗争。"

老战友靠在沙发背上："实话跟你说吧，我这次是来当说客，我们航空公司的老总听说了你的情况，如果你能转业到我们公司，保证每年给你50万元的最低年薪，分房子、配车子，给弟妹安排工作，你看怎么样？"

王吉祥摇了摇头，老战友往前俯了俯身子恳切地说："吉祥，你还有什么要求，尽管提。"

"国家培养一名飞行员所花的钱等同体重一样的黄金，而我就是国家储备的黄金，只能归国家所有。老战友，我决心已定，听从上级的安排，像飞陌生空域、陌生航线那样到武警森林部队去。"

程宏远和王正奇陪同指挥部沈浩宇司令员来到了远离市区30多公里的一片盐碱荒地，除了灌木丛和杂草什么也没有，徐徐轻风吹过更显荒凉。

程宏远指着眼前的荒地："司令员，这一块就是支队刚刚确定的营区选址。"

"雄鹰终于开始筑巢了！"沈司令员的眼中透出了希望："1952年3月，新中国百废待兴时期，周恩来总理就批示：'使用飞机加强护林灭火工作'，8年之后林业部在东北组建了中国第一支航空护林空降灭火专业队伍，其后数年间，该部多次完成机降灭火任务，凸显了飞机扑救森林火灾的重要作用，后来又在原建制基础上组建了机降支队，那时主要依靠空军和民航飞机执行机降灭火任务，当年就取得了10战10捷的好成绩。直到入滇前，空中输送灭火队员万余人次，扑救森林火灾360余起，总是在最关键的时刻发挥了关键作用，为快速扑灭大火发挥了'撒手锏'作用。"

"随着林业可持续发展战略的全面实施，灭火方式已经由人力密集型逐步向科技密集型转变。然而与世界发达国家相比，我们的森林灭火方式还有一定的差距。随着全球环境问题日益凸显，生态建设已成为事关国家安危的战略问题。这次国家正式批准森林部队组建直升机支队，飞行器列装，招收飞行和地勤人员，要求很高，责任重大，你们要加快组建进程，切实担负起航空森林灭火的重任，忠实履行职责使命。"

程宏远边走边说："我们现在都在抢时间、赶进度，争取早日把部队建起来，人才不能等装备，下一步我和支队长打算兵分两路，他去江西改装接机，我在家'招兵买马'搞建设！"

沈司令员点了点头："当年'宁肯少活二十年，拼命也要拿下大油田'和'石油工人一声吼，地球也要抖三抖'的铁人精神，创造了我国石油工业发展史上的奇迹，一举甩掉了我国贫油落后的帽子。如今组建森林直升机支队，走开'飞机＋森警'护林防火的路子，你们担子很重啊。"

王正奇信心满满："请司令员放心，有条件要上，没有条件创造条件我们也要上，这是我们几代森林部队官兵的梦想和期望，这也是森林部队现代化建设的发展方向。"

送走沈司令员，直升机支队召集从陆航、海航等单位抽组的干部进行座谈，为组建工作集思广益、建言献策。会上程宏远说："近期，部分人员要到江西景德镇执行改装、接装任务。为尽快形成战斗力，要坚持边改装边试飞，不仅要按时完成任务，还要学习借鉴经验，为支队人才培养探索路径。"

组建工作需要协调很多单位和部门，航空管制的属性问题、机场的性质问题、职能使命的定位问题、营建的质量问题等等，千头万绪，事务繁杂。程宏远经常加班加点，带领大家集智攻关，破解难题，有力有序推进组建工作。这只雄鹰现在还只是个胚胎，所有人都在期待它搏击长空、巡护林海的那一天。

王正奇带领相关人员到江西景德镇接装。他们顶烈日、战酷暑，对照每一份技术文件，逐项检查直升机的结构和零部件，及时提出改进意见。为尽快掌握新机型的性能和驾驶技术，飞行员王吉祥、张放等人没有休息日，每天盯在机库里，加强与厂家人员沟通交流，询问机型的特点优势和注意事项，利用模拟机学技能、悟原理、练规程、记数据，反复练习、反复验证，进一步完善改装机型使用手册，为直升机早日飞向火场提供第一手资料。

第二十八章　云岭激战

1

2009 年底，郝江山提任黑龙江总队参谋长，再次告别年迈的父母，又将再次与妻儿分离，离开川蜀大地，踏上履新的征程，这是他军旅生涯又一个新的拐点。

入伍以来，他在东北边疆护卫林海，转战川西高原扑火抗震，又从一路格桑花的川西高原回到丁香盛开的"东方小巴黎"。南北两向、红土黑水、高山平原，三千多公里的路程洒满了他候鸟般的成长轨迹，一张张车票浸透着他对亲人的思念与牵挂，一封封家书、一个个电话、一条条短信难掩他对家人说不完、道不尽的亏欠与内疚。

这次他做梦也没有想到，在不惑之年又回到花香四溢的"第二故乡"、回到他军旅生涯起步的老部队。虽然物是人非，但这里有他为之奋斗的青葱印记，也有他年轻时的浪漫和爱情，这里的一草一木都能勾起他美好的回忆。

初春的冰城，雾霭沉沉。亚洲第一高钢塔——龙塔只露出了尖顶，城区的楼房、索菲亚教堂隐没在大雾中，全市公交汽车停运，高速上滞留车辆长达上千米，所有车辆都打开了雾灯和急行灯。数十米距离只听见声音不见人，中小学和幼儿园停课。大街上车辆和行人寥寥无几，散行的市民全都戴着口罩、帽子、手套，围着厚厚的围巾，"武装"得严严实实。深厚的雾霾使苍穹之下的冰城黯然失色，仿佛有人"偷走"了大自然调色板中最醒目的色彩。

街道旁一家门市贴着一副对联，在漂浮的浓雾中特别引人注目。

上联：厚德载雾自强不吸；

下联：霾头苦干再创灰黄；

横批：喂人民服雾！

门口的音响放着一首网友改编了的《万雾生》，苦涩的调侃中带着心酸与无奈，令人哭笑不得。

> 从前冰城美呀四季清呀爽呀
> 今天十米开外看不清哪是哪呀
> 听说那方圆百里都白茫茫雾霾呀
> 耳轮里有汽笛声声在大雾里开呀
> 我看见妹子在街上拼命捂着嘴
> 捂着嘴的心情有种窒息的滋味
> 一片大雾散开来就把人们包围
> 人们在行走身上落满雾霾的灰
> 从前你说话呀声音清呀脆呀
> 今天电话里面你却在咳呀咳呀
> ……

郝江山出了机场候机厅，远远看见祝国安政委站在不远处不免有些惊讶，便快步走上前握住祝国安伸出来的手："政委，您怎么来了？"

祝国安握住郝江山的手摇了摇："你南雁北飞，重回第二故乡，我怎么就不能来了？"

郝江山笑着说道："政委，您这么忙，不该打扰您。"

祝国安笑了笑："咱们能再次共事，也是今生今世的缘分。见到你，就想起当年把你送到大兴安岭支队五中队的情景，这一晃都十几年了。我也是顺道，下午咱们小兴安岭支队抽组两个中队到指挥部机动支队和甘肃总队，在家的常委都去送行了。"

轿车内，郝江山看着祝国安："政委，机场因为雾霾停飞，所以晚了两天。"

祝国安点了点头看着窗外："现在全国很多地区都是雾霾天气，昨天 PM2.5 值已经爆表，在全国城市污染排行榜上拿了个第一！"

"还是林子里好啊。"

"咱们森林部队的任务，就是为全国人民守好绿水青山。"

郝江山点了点头。

到了总队机关，下午就召开了宣布命令大会，祝国安宣布完任职命令，对着话筒说道："下面，请郝江山同志发言。"

郝江山敬礼后坐下，他自信而激动地面向大家："此时此刻，想要说的话很多，但我最想说的就三句。第一句，信任是一种力量，再次回到培育我成长的第二故乡，我始终会满怀感恩之心敬业，背负回报之责履职。第二句，赴任是一场赶考，我将以昂扬的精神状态、饱满的工作热情、一流的工作标准和扎实的工作作风，忠实履职尽责，努力向组织交上一份满意的答卷。第三句，自律是一种境界，我一直秉持堂堂正正做人、老老实实做事、清清白白为官的人生信条，作为一个信仰坚定、敢于担当、团结进取、遵纪守规的人。敬请各位领导和同志们监督！"台下掌声雷动，邱胡杨等脸上露出欣喜的笑容。

宣布命令后，郝江山就迫不及待来到万樟岭。山坡下，孙景权的坟墓旁长着一棵高大笔直的樟子松。郝江山将一束鲜花放在孙景权的墓碑前，用白毛巾小心翼翼地擦拭着墓碑上的灰尘，看着墓碑上年轻而又青春的脸庞，脱下帽深深鞠了三个躬，然后轻轻抚摸着墓碑："老班长，我来看你来了。"

敖兰拿着鲜花糖果摆在墓碑前，阿什库念叨着斟满三杯酒撒在地上。三人心情沉重，默默走出墓地。

郝江山转向敖兰轻声问道："这些年，你受苦了，过得还好吗？"

敖兰轻轻擦拭了一下眼角，语气低沉说道："挺好的，前些年怕景权自个孤独，一直守在这。后来在附近承包了几块地种，养家糊口不成问题。"

阿什库在旁边补充说道："从汶川回来后，我和敖兰请技术人员指导，栽种了有机稻，搞了点绿色养殖，现在日子过得不错。"

敖兰看着郝江山略微提高嗓音："别担心我们，你一个人在外，也要照顾好自己。"

"你们也要把日子过好，有什么困难就跟我打电话。"

阿什库拿出一个袋子："敖兰担心你年纪大了，不适应这边的气候，特地给你缝了条羊皮褥子，打火时带着，可别受凉了。"

郝江山接过袋子拎在手上，有些感动："非常感谢！只有懂得森林部队的人才知道什么最管用，我单位还有事，我先回去了，有时间再来看你们。"

再次回到小兴安岭，郝江山想尽快把支队的情况摸清。曾经的尤小帅如今已是小兴安岭支队长了，他陪着郝江山查看万樟岭执勤点的设施设备："条件比我当兵时好多了。"

尤小帅介绍道："我们这几年在执勤点投入得比较多，改造了营房，购置了营具，还配了发电机。"

郝江山掀开水桶问一个新兵："你们喝的是什么水？"

新兵站得笔直，回答道："报告参谋长，喝的是凿冰化的水。"

郝江山转身问尤小帅："你们现在还有多少个执勤点喝不上自来水？"

尤小帅为难地回答："参谋长，您也了解，我们支队的执勤点离城镇太远了，所有的执勤点都喝不上自来水。"

郝江山语气坚决："我当兵的时候也是凿冰化水，那个年代条件有限，没办法，但现在都二十一世纪了，我们的战士不能再喝这样的水了，水的问题必须解决！"

尤小帅搓了搓手："这可是一笔很大的资金。"

郝江山指了指身后的大山动情地说道："后山躺着的就是我的一位老班长，他在这万樟岭待了近十年，十年饮冰难凉热血，我们不能因此寒了战士的心呐！"

"我们再想想办法。"

"只要想办，肯定能办成，这件事我会关注到底。还有所有的执勤点和靠前驻防点必须解决供暖问题，生活用水要安装净化设备，确保每名官兵能喝上干净水、吃上热乎饭、住上暖和房。"

2

邱胡杨轻轻敲了敲郝江山办公室的门，郝江山应声喊道："请进！"

邱胡杨进屋后敬礼："郝参谋长，不生病就不找我？"

郝江山起身笑着说："没有，没有，来了就下基层了，还没腾出空看你们。"

邱胡杨看着郝江山疲惫的样子皱了皱眉："怎么了这是？"

郝江山轻声说道："发烧了，头痛得厉害，麻烦邱主任给我打几针。"

邱胡杨边放下药箱边说道："多大的病就打针，抗生素打多了有副作用。"

郝江山语气轻快："我之前都是这么打的，也没啥事。"

邱胡杨打开药箱："如果能挺就挺一挺，我给你开点药，点滴就别打了，人体内部有平衡能力，工作不是一天就能干完的，别把自己累垮了。"

郝江山笑了笑："好吧。"

邱胡杨把药递给郝江山问道："你还记不记得沙晨？"

"记得，她现在在干什么？"

"她和她爱人创办了一家森林康养基地，效益很可观。"

郝江山吃完药缓了一下："这个项目不错，既有绿水青山，又有金山银山。"

"她今天到这里中转，我们约好一起吃个饭，你有没有时间？"

"还有谁？"

"认识的人就咱们仨。"

"那孟虎威呢？"

"他忙得很，去南方出差了，检查什么桉树。"

下班后，来到一家较为讲究的饭店，郝江山与邱胡杨一起等待沙晨。

邱胡杨电话响起："沙晨，你到哪了？"

"胡杨，真是不好意思，飞机因为雾霾停飞了，我改签了，今天去不了你那儿了，跟江山说一声。"

邱胡杨遗憾道："行，行，那好吧，咱们下次再见。"

"好的，好的。"

挂断电话后，邱胡杨看着郝江山解释道："飞机因为雾霾改签了，她让我给你说一声。"

"要不我请你吧。"

邱胡杨笑着摆了摆手："还是我来吧，算是我给你接风。"

俩人同时问了一句"你想吃啥"，彼此都逗笑了。

随后郝江山向服务员打了个招呼。

不远处，一个年轻的食客将郝江山与邱胡杨两人一起吃饭的照片拍了下来。

此时，一洗浴中心孟虎威正在享受着一名美女的按摩服务，手机提示音响，打开后看着手机上郝江山与邱胡杨吃饭的照片，猛地坐了起来，把正在按摩的美女吓了一跳。

美女瞟了一眼照片："哟，虎哥，这么生气，看来这个是原配吧，怎么给你戴绿帽子了？"

孟虎威从包里抽出一沓钱朝美女脸上甩去："滚远点！"

美女马上由怒转喜："谢谢虎哥！"临走还抛了一个飞吻。

夜半三更，醉醺醺的孟虎威一进门就大声责问道："邱胡杨，别以为我不知道，你和郝江山吃完饭干什么去了？"

"有一个病号，我去处理一下。"

孟虎威借着酒劲大声说："你俩上了一辆车，过了两个小时才回家。"

邱胡杨瞅了孟虎威一眼语气更冷："是，我俩是上了同一辆车，那能说明什么问题？你不要瞎寻思。"

孟虎威冷笑了一声："我瞎寻思？我就知道你这么多年就没有忘掉他。"

邱胡杨生气地反问："你一天有完没完？我们还不能见面了？"

"我就是不想看到你和他在一起。"

邱胡杨怒视着孟虎威："莫名其妙，简直是无理取闹！"

孟虎威神经质地笑着："嘿嘿，你现在是我老婆，他抢不到了，他要是再找你，我就去你们单位告他，把他这个参谋长给废了。"

3

郝江山带着作训科长贾战东来到教导队训练场，看见战士手中的机具破烂不堪，慢慢皱起了眉头。教导队长徐玉麟解释："这是部队淘汰的机具，战士用来练习操机动作的训练机。"

"你们现在有多少台风力灭火机是好的？"

"现在有 32 台还比较好用，其他的都是部队淘汰下来的，不能修复了。"

作训科长贾战东也上前解释："就是平时练动作时用一下。"

郝江山有些不满："那灭火战术你们怎么搞？实战点不点火？"

徐玉麟微微低头："好的机具都集中到一个班，轮流进行练习，平时基本不点火。"

郝江山提高声音："不点火怎么行？打火还能在操场上练操机动作，这么大的一个骨干队，连机具都保证不了，还搞什么培训！贾科长！"

"到！"

"回去后，马上给教导队调配一批新机具，另外，机关要加强指导，必须落实实战化点火训练。"

"是，回去后我们马上办。"

郝江山转身对徐玉麟严肃说道："教导队是部队的训练基地，你们自己也要有计划、有措施，把培训质量搞上去，你们党委应该好好研究一下。"

"是。"

灭火战术训练场，三名战士在模拟火场同时点火，火势瞬间增大，烟雾缭绕。战士分两组展开扑救，灭火机的轰鸣声响遍全场，郝江山坐在主席台上，显得比较满意。

小兴安岭支队直属大队营区士气高昂，口号震天，官兵们正在进行扛圆木、举轮胎等极限体能课目训练。郝江山带作训科长贾战东到队检查，仔细对照中队的周训练计划表发现端倪："现在是几点？"

中队长立即回答："15 时 15 分。"

"按训练计划安排，应该进行什么训练？"

中队长略显尴尬："按计划今天下午应该进行灭火战术训练。"

郝江山有些生气："为什么不按课表操课？"

中队长小心翼翼答道："首长莅临大队检查指导，我们临时决定调整一下训练计划，提前组织扛圆木和举轮胎等极限训练，想充分展示一下中队官兵精神面貌和过硬作风。"

郝江山一针见血指出："开展极限训练是好事，但如果把它搞成迎检表演，那就是名副其实的训为看、演为看。"

中队长连忙解释："这项训练，我们一直在开展，确实对提高战斗力大有益处。"

"训练是军人最大的福利，战场是军人真正的考场。我们不是表演队，实战化容不得虚假化，必须按课表操课，严格依法治训。训练开虚花，打仗尝苦果；平时搞花拳绣腿，战时必断臂折腿。"

小兴安岭支队直属大队，"嘟—嘟—嘟—"，警报声突然从大队宿舍楼顶扩音器发出，正在训练的官兵像离弦之箭直奔宿舍楼。转眼间，官兵们穿上防火服，套上防火靴，戴上防火头盔，水壶、挎包挎上肩头，直奔灭火装备库。按左路进右路出顺序，官兵将灭火机具和个人携行装备从架子上取出，奔向紧急集合场地。

支队正在组织季度按纲建队考核，郝江山和贾科长突然出现在考核场。顷刻间，一辆指挥车、十辆运兵车和装备车成一列排开，登车梯已就绪，汽车的发动机轰鸣声由缓而急。鲜艳的队旗下，灭火前指人员和常规灭火分队、风水灭火分队、水泵灭火分队等按纵队依次排列。

短短的 4 分 25 秒，150 名身着防火服的扑火队员全部到位，灭火装备和战备物资全部装载。

"各车注意，向火场开进！"随着大队长一声令下，满载扑火装备和官兵的车队直驰指定地域。

郝江山远远观看着大队紧急拉动，随即把贾科长叫了过来下达命令："停！组织战备检查！"所有集训人员列队，贾科长逐个点名，从大队干部到普通士兵，从文书到炊事员逐一核查。

郝江山看着人员实力表质问："为什么参考率达不到90%？"

尤小帅高声回答："报告参谋长，今天有4名公差勤务，1名病号。"

郝江山接着问道："背囊装具提前检查了没有？是否符合战备要求？"

尤小帅答道："已经检查过了，符合战备要求。"

郝江山取下大队长挎在身上的水壶，拧开盖儿，壶口朝下，竟然没倒出水来。这个举动，让他的脸"唰"地红了："我原先灌水了。"

郝江山神情严肃："按战备要求，水壶里的水必须装满，一滴都不能少！"

尤小帅脸也跟着红了起来："是！立即整改！"

郝江山走到给养车前，仔细检查："你们携带了哪些给养？"

大队长上前答道："按规定，遂行任务通常携带3日量给养，超过3天的需带7日量给养。"

郝江山重点问道："带哪些干粮和干菜？你们的清单给我看看。"

管理员翻箱倒柜找了好一阵儿，也没有找到任何清单，只好报告："首长，我们每次都估算着带些给养，没来得及弄清单。"

总队工作组召集支队官兵围坐在训练场上，郝江山开门见山："通过这几天的检查，我感到当前基层军事训练存在一些不容忽视的问题，考核是牵引训练落实的'风向标'。上级考什么，部队就会练什么。考风一旦不端正，训练必定偏离正确方向。利用今天训练间隙，我们主要围绕训风演风考风问题，谈谈各自的看法，大家可以畅所欲言，要讲实情、要说真话。"

尤小帅："刚才考核暴露的一些问题，反映的是训风不实、考风不严的大问题。基层单位有这样或那样的问题并不可怕，可怕的是发现不了问题，或掩盖问题、自欺欺人。从我们检查的情况看，当前基层军事训练和考核存在的问题带有倾向性、普遍性，我们必须下大力认真加以纠正，真正考出实战味，考出真水平，考出差距和紧迫感。"

大队长结合自身的工作经历，深有感触地说道："这些年我始终在基层工作，咱们森林部队不是表演队，打火就是打仗，来不得半点虚假。只有平时敢拼命，战时才能不丢命；只有平时过得硬，战时才能打得赢。任何虚招、歪招在火场上都会付出血的代价，一切与实战不符的花招、虚招必须坚决剔除，真的不能搞假把式。"

教导员接过话头，一股脑儿地说出了心里的话："农民种地弄虚作假要歉收，工人做工弄虚作假要出次品，部队训练弄虚作假要打败仗。无数事实也反复证实这样一些道理，训风实，则武艺精；考风正，则士气振；演风真， 则战力强。搞虚的、假的、歪的，自己没底气、别人不服气、部队没士气，只会消磨和挫伤官兵的练兵积极性。"

中队长简要分析了单位训练存在的倾向性问题，整理了一下思路，谈了谈自己的感悟："成绩不说跑不了，问题不说不得了，灭火作战是实打实、硬碰硬的事。火场打不赢， 一切等于零。训练是军人最大的福利，战场是军人真正的考场。训练开虚花，打仗尝苦果。平时搞花拳绣腿，战时必断臂折腿，甚至会付出鲜血和生命的代价。"

指导员直击消极保安全的要害，谈了谈自己的体会："从我们中队剖析出的问题看，当前不少基层单位力求'不出事'，消极保安全，人为降低训练难度，底线是保住了，但打仗的硬本领却没练好；还有个别单位干工作'图好看'， 为了露露脸、出出彩，在训练中搞花架子，是经不起实战检验的。"

郝江山环视了一圈，表情严肃："衡量一支部队、一代军人的业绩，只有战斗力这个唯一的标准，而战斗力建设需要持续不懈地努力，有人把它比作'寂寞的长跑'，在这个过程中，需要一届届班子、一任任领导接力完成。

"这就像一场接力赛，跑快了会摔跤，跑慢了会掉队，跑歪了走弯路，只有保持定力、方向明确、步伐稳健，才能赢得最终的胜利。

"掐掉训练场上的'虚花'，才能结出战斗力的实果。"

4

初夏的小兴安岭，松涛涌动，郁郁葱葱，草地上野花盛开，散发出诱人的芳香，沁人心脾；阳光穿过层层叠叠的枝叶，洒落在草地上，鸟儿在林中跳跃飞翔，鸣叫声在山中回荡。

张家贵开着车在森林内悠闲兜风，孟虎威坐在副驾驶上得意扬扬地哼着歌曲："林中有两条呀，小路都望不到头，我来到岔路口，伫立了好久……"

车子行进了一会，孟虎威得意地说："在万樟岭执勤的时候，喝的那水还有虫子呢，吃的就更不用提了，有时我偷偷溜出来打野鸡，无论是炖，还是烤着吃，那是真香啊。"

"你现在什么没吃过，还差这两口？再说了找人买两只不就得了，还用您亲自来？"

"你不知道，在林子里吃着自己打的东西才算是美味呀。"

张家贵摇了摇头："这里有森警巡逻，你看前面。"

"没事，放心好了。"

一名班长正带着三名战士在林中巡护。车开到跟前，孟虎威将头探出车窗："班长，辛苦了！"

带队班长上前敬礼问道："您好，请问您有什么事？"

孟虎威炫耀道："我是咱们总队的转业干部，以前也像你们一样巡逻，我们那时还骑马呢。"

带队班长正了正身："原来是前辈，您到这里来干什么？"

孟虎威继续道："这不是转业了吗，有时就会想起巡护执勤的事，就想来林子里转转，看着你们就感到很亲切，辛苦了！"

带队班长正色道："谢谢前辈，您知道现在是防火期，严禁烟火，前面是自然保护区，不许车辆进入。"

孟虎威尴尬地笑了笑："这个我懂，你们巡护勤务就是清山、清林、清河套。我还知道，风大攀高山，晴天走草原；阴雨河边过，巡护不停闲；拉练搞联防，消灭'三不管'；防火先防人，堵漏查火险。我说得对不对？"

带队班长竖起大拇指："果然是老前辈。"

孟虎威很得意："不耽误你们巡护了，再见班长。"

"再见前辈。"

密林深处，一堆篝火跳跃着，孟虎威在一旁不停转动着火上的野鸡，不时拿起来在鼻前闻着："就是当年那个味，真香。"

张家贵瞅了瞅四周小声说道："不会被人发现吧？"

孟虎威感觉很有把握："不会的，这片桦树林子比较密，烟散不出去，再说咱们这火也没多大。"

一只飞龙跳上树枝，孟虎威抄起身后的枪，起身刚要瞄准，飞龙又飞走了："家贵，一只树鸡，这玩意更香。"

张家贵也捡起枪："啥东西？"

孟虎威边走边说："就是飞龙，今天我一定要打下来，快走。"

孟虎威与张家贵找寻不到飞龙，却又迷了路，眼看天色已晚，仍没找到出路，掏出手机却没有信号。

张家贵愁眉苦脸地问："怎么办？没有信号。"

孟虎威看了看周围茂密的树林："再找找，不行，我们就点火。"

张家贵连连摆手："我上次可让火追得老惨了，差点就没命。"

孟虎威大声喊了几句，林内植被茂密，且郁闭度高，根本不能传出多远。又找寻了一会，两人还是在原地打转，都累得瘫坐在了地上。孟虎威忽然闻到一股烟味："怎么会有烟呢？"

傍晚，总队作战值班参谋向郝江山报告："参谋长，刚刚接到报告，三叉沟发生火灾，欧洋河执勤点已出动20人摩托化赶赴起火点。"

郝江山转身看地图："这个地方属沟谷地形，火情复杂，转告带队干部一定要注意安全。"

"参谋长，根据巡护记录，该区域曾驶入一辆宝马轿车，车上有两名中年男子，车子还在，人不知去向。"

"向当地林业公安通报情况，命令分队官兵快速组织扑救，同时做好人员搜救。"

临时指挥所内，郝江山正在指挥地图前认真看着，退休的孟厅长、威时代公司董事等人焦急地等待着。

林业公安领导走了进来擦拭着额头的汗水："老领导、郝参谋长，据我们调查，这辆车确实是孟虎威的。"

孟厅长着急地问："我儿子，找到没有？"

威时代公司董事在一旁帮腔："一点线索都没有？我们孟董事长，可是省里知名的企业家，你们一定要找到。"

"也不是没有线索，我们在车附近150米发现了一只烤野鸡。"林业公安领导看了看孟厅长，没有把话说完。

临时指挥所电台传来一线指挥员焦急的声音："由于火场风力一夜未减，沟内植物干枯，可燃物载量大，火势凶猛，扑救非常困难，经官兵一夜扑打，虽将西、南两线明火扑灭，但北线沟内火线长、火强度大，兵力少，未能得到有效控制。"

郝江山摁着电台命令道："打一段、清一段、保一段，继续巩固战果。"

威时代公司董事有些不满意："你们森警是干什么吃的，都这么长时间了，也没把人救出来。"

郝江山解释道："你们有所不知，火场北线是狭窄沟谷地形，坡陡林密，安全难以保障，搜救人员会存在危险，孟虎威当过森警懂得避险方法，只要不乱动就不会有危险，我们会安排人员进行搜救。"

沟谷内，浓烟弥漫。孟虎威被一棵站杆砸伤了右腿，仍然指使着张家贵："家贵，你把周围 10 米的草和灌木都清理掉。"

张家贵清理着杂草灌木，静声听了一会："我好像听到灭火机的声音了。"

孟虎威虚弱地说："那就不远了，我好像记得，这种地形烟大了出不去，会引起一氧化碳中毒，你一会撒泡尿弄湿衣服，捂住口鼻。"孟虎威说完就晕倒了。

张家贵跑过去抱住孟虎威："孟哥，孟哥，你醒醒……"

病房外，威时代公司员工将一个小包递给邱胡杨："嫂子，这是我们董事长的包，您收好。"

林业公安领导小声对郝江山讲道："郝参谋长，这次火灾初步判定是孟和张俩人在野外用火不慎引起的。"

手术室的门开了，医生望着焦急等待在门口的郝江山等人急声问道："你们谁是 AB 型血？现在病人需要输血，我们血库没有了。"

郝江山撸起袖子上前说道："我是，抽我的吧。"

邱胡杨急步上前阻止："不行，不能抽你的，你把他们救了，够辛苦了。"

郝江山快步走向输血室："啰唆什么，救人要紧。"

郝江山的血静静地输入到孟虎威体内，一旁的邱胡杨听见孟虎威的包内手机响，拉开包赫然发现一封信：武警总部纪委收。邱胡杨好奇抽出来打开，发现里面有两张她与郝江山一起吃饭的照片和告状信，顿时火冒三丈，看了看脸色苍白的郝江山，又坐了下来将信揣进了衣兜里。

醒过来的孟虎威正在为员工签公司文件，员工走后，邱胡杨气冲冲地将病房门关上。

孟虎威看了一眼邱胡杨："老婆，你今天吃炸药了。"

"我要是有炸药，先把你炸了。"

"这么狠心？"

邱胡杨掏出告状信举到孟虎威眼前："这是怎么回事，你不解释一下吗？"

孟虎威有些心虚："我，我不是没有寄吗？"

邱胡杨顿时火冒三丈："没寄？现在总队全都知道了，指挥部的调查组都已经走了。"

孟虎威眼睛蓦然一亮："好，太好了，早该查查他的。"

"你太没良心了，你知道是谁冒着一氧化碳中毒的危险把你和张家贵救出来的吗？"

孟虎威没吭声。

邱胡杨指着孟虎威哽咽道："你的身体里还流着人家的血，要不是他给你输血，你就死定了。"

孟虎威望着缠满绷带的腿愣了，心里清楚这事做得太不地道，但他就是嫉妒郝江山。他哭诉着向邱胡杨保证，求她原谅，还向邱胡杨讲述了二十多年前遇见狼群逃跑的过程。谁知邱胡杨却说，这事孙景权班长后来告诉她了。孟虎威很是惊讶，表示一定洗心革面、脱胎换骨、重新做人。

指挥部纪委工作组走后，祝国安与郝江山一起散步，推心置腹安慰道："总队党委对你是信任的，工作组也明确定性，这纯属诬告，你就不要有思想负担了，把心思放在工作上。"

"明白，这事有点莫名其妙。"

"木秀于林，风必摧之，树大招风嘛！不到几毛钱的告状信告倒一个人的事也不是没有，工作中也要注意方式方法。人跟树是一样的，越是向往高处的阳光，它的根就越要向下扎得深。贪官奸，清官更要奸，做清官不用智慧是不行的。"

5

刘亦欣和周记者等几名志愿者穿着统一制作的绿色 T 恤衫，上面印着绿十字环保志愿者组织"26 度空调行动"等字样。他们正在忙着准备活动的相关物品，郝天也在一起帮忙。

周记者蹲在郝天面前轻声问道："郝天，你想不想爸爸呀？"

郝天看了一眼刘亦欣，很开心的样子："老爸说，等他安顿好了，就接我们过去。"

周记者收到一条短信，打开看了看，刚才还有说有笑，立刻变了脸色，她飞快地打开电脑显示器，打开网页浏览了一下，对着刘亦欣生气地说道："亦欣，我在日报上发表的《水电开发当止》的那篇报道，被人攻击了，这人在微博上写文章骂我呢！"

环保志愿者们一下都围了上来："我看看，这说得也太难听了！"

"就是，怎么会有这样的人呢？"

"还是个教授呢。"

刘亦欣拍着周记者的肩膀安慰道："这是常有的事，你也不用放在心上，网上还有人说我是'绿色特务''环保疯子''环保法西斯'呢，关于无序开发水电的事，我也写过，都被骂过很多次了。"

周记者叹了一口气："亦欣，我们做环保宣传都是为了谁？这么多年，咱们在自己家办公，自己给自己开工资，拿自己的身家性命，与不法行为抗争，还不落个好名声，不行，这事我一定得讨个说法。"

这事反而激发了周记者的报道热情，准备再充实些资料，进一步扩大影响，相约与刘亦欣来到怒江采访。

刘亦欣对着周记者："我跟你介绍一下，这位是替江河代言的武沐，一直在关注怒江的命运，也是绿江河环保组织的发起人。"

周记者伸出手："怒江河长，久仰了。"

武沐握住周记者的手笑了笑："不敢当，不敢当，地球上的河流就像人类的血管，太多的高坝大库，就是在制造人为的心肌梗死，当血管出问题的时候，人类就离疾病和死亡不远了，如果再没有人出来'替河行道'，中国之水堪忧。"

武沐指着远处施工现场："西南地区集中了中国一半以上的水能资源，因此中国水电开发大军们都集结在这些地区，形成了'跑马圈水''遍地开花'和干支流'齐头并进'的现象，大江大河的水电站一座接着一座。"

水电站工地上，施工车辆来回穿梭，尘土飞扬。武沐放下望远镜："这个项目根本没有通过国家工程环评，就连基本的施工防护措施都没有，工程渣土废料直接就倒到江里了。"

周记者用长焦镜头拍了下来："这里还是脆弱山体，地质构造差，很容易发生山体滑坡和泥石流，如果坝址选在这里，还将迫使上游近 10 万人移民，造成 20 万亩耕地淹没，而且这里还处在地震断裂带上，万一地震就会引发山体滑坡，还会造成'堰塞湖'。"

刘亦欣沉默了一阵反问："这是什么人，怎么这么大胆？"

武沐苦笑了一下："叶香，这个女人胆子很大，在我们这里，没有她不敢赚的钱，没有她拿不下来的工程，因为她的矿业污染环境，造成了多个'癌症村'，我不停地调查、上访、表态，结果被她弄到精神病医院两次，差点就出不来了。"

刘亦欣诧异地看着武沐："你是说，叶香？"

叶香的集团发展很快，产业多元。办公室门口每天都会有很多人在签文件，一名员工拿着文件请示道："叶董，这是电业公司第二季度收益报表。"

叶香边翻看文件边说道："现在全国用电量激增，对我们来说是个好事，工程一定要抓紧施工。"

另一员工趁机提出："正在加紧施工，可是一些环保组织，以水电站尚未通过环评就开工建设，在媒体上提出了很多反对意见。"

叶香老练签完字合上文件："不用管他们，我还没有听说哪个水电站因为环评而停建，政府肯定会支持我们的，这个不用担心，该怎么干你们懂的。"

员工接过文件："明白。"转身离开，仍有很多人排着队等着叶香签字。

刘亦欣想要采访叶香被拒，无奈只好找到叶香的丈夫。秦朗却说："我和她的关系已经名存实亡了，分居好几年了，这几年她生意越做越大，而且都是伤天害理的生意。"

刘亦欣叹了一口气："我以为她只是在景区盖几家酒店，没想到她的企业对环境污染这么严重。"

秦朗无奈："她已经陷得很深了，估计回不了头了，要不是为了儿子，我早就和她离婚了。"

"根生跟你在一起吗？"

"上了初中后，基本上是自己照顾自己，我也没有多少时间照顾他。"秦朗微微提高了声音说道，"还是你选择的这条路好，是正道，说实话我很失职啊！"

"你没有找叶香谈过吗？"

"谈过很多次了，她有了钱就自视高人一等，别人说什么也听不进去。"

周记者实在咽不下这口气，将在网上骂她的教授任一刀告上了法庭。法庭上，审判员看着肃静的大厅沉声说道："由于堵车，被告人的委托代理人正在路上，下面请被告人辩护。"

任一刀教授缓缓开口："我是一名教授，同时也是国家水力发电协会的主要成员，作为一名专家，我代表的是国家和公众的利益，然而公众都是无知的，不给他们科普，他们就会被人利用，所以我有责任向公众澄清事实，社会上妖魔化水电的欺骗宣传，已经误导了广大公众，甚至政府决策部门。周雨蔚所报道的某些数据，与我了解的数据严重不符，像她这样的记者，居然试图阻碍国家能源发展，对水电建设指手画脚，明显是在追逐名利，显然用心极其险恶，简直就是无知无耻。"

任教授继续说着："水能开发除了发电、灌溉外，还能改善交通环境、促进旅游、矿业等行业的发展，促进流域经济发展和生态环境保护，能够改变地区贫困面貌，大家知道怒江两岸人民生活有多贫穷吗？"

任教授的委托代理人匆匆赶到不知说了什么，审判员沉思了一下说道："好吧，我们研究一下，休庭二十分钟，请大家耐心等待审判结果。"

过了一会，审判员走到法庭上宣判审理结果："现在开庭，经讨论，法院同意将周雨蔚状告任一刀侵犯名誉权一案改为普通程序，时间定为下个月9日上午9时。"

这时在场旁听和围观的记者全都跑去采访周雨蔚，只有刘亦欣跑去采访任一刀："你好，任教授，我能请教几个问题吗？"

任教授停下来点下头："好！"

刘亦欣看着任教授直接问道："您为什么这么强烈地支持水电开发呢？"

任一刀教授反问道："我们每年把相当于近千亿吨煤的清洁水能源浪费掉，简直就是犯罪，正所谓江水滚滚向东流，流的都是粮棉油。毫不夸张地说，以我们现在的技术，可以在中国任何一条大江上修建所需要的任何类型的大坝。还有你知道中国为什么会有这么多矿难吗？那是因为国家对煤的依赖太多，水电开发得太少，所以大力开发水电是减少矿难的重要举措。"

刘亦欣接着说："我们不反对水电开发，但是怒江梯级无序盲目地开发，将会造成天然河道渠道化、水库化，最终影响到生物多样性和世界遗产保护，这已是公论，之前很多工程建立后，造成了许多不可逆的影响，据了解许多小水电厂发的电都无法上电网，闲置的占了大多数，是不是等到计划周详之后再建设？"

任教授打断了刘亦欣的采访："我是专家，在这个领域我最有发言权，据我所知一些'反坝人士'、媒体记者和'伪环保志愿者'散布无知言论，妖魔化水电，阻碍和影响水电开发，简直是对怒江两岸人民的犯罪，你们知道水电站建起来，农民的收入能提高多少吗？"

"农民们从卖山卖水中获得的不足百元的收益，将会子子孙孙无穷尽吗？一旦环境发生恶化，电可以不用，开发商可以走，农民将独自承担灾难的后果，他们去哪里？难道好山好水好环境不叫富裕？"

任教授深深地看了一眼刘亦欣："你这个人中毒很深啊，难道你也想阻碍国家水电发展吗？你这种想法很危险啊，你是哪个单位的？"

刘亦欣淡然一笑："哦，原来您不认识我啊！去年您还在网上写文章骂过我呢！我叫刘亦欣。"

6

云南春蕾女童学校，支队长秦朗指挥官兵将一批物资卸下车，有贴着"武警森林指挥部捐赠"字样的电视机、电脑、VCD机、音响，还有贴着"武警云南省森林总队捐赠"字样的炊具、教具、桌椅、图书和文体用品等。不远处，几名士官正在为女童们发放量身定做的校服和文具。

看见物资卸载分发都有序进行着，秦朗抽身来到妇联刘主席身边："刘主席，春蕾女童班的筹建，牵动着我们全体森林官兵的心，上到指挥部首长，下到我们普通一兵，人人都非常关心春蕾女童的成长，目前各种爱心物资不断地从各地汇集到这里。"

妇联领导极为动情："秦支队长，真的很感谢你们，我替这些娃娃们感谢全体森林部队官兵。"

"我们森林部队多驻扎在边远深山，既树木也树人，所以春蕾女童班、希望工程、1+1捐资助学等在我们部队也很常见。下一步，我们将对春蕾女童实行责任管理，制定教育目标管理计划，投入固定经费，确保每名儿童在森林官兵的资助下都能完成学业。"

"你们支持发展教育事业，不仅让边远地区的少数民族孩子感受到了党和国家及部队的温暖，同时也在孩子们心灵里播下了爱的种子。"

秦朗看着可爱的孩子们："每个山区的孩子都有走出大山的梦想，只要有能力，我们一定会尽全力帮助他们，2001年我们支队在宁蒗县永宁乡开办的第一个摩梭春蕾女童班中的女童，现在都已经上初中了。"

小学生们穿上了漂亮的校服，领到了崭新的文具，脸上洋溢着快乐的笑容。秦朗看着他们陷入了沉思，终有一天她们也会飞出大山，感受这美好的世界。

7

作战参谋林丰的婚期因为工作一拖再拖，最近终于定了下来。在装扮一新的新房内，林丰母亲对林丰说道："儿子啊！后天就结婚了，有些话我得嘱咐嘱咐你，以后可得把私房钱藏好了，你看你爸藏的钱，我就找不到。"

林丰父亲急忙接过话："你可别乱说，我啥时候藏过私房钱了？"

林丰母亲瞪了一眼林丰父亲："对了，这句话最重要，一定要常说。"

林丰"嘿嘿"直乐，忽然林丰电话响起，支队值班室通知有重大任务，刚刚还热闹的氛围一下变得异常宁静，大家都有共同的预感，这个婚期又得推迟了！

月明星稀，原野寂静清廓，西南中 M 国边境路上，只有野虫的啾鸣与森林部队车队的疾驰声。指挥车内，秦朗正在研究作战地图："林参谋，起火原因查清了吗？"

"初步查明，这场山火是附近村庄的小孩子放鞭炮不慎引发的，该村首名大学生因上山救火，不幸被全身烧伤，没有抢救过来，目前火势还在扩大。"

秦朗放下地图，遗憾地说："林火无情，这种扑火的精神可嘉，但并不值得提倡，扑救林火必须得具备一定的专业知识。今后我们还得加大防火宣传力度，特别是大、中、小学生的森林防火常识普及和宣传力度。隐患险于明火，防范重于救灾，希望民众的森林防火意识，不再是用牺牲生命这样的代价来唤醒。"

"滴滴滴"一阵手机短信提醒声打断了两人谈话，秦朗掏出手机，是妻子叶香发来的："离婚协议书已拟好，有时间回来签字。"秦朗颇为诧异，脑海里一直翻腾着"离婚"两个字，因为这是他从来没有想过的。他知道自己一直忙于工作，对家庭亏欠挺多，但也不至于发展到这个地步……

"我有一个战友调到直升机支队了，咱们就快有自己的直升机了。"

秦朗的思绪被林丰打断，"啪"的一声合上手机："嗯，最好用的还是飞机，去年从小兴安岭支队调拨的几辆装甲车发挥的作用不太明显，有了直升机必将如鱼得水、如虎添翼，实现战略战术上的重大飞跃，灭火作战与护林防火效率倍增。航空消防是目前世界上森林防火的主要手段，2007 年希腊森林大火，过火面积1500平方公里,欧盟动用航空力量,12天就控制了烧毁希腊一半国土的大火;还有以色列,过火面积达50平方公里的火灾,不到80个小时就得到了有效控制。"

林丰面露向往喜色:"据说作战半径主要覆盖东北重点林区,要是咱们这里也建一个直升机支队就好了!在咱们这个高山峡谷遍布的地区,要想以最小的代价换取最大的灭火效果,就得靠航空护林灭火的优势,才能够有效避免千军万马齐上山打火所造成的劳民伤财局面。"

秦朗点了点头:"我听沈司令员说,等直升机支队建起来后,咱们这会成立直升机支队二大队。"

"太好了,已经出现多少回了,小火就在岩壁上烧着,可是人就是上不去,这小火只要翻过山,就是一场大火。"

秦朗摇了摇头:"也不一定,像这种情况,用咱们研发的森林灭火炮,就可以解决了。"

林丰接着说:"嗯,其实要是增加点兵就更好了,咱们总队人也太少了。2006年东北'5·21'嘎拉山火灾之后,黑龙江省森林总队还增编了900人呢。"

秦朗手机响起,接通后:"你好,我是秦朗。"

"你好支队长,我是林丰的未婚妻高圆……"话还没有说完,便传来高圆的哽咽声。秦朗看了一眼林丰,示意他不要出声,安慰道:"高圆啊,你别哭,我给你道个歉,不是特殊情况,我们绝不会召回林丰的,等我们打完火回来,我带所有的兵参加你俩的婚礼!"

高圆对林丰一直以来是理解和支持的,只是在情绪上希望得到一些抚慰,现在心情舒缓了一些:"谢谢支队长,你们注意安全!您先忙。"

"先等会儿,我把电话给林丰。"

林丰接过电话:"圆圆,你别愁,咱们再选个日子。"

高圆无奈地嗔怪道:"大家都说咱俩的婚礼消息快成烟幕弹了。"

"我来打火,这酒店也退了,亲友都通知了,咱爸妈没生气吧?"

"咱爸让我转告你,你只管安心打火,啥也不用管,火灭之后直接到酒店当新郎就行。"

"理解万岁,你们辛苦了!"

8

黑云压城城欲摧，中 M 边境烈焰熊熊，燃起的浓烟遮天蔽日，国务院主要领导先后 3 次对云南边境火情作出重要批示，要求"坚决将山火拒在国门之外"。根据国务院、国家林业局、云南省委、省政府、省护林防火指挥部的指示精神，森林部队作为这次灭火作战的主力军和突击队，要把这次灭火作战作为一次政治任务去完成。

林丰看着火场实时画面："支队长，1 号界碑至傈僳族自治州泸水县北 38 号界碑之间约 248 公里的 M 国一侧，林火还在扩大。"

"境外的敌人翻山越岭而来，咱们也成了戍边卫国的边防军了。"

中 M 边界线，蜿蜒曲折，犬牙交错。一辆辆绿色的军车轰鸣而至，600 多名身穿扑火服，背着灭火水枪、扛着风力灭火机的部队，顷刻间开进一个小村庄。世世代代过惯了平静生活的边民，似乎适应不了眼前的喧闹，个个露出惊疑的目光。一个老人叫住林丰，指着部队用方言询问着情况。

林丰用本地语言告诉老人："我们是武警森林部队，是来灭山火的，在这里指挥灭火作战。"

老人惊疑的目光才恢复正常，转身用听不懂的方言向村民说着什么。

一顶顶绿色的帐篷迅速在村边支起，炊事员们正在埋锅做饭，小村的周围一时炊烟袅袅。指挥帐篷内，秦朗正在主持召开第一次前指会议："从卫星云图上观测，已有 6 处大火越过国境窜入我国境内，在 6、7 号界碑 M 国一侧的另一股大火也正向边境逼近，咱们必须立即出发，轻装上阵，全力扑救我国境内大火。另外，根据 M 国的请求，需要选派一支精干的小分队，携带装备从板瓦口岸过境，前往 M 国境内拦截火头，这个任务就交给腾冲中队……"

此时，淳朴好客的村民们陆陆续续地拿来新鲜蔬菜、鸡蛋，有的甚至抬着猪肉慰问官兵。

部队按照既定作战方案向火场开进，远远望去，只见火借风势，迅速蔓延，火场上空一股股黑烟冲天而起，树枝在烈焰中扭动、抽搐、断裂，发出噼里啪啦的声响，巨大的热浪灼燃了几米外的枯枝败叶，长达 10 多公里的火龙翻卷纷飞，不断发出刺耳的呼啸，向界碑一侧的中国境内袭来。几米高的火舌舔着草木，眨眼的工夫就跨过了界碑，火过之后，留下了成片成片的烧焦植被。

林业局局长急匆匆朝秦朗走来："秦支队长，M 国境内的林火越过边境 6 号界碑进入明光林场，形成了 16 个不连贯的火头，过火面积已达到了 2800 多公顷。"

市委书记满脸焦急："秦支队长，咱们这里的经济发展主要以旅游业为主，烧不起、更伤不起，历史文物多，外来游客多，自然景区多，每一场火烧的都是经济和旅游，直接关乎地区的声誉和形象。"

秦朗很理解地方领导着急的心情，诚恳表态道："各位领导不要担心，我们肯定全力以赴。"说完便拿起电台指挥作战："保山大队，现在什么情况？"

保山大队指挥员的声音传了出来："我部先后在 3 号、5 号、8 号界碑附近扑灭多股入境小火，目前正在组织清理。"

秦朗拿起望远镜观察火场态势，又继续下达作战命令："各单位注意，留少量兵力看守，集中所有人员，立刻赶到 6 号至 7 号界碑。"

腾冲中队长的声音从秦朗话筒传来："支队长，我已经带领腾冲中队 30 名官兵，于 16 时 15 分赶到 M 国火场。"

秦朗着急问："火场情况如何？"

"这里没有路，枯草枯木特别多，有时看见火在这个山头，还没等人上去，几分钟又到了那个山头，而且在 3000 多米的高山上，大衣不能穿，穿上就打不动火。"

秦朗和联指指挥员认真观察火场情况后，下达命令："你现在将人员分成两个扑火小分队，实施分兵合围。"

经过连续 13 天奋战，灭火作战告一段落。凌晨，市委书记组织召开联指作战会议："经过 13 天的艰苦奋战，16 股烧入我国境内的大火全部扑灭，但是由于滇西一带遭到了几十年一遇的大旱，加上 M 国境内边民烧荒不止，大火对我国构成的严重威胁仍没能彻底消除，大家想一想有没有一个彻底解决的法子？"

一名干部提议："我建议把森警全都布在边境线上，死看死守。"

市委书记看了看秦朗试探地问："秦支队长，这样可行吗？"

秦朗苦笑："这次扑火我们出动了支队所有的兵力，按照这个要求，恐怕把总队所有兵力都调过来也不够用。"

市委书记环视一圈："谁还有更好的办法？"

另一名干部建议："我们可以通过外交渠道，协调 M 国通知边民不要烧荒。"

市委书记摇了摇头。

秦朗沉声说道："根据我们的经验，可以采取开设隔离带，然后点烧迎面火的作战方案，就是以隔离带为依托，点烧迎面火，让点烧的大火与 M 国烧过来的山火碰撞后自行熄灭。"

有人迟疑："多长的隔离带？"

"按照现在情况，需要 10 米宽、10 公里长。"扑火专家摇了摇头："在尚未开发、地表腐殖层极厚的原始森林内，开设这样一条隔离带，可以说比直接扑火还难。"

秦朗神色坚定地看着市委书记："没有比这更好的办法了，我们有信心。"

市委书记点头赞许："好，森警需要什么，我们会全力保障，你们还有没有意见？"

大家都摇摇头，表示没有。

早上 8 时，官兵们开始在中 M 国边境 6 至 7 号界碑一线开设隔离带，所有的手锯、砍刀全部用上之后，工具还是不够，他们就找来竹子一劈两半当锹使，有的甚至是手脚并用，10 公里长的山脊线上，部队依次排开连续作战。到了夜间，点上篝火照亮，一寸寸、一尺尺往前推，官兵们有的磨破了皮，鲜血直往外浸，他们仍然坚持战斗，凌晨 5 时，隔离带全线贯通。

市委书记望着隔离带动情地感慨道："这不是一条简单的隔离带，这是森林官兵用意志和鲜血筑成的一条忠诚防线呐。"

3 颗红色的信号弹亮起之后，10 公里长的战线上，烈焰乍起，很快连接成一条巨大的火龙呼啸而去，站在制高点上，只见这条橘红色的火龙在山间跳跃着向一侧翻滚。

秦朗看到隔离带奏效，露出多日难得一见的笑容，转身对林丰说："传令部队坚守防线，决不允许有一处火线突破隔离带进入高黎贡山自然保护区。"

9

次日早 8 时 30 分，在小塘河源头的峡谷间，当点烧的大火与山火呼啸地撞到一起，强大的热流形成一股股巨大的飞火爆，在几十米高的树梢上往返跳跃，还没等守护防线的官兵反应过来，火爆已从他们的头顶上窜到隔离带我方一侧。

林丰大声喊道："不好，大火进入高黎贡山辖区了！"

"追！天黑之前必须将它扑灭！"秦朗带领 90 名官兵从一侧直插过去，山高坡陡，加之官兵体力消耗过大，每前进一步都要付出高于平时几倍的艰辛。秦朗走在最前边，他知道官兵们体能消耗已经接近极限，作为支队长，自己必须带头激励官兵。当他们沿着山体斜着往一座山脊上攀登时，突然，秦朗高声喊道："危……"险字还没有来得及喊出来，便顺着陡立的山坡滚了下去。

"支队长，你在哪里？"回答他们的只有空谷回声。

当林丰和其他两名体力较好的战士，在20多米远的下方找到摔倒的秦朗时，他的脸上青一块紫一块的，是一株粗大的树干挡住了他的身体，挽救了他的生命。当林丰扶起他时，他感到小腿肚钻心地疼，卷起裤腿一看，一片红肿，腿上鸡蛋大小的一块已经血肉模糊了。

15时25分，围歼大火的官兵取捷径攀山越岭，终于在3820高地追上了火头。这里是清一色的冷杉林，林下杂草丛生，急剧燃烧的地表火到了这里，突然变得像发疯的野牛，吼叫着朝山上冲去。

如果不在这里把火头控制住，一旦飞掠山头，进入乔灌混生的林地，地表火就演变成树冠火，火势将更难控制，损失也必将更加惨重。秦朗不顾伤痛，到一线查看火情后下达了命令："坚决在这里拦住火头，逼它从左侧下山，随后借助有利地势将火扑灭。"

扑火队员在火的前方组成一道人墙，秦朗观察现场地势，继续下达命令："在火没有到来之前，先集中清理林下堆积的可燃物，尽量减小火势。在山上扑打迎面火，关键是防止浓烟熏呛人，没有经验的扑火部队，一旦遇到这种情况，很容易惊慌失措，浓烟会造成人员晕倒窒息甚至伤亡，咱们都有经验了……火来了，快上！"

编组的灭火分队齐上阵直取火头，身经百战的官兵在大火扑来一刹那，个个像拉满弦的弓，半蹲姿势，让烟雾在头上翻卷。

"每组安排一台风力灭火机为主攻手吹烟输氧，保证呼吸畅通。"秦朗大声喊道。

海拔3800多米的高山上，人与火僵持不下，一个小时、两个小时过去了，僵持还在继续，亦进亦退地"拉锯"。

官兵有的衣服被烧焦了，头盔前侧的防护面罩被烤变形，有的抓握风力灭火机的手被燎出了水泡。关键时刻，秦朗操起一台灭火机边往前冲，边鼓劲儿："兄弟们咬咬牙，再坚持10分钟就是胜利。"

时间在延续，火线上的火头高度在降低，温度也在逐步减退，一场阻击火头的战斗，就这样在浓烟烈火的疯狂反扑中取得了胜利。拦截成功之后，满脸黑灰的秦朗大喜道：“大火从左侧被逼下山了，咱们乘胜追击，抓住下山火易扑的有利时机，一鼓作气，一举歼灭。”

经过一整夜艰苦扑救，大火终于灭了。事后回忆起这次临机决断，秦朗也坦诚地说，这其实是一次冒险。

<h1 style="text-align:center">10</h1>

林丰带领两名士官巡查火线，勘察火情，以便为扑火指挥部提供更为准确的建议。

有名士官摸着肚子：“我这肚子咕咕的叫声，都要超过灭火机的声音了。”林丰深有同感：“早上到现在就干嚼了一包方便面。”

另一名士官揉着饥饿的肚子说道：“昨天村里有个大叔送的饭真好吃，好久没吃到这么香的饭了。”

一股青烟从林内升起，林丰指着前方：“那边有股烟！”两名士官背着水枪跑到起火点，用水枪喷水灭火：“林参谋，这火是从底下烧过来的。”

“奇怪了，这处火线明明已经交给地方了，这么长时间了怎么没有见人看守呢？”三人沿着火线一直巡查到山脚，看到一伙地方扑火队员正围坐在一起打扑克。

饥肠辘辘的林丰有些生气，走过去质问道：“你们怎么不守火线，要是复燃了怎么办？”

打牌的四个人中有一个很不耐烦看了林丰一眼，出言不逊道：“你们是专门打火的，有火就该你们打，关我们什么事？”然后转过头去，催促其他人出牌。

脾气火爆的林丰过去直接把那个人拎了起来抵在树干上：“我们给谁打的火？到现在我们连饭都吃不上，你们还有闲心打牌！”

打牌的一伙人一下子把林丰围住了：“你敢打我们领导？找死是吧？”两名士官怕林丰吃亏，赶忙过来拉架，终于把事给平息下去了。

夜里的火线很美，它蜿蜒着、扑腾着，橘红色的火光在山洼、在山脊、在沟崖跳跃，像是一群带着温度的精灵，调皮地探试着向前延伸的道路，努力地向树上和崖上攀登，有时还在这面，一转眼就跳到了几米开外，燃起一片新的火场。

天黑了，远远望去，已经看不到一组组、一队队的官兵，但是在整条火线上，都有疲惫但依然矫健的身影在火光中跃动。只是站在远处，已经听不到灭火机吼叫的声响。

火线继续扩大，秦朗和扑火指挥部的领导在村子里爬上了一座二层农家小楼的楼顶："书记，站在这，一眼便能看清整个火场的发展态势，我看就把火场指挥所设在这吧？"

市委书记点了点头："可以。"

官兵们在农家小院里忙着架设通信设备，林丰在地图上标绘着火场态势。秦朗和扑火指挥部其他领导在地图前研究火场态势，又查看着北斗显示屏，而后向林丰和一名参谋下达命令。

农家小院的主人待客非常热情，他知道这是一支真正扑火的部队，他和妻子端上了一桌热乎乎的饭菜："过年了，你们打火挺辛苦的，吃点热乎饭吧。"市委书记看着秦朗轻声说道："秦支队长，今天是年三十了，要不让部队先撤下来吧，吃一顿热乎乎的年夜饭后再上去。"

秦朗摇了摇头坚定说道："如果等到过完年再上去，一切就来不及了，我相信咱们的战士能够理解。"

温县长是一位女同志，她微笑着："这事我们早有安排，我们已经派人将饭菜送上山了。"

就在这时，山上的对讲机传来指挥员有气无力的声音："前指，什么时候能送饭上来啊？我们从早晨到现在还没吃饭，实在没劲儿了，送些吃的上来吧。"

秦朗有些生气："什么？从早上到现在官兵们连饭都没吃上？今天可是除夕啊！"说完泪水在眼里打转。

市委书记急了，一拍桌子："温县长，你们是怎么搞保障的？官兵在山上打火那么辛苦，咱们饭都送不到？"

温县长有些委屈："书记您先别生气，我问一下。"转身对一名随行人员说道："你让高镇长跑步过来！"

不一会儿，高镇长跑来了，他抹着脸上的汗，喘着粗气，笑着对市长和县长解释道："书记、县长，我们已经派人往山上送饭了，可路太陡送不上去，也不知道部队打火打到哪去了。"

正在转达命令的林丰听着声音有些耳熟，扭过头发现答话的人就是中午打牌的那个人，顿时泪水就流出来了。这个扑火作战无比勇猛的小伙子，平时再苦再累也没有流过泪，但今天他实在是太气愤，实在是太委屈了，冲过去就要打那个镇长，被人拉开喊道："你有时间在火场上打牌，怎么就没有时间给我们的战士们送点饭？"

温县长一听火大了："高镇长，我还以为打牌的是一般群众，没想到是你，你还是个党员干部吗？"

大年初一下午，火终于被彻底扑灭，衣衫褴褛的官兵们与地方交接完毕后，陆续撤离火场。跟着打了一天火的温县长已经累得没有力气走路了，她对旁边的工作人员说道："我就跟了一天，既没打火也没背装备，都累成这样了，这些孩子们真是太辛苦了。"

给养还没有送上来，官兵们饿得东倒西歪，嘴上因为长时间缺乏维生素，裂开了一道道殷红的口子。看到这些温县长的眼泪再也忍不住了，她指示工作人员："小陈，你马上拿五万元钱送过来，再催一下给养。"

青烟散尽的林地内，在连续奋战、异常疲惫的官兵面前，出现了这样的一个镜头：温县长一边流着泪，一边从手里成摞的钞票中往外抽着钱。她不想查也不去数，从队伍的前面开始，她把一把把钞票塞进了战士的手里，从前面发到了后面，手里还有钞票，她再往回发，始终没有说一句话，只有感激和愧疚的泪水不停往下流。温县长用女人特有的泪水表达着一种感激，这种感激更来自感动。除夕夜，这么多官兵辛苦地连续奋战在火场一线，连饭都吃不上，更不用说吃"年夜饭"，此情此景，怎能不让人动容呢？

官兵们默默地看着女县长，沾满烟灰皴裂的手里握着一张张没有温度的钞票。不一会，官兵们从前至后把钱传递到一起。看到这一幕秦朗非常感慨，战士们的付出不是为了获取金钱，也没有如此的奢望。但他们也是父母的孩子呀！在家里，在大年初一，他们手里也能得到这样的钞票，但那是压岁钱，是给孩子们的压岁钱，只有在家里，他们才能让心惬意一下。他们都还是孩子，但穿上了军装，拿起了灭火机，他们就是战斗员，就是灭火英雄，他们就没有了年龄的区别。

市区上万居民倾城出动，夹道欢迎扑火归来的官兵们。一辆名车内叶香正与一名外宾洽谈着业务，欢腾的人群挡住了去路，司机将车停了下来。叶香看着司机低声问道："怎么不开了？"

司机看着车外人群恭敬回答道："董事长，前面有很多人好像正在搞新年活动？不，好像是欢迎灭火归来的官兵，还有条幅，上面写着'热烈欢迎森林部队扑火官兵凯旋！'"

叶香拉开车窗帘，正好看见正在向人群挥手的秦朗，轻蔑地瞥了一眼。

部队撤回后，林丰将一摞钱放在了秦朗的办公桌上："支队长，大家把钱又都交上来了，五万块，一张不少。"

"战士们怎么说？"

"战士们说，用这些钱再多买些灭火弹吧。"

秦朗点了点头，说道："刚才书记打电话了，那个打牌的镇长被撤职了。"

林丰听到后，微微皱了一下眉，顿时感觉心里有点不是滋味儿。

第二十九章　雄鹰振翅

1

市区一家酒店内，秦朗被邀请作为证婚人，为林丰和高圆送去了特有的祝福："这是一对对爱情忠贞诚信，但对婚礼时间总言而无信的新人；这是一对希望森林大火熄灭，但爱情之火燃烧的新人；这是一对爱起来容易，但结起婚来却很不容易的新人……"满身征尘的官兵们兴高采烈，为这对新人终成眷属鼓掌庆贺，听着大家祝福，两位新人紧紧拥抱一起，激动地流出了热泪。

一个豪华的咖啡厅包房内，叶香对坐在包房内的秦朗不冷不热地说道："对不起，我来晚了。"

秦朗皱着眉头问道："有什么事不能回家说，干吗非要跑到这儿来？"

叶香拉开凳子坐下："大过年的，连个人影都找不着，你还知道回家？你所说的家在哪儿？在你办公室，还是在山上林子里？"

"我承认，自从我当了这个支队长后，对你的关心可能少了一些，再加之防期任务重……"

叶香打断了秦朗的话："现在的你，已完全跟这个世界脱轨了、隔绝了，外面的世界很精彩，而你却一无所知，长年蹲在深山老林里，甘当原始部落一个可怜的守望者，乐此不疲、孤芳自赏，在这个五彩缤纷的世界，你生存的方式不觉得可笑吗？"

"你知道我是什么样的人，社会之大，人各有志，我觉得没什么可笑的。"

叶香瞅了瞅桌上摆着的一束花："你不觉得我们的生活缺少了仪式感吗？"

"仪式感？都老夫老妻了，再说我们都忙。"

叶香态度生硬："我对你已非常失望，不，是绝望！你知道绝望是什么感觉吗？"

秦朗劝说道："这么多年都过来了，苦尽甘来，快过好日子了，你就别再闹腾了。"

叶香越说越生气："我闹腾？这牛郎织女般的日子，我过够了，一天都不想再过了，真的够够的了。"说着，从包内抽出两份离婚协议书放在秦朗面前："给我一个痛快话，要么转业，要么离婚。"

秦朗一愣："离婚？……开什么国际玩笑……你这不是无理取闹吗？"

"我哪敢跟秦大支队长开玩笑，我还要赶时间，麻烦你签个字就行了。"

秦朗态度坚决："你说的转业、离婚这两种，我都不会选择，更不会签这个字。"

叶香反问道："你也是个领导干部，总得讲个理吧，凭啥不签字，我的一辈子、我的人生幸福，凭什么由你来做主？"

秦朗控制了一下情绪："就凭婚姻是两个人的事，不是小孩子过家家，想嫁就嫁、想离就离。我们之间出现了点问题并不可怕，但不要在气头上做出冲动的决定，只要咱俩坐下来好好商量，办法总比困难多嘛！"

叶香仍冷言冷语："对你，我不抱任何希望，也不会再有那么多奢望，这么多年，一切都看透了！"

秦朗继续劝解："这些年你是吃了不少苦，我都记在心里。可你也要理解我呀，我热爱这身军装，热爱这片森林，这些年在部队我心安、踏实。"

叶香端起一杯咖啡，讥笑了一下："心安？你父母的手术费，你弟弟上大学的费用，儿子出国留学的钱，用的都是部队给你开的心安工资吗？"

秦朗苦口婆心："我虽然挣钱没有你多，但一个人的价值，不是单纯用金钱来衡量的，虽然我们在物质上不是很富有，可我们在精神上是最富有的人。我们结婚这么多年，在一起的日子过得挺好。在部队特别是夜深人静的时候，经常想起你在干什么、吃没吃饭、睡没睡好觉，刮风下雨都在惦记你是否安全到家。我知道这些年你跟着我挨了不少累，吃了不少苦，很不容易，这些我都理解，但是我也没有办法，我是支队领导，咱们小家家事多，部队这个大家的事更多，有很多你想不到的烦心事，甚至吃喝拉撒睡的琐事都要我亲自去协调、去办理。我能从一个普通干部走到这个岗位，没有你的支持理解，是不会有今天的，我也从心底里感激你。"

叶香语带幽怨："你别和我说大道理，这些我都听得多了。今天我不是来跟你辩论的，远的不说，就说你吧，在副团位置上干6年，要不是我托关系找人，早就安排你转业了。论你的工作能力和敬业精神，到地方干啥不行，非要在一棵树上吊死？"

秦朗愣了一下："我干得好好的，要你托什么关系？现在这个社会很浮躁，但我始终相信组织，不可否认当前有些人在买官卖官，破坏政治生态，可这些并不影响我们二十多年来的婚姻吧？"

叶香冷笑连连："笑话，就凭你那傻样还能提，白日做梦吧。你只知道满山打火，可这个家里着的'火'你灭过几回？我一个女人带孩子做点生意容易吗？可你关心了多少？实话告诉你，追求我的人可并不比你打的火少。"

秦朗看着眼前的叶香："我承认对你关心不够，你真以为那些人看重的是你长得好看？他们看重的是你全国优秀女企业家的名片，是你的钱。你想去挣钱，我一直在支持你，干吗非要把挣钱与离婚搅和在一块？"

叶香不为所动："我已经不是当年那个追梦风花雪月，轻易就被你哄得溜溜转的小姑娘了。我的后半生、我的幸福，我要自己做主，不用你费心。"

秦朗深情说道："等组织上不需要我的那一天，和你共话桑麻、共享天伦之乐，叶香，这些我早就承诺过多次了。"

叶香哼了一声："许谁共话桑麻？关山两地，我们早已海角天涯。"

秦朗看着叶香的眼睛低声说道："你想要什么？我有的都会给你。"

叶香仍固执己见："我要的你都给不了，有时女人很容易满足，比如不开心时，一个可以依靠的肩膀。"

秦朗靠向椅背语气低沉："你可以搬到总队家属楼去住。"

叶香愤怒了起来："秦朗，这些年你没有变，终究还是一个纯粹的山里人，我的心早已不在桑麻。"

秦朗平静了下来："离婚可以，孩子归我，你挣的钱你都拿走，我一分不要。"

2

一个月后，西双版纳人工雨林，树木枝繁叶茂，鸟鸣虫叫，欣欣向荣。湄公山庄，一座掩映在草木间的傣式小木屋内，秦朗望着尽情玩耍的两个孩子，对德国生态学家理信博士说道："你的爱情在雨林里结出了美丽的果实，可我的爱情却在森林里枯萎了。"

理信看着秦朗轻声劝慰说："也许是因为我和晴果有一个共同的事业，就是在受伤的土地上重建一片雨林，恢复这里最初的生态系统。"

秦朗看着周边的森林："看起来，已经成功了很多，过去三十多年，中国的热带雨林面积消失了70%多，你们的实验很有意义，这让我想到了做公益、搞环保，其实并不需要举国之力，一个小小的家庭就可以影响环境。"

理信博士的爱人晴果端来一杯普洱茶，放在桌子上，静静地坐在一边："感谢你们帮我们扑灭了大火，喝杯普洱茶吧。"

秦朗喝了一口茶："这是我们应该做的。"

理信望向远处的森林，目光坚毅："不管大火怎么肆虐，总会有植物顽强地存活下来，我们的任务就是让濒临灭绝的物种延续下去。"

秦朗眺望着远方轻声说道："你们的梦想真的很伟大、很崇高，令人钦佩，可社会上会有多少人理解我们的所作所为呢？"

晴果耸了耸肩膀："我们只希望大家明白雨林对于人类的意义，让所有的人都播下一颗种子，来弥补人类曾经对环境所做出的伤害。"

"这是一个执着而坚定的追求，也是一个漫长而伟大的过程。"

理信望着玩耍的女儿："虽然一颗种子长成大树的时间很长，但只要我们不停地播种，雨林总会有重生的希望，即使我们不成功，还会有下一代。"

秦朗看着这对拥有远大理想的夫妻："中国古代有个叫愚公的人，我觉得你跟他的精神很像，终有一天会感动天地，雨林重生。"

周末，刘亦欣和郝天在哈尔滨一处公园内游玩，天渐渐暗了下来，郝天抽了一下鼻子："妈妈，我闻到一股土味。"

一道无边无际的风沙墙向哈尔滨迅速推移，一边灰黄，一边湛蓝，形成了鲜明对比。浓密的沙尘铺天盖地，大风卷起了尘土、废纸、塑料袋，树木被大风吹得东倒西歪。

郝天看见沙尘暴迅速躲到刘亦欣身后："妈妈，妖怪来了！"

刘亦欣拉着郝天逃往树林："快，把嘴和鼻子捂上，咱们去树林里！"公园里游玩的人惊恐地蒙着脸，低着头四散逃窜。

郝天捂着口鼻望着刘亦欣："妈妈，这是不是西游记里的黄沙怪？"刘亦欣捂着口鼻："快别说话了，这是沙尘暴。"

刘亦欣带着郝天快速赶回了家。简单收拾后，郝天拨通了奶奶的电话："奶奶，我们这里有沙尘暴了。"

江山妈的声音从话筒里面传了出来："乖孙子，那你们都回老家吧，升钟湖没有沙尘暴，村里正在进行新农村建设，现在村子里可好着呢。"

郝天无奈地说道："可是我得上学，奶奶，你在家干啥呢？"

"给你爷爷做饭呢。"

"爷爷干啥去了呢？"

"还在山上种树呢……"

刘亦欣拍打着家具上的灰尘，又使劲关了关窗户，望着沙尘暴袭击过后灰蒙蒙的城市。郝天挂断电话，回头看着刘亦欣疑惑道："妈妈，沙尘暴是从哪里来的？"

刘亦欣沉思了一下："从很远很远的地方。"

郝天接着问道："为啥不在那里老实待着呢？"

刘亦欣回答说："沙子们生活的地方没有树了，也没有草了，它们就开始乱跑了。"

郝天轻声问道："那要是有树和草呢？"

刘亦欣来到郝天身边："有树有草，它们就不跑了。"

"保护好树和草，就能打败'黄沙怪'了。"

刘亦欣摸了摸郝天的脑袋："是啊，森林和草原是人类一刻也不能离开的好朋友，毁坏了森林就会有洪水、有沙尘暴，还会导致人类自身的毁灭和文明的衰退，所以你爸爸干的工作很了不起。"

"那我长大了也要当森警！"

3

西北东乌拉旗，郝明月在旗领导等人陪同下察看一片退化的草原。旗领导看着面前的草原："郝专家，整个这一片都是我们准备造林的区域，如果造林成功，将会有效抵挡沙尘带来的侵害，邀请您来，就是想从生态学的角度出发，围绕如何高效造林，给我们指导指导、把把脉。"

郝明月皱了皱眉："旗长，来之前我查阅了咱们旗历史上的环境变迁，进行了全面分析，这个地方历史上没有出现过大面积的森林，我认为依靠人工造林很难实现。"

旗领导有些惊讶："你的意思是不能种树？"

郝明月点了点头："治理沙漠，要看其形成的原因，如果一片沙漠，是因为人类的过度活动导致的，是可以治理的；如果是降水量和气候变化形成的，基本上是不可能治理成功的。年均降水量400毫米是森林生长的底线，低于这个值，树木就不能生长了。草原上没有树，这是大自然的规律，在干旱、半干旱地区种树，非但种不活，还会浪费大量的地下水，越种越破坏环境，我们的意见是种树不如保树，种草不如保草。植树造林要因地制宜，不能盲目行动，违背自然规律的造林是得不偿失的。"

"如果种灌木呢？"

郝明月环视着眼前的草原："在草原上种灌木也会导致草原退化，按照生态学的原则和自然规律，该恢复草的地方就恢复草，该种灌木的地方就种灌木，该造林的地方就造林，才是最适合的。"

另一位领导接着问道："在这片区域飞播种草可不可行？"

郝明月微微地摆了摆手："从我们多年来的研究来看，飞播会带来大量外来物种，从生态平衡和生物多样性保护的角度来看，也是不利的，咱们脚下的土地中本身含有大量的种子，最有效的方法是自然恢复，无为而治。"

"无为而治？"

郝明月指着眼前的草原："草原退化直接诱发了沙尘暴等生态灾难，而导致草原退化的主要矛盾是农耕、牲口压力和干旱。我们的实践证明，可以建立自然保护区，再配合适度的人工促进措施，是可以治理和恢复的，只要人类不干扰，大自然就能最有效、最好地恢复，当务之急就是尽快拆除围栏、停止开垦草原和在草原植树造林，全面解放自然力。"

几天后，若尔盖草原上，刘逸博拉开车门看着风尘仆仆的一行人："好不容易把你们盼来了！"

郝明月和一名同行下了车："路上风沙太大了。"

刘逸博非常热情："辛苦了，谢谢你！我们郝支队长说你是生态方面的专家，想请你给我们的草原诊断诊断。"刘逸博父亲在旁边介绍道："我们这里是省内沙化最严重的地方。"

郝明月点了点头："路上我都看了，是挺严重的。"

刘逸博指着远处的沙漠说道："退伍之后，我就跟爸爸一起种草、治理沙漠，但效果不好，沙漠并不远，我们的家很快就变成沙漠了。"

郝明月随着刘逸博的手指方向："可惜啊，三四十年前这片区域还是一片湿地，没想到这么快就成这样了。"

刘逸博父亲苦笑一声："那时候提出来向湿地要草地，沼泽地变成了农田，没有了含水的湿地，草原也就退化了，就像斑秃一样，现在是完全沙化了。"

郝明月看了看身边的人们："没想到大自然几亿年形成的生态系统，人类几十年就破坏掉了，你们现在都是怎么绿化的？"

刘逸博吐出一口沙子道："我们试了很多方法，飞播、条播，现在普遍是将草种混合燕麦以7比3的比例播种。"

郝明月皱了皱眉："这个方法应该不错啊，燕麦长得结实，挡风、御寒能力强，死后还可以当作肥料。"

刘逸博摇了摇头："事实上效果很差，这里风太大了。"

郝明月看了看焦急又无奈的村民们，很是难过。她弯下腰来用手扒开草丛旁的小沙堆，竟触到了一块半干的牛粪。

郝明月想了想，指着牛粪说道："你们看这草长在牛粪上了，牛一晚上能拉5、6斤粪，我们撒上种子后，再把牛群赶过来，让牛把草种踩进沙土里，这样就不容易吹走了，还不用施肥。"

村民们大喜，纷纷议论："这个法子应该能行。"

刘逸博激动地一挥手臂："咱们今天就试试。"

4

郝江山在大兴安岭森林支队参谋长关智强的陪同下，来到五棵松中队靠前驻防点检查指导工作，驻防点的大门上挂了一副对联：一抹红衣驻守，四方绿海安宁，横批"青山常在"。

驻防点院内被官兵们整理得井井有条，鲜艳的国旗迎风飘扬。训练场上生龙活虎，呐喊声此起彼伏，官兵们正在如火如荼地开展手拎灭火机百米赛跑、多人扛圆木、自制器械、滚圆木等课目训练。

走到一处库房前，郝江山扫一眼："这个库房是干什么用的？"

带队干部找到钥匙，打开库房："参谋长，里面都是我们'三清'时解救的小鸟和动物，都是受了伤的，我们打算养好后再放归自然。"

郝江山走进仓库抬头看去，只见满屋笼子里都养着受伤的鸟兽，眉头一紧："怎么有这么多？"

中队干部有些无奈："现在的捕鸟设备越来越先进了，支队和森林公安、林场的同志们都多次开展拉网式清理，可清不过来啊。"

郝江山退出仓库，关上门说道："解救鸟儿的时候，一定要戴上口罩和手套，防止禽流感。"

到了器械场，只听身后脚步声急促，回头一看，林场曲场长急切朝这边赶了过来。

曲场长大高个，虎背熊腰，面宽脸圆，脸上黑灿灿的泛着红光，仿佛挂上一层阳光似的釉彩，显得厚重质朴，是位典型的东北汉子。走到近前，握住郝江山的手说道："郝参谋长，你好，刚从保护区开完会，我就赶回来了！"

"辛苦了，太见外了，我不用陪，谢谢曲场长给驻防官兵装了净水器。"

曲场长有些不好意思："参谋长这么说就太见外了，咱们的战士确实了不起！上个月隔壁林场计划烧除跑火，那塔头墩子上面冒着烟，下面还有冰，战士们用手去挖、去刨，一个个的小手都裂了，晚上风大天冷就睡在地上，有时一天背着机具、给养转场十几公里，没有一个人叫苦喊累，真是太了不起了，我装个净水器算什么？"

"这是我们的工作，职责所在。"

曲场长抬头看了看远处的山影："有时我们送给养，漫山遍野就是找不到，后来我们发现哪里在冒烟，他们准在那里战斗，一找一个准。"

郝江山听到战士手冻裂了的事，走到器械训练场一位战士身旁："伸开手我看看。"

战士伸开手，沧桑的手像一个干久了农活的庄稼汉，干裂的口子一道一道的，和战士稚嫩的脸庞形成鲜明的反差。

郝江山从口袋里掏出一根火柴棍，对着战士手上的口子比量了一下，那口子火柴棒都能塞进去，他转身对关智强说道："深秋季节，老百姓在林区干活，用生猪油涂在手心和手背，使劲搓一搓，再往脸上擦一擦，手脸就不皴裂了，这个方法虽说是土了一点，猪油的气味也不好闻，但能解决问题。"

关智强应道："我们马上落实。"

曲场长不好意思地搓搓手，连忙说："这事交给我来办，我咋就没想到呢。"

郝江山看着正在训练的战士："秋防快结束了，这里天冷，战士们出现了不少冻伤，我们要想尽一切办法，保证不让战士们的手再裂口子了。"

检查结束后，工作组返程，大兴安岭林中傍晚，寂静中掺杂着一丝灵动，落日的余晖已在天边散尽，山间的路上，一辆越野车正在迅速地穿行。也许是有了些困意，正在开车的于连合打开了CD，班德瑞《森林中的一夜》在车厢内飘来飘去。

郝江山坐在副驾驶位置上，把防火指挥图摊在腿上，手指捋着等高线看着山形的走势，关智强的指挥车在越野车后面紧紧跟着。

恍惚之间，于连合眼前一个黑影一闪而过，车体猛地向上一抬，于连合连忙一脚踩住刹车，郝江山伸手捡起掉到脚下的指挥图，转头问："怎么回事？"

于连合脸上冒起了冷汗，声音有些发颤："好像撞到东西了。"

郝江山立即下车，借着车灯弯腰一看，只见一只体型巨大的黑熊头朝里、屁股朝外地卡在了车底下，两只前爪压在身下动弹不得，看见有人过来，还不停地龇牙咧嘴，后腿一蹬一蹬的，车也不停在摇晃。

于连合长舒了一口气，擦了擦汗："哎呀，咋撞到这个黑瞎子了，看样子还挺凶啊。"

郝江山围着车转了一圈，又看了看这熊，笑着说："还好车速不快，这黑瞎子也是壮实，没咋伤，就是破了点皮。"

后面的关智强也下了车，急忙跑过来，有些惊讶："这么大个，这怎么能弄出来呢？"

关智强的司机也跑了过来说："我的车上有千斤顶，把车支起来，熊就能出来了。"

关智强心想这小子咋一根筋，瞪了司机一眼："你要能打过它，你就把他顶出来，这家伙少说也有几百斤，老虎都得让着它。"

司机臊了个红脸，吐了吐舌头，赶忙去车里拿出几瓶矿泉水递给郝江山几个人。郝江山接过矿泉水，喝了一口，突然灵光一闪，转头问："关智强，你去问问曲场长的酒还有没有？"

于连合一拍手："我明白了，您是要把熊灌醉！这可是个妙招！"

关智强掏出手机一看："参谋长，这里也没有信号啊！"

郝江山也掏出手机看看："老于，你去林场取吧，再多拿点馒头。"

于连合答道："是！"立马跑上了关智强的车，掉头向林场开去。

关智强还在后面调侃于连合："老于，你这回可瞅准了。"

不大一会儿，于连合和曲场长都来了，曲场长一下车就喊道："郝参谋长，本来我都睡觉了，一听老于说有这种新鲜事，我这赶紧过来瞅瞅。"

郝江山笑道："曲场长，辛苦了。"

曲场长走到车前："哎呀妈，好大的家伙。"

郝江山招呼于连合："咱们快点吧，我看这熊很疲惫了，万一挤压到内脏就不好办了。"

关智强转头招呼司机："快去帮老于把馒头泡上。"

曲场长撸起袖子，从车上拎下一个桶："我车上还有椴树蜜，都和一块。"

于连合折了一根长树枝，将泡好的馒头串在上面，伸到黑熊嘴边，一开始它很警惕龇牙咧嘴不肯吃，但架不住馒头和蜂蜜香气的诱惑，先用鼻子嗅了嗅，又伸出舌头舔了舔，而后张开血盆大口，眨眼间七八个馒头就下了肚，但丝毫没有昏睡的架势。

关智强回头埋怨："老曲，你这是不是假酒啊，怎么光喝不醉呢？"

曲场长拎起桶，提到关智强面前："你看看，这可是嘎嘎纯的60度小烧，本来是给你们留的，可你们有'禁酒令'，我才拿来给它喝了。"

关智强开玩笑："咋的，我们跟狗熊一个待遇啊？"

黑熊一口气吃了10个馒头。

"没事，让它多吃一会，可能也是饿了，要不它不会这么着急过马路。"于连合又喂了黑熊几个馒头后，黑瞎子眼睛开始迷离，显出醉意来了，嘴里还发出嘤嘤声。又过了一会儿，终于低下了头，沉沉地睡去，不再闹腾了。

郝江山屏住呼吸，用树枝捅了捅黑熊，没有反应："看来是真的醉了，快把千斤顶支上。"

支上千斤顶后，郝江山等5人喊着口号，费了吃奶的力气才将黑熊拖了出来。

曲场长擦擦汗："真沉啊。"

关智强揉揉肩膀："这黑瞎子酒量也不行啊。"

曲场长："我得拍个照，我孙子最喜欢看黑瞎子保护森林的动画片了。"

郝江山给黑熊消毒后，又用纱布进行包扎，站起身："咱们今天晚上就在这里睡吧，将车横在两旁，防止有车路过时误撞它。"

关智强："参谋长，咱们上车吧。"

大兴安岭的夜空繁星点点，天上的星河洒下光辉，像森林女神的面纱，浅浅地遮住林中的神秘。郝江山等人已在车里等了好几个小时，车窗已经挂起了薄薄的霜花，关智强无心看夜景，转头和曲场长打趣："老曲啊，你咋弄这么高度数的酒，幸亏我们有'禁酒令'，没有喝你的酒，狗熊都受不了，人不得喝坏了啊。"

曲场长大眼一瞪："说度数不够的是你，嫌度数高的也是你，你个'关山通'

不讲道理嘛。"

车内响起欢快的笑声。

过了一会郝江山看着窗外的霜，若有所思："天有点凉啊，关参谋长，现在夜间扑火官兵们还是睡鸭绒被，零下 20 多度，一天两天还可以，时间长了怎么能行？"

关智强无奈："咱们都是轻装上阵，携带太多的辎重，肯定会影响机动应急能力。"

郝江山："所以我们要研究怎么样才能提高部队在寒区遂行灭火作战的后勤保障能力……"

凌晨 4 时，东方已泛鱼肚白，于连合用胳膊捅了捅郝江山："参谋长，醒了。"郝江山睁开蒙眬的睡眼，向窗外看去，透过霜花的缝隙，看到黑熊终于醒了，它跌跌撞撞、脚步踉跄地钻进了草棵子里，不一会儿就消失在密林中。

郝江山等人看着黑熊憨态可掬的样子都开心地笑了起来。

5

沾河林业局突发火情，郝江山与联指两名指挥员在飞机上观察火势，并勾画着火场态势图。通过观察，郝江山断定，火场是树冠火蔓延开来的，火线延伸得很长，黑色的烟柱在不停地向上奔涌。联指李指挥员透过舷窗对郝江山说道："郝参谋长，你看那片中心地带，就是小兴安岭最好的一片红松母树林，面积 1461 公顷、有 12 万株红松，火场形势不乐观呀。"

郝江山刚想和他探讨一下火情，只听电台突然传来急促声音："没控制住的火线有蔓延，控制住的区域也有复燃，我部扑打区域气温高、风力大，暂时无法接近火场。"

郝江山看着舷窗外的森林："由于几年前的风灾，导致火场附近 3 万多株林木倒伏，形成了大面积'倒木圈'，林火烧入其中，火墙厚、火势猛，热辐射使官兵无法靠近，我建议联指紧急调集 M-26 和 171 直升机，实施吊桶洒水作业，降低火强度。"

联指立刻采用了郝江山的建议，M-26 飞机很快就飞抵火场，几桶水下去，火势明显小了很多。郝江山立刻命令伊春、牡丹江、佳木斯支队利用吊桶洒水间隙，迅速接近"倒木圈"，集中灭火机扑救明火，进一步扩大战果。

看着头顶飞过的 M-26，作训科长徐玉麟兴奋地对郝江山说："参谋长，这巨无霸威力太猛了，飞机每洒一桶水，火场就是一片惊叫声和欢呼声。"

郝江山点点头："汶川地震时，国家林业局顾全大局、果断决策，指挥正在林区待命的 M-26 直升机赶赴唐家山堰塞湖救灾，吊运推土机、挖掘机、装载车等大型工程设备和油罐到救灾现场，发挥了重要作用。"

徐玉麟看着飞机有些眼馋："要是给咱们总队配两架就好了。"

郝江山："装备是国家实力的体现，这大家伙对初发火能起到决定性作用，咱们国产直升机也快列装了。"

此时在江西景德镇，直升机支队正在紧锣密鼓的组织训练，张放和战友们受领了飞行训练任务，来到停机坪进行飞前检查，一切工作有序进行。王吉祥早已在停机坪等候："张放，你去检查一下直升机轮胎压力。"

景德镇的天气炎热，直升机轮胎在烈日的照射下仿佛冒着热气，张放跑到位置，用脚在轮胎上踩了几下："大队长，压力正好！"

看到张放的举动，王吉祥脸色瞬间阴沉："谁让你拿脚踩的？你没长手吗？过来！"张放支支吾吾不敢说话，王吉祥黑着脸："集合！"

集合完毕，王吉祥站在队伍前面："给大家讲一个故事，我毕业刚分到飞行大队时，一上飞机时就腾地一下冲上去，机身上留下个深深的大脚印。"王吉祥的目光扫过所有人，看到张放低下了头，王吉祥顿了顿："当时老团长直接给了我一巴掌，教训我说，飞机是有灵性的，它是你的兄弟，你的亲人，你对它好，它才对你好！"

王吉祥又接着说道："你愿意把飞行当成职业、事业，还是艺术呢？当成职业，遵守飞行守则足矣；当成事业，则要钻研业务飞好；而一旦当成艺术，则会把战机的性能发挥到极致，你将体验到人机合一的完美境界。"

张放小声说："对不起，大队长，我错了！"

终于等到飞机交付时刻，两架直升机整齐地停在停机坪上，远处官兵整齐列队等待着这历史性的一幕。

"嘭！"绿色的信号弹升起。

"塔台塔台，WJ91001 号机呼叫，WJ91001 号机呼叫，请求起飞。"

"WJ91001 号机可以起飞。"直升机机轮缓缓离开地面，慢慢升到空中，现场的官兵们看到这一幕，内心激动得无法言语。

"塔台，WJ91001 号机呼叫，直升机支队 WJ91001 号机、WJ91002 号机请求实施转场。"

"WJ91001 号机，你部可以实施转场，祝你们转场顺利。"

"WJ91001 明白，再见。"

红色的身影从视线中慢慢变小，官兵们欢呼雀跃，从此森林部队终于插上了钢铁的翅膀，开始翱翔于祖国北疆的万里林海。

大庆直升机支队外场机库前停机坪上，锣鼓喧天，彩旗招展，百余名官兵整齐列队，不时向西南方向眺望，官兵喜悦心情溢于言表——支队两架直升机圆满完成改装试飞任务，正式转场归建至大庆基地。

迎接队伍中不知谁喊了一句"来了，来了！"队列中的官兵开始兴奋起来，机库门前彩虹门下出席迎接仪式的森林指挥部、黑龙江省森林总队和大庆市委等领导，大家不约而同地循声望去。

郝江山看见在遥远天际的云朵下，有两个小黑点在一点点移动，心想，我们森林部队终于有自己的直升机了！

直升机距离支队至少还有十几公里，孙干事调节了焦距，在他的摄像机镜头里出现了两个不停晃动的小黑点。直升机越来越近，发出的轰鸣声和官兵锣鼓声混合在一起，奏成了完美的交响乐，橘红色的机身在蓝天白云的映衬下格外清新美丽。螺旋桨产生的巨大气流，激起了地面上的尘土，带来了一股疾风，孙干事手中的摄像机开始晃动起来，灰尘沙粒吹在脸上，眼睛也被迷了，他半睁双眼坚持把直升机落地的画面全部拍摄完毕。

王正奇稳健地走下直升机，程宏远手捧鲜花来到他身前，送上鲜花。

两道目光交汇在一起，两双大手紧紧地握在了一起，两个男人紧紧拥抱在一起，泪水夺眶而出。

直升机支队大庆基地举行启用暨授装仪式，八架橘红色带有"中国武警"字样的直升机停落在队伍后，在橄榄绿的映衬下，格外引人注目。武警部队领导和国家林业局领导一起揭下挂在直升机机舱门上的大红绸花，正式为直升机支队授装。支队长王正奇、政委程宏远代表支队官兵接装，全场报以热烈的掌声。直升机支队官兵都眼含泪花，久久无法平静。

王正奇带领 20 多名气宇轩昂、豪情满怀的蓝天骄子迈着整齐步伐，走上主席台庄严宣誓："我宣誓，像爱护自己的生命一样爱护装备，严格遵守武器装备管理规定，正确操作使用武器装备，保守武器装备秘密，确保武器装备安全。"铿锵有力的誓言响彻大庆油城。

看着眼前矫健挺拔的飞行员和威武雄壮的直升机，武警部队司令员的讲话铿锵有力："从今天起，我国森林航空防火灭火战线又增加了一支专业的空中力量；武警部队又多了一支救灾、反恐和维稳于一体的空中力量；森林部队也真正有了第一支自己的空中力量。作为第一代森林航空兵，你们使命光荣，任务艰巨。军人生来为打仗，大小兴安岭的茫茫林海，长白山脉的万里绿荫，内蒙古的繁茂百草，从此有了你们的守护将更加安全，作为第一代创业人，你们完成了从无到有的变迁，创造了'大庆模式、深圳速度'的奇迹，下一步你们的任务会更加艰巨，我期待你们创造更加辉煌的未来……"

<h2 style="text-align:center">6</h2>

中国武警十大忠诚卫士评选表彰自1998年开始，每年进行一次，森林部队先后有4名官兵获此殊荣。2010年，大兴安岭支队于连合又当选了。5月7日，黑龙江省森林总队组织全体官兵观看第十三届《中国武警十大忠诚卫士颁奖典礼》，

于连合身着戎装，胸前的奖章熠熠生辉。主持人现场采访于连合："在你23年的士兵生涯中，干过锅炉工、出纳员、当过驾驶员、管理员，还有修理工，在每个岗位你都兢兢业业，取得优异成绩，你是怎么做到的？"

"我是一个比较守旧的人，无论干上哪一行，干熟了有了感情，就舍不得再改行。其实对调换岗位我也有想法，也去找过领导，可领导说这是岗位需要。我心想，领导看重我，我就得干好。人最大的需要就是被需要，如果有岗位和事业需要你，这就是你存在的最大价值。"

主持人又问："你是你们总队最老的兵，听说支队领导都是和你同车皮来的战友，大队长还是你带的兵，你天天都在干着那些平凡琐碎的工作，心里难道就没有落差？"

"正因为我是最老的兵，才不能倚老卖老，而是要做好榜样。我总觉得，部队事业很神圣，只是分工不同，细小琐事更能检验一个人的品格，能把平凡小事做好，就是不平凡！"

主持人接着问："刚才事迹短片介绍，遇到任务险情，领导和战友都能最先找到你，而家中遇到急事苦事难事，父母妻儿却见不到你，你妻子生孩子你都没有陪？"

"这些年部队任务重。1996 年 3 月我媳妇生孩子，原打算好好陪她，可眼看还有 10 天就临产，部队却接到驻防命令。我随部队去了 200 公里外的青林执勤点，一走就是 3 个多月。那时没有电话，媳妇生的是男是女我不知道，得了产后热住院 30 天我也不知道。等到六月底下了防急匆匆地赶回家，我的孩子已经过了百天。媳妇看到真的是我回来了，愣了半天，一句话也说不出，蹲在地上就哭了。"

"这些年你妻子吃了不少苦。今天我要给你一个表达的机会。下面，让我们用热烈掌声有请嘉宾、于连合的妻子张燕上场！"

张燕走上台，接过礼仪女兵手中鲜花，献给丈夫于连合，尔后站在于连合旁边。

主持人开始采访张燕："嫂子，连合获奖了，你高兴吗？"

"高兴。"

"当兵的顾不上家，你埋怨过他吗？"

"没少埋怨。我们结婚 16 年，孩子出生、老人生病，他都在林区执勤，家里大大小小的事，他都顾不上，有时我气得问他，难道我们娘俩就不如你车上的一颗螺丝、一节链轨吗？可是，看他取得了成绩，我又觉得吃的一切苦，都值了。"

"连合在乎你吗？你从哪儿能感受到？"

"很在乎！我们结婚第 6 个纪念日时，我花了一百多块钱，给他买了件衬衫，托人捎到他们打火的驻地，他高兴得穿上就不想脱下来，谁知他扑火时没来得及脱，衬衫烧坏了。他怕我心疼，撤防时专门先去买了件相同的穿上才回家，我知道后很辛酸。他虽然在乎我，但他哪里知道，我心疼的不是衬衫，是他这个人！"

"嫂子，那连合在纪念日里给你送过花吗？"

"没有。"

"连合，今天你要把平时生活中亏欠嫂子的当着大家的面表达出来。"

于连合动情地将鲜花献给张燕："媳妇，跟着我你受苦了，我会好好待你们娘俩的。"说完便紧紧拥抱在一起。

主持人在一旁解说道："嫂子出生在大兴安岭，从小到大除了跟于连合回过几次在汤原的老家外，就再没走出过大兴安岭，她最想来的就是北京，今天终于实现了这个愿望，不仅来了，而且以嘉宾身份出席了庄严隆重的颁奖典礼，她觉得太幸福了！"

张燕此时也是热泪盈眶，她为自己的丈夫感到骄傲、高兴，所有的酸甜苦辣，都化为此刻的幸福："此时此刻，我要特别感谢武警党委首长和机关的领导，让我圆了来北京的梦！"

主持人说道："在这里，我也向所有的军嫂表达崇高的敬意和深深地感谢！让我们再一次以热烈掌声感谢张燕！"张燕鞠躬致谢，在观众热烈的掌声中退场。

此刻，雄浑的背景音乐响起，主持人高亢地诵出第十三届中国武警十大忠诚卫士评选组委会给予于连合的颁奖词："他用23年的漫漫时光，谱写了一部红色与绿色的交响乐。这个一次次穿行在红色烈焰中的身影，把'赴汤蹈火'四个字演绎得荡气回肠。他是中国东北角那片森林的卫士，绿色永远是他高于生命的守护。"

郝江山等战友在电视机前，心里想着于连合这些年的不容易，眼中流出了热泪，仿佛他就是自己，自己也是他。

7

初秋时节，天高云淡。一场别开生面的党委议中心会议正在总队作战指挥中心进行着，身着迷彩服的官兵们专注观看着俄罗斯森林大火的录像资料。

录像放完后，郝江山率先发言，直奔主题："俄罗斯这场森林大火范围之广、损失之大、危害之重，在世界森林火灾史上是非常罕见的。刚才的视频，一连串的问号拷问着我们，火怎么着这么大？为何不能得到有效控制？如果我们遇到这么大的火该怎么办？"

会场气氛凝重，大家表情严肃，韩为民总队长打破沉寂："综合分析引发此次俄罗斯大火的深层次原因，主要在于俄罗斯对森林保护特别是森林防火重视不够，存在组织机构不健全、火源管理不严、扑救力量不足、应急处置不力等诸多问题。其中一个最重要的原因是，俄政府因改革撤销了联邦林业局，使森林资源保护缺乏强有力的林业行政管理部门和完善的森林防火组织体系，这场火灾损失惨痛，教训十分深刻，也给我国森林防灭火工作敲响了警钟。"

祝国安政委发言有条不紊："总队长的剖析直指要害，扑救这场火灾主要依靠俄紧急事务部的力量，国防部虽然派出了一万多人参加灭火，但大多数救援人员缺乏森林灭火专业知识，再加上政府在防火监测等基础设施上没有太大投入，森林保护基本处于不设防状态，发生火灾后政府反应迟缓、处置无序。"

剖析一针见血，从容论断，连发感慨，听者醍醐灌顶。

郝江山提出了自己的观点："此次俄罗斯森林大火，米—26、别—200等大型飞机和先进装备在扑火中发挥了重要作用。相比之下，我国的森林消防装备尤其是航空森林消防较为落后，航空灭火飞机匮乏，一旦发生特大森林火灾，处置工作面临更大困难。我们森林部队应加快直升机支队建设步伐，引进大型直升机和大型专业灭火设备，加强大型防扑火设备的研发、改装和配备，提高森林防火机械化和航空消防水平。"

消除打仗"能力差"，先从"中军帐"开始。常委们你一言我一语，讨论非常热烈，紧盯影响和制约部队战斗力提升的"瓶颈"问题，剥茧抽丝理出问题主线，森林部队专业化道路究竟向哪走、该怎么走？"换脑"势在必行，提升部队新质战斗力迫在眉睫！

党委议中心会结束后，总队下发了《大抓实战化军事训练的意见》，按照环境真、内容难、考核严、演练实的要求，加大实战化训练力度，切实把大讨论成果落实到真打实备、提高战斗力上来。

部队实战化训练到底抓得怎样？郝江山一直挂在心上，决定下基层查个虚实。小兴安岭直属大队训练场，两个中队正在组织灭火作战拉动演练，看上去程序比较规范、要素比较齐全。检查发现，两个中队背台词、走程序等"演"的痕迹很重，任务分析研判不全面，编携配装和以车代库要求落实不好，演练的全套程序都如出一辙，连说的话、做的动作都一样，实战训练质量和效益大打折扣。

郝江山深入一线了解，虽然新大纲规定，训练进程由时间调控变为质量控制，但两个中队为了图省事，共同研究形成了一套灭火拉动演练"规范流程"，一套流程两家用，结果大家"绑"在一起"齐步走"。

新大纲让基层自主训练的权力大了，为何运用不好？机关指导大中队实战化训练作用体现在哪里？统放结合究竟应该怎么统、放到什么程度？在大队干部实战化训练形势分析会上，郝江山提出一连串的问题逼着大家去思考。

一套完整闭合的实战化训练督查制度形成了。总队集中三天时间开展实战化专业训练演练业务辅导，对新大纲和训练演练规定详细解读，组织全总队视频观摩灭火拉动演练组织程序和训练模式；支队按照基层实战训练安排，集中审定基层拉动演练方案和流程，常态化进行视频拉动检查，重点查问题纠不足治短板，适时进行讲评通报，纳入基层建设考核评比活动；大队每周统一审查中队计划，各级主官随队训练，加强训练指导，及时帮助解决训练问题。

两周后，郝江山再次来到这个大队，不打招呼紧急拉动了两个中队灭火实战演练，规范的流程、精准的指挥、灵活的战术和实战的氛围，让他感到很欣慰。

8

实战化训练在基层如火如荼地展开。飞行大队利用早操时间组织器械训练，张放最后一名完成动作从器械上下来时，突然发现身边多了一个人，程宏远不知何时站到了队伍中。

看着张放下杠时的动作，程宏远点点头："数量上还可以，但是动作还不够标准。"

张放心里有些不服气，心想你行你上呀。

正在组织训练的王吉祥接着说："咱们政委可是在全国森警部队组织的第二届大比武时的状元。"

大家一下子把目光都投向了程宏远。

"好长时间不摸了，看着你们练器械我也手痒痒。"程宏远以标准的上杠动作走到双杠中间，膝部微微弯曲，身体重心下移，双手变掌从身后移至杠端，身体顺势跃起，一气呵成的标准二练习，让在场的年轻官兵都自愧不如，张放等不由自主地报以热烈掌声。

看到大家赞许的眼神，程宏远又和大家一起交流起器械训练的一些技巧和使用方法，并进行了现场教学，示范了单杠二练习卷身上，让大家受益匪浅。

冬日的早晨，寒风凛冽。直升机支队参训人员已经整齐列队，向训练场走来。今天是第一个飞行员日，张放开展航行课目，配合机械师认真检查着直升机的每一个部位。

张放正在检查后舱门时，程宏远已经冒着寒风走到他身边，笑着问道："这么冷的天飞行适不适应啊？"

张放听到政委的声音，急忙回头，立正道："政委，我已经习惯了！"

程宏远又嘱咐道："天气冷，一定要注意保暖，不要感冒影响飞行啊！直升机加温系统现在工作怎么样，机舱里还冷不冷？"

张放笑道："谢谢政委，我穿飞行皮夹克呢，不冷，您也要注意身体啊。"

程宏远发出了爽朗的笑声，又对王吉祥说道："张放的飞行进度和飞行技术水平现在怎么样？"

"政委，小张是这批飞行员技术提高最快的。"

程宏远非常高兴，拍了拍张放的肩膀："小伙子，好好飞！"

"是，政委！"

待张放检查完直升机，准备上机时，程宏远又与机组成员每个人紧紧地握手："一定要注意安全！"

进入了飞机，坐在机舱里，张放透过窗看见瘦小的程宏远又走向另一架直升机。

张放今天的课目是感受空域。按照规程，张放认真检查接收了直升机，抿了抿嘴，深呼吸了一下，紧张、激动的心情在脸上浮现，看了看王吉祥，王吉祥点了点头，在王吉祥的帮助下启动了点火开关，拧油门环，发动机飞快地运转，带动旋翼强力旋转。地面启动后，跟随王吉祥的动作共同操纵，直升机平稳离地。到达空域800米后，王吉祥偷偷放手由张放来操纵，飞机平稳地做着起飞、上升、下滑以及盘旋。第一次实际飞行，张放高度紧张，精力专注于直升机的状态变化及数据保持。

王吉祥见操作平稳说道："现在是你一个人在操纵！"

张放一紧张，直升机数据立刻发生了变化，在穿越一层薄雾后，直升机一直保持着15度的坡度飞行。

"你还没有改平。"

"飞机就是平的啊，没有坡度啊。"

"你出现错觉了。"王吉祥耐心地引导："检查地平仪，坚信仪表指示。"

有些错觉的张放努力了多次，仍然不自觉地形成坡度，他瞬间头上渗出了汗水，脸色苍白，偷偷瞅了一眼王吉祥。

王吉祥："你要坚信仪表飞行，就算感觉飞机是歪的，你也得歪着飞回去！"

张放看着仪表一直保持地平仪水平，同时伴有前庭功能的错乱感飞行了20多分钟，王吉祥不断引导张放正确的注意力分配，逐渐消除了错觉："发生错觉后，对人的精力和体力消耗是很大的，如果自己没有察觉，飞行中会很危险，飞行员在云中或者能见度不好的气象条件飞行出现了错觉，只能坚信仪表。"

王吉祥与爱人丽琴，聚少离多，程宏远知道后为他们协调了一套公寓房，希望他们尽快结束牛郎织女的生活。

接到王吉祥电话后，丽琴拎着包抱着两岁的女儿甜甜就出发了。在加格达奇火车站等车时，甜甜要喝水，她晃了晃卡通小水壶，便走到附近摊位买了一瓶矿泉水。

这时甜甜看见正在防火宣传的王火生就跑了过去，并拉着他的裤子喊道："妈妈快来，爸爸！爸爸在这儿。"

甜甜边喊边晃着王火生裤子，丽琴跑了过来抱着女儿连声说着："对不起，对不起，这丫头认错人了，她爸爸也是当兵的。"

王火生有些动容，下达口令让在场的官兵集合。

甜甜开心极了："妈妈，你看好多爸爸，好多爸爸。"

站前广场边，围起了许多人，大家都看着这位天真可爱的小丫头和森警战士。

"敬礼！"二十多名官兵举手敬礼，丽琴感动得哭了，王火生和战士们的眼睛湿润了。

近年来，美国、俄罗斯和希腊发生森林大火的扑救案例说明，吊桶洒水是航空灭火最有效的方式，适用于扑灭原始林区、深山区和高山区的森林火灾，尤其是扑救发生在山高林密、人烟稀少、交通不便、火场距离道路较远地区的雷击火，扑火效率最高。特别是我国大小兴安岭、长白山林区和西南地区，水系发达，水资源丰富，更有利于实施吊桶灭火，但把硕大的吊桶从水源地拎到火场上空，绝非举手之劳。吊桶灭火对飞行技术要求高，必须经过严密系统地训练才能执行，同时，吊桶试飞是高难度训练课目，由于受重力和风速影响危险性极大。

第一次吊桶取水训练马上就安排上了，王正奇操控直升机从 260 米的高度均匀下降到距水面 45 米悬停，然后垂直缓慢下降，待吊桶没入水面，注满水后缓慢拉起，整个动作干净、流畅。取水完毕的直升机保持短暂的空中悬停，待吊桶稳定后迅速复飞。王吉祥和张放等看着支队长完美的动作，不禁拍手叫好。

悬挂硕大吊桶的直升机再次升空，飞行不到半个小时，王吉祥突然感觉直升机突然抖了起来："不好，有气流！"来不及多想，他命令副驾驶张放："你观察机载设备工作！"

"机械师，观察吊桶摆幅情况。"

"摆幅 5 度、10 度……"

在巨大的惯性作用下，机身明显跟着晃动。

"91004，注意安全，准备抛桶。"

王吉祥用双手紧握操纵杆控制机身减少摆幅，用最大功率向上硬拔对抗气流，十分钟后，直升机慢慢恢复平静，怒吼着冲出气流。

直升机吊起吊桶，犹如雄鹰吊着猎物一般，红色的雄鹰平衡精准地飞到了取水池塘上空，雄鹰垂直而降，此时吊桶垂直平稳地落在了水池正中。

第三十章　实战砺兵

1

武警黑龙江省森林总队新建成的作战会议室，宽敞明亮，功能齐全。指挥部沈浩宇司令员带工作组正在此召开武警森林部队"生态使命—11"演习推进部署会："同志们，这次演习是森林部队全面展示机械化、信息化建设阶段性成果的重要平台，也是森林部队组建以来规模最大、层次最高、要素最全、模式最新的一次实兵演习。届时，国家林业局、财政部、武警部队、省委省政府等领导将莅临现场给予指导，演习成功与否，意义重大，影响深远，一定不能失误！"

韩为民总队长表明了决心："请司令员放心，我们一定会保质保量完成任务！现在由郝参谋长向您简要汇报前期准备情况。"

沈司令员点了点头。

郝江山齐步走向演习区域图，依图汇报了演习前期准备工作，沈司令员不时提出指导意见。

工作组和总队各级领导认真记录着，沈司令员又说："听说你们搞了一个灭火作战指挥信息系统？"

郝江山摁了一下控制器，沈司令员面前升起一个电脑屏幕。

韩为民总队长面露微笑："司令员，这是我们总队结合森林部队任务特点，组织研发的专业指挥信息平台，主要包括指挥控制、辅助分析、要素监控、信息查询和系统管理五项内容。通过融合指挥要素环境和火情侦察系统，利用有线、无线、卫星通信手段，实现了横向融合、纵向贯通、全域覆盖的灭火作战指挥体系。"

郝江山补充道："空中侦察结束后，前指人员将空中侦察数据导入灭火作战指挥信息系统，可对火情进行综合分析判断。"

沈司令员顿时来了兴趣，说："导一个，我看看！"

郝江山："我们现以上周大兴安岭林业局东风林场附近发生的雷击火灾为例。"

信息数据条满格后，郝江山利用灭火作战指挥信息系统查询火场周边的作战信息，通过查询，屏幕立刻显示：当前火场天气晴，温度 23 度，西南风 3—4 级；距离火场最近的部队是大兴安岭地区森林支队一、二、三大队……火场相关信息应有尽有。

郝江山边操作边说："我们还可利用徒步路径优选功能，计算接近火场的最佳路线、时间和距离。"

沈司令员点点头看起来很满意，示意郝江山说下去。

"该系统能够根据火场综合信息，预测分析火场发展趋势，自动生成辅助决策建议，为指挥员正确决策提供科学依据。"

"当前 1 号火场火线长约 10 公里，火头主要向西北方向发展蔓延，如不能有效控制，东风林场万亩樟子松种子林将遭受严重损失。您现在看到的是未来 12 小时的火场发展趋势……"郝江山又介绍了系统独特的决策建议辅助生成功能。

沈司令员很满意："我看这个系统很好，解决了灭火作战中存在的很多难题。现在我们的直升机支队也建起来了，森林部队要向现代化迈进，大家的思维要转变，这方面你们做得就很好，现在这个软件的作战区域能覆盖到全国吗？"

"现在主要覆盖到东北林区。"

沈司令员指出："我们森林部队下一步的建设方向，就是要着眼灭火指挥由传统型向信息化转变，灭火组织形式由以森林部队为主，向军警民联合作战转变，逐步由直接灭火实现间接灭火。这次演习既是对森林部队遂行灭火作战能力的一次检验，也是对森林部队现代化建设成果的一次展示。"

这次演习，根据安排需要直升机支队派出 6 架直升机参演，程宏远和王正奇的信心很足，但其他常委都有很大担忧，五十年空军，一百年海军，森林航空兵要想形成战斗力，不是一年半载的事。刚刚列装不到半年，如果不参加，指挥部领导也是能够理解的，支队刚开训就参演，失手怎么办？安全工作可是保底工程。最后还是支队长王正奇一锤定音，道出了直升机支队第一代创业者的心声，演习必须上，训练怕丢脸，火场就丢命。大火会等准备好才着吗？我国空军就是在朝鲜战场实战中学会飞行的！

直升机很快就进驻到了大兴安岭，经过一天调整，第二天王正奇就驾驶直升机飞到空中观察演习场地，记录各种飞行数据，标绘演习地标。训练中很快就发现了问题，单机吊桶载水量有限，如果遇有特大火灾，吊桶装的水洒下后可能雾化，反助推火势。

王吉祥提出可以改单机吊桶洒水为四机跟进洒水，用量变促进质变。四机吊桶是飞行精英间的强强联合，需要长期严格训练达到配合默契、整体划一，相当于四个射手在运动中利用最短时间依次瞄准射击，命中同一靶心。四机吊桶的难度就是要保证四个百分百和四个十环，四个百分百就是四架飞机要百分百成功取水，四个十环就是四机要在最短时间内，精确地将吊桶里的水洒在同一火场目标。

这件事说起来很简单，做起来却困难重重，反对的声音也不少，还没学会走，就想跑，这要是出了事怎么办？最后又是王正奇定了决心，练为战，不能因怕出事而练为看，不管四机吊桶难度有多大，这块硬骨头都要坚决啃下来！

指挥部、总队各级参演要素人员也来到大兴安岭，对演习区域周边地形、道路、植被、水系等要素分布情况进行勘察。郝江山穿着水靴带领工作组和黑龙江省森林总队官兵在演习场地进行实地勘察，他边看地图边指着前方说道："各课目位置的设置、兵力部署地段和立体输送方位都确定了吗？"

"前期我们通过特种车辆计数与徒步卫星定位仪精确测量相结合，已对演习各区域面积、长度、高程、坡度等要素进行了多次测量。"大兴安岭支队参谋长关智强回答道，同时指着地图："这里就是 5 个火场位置。"

郝江山点了点头："具体的火场设置你们再好好研究研究。"

天气炎热，日头正烈。郝江山站在 531 履带式消防车上进行勘察，一会他又钻进车里不停地擦汗。

于连合看着郝江山发红的脸和不停流的汗，劝他："这天太热了，要不咱们回去吧，这点事参谋们干就可以了。"

郝江山一边擦汗，一边说："不行，只有亲自走完每一个点，我心中才能有数。"

"您还是和当中队长时一样，一点没变。"

"咋没变呢，头发都白了。"郝江山哈哈大笑。

2

距离演习还有一个月，演练准备更加紧张，加格达奇航站，直升机支队飞行员在地图上分析演习火场情况；机务中队官兵在认真检查飞机；装甲车训练场，于连合对装甲分队驾驶员进行培训；火线布置现场，一队队官兵在运送柴草，马日史初在对烟点进行布控；宿营地内，火场政治工作开展得有声有色，后勤保障坚强有力。

傍晚，宿营地帐篷内各班正在组织"我为演习做贡献"大讨论。郝江山循声走进一个帐篷，正在组织讨论的中队长叫王火生，看郝江山疑惑，便道出名字来历："我的名字是一位叫郝胜茂的首长起的，我是在87年'5·6'盘古大火中出生的，父亲常说没有森警就没有我，所以我就来当森警了。"在得知郝江山的父亲就是郝胜茂后，王火生很激动也很惊讶。

郝江山坐到帐篷内的小床上，仔细询问了战士们各自的任务，看战士们的手和脸被蚊子和小咬叮了很多包，便要求门诊部邱主任给每人配发一顶防蚊帽，另外花露水等防蚊药品也要多贮存一些。又摸了摸官兵的被子，叮嘱大家演习场地早晚水气大，被子还要勤晒。

到了指挥帐篷，参演人员正在紧张地筹备着推进会。郝江山指着参演地图，直截了当说道："这次演习要通过常规、以水、以化、机械和直升机灭火等实兵演习形式，体现出森林部队灭火作战多种火情、手段和战法。大家都汇报一下演习准备情况，提提建议。"

直升机支队支队长王正奇："演习中，我们直升机支队将采取超低空火场侦察、机降索降快速运兵、四机跟进吊桶灭火等方式进行，现在正在加紧训练。"

郝江山叮嘱道："直升机支队刚刚列装就来参加演习，有很多工作需要做，我们参演的地面部队要与直升机支队勤沟通、多协调。演习中，指挥部导演部将通过灭火作战指挥信息系统实时控制演习进程，信息化这一块是重点，我们要力求通过实战检验森林部队信息化指挥控制、辅助决策和通信保障能力。"

通信科长："明白。"

大兴安岭支队特种大队大队长："各位首长，我们大队担负特种车辆灭火任务，经讨论认为，利用8台SXD-09履带式特种车和4台NA140车，采取'混编开进'、'一线扑打'、'递进超越'和'迂回清理'战术比较合适。"

郝江山插话道："特种车辆灭火要体现快速灭火，体现特种车辆战术。这个亮点要体现在森林部队由人力直接灭火向机械灭火转型。五个阶段都有不同的亮点，这些亮点应该说是发展方向，从一定程度讲，应该引领着森林部队将来灭火手段、灭火战法的发展方向，大家一定要调研好、论证好、演练好。下一个。"

军医于昌明汇报："经过改装，电子点火装置可以实现超长火线同时起火。"

关智强补充道："这个是于军医的发明专利，仅此一项就节约了经费50万。

我们这个军医，不仅能看病，还懂打火、会修理，一年下来，光维修费就能节省不少钱。"

郝江山心想真是一专多能人才，指挥部一位领导笑着说："不会打火的修理工，就不是个好军医！"

水泵分队王火生汇报："我们采取的是'多点突破、递进超越'战术，将 20 个水池预设在便于铺设的位置，管带手可以边行进边接近火线，120 吨水可以满足 18~20 分钟使用，这里没有考虑到管线灭火。"

"用不上 20 个水池，管线车到位后可以输水 10 公里。"郝江山问道："管线车什么时候到位？"

总队后勤部李部长："7 月 20 日之前可以到位。"

关智强问："450 米计划使用多少台水泵？"

王火生算了一下："20 台泵分 10 个组，包括接力的。"

关智强建议："地空这块，可以再预设一伙人。以水灭火和地空结合灭火是否可以换一下？以水灭火的位置不变，改成第四阶段，顺序调整一下。"

郝江山想了想："关于五个阶段的顺序，要等合练看过后再做调整。还有政治工作和后勤保障一定要跟上，考虑官兵体能消耗极大，伙食费在原基础上每人每天增加到 35 元。"

新林大队教导员也有问题跟郝江山汇报："我们大队担负的是火线显示任务，我们有以下几点建议：一是我们需要什么样的可燃物，可燃物载量大小，根据预设时间我们应该怎么设置，都需要我们采集数据……"

帐篷外圆月高挂，帐篷里的人还在讨论，每个人都在为演练绞尽脑汁，都想做到最好。

3

筹备了近半年，森林部队成立 60 多年来规模最大、样式最新、要素最全的实兵实装灭火演习终于在大兴安岭森林支队野外战术训练场拉开了帷幕，国家部委、武警总部、省地区主要领导、各警种和各总队、相关单位和新闻媒体记者约 200 人，莅临演习现场。

于连合驾驶 01 号装甲战车，载着演习总指挥沈司令员行驶到观礼台前，向武警部队司令员报告："首长同志，武警森林部队'生态使命—11'灭火实兵演习准备完毕，请指示！演习总指挥武警森林部队司令员沈浩宇！"

武警部队司令员眼神坚定，一声令下："开始！"

"是！"

沈司令员转身后向参演部队下达命令："'生态使命—11'灭火实兵演习开始！"

随即，一条900米的火线同时点火。这个地域，重点演练综合集成多种装备，扑救地表火、树冠火和地下火。

导演部内，参谋人员运指如飞，利用灭火作战指挥信息系统实施作业，空中观察员利用灭火作战指挥信息系统对火场实施侦察。卫星综合通信车传回的实时画面中，只见机动支队正在组织摩托化开进，吉林森林总队正在进行铁路装载，直升机支队正在空中转场，一队官兵乘坐运兵客车向火场摩托化开进，直升机运载灭火队员向火场开进，实施索降。索降后，通信兵利用背负式北斗通信终端和背负式无线数传终端，上报机降位置、火线情况和植被信息，并利用森林火险监测仪上报火场实时气象情况。

担负正面主攻任务的常规分队正利用灭火弹压制火势，细水雾灭火机隔离降温，风力灭火机编组切入，强行打开突破口。

装甲分队向火场开进，前面6辆是森林部队最新装备的履带式森林消防车，紧跟其后的两辆是NA140型全道路运兵车。

王火生带领水泵分队采取"多泵编组、强攻火头，多点切入、分割合围"战术快速扑救。

王正奇驾驶长机，带领四架直升机取水后驶离湖面，飞到观礼台前方火场上空，伺机依次下滑调整，机务人员瞄准直升机下熊熊燃烧的火线，精确选择目标，按下洒水按钮后，一道道银瀑次第从天而降，准确覆盖到火线上。顷刻间，高强度树冠火迅即熄灭。

在台上观看演习的总部首长不由自主地站起身来为飞行员们鼓掌喝彩。看到森林部队新装备新战法成为灭火作战的"撒手锏"，前来观摩的秦朗和艾一木等不停点头称赞。

指挥员正在用指挥无人机侦察火场，画面清晰地传到前指，郝江山依据侦察画面下达命令："现在重点目标正面临威胁，形势万分危急，立即调集水泵、装甲和常规分队，采取'多点向心、集群攻坚，多层布控、外围阻隔'战法，不惜一切代价，坚决将林火阻截于目标外围。"

大兴安岭参谋长关智强："各分队注意，装甲、水泵分队两翼突入，常规分队快速跟进，灭火弹二线布控，各部迅速行动。"

水泵分队王火生："水泵分队多泵编组，一线展开！"

装甲分队指挥员："装甲分队集群攻坚，强行推进！"

这次演习以扑救东北林区重大森林火灾为背景，重点对火情侦察、指挥协调、立体投送、灭火战术和装备运用等课目进行了演练，全面检验了森林部队保卫生态安全的能力，也是部队加强现代化建设提高能力素质，走精兵、精装、精训、精打之路成果的一次全面实践检验。

演习结束后，千余名演习官兵在观礼台前整齐列队。武警部队司令员对演习给予了高度评价，并就加强现代化武警森林部队建设提出殷切希望："同志们！看了这场演习，我很高兴，武警森林部队不断发展壮大，正朝着现代化大踏步前进，此乃森林之大幸！人类之大幸！衷心希望你们以这次演习的成果检验作为新的起点，积极适应现代林业发展和生态文明建设的大局，适应建设现代化武警的要求，适应部队全面建设的客观需要，努力建设一支政治可靠、装备精良、训练有素、战之能胜的森林防火灭火国家队、专业队和突击队，为保卫国家森林资源，维护生态安全和经济建设作出新的更大贡献！让党中央、国务院、中央军委放心，让全国人民满意！谢谢大家！"

4

演习结束后，云南森林总队参谋长秦朗组织部队利用半个月传达学习演习相关精神，并对战训法等内容进行了转化落实。

转眼到了9月中旬，秦朗带林丰与省林业公安局张副局长来到大理巍山彝族回族自治县境内的隆庆关隘口，这里浓雾缭绕，成千上万的候鸟从这里通过，遮天蔽日，情景壮观。大理森林支队的官兵们积极配合林业部门和候鸟环志站，进行候鸟迁徙的保护和环志工作。

鸟类工作者捕捉到一只鸟后，会记录鸟的基本信息并为它们带上环志，这是一种有国际统一编号、统一标记的金属环，就好比给鸟儿佩戴上一个"身份证"，当这只带上环志的鸟再次被捕捉到后，研究人员就能从环志中了解它的年龄、种群、迁徙、途径和生存地等等信息。

在镌刻着"鸟道雄关"的石碑附近，一名游客跟着旅游团走到这里看着石碑面带不解："这个鸟字头上多写了一捺，下边还少了一点哦。"

游客议论纷纷："对呀，是不是个错别字呀！"

秦朗闻声笑着走过去对他们说道："大家有所不知，如此书写鸟字，并非作者笔误，而是古人有意塑造，寓意不要捕杀鸟类，鸟字上方多出的一撇被雕刻成一把刀的形状，下边少了一点意为少了一只鸟，由此告诫人们，不要随意捕杀鸟类，古人已经意识到隆庆关的鸟越来越少，所以我们不要做那把无情的刀，这说明我国古人就已有了较强的生态环保意识了，作为现代人，我们更应该好好保护鸟类，不要让它们受到伤害。"

放飞鸟儿的同时，也送出了战士们衷心的祝愿："愿它们一路平安，来年再见！"天高任鸟飞，带着环志的小鸟们抖抖羽翅飞向天空，几根羽毛飘然落下。

鸟类环志站刚成立那年，林丰带领战士制止群众上山打鸟，遭到近千名群众围攻。因其快速反应，处理得当，完成任务圆满，后来他所在的班被武警总部表彰为"森林卫士班"，同时还被云南省委省政府表彰为"绿色卫士班"。

在工作站，刘站长正与林丰侃侃而谈，忽然一名士官匆匆闯了进来："林参谋，快点走，参谋长找你，玉龙雪山着火了，需要增援！"

悠扬柔美的葫芦丝响起，古香古色的丽江古城，游人如织，小桥流水人家，石板路上身着纳西服饰的女子撑起一把油纸伞……独特的景色让人流连忘返。

不远处的天际，屹立的玉龙雪山在阳光下十分耀眼。

全远德在叶香的陪同下，在雪山大索道上游览玉龙雪山。面对美景，大腹便便的全远德，红光满面，精神焕发，随口吟出木公的《题雪山》："郡北无双岳，南滇第一峰。四时光皎洁，万古势龙从。绝顶星河转，危巅日月通。寒威千里望，玉立雪山崇。"

叶香拍手鼓掌："木公的诗从董事长口中吟出更加有气势了。"

全远德似在谦虚："不敢当，不敢当，我怎么能跟古人相比。"

"木公只是一个世袭土司，您的官位可比他大多了。"叶香恭维着，又指向一处豪华建筑群，"董事长，那边就是咱们的度假村。"

全远德满意地点了点头："不错，果然是大手笔，小叶啊，这次你辛苦了。"

"董事长，您过奖了，不靠着您这棵大树，我一砖一瓦也运不到这里来啊。"

"我只是幕后，打前锋还得靠你。"

忽然，一团烈焰从丽江玉龙雪山自然保护区内的白沙乡玉湖村北面两公里处腾起。随后，山火在 7 级大风的鼓吹下，迅速沿着山坡向玉龙雪山旅游开发区和原始森林蔓延开来。

秦朗刚下车，期盼已久的龚副市长一把拉过他的手，心情激动："秦参谋长，你们真是及时雨呀，我们把玉龙雪山交给你们啦！"

到了联指指挥帐篷内，秦朗认真听取了火场形势报告，主动提出意见："各位领导，刚才听了火场形势分析，我觉得现在火场形势很严峻，我们森林部队在几十年的实战中摸索出一套灭火作战的内在规律，什么火在什么情况下能扑、不能扑，都要根据火场具体情况而定，我们常说'四不打'，即不打迎风上山火，不打逆风树冠火，不打情况不明的夜间火，不打没有把握的润谷火。这个火场特点很明显，全都占了。"

联指成员见秦朗没有把握打，都没有什么好主意。

龚副市长神情严峻："秦参谋长，我知道你肯定有办法，玉龙雪山有多重要，你心里也有数。"

回到前指，秦朗召集大理、丽江和保山三个支队带队干部召开作战会议，并下达了命令："咱们现在把这个火场分割开，以你们手中的坐标为界组织部队扑打，我要看看哪个支队战斗力最强，让官兵先简单用餐，5 分钟后出发。"

计支队长有些不太相信自己的耳朵："参谋长，真的要上吗？"

秦朗态度坚决："打火的部队从来不存在零风险，只要出动就有风险，这次我选择拼一次，再说咱们也不是来这里隔山观火的。"

计支队长争辩道："这里的地势极为复杂，地形、林相变化大，山高坡陡，一旦着起来，每条沟壑都会形成燃烧的火头，极易形成'炉灶效应'，火会越烧越旺，形成强大的火头翻山而走，根本无法控制，而且几年前就在同样的地点，夺走了 46 条生命。"

秦朗没有犹豫："你有所不知，山下的沟箐里有一个重要的军事物资储备库，如果灭不了，这个后果太可怕了，损失不可估量，不敢想象，执行命令！"

连续行车 700 多公里的官兵，每人吃下一个凉饭团就向火区奔去。晚上 7 时许，火场风力骤然增大至 8 级，山上浓烟翻滚，火光冲天，一遇旋风，火头就形成一个几十米高的火柱，映红了半边天。

此时，正在东段带队堵截火头的秦朗，突然听见在下边观察火情的林丰急呼："风向变了，快撤！"

秦朗向前后左右看了几眼，迅速组织部队向山上撤。说时迟，那时快，70度的陡坡，40多米高的山崖，官兵你扶着我，我拉着你，紧急地向山顶攀登，当他们全部攀上山顶再回头看时，山下早已是火海一片。

秦朗掏出对讲机："计支队长，汇报战况！"

"我部在向垭口方向开进时，遇到了旋风，刚刚穿越火烧迹地已全部突围。"

"有没有人员受伤？"

"没有。"

秦朗又下达了命令："你现在带人边清边打，依托有利地形开设隔离带，坚决不能让火越过雪山大索道。"

"明白，保证完成任务！"

高山上，林丰用风速仪测定风速后得知，火区风向突变，南风急骤变为东北风，一阵比一阵强烈，最大风速达到每秒13米以上。瞬间，一团团火球四处飞溅，一股股浓烟遮天蔽日，整个山谷噼噼啪啪响个不停。

短短的几分钟内，火头借着风势突破了近百米宽的干河坝防线！

电台传来紧急呼喊："秦参谋长，甘海子那边有400多名扑火群众和10余台汽车被大火围困，情况万分危急。"

秦朗迅速下达命令："计支队长，稳住，一定要稳住，先组织群众突出包围圈！"

对讲机里传来计支队长急促地回答："明白！"

然而就在这短短的几分钟内，地方两名干部躲避不及，被火夺去了年轻的生命。

"神山发怒了！"大火吞噬生命的消息不胫而走，山下的村民议论纷纷，熊熊燃烧的大火给人们增添了恐惧。

突破干河坝防线的大火，像脱缰的野马气势汹汹直逼甘海子。甘海子不仅是玉龙雪山旅游区的重要森林景观，更是保护玉龙雪山旅游区核心设施的最后一道防线。如果甘海子再度失守，整个景观和旅游设施将会毁于一旦。

这给秦朗出了一个大难题，不打对不起人民，要打就会有伤亡。部队连续作战，官兵疲惫至极，士气明显不高。橘红色的扑火服上色彩斑斓，灰与烟把一个个年轻的脸庞涂上了黑色的油彩，看上去像是一块块黑斑，只有眨眼的时候才能看见眼白在动，但却转动得有些迟钝，官兵们太累了！

秦朗示意计支队长："来首歌。"

计支队长猛起一支歌："同志们，咱们来一首《打火歌》，踏火浪，斩火魔，预备唱！"

秦朗带头唱了起来：

踏火浪，斩火魔，
森林卫士无惧色。
火场逆行打！打！打！
有我无火有火无我！
有我无火有火无我！

歌声震颤了整个山峦，激发了无尽的动力。

秦朗神情严肃，言语激昂："兵是一仗一仗练出来的，名是一场火一场火打出来的，从东北转战云南，未有败绩，今天云南森警的荣誉在此一役！"

"同志们，我们的口号是什么？"

"大火面前有森警，森警面前无大火。"

"出发！"

官兵犹如注入了兴奋剂，瞬间口号声震荡山谷："必胜！必胜！"

5

村委会内一群村民正在煮饭、炒菜，制作热食，一位年纪比较大的村民边挥舞着大铲子边对大家说道："大伙都不要偷懒，森警在山上拼命，咱们也不能当孬种，都把自己那摊活弄好。"

一队队村民自发组成运输队，用背篓将做好的盒饭、矿泉水和灭火用水，不间断背运上山，满身是汗的村民将没有舍得喝的汤粥送到了战士面前。

黑色的浓烟笼罩林野，一棵棵烧焦的大树，通体炭红喷溅着火星，山坡上一棵直径1米多的大树，树膛基本被烧空，火已经燃上了树梢，在10多米高的枝杈上的大火直冲云霄，像一个火炬。一名战士身背20多公斤的水箱爬上靠近的一棵大树，把自己的身子绑在树枝上用水枪击水。

官兵们始终抱着灭火机冲在第一线，没有一个人退缩，由于火场坡度大，无法站稳灭火，官兵两人一组相互配合灭火，后面一人用肩部顶着前面战友的背部、臀部，前面的跪在地上扑打，许多官兵的膝盖被石头刮破了，皮肤被树枝刮伤了，脸上烤出了水泡，战斗异常危险困难。

火烧树木的噼啪声，树木被烤爆炸的轰响，山石从山顶骨碌碌滚动的声音，还有成吨重的山石落入谷底沉闷的巨响，都在耳边交响成死亡的声音。

官兵沿着火线扑打正酣时，突然山上一声巨响，接着石块雨点般地从山上滚落下来。正在指挥灭火作战的秦朗急忙命令道："向后撤！快向后撤！石头烧爆了！"

就在这时，一块脸盆大小的石头向正在撤离的战士砸去。"小心！"林丰一个鱼跃把战士扑倒在地。

"哐当"一声巨响，几乎同时，石头跃过他俩的头顶把山下一棵直径25厘米的大树拦腰砸断，发出可怕的咔嚓声，在场的官兵都惊出了一身冷汗。

第七天夜里，秦朗与指挥员分析火场形势后，下达了作战命令："根据扑火前线指挥部决定，各部要抓住火场夜间风速减小、火势较弱的有利时机，对西线、北线和南线的五个火头，采用分兵合围战术进行扑打。"

下半夜，叶香披着一件衣服坐在沙发上，脑袋枕在手臂上打盹。

忽然手机响起，叶香看了看手机，赶紧起身接通电话："董事长。"

电话那头传来仝远德略带疲惫的声音："小叶啊，度假村保住了，今天早晨5时，大火在距雪山大索道不到1公里的地方灭了。"

叶香心情顿时放松了不少："我这些天晚上都没合眼啊，您说咱们付出了这么大的心血，一把火烧了太可惜了。"

仝远德微笑着："这还得感谢你老公、森警他们。"

叶香马上恭维："我看还是董事长大人吉人自有天相。"

一周后，车队载着疲惫的官兵返程，运兵车内官兵穿着满是黑灰和油污的灭火服，七扭八歪地睡在车板上，他们的脸上全是黑色的烟尘，满身的红疙瘩渗着血水，鼻涕里也夹着吸入的黑灰……

扑火回来，秦朗得知林业公安局张副局长在执行任务中受了伤，便前往医院探望。

见秦朗进来，半躺在病床上的张副局长放下手中的文件，有些自嘲："哎呀，这回让秦参座看笑话了。"

秦朗进了病房笑着说："听说你差点'光荣'了，打完火我就过来了。"

病房内正在等着签文件的林业公安小孙立即起身接过鲜花和水果篮，张副局长赶紧招呼秦朗坐下："咱俩可很长时间没见面了，听说你又打了一个漂亮仗？我在电视上看见你了，这次你们保住了玉龙雪山，保住了丽江，老百姓对你们评价挺高的，怎么样，你能不能再提一级？"

"封侯非我愿呀，现在的形势你也知道的，有时我们指挥部的决定也受到很多干扰，不想这个了，把工作干好就行了！"秦朗转念一想："怎么说起我来了，快说你这是怎么一回事？"

"那兔崽子枪法不咋地，打野生动物行，打我还差点火候。"张副局长转过头又对旁边的林业公安："小孙，这位就是我经常跟你提起的森警战神'秦酒缸'。"

小孙面露敬仰之情，伸出右手："久仰大名！"

秦朗伸出手："不要当真，你们张局长就会开玩笑。"

"我们局长说他和您并肩战斗十几年，穿密林、爬坡坎、过沼泽、渡江河，抓过偷猎盗伐者不下百人，有一次子弹离心脏就差半厘米了。都说当兵的能喝酒，您的外号叫'酒缸'，肯定更能喝吧，等局长好了，一定请您俩喝几杯。"

秦朗哈哈大笑："现在部队有'禁酒令'，过去当兵能喝酒，现在变成当兵的不能喝酒了，我现在可是滴酒不沾了。"

小孙有些疑问的转向张副局长："局长，这'酒缸'的称号？"

张副局长："秦参谋长是真汉子，不仅打火在行，抓捕犯罪分子也敢拼命，这'酒缸'的称号也算是传奇了吧，当年为了组建森警中队，有一次到县里要钱，饭桌上，县里一位主要领导说：'秦中队长啊，钱我有，就看你有没有本事拿，这样吧，喝一杯酒我给你五千，你干不干？'你猜怎么着，秦参谋长一口气干了十大杯杨林泉，我当时都傻眼了，也把县领导震住了，当场拍板给了他6万。后来需要到处拜码头，他在中队后院埋了一口大缸，上面蒙了塑料布，只留一口，喝酒回来倒入同等体积的水，不到半年，酒缸就满了。"

现在想这种事情可能不可理解，在那个年代很常见。在外人看来这是"美谈"，拿到那6万块，秦朗回到中队把肚子里能吐的全都吐出来了，其中的艰难只有自己能体会。

小孙取完文件走后，张副局长望着秦朗："真离了？"

秦朗点点头，有些无奈。

张副局长安慰道："咱们这里是西部大开发的前沿阵地和通往东南亚的国际

大通道，中西价值观的碰撞，意识形态的交锋，人的思想受到冲击和影响是在所难免的。离了也好，有时她还以军属的身份制造影响，我听公安战线的战友说，叶香的企业虽然做得风生水起，但还是存在很多问题的，省里都关注到了，不知为什么都没有查下去。"

6

直升机支队自进场后，先后进行了超低空火场侦察、机降索降快速运兵、四机跟进吊桶灭火、夜航等难险课目，并在"生态使命—11"中得到了实战检验，赢得了广泛赞誉。可直升机运用于航空护林，能不能适应北方林区环境，这对直升机支队是一场大考！原始密林深处，怎样发现目标，能否及时向指挥所传递信息，未来航空灭火作战是什么模式？一系列的问题促使两位主官决定把队伍拉到加格达奇驻训。

过了几天，张京华推开门见张放和母亲正在包饺子，有点不高兴，便拉下脸来："你小子不在部队，怎么回家来了？"

正在擀饺子皮的张放赶紧立正站好："爸，我们参谋长给我放了两个小时假，让我回家看看。"

张妻埋怨地看了张京华一眼说："你看你说的，从航站到家就5分钟，我儿子还不能回家了？"

张放嘻嘻一笑："空勤灶再好吃，也比不上我妈做的酸菜馅饺子。"

张妻满脸幸福："那是当然。"

张京华洗了洗手，又和他俩一起包起了饺子："这次驻训都干啥了？"

张放放下擀面杖，一本正经地汇报道："报告首长，我们这次主要对大小兴安岭进行了战场勘察，收集林区机降点、地形、地貌、植被、水源和居民区等情况，以及在复杂的气象条件下开展夜航训练，提升全天候遂行多样化任务能力。"

张京华边包饺子边说："吃完抓紧滚！"

张放还不忘敬礼，嬉笑着："是，首长！"

忽然手机响起，张放接通后："参谋长……"

王吉祥那边声音急促："张放，快点回来！白桦排农场发生森林火灾，命令我们出动直升机实施机降灭火！"

"明白！"张放说完抓起衣服就往门外跑。

张妻追上去："儿子，饺子马上就下锅了！"

张放头也没回："你俩吃吧！"

张妻看着张放远去的身影直发呆，转过身又对张京华说道："都怨你，儿子一来你就说让人家滚，现在可好，真走了！"

30名官兵携带装备迅速登上两架直升机，伴随着直升机的轰鸣声，张放和参谋长王吉祥驾驶着直升机升空飞赴火场。

地面指挥员通过无线电向直升机传来了一连串数据："WJ91002号机，请接收火点经纬度坐标：东经124°13′、北纬50°19′，命令飞机前往查看火情并执行灭火任务！"

"WJ91002号机明白！"王吉祥回复前指后又对张放说道："张放，你在地图上标绘出坐标点。"

张放面露难堪，好大一会也没有标绘出来，王吉祥看了看地图和坐标说："火点大概离我们70公里，航向30度左右。"说完，王吉祥就操纵直升机飞向了火点。

张放笨手笨脚地在地图上量出来航线数据，果然相差无几，他的眼神中充满了佩服。

王吉祥对带队的王火生说道："王中队长，根据火场的地理条件、风向风速和火势发展，将你们降在距火线500米侧翼一处草塘内，有没有意见？"

王火生望着舷窗外的火场："可以，非常好！"

"你们做好机降准备。"

"明白！"王火生回到机舱："检查装备，飞机马上降落。"

当王吉祥和张放正准备驾机返回时，张放发现异常立刻报告："参谋长，火场风向突变。"只见火头正借风势，迅猛地向灭火队员袭来，火焰高达5米多，情况十分危急，刻不容缓。

王火生朝天上的飞机看了一眼，紧急组织官兵："大家拿出湿毛巾，捂住口鼻，做好冲越火线避险的准备！"

见此情景，王吉祥也惊出一身冷汗，立即下达了命令："张放，做好准备，机降原降落点救出灭火队员！"

王吉祥凭借过硬的驾驶经验，驾驶直升机果断迅速下降，着陆原降落点，机组人员迅速召回正向火线接近的扑火队员，当最后一名扑火队员返回飞机，直升机扶摇直上，离地面不足百米时，在大风的推动下火头呼啸着掠过机降点向远方推去。

返航后，张放对王吉祥说："参谋长，我记得您讲过在火场上空，空气中氧气含量不足平地的三分之二，是旋翼式飞行器的禁区，这次？"

面对疑问王吉祥给出了答案："是啊，我国曾有过直升机在火场上空悬停而机毁人伤的惨痛教训。作为一名飞行员，不仅飞行基本驾驶技术要过硬，更主要的是要积累飞行经验，要随时做好处理一切突发事件的准备，许多经验不是别人告诉你的，而是自己摸索出来的，自己好好总结吧。"

张放不好意思地回答："明白，参谋长！"

7

艾一木家装修普通，家具稍显老旧。艾一木刮着胡子，妻子魏妮衣着朴素，给他整理西装："老艾，第一天上班，得给领导留个好印象，行头可得弄板正了！"

艾一木紧了紧领带："穿什么也没有军装穿着得劲啊！"

魏妮看了艾一木的皮鞋："你怎么还穿三接头啊，我给你买的皮鞋呢？"

艾一木跺了跺脚："穿习惯了，就这样吧。"

魏妮蹲下去利落地拿起一块擦鞋布："行吧，我再给你蹭蹭。"

艾一木照了照镜子，拎起包："时间到了，我得走了。"

"等等！"魏妮拿起一个打火机试了试打着火，又从柜子里掏出两盒中华塞给艾一木："这个得拿着。"

艾一木不解地看着魏妮："啥意思，考验我？"

魏妮将烟和打火机塞进皮包里："你以为还在部队呢，是不是在深山老林待傻了，官场上见了领导和同事都得发几根，好打开局面，我看电视上都是这么演的。"

艾一木点点头："对，你提醒得很及时啊，战友也是这么说的。"

魏妮有些无奈："昨天市政府的人告诉我，让咱们村的工业园再干两年，两年后一定搬走，让我怼了一顿。我虽然没上过多少学，可我知道排放污水和有害气体能让人生病，能死人，我让她转告市长，如果一个杀人犯对警察说，你让我再杀两年人，两年后你再抓我，如果警察会同意，我也会同意，你说他们气人不？"

艾一木："我要是当了市长，污染的企业肯定没有这么多。"

魏妮笑了笑："上班后这事可要经常呼吁呼吁，你当市长我是不指望了。"

7年前，市里在魏妮家乡建了一个化工园区，村民每天生活在弥漫着农药的空气中，后来村民们发现接二连三有人因癌症去世。艾一木当时在新疆，魏妮嫌远，一直没随军，她带着孩子一直住在娘家，孩子自打出生就毛病不断，去世的时候只有5岁，夫妻俩一度伤心欲绝。村民觉得一定跟周边的化工厂污染有关，目前已造成33名村民染病，有一半是孩童。魏妮和村民们强烈要求市政府将其搬迁，但是几度上访无果。

艾一木办完手续来到市安监局报到，白白胖胖、西装革履的朱局长跷着二郎腿斜坐在大背椅上："老艾呀，你们这些军转干部，简直就是速生林啊，你看你，现在是主任科员，还享受着副县级的工资，比我级别都高，你说以后我怎么安排你工作？"

艾一木笔直地坐在朱局长对面的椅子上："局长，您放心，我会像普通士兵一样严格要求自己，听招呼、守规矩，干好本职工作。"

朱局长伸手摸了摸裤兜，半天也没掏出什么东西来："在我看来你们这些军转干部啊，一个个都是大老粗，性格直来直去，办事死板、爱较真，能力素质却一般。"

朱局长又在衣服兜里来回摸着："哎呀，我的烟呢？"

艾一木这才反应过来，立即掏出烟和火机给朱局长上烟，并把烟和火机放在烟灰缸旁边。

朱局长看着中华烟微微点了点头，吐出一口烟："虽然你不占编制，局里好不容易有人退休空出来个位置，你占了，我们就不能再招新人，你看咱们局里的老孙辛辛苦苦干了那么多年，马上就要更进一步，你这一砸下来，人家都没有活路了。"

艾一木听这话有点不高兴："我不是过来抢位置的，我可是部队转业正式分配的。"

朱局长斜了他一眼，一副你懂啥的表情，用烟指了指艾一木："现在市里都在搞精编简政，虽然咱们是拥军模范城，但今年局里本不打算要转业干部，是我觉得军转干部不容易，和领导好说歹说才同意接收的，老艾呀，你可捡了个大便宜，偷着乐吧！"

艾一木身体还是笔直，但有些不太自在，不冷不热地回了一句："谢谢。"

朱局长弹了弹烟灰："局里最近要迎检，还有两项大项活动，你刚来，业务不熟悉，跑跑颠颠的活你就多担待担待。"

艾一木这份工作干了半年就干不下去了，只好去向市领导汇报："我来半年了，他只安排我端茶、倒水、扫地、送文件，好歹我以前也是个副团级，他今天这话实在是太气人，什么叫是个转业军人就了不起了，转业军人都不是有本事的人？要是能人早就当将军了，还转业干什么？说我们转业的就是不适应部队，是被部队淘汰下来的……"

李书记拍了拍艾一木："老艾，消消火，听我说几句。"

艾一木越说越激动："书记！他伤害的不仅是我，还有几千万的退转军人，还有正在服役的军人，这不仅是对军属的伤害，更是对国家形象的败坏，是对人民子弟兵的亵渎！"

说完艾一木脱掉上衣露出前身后背上的累累伤痕："书记，您看这些伤疤每一条我都能讲一个很长的故事。"

"没有千千万万个军人在守卫，他们连在办公室里发牢骚的机会都没有。"李书记注视着伤疤，给艾一木披上衣服："你的经历，我是知道的，灭火作战、抗洪抢险、疆区维稳都立下了战功，人称拼命三郎，我正是看中了你这一点才把你要过来的，当时你们局长要招一名大学生，为了要你，我可是给他拍了桌子的，告诉他这是一项政治任务。你现在的心情我能理解，因为我也是一名军转干部，不容易啊，老艾！"

听到书记对他工作的肯定，艾一木眼睛有些湿润，气也消了大半。

李书记又接着安慰："军人职业尊崇度就是国家安全围墙的刻度，和平年代虽然难见'将军百战死'，但为了保持部队旺盛的战斗力和新陈代谢，'壮士十年归'却是经常的，在部队里为国奉献牺牲，回到社会同样是国家的宝贵财富，是国家建设的生力军，请你相信组织，市里一定会对此事作出严肃处理。老艾，你看这样好吧，市里要组织机关干部下基层帮扶，推荐你去，局里的工作你就先放一放，怎么样？"

到了镇上，艾一木就看见一群愤怒的村民拿着长棍、锄头等将镇政府大门团团围住，正门口停放了一口黑森森的棺材。有人举着白底黑字的横幅：向镇企业污染致人死亡村民讨还公道！

镇长和两名干部正极力安抚愤怒的村民，村民情绪激动地喊着："你们今天要是不把厂子关了，我二哥的棺材就放在这里了。"

人群附和："对，我们不抬走了！"

　　镇长擦了擦脸上的汗："乡亲们，听我说，这件事，我们一定会处理好！请相信我……"

　　村民根本不吃他这一套，依然群情激愤，事态升级，一触即发。

　　这时艾一木从人群中站了出来："大家听我说，这不是解决问题的办法，先把棺材抬回去再说。"

　　带头村民扭头看着他面带不屑："我们不抬，要抬你抬。"

　　艾一木回头对镇里的干部职工们说道："咱们镇里的同志把棺材给抬回去。"

　　镇里的干部职工们眼神躲躲闪闪，可能因为都是本地人怕惹麻烦，没有人站出来。

　　艾一木急了，大吼道："我是转业军人，你们中间有没有当过兵的！站出来！"

　　人群中有六七名退伍军人站了出来，和镇长一起将棺材抬了起来。

　　为首的村民走到艾一木跟前，声音有些胆怯："你不能抬走！"

　　艾一木瞪了他一眼："带路！"

　　相互对视几秒钟后，为首的村民软了下来，这时一名妇女走到他跟前："他爹，咱家老三还在部队上……"

　　为首村民转身走在前面。

　　艾一木又吼道："扶稳了！"

　　看着艾一木和镇长还有几名退伍军人将棺材抬走，人群也相继散去。

8

　　"生态使命—11"演习取得圆满成功，也赢得社会各界广泛赞誉，郝江山的组织指挥能力得到上级充分肯定，半年后他被提任为总队长。接过历史的"接力棒"，他倍感责任重大、使命光荣，誓言驻守一方、保一方平安，坚决守好祖国生态安全"北大门"。

　　走上主官岗位，郝江山并没有烧"三把火"，而是从培育部队战斗精神，从严整治"四风"等方面，强力推进部队战斗力的整体跃升。

　　北国边陲，一场大雪过后，最低气温降至－30℃。新训团上千名新兵正在进行冬季野营拉练，他们冒严寒、顶风雪，每人负重20多公斤，深入高山密林，在冰天雪地徒步行军200余公里，在野外吃住6昼夜，同时开展武装奔袭、火场侦察、装备操作、识图用图等课目训练，并穿插野外生存、战地野炊、战地救护等拓展性训练内容。

野营拉练的第一天，狂风肆虐，大雪纷飞，但官兵们不畏风雪、气势昂扬，从空中往下看，如一条蛟龙在密林雪地间穿行。郝江山身先士卒走在部队前列，身上早已汗流浃背，呼出的气、流出的汗，在眉毛、棉帽上凝结成一层冰霜。

"实在不行就上车吧！"走在队列一侧的新训团团长徐玉麟招呼一名一瘸一拐的新兵迎朝阳上收容车。

"不，我能行！"新兵喘着粗气，加快了脚步。

郝江山回头看了看迎朝阳，对徐玉麟说："在风雪严寒和复杂地形中开展野营拉练，就是要锤炼军人血性，让他们尽快适应高强度的战斗生活，胜任本职岗位！"

"首长你不知道，迎朝阳从小娇生惯养，在'蜜罐'里长大，没经过艰苦生活的磨炼。拉练第一天他拉肚子，脚上还磨出了血泡，班长都以为他会当'逃兵'，可他一直硬挺着。"徐玉麟解释道。

"首长，我长这么大没走过这么远的路，刚开始也怕坚持不下来，可是看到战友们没有一个掉队的，我也就咬牙挺过来了！"迎朝阳抢着说。

郝江山笑笑："好样的！加油！"

夜幕笼罩，气温骤降，风声呼啸如怪兽鸣咽，山谷中营火星星点点，经过白天的行军，新兵们早已在帐篷中进入梦乡。

"站住，口令！"郝江山随徐玉麟查哨，大老远就听见新兵鲍汶成询问口令。

徐玉麟感慨道："好多新兵刚来时晚上连厕所都不敢上，这次野营拉练在山林雪地宿营，晚上又冷又黑，对新兵们是不小的考验。"

"让他们吃点苦也是为他们好，骁勇如狼的蒙古铁骑、让人闻之色变的古罗马'马其顿方阵'，他们的战士都是从小就开始魔鬼训练，训练越是艰险，意志就越是坚韧，只有不断地锤炼战斗精神，才能有亮剑出鞘的一天。"郝江山中肯地说。

清晨，绚丽多彩的朝霞抚照着苍茫雪原，郝江山走出帐篷，茫茫地雪野中传来阵阵口号声，新兵们个个生龙活虎，背着机具在雪地里操练，侦察火场有模有样，班组战术配合默契，紧急避险动作熟练。郝江山看在眼里，感到很欣慰。

训练场上，官兵们赤膊着上身进行雪浴训练，没有一个叫冷、没有一个退缩，喊声震天、士气高昂。郝江山不禁心中感慨：只有平时从难从严，冬练三九、夏练三伏，经过长期的血性历练，才能在危险直至生死考验面前，把顽强的战斗精神转化为强大的战斗力量，做到"受命之日，则忘其家；临阵之时，则忘其亲；击鼓之时，则忘其身"，最终取得决战决胜。

野营拉练归来，郝江山再次到新训团查看新兵训练情况，几天的拉练让新兵们褪去了稚气，入伍前的懒散作风、消极态度也都烟消云散，一股血性正席卷着新兵训练场，但看着十几年一成不变的训练方法，郝江山又有些担忧，他转身对徐玉麟说："咱们现在这种训练方法需要改进，火场环境复杂多变，光靠现在的几种形式模拟火场，还难以实现训练实战化需要。"

新训团团长徐玉麟："咱们这么多年一直是这么训的。"

"你看过 5D 电影吗？"一个崭新的想法出现在郝江山脑内。

"听说过，没看过，新兵训练刚刚开始，最近比较忙。"

郝江山掏出手机："明天正好休息日，给你放个假，我给你买票，现在网上购票很方便，我儿子最近刚刚教我学会了使用微信，说真的，咱们部队也该与时俱进啊，要不就落后了。"郝江山一边说，一边用手机微信购买电影票。

徐玉麟左右为难："不用了，总队长，我……"

郝江山合上手机："买完了！我把取票码发给你，明天去体验一下吧！"

徐玉麟有些不好意思："怎么能让您掏钱呢，要不我给您发红包吧？"

郝江山笑着说："这可是'微腐败'啊，我给下属买张电影票可以，但你要给我发红包可就违规了。"

徐玉麟无奈，笑着承了情："谢谢总队长。"

郝江山收起笑容："说正事，现在有一种 VR 技术，我们可以利用它开展火行为和紧急避险训练，这种虚拟现实技术具有沉浸感、交互性和构想性特征，能让官兵身临其境，全景式体验不同火场险情，实践感受林火扑救方式方法，应对避险完成自救。具体情况你拿个方案，我们再深入研究，这个任务就交给你了。"

"是，总队长，保证完成任务。"

郝江山走了几步又回头："电影票是 3 张，你媳妇和孩子都得去。"

9

过了几天，郝江山前往小兴安岭支队突击检查直属大队战备工作。在快速机动演练结束后，他发现平常训练不错的后勤应急保障队，关键时刻"掉链子"了，

分析原因时，官兵们普遍反映预案有问题，但预案年年修订，精心推敲，怎么会有问题呢？

面对厚厚一摞预案，郝江山发现：这些预案短则八九页，长则二三十页，操作起来很烦琐。后勤应急保障队平时训练时间有限，战时临时抽组，要记清这些预案确实力不从心。针对这一问题，郝江山决定对各类应急应战预案进行"瘦身"，在全总队推开职责任务清单、流程进度清单、检查督导清单和履职承诺书、整改问责通知书的"三单两书"运行模式。

各类预案"瘦身"，推行"清单化革命"，到底管不管用？

通过对几个单位多次不打招呼的抽点拉动，指令下达后，没有出现让人担心的"打乱仗"现象，官兵行动迅速、秩序井然，携行运行装备器材一件不少，启动应急响应程序和步骤一个没落。

预案"瘦身"，留下的最宝贵的一条经验就是，化繁为简、抢占先机。郝江山从中深受启发，基层是机关的一面"镜子"，基层忙乱源于机关乱忙，必须坚决反对"四风"，强化时间成本、劳动成本和效益成本，把繁杂的事情简单化，把简单的事情规范化，把规范的事情直观化。

党委会议上，郝江山手里捏着一摞文件："昨天我签了6份文电，其中有4个需要转发到中队级，最多的有12页，而且都需要传达到每个人，还需要报文字材料，这是什么？这就是典型的官僚主义、形式主义，长期下去，基层的教育训练课能按时完成吗？"

祝国安也颇为无奈："上个星期我到基层，和一位中队干部将机关部署的工作挨个统计了一遍，如果把这些工作都完成，大约需要436天，还不包括临时通知和任务，形式主义害死人呐！"

吕副政委看了眼郝江山手里的文件，环视一圈："'五多'问题由来已久，这是部队的共性问题。随着时代的发展，'旧五多'又演变成了'新五多'，这么多年了，我还没听说有哪个单位把这个问题解决好了。这次群众路线教育，我们就要紧紧抓住'四风'这些带有根本性、全局性的问题，开动脑筋，集思广益，研究拿出对策。"

宋参谋长点头赞同："机关的决策、部队的工作，最终要在基层末端落实。衡量'五多'问题也应该有个标准，有利于提高战斗力的越多越好，不利于提高战斗力的越少越好。"

政治部赵主任摸着自己光秃秃的脑门："机关也很忙，经常加班，点灯熬油整材料，一稿二稿等于没搞，三稿四稿意思刚好，五稿六稿精深要到，七稿八稿回到原稿，还要写汇报、弄展示、搞评比，总结经验做法。不过咱们一些同志的文字材料是越写越顺溜，脚上沾的泥土却越来越少了。还有以前体检表发下来根本不用看，现在体检表发下来根本不敢看。这次机关体检有很多年轻干部，还未到'油腻中年'就有好几项指标不合格，大家看我这脑门，周围铁丝网，中间溜冰场，都是多年来推材料推成这样的。"

一席话，常委们都笑了起来。

郝江山笑着，直指问题根本："'五多'问题表现在基层，根子在机关，实质是'四风'问题的具体反映，官僚主义和形式主义已成为沉疴痼疾，长期困扰部队的建设和发展。下一步，我们要狠抓'四风'不放手，让话风文风会风来一个彻底转变，让'五多'问题有一个根本的解决，真正做到全部心思向打仗聚焦，一切工作向打赢用劲。通过调查研究，结合实际，我们制定了十条'铁规矩'，决心刹一刹'五多'这股歪风。"

这次会议大家畅所欲言，直击时弊，比以往的会议开得都痛快，郝江山的心情格外舒畅！

第三十一章　迷途知返

1

军旗猎猎迎风展，呼号声声震天响。总队组织千人防火大宣传，全体官兵身着灭火服，携带灭火装备，昂首挺胸走在大路上。

队伍即将穿过公路，郝江山命令警通中队带一个班开路，调整车辆，将正在路上行驶的车辆拦下，待队伍通过后放行。

张家贵正驾驶着车辆，猛然看见前方一队人马向自己跑来，联想到最近受钓鱼岛事件影响，一部分人见日本车就砸，见开日本车的人就打，赶紧踩住刹车，便拉下车窗探出头："同志，同志，我这是国产车，是国产车！"

警通中队的官兵有些发蒙，听了驾驶员的解释，瞬间想到最近砸日本车的新闻，顿时明白了过来，中队长上前"啪"地敬了个军礼："您好，同志，我们依据国家有关规定执行军事行动，部队很快就会通过，请稍等片刻，对您的配合我们深表感谢！"说完"啪"地又一下来了个标准的敬礼。

"好，好，吓我一跳，我还以为砸车的呢。"张家贵悬着的心顿时放了下来。

郝江山循着熟悉的声音望去，见是张家贵感到有些惊讶，便跑了过来："家贵，你怎么在这里？"

张家贵倒有些惊喜，跳下车拉着郝江山的手说："我要去前面的水库放生，没想到在这里还能碰到你。"

郝江山露出疑问："放生？"

张家贵似有难言之隐，但随后还是告诉了郝江山："不瞒你说，孟虎威有个厂子是我负责的，污染太大了，虽然上面有人罩着，可我这心里总不踏实。"

郝江山顿时明白了："然后，你就买些活物放生来弥补？"

张家贵点点头，算是默认。

"把厂子关了不就得了，一天排放那么多污水和废气得伤害多少条生命？"

张家贵有些难为情："我只是一个股东，有关企业的事我说了也不算啊。"

"你放的是什么？"

张家贵拉着郝江山走到车后面："都是鱼，我也不清楚，在市场上买的。"

郝江山掀开后备厢，看着鱼："这种鱼是外来物种，在中国还没有天敌，放这种鱼在水里，会对当地生态造成更大的破坏，很容易造成生态失衡。真正的放生，不仅仅是你去买动物然后放掉，而是要找到适合他们生存的环境，不会再被伤害。"

张家贵懊悔道："这么严重啊，我没想到这些啊。"

郝江山拍了拍他的肩膀："不破坏动物们的生存环境，尊重大自然，才是真正的放生，我劝你还是把厂子关掉吧。"

哈尔滨市区超市门口排起的队伍一眼望不到头，市民都在焦急等待着，保安正在维持秩序，超市一开门，市民便冲向酒水区。一眨眼工夫，各种纯净水、矿泉水便塞满了购物车，有的干脆成箱扛在肩上，货架上转瞬空空如也，超市工作人员忙着从仓库搬运库存，整提、整箱的矿泉水还未来得及上架，就被市民直接抢了过去……

电视里正在播放水电专家任一刀教授的辟谣视频："我们将通过上游水电站开闸放水，对松花江江水的流量进行人工调控，将受污染的江水稀释到达标水平，这就凸显了水坝、水电站生态保护功能，这已经再一次证明了'水坝只会破坏生态'的反坝宣传，是一种阻碍社会进步、反对人类文明的谣言……"

郝江山看着电视机里的任一刀对刘亦欣说："这位专家可真能忽悠，污染物一旦稀释到江中，肯定会造成更大面积的污染。不仅治理的难度会更大，现在还引起了民众恐慌，更重要的是对松花江流域的生态造成了难以修复的破坏。"

刘亦欣点点头："在几百万人的大城市上游建污染企业，这些环保上的常识性错误要用几百万人的恐慌来验证，真是太残酷了，我们真该好好重视重视了。石化企业中有很多都分布在江河流域，有人说，现在不是一江春水向东流，而是一江'毒'水向东流了。"

郝江山忽然想起："敖兰昨天打电话，说他们一些农户种的粮食，因为灌了污染的江水都枯萎了，家畜也得了不知名的病，他们是和一家生态产品公司签订了供应合同的，这次造成的损失肯定很大。"

周末下午，郝江山来到孟虎威办公室。孟虎威把两只脚放在大办公桌上，手里玩着打火机，叼着大雪茄："郝大总队长，来这里要洽谈业务吗？"

郝江山一脸严肃："孟虎威，你这么有闲心呢？你们公司发生了爆炸事故，致使剧毒类污染物流入松花江，造成全市 400 万人没水喝，你知不知道？"

孟虎威把脚放了下来，脖子往前探了探："怎么，这事归郝总队长管了？"

"幸好不归我管，归我管，你的企业早就关了，把你也给抓了。"

孟虎威不屑笑了一声："你真有本事，你看看墙上挂的奖牌，纳税大户知道吗？我对 GDP 是有贡献的，现在谁管你污不污染。"

郝江山有些气愤："你也是当过兵的人，也是一名党员，怎么一点信仰和良知都没有了？"

孟虎威声音也高了两度："又上我这里来'传教'了？笑话，我一个商人要信仰干什么？良知是能吃？还是能花？"

郝江山反问："你知道你的企业造成多大的污染，又给多少人和生灵造成伤害？"

孟虎威脸色一沉，掏出手机打开一个网页："我正要找你呢，正好你来了！刘亦欣的这篇报道是怎么回事？"

郝江山拿起手机翻看并读了起来："'回不去的家'，一幅幅彩色图片显示：污染的河流、毒死的鱼儿、枯死的庄稼和森林、生病的孩子和老人……新闻记者靠事实说话，有什么问题吗？"

孟虎威盯着郝江山："发这个什么意思？别以为你救了我，我就会感谢你，你就是想在邱胡杨面前表现一把，你以为这样就能把我比下去？"

郝江山也看着孟虎威："我不需要你感谢，救你是我们的职责，在我眼里你和普通人没有什么区别，我这次来找你，是因为阿什库村的庄稼和养殖的家畜受到了污染，你要赔偿他们。"

孟虎威伸出手："是我们公司污染的吗？你有证据吗？拿来我看看。"

郝江山举起手机里的新闻："这就是证据，你要不想让事件扩大，就把赔偿给阿什库他们送过去，现在可不是以前了。"

孟虎威眼睛转了一下："就是看在战友的面子上，赔偿这种事在我们公司还是头一份，你也转告你老婆，她曝光了那么多企业，损害了那么多人的利益，走夜路的时候小心点。"

郝江山警告道："给你两天时间，把赔偿款送到阿什库和村民手中。再奉劝你一句，把污染的厂子都关掉吧，现在真不是从前了。"

孟虎威大手一挥："你还是关心喂马劈柴、粮食蔬菜的事吧，送客！"

2

郝江山回到总队说起此事，邱胡杨也很无奈，孟虎威自从炒股赔了钱后，消沉了一段时间，后来开了公司，慢慢赚了些钱，又任着性子来了。

一个人你要想活得轻松，就不要有信仰，因为任何信仰对人都会有约束、都会有束缚。但如果一个人要想活得有意义，就必须有信仰，因为信仰是人的灵魂。孟虎威是一个没有信仰的人，要说有，他信他自己，怎么高兴怎么来。每个人的内心世界，都隐藏着一匹脱缰的野马，这个世界上有多少诱惑，就会有多少匹野马，如果你不勒紧缰绳，早晚都会大祸临头。

邱胡杨常常一个人坐在森林中看树。静静地相互凝视着，又仿佛相互读懂了对方。看久了感觉树变成自己，或者自己也变成了一棵树。

森林中的树，温柔而又坚韧，摇曳多姿的绿色，自然舒展的树丫，清新怡人的味道，微风穿过枝叶沙沙抖动，阳光透过树叶柔柔地照在身上，让人感到难得的放松和宁静，一种简单的满足和快乐在心中绽放。

小时候，邱胡杨就常常看树爬树，有时候会想，和树在一起，人就简单了。树很简单，而人总是很复杂，虽然树沉默不语，但她的陪伴就是一种温暖的力量，让人感到莫名的舒心与安逸。又或许，每一棵树都有灵魂。树是一个不会说话的朋友，总是在那里，从来不会伤害人，却给了人们很多的安全感，我们的一切她都知道，无论高兴还是悲伤，总是默默地守护着人类。

刘亦欣是一个非常有责任感的人，这些年她相继报道了"三聚氰胺"、地沟油、皮革奶等食品安全新闻和大气、水、土壤污染等大量环境新闻。她立志要还人们一片碧水蓝天，她向报社领导保证，这个水污染报道一定会做下去，哪怕有再大的压力，她也要向污染宣战，让黑烟散尽，让江河清流。或是刘亦欣等记者们的报道起了作用，这次水污染事件影响很大，在舆论的推波助澜下引起了不小的轰动。而且中央治理环境污染的力度空前，没有人敢顶风作案，很多领导都被环保部门约谈了。中央八项规定出台后，以前笑脸相迎的官员朋友躲孟虎威如避瘟神，看着松花江边漂着的一群群死鱼，孟虎威头一次有了大祸临头的感觉。

孟虎威回到家中喝起了闷酒，邱胡杨看着一桌子不知道是啥的野味："我看新闻上说，最近食物都不太安全，在外面吃饭注意点。"

孟虎威一听更来气："这你也信，都是刘亦欣这样的小报记者编出来骗人的，吃的人多了，也没见得过什么病，他们只不过是吃不着野味，发发牢骚罢了，我估计他们连野猪肉都没尝过。"

邱胡杨反问："你忘了非典了吗，不就是因为吃了果子狸吗？"

孟虎威站起来反驳："这叫有品位、有内涵知道吗？没钱没地位的人能吃得上这些吗？"

"内涵也不是吃出来的，脑子里没有几本书，天天吃仙肉也还是那个德行。"邱胡杨说完便气呼呼地回房间了。

一天，在豪华饭店饭桌上，一群人在推杯换盏，一位操着南方口音的富商："孟老板，一会吃完饭，再去舒服舒服啦。"

孟虎威心照不宣："你们这里都有什么好吃的啊？"

南方富商右手打了一个响指，服务员赶紧抬上来一盆菜："这个甲鱼可是纯野生的，这么大的甲鱼，可是吃一条少一条了。"

孟虎威不屑："这个我吃得多了。"

富商笑着说："孟董，吃甲鱼，一定要野生的，你越尊贵，端到你面前的甲鱼寿命才会越长，这至少说也有200多年了。只要酒店敢卖，我们就敢点，现在的野味呀，越是濒危反而会越珍贵。"

孟虎威胡乱翻着菜谱："这个世界上肯定没有美人鱼，否则历史上会记载它的做法和口感。不是跟你们吹，我吃过的东西估计连动物专家都不认识。"

南方富商转了转桌子："孟老板，你看这道菜啦！"

孟虎威看了看盘子里麻雀样的十二只小鸟面露鄙夷之色："这不就是麻雀吗？糊弄乡下人呐？"

南方富商媚笑着说着广式普通话："哎，这可不是麻雀啦，这叫禾花雀，从遥远的西伯利亚飞到广东，体力好得很，人称天上人参，能补肾壮阳，进食可大补啦。"

孟虎威鄙夷之色重了两分："雁过只是拔毛，这小鸟是路过你们这里，都被你们吃成濒危了。"

南方富商："一般人是吃不到的啦，只有孟老板这样的贵客才有这样的口福啦，你放心，菜单上写的叫'荷叶'，保证没人查啦。"

孟虎威眉头紧皱，忽然开玩笑似的也说着粤语："你们可真残忍，我看还是来只穿山甲啦。"

天狂必有雨，人狂必有祸，花天酒地的孟虎威终究还是出事了。ICU 病房外，孟虎威父母心事重重，得到消息的邱胡杨急匆匆跑了过来："爸，虎威他怎么了？"

孟父瞅了一眼邱胡杨叹了一口气："唉，丢人呐！"

邱胡杨又跑到孟母面前，拽着她的衣服："妈，到底是怎么回事？"

孟母嘴唇嚅动了几下，一时不知如何说起，只是擦着眼泪。

邱胡杨越想越着急："都快急死我了，到底怎么回事？"

孟母擦了擦眼泪："这王八犊子，老孟家的脸都让他丢尽了！"

邱胡杨掏出纸巾给她擦了擦眼泪，扶到一旁的长椅上："妈，您坐下，慢慢说。"

孟母稍稍平复了情绪，几度哽咽中道出原委："唉，胡杨，你是个好媳妇，这些年委屈你了，我说了你可别生气啊，虎威他，他去了那种地方，因为争小姐被人打晕了，送到医院一检查，又发现他还吃了什么野生动物，得了一种怪病，医生说他可能这辈子都只能在床上躺着了。"邱胡杨顿时两眼一黑晕了过去。

孟虎威病倒后，家人四处求医问药，辗转几个城市进行治疗。邱胡杨虽然对孟虎威的所作所为非常生气，但念在夫妻一场和女儿的情分上，还是无微不至地照顾着他，孟虎威的病逐渐好了起来。

几个月后，孟虎威便能下地行走了，他迫不及待地去医院找专家寻求秘方。

医生号完脉，孟虎威抽回手臂赶忙问道："柳叔，我现在感觉整个人很昏沉、没精神，还老爱忘事，这是咋回事啊？"

医生笑了笑，边开处方边说："你久病初愈，身体虚，兼有积劳，不过没什么大碍，我帮你开几副中药先调理一下，坚持吃，不要劳累，不要生气，更不要动房欲。"

孟虎威听完转了转眼珠，压低了声音："那吃一些好东西，比如野生的动物，能不能补得快一些？"

医生摇摇头，看着孟虎威的眼睛："单从营养价值来讲，野生的和家养的差别并不大，说是大补，其实没有科学依据，不能治病，只能致病。"

说完顿了一下，推了推眼镜："有些动物携带了大量人类未知的病毒，这可不是危言耸听，比如果子狸就被发现是 SARS 病毒的中间宿主，吃这些隐患很大，我劝你啊，少打这些主意。"

孟虎威好似被吓着了，想着这野味是吃不得了，但又寻不到好方法，急得拉住柳医生的胳膊："柳叔，您说我这病怎么才能彻底好起来？"

医生笑着拍了拍胳膊上的手："要我说，你孟公子是一粒种子，一颗情种，落哪儿哪儿发芽，你这个病就是你媳妇照顾得好，搁一般人早放弃了。"

孟虎威尴尬一笑："这个我知道。"

医生看着他笑了笑，换了话头："你父亲现在怎么样？他还好吗？"

孟虎威听到柳叔问自己的父亲，又感亲近一分，适才的尴尬转瞬甩在脑后："身体还不错，冬天去三亚，夏天在哈尔滨。"

医生听后点着头，继续说："虎威啊，一个人一生的消耗是有一定限度的，就像山上的树，你天天砍，早晚都有砍光的一天，虽然也会慢慢生长，可哪里有砍得快？"

孟虎威听后想了想，似乎没懂："您具体说说？"

医生严肃地看着孟虎威："要想身体好，就要封山育林！"

孟虎威听完皱了皱眉，疑惑自语："封山育林？"

医生点点头，摸着胡子徐徐道来："对，你要让树长，千万不要去砍伐它，更不要去拔，拔了伤根啊。这么说吧，你山上的树可不太多了，有的长得还很弱。生活中要培养一些良好的生活习惯，早睡早起，锻炼身体，切不可拔苗助长，也不能借用外部力量，从别的山上移一些树种在你的山头上，吃一些乱七八糟的东西，这些都会伤身的，破坏了生态平衡，身体想恢复可就难喽！"

3

精英林，是一个记载荣誉的殿堂，能够入选精英林的都是在灭火作战等重大任务中作出突出贡献的同志。这里有中国武警十大忠诚卫士、森林部队绿色卫士、全军优秀士官、武警部队优秀教练员等。每名官兵都把能在"精英林"里认领一棵松树作为自己军旅生涯的最高荣誉。

近几年，总队大抓军事训练，树立能打仗、打胜仗这个战斗力标准，从严组训，涌现出了一批训练先进个人。

指挥部在总队举办了战训法"五长"集训，集训前还组织了森林部队"十大军事训练标兵"比武竞赛，经过激烈角逐，总队取得了团体、个人双第一的好成绩，汪显宁、刘图南、杨清焰、周灵泉荣获森林部队"十大军事训练标兵"，并荣立个人二等功。

表彰大会上，4人身披鲜红的绶带、佩戴二等功奖章，鲜红的花朵映衬着官兵们灿烂的笑容。李副省长、省应急管理厅赵厅长和往届精英林入选者于连合、苗尚军、马日史初为入选者颁发铭牌和证书。

大会后，李副省长与郝江山边走边聊："近几年，咱们总队森林防火灭火任务完成得很好，我看这人才很关键呐！"

郝江山点点头："是啊，建设现代化武警森林部队，人才是第一要务，尤其士官队伍是部队实现战斗力提升的关键，我们打破常规，把他们放在最重要的岗位上，最大限度为他们消除后顾之忧，这是我们大抓人才队伍建设的有益尝试和宝贵经验。"

李副省长表示肯定："人才是个宝哇，国家因人才而兴旺发达，军队因人才而克敌制胜。"

郝江山走到一株精英树旁指着铭牌："您看这位是苗尚军，一名基层士官，被总队任命为电台台长，参加灭火作战通信保障任务 200 余次，次次畅通无阻，组建超短波基站 40 余个，是我们信息化建设的'兵专家'，他担纲的星型拓扑结构超短波转信组网课题，被森林部队推广，编写的'无线电通信密语'，填补了森林部队无线电通信代密的空白，现在他带的战士们也逐渐崭露头角，走到了前台，挑起了大梁。还有于连合，一名 47 岁的一级警士长，支队分配给他的公寓房和常委在同一单元。"

赵厅长看着铭牌："于连合我知道，武警部队十大忠诚卫士嘛，'4·27'打火，还被国务院授予过'扑火尖兵'荣誉称号。"

郝江山忍不住夸赞："他入伍 27 年，有 26 年是在与特种车辆打交道，先后维修车辆四千多台次，研究出 40 多项革新成果，为部队节约经费 1000 多万元，获全军士官优秀人才一等奖。"

李副省长露出了笑容："很好，很好，人才济济才能打胜仗，像这种人才你们得从生活上多关心照顾才行。"

郝江山指着精英林："我们在住房分配、家属随军等方面，都制定了一系列优待政策，确保他们不为家事烦恼，安心在本职岗位建功立业。目前，一支通晓信息化条件下机械灭火战法，熟练掌握灭火炮、装甲车操控技术的新型人才队伍已经在部队形成规模。近年来，全总队共有 146 名士官受到武警部队以上表彰，80 名士官荣获优秀人才奖，这个优秀'中坚群体'，撑起了总队战斗力的半壁江山。"

李副省长拍着一棵树嘱托道："正确的导向汇聚起强军的力量，消除了后顾之忧的官兵们就能在岗位上迸发出巨大的能量啊。"

郝江山踌躇满志:"我们的口号是'立足主战场、担当主力军,善打主动仗、当好生态人。'总队党委早在几年前就做出了决定:每人每年必须义务植树50棵,包栽包活,各大中队都建立起了自己的绿色卫士林基地。"

"森林官兵不但保护着绿色,同时还创造着绿色。"

"要正本清源,只有护林造林。"

李副省长点点头:"这么做是对的啊,省里支持你们!"

周末晚上,郝江山正在房间看文件。这时,桌上的手机响了起来,看来电是一位退休的老领导,寒暄了两句就直奔主题:"我有个亲戚叫江秋龙,在你手下当参谋,提职条件已经够了,你想办法把他提拔一下吧。听说你们后备干部还要过一段时间才研究,但早点着手,以免耽误孩子前程。"

郝江山有些疑问:"我以前没听您说过呀。"

对方说:"前段时间你刚来,怕你还对不上号,我估计你现在情况都熟悉了,这不就找你了吗。我可是第一次张口啊,孩子想在你手下干,说明你那还是很有吸引力啊,你干得好哇……"

郝江山听清楚了,心想咋办?停了一下说:"老首长,我先了解一下情况,再给您回电话。"

对方说:"你在哪?我让孩子去看看你。"

郝江山连忙拒绝。刚挂了电话没几分钟,电话又响起:"总队长,我是直工科的江秋龙,您这会忙吗?"

郝江山直问:"这么晚了,有事吗?"

"我想找您汇报一下思想。"

郝江山心知肚明:"可以,明天到我办公室。"

说完便挂了电话,脱下衣服,刚要给家里打电话,听见一阵有节奏地敲门声,郝江山穿好衣服前去开门。

"首长,打扰您了。"话音还未落下,人已挤进屋子,顺势将手里一包东西放在旁边的桌子上。

郝江山不禁有些生气:"你这是干什么,不是告诉你有事明天去办公室吗?"

江秋龙愣了一下小声说道:"首长,提职的事还得麻烦您,我任现职已经四年了,再不提职就超龄了,只要您帮我说说,肯定就有希望。"

"你让我说什么，是说你平时工作干得好，还是说你大半夜给我送礼？"

江秋龙挤出笑容："帮帮忙嘛，我会感恩您的。"

"你先回去吧，咱们总队这么多年来一直倡导'靠素质立身，靠实绩进步'，只要你干得好，群众自有公论，领导也不糊涂。"

说完把桌上的包塞到江秋龙怀里，下了逐客令："赶快回去！"

郝江山了解完情况后，给老首长打电话："老首长，您那个亲戚体能考核不合格，民主测评还靠后，提职名额也有限，这忙我帮不了！"

对方说："你有这个能力，再帮忙协调一个名额吧。"

"老首长，规矩是党委定的，我作为单位主官，说了不算，算了不说的，这个总队长还怎么干啊？多少只眼睛在盯着我，你说我该怎么办吧？"

对方不说话了……

半月后，总队干部提拔使用局域网公示后，江秋龙没想到自己榜上无名，而徐玉麟却在拟提拔干部公示名单之内。通过这次干部使用，大家明白了，送给领导最好的礼物是工作成绩；想进步最好的渠道是实干；走后门找路子，不如脚踏实地干出样子。

4

近年来发生的许多事，让张家贵愈发觉得愧对良心，当初他只是想多赚点钱，日子过得好一点，始终觉得自己属于君子好财、取之有道的那类人，可在不知不觉中却陷得越来越深，以破坏生态为代价牟取利益，干了些伤天害理的事。有时心理压力很大，自责与内疚堆积在心头，或许是为寻求心灵释怀，又或是琢磨着以后的发展，茫然中来到郝江山家。

张家贵的到来，让郝江山既惊喜又意外，虽然彼此的追求和走过的路不尽相同，但发小加同学的感情仍是淳朴而真诚的。郝江山多年来一直想从某些方面帮助他，可每当想起家贵的个人追求和所作所为又放弃了，见面聚在一起也没觉得生分，谈笑风生、畅所欲言。

不知不觉就到了饭点儿，刘亦欣张罗着食材，招呼他俩一起进厨房包起了饺子。擀着饺子皮的张家贵道出了心里的想法："今天听了你们俩的一席话，感慨很多啊，回去之后我就把速生林项目撤掉。"

郝江山包着饺子对张家贵说道："可以这么说，新中国成立以来有三次大的植被转型，一次是大炼钢铁，一次是农业学大寨，最近的一次是许多山地转型为经济林木和果园。但你们这种行为，说白了就是拿老百姓的利益和生态作为代价，换取可怜的几张纸币，这就是杀敌三千，自损八百的剧毒式发展。"

刘亦欣边揉面边说："这才是好同志，对了，我们志愿者联合各大网站开展了'保护森林筷行动'活动，我家还有抵制一次性筷子的宣传资料，可以在你们公司宣传宣传。"

郝江山起身拿起一打宣传资料："都在这儿了。"

张家贵看着资料一乐："没问题，我收下了。"

"我们现在去饭店都是自带筷子。"郝江山包好一个饺子，看看手表："艾一木怎么还没到啊？"

傍晚时分，出差路过哈尔滨的艾一木才匆匆赶到。客厅的桌子上已摆好了几盘炒好的菜，郝江山给张家贵倒了一杯酒："一木，你也来一杯？"

艾一木端起杯子："不好意思，刚才有点事，耽搁了一会儿，你也满上？"

郝江山边倒酒边说："战备了，不能喝了。现在咱们是常年战备、三季连防、随时抢险、时有处突。"

艾一木有些不好意思："对，对，离开部队这么长时间，我都忘了。"

张家贵与艾一木碰了碰杯子："江山哥的兄弟，就是我的兄弟，来，咱俩喝一杯。"

刘亦欣从厨房端过来一盘粉蒸肉放在桌子上："江山说你最喜欢吃这个了，多吃点。"

艾一木半起身："亦欣，你别忙了，一起吃吧！"

"你们先吃，我马上就来。"

张家贵也附和："整两个菜就行了，又不是外人。"

郝江山又倒了一杯酒给两人："到新单位还适应吧？"

艾一木将杯中酒一饮而尽："还行吧，就是没有在部队干得顺溜，我这个人直来直去的，有啥说啥，领导也不怎么待见。"

郝江山又倒了一杯："当时咋不自主择业呢？"

艾一木放下酒杯："警校毕业后我就守在长白山上，后来组建新疆总队时去的那个支队离城市很远，又是反恐又是打火。在部队一干就是20多年，就会打火看林子，老家的朋友、同学都生分了，我们家几辈子农民，好不容易出一个小官，退役后却成了一个什么事都办不了的闲人，回到老家，父母会让人笑话，面子往哪搁。"

看见刘亦欣坐了过来，艾一木接着说道："我媳妇这些年，跟我调来调去的，也把正式工作调没了。自主择业也没啥人脉，孩子还没上大学，办个事也不方便，我又不会做生意，没了身份和地位，在社会上连个找你喝酒的都没有，所以就选择留在体制内了，谁能想到是这种情况。"

郝江山感叹："哎，言重了啊。"

艾一木又接着说道："其实我对部队还是很怀念的，穿军装的感受，就像浸到骨子里一样。作为军人，失去组织就像战场上掉队的兵，有了组织，心里才有依靠啊。"

刘亦欣拿出烟敬给艾一木："到自个家了，抽一根吧？江山说你烟瘾很大。"

艾一木推辞："那是以前的事了，自从守在长白山上，我这烟就彻底戒了，那时候执勤看见抽烟的就想掐，现在还好，不那么疾恶如仇了。"

"江山说你看到火情，就像见到仇人似的。"刘亦欣递给张家贵一支烟，张家贵接过烟点上："嫂子，你真能干，又这么贤惠，江山哥真好福气啊。"

郝江山笑了笑："那是，她可是咱们家的户主。来，吃菜，尝尝亦欣的手艺。"

张家贵扒拉了一口米饭："好吃，好吃，这个米饭怎么这么香？"

艾一木品了品："像小时候的味道。"

郝江山给他俩夹了一筷子菜："这是纯正的东北大米，没用过化肥、农药，连除草剂都没打，我新兵连战友阿什库种的。"

艾一木仔细回味了一下："真香，还筋道。"

刘亦欣想过去拿张家贵的碗："家贵，吃完了再盛，还有呢。"

张家贵拿着碗闪到一边："嫂子，别客气，我自己来就行。"

郝江山放下碗："家贵，你几年没回去了？"

张家贵呷了一口酒："三年了，这几年厂子越办越大，时间越来越少啊。"

刘亦欣见大伙酒足饭饱，转身去厨房切了一盘橘橙："尝一尝新鲜的橘橙，这个解酒。"

张家贵亲切又好奇："新鲜的橘橙，这可是好东西，哪儿弄来的？"

郝江山递给张家贵："前些天，老爸从家里快递发来的，说今年橘橙丰收了，让我们也尝尝鲜。"

张家贵尝了一口倍加满足："这才是家乡的味道，橘橙是我们家乡的特产，皮薄肉鲜，酸甜可口，还有美容养颜的功效。"

郝江山也吃了一个："这大米和水果没有任何污染，市场上都很难买到这种绿色食品了。"

艾一木吃完一个橙子："现在普遍使用农药、化肥和激素、色素，很多农作物生长周期短，产量是高了，颜色好看了，就是没有以前的好吃了。"

郝江山又递给艾一木一个橙子："还是原生态的作物和食材好，没有任何污染和毒害，利于人的身体健康。"

刘亦欣轮流给大家递着纸巾："一木，你们那的环境应该很好，没有雾霾和沙尘暴吧？"

艾一木大吐苦水："怎么没有，GDP 指标压倒一切，我们那个小城市，这些年，也上马了好几个工业园，到处都是冒着浓烟的大烟囱，高大的厂房一排排耸立，空气中散发出刺鼻的异味，小河里五颜六色的废水横流，不见一条活物，好在中央下决心治理了。"

张家贵忽然眼前一亮："江山哥，你说，我回家搞点绿色经济行不行，把生态理念融入乡村，弄几块地，禁止一切农药、化肥、除草剂，只使用有机肥，这样的粮食是不是有市场？"

郝江山表示赞成："当然有啊，现在人们都担心食品安全，人人盼着能吃上绿色食品。这肯定是最好的生意路、发财道，我支持你。"

刘亦欣说道："食品安全是最实在的民生工程。可现在所有的人都想吃无毒无害的食物，却忽略了自然形成的食物链，农药和杀虫剂会造成植物污染，被牛羊等禽畜吃进去后，毒素会停留、分布再浓缩，这污染物的含毒量会更高。"

郝江山笑着说："我爸在电话里炫耀说，老家所有的种植养殖业只使用植物肥，也不用动物肥，就怕动物的粪便有重金属和残留的毒素，容易形成二次污染。这样看来，老家新农村的生活不比我们这些城里人差嘞。"

刘亦欣微微笑笑："这不就是生态农业吗？"

张家贵抬头看着窗外："我觉得，我们这代人既要全面小康，更要身体健康！"

艾一木有些出神："我也想回到从前，回到大自然中去，追求生活的本真和品质。"

郝江山倒不意外，只是疑问："那你的工作呢？"

艾一木想了想："这个工作，说白了就是面子，可仔细一想呀，天天过得不开心，在单位也发挥不了多大作用，还是回归我们热爱的大自然，发挥点自身的作用吧。"

张家贵满是信心："如果这个经营模式成功了，我们可以向全国推广，对于生态系统的修复也是大有益处的。"

郝江山想了想："生态修复是个大课题，离不开政府力量和全民自觉。党的十八大，不是倡导生态文明建设吗？这是大背景、大气候，肯定能行，这个世界上没有两片相同的树叶，每个人的存在都有特殊的意义和价值，也许无心插柳，也能长出一片大森林。改变不是一朝一夕的事情，扭转整个大环境不是哪个单位和部门的事，但只要我们从自己做起，就一定会有成效。"

张家贵提议："来，再喝一杯，江山哥说得有道理，但是种植养殖可是个技术活。"

艾一木也来了兴致，跟张家贵和刘亦欣碰杯后："我有经验，在支队的时候，我们与驻地一个叫博斯坦的村子搞定点扶贫、结对帮建，以前村民都是砍红柳当柴烧，后来嫁接了大芸，不仅产生了经济效益，还绿化了沙漠，达到人进沙退，实现了生态保护的最大效益。这叫只要观念新，黄沙也能变成金。"

张家贵喝了一杯酒："恢复到小时候的样子，想想都美好。"

这场幡然醒悟、发自内心的酒，一直喝到了深夜，喝得酣畅淋漓。

5

哈尔滨萧红中学小广场上正在举行"六·五"世界环境日主题演讲活动。郝天正在朗诵诗歌《我们只有一个地球》：

> 地球是我们赖以生存的家园，
> 我们只有一个地球，
> 我们不能一味地向她索取，
> 更不能糟践地球。
> 为了建房，
> 我们砍伐了森林，
> 她得了"脱发病"；
> 为了采沙，

我们破坏了河道，

她得了"皮肤病"；

为了排放，

我们污染了空气，

她得了"结核病"

为了灭虫，

我们损害了土壤

她得了"血液病"……

我们的无知，

我们的贪婪，

遭到了无情的惩罚……

绿洲变成荒漠，

沙尘暴向我们袭来。

青山变成秃岭，

洪水便向我们袭来。

有毒食物流向餐桌

疾病就向我们袭来……

花儿失去芬芳，

鸟儿不再歌唱，

鱼儿濒临灭绝，

生态难民逃离故乡。

天空在哭泣，

大地在叹息，

地球在呻吟，

人类在呼唤：

要像爱护眼睛一样，

爱每一只小鸟，

爱每一棵小草，

爱每一条河流，

爱每一寸土地，

爱每一片蓝天，

我们只有一个地球！

我们要像保护生命一样，

保护地球！

朗诵结束，有几个同学随手把废纸丢在地上，郝天一张张捡了起来，若有所思。他跑到刘老师的办公室，"老师，我想发起一个倡议书。"郝天认真地说。

"什么倡议书？"刘老师放下批改的作业看着郝天。

"是关于珍惜纸张，保护森林方面的。"

"你再说具体点。"

"上次搞社会调查，我发现造纸需要用很多木浆，这不仅造成森林的毁坏，还对江河湖泊、土地造成了污染。所以我认为废纸也是森林，珍惜纸张就是保护森林。"郝天把想说的话全倒了出来。

"很好，接着说！"刘老师满意地点了点头。

"很多人不仅缺乏森林、造纸与生态环境等相关知识，在现实生活中也存在大量浪费现象，我认为大家都要从点滴做起，充分利用好每一张纸，真正做到不浪费纸张！"郝天举着手中的废纸又补充了几句。

刘老师很赞赏："没想到，郝天还有这种意识，老师支持你。"

周一上午，萧红中学宣传栏上用红纸贴了一个倡议书。

"森林与我们每个人的生活息息相关，但是全世界的森林资源已经很匮乏了，而我国又是一个少林的国家。作为学生，我们可能没有直接砍伐森林，但你是否想到过，木材是造纸的主要原料，每一张纸的背后都是一片森林，珍惜纸张其实就是保护森林资源……"

宣传栏前围着很多同学和教职员工。

"是呀，全中国每人每天用一张纸，就是十几亿张，这得砍伐多少森林？这个倡议提得好！"一位老师赞叹道。

"看来我做得还不够好，以后得改正。"一名学生点了点头说道。

"废纸也是森林啊。"

"如果全世界都这么做就好了。"

"拍下来，发到朋友圈里……"老师们也积极拍照转发，希望能使每个人都

受到教育，杜绝资源浪费。

当晚，电视台直播着一期火热的创业投资节目：创业梦想秀。

现场的大屏幕上正在播放一段 VCR：

"我是孟虎威，自号'万木草夫'，一年前，我还是一个被医生判定为终生躺在病床上的植物人，在妻子的精心照料下，我重新获得了健康。在这里，我想特别感谢我的妻子，因为我之前做了很多对不起她的事情，我很感激我的妻子没有放弃我。"

郝江山一家人坐在电视机前，刘亦欣感慨："没想到孟虎威真能站起来，没想到他能有这么大的转变。"

郝江山望着屏幕上的孟虎威不禁说道："人有两次生命的诞生，一次是肉体的出生，一次是灵魂的觉醒。"

VCR 里孟虎威真情流露："我的妻子叫邱胡杨，她出生在阿拉善盟，那里风沙弥漫，植被稀缺。在那里，有一种植物也叫胡杨，始终默默地坚守着黄沙大地，因为胡杨们相信，它们能把沙漠唤醒，让被称为'地球癌症'的沙漠出现奇迹，重新长出绿色。我关掉了公司，用尽所有的积蓄成立了'威森林'公益组织，计划用 10 年时间完成种植 1 亿棵胡杨和梭梭项目，恢复 500 万亩胡杨和梭梭为主的荒漠植被，重建沙漠生态屏障，阻断腾格里、乌兰布和、巴丹吉林三大沙漠的交汇。加强荒漠化防治刻不容缓，我们已经投入了 600 万元，在黄沙肆虐的沙漠种植胡杨和梭梭，以实际行动塑造环境，呵护我们共同生活的家园。"

"一个简短的 VCR 既讲述了感人的爱情故事，也讲述了孟虎威先生想实现人与自然和谐相处的生态梦想，有请'万木草夫'——孟虎威！"主持人说完，灯光顺着他的手掌方向，金色铜钱模样的财富之门缓缓打开，孟虎威西装革履从门内走出来，向主持人和投资人及观众挥手问好："大家好，我是一亿棵胡杨和梭梭项目负责人孟虎威。"

主持人："刚才的短片确实很感人，下面开始 60 秒项目阐述，他究竟能打动几位投资人呢，让我们拭目以待。"

孟虎威站在台上侃侃而谈："我带来的项目是一亿棵胡杨和梭梭计划，采用的是利用互联网＋快乐公益的方式，指导当地牧民进行种植。一棵胡杨可以绿化 30 平方米的沙漠，每年能排出 10 公斤的盐碱，是拔盐改土的'改良功臣'。梭梭是阿拉善的原生树种之一，能防风固沙，有了胡杨和梭梭，就为其他植物的生长提供了适宜的环境，沙漠就有了孕育生命的基础，小草才能慢慢长起来，肉苁蓉会重新盛开，禾本科的小草会回来，沙漠动物穿梭其间，就会恢复大地本来的样子。我们前期已经投资了600万启动资金，现在还缺口400万元，希望在座的各位能跟我们一起共享经济、社会和生态效益。在治理荒漠化的过程中，公众的参与是至关重要的，企业和媒体都是撬动公众参与治理的杠杆，每种下一棵树就是播下一份希望，我们团队希望用这种方式，引导人们共同去关注治理沙漠。谢谢！"

项目阐述中，一名投资人灭灯。

主持人："好！60秒时间到，创业者孟虎威先生陈述完毕，我们看到现场5位投资人，还剩下4盏灯，恭喜你过关成功！究竟孟先生的项目能不能成功呢？我们开始下一个环节，请现场的4位投资人开始提问。"

投资人甲按响了提问铃："据了解你原来有公司，而且规模还挺大，为什么都关掉了呢？"

孟虎威："我的那几家公司可能创造了一些可观的经济价值，但在生产和经营过程中破坏生态环境，受到了环保部门的严厉处罚，所以关停了。"

投资人乙："1亿棵梭梭和胡杨，可不是一个小数目，你的公司如何实现这么一个庞大的计划呢？"

孟虎威侃侃而谈："诚然，仅靠一个、两个、几十个人显然是不行的，我的岳父曾在三北防护林工作，现在正带领牧民和志愿者种植胡杨、梭梭等，效果是明显的，但与沙漠化进程比起来很缓慢。荒漠化防治是全球人类的责任，在这个互联网时代，我们想进行一次互联网+快乐公益化的新尝试，让人人都能参与，用这片森林实现企业、互联网、阿拉善、牧民和梦想的联结，最终让各方形成多赢的局面……"

6

额济纳旗邱冠华家，邱母正守在电视机前看着屏幕中的孟虎威，既兴奋又担心："老邱，你说咱女婿这个能成功吗？"

邱冠华却信心满满："我这个女婿只要想干个事，没有办不成的，再说，这是个大好事。"

主持人："科普一下，胡杨是非常坚强的树，有沙漠'英雄树'的美称，生而不死一千年，死而不倒一千年，倒而不朽一千年，朽了以后根系仍然牢牢扎在沙漠里，固定一个沙堆，继续顽强地为保护生态服务，正好代表了中华民族自强不息、坚贞不屈的精神品质。"

"您的精神我非常佩服，但是在商言商，我们毕竟是商人，肯定会追求利益的最大化，将社会公益和互联网经济绑在一起，我觉得盈利的可能性不大。"投资人丙接着摁灭了灯。

投资人丁："能不能具体谈一谈，相关的实施细节？"

孟虎威点了点头："我们想让每个人都可以利用碎片化的时间随手做公益，来表达善意和社会责任感。比如在手机上捐款种植一棵虚拟的胡杨和梭梭，就像在现实生活中我们会种植一棵真正的实体，同时每个人在手机中随时都能看到这棵树的成长。利用虚拟和现实的结合，我想这种寓公益于娱乐的全新形式，会满足大家快乐公益的需求。"

投资人甲："我觉得你不像是一个创业者，倒像是一个梦想家。"

孟虎威真诚一笑："创业，不就是从梦想开始的吗？"

台下掌声雷动。

投资人乙："理想很丰满，现实很骨感，反正我现在还没有发现有多大的商业价值，如果你能把盈利的问题解决了，你这个梦想就实现了。"

孟虎威："保护环境就是保护生产力，改善环境就是发展生产力，这个项目只要做起来，盈利是没有问题的，这是一个多赢的局面。对一个企业来说，钱永远是挣不完的，但为了一个碧水蓝天的中国，我们现在已经行动了。"

投资人甲："我很佩服你的梦想，但是很抱歉，我暂时不会考虑投这个项目，谢谢。"

投资人乙："这么大的工程，不应该是国家在做吗？"

主持人："这个观点我不赞同，改变生态环境不应该全是政府的责任，也应该是每个企业、每一个人都可以做到的事，我们都应该为保护子孙后代的生存环境而努力！"

孟虎威听后点着头鼓着掌。

投资人丁："这么大的风沙，牧民们不会搬迁到别的地方去吗？他们会在这么艰苦的地方种树？"

孟虎威诚然答道："历史上，丝绸之路西出阳关以后的路段，如今都被黄沙吞噬了，可有一部分人仍然在那里坚守，我也曾经有过疑问，到城里捡垃圾也比这要强得多啊，我想，支持他们留在那里的，更多的是一种精神力量。有位牧民告诉我，栽下的树活了，沙漠变绿洲了，我们的子孙后代就不再让风沙撵着跑了。而且我们这个项目，可以通过胡杨和梭梭的衍生经济价值来提升牧民的生活水平。"

投资人乙："我想投，但是我还没有足够的信心。"

孟虎威坦然一笑："什么东西都能卖出去，我们要卖给每个中国人一个绿色的梦想，咱们可以再沟通，需求是可以创造的。"

主持人："提问环节结束，有没有哪位投资人愿意跟孟虎威先生合作？"

剩下的 3 位投资人都撅灭了灯。

主持人："非常抱歉，孟先生，您还有什么要补充的吗？"

孟虎威有些失落，但是神色坚毅，面露真诚笑容："今天正好是世界防治荒漠化和干旱日，随着荒漠化的严重，我们选择种植胡杨和梭梭的地方，已经成为我国最大的沙尘源地之一，沙尘暴北方的路径和西北路径均通过阿拉善地区。我不想在这里列举一些枯燥的数字来说明沙漠化带来的恶果，想必我们现场和电视机前的观众朋友们都感受过沙尘暴和风沙的危害。公益从来不是一个人的坚持，而是所有人一起来，通过一点一滴地努力，终究会汇集成森林，我相信我的梦想一定会实现！谢谢！"

主持人："孟先生还是很有信心的，从他的身上我感受到了一种希望的力量。在这里，我呼吁各位投资者，关注这个项目，希望他的项目能够成功，我们有请今天的下一位梦想创业者！"

孟虎威走到后台，长舒一口气，掏出手机，打开手机看到多条未读消息。

他先点开微信里和邱胡杨的对话框："虎威，我永远支持你！棒棒哒！"

小棉袄："爸爸，你真伟大！"

生态天骄："继续努力，大家共同想办法，办法总比困难多。"

岳父："干得漂亮，你是我们的骄傲！"

看着亲人们的支持，身材伟岸的孟虎威再没憋住眼泪，哽咽着深深地吸了一口气。抬手抹泪时，一个陌生号码打了进来，孟虎威迅速调整了情绪接通："你好，我是孟虎威。"

一个温厚的声音传来："你好，孟先生，我姓钱，是正成集团董事长。"

孟虎威很惊讶："您找我有什么事吗？"

钱董事长："我对你这个互联网＋快乐公益的理念很感兴趣，明天有没有时间到我们总部面谈？"

孟虎威激动得站了起来："有，有，明天几点？"

钱总："明天上午 10 点，我有半小时，够不够？"

孟虎威激动地说："够，够了！"此时的孟虎威眼中闪着光，仿佛看到了希望。

关上电视，郝江山深感欣慰，抬头看着时钟，已经是晚上 9 点，于是走进郝天房间："儿子，九点了，咱们该熄灯就寝了！"

"爸爸，你咋还把部队'打包'带回家了，在家里应该叫睡觉。"郝天边说边拿着手机靠近郝江山："爸爸，你有微信吗？"

郝江山故意打趣道："威信？在家里还是在部队，在家里你妈妈最有威信。"

郝天斜着眼睛看着郝江山："爸爸，你真的是 OUT 了，我说的是一款社交软件，难道你的手下都不用吗？"

郝江山走到郝天身边："我还真没在意。"

郝天笑了起来："怎么样，想不想学，我教你啊？"

"免费教？"

"免费教，郝大校能答应吗？"

刘亦欣也走了进来："抓紧睡觉去，你爸今天挺累的。"

郝江山摸着他的头："我就知道你有条件。"

郝天故意眼巴巴地看着父母："我在网上发起了捐助，在腾格里投资了一块沙漠，搞绿化，还差点钱……"

"这事得问你妈，咱们家你妈妈管后勤，会当家理财，钱都在她那儿。"

郝天调皮地说："母后说了，这事需要双主官批准，怎么样？给批了呗。"

"好！准奏！保护环境的事，爸爸妈妈肯定支持。"

郝天高兴地跳了起来："成交！我现在教你用微信。"说完，郝天拿起手机，给郝江山讲解起来。

又一天早晨，哈尔滨的跳蚤市场上，郝天和同学们把看过的书、玩具等一些闲置的二手物品拿出来义卖。忙乎了一小天，郝天卖出了不少东西，回到家里，赶紧对刘亦欣说："妈，给你 300 元钱，你给我发个红包。"

刘亦欣一脸茫然："你哪来的钱？"

郝天说道："我把书和玩具卖了，还有节省的钱。"

刘亦欣不解：“那你要红包干什么？”

郝天解释道：“我想在孟叔叔的‘威森林’APP 里种树，我打算每个星期种一棵，等我长大了就拥有一整片森林了。”

刘亦欣：“是吗？太好了，也给妈妈种一棵吧。”

郝天开心道：“好啊。”

7

国防大学学习室内，一名解放军大校学员翻看着本次培训的花名册，突然看到郝江山的名字，抬起头来对一名武警大校说道：“老龚，你什么时候调到武警任职的？你们武警森林部队主要是干什么的？”

龚总队长点点头：“我调武警任职已有五年多了，武警森林部队的职能任务主要是森林草原防火灭火，还承担着维稳处突和抢险救灾等任务。”

楚师长疑惑地问：“这支部队都布防在哪些地方？”

龚总队长：“森林部队一般都驻扎在深山老林，知道的人不多，受不良风气影响较小，政治生态很好。”

楚师长心中有些不解：“这事我有所耳闻，可我们是打仗的部队，他们就是灭个火嘛，地方老百姓不也能干吗？”

“楚师长，你这就孤陋寡闻了，森林部队几乎每天都有灭火作战任务，要说这打火可不简单，我参加过扑救 87 年‘5·6’大火任务，我以前的老师长，就是享誉全国的大胡子师长。当年打火森警还是很厉害的，最难打的地段都是他们打灭的。因为不懂灭火常识，地方群众烧伤、烧死了很多人，我们当时还请了老郝给我们当过扑火教员培训，在打火这方面确实很专业。”龚总队长笑着介绍道。

郝江山提前几天来到北京，赶上了在北京召开的国际零污染产品展销会，得知张家贵和艾一木都参展，就兴致勃勃地去了会场。

展销会的环保家具区内，张家贵正在向参会嘉宾讲解：“西方人征服木头会将木头切成薄片、碾碎成粉末，和胶水一起制成三合板和胶合板，这样的使用年限是很短的，而且存在甲醛污染。木头其实是活的，和人一样，他们都有灵魂，会因环境的变化而变化，或是变形或是热胀冷缩。我们中国人悟到了木头的特性，顺势而为，量材而用，我们的中式家具不用铁钉也不用胶水，只用榫卯结构，几百年后木料可能会朽，但主体结构不会变形，完全没有甲醛污染……”

　　绿色有机农产品展区内，艾一木的展位前，也挤满了参观的人群，他正向经销商和市民介绍着他的生态农业产品："我们的'生态缘'大米，绝不使用化肥、农药，也不使用动物肥，有着天地间最纯净的能量，大家尝一尝，入口香甜、软糯……"

　　几位经销商尝了尝："确实香……好吃……味道真好……"

　　艾一木听见他们说好吃，赶紧推销："从种植、收割到贮存都有专人管理，没有污染，安全可靠。"

　　郝江山在人群中听着艾一木的介绍，看着图片展示禁不住点了点头。

　　艾一木指着图片："大家看，这就是我们的生产基地，这里没有工业园区、没有污染企业，只有清新的空气和蓝天碧水。"

　　正说着，艾一木一抬眼看见郝江山，高兴地招呼道："江山，你来了！"转身对一名工作人员说道："你先盯一会，我战友来了！"说罢走到郝江山跟前，兴奋地问："江山，你看我这里怎么样？"

　　郝江山打心里敬佩："我给你点赞！了不起啊。"

　　艾一木眼里闪着光："一开始乡亲们都说我当兵当傻了，工作都不要了回家种地，种地还不用化肥，后来他们觉得咱这个确实好，都自觉地加入这个生态农业，现在我们附近好几个村都推行了生态种植，现在天也蓝了，水也清了，鸟也多了。人其实就像一棵会挪窝的树，有的适合种在高山，有的适合长在平原，有的适合长在沙漠，我就适合长在这里。"

　　郝江山看着艾一木略显疲惫的眼神，有些担心："吃了不少苦吧。"

　　"可不是咋的，光去你们村学习就不下十几次。"艾一木倒是一副吃苦是福的洒脱样。

　　这让郝江山忍不住地畅言："要是全国都推开就好了。"

　　这话说到了艾一木的心里，他拉着郝江山开始滔滔不绝："会有那么一天的！健康的土壤、健康的食物、健康的生活，这整个是一个'大农业'的生态循环理念，我觉得中国需要一次革命，一次生态革命，一次以农民理性回归的真正的绿色革命。充分利用生态学原理，实现农业可持续发展，我们做的是一个发展方向，是未来生态农业和生态文明的星星之火！我一定会坚持下去，把生态农业的路子走宽，把绿色生产的事业做强！在不久的将来肯定会形成燎原之势！"

第三十二章 政朗气清

1

2015 年 4 月，以大、小兴安岭为主的重点国有天然林区，全面停止商业性采伐，巍巍兴安岭终于结束了自 1839 年以来大规模砍伐。一百多年的砍伐与开发，几乎耗尽了兴安岭里的原始森林资源。新中国修建铁路所需的枕木，多半产自兴安岭，产量最高峰时，全国每十根木头中，就有三根半产自这里。

自此，我国北方最大的"绿色屏障"，开始休养生息，响彻了 60 多年的"顺山倒"号子声成为绝唱。张京华站在停伐纪念碑前久久凝视。

也就在此时，国防大学的教室里，另外一场关于生态保护的"战斗"正在悄然打响。

教员声音响亮："刚才楚师长介绍了该师军演的经典战例。在光荣的人民军队体系中，有一支特殊的部队，他们的主要任务就是防火灭火、保护生态。这支部队就是武警森林部队，他们组织指挥灭火作战有一整套成熟的战法战术，扑救一场大火不亚于一次大的兵团作战，这节课我们请武警森林部队的郝江山总队长，讲解灭火作战战例。"

郝江山敬礼后开门见山道："下面，我以 2014 年 6 月发生的大兴安岭夏季雷击火为例，讲一下我们灭火作战的过程、战法和特点。"

屏幕显示 2014 年 6 月大兴安岭雷击火灾灭火战斗经过图。

"森林部队的敌人就是大火，阵地就是大森林，火场毕竟不同于真枪实弹的战场，火也不是诡计多端、可以揣度心思的敌人。林火的发生发展是有规律的，扑救也有其特点规律。"

"2014 年 6 月中下旬，我国东北遭遇 60 年不遇高温干旱灾情，大兴安岭林区因雷击连续发生火灾，形成了 42 个不连续火场，我们在国家林业局和地方党委政府的正确领导下，参战官兵与驻地军警民密切配合，并肩作战，历时 21 天，成功组织了扑救。"

"火灾发生后，我们立即启动应急预案，成立由林业、气象、交通、航空护林等部门组成的火场联指，统一指挥灭火行动。行动中，我们将前指决心、一线指挥员对火场态势判断、一线灭火队员作战状态等，通过火场卫星、林区短波网和一体化作战指挥平台，源源不断地汇传到武警森林指挥部作战指挥中心。"

"指挥中心依托网上作战指挥系统，在林区三维数字地图上，实时标注出灭火作战态势，调阅气象信息网的气象信息；指挥员根据火场的气象信息、地理信息、火情态势，迅速下达作战命令；参战各部根据作战决心进行战斗部署，参战官兵通过头盔式对讲机受领作战任务。"

"在兵力部署上，森林部队共调集兵力 1 万余人，动用各种车辆 495 辆，灭火机具四千余台。由于火灾发生时段集中、地域分散，指挥部前指以火场为圆心辐射周边，按照 200 公里范围抽组构建'集结圈'，400 公里范围抽组构建'增援圈'的模式，确立了'基本—前出—增援'三线力量部署格局。初发阶段就近用兵、多发阶段量险用兵，攻坚阶段足量用兵进行扑救。"

"在战法手段上，我们主要运用'直线穿插，阻击火头'战法。精锐力量采取徒步、乘坐特种车辆和机降方式，快速穿插至火场主要方向或重点部位，先行扼制林火发展蔓延态势，尔后集中力量全线围歼。"

"'立体结合，快速歼灭'，这是地面部队运用风力灭火机、水泵和装甲车，配合飞机吊桶灭火、化学灭火实施的一种战法。还使用了'先围后打、控线保面、封控隔离、以火攻火'等战法。"

"能够打赢这场战役，很大程度上得益于'五联'机制的全面实行，这一机制打破了多年来森林防灭火领域军地各部门、各方力量在防灭火工作中相对独立，沟通联络和力量整合不足的现状，在预防、训练、指挥、作战、保障五个方面都实现了全方位整合，真正做到了'联防、联训、联指、联战、联保'。"

"此次作战中，森林部队负责打火头、攻险段，属地其他部队、地方扑火队等力量担负扑打余火、跟进清理和看守火场，地方群众负责生活等保障。各级地方政府积极为部队提供协同保障，林业航空护林站最大限度提供机源，快速投送兵力和物资；气象部门每日发布局部气象预报，并积极派出力量提供人工降雨技术支持；交通部门派出警车引导增援部队快速通过人群密集城区，派出向导引部队快速到达火场，指定专人协调铁路输送事宜，保证部队按时装载、顺利输送。

各级地方政府积极组织车辆输送、航空投送、人力背送，及时为灭火一线官兵运送给养、油料，为部队圆满完成任务提供了坚强保障。"

"这次扑火共扑打火头 587 个，扑救、清理火线 1100 余公里，点烧、开设隔离带 500 余公里，清理站杆倒木五千余根，烟点 1 万余个，解救、转移受灾群众 400 余人。"

热烈的掌声后，是课堂互动环节，有学员起身提问："据我所知，原始林区信号极弱，你们是如何做到实时通信呢？"

"我们各参战部队建立了以通信指挥车为中心，纵向通过短波和卫星电话与总队、指挥部基指建立联络，横向通过转信台覆盖火场全域，实现了全天候、全方位实时视频传送。"郝江山立即回复。

这样别具一格的战斗，极大地引发了学员们的好奇心，楚师长起身提出了疑问："我们部队驻地曾发生过一起草原火灾，造成了 80 多人死亡，这种情况你们是如何避免的？"

郝江山看着同学环视一圈："灭火作战险情是经常发生的，在火场上指挥员绝不能存有侥幸，更不能靠感情冲动或主观臆断，要适时进行侦察，对火场周边山川地势和可燃物等做好判断，遇有特殊情况不要慌、不要乱，要果断带领官兵实施科学有效的避险。"

龚总队长接着提问："那你能不能举个例子，讲一讲你们是如何组织避险的？"

郝江山点点头："在这次灭火作战中，我部一名副大队长按照前指命令，带领大队官兵在到达一座柞桦混交林的山顶时突然发现，山的西北侧草塘沟和南侧山坡两股火头迅速向官兵逼近，情况万分危急。副大队长果断指挥人员迅速向东北撤退至半山腰，选择植被较稀少的林地，采取梯状点烧战术，迅速形成一个大约百米长的火线，官兵们用灭火机吹赶着火头向山顶发展，与南侧的上山火相撞在一起，大队官兵迅速进入火烧迹地安全避险。这是点烧迎面火，成功避险的典型案例。"

台下学员响起了热烈的掌声，连连点头称赞道："火的战争，真精彩！大开眼界！"

2

贺松涛带西藏森林总队"送法服务到基层"工作组到那曲大队开展宣传活动。

学习室内，贺松涛与官兵在交流："前几天，咱们那曲大队一名士官在回乡探亲途中，发现市场上有人叫卖一只成年穿山甲，就向卖主和围观群众宣讲了保护珍贵稀有野生动物的有关规定，然后自掏腰包买下后放归深山，大家说他做得对不对？"

一名士官起身："我认为做得对，因为他不惜花钱保护了珍稀野生动物，值得我们学习。"很多官兵都点头，表示赞同。

贺松涛眉头皱了皱："他的初心虽然是好的，实际上并没有从根本上解决问题，从捕猎者手中买野生动物放生，其行为属于一种收购行为，这显然是违法的，这说明他还没有完全树立起法律意识，还不知道怎样同违法犯罪行为作斗争，怎样依法来保护稀有野生动物。"

大家相互瞅了瞅，议论起来，表示不理解。贺松涛看了看紫黑色皮肤和焦干嘴唇的战士们开始讲解："国家颁布的《野生动物保护法》，明令禁止出售、收购国家重点保护的野生动物或其产品。这名战士的做法，在一定程度上鼓励了捕猎行为，助长了不法行为，所以并不值得提倡。"

有人提问："那总不能不管吧？"

贺松涛答道："根据《野生动物保护法》，当遇到兜售野生动物的商贩，可向110或当地森林公安举报，用法律的手段来制止违法行为，没必要自己掏钱。"

大家都点了点头，表示信服。

贺松涛又讲道："同志们，咱们学法用法一定要密切联系工作和实际，不要盲目地去背记法律条文。作为武警森林部队官兵，我们在执勤生活中，既要自觉地运用法律法规来规范约束自己，又要善于运用法律来维护自身的合法权益，并同违法犯罪作斗争，这样才是真正的具有法治观念。"

宣传活动结束后，贺松涛副参谋长与政委巴桑在营区内边走边聊天。

巴桑望着贺松涛："老贺，还能挪挪窝吗？"

贺松涛摇了摇头："恐怕是不行了，马上就到最高年限了。"

巴桑提醒说："你这个人啊，雪压青松挺直了腰，却多背了一身雪，这些年你干了不少活，得了不少荣誉，可就是提不了，就不能弯腰抖抖雪？"

贺松涛笑得很坦荡："森林和森林部队给了我正能量，使我挺直了腰板，挺着挺好，至少我晚上睡得踏实。"

巴桑也笑了："你呀，一直变不了，正团都七年了，差不多就行了，别太较真儿。"

"不能那么想，如果把部队比作森林，那么每名官兵就是一棵树。森林里生态好了，树木自然就好；如果生态遭到破坏，树木成长就会有问题。"

"可是木秀于林，风必摧之……"

"千里马骈死于槽枥之间，辱没于奴隶人之手。环境不好可以改善，生态不好，树就难以生存。就像河里有一两条鱼死了，这是鱼的问题；如果有一片鱼、一群鱼死了，可能是河水受到污染，水生态出问题了。如果干部提拔使用出问题，说明这个单位政治生态有问题。"

巴桑也感叹："是啊，掺了杂质，需要过滤，就要清洗，听说，翟政委送过你《明史》？"

贺松涛停了下来："他在位的时候，当上了主官就像是单位的'主宰'，有些正常的事要通过不正常的手段才能办下来，不正常的事通过正常的渠道也能办下来。反正我不吃他那一套，他就送了我一本《明史》，将描写徐均那一页折了起来，让秘书拿给我，我还了他一本《条令》；再后来他看我还是不上道，又把《明史》中描写道同的那一页也折了起来，我又回赠了他一本《党章》。"

巴桑很是无奈，笑着拍了拍贺松涛的肩膀："不识相呀，这是让你学《红楼梦》中的贾雨村呢，要不，你正团能干这么多年？"

贺松涛望着远处的天空："从多方面信息反映，这次反腐力度空前，但愿以后不再有人为选线站队而纠结，不会有雾霾天了。随波不逐流，同流不合污，人生总该有取舍，用人们正常的眼睛来看，我确实是吃亏了、是退步了，但我却是沿着正确的道路在向前。这个时代是有很多苟且，但'诗与远方'的光芒还是在不断闪亮的。"

贺松涛的这番话巴桑十分赞同："他在总队这几年，把部队政治生态环境都搞坏了，最近有人在谣传翟政委还要进京官升一级，谁知现在反腐倡廉力度这么大，那么大的靠山竟然也倒了，现在正惶惶不可终日呢。"

贺松涛正言道："对荣誉的追求变成了对荣华的追求，在腐败面前就会打败仗，和平年代的'糖衣炮弹'比钢弹还要厉害。不讲政治、不顾大局，犹如蒙眼走路，迟早误入歧途！做人啊，无论什么时候都应该像棵树一样，顶天立地。古英语中的'treow'意思是'树和真理'，西方人认为真理和树本身是一体的，或者说是同根而生。在中国'树'字由'木'和'对'组成，所以'木'是'对'的。生态灾难会毁灭树木，但毁灭不了树的意志。同样，背叛了树，就背叛了自然，背叛了文明和历史。"

巴桑佩服的同时，又有些替他担心："这么多年，你付出那么多，身体也搞垮了，就没想过转业或者自主择业？"

贺松涛说出了内心的真实想法："我亲历过87年'5·6'大火，亲眼所见火灾的惨烈，也见过因为破坏森林而造成生态失衡的恶果，这些年我一直在为保卫生态，也为保护部队政治生态而坚守，国家不少我一个转业兵，中国有13亿人，12.99亿人都应该过和谐平淡的生活，但也应该有人挺起脊梁，敲响生态恶化的警钟，我愿做一个'吹哨人'。"

巴桑越听越感觉有些疑惑："受了那么多打击，现在时不时敲打你几下，也让人够受的了，这样做值吗？"

贺松涛坦然微笑："当然值！有的人活着，他已经死了；有的人死了，他还活着。他活着别人就不能活的人，他的下场可以看到；他活着为了多数人更好地活着的人，群众把他抬举得很高很高。"

不知不觉走到了荣誉室门口，贺松涛浏览了一圈，室内最显眼的地方摆放了一张那曲地委行署颁给大队的一张奖状，上面写着"绿化先进单位。"

贺松涛看着发出了疑问："咱们这，也算是绿化先进单位了？"

巴桑笑着说："您也知道，那曲这地方几乎没有绿色，大队官兵把树和草皮种上的时候，很多人来参观，地区领导为了鼓励战士们，也为了激励其他单位，就给我们这个大队发了一张奖状。"

贺松涛更疑惑了："树活了？"

陪同的大队长阿旺摇了摇头："为了这些树和草能活，我们可是下了很多功夫，任凭怎么努力，最后都没活。我们巴桑政委说，这块奖状，是我们和那曲人民的绿色梦想。"

贺松涛想起那片贫瘠荒芜的土地，深深地看着牌子沉声道："一定要好好保存。"

2015年的初秋，青藏高原蓝天白云，五彩斑斓的雪山森林分外妖娆。西藏自治区政府会议室，国家林业局相关领导、西藏自治区各厅局及阿里、那曲地区相关负责人和贺松涛等，出席西藏羌塘藏羚羊、野牦牛国家公园授牌仪式。

国家林业局李副局长在授牌中讲话中指出："西藏羌塘藏羚羊、野牦牛国家公园，是我国第一个大型野生动物类型国家公园，建设野生动物类型国家公园，是世界各国加强野生动植物保护、实现人与自然和谐相处的最佳方式和手段之一，对保护珍稀濒危野生动物种群和栖息地，乃至它们赖以生存的生态系统都是十分迫切、必要和有效的。"

自治区领导接过标牌，媒体照相合影后，指着贺松涛介绍道："局长，这位就是刚提升的武警西藏森林总队的贺松涛副总队长！"刚直不阿，一心为了事业、为了生态的贺松涛，终于得到了提拔重用。

国家林业局副局长与贺松涛握手："西藏是中央明确的重要的国家生态安全屏障，你们森警在维护生态安全上做了很大贡献，向你们表示感谢！"

贺松涛表示："谢谢局长，请各位领导放心，我们总队将一如既往地维护西藏生态环境，加强动植物保护，守好世界上最后一方净土，确保西藏天蓝地绿水清！"

3

天色将晚，青山半掩夕阳，斜晖脉脉。

已退休的靳副参谋长满脸褶皱，头发苍白稀疏，背微驼但步履仍然矫健，他步行到小兴安支队直属大队门口，径直往里走。值班哨兵立即拦下："您好，同志，请止步，这里是军事管理区，请问您有什么事？"

"我进去看看，没带证件。"靳副参谋长说完仍要继续迈步前行。

"哎哎，同志！"哨兵赶紧伸手拦住，心里嘀咕着，这是哪里来的倔老头儿，继续问道："这是你想进就进的地方吗？"

靳副参谋长一愣，反问道："我怎么就不能进？"

哨兵严肃说道："没有证件谁也不能进，就是总队长来了也不好使！"

靳副参谋长听完，抬头问道："小伙子，你知道'火神爷'吗？"

哨兵一脸自豪地说："知道啊，我们支队的灭火战神嘛，'火神爷'啊，只是听说过，没见过。"

靳副参谋长听完一乐，挺着胸脯扬了扬下巴说："那就是老子——我。"哨兵听完，用眼神把靳副参谋长上下扫描一遍，心里翻了个白眼不屑地说："你？你是'火神爷'，我看你像'火云邪神'还差不多！"

此话一出，靳副参谋长顿时睁圆了眼睛道："你小子，我……我现在就跟你们总队长郝江山打电话。"

哨兵在心里又翻了个白眼，当作没听见一般严肃说道："请到警戒线以外！"

靳副参谋长瞪了哨兵一眼，心想搁我年轻的时候，非踹他两脚不可。回到警戒线以外掏出一部老人机，自信地拨通了郝江山的号码。然而听筒忙音传来：对不起，您拨打的电话暂时无人接听！

靳副参谋长挂断手机，看也没看哨兵就背着手气冲冲地离开了大队门口，夕阳下的背影越拉越长。

国防大学，毕业论文答辩会现场，台上坐着数位精神抖擞的专家，台下座无虚席。郝江山正以"打赢生态战争，实现人与自然和谐共生"为题进行着论文答辩。

面对台上数位专家学者，郝江山敬礼后一气呵成：

"生态文明建设，关乎人民福祉，关乎民族未来，是国家'五位一体'发展战略之一，是实现伟大中国梦的重要内容，是一个国家赖以持续生存和健康发展的基本前提。"

"当今社会的安全保障不仅仅局限于国防安全，而与我们生存的环境资源安全关联愈来愈密切。每年因生态环境遭到破坏而死亡的人数，远远超过因战争死亡的人数。森林锐减已构成对全球的战略性威胁，地球出现了比任何问题都难以对付的严重生态危机，当前生态危机已经取代核战争，成为人类面临的最大威胁，被生态学家称为'第三次世界大战'。生态破坏将使人们丧失大量适于生存的空间和资源条件，如此下去，自然界将很快失去供养人类生存的能力，甚至可能推垮政权、击溃经济、荼毒生灵、毁灭文明。"

"从气象条件看，全球气候变暖，导致森林草原火灾进入高发期。森林火灾又会释放二氧化碳，加深全球暖化，我想森林灭火应当被提高到一个新的高度来对待！

1950 年至 2015 年，我国共发生森林火灾 75 万起，年均 1.1 万起，受害森林面积 70 余万公顷，全国因扑救森林火灾造成五千余人死亡，3 万余人受伤，年均伤五百余人，亡近百人。

种种迹象表明，人为火灾已呈扩大化的趋势，有的地区曾发生纵火案件，因为监测和扑救及时，未造成大的损失和影响。人为火灾一旦扩大，其造成的后果不堪设想。1955 年，伪满佐领吴九九对现实不满，骑一匹白马，携带枪支在大兴安岭原始森林内四处放火，引发特大森林火灾，扑火人员超万人，打了一个多月，官兵们一面扑火，一面展开搜捕，最终将纵火犯绳之以法。"

"瑞典作家阿图尔·伦德奎斯特曾写道：'人类离不开森林，失去森林将会失去一切。'森林部队保护绿水青山，也就保护了生态平衡，人民就有了良好的生存环境。我们衷心希望我们的人民能喝上干净的水、呼吸清洁的空气、吃上放心的食物，在良好的环境中生产和生活……"

答辩很顺利，回到宿舍已是傍晚时分。

进门坐定后，郝江山掏出手机看见靳副参谋长的未接电话，赶紧拨了回去，手机接通后赶忙问道："老首长，我刚才在进行论文答辩，没有带电话，您有什么指示？"

"我没啥事，下午走到直属大队门口想进去看看，哨兵不让我进，我就是想进去溜达溜达，撒个尿就出来，你没接电话我就走了。"电话那边传来靳副参谋长中气十足的声音。

郝江山听后问道："那我现在让他们大队长亲自去接您，您看怎么样？"

靳副参谋长哈哈大笑："那就不必了。"

郝江山转念一想，说道："首长，这样吧，我给支队说一声，以后您不管去支队哪个大队，都可以随时出入。"

听着郝江山的话，靳副参谋长心头忽然涌出些伤感的情绪，他长吁一口气轻声说道："江山呐，小兴安支队这几个大队我都待过，有几个楼还是我负责盖的呢，我就是想进去看看，人老了就念旧，我以前收拾过你，你不会恨我吧？"

郝江山听后赶忙笑道："不会的，怎么会呢。感谢您还来不及呢。"

靳副参谋长闻言心头释然，爽朗说道："哎呀，不抗混啊，你小子都当总队长了，下次来我请你喝酒，我先干三碗……"

4

华纳梅格说：肥皂一经使用，便会逐渐融化，甚至消失殆尽，但在这期间，却能使洗物尽涤肮脏。如果一块香皂在洗涤时不被融化，那还有什么用呢？郝江山很庆幸这一生的多半时光穿了军装，都交给了森林部队。国防大学培训结束了，他忽然感觉自己有点老了，皱纹也多了起来，脸摸起来有点像干巴巴的树皮，白色的头发从原来浓密的黑森林中钻了出来，每过一段时间，都会让刘亦欣染一次。这次培训时间比较长，没来得及染，头发白了一大片。

毕业论文答辩后的一周，郝江山回到了总队。

刚进办公室坐定，邱胡杨敲门走了进来："这次培训时间挺长啊，国防大学深造收获不小吧？"

"这次培训真是大开眼界，来自各军兵种和武警内卫的同学，军事素养和指挥才能都出类拔萃，培训安排很紧，教员传授了不少新知识，组织了参观见学，确实收获不小。"

邱胡杨呈上一份文件："你刚回来就打扰你，大兴安岭支队漠河大队大队长王火生超生这事很敏感，你看用不用向上面报告？"

郝江山接过文件沉思片刻，抬头问："听说国家将要放开二胎政策了？"

邱胡杨愣了一下，随即答道："网上都在传，但现在还没有正式文件。"

郝江山点了点头，沉默了好一阵又开口说："这个干部我知道，工作很出色，任务完成得也很好，是个好干部。"

邱胡杨看着郝江山的神情，试探地问："那……用不用再等等上面的政策？"

郝江山闻言顿了顿，捏着手里文件站了起来，来回踱了几步，欲言又止。

邱胡杨见状，索性把心里想的一股脑倒了出来："上级也在等政策，咱们不报估计不会有什么问题；如果报上去，这个大队长受处分是肯定的了。"

话音落下，郝江山的步子也停了下来。内心的争斗让郝江山沉默半晌，最终定了调："违反国家政策就要处分，还是报上去吧。"

当总队接到关于王火生处分这一天，郝江山心内似乎堵了块石头，说不出的郁闷。因为此时，二胎政策已经开放了。再想想近期发生的事儿，郝江山心里更是五味杂陈。

当晚下班回到公寓房，刘亦欣一看郝江山蹙起的眉头便知道，这是心里有事儿，解不开了。

于是借着给郝江山染发的由头，刘亦欣试着开解地问："我看你，心情好像不太好？"

郝江山闷哼了一声，沉默了一会说道："我们总队的那个作训科长你晓得不？素质很好，本来是要研究提拔的，结果因为我去培训推后了，回来的路上我给干部科打电话，干部科长说他的年龄超了一个月，只能转业。"

刘亦欣闻言瞬间明白了，郝江山这是跟自己较劲呢，停下手里的动作柔声道："这是原则问题，你也不能太自责。"

"我是心疼，非常好的一个干部，可惜了啊。"

"转业也不是坏事，在地方上接触的事儿比部队要全面，离开部队没准儿人家干得更好。"

刘亦欣的话不无道理，可郝江山还是觉着愧疚。

沉默了一瞬，郝江山闷声道："还有王火生超生这事，今天处分下来了，可前一阵二胎政策又放开了。"

刘亦欣顿了一下，继续着手里的染发动作，轻声安慰道："你啊，打了这么多年火，到了这个位置，没违反过党性原则，没做过亏心事，堂堂正正，清清白白，问心无愧，已经很不错了。"

郝江山叹了口气，沉声道："可是，这些都是遗憾啊，米龙乡那场火，徐骅灭火撤离火场途中坠入山谷，只是因为在撤离途中，而不是在火场上牺牲的，就不能被评为烈士，那年他的父母都下岗了，就想儿子能被评为烈士，其他啥要求都没提。还有韩霜的牺牲，这些事想起来我的心就很疼啊。"

话音刚落，郝天放学进门，放下书包和篮球就嚷嚷着："妈，我饿了。"说完一抬头，看见郝江山在家，淘气地问："爸爸，你今天咋下班这么早，你回来了地球还转吗？"

郝江山心想，这臭小子又调理我，顺嘴答道："还转，就是转得慢点。"说完和郝天相视一笑，心里又继续琢磨着这些无法弥补的遗憾。

5

时光像一闪而过的流星，一天天滑过。这天，总队教导队训练场上，新训一中队一班正围成一圈休息。班长钱继森拿起一把"2号工具"故作神秘："有没有认识这个的？"

新兵小陶对新兵武小林嘀咕着："这是什么鬼啊？"

武小林也纳闷，不知道班长这葫芦里卖的什么药，看着钱继森发问："班长，这不就是拖布吗？"

钱继森很得意："这个可不是拖布，它可是咱们森警的祖传灭火神器——2号工具！"

"啥玩意？"武小林一脸蒙圈："为什么叫2号工具？"

钱继森继续得意："Long long ago，我们的前辈，在部队刚刚成立的时候，遂行灭火任务喜欢用树枝、柳条捆在一起扑火，给它起名叫1号工具。"

武小林似懂非懂："那为啥叫 1 号工具啊？它跟这 2 号工具又有啥关系？"

钱继森清了清嗓子："这个已经无法考证了，也可能是当时扑火太着急，没怎么认真起名。但 1 号工具用不了多久就抽没了，后来有那么一天，老总队长刘先河用废旧汽车内胎做成目前的这个东西，延续了之前的叫法，称为 2 号工具！"

武小林来了精神："班长，不是应该叫无敌拖把 2.0 吗？"

一名新兵故作深沉："我觉得应该叫 1 号工具 plus。"

"2 号工具是一代又一代森林官兵们，在无数次灭火战斗中血汗与智慧的结晶，更融入了对祖国林海草原的热爱和对捍卫祖国生态安全的决心。"说到这钱继森有些自豪。

新兵们纷纷议论："咱们的设备都这么先进了，为什么还留着它啊？"

"是啊，我感觉这东西看上去挺滑稽的，在火场上有啥用啊？"

钱继森一副你们知道啥的表情："无论设备再先进，不还得靠人打啊。它可以轻松抽打掉林火根部的可燃物，还能很好地清理火线，虽然看上去不起眼，但是在火场上的作用不可小觑！"

欢声笑语继续在训练场上升腾，这把不起眼的扑火工具如同桥梁，撑起了新兵走向老兵的路，森林卫士无畏的精神正悄然薪火相传。

上午紧张的训练结束后，钱继森被中队长叫到队部开会，几个新兵回到宿舍看见班长没在班里，气氛顿时活跃起来。

武小林带上 VR 眼镜，看见身临其境般的模拟操作火行为训练和避险系统惊呼："我的天，真高级，太逼真了！这可比咱们钱继森班长干巴巴地讲效果要好多了，班长的广式普通话实难恭维啊，天不怕，地不怕就怕广东人说普通话……"

还没说完，一声咳嗽从门口传来，几个新兵扭头看见班长钱继森正站在门口，赶忙立正站好，其中一个敲了一下武小林的头。

武小林看得正起劲儿，摆了摆手："别闹，我还没看完呢！"身旁的战友们见状只能心里默念谢天谢地。

钱继森没说话，径直上前取下了武小林的 VR 眼镜。被夺了"装备"的武小林心生不悦，埋怨道："谁呀？这是！"定睛一瞧，班长钱继森正笑意满眼地站在自己面前，顿时心里哀号：这真是说曹操，曹操到啊！赶紧立正道："班……班长回来了！"

"武小林你又在背后埋汰我。"

"不敢，不敢！"

钱继森看着武小林嬉笑的状态，突然严肃起来："站好了！"

武小林赶紧和其他战士并排站好、看齐，等待班长训话。

"刚才我去中队部开会了，听中队长说，郝总队长对隔壁排的那名大学生士兵发明的虚拟林火行为和紧急避险系统很是赞赏，等新训结束说要给他立个三等功。"

钱继森说完观察了武小林的表情，恨铁不成钢地说道："武小林呐，同样是大学生士兵，你咋就不能给班长脸上增点光呢，你的小毛病也太多了。"

武小林故作严肃："班长，有个伟人说了，没有缺点的人，往往优点也很少。"

"有位伟人也说过，一个努力改正缺点的人，运气不会那么差。"钱继森回道。

"这是哪位伟人，我怎么没听说过？"

"当然是钱某人了。"

"班长，你可别激我，真要是认真起来，我自己都害怕。"

看着武小林这信誓旦旦的样子，钱继森夸张地竖起大拇指道："猴赛雷啊，看我下队后怎么收拾你。"

6

春风入夜，如水的月光温柔地照拂着万物，与郝江山家透出的灯光缱绻相融。

此时的郝江山家里，刘亦欣在书房内的电脑前写作，郝天在自个屋里写作业。客厅内，在电视适耳音量的陪伴下，郝江山戴着眼镜看着《中国绿色时报》。

突然，电视中播放起了一条新闻：加拿大艾伯塔省当地时间5月1日，麦克默里堡突发森林火灾，受高温和大风影响，灾情愈演愈烈，几处火场失控，演变为该省史上最为惨烈的森林火灾。截至5月10日，近10万人被迫紧急疏散撤离，2000多座民房和其他建筑物被山火焚毁，整个城市被火焰吞噬，过火面积超过2000平方公里，波及周边两个省，如不能有效控制火势，不出3天过火面积可能飙升至3000平方公里。初步估计，火灾直接经济损失100亿加元，约合500亿元人民币，间接经济损失无法估量……

郝江山看着画面陷入了深思。

电视声依旧，伴着电脑键盘的打字声，思绪万千的郝江山如同雕塑般一动不动，直到一声清脆的哨声和童音响起："开班务会了！"

这是郝天写完作业了。

从书房出来的刘亦欣与郝江山相视一笑，无可奈何却又满眼宠溺。每周按时召开班务会，是郝江山一家的重要活动。郝江山关掉电视、刘亦欣关掉电脑，齐步携凳来到客厅，面对郝天站立报数道："一！二！"

刘亦欣下达口令："稍息，立正，班长同志，班务会前准备完毕，应到3人，实到3人，是否开会，请指示！副班长刘亦欣。"

郝天一本正经地说："坐下！"

郝江山和刘亦欣坐下，挺了挺腰。

郝天清了清嗓子："下面召开班务会，请刘亦欣副班长做好记录。本次会议的议题是：总结讲评上周工作，安排部署下周工作。首先，请每个人汇报自己一周来的思想、学习和工作等情况，汇报时要实事求是，深挖思想根源，确实把自己一周来的表现讲到位，下面开始发言。"

作为一家之主的郝江山，最先发言："在上周的工作中，本人思想稳定，认真学习了强军兴军有关理论和现代化灭火作战常识，认真参加了'三严三实'活动，深入基层检查了两个支队12个大、中队的训练执勤情况，参加了机动支队的植树造林和'扎根仪式'，拒收礼金1次，拒绝吃请两次。下面我讲一下存在的不足。"说完看着郝天，轻咳了一下继续道："我认为家里的学习氛围还不是很浓，有个别人玩游戏时间过长，内务卫生的标准还不是很高。"说完，看着刘亦欣，示意自己发言完毕。

刘亦欣点点头，开口说道："我发言，一周以来，我思想稳定，态度端正，工作积极，除圆满完成报社交给的各项任务，还进行了生态文学创作，平时低碳行动，从小事做起，爱护环境，保护生态。存在的不足主要有：炊事水平还有待提高，体育锻炼参加较少，在下周的工作中我会努力改正以上不足。"

刘亦欣说完，郝天很认真："现在我就自己本周的工作情况作以总结，本周我能够积极学习，课后也能自觉认真复习，成绩提高明显。在个人养成上，作风有些松散，特别是室内物品摆放较为凌乱，还有玩手机时间过长，下周一定会积极改正。"

说完，清了清嗓子，继续讲到："下面，我讲评一下上周工作。刚才，每名同志针对自己本周的表现都作了总结发言，可以说总结得比较实在、到位，真正剖析了自己的缺点与不足，希望在剖析存在问题的基础上，深刻反省，在以后的工作中加以克服和改正，真正达到互学、互管、互帮的目的。郝江山同志，今年多次缺席班务会，给予批评。刘亦欣同志能节约用水、一水多用，步行上班、节约用电等行为，响应低碳行动，并将稿费全部用于环境治理和生态保护，我认为本周的红星战士应该授予刘亦欣副班长。"

郝江山听完，假意不满："报告，我有意见。"

"意见保留！"

郝江山不服气地道："评选红星战士，应该发扬民主，你这是'一言堂'。"

郝天仰着小脸儿，一本正经："郝江山同志，士兵职责第一条是什么？"

郝江山不假思索："服从命令，听从指挥，勇敢顽强，坚决完成任务。"

郝天得意地说："那你服从命令就是了！"

郝江山被怼得哑口无言，看向刘亦欣用眼神求助，刘亦欣无奈耸耸肩报之一笑，算是安慰。

郝天见状，赶紧制止道："严肃点，不许笑，都坐好了，下面我布置下周工作，从今天开始，我们推行新政策，实行'零浪费'生活方式，避免一些不必要垃圾的产生，实行'清单化'管理，我这里有一张表格要落实好，比如说，第一条不买塑料瓶装矿泉水和饮料，不买新衣服，不购买带任何包装的商品或食材，买菜用布袋子；第二条不点外卖，外出吃饭带自己的餐具和饭盒；第三条利用可降解材料制作牙刷、牙膏、沐浴液等个人护理产品，你俩出差也不能使用酒店提供的一次性用品……"

郝天青春期沙哑而有磁性的欢笑声荡出窗外，随着夜风飘向那如玉般林海、如墨般青山。

7

寒来暑往，春播秋获。三十多年来，郝江山饱含对绿色事业特有的情怀和执着追求，走南闯北、矢志不渝，始终奋斗在生态战场的第一线，走过了一段极不平凡的成长道路。任参谋长和总队长期间，他忠于职责使命，整治"五多四过"和"四风"，培育战斗精神，组织"生态使命—11"演习，大力提升部队战斗力，赢得了各级组织的充分肯定，被提任森林指挥部副司令员、晋升副军职，成为森林部队的一名高级指挥员。

上任后，郝江山的全部心思都在向中心工作聚焦，带着问题深入东北、西北、西南、东南部队进行调研。一路走来，几个大大的问号一直萦绕在他的脑海里：森林部队的基层主官打过火的有多少？能组织指挥打火的有多少？善于组织指挥打大仗、打恶仗、打硬仗的战术型、战役型、战略型指挥员有多少？近年来，面对极端气候条件和恶劣作战环境的挑战，一场场血与火的战斗无时无刻不考验着每一名指挥员，如何把任务完成好，把人员安全带回来，这是每一个指挥员都无法回避，而且必须正视和解决的重大现实问题。

郝江山抛出来的一连串问号，一石激起千层浪，在基层炸了锅，大家讨论得热火朝天，争先恐后地发表自己的想法。

"现在有的指挥员觉得防火形势大好，心存侥幸，盲目乐观，对潜在的风险缺乏危机感，根本没把心思放在研究指挥和摆兵布阵上，遇到任务不知道如何去指挥。"

"我们这个地区很少着大火，这几年也没打几次火，平时演练时设置的一些情况程序化、操场化突出，在实战条件下锻炼的机会也很少，真正懂打火的指挥员凤毛麟角。"

"现在有些培训集训，研究问题不集中不系统不深入，很少有人静下心来思考如何指挥，怎样打火、突发情况怎么处置，谋战思战研战氛围不浓，培养不出会指挥、懂打火的人。"

"打火是个技术活，会不会打火、能不能打灭，指挥员的能力素质极其重要，有的打火经验丰富的人没有得到重用，有的不懂打火却在重要岗位，指挥员没有两把刷子也带不出能打仗的队伍。"

一路调研，基层官兵有太多的话想说，但所有的发言和议论都集中指向了选人用人。

"有的单位选人用人偏离战斗力标准，有的在干部提升使用时搞论资排辈迁就照顾，有的干部任用'弹性空间'较大常有'黑马'，有的选配干部搞'小圈子'甚至任人唯亲，该用的用不上，该提的提不了，该留的留不下，如此怎么能选出胜战之人？"

许多官兵朴素的话语，道出了基层的心声与期盼。

"谁行谁不行，大家心里都有一杆秤。"

"能不能打仗，战场上一看就知道。"

"有能打仗的指挥员，才能带出打胜仗的队伍。"

"这本事那本事，能打胜仗才是真本事！"

"只要真正用打仗的标准选人用人，不管选谁用谁，我们都会心服口服！"

一个月后，郝江山头脑中的问号一个个在拉直，带着基层官兵的呼声，风尘仆仆回到指挥部。

郝江山在党委会上专题汇报了调研情况："森林部队在国家生态战略中发挥着不可替代的作用，对于我们而言，专业队伍要有专业的人才，打火的队伍必须有一大批会打火的指挥员，不然在大仗、恶仗、硬仗面前，我们就没有胜战之人。从调研情况看，基层高度关注的热点敏感问题，也都集中指向了选人用人。看来，要大力提升部队战斗力，就是要把那些想打仗、谋打仗、能打仗的干部选出来用起来。"

政治部主任也提出了自己的观点："选人用人是最大的风向标，如何能选出胜战之人，我觉得最根本还是要按照打仗的标准进行选拔。我建议，把干部任职资格、基层经历、能力素质、重大任务表现等统统纳入考评范畴，拟选用的干部得经得起群众的评判和实战的检验。"

副政委补充道："选人用人也是考验一级党委和领导干部人品官德的'试金石'。只有扎紧制度的'笼子'，让权力在阳光下运行，那些想干事、能干事、真干事、干成事的干部才能得以重用、尝到甜头，而那些习惯于想'歪门'、搭'天线'、走'捷径'的干部也就没有市场了。如果我们领导干部都能严于律己、一身正气，自然就能形成好风气。"

沈浩宇的发言直击要害、言简意赅："干部提拔使用就是要看人品官德、看能力素质、看群众公论，对基层不推荐的不使用，考察不合格的不使用，群众公论不好的不使用。大力营造出靠学习强素质、靠素质创佳绩、靠政绩求进步的氛围，争做按纲建队的明白人和实干家。"

祝国安全面分析队伍形势后，旗帜鲜明地讲道："我们党委首长送给官兵的最好礼物就是公平公正、公道正派，官兵送给党委首长的最好礼物就是履职尽责、干好本职。我们绝不能让干部用养家糊口的血汗钱为提升职务给领导送礼，绝不能让战士用父母的血汗钱为自己的成长进步铺路搭桥。作为保护生态的部队，既要守护好自然的绿水青山，也要当好政治生态的'护林员'，更要确保部队内部的风清气正，要把政治生态搞得像自然生态一样，干干净净、清清爽爽，没有'雾霾'。"

这场自下而上的选人用人标准大讨论，统一了指挥部党委一班人的思想，凝聚了共识。很快，《干部考察选拔任用暂行办法》随即出台，一场森林部队五级主官的考察考核、选拔调整和集训培训也拉开大幕。

酷暑盛夏，烈日炎炎。森林部队"五长"集训在训练场热火朝天地进行着，高耸的索滑降塔在太阳照射下发着绿光。

队列前，郝江山正颜厉色："我经常听到有的人说战士没有兵味，我觉得你也要问问自己现在还有没有将味？大腹便便，肥头大耳，脱下军装、穿上便装没人觉得你像一名军人！你跟普通老百姓又有何区别？如果脑子里整天想的都是怎么做官而不是作战，是如何钻营逐利而不是钻研打火，一旦面临大仗、恶仗，完不成任务，那咱们还有什么价值，森林部队也就失去了存在的意义。打火的部队，脑子里一定不能着火！"

"这次集训，指挥部党委定了个规矩，所有人在内包括各级主官，防灭火技战术和体能训练成绩要达到良好以上。通过这次'五长'集训，大家思想上要有一个彻底转变，那就是首长首训、领导领训、常委常训，我能做到的，大家必须做到，我做不到的，大家可以不做，今天这个索滑降课目，我第一个上！"

说完，郝江山登上索降塔，按照动作标准从塔上滑下，集训人员依次跟进完成索滑降课目。

结业考核五公里越野项目中，两名拟晋升副团职的大队长离及格线只差几秒，当场宣布暂缓半年提升；一名支队长被中队长推着跑了几步，成绩立即被取消，在集训大会作检讨……严格的训风考风彻底激励了一大批能打仗的好干部。

8

不觉中，已入仲夏。西藏的夏天别有一番景致。

远处的阿尔金山脉终年积雪覆顶，云雾缭绕。山前的羌塘藏羚羊野牦牛国家公园，格桑摇曳，草甸葱郁，湖水澄澈。近期，贺松涛天天带领官兵们全天候在这里巡逻，守护在藏羚羊迁徙的路上。

这日，阳光初照，湛蓝的天空下，伴着高原湖水的柔波，藏羚羊迁徙的队伍缓缓前行，国家林业局李副局长也与贺松涛一起，看护着这群高原上的精灵，只见一只小羊羔刚刚出生，在羊妈妈的保护下，从摇摇晃晃站立到小步慢跑还不到半个小时。

看着迁徙的羊群，李副局长突然问道："今年藏羚羊迁徙的时间是不是比去年晚了一些？"

"嗯。"贺松涛点了点头，继续说道："往年都是3月底，但今年5月底才开始。"

"依你的经验来看是什么原因呢？"

"今年藏历有闰四月，受气候影响，迁徙沿途的植被生长比往年慢一些，所以才晚了。"

听完贺松涛的话，李副局长举目遥望。远处，藏羚羊沿袭着千万年来的本能奔向迁徙地，像海潮一般席卷羌塘的山地，如同奔涌的河流，永不停息。

随着近年来保护力度逐渐加大，藏羚羊种群的数量不断上升。2016年9月4日，世界自然保护联盟宣布，将藏羚羊的受威胁程度由濒危降为易危。这背后，森林消防队伍的默默奉献，有着不可替代的作用！

远在青藏高原，贺松涛伴着万仞千山默默守护生态高地；而在另一边郝明月也在生态宣传教育的路上不停奔走。无论是进入校园进行科普教育，还是在不同行业及网络中开展宣传，郝明月都倾力而为，不断为生态环保的长城添砖加瓦。夫妇二人沿着不同的路径，奔向共同的目标，把青春和汗水洒向大地，点点成荫。

没有十指相扣花前月下，没有海誓山盟刻骨铭心，可他们都是彼此最坚实的依靠，保护生态的大爱和守护对方的小爱交织在一起，这大概就是羡煞世人的浪漫吧！

第三十三章　将星碧心

1

转眼又是一年，仲春徐徐，归燕欢闹。周末休息日，大兴安岭支队特种大队训练场上没有官兵训练的身影，显得格外安静。室外只有一级警士长于连合细心地擦拭着特种车辆。宿舍内一班长钱继森默默地看着于连合，一名上等兵不解地问道："班长，于班长为啥不休息啊，老是擦啊擦的。"

"舍不得呗，于班长今年满30年了，按规定可以退休了。"回答着问题的钱继森目光没有挪开。

正在看《强军梦士兵读本》写笔记的刘副班长抬头附和道："于班长和我爸爸是一个火车皮拉来的战友，我今年一期都干完了。"

上等兵瞪圆了眼睛："30年啊！！这么漫长的时间是怎么熬过来的呢？"

刘副班长笑了笑："当兵时间长了你就知道了，想当初我爸把我送到部队，我还怪他这么狠心，现在快要退伍了，我又舍不得离开了。"

钱继森转过头，看着玩手机的战士们，一副恨铁不成钢的表情："我们每个人都会有这么一天的，同志们，好好珍惜你们的军旅生涯吧，不要因虚度年华而悔恨，也不要因碌碌无为而羞耻。"

武小林端着手机玩着网游，嘴里蹦豆儿一样："班长，你是处女座么，这么复杂？做人自己开心最重要了，我的理想就很简单，就是变成一棵树，开心时开花，不开心时落叶。"

刘副班长听完笑着说道："那我的理想就是变成灭火机，开心时吹风，不开心时熄火。"

上等兵也笑了笑："那我的理想就是变成消防水车，开心时喝水，不开心时喷水。"

钱继森环视了一圈咬着牙佯装严肃："我的理想还是当班长，开心时让你们

778

跑五公里，不开心时让你们跑两个五公里。"众人一听连忙叫起苦喊起累来。

武小林赶忙说："哎呀，班长，大礼拜天的五公里就别跑了，我带你上王者。"

钱继森一头雾水："什么王者？"

上等兵用手比画着："就是我们经常撸的那个，'王者农药'。"

钱继森更蒙："啥农药？"

武小林解释道："一款网络游戏，挺好玩的，很多人都在玩。"

钱继森摆摆手："我可不玩，青春可是用来奋斗的，建议你们也不要浪费时间，把应知应会都再看一看，笔记记全了。据可靠消息，最近指挥部郝副司令员要来支队参加'5·6'反思纪念活动，肯定会到咱们大队检查。"

刘副班长眼睛一亮："确定能来？"

钱继森骄傲地说："支队的哪个干部不是他栽的苗，特种大队就是郝副司令员一手建立起来的，每次来支队都会到大队看看。"

武小林一下子来了精神："班长，郝副司令员来了，我可以加他的微信吗？"

上等兵看着武小林一副天不怕地不怕的神情问道："胆肥了吧，首长的微信你也敢加，万一你发的朋友圈，涉及我们的行动，让首长知道了怎么办？"

武小林笑着说："加上了，我们也可以探知首长的虚实啊。"

钱继森摇了摇头："微信这种新玩意儿，首长肯定都不会用，多一事不如少一事，干好自己本职工作就可以了。"

刘副班长点了点头："班长说得对，我认为郝副司令员使用的手机，肯定是个老古董机型，说不定只能玩贪吃蛇、彩球滑梯啥的。"

武小林背着双手，如私塾先生般摇着脑袋："将军之所以能成为将军，他肯定也会与时俱进的，我觉得他肯定有微信。"

钱继森瞧着这武小林这顽皮样儿打趣儿说："武小林，你平常可没少给我惹事，你看六中队的那个大学生士兵就很好嘛，多向人家学习学习，不要一天东想西想的，你再这样，后天的清明节执勤你就留守，在家拔草。"

"啊！"武小林张大了嘴夸张地说："班长，你可不要偏心啊，我的'兴安殡葬'微信公众号很快就可以发布了，支队到时候还要让我唱主角呢。"

钱继森咧嘴一笑："在我这里军事训练才是王者，其他都是 loser。"

武小林收起了打闹的神情，一本正经："大家记不记得，过年的时候，指挥部首长通过'中国森警'官方微信祝贺新春，所有的战友们都收到这样的祝福，心里都热乎乎的，一下子就拉近了首长与基层的距离。这就说明首长们对我们用网也是支持和肯定的。所以，我想郝副司令员也能加我的微信，和我成为好友呢。"

钱继森将信将疑："即使加上了，首长一天那么忙，哪有什么时间跟你聊天？"

话音刚落，刘副班长摆了摆手："不说这些了，小林把门关上，开黑！"

武小林一听，端起手机兴冲冲把门关上反锁："好嘞。"

两人迅速选好英雄，进入战斗状态。战况正酣，文书拎着两个头盔和一个塑料袋走到宿舍门口，看着紧闭的宿舍门，心想这几个小子肯定没干好事儿，于是，用力敲门问道："这大白天的，怎么还锁门呢？"

刘副班长忙着打野头也不抬："什么人？"

武小林一听这声音，就知道是谁了，故作神秘喊着口号："天王盖地虎。"

"小鸡炖蘑菇。"门外口号对答如流。

武小林笑吟吟边开门边朝内屋喊道："自己人！"

文书一进屋，看着武小林横端着手机瞬间明白："哟，团战呢？小林，现在什么段位了？"

武小林自豪地说："我都上星耀了好不好！"

正说着，钱继森瞅着文书手里拎的东西问道："这是什么新装备？"

文书低头看了看头盔，对着钱继森得意地介绍道："这款头盔可是超轻头盔，头盔顶端加配了数字化智能终端，这个摄像头可以实时采集，无线微波传输数据同步完成，一线灭火作战与综合指挥实现无缝连接。同时，配备具有红外热成像功能的夜视仪，官兵可以穿透浓烟和夜幕远距离判断火情。"

"这不就是未来战士嘛。"武小林一把抢过头盔戴在了头上，一低头看见文书手中还拎了个塑料袋，问道："你又去挖婆婆丁了？"

"这不是要来工作组吗？让领导吃点沾酱菜，这可是纯绿色食品。"

武小林听完有点用心不纯："文书，这可是'微腐败'呀！小心我实名举报。"

文书一脸嫌弃："这又不违反中央八项规定，你举报个啥呀？"

刘副班长也凑着热闹："网上说了，东北开春儿的时候，在路边遇见戴口罩拿把刀的人，别害怕！那都是挖婆婆丁的！"

话音一落，大家哄堂大笑！

2

乌云蔽日，天色阴沉，时值清明。大兴安岭支队组织部队正在北山公墓开展清明节执勤工作。

十字路口，一部分官兵向群众宣传文明祭祀和护林防火相关法律法规；一部分官兵向居民发放"安全文明祭祀倡议书"和防火宣传资料；一部分官兵向祭祀人员开展打火机换矿泉水、易纸换花等服务；一支小分队扛着灭火机具在墓园附近不间断地巡查。

墓园门口，最吸引人的当属武小林开发的"兴安殡葬"微信公众号，居民纷纷拿出手机扫码。武小林拿着手机，指着广告牌介绍着："大家扫这个二维码就可以关注这个公众号了，我们支队搭建的这个祭奠服务微平台，可以了解清明节传统习俗，还有护林防火的相关法律法规，最重要的是还可以进行网上祭扫。"

网上祭扫可是个新鲜词儿，一位关注公众号的市民不解地问："在网上怎么祭扫？"

武小林帮市民看手机："进入这个文明祭扫就可以了，可以献花、鞠躬、烧香、点烛等，还可以留言，寄托对逝去亲人的思念。"

居民们也学着点进公众号界面，纷纷评论点头。看着百姓们开始学着文明祭扫，钱继森拍着武小林肩膀赞许道："这东西搞得不错，口头记四等功一次。"

武小林咧嘴一笑立正敬礼："谢谢班首长夸奖，我一定会再接再厉！当好护林防火尖兵。"

话音刚落，一名快递小哥将电动车开到官兵身前掏出小票："你好，你们的外卖，请核对一下订单小票。"

"是不是弄错了，我们没有订外卖。"钱继森疑惑地问。

"没错，就是你们的。"快递小哥笃定回答。

钱继森接过订单小票一看，心底升起一股暖意。

小票上面白纸黑字写着：

地址：北山公墓，16名执勤的森林武警。

留言：麻烦快递小哥送到北山公墓森林武警执勤那儿，天冷，一定要让小哥哥喝上热乎乎的奶茶！！！谢谢！

快递小哥利落地将奶茶放在桌上后骑车走了。看着快递小哥的背影，武小林对钱继森说道："班长，我心里暖暖的，奶茶给副班长送一杯吧？"

钱继森点了点头："好，你俩换下岗。"

换岗后的武小林背着斯蒂尔灭火机在墓园内巡护，两位穿着貂皮戴着墨镜的中年男人引起了他的注意。

只听两位中年男子跪在一处坟前叨咕着："娘啊，现在上面物价上涨，下面也涨了吧，这次儿子给您带了很多钱，一会儿就烧给您，别不舍得花。"

说完，从兜里掏出了打火机、黄纸和冥币。

武小林见状走上前敬礼后说道："您好，同志，根据《防火条例》和省人民政府《关于严禁在森林高火险野外用火的通告》，禁止火机、火柴、香、蜡烛、烟花爆竹等一切火种进入林区、墓区和田间地头，坚决不允许在林区墓地内烧香、烧纸、点烛和燃放烟花爆竹等行为。"

中年男子抬头一看，军装下严肃的面孔很是年轻，顿时有些不耐烦："小嗑儿唠得挺溜呀，上一边去，没看见我们一家人正在上坟吗？"

武小林面对这不友好的情绪，依旧耐心解释："这里禁止使用明火，您看这四周都是林子，着起火来可不好控制。前两天，跳马河区因为上坟烧纸，引发林火造成九死一伤的惨剧，您可能也听说了！"

"我告诉你，别在我面前瞎叨叨，我今天还就点了。"中年男子嚣张地摁着打火机，点燃了冥币和黄纸。

武小林皱起眉头警告："请您立即熄灭！不然我就采取措施了。"

中年男子充耳不闻，依然我行我素。武小林见其油盐不进，只得启动了灭火机朝黄纸吹去，燃起的火苗瞬间熄灭了。

看着烧了半截的黄纸，中年男子气急败坏，嘴上更是没有把门儿的，什么难听说什么："老子在你们这里投资了那么多工程，兴安一号工程知道不？那都是花老子钱盖的，别说你一个小兵，就是县长见了我也得敬三分，我烧个纸怎么了？你们这些臭当兵的少管闲事，烧你家林子了？今天不让我烧纸，我灭你九族……"

恶毒的言语不堪入耳，武小林觉着心里很是憋屈和窝火，但他深知自己是名军人，必须克制情绪，文明执勤。周围早有好事的围观群众，将这一幕直播到了网上。

次日下午，郝江山正在办公室内看文件，王参谋敲门，敬礼后报告："郝副司令员，值班室舆情监测到一段涉及部队的直播视频。"

"什么内容？"

"大兴安岭支队特种大队清明节执勤时引发了一场纠纷，一位网民通过直播传到了网上。"

"在哪？我看看！"

王参谋递上手机："就是这条，森警官兵文明执勤遭骂，貂皮男扬言灭森警九族。"

郝江山点开视频，认真从头看到尾。观看完毕后王参谋报告后续："事发后，当地公安部门及时介入调查，支队对执勤战士给予了表扬，并号召全体官兵向他学习，当事人也已深刻认识到自己的错误，并向该战士作了诚恳道歉。"

郝江山点了点头，继续看着网友们回复：

"为战斗在护林防火第一线的森警官兵点赞！正义终究战胜邪恶！在那些所谓人上人眼中，护林防火队员树起了光辉形象！！！"

"向这位尽职尽责、忍辱负重、文明执纪的战士致敬！向不听劝阻、辱骂护林防火队员的嚣张狂妄者表示愤慨和谴责！"

"有几个臭钱就了不起了。"

"不是道歉那么简单，当事人涉嫌违法，应该追究法律责任！"

"森警战士好样的，赞赞赞！"

"幸亏有这个视频，人家才能道歉，如果没有的话，我只能呵呵了。"

"知法犯法罪加一等，这是对法律的藐视，对生态环境的不负责任。"

"向森警官兵学习！"

"这个事情完了吗？不能道歉了事，应该把这个人曝光，身份亮一亮，让全国人民都认识认识他。"

"看到这视频非常愤怒，森警战士当时的冷静表现让我佩服，我只想说，能否把这威胁森警官兵的人扒出来，真是丢尽了国人的脸。"

"如此不尊重生态文明守护者的贱人，纪委应该找此人喝茶，拔出萝卜带出泥！"

"这是对武警森林官兵的藐视，更是对国家法律法规和政府工作的挑衅和践踏！"

……

郝江山的目光从手机屏幕上抬起，看着王参谋道："舆论现在是一边倒，都对我们森警战士表示支持啊。对了，到大兴安岭的机票订好了吗？"

王参谋点点头："已经订好了。"

3

两年后，郝江山被授予少将警衔，戴上金光璀璨的将星，郝江山甚感欣慰，入伍时根植的初心，终于长成了参天大树，但随着职务的提升，他也深感肩上的担子越来越重了。站在新的更高的起点上，他誓言不辱使命、负重前行，将有限的生命投入到无限崇高的生态事业中，为保护国家生态资源安全、建设美丽中国作出应有的贡献。

新的开局千头万绪，但郝江山最不放心的就是大兴安岭。国内外森林火灾高发期，通常30年一个循环。我国1987年5月6日发生在大兴安岭的特大森林火灾，美国黄石森林公园1988年也发生了一场特大森林火灾，大火燃烧了近3个月的时间。30年了，1987年"5·6"大火的阴影逐渐淡去，惨痛的教训似乎正被遗忘。

一段时间以来，郝江山无论大会小会都反复强调，从气象和林火发展的特点规律来看，今年着大火的可能性非常大，一定要警钟长鸣，防止历史悲剧重演，这是森林部队义不容辞的责任。各级都要进入临战状态、迎战状态和作战状态，确保不发生重特大森林火灾和人员伤亡，决不可掉以轻心。

郝江山到达大兴安岭后，针对基层热议的改革问题逐条做了回答："近日，武警部队调整整编命令已下达，明确了整编任务和完成时限，这标志着武警部队改革已实质展开推进。近70年来，森林部队几经撤降并改建，每一次都是越改越好，因为发挥了不可替代的作用，无论怎么改，都是党领导下的一支重要力量，这支力量只会加强，不会被削弱，这一点大家要有充分的信心。"

会后郝江山检查了大兴安岭支队灭火演练情况，感觉通过"五长"集训和反思上半年灭火行动来看，部队训战结合不够紧密，官兵对灭火实战环境感知不够，首长机关带部队战术背景的训练演练不多，各级指挥员既会空中观察、又能精准布兵的指挥能力尤为欠缺。解决这些问题最有效的途径，就是大力加强实战化的灭火专业训练。火怎么打、兵就怎么练，练体能、比技能、赛智能，官兵装备玩得转、信息联得通、机具用得好、技能练得精，火场上才能打胜仗。

郝江山走到现场看着一名战士背着斯蒂尔—BR600型背负式风力灭火机："把你的手套摘下来。"

郝江山看着战士手上一层厚厚的老茧，既心疼又欣慰："平时训练得越狠，火场上伤亡率才能越小。"

大兴安岭支队关智强支队长帮战士边整理衣服边说："咱们部队的官兵有'三多'：手脚茧子多、鞋子烂得多、衣服汗碱多。"

郝江山点点头："老茧子磨出战斗力，汗珠子摔出硬功夫，真正的利刃需要火的淬炼，真正的勇士必经血的洗礼。"

关智强认真地说："新兵选好苗子、老兵打好底子、选取士官留好种子，官兵人人能作战会避险，精练开路搭桥、巡山找点、掘沟锯木、野外生存、紧急避险等专业本领，打造山里通、铁脚板、爬山虎、活地图。"

郝江山向前走了几步："只有以最苛刻的实战标准，坚持全面锻炼、整体提高，实现训练场、竞赛场与火场的有效对接，才能真正成为一名能打仗、打胜仗的生态尖兵。"

前往特种大队，深入班宿舍，关智强介绍："首长，这就是舆情视频中的战士武小林，制作'兴安殡葬'微信公众号的也是他。"

郝江山笑着说道："你现在可是'网红'了，上次事件你处理得很好，表现很出色，恪尽职守、忍辱负重，树立了我们武警森林官兵依法执勤、文明执勤的良好形象，体现了军人的气质与风采，我代表指挥部党委向你表示慰问和感谢！还有你那个公众号我也关注了！做得很不错。"

武小林兴奋地大声表态："谢谢首长关心，我一定会继续努力！"

郝江山鼓励道："希望你能更加严格要求自己，在强军征程上实现梦想，做一名优秀的军人，传播更多的正能量。"

武小林迅速挺了挺身板："是！"

听完两人的对话，关智强笑着补充道："前几天，火车上一名老年乘客突然晕倒，总队的邱军医立即进行了急救，被乘客直播后，网友感慨：这是一次幸运的晕倒。警勤中队战士下街排队坐车，被群众拍下发到网上，在朋友圈里引来无数点赞。"

这番话让郝江山又想起了那段直播视频下的网友评论，尤为慨叹地勉励道："正能量是社会的刚需，军人作为时代的标杆，应该走在全社会的前列做好表率，激发更多的正能量。"

检查完灭火演练，关智强提议工作组一行去看特种车，见郝江山要走，武小林迅速掏出手机，钱继森怎会不知道武小林要做什么，慌忙朝武小林使眼色摇头，示意他不要加首长微信。

武小林瞥了钱继森一眼迟疑了一下，索性心一横鼓起勇气："首长，我可以加您的微信吗？"

话音刚落，中队干部明显一愣，看着有些尴尬的局面赶紧打着圆场："啊，这个，小林啊，首长的微信号挺难记的，你的微信号是多少，我记下来，回去再加好不好？"

武小林不识趣地打开手机："不用那么麻烦，扫一扫就好了，首长，这是我的微信二维码，扫一下就加上了。"

钱继森看到这一幕立刻傻了眼，心中叫苦不迭，今儿就不该叫这熊孩子出门！班里的其他战友也是睁大了眼睛看着武小林，中队干部更是不知所措。

基层士兵要加将军微信这种情况，显然在场的所有人都没有经历过。

"好，小伙子，那我就扫一下！"郝江山温和而厚重的嗓音打破了沉默，笑着掏出手机。

只见郝江山熟练地点开手机右上方的"+"，点开扫一扫，朝武小林的手机晃了晃，"叮——"。

"生态天骄，加上了，谢谢首长！"

"你的微信号是'森林灭火有情狼'，那我们以后可就是好友了。"

郝江山爽朗的笑声，缓和了尴尬的氛围。

"走吧，我们去特种车库，小伙子们再见！"

"首长再见！"

官兵们目送郝江山等走远后，一下子将武小林围了起来，七嘴八舌地问着："首长的微信名叫啥？"

"用的是什么头像？"

"平时都发啥朋友圈啊？"

"有照片吗？"

钱继森站在旁边故意咳嗽了两声："加上了首长的微信，说明首长接地气，能与基层官兵打成一片，不过我得给你提个醒，在微信里可以跟首长谈谈心、提提建议，拍马屁、发红包可不行啊，更不能发涉密的东西。"

"那是自然！班长，我，你还不放心吗？"人群中间的武小林开心地回着班长后，低头盯着屏幕上郝江山的微信名许久，自言自语："这么巧，首长的微信号也叫生态天骄。"

这是一个让武小林深深藏在心里的名字。

高中成绩优异的武小林，因家境贫困，无力支付学费，面临辍学。本以为自己的求学之路已走到尽头，万念俱灰时，老师告诉他有一个叫"生态天骄"的军人会资助他和另外两名同学读完大学。

听到这个消息，武小林感激不已，除了努力学习，不知道还能做什么，才能回报这位给他未来的军人。大学期间，武小林辗转询问了很多人，也只打听到这个"生态天骄"是武警森林部队的。于是，在大学毕业后，武小林毅然来到了这支部队。

4

郝江山一行人行经特种大队绿色卫士林，他站在一棵松树边，摩挲着树皮，仰头看着高高的树冠，忍不住慨叹："十八年了！"看着四周战友们亲手栽下的树苗日渐成林，郝江山心里充满着一份说不出的喜悦。抚摸着一棵棵松树，看着一个个铭牌，仿佛又看到了当年的战友。从特种大队出来后，郝江山等人驱车驶向漠河大队。

漠河大队营门内，关智强和漠河大队长王火生等干部已列队整齐。关智强看了看手表说道："一会儿国家林业局的张局长和郝副司令员等领导来，大家一定要打起精神准备好，千万不能掉链子！"

王火生底气十足："放心吧，支队长，我们已经检查过很多次了，保证万无一失！"

刚说完，手机不停震动，关智强掏出手机翻看短信念道："10分钟后，准时到达。"

王火生等松了一口气："支队长，现在关于森林部队改革的各种传言不绝于耳，咱们虽然进行了几次教育，但是大家都在议论。您说咱们部队能保住吗？"

关智强看着王火生安抚道："随着改革逐步进入深水区，各种思想、各种利益碰撞交织，对我们每一名森林部队官兵来说都是一场大考，要想取得好成绩，就必须聚精会神、从容面对，我们要做的就是安心本职岗位、守好绿水青山。"

王火生听进了心里，坚定地答道："明白。"

关智强点了点头继续说："生活难免柴米油盐，人生须有国家大义，个人在森林部队改革中是去是留、是进是退都是改革大局的需要，只要服从组织的安排，都是为改革强军在付出和奉献，不管怎么改，现在和将来都是抢险救援的队伍，这支力量肯定会加强，无论怎么改，我们这一代军人都是幸运的，我们都会亲身见证人民军队凤凰涅槃、浴火重生，走向新的征程。这是我们当代军人的骄傲，更是伟大祖国的骄傲。"

检查漠河大队后，郝江山陪同国家林业局张局长等人在漠河县参观87年"5·6"大火纪念馆。在参观过程中，郝江山为张局长等人讲述了当年火灾扑救情景。张局长听完若有所思。"30年了，漠河的生态还没有恢复，如果再有这么一场大的火，森林部队能不能在短时间内打灭？"

郝江山信心十足，对张局长详细讲解："局长，我们有这个信心！30年来，我们始终以大兴安岭'5·6'大火为镜子，不断加强现代化灭火作战能力建设，完成了从'小米加步枪'到'飞机大炮加坦克'地空协同作战的历史性转变。紧紧围绕生态文明的宣传队、林区治理的工作队、防火灭火的战斗队、抢险救援的国家队的职能定位，努力把部队打造成国际一流、国内顶级的森林防火灭火'野战军'，防止悲剧重演。"

张局长点了点头："森林部队就是插在祖国万里林海的一枚'定海神针'，没有这根'神针'，林海就会浓烟滚滚，没有这根'如意金箍棒'，林海就会火浪滔天。"

漠河范县长听后更是感慨道："对于森林部队的作用，我深有体会，森林部队绝对不能没有，地位作用不可替代。"

张局长颇为认可，又问道："现在国有天然林区全面停止商业性采伐，县里的经济怎么样？"

范县长兴致很高："我们县正发挥生态优势、区位优势，积极打造大北极旅游，以前砍一片林子挣钱，现在看一片林子挣钱。近几年，来漠河'找北'的旅游人数呈20%以上逐年增长，已然成了网红打卡地。"

郝江山听后笑着说："绿水青山不是金山银山的拦路虎，而是安全阀。看好林子、护好生态，就是保护和发展生产力。"

参观结束后，郝江山和张局长返回支队召开了座谈会，针对"五联"机制建设展开了讨论："'五联'机制启动以来，大兴安岭支队全面落实相关要求，今年在扎林库尔扑火实战中，'五联'机制所发挥的优势、所提升的战斗力，都得到了综合检验和全面展示，成效明显，反响强烈。"

肯定了成果后，郝江山又强调："加强'五联'机制建设，是推进森林防火领域军民融合深度发展的重大举措，是一个大棋局，事关国家生态安全战略。当前，'五联'机制建设，正处于初步联向纵深联的过渡阶段。9月份，指挥部将配合国家林业局在内蒙古呼伦贝尔市，召开全国军地联合灭火演习暨'五联'机制建设试点现场会，其目的是在信息资源共享、指挥机制一体、后勤联合保障、协同灭火作战等方面加强交流，典型引路，确保军地'五联'建设在全国范围内推广，促进森林防火灭火工作步入常态化、制度化、规范化轨道，实现工作上一盘棋、指挥上一体化、感情上一家人，真正使'五联'机制成为我国森林防火工作的创新推动力。"

5

四月的京城春色纷呈，桃红柳绿，草长莺飞。一处广场上，彩色巨幅广告牌在鲜花和气球的簇拥下醒目非常，上面写着"第五届'蓝天杯'生态文学奖获得者刘亦欣签名售书仪式"。

桌子上摆放了刘亦欣的五本生态作品《正在消失的森林》《生命之源的危机》《农作物与农药——我们正在经历寂静的春天》《蓝天都去哪儿了》《微"博"之力谈环保》。

一名电视台记者采访刘亦欣："如果我没有记错，这是您近年来的第五部生态作品了，是什么动力支持您在这么短的时间内创作出这么多作品？"

刘亦欣笑答："日趋严重的生态危机，是我创作的动力，作为一个有点良知的公民应该愤然执笔，大声疾呼。真实记录触目惊心的生态惨状，呼吁全民爱护生态，保护生态环境人人有责。"

记者又问："现在宫斗、穿越、悬疑和伦理小说流行，越来越多的作家大写爱情与欲望、荒唐与沉沦，而您的作品内容却都涉及生态环境和保护自然，透露出对生态恶化的忧虑。能不能谈一谈您写作的初衷是什么？"

刘亦欣平和了一下心态，想了想回答道："小说的题材本身就是多样性的，网络的发达和创作环境的宽松，让越来越多的文学爱好者加入创作小说的行列中。然而生态环保类题材的小说数量并不多，除了题材本身较为严肃，这类小说需要更严谨的科普和专业知识外，更重要的是执笔者心中要始终充满着让生态和人心都变美、苍穹之下万物和谐共存的责任。"

记者赞许地点点头，继续问道："那您能用一句话概括什么是生态吗？"

刘亦欣温柔一笑："我认为，说得直白一点，生态就是令人舒服的生活状态吧。"

记者再问："那您认为，生态文学对改变生态环境有多大作用呢？"

刘亦欣抬手往耳后拢了拢碎发答道："生态文学作品不能够直接改变生态状况，但可以改变人们的思维和观念，甚至改变人们的生产和生活方式，这都是完全可能的。"

记者点点头："谢谢您，愿您今后还会发布更多的生态作品，您有什么想对电视机前的观众朋友和读者朋友说的吗？"

刘亦欣柔声说："希望更多的人看到我的作品，希望更多的人能听到我从心底发出的呼唤与呐喊，生态可以没有我们，但我们的一切却离不开生态。万物皆为一体，大自然是人类永恒的家园，敬畏自然、敬畏生命，应该成为我们这个时代共同的信仰。大自然是不能再造的，再造的也一定不是大自然，让我们一起来关爱大自然，谢谢大家。"

记者采访完毕，签售仪式正式开始，一本本生态读物在长长的队伍中蔓延，仿佛一条生机盎然的花藤，使生态环保的理念在读者心中悄然绽放。

作品签售会结束时已是下午五点，刘亦欣坐在出租车后座，堵在北京晚高峰的路上，司机从后视镜里认出了刘亦欣。激动之余在车座旁掏出一本《生命之源的危机》，对她说："您的这本书我看了，说实话很受教育。有一天，我看到我儿子一边把水龙头开着，水流得哗哗响，一边心不在焉地玩肥皂泡，我这气就不打一处来，给了这熊孩子一巴掌……"

与司机的交谈，让刘亦欣倍感欣慰。身为记者，秉承着在语言文字传播中求真务实，笔耕不辍地为生态保护尽自己一份力，这种付出无论多辛苦都值得！

6

在经济与科技飞速发展的今天，首都北京保留了部分胡同建筑文化的同时，早已高楼林立。现代化建筑星罗棋布，绿植的点缀反而变成了奢侈的装饰。从清华大学延伸到颐和园的湿地系统，成了北京城的一道美丽的绿色风景线。特别是到了夏天，北京大学未名湖区域更是菡萏灼灼，鱼嬉蛙鸣。

这里几乎浓缩了东亚平原湿地景观的所有类型，保存了中国东部平原地区原生物的多样性体系。所以，这里理所当然成了孟佳航和同学们观测动植物的乐园。十多年来，部分北大师生一直在记录北大校园内的动植物分布情况，然而从来没有一个由专人负责系统观测维护的专区。在孟佳航的影响和带动下，成立自然保护小区的构想逐渐成形。

知道郝江山是生态环保方面的专家，孟佳航专门去郝江山办公室拜访了一趟。进了办公室的门，孟佳航直接说明了来意，递上了北京大学设立自然保护小区的构想报告来征求建议。

郝江山给孟佳航倒了杯水后，认真地阅读报告，看完赞许道："佳航啊，想不到你能循着父亲的脚步去做环保事业了，叔叔真的很高兴！我觉得你的这个构想非常好，很有必要，不仅能让学生从校园时期就牢固树立人与自然和谐发展的理念，更能通过校园自然保护小区来完善城市建设发展的缺憾，让城市显得更有生机和活力，促进和谐发展的平衡。"

得到了郝江山的认可，孟佳航开心地说："我们想通过建立自然保护小区，进一步促进人和自然的和谐共生，以此来保护校园内的生态多样性，维系校园内的山水交接，接纳生物繁衍生息，这一切会赋予城市更持久的生命力。"

郝江山给孟佳航续了一杯水说："城市发展一定程度上对于环境保护来说是做减法，而因势利导建设自然保护小区是在做加法，在这一加一减之中，我们城市生态才会更加文明、和谐。"

孟佳航点着头颇为自豪："目前我们已经向学校提交申请了，如果成功了，北大将会成为国内第一家成立自然保护小区的大学，但我相信一定不是最后一个。"

意气风发的年轻一辈，已经奔赴在了生态环境保护的路上。郝江山被孟佳航的情绪感染着，欣慰至极！

送孟佳航离开后，郝江山心情大好，正想着回家好好和刘亦欣念叨念叨生态环保后继有人，这时手机收到一个消息：周浩宇涉嫌巨额贪腐，落马被抓！

回到家郝江山就直奔书房，阴着脸，一言不发地在书柜里来回翻找着。刘亦欣纳闷地问："你找什么呢？"

郝江山头也没回："就是那本警校时写的教案，牛皮纸的皮。"

刘亦欣凑上前从书架上抽出来，递给郝江山："是要放在警史馆吗？"

郝江山接过来一脸怒气道："不，我要打人。"

"打人？！"

郝江山没接话，眉头拧成了个疙瘩。

郝江山一早去看了被捕的周浩宇，回到指挥部后，先去了祝国安办公室。

进了办公室，郝江山放下手中的教案，坐在沙发上生着闷气。祝国安倒了一杯茶放在郝江山面前问道："见到周浩宇了？"

郝江山蹙着眉头说："见到了，当年我在直属大队当排长，周浩宇没考上警校，对象也黄了，我找他谈心，还用教案打了他一下。今儿一去，他看我拿着当年的教案就明白了，求我再打醒他一次。"

祝国安回想起以前："我记得周浩宇是副营走的，转业命令还是我签的字，这小子很机灵，脑瓜子活，打火干活都很利索。"

郝江山低着头，痛心疾首："是聪明，伶俐！转业分配到他们老家交通厅，凭着扎实肯干，当上了交通厅副厅长，可没几年就腐败了，据说金额特别巨大。"

祝国安微微叹了口气，踱到窗前："这次中央反腐规模空前，虽说森林部队土生土长的干部没有一人上榜，但是这个问题不可不防啊，要保证这3万人不变质、不犯罪、不犯法，比防火灭火还要艰巨。"

郝江山看着祝国安忧心忡忡："我也是这么认为的，灭火作战完成得好固然重要，可思想上要是出了问题，部队就站不住了啊！我认为，要像保中心任务一样，抓好官兵的思想教育，这两件事都要抓，而且都要抓紧抓实。"

祝国安细细思量："思想建设是根本保证，防火灭火是主责主业，要强化根本保证，来确保使命任务的圆满完成。"

郝江山点点头："没有打不赢的仗，但要不变质却很难，每个人都会犯错误，还是不能高估了官兵们的思想和干部们的管理能力，建议在下一步工作中还是要进一步强化思想政治工作。"

祝国安插话道："这一块我主要负责，确实需要认真研究，拿出具体办法，现在关于部队改革的传言很多，这方面也要加强引导。"

如果把部队比作一片森林，领导干部就是森林中的护林员，不仅要保护森林，还要构建良好生态。治军如同护林，"好树"加强防虫防灾；"歪树、病树"及时发现修剪医治；对于少数治不好的"病树""烂树"，就必须坚决移除。

这一整天，两人针对官兵思想教育问题展开了深入交谈，直到夕阳西下，祝国安看着天边的晚霞，凝视着郝江山关心道："'红'五月又要到了，你也要注意休息啊。"

"红"五月，这可是森林部队严防死守，时刻待命的日子！这段时间，由于气候条件的影响，降水不足，季风不停，火情不断。

几日后，森林指挥部收到了火情报告。

7

指挥部作战指挥中心内，监视大屏显示伊木河火场作战实时视频：过火面积约4500余亩，沿中俄界河额尔古纳河向我方一侧燃烧，为稳进地表火，火点烟点较多。作战环境异常艰苦，茂密的原始森林遮天蔽日，腐殖层很厚，一部分官兵们奋力地扑打着火头，一部分官兵在开挖隔离带。

祝国安盯着监控屏幕发出指示："赵参谋，接郝副司令员。"

信号接通后，屏幕显示郝副司令员在前线指挥灭火作战。

祝国安关切地问道："我看卫星遥感图像显示火场像素达10个，现在火场情况怎么样？"

郝江山汇报："火场地形复杂，扑救难度较大，总体态势平稳可控，火场现有315名兵力，600名官兵正在摩托化向火场集结，直升机支队两架直升机，东北林航总站有5架直升机配属行动，我们将在夜间发起总攻，全歼这场过境火！"

听完郝江山详尽准确的汇报，祝国安欣慰说："总部首长今天3次打电话询问火场情况，有你在前线，我们心里都有底。"

郝江山坚定回答："请政委放心，我们坚决完成任务！"

不知不觉，已到了深夜。作战指挥中心内灯火通明，基指人员忙而有序地搜集、整理着火场一线战况。大屏显示部队行动的北斗画面，火场范围在逐渐缩小。祝国安边看火情通报，边紧盯大屏幕。

烈火依旧肆无忌惮地燃烧着，仿佛要吞噬这黑夜。次日天明，一台无人机在伊木河火场一线上空侦察。

前指帐篷内，郝江山注视着无人机传到显示屏的画面：一支20人的小分队正在点烧，马上到达8号山顶。

还有一段就点烧完毕，郝江山看了一会，立即命令所属人员停止前进，立刻进入防火隔离带紧急避险，前指成员十分不解。

接到命令的袁常青虽然摸不清原因，还是迅速组织人员撤进隔离带。大约过了两分钟，一股强劲的谷风卷着火头，拧着劲地扑上了山头，地表灌木、树枝树叶被卷入火海，火焰高度达数米。

袁常青和战士们摸着发凉的后脑勺感慨，郝副司令员真是神了，幸好躲避及时。

帐篷内，王参谋钦佩地问：“郝副司令员，您怎么会知道火上来会这么大？”

郝江山指着大屏幕火场位置：“这山头几乎是平的，火上来会一线平推，出现意外一个都跑不掉，踏察的时候我留意过，这里的谷风非常强，又是上山火，所以不能强攻。”

月升日落，大火已经燃了整整两天，官兵们灭火作战仍然焦灼地持续着。郝江山亲临一线组织指挥：“我们要抓住今晚气温低、风力小、火势弱的有利时机，按照划分作战区域，灵活运用战法，打清结合，尽快将明火扑灭，一线指挥员要认真观察，严密组织，加强安全风险评估和预防，确保官兵绝对安全。”

各部参战官兵在火线上奋勇战斗，灭火机的轰鸣响彻林间。

终于在东方泛白之时，作战指挥中心收到作训参谋报告：“报告政委，5月2日5时21分，伊木河过境火，火场实现全线合围，火情得到有效控制！”

祝国安下达指令：“立即向武警总部和国家林业局报告，命令部队立即转入清理看守阶段。”

火情彻底扑灭后，郝江山回到了指挥部办公室，整理出一大堆伊木河作战相关资料，打算详细梳理灭火作战反思。经过连续多日扑火作战，郝江山面容憔悴，非常疲惫，与此同时老胃病又开始作妖，装着胃病药的药瓶也成了办公桌上的必备品。

这天上午，郝江山正在办公桌电脑前敲着键盘，电话铃声突然响起。郝江山接起电话，听到话筒里传来的消息，顿时眉头紧皱，挂断电话后，快步走出办公室。

此时，远在大兴安岭毕林河林区的林苑小区，中队长袁常青拎着两个行李包刚进家门。

听见声音，妻子荣芳放下手中洗的衣服走了出来，看见袁常青手里大包小包的，打趣儿道：“住店的回来了，你这拿的都是啥啊？”

袁长青直言快语：“军装。”

“咱家本来就小，柜子里你的军装占了一多半，再往家拿可放不下了。”

袁常青放下包微微笑了笑："以后都不用挂了。"

荣芳听出话里有话，走到袁常青跟前接过迷彩后留包问："批了？"

袁常青点点头："伊木河打完火回来，政委就找我谈话了，字已经签了。"

荣芳转身回到厨房欣喜地倒了一杯水，递给袁常青："今年怎么这么利索？"

"你看我这资历章都挂不开了。"袁常青指了指胸前的资历章，接过水："政委说，我从一个战士干到中队长也不容易，工作成绩支队领导都知道，本来还差半年就能自主择业，但现在因为改革嘛，照顾不了，只能转业。"

荣芳欣喜地拍了一下袁常青："哎呀妈呀，太好了，老同志，你可终于转业了，我这一天忙着网店，又要给顾客发货，还要带两个孩子，你回来帮帮忙正好，我马上给咱妈打电话报个喜。"

袁常青拉住荣芳："别打，也不是啥喜事，同年入伍，姐夫正团，我正连，传出去让人笑话。"

荣芳倒了一杯水宽慰道："嗨，老同志，我也没嫌弃过你，只要咱一家都平平安安的，提不提的，我可从来就没挑剔过。"

袁常青喝干了杯里的水，躺在床上回应着："这个我知道，这些年，我也没尽到过做父亲应尽的责任，甚至两个孩子出生都没在家。你大学毕业后为了我辞去了工作，我心里觉得亏欠你们太多了。"

荣芳依偎在袁常青肩上："有老同志这句话我就满足了，那你还回去吗？"

袁常青起身抚住荣芳的肩膀："不回去了，我就在家陪孩子、做饭，你也可以歇歇了。"

荣芳依偎在袁常青的怀中，油然而生一种难得的幸福："有你守在身边真好！"

袁常青愧疚道："以前欠你和家里的太多，以后我会一直陪伴在你们身边。"

"二等功安置上有没有什么说法？"

袁常青有些感伤："看组织上怎么安排吧，这么多年就会打火，其他也不太会啊。"

荣芳来了主意："要不，你就不要工作了，跟我一起干微商，也不少挣！以后咱们去大城市换个大房子，不在这穷山沟里待了，你看我同学赵娟两口子，一年十几万元，实在不行，我也可以跟你回哀牢山。"

夫妻两人正说着话，手机铃声突然响起。袁常青掏出手机，从床上迅速起身接通电话："教导员，怎么了？"

电话那头有点不好意思："常青啊,陈旗着了很大的火,支队让咱们大队快速出动,我知道你已经签字了……"

袁常青立刻明白了:"教导员,不用说了,虽然我已经签了字,但还没脱下军装,仍然还在中队长的岗位上,我马上归队!"

见袁常青有任务,荣芳立刻准备衣服和洗漱用品。

袁常青摁断电话看着爱人有些无奈:"媳妇,陈旗着火了,支队让我们大队快速出动,我……"

荣芳递给袁常青一个行军包,心有灵犀:"行啦,我明白。给你,标配,老规矩。一个军嫂半个兵嘛,不用担心我。"

袁常青接过包犹像了一下,嘴唇嚅动着想说什么但没有说出口,立正站好给荣芳敬了一个军礼,礼毕后头也不回地跑出了门。荣芳噙在眼眶里的泪珠断线似的滚落下来,冲着袁常青渐行渐远的背影念叨着:"常青,山上冷,穿厚点。"

8

作战中心的指挥屏幕上显示着卫星热点监控图像,每一个闪烁的红点表示1.1平方公里的火场面积,受大风影响,红点不断扩大,也牵扯着在场每名官兵的心。

5月17日12时,内蒙古呼伦贝尔市那吉林场发生森林火灾,受大风影响,火场面积急速增大。根据火场态势,森林指挥部本着"宁可调而不用,不可用而无兵",决定最大限度抽组内蒙古、黑龙江、吉林和四川总队5376名兵力,调集8架直升机,集中优势打歼灭战。

红色的战鹰在机场跑道上整齐排列着,随着塔台值班员下达"起飞"的命令,4架直升机直冲云霄,穿过火场上空的滚滚浓烟,一架架直升机打开机舱门落下滑降绳,一个个矫捷的身影依次快速落地。油锯手迅速清理开辟场地,灭火机手快速启动机具做好战斗准备。

4架吊桶直升机编为一组,从预先侦察的河中悬停吸水后,飞临火场上空,巨大的水囊满载着清水,在地面灭火队员的引导下,精准地投向了熊熊燃烧的火头。趁着火势减弱的瞬间,袁常青拉响了灭火机吼道:"跟我上!"

橘红色战斗群浩浩荡荡向火场开来,碾压火线、水枪射水。灭火机手们快速打开突破口,采取强攻推进战术围攻火头。绵延的输水管线像一条巨龙翻山越岭,将10公里外的沟塘水,源源不断前送到火场一线。

常规分队抓住最佳时机，利用最佳手段，选择最佳地段，科学配合使用风力灭火机、往复式水枪、细水雾灭火机、灭火弹、水溶添加剂等风、水、化灭火手段实施灭火。

空地一体联合作战完美呈现在火场上。

5 月 20 日 11 时，火场全线实现整体封控，这次"斩首行动"取得了决定性胜利，为确保移交一个干干净净的火场，联指、指挥部前指命令直升机分队吊桶、载人对火场所有烟点、险情进行彻底清理，实施精确"绞杀"。

直升机吊桶载水巡查火场，对发现的火情进行洒水清理。钱继森、武小林等在地面清理烟点。

从直升机索降到烟点附近的王火生打开地图，与几名干部骨干研究："前面有一条防火公路就是陈旗施业区的分界线，沿着这条路再往前走 8 公里就能到达集结地。"确认好路线后，王火生带领部队转场，只见陈旗施业区内的树木被推倒了 5 米左右，防火线已被点烧，且用推土机重新翻新了一遍，林内尚有余火未灭，很多地方扑火队员正在埋锅做饭。

王火生有些好奇，便下令部队停止前进，走到林中询问："你好，我们是武警森林部队的，请问联指是不是在前面？"

一名五十多岁的地方扑火队员回头抬手一指："顺着这条路走，穿过草塘沟还有七八公里地。"

王火生道了声谢后，又问道："你们是陈旗扑火队的吗？"

地方扑火队员摇了摇头给予否认。

王火生有些蒙，指了指不远处的余火，又看了看周围很多的扑火队员问："这火不是还没灭吗？怎么没人打呢？"

地方扑火队员一副事不关己的样子说："这里不属于我们的防区，我们也管不着。"

话一出，王火生心底的火腾地一下燃了起来，狠声质问道："防火有界，灭火无界！林子烧了，你们不心疼吗？"

地方扑火队员瞥了王火生一眼，满不在乎："我们接到的命令是堵截火头，不是跨界扑火。要打你们打吧。"说完转身找了个空地啃着馒头，歇息去了。

看着地方扑火队员敷衍了事的态度，王火生努力克制住向对方挥拳头的冲动，转头向队伍咆哮："赵中队长，把人都带过来，把这边的明火处理了再走。"说完带头冲向了火点。

巡察完火场，郝江山回到了指挥部前指帐篷内，继续紧盯指挥显示屏，丝毫没有松懈。突然发现异常，对王参谋说："查一下，正在经过那吉火场22号草塘沟的是哪一支部队？"

"是大兴安岭支队漠河大队王火生部。"

"迅速将险情提示他们！"

王火生带领官兵扑灭林内余火后迅速转场，这时头盔式对讲机传来提示："你部即将穿越一处危险地域，该地曾在1987年4月发生重大人员伤亡，请注意观察！"

王火生立即转达了前指传来的提示，同时给大家上了一堂火场安全现场课："这是一处草塘沟地形，林火在草塘沟燃烧时火强度大，同时会向两侧山坡蔓延，形成冲火，是林火蔓延的快速通道，很容易出现险情。在接近火场时，要避开茂密灌木丛和宽大的草塘。30年前就是在这个地方，地方扑火人员因错误地选择在草塘沟休息，被突然从沟口方向袭来的高强度火袭击，造成了重大人员伤亡。"

看着屏幕中那吉林场大火烧过的痕迹，郝江山、内蒙古总队宋新刚总队长、大兴安岭支队关智强支队长等人久久不语。

一阵沉默后，郝江山沉声道："一场大火夺去52名林业职工的生命，血的教训不容遗忘，这种悲剧不能再发生了。"

9

黑夜降临，前指指挥帐篷内，所有人忙碌依旧：通信参谋正在抄记一线部队回传的作战情况，作训参谋将部队作战动态及时在指挥系统电脑上进行标绘……

从伊木河着火到现在，郝江山已经连续几日未曾好好休息。宋新刚看着郝江山布满血丝的眼睛试着劝道："首长，您睡一会儿吧，从伊木河到现在您都没怎么休息好。"

郝江山摆摆手："这么大的火，睡不着啊，再说年纪大了，觉也少。"

知道他心系火场，宋新刚也不好再劝，只得说道："给嫂子打个电话吧，省得担心。"

郝江山笑着掏出电话："王参谋把我的充电宝拿来，这几天电话都快被打爆了。"连上充电宝，郝江山边拨刘亦欣的电话，边拿自己调侃道："工作要干好，老婆也要哄好嘛。"

话音一落，引得宋新刚和其他前指领导会心一笑。

接通电话后，刘亦欣听着郝江山沙哑的嗓音心疼地说："现在火场怎么样了？打火很辛苦，要注意身体啊。"

"火灭了，我没事，我们一线的官兵们才是真辛苦。"郝江山宽慰道。

"你们火场上的照片我都看见了，网上、朋友圈都是，挺感人的，你也要注意身体，你不年轻了，能休息就眯一会儿。"

"好，听你的，儿子学习怎么样？"

"挺好的，上补习班补课去了，还没回来呢，我在超市买点菜。"

"那就这样吧，这边事情多。"

"多保重！"

"好！"

对话不长，却融满了惦念。郝江山挂掉手机，上微信看到了朋友圈照片，递给宋新刚："你看这些照片。"

宋新刚接过手机，细看后感叹着："这都是穿山涉水、长途行军作战造成的，都是二十岁左右的孩子，看了让人流眼泪呀，哪有什么岁月静好，只因有人负重前行。"

"是啊！"郝江山点点头："因为有千千万万个森林官兵，千千万万的人才会向往诗和远方，才能享受风景如画的绿水青山，为我们伟大的官兵点赞。"

说完，郝江山想了想，放下手机转头问："关支队长，马日史初这次有没有来？"

"首长，他已经退伍了，因为支队没有高级士官编制，不少像马日史初一样优秀的战士只能选择退伍。"关支队长有些惋惜。

郝江山沉思了一下："我们现有的体制，灭火专业人才容易流失，就像一棵小树苗，好不容易长大，可以经得起风雨了却要移走。因为年龄、编制受限，要面临转业、退伍，不利于扑火队员专业化素质的培养和积淀，长此以往对战斗力的损伤也是很大的。"

关支队长问出了心中的疑问："如果职业化了，还会是军人吗？"

郝江山分析道："森林灭火是一项系统工程，国家下一步的改革方向可能会整合多种救援力量，统一指挥调度，新成立一个综合救援部门，我们也可能会和社会上的其他救援力量融合在一起。如果实行职业化，工作时间可能会延长，有

利于扑火队员积累经验，稳定队伍，提升战斗力，所以离开军队体制是必然的。"

王参谋不免有些担心："如果都不是军人了，还有人愿意舍生忘死，往火里冲吗？"

郝江山微笑道："参照国际惯例，国外森林消防基本是职业化，更是备受世人推崇的职业，也没见过不往火里冲的情况，所以这个担心是多余的。"

次日下午，扑火作战终于到了尾声，天空中纷纷扬扬下起了雪。

为缓解大家紧张疲惫的状态，袁常青所属的大队在火烧迹地内举办了一场篝火晚会。一曲手机伴奏的《小苹果》舞蹈结束后，教导员走到中央："我们最后让袁中队长讲几句好不好？"

话音一落，官兵起哄声四起。袁常青被逗得有些不好意思，笑着走到篝火旁，一个调皮的战士手捧一束达子香跑到他跟前敬了一个军礼。

袁常青接过花回礼后，红着脸动情说道："战友们，说实话，看着眼前这么一大片被火魔吞噬的山林，很多人心中更多的是酸楚和惋惜。其实不应该有这么凄凉的感觉，因为我知道，春风吹拂，必定会迎来重生。正如部队这次调整改革，我想也是浴火重生，越改越好。大家都知道了，这场火，可能是我和广大即将转业离队战友们的谢幕演出，我将奔赴的是一片新天地、新战场。在军旅生涯即将画上句号的最后时刻，能够再以这种方式回到起点，这场大火给予了我最好的馈赠、纪念和激励。我给大家唱一首歌吧，如果有需要我重新投入战斗的那一天，我将义无反顾，若有战、召即回！"

> 这是一个晴朗的早晨
>
> 鸽哨声伴着起床号音
>
> 但是这世界并不安宁
>
> 和平年代也有激荡的风云
>
> 准备好了吗
>
> 士兵兄弟们
>
> 当那一天真的来临
>
> 放心吧祖国
>
> 放心吧亲人
>
> 为了胜利

　　我要勇敢前进

　　……

　　悠扬的歌声，在战友们附和拍子的掌声衬托下，飘向林海青山。19 年的青春，都化成青春无悔，永驻在茫茫林海。

第三十四章　换羽新生

1

为全力保护塞罕坝及周边地区森林草原防火安全，郝江山决定亲率武警森林指挥部机动支队小分队驻防塞罕坝机械林场。

小分队不仅经常巡护，而且还在主要路口向游客发放防火宣传单，讲解防火常识，不远处安放的防火宣传牌上写着：像保护眼睛一样保护生态环境，像对待生命一样对待生态环境。——武警森林部队宣。

登临亮兵台，朝林场望去，松柏连绵不绝犹如雄兵列阵，郝江山感慨："这才是真正的草木皆兵！这一棵棵松树，真像是一个个绿色的卫士在守卫。"

"雄兵列阵，势不可挡！"站在郝江山身边的林业厅梁厅长望见不远处巡逻的战士笑道："莫道君行早，更有早行人呀，你看咱们的战士早早就开始防火执勤了。"

"踏遍青山人未老，风景这边独好。"郝江山宽慰感言。

梁厅长笑了笑："塞罕坝不仅风景好，还是守卫京津的重要生态屏障。据统计，我们塞罕坝每年为京津地区输送净水 1.37 亿立方米、释放氧气 55 万吨，相当于为每 3 个中国人种下一棵树，50 年代，北京年均沙尘天数为 56.2 天，如今已下降到 10.1 天，2016 年北京的沙尘天仅有 5 天。"

郝江山点了点头："草木植成，国之富也，人不负青山，青山也定不负人。这不只是一片绿色的海，更是一方精神高地，生态文明建设范例，当之无愧。"

"能有武警森林部队这样一支武装力量进驻林场，我们防火工作心里很托底了。"

听到梁厅长的认可，郝江山有感而发："能够参与到塞罕坝生态保护，是国家、地方对我们的信任和鞭策，也是我们在生态建设中应履行的政治责任。咱们要共同携起手来，把塞罕坝这片来之不易的森林资源、非常珍贵的生态屏障保护好。"

梁厅长点点头，很自豪地介绍道："我们这里防火设施还是很先进的，拥有现代化立体防火监测系统，红外防火、雷电预警等设备，你看那边就是我们的望海楼，你们叫瞭望塔。"

"望海楼，"郝江山默默念叨着，"这个名字好！"

一路走过林场，来到望海楼上。郝江山意外发现担任瞭望员的竟然是当初的新兵连战友玖拾捌！他乡遇故交，久别重逢的两人激动地抱在了一起。

玖拾捌退伍后，就接了父亲的班，在这里扎下了根。全家都在林场，算是林三代，儿子今年大学毕业也回到林场奉献青春。

"咱们快有30年没见了，你退伍后，我给你写过信，但都退回来了，原来你一直在这里。"

玖拾捌握着郝江山的手已然红了眼眶："我这辈子除了当森警，就干了两件事，栽树和看好这片林子。"

看着他们两位老友重逢，梁厅长慨叹着："不容易呀，这么多年，默默无闻地坚守，不求回报。"

郝江山深有感触："咱们干林业的都高调不起来，这份工作没有几十年是看不出结果的。"

梁厅长点了点头，看着前方壮阔的松林："正是有了像玖拾捌一样默默无闻的坚守，才有了塞罕坝现在的金山银山，才有了人和自然和谐相处的美好家园。"

玖拾捌笑着说道："前人栽树，后人乘凉嘛，咱们这工作就是吃祖宗饭、造子孙福。"

三人叙旧说笑，好不热闹。远处松涛阵阵，雀鸟相鸣，这如诗如画的山河美景，承载着一代代育林护林人的青春和汗水，为祖国辽阔的疆域绘制出华美画卷。

2

初夏的清晨，明媚的阳光洒落房间，刘亦欣起床后打开手机 APP 显示并语音播报：今日 PM2.5 浓度，6 微克/立方米，空气质量优。她走到窗前，闻着窗台上盛开的清净高雅的兰花，一股幽香沁人心脾。推开窗户，看着朝阳和蓝天，忍不住掏出手机拍了一张照片，打出四个大字"大美首都"，加了一排表情后发到了朋友圈中。

刚发完两分钟，微信好友周姐就发来一段语音问道："亦欣，你网上晒的图这么漂亮，是北京吗？"

刘亦欣莞尔一笑，按着语音键回复着："是北京啊，这几年政府对环境治理投入很大，最近这一年，北京空气一直不错，今年的蓝天白云比以前多多了。"

周姐秒回："我家亲戚也都说家乡的河流变清了，身边的绿地增多了，呼吸的空气也变洁净了。"

刘亦欣很开心："咱们国家的颜值越来越靓了，你呀，快点从国外回来吧。"

一张照片引得女人们一人一句聊个不停，从环境聊到家长里短。

傍晚，郝天放学回到家，一进门就兴奋地告诉爸妈，今天在学校参加了义务除草实践活动。

刘亦欣在厨房边切菜边问："为什么除草？"

郝天很认真的样子："我们老师说，最近在学校周边发现了一种外来入侵植物，叫黄顶菊，这种植物没有天敌，会对周围的植物和自然环境造成伤害，就组织我们去除草了。"

刘亦欣听完耐心问道："你们是怎么处理的？"

郝天举起手炫耀战利品一般："用手拔的呗，你看我的手还被草划了一下呢。"

刘亦欣赶忙放下菜刀，拉起郝天的手查看："来，我看看。"

郝江山也急切走到郝天身边，看着似乎没有大碍便问道："这次活动有什么收获？"

郝天歪着脑袋想了想："收获嘛，那就是保护环境也是举手之劳。有时只需要弯下腰、抬个手就能做到。"

郝江山笑着点了点头，刘亦欣放下郝天的手，抬头看着郝江山："我采访过的一个专家说，外来生物入侵，不仅严重干扰生态系统，还会造成严重的经济损失。"

郝江山有些无奈："现在国际交流日益增多，人们有意无意把外来物种带往各地，给全球生态安全带来了极大威胁。"

刘亦欣点了点头，忧心地说："这些入侵者倒是好清理，可塑料制品就没有那么容易了。"

联合国早就报道过，每年有数百万吨塑料垃圾进入海洋，造成了不可挽回的损失，海洋生物面临着巨大威胁，海洋生态系统也遭到破坏。

3

看到海洋环境日趋恶化，外形俊朗且出演过青春励志大片的秦根生毅然决然地放弃进军演艺界，报考了以色列海法大学的海洋环保专业。

进入大学后，秦根生顺利加入了学校守护海洋的志愿者组织。

星期天，在以色列海法市的一处海边，秦根生和同学们穿着"海洋热带雨林守护行动"等字样潜水服，身着装备照常先是入海底进行珊瑚普查、清除海底渔网、塑料等垃圾和珊瑚养殖修复。上岸后，认真清理海滩上的垃圾。

陶成蹊看着望不到头的海岸线，有些郁闷："这么捡，什么时候是个头啊，这垃圾也太多了。"

秦根生笑了笑，目光执着："咱们这只是'小捡'，要努力实现将来'不捡'，才是海洋保护的终极目标。"

一群小海豹在沙滩向大海游去，秦根生和陶成蹊合力捉住一只小海豹，将它身上套住的渔网割断，放归了大海。

海滩上志愿者的身影如同洒落在沙滩上的珍珠，与碧蓝的大海相映生辉。

新的一周开始，秦根生上课的教室内，幻灯片上显示一张照片：一条巨大的鲸鱼横在沙滩上。讲台前的老师讲解着："今年2月，有人发现一头鲸鱼搁浅死亡，科学家们割开了它的胃，发现这条鲸鱼的胃里，已填满了塑料垃圾，有渔网、花盆、瓶盖、汽水瓶，还有一团超大的塑料布……"

"人类使用后随意丢弃的难降解的塑料产品，都对其他生物，尤其是海洋和江河中的生物产生了致命的威胁。"

展示过其他受害的海洋生物图片后，老师又举起手中的一瓶化妆品问道："这种化妆品含有很多塑料微粒，它的作用就像一个个看不见的小砂轮，清除你脸上的污垢，可是这些小微粒最后去了哪里？"

老师切换了下一张幻灯片："我们冲洗后，它们会随着水管流入下水道，进入湖泊、海洋，然后被水下生物误食，又通过食物链重新回到我们的餐桌上，还有可能进入人的血液，影响我们的内分泌系统，对人造成永久性的伤害，事实上人类胎盘也出现了微塑料颗粒。"

幻灯片上清晰的物质循环图，让秦根生和同学们心情异常沉重。

"每年因塑料制品死亡的水生生物至少有上百亿只，而人类还没有找到有效

处理塑料污染的方法，然而……"老师稍作停顿，继续说道："据说有两名澳洲年轻人发明了Seabin海洋垃圾桶。"说罢，播放出Seabin海洋垃圾桶在吸取垃圾的视频短片。

看着短片，秦根生思考着起身提问："这是一个很好的创意，可海洋垃圾桶过滤出来的垃圾该怎么处理呢？要是能发明一种可食用易降解，并且无危害的塑料产品就好了。"

老师听后赞许地说："秦根生同学提出的问题非常好，彻底解决这个问题，不是靠一两个黑科技就能解决好的事情，我们的最终目标是生活在不需要塑料和Seabin的世界。"

说罢，幻灯片展示出最后一张照片："全球变暖导致海水温度升高，加速形成水汽和热量，是形成台风的关键因素。这是台风'山竹'狂扫香港之后出现的画面，现场堆满了大量泡沫、塑料袋、矿泉水瓶等垃圾，大海不喜欢这些东西，海洋里的动物也不喜欢，让人难过的是，我们不清楚这些被退回来的东西，会不会再被扔进海里？大自然不需要人类，但人类需要大自然，保护环境，爱护生态不是一句口号，只有行动才拥有改变的力量。"

课堂上老师展示的图片触目惊心，更激发了年轻一代们以保护海洋、保护生态为己任的决心，越来越多的同学自愿加入保护海洋的志愿者行列。

几日后的下午，秦根生正在宿舍和室友看书"充电"，突然闻到一股烧煳的味道，烟尘顺着门缝飘了进来，呛得几人不停地咳嗽。

黑人青年留学生詹姆斯戴着耳机听着重金属音乐，沉醉在激烈的节奏中扭动着身体，望着窗外的大火却并没觉着有什么异常。

这时，陶成蹊突然冲进宿舍喊着："快！快收拾东西逃命吧，以色列政府已经宣布海法进入紧急状态了，正在疏散居民，大火距离咱们学校不到三公里了！"

室友们被喊得发蒙，都放下手中的书站了起来，秦根生稳了稳心神："学校不统一组织吗？"

陶成蹊已是急红了眼："学校有两万多教职工，哪有那么多时间组织？别等了，赶紧收拾东西！"

一名香港留学生用不太标准的普通话说道："咱们可以打电话问问中国大使馆啊？"

"你瞅瞅我这个记性，还是咱香港同胞提醒得好。"陶成蹊忙掏出手机要拨号。

"咱们的护照好多国家不免签，我就不吐槽了，大使馆还能管这事，要不咱们分头逃命吧。"秦根生有些泄气。

陶成蹊闻言盯着秦根生问了一句："秦根生，利比亚撤侨的新闻没看过？"

"这种加工的新闻你也信？"秦根生举着手机，"微信群里大伙可都在吐槽呢。"

陶成蹊边说边摁号码："12308，对吧。"

香港学生点着头："对！"留学生们都上前围在一起。

还未按下拨号键，一个电话打了进来，陶成蹊看着来电号码说："来电话了，是校留学生处的陈老师，我先接一下。"说完接通了电话并按下了免提键。

"你好，陶成蹊同学，得到疏散居民的通知后，中国驻以大使馆立即与学校取得了联系，目前正在组织车辆开往海法，请转告同学们集中在一块等待……"陈老师的话音引得室友们一阵雀跃，都围在手机旁。

陶成蹊和其他中国留学生的喜色溢于言表，打开中国留学生微信群，点击语音键："各位同学，我刚刚接到陈老师电话，中国驻以大使馆将组织中国留学生撤离，已在赶往校区的路上！请大家相互转告，我们一个小时后在操场集合等待。"

香港留学生兴奋欢呼："中国万岁！没想到大使馆能主动联系咱们。"

"是啊，太温暖了。"陶成蹊合上手机，对没太多反应的詹姆斯说："詹姆斯，你不打算撤离吗？"

詹姆斯两手一摊，非常傲慢道："哦，我的朋友，你懂得，我有一个世界上最伟大的国家。"

收拾好东西后，秦根生和留学生们跑到了操场上等待撤离。海法大学四周的山上明火清晰可见，操场上都是浓烟，风非常大，200多名留学生在操场上焦急等待着。

秦根生有些烦躁，焦急地问："这都超了两个小时了，车是不是不来了？大使馆不会骗咱们吧？"

这话一出，在人群中引起骚动，不少留学生开始消极议论。

陶成蹊见状安慰道："进入大学只有一条路，可能耽误了，大家都不要担心，再等等。"

"这还得等多长时间啊？"

"就是，再晚一点，直接把我的骨灰运回去得了。"

话音刚落，六辆大巴朝留学生们驶来，陶成蹊兴奋地喊："快看，车来了！"

大巴车停下，中国驻以大使馆工作人员走了下来，无助的留学生们顿时安静。身材不算高大的大使馆工作人员，走近满脸期待的留学生们解释道："对不起，让大家久等了，因为途中道路中断，我们绕了好几条路才过来，所以来晚了，请大家原谅。我代表大使馆来看望大家，请转告你们的家人，你们已经和大使馆联系上了，请他们不要担心，我们现在就接你们撤离。"

一席话，让同学们激动不已，不少人红了眼圈，大家鼓着掌，高举五星红旗，大声欢呼道："中国万岁！"

秦根生喊得最为起劲儿！

在大使馆工作人员的安排下，留学生们开始有序登上大巴车。手持青天满日旗的留学生把旗帜悄悄折叠起来塞进包内，走向中国大使馆工作人员，颇为担心地问道："你好，我来自台湾，我可以上车吗？"

大使馆工作人员看着面前稚气未脱的面孔，掷地有声："同学，只要你是中国人就可以上车！"台湾留学生激动的心情难以言表，深深地朝工作人员鞠了一躬。

上车后秦根生准备给家人报个平安，发现手机没电关机了，就把手机收了起来。不知谁起头唱起了《歌唱祖国》："五星红旗，迎风飘扬，胜利的歌声多么响亮……"歌声在四处弥散，向远方飘荡，大巴车车队缓缓离去。

黑人留学生望着离开的车队，眼中充满了羡慕。

4

山川异域，风月同天。

此时森林指挥部作战指挥中心内，沈浩宇、祝国安、郝江山等常委都关注着以色列大火发展的态势。作训处长徐玉麟详细汇报："22日起，以色列及其控制的巴勒斯坦领土发生大规模火灾，48小时内起火点200处，波及全国大部地区，一度造成以色列第三大城市海法等地进入紧急状态……"

听完火情汇报，郝江山对火情进行了分析："以色列在这次救灾过程中，所表现出较高的国际动员能力和部门高效的协调能力，以及利用大数据等科技手段监控火情等经验，非常值得我们借鉴。以公安部研发的'MATASH'火灾预警系统于2014年投入使用，该系统是世界上首个利用大数据进行火灾分析和预测的系统……"

云南森林总队的总队长办公室，秦朗翻阅完手边参加"五联"军地联合演习方案，打开文件夹中的一份国外火情通报"以色列海法火灾"几个字映入眼帘时，脑袋"嗡"的一声，不知道儿子现在什么情况了？立即掏出手机拨打秦根生的电话，却传来语音提示：你拨打的电话已关机，请稍后再拨。

未与儿子通上话的秦朗心急如焚，却又无可奈何。坐立不安地在办公室来回踱着步，不停地拨打着儿子的手机。不禁想起了前些日子去狱中探视前妻的场景。

那天周末，天空阴沉，淅淅沥沥下着小雨。秦朗来到监狱，透过探视窗，看见身穿囚服的叶香在两位女警察的搀扶下走了过来。

短暂的沉默后，秦朗将一个包裹递给叶香："这是咱妈给你做的，都是你最爱吃的小菜。"叶香低着头，一言不发。

秦朗有些不忍，轻叹了口气道："你要多保重，咱们毕竟夫妻一场。"

叶香闻言慢慢抬起头，凝视着秦朗的眼睛："谢谢你还能来看我，也许你是对的，温暖过世界，世界也总会以某种形式回报。我之前犯的错太多了，伤害的人太多了，这是我应得的惩罚和报应。"

看着叶香憔悴的脸庞，秦朗语重心长地说："十八大以后，中央加大了反腐力度，你的靠山倒台，这是迟早的事。做官和坐牢只有一步之遥，高官也会进高墙，人间有味是清欢，无论何时，咱们做人做事都要本本分分，严于律己，你要努力配合专案组办案，把问题交代清楚……"

而今，叶香在狱中，儿子只身在国外突遇火情生死未卜，焦急的秦朗恨不得立刻长双翅膀飞到儿子身边。

秦根生在使馆工作人员的带领下，住进了安置留学生的酒店内。进了房间后，秦根生撂下行李，忙给手机插上充电器。

手机开机后，屏幕里蹦出来"老秦"的未接电话二十多个，秦根生眼眶一热，赶紧回拨过去。电话很快被接通，秦根生拣着重要的事儿先安慰着："爸，我没事了，中国大使馆的工作人员将我们所有留学生都接出来了，您别担心啊。"

听到儿子报平安的声音，秦朗这才松了一口气："安全就好，这我就放心了。"

回想着此番遭遇，秦根生心底暗生愧疚，青年人的轻狂傲慢原来都只源于涉世未深，经事未广。伟大的祖国从来都用宽广的胸怀默默地守护着每一位国人。想到此处，秦根生不由地对秦朗说："爸，我从没感觉到原来做一个中国人是这么自豪。以前我是个愤青，现在我开始和你一样，变成祖国的忠实粉丝！"一番肺腑之言，听得秦朗欣慰无比。

下午刚上班，秦朗的办公室门口，一声响亮的"报告！"打破了安静的气氛。

秦朗抬头道："请进！"

一名齐耳短发的女中尉向秦朗敬礼后报告："总队长好！"

"次尔拉姆！"秦朗站起身来，惊喜地看着眼前的姑娘，"拉姆，来，快坐！"

次尔拉姆坐稳后，激动而自信地汇报："谢谢秦叔叔，我已经毕业了。"

秦朗给次尔拉姆倒了杯水，坐在一旁笑问："分配了没有？"

"已经分配了，警勤中队女兵排长，在这儿参加完集训后去报到，今天我特意来看看您。"

"真快呀，都毕业了，你这也算是摩梭族的第一个女警官吧？"

次尔拉姆点点头，满怀感激地看着秦朗："是的，谢谢您，给了我们梦想，让我们走出了大山。"

秦朗颇为感慨："有梦想就有希望，一个人的梦想就是一片枝叶，每个中国人的梦想汇聚在一起，与国家这棵大树的命运紧紧连在一起，这棵大树就会根深叶茂，中国梦、生态梦就一定会实现。中国梦也是家国梦，我们的奉献让大森林永葆青春，森林部队也是那片独特的枝叶。"

5

初秋的呼伦贝尔草原腹地层林尽染、色彩斑斓。郝江山与出席现场会的有关部委、军队系统领导同志以及来自各省区、盟市林业系统与会代表近 200 人，观看军地联合灭火装备展，展出的 110 余种军地灭火装备，听取围绕"五联"机制内容设置的五大模块展示介绍，详细了解了军工企业革新装备情况。

这是国内参演部门最多、涉及作战要素最全、特种装备运用最广、军地联合协同内容最丰富的大规模联合灭火演习。整个现场会导调紧张有序，官兵士气高昂，战法体现明显，军地配合密切，场面精彩震撼，受到与会代表的充分肯定和高度赞誉。

演习结束后，国家林业局张局长在郝江山副司令员陪同下视察了森林指挥部的警史馆，指着"五联"演习相关照片赞许道："这次演习，你们与地方人员珠联璧合，配合默契，非常成功。"

郝江山信心十足地表示："我们将以贯彻落实这次会议精神为契机,全力推动'五联'机制建设,全面提高防火灭火核心能力,为保护国家森林资源和生态安全作出新的更大贡献。"

经过那吉灭火作战展区,一行人来到吉林总队连续实现 36 年无重大森林火灾展区。

张局长感慨道："连续实现 36 年无重大森林火灾,并不是说吉林没有火灾,也并不是说吉林不具备发生重特大森林火灾的条件,从这一点看,部队战斗力还是很强的。"

郝江山引以为豪："这成绩是官兵们一个防期一个防期死看死守,年复一年日复一日踏查巡护换来的。"

"吉林省全面停止天然林商业性采伐,产生的森林生态服务功能总价值将超过 2000 亿元,今非昔比,效益可观。"

郝江山点了点头。

张局长回忆道："有一年我到吉林白山检查,那里的群众告诉我,森警就跟城市站岗的警察一样,把这个大林区管理得和城市一样井井有条,几乎是千里无烟火,百里无火警,这支部队起到了'避火珠'的作用。"

"谢谢局长表扬,这对我们来说,既是成绩和荣誉,也是考验和挑战。"

说笑间,一行人从警史馆行至作战指挥中心。此时的指挥屏幕上正显示部队紧急出动画面,郝江山认真地看了看,介绍道："局长,这是新疆、甘肃和福建森林总队紧急出动视频画面。"

张局长看着画面里训练有素的队伍赞不绝口："部队还是要加强训练、演练,提升灭火能力。这几次打火,打没打过火一眼就看出来了。大火发生时,各级政府广泛动员的各类灭火力量中,那些没有灭火实战经验的队伍,确实无法替代森林部队主力军、突击队的作用。"

郝江山表态："我们还要在提高森林灭火科技含量,探索快捷高效的灭火手段,争取早日跨入世界森林防火灭火队伍的先进行列。"

张局长动情地说："你们要把森林作为诗写在祖国的大好河山上,把绿色当成锦绣绘在祖国的大地上,守护高山林海,赴汤蹈火让林海无痕,这是一项光荣和神圣的使命。"

几日后,郝江山率工作组赶到云南,亲临直升机支队二大队进行调研。直升机支队副支队长王吉祥在会议室向郝江山汇报了直升机二大队组建情况。郝江山听完汇报，点了点头："这次那吉灭火作战，直升机支队为快速扑救，实现灭火全胜作出了重要贡献，现在这种灭火效率在以往是不可想象的。我们工作组这次来带了一个研讨课题，我们森林航空兵未来的发展方向是什么？如何才能更好地发挥直升机支队的作用？大家都发发言。"

王吉祥率先说道："我们一直在寻求一种更好更高效的灭火方法，深入研究和探索了超低空火场侦察、快速运兵、机降索降、吊桶洒水灭火到四机跟进、夜航、原始林区搜救等课目，目前还满足不了森林灭火的需要，能力上还需要提升，装备上要与国际接轨。"

直升机支队飞行员张放思考了一下，言辞恳切："最近，我们也在关注加拿大这场面积超过 100 平方公里的森林大火，加拿大政府出动了 145 架直升机，148 部重型设备和 22 架灭火飞机，大火仍蔓延了 20 多天，损失巨大。据有关部门统计，如果我国发生这么大的森林大火，全国可调用并能用于航空灭火的航空器只有 30 多架，数量上还远远不够。"

"最近中航工业总装下线了一款水陆两栖飞机，在森林防火等应急救援领域，有着其他飞机都不可比拟的优势。"王吉祥补充道。

郝江山边听边记录，然后摘下眼镜揉了揉睛明穴："这款飞机我也一直在关注，该机能在 20 秒内一次汲水 12 吨，单次投水救火可达 4000 余平方米，对于提升森林灭火能力是一个新跨越。"

王吉祥眼睛瞬间亮了起来："如果能够尽快列装用于实战，会大幅度提高灭火作战能力，我想我们的防灭火能力会更加有底气了。"

郝江山看着官兵们期待的眼神，当机立断道："关于配备这种飞机，你们认真搞好研究论证，先拿出一个可行性报告，剩下的工作我们去做。我认为下一步，你们还要突破森林防火灭火单一任务观念，加强空中应急救援科目训练研究，在苦练本领中快速形成遂行任务能力。"

6

秋去冬来，岁月在青山绿水间悄无声息地流淌着，不知不觉中年关将至。

纵观升钟湖村落，正如王安石在诗中写道：茅檐常扫静无苔，花木成畦手自栽。一水护田将绿绕，两山排闼送青来。一排排川地特色的民居依山傍水而建，清新的空气伴着鸟语花香和儿时熟悉的泥土气息，山坡植被茂密，小溪流水潺潺，彰显着中国"天人合一"的自然观念。

郝胜茂每天都会上山，像将军一样巡视他的士兵树。他拔掉树苗旁边生长的一棵棵野草，砌垒蓄水保墒的树坑，翠绿的树苗映衬着郝胜茂花白的头发，显得那样朝气蓬勃。

除夕这天，郝胜茂巡视完一片树林朝另一处山坡走去。那边儿可是长着孩子们当年亲手栽的树，珍贵着呢，这时远处响起了鞭炮声。

看着斜下去的夕阳，盘算着怎么种树，郝胜茂走下了山。进了家门，拍了拍身上的尘土，正洗着手。

江山妈看到进门的郝胜茂，气冲冲地端着饭菜，重重地放在桌子上，瞪了眼郝胜茂道："一天到晚不着家，就知道往山上跑，这都过年了，啥年货也没买。"

郝胜茂这才恍然大悟："我说怎么有人放鞭炮呢，原来是过年了。"

江山妈被气乐了："怎么着，连年也忘了？现在没人叫你'火疯子'了，大伙都叫你'树痴'了。"

郝胜茂坐到桌边，一边扒拉饭一边笑着说："树痴就树痴，每到过年我哪闲过，这林子都长起来了，防火可是头等大事，县里要给咱们村申报省内最美生态村，这林子可不能出问题。"

瞅着这倔老头儿的执着劲儿，江山妈无奈地摇摇头："林子，林子，天天都是林子，儿子、女儿你也不问问。"

常言道，新年伊始，万象更新。转过年来，按上级要求和工作部署，森林部队自上而下开展了"聚军心、提士气、迎大考"主题教育动员会。

会上，郝江山反复强调，这次军队调整改革，处在国家全面深化改革的大背景下，处在生态文明建设和生态安全战略地位显著提升的大背景下，我们要始终坚信森林部队的地位作用，只会加强不会削弱，会越改越好、越改越强。森林部队改革发展的走向，从一定意义上讲，掌握在自己手中，有作为才有地位，有地位才能发展。

主题教育会结束后，于连合接到了退伍命令。

郝江山来到了大兴安岭支队，送别战友前，郝江山和于连合一起去看了那片扎根林。

于连合将一块纪念章挂在了当年栽种的扎根树上，自言自语："老伙计，我

要退休了，你可不能退，你还要使劲长。"

树有灵性，扎了根就有了魂，31 年无数小树苗长成了参天大树，一批又一批绿色卫士远离家乡，不怕困苦、不计得失，刀山敢上、火海敢闯，几十年如一日地守望着这片绿水青山、高山林海，支撑起了队伍的精神，厚植在一代代生态人的梦想和希望。

扎根林中，景色如画。众鸟飞过头顶，蘑菇拱起落叶，蝴蝶落在指尖，松鼠对视林端，远处群山如黛蓝色的波浪，绵延不绝。

次日清晨，支队道路两旁站满了列队欢送的战友，队前战友举着牌子写着："1987"，一直到队尾牌子显示"2018"，那是于连合入伍和退伍离队的年份。郝江山望着于连合身后的士兵们，脑中回想着当兵时期的画面，心中感慨：于连合虽然退休了，他的身后却成长了一片忠诚的森林。

于连合从宿舍楼走了出来，他身着没戴警衔、领花的制服，紧紧拥抱着郝江山泣不成声："31 年了，我送走了 30 批战友，虽然今天离开了森林部队，但我依然是这支队伍的人，只要组织需要我，我还会义无反顾，若有战，召即回！"

早已热泪盈眶的郝江山，被万语千言堵在喉头说不出一句话。

于连合用力抹着脸上的泪水，朝郝江山和送行的常委们敬了一个军礼，又向后转身朝战友敬了一个军礼。在战友们的注视下，仔细地整了整着装，迈出坚实的步子。从"1987"到"2018"，这短短几十米的路程，承载了 31 年的戎马岁月。望着朝夕相处的战友和熟悉的军营，纵然万般不舍，却仍要微笑着道别，转身的一刹那已是泪流满面。别离是无言的痛，是涩涩的苦，是流年的伤痕。

抱着鲜花的妻子张燕早就站在营门外，望向泪眼婆娑的于连合，含着眼泪笑道："咱们，回家！"

7

林火多发的春季悄然而至。刚送于连合退伍后没几天，大兴安岭的汗马国家级自然保护区发生火情。

郝江山第一时间赶到火场联指，见到二十多年前的战友呼斯乐已是当地林草局局长，简单寒暄了几句，便随他一同与副参谋长徐玉麟、内蒙古总队长宋新刚乘机巡视火情。

郝江山看了看手表问："飞机时速多少？"

徐玉麟回答：“120 公里左右。”

郝江山仔细看着地形，估算道：“火场很大，估计过火面积相当于半个巴黎，属于特大森林火灾。”

呼斯乐也俯瞰着地貌：“汗马国家级自然保护区，是 60 年代开始建设的一个保护区，没有开发过，没有林场也没有村屯，更没有路，布兵非常困难。”

“2012 年 5 月 22 日，这片林子曾发生过森林火灾，过火面积也不小。现在森林覆盖率 94.8%，郁闭度极高，火场风向多变，地下火、地表火、树冠火交替燃烧，火势发展较快，扑救难度较大。”宋新刚补充道。

从飞机上往下看，锥子形的松树随风摇曳，河水弯弯曲曲穿插其中。过火区的林子被烧得焦黑，从空中看就像一块块伤疤。

巡视完，郝江山一行回到前指帐篷内进行灭火作战研究部署。

王火生带领官兵从飞机上索降后，携带装备徒步向火场开进，由于偃松等植被茂密，盘织交错，扑打和行进都十分困难，体力消耗很大。

无人机在火场上空飞翔，将火场近况实时传回前进指挥所。

前指成员密切注视着官兵作战画面：王火生部被火包围，所有人围成一圈，油锯手在最外面，把周围的树木全部切割掉，点火手浇上汽油后全部点着；剩下的人沿着林地正开挖隔离带。

看着已经合围的火圈，和官兵一起挖着隔离带的王火生吼道：“快，要见生土！”

所有的人动作都加快了速度，大火轰隆的声音和油锯的马达声在林子里回荡。

王火生听着声音不对劲，抬头一看，一丈多高的火墙在劲风裹挟下像火车一样呼啸而来，立刻扯着嗓子指挥：“快，所有人撤到安全地带，快趴下！灭火机手站在最外，其他人把装备全部扔到远离人群的地方，把新兵围在中间！”

对讲机里越来越多人呼喊，浓烟越来越大，所有人都趴在地上，捂上湿毛巾，然后挖出一块小坑，把脸埋进坑里。

两名新兵被老兵围在中间，被这惊天动地的场面吓得双腿发软，这还是他们第一次因为恐惧而发抖。

所幸，火头在距官兵还有 30 米的地方，改变了方向，随着另一阵风朝侧方烧去。

险情解除后，王火生接到联指发出的拦截火头命令。到达指定地域后立即用电台向联指汇报：“我部 96 名官兵已到达火场东南火头一线，正在分段封控拦截火头。"

关支队长询问着："火场什么地形？"

"火场的东侧是一条宽 500 米，长数公里向西南延伸的大草塘，草塘沟的两侧是南北走向、松桦混交林为主的带状山脉，草塘沟顶为缓坡林地。"

"火场态势如何？"

"多为稳进地表火，易于扑打。"

关支队长继续指示："继续扑打，这个地方地形复杂，不可掉以轻心，派出安全员观察火势，一定确保参战人员绝对安全。"

"691 明白。"王火生严肃回复。

大火燃了一夜，火势依然严峻。郝江山仔细观察着显示屏上部队作战情况，与关智强等在地图上分析火情。关智强转身用电台指挥道："691，601 呼叫。"

"691 回答。"王火生应声答道。

"报一下火场情况。"

"我部经一昼夜奋战，已将火线拦截在草塘沟顶部，扑打组 25 名官兵、清理组 71 名官兵，正沿沟顶奋力向南扑打下山火。"

关智强强调："根据郝副司令员指示，在你部扑打组东南侧草塘，机降了 100 名官兵，将兵分四路，采取'多点突破，分割合围'的战术，迅速扑打南线明火，你部要做好配合，控制好接合部，防止跑火！"

"691 明白！"

随后，郝江山带关智强、徐玉麟等乘机观察火场，发现火场风力突然加大。

关智强望向烟柱："起风了，从烟柱倾斜的角度看风力有 5、6 级。"

徐玉麟迅速在地图上标绘："你们看，在扑打组西南侧 3 公里处又形成了新的火头。"

火借风势，瞬间剧烈燃烧，形成火爆窜入草塘，几十米的烟柱沿草塘迅猛向南平推朝官兵包抄过来。

安全员用对讲机报告："大队长，在草塘沟顶'舌'尖处，多处复燃，已快速向草塘沟底袭来。"

"收到！"

看着迅猛的火头，飞机上的气氛陡然紧张起来，郝江山紧盯烈火，果断判断险情。

王火生报告："火场多处复燃，一昼夜的奋战将要化为乌有，火场面积也将迅速扩大，我部请求拦截火头。"

郝江山随手抢过关智强的喊话器："胡闹！我是郝江山，此火人力已无法扑救，强行拦截必将造成人员伤亡，你部迅速转移至火烧迹地避险，暂避火头，伺机再战。"

"691明白。"

"613，你部100人迅速向王火生部扑打组靠拢进行避险！"

"613明白！"

直升机悬停，郝江山透过舷窗镇定指挥，眼看火头已突入阳面草坡灌丛地带，且沟底形成空气乱流，人员已无法接近火线，应迅速避险，紧张思索后定下决心，便透过舷窗命令道："灭火机轮番强攻，全力压制火线向前推进，阻止火势发展，为100名官兵争取时间。"

"清理组迅速沿火线向'舌'尖处集结，在火线内侧追打阻击向沟塘发展的火头！"

"速度要快！"

四周火势凶猛，烈焰如焚如进火炉，火光舔着脸颊火辣辣的。

在扑打组武小林等人的掩护下，15分钟左右之后，100名官兵快速冲入火烧迹地内。

王火生抬头看了看天上的飞机，定下决心："有郝副司令员在，大家都不用怕，肯定能成功脱险。"

8

郝江山有着多年扑火作战的经验，虽然每逢大事临危不乱、处变不惊，但此刻火场突然出现的险情，使他的内心早已波涛汹涌。

从舷窗俯视，只见数米高的火头东突西进，浓烟滚滚。

王火生见官兵们都进入火烧迹地，命令扑打组停止扑打立即避险。官兵们快速将灭火机、油桶、油锯等放在远处，老兵在外围，新兵在里圈，随即用湿毛巾捂住口鼻，用手挖了个坑趴在地上，双手曲成环状放在口鼻帮助呼吸，趴在地上感觉很烫。武小林用余光瞥见，中队干部挨个检查完所有人，又将着火的树枝扔到了远处，王火生一下把他脸压在土里，趴在旁边。

火浪应该是从头顶掠过去的，发出闷雷似的响声，又有点像高速公路上呼啸而过的车队。一阵阵热浪滚滚而来，霎时间像是进了热腾腾的蒸笼，又像是掉进了太上老君的八卦炉。

武小林打火时走得急，防火内衣还没干，随便穿了一件腈纶内衣，露在袖子外面的一截，被掉下来的树枝引着了，手腕钻心似的疼，不自主地一缩手，湿毛巾露出了缝隙，浓烟一下子钻进了鼻孔，瞬间呛出了眼泪，头昏脑涨。这一刻，他感觉像是死神从身边拂过，第一反应要是就这么挂了，父母和苗苗怎么办……

几分钟后，火头突破草塘。朦胧中看到浓烟里挤出一条蓝灰色的天空，并逐渐在不断扩大，武小林忽然想到了"拨云见日"这个成语，真是一个好成语！

避险成功后，王火生立即让中队长清点人数，各架次挨个报数，报了三次才查清，一个没少，也无人受伤，真是万幸啊。

武小林从来没有想到自己会离死亡这么近，如果火来得再急一点，烧得再大一点，走得再慢一点，可能瞬间就报销了，哪有工夫胡思乱想。如果真的报销了，后来的事啥都不知道了，哪还有疼不疼的感觉，越想越后怕，原来自己也是怂包一个，因为手抖了。

钱继森开起玩笑："武小林快成吴老二了，看一眼火就浑身发抖。"

武小林苦笑一下："瞎说什么大实话，你不怕啊，那你当时咋想的？"

钱继森用手巾擦了擦乌漆麻黑的脸："一开始啥也没想，命都没了还想啥啊？过了几秒，我就想着能活下去，回家多看我爸妈一眼，唉，有兄弟们陪着，还怕啥啊？"

武小林笑话他："避险的时候，我看见你都快钻土里了。"

"要是能给我埋起来就好了。"一个战友忽然较起真，"你说要是真死了，我爸妈可咋整，俺们家就我这么一个儿子，五代单传啊。"

武小林跟他碰了一下拳头："你妈也是我妈，希望咱们都活着。"

王火生事后也感慨："咱们这才是真正的生死兄弟，我不想谁当英雄，只想每次都把你们安安全全、一个不少的带回队里。"

"只有无限接近死亡，才能领悟生命的真谛。经历过生死的人，会看淡很多事，会觉得失而复得的东西更可贵。

"活着真好！

"战友之间相互支持、互相感染，形成的战斗群体，会无限放大人的血性。

我记得有一次泥石流抢险，每个人都晓得山体还有可能再塌下来，塌下来就是死，可还是冲上去了。没人拿枪顶着，也没有什么动员，背后就是老百姓，谁让咱穿这身衣服呢。钱继森告诉我们，越怕死，死得越快。更不能当逃兵，若当了逃兵，这辈子苟且偷生，一辈子抬不起头了，连儿孙都受人耻笑，还不如直面死亡。当了兵才知道，有些东西比生命要重要。"

这短短的几分钟，对于在飞机上的指挥员们简直就是一种煎熬，郝江山想到了种种后果，最好的结果就是避险成功，全员脱险。如若不成，眼睁睁看着战友牺牲在眼前，那将永远是一个噩梦，那就不是革职以谢天下那么简单了。

所属人员报告全部安全后，直升机飞离火场。郝江山长出了一口气，一名参谋赶忙递上一片纸巾，接过擦了擦头上的汗："刚才真是险啊。"

宋新刚摸着发凉的后脖颈："我衣服都湿透了。"

关智强抖了抖衣服："我也是一身汗，惊心动魄，心一直在嗓子眼里悬着，幸亏郝副司令指挥得当，要不然这196人就危险了。"

火场不会按预判发展，险情就在一瞬间，有时根本没时间反应，只能依靠灭火经验，有的时候可能需要靠运气。

直面危险，就是直面死亡，每次上火场，都有可能被死神随机点名，对森林消防指战员来说，危险不是一次，而是每一次，没有人能在火场上保证绝对安全。林火环境十分复杂、瞬息万变，只能说灭火作战是一份急难险重的任务。

不记得是谁说过一句话：军人是一个国家的底线，如果士兵成了懦夫，那人民就会变成奴隶。

林子总要有人守，万家灯火总得有个"守夜人"。

经过几昼夜奋战，终于火场实现全胜，官兵满身征尘，异常疲惫。营地帐篷内，邱胡杨为武小林处理布满燎伤水泡的手："疼不疼？"

武小林满不在乎："没事，我不怕。"

站在一旁的钱继森用胳膊肘碰了碰他："武小林，知道吗，你的这只手火了，图片在网上被转发上百万次，点赞和评论无数，郝副司令员刚刚还打电话询问你的伤情呢。"

武小林咧嘴一笑："那我现在真成网红了。"

钱继森看着武小林这皮实样儿，心疼地拍了拍他肩膀："发朋友圈的时候要开屏蔽，千万别让咱妈看见。"

武小林点了点头："明白！"

处理完武小林的伤口，邱胡杨从帐篷里出来，召集干部骨干进行心理调适培训。

火烧迹地内，邱胡杨讲授得深入浅出："我们森林部队遂行灭火作战任务，出动频繁、环境复杂、条件艰苦、任务艰巨、危险性高。虽然你们有着过人的意志和体力，但心理压力和灭火作战的危险并存，大家所承受的压力是常人难以想象的，比起身体创伤，所面临的心理创伤可能更大。归建后，一方面要搞好参战官兵心理健康疏导工作，定期开展拓展训练，提升自信和抗挫折能力，另一方面还要加强火场、火行为模拟训练……"

王火生举手："邱军医，我觉得没有那么麻烦，您说得有点复杂，前天队里有个大学生士兵跟我说，据他研究分析，火场上的浓烟对人体的危害比雾霾最严重的时候还要高数倍。我问他，你怕不怕死，他说怕死就不来当兵了，我说既然不怕死，就不要想这些没用的，他嘻嘻哈哈就又跑去打火了。"

邱胡杨听完，心里又气又心疼。这群奋不顾身的官兵们大多数还是孩子啊，同龄人可能正在玩着游戏、穿着潮牌，过着任性潇洒的安逸生活，而他们却在血与火、生与死、苦与乐的考验面前，扎根深山默默奉献，守护着祖国的绿水青山！

9

几个月后，升钟湖镇羲皇村的山坡上，秋风徐徐，松柏摇曳。一部挂在树腰上的老式收音机传出声音："根据中共中央《深化党和国家机构改革方案》，公安消防部队、武警森林部队退出现役，成建制划归应急管理部，组建国家综合性消防救援队伍……"

正在挖树坑的郝胜茂心底一颤，手中的锄头停了下来。

次日清晨，大兴安岭特种大队的食堂内，武小林坐在餐桌前正在剥着一枚鸡蛋，等着钱继森盛好面条一起吃饭，突然集合铃大震，食堂内所有官兵放下碗筷风一般地冲了出去，瞬间食堂变得空荡荡。

食堂外的走廊上，一名战士正在拖地，听到警铃乍响，放下拖布就往外冲。地面湿滑，冲出食堂的武小林和战友们如同多米诺骨牌般摔倒一片……

人们常说，水火无情，林火从来都是不被预料，突发火情的时候，无论此时此刻在做什么，都必须放下手中的事立即紧急集合，这样的场景一直是官兵们的常态。

深夜，凤仪火场。火光把黑夜烧出了一个又一个洞。武警森林官兵正抓住气温低的有利时机，组织扑打火线，身着橘红色灭火服的官兵们，在浓烟与烈火中若隐若现。

王火生的对讲机陆陆续续传来队员们的汇报："我部负责的地段明火已扑灭，已与第二架次扣头，正在进行清理。"

忽然武小林等人头盔对讲机传来："全体注意！现在传达中央军委命令：武警森林部队官兵集体退出现役命令，根据改革方案，武警森林部队于 2018 年 10 月 1 日 0 时整体移交应急管理部，全体官兵集体退出现役，同时撤销武警森林指挥部及所属部队番号。"

瞬间，灭火机的轰鸣声停止了，只能听见树木杂草燃烧的声音。官兵们望向指挥员王火生，在火光的映照下，每个人的眼中都闪着泪光。

王火生声音有些哽咽："全体都有，卸掉警衔标志！"

警徽在火光的照耀下闪着亮光，伴随着山火燃烧的噼啪声，官兵们恋恋不舍摘下警衔标志。

王火生擦干眼泪看了看手表，已是凌晨零点，语气铿锵："脱了军装，卸了警衔，有些变了，有些永远也不会变。只要号声一响，穿着的永远是'红战袍'，刀山敢上，火海敢闯，我们依然还会冲锋在前！"

众人高呼："大火面前有森警，森警面前无大火！"

声音响彻兴安岭，官兵们又义无反顾冲向大火。

此时此刻，远在北京的指挥部作战指挥中心，郝江山望着大屏上的王火生部官兵已卸掉领花、肩章等服饰标志，指挥中心的全体指战员们眼睛都湿润了。

这条路走了许多年

过去走成现在

现在走向未来

梦想带路的日子忘了春荣秋败

沿途的徽章早已经化作不朽的山脉

我不在乎青春的岁月被落叶掩埋

我只要每天看见我的高山我的林海

这片林守了许多年

种子守到花开

青翠守成绿海

森林武警的生活没有悠闲空白

守护的长路已经重叠为生命的血脉

我不在乎重复的危险一年年彩排

一次次舍身扑救也许我的演出无人喝彩

我只要每天走进我的高山我的林海……

　　正在家里躺着的艾一木，手机铃声《我的高山我的林海》响了起来，这首歌已经作为手机铃声好多年。

　　"一木，咱们部队没了。"老战友颤抖的声音传了来。

　　听到电话那头的声音，艾一木心中一颤，千言万语涌上心头，却如鲠在喉，只有眼泪在眼眶打着转。怕战友听出他的情绪，他瞬间挂了电话。

　　愣愣地看着手机壁纸：火红的背景上是金灿灿的"森林"胸标，一朵光荣的大红花醒目非常，上面的文字：1948.8.25—2018.10.1，中国武装警察部队森林部队，忠诚守护林海 25603 天。戎装虽已换，初心永不变！

　　《我的高山我的林海》再次响起，艾一木终于抑制不住自己的泪水了。

　　参天之木必在其根，老部队就是根，每一个森林战士就是归根的叶，部队的历史是枝干，曾经拥有的军旅则化成叶脉。无论叶长向哪里，根永远都在那里。

　　深夜，忙碌了一天的郝江山终于回到了家。进卧室脱下军装，习惯性地摸了摸警衔位置，却抓了个空，愣了一下。

　　还未睡的刘亦欣听见声响，从床上半起身打开了台灯："火灭了吗？"

　　郝江山回过神儿，挂上衣服："灭了，我看你那篇关于假疫苗的报道上热搜了。"

　　"正义也许会迟到，但永远不会缺席。"刘亦欣表情认真。

　　郝江山上床后半靠着床头："真没想到这帮人竟然敢卖假疫苗，真是利欲熏心！"

　　刘亦欣听后更是气愤："我一想到儿子那年吃了假奶粉的场景，气就不打一处来，所以不管遇到什么困难，我们都必须把这个盖子揭开。"

　　郝江山想着近期听到的各种假冒伪劣商品的新闻，忧心如焚："保护大自然的绿水青山不易，实现精神层面的绿水青山会更难啊。"

刘亦欣转向郝江山："先不说这事儿了，听说你们今天宣布命令了，采访你一下，'将星'被摘下来的时候是什么感受？"

郝江山躺下，头枕在双手上缓缓说着："感受太多了，一句两句也说不清楚。思想上虽然早有准备，但真正脱下军装的那一刻，才真正明白军装的分量，这辈子，这身衣服不可能再穿上了。脱下挚爱的军装，内心难免会有矛盾和纠结，但无论怎样，我们这一代军人都是幸运的，能见证人民军队凤凰涅槃、浴火重生，走向新的征程。"郝江山说完，微不可察地叹了口气。

刘亦欣看着墙上挂着的军装，轻声问道："如果再给你一次机会，你会选择当森警吗？"

郝江山微微一笑，目光坚定："青春若能重来，依然痴心不改，筚路蓝缕、以启山林，从一人一马一杆枪，到首战用我、用我必胜，一代又一代'山里通、铁脚板、爬山虎、活地图'的精神永存，无论以什么样的形式存在，森林部队的年轮上有我32年的印记，希望这棵大树永远根须深厚、枝繁叶茂，我始终坚信，这支队伍会越改越好、越来越好。"

刘亦欣也躺了下来，看着卧室的天花板感慨着："江山不改，初心不移，难得！青春永远镌刻在森林部队的年轮上！在这场变革中，牵动着多少人的人生和命运啊。"

郝江山转过头看着刘亦欣说："凡是过往，皆为序章。明天，我想去基层转转，看看大家对这次改革有什么反映，掌握一下真实情况，把部队稳控好。"

"嗯，"刘亦欣点了点头，"这个时候，大家都盼着有好消息呀。行啦，太晚了，快睡吧！"说罢伸手关了台灯。

熟睡的呼吸声很快在夜色中荡开。

两天后的清晨，奇乾中队院内，扑火作战刚刚归队的钟心，用长杆将挂在树上的手机取下，手机屏幕上可怜的一格信号瞬间没有了。打开微信，武警森林部队和消防转制移交的消息充满了屏幕。

怀揣着复杂的心情，钟心情绪低落："这次靴子终于掉下来了，咱们真的脱军装了。"

一名下士连忙问："中队长，是什么时候的事？"

钟心将手机递给下士："3天前。"

一名上等兵看到信息感叹："也就是说打完火回来，部队没了？"

边上的中士异常惋惜："当初转士官就是因为喜欢军装，休假都想穿着，但非因公又不让穿。好不容易条令规定，可以穿军装上街了，我们却再也不是军人了。"

另一位列兵忍不住打趣儿："还是小齐最厉害，二次入伍，当了两回兵，两支部队都黄了。"

中士笑着对他说："小齐应该去买彩票。"

新兵小齐咧开嘴："行，中了奖，我先给奇乾扯上宽带，然后咱班战友每人发两万。"

"以后就不是战友，是'工友''队友'了！"

"我们的手真硬，铁打的营盘都敲碎了……"

大家七嘴八舌议论起来。

钟心打断大家的议论，正言道："大家以后就不要再议论了，这是中央的决策，虽然都不舍，但我们要坚决拥护。不管穿不穿军装，我们要在奇乾站好岗，中央下的每一步棋，都关系到国运的日月旋转。有许多时候，离开，是为了更好的出发；转制，是为了更强大的战斗力。工程兵撤了，大桥越修越长；铁道兵撤了，高铁越跑越快，何况我们还保留着，以后会越来越好。森林部队不会黄，只会永远长青。"

说完这番话，钟心离开营区独自上了山。走到半山腰，看着对面山坡上战士们用白桦树干拼成的"忠诚"二字，泪水止不住涌了出来，打火时被熏黑的脸上，霎时间被泪水冲刷出道道沟壑。

改革，改的是部队编制体制，革的是思想理念。离开，不是命而是使命，身为军人，坚守是使命，离开也是使命，此番离开更是军队赋予森林部队最后的使命。

再过几十年回过头来看这场改革，才会明白自己的格局是如此渺小，当年的牺牲和奉献是值得的。

涅槃之艰、换羽之痛，但此去蹈沧海，只为大气象。再见武警森林官兵！你好森林消防指战员！

10

部队转制移交已成定局。郝江山真想知道，前段时间大家都在盼改革、等改革，现在改革真的来了，大家会有什么思想反映？

郝江山由此到基层转了一圈，经过五个系列"走心教育"后，总的来说，感觉指战员们思想总的来说是很稳定，但部分人也存有一些困惑，考虑问题比较现实，在走与不走的问题上始终犹豫不决，既想抓住现有政策窗口，又想等待更好政策"红利"。有这样那样的想法是很正常的，也是无可厚非。大部分人受党教育培养这么多年，懂感恩、知敬畏，干工作、遂行任务是没有任何问题的。

郝江山认为现在队伍最核心的问题是，必须保持战斗力水平不能降，要想方设法把灭火骨干和技术能手保留下来。之前队伍的主业是森林防火灭火，现在还要向山岳、地震和水域等"全灾种"救援拓展，救援装备会更多了，需要掌握的技能也更多了。不仅在火中走、在雨中走，还要在震中跑，练好"七十二变"，才能迎战"八十一难"，作为综合性消防救援队伍的一员，必须跑好"第一棒"。

当苗苗得知武小林不能穿上军装和她拍婚纱照时，起初颇感不适，对于当不了军嫂也有一些失望。可是在微信和武小林聊天中，苗苗深情流露：穿上军装，你是国家的人，我不敢抢，也抢不过，可脱下军装，你就是我未来的爱人。

直升机支队组建特勤大队，武小林报名参加了。武小林告诉苗苗可能还会两地分居，苗苗深明大义，极力支持。两人的相知相惜，给这场改革的绿色浪花，增添了一分旖旎。

2018年12月底，森林消防局各单位陆续举行挂牌和授衔仪式。鲜艳的五星红旗冉冉升起，红蓝两色组成的中国消防救援队队旗鲜艳亮丽、煜煜夺目，嘹亮的国歌声在空中回荡。200名森林消防队伍指战员身着"火焰蓝"新式制服和灭火救援服整齐列队，精神饱满，飒爽英姿，气宇轩昂。3名旗手护卫着队旗，正步行进到主席台前。高级指挥长秦朗向各支队分别授旗，各单位主官接过队旗，持旗肃立，全场消防救援人员向队旗庄严敬礼。

秦朗面向队伍慷慨致辞："一代人有一代人的使命，一代人有一代人的担当，作为新时代森林消防队伍的第一代参与者、创业者和建设者，有幸投身这一伟大事业，我们使命光荣、责任重大。历史的'接力棒'已传到我们这一代人手上，我们责无旁贷。脱下'橄榄绿'，穿上'火焰蓝'，重整行装再出发，华丽转身风采依旧。让我们再立新功，坚决扛起应急救援主力军和国家队这杆大旗！"

这场仪式后，守护祖国绿水青山的卫士们都将换上新装！

傍晚下班，汽车内，孟虎威瞅了一眼副驾上身着崭新"火焰蓝"制服的邱胡杨试探道："我怎么觉得还是军装好看？"

邱胡杨装作有些生气："再给你一次机会。"

孟虎威宠溺一笑："我媳妇穿啥都好看。"

邱胡杨面露自豪："这还差不多，你天天栽树，肯定觉得还是绿色的好。我觉得这身衣服很漂亮，火焰蓝，是火焰极高温度时的颜色。"

"你们现在非军、非警也非民，到底算是个啥啊？"孟虎威扭头问。

"脑袋转回去！"邱胡杨急忙制止，又正色道："国家综合性救援队伍的主力军和国家队呀，相当于新建一种体制，可不是换一套衣服、一副头衔那么简单。"

关于队伍以后怎么发展，郝江山进行了思考和探索，经常与常委们讨论研究应急救援体系和能力建设，走进救援训练场与基层指战员交流，听取意见建议。

训练场上，郝江山与指战员们围坐在一起亲切交谈："领袖亲自授旗并致训词，体现了党中央对咱们这支队伍的高度重视和亲切关怀，为这支队伍注入了强大动力。我们一定要践行训词精神，不辱使命、不负嘱托，努力开创应急救援事业新局面。改革后，我们依然是一支纪律队伍，使命光荣、任务艰巨、责任重大，一定要克服非军事化、纯地方化的想法，赓续光荣传统，回归打仗职能，咱们这支队伍70多年了，经历过多少次'撤改并、增组建'，已经没有几个人能说得清楚，但改什么始终也不改初心，换什么始终也不换本色。

我们是维护人民群众生命财产安全的队伍，是同老百姓贴的最近、联系最紧的队伍，必须把思想和行动凝聚到旗帜之下，把智慧和力量汇聚到伟大事业之中，奋力跑好擎旗手的第一棒。当前，大家比较关心的待遇、保障等问题会逐步改善，你以后到哪里拿出消防员证，人们都会认可、尊崇，因为这是和平年代伤亡较大的职业，是享有崇高荣誉的队伍，但这种荣誉需要大家去付出。我相信以后，当消防员和当兵一样，一人入职，全家光荣。"

第三十五章　木里壮歌

1

浓烟覆盖了整个加州，旧金山的天空染成一片橙色。一场大火将周记者夫妇撵回了祖国，一下飞机两人就来到郝江山家。

刚进门，周记者很放松地靠坐在沙发上，心满意足地说："还是回家的感觉好呀。"

郝江山非常热情："欢迎你们回到祖国的怀抱。"

刘亦欣坐到周记者身旁："周姐，还回去吗？"

周记者长舒了一口气："回不去了，这回是被大火撵回来的，我俩这辈子好不容易攒点钱，在加州买了栋别墅准备养老，没想到一把'坎普'山火，就把天堂变成了地狱，全部家当都葬身火海，血本无归，真是火烧当日穷啊。"

接着掏出手机，打开拍的视频："你们看这就是当时火灾的视频，这火是真大啊，虽然我是记者，还真没有找到什么词来形容当时的惨状，真是一场噩梦。"

周记者爱人看向郝江山："哎，火哥，最近全球火灾此起彼伏，经济、科技再发达的国家也解决不了，出动那么多飞机和消防队员就是整不灭，还伤亡了很多人，这是为什么呢？"

郝江山正色道："加州已经历了 12 场不断刷新纪录的大火，这是全球气候变暖的直接体现，现在全球气温每年都在升高，不仅造成了极端天气、冰川融化等灾难，更是加剧了森林火灾。如果再不呵护我们地球，这样的山火还会发生，还会有新的火灾纪录被刷新，这给世人敲响了警钟，也给我们森林消防队伍提出新的课题和挑战。"

周记者爱人点了点头："听说你们转制划归到应急管理部了，以后是否有出国境救援任务，比如像加州这样的山火？"

郝江山回应："组建国际森林火灾救援队伍，是队伍改革后的一项重大决策，明年我们还要举行国际森林灭火救援大比武，邀请各国救援队伍一起参加。"

周记者又想起这场大火的场景，双手比画着："那火真是太大了，太可怕了，以前我觉得着个火也没什么，这次我真是见识了，这辈子都忘不了，四面八方全都是火墙，就像焚烧的地狱，数万人同时拼命逃亡，我的邻居全家驾车逃离现场，但不幸的是他们没有跑过大火，全被烧死在车内。"

刘亦欣安慰道："能安全回国就是万幸了，大房子、好空气中国有的是，以后不用再去国外呼吸新鲜空气了。"

周记者长吸一口气："确实，这么大的火，能活着回来，就是天大的幸运，这得感谢中国驻洛杉矶大使馆的官员们。一下飞机，我就感受到了，北京的空气可比以前好多了。"

听着她俩的话，郝江山起身倒了一杯饮料递到周记者面前："来，尝尝这蓝莓汁，我新兵连战友阿什库办的工厂生产出来的纯天然饮料。"

随后给周记者的爱人也倒了一杯，回身坐好看着周记者说道："你出国的这几年，咱们国家的生态环境保护，从形成共识到付诸实践，发生了历史性、转折性和全局性的变化，污染治理、监管执法尺度之严前所未有，现在还要打一场'蓝天、碧水、净土'保卫战，未来的环境会更好。"

周记者爱人笑着说道："以前蓝天是奢侈品，全国人民都在'霾'头苦干，牵着你的手，却看不见你的脸。"

周记者端起饮料，细细品尝了一口，由衷赞道："嗯，好喝，味道真不错。"说罢，喝了一大口，很是满足，又接着问，"听你们这么说，国家能把环境污染彻底治理好吗？"

郝江山满怀信心："生态文明建设已上升为国家战略，环境保护也被视为最大的民生工程，我觉得治理环境不单单是政府的事，人人有责嘛，对于政府的规划、决策给予积极地配合。比如，出行尽量采取步行或骑自行车的方式，主动参加绿色公益活动等，大家共同来努力，我们就有能力留住碧水蓝天。"

刘亦欣递给周记者一本书："这是我的新作品，保护环境，一个最有效的方法，就是增加森林覆盖率，让我们的城市和乡村被绿色包围。森林是地球之肺，如果树少了，肺肯定会不健康，如果每一个中国人都能种一棵树，我们的生态环境一定会有更大改善。"

周记者接过书夸赞道："一年两部专著，你这个生态作家，还挺高产嘛。"

刘亦欣微微一笑："谢谢夸奖！一棵树摇动另一棵树，一个灵魂唤醒另一个灵魂，一盏心灯点燃另一盏心灯，无穷尽地传递下去，将是多大的力量啊。虽然我不能像江山他们那样去保护森林、呵护生态，但我可以发挥我的特长，呼吁全国人民都来保护生态，共建人类美好家园。"

周记者被刘亦欣的情绪感染着："我以后还要多参与到生态保护中来，我们一起来实现绿水青山。"

郝江山望向窗外心中期许："如果精神上的绿水青山也能一起实现就更好了。"

"火哥，加州应该算是美国最有钱的州了，林火扑救能力也应该是挺高的，如果这场大火发生在中国，你们能不能扑救？"对这场大火心有余悸的周记者爱人突然问道。

郝江山信心笃定："我们有这个实力，森林消防队伍一直是森林灭火的主力军和国家队，经过70多年的建设，现在已经形成了从陆地到空中，从人力到机械化、信息化相结合的综合灭火能力，特别是自87年'5·6'大火之后，我们队伍不断发展壮大，只要有我们在，中国再也不能发生类似'5·6'大火的惨剧。"

听着郝江山的话，周记者爱人内心无比激动，忍不住把心中的疑问抛了出来："你们现在脱了军装，战士都变成老百姓了，遇见大火还会出现往前冲的逆火英雄吗，我们怎么觉得还是不改好一些呢？"

郝江山回答语调抑扬顿挫："早年财政能力有限，要求军队树牢过紧日子思想，战士们只有为数不多的津贴，现在国家富裕了、强大了，早就应该改革了，应该给他们更好的待遇。近几年，长江汛期很多次水位超过了1998年，但我们不需要战士们手挽手阻隔洪水了，我们有卡车装满石头去修堤坝、堵决口，还可以用直升机拉着挖掘机开挖堰塞湖。之前，我们的扑火工具就是桦树条子、小镰刀，现在有了飞机、装甲等现代化装备，希望以后不再因为灭火和抢险救援搞人海战术。所以这轮改革按照'军是军、警是警、民是民'的原则，调整指挥管理体制，优化力量结构和部队编成，这是大势所趋。但改制不改向、退役不褪色，我们仍然是党领导下的纪律队伍，执行条令条例，实行准军事化管理，将创建更完善的体制机制，更加有利于队伍专业化、职业化建设，这也是国际惯例，同样会是让人尊崇的职业，还会出现无数逆火英雄。"

2

改革转制几个月后，中国森林消防队伍首届"火焰蓝"专业技能尖子比武在云南昆明举行。

彩云之南，一轮红彤彤的太阳从东边山峦冉冉升起，温热的阳光和着略微凉风，驱退层层薄雾，让整个大山和人们精神起来。在连绵起伏的山峰前侧，四架直-8型直升机整齐停靠在停机坪内，来自各直管单位的100名指战员，穿着比武背心整齐地在操场列队，各领队手持队旗挺拔而立。

应急管理部、云南省领导和郝江山等领导精神矍铄地站在观礼台中央。正上方挂着横幅：中国森林消防队伍首届"火焰蓝"专业技能尖子比武。这次比武是践行训词精神、落实应急管理部关于加强队伍建设和全员岗位大练兵指示要求的实际举措，也是森林消防队伍转制后首次举办的大型比武活动。

郝江山看着前方整齐的队列方阵，目光扫过指战员们那炯炯有神的双眼、威武健壮的身躯、黝黑发亮的皮肤，还有那包扎着一层纱布的双手。

4×100米消防接力项目，选手们一棒接一棒，迅速精准地完成了交接，用最短的时间冲到了终点，展示着参赛队员的速度和默契。

郝江山向赛场走来，主裁判正要起身报告，他摆手示意不必。刚走到了终点，裁判举手敬礼，走到身边汇报道："局长，这是当前最好成绩。"

郝江山满意地点了点头。

一声哨声吸引了郝江山的注意，工作人员汇报说："首长，救援科目开始了。"

"看看去。"

郝江山的眼睛里，闪现着队员们开展地震和抗洪救援的画面。

救援组长蒋龙飞用抛投器抛投绳索，安全员赵鸣义利用测距望远镜观察救援距离，倍力系统组架设好横渡系统后，王福钧双手紧紧抓住绳索，迅速向对岸滑去……

广播传来："四川总队刘升旭单杠二练习41个，直升机支队武小林43个……"

工作人员向郝江山介绍："这个课目是单杠二练习，成绩计单位总个数，正在考核的是四川总队。"

比武场上，每个队员都铆足了劲儿，努力到筋疲力尽、拼搏到感动自己。

王福钧是第三名，下杠后入列。

下一名康成朋出列："报告，我的手上午救援比武时划破了，现在做不了。"说完举了举包扎的手臂。

王福钧出列："报告首长，康成朋的手坏了，我可不可以替他上一次杠？"

考核组朝郝江山望了望，寻求指示。

郝江山看着王福钧点了点头。

"第四名出列！"

"是！"

王福钧转身出列，利落上杠。烈日当空，汗如雨下，作训服已被汗水浸透，滚落的汗水顺着裤脚滴进沙坑。

下杠的时候，手掌已经被磨出了血。郝江山走上前，握住王福钧的手腕，心疼地看着伤口："快叫队医来！"

王福钧昂首挺胸，声音洪亮："谢谢首长，我不疼！"

郝江山拍了拍他的肩膀，赞扬道："小伙子，好样的！"

比武科目一个接着一个，场地赛结束后，已是傍晚时分。比赛进入野外山地水泵架设与撤收科目，郝江山一直紧随着比武的步伐，比武开展到哪他就跟到哪。

野外山地水泵架设与撤收，福建总队熟练使用水泵并串联。工作人员向郝江山汇报："福建总队率先有效命中火点，用时 16 分 46 秒，并且没有扣分项。"郝江山赞许地点点头。

紧接着 8 公里山地野外负重行军，队员们分秒必争，你追我赶。四川总队的中队长蒋龙飞和排长刘升旭组织夜间按图行进，在地图上找好点后与各队员击掌："四川雄起！"呐喊过后，随着指令枪响，他们飞箭似地冲进了黑夜。

激烈的技能大比武完美落幕，那些洒落在比武场上的汗水，承载着森林消防指战员们不畏艰险、勇往直前的精神，所有这些都深深地扎根在祖国的土壤中！

3

川西地区属亚热带季风气候，干湿分明，下半年日照充足，少雨干暖。入冬以来，草木枯黄，贪婪的西北风依然舐舐着大自然残留的最后一丝水分。摇落的枯叶，飘落在杂草间，匍匐在土石上，只需要一点火星，就可燎原而起。

防火紧要期就在眼前，一场大火似乎是早就预谋好了要来。一群小孩子正在林间追逐着一只松鼠，松鼠在树枝上辗转腾挪，而后钻进了一个松树洞。小孩子们用手掏、用木棍捅，都不奏效。这时一个小孩子灵机一动，想出了用烟熏的方法。当他们点燃树洞里松枝叶的那一刻，潘多拉魔盒一下打开了，窥探已久的火魔升腾而起，瞬间把周围的天空变成了灰黑色的幕障，一轮奇特的太阳在烟雾的缝隙里顽强地闪着白光。

联指会议上，莫副州长显得有些恼火："大家都说说看，这火怎么弄？"

阳喜县负责人抢先推脱："这次火灾的起因已经查明，是洛东县一个小孩子点火烧松鼠引起的，所以这火应该洛东县出人打。"

洛东县负责人一听就不乐意了："你这么说我可不爱听，这火又不在我们防区，凭什么让我们上？"

阳喜县负责人反驳道："你们怎么不上，这是你们防火失责引起的。"

"我们防火没有失职，小孩是我们的人，火却在你们的山上着的，追究下来，你们也跑不了。"洛东县负责人狡辩着。

这场火着的特别不是时候，因为正值"两会"召开期间，打灭了还好，捂不住就容易丢了乌纱帽；这场火着的也特别不是地方，正处在两县交界处，阳喜县的小孩子在洛东县失了火，两县都不想把责任往身上揽，恨不得把自己撇得一干二净。到底是谁的责任，谁该出人上去打，几个人喋喋不休争吵了半天，也没有结果。

莫副州长赶紧制止："都少说两句！先不说是谁的责任了，现在还不到追责的时候，两个县的扑火队都要上，把火捂住再说，现在是'两会'期间，扑火人员的安全要摆在首位，我们的底线是不出事，人员有伤亡，样样都白忙，烧几棵树没啥。"

应急局刘局长开口问道："州长您看用不用森林消防上？咱们扑火队那些人年纪都太大了，装备也差，有的还出工不出力。"

莫副州长摇摇头，气呼呼地说："先不用他们，能打就打，不能打再说。动用他们，就会弄得沸沸扬扬。"

火场上，一队扑火队员用2号工具扑打余火。忽然风力加大，火势猛增，地方扑火队柳队长借机大吼："起风了，大伙快撤。"

扑火队员们哪里见过这种场面，扛起灭火装备就往山下跑。正在督战的刘局长诧异地问："老柳，你们人怎么下来了，这火都快烧到村子了！"

柳队长气喘吁吁："局长，火太大了，没法打，再说我们没给养了。"

刘局长看着这些人颇为头疼："给养我去协调，你们先上山打火。"

柳队长一脸畏难情绪："不行啊，肚子填不饱，真打不动了。"

刘局长望着林草局长："卢局，您看这扑火队现还属你们林草部门管理，要不您指挥一下？"

林草局卢局长很无奈："不行啊，现虽然归我们管，但我们林草只管防火，打火应该是应急管理部门的事啊。"

大火像脱缰的野马，在山林里肆意狂奔，强大的热量将天空烤得通红，恰似如血晚霞。火场距市区只有 50 公里，市民和游客都能看见火、闻到烟，城市上空也笼罩在灰红的烟雾之中，惊慌失措的市民议论纷纷，望火兴叹，各路媒体记者都在报道，社会影响越来越大。

莫副州长在联指来回踱着步子，心神不宁："现在火越来越大，再蔓延下去会特别敏感，造成不良社会影响，刘局长，你看这火应该怎么打？老是这么耗着，隔岸观火也不行啊。"

刘局长再次提出："我看还是请森林消防队伍上吧？！"

莫副州长有些顾虑，反问道："他们改革后打火怎么样？都不是兵了，心里也不托底啊。"

刘局长提示道："咱们扑火队的水平，您也知道。现在满山是火，到处是烟，有的扑火队和民兵待在远处看热闹，根本上不前扑火。"

莫副州长想了想，看了一眼刘局长点头说："成，那就请森林消防兄弟们来吧！"

收到指令后，四川总队迅即响应，快速向火场机动集结。

指挥车内，刘学林与众指挥员围坐在一起，展开地图研判着火场态势："刚才与州县两级前指交涉，给我们安排了打火头、攻险段、当主力。以后打初发火的情况可能很少了，有的地方都是在火场失控、面积扩大、情况复杂的情况下才商请动用，所以我们要立足于最艰苦的作战环境、最复杂的火场态势做足准备，才能发挥出'压舱石'和'定盘星'作用，打出我们主力军和国家队不可替代的地位和威望，这也是政治之战、荣誉之战！"

到了联指，与州领导接洽后，刘学林建议："康坝和凉山支队在火场东南线，专业队和民兵 200 人配属行动，成都大队在火场东北线'两翼对进、分段截击'，民兵和其他力量 400 人配属行动，先打火头，再斩火腰，后控火线，伺机对火场

进行封控。”

州领导看看州县两级干部，见没有人发言，有些无奈地看向刘学林：“现在上级很关注，就按你们说的来吧。”

不一会儿，刘学林就将兵力全部部署到位。

其实，这样的火不难打，森林消防队伍有很多扑救这种山火的经验和成功战例，关键在于精准勘察火场，因情就势用兵，对草浅火稀的地表火以常规灭火分队为主力实施扑救；对林子茂密、火势太大的地方，以水泵分队为先锋以水灭火。在全队齐心协力下，这场火扑救比较顺利，虽然火场面积较大，但经过三天三夜的鏖战，火场终于被扑灭了。

州县两级领导见火已扑灭，大家都很激动，赶赴一线亲切与杨嘟嘟、刘升旭、王福钧等握手。看着他们满身灰土，乌黑的面孔，皲裂的嘴唇，急忙伸出手拍打着他身上的灰尘，不停地赞叹着。

莫副州长真诚地对刘学林和在场的联指成员讲道：“谢谢你们！大家辛苦了，三天三夜一直战斗在火线上，森林消防好样的，我现在完全授权总队统一指挥火场的下一步行动，我也可以放心参加‘两会’了。”

4

冬去春来，川西高原森林火险日趋偏高，郝江山来到西昌大队检查工作，副总队长刘学林也一同前往，一时间营区内热闹非凡。

郝江山、刘学林和几名战士在西昌大队篮球场上打得火热，双方你争我夺，精彩纷呈，球场助威声呐喊声响成一片。刘升旭身高 1 米 91，穿着 13 号球衣，模仿着最喜欢的球星詹姆斯的动作，起身弹跳，单臂扣篮，轻松入筐。

刘升旭是中队“海拔”最高，每天体能训练完，大家都会约他打一场球，因为个头高、体格壮，只要他在篮下大家谁也抢不到篮板球，所以他有意无意地往场边跑，给同志们机会。不仅如此，他的三分球十投九准，哪个队有他，哪个队就基本能够获胜。

郝江山下场休息，刘学林赶紧陪了上去，俩人边走边聊：“你这儿子可以啊，这哪是个小石头，简直就是一根铁柱子，防都防不住，球打得不错，什么时间报到的？”

刘学林笑着回答：“就是个傻大个，从小就喜欢打球，刚分到西昌大队五个月，现在三中队当排长。"

郝江山看着正在打球的刘升旭，回想起 2002 年从大兴安岭抽组时踏正步的小石头，感慨道："时间过得真快啊，一转眼我们的小石头都当排长了。"

刘学林感叹："是啊，一转眼来到这大凉山已经 17 年了。"

说笑间二人行至大队的文化长廊，郝江山突然问道："凉山州多长时间没下雨了？"

刘学林边走边汇报："州里遭遇了 50 年不遇的极度干旱，从去年 9 月份至今无有效降水，这里干旱河谷、干热河谷分布比较广泛，冬春季节多风干旱少雨，森林草原火险气象等级长期居高不下，17 个县市有 12 个为国家一级火险县，形势十分严峻。"

郝江山颇为担忧地嘱咐道："从历年统计来看，四川 2 月至 4 月发生的林火，能占全年火灾半数以上，这个时期千万不能大意，队伍刚刚转制，一定不能出现问题。"

刘学林点点头，同时道出了心中的忧虑："我们保证不出任何问题，只是相对于频发的山火，咱们的人数显得太少了，人员严重缺编，灭火次数却翻了 3 倍，跨地救援增加了 5 倍，队员频繁转场，体力消耗极大。"

郝江山想了想："老兵离队后缺编人员，等招录的消防员下队后就可以补充了，现在各地应急管理体系改革正处在磨合期，机制不完善，指挥衔接不顺畅的现象还存在，应急单位有森林灭火经历的人员不仅数量少，能力也参差不齐，不利于有效指挥灭火行动。你们上了火场要主动作为，建言献策，讲专业的话、干专业的事，展现专业水平和形象，在森林防灭火上成为让地方党委政府高度信赖、充分认可的专业力量和灭火'智囊团'，让我们火场指挥员的意见成为权威，把控住火场全局的主动权。"

刘学林倒出了心中的苦水："这些我们也是按您要求做的，只是地方防灭火力量还是很薄弱，很多次配属力量上不去、跟不上、清不了、守不好，交给地方看守的火场复燃多次，一再打乱整体部署，影响了作战进程。"

郝江山斩钉截铁地说道："作为指挥员要协调好各兄弟单位间的关系，现在这个阶段不能等到联指去给你们面面俱到地想到，我们自己要积极主动往上靠，心往一处想，劲往一处使，平时结合驻地预案开展联合演练，加强协同磨合，才能做到真打实备。"

正说着，郝江山抬眼看到了大队的"笑脸墙"展板，饶有兴致地走了过去。

西昌大队杨嘟嘟大队长和赵万青教导员赶紧靠上前，指着照片说："局长，第一张是三中队的消防员郭启，那天跑障碍，快到他的时候下雨了，指导员下令收操，这小子在队列里笑得可开心了，那个时候他还很胖，现在这小子两个月瘦了 32 斤，体能也上去了，训练也达标了，总队'火焰蓝'大比武，单杠一练习拉了 40 个。"

郝江山笑着点点头。

杨大队长指着第二张："这是三中队的班长高云恺，灭火作战立了三等功，被战友们举起来的那一刻，刚订完婚，提干命令马上就下来了，多才多艺，是我们大队的'斜杠'青年，宝藏男孩。"

赵教导员指着第三张："这是三中队长蒋龙飞和媳妇领了结婚证回到中队发喜糖，媳妇怀孕 4 个月了，过了防火期就办婚礼。"

刘学林补充道："这个中队长是北林毕业的，肯钻研、能琢磨，工作热情非常高，身上有一股能把人点燃的激情，是个打火的好苗子。"

郝江山笑着回想起当年："那跟刘副总队长年轻时一样，你们不知道，当年我去大兴安岭五中队当中队长，他带人将我堵在门口，过了他们的关才让我进门。"

刘学林笑着回道："那个时候年轻，比较虎嘛！"

赵教导员又指着一张照片说道："这两个是大学生，今年 9 月份就要回去上学了。"

众人继续看着照片讲述着照片背后的故事：韩旭冬排长在驻军篮球友谊赛投了一个三分球，回头时带着汗水的骄傲笑容。训练后指导员比赛打赌输掉的雪糕，夏天扣盆洗澡的欢闹，单杠上的比试只是为了一瓶饮料，被杨大队长集体挨罚时的苦笑，下街归队拎回宿舍的小吃一顿胡吃猛造……

一只篮球滚了过来，碰在郝江山的裤腿上。

王福钧慌忙跑过来，在离郝江山三四米的地方停了下来，脸上冒着汗，有些紧张地看着几位领导。

郝江山看着他，捡起球拍了起来笑着问："你叫什么名字？"

王福钧立正报告："报告首长，我是三中队一排二班预备消防士王福钧！"

郝江山将球收回手里指着笑脸墙："这上面哪个是你？"

王福钧朝前跑了两米，远远地指着照片："就是这张。"

王福钧的照片是在火场拍的，小脸乌漆麻黑，露出两排小白牙，笑得很腼腆。

杨大队长掏出手机："局长您看，这是这小子打火时发的朋友圈，上面还写着'赌命'呐。"

赵教导员补充道："他是我们大队最小的，2000年7月的，还不到19岁，改革时本来是可以退伍的，家里人让回家，自己却要坚持留下来。"

郝江山看了看照片和朋友圈，又看了看王福钧："为什么不退伍，选择留下来？"原以为，会听到奉献青春，报效祖国之类的话语，没想到王福钧想也不想地答道："我要是退伍了，你们不都成光杆司令了？"

大家听后哈哈大笑。

郝江山将球抛给王福钧，心里很痛快："好小子，有股虎气！"

王福钧接球后敬礼："谢谢首长！"说完，转身跑了出去。

郝江山转过身来："我想起来了，他就是'火焰蓝'比武时，手磨破了的那个队员，都是些好苗子，像刘学林带的兵，比我们当年强，不错！"

刘学林笑着说："不，都是局长带得好。"

5

川西林区依然风大物燥，火险等级持续升高。西昌大队一个月打了十多场火，连续转场作战，不断挑战着指战员们的身体和心理极限。

郝江山前脚刚走，大队就接到一起火警，参战指战员们历时三天三夜，圆满完成了扑救任务。征尘未洗的消防指战员们，脸上布满烟熏妆，虽然都很疲惫，但仍然一丝不苟地忙活着。

刘升旭组织人员检修装备物资，补充油料给养，以备再战，因为他们都清楚，也许出动就在下一秒。

王福钧拍着赵鸣义的肩膀，腆着小脸凑上前："老大，明天能下街吗，我想去买点好吃的，好好吃一顿，这几天太累了。"

赵鸣义装作严肃："你就知道吃，明天早上器械要是能超过我，就让你去！"王福钧吐了吐舌头。

回到宿舍，王福钧正在宿舍摆放毛巾，中队长蒋龙飞推开门走了进来："老宋呢？"

王福钧立正，笑嘻嘻说道："中队长好，我们班长正给嫂子打电话呢。"

发际线已大面积后撤的宋班长听到蒋龙飞的声音，急忙挂了电话迎了出来：

"队长，你还没回家啊？"

中队长很是开心："马上就回去。"

宋班长关切问道："嫂子的孕期有五个月了吧？"

蒋龙飞笑得更开心了："嗯，五个月二十天了！"

宋班长还要问，蒋龙飞打断了他："我找你问个事，我感觉最近有点掉头发，你用的那个生发膏好用吗？"

宋班长从洗漱筐中拿出来递给蒋龙飞："我用的是这个，你试试。"

蒋龙飞仔细看了看生发膏："抹姜你试过吧，好用吗？"

宋班长微笑着说："'退耕还林'和'水土流失'这种工程都很难搞，再说你这个也看不出来吧？"

蒋龙飞摸着有点后移的发际线，满是担忧："你不知道，当干部压力大啊，想想我才是'90后'的少年，你看王福钧的头发就没事。"

宋班长笑着回道："他2000年的，还是个小孩，刚当兵的时候我也是满头秀发，后来这发际线就变成M，现在都快成C了，再过十多年估计就成O了。对于男人来说掉头发这种事可能会迟到，但永远不会缺席。"

蒋龙飞一边听着宋班长的话，一边打开说明书。忽然想起了什么，问道："老宋啊，你是咋想的，晋还是退啊？"

提到这个事儿，宋班长眼神瞬间暗了些："我已经摸到天花板了，名额太少，听说去年总队好像没有晋上高期的，实在不行就领点退役费吧。"

蒋龙飞捏着手里的瓶子，开盖子闻了闻，看着宋班长："去年改革嘛，像你这样优秀的骨干，退了真是可惜了，大队和支队领导对你这事很上心，我也问了部局的战友，今年名额应该多，争取留下来吧？"

宋班长有些为难："刚才我媳妇打电话，还是想让我回家工作，这样比较稳定，离家也近，其实我的想法是要钱，多领点退役费自谋职业，安排工作挣的那点钱，还不够给我儿子买奶粉。"

蒋龙飞语重心长地劝道："真正的考验其实是在退役之后，你的生活从部队结算工资的那一天才真正开始，对于我们这些长期在大山里生活，不谙社会和缺乏谋生之道的人来说，就像一棵树扎根了很多年，一下移到别的地方，常常会有点水土不服。我听说过不少人选了工作，却后悔没领取更多的退役金；一些复员了的领了不少退役金，又后悔没有选择安置工作。有得必有失，如鱼饮水冷暖自知。

怎么选都有利弊，选啥你都可能会有一点遗憾。适合自己的才是最好的，既然选择了就不后悔，如同当初选择穿上军装，只要坚定地按自己选择的路走下去，一切都会好起来的，面包会有的，牛奶会有的，房子会有的，小目标也会有的。你品，你仔细品。"

宋班长想了想表示赞同："你说得在理。"

蒋龙飞又继续道："但是，你吧，你这个性格，真的适合留在队里。"

说完，蒋龙飞照着衣帽柜镜子，挤了一点生发素，均匀涂抹在发际线上："你看我的发际线也快成 M 型了，是不是有点像不断遭受山火侵袭的林地边缘，要是好用，我也买几管。"

宋班长帮蒋龙飞抹了抹："要不你先用我的吧，我现在就是求个心理安慰，总想着有一天这'火烧迹地'里能长出新头发。"

蒋龙飞拧好盖子笑着递给宋班长："一会把购买的链接发给我，我得回家了。"

宋班长接过来："行，我一会给你发，快点回去吧，嫂子现在是两个人了，对了，你们什么时候办婚礼？"

蒋龙飞又摸了摸头发："等过了防火期，初步定在八一那天，留队这事再好好想想，我回来再找你唠。"

"兄弟们都好好休息，火打得不错。"蒋龙飞说完出了宿舍。

"中队长再见！"队员齐声说。

在走廊里蒋龙飞又遇见了高云恺："老高，我正找你呢，你提干那事来通知了，快去教导员那里填个表……"

傍晚时分，营区的训练场上刘升旭正带几名消防员打篮球，大队长杨嘟嘟走了过来，沉着脸吼了一声："你们几个都抓紧回去休息。"

教导员赵万青在不远处笑着没说话。

刘升旭将球抱在手里，有些哀求的语气："大队长，我们就打一会，您就让我们玩会呗。"杨嘟嘟装作生气："打了三天三夜火，都不累是不是？还有力气打篮球？快滚。"

大队长和教导员走远了，刘升旭和战友互相看了看，吐了吐舌头。

大火过后，终于消停下来了，熄灯前，班里几个人心里合计着："今年的火也该结束了。"赵鸣义将两个包裹交给王福钧："来，这是给你的零食！"

王福钧从被子里窜出来，脸上还贴着面膜，惊喜地把包裹夺到怀中："谢谢

班副，谢谢老大，这都是给我的？"

赵鸣义指着包裹："这箱是我在网上给你买的，这一箱是个网友给你寄的。"

王福钧一头雾水："网友？"

赵鸣义连忙解释："支队报道员代晋恺写了一篇文章，有你在火场上吃辣条、喝爽歪歪的照片。"

王福钧恍然大悟："哈哈，我想起来了，是腊窝乡那场火！"

"那个网友联系了中国森林消防官方微博，表示要承包你的辣条。"

王福钧有些脸红，憨笑着："这多不好意思。"

说笑间，大家躺上了床。经历多次灭火作战，消防员们体力消耗很大，今天终于能睡个安稳觉了。

中队的钟表时针指向凌晨 1 时，紧急集合号再次响起！

6

木里被称为"最后的净土""上帝的后花园"，是中国林业第一大县。全中国百分之一的森林都在这里，且多为原始森林。这里是长江上游重要的水源涵养林，也是我国仅存不多的成片原始林区。林区生态环境复杂多样，野生动植物、珍稀特有物种较多。

木里出产的松茸是世界上顶级的，《舌尖上的中国》的一集，第一个闪亮登场的美味就是松茸。木里也是国家级贫困县，森林就是当地农户的"绿色银行"，村民们多以采药材、捡松茸为生。

丰富的森林资源与巨大的防火压力相伴而生、相生相克。火可以让所有的美好顷刻间化为乌有，森林过火后，松茸 30 年内不再生长。作为全国重点一级森林火险县，森林火灾如达摩克利斯之剑一般，始终悬在这个森林覆盖率 67.3%、活立木蓄积量占全国 1% 的国家级贫困县头顶。

这是一场无法预料的雷击火，3 月 30 日 17 时许，一道闪电击穿了山脊一棵树龄大约 80 年、高约 18 米、胸径 250 多厘米的云南松，树枝被"打飞"，树干也被击出一个裂口，电流传导到树下的腐殖层，引燃了的枯枝落叶。

沉睡的消防员们迅速集结，紧急出动。

刘升旭组织小分队上车后，对讲机传来杨大队长的声音："各分队注意，此次火灾位于木里县雅砻江镇立尔村，初步判断是雷击引起，平均海拔 4000 米。

兄弟们辛苦了，再坚持坚持，回来咱们吃火锅。"

几个小时的急行军，天已大亮。

一支结婚的车队与扑火的车队相遇，一对新人朝身着橘红色扑火服的消防员们挥手，带车的蒋龙飞看着这温馨的一幕心里暖暖的。刘升旭也望着婚礼车队："队长，羡慕不？婚礼得抓紧办啊，到时候全中队都去！"

蒋龙飞有些无奈："现在可不行，今年都打了 14 场火了，平均一个月 7 场，没时间准备，我衣服泡了都还没来得及洗，初步定在八一。"

刘升旭安慰道："今年是真的要火呀，我估计过了防火紧要期就好了。"

班长高云恺静静地看着车窗外婚车队伍，幻想着等自己结婚的时候也要气派一下。刘升旭拍了拍前边高云恺的肩膀："还有你老高，啥时候请我们喝喜酒？我们到现在还没见过嫂子长什么样呢。"

蒋龙飞正在给媳妇发信息，手机短信提示：

> 进入春季森林草原防火期，风大物燥，农耕生产、户外活动等请注意用火安全。如有火情，请拨打 12119。

车外路上的标语醒目而深刻："野外用火关五天、造成火灾判五年，上午一把火、下午派出所，烟花爆竹一声响，拘留所里喝稀汤"等等。

山路崎岖难行，人坐在车里颠簸起来就像过筛子，或许正是由于交通不便，木里的森林才免遭被人类砍伐的劫难，如果交通方便，这里的森林或许早就变成了历代朝堂宫殿上的梁柱，百姓锅灶里的柴火了。

坐在副驾驶上的蒋龙飞看着车窗外自豪说道："兄弟们记不记得右边的那座山了，去年来这里打过火，这山是咱们救下的。"

远远看上去，山火烧掉的森林像一块"黑斑"很扎眼，也许用不了几年就会林海无痕了吧。

凉山支队赶到火场，抵达任务集结地后，无人机操控手快速架设无人机，对受灾区域展开空中侦察，及时将一线画面通过 4G 图传设备发送到位于北京、成都的指挥中心，为指挥中心掌握实时灾情、精准预判和辅助决策提供依据。同时，现场还架设起视频连线设备，随时准备接受应急管理部、森林消防局、省应急管理厅调度。

森林消防局指挥中心，郝江山听着刘学林的汇报："康坝支队123人和凉山州支队102人已全部到达集结地域，成都大队75人正在集结途中。现在地方领导很着急，今年凉山州着了很多次火，各级压力非常大，要求早扑灭、早销号。据测算，林下可燃物每公顷高达60吨，远高于国际公认的每公顷30吨发生大火的临界值，该地区31年来从未发生火灾，可燃物载量极大。火场没有路，也无公网信号，通信比较困难。"

了解完起火原因是雷击后，郝江山叮嘱着："去年大兴安岭北部林区一个月内就发生了81起雷击火，气候变暖干旱，干雷暴频率增加，命令各部密切关注。木里海拔较高，山高坡陡，地形复杂险峻，植被茂密立体交错，你们要谨记，火情不明先侦察，气象不利先等待，地形不利先规避，一定要提高警惕，不可急功冒进，尤其是危险地形，一定做好安全防范，确保任务全程安全。"

祝国安看了看手表补充道："队伍刚从火场归建，又连续出征，6个多小时的摩托化长途奔袭，紧接着又面临几个小时携装高原作战，体力消耗很大，你们要及时做好后勤供应和补给。我同意郝局长的意见，不要因疲劳降低了警觉性和判断力，还是要发挥专业作用，提出主导建议，内部垂直指挥，不能见火就打，无论什么时候人员安全都是第一位的。"

刘学林受领命令后，前指领导继续分析火情。

郝江山和祝国安等正在指挥平台看通信卫星监测的火场画面。

郝江山将头偏向政委："现在看着他们打火，我就会想起自己年轻的时候，见火就上，有火就冲，火越打越过瘾，越打越有劲，从来也没怕过，那个时候他们都说我是个火疯子，现在职务越来越高，离火场越来越远，心里却老是担惊受怕。"

祝国安呷了一口水："你这是太累了，北方刚下雪，南方林子又着了，南边雨季了，北方又到了防火期。现在队伍改革要面向'大应急'，转向'全灾种'，一年到头，哪有闲的时候？人虽不在现场，操的心却更多了。"

旁边的徐玉麟副部长也有些担心："常在火窝子里滚，总会烧到鞋，险情有时就在一瞬间，有时根本没时间反应，只能依靠灭火经验，平平安安打完火，把队员一个不少地带回来，有的时候需要靠运气。木里的地形太险了，风向复杂多变，如果能在主要火险区建几个直升机平台就好了，雷击火一般都在原始林腹地，投送兵力非常困难，等到了火场，火也变大了。"

7

立尔村火场中，山顶部一侧教导员赵万青带领 21 人扑打一处火线。山的另一侧，刘升旭带领 9 人小分队翻山越岭行进在沟壑纵横、灌木丛生的山林中。刘升旭不时地提醒着："兄弟们加把劲，注意滚石，看清脚下。"

蜀道有多难？问问森林消防指战员。王福钧喘着粗气向上攀爬："班副，你说青藏高原要是没有了，会怎么样？"

赵鸣义拉住他的手笑着说："青藏高原要是没有了啊，这首歌得降一个八度唱。"

前方一棵燃烧的树，直径有四十多厘米，树心都烧空了，燃烧的部分有五米高，火红火红得像一把火炬，上面的树叶却是绿的。

王福钧看着树："这树应该会很疼吧？"

刘升旭扭过头："赵鸣义，把油锯拿过来，如果不把它锯断扔到火烧迹地里，火星就可能飘到远处，形成新的火场。"

王福钧对卫生员故作认真："大夫，你说这个病咋治？"

卫生员看着"火炬树"立刻开出了方子："很明显嘛，这是上火了，多喝开水，不行再整点加多宝。"

赵鸣义启动油锯，笑着反问："加多宝给你多少广告费，我王老吉给你双倍。"

看着烧空的树心，卫生员把手放在胸前搓了搓："其实吧，要是在这树洞里挂只鸭子，再整点羊肉串就完美了。"

王福钧咧嘴一笑："我觉得放几个地瓜最好，我喜欢吃烤地瓜。"

赵鸣义假装生气喊道："我看你像地瓜！"

王福钧调侃："班副，你拿着油锯，让我想起那部动画片里的男主角。"说完直乐。

赵鸣义锯倒了树，白了王福钧一眼："你说的那是掉头发的宋班长，看我回队怎么收拾你。"

看着被放倒的大树，王福钧嘿嘿一笑："咱们还是收拾它吧。"说罢手脚麻利行动了起来。

刘升旭满意地看着王福钧："真是长江后浪推前浪啊，再过几年，队里就是'00后'的天下了，想不到我们'95后'马上就要被拍到沙滩上了。"

王福钧手上的动作丝毫不慢，嘴上也不停："排长也是后浪，前浪是刘副总和郝局长他们。"

赵鸣义挑眉玩笑道："咋的，你要把他们都拍沙滩上啊？"说完，大家哄笑开来。

一处火点在十几米的悬崖之上，犹如毒蛇吐信一般闪着火光。

王树华看着火点问刘升旭："排长，要不然我再爬一次？"

副班长赵鸣义伸手把王树华拽到了身后："排长，让我上吧，我能爬上去。"

王福钧不甘示弱："还是我来吧，你只会用油锯。"

刘升旭摇着头，拧眉思索着："不行，这太危险了，得想个办法才可以。"

卫生员提议："排长就让它烧呗，四周也没有多少可燃物。"

刘升旭反驳："那可不行，山风一吹，火星四处飘，燃烧的松球和树枝滚落到山崖下，又会是一个新的火点。"

众人望崖，毫无办法。

刘升旭灵机一动："有了！"

说着从背包里掏出一瓶黄桃罐头，拍了一下瓶底，正过来拧开："来，一人一口。"

赵鸣义舔了舔嘴唇："排长，还有这好东西呢。"

一人一口吃完后，刘升旭将水倒进去："把你们的水都倒进来！"

王树华心领神会递过水壶。

王福钧不解："排长，你这是要干啥？"

"咱们刘排可是灌篮高手。"

卫生员犹豫道："排长，你这可行吗？我可就只有这半壶水了。"

刘升旭也不接话，一把夺过水壶就往里倒。

众人把水倒进来，刘升旭拧紧瓶口，在手中掂了掂，后退几步选了一个合适的位置，瞄准着火点，起步、投球，一气呵成。

罐头瓶正中起火点，瓶子迸裂开来，火焰瞬时熄灭。

王福钧等抬起黑色的手掌拍道："好球！"

"'小詹姆斯'可不是白叫的哦。"

这时忽然一股诡异的山风吹来，树枝摇晃。消防员们用袖子擦着汗："怎么会这么热，我感觉好像不对劲。"

"嗯，是不太对劲。"

不远处传来像竹子燃烧的噼啪声。

王树华随即爬上一棵大树："山下冒烟了，肯定有明火。"

声响越来越密集，像定时炸弹爆炸前的倒计时。常年打火的人都知道这意味着什么，刘升旭环顾四周有一种不祥的预感，汗水不断从额头流下来。

隔着厚厚的灭火服，赵鸣义和王福钧听到了自己的心跳。

对讲机里传来刘升旭急促的声音，提醒教导员赵万青危险情况："教导员，下面有火，立即往右翼避险，一定不要往左来！"

教导员赵万青立即回复："收到，收到！注意安全，有火复燃，所有人立即向安全区避险。"

"教导员，教导员，收到请回复。"杨嘟嘟用对讲机一直呼喊，然而始终没有回复。

刘升旭带领小分队迅速往右侧避险，翻过沟底，刚到对面斜坡，山沟里一处明火突然发生爆燃，爆裂声震天，风声呼啸，浓烟冲天而起。

"快跑！！！"刘升旭声嘶力竭人喊。

火头像涌动的暗潮，火焰夹杂着浓烟像海浪般，以燎原之势迅速向四周蔓延，10个人拼命奔跑。

翻过斜坡，王树华和杨荣锦率先翻过一棵直径一米左右的倒木，紧跟其后的卫生员却翻不过去，赵鸣义从身后推了一把，卫生员的眼镜被撞掉了，鼻梁也撞在木头上，万幸终于过去了。赵鸣义边跑边喊，火声呼啸，已经分辨不出其他声音，感觉像被人架在火上烤，后背灼烧般地疼，回头看见身后的王福钧拼命向他伸手。转过身来，刚要伸手，爆燃产生的热浪和冲击波将他击飞，在那一瞬间，他看见了王福钧绝望的表情，背后其他人和断后的刘升旭排长等6人，顷刻被烈火吞噬。

倒木犹如生死线，隔开了阴阳两界，火头到了这里便偃旗息鼓了。前后10秒钟时间，赵鸣义感觉就像一个世纪一样长，头脑一片空白，四人滑落山崖。

此时，大队长杨嘟嘟带领的侦察分队，在距离火场约五六百米南侧的山顶，突然听到一声爆响，大家被眼前的场景镇住了：山火从谷底升起，沿着山坡两侧向上蔓延，瞬间覆盖了整个山坡。巨大的火柱十几秒之内从山脚窜上了山腰，一朵蘑菇云冲天而起，瞬间升腾到半空中，烟柱达到五六十米高，遮住了太阳，浓烟随即下沉覆盖了山峰，火场呈扇面状迅速打开，一股浓烟滚滚而来。

"所有人，跳崖！"杨嘟嘟急忙命令。

大火遮天蔽日，火光直穿云霄，比电影拍的末日影像还恐怖万分，就像坐在喷发的火山口中央，烟雾夹杂着振聋发聩的响声，山开始颤抖，像世界末日一样让人充满了绝望。大火继续往上蹿，速度就像火焰喷射枪。原始林区大树参天，树树相连，通视效果极差，也给风向判断增加了困难。

教导员赵万青和杨局长带领所有人员向避险区域转移，那是一处林木稀少的区域。身后地上枯枝败叶等可燃物因热辐射迅速燃烧，温度越来越高，如进火炉，四处都是浓烟。赵万青咳了几声："把装备全扔掉……跟紧我……"

宋班长扶了一把旁边的树，手立即被烫伤了，顿感吃惊，到了避险区，所有人身上开始着火，怎么也打不灭，身体内的水分迅速被烤干，嘴唇干裂，汗水刚流出来就蒸发了，就像掉进岩浆中心一样让人无助，大火带着轰鸣声迅速上升向他们猛扑过来，火头上蹿遇到悬崖阻挡，气流回旋。受热辐射和热对流影响，火从四面八方袭来，瞬间便被包围了……

杨大队长从崖底爬起来，顾不上身上的伤口，抓起对讲机反复呼喊："赵万青，蒋龙飞，刘升旭收到请回答！"

依然无人回应。

8

远远望去，火场上空黑烟腾腾，烟柱高达上百米，像原子弹爆炸后的蘑菇云。

立尔村前指帐篷内，所有人锁紧了眉头。正在与指挥员们分析火场的刘学林说话间忽觉心头一紧，右手不自觉紧捂心口，慌忙趴在了桌子上。

"首长！"

"首长您怎么了？"

各指挥员发现异样，急忙上前。

原本紧张有序的气氛变得有些慌乱。

刘学林被众人扶起，觉着浑身无力，但看着大家关切的眼神，赶紧安慰道："没什么，不知为什么心口突然疼了。"声音刚落，一名干部的声音已从帐篷外传来："我去找队医！"

此时的刘学林眼周暗黑，双眼布满血丝。身边的干部看着刘学林的眼睛心疼地说："好几天没合眼了，您可能是太累了。"刘学林点头未语，慢慢坐下来，掏出速效救心丸送入口中。刚坐定，帐篷猛地被掀开，一名干部闯了进来喊道：

"刘副总队长，不好了！"

刘学林稳了稳微晃的身躯，抬眼看着干部："慌什么？"

只见这名干部脸上的汗珠不断，紧张地看着刘学林："刚才无人机拍到画面，西昌大队负责的 5 号火场整座山突然起火，产生爆燃，火从半山腰烧到山顶，只用了几秒钟时间！"

刘学林听后，急忙朝报话员望去。帐篷里的空气似乎凝结，所有人都看着报话员。报话员母强紧急呼叫："312，312，我是 101，我是 101，收到请回答，收到请回答！"

没有回音！

母强随即回看刘学林："之前对讲机里有人喊紧急避险。"刘学林紧走几步抢过喊话器："赵万青，赵万青！我是 03，我是 03！收到请回答，收到请回答！"

依旧没有回音！

所有人的心都悬了起来，一种从未有过的危险感瞬间袭来！

"谁能呼到西昌大队？"刘学林的声音不自觉地大了起来。"高副支队长你们那边能不能呼到？是谁在喊紧急避险？"刘学林急问报话员。

报话员被刘学林的气势震得发慌，急忙回答："有可能是信号不好，这山里信号经常这样。"

刘学林听后不假思索，立刻发出命令："快，立即组织人员上山。"

灭火战斗中的突发险情，让在场的所有人员措手不及，一种不祥的预感隐隐袭来。前指迅速组织人员第一时间赶赴火场一线，全面展开搜救行动，从傍晚到黑夜。天色微亮时，扑入眼帘的场景令人窒息，焦黑的树桩，灰黑的烟雾，空气中还弥漫着大火肆虐后的刺鼻味道，每名搜救队员都揪着心，全神贯注地搜寻着……

当队员们搜寻至一处山脊时，刺入眼中的一幕如骇浪袭面，击碎了所有的希望。大队长杨嘟嘟和队员们猛然怔住，悲伤和痛苦骤然袭来，心如刀绞，肝肠寸断。

杨嘟嘟一手持着对讲机，一手不住地抹着眼角涌出的泪水，几度哽咽到无法发声，他木讷地盯着眼前的一切，不敢想象这些鲜活的生命是如何被滔天烈火吞噬的。深呼吸几下后，他声音颤抖着用对讲机报告："报告前指，全都找到了。"说完，放声大哭！

山川含泪，天地同悲！

对讲机里传来的声音，震碎了所有人的希望，郝江山与作战指挥中心指挥员们悲恸万分，一齐脱帽致哀。刘学林听后，嘴角微微颤抖，胸中涌动着的急切和悲痛，犹如开闸泄出的洪水，被钳制在狭窄的山谷中，好像要说什么，又什么都说不出来，疲惫的双眼溢满了泪水。帐篷内，短暂的沉寂慢慢被啜泣代替，所有人脱帽，向消防指战员牺牲的方向致哀。

死里逃生的消防员王树华和赵鸣义等，还没从那骇人的滔天赤炎中缓过神，当这个消息传来时，恐惧和悲伤瞬间充满脑海，泪流满面的他们，向着战友倒下的方向脱帽致哀……

9

黑夜似乎被悲伤撼动，没有了寒意。夜色簇拥着十几辆救护车排成的长长队伍，缓慢前行。人行道两旁的绿树上挂满了祭奠的哈达、白花，如苍雪覆青林，沉重得不能再沉重。4月2日凌晨，救火英雄们的遗体运抵西昌市。

道路两旁早已站满了自发而来的群众，他们或手持白菊，或执横幅标语，神色悲戚。他们注视着缓行的车队，潜然悼念、送别他们心中的英雄。倏尔，车灯闪烁，警笛响起。这警笛声撕裂了暗夜的天空，也刺进了所有人的心。

道路中轴线铺满花束，白色条幅上"救火英雄一路走好"，几个字揪着所有人的心。

运送遗体的车队缓缓驶过。突然，有人泣声高喊："战友，回家了……"这声哭喊打破了周遭一片悲痛的呜咽。瞬间，"英雄，一路走好！一路走好……"哭喊声此起彼伏不绝于耳，啜泣声不止，不断有人在路边放下花朵。车队所经之处，悲恸漫天，撼天动地！

消防员牺牲的新闻迅速席卷了荧幕，广场大屏、电视、网吧电脑和手机、平板电脑滚动播放，人们不自觉地停止了娱乐，认真严肃地关注新闻提到的一切。事件引发全国人民热议，网络平面和自媒体网页瞬间变成黑白色，微博、微信、QQ、抖音等社交软件等都有无数网民发文、发图片和视频纪念、缅怀英雄。黑白色的照片占据了网络页面，30个陌生的名字被人们无数遍地默念着。一名女生的朋友圈这样写道："很遗憾用这样的方式认识你们，也很遗憾用眼泪来送你们……"

人们都明白，岁月静好，是他们用血肉之躯换得我们的安宁与祥和。

4月3日，凉山州政府发布消息，决定4月4日为全州哀悼日，为表达对扑救木里森林火灾牺牲英雄的深切哀悼，全州范围内停止一切公共娱乐活动。各影剧院、游艺娱乐场所等，停止一切演出和娱乐活动，全州各媒体单位在 4 日停止刊播综艺、娱乐等内容。

凉山州西昌市、木里县降半旗，向 30 位英雄致哀。

4 月 4 日上午十点半，天色苍苍，悼念活动在西昌市火把广场举行。绿色祭礼台幕墙中央，黑底白字书写着"沉痛悼念在四川木里森林火灾扑救中英勇牺牲的烈士" 21 个大字，下面悬挂着 30 位英烈的遗像，两边垂挂着挽联：对党忠诚，献身使命，赤子丹心昭日月；竭诚为民，赴汤蹈火，英雄肝胆映山河。主席台下，摆满了国家领导人和应急管理部、林业局、省、地各部门送的花圈。

在灰色天空的映衬下，整个西昌显得愈发肃穆。广场内挤满了人，有序而庄重，风声裹挟着悲切的哭声，循着广场的上空一圈一圈地游荡，这悲意遮天蔽日，沁人心骨，让人禁不住泪眼模糊……

社会各界干部群众代表在思念曲中向烈士们敬献鲜花，英雄的家属们悲痛欲绝，哀声阵阵。

向烈士敬献菊花的郝江山早已哭肿了双眼，他目不转睛地盯着每一幅烈士遗像，仿佛要把他们刻在心里。每当手中的菊花扫过一幅画像，郝江山便目光坚毅地敬一次礼，像是在承诺着什么。

此时，刘学林妻子已哭得声嘶力竭，被邱胡杨与一位女干部搀扶着敬献菊花，她嘴里不停地念着儿子的名字，心碎而绝望。几度哽咽的刘学林泪如泉涌，一遍一遍地看着幕墙上的遗像，颤抖着身体将鲜花摆放整齐，庄严肃穆地鞠躬、敬礼。

泣不成声的杨嘟嘟、王树华、赵鸣义敬献菊花，走出几步后转身敬礼。

同时间，遥在山西沁源火场，扑救森林火灾的森林消防指战员面向西昌哀悼战友。

风中的哭声不绝，时远时近，在肃穆的氛围中，更让人心痛。

告别英雄的仪式上，市民自发倾城而出，不断赶过来加入送行人群中，人们手持白花，行号巷哭。这满目的白花，像无痕的雪，轻抚着漫天的哀伤；像霜色锦被，小心地裹覆着英雄的遗骸；像缎毯云梯，护送着英雄忠魂直至永恒。

追悼会仪式结束后，人们渐渐离去，广场恢复了往日的空旷。抬首仰望，在火把广场的不远处，西昌森林消防大队的大楼巍峨矗立，楼体上悬挂着十六个金色大字：对党忠诚、纪律严明、赴汤蹈火、竭诚为民。金字熠熠生辉，如同怒放的晚霞，照拂苍穹！

傍晚，天色晦暗，墨色浓云挤压着天空，似是不堪背负这沉重的悲恸，终于爆发出一声嘶吼，倾雨如注。

偌大的广场，那绿色的祭礼台显得格外扎眼。郝江山独自一人站在祭礼台幕墙对面，注视着英雄们的画像，久久伫立，任凭雨水击打在脸上，与泪水混合着肆意流淌，过了许久，压在喉间的哽咽终是冲破了雨声，与劲风一道化在暴雨中。

邱胡杨打着伞，步履沉重，走到广场离郝江山五、六米时顿住了步子，忽地扔掉伞，走上前默默凝望着画像，脑海里翻腾着往日与战友相处的画面，这画像上的生命明明还那么鲜活，那么明媚，那些留在训练场上的汗水都还没有干啊！

凝神许久的郝江山，突然自言自语道："这雨要是下在火场该多好啊！"

邱胡杨闻言恨声道："这雨只能熄灭山火，却浇不灭心火。"

第三十六章　转型强能

1

随着新闻事件的无限扩张，社会舆论也随之蔓延，应急管理部迅速召开了新闻发布会。

会议开始，位于主席台的郝江山面对着各媒体镜头，稳声道："各位新闻媒体的朋友，大家上午好！我是森林消防局局长郝江山，'3·30'四川木里森林火灾发生后，引发全民关注，27名年轻的森林消防指战员和3名地方扑火英雄牺牲，多数网民在悼念惋惜、痛心哀思的同时，也有人对此次火灾的指挥和扑救策略是否科学、人员是否专业产生怀疑，有个别社交媒体发布不当言论，造成了不良的社会影响。今天我们召开新闻发布会，统一解答广大网友疑问，希望各大新闻媒体客观解读，传播正能量。同时，也希望社会各界群众尊重客观事实，明辨是非。"

语毕，台下一名记者迅速起身提问："您好，郝局长，我是今日新闻记者，牺牲了这么多可敬的消防指战员，我们都感到十分痛心。现在来看火场烧掉的只是无人区的几棵树而已，相比来说，人的生命最重要，为什么森林火灾必须用人舍命相救？"

郝江山听完略皱眉头答道："首先纠正一个观点，我们森林消防指战员拼着性命守护的不仅仅是几棵树，还有森林大火附近的百姓。木里县森林覆盖率达67.3%，火场附近有村庄，居住区与林区犬牙交错，一旦火势失控，燃烧速度绝对是难以控制的，必然会带来不可挽回的生态损失，最后遭殃的还是百姓。"

第二名记者起身："您好，去年美国加州对救不了的山火都是任其燃烧，好像没死多少人，为了降低灭火成本，避免不必要的牺牲，我国是否也应该让山火放任燃烧呢？谢谢！"

郝江山听完记者的问题迅速答道："是否派人扑救还是放任燃烧，需要依情而定，有些无法直接扑救的火，我们会选择量力而行。"说完这句话，郝江山轻轻一顿，继而稳声回答："去年 11 月发生的美国加州山火，烧掉了 600 多平方公里的森林，造成 85 人死亡，249 人失踪，近 5 万人流离失所，这是一个非常惨痛的代价。在天灾面前，没有人可以幸免，不管是中国人还是美国人。自 87 年'5·6'大火以来，我国森林大火极少酿成美国加州大火那样持续半个多月的大灾难，那是因为有森林消防指战员的负重逆行，化危为机、转危为安。放任火烧的做法，只能造成更大损失，既不可取，也不现实。在森林火灾中，扑救仍是世界主流。对于林火一定要积极消灭，只不过扑救方式不同，像美国、澳大利亚，他们的理念是防御性灭火。我国一直坚持的是打早、打小、打了的原则，主张积极消灭，是主动性灭火。灭火是战斗，是战斗就会有牺牲，还请多一些理解，少一些埋怨。"

话音刚落，第三名记者问道："既然木里森林火灾发生在山高林密、坡陡谷深地带，人力扑救非常困难，为什么不使用直升机高空洒水或投放水弹进行灭火？据报道国产 AG600 消防飞机已下线，为什么没有派上用场？谢谢！"

郝江山微微侧头，认真听完，看着记者回答："事实上，没有一场大规模山火是靠飞机单独扑灭的，尤其是这种大型山火，就像打仗一样，必须由多个专业部门协同作战，飞机不是万能的，从空中喷洒的水，由于林木阻挡，无法到达火焰根部，最终还得靠地面上的人与装备密切配合，才能从根本上达到灭火的最佳效能。我们已经组建了覆盖西南林区的昆明航空救援支队，建成后能在应急救援中发挥很大作用。"

又听到第四名记者问："国外专业消防队没有遇到重大伤亡，比如说美国和澳大利亚，此次牺牲 27 名救火队员，是否因为指挥不科学或者说我国森林消防能力不足？"

郝江山闻言，眉头轻皱："森林火灾扑救一直是世界性难题，森林消防是一个高风险职业，直面火灾，意味着直面危险，谁也不能保证百分百安全。请相信森林消防队伍在灭火战斗中，始终坚持以人为本、科学施救，我们每名森林消防指战员都经过了专业培训，但灭火救援中经常会遇到一些突发情况。2013 年 6 月 28 日，美国亚利桑那州亚内尔山森林火灾，19 名森林消防员在开设防火隔离带时，因突遇风向转变，避险不及，不幸丧生，这个事件被拍成了电影《勇往直前》，建议大家看一看。在失控的林火面前，消防员是唯一能和死神讨价还价的人，明知山有火，偏向火山行，无论哪个国家的森林消防员，无论有多困难都会一样的勇往直前。"

郝江山的话犹如坠地的玻璃球，一粒一粒地砸进台下周记者的脑海，周记者深呼一口气，眼含敬意起身提问："消防员是和平时期牺牲最多的群体，他们总是向着最危险的地方逆行，去执行最困难的任务，是我们最可爱的人，如何规避这种林火爆燃，最大限度减少人员伤亡呢？我们不仅想看到他们火场逆行的背影，更想看到他们胜利归来的笑脸。作为普通群众，我们如何做才能减少林火的发生？"

郝江山循声抬眸，看着戴着黑色边框眼镜、一脸赤诚的周记者，微微颔首表达谢意，随即回道："谢谢这位朋友对森林消防指战员的理解，爆燃火的扑灭，一直是国际上尚在攻关的前沿性难题，我们也在研究探索。在森林灭火领域，没有任何人有把握说能够万无一失，每次上火场，都有可能被死神随机点名，危险对消防员来说不是一次，而是每一次。针对此次火灾，我们也在深刻反思，总结教训，避免悲剧重演，努力建设实战经验丰富、专业素养较高的专业化、职业化、正规化的队伍，这也是当前和今后发展的方向。

火灾发生后，有的网友脑洞大开，提出在凉山原始森林安装避雷针，迁移木里县群众、用导弹灭火等神奇想法，虽然出发点是好的，但森林灭火是一个十分专业的工作，不是三言两语能说清的，烈火无情，生死攸关，总要有人冲在第一线。

天灾没办法避免，但人祸却能预防，我们要做到不在林区牧区上坟烧纸、焚烧秸秆、燃放烟花爆竹、点放孔明灯，严格执行野外用火等法规制度。后天就是清明节了，让我们一起管好自己，劝导他人，文明祭祀，严控火源，尽最大的努力保护好绿水青山，让他们少闯一次火海，才是对消防员最好的关爱，更是对自己的保护。"

新闻发布会进行了现场直播，直播间观看人数居高不下，屏幕前的广大群众聚精会神地观看、平心静气地倾听着，他们对消防员生命的关切和对国家的信任如似火骄阳，坦荡荡地飘溢在空中。

有人说，这世上从来没有天生的英雄，只有挺身而出的凡人。大灾大难面前，如果没有这些普通人勇敢地站出来，义无反顾地负重前行，还会有岁月静好吗？我们大多数人之所以一直都是幸运的、家庭是幸福的、生活是美满的，就因为常常总是被最勇敢的人保护得很好。这些勇敢、坚守的"逆行者"，用辛苦指数换来人们的幸福指数，用流血流汗甚至生命来保护着党和国家及人民群众的生命与财产安全，维护着社会稳定和经济发展，永远值得人们敬仰和尊崇，他们才是平凡而伟大的英雄。

英雄是一个民族最闪亮的精神坐标，我们对英雄最大的关爱，就是让英雄成为最受尊崇的人；对英雄最好的致敬，就是争做英雄和时代新人。

2

夜幕降临，西昌大队灯火通明。当一个人走得太突然的时候，身边最亲密的人的意识通常是会跟不上的，总感觉他没走。

走廊里安静得恍若真空，每个宿舍里都只有两三个人木然坐在床边。年轻的消防员们平时训练严苛，他们坚信次次竭尽全力地训练，就一定会在实战中力挫火魔，胜利而归。谁也不曾料想，冲天烈火就那么一瞬，让朝夕相伴的战友再无归来之日，人类在大自然灾难面前有时候是那么的渺小无力。

赵鸣义刚一躺下就梦到被火头追赶，炙热的火舌带着呼啸声舔舐着他的后背，滚滚黑烟遮天蔽日，让他辨不清方向，不知该逃往何处；梦魔中，他看见半边脸已被烧焦的王福钧，绝望地向他伸着手臂，凄惨地叫喊着"班副，拉我一把！"，往日嬉笑的脸庞此刻挂满了惊恐与绝望，那痛苦无助的惨叫声，渗进了他的每一个梦里，复又惊醒，一身冷汗。

战友牺牲带来的巨大悲痛笼罩着营区，充斥在每一个角落，每个人的情绪都很低落。王福钧的母亲在整理遗物时，把头扎进儿子生前用过的被里，深深嗅闻着儿子留在人世间最后一点气息，久久不肯离去。

第二日下午，训练场上落了两个身影。邱胡杨回想着近日王树华、赵鸣义等人的精神状态，担心地看着杨嘟嘟说："现在有几名幸存队员已经出现了场景闪回、睡眠障碍等一定程度的创伤后应激反应，这对他们的心理是一种伤害，现在不能让媒体采访了，他们现在最需要的是有针对性的心理援助。"

杨嘟嘟听后点点头："主任，您说得对，上午有个记者采访时，多次让幸存队员回忆并描述牺牲场景，我还跟他们吵了一架。每采访一次，就像把未愈合的伤口一遍遍地扒开。"言辞间，泪水止不住地往下流。

邱胡杨深吸一口气，强行咽回堵在喉间的酸涩，抚慰道："这事我跟局领导汇报过了，郝局长已经联系了中国科学院心理研究所的专家组，今天下午就能到。"

杨嘟嘟哽咽着说："那太好了！"

邱胡杨迎着杨嘟嘟期盼的眼神，伸手拍了拍他的肩头："你们现在要配合专家组，一起制订规划，做好心理援助，尽快让他们恢复起来，虽然他们在火场上幸存下来了，但要过自己那一关还得需要时间。山火终有灭的一天，心中的火还会燃烧很多年，这火只有自己能灭，振作起来吧！"

杨嘟嘟坚定回答："教导员牺牲了，兄弟们把我当成大队的支柱，我不能倒下，我的肩上还有使命。"

新闻发布会之后，群众似乎对森林消防工作有了更多的了解，对消防员们的敬意更深，西昌森林消防大队总能收到陌生群众赠送的物品。

这天中午，暖意洋洋的阳光下，赵鸣义正聚精会神地站岗。

两名女生和四名男生将四箱水果和零食、牛奶等食物快速放在大队门口后转身就跑。赵鸣义看到后，急忙朝着背影大喊，但他们跑得飞快，只见一名女生回过头来喊道："谢谢你们，希望你们一身本领，永无用武之地！"

女孩的声音清脆，字字真切地传到赵鸣义耳朵里，撞击着他的内心，一股暖流涌遍全身。赵鸣义望着远去的背影，以消防员最高的礼节，敬了一个端端正正的举手礼。

3

深夜的拉萨，暮霭沉沉，银河低垂，一辆救护车刺耳的警报声划破寂静的圣城，向人民医院疾驰而去。车厢内，副政委巴桑的额头上浸满汗珠，紧紧攥着担架上贺松涛的手，凝视着他黑红晦暗的脸。

"挺住啊！松涛……"巴桑心急如焚。

乍暖还寒的西藏，天干物燥，火情不断。总队广大指战员长途奔袭，连续奋战，辗转多个火场，机关上下也是累得疲惫不堪，木里"3·30"更使大家不敢有丝毫放松和懈怠。防火期以来，贺松涛经常通宵达旦，食不甘夜不寐，繁重的工作压得他喘不过气来，焦灼紧张的心情几近崩溃。

路上，医护人员正在对贺松涛进行紧急抢救，巴桑抬起手蹭了下额头的汗，掏出手机拨给郝明月。

电话嘟嘟了一会儿，终于接通："喂，嫂子！松涛晕倒了，我们正在赶往人民医院的路上！"

郝明月瞬间清醒，慌张追问："怎么晕倒了？！"

"嫂子，我也不知道咋回事，我听见扑通一声，一开门就看到他趴在门口了，

赶紧把他往医院送。嫂子，我们快到医院了，有什么情况我再打给你。"……嘟……嘟……嘟……巴桑匆匆忙忙挂断电话。

救护车驶进人民医院急救通道，巴桑配合着医护人员将贺松涛推进了急救病房，"急救中"的灯亮了起来，大家的心也揪在了一起。

郝明月挂了电话，半天才缓过神，赶紧收拾随身行李，盘算着家中事务：先不告诉年迈的父母，如果出现意外怕他们受不了，梅朵也能照顾好自己，不用太担心，大哥那边事也多，看看情况再告诉他吧。

郝明月随即订了一班最近飞往拉萨的航班，桌上留下五千元钱和一张简单的留言便签：梅朵，妈妈有急事出去几天，在家照顾好自己。

飞机安全降落，郝明月直奔人民医院，在急救病房外见到了焦急踱步的副政委巴桑。问过事情的详细经过，郝明月更担忧了，上次医生已经明令要求他不能在高原工作了，这次突发重症只怕是凶多吉少，想到这，郝明月忍不住抽泣起来。

时间在漫长的等待中熬过了近20个小时，抢救医生换了两三波，"急救中"的灯终于熄灭了，白大褂前后都被汗水浸湿的主治医生走出急救病房，向郝明月交代病情。

"患者现在脱离生命危险了，但情况还不是很稳定，目前仍处于半睡眠状态，暂时无法交流，你们可以进去看看，注意不要刺激他。"

走进房间，看见插满各种管子的贺松涛奄奄一息地躺在病床上，郝明月心如刀割，径直扑在他身旁哭泣起来。

贺松涛做了一个梦，梦到一块烧红的炭，那炭起初是树，后来死了，但通过红隐隐的火，又活过来了，然而活着就快成灰了。忽然贺松涛想起高原四起的火情，从梦中醒来缓缓睁开眼，就看见哭成泪人的郝明月和一旁站着的巴桑。

"察隅……的……火……"贺松涛抬了抬眼皮，用尽全力挤出几个字。

"灭了，都灭了，你可以好好休息了。"巴桑哽咽了一下，不忍惊扰他，只好撒了谎。

"嗯……"贺松涛又放心地睡了过去。

贺松涛虽然脱离了生命危险，但总是在半睡半醒之间来回切换，高原上的医疗条件不及内地，康复进展缓慢。病情缓解后，医生建议还是去成都华西医院进一步治疗，这也是郝明月最想要的治疗方案，因为她怕失去自己最爱的人。

在大家的帮助下，贺松涛几经辗转返回成都。苦心人天不负，在郝明月的悉心照料下，贺松涛的病情逐渐好转，不过医生也下了最后通牒，绝对不能再回高原了，否则后果不堪设想。

郝明月说服不了贺松涛，他一心就想回到那片苍穹净土，他觉得与守护生态事业相比，自己的这些病痛不算什么，每天积极治疗、配合康复，就是为了早日重返岗位，燃烧自己的余热。实在拗不过，郝明月只好搬来大哥劝说他。

儿时情同手足的兄弟，如今疾病缠身的战友，辛劳清苦了大半生的妹夫，多年来背井离乡也没见上几次面，郝江山每每想起他们历经风雨、命运多舛的人生，心中总会徒生一份愧疚和感伤。他牵挂着贺松涛的病情，又心疼和自己一起长大的妹妹，便抽空去成都探望。

华西医院病房内，贺松涛正用手机翻看着实时的生态要闻，郝江山拎着两兜水果走了进来。

"呀！首长来啦！"贺松涛一看见郝江山，略显调皮地起身迎接。

"你少调理我了，我来看看你恢复得怎么样了。"郝江山打量了一下贺松涛。

"我恢复得可好了！你看我都能做俯卧撑了。"说完贺松涛便俯身"咔咔"做起俯卧撑，没折腾几下汗就下来了，累得气喘吁吁。

郝江山急忙把他扶起来："诶，差不多行了，你这刚恢复好点，可别瞎折腾自己了。"

郝明月在电话里已经把贺松涛的病说清楚了，郝江山心里明白，这会儿贺松涛是给他演"廉颇尚能饭否"的戏码呢。

贺松涛坐定，努力克制自己喘着的粗气，自信满满："局长同志，我现在完全可以重返岗位了！"

"铁蛋，你在高原18年了，都这样了，你还想回去？"郝江山满脸疑惑。

贺松涛顿时明白了郝江山的来意，声音提高了一个度，竭力表达自己的想法："这不是想不想的问题，我在高原这么多年，对那儿都有感情了，也待习惯了，让我现在回来，真的不现实！"

"我理解你的心情，这么多年在高原上，工作环境很艰苦，你也付出了很多，你和明月两地分居，日子过得也很清苦，火没少打，力没少出，工作没少干，大家都有目共睹。但干啥事都要有个好身体，现在我们年龄都大了，你身体又不好，总不能逞能啊，继续在高原干，身体也不允许啊，还给别人添麻烦。"

"江山，你知道苦瓜吧，我觉得，我就是一个苦瓜，我的一生酷爱绿色，苦瓜上面坑坑洼洼的沟壑就是我的人生，苦味就是我在人生路上品出的味道……"贺松涛抿了抿嘴唇，顿了一下，"但你知道它还叫'半生瓜'吗？虽然吃起来很苦，但回味无穷。年轻时我很讨厌这种苦味，但是半生过后，经历了很多事，反而觉得这种苦涩很唯美。"

"人生就是一场旅行，我不在乎目的地，我在乎的是沿途的风景和看风景的心情。在生态新长征的路上，我愿做一名虔诚的'朝圣者'，一步一叩头，一直往前走。"

"铁蛋，人的生命是最宝贵的，咱们刚刚失去了27个兄弟，我可不能再失去你，明月也不能没有你，等我退下来了，还想和你们一起踏遍祖国的大好河山呢！"郝江山推心置腹说出了心里话。

贺松涛不容置疑地回道："江山，人在世上短短几十年，各有各的活法。有的人死了他还活着，有的人活着他已经死了，27个兄弟虽然人不在了，但他们永远活在我们心中，值得我们追思敬仰。而那些搞歪门邪道、蝇营狗苟的人，他们早就湮灭在'雾霾天'和'沙尘暴'里了，在我心中也是过眼云烟，即使活着也不过是躯壳罢了。"

"这些年自然生态得到了很好的恢复，政治生态也越来越好，我们这些'生态人''应急人'，更应该保重好自己的身体，身体力行地当好爱护生态的'吹哨人'和'护林员'。如果身体垮了，说什么都没用，你还是安心养病吧。"郝江山苦口婆心劝说道。

"你说得有道理，但我的病我知道！这么多年在我心中始终有个结——希望这支队伍越来越好。现在转制了，我不想当逃兵，还想亲历这支全新的队伍走得越来越远。你是了解我的，那么多年的高原情节，怎么能说放就放下呢？高原那片苍穹净土还有我未竟的事业、未完的使命和未了的心愿，宁让生命透支，也不让使命欠账！我的身体没啥大事，还是让我回去吧，倘若有一天我真的不行了，把我的骨灰撒在青藏高原和家乡的密林中，化作春泥，永远守护这片绿水青山吧。"贺松涛据理力争，一口气都说了出来。

郝江山完全能够理解贺松涛的森林消防情怀和对生态事业的执着追求，这是穷尽一生的志愿，是燃尽生命的辉煌，任何人都无法阻挡一个人飞向他的信仰，自己能做的只有成全，只有默默地呵护。

半年后，再次传来贺松涛病倒的消息，万幸的是病魔没有夺走他的生命，但高血压引起的脑出血最终使他下肢瘫痪，余生他只能在轮椅上度过了，两天后传来的病退意见上，郝江山沉甸甸地提笔写下一句诗：繁霜尽是心头血，洒向千峰秋叶丹。

高原上的一棵小草，因长期经受极寒与缺氧，拥有极为不平凡的生命，也拥有了平原上参天大树难以企及的高度。同样，一个人为了党和人民的事业甘于奉献自己的一生，即使在茫茫人海中显得渺小而平凡，却因拥有了高贵的品质和精神而为无数人敬仰。

4

2019 年冬，一场瑞雪如期而至。队伍改革转制时间并不算长，但一年的变化非比寻常，森林消防局坚持边组建边应急、边磨合边提升，定机构、定职能、定编制系列政策相继出台，队伍挂牌成立、指战员换装授衔、内设机构调整重组，各项工作强力推进，一环紧扣一环。

新组建的灭火救援指挥部及指挥中心、防火监督、特种灾害救援等内设机构登场亮相，政治部门重构重塑，保障部门转改重组，自上而下整合各要素值班值守，组建纪检督察、审计部门，大批人员转岗调整，令人耳目一新。犹如碳原子重新排列组合可以让石墨变成金刚石，森林消防队伍在聚合与裂变中重塑再造、蜕羽重生。

面对"全灾种、大应急"的新职能、新使命，森林消防局党委着力探索完善全新的运行机制和工作模式，给队伍"减负""清障"，优化决策流程，简化内部运转，提高快速反应和应急处置能力。

消防救援队伍总队级领导干部专题培训班，如期在中国消防救援学院开班，各总队主官带着研讨课题纷至沓来。

"如何按照'四句话'要求，积极推进职业化、专业化、正规化、现代化建设，建设一支'专长兼备、反应灵敏、作风过硬、本领高强'的综合性消防救援队伍，忠实履行好国家队、专业队、机动队、突击队的职能？"郝江山在培训动员会上开门见山、直奔主题。

课上课下、茶余饭后，大家查资料、学文件，聆听专家授课，分析队伍形势，剖析问题短板，提出意见建议，积极谏良言纳良策。

"森林消防队伍'四化'建设必须找准着力点和支撑点，搭建'八道梁'，立稳'八根柱'，建立健全运行机制，打通关键环节，理顺各种关系，加强体系建设，坚决扛起应急救援主力军和国家队这杆大旗。"

"隐患险于明火，防范胜于救灾，把各类灾情防范化解在萌芽之时、成灾之前，就必须建立预测预警机制，提高风险监测分析、早期识别和预警预报综合能力。"

"各类灾情风险，既有小概率难以预测的'黑天鹅'事件，也有大概率可以预测的'灰犀牛'事件，要建立会商研判机制，科学预判潜在风险，预测发展趋势，因时而变，随事而制。"

"遇有灾情时，迅速启动应急响应，共享信息资源，整合多元力量，集中调配资源，协调组织救援行动，建立反应灵敏、指挥高效的应急响应机制。"

一次次发言，一场场座谈，各位参训指挥员积极思考、踊跃发言，不同的视角、不同的思维发生碰撞，在互动中迸发出智慧的火花。

"应急救援指挥关系复杂，参战力量多元，必须树牢'一盘棋'的思想，建立统一高效的应急指挥体系。"

"统筹规划队伍建设整体布局和力量编成，加大重点区域、敏感地段力量部署，建强专业队伍，壮大专职队伍，发展志愿队伍，扶植社会力量，确保遇有灾情发挥'撒手锏'和'一锤定音'的作用。"

"我们这支队伍打了不少仗，积累了丰富的实战经验，应及时将散落在各方、分散在一线、隐藏在群众中的实战经验收集整理，形成实在管用的战术战法，探索不同地域、不同时段应急救援的制胜密码，建立科学管用的战法理论体系。"

"根据不同地区、不同灾种的特殊需求，建立应急物资储备中心，实行功能化配置、模块化储运、标准化调配，探索'单一使用储备'向'实物储备＋社会仓储＋物流配送'模式转变，推进应急装备物资器材保障网更加可控、高效、安全。"

一条条建议，一组组答案，使很多的问号在拉直，困扰多年的难题在破解。

集体的智慧、群众的力量让郝江山如释重负，他认真归纳梳理了大家的意见建议，进一步理清了队伍建设发展的思路。既要搭建好"八道梁"，建立"八项机制"，又要立稳"八根柱"，建立"八个体系"，瞄准"四化""四队"的宏伟蓝图和奋斗目标，开拓创新、砥砺前行。

5

在大庆的直升机特勤大队，一场有趣的较量正悄然展开。

特勤大队宿舍窗前，一高一矮的身形面对面而立。身高稍矮的靳副参谋长微微仰首，看着面前略高的年轻男子中气十足地说道："武小林同志，你们虽然脱了军装，这次领袖给你们授旗，说明你们还是一支纪律队伍，还为老百姓服务，在我眼里，你们永远都是军人，咱们森警走出来的没有孬种。"说完，顿了一下，认真仔细地端视着眼前的年轻人，继续说道，"今天我们来就是想要告诉你，我这里有三道试题，你答好了，我这闺女就交给你了。"说完，站在他两步开外的苗苗，脸微微发热，耳根红了起来，灵动的眼睛期待地看着武小林。

武小林立正正色道："请您指教。"

靳副参谋长语调铿锵："第一题，我的女婿必须得是共产党员。"

武小林站得笔直，底气十足："叔，我预备党员还有 3 个月就转正了！"

靳副参谋长听后微微点头，继续道："第二呢，以后有了孩子，还得当森警！"

苗苗听后瞪圆了眼看着靳副参谋长："啥？"

靳副参谋长见女儿惊诧的表情，顿时反应过来，抬手拍着自己的头顶道："你爹我说顺嘴了，还得当森林消防员！"

武小林高兴得直点头，信心满满地追问："这个没问题，叔，第三个条件是个啥？"

靳副参谋长老谋深算般半眯着双眼，盯着眼前的年轻人沉声道："拿到这次国际比武任何一个课目的冠军。"

"啥！"这次，轮到武小林瞪眼惊呼，靳副参谋长说完抬起右臂拍了拍武小林的左肩："小伙子，我看好你！"说着眼中流露出一丝不易被察觉的笑意。

第二天清晨，武小林和钱继森等几名队员陆续进入食堂，炊事班用油条和鸡蛋摆的"11.11"的造型醒目地展示在餐桌正中间。看着这双十一的造型，围坐在餐桌旁的战友们，欢声笑语不绝于耳。

"我支付宝里余额已经不足了。"

"清空了女朋友的购物车，这个月我又得吃土了。"

"这才叫满眼都是你的女孩，我女朋友眼里都是我的工资卡，说多了都是眼泪啊。"

"别撒狗粮了，好歹你们都还有女朋友。"

"我女朋友非要让我弄一张咱们森林消防公益大使的签名照片，你们说这个怎么办？"

"你关注中国森林消防官微啊，多参与活动，博主那里有。"

钱继森听着开心，但也打趣儿道："小点声，这么多菜还塞不上你们的嘴，让王队听见又少不了吃锅烙。"

武小林听着战友间谈话淡笑着，忽然想起了什么，好像对丰盛的饭菜也没了胃口，捂着腮部放下筷子出了餐厅。

钱继森望着武小林的背影，想着武小林要"比武征婚"的事儿，叹了口气，摇了摇头。

早餐过后，训练场上，特勤大队260名精英全副武装整齐列队，英姿勃发。大队长王火生在队列前问道："今天是什么日子？"

"光棍节！"

"双十一！"

王火生又道："喊光棍节的，一会儿重重有赏。"

武小林很顽皮："是要发个女朋友吗？"

王火生瞪了他一眼："给你发两个！"

武小林吐了吐舌头。

王火生回眸正色道："改革后，我们的任务由单一灾种向全灾种救援转变，职能增多了，任务更重了，转制再出发，荣光不会自动延续，需要我们用汗水去抒写。

三个月后，我们新组建的特勤大队将要代表中国参加世界消防救援锦标赛，这是我们森林消防第一次在国际赛场追逐梦想，是我们走向国际化的重要时刻，你们能不能拿到第一！"

"能！能！能！"

高亢的声音冲破云霄。

王火生闻声喊道："好！今天我们也跟跟风，淘一次宝，我今天的购物车里有很多爆款直降、吐血甩卖、买一送一的课目，还有五折促销的特大优惠，你们全都值得拥有。"

训练清单附带道具，瞬间空降到特勤队员面前：

背假人伤员训练；

翻轮胎训练；

攀登救援训练；

索降训练；

爬高墙云梯训练；

模拟地震、泥石流抢险训练……

薄雪轻覆大地，北国的冬日来得格外早。严寒丝毫没有减弱队员们训练的热情，反而让这些年轻火热的内心中滋生出势不可挡的坚韧。训练间隙，武小林和战友围坐在一起休息，他从上衣口袋里掏出一张苗苗的照片，满脸欢喜地反复看着。

"小林，这就是你对象吧？真漂亮。"一旁战友凑上前问。后面的战友闻声一起拥到小林的身旁，看到照片后都满脸羡慕地笑了起来。

6

寒风与汗水交替送着日月，很快就到了世界消防救援锦标赛开赛的日子。主席台上，郝江山等与各国参赛领队列坐观看。看台下，各国媒体争相转播着各代表队的精彩比赛，赛况吸引了世界关注，也深深吸引着电视机前苗苗的目光。

在体能综合技能比赛中，参赛队员武小林和其他指战员击掌走到出发地线。发号枪声一响，他背起装有四根管带的管带筐，像子弹一样冲了出去，前50米就领先对手近3米。扛着40公斤圆木跃进50米，现场助威声一片，好不热闹。70公斤轮胎翻滚完后，又咬紧牙关背上了60公斤的假人，全程顺利，但与实力强劲的东道主队员相比，还是稍有逊色。

一名人高马大的选手渐渐超过武小林跑在了最前面，武小林竭尽全力，只赢得负重十公里越野的第二名。淡淡的失落凝聚在了武小林的眉间。

接下来是森林消防队伍森林灭火及部分救援科目演示。

训练场中间一个500米的火线"轰"的一声就形成了，火势异常迅猛，在熊熊烈火和滚滚浓烟中。四架橘红色直八型直升机搭载着灭火队员紧急升空，携带装具的队员从天而降；另有两架直八型直升机，吊挂着满载湖水的吊桶驶离湖面，向模拟火场飞奔而去。

进入火场后，直升机吊着硕大的水桶，慢慢降低速度和高度。张放目视直升机下熊熊燃烧的火焰，精确选择目标，果断按下控制吊桶底座的放水阀开关，顷刻间，一道银幕从空中倾洒而下，准确地覆盖在火线上。

王火生带领参演队员，携带单兵灭火机具以班为单位编组，运用"一点突破、两翼推进"战术扑打清理，很快实现"三无"，全场响起热烈掌声。

特勤大队不负众望，载誉而归！

翌日，森林消防局举行消防救援锦标赛颁奖大会。郝江山与应急管理部等领导出席仪式，为获得比武名次的指战员们颁发奖杯和证书。

合影完毕后，祝国安政委高亢讲道："我们首次在国际赛场上亮相，展现了'火焰蓝'顽强拼搏的风采和魅力，取得了很好的成绩，下一步我们还将继续加强国际救援技术交流，希望同志们积极学习经验、补齐短板、总结提高，用实际行动担起主力军和国家队的重任！"一席话，使得获奖队员们热血沸腾，掌声不断。

入选为森林消防精英的武小林等消防指战员列队在精英林一侧，郝江山环视着他们宣布："同志们，如果每名消防指战员的血管里流淌着崇尚荣誉的血液，就会为荣誉顽强拼搏；心田里播下了崇尚荣誉的种子，就会为荣誉英勇献身。在我们精英林的另一侧是英烈林，一共有 87 棵，西南部的 27 棵属于木里牺牲的战友们，他们的青春永远定格在了那场大火中，但他们的精神永存，这种'刀山敢上、火海敢闯'的战斗精神，就是我们这支队伍发展壮大的灵魂，我们要永远铭记他们的名字，续写对党忠诚、赴汤蹈火的辉煌篇章！"说完，众领导与武小林等指战员一起栽种、悬挂精英树铭牌。

消防救援队伍的队旗在祖国的蓝天高高飘扬，它与这片郁郁葱葱的精英林和英烈林一起，在祖国的大地上绽放英姿。

"我志愿加入国家消防救援队伍，对党忠诚，纪律严明，赴汤蹈火，竭诚为民，坚决做到服从命令、听从指挥，恪尽职守、苦练本领，不畏艰难、不怕牺牲，为维护人民生命财产安全、维护社会稳定贡献自己的一切。"天空下，山川绵延不绝，青林如海，郝江山与指战员们的铿锵誓言，携万里长风，直冲云霄。

几日后，靳副参谋长的家中，客厅里暖白的灯光下，依旧是面对面地站着一高一矮两个身形。迎着脸色铁青的靳副参谋长，武小林有些心虚地捧着两枚银牌垂首小声道："叔，我这次没考好，只得了两枚银牌。"

靳副参谋长看着两枚银牌，微眯的双眼溢出笑意，脸色忽然多云转晴，笑着问："傻小子，你叫我啥？"

武小林傻乎乎抬起头，站在原地直发蒙，苗苗看着直笑，只好上前捅捅他："木头！快叫爸啊！"充满灵气的眼睛欣喜地看着武小林，又紧张地看了眼靳副参谋长，瞬间害羞地低下了头，靳副参谋长看着这一幕，开怀大笑。

7

大兴安岭植被茂盛，分布着大量的天然林，是野生动物生存的天堂，同时也是它们被猎杀的地狱。特别是东北虎豹这样的濒危物种，更是不法分子们捕杀的对象。于是，在野生动物保护部门的牵头下，保护野生东北虎豹的行动如火如荼地进行着，森林消防指战员们鼎力配合。

冬季的大兴安岭林海雪原，千山一色，像凝固的大海波浪一般绵延起伏，一派气势磅礴的景象。林海深处，一队消防指战员正在搜寻猎人们捕杀野生动物的工具。

带队的总队防火监督处处长李岩峰远远看见一棵坚实的树干上被固定了一个异物，走近细看是一个铁条弯成的套子。仔细观察后，指着套子对身后的指战员们说："大家仔细看，这种拇指粗的铁条围成的圆圈，是偷猎者用来捕捉野猪、狍子等野生动物的，东北虎豹在林中行走也会被套住脖子。"

同行的保护站站长鲁宁点了点头，看了看铁圈转回头："老虎是森林之王，习惯勇猛向前，不喜欢退缩，一旦脖子被套住，就会用力摆脱，这样铁丝就会越勒越紧。"指战员们闻言不禁心底生寒，捕猎者竟是如此残忍。有的指战员甚至抬手摸了摸自己的脖子，咧开嘴"嘶"了一声。

看着大家的举动，李岩峰重声嘱咐："大家都搜仔细点，少一个套子，东北虎豹的生命就少一份威胁。"说完指战员们分组四散，开始地毯式搜查。

李岩峰回头走到那棵树干下，把铁圈拆了下来。

林深处积雪密布，人迹罕至，消防指战员们冒着齐腿深的积雪艰难地搜寻出猎网、猎套，再一个个地拆除。行至野外动物观测点处，李岩峰将绑在树干上的远程红外触发式监控摄像机取下，走到鲁宁身边问道："站长，您看看拍到老虎了吗？"

指战员们闻声都围了上去，鲁站长打开监控摄像机，翻看着照片，惊喜地看到一只猛兽雄姿傲然地出现在屏幕里，不由得招呼："你们看，这就是一只东北虎！"

"真好看！"

"个头还挺大呢！"

"真想亲眼看看它的样子！"指战员们欢呼雀跃，言辞间充满着对这猛兽的崇拜和喜爱。

李岩峰看着照片里的东北虎，弯了弯眼角，满怀期待："人类发展至今，追求的不外乎是两种和谐，一种是人与人之间的和谐，另一种是人与自然的和谐。随着经济的发展和社会文明的进步，人与人之间的交往联络越来越通畅，人与人之间的关系越来越和谐，物种的栖息地却越来越少，随着天保工程、东北虎豹国家公园的建立和全面禁猎的实施，东北虎豹栖息地的生态环境很快就会得到改善。"

听完李岩峰的话，鲁站长打开手机中的朋友圈感慨着："过去碰上老虎，能够炫耀很长时间，现在看见老虎已经不是新闻了，我朋友圈就有一个人在'晒'老虎的小视频，你们看，这老虎还挺胖呢。"

李岩峰看着鲁站长手机里那身形圆润的猛兽笑着说："昨天有个战友发朋友圈，说村子里的牛被老虎吃了，距离市区不到10公里。"周围的消防员听着他们两人的交谈，嘴角都上扬成弯弯的月牙！

8

西昌大队正配合当地公安如火广泛开展着野生动植物保护宣传活动，街上到处可见禁止食用野生动物的宣传牌。

王树华、赵鸣义和战友们身着"火焰蓝"制服，面戴口罩向路人分发宣传资料，一旁的宣传车播放着："今天是第七个世界野生动植物日，猎捕、运输、贩卖、食用野生动物不仅会破坏人与自然的和谐，更有卫生安全隐患……"

突然，一名骑电动自行车的群众，停在了他们身边。

接过资料握在手中，歪着头看着他们，询问道："听说你们不是当兵的了，改成公务员了？"

王树华尴尬地笑了笑："不是公务员，是国家综合性消防救援队伍。"

"综合性消防救援队伍？"群众重复着，有些不解地追问："你们不就是护林防火的嘛，跟病毒能扯上啥子关系？"

赵鸣义听后笑着讲解："我们不仅护林防火，参与抢险救援，还有保护野生动植物的职能，森林中的动植物种类繁多，有一些带有很多未知的病毒，如果砍伐了森林，动物没有生存的地方，或者被人抓了卖了吃了，就会破坏生态系统，病毒没有了宿主，就会重新找一个宿主，比如人。"

群众点点头，看了眼手中的宣传资料，细心地折叠收好放进口袋，冲着这群"火焰蓝"说："你们辛苦喽！"说完摆了摆手，骑着电动车扬长而去。

与此同时，西昌大队的学习室里，大队长杨嘟嘟正组织消防员们学习消防监督检查执法和保护野生动植物执法等内容。

空旷洁净的楼道里回荡着杨嘟嘟洪亮的声音："野生动植物非法贸易已成为全球继毒品、贩卖人口、走私武器弹药之后的第四大非法国际贸易，在国内绿色健康的饮食习惯还未完全养成。改革后，森林消防队伍的职能拓展了，有了森林消防监督检查执法和野生动物保护执法职能……"

次日清晨，杨嘟嘟带领五名森林消防员和公安民警乘坐车辆向林中驶去。车辆行至山脚下，所有人下车步行进入森林，开展野生动物保护专项行动。

消防队员们与公安民警一起拆除重型平板夹子和铁丝套子。刘警官踢了踢厚实的木板夹子说："大家要小心，这个大夹子就算是野猪踩上去，也能一下子把腿打折。"

赵鸣义一只手拎起一片粘网，网上粘着十多只小鸟，有的仍在扑打翅膀挣扎着，赵鸣义气不打一处来。他铺开粘网，小心翼翼地摘下小鸟，放归大自然。

到了中午，搜捕工作告一段落。4个重型平板夹子，几百平方米粘网以及野兔、獐子等野生动物铺了一地。

"没想到疫情这么严重，还有人敢吃野生动物。"杨嘟嘟气愤道。

"是啊，现在饭店关了，可还有人在网上公然叫卖野生动物。"刘警官气愤地说着。

两人坐在地上瞅着满地的捕杀工具，一时间竟不知道说什么，这时"浇树"回来的赵鸣义和杨荣锦神神秘秘地对杨嘟嘟说："大队长，树林那边有一只'低配版的霸王龙'！"

大家都被这句话惹得好奇，顺着他俩说的方向悄悄地摸了过去。

原来竟是一只穿山甲。只见这小东西喜感十足，站着两条后腿，前爪立于胸前，晃晃悠悠地漫步着，真的和霸王龙很像。

等它走远了，杨嘟嘟转头压低声音对大家说："这是一只穿山甲，属于濒危动物。"

刘警官点头轻声附和："数量比熊猫还少呢，现在已经很少见到了。"

赵鸣义看得满眼都是喜欢，憧憬着："真像个铁'憨憨'，要是能养一只该多好啊。"

杨荣锦学着穿山甲的动作："你们看它攥着小手，活脱脱像个小老头，看我学得像不像？"憨态可掬的样子惹得大家都笑了起来。

"啊，我想起来了。"赵鸣义蹙着眉，突然叫了一声，大家看着他，不知道他这是想起了什么。

"从前啊，有一条蛇精和一只蝎子精逃出了葫芦山，一个老爷爷在穿山甲的指引下种下葫芦籽，长成了七个葫芦兄弟，最后收服了这两个妖精……"

赵鸣义正绘声绘色地讲着，另一名队员也想起了这部童年的动画片，才恍然大悟说："哦哦，原来这就是穿山甲啊，听说它好像很值钱呢。"

杨嘟嘟点点头，给消防员们科普知识："有人说它的鳞片能做中药，肉也能卖到 500 美元一斤，其实它的鳞片主要由角蛋白构成，和人的指甲成分差不多，没什么药用价值。从营养价值上来看，野生动物和家养动物的差别也很小，可能还带有病毒，不能治病，只能致病。2003 年发生的'非典'就是一个教训，没有人知道捕杀的野味身上带不带大肆传播的病毒，保护野生动物，说到底也是保护人类自己。"

刘警官看着穿山甲离去的方向，痛惜又担忧道："野生动物本来就不是让人吃的。"

"是啊，一只成年的穿山甲能保护三四百亩的森林免遭白蚁破坏，它们可是保护人类森林的绿色卫士，这身硬壳子，狮子老虎都下不了口，可还是躲不过人类的大嘴，咱们说话这 5 分钟，世界上已经有一只穿山甲被抓走了……"杨嘟嘟痛心疾首。

叹了口气，刘警官神色凛然："被大自然教做人，同样的错误人类犯了不止一次。科学研究表明，非典、高致病性禽流感等疫情的病毒，多数病原体来自野生动物或与其有关。吃野生动物的那些人，全世界都在为他们买单，我们每一个人都置身在这场灾难里，无一幸免。"

9

千里之外的黑龙江小兴安岭林区，一支森林消防分队正在野外开展执勤巡护，管控野外火源，组织人员在市区街道发放防火宣传资料。

总队新增设的防火监督部门，按新职能行使执法权。李岩峰处长带两名助理员，与省林草局张处长组成联合防火监督检查组，乘坐森林消防宣传车到林区督导检查防火工作。车两侧的电子屏幕滚动播放着防火宣传标语和火灾案例。

车内，张处长称赞道："很好，你这个宣传力度很大。巡山、瞭望、清山护林，我看森林消防指战员就是森林火灾的吹哨人。"

李岩峰笑着回道："这是我们森林消防局开展防火专项行动的一个规定动作，基层每个单位都在搞，实际上95%以上的森林草原火灾都是人为因素引起的，比如上坟烧纸、吸烟、烧秸秆等等，所以防火根本上就是防人。"

张处长点点头："李处长说得对，防火就是防人！九分防一分扑，宁可十防九空，不可失防万一。"

说完，张处长指着无人机巡检林区传回的视频和画面说道："今年省里加强了森林消防智慧化建设，逐步由人防转向技防，搭建了'陆空立体'的预警巡检模式，这无人机群使用了5G技术，你看这个画面多清晰，道路、河流、植被和地貌尽收眼底。"

李岩峰处长看着屏幕，欣慰地说："可不是嘛，科技助推战斗力，对灭火效率也将是一个大大地提高。"

张处长笑了笑，自嘲打趣儿道："之前我们有个顺口溜，巡山只靠走，装备只有狗，宣传守路口，扑火只有手。现在科技是真的发达了。"

说完，两个人会心大笑。

车辆行驶到目的地，工作组成员下了车。

李岩峰用手机扫着防火检查站上的入山证二维码说道："现在有了电子入山证，方便多了。"

张处长抬手指了指上方的摄像头："不仅有电子入山证，还有高清人脸识别呢。"

工作组成员依次在防火检查站和工厂、社区、林间开展监督检查。

检查过程中，工作组还碰上了一次森林消防队的小规模出警。

山林起火，火势不大，消防员到位后迅速扑灭明火，之后仔细排查引发林火的原因，原来又是一起人为火灾。

很快，找到了引发林火的两位村民，李岩峰与公安局联合工作组一起对他们下达处罚令："经查，潘上贵、刘民两人在自家坟墓前烧纸祭祀，引发林火，依据相关规定，对潘上贵处以罚款，并对刘民处以行政拘留。"

周围看热闹的村民不少，李岩峰看着村民们，耐心地劝导："烧纸前，要清理干净燃烧点周围的杂草和落叶，或者挖个坑、自带桶和盆也行，烧完纸钱的灰一定要清理干净，一定要等烧完了再走，这可不是闹着玩的，火烧了林子，若是损失过大，判个三四年都是轻的，现在提倡文明祭祀，最好的方法就是不烧纸。"

"还有啊，现在正值春耕，大家更要注意防火，严禁随意烧荒，谁烧谁挨罚！"张处长说道。

这话一出，周围一片哗然。李岩峰快步走到路边，顺手从树上撸了一把树叶，放在手中一握，转身回来把手伸到围着的村民眼前。摊开手掌，碎叶随风而落。"你们看这叶子，现在天气非常干燥，一点火星就能引发火灾，林子着了火不好扑救，上午一把火，下午派出所，可不是开玩笑的啊……"

10

这场改革，使森林消防队伍的体制机制、职能使命、建设理念和运行模式都发生了深刻变化。应急救援主力军和国家队的职能定位，使这支队伍越来越感到发展必须面向全域机动，调整优化力量布局，在森林草原防火灭火主责主业和抗洪抢险、地震地质灾害救援能力建设等方面加快转型强能步伐，提高队伍现代化建设水平，适应防范化解重大安全风险职能任务需要，最大限度地发挥"一专多能、一队多用"的专业队伍作用，实现从单一灾种救援向多灾种应急救援转变，从区域性作战向跨区域机动救援转变，从灾后救援向防灾减灾的转变。

经过改革的阵痛，广大指战员犹如焕羽重生的雏鹰，主动变换角色，积极转变观念，自觉切换状态，队伍上下掀起了一场升级扩容能力素质，强化提升救援本领的"思想革命"和"头脑风暴"。大学习、大培训、大练兵、大比武开展得轰轰烈烈，一组组数据信息向指挥中心汇聚，一批批现代化装备应用实战，一茬茬会应急、能救援的人才方阵悄然形成，专业精准、反应灵敏的建设标准在实践中彰显、在探索中提高。

黑龙江森林消防总队把打通高寒地区大火巨灾指挥通信的"最后一公里"，作为破解的首要难题，模拟断路、断电、断网的"三断"极端情况，开展了"龙威"系列通信要素专项演习，全面检验评估"全时全域"保通能力。

启动应急响应后，班长迎朝阳带领通信分队迅疾前出，到达任务地域后，第一时间架设超短波中继台，开通卫星通信车和灭火指挥系统，将灾情迅速传回总队指挥中心；各支队前突小队快速反应，依托单兵北斗上报位置和动态，利用无人机、布控球实时采集传输一线视频。总队紧急调集野战通信方舱开通一线指挥所，浮空中继平台升空实施精准侦察转信，打通了灾害现场"迅速、准确、不间断"的信息通道。

应急管理厅融合了全省消防和应急救援力量指挥通信系统，在全省范围内定点组建了消防"轻骑兵"+"速报员"前突通信队伍，平时演训、战时前突，形成了天上有卫星、空中有浮空平台、地面有传统通信手段和数据系统的"空天地一体化"通信网络，构建了纵向到底、横向到边、多维互补、立体合成的应急指挥通信体系。

在特种灾害训练场，作战训练处彭斐翔处长组织多支队伍开展废墟搜救等抢险救援科目训练，设置的建筑物构件坍塌类型完全符合地震发生后的受灾状态，搜索分队同步开展分区评估和标识标记，综合运用人工、搜救犬等技术开展搜索作业，救援人员采取快速切割、贯穿破拆、重型支撑、深井吊升等救援技术，在多个作业点打开通道实施救援。

大兴安岭支队关智强带队勘察地形，严密组织山岳救援训练，选择设置跨度100米、纵深60米的峡谷，采用横渡救援、T型救援、崖壁下降提升等绳索技术，充分运用无人机等新型装备器材，成功救出遇险人员，架设转运安全路线，及时将伤员安全后送。

拨开云雾见天日，守得云开见月明。在转型强能的实践中，队伍上下就像吃了一颗定心丸，方向更明、信心更足、动力更强，一门心思补齐自身短板，一股劲头提高专业技能，一个步调转型升级，一个秒级响应、分钟出动、高效处置的特种救援队伍逐步走向成熟，"信得过、用得上、靠得住"的最高褒奖日趋在社会和群众中成为共识。

第三十七章　运筹决胜

1

冬日的武汉，街道上熙熙攘攘，进入腊月以后，年味儿越来越浓，商店里、街道上、地铁中到处都是置办年货的人。一处宾馆内不时传来欢声笑语，白发苍苍的刘先河在儿子儿媳的陪伴下正与女儿女婿一家子视频聊天。

精神头十足的刘先河扶了扶鼻梁上的花镜，仔细地看着屏幕，当看到郝天身着"火焰蓝"制服，不自觉地咧开了嘴角："郝天，你在学院训练累不累呀？"

已是中国消防救援学院新学员的郝天，笑嘻嘻地说："姥爷，我不累。您最近身体怎么样啊？"

刘先河听了欣慰地点点头反复嘱咐着："不用惦记我，身体好着呢！你可得好好练，听你爸的话，看好林子，当好守夜人呐。"

"好滴，听您的！"郝天乖顺地笑道："姥爷您什么时候回来呀？"

刘先河顿了一下，仔细地想了想："再过几天，我们闹革命的时候啊，有约定，活着的人要给牺牲了的人扫墓，去年还有两个人一起，今年啊，这老家伙快不行了，我来武汉送送他，看他最后一眼。"

郝天听后似懂非懂地点点头，又乖巧地对着摄像头："您年纪大了，可要注意身体啊！"

刘先河笑眯了眼，又扶了扶眼镜："放心吧，姥爷身体倍儿棒，再说还有你舅舅在呐。"

说完，刘先河对着手机屏幕喊着："江山，队伍改得怎么样啊？"

郝江山拿过手机，对着摄像头回应着："正按照部署有序地推进落实，今年举行了一次'火焰蓝'大比武和国际锦标赛，反响很好，再过两个月首批招录的新消防员们就要下队了。"

刘先河咳嗽了两声，喘了几口气笑着："咱们家快成林家铺子了，一定要把这支队伍带好，我知道你工作忙，不要担心我。"

郝江山闻言语气坚定："您放心！"

听他两人对话完毕，刘亦欣往镜头前凑了凑关切道："爸，我听武汉的朋友在微信群内说，武汉发现了不明肺炎，您可别乱跑啊。"

"知道啦，放心吧！我先不和你们聊啦！"刘先河冲着屏幕摆摆手，让儿子关掉了视频。

刘先河慢慢踱步走到窗前，想着病重的老战友董凤久，心里打定主意：得赶紧去看看！

第二天吃过早饭，刘先河在儿子的陪同下去了老战友董凤久家。

进了家门，房间安静得让人有些不安。董凤久的女儿看出了刘先河的不适，悄声说："父亲身体不好，脾气也越来越倔强了，不想说话的时候就躺着，家里人也都不敢吵闹，怕惹着老爷子不高兴。"

刘先河听完点点头，跟着董凤久的女儿走到卧室门口，拄着拐杖站定，看了一眼床上躺着的人，使劲喊道："董凤久，跟我上山去抓土匪！"

董凤久穿着老式的军大衣躺在床上，眼睛一动不动地看着天花板，像是在回忆着什么，猛地听见刘先河的声音，浑浊的双眼顿时有了光："大队长，快，扶我起来！"

董凤久的女儿和刘先河的儿子赶紧走到床边把他扶起，他勉强坐了起来。

董凤久坐稳后大口喘着粗气，望见刘先河，眼泪夺眶而出。

董凤久女儿瞧着父亲这般表现，瞬间红了眼圈儿，又赶紧抬手快速抹掉了眼泪，看着刘先河："前几天我爸听说您要来，把军大衣从箱子里翻出来，逢人便说当年部队的老首长要来看他，天天在村头等着，这两天已经不能说话了，没想到您来了，我爸还能坐起来了。"

刘先河听完转过头，盯着董凤久的脸仔细打量着。黝黑的皮肤，嘴角、眼周、额头上早已布满了皱纹，犹如村头那棵老树的皮。目光下移，看到那双干枯的手，刘先河轻轻地拉过来握到手心里，低声感叹着："没想到，当年骁勇善战，让林区土匪闻风丧胆的英雄也老了。"

董凤久听后轻轻摇头："是啊，老了，不中用了。"

刘先河无奈地笑着对子女们说："当年，可是有土匪出两斤老头票换董凤久一颗人头呢。"

董凤久听着，看着紧握着自己双手的老首长，边大口喘气边缓缓说道："活到现在啊，我知足了，魏荣喜五十多岁就去世了，护林队的战友活过六十岁的，没几个啊。"

刘先河听着，脑海里闪过当年战友们并肩作战的画面，环视面前的儿女们说："天天钻山沟子，风餐露宿，那个时候苦啊，都落下病根子了。"

回忆着当年的岁月，董凤久带着笑意："苦是苦，但是那个时候咱心里快活啊。"

刘先河也笑着："老战友啊，你可要快点好啊，咱俩再去林子里转转。"

董凤久深知自己的身体，摇了摇头："我是快不行了，没多少活头啦，这辈子啊是去不了啦。"

刘先河闻言，鼻子一阵酸楚，提高了声音："胡说，我命令你好起来！那个单枪匹马抓了12个土匪的董凤久什么时候认过怂？"

董凤久闻言，笑着喘着气，伸出手指："树高千尺永不忘根，人活百岁更知感恩，能活到现在，95啦，值了，队长！"

刘先河看着枯枝般的手指，望着风烛残年的老战友，戎马岁月如电影画面浮现在眼前，怆然泪下。

短暂的沉默后，董凤久抬起胳膊，指着墙上的相框。像是在叮嘱着刘先河："我孙子，替我去看看。"

董凤久女儿顺着老人手指的方向看去，转头对向刘先河道："那是我哥哥家的儿子，听说队伍上招录森林消防员，我爸让他报了名，现在在哈尔滨集训。"

相框里，一个穿着"火焰蓝"的小伙子英姿飒爽、神采飞扬。

2

孟佳航为了研究自然保护小区的植被分布，正在家里的书房翻找资料，突然一幅画映入眼帘，画纸中长出一片白桦林，林间还有两抹绿色的身影，在画的右下角写着"树深时见鹿"几个字。她怔在那里盯着画，隐约想起这幅画的来历。

冬日上午的阳光暖意融融，当时的孟佳航只有六岁，邱胡杨在家里抱着她坐在沙发上，她搂着邱胡杨的脖子："妈妈，你说喜欢一个人是什么感觉呀？"

邱胡杨看着她笑了笑："喜欢一个人啊，就是看到他的时候，你心里的树啊抽芽了，花开了。"她顿了顿，假装严肃，"我姑娘，是不是有喜欢的人了？"

　　她心中好像有那么一个小男孩，点了点头又快速地摇头，觉得那个人应该不算吧。

　　邱胡杨忍不住笑了出来，伸出食指摁在她的小鼻子上："你是我的女儿，我能不知道？"

　　她感觉脸上热热的，抿了抿嘴："妈妈，那你有没有感觉特别浪漫的时候？"

　　邱胡杨看着她细心而慎重地说："喜欢一个人，只要每天都在一起就很浪漫啊。"

　　"这就是想起来特别特别美好的事情？"她有些不解。

　　邱胡杨的笑意挂满了嘴角，没回答，然后转移了话题："那现在，妈妈陪你画画好不好？"

　　"好呀，好呀！"她从邱胡杨怀里跳下来，转身去房间拿出了画具。

　　午后，日暖风和，她和邱胡杨看着画纸，一抹柔情溢出了妈妈的眼角……

　　想着想着，孟佳航嘴角泛起了微笑，她拿出手机拍下这幅画，推送到了朋友圈中，配文："树深时见鹿，意笃月传情。"

　　此时，郝江山正在机关办公室审阅着支援武汉医疗人员的名单，邱胡杨的名字不出意外地列在其中。

　　郝江山眉头微蹙，抬头问站在桌子对面的助理员："邱主任能去吗？她不正在筹备跨国救援医疗救护培训吗？"

　　"邱主任是主动要求去的，她说，她参加过'非典'抗疫，有经验。"助理员如实回答。

　　郝江山听后犹豫了一下，还是在文件上签了字。

　　或许是白天受了这份名单的影响，夜里，郝江山梦见了邱胡杨。

　　梦中，他们又来到了万樟岭。风吹白桦，锦叶婆娑，邱胡杨的笑容纯净如无云的晴空。两人正并肩漫步，突然一只恶狼扑向了邱胡杨。郝江山在梦中惊呼："胡杨，邱胡杨……"

　　身旁的刘亦欣被惊起，紧张地喊："江山，江山？"

　　郝江山并无反应，过了会儿传来了均匀的呼吸声。

　　月光透过窗帘映在卧室的地板上，看着这清冷的月光，刘亦欣睡意全无。她慢慢地从床上坐了起来，转头看了看郝江山，默默地打开了手机，漫无目的地翻看着，突然，朋友圈里的一张图片，让刘亦欣的内心五味杂陈。

次日傍晚，郝江山与刘亦欣两人难得在家中一起吃着晚饭。

刘亦欣盛了一勺米饭给郝江山，盯着他的头发："白头发又多了，我一会给你染一染，你们现在好像比在部队时还要忙。"

郝江山放下饭碗，感慨道："林子绿了，头发白了，忙点也好。"

刘亦欣听着，放下碗筷，目不转睛地看着郝江山，似是平淡："胡杨说你最近边打吊瓶边上班，工作很辛苦，让你注意身体。"

郝江山扒拉着碗里的饭满不在意："这个人，还真是小题大做，你觉得呢？"

"你说当年你要是娶了邱胡杨……"

"怎么突然说起这个？"郝江山打断她的话，抬头看到刘亦欣意味不明的目光。

刘亦欣收回目光，低头起身收拾碗筷："当记者的都有好奇心嘛。"郝江山望向刘亦欣的背影苦笑一声。

刘亦欣行至厨房，放下手里的碗筷，掏出手机走到郝江山身边，递给郝江山："我给你看样东西，这是孟佳航朋友圈发的一幅画，叫《树深时见鹿》。"

郝江山放下碗，看着图片：两个穿绿军装的小战士在白桦林内，神色如常道："孟佳航画得很不错啊。"

身边站着的刘亦欣未置一言，双唇抿成了一条直线。

<h2 style="text-align:center">3</h2>

几日后，北京一所医院内，邱胡杨与几十名身穿红色冲锋衣的医护人员集结在门诊大厅，参加统一组织的出征动员大会。

队员们陆续上车，最后上车的邱胡杨看着人群中挥手送行的孟虎威和女儿孟佳航，心里暖融融的。

抵达武汉后，支援队全部投入到协和医院的重症医疗区，迅速进入工作状态。重症病房内住着十几名患者，其中有两名患者靠插管呼吸，还有两名患者上了无创呼吸机和湿化高流氧治疗仪。邱胡杨穿着厚厚的防护服与重症医疗组的医生们查房、问诊、开药，忙得如旋转的陀螺。

这日，邱胡杨例行查房，走到一间病房，看见护士小黄正与一位老人"谈判"。

"老爷爷，您要吃点东西，病才恢复得快哟。"小黄柔声劝着。

老人对小黄置之不理，微微睁了一下眼，又闭上眼睛。

邱胡杨在不远处仔细盯着老人直发愣，似曾相识，又不敢肯定，实在是太像郝江山的岳父了。

只见小黄继续耐心劝解道："老爷爷，您要坚强点，张嘴吃点东西哈。"

倔强的老人依旧纹丝未动，邱胡杨看着干着急，忙走到床前，按捺不住地问道："大爷，您是……您家是哪儿的？"

刘先河闻言一声不吭，邱胡杨有些不解地看向小黄，小黄无奈说道："老爷爷不知从哪得来的消息，说武汉的医疗设备不够用，拒绝治疗，还说他98岁，活不了多长时间了，要把药品和设备留给年轻人，都两天没吃饭了。"

邱胡杨听后一怔，一时间竟不知道该说什么。这脾气性格，心里的疑虑有了答案，这就是郝江山的岳父刘先河。

傍晚，邱胡杨结束了一天的工作。

交班后经过严格的脱衣程序及消杀清洁处理，这才走出病房。

邱胡杨一边想着病房里倔强的刘先河，一边掏出衣服兜里的手机，打开一看，屏幕里亮着的未接电话和未读信息有十几条，除了老孟和宝贝女儿外，还有郝局长。

邱胡杨正要拨通郝江山的电话，转念一想，找出了刘亦欣的号码，按下了拨号键。

几声忙音后，电话接通："亦欣，刘总队长现在武汉住院，你知道吗？"

电话里刘亦欣惊讶："啊，你怎么知道？"

"我刚才查房看到的，没想到这么巧。"邱胡杨回着。

"刚开始，说感冒了有点发烧，结果吃了药也没好，送到医院就确诊了，年纪又这么大，我这两天都快急疯了，我哥哥正在隔离，听说封城了，我也去不了，江山又那么忙，对不起，我一着急就语无伦次。"说着说着刘亦欣无助地哭了起来。

邱胡杨赶紧安慰道："别着急，有我在，你放心，我替你照顾好老爷子。"

刘亦欣听完，抹了抹眼泪，心里感激不已："胡杨，真是太感谢你了，之前我还……总之，真是太感谢了！"

这一通电话，让两人心中的芥蒂渐渐消除。

次日上午，邱胡杨例行查房。进入刘先河的病房，看见刘先河闭着眼睛躺着，氧气面罩散落在一旁，床头边的饭菜一动未动在那放着。

她轻轻叹了口气，走到床前，剥了一个橙子，掰成小瓣儿送到刘先河嘴边说道："首长，吃瓣橙子吧。"

刘先河依旧闭着眼，没有理会。

邱胡杨见状，放下橙子掏出手机，翻出那张准备好的老照片递到刘先河面前："首长，您看看这张照片。"

刘先河闻声眼睛眯了条缝，瞄了一下。

"你怎么有这张照片，你是谁？"刘先河猛地睁大双眼，声音虚弱地问。

邱胡杨得意地收回手机看着刘先河，卖了个关子："您吃完饭，我就告诉您。"

刘先河倔强地转过头："少来这套，我还不问了呢。"

邱胡杨见刘先河开了口，乘胜追击："老首长，我知道您不想给国家和儿女添麻烦。现在全国各地都在支援湖北和武汉，1000个床位的火神山医院10天就建起来了，医疗物资都是充足的，您是共和国的功臣，把您照顾好是我们的光荣，更是组织交给我们的任务，您不能看着我完不成任务吧？"

刘先河迟疑了一下，想说些什么，可又憋了回去。

邱胡杨绕过病床，走到刘先河面前大声说道："老首长，您走过雪山草地，打跑了日本鬼子，打败了蒋家王朝，剿过匪打过火，您这辈子是真够辉煌的。"

说罢，又有些委屈地说："哪像我，当个医生却只能给病人打个针、包扎个伤口，唉，真没劲！"言辞间尽透着不满。

这话一出，立即激起刘先河的反对，他猛地起身半坐，教诲起来："你这同志有这种思想我得批评你，打针怎么了？革命战士在哪里都是作贡献，在战场上火场上要是没有医护人员，那伤亡得大好几倍呢！"

一看这招数奏效，邱胡杨难掩上扬的嘴角，立即安抚有些激动的刘先河："老前辈您批评得对，我要提高思想认识。"

她一边说着，一边在刘先河的腰后垫上了一个枕头："实话跟您说吧，之前我一直在黑龙江森警当兵，和刘亦欣是好朋友，也是郝局长的战友。您当总队长的时候经常给我们讲打仗的故事，战争年代枪林弹雨都没把您打倒，您宁愿让这小小的肺炎打倒？几百场凶猛的山火都扑灭了，还消灭不了区区病毒？您常教导我们：死也要死在冲锋的路上！现在您是怎么了？您就不能再打一次冲锋，把新冠这个小山头攻下吗？组织给您的任务就是早日康复，依我看啊，这次您是要投降了！"

听到这里，刘先河瞪大了双眼反驳道："投降？我刘先河干了一辈子革命，就是死也要死在冲锋的路上！"说完，刘先河抢过邱胡杨手中的橙子，一把塞进嘴里，用力嚼着。

邱胡杨见刘先河吃了东西，欣慰地笑了笑，随即递上了床头柜上一口没动的饭菜。刘先河接过饭菜盯着邱胡杨："你放心，我从今天起，一定端正态度，好好吃饭，配合治疗，你说得对，那么多恶仗我都活过来了，还能被肺炎吓死？80年的党龄都不答应！"看着信心满满的刘先河，邱胡杨竖起了大拇指。

<h2 style="text-align:center">4</h2>

黑夜沉沉，抗击疫情的斗争持续地进行着。灯火通明的医院似波涛汹涌大海中的灯塔，充满了希望。医护人员依旧有条不紊地忙碌着，各种仪器设备发出的声音清晰可辨，各类指示灯不停地闪烁，在这里与生命的赛跑时刻进行着。

夜晚的重症监护室，到处都是邱胡杨忙碌的身影，无论是给患者做检查护理，吸痰清除气道分泌物，还是给患者喂饭，邱胡杨都有着异乎常人的认真和耐心。

凌晨4点35分，她带着护士巡查至一个老大娘病床边，大娘身上有伤疮，为避免压疮，减少感染的可能性，她们得帮助老大娘翻身。老大娘有些胖，穿着防护服本就有些行动不便的她们，用尽力气提起垫被，把一个枕头塞在大娘的背下。

"嘀嘀嘀"响着的监护仪上，老大娘的血氧饱和度从99%下降至95%，而后又回到了99%。

翻身结束后，邱胡杨弯下腰凑近看着老大娘问："大娘，坚持一下好不好？听到没有……大娘，听到没有？"

老大娘迷迷糊糊地回应着："好……听到了。"

听到大娘的回应，邱胡杨才放心，又嘱咐着："记得睡觉，现在睡觉是您的主要任务。"

巡查完，已是深夜，邱胡杨来到刘先河的病房，悄悄地打开房门，看见了熟睡的刘先河。

听着老人平稳的呼吸声，邱胡杨蹑手蹑脚地在他床头放下一盒牛奶，悄然无声地离开病房。

终于在邱胡杨等医护人员的悉心照料下，刘先河等四位患者康复了。

出院这天，医院和医疗队为他们举行了简单而庄重的送行仪式。

站在医院门口，刘先河双手颤抖地抱着医护人员送的鲜花，激动地感叹道："感谢大家！感谢所有医护人员！感谢我们的国家！感谢我们的党！战争年代，我们曾经用生命保护着祖国；和平年代，你们用生命守护着人民，我们的国家后继有人啊！"

听着这席话，邱胡杨说不出再见，转过头来眼眶里已噙满了泪水。疫情无情人有情，大爱和希望比病毒蔓延得更快。她始终坚信：没有一个冬天不可逾越，没有一个春天不会来临，春暖花开的季节不会遥远！

当晚，郝江山下班回到家，走到家门口，掏出钥匙开门。

正在书桌前写着《澳大利亚山火给我们的启示》的刘亦欣，听见钥匙开门的响动，转头看向门口。

郝江山进门，换好拖鞋转身抬头，看到刘亦欣正坐在书桌前，便笑着问："这是在学习提升思想境界呢？"

说完走向刘亦欣，余光扫过客厅，发觉墙上多了一幅画，扭头一看，正是孟佳航画的那幅《树深时见鹿》，不由得一愣。

刘亦欣见状笑着说道："咱爸这次，多亏有邱胡杨，你说怎么感谢她呢？现在又不能聚餐。"

郝江山闻言，瞬间明白了她俩是消除了隔阂，笑着说道："是得好好谢谢，以后有的是机会。"

刘亦欣点点头："对了，老周有个小叔子，你猜是谁？"

郝江山想了想，摇了摇头："这个，我怎么能猜得到？"

刘亦欣朱唇一弯："就是你们队里那个最帅的小伙。"

"钟心？"

"对，就是他！"

郝江山疑惑道："那老周为什么一直没有提这事？"

刘亦欣柳眉微挑："还不是怕给你添麻烦嘛，再说也没什么事，小伙子的工作一直不错。"

郝江山点点头："能去奇乾中队，素质能力得相当过硬，有一年我到奇乾中队检查，看到钟心的手都冻伤了，他的妻子一个人常年在家照顾双方老人和孩子，我真想把他调回四川老家，可你想啊，当时是部队，我不能开这个口子啊。"

刘亦欣一边听着，一边倒了杯水递给郝江山，又说："她跟我说钟心在第三批团圆计划内，报上去之后，又不想回老家了，现在很犹豫。"

郝江山接过水杯，喝了口水不由得感叹："奇乾是个好地方，外面的人不愿意来，里面的人不愿意走，贺松涛到现在还一直念叨奇乾呢。以后我们森林消防员招录就在本地，不会再有两地分居了，政策保障越来越好，阿什库和敖兰的小儿子大学毕业参加了第二批森林消防员招录，考核面试都通过了。"

刘亦欣睁圆了眼睛开心地说："真的啊！那阿什库和敖兰可以腾出手来发展'森林村庄'了，疫情前场面就很火爆，疫情后肯定会有更大机遇。"

郝江山点了点头："生态优先，绿色发展，绿水青山积蓄的能量，释放了绿色发展的生态红利，现在国家对生态旅游很支持，具有很大的发展潜力，上次和我们一起吃饭的沙晨，已建了 20 多处森林康养基地，有几个甚至成了生态旅游典型，还有艾一木的生态农业，效益都非常可观。"

<h2 style="text-align:center">5</h2>

春季的内陆草原，疾风袭劲草，内蒙古阿木珠苏林场管护站内，一名管护工正在林草结合部倾倒炉渣。

炉渣明火已灭，却不断闪着火星。一阵风吹来一缕干草，干草触到炉渣慢慢被引燃。忽然狂风骤起，一道火光闪过，火借风势，风助火燃，烈火犹如脱缰的野马越过草甸，冲进了森林。

此时，森林消防局的指挥中心，灭火救援指挥部副部长徐玉麟向正在视频调度的郝江山汇报："局长，根据火险预警监测系统、天气变化和地面监测站采集的植物含水量以及森林消防大数据分析，大兴安岭北部的原始林区近期很有可能发生高危火险天气。"

郝江山看着屏幕问道："有没有具体坐标？"

徐玉麟指着不断放大的屏幕地图："具体位置在内蒙古毕拉河林业局北大河林场一带。"

郝江山皱了一下眉头，那里是出了名的"火窝子"，每年都能搞点动静出来。北大河林场位于大兴安岭的东南麓，是针叶林和阔叶林的过渡地带。1972 年 5 月毕拉河着火，扑打了 16 天；1975 年 3 月，毕拉河林区的扎文河因无业人员烧荒跑火，山火发现时已经覆盖一百平方公里，先后三次复燃，直到第二年青草已经长成，树也放了叶，火才彻底扑灭，从起火到扑灭用了 72 天。2007 年，附近林场发生的森林火灾也不小，按照森林火灾每 10 年、15 年一个轮回的规律，这一带林间的枯草落叶等蓄积物，已经达到了临界值。

郝江山思索了一下："拟电，将指挥重心和保障资源向毕拉河方向倾斜，命令内蒙古、黑龙江总队和直升机支队进入一级战备状态，全时监测，并将监测数据向应急管理、林草和相关部门通报和共享。"

话音刚落，只见作战训练处彭斐翔处长急忙赶来汇报："局长、政委，3 分钟前，内蒙古毕拉河林业局北大河林场因人为用火不当引发森林火灾。"

郝江山皱眉问道："火场现在什么情况？"

彭处长迅速报告："火场北线最先出现火情，目前火势最大，火线长度 30 余公里；南线大火呈多点分布、连续燃烧态势，火灾强度逐渐升级，受大风天气影响，火场迅速蔓延扩大，如不及时扑救，火场将面临失控危险。"

郝江山查看地图后，切换内蒙古总队前指视频："宋总队长，命令你们总队就近队伍疾速精装进入火场，先期控制，打开突破口后，在火场南北两线同时展开作战，遏制火势蔓延扩大。"

屏幕上宋新刚的声音传来："明白，请局长、政委放心，内蒙古大兴安岭支队毕拉河大队 100 人，将在 40 分钟后到达火场，将沿火线左翼向东北方向扑打，全力遏制火势蔓延。同时 11 个大队、22 个中队、1182 名兵力，正从执勤点和驻地分头向火场机动集结。"

徐玉麟将一份 1987 年 "5·6" 大火气候条件的报告送到郝江山和政委面前。

郝江山细看后若有所思，今年的气候条件和 1987 年 "5·6" 时的气候很相似，这点兵力防不住。前期，应急管理部、气象局、林草局对春防中长期气候预测的结论也是正确的，持续高温干旱、大风天气都成了火场面积迅速扩大的催化剂。

接到命令的黑龙江总队孙大龙总队长命令队伍按照跨省增援方案，立即向大兴安岭航站迅速集结。多方队伍犹如利剑出鞘，多点向心增援毕拉河。

一辆装甲车开进 M-26 飞机腹中，一队队指战员携带装备紧急登机。

毕拉河大队 100 名指战员穿过灌木丛生的沟塘地带，行过摇摇晃晃的独木桥，攀越荆棘遍布的陡坡，在第一时间到达火情最严峻、火势最大的火场北线。

火线一眼望不到边，火势异常凶猛，狂风卷起两米多高的火头，人根本无法靠近。一棵棵高大的绿树变成了巨大的伞形火炬，熊熊烈火烧红了天空，烧红了大地，连同整座山都在呻吟、颤抖。

早已预热脱水的干草，烈火未到便瞬间爆燃。离火线不远的山坡上，有一棵不高的松树，随风大幅度摆动了几下，还没有直起身来，便跟着风飞走了。现场指挥员命令："集中所有灭火弹一齐投向火头。"

灭火弹连串炸响过后，火势稍微减弱。

指挥员再次下令："各梯队间隔100米排开，趁势突破，沿火线强力推进。"

山坡陡峭，风向不定，站杆倒木成堆连片，给攻坚任务带来了极大的危险和挑战。

指战员们迎着火头，前进！前进！再前进！追着火头扑打的指战员，像脚踏风火轮一样，总是和火头保持着同样的距离。

一排风力灭火机不停地吹向火头，二号工具上下翻飞、左右腾挪。冲进冲出的身影和灰烬中溅起的火星，夹杂着跃动的火光映照在山谷中，枝叶、炭火燃烧的噼啪声混合着机具的轰鸣声响彻林间。高温烈焰炙烤着指战员的脸颊，滚滚浓烟刺痛着咽喉，指战员们用浸湿的毛巾捂住口鼻，采取集群攻坚、多机协同的战术，硬是将火头强压了下去。

达尔滨湖国家森林公园的联指帐篷内，内蒙古林草局长呼斯乐走到毕拉河林业局防火指挥图前，向应急管理部汇报火情：

"目前火场风力7-8级，阵风达9级，受大风和高温影响，火势蔓延迅速，现在过火面积已达8000余公顷，形势不容乐观，给扑救工作带来了极大困难，

这次大火发生的气候、时间、地域等条件，跟32年前很相似，综合分析，这将是一次不亚于'5·6'的重特大森林火灾。"

应急管理部邹副部长听后指出："中央领导同志先后作出重要批示，要求全力以赴组织扑救，尽快控制火势蔓延。目前，我们已经启动了森林火灾应急一级响应，国家森防指工作组正在紧急赶赴毕拉河指导森林火灾扑救工作。"

内蒙古自治区领导有些焦急："大火如不有效控制，即将危及毕拉河林区10万群众生命财产安全，情况十分严峻，同时林区拥有珍稀野生动植物上千种，蕴藏着巨大的生态、经济和科研价值，且大兴安岭杜鹃节举办在即，前期已经投资了上亿元，若火情不灭，损失极大。"

郝江山闻言表态："请各位领导放心，有我们森林消防队伍在，87年'5·6'大火的悲剧不会重演。作为主战力量，还是老规矩，我们负责打火头、攻险段，保护重要目标。我们已命令黑龙江、吉林两个总队按预案实施跨区增援，四川、云南总队、机动支队已进入一级战备，做好空运增援准备。"

内蒙古应急厅焦厅长松了一口气："森林消防主动请战扑最难打的火头，我

们心里就有底了，林场专业扑火队和半专业队协同跟进，负责清理看守。保障上不用担心，前方需要什么，我们就保障什么。"

郝江山温言抚慰："我们森林消防局基指，已协调各方资源储备了 4000 人 7 日量给养，有后勤应急保障队伴随保障，暂时不用地方保障。"

内蒙古消防救援总队负责人随后说道："我们消防救援队伍最大限度抽调了 300 人，大容量消防车已部署在村屯和交通便利的林缘地带，配合作战确保村庄安全。"

武警总队负责人也积极配合："我们扑火专业工具太少，可以配属森林消防做好火场清理和看守工作。"

通信部门及时汇报："移动、联通、电信 3 家公司派出 6 辆应急通信保障车已到达联指和信号盲区地域，随时保障信息通联。"

气象部门及时跟进："气象部门会充分发挥监测、预测、人工干预等技术优势，已紧急调用 3 部便携式移动气象站、9 辆人工增雨作业车，加强应急服务监测，及时提供气象要素信息。"

指挥部署工作按部就班进行着，突然彭斐翔慌忙报告："内蒙古自治区副主席、防火办主任等 6 名同志在指挥灭火作战时，被不同程度灼伤，暂无生命危险，这是伤员名单和受伤情况。"

应急管理部邹副部长接过名单，扭头看向值班干部，忙问："伤员在哪里啊？"彭斐翔回答："邱胡杨带应急救援医疗组配合地方医护人员及时将伤员后送医院，正在行进途中。"

"卫生部门立即协调最好的烧伤专家进行抢救治疗。"

"是！马上落实。"卫生部门负责人立即起身安排。

应急管理部邹副部长转回头，继续指挥道："鉴于林火发展态势，联指决心'打北、阻西、封东、控南'，森林消防队伍主要负责火场北线明火和火头阻击任务，半专业队负责跟进清理，南线火场由森林消防和地方专业扑火队共同扑打，群众负责看守清理火场，并搞好各项保障。这次扑火，我们已划定区域坐标，明确分工。扑火行动中，各单位要加强合作，争取实现灭火效益最大化……"

联指会议结束后，郝江山与联指部分成员乘机飞至毕拉河火场上空进行空中侦察。从飞机上看，火大得无法形容，野猪被烧得成群结队顺着火线狂奔，火柱高达五、六米，如一面城墙，火线就像海浪一样奔涌向前，呼啸声几里地以外都听得清清楚楚。

受热辐射和热对流影响，火头发展前方未着火的树木，迅速干枯萎缩，火头还没到来，就已经达到燃点，"轰"的一声自燃了。

"快看，飞火！"一名指挥员喊道。指挥组成员见此场景，表情骤然紧张。火头后面是追着扑打的指战员们。

冲在最前面的王火生一脸烟熏妆，声音嘶哑："咱们现在分为6个攻坚小组交替扑打。"

一个小组扑打时，另一个小组利用风力灭火机给灭火队员降温，但只能坚持几分钟时间就得撤下来，另一小组再顽强地冲上去，一批撤下来，又一批顶上去，橘红色的扑火服与大火搅在一起殊死较量，根本分不清哪是火哪是人。教导员一把拉住王火生大声喊道："王队，不行我们避一避吧！火太大了，这样容易出问题啊！"

王火生打红了眼，大声喊道："你观察好火势和风向，确保人员安全，我们坚决不能停，我向支队前指立军令状了，这段火头必须拿下。"

火光滔天，满目烈焰。指战员们就像是一只只橘红色的扑火飞蛾，义无反顾。郝江山心想，看上去像是飞蛾扑火，实则是逆火而行的感人壮举。

6

森林消防局指挥中心利用兵要地志数据库系统收集火情，将掌握的火场地要、天气和火灾发生情况及时汇总到前指。紧急作战会议上，大屏幕实时传送队伍开进和灭火作战画面。郝江山空中侦察后，马不停蹄地回到综合通信指挥车内参加作战会议。

祝国安在会议上及时部署："根据一线传送的火场侦察、地理坐标和林火强度等情况，结合卫星实时监测，可对56个作战单元和3000余名兵力实施精准指挥，各单位在行动中要判明火情、科学决策，集中用兵、靠前指挥，积极扑救、确保安全，坚决实现联指决心意图。"

随后，郝江山盯着显示屏幕上各参战单位指挥员的视频头像部署着："刚才，政委传达了决心意图，形成了决心要点，全体参战队伍要抓住最佳时机、选择最佳地段、运用最佳手段全力扑救。还有，这次发生的地方人员灼伤事件，我们一定要吸取教训，必须把指战员的生命安全放在首位，坚决杜绝发生群死群伤问题。"

火势依旧迅猛，达尔滨湖国家森林公园附近的公路浓烟弥漫，孙大龙总队长带领黑龙江总队的增援车队在公路上飞奔疾驰。车内指战员们个个眉头紧锁，目光紧盯猛火张狂撒野的地方。

指挥车内，郝江山紧盯大屏幕："你们看黑龙江总队的车队编队有什么奥秘？"

彭斐翔看了看屏幕，分析起来："先遣组距离本部车队 5 公里先行，提前侦察火情，发布预警信息，辎重和载水车辆编入车队前卫，既利于车队快速脱险和自救，也便于重型装备和灭火分队同步展开。后续每辆运兵车后紧跟着一辆装备车，便于遇有情况，指战员第一时间携装处置，也便于到位后快速展开，各车间距都在 30~55 米，便于在林区狭窄道路进行调头。"

话音落完，郝江山赞许道："姜还是老的辣！任务重的单位确实有底蕴、有内涵，战斗经验丰富，他们还是有一套的。"

火场前线，赤色火焰烘起的浓烟仿佛地狱邪魔，傲视着身下的草场大地，烧燃干枝的炸裂声令闻者胆战心惊。此时，关智强也带领大兴安岭支队摩托化增援，不时发布着命令。指挥车内，郝江山紧盯实时画面。车队在浓烟中穿行，能见度较低，郝江山说道："切 5G 无人机画面。"

话音刚落，4 架无人机在驾驶员娴熟地操作下，飞至火场上空实施侦测，屏幕上传来无人机实时清晰的视频画面，地面动静目标和大小参数等信息一览无余。

突然，一条火线正向车辆驰援的公路上奔来，郝江山紧张地看着清晰的画面和火情侦测数据急忙道："快，查一下当前火场风力情况。"

电脑前的彭斐翔处长立即汇报："现场风力 6 级。"

郝江山迅速向增援车队喊话道："关智强，你部左侧有一条 50 多米长的火线正向公路袭来，立即组织避险，一定要确保指战员的绝对安全。"

"明白！"收到指令的关智强立即下车观察火情，冷静分析判断。

屏幕上，这条猖狂的火线凶猛横行，黄绿色的草甸被飞速吞噬，黑色灰烬在大地上肆虐蔓延，场面触目惊心。远在北京作战指挥中心基指坐镇的祝国安及全体干部都紧张地站了起来，紧紧盯着屏幕。

短暂观测后，关智强果断下达命令："车辆加速行进，穿越火线！"

车队急速前进，进入火烧迹地后队员们迅速下车，浓烟之中关智强命令道："党员突击队行动要快，抓紧在后侧点顺风火扩大避险区域，消防士和骨干在前、干部在后，将新队员包围在避险地域核心区。"得令后，所有指战员面无惧色，犹如修罗战神！

火场浓烟笼罩，冲进去的消防指战员仿佛消失了一般。

郝江山、祝国安和所有人都屏住呼吸，一眼不眨地紧盯着显示屏。

1秒、2秒、3秒……郝江山脸上流下了一行冷汗。突然屏幕里传来了几声咳嗽，郝江山重重地吐了一口气，悬着的心这才放下来。

火场浓烟散尽，渐渐显露出围在一起的指战员。

关智强起身清点人员和装备，一个都不少！对着对讲机喊着："报告前指，我部已成功脱险。"

郝江山点点头，深吸一口气命令："继续前进！"

大家像吃了定心丸一样，顿时作战指挥中心响起了热烈的掌声。

7

火场北线，几队指战员携带装备穿林涉水爬坡，穿越沙土路，正向火场挺进，林区腹地无路可寻，一人多高的灌木丛遍布山间，大家背着30多公斤的机具和给养，手脚并用四肢着地，攀爬在坡度近乎直角的山上。武小林边爬边喘着粗气，盯着前路说："世界上最远的距离，就是从驻地到火场。"

郝江山盯着队伍携带北斗开进的画面，轻皱眉头："开进速度还是太慢了。""这里的林区公路网密度极低，仅有1.4米/公顷，车上不去，深山老林中，普通人轻装每小时只能走一公里左右，指战员需要携带各种装备，林中穿行更为辛苦。"宋新刚有些无奈地解释。

呼斯乐听完点点头："林区道路多数都是自筹资金来修，'天保工程'实施以来，林区收入锐减，筹资困难。如今'挂斧停锯'，全面停止商业性采伐，更是心有余力不足。林区多年来的财政吃紧状况，使林管局无力修建更多公路，即使争取到了项目，配套资金也难以承担，还有在这种高寒林区修路，成本远高于内陆平原地区。"

"一旦错过初发火阶段，火势蔓延开，扑救难度就太大了。这场火灾使大兴安岭北部原始林区几十年来的历史欠账彻底显露出来了。"郝江山说完顿了顿，又问道："林区水系数据有没有？"

宋新刚找来系统数据："林区水系数据是月初更新的，我亲自带人利用一周时间进行战场勘察，对防区内地形、植被、水系和力量部署做到了心中有数，完善了应对措施。"

郝江山看着翔实的数据，向他投来赞许的目光："我们每个单位都应该树立强烈的忧患意识，把管护区的重大风险盯住、研究透，把准备工作抓牢抓细抓实，这样才能牢牢把握主动权，有备无患。"说完，郝江山转向地图，仔细地看着，沉思了一会说道，"彭处长拟电。"

> 命令：直升机支队在北线采取直升机编队吊桶洒水；
>
> 内蒙古总队1000名指战员乘直升机多点投入火场，配合地面队伍控制火势、阻击火头，在火线中段将火魔拦腰斩断；
>
> 吉林总队白山支队180人，依托林区水源，利用水泵和水罐车、远程输水管线压制火势并开展火场清理；
>
> 黑龙江总队大兴安岭地区支队特种大队在距离起火点10公里处，用5辆森林灭火装甲车打开突破口，依托装甲车快速穿过河流、沼泽、塔头和林疏地，在火场两翼对火魔实施有效夹击……

命令下达后，直升机支队编队从河内取水后洒水灭火，近千名"尖兵"从天而降，履带式装甲车连续喷射高压水柱降低火势，全道路运兵车紧随其后，运用高压水枪向火线射水。给水车、消防车、蓄水池等设备设施，将水远程输送一线压制火势；细水雾灭火器喷出覆盖10多平方米的水雾，持续为火场降温；灭火弹炸响，化学药剂将火线彻底覆盖，铁桶般的火线被打开缺口。

8

飞机轰鸣声、装甲车声、烈火燃烧声、机具声和灭火队员喊叫声，汇织成一曲宏大的交响战歌。

扑救行动有序进行着，然而恶劣的自然条件使火险由"点"成"面"，考验不断升级，火场西南线爆发新燃点。

联指帐篷内，应急管理部邹副部长问："现在火场西南线爆发新燃点，如不及时扑灭，将会危及周围几万人生命财产安全，形势不容乐观，火场面积过大，现在兵力不足，无法实现全线合围，扑灭的火线也没人看守，呼局长，你们地方扑火队还能上多少人？"

呼斯乐面露难色："我们的扑火队已经全上去了。"

内蒙古应急管理焦厅长看向邹副部长："国有林区停止商业性采伐后，林区专业扑火力量在不断削弱，职工老龄化问题突出，大多数扑火队的装备也相对落后，只能看守和清理火场。"

呼斯乐忧心忡忡："现在我们林区面临的情况是，'后继有林、后继无人'，扑火队员拿着比发达地区低很多的工资，也没有额外补贴，过去林区还有自己的技工学校，现在后备人才招募也成了难题。"

应急管理部邹副部长思索片刻问："郝局长，你们还能不能再抽调兵力上来？"郝江山边思考边回道："我们内蒙古总队已经最大限度地抽调了 3690 人，黑龙江和吉林两个总队剩余的兵力都布守在重点火险区，按照'走留两保、两线兼顾'的用兵原则，这些兵力不能再动。最好的办法是利用民航从四川、云南总队和机动支队空运 2600 人过来。"

应急管理部邹副部长望着不断发展的火势，迅速定下决心："行，我向部里汇报，协调有关部门抓紧调兵！"

郝江山闻言，立刻进行视频调度："四川、云南总队和机动支队按预案火速空运增援毕拉河火场！"

接到指令，云南四川总队和机动支队迅速集结。

西昌大队，站在集结队列前的大队长杨嘟嘟没有发表豪言壮语，而是仔细地整理了每名队员的着装，正了正衣领腰带。从杨嘟嘟的眼神里，指战员们读懂了一句话：新的西昌大队战斗生命从此就开始了，此战能否打好，将决定大队的命运，并且在一定程度上影响着这支队伍的战斗精神和未来发展。

满载指战员和装备的一架架飞机迅速从成都、昆明和北京机场起飞。

"921，921，我是 901，你部务于 10 时 30 分前与友邻毕拉河大队合围。"

"921，明白！"

火场前线，手持对讲机对讲此起彼伏，正在组织扑火的王火生听到后，迅速用头盔对讲传达命令："我们距离坐标点的直线距离 3 公里，10 时 30 分前，必须拿下！同志们，盘它！"

这短短的 3 公里正是火头最凶、火势最猛的地段。林内密密麻麻的落叶松就像浇了汽油似的沾火就着。三四米高的火墙横在山腰，火苗直往身上扑。

一阵大风吹过，刚刚在风力灭火机强攻压制下还十分温顺的火魔，又张开血盆大口向灭火队员吞噬过来。四五米高的火头裹挟着浓烟，瞬间就把太阳遮蔽起来，白昼瞬间被湮没在黑暗中。

火头前方，王火生高喊着："干部骨干带头，新老结对互助，推进追打火头。"

话音刚落，忽然风向突变，瞬时风力超过 8 级。武小林看见一人多高的火浪裹着火头向前跳跃，火线如蛇般在林内快速游走，队员们的处境十分危险。

王火生冷静命令："各梯队迅速收拢人员，班长骨干在队伍外围，新兵在内圈，用湿毛巾捂住口鼻，钱继森你在后、我在前，找到火线薄弱点，穿越火线实施紧急避险。"

热浪袭来，浓烟翻滚，武小林被呛得喘不过气来。王火生和钱继森在两端时刻观察着。

火势愈发强烈，王火生瞅准时机吼道："大家跟我冲！"

看着最后一个冲出火圈的钱继森，王火生环视大家："各梯队检查人员装备，看有没有受伤的？"

"没有！没有！……"

王火生听后声如雷霆："能不能继续战斗？"

"能！"武小林扯着沙哑的嗓子声嘶力竭地吼道，"我们大队没有一个孬种！"

指战员们继续扑打，斯蒂尔灭火机吹起的腐枝败叶和浓烟弥漫开来。

钱继森和武小林用湿毛巾捂住口鼻冲在最前面。

然而一波未平一波又起，一股强风带起树冠上的一团火球，飞速砸向了身后的草塘，瞬间便引燃了附近的所有可燃物。前方已经扑灭的火线也借风势而起，形成了立体燃烧态势，一道火星四溅的火瀑布拦在面前，队员们腹背受敌，情况十分危急。

王火生迅速召集骨干："我们现在要采取'顺风点烧、突破火线、乘势追击'的战法。"

钱继森转念一问："大队长，这个战法虽然很奏效，但危险也大，如果不成功，岂不是引火自焚？"

王火生狠了狠心："已经没有更好办法了，钱继森，你拿着点火器，在后方火线 20 米处，洒一条 15 米长的油线，在一头顺势点燃。水枪手将剩余的水全部浇在身上！"说罢背起风力灭火机带头冲向火线。

指战员们压着火线打，推着火浪移，20 米、15 米、10 米，后面的烈火步步紧逼，炙热的火浪烤得后背阵阵刺痛，所有人都咬牙坚持着，丝毫不退却。

10 米、15 米、20 米，指战员们依次进入火烧迹地，身后的两条火线"轰"的一声迎头撞在一起，火墙不攻自破！

又一次化险为夷，指战员们击掌庆祝，刘副班长喘了几口气，有些后怕地说："又捡了一条命。"

钱继森也摸了摸脸上的冷汗："这得感谢大队长的这个名字。"

武小林喘着气笑着说："火里生火里长，火头火里活到九十九。"

钱继森跟着笑道："好了，大伙都别磨叽了，现在火势小了，咱们乘胜追击，10 时 30 分前一定能拿下！"

指挥员们带着浓厚的烟熏嗓音，呼喊着指挥消防员们冲向火线。

林间盛开着成片成片的达子香，指战员们无暇欣赏它的美丽。

火场上，站杆林立，倒木纵横，举步维艰，一丛丛灌木不时抽打着指战员们的脸。

助运工具派不上用场，指战员们就用手搬、用肩扛。眉毛、头发烤焦了，手上、脸上也烫出了水泡，有的指战员嘴唇裂开了口子，鲜血来不及擦掉就在唇边凝结成血痂。

武小林双手磨出成串的大血泡，一边挖隔离带，一边疼得流眼泪。

钱继森疼得实在忍不住了，咧着嘴咬着牙，脱掉防火鞋，袜子和肉粘到了一起，费了好大的劲才脱掉，一双惨白而又血肉模糊的脚，水泡早已磨破流血。

武小林看到后眼眶一红，掏出手机将这一幕拍了下来。

钱继森吸着气看向武小林："不好好休息一下，拍啥拍？"

武小林心疼地看着钱继森，沉声说道："在这样一片原始森林里，我们英勇的战斗，别说喝彩的掌声，连个观众也没有，我要用快门定格战友们赴汤蹈火、出生入死的瞬间，等有信号了发到微信、微博，好好让大家关注关注。"

钱继森听完摆摆手："我的脚就不要发了，我自己看着都恶心。"

9

南线火场，烈火势头强劲。退休后的于连合得知火情主动请缨参战，他驾驶着装甲车紧咬火线，穷追不舍，按压着火头猛打。驾驶室内高温炙烤、浓烟刺鼻，于连合咬紧牙关挺着，眼睛丝毫不离火线，最终成功灭掉了 5 公里长的火线，堵截住了快速蔓延的火头。

前指指挥车内，郝江山看着屏幕竖起大拇指："老于，宝刀不老哇，火头被堵住了，灭掉的火线少说也有 5 公里。"

于连合嘿嘿一笑："老于在，没意外。"

话音刚落，指挥屏幕上显示一段视频："我是直升机支队特勤大队一中队一班班长钱继森，在我西北约 600 米，有一高强度树冠火，风向东南、风速约 6 米每秒，建议前线指挥部机降 50 名突击队员，并增派直升机洒水灭火！"

郝江山听后指示道："切现场实时画面。"

助理员迅速调出了卫星实时火场画面。

郝江山边看边下命令："黑龙江总队特种救援大队 50 名突击队员，携带常规机具，火速机降至火场并增派直升机洒水灭火和灭火剂灭火。"

特种救援大队 50 名队员携带装具迅速登机，两架直升机迅速升空。

地面，钱继森手持北斗定位终端，引导直升机吊桶洒水灭火。

余飞扬等驾驶直升机喷洒出一片片红色的灭火剂，林内立刻形成了一堵堵防火墙。

前线指战员奋战不休，后方林区人民准备好饭菜和给养装车备运。山猫全地形车携带给养在 60° 斜坡前一跃而过，快速翻山过河将给养输送到前线，地方猛士全地形车向前线运送给养和物资油料，飞机空投给养物资。

深夜里，南线火场上空浓烟翻滚，天空被火光映得通红。增援队被一条 20 米宽的河流拦住了，河水随山势而下奔涌湍急，河面上飘着一层碎冰，不知道水有多深，600 余名指战员无法直接渡河。

一边是增援战友焦急的眼神，一边是火场上空遮天蔽日的浓烟。

关智强生气地问道："你怎么侦察的线路？"

负责勘察路线的干部窘迫地回答："支队长，春季冰雪开化，没想到这条河河面有这么宽。"

关智强转身问于连合道："老于，装甲车能过去吗？"

"太深了可能不行，我下去试试。"于连合说着脱下衣服递给徒弟杨雪峰。

杨雪峰心疼地说："师傅，您都这么大年纪了，再说，您都退休了，还是我下去吧。"

关智强也颇为担心："是啊，这水上面还飘着冰碴，刚跑了一身汗，水凉容易拔坏身子的，你别逞强了。"

于连合脱掉了裤子递给身边的队友："试了才能开过去，要不心里没底，这么多人都在这等着，再晚一会儿火就烧过去了。"

知道拗不过于连合，杨雪峰也脱了衣服裤子，和于连合一起手拉着手下了河。

天寒地冻，两人一步步试探着踏入冰冷刺骨的河水中，齐腰深的刺骨冰水，像刀子一样割在身上，每迈出一步都牵动着岸上几百名队友的心。

忽然于连合右脚踩中一块大石头，脚下一滑使得于连合瞬间失去重心向后仰去。杨雪峰眼疾手快，一把扶住于连合。

站稳后，两人头皮一紧，心有余悸。

回到岸上，关智强赶忙将衣服给于连合和杨雪峰，说道："辛苦了！"于连合摆了摆手，牙齿打颤："河中央最深处水深约 1 米 2，装甲车可以过河！"

随后，关智强下达命令："大家拿好机具排好队，三人一组手牵手，不会水的在中间，蹚过去！"不等他说完，早有队员跳入水中。

"蹚吧！就当洗个凉水澡了！"

指战员们在齐腰深的河水中移动，初春时节，冰凉彻骨的河水把指战员们冻得牙齿咯咯噔噔作响，浑身发麻直打哆嗦。

关智强等老同志由于常年外出扑火，早就有了风湿、关节炎等病，河水一浸，疼痛钻心。疼得实在受不了，便大声叫喊着，一步步向对岸靠近。

天边渐渐泛出鱼肚白，一部分队员渡河后开始整理装备向火场进发。

装甲车车身过重，多次往返把河床压出了一个大坑，再次渡河时，装甲车在河中心迅速下陷，杨雪峰满头大汗："师傅，河床可能压出坑来了，我的车正在下陷。"

于连合在驾驶室内探出头："不要慌，你现在握紧操纵杆，调整方向，加大马力，逆着水流斜向上 45° 开。"

杨雪峰擦了擦汗加大马力，按照于连合教的方法，成功冲出了危险区域。

10

自从进入火场，王火生既当指挥员又当战斗员，奋战了一天一夜的他，熬红了眼睛，烤裂了嘴唇。双脚早就磨出了血泡，疼得实在忍不住了，就随地坐下脱掉防火靴，从单兵急救药包里掏出根针在火上烤一下，将脚上的一片大泡挑开，嘴上仍不忘哑着嗓子指挥着。

随行采访的中央电视台记者采访到王火生："王队长，听说你们不眠不休，已经奋战了一天一夜了，不累吗？"

王火生有节奏而响亮地回道："我们不眠不休透支的是体力，而林草透支的是生命、是未来，我们恢复只需要睡一觉，而过火的林地恢复，需要几十年甚至上百年，算一算这个兑换比例也合算。"

记者看了看王火生的脚抬头问："消防员们的脚都是这样的吗？"

王火生有些腼腆地说："我的还不是最严重的，大家的脚基本上都是这样。"

记者看到指战员们一双双几乎溃烂的脚和满是血泡的双手，眼泪止不住流了出来。

看着他们一张张乐观而又坚韧的笑脸，记者们纷纷竖起了大拇指："流血流汗不流泪，掉皮掉肉不掉队，这就是中国森林消防指战员的血性和担当！"

前指车内，彭处长不停地接打电话，并在笔记本上快速地记录，通信助理将抄收的报文及时传递给作训助理员，随时更新火场兵力和装备投入等情况。

前指大屏上显示着所有参战队伍一线灭火画面。

北斗指挥机屏幕上闪烁着队伍实时地理位置，蓝色的小圆点艰难地做着向心运动，尽管移动很慢，每移动一下都凝聚着一线指战员的艰辛努力。

一组画面显示：多架无人机携带着灭火弹向火场飞去，数名通信人员娴熟地操作着手中的摇杆。

无人机飞至火头上方，迅速丢下灭火弹，空中像下了一场弹雨，数十枚灭火弹向火头投去，顿时发出连环爆炸声。

多辆 XD-1 履带式装甲车从火翼两侧实施以水灭火，清理组跟进清理，很快就将明火扑灭。

郝江山指着屏幕对车内指战员说道："大家看，大兴安岭的老关将无人机运用得就很好，战术使用的可操作性很高。灭火弹是个管用的东西，单靠手投，有很大的局限性和危险性，若是投不到紧要的地方，作用也发挥不出来，打火还是得琢磨啊。"

而此时，千里之外的郝胜茂家中，正哭声一片，悲氛难掩。

刘亦欣、贺松涛、郝明月及贺松涛父母等众乡亲都围在郝胜茂床前，有的眼含热泪，有的神情悲痛。

坐在郝胜茂床边的江山妈哭着说道："老头子，你可终于醒过来了，这两天可把我们吓坏了，江山还在火场打火呢，你要有个三长两短，我可咋跟儿子交代啊？"

郝胜茂声音微弱："江山在火场上指挥那么多人打火，这是大事，千万不要告诉他！我走后一切从简，骨灰一半撒在大兴安岭的森林中，一半撒在升钟湖的山林中。"

众人听闻，哽咽难言。

当晚，前指车内，郝江山下达指令："各参战队伍注意，联指决定今晚 21 时发起总攻，各单位按照划分作战区域严密组织实施，务于明日凌晨 5 时实现全线合围！"

一夜无眠，次日清晨，彭斐翔处长汇报灭火战况："报告，内蒙古宋新刚总队长带领 3 路分队采取'无人机侦查引导、特种车强攻突破、摩步结合跟进'，机动支队采取'小路多组、先侦后扑、两线钳击、中路穿插、轻装先行、重装迂回'的战术战法，已成功突破火线，目前正在全力扑打。"

郝江山点点头："密切关注作战进程。"

"是！"

郝江山又问道："西昌大队现在什么位置？"

彭处长指着北斗："在这个位置，接到增援命令后，大队长杨嘟嘟向分前指主动申请了最难打的部分，鏖战 7 个小时，将火线扑灭，为扑灭整个北线火场起到了关键作用。"

西昌大队在灭火作战地域在作战前动员，杨嘟嘟只讲了一句话："西昌大队的荣誉在此一举！"

灭火机的轰鸣拉响了战斗，赵鸣义和战友们渗透进骨子的激情被引燃，与火魔展开殊死较量。

刘学林亲临一线指挥，指战员们打红了眼，手被火燎起了大泡，脚被树枝乱石扎破，无一人叫苦，无一人退缩，越战越勇，以一当十，到处都是喊声，到处都是激烈的战斗。压抑、积蓄的力量在此时迸发，把火打灭的念头让他们有一种复仇的快感。

火势骤然加大，杨嘟嘟大队长命令 8 台灭火机组成上、中、下立体风墙压住火头，两名灭火机手吹风降温送氧。

灭火结束，杨嘟嘟和战友们的脸和手被树枝刮出了一条条血痕。郝江山驱车赶到西昌大队作战区域，下车后疾行至列队整齐的指战员们身边，看到他们因烟熏火烤而漆黑的脸神色严峻，如同一尊尊神圣的雕像。

目光从每一名队员脸上扫过，停在了最后一名似曾相识的面孔上。

刘学林见状介绍："局长，他叫赵有川，曾在野战部队当过 5 年兵，是我们第一批招录的消防员，去年凉山火灾牺牲教导员赵万青的亲侄子。"

郝江山闻言走到赵有川身边，看着他坚毅的眼神，拍了拍他肩膀："跟你叔叔一样，也有一身硬骨头！我记得赵万青的微信昵称叫'森林族'，他真的把生命都奉献给了一生守护的森林！"

赵有川的眼底微微闪着泪光。

郝江山又面色凝重看着队员们，声音铿锵："同志们！火打得很好，这是对 27 位英雄们最好的告慰，我要给你们请功，你们要记住，卷刃的刀才是战场上砍人最多的刀，西昌大队浴火重生了！"

听着这席话，刘学林、杨嘟嘟和队员们都流下了热泪。

这时，前指车内，彭斐翔处长报告："报告首长，截至 5 时 15 分，四川总队已与云南总队会合；机动支队与内蒙古总队呼伦贝尔支队会合；吉林总队与内蒙古总队大兴安岭支队会合；黑龙江总队与地方扑火队会合，目前火场明火已经全部扑灭。"

郝江山听完下达最后指示："火场外围明火已全部扑灭，林内植被茂密，偃松较多，受热后容易挥发易燃油脂和气体，命令队伍立即转入清理看守阶段，沿火场边缘开设两米宽生土隔离带，并向火烧迹地内纵深清理 200 米，确保实现'三无'。"

接到命令后，张放驾驶飞机低空飞至烟点上空，对准烟点后，迅速按下吊桶控制按钮，将水准确洒向烟点，水幕四散开来，直击青烟，烟点瞬间熄灭。

33 年时光荏苒，震惊中外的 1987 年"5·6"大火给一代人的惨痛，让人至今仍无法释怀，代价惨重，教训深刻。正当人们以各种方式追忆那场大火时，森林消防指战员们在火场用英勇无畏、敢打必胜的实际行动，历时 72 小时内扑灭了这起重特大森林火灾，展现了中国救援和中国速度，避免了历史悲剧的重演，确保了数万林区群众生命财产和国家森林资源安全。

第三十八章　使命呼唤

1

灭火战斗持续三天三夜终于落下帷幕，烈火侵蚀后的大地面目狰狞，原先如美丽少女般的白桦树，伫立在一片焦土之上，犹如一群可怜的亡灵，在风中轻轻地呜咽。

漫山遍野的达子香傲人绽放，火魔未殃及的森林，在微风的吹拂下，发出阵阵沙沙声，仿佛庆祝着劫后余生。远处一辆辆淋浴车一字摆开，指战员们在洗澡，传来一阵阵打闹声。

大雪纷飞，秦朗与郝江山怀揣灭火后的喜悦，缓缓登上山顶。

郝江山望着雪中林海回忆："2002 年夏，也是在大兴安岭的原始森林，火灭之后，我和贺松涛、艾一木、那罕 4 人坐在山顶上，望着茫茫林海，一袋榨菜，4 个水壶，曾谈火论英雄，畅谈理想。"

秦朗顺着郝江山的方向望去："我听他们都讲过，你们还替我干了一口草塘沟子水呢。"

郝江山笑了笑："一晃 18 年过去了，贺松涛已病退，艾一木已转业，那罕早就自主择业了，没想到就剩咱俩了。"

雪落无声纷纷洒在两人身上，两人又想起了警校毕业时的豪言壮语，正所谓聚是一道杠，散是满肩星，又道是故人笑比庭中树，一日秋风一日疏。

秦朗举目远眺："踏遍青山人未老，总有青丝至白首。除了'5·6'，这是我这辈子打得最大的一场火了，真没想到咱们只用 72 小时就把火扑灭了，2002年的那场火出动了 1.6 万人，打了 23 天，用的人海战术，没有太多新特装备，典型人工打灭的火场。"

郝江山感慨道："33 年了，我一直忘不了'5·6'那场大火，那是一个黑色的惨痛记忆。"

秦朗收回目光，转头看着郝江山："得感谢那场火，没有它，队伍也许又被裁掉了，痛定思痛，'5·6'大火对森林消防队伍来说，具有里程碑的意义。"

郝江山点点头："说它是我国森林防火事业发展的分水岭和重大战略转折，一点也不为过，33年来，不断总结，深刻反思，走上了跨越式发展的快车道，初步走出了一条具有中国特色的森林防灭火道路，这次重特大森林火灾是对队伍能力建设的一次集中检阅，也是对'5·6'大火最好的纪念。"

秦朗笑着说："来之前，我还跟队员们讲，做好打一个月硬仗的心理准备。咱们有句老话，当天有火当天灭，当天不灭三天灭，三天不灭半月灭，半月不灭靠天灭。以往扑救原始森林火灾，要看天时地利，火大了人根本靠不上去，只能'望火兴叹'，现在借助现代化灭火装备，不再看'老天爷脸色'，真正做到了'人到火灭'。"

郝江山爽朗一笑："这支队伍的老前辈总结的一些灭火经验很管用，小火就地歼，大火打过山，过山挡不住，那就围三圈。我们在传承的基础上又进行了很大创新，灭火战法体系日趋完善，现在林火当日扑灭率已经达到96%，这说明咱们队伍的战斗力实现了历史性跨越。"

漫山盛开的红杜鹃在大雪中绽放着芳华，与身披橘红色灭火服巡察的指战员们交相辉映，形成了万顷白中两抹红的瑰丽场景。

秦朗看着这样的情景感慨："同样的年龄，当许多同龄人吃着火锅、喝着啤酒、在KTV唱歌时，我们的队员却有着自己的风花雪月。风，是林海寒风，雪，是火场夜雪。"

说罢掏出了两个水壶，递给郝江山一个说："这，是纯净水。"

"看巍巍青山，谁先极顶！问茫茫林海，谁主沉浮！"

看着手中的水壶，两人开怀大笑，这笑声追着林海劲风飞向远方。

下山回到前指帐篷内已经是下午，手机铃声突然响起，郝江山拿起手机一看，是妻子刘亦欣。

电话接通，父亲病逝的噩耗从听筒里传来，郝江山脑海中瞬间山崩地裂，天旋地转。

待到清醒时，郝江山看到邱胡杨正解开自己胳膊上的血压计。

看到郝江山恢复清醒，邱胡杨急忙问："火不是灭了吗？你的血压怎么还这么高？"

郝江山低头从胳膊上往下拉着袖子："没什么？"

邱胡杨蹙眉追问："头还晕不晕？"

郝江山怔了怔，忽然抽泣，邱胡杨顿时不知所措，急忙起身："局长，江山，你这是，出啥事了？"

郝江山泪眼模糊："老父亲，他走了。"

邱胡杨听后蒙了一瞬间："那，抓紧回去啊，现在火已灭了！"

"来不及了，火化了。"

"怎么会这样？"

郝江山自责地说："亦欣跟我说的，父亲怕我耽误工作，一直瞒着，都怪我！"

邱胡杨看着郝江山悲痛的脸，也忍不住哭了出来，拉住郝江山的手："我知道你很伤心，也非常难过，想哭就哭出来吧。"

邱胡杨起身倒了一杯开水放在郝江山面前："有什么想说的，就跟我说，说出来，哭出来就好了。"

帐篷外，凉风幽转，如泣如诉，声声悲戚。父亲的溘然离世，使郝江山心情万分沉痛，他脑海里浮现出与父亲在一起的一幕幕场景，顿感无限的内疚和深深的遗憾。三十多年来，与家人聚少离多，陪伴父亲的日子屈指可数，本来打算忙完这一阵子，就回家看望生病的父亲，这却成了他永远无法实现的愿望。历经沧桑的父亲，用刚毅果敢的性格、宽广博大的胸襟、真诚炽热的情怀，倾其一生培植绿色、哺育生命、滋润万物。郝胜茂那严厉的父爱、谆谆的嘱托、悠悠的牵挂，总是语重心长、掏心吐哺寄予厚望。在郝江山的生命里，父亲犹如一盏长久不灭的明灯，时常为他指点迷津、照亮前行的路，消融旅途中所有的坎坷和障碍，即使在最困难的时候，也鼓励着他挺直脊梁、风雨兼程往前走。

2

锣鼓喧天，鞭炮齐鸣，载着完成灭火任务的森林消防指战员车队胜利返程，林区公路上站满了群众。武小林和同班战友们在运兵客车内向欢送的人群挥手。林区人民追着车队，向车厢里扔、向车窗内投，准确地说，是砸进一箱箱的食品、水果、矿泉水……

钱继森问武小林感动吗？武小林表示一点不敢动。被砸中的武小林拿起一个箱子看着钱继森："这可是真正的糖衣炮弹啊，用不用返回去啊，班长？"

钱继森接过一个箱子笑着说："收下吧，林区人民的一片心意。"

武小林开心地掏出手机将这一幕拍了下来："我得发个朋友圈，林区人民的热情'砸'在森林指战员心中。"

发完朋友圈，武小林点开微信的通知小红点，惊喜地喊道："郝局长给班长的脚点赞了，还有评论呢。"

战友们一下子围了上来："我看看……"

火车站站台上，刘学林在队列前讲道："这次增援灭火作战，任务完成很圆满，为了让我们休息好，郝局长特别给我们总队指战员们申请了卧铺车厢，还准备了热食和水果，一会还要欢送大家，各单位按划分好的位置依次登车！"

森林消防指战员们排着整齐的队伍进入车厢。安顿好后，没过多久，车厢内鼾声四起。推着小车的售货员推开车厢门，习惯地喊着："啤酒、饮料、矿泉水；花生、瓜子……"

喊到一半，突然觉着这节车厢异常安静，抬头一看，几夜未眠的指战员们已然熟睡，疲惫的脸上还带着"烟熏妆"。

看着他们熟睡的脸庞，售货员抬起货车小心翼翼地从走廊退了回去。

休息了一天的指战员们满血复活，他们把车厢的地面拖洗干净，物品摆放整齐，被子叠得有棱有角，整齐地放在床头。

乘务员们从车厢走过，惊诧地看见整齐的"豆腐块"感动不已，忙掏出手机拍照。

一名温婉大方的女乘务员拿着手机对准一个"豆腐块"拍完发往朋友圈，配字道："这是我见过最好的乘客，这肯定是一支作风过硬的队伍。"

这趟从东北开往西南的列车经过了无数的城镇，吸引了无数的目光，也感动了无数人。一路从北到南，不知道又在多少孩子心中播下了崇尚英雄的种子……

3

漠河的五月天朗气清，春意盎然。大兴安岭森林消防支队漠河大队红幅高挂：首批招录新消防员授衔暨扎根仪式。

集结的新蓝们，身姿挺拔，整齐列队，气势如虹：

原武警新疆总队喀什支队上等兵陈竭！

原中国人民解放军海军上等兵赵安诚！

原中国人民解放军陆军中士万小为！

原中国人民解放军空军上等兵宋新民！

原中国人民解放军火箭军下士何森！

原中国人民解放军战略支援部队上等兵王林！

向中国森林消防报到！

铿锵有力的报告声回荡在林间，让人热血沸腾，脱下军装，换上"火焰蓝"，任务变了，忠诚依旧。

面对"新蓝"，郝江山声如洪钟："我宣布，首批招录新消防员授衔暨扎根仪式现在开始！从今天起，你们成为一名真正的森林消防员！你们已经在森林消防队伍扎下了根，在祖国的林海扎下根，青春将镌刻在森林消防队伍的年轮上，你们就是万里林海中最靓的仔。"

33年前的5月，大兴安岭森林火灾吸引了全世界的目光，漠河经受了一场生死浩劫。郝江山作为一名森警战士参加了这场灭火战斗，从此萌发了保护国家森林资源安全、献身生态事业的初心梦想，这是一个特殊的历史节点。

33年后的今天，同是漠河这片热土，同是扎根北国边疆的热血青年，同是新消防员立下青春志、逐梦"火焰蓝"的金色年华。郝江山神色凝重，目光深邃，这是一个重要的历史节点，这是一次跨越历史、重整行装再出发的"新长征"。

面对历史和未来，站在新的历史起点上，郝江山决心带领森林消防队伍广大指战员，奋力开创新时代应急救援事业建设发展新局面，努力向党和人民交出优异的答卷！

工欲善其事，必先利其器。森林消防局党委在研究制定"十四五"建设规划时认为，应急救援成功与否装备是至关重要的因素。多年的实战励炼，郝江山深刻地认识到，先进精良的装备始终是应急救援战斗力的重要支撑，是现代救援尤其是大灾救援攻坚克难、无往不胜的精兵利器。如果把抢险救灾比喻成"刀尖上跳舞"、"虎口中救人"的"瓷器活"，那么先进的装备无疑就是干好"瓷器活"的"金刚钻"。

开门搞改革，开放搞建设，大踏步走出去，高质量引进来。郝江山带领考察组不辞辛劳、风尘仆仆，专程赴多国参观见学，学习发达国家防火灭火的经验，考察应急救援先进装备。

学习考察开眼界，立足自身找差距，考察组一行清醒地认识到，当前队伍装备现代化建设与发达国家相比还有相当大的差距，装备现代化建设还不适应"大应急"、"全灾种"形势任务的需要，应加快先进通信监测、高端主战灭火、高新抢险救援、数字化单兵、空中立体救援、轻质高效一体化防护、水陆空一体化物资投送等装备建设步伐，装上"千里眼"，配备"撒手锏"。

在国际消防技术与装备展览大厅，郝江山逐项装备了解性能和运用，仔细察看了无人机、供排水机器人、全地形车、远程供水系统等装备设备，与厂家共同研究森林火灾快速侦察与动态研判技术、隔离带打通技术与装备、大范围移动式巡堤查险装备、航空快速转运装备。

当郝江山看到一门改装的灭火炮，他围绕增加射程、提高灭火效率、降低成本提出了意见建议，赢得了生产厂家的充分认可。他还鼓励战略合作厂家注重引进、消化、运用国内外应急救援的先进技术装备，通过创新不断推进装备的迭代升级。

最让郝江山惦记的是抗洪抢险装备的更新换代，以往抗洪抢险都是指战员们带着锹、镐和编织袋"三件套"，一袋袋地肩挑背扛垒筑堤坝，打桩、固堤、堵口等抢险行动主要靠人工完成，抗洪抢险机械装备非常有限，以人海战术与洪水搏斗的场景让他历历在目。

俗话说：人巧不如家什妙。抗洪抢险就是和时间赛跑、与洪水抗争，再多的人力在自然灾害面前都是渺小的，靠人海战术很难把握先机赢得战机，必须走开"人＋机械"的新路子。这几年，队伍虽然不断挖掘现有装备潜能和革新升级，购置列装了一批应急救援装备器材，但一些装备还不能满足抗大洪、救大灾的需要。

这次展览会，让郝江山开阔了视野，他详细了解了多功能充气发电照明车、龙吸水、蟒式全地形车、越野吊装车、大型载重汽车等专业救援装备。在展览厅一角，他看到一款集自动沙石装袋、封袋、传输及转运等多功能于一体的自动砂石装袋模块车，沙石装填、入袋、打包、封口全过程作业，每小时可装载 400 至 600 袋沙石，相比传统的人力装袋，提高了装袋效率，保证了袋口密封度，减少了沙石洪水冲击下的流失，开创了机械化抗洪的新战法。这辆车还适用江河湖堤、城区街道、低洼地势防洪筑堤、封堵管涌、搭建救援码头及石化围堰等多个抢险救援现场，被誉为"抗洪抢险神器"。郝江山看后甚感欣慰，耐心细致地询问车辆的性能和参数，饶有兴致地就研发挖掘沙石、装料封袋、传送投放和筑堤垒坝"一体化"抗洪装备，与商家共同探讨，畅所欲言。

展览会让郝江山一行人思路大开，收获满满。大家一致认为，队伍遂行多样化应急救援任务，必须立足灾情最严重、现场最危险、情况最复杂、救援最困难的实际，加快转型升级、提质强能步伐，聚焦新型救援力量人才培训，向新装备新技术要战斗力，宁可让装备等人、不能让人等装备，系统配齐配强各类专业装备，加大人装结合训练力度，最大限度发挥高科技新装备效能，不断增强队伍抢险救援的新质战斗力。

4

半个月后，国际生态安全战略峰会如期举办。会上，女主持人用英语说道："下面请中国森林消防局郝江山局长发言！"

在热烈的掌声中，郝江山走上主席台激情演讲：

尊敬的各位国际组织负责人，尊敬的各位来宾，女士们，先生们，朋友们：

大家好！很高兴在"世界环境日"到来之际，应邀参加"国际生态安全战略峰会"，共商应对各类灾害事件挑战之策，共谋人与自然和谐共生之道。

我们从哪里来，要到哪里去？我们从远古而来，从大森林中来，共同群居在人类赖以生存的地球家园，经过漫长的演进，造就了大自然万物，繁衍了人类文明。

随着科技和生产力的发展，人类已不甘于地球的庇护与恩赐，不断向大自然发起挑战，疯狂糟蹋、贪婪攫取和无休止征服，打破了地球生态系统平衡，人与自然深层次矛盾日益凸显。

近年来，全球气候变暖，生物多样性锐减，土地荒漠化加剧，极端气候事件频发，飓风、海啸、火山、地震吞噬了无数美好家园，火灾、水灾、旱灾、瘟疫夺去了成千上万无辜生命，人类生存与发展面临严峻挑战。大家不禁要问：这世界到底怎么了？

有的科学家敏锐地作出判断，人类生存的地球出现了比任何问题都要难以对付的严重生态危机，很有可能取代核战争成为人类面临的最大威胁。英国著名生态学家戈德·史密斯称当前的生态危机是"第三次世界大战"，如此下去，自然界将很快失去供养人类生存的能力。还有些科学家多次发出警告，如果人类再不悬崖勒马，再过20年，全球将有15亿人口沦为生态难民，这绝非危言耸听。

我们只有一个地球，糟践地球就是糟践自己。我们不要过分陶醉于我们人类对自然界的胜利，对于每一次这样的胜利，自然界都会对我们进行着报复。当人类挑起与大自然的战争，那后果将不可设想。每毁坏

一片绿地，就是给环境埋下一个隐患；每享受一餐野味，就是给自己服用一份毒药；每消灭一个物种，就是给人类安置一个炸弹。

灾难在一棵大树的倒下开始，而福报从一颗草木的成长起步。人类不能再忽视大自然一次又一次地警告，沿着只讲索取不讲投入、只讲发展不讲保护、只讲利用不讲修复的老路走下去。如果世界上连一口清新的空气都没有，连一滴干净的水都没有，有再多的财富也毫无意义。如果世界上连一片绿色的森林都没有，连一粒洁净的土壤都没有，再发达的科技，也抵挡不了终将到来的灾难。没有健康的大自然，人类必将走向灭亡。生态系统不可再造！拯救地球刻不容缓！保护环境迫在眉睫！

人类怎样才能打赢这场没有硝烟的战争？最好的良方就是绿色发展、协调发展、可持续发展。"万物各得其和以生，各得其养以成。"人类生存与发展必须遵循天地之道，不违物道，不与动物争食；不违人道，不与同类相残；不违天道，不与天地卸责。中华文明历来崇尚天人合一、道法自然，追求人与自然和谐共生。

新中国成立以来，党和国家高度重视环境保护和生态文明建设，从发出"绿化祖国"伟大号召到建设"美丽中国"，亿万人民群众勠力同心、接续奋斗，创造了一个又一个奇迹，使我国的森林覆盖率由11.4%提高到23.04%。美国航天卫星数据表明，全球近20年新增绿化面积5%，有四分之一来自中国，中国不仅为自己添绿，更为世界增彩。这些巨大成就和历史贡献，都是亿万中国人民特别是一代代林草人、治沙人和生态人执着追求、艰苦奋斗而取得的丰硕成果。

郝江山站在台上精神焕发，能言善道，时而眉头紧锁、忧心忡忡，时而声情并茂、文采飞扬，时而抑扬顿挫、激情满怀，他浑厚而清亮的声音充盈全场，不时响起阵阵雷鸣般热烈的掌声。祝国安和邱胡杨、刘亦欣在台下静听，频频点头微笑。

绿色是地球生命最亮丽的底色，森林是"地球之肺"，森林火灾就是地球的"肺炎"！森林消防队伍是治疗肺炎的"主治医生"，长年累月战斗在生态战场第一线，治愈森林创伤，让林海无痕。

70多年来，我们这支队伍始终不忘初心、忠诚使命，赴汤蹈火、逆向而行，像传播共产主义思想那样宣传生态文明建设理念，像开辟革命根据地那样拓展"生态高地"，像打仗坚守每寸土地那样守护生态家园的一草一木。

我们是职业化的"森林消防工匠"，身着"红战袍"，手握神奇"画笔"，在茫茫林海中抒写着铿锵豪迈的乐章，在广袤的大地上描绘苍翠欲滴的绿色，在戈壁荒滩上克隆鲜活顽强的生命，进行着人与自然和谐共处的对话，这是人类对大自然的补偿。

人不负青山，青山定不负人。绿水青山既是中国的金山银山、也是世界的金山银山。科学研究证实，保护一公顷森林可以涵养降水约 1000 立方米，保护一只野生东北虎等于保护 450 平方公里的森林，一颗 50 年的树生态价值高于 20 万元……如果我们每人每年植一棵树，全世界现有 75 亿人，能创造出多少生态价值？如果我们每人都能呵护一片绿，人类赖以生存的地球就能变成绿色海洋。

保护生态环境关乎人类未来，建设绿色家园是人类的共同梦想，打好污染防治攻坚战更是一场全民行动，必须坚持综合治理、系统修复、整体保护，推行政府主导，社会、企业和公众积极参与，让生态文明成为全民的一种信仰，汇聚起绿色低碳发展、可持续发展的磅礴力量。

我和我的战友们加上各位同事，作为保护生态资源安全的重要参与者和实践者，很荣幸能够参与"第三次世界大战"，向灾害宣战，向污染宣战，向疫情宣战！但我们的力量是有限的，呼唤更多的环保志愿者、生态文明建设者、生态资源守护者以及"地球村"全体生态人携手，把爱播洒在绿水青山，共建人与自然生命共同体，齐心呵护全人类共同的地球家园，让我们生活的世界天更蓝、山更绿、水更清、人更美！

郝江山的演讲主旨鲜明，重点突出，寓意深远。他带着强烈的森林消防情怀，大声疾呼全民爱护生态、共建人与自然生命共同体，在各地持续引起强烈反响。大家谈感受、提建议、表决心，讨论氛围热烈。秦朗、徐玉麟等倍受鼓舞、倍增信心、倍感荣幸。

5

时代呼唤使命，责任呼唤担当。站在新的历史起点上，森林消防队伍时刻听从党和人民召唤，牢记使命勇挑重任，哪里有任务就奔向哪里，哪里有险情就战斗在哪里，为"平安中国"保驾护航，当好党和人民的"守夜人"。

北京冬奥会的脚步越来越近，在万里长城脚下，"纯洁的冰雪""激情的约会"吸引着全世界的目光。中国将在"雪如意""冰玉环"这个晶莹剔透的舞台上弘扬奥林匹克精神，兑现冰雪之约，讲述冰雪故事，凝聚和平力量，一起走向美好未来。

2021年初春，一个霜花料峭的早晨，森林消防队伍800余人临危受命，千里驰援北京延庆和河北张家口等区域，担负冬奥赛区及周边森林草原防灭火、航空灾害救援、空中医疗救护、人员物资转移和高山索道救援等任务，会同周边省区驻防的2000余人冬奥安保力量，全时待战、随时临战，确保冬奥赛区、环京护城河地区"不冒烟、不起火"。

冬奥安保誓师大会上，队旗招展，口号震天，热情激昂，士气高涨。祝国安政委要求驻防队伍要以更高标准、更严要求、更实举措，全力以赴做好各项工作，确保万无一失、绝对安全，为给世界奉献一届精彩、非凡、卓越的奥运盛会做出我们应有的努力和贡献。会后，郝江山深入各驻防点检查督导冬奥安保工作。

张家口是一片红色热土，也是一座英雄城市。森林消防局大庆航空救援支队进驻以来，主动对接市应急管理、林草、地震、气象、消防救援、军航、民航以及冬奥办等单位和部门，召开协调会议，签订保障协议，优化信息共享、情况会商、联席会议、应急联动等机制，协调划分临时空域和任务巡护防线，建立起覆盖张家口市主要林区的综合保障"绿色通道"。

冬奥张家口赛区地处内蒙古高原与华北平原过渡带，地貌复杂多样，高原、山地、丘陵、盆地、平原类型齐全，高海拔山地针叶林、阔叶林等分布集中，其他地区人工林和幼中龄林、杂草居多，燃点低，耐火性差。冬奥会期间正值冬春防火期，赛场周边森林防火异常重要。

陌生的任务区域、复杂的地形条件和冬奥赛区的不确定因素，给驻防队伍带来前所未有的压力与挑战，索滑降、索道救援、悬停营救、高速公路吊篮等无疑成为指战员试训的新课目，山谷低速低空飞行和山头着陆营救等作为崭新课题摆上案头，提升各种复杂环境下应急救援能力已成当务之急。

天刚蒙蒙亮，在张家口市航空应急救援基地停机坪上，涂有"中国应急"字样的直升机依次排列。支队长王正奇身着"工服"，早早进入了工作状态，与飞行员一道结合执勤区域和任务种类，对飞行路线、天气情况及地形地貌等因素进行分析研判。保障车辆来回穿梭，机务分队对医疗方舱、卫通红外进行通电检查，对航空灭火弹进行补充，对阻燃液进行调配，严格执行每日清晨例行试车的规定动作，随时调试好直升机性能，确保一声令下迅即升空。

"战鹰的轰鸣声就是出征的号角！"王正奇说话间，一阵警报响起。飞行员们快速奔向战位，一架火红色战鹰滑出跑道，直刺苍穹。这次多机型、全要素地空救援演练设置了十多种突发情况，主要检验各类新救援装备器材在实战中的应用，更重要的是检验战训法，同时也检验队伍遂行多样化任务地空联合作战、协同救援能力。

"大海陀自然保护区发生森林火灾，前指命令你部立即出动组织扑救……"演练模拟张家口市赤城方向发现火情，飞行员余飞扬驾驶直升机转向、加力、拉杆，快速抵达指定空域。空中观察员李岩峰迅速判定火情，利用机载图像传输设备，采取低空拍照和录像的方法，运用卫星、公网将火场动态信息、静态图片传输到现场指挥部，为指挥员正确决策、合理部署兵力提供科学翔实的依据。

灭火作战中，彭斐翔处长带空中指挥组以直升机为平台，对队伍灭火作战行动实施立体指挥。武小林带领救援分队第一时间响应，采取空投灭火弹、实施吊桶洒水灭火、索滑降间接灭火等战法组织灭火战斗。

在延庆赛区，一架直升机搭载着钱继森等 6 名特勤队员和 3 名急救医生迅速离地，直奔延崇高速公路检查站，模拟破拆后的医疗救助。将伤员救出后，飞行员迅速拉起、急转、下降，调整飞行姿态，降低飞行高度，将飞机稳稳地停在河北华奥医院楼顶起降平台，使伤员在第一时间得到后送救治。

此时，对讲机中传来指令："崇礼区清水河源湿地公园，有名游客在游玩时不慎掉落湖中，需要紧急救援……"

一架直升机迅速飞抵预定位置，在距地面二十余米悬停，武小林带特勤大队八名消防员架设绳索，操作自制动下降器，带救援装备从飞机上出仓向下滑降，第一时间评估周围环境，实施安全警戒，测量冰层厚度和湖水深度。救援人员着冰面救援服，利用冰面救生筏实施救援，随即采用吊篮营救方式将伤员快速转运，整套动作一气呵成。

郝江山凝神定气看完演练课目后，登上一架直 -8A 型直升机，机舱内配置了航空医疗方舱和图像传输设备跃入眼帘，他逐项仔细察看机上医疗担架、急救呼吸机、除颤仪、心电监护仪、呼吸机、输液泵、吸痰机及氧气模组等设备。

随队赵医生边介绍边讲解："飞机升级改装后，一次能运送两名重症或九名轻症伤员，重症伤员一般躺在担架上，轻症的坐在椅子上，可以利用医疗方舱上的急救呼吸机和除颤监护仪，对伤员的生命体征进行监测。同时可以进行医学供氧和紧急救治，还首次实现国内13吨直升机在医疗机构楼顶平台着陆。"

空中机械员"大拿"补充道："航空医疗救护与120急救车辆相比，在中远途急救和运送病患方面，速度能快3倍到5倍，将赛区医疗救护转运时间由90分钟缩短至15分钟，可以赢得宝贵的黄金一小时。"

郝江山一路耳闻目睹，甚感欣慰："你们前期工作卓有成效，首创的'4机吊桶灭火战法'，填补了国内森林航空消防空白；创新性开展低温雨雪冰冻灾害救援、山岳救援等模块化、实战化训练，按计划完成了索道救援、冰上营救等新课目试训，取得8个突破性重要成果；构建了'直升机 + 医护队员'应急救援新模式，建起了相当于一个飞在天上的ICU配置，打开了应急救援空中生命通道，为冬奥安保铸起了'空中坚盾'。"

"在应急救援中，时间以秒计算，速度快一点，胜算就多一分，这是人命关天的大事。第一时间到位、第一时间处置，以最快的速度打通生命通道，这是我们航空应急人的责任和使命。"政委程宏远感慨道。

郝江山走进局冬奥安保指挥中心，应急救援评估系统大屏幕上，实时显示每架直升机飞行数据和各驻防队伍运行动态，各处部署态势一目了然。为增强突发情况应对处置效率，前方指挥部突出在深度融合上下功夫，建立起简洁高效的指挥链路，确保上传下达快速、横向沟通协作顺畅。

演练刚结束，各级指挥员就聚集在一起复盘所演课目，深入剖析，查找短板，固强补弱。郝江山认真总结讲评，要求继续发扬"细致、精致、极致"作风，把工作往深处想、往细里抓、往实里做，每个环节都精雕细琢、精益求精，确保指挥精准、部署精确、落实精细。

6

内蒙古阿拉善，一排排的胡杨和梭梭向沙漠延伸，绽放着喜人的绿色……

一棵梭梭树下出现了一只爬来爬去的沙蜥，旁边不远处的一户牧民在开心地挖着中药材肉苁蓉。牧民们在放牧的间隙，采摘着沙枣和枸杞；郁郁葱葱的瓜地里，一个眼神清澈的小男孩正啃着沙瓜。

在胡杨和梭梭林规划区里，邱冠华和陈守平等人正在种植梭梭。突然，孟虎威举着手机兴奋地跑了过来："爸，陈叔，你们大家快来看！截至今天，全世界有 2 亿人在关注我们，累计捐助 4 个多亿！"

围过来的人们听着这个天文般的数字惊掉了下巴，一个牧民睁圆了眼睛问："世界上有这么多人知道阿拉善啊？"

邱冠华笑着说："是啊，这可是国家全面推动'一带一路'战略带来的商机，以后知道的人会更多。"

陈守平倍感欣慰："额济纳旗至新疆哈密铁路早已开通，咱们的农产品可以卖到国外去了，阿拉善不仅绿起来了，还会富起来。"

邱冠华点了点头："'三北防护林'工程开展 40 多年了，中国已经种下了 660 多亿棵树了。"

孟虎威看着伸向天边的绿色："对中国人来说，没有无用的土地，就连上了天，中国人都想在月球上种点什么。"

升钟湖镇羲皇村，水清若空，青山如黛。山坡树上开满花，一田水稻躲鸣蛙，百鸟争鸣，暖阳照屋瓦。

一群群旅游者走进森林，畅快地呼吸着饱含负氧离子的清新空气。他们走进升钟湖风景区感受风土人情，陶冶情操、焕发精神，尽情享受着大自然的馈赠。

行至溪水旁，调皮的小朋友在清澈见底的溪水中捉着鱼儿；

路过稻田，一位小朋友细心地数着稻穗上的稻子；

几位游人在观光园里，开心地采摘桃子、李子、杏子。

张家贵和老支书张民富等指着生态新村规划图，对考察团的官员们介绍："这一块是天然氧吧，这里是森林康养中心，这一块是溪谷，这一块是养殖区，这是生态教育基地……我们这儿山美水美，都是老森警郝胜茂带领乡亲们三十多年如一日造林绿化、保护和修复生态的结果。过去的荒山秃岭变成了现在的绿水青山，最根本的还是观念的变化，'砍树'变成了'看树'，'卖山'变成了'卖生态'，'卖木材'变成了'卖景观'，生态效益和经济效益实现了双赢。现在，绿色生态意识已深入每个村民心中，使用有机肥、无磷洗衣粉，使用竹篮，不使用塑料袋，垃圾分类投放等等，依靠生态旅游、高效生态农业，我们初步走出了一条创新发展、绿色发展、人与自然和谐发展之路。"

张家贵引领众人来到农业观光园，随手摘下一根黄瓜塞进嘴里："这里是农业观光园，我们师法自然，回归自然，这里的水果蔬菜采摘后不用清洗，即可直接食用，不仅无公害而且非常新鲜、地道，大家随便摘、随便尝。"

官员丁疑问道："这里的民宿和养殖区、采摘，跟许多地方的农业度假村有什么不同吗？"

张家贵信心十足："不一样！这里的一切都是可循环的，产品都是有机的，我们这儿是一个人与自然和谐发展的村子。"

官员甲："那你们是如何解决粪便问题的？"

张家贵胸有成竹道："全村规划了沼气工程，实现垃圾和粪便无害化处理，构建了养殖业—沼气沼肥—种植业—养殖业的生态循环农业模式，不仅解决了炊事用能和环境卫生问题，还提高了生活质量。"

官员甲又问："使用沼肥种植农作物与化肥相比有优势吗？"

张家贵用数据认真回道："有，首先沼肥是一种很好的有机肥料，可以提高农产品的产量和品质，达到无公害标准。据我们分析测算，使用沼肥种植的瓜果，可使含糖量增加 0.5 个百分点，亩增产 300 斤，提前上市 6 天，亩增产 600 元左右。此外，沼肥产生的过程中还会生成沼气，可作为燃料使用，间接解决了生活能源问题，实现了真正的可持续发展。"

官员甲点点头，接着问："这些有机产品是如何销售出去？"

张家贵自豪地说："我们现在走的是'互联网＋生态村'模式，成立了有机农产品合作社，整合全村资源，借助电商平台，将优质的粮食水果和蔬菜等一系列有机农产品销往全国各地。现在村里的有机农产品，已经打出了品牌，很多还成了'网红'爆款。"

官员乙指着远处的山林，对同行的官员们说："这个地方我知道，以前就是一片荒山秃岭，现在不仅变成了花果山和生态观光胜地，跟进时代潮流，还搭上了'互联网＋'的顺风车，不简单呐。"

张家贵打开手机给考察团演示道："我们研发了生态产品手机 APP，生态农产品不仅在网上建了网店，还建了微信朋友圈'生态升钟湖'，在群里农民们就可以讨论生产和管理经营，还能提供很多实用的信息。"

官员丙感叹着："现在有些景区人满为患，在这里不仅可以感受自然之美，还能寻找到久违的乡愁，金木水火土，阴阳和谐，道法自然，实现了可持续发展，农民的钱袋子越来越鼓，是一个多赢的局面。"

官员甲赞同地点着头："小康全面不全面，生态环境是关键，守住绿水青山，才能有金山银山。升钟湖镇的生态农村建设思路清晰，特色突出，措施到位，既保证了粮食安全，又保护了农村生态环境，群众参与度高，促进了城乡统筹、和谐发展，积累了很多宝贵的经验，应该说，这是我看到的真正的生态循环农业，可以好好推广推广嘛。"

张家贵闻言说："其他村的农民们见我们得了实惠，纷纷要求加入合作社，经过村镇商议，我们发起了村级版的'一帮一路'。"

众参观者很感兴趣："怎么个'一帮一路'法？"

张家贵打开村镇地图："'一帮'就是采取传帮带做法，发展生态农业的农户一户帮多户，一路就是沿着村子里两条主要公路沿线路上的农户优先发展……"

村庄内参观，张家贵介绍："村里实行垃圾不落地和净塑环保垃圾分类。村子内没有公共垃圾桶，垃圾站也变成了植被覆盖的绿化区，高温天气村子也闻不到恶臭了，就连苍蝇蚊子也少了。"

听完介绍，参观人员疑问："现在村内生活垃圾能减量多少？"

张家贵想了下回答："据我们测算，能减少70%，大家可以算一算，近一半的垃圾不需要收集、长途运输、填埋，甚至进入焚烧厂，这将节省很多开支，而且最主要的一点是环保。"

张家贵见参观人员对厨余制作酵素的设施很感兴趣，便讲解道："酵素的好处是不污染水源，清洗后排出的水可净化沟渠，还滋养水生动植物，实现家居零污染，而且渣子可做堆肥。"

参观结束后，张家贵对参观者们深情讲道："我想在每一个人的心中，都有一个理想中的家园，那里有纯净的天空、水和空气，有自由歌唱的小鸟，有老人和孩子的欢笑，那里没有雾霾、没有垃圾、没有毒大米，也没有农药。我们赖以生存的食物、我们的根，我们的乡愁都在农村，为了我们共同的家园，为了我们的子孙，为了生态文明事业，我希望更多的人能够参与到'零污染乡村'这个活动中来。"

清晨，朝阳明媚，阵阵鸟鸣把贺松涛从梦中唤醒，他勉强撑起身支起旁边的木格窗，清纯的空气扑面而来。不远处的青山绿水间，林中清风阵阵，蝶舞婆娑，溪水从山中蜿蜒流出，顽童捉鱼戏水，人与自然结合得如此微妙。

7

2021年7月1日，在中国森林消防博物馆内，随着清脆的快门声响，闪光灯耀眼一亮，相机屏幕定格了这样一幅画面：穿着老式警服的刘先河满脸笑容地坐在凳子上，郝江山身着"火焰蓝"和刘亦欣微笑着站立在刘先河身后，同样身着"火焰蓝"的郝天开心地挤在父母中间。

这一天，是中国共产党的百年华诞，也是老红军刘先河的百岁寿辰。

从爬雪山、过草地的老红军、到北上抗日、解放东北的解放军，再到骑马清山剿匪、肃清敌特、保护林区的森林警察，刘先河的一生碧血丹心。

以郝胜茂、郝江山、郝天为代表的三代人，用青春谱写了森林消防队伍的发展乐章。历经多次"撤并降改增合建升"，这支因林而生、为林而建、护林而盛的森林消防队伍历尽坎坷却坚强地成长壮大着。一代又一代的"山里通、铁脚板、爬山虎、活地图"们，与大山为伍，与森林为伴，默默奉献。曾经护林扑火只能靠单薄的人力和单一的灭火机，而现在飞机装甲多方位辅助，无人机远程遥控，飞行器精准打击火点，科技强队的战略指引着这只"火焰蓝"的队伍，坚守着国家的森林生态安全和人民的幸福安康。

剑胆琴心护平安，赴汤蹈火砺忠诚，只为了万家灯火。在张家口市崇礼区驻防点有一块醒目的标语牌："距北京冬奥会开幕倒计时100天。"这个大大的"100"，仿佛是擂响的战鼓、催征的号角，时刻敲击着广大指战员应急备战的心弦。

森林消防各驻防队伍强化"应急就在眼前，救援就在当下"的意识，每日检查战备状态，每周滚动修订战备方案，每月组织"假想情况"处置综合演练，练就反应零时差、运行零差错、数据零误判的硬功。广大指战员犹如离弦之箭，时刻保持盘马弯弓、引而待发的戒备状态，随时备战迎战应战。

"雪国"崇礼是北京冬奥会、冬残奥会雪上项目主要竞赛场地，赛事核心区绿化面积达3.08万亩，森林覆盖率达80%以上，与云顶场馆群毗邻的翠云山森林公园覆盖率高达85.7%，海拔垂直落差超过1300米，从山底到山顶，依次分布着灌丛带、落叶阔叶林带、针阔混交林带、针叶林带和亚高山草甸，是温带到寒温带主要植被类型的缩影；赛区及周边以近三年新植幼树幼林为主，杂草等轻型可燃物较多，秋冬季风大物燥，火险等级高，执勤环境艰苦，防火压力大。

守望是最长情的告白。进驻张家口冬奥赛区以来，队员们每天都要背负着40

多斤的装备巡护在古杨树、云顶、太舞等冬奥场馆群山林中，一走就是十几公里。脚踩碎石的声音，战士的喘气声，班长喊出"跟上"……连绵群山放大了一切声响，也让"坚守"有了回声。

"宁做深山树，不做温室草。虽然每天巡护执勤都很冷，但最开心的时候就是巡护到一块无名高地上，在那儿俯瞰雪如意、冰玉环等冬奥赛场，感到很光荣，很自豪。"新消防员青钰身临其境，颇为感慨，"这让我真正体会到担当与坚守的意义，难忘的安保经历，也是体现我人生价值最美好的时光。"

"当初我是主动申请来跨区驻防，好不容易争取到这个'苦差事'。参与冬奥、守卫冬奥、奉献冬奥，再苦再累也值得。"三级消防士李璔心情非常激动，谈起巡护执勤喜形于色，"每当我看到巨大的滑雪场、蜿蜒的赛道，心中都会有股热流在涌动，就会点燃希望和梦想，寂寞清苦瞬间烟消云散。"

在巡护路上，一群小朋友主动向驻防队伍行少先队礼，那一刻，包括青钰、李璔在内的驻防队员都很感动，能得到人民群众的认可、纯真童心的爱戴，所有的付出都是值得的、快乐的、幸福的。

一条条巡护路一遍遍地走，一个个山头翻了一次又一次，忠诚是一串串的脚印、一次次的凝望。消防员们从不在乎青春的岁月被落叶掩埋，巡护的长路已经重叠为生命的血脉，只要每天能守望熟悉的高山和林海。

离冬奥会开幕越来越近，驻防队伍的安保勤务越来越重。防火宣传、专勤专训、督查检查一环扣一环，环环相扣，有序推进。采取走访与踏察、分散与集中、沿线与定点、地面与空中、图上与现地"五结合"，反复进行组织战场勘察，唯恐留下死角和隐患。常态开展防火隐患排查整治，紧盯敏感时段，关注重点部位，划分执行区域，深入社区乡镇的房前屋后、田间地头，加大火源管控力度，构建设卡抓"点"、巡护查"线"、踏查跑"面"、督查保"域"的"大联防"网络。

应急备战真打实练，冬奥赛场保驾护航。各驻防队伍紧紧围绕"忠诚、使命、荣誉"冬奥安保总目标，坚持"万无一失，一失万无"的标准，区分林火、地震、水域、山岳等突发情况，滚动修订应急救援预案，规范编携配装标准，采取 AB 组交替互备模式实施 24 小时驻勤，完善"1+N"紧急情况处置方案，确保一案多情、一情多策。积极与驻地政府联合组织"冬奥使命·2021"核心赛区灭火联合演练，建立"秒级反应、分钟出动、快速到位、联合作战"响应机制，筑牢冬奥赛区安保"防火墙"。

夕阳下的国家跳台滑雪中心流光溢彩、美轮美奂，富有东方神韵的"雪如意"

以唯美的姿态静卧在山谷间，令人惊艳。

演练刚刚结束，新消防员青钰兴高采烈地捧着两个盒子跑向正在忙碌的迎朝阳："班长，你看这是什么？"

迎朝阳头也不回地收拾着水泵管带："什么玩意？弄得神秘兮兮的。"

"大好的宝贝，冬奥吉祥物——'冰墩墩''雪容融'。"青钰眉飞色舞，连拉带扯地打开包装盒。

"你从哪弄来的？我到处都抢不到。"迎朝阳赶紧放下手上缠绕的管带，如获至宝地抢过"冰墩墩"，欣喜而仔细地端详着。

"我好不容易在特许零售店抢购到的，知道冬奥会结束后，你要回家探亲休假，这两个宝贝正好带给你还没见过面的双胞胎儿子。"

"我早就这么想，可就是抢不到，真是太感谢你了！"

青钰把"雪容融"递了过去："这是我的一点心意，咱俩这关系还客气啥啊。再说啦，我这么年轻，就有两个大侄子，高兴还来不及呢。"

迎朝阳捧着两个吉祥物爱不释手："'冰墩墩'周身黑白，还有一个冰晶外壳，看起来很冷，但它给人带来温暖、可爱和萌的感觉。'雪容融'寓意着点亮梦想、温暖世界，代表友爱、勇气和坚强。作为北京冬奥会的吉祥物，它们是中国文化和冰雪运动的完美融合，向世界展示更加多彩、更加自信的中国。"

"希望两个大侄子也像'冰墩墩''雪容融'一样活泼可爱，今后能够对冰雪运动感兴趣，希望长大以后成为国家未来的冰雪运动健将。"

"世界越爱越精彩，雪花纷飞迫不及待入怀……"让我们相约冬奥，筑梦冰雪，一起向未来！

8

东风吹散梅梢雪，一夜挽回天下春，俯瞰盛世华夏，分布在祖国大江南北的森林消防队伍正在各自的任务区灿烂绽放。

内蒙古总队额济纳旗森林中队在胡杨林景区开展战备演练；
吉林总队指战员在向海守护丹顶鹤的家园；
黑龙江总队牡丹江、佳木斯市支队正在张家口遂行冬奥安保勤务；
福建总队龙岩支队上杭大队三中队正在古田会议会址担负执勤任务；

四川总队卧龙中队指战员正在喂养大熊猫；

云南总队保山支队一支小分队在从善洲林场执勤点遂行清山巡护；

西藏总队日喀则大队指战员正在珠峰保护区救助高原反应游客；

甘肃总队执勤人员对入山车辆和人员进行检查登记；

新疆总队指战员骑马在喀斯特密林中巡护；

机动支队指战员在塞罕坝林场开展防火宣传和瞭望观察；

直升机支队 4 架直 -8 飞机正在大小兴安岭空中巡护……

部署在全国 14 个省区的森林消防队伍，分布在 73.6% 的国土面积和 92% 的边境线上，其中有 5 个国有重点林区、8 个原始林区、18 个世界自然文化遗产地、183 个国家野生动植物自然保护区，保护着国家 81.6% 的森林。

碧水青山，长空万里，一轮朝阳喷薄而出，万道霞光似箭齐发。作战指挥中心大厅，时刻关注各队伍动向的郝江山心潮澎湃，戎马生涯大半生，身经百战志犹坚，赴汤蹈火无所惧，乐将宏愿付青山。一阵高亢、激昂、豪迈的歌声嘹亮响起：

踏千山，

巡九川，

神圣的使命担当在肩。

天作被，

地当床，

大森林是美丽的衣裳。

战马驰骋，

铁甲浩荡，

风烟吹烤火热胸膛，

大地挺起血性脊梁。

橄榄绿，

红战袍，

年轻的森林卫士，

用信念和忠诚，

托举"绿中国"美丽的梦想。

战烈焰，

挽狂澜，

澎湃的初心功在万代。

金银山，

珍宝藏，

大生态是回归的航向。

蛟龙奔腾，

战鹰翱翔，

江河流淌青春荣光，

岁月磨砺苦难辉煌。

火焰蓝，

红战袍，

光荣的生态卫士，

邀太阳和月亮，

奏响"蓝中国"和谐的乐章。

歌声把人们带向：蓝蓝的天空、莽莽的森林、巍峨的群山、清清的河水，那么辽阔、那么高洁、那么畅快。

郝江山和森林消防指战员的故事一直在上演，从扑救燎原之火到守护万家灯火，一直在路上。70多年来，森林消防队伍成千上万的指战员始终把人民放在心中最高位置，把使命高高举过头顶，矢志不移，笃行不怠，用青春和热血守护着祖国的绿水青山。

征途漫漫任重道远，历尽艰险志向弥坚。站在第二个百年征程交汇点，奋进在新时代生态长征路上，一个朝气蓬勃的未来正在向我们招手，一个百年魂牵的美丽中国必将到来！

二〇一八年八月二十五日初稿

二〇二〇年八月一日再稿

二〇二一年十一月九日定稿于哈尔滨

代后记

小说《爱在绿水青山》出版发行访谈

长篇小说《爱在绿水青山》，多角度大纵深再现了这支队伍70多年来建设发展的辉煌历程，描绘了一幅幅波澜壮阔、惊心动魄的壮丽画卷，打开了一扇回眸森林消防队伍峥嵘岁月的独特视窗。记者对话《爱在绿水青山》作者张世光，一同探寻和感受创作背后的那些事儿。

因为热爱而执着　因为梦想而坚守

记者 ◆

祝贺新华出版社近日公开发行您的小说《爱在绿水青山》，请问您的创作初衷是什么？

张世光：我是森林消防队伍一名土生土长的"老兵"，30多年来见证了这支队伍的成长壮大，有着血浓于水的深厚感情，也常常被身边的一些事儿感动着。每当看到一幕幕悲惨的现场、一个个逝去的生命、一群群英勇无畏的"逆行者"，我的内心都会受到极大震撼，总想拿起笔把我所见所闻所感所思写出来，让更多的人认识到灾难的无情，让更多的人走进森林消防队伍，让更多的人投身到建设美丽家园的行动中来。这是我创作的初衷和动力，也是一种责任、一种大爱、一种使命。

记者 ◆

怀着一种大爱创作，想必写这部 70 多万字的小说一定付出了很大心血，请您谈谈创作的过程？

张世光：我是学指挥专业的，不是专业作家，只是一个文学和影视爱好者。过去创作发表了一些作品，但写长篇小说和文学剧本还是第一次。我平时工作很忙，只能利用业余时间和节假日创作。很早以前我就在谋划这部作品，其中最大的困难是小说的架构、人物关系和故事情节设计，从绘制示意图到起草提纲，反复酝酿精心构思。当写到十多万字的时候，感觉结构还不尽如人意，只能全部推倒重来，数易其稿。形成初稿后，又广泛征求专家和指战员的意见与建议，进行了较大篇幅的修改而后定稿，历时六年多的时间。

塑造英雄群像　弘扬队伍精神

记者 ◆

您写这部小说想要表达的主题思想是什么？

张世光：近年来特别是党的十八大以来，党和国家空前重视生态文明建设，投入大量的人力物力和财力，取得了历史性成就。这部小说以保护生态为主题，紧紧围绕初心梦想、信仰信念和绿水青山、金山银山等新思想新理念，开篇就把发展经济与保护生态这对矛盾呈现出来，通过人物形象塑造、故事情节描述、灾害事故救援以及价值观念碰撞、真情实感流露，旗帜鲜明地表达了既要保护自然生态的绿水青山，又要守好政治生态的"绿水青山"，建设人与自然和谐共生的美丽中国。小说结尾时发声，深情呼吁全社会自觉把保护生态作为一种信仰、一种责任，呼唤更多的环保志愿者、生态资源守护者、地球村"生态人"共同携手，把爱播洒在绿水青山，共建人与自然生命共同体，让我们生活的世界天更蓝、山更绿、水更清、人更美！

记者 ◆

森林消防队伍已有 70 多年的历史，面对如此宏大的历史背景，这部小说您是如何谋篇布局的？

张世光：我们这支队伍建队时间早，时间跨度大，部署地域广，遂行任务重，涉及人物多，想写的线索和内容也很多。在策划过程中，我蓦然想到，新中国是经历无数次战斗特别是"三大战役"建立起来的，建设美丽中国迎战蓝天碧水净土"三大保卫战"，森林消防队伍是一支不可或缺的重要力量。在构思和布局上，小说通篇采用立体式架构，以郝江山等人的成长经历为主线，以队伍遂行多样化任务为副线，纵贯大兴安岭"5·6"火灾、"98"松花江洪灾、汶川"5·12"震灾"三大生态灾难"，嵌入沙尘暴、非典、雾霾和雨雪冰冻等重大生态事件，通过东北到西南点与面的辐射，使主线与副线交叉引领，大事件引出小故事，大网格勾连小网眼，编织出人物、事件和情节的"关系图"，全景式地再现了这支队伍辉煌而传奇的壮丽画卷。

记者 ◆

森林消防队伍在防火灭火、保护国家生态资源方面作出了突出贡献，您在小说中是如何体现这支队伍的价值和地位作用的？

张世光：世间万物都有其存在的价值。森林消防队伍诞生于新中国的前夜，壮大于改革开放的春风中。小说采取讲述历史与故事情节铺设重现的方式，通过队伍几次领导管理体制调整和数起灾害事故的再现，勾勒出70多年来"五个阶段"的发展脉络，揭秘了这支队伍生存发展"守护一方平安"的基因密码和"不可替代"的历史价值。我国是少林的国家，生态资源极其珍贵。我们这支队伍布防在73.6%的国土面积和92%的边境线上，保护着国家81.6%的森林。小说用"一棵50年的树生态价值高于20万元""保护一只野生东北虎就等于保护450平方公里的森林"等科学数据，以及扑救数万起森林火灾的赫赫战绩，诠释了森林消防队伍保护国家森林资源安全的职业价值和生态价值。这支队伍常年扎根大山深处，天作被地当床，火烤胸前暖，风吹背后寒，忍受着常人难以忍受的艰苦、清苦和辛苦，练就了"铁脚板、山里通、活地图"的过硬本领，打赢了一场场抢险救灾的高危战斗，把对党和人民的忠诚镌刻在应急救援的主战场，以实际行动践行了竭诚为民、守护万家灯火的社会价值。

带着浓郁泥土气息　饱含深厚消防情怀

记者 ◆

文学作品来源于生活、高于生活，您这部小说反映的历史事件、主要人物和故事情节是真实还是虚构的？

张世光：小说中部分人物大都是有原型的，不少故事情节也是真实的。创作中我始终秉持大事不虚、小事不拘的原则，在尊重重大事件、重要场景和关键人物等历史真实的基础上，对一些情景和人物进行了必要的虚构与创作。尤其是主要人物是几个原型的"集合体"，糅合不同人物的个性"元素"，进行了适度艺术加工，使角色刻画更加丰满。小说还大篇幅描述了"爱屋吉屋""林深见鹿""病房婚礼"和"狍根问底""奇乾惊魂""香巴拉血库"以及"火场红孩儿"、守护"蓝色星球上的最后一片净土"等场景，充满着浓郁的森林清新和泥土气息。这样做并不是随意编造和杜撰，而是让人们对逆向而行的队伍和英模人物的真情拥抱与尊崇，更是对破坏生态的现象和行为无情地抨击与唾弃，以此起到史实有据可查、情节生动感人、故事引人入胜的效果。

记者 ◆

小说中涉及人物众多，您是如何塑造这些形象的？

张世光：小说塑造了众多个性鲜明、有血有肉的人物形象，涉及5个家庭、7组群像、80多个有名有姓的人物。郝江山是小说中的核心人物，为人坦诚、刚毅果敢，志向远大、爱恨分明，历经挫折初心不改，与志同道合的生态保护"吹哨人"刘亦欣携手前行，是小说中正能量的典型代表。贺松涛性格倔强、刚直不阿，信仰坚定、百折不挠，"一根筋"扎根高原疾病缠身，与失去生育能力的爱人郝明月认领梦想在高原"种湖泊"的藏族孤儿梅朵患难与共，是忠诚使命无怨无悔的代表人物。信仰缺失的"官二代"孟虎威贪图物质享受，用尽心机追求"铿锵玫瑰"邱胡杨，与心眼较多挖空心思挣大钱的张家贵串通勾连，迷途知返后回归正道，他俩是负面人物的典型代表。小说还塑造了身经百战富有传奇色彩的"火将军"刘先河、会打火敢哨"硬骨头"的张京华、烟里来火里滚的"火疯子"郝胜茂、扎根深山默默无闻的执勤点"点长"孙景权等老森警群像，将不同梦想追求、不同价值取向、不同婚恋观念、不同成长轨迹的人物融入史诗般的命运当中，生动讲述了一段段跌宕起伏、扣人心弦的感人故事，折射出强烈的人性之光、信念之光、时代之光。

记者 ◆

文学作品没有矛盾冲突就没有吸引力，您在小说中是如何构建矛盾冲突的？

张世光：小说以人与灾难、人与人之间和人物内心的矛盾冲突来推动故事情节的发展，把不同的人物与多年来发生的火灾、洪灾、震灾等灾害事故冲突贯穿始终，并将护林与盗伐、辛苦与享乐、忠诚与背叛、改革与稳定等矛盾叠加在一起，采用"潜在隐患—突发灾情—抢险救援"的时序，再现人与自然灾害的伟大抗争。小说多维度反映了三个发小不同的追求不同的人生，郝江山痛失初恋与孟虎威不惜真爱，秦朗爱岗敬业与叶香钱迷心窍办厂排污，"看山狗官"杜伟升与砍树村民发生争执等多种矛盾，真实演绎了"西化风""商海潮""雾霾天"下人性的美与丑，指战员恋爱、婚姻、家庭的爱与恨，以及寂寞、坚守与繁华、浪漫等思想情感冲突，浓缩了时代的印记和符号。小说还穿插了反对"四风"、整治"五多四过"和纠治"微腐败"等种种矛盾交织在一起，贯通流畅，高潮迭起，使小说落点更实、寓意更深。

呼吁全民爱护生态　呼唤共建美丽家园

记者 ◆

出版这部小说，您有什么期望？

张世光：文学作品的灵魂和魅力，在于给人以启迪和力量。我写这部小说是想用文学作品的方式，让森林消防故事走出密林大山，让更多的人了解这支队伍的辉煌与传奇，知晓更多的防火灭火常识，关爱这群赴汤蹈火的"逆行者"。透过以往发生的一场场灾难，让更广泛的民众认识到，灾害可怕但人祸更可怕，"当前的生态危机是'第三次世界大战'，如果人类再不悬崖勒马，再过20年，全球将有15亿人口沦为生态难民"，灾难面前没有一个人能独善其身，不要让红色的警告、黑色的咏叹、绿色的悲哀，成为人类永远的痛。"生态觉醒"的时代已经到来，我和我的战友们力量是有限的，呼吁全民爱护生态，呼唤共建人与自然生命共同体。也希望更多的文学爱好者、影视艺术家对保护生态这一"富矿"进行深度开发与挖掘，创造出更多更好的精品力作！

（来源，新华社客户端，2022年3月9日）